KB241600

한 권으로 읽는 루쉰 문학 선집

魯迅

한 권으로 읽는 루쉰 문학 선집

초판1쇄 펴냄 | 2011년 6월 25일

지은이 | 루쉰
편역 | 송춘남
선집 해설 | 박홍규
편집 | 송춘남
디자인 | 드림스타트
펴낸이 | 정낙묵
펴낸 곳 | 도서출판 고인돌
주소 | 경기도 파주시 교하읍 문발리 617-12 1층 우편번호 413-832
전화 | (031) 943-2152
전송 | (031) 943-2153
손전화 | 010-2261-2654
전자우편 | goindol08@hanmail.net
인쇄 | 갑우문화사
출판등록 | 제 406-2008-000009호

ⓒ 송춘남 · 박홍규
이 책의 내용을 쓰고자 할 때는 저작권자와 출판사의 허락을 받아야 합니다.

값 38,000원
ISBN 978-89-94372-25-9 03820

한 권으로 읽는

루쉰 문학 선집

루쉰 지음　송춘남 옮김　박홍규 해설

고인돌

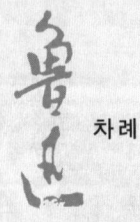

차 례

영원한 루쉰 |송충남|

왜 루쉰인가? |박홍규 교수의 해설|

1
잡문

무덤(墳)

2 수필집

들풀(野草)

영원한 루쉰

송춘남

요즘 중국에 관심을 끄는 두 가지 일이 있었다.

하나는 올 1월 11일 중국 역사박물관 앞에 9.5미터의 공자 조각상이 세워진 것이고 다른 하나는 인민교육출판사에서 새로 편찬한 국어 교과서에 노신의 문장들이 삭제된 것이다.

여기서 마오쩌둥의 말을 빌어서 말하면 "봉건사회의 성인"이 일어서고 "현대 중국의 성인"이 쓰러졌다고 할 수 있다.

이를 두고 중국 전통문화의 상징으로 되는 공자의 조각상을 세우는 것은 당연한 일이고 또한 급속도의 경제발전과 더불어 이미지가 크게 향상된 지금 노신의 사상이 더는 중국의 현실에 의미가 없다고 말하는 사람도 있다.

하지만 지나온 역사를 살펴보고 중국의 현실을 들여다보면 생각이 다를 수 있다.

무엇보다 역대 봉건 통치자들이 하나같이 공자를 섬겼고, 공자의 유교 사상이 2천 년 동안 중국을 지배하는 근본 사상이 되어오면서 봉건주의 수령은 갈수록 깊어지다가 결국 반봉건, 반식민지로 전락되어 굴욕적인 근대기를 맞게 된다. 그리하여 "5.4" 운동과 더불어 신문화운동이 세차게 일면서 유교사상은 "사람을 잡아먹는" 교리로 찍혀 진보사상의 부정과 공산당 개국원로들의 배척을 받았다.

그러면 오늘 공자를 다시 부활시킨 원인이 어디에 있을까?

물론 다른 의미도 있겠지만 개혁개방과 더불어 마르크스주의와 공산주의 이념이 아주 퇴색하다시피 되고 "돈"이 유일한 신앙으로 되고 있는 현실을 무마할 수 있는 것은 공자뿐이라고 생각했을지도 모른다. 개혁개방 이래 수십 년 동안 공산당과 마르크스주의 사상의 엘리트들이라고 할 수 있는 당 고급관료들이 해마다 횡령으로 줄줄이 타락되고 이제는 하급관리들마저 타락된 현실을 보면 중국의 곤혹이 얼마나 깊을지 알고도 남음이 있다. 오죽 하면 부정부패로 모은 재산을 그냥 "눈감아주고 그들이 재산을 합법화하여 투자에 이용하도록 만들어주자"는 주장까지 나왔겠는가! 정신의 기둥을 잃어버린 중국의 갑부들에게 하나의 공동한 특징이 있으니 "너무 가난해서 돈밖에 남지 않았다"는 것이다. 이런 현실에 공자가 그들의 정신적 기둥이 되어줄 수 있을지도 모른다.

그리고 수십 년 국어 교과서의 단골이었던 루쉰의 글은 왜 삭제해버리는 걸까?

중국의 빠른 경제성장을 그림자처럼 따라다닌 것이 날로 심해지는 부정부패와 불평등이다. 오늘날 루쉰이 배격하고 비난하고 풍자하고 동정했던 인물들이 하나하나 다시 부활되었을 뿐만 아니라 정도가 루쉰이 살던 시절을 뺨칠 정도이니 루쉰이 본다면 억장이 막혀 붓을 꺾어버렸을 지경이다. 루쉰은 권세자의 압박 체제를 간파하는 날카로운 눈을 갖고 있었고 모든 압제역량과 시정배를 배격하는 대쪽 같은 기질과, 불의와 끈질긴 싸움을 벌이면서도 지칠 줄 모르는 힘을 갖고 있었다. 오늘과 같은 현실에 루쉰 정신이 인간들 속에 돌아온다면 현실에 대한 비판이 되고 조롱이 되지 않을 수 없고 그들의 지위와 이익에 위협이 되고 눈엣가시가 되어 공포를 느끼고 당황해하고 쥐구멍이라도 들어가고 싶을 것이다.

어찌 보면 오늘 이 현실에 공자는 정말 필요하나 루쉰은 계륵과 같은 존재일 수도 있다. 더욱이 루쉰은 살아 있을 때도 계륵처럼 생각하는 사람이 많았고 죽은 뒤에도 그렇게 보는 사람이 적지 않으며 앞으로도 그럴 것이다.

그럼에도 불구하고 현대 중국에서 문인치고 루쉰처럼 높은 평가를 받은 사람은 없다.

"루쉰은 중국 문화혁명의 주장으로서 위대한 문학가일 뿐만 아니라 위대한 사상가와 혁명가이다. 루쉰은 대가 가장 바르며 추호도 남에게 알랑거리고 빌붙지 않았다. 이것은 식민지, 반식민지 인민들에게는 가장 귀중한 성격이다. 루쉰은 문화전선에서 민족의 대다수를 대표하며 적진을 향해 돌진하는 가장 정확하고 가장 용감하고 가장 단호하고 가장 충실하고 가장 열정적인 전대미문의 민족영웅이다. 루쉰의 방향이 바로 중화민족의 신문화의 방향이며 새 생명의 방향이다."

"중국에서의 루쉰의 가치를 나는 중국의 첫째가는 성인이라고 생각한다. 공자는 봉건사회의 성인이지만 루쉰을 현대중국의 성인이다."

마오쩌둥의 이와 같은 유례없는 평가는 루쉰 정신에 대한 예리한 통찰이라 하겠다. 하지만 이 때문에 루쉰은 정치적으로 이용되기도 했고 정치적인 성인이 되고 거물이 되어 "예수에게조차 뭐라고 할 수 있지만 루쉰만은 그럴 수 없는" 정도에 이르렀고 진면모가 많이 가려지거나 왜곡되기도 했다.

이에 대한 반성이라고 할까, 개혁개방과 더불어 사상이 활성화되면서 루쉰과 루쉰 작품에 대한 전면적이고 새로운 고찰을 통하여 짙은 정치적 그늘에 가려 있던 루쉰의 참된 가치를 발견하게 된다. "사람다운 사람을 만들려(立人)" 노력했던 루쉰의 사상세계와 정신세계의 복잡성을 탐구함으로써 더욱 풍부한 루쉰의 정신세계와 갈등과 고통을 안고 살았던 입체적인 루쉰을 알게 된다. 따라서 지난날 "루쉰의 전반기를 긍정하고 후반기를 부정하며 소설과 수필은 긍정하고 잡문은 부정하며 루쉰의 재능을 긍정하지만 도덕성은 부정하는" 폐쇄적인 경향에서 탈피하여 더 넓은 예술적 시야와 심미적 방식으로 루쉰의 창작과 작품에 접근함으로써 루쉰 잡문이 갖고 있는 독특한 관찰 시점을 발견하고 현실과 현상을 초월한 독특한 서술방식이 갖고 있는 미학적 가치를 인식하게 된다.

루쉰은 일생동안 소설도 쓰고 시도 쓰고 저서도 썼지만 잡문을 가장 많이 썼다. 잡문이란 바로 단평이라고 루쉰은 말하고 있다. 단평은 짧고 반드시 비평이 있어야 하며 비평은 단평의 성격을 규정해주는 표준이다. 때문에 루쉰의 잡문은 "사회비평"과 "문화비평"으로 근본을 이루고 있다.

"비평"은 "불만"이 있기 때문이다. 루쉰이 지적하다시피 "불만은 향상의 수레바퀴로서 불만을 가진 인류를 태우고 정의의 길로 전진시킬 수 있다. 불만이 많은 민족은 영원히 전진하고 영원히 희망이 있다. 남을 꾸중만 하고 반성할 줄 모르는 민족은 재앙이 있을 뿐이다."

이것이야말로 현실에 대한 객관적이고 이성적인 인식이 아닐 수 없으며 완벽함을 추구하는 생명의 힘이다. 하지만 권력은 언제나 현실의 결함을 가리려 하며 심지어 생명이 갖고 있는 이 천성을 왜곡하고 말살하려고 한다. 그래서 잡문은 비평의 방식을 변하기도 하고 은근히 가리기도 하며 에둘러 비평하는가 하면 풍자를 하고 풍자를 풍자하기도 한다. 그리고 피압박자의 울분을 말속에 말로 담아내기도 하고 가끔 과격할 때도 있다.

비평은 반드시 정곡을 찔러야 한다. 무딘 칼로 고기를 저미듯 한 비평은 비평이 아니다. 때문에 루쉰은 말한다.

"모래바람이 얼굴을 때리고 늑대와 호랑이가 우글거릴 때 어디 호박노리개나 비취반지를 만지작거릴 여가가 있겠는가. 그들은 눈이 즐겁기를 바라지만 모래바람을 이겨낼 수 있는 큰 건물이기에 튼튼하고 큼직해야지 정교할 필요가 없다. 만족을 얻으려면 반드시 비수여야 하고 투창이어야 하며 날카로우면서도 실제적이어야지 우아해서는 쓸모가 없다."

"살아 있는 단평은 반드시 비수여야 하고 투창이어야 하며 독자들과 함께 생존의 혈로를 헤쳐 나갈 수 있어야 한다."

루쉰은 비평의 예봉을 "큰 바위에 짓눌려 있는", 봉건 전통제도와 문화의 노예가 된 중국인의 영혼에 돌리기도 했다. 말하자면 마비되어 있는 "국민성"을 적나라하게 드러내고 편달한다. "잔혹한" 영혼의 고문자였던 루쉰은 "남보다 자신에 대한 해부가 더 엄했고" 사람을 사람답게 살 수 없게 변형시키는 역사적, 현실적 진상과 핵심을 낱낱이 드러내 보인다. 루쉰의 말처럼 "과연 '때 아닌 때에 태어나' 저주를 받아야 할 시기에 저주받을 곳에 살면서" "점차 죽어가고 있지만 자신은 오히려 정통을 효과적으로 지켰고 이렇게 살아야 바른 삶을 산 것이라고 생각하고 있는" 영혼을 향해 과감히 말하고 과감히 웃고 과감히 울고 과감히 분노하고 과감히 욕하고 과감히 때리면서 "저주해야 할 이곳에서 저주할 시대를 격퇴"하려고 애썼다.

루쉰은 일생에 권력과 반동세력의 피해를 여러 차례 받았고 위협과 공

같은 그림자처럼 그를 따라다녔다. 하지만 그는 의연한 자태로 타협 없는 투쟁을 벌였을 뿐만 아니라 언제나 짓눌리고 억압받는 사람들 편에 서서 투쟁 의욕을 북돋아주었다.

"나 자신은 무서운 것이 없다. 생명은 나 자신의 것이기 때문에 내가 가볼만 하다고 싶은 길을 성큼성큼 나아가도 무방하다. 앞이 깊은 수렁이고 가시밭이고 깊은 골짜기고 불구덩이일지라도 내가 책임진다.…… 만일 청년들이 어떤 목표를 향해 가야 하는지를 기어코 나에게 묻는다면 내가 남을 위해 설계한 말을 할 수밖에 없으니 바로 첫째는 생존해야 하고 둘째는 배불리 먹어야 하고 셋째는 발전해야 한다는 것이다. 누가 이 세 가지 일을 막아 나선다면 누구든 반항하고 박멸해야 한다!"

"압박을 받은 사람이 어찌 투쟁하지 않을 수 있으랴? 정인군자들은 투쟁을 무서워한다. 그래서 '과격한' 것이 싫다고 욕설을 퍼붓는다. 사람을 서로 사랑해야 하는데 지금은 나쁜 사람들이 잘못 만들었다고 생각한다. 그들처럼 배부른 사람은 아마 굶은 사람을 사랑할 수 있다. 하지만 굶은 사람은 배부른 사람을 사랑하지 않는다. 황소의 난 때는 사람이 서로 잡아먹었다. 굶은 사람마저도 굶은 사람을 사랑하지 않았으니 이것은 투쟁 문학이 끼친 해가 아니다."

"권력자의 칼 아래에서 그의 권위를 칭송하지 않고 아부하는 그 적을 신랄하게 비난하는 것이 '어사파(語絲派)'가 갖고 있었던 공동한 태도였다."

루쉰의 잡문은 자신의 절실한 생명 체험이었고 중국 사람들의 병적인 생명에 대한 육박이었으며 병적인 사회에 사는 불행한 사람들의 병고에 대한 이상의 계시이고 해부와 구원과 치료였다. 루쉰의 잡문은 현대 중국 각 계급과 계층의 사회적 지위, 상황, 행위규범, 성질, 인정세태와 사회심리에 대한 정확한 묘사이고 비난이다.

루쉰 잡문의 제재는 광범위하다. "여름의 세 가지 벌레"에서 "황제"에 이르기까지 작품마다 초점을 인정, 인심과 인성을 겨누고 있다. 양의 껍질을 쓴 "도살자"의 진면목을 폭로하나, "말의 발굽"을 감춘 기린(麒麟)의 껍질을 벗겨버리나, 호랑이 가죽을 "혁명"의 깃발로 삼고 있는 자들을 비판하나, 피압박자의 "비겁"과 "탐욕", "짧은 안광"을 비평하나 모두 "인간"의 영혼을 겨냥하고 있다.

루쉰은 공자와 다르다. 공자는 사람을 군자와 소인으로 나누고 여성을 소인으로 보았으며 어른에게 복종하는 것을 근본으로 삼고 권력자를 위해 치국의 방법을 설계하였다. 하지만 루쉰은 사람을 주인과 노예, 노복으로 나누고 여성과 남성을 평등하게 보았으며 "자타양리(自他兩利)"를 근본으로 삼고 노예들이 동족과 이족의 압박, 살육, 지배, 약탈, 형벌에 반항하여 자신을 해방하고 사람의 가치를 얻음으로써 자신의 운명의 주인이 되는 길을 추구하였다.

이런 의미에서 보면 루쉰의 사상은 지금도 청춘의 생명력을 갖고 있으며 루쉰은 영원하다. 세상에 착취와 억압이 있고 주인과 노예, 노복이 있는 한 루쉰의 사상은 영원히 빛을 잃지 않을 것이다.

루쉰이 위대한 인물이라는 추상적인 인식을 넘어 루쉰을 더 깊이 알고 싶어서 잡문집을 몽땅 사다가 읽으면서 명구들을 베끼던 때는 20대 초반인 1974년경이다. 당시 등소평이 복직되면서 다시 "자본주의를 복벽"하는 바람을 타고 루쉰의 저작도 출판됐던 것 같다. 그때 용정의 경운기공장의 노동자였던 나의 서가에 책이 얼마 되지 않았으나 그때부터 루쉰의 저작은 항상 빠진 적이 없었고 가끔 읽으면서 세상을 인식하는 방법을 키웠다. 따라서 루쉰 작품의 번역본이 거의 없었던 당시로서는 은근히 루쉰의 작품을 번역하고 싶은 생각을 품기도 했다.

나중에 기자, 편집 일을 하면서, 연변의 신문사와 출판사 일은 거의 절반 이상이 번역임을 알게 되었다. 중국의 정치, 문화에 둘러싸여 있는 소수민족으로서 중국어로 된 문학작품, 교과서, 기타 정치 문화서적들을 번역하는 일이 조선족 문화사업의 주업이었다. 어른이 보는 책, 어린이들이 보는 책 절반 이상이 중국말을 번역한 것이고 중국문화를 조선족에게 소통시켜주는 일이 우리 출판사의 주요한 과업이었다. 다행히 중학교 때 튼튼히 닦았던 중국어 바탕이 효과적으로 작용해주었다. 60년대 중반 조선족 애들이 공부에는 한족 애들보다 전혀 뒤처지지 않지만 대학에 입학한 뒤 중국어 때문에 애를 먹는다는 실정을 알고 연변에서 교육가로 이름 높았던 교장 박두희(朴斗熙)가 우리 신입생부터 중국어교육에 박차를 가했다. 중학교를 3년이 아니 4년으로 만들어 1년은 전문 중국어를 배우게 했고 한어과목을 중국 애들이 배우는 교과서와 같은 교과서를 쓰도록 하였다. 그게 밑거름이 되어 웬만한 중국어는 읽는데 아무 문제도 없었고 중국어 대화보다 중국어를 읽거나 쓰기에 더 막힘이 없게 되었다.

수십 년간 연변 교육출판사에서 번역이 90퍼센트를 차지하는 편집 일을 해오면서 우리말을 능란하게 다루는 재능이 무엇보다 중요하다는 생각이 줄곧 압력이 되어 나를 괴롭히고 떠밀어주었다. 한국과의 수교가 이루어지고 한국의 문화를 접촉하면서 북조선과 우리 연변과의 차이점을 발견하게 되고 이를 미봉하기 위해 많이 노력했다. 비록 아직도 미흡한 점이 많고 수준에 많이 못 미치지만 몇 년 전《대장정·세상을 뒤흔든 368일》출판에 이어《소설 대장정》도 올 1월에 출판하였고 숙원이던《루쉰 문학 선집》번역도 완성해냈다.

빈부격차가 날로 심해가는 중국의 현실과, 이 몇 년간 한국의 아직 설익은 민주제도의 현황과 첨예한 계급적 대립, 그리고 냉전시대와 독재정권을 꿈꾸는 세력의 부활을 체험하면서 루쉰의 정신은 영원하며 중국이나 한국에 모두 필요함을 실감하였다.

사실 루쉰의 작품을 번역하려면 애로가 많다. 신문화 운동의 기수였던 루쉰은 문언문(文言文-고대문)을 버리고 현대문으로 작품을 썼지만 아직 규범화되지 않은 상태에 뜻을 정확히 알 수 없거나 사전에서 찾을 수 없는 단어도 많았고 심지어 지금의 규범으로 보면 틀리게 사용된 단어도 있다. 루쉰 작품의 언어는 과도적인 강렬한 시대적 특성을 갖고 있다. 그래서 《루쉰 작품 사전》이 나올 정도로 중국 사람들에게도 쉽게 읽히는 책이 아니다. 인터넷의 도움으로 많은 것을 해결할 수 있는 오늘에도 곤혹스러운 경우가 종종 있는데 조건이 미비했던 옛날에 오류가 생기는 것은 어쩔 수 없는 일이었다고 생각한다.

이런 문제들을 감안하면서 번역하다 보니 몹시 조심스러웠다. 그리고 선별 과정에 될수록 루쉰의 사상을 잘 보여주는 대표 잡문들은 빼놓지 않으려 했고 잡문집들이 각기 루쉰이 살던 시대성을 띠고 있는지라 골고루 선별해서 번역하였다. 그래서 아직 번역되어 출판된 적이 없는 《양지서》는 넣었지만 이미 많이 번역되고 독자들도 많이 읽은 루쉰의 소설은 빠진 것이다. 물론 그 많은 양의 잡문들 가운데 더 넣고 싶은 잡문도 많았지만 편폭의 제한으로 아쉬운 대로 다음 기회로 미루는 수밖에 없었다. 노력은 많이 했지만 나라는 사람의 한계를 넘을 수는 없고 내가 발견하지 못한 오류들도 많으리라 생각한다. 독자들의 따뜻한 지적을 바란다.

그리고 꼭 하고 싶은 말이 있다.

나는 《루쉰 문학 선집》 해설을 쓰신 박홍규 선생님의 글을 보면서 무릎을 탁 쳤다.

"나에게 루쉰이 '위대' 하다면 그 이유는 그가 어떤 주의자로서가 아니라 도리어 어떤 주의에도 매이지 않은 '영원한 비판자', '영원한 회의가', '영원한 자유인' 이기 때문이다. 내가 그를 좋아하는 그런 비판적 지식인으로 루쉰 이상 가는 사람이 드물기 때문이다.…… 그는 처음부터 서재의 글쟁이가 아니라 거리의 행동가였다. 그는 진정한 의미의 혁명가였다. 그는 글의 혁명가였고 사상의 혁명가였다. 사상의 혁명가란 무슨 주의자라는 것이 아니다. 아니 어쩌면 그는 진정한 인간주의자, 민주주의자, 사회주의자였다."

그야말로 루쉰에 대한 완벽한 평가라고 나는 생각한다.

루쉰에게서 마르크스주의 사상을 찾아보고 중국공산당과의 관계를 찾아내고 정치화하려는 학자도 있었지만 부질없는 일이었다. 사실 공산당 1세대 관료들 가운데 루쉰과의 갈등으로 부정과 비난을 받은 사람도 많았다. 루쉰의 아들 주해영은 2001년에 쓴 《루쉰과 70년을 함께하면서》라는 글에서 1996년 어느 회의에서 친구가 들려준 "모택동과 나직남의 대화"에 대해 언급하였다. 1957년 모택동과 나직남(羅稷南)이 나눈 대화인데 당시 나직남이 모택동에게 "만약 루쉰이 지금도 살아 있다면 어떻게 됐을까요?"라고 묻자 모택동은 잠깐 생각하고 나서 "내 짐작에는 (루쉰이) 감옥에 갇혀서 계속 글을 쓰지 않으면 상황을 알고 아무 말을 하지 않을 것이다."라고 대답했다는 내용이었다.

이처럼 루쉰은 압제 받는 자에게는 "벗"이었지만 이미 권력자가 되고 지배자로 된 사람에게는 영원히 "뜨거운 감자"였다. 루쉰의 영원함은 바로 여기에 있다.

독자들에게 루쉰을 정확히 읽을 수 있도록 길을 틔워준 박홍규 선생님께 다함없는 감사를 드린다.

왜 루쉰인가?

박홍규

　최근 세계적인 불황 속에서 중국은 놀라운 경제성장을 보이고 있고 조만간 세계 최고의 부자 나라가 된다고 한다. 그러나 중국은 여전히 공산주의 국가라고 하면서도 빈부갈등이 내가 본 이 세상 어떤 나라보다 극심하다. 내가 본 중국은 국가가 관리하는 자본주의의 전형이다. 지난 한 세기 이상 중국에서는 전통 봉건사회와의 투쟁이 벌어졌다. 마오쩌뚱이 무너뜨린 중국은 결코 자본주의 중국이 아니라 전통 봉건이었다. 그러나 전통 봉건조차 완전히 무너졌는가? 지금 자본주의 바람이 불면서 다시 전통 봉건의 목소리가 높아지고 있다. 다시금 공자가 기승을 부리고 있다. 중국은 20세기 마오쩌뚱의 나라가 아니라 25세기 전의 공자의 나라다.

　루쉰은 이미 20세기 초엽에 그것을 예상하고서 그것을 비판했다. 그래서 나에게 루쉰은 여전히 새롭다. 루쉰의 민주주의나 우리의 민주주의나 여전히 많은 숙제를 가지고 있다. 그래서 중국과 한반도, 나아가 세계의 민주주의를 위해 루쉰의 힘찬 목소리는 여전히 중요하다. 루쉰이 평생을 통해 추구한 주제는 권력을 가진 강력한 지배자 주인과, 종 또는 노예로 차별된 대다수 민중의 불평등과 부자유의 사회, 그것을 합리화하는 유교니 도교니 하는 전통문화와 사회주의 등의 이름으로 권력과 지식인이 조작하는 모든 이데올로기적 허위에 대한 비판과 자유롭고 평등한 사회의 구축을 위한 노력이었다. 그리고 독재와 노예근성이 빚어내는 정신승리법 따위의 허위주의, 실사구시를 거부하는 관념주의, 무엇이나 과장하는 거대주의, 개인에 대한 집단의 횡포와 혈연·지연·학연에 따른 대인(對人)주의, 무슨 일에나 자기 이익을 위해 적당하게 대처하는 편의주의, 모든 일을 관용이니 공정이니 객관이니 하며 시시비비를 가리지 않는 상대주의, 모든 일에 철저하지 못하고 적당하게 처리해버리는 처세술 등의 적당주의 등에 대한 비판이었다.

　루쉰은 처음부터 마지막까지 민중을 비판했다. 민중을 위한다는 평계로 주의주장이라는 이름의 특정한 지식이나 사상에 매이지도 않았다. 도리어 그는 민중을 사랑했기에 끝없이 그 모순을 파헤쳤으며 비판했다. 물론 그는 자신을 포함한 지식인은 물론 권력이나 지배자도 끝없이 비판했다. 전통사상은 물론 그것을 부활하고자 하는 민족주의, 그리고 민중을 미화하고 민중에 아부하는 사회주의도 그의 비판을 벗어나지 못했다. 그의 비판에서 제외된 중국이나 중국인은 없었다.

루쉰이 젊어서는 민족주의, 더 나이 들어서는 민중주의, 그리고 말년에는 사회주의에 관심을 가진 것은 사실이다. 그러나 그는 어떤 대세와도 타협하지 않고 언제나 그것을 회의하고 비판하여 언제나 자유로웠다. 그래서 그는 언제나 소수파였다. 살아 있을 때 그는 분명히 소수파였다. 소수파로서 다수파와 싸웠다. 죽어서 그는 이른바 공산당에 의해 공인(公認)되었지만 이는 도리어 이용당한 것이라고 보는 것이 옳다. 그는 생전에 공산당의 비난도 받았다.

그는 공산주의를 승인하는 어떤 글도 쓰지 않았다. 그 자신 공산당원이지도 않았고 공산주의자를 자처한 적도 없다. 도리어 그는 공산당에 의한 노동조합의 관제 데모를 비판했다. 죽어서도 그의 작품이 사회주의적이지 않다는 이유에서 비판을 당했다. 따라서 그는 결코 어떤 식으로든 공인될 인간이 아니었다. 그의 작품은 공인될 규격품이 아니었다. 민족주의 또는 사회주의로 공인될 성격의 것이 아니었다.

나에게 루쉰이 '위대' 하다면 그 이유는 그가 어떤 주의자로서가 아니라 도리어 어떤 주의에도 매이지 않은 '영원한 비판자' '영원한 회의가' '영원한 자유인' 이기 때문이다. 내가 그를 좋아하는 그런 비판적 지식인으로 루쉰 이상 가는 사람이 드물기 때문이다. 루쉰은 우리 식의 선비가 아니다. 그는 스스로 그런 선비임을 거부한다. 그는 어떤 전통도 거부한다. 그는 민족도 국가도 거부한다. 그는 끝없이 인간을 추구하면서도 인간조차 회의한다. 그는 처음부터 서재의 글쟁이가 아니라 거리의 행동가였다. 그는 진정한 의미의 혁명가였다. 그는 글의 혁명가였고 사상의 혁명가였다. 사상의 혁명가란 무슨 주의자라는 것이 아니다. 아니 어쩌면 그는 진정한 인간주의자, 민주주의자, 사회주의자였다.

루쉰은 1891년에 태어나 1936년에 죽었다. 그가 중국에 대해 발언한 시기는 1920~30년대이다. 그후 중국은 공산당에 의해 지배되었고 지금은 사회주의적 시장경제를 도입하고 있다. 그러나 중국은 기본적으로 변하지 않고 있다. 루쉰이 그렇게도 변해야 한다고 외쳤음에도 불구하고 내가 보는 중국은 여전히 권력과 노예의 사회이다. 루쉰이 활약한 시대는 한국의 경우 일제에 해당된다. 흔히들 그후 한국사회는 많이 변했다고 한다. 그러나 한국사회도 중국처럼 여전히 권력과 노예의 사회이다. 따라서 반권력과 반노예를 향한 루쉰의 외침은 지금의 중국에서처럼 지금의 한국에도 여전히 설득력이 있다. 이는 루쉰이 말했듯이 근본이 변하지 않고 있기 때문이다.

루쉰 작품은 식민지 조선에서 세계 최초로 번역되었다. 즉 루쉰 작품의 최초 외국어 번역은 『동광』 1927년 8월호에 실린 『광인일기』였다. 그 후 루쉰의 작품은 여러 차례 번역됐다. 이는 그만큼 루쉰의 작품에 공감한 우리나라 사람들이 많았다는 증거다. 2010년에 다시 번역되어 출판되는 이 책을 위해 이하 이 책에 실은 루쉰의 작품을 이해하기 위한 간단한 해설을 붙인다. 이하 설명은 주로 내가 2002년에 쓴 『자유인 루쉰』에 근거한 것이지만, 그 책이 나온 뒤 국내외에서 루쉰에 대한 책이 많이 나왔으므로 그 책들을 반영한 것이기도 하다. 그 책들은 반드시 나의 입장과 같은 것은 아니지만 상당히 유사한 책도 있다. 가령 류짜이푸와 린강이 쓴 『전통과 중국인』(오윤숙 옮김, 플래닛, 2007) 같은 책이다. 종래 루쉰을 사회주의자로 본 국내외의 견해와 달리 루쉰을 자유인으로 본 『자유인 루쉰』에서 내가 주장한 바를 나는 9년이 지난 지금도 여전히 견지하고 있다.

이 책의 구성

이 책은 5부로 구성되는데 제1부가 잡문, 제2부가 수필집, 제3부가 서한집, 제4부가 『양지서』, 제5부가 『고사신편』이다. 제1부 잡문은 『무덤』, 『열풍』, 『화개집』, 『화개집 속편』, 『화개집 속편』의 보충, 『이이집』, 『삼한집』, 『이심집』『남강북조집』, 『위자유서』, 『준풍월담』, 『화변문학』, 『차개정 잡문』, 『차개정 잡문 2집』, 『차개정 잡문 말편』으로 구성된다.

『무덤』은 루쉰이 1907년부터 1925년 사이에 쓴 논문과 에세이 23편을 모은 책으로 1927년에 간행됐다. 루쉰이 초기에 쓴 글들은 『무덤』 보다 1년 먼저 간행된 『열풍』에도 들어있으나 『열풍』에는 주로 〈수감록〉 등 단편이 실린 반면 『무덤』에는 장편이 주로 실렸다. 그러나 이 책의 『무덤』에는 주로 1924~1925년에 쓴 글들이 중심이다.

『화개집』과 『화개집 속편』은 루쉰이 1925년 북경에서 집필한 에세이 31편을 모은 책으로 1926년 간행됐다. 『이이집』은 1927년에 집필한 에세이 29편이 중심으로서 1928년에 간행됐다. 『삼한집』은 1927년부터 1929년 사이에 쓴 에세이 34편을 1929년에 간행한 책이다. 『이심집』은 1930년부터 1931년 사이에 집필한 에세이 37편을 모아 1932년에 낸 책이고, 『남강북조집』은 1932년부터 1933년에 쓴 에세이 51편을 모아 1934년에 낸 책이다. 『위자유서』는 1933년에 쓴 에세이 43편을 모아 그 해 낸 책이고, 『준풍월담』은 『위자유서』의 속편으로 1933년에 쓴 에세이 61편을 중심으로 1934년에 낸 책이다. 『화변문학』 역시 『위자유서』의 속속편으로 1934년에 쓴 에세이 61편을 중심으로 1936년에 낸 책이다. 『차개정 잡문』은 1934년에 쓴 에세이 37편을 중심으로 루쉰 사후 1937년에 간행됐다. 『차개정 잡문 2집』은 1935년에 쓴 48편, 『차개정 잡문 말편』은 루쉰이 죽기 직전인 1936년에 쓴 에세이 35편을 중심으로 모두 사후에 간행됐다.

제2부 '수필집'에 실린 『들풀』은 1924년부터 1926년 사이에 쓴 산문시 23편을 중심으로 1927년에 간행한 책이다.

제3부 서한집은 루쉰의 여러 편지를 모은 것이고, 제4부 『양지서』는 루쉰과 그의 애인 쉬광핑과의 편지 모음이다. 루쉰은 생애 6천여통의 편지를 썼는데 그 중 1400통 정도가 남아있다. 『양지서』는 루쉰과 쉬광핑의 왕복 서간집으로 1925년부터 1929년 사이의 편지 135통을 모아 1933년

에 간행한 것이다.

제5부 『고사신편』은 루쉰이 1926년말부터 1935년 사이에 쓴 소설 7편을 중심으로 1936년 간행한 책이다.

이상 보았듯이 이 책은 주로 루쉰의 에세이와 편지를 모은 책이다. 따라서 루쉰의 소설과 논문을 제외한 대부분의 글이 포함돼 있다. 이하 이 책에 실린 글들을 중심으로 해설하되 다른 소설 작품들도 간단히 언급하도록 한다. 그리고 그 전에 그의 출생과 성장에 대해서도 간단히 언급할 필요가 있다.

이 책의 글들을 개관하는 방법으로는 그 내용에 따라 살펴보는 방식도 있다. 내가 『자유인 루쉰』 제5, 6장에서 택한 방법이다. 즉 중국의 전통과 중국의 민족성에 대한 여러 가지 비판을 그 주제에 따라 살펴보는 방식이다. 그러나 아래에서는 루쉰의 생애를 간단히 설명하고 이 책의 목차에 따라 여러 책의 내용을 중심으로 살펴보도록 한다.

루쉰의 출생과 성장

루쉰은 1881년 9월 25일, 저장성(浙江省)의 사오싱(紹興)에서 태어났다. 사오싱은 상하이에서 260Km 정도 떨어진 곳으로 중국의 24개 역사문화도시의 하나인 만큼 유서 깊은 곳이고, 루쉰 초기 소설의 무대로 자주 등장한다. 루쉰은 1898년 난징(南京)으로 떠나기 전 초기 27년, 그리고 1909년 일본 유학에서 돌아온 28세부터 31세가 되는 1912년 베이징(北京)에 가기까지 3년을 그곳에서 살았다.

루쉰의 할아버지는 지방 도지사를 지낸 뒤 베이징에서 고관을 역임한 사대부 중에서도 사대부였다. 그야말로 루쉰은 대단한 집안 출신이었다. 루쉰의 아버지도 과거의 예비시험에 합격한 생원이었으나, 과거 본시험에는 합격하지 못해 벼슬을 갖지 못했다. 그런 봉건 지식인의 모습은 루쉰의 초기 소설에도 등장한다.

루쉰의 10대에 죽은 아버지에 비해 30대에 과부가 된 그의 어머니는 루쉰보다 오래 살았다. 그녀도 비슷한 사대부 집안 출신이었으나 당시의 여성이 다 그랬듯이 배우지 못했다. 그후 자식이 공부하는 것을 곁에서 듣고 혼자서 문자를 배워 문학작품을 읽을 수 있었고, 매일 신문까지 읽으면서 군벌을 비판할 정도로 지식을 가졌다. 또한 강한 의지의 소유자로 청말에 전족(纏足)반대운동이 시작되자 스스로 전족을 풀었고, 1926년 베이징에서 루쉰을 따르는 여학생들이 단발을 제창하자 그녀 스스로 단발했다. 루쉰은 어머니에게 효성이 지극했다. 뒤에 필명으로 쓰게 되는 루쉰의 '루' 란 어머니의 성을 따른 것이므로 그가 아버지보다 어머니 쪽을 더 좋아했으리라고 추측하게 한다. 그의 본명은 저우수런(周樹人)이나 이는 16세에 난징의 학교에 입학했을 때 만들어진 것으로 그 전에는 장서우(樟壽)라고 했다. 루쉰은 그가 37세에 소설 『광인일기』를 발표할 때 사용한 필명이었다.

루쉰은 5남매의 장남이었다. 차남은 베이징대학 교수를 지낸 저명한 문인 저우쭤런(周作人, 1885~1967), 삼남은 중국공산당 중앙위원을 지낸 저우젠런(周建人, 1888~1984)이었다. 그 둘 사이에 장녀가 있고, 사남은 요절하여 사실은 4남매였다. 장남, 차남, 삼남은 모두 중국 근대사에 그 이름을 남겨 흔히 주씨 삼형제라고 일컫는다.

루쉰은 6살부터 친척인 수재가 가르치는 서당에서 『논어』『맹자』『사서』『오경』과 같은 전통 학문을 익혔다. 동시에 그는 『산해경(山海經)』을 비롯한 소위 잡학이나 『홍루몽』, 『수호전』같은 소설에도 관심을 가졌고, 이는 뒤에 그의 평생을 통한 고전 연구로 이어졌다. 또한 그림책 보기와 베끼기 그리고 연극 보기도 좋아했다. 전통 학문에서 벗어난 공부를 스스로 찾고 즐겼다는 것은 뒤에 루쉰이 자신의 개성을 발전시키는 가능성을 보여준다. 루쉰은 어린 시절을 회상하는 많지 않은 글을 남겼는데, 대부분이 어두운 회상이다.

　루쉰은 12세부터 17세까지, 곧 1892년부터 1897년까지 집 건너에 있는 서당인 삼미서옥(三昧書屋)에서 공부했다. 그 서당은 그 지역에서 가장 엄격하기로 소문난 곳이었다. 루쉰은 그 서당에서 사서오경을 배워 과거를 치르고자 했으나, 집안이 급속하게 몰락하는 바람에 과거 응시를 포기한다.

　루쉰이 13세 되던 1893년, 할아버지가 아버지의 과거 합격을 위해 저지른 '과거 시험 부정사건'으로 7년간 수감되어 집안은 더욱 몰락했다. 그 후 루쉰은 외삼촌이 사는 농촌으로 보내어졌고 14세 되던 1894년, 아버지가 죽었다. 집안의 몰락은 루쉰에 대한 사회의 냉대를 초래했다.

　루쉰은 1898년, 17세 되던 해, 난징에 가서 양학을 공부하기 위해 고향을 떠났다. 바로 그 해, 캉 유웨이 등에 의한 변법자강운동이 실패한 뒤, 1900년 종교단체에 의한 배외운동인 의화단(義和團) 사건이 터졌으나, 중국은 서양 연합군에 패배했다. 서태후는 처음에 의화단이 주장한 서양과의 전쟁을 허용했으나 참패를 당한 뒤에는 그 토벌을 명했다. 그후 서태후는 변법파를 답습한 신정을 개시했으나, 이미 변법파로는 중국을 구할 수 없었고, 정복왕조인 청나라를 타도하여 한족에 의한 공화국을 세워야 한다는 혁명파가 등장했다. 청나라 정부의 태도에 민중의 대다수를 차지하는 한족은 만주족 황제에 대한 거부로 돌아선 것이었다. 그것이 쑨 원(孫文) 등의 민족혁명운동으로 나타났다. 그런 시절에 루쉰은 난징에서 '신식' 공부를 시작했다.

　루쉰은 1898년 학비도 없이 생활보조금까지 지급하는 군대 부속의 장난 수사학당(江南水師學堂)에서 기관사가 되기 위한 공부를 시작했으나 그만두고, 이듬해 탄광기사를 양성하는 광무철로학당(礦務鐵路學堂)으로 옮겨 3년 뒤인 1902년에 졸업했다. 그곳에서 그는 서구의 과학과 철학 그리고 문학을 처음으로 공부했다. 그러나 그곳을 졸업한 뒤 광부가 되는 것을 포기하고 일본에서 서양의학을 공부하고자 결심했다.

일본 유학 시절

루쉰은 1902년 3월부터 7년 반 일본에서 유학했다. 그의 나이 20세부터 28세에 이르는 청춘의 시절이었다. 모든 중국유학생처럼 루쉰은 도쿄의 고분학원(弘文學院)에서 2년간 일본어, 수학, 이과, 체조 등을 배웠다. 당시 그는 중국인에게 가장 부족한 것은 진실과 사랑이라고 보았다. 즉 거짓으로 속이고도 부끄러운 줄 모르며 서로를 도둑으로 의심하는 못된 습관에 심각하게 중독됐다고 보았다. 그리고 그 원인은 다른 민족에게 노예생활을 한 것이고, 그것을 고칠 수 있는 방법은 혁명이라고 주장했다. 그런 생각에서 루쉰은 이듬해 3월, 변발을 노예의 표지라고 생각하여 잘라 버렸다.

도쿄는 루쉰에게 새로운 세계를 보여주었지만 동시에 중국인은 그에게 차별과 실망을 안겨주었다. 청일전쟁에 이긴 일본은 중국에 대해 노골적으로 멸시감을 보였고, 반면 중국유학생들은 퇴폐적인 분위기에 빠져 있었다. 루쉰이 유학한 1902년에는 유학생이 6백 명 정도에 불과했으나 2, 3년 뒤에는 1만 명 전후로 급증했다. 그러나 그들 대부분은 출세주의자로서 조국을 걱정하는 수는 지극히 적었다.

그래서 1904년, 그는 중국인이 한 사람도 없는 센다이(仙臺)에 있는 의학전문학교(현재의 고호쿠(東北)대학 의학부)에 입학했다. 최초의 유학생이었기에 무시험에 학비면제라는 특혜도 받았다. 루쉰은 차별을 피해 센다이로 갔지만 그곳에서도 중국인에 대한 멸시는 여전했다. 물론 모든 일본인이 그랬던 것은 아니었다.

어느 날 학교에서 처형당하는 중국인과 그 주위에서 구경하는 중국들이 나오는 환등을 보고 루쉰은 뛰쳐나와 "무릇 어리석고 약한 국민은 체격이 제아무리 건장하고 튼튼하다 하더라도 하잘것없는 본보기의 재료나 관객밖에 될 수 없"다는 점에서 '의학이란 것이 그다지 중요하지 않은 것'이라는 이유에서 1년 반 만에 의학 공부를 포기하고, 1906년 도쿄에 가서 '정신상태를 뜯어고치는 가장 좋은' 문예운동에 종사하기 시작했다. 도쿄에 돌아온 루쉰은 독일학협회 부설 독일어전수학교(현 독협(獨協)대학)에 적을 두고 서점과 고서점 그리고 외국서점을 다니면서 문예평론과 구미문학의 섭렵에 몰두했다.

1906년, 중국에 일시 귀국하여 어머니의 권유로 쭈안(朱安, 1878~1949)과 결혼했으나 루쉰은 곧 일본에 돌아갔다. 루쉰은 다시 도쿄에 돌아와 몇 편의 글을 발표하고 『신생(新生)』이라는 잡지를 발간하고자 했으나 실패했다.

루쉰은 1909년 8월, 7년여의 일본 유학을 마치고 중국에 돌아왔다. 고향에 돌아온 그는 친구의 소개로 항저우에 있는 사범학교(兩級師範學堂, 현 항저우 제일중학)의 교사가 되어 생물과 화학을 가르쳤고, 식물학을 담당한 일본인 교사의 통역을 겸했다. 그러나 다음 해 사직했다.

장년 시절

1912년 차이위안페이(蔡元培)가 난징 임시정부의 교육부장에 임명되면서 그의 추천으로 루쉰은 교육부 직원이 되었다. 이어 정부가 베이징으로 옮겨가자 문물, 도서, 미술을 담당하는 사회교육국 제1과 과장으로 1925년까지 14년을 그곳에서 근무했다. 그의 나이 31세부터 44세에 걸치는 장년의 시절이었다.

1915년 천두씨우(陳獨秀 1880~1942)가 잡지 『신청년』을 창간하여 당시 신문화운동의 거점이 되었다. 루쉰은 처음에 그 운동에 큰 관심을 갖지 않았으나, 1918년 천두씨우 등의 권유로 그곳에 글을 쓰기 시작했다. 천두씨우는 1917년 베이징 대학교 문과대학장으로 같은 대학 교수인 후스(胡適, 1891~1962)와 함께 백화문을 제창하고 유교를 비판하여 당시 중국 신문화의 견인차로 활약했다. 후스는 루쉰보다 10년이나 어렸다.

『신청년』은 신해혁명에서 수행되지 못한 사상과 사회의 개혁을 목표로 삼아 '노예적, 퇴영적, 쇄국적, 허례적, 공상적인 것을 그만 두고, 자주적, 진취적, 세계적, 실리적, 과학적으로 하라'는 것을 기본노선으로 삼았다. 그 잡지는 위안스카이의 유교 부활 운동 시기에 그것에 저항하여 태어났다. 따라서 그 창간사를 비롯하여 많은 글에서 봉건적 전통문화가 전면 부정되었다.

1918년 루쉰은 중국 최초의 구어체 창작소설 『광인일기』를 루쉰이라는 필명으로 『신청년』에 발표했다. '가족제도와 유교의 폐해를 폭로'한 그 소설은 유교가 '식인'이라고 한 점에서 당시의 유교 비판과 궤를 같이 하면서도 극단적 표현으로 엄청난 충격을 주었다.

『광인일기』는 그 인물 묘사에 문제가 많아 예술적 형상화가 부족하고 문제의식의 제시나 사상적 주장이 앞섰다는 비판을 받았다. 그리고 본격적인 문학작품은 그 1년 뒤 『신청년』에 발표한 『쿵이지(孔乙己)』(1919)로 평가됐다. 그 이유는 작가의 주장은 뒤에 숨겨져 있고, 대신 주인공의 비극이 일상 속에서 충실히 묘사되었기 때문이다. 루쉰 자신 그것을 자기 소설 중에서 가장 좋아하는 것이라고 말했다. 루쉰은 뒤이어 쓴 『약』은 사악한 지식인이 조작한 미신에 속는 민중의 우매함과 동시에 분노를 보여 주었다.

그러나 루쉰의 대표작은 1921년에 쓴 『아Q정전』이었다. 여기서 주인공 이름을 아Q라고 한 것은 중국어로 귀신을 뜻하는 鬼를 '퀘이'라고 읽기 때문이다. 소설의 내용은 아Q가 혁명을 처음에는 모반으로 생각했다가 봉건관료와 토지제도에 대한 불만으로부터 혁명당원이 되겠다고 결심하는 심리과정을 보여준다. 아Q는 언제나 사람들로부터 얻어터지나 언제나 의기양양하다. 그는 현실에서는 언제나 실패하면서도 마음으로는 승리한다고 생각한다. 바로 정신 승리법이라는 자기기만이다. 이는 노예근성의 대표적 증상이다. 당시의 중국이 외세에 시달리면서도 외세를 멸시하는 것도 마찬가지이다.

그러나 루쉰의 목소리는 처음부터 소설보다도 단상에서 명확하게 나타났다. 예컨대 1918년부터 『신청년』에 연재한 〈수감록(隨感錄)〉에 나오는 글들이다. 그 속에서 그는 '허튼 소리'를 비난하며, 전통의 이름으로 새로운 학문을 방해하는 논리를 반박하고, 지식인들에게 '큰 소리'로 '묵은 빚이 없어질 때까지 외칠' 것을, 청년들에게 '얼어붙은 분위기를 벗어나, 위를 향해 나아갈 것'을 요구했다.

1924년 1월, 쑨원은 공산당과 합작하면서 소련과의 제휴, 용공, 농민 및 노동자에 대한 원조를 내용으로 하는 3대정책을 결정하고, 반제국, 반군벌을 명확히 선언하고, 구국을 위한 삼민주의를 주장한다. 그러나 그 1년 뒤 쑨원이 죽는다. 1925년에 와서 루쉰은 더욱 비관적으로 되었다. 또한 1925년부터 루쉰은 마르크스주의 문학문헌을 읽기 시작했다. 그러나 루쉰은 혁명에 대해 끝없이 회의했다. 이는 1911년의 신해혁명 후부터 생긴 회의로서 그의 대표적 소설인 『아Q정전』에서 뚜렷이 나타났다.

1925년에는 정국 혼란으로 인해 교육비 지급이 특히 지체되었다. 학교 운영이 어려워지자 베이징의 여러 국립대학에서는 교장 인사를 둘러싼 분쟁이 끊이지 않았다. 그 중 여자사범대학에서 학생들이 복고주의자인 새로운 교장을 반대하다가 6명이 퇴학 처분을 받았다. 당시 그곳의 강사였던 루쉰 형제 등은 학생측을 공개적으로 지지했다가 교육부에서 파면을 당했다. 그러나 다음해, 재판에서 승소하여 교육부 직책을 회복하고, 교장과 교육총장이 사임했다. 이 사건은 교내 문제로 그치지 않고 『현대평론』을 중심으로 한 보수 논객들이 루쉰과 여학생들을 비판하여 문화계에 논쟁을 야기했다. 1925년 3월부터 루쉰은 베이징 여자사범대학 학생인 쉬광핑과 편지 교환을 시작했다. 7월까지 이어지는 제1차 서한은 『양지서』의 제1권에 해당한다. 1925년 당시 루쉰은 『양지서』에서 자신이 인도주의와 아나키즘 사이를 왔다 갔다 한다고 썼다. 그후 루쉰은 혁명적 지식인에 대한 불신까지 표현했다.

군벌의 지배와 갈등이 여전히 이어지는 가운데 1926년 군벌과 국민군의 충돌이 생겼다. 봉천(奉天)군벌을 지지하는 일본은 무력간섭을 벌여 국민군에게 포격을 가했고 국민군도 이에 반격했다. 그러자 일본은 정부에 항의하여 영국과 미국 및 프랑스와 함께 8개국 명의로 군사행동을 정지할 것을 요구했다. 이러한 열강의 내정간섭에 분노한 학생과 시민은 3월 18일, 항의집회를 열고 정부에 대한 청원 데모를 벌였다. 그러나 정부는 발포로 대응하여 47명이 죽고 150여명이 다치는 대참사가 벌어졌다. 이른바 3.18사건이다. 학생들이 정부에 의해 학살당한 3.18사건이 터진 바로 그날 루쉰은 〈꽃 없는 장미〉를 썼고 3.18사건이 터진지 1주일 뒤에 루쉰은 〈죽음의 땅〉을 썼다. 3.18사건에서 죽은 40여 명 중에 루쉰의 제자인 류 헤쳰(劉和珍)이 있었다. 그 2주 후 루쉰은 그 추도사 〈유화진 군을 기념하며〉를 썼고 이어 다음 날 〈빈말〉에서 다음과 같이 썼다. "만약 죽은 사람이 산 사람의 마음속에 묻혀 남지 않는다면 그들은 진정으로 죽은 것이다." 이상의 글들은 『화개집 속편』에 실려있다. 〈꽃 없는 장미〉의 일부를 읽어보자.

중국이 멸망하지만 않는다면 지난 역사 사실이 우리에게 알려주듯이 앞으로 생길 일은 도살자의 예상을 크게 벗어날 것이다.

이것으로 사건이 마무리되는 것이 아니라 시작되는 것이다.

먹으로 쓴 거짓말이 결코 피로 쓴 사실을 감출 수는 없다.

피의 빚은 반드시 같은 피로 갚아야 한다. 갚는 시간이 오랠수록 더 많은 이자를 내야 할 것이다!

『무덤』

이 책 1부 '잡문'의 처음 『무덤』에 나오는 〈눈을 똑바로 뜨고 보라를 논함〉은 1925년 7월에 쓴 글이다. 루쉰은 타인의 시사단평을 인용하면서 "확실히 눈을 똑바로 뜨고 보는 용기가 있어야만 과감히 생각하고 과감히 말하고 과감히 행동하고 과감히 감당할 수 있을 것이다. 만약 눈을 똑바로 뜨고 볼 용기마저 없다면 뭘 해낼 수 있겠는가? 하지만 우리 중국 사람들한테 가장 부족한 것이 바로 이런 용기이다."라고 말한다. 이어 자신은 이를 다른 각도에서 바라본다고 하며 "모든 전통사상과 수법을 짓부수는 맹장이 없다면 중국에는 참된 새로운 문예가 있을 수 없을 것이다."라고 했다.

그 다음의 〈페어플레이는 아직 이르다〉(1925)는 글은 이미 우리나라에서도 여러 번 회자되었을 정도로 유명하다. '물에 빠진 개는 때리지 않는 것'이 페어플레이라는 린유탕(林語堂)의 주장에 대해 루쉰은 혁명 후 숨어지내다가 위안스카이(袁世凱)의 반동기에 혁명가들을 물어 죽여 중국을 암흑 속에 빠뜨린 보수세력을 물에 빠진 개에 비유하여 그들의 반동을 경계해야 한다고 주장했다. 린유탕은 일찍이 그 전집이 우리나라에 나왔고 『생활의 발견』을 비롯한 그의 많은 책이 일찍부터 우리나라에서 널리 읽혀졌다.

나는 그러한 개들이 우리나라에도 많고 그들은 틈만 있으면 준동(蠢動)하려 하고 있다고 본다. 특히 지금 그렇다. 그리고 루쉰처럼 그들을 계속 때려야 한다고 생각한다. 그러한 저항과 비판의 정신이야말로 루쉰이 우리에게 주는 교훈이다.

그들 속에는 민족주의자를 가장한 전통주의자나 복고주의자도 있다. 중국에서도 위안스카이를 둘러싼 인간들이 그러했다. 페어플레이를 앞세운 서양식 중용주의자인 린유탕도 마찬가지였다. 우리나라에도 그런 중용주의 지식인들이 많다. 이들에 대해 루쉰은 다음과 같이 말한다.

발바리가 하는 일이란 깜찍한 외모로 귀인들의 사육을 받거나 목에 단 고리에 가는 줄을 달고서 중국 또는 외국 여인의 뒤를 졸졸 따라다니는 것뿐이다.

이런 발바리들은 먼저 물에 빠뜨려 넣고 때려야 한다. 만약 절로 물에 빠졌더라도 그냥 때려도 좋다. 발바리에게 모질 것 같으면 때리지 않아도 되지만 불쌍히 여길 필요는 없다. 발바리를 너그럽게 대할 수 있다면 다른 개도 때릴 필요가 없게 된다. 다른 개들이 비록 권세에 붙어살지만 그래도 늑대와 비슷해서 야성을 갖고 있고 발바리처럼 간에 붙었다 쓸개에 붙었다 하지는 않기 때문이다.…

요즘 관료들과 시골신사, 서양식 신사들은 자신들 마음에 들지 않으면 모조리 빨갱이, 공산당으로 몰아버린다.…

시골신사들이나 서양신사들이 중국은 나라 실정이 특별해서 외국의 평등, 자유 같은 것을 적용할 수 없다고 하지 않는가? 나는 이 페어플레이도 그 가운데 하나라고 본다. 그는 당신한테 "페어"를 하지도 않는데 당신만 그에게 "페어"한다면 결국 당신이 늘 손해를 보게 될 것이고 그리되면 "페어"를 하려고 해도 할 수 없을 뿐만 아니라 "페어"를 하지 않으려 해도 안 할 수 없게 된다. 그러므로 "페어플레이"를 하려면 먼저 상대가 누군지 똑똑히 알고 나서 "페어"를 받아낼 수 없는 사람이라면 예의를 지킬 필요가 없이 그도 "페어"를 한 다음 "페어"를 말해도 늦지 않다.

그러므로 "페어플레이" 정신을 일반화하여 실시하려면 적어도 "물에 빠진 개"들이 인간다워지기를 기다려야 한다. 물론 지금은 절대로 안 된다는 말이 아니라 앞에서 말한 것처럼 상대를 똑똑히 알고 해야 한다는 것이다. 그리고 차별을 두고 "페어"할 상대를 보아가며 어떻게 실시할지를 결정해야 한다. 어떻게 물에 빠졌든 상대가 사람다우면 도와야 하고 개라면 내버려두어야 하며 나쁜 개라면 때려야 한다. 한마디로 "같은 편은 돕고 다른 편은 토벌"해야 하는 것이다.

루쉰은 보수적인 지식인에 대해 언제나 '영원한 비판자'였다. 그러나 동시에 지식인이라는 것에 대해 '영원한 회의자'이기도 했음은 이미 앞에서도 보았다. 루쉰이 '물에 빠진 개'라고 부른 것은 보수세력이다. 그들은 처음에 개혁세력을 혁명당이라고 부르고 관청에 밀고까지 하여 영화를 누렸다. 그러나 혁명이 터지자 그들은 상가의 개처럼 주눅이 들어 그들이 그렇게도 증오하던 새로운 기풍에 젖어 '문명'해져 다시 기어 올라왔다. 그리고 위안스카이의 반동이 시작되자 그들은 혁명가들을 물어 죽였다. 그리고 지금은 그들을 공산당이라고 부르며 물어 죽인다. 이런 상황에서 무슨 페어플레이인가 라는 것이다.

이어 루쉰은 어떤 중이 뱀을 아내로 삼은 사람을 가둔 곳이라는 전설의 뇌봉탑이라는 곳이 1924년에 무너졌을 때 그것을 기뻐한 〈뇌봉탑이 무너짐을 논함〉을 썼다. 그리고 이듬해 〈뇌봉탑이 무너짐을 다시 논함〉을 썼다. 두 번째 글에서 그는 서호(西湖) 10경 중의 하나인 그것이 무너진 것을 풍자했다.

이어 루쉰은 〈노라는 집을 나간 뒤 어떻게 되었을까〉(1923)에서 입센의 〈인형의 집〉에 나오는 노라의 후일담을 상상하여 말하면서 여성해방에는 경제권의 확보가 중요함을 역설했다. 그리고 〈등불 아래서의 만필〉역시 중국의 전통에 대한 전면적 부정의 논의였다.

루쉰의 〈등불 아래서의 만필〉(1925)은 중국의 역사에 대한 통렬한 비판의 글이다. 루쉰에 의하면 "중국 사람들은 언제 "사람"의 가치를 얻어본 적이 없다. 기껏해야 노예에 지나지 않았고 오늘에 와서도 여전히 그러하다." 따라서 역사를 민족의 '발상' '번영' '중흥' 등으로 구분함은 사실 '노예가 되고 싶어도 될 수 없었던 시대' '잠시나마 노예로 안착했던 시대'를 뜻함에 불과하다고 비판했다.

『열풍』

이 책의 1부 '잡문'에 실린 두 번째 루쉰 책인 『열풍』에는 수감록이라는 연재물의 모음이다. 그 처음에 나오는 〈수감록〉 25번(1918)의 글은 자식의 아버지가 아닌 '인간'의 아버지가 필요하다고 말했다. 이어지는 〈수감록〉 40번(1919)의 글에서도 "우리의 아이들을 완전히 해방하라!"고 외쳤다. 나아가 〈수감록〉 40번(1919)에서는 중국의 청년들에게 진보를 향해 나아가라고 외쳤다.

그리고 루쉰은 〈수감록〉 56번 〈왔다〉(1919)에서는 개혁세력을 '과격주의'로 몰아붙이는 언론과 여론을 통박했다. 과격주의가 무엇인지, 어떤 상태로 와 있는 것인지 모르기 때문에 그냥 '왔다'를 두려워할 뿐이라는 것이었다. 한편 루쉰은 중국에 주의란 '없다'고 말한다. 예컨대 '사상을 발표하기도 전에 죄가 되며 입만 뻥긋해도 경을' 치는 나라에서 자유주의는 없다. 이러한 통찰은 바로 지금 우리 시대의 것이 아닌가?

이러한 비판은 〈수감록〉 59번 〈성무(聖武, 무공이 있는 황제)〉(1919)라는 글에서도 나타난다.

> 우리 중국은 원래 새로운 주의가 생겨날 수 있는 곳이 아니고 새로운 주의를 용납해주는 곳도 아니라고 나는 생각한다. 어쩌다 외래 사상이 좀 들어온다 해도 금방 그 색깔이 변해 버리며 이 점을 오히려 자랑으로 생각하고 있는 논자들이 많다. …
>
> 중국 역사의 정수 속에는 정말 그 무슨 사상도, 주의도 들어있지 않다. 이 정수에는 두 가지 물질만 들어 있으니 그것은 칼과 불이다. 그리고 "왔다"는 그 총칭이 된다.…

나머지 〈수감록〉의 글들도 중국 전통에 대한 통렬한 비판들이다.

『화개집』

　『화개집』의 처음에 나오는 〈문득 떠오르는 생각〉(1925)에서 루쉰은 "나는 이른바 중화민국이 마치 오랫동안 없었던 것처럼 느껴진다. 내가 혁명 이전에는 노예였고 혁명이후 얼마 지나지 않아서는 노예의 사기를 당해 노예의 노예로 변한 것 같다. 나는 수많은 민국의 국민이 민국의 적인 듯 싶다."고 말했다.

　이어 그는 〈전사와 파리〉(1925)에서 죽은 전사를 괴롭히는 파리를 공격했다. 파리는 제 아무리 잘난 체 해도 파리라는 것이니 당연히 전사는 파리 떼에 초연해야 한다고 주장했다. 이는 당시 치열한 논쟁에 빠져든 루쉰 자신의 태도를 보여준 것이었다. 논쟁은 전사와 파리의 싸움이었다. 전사는 파리를 두려워해서는 안 된다. 루쉰은 평생 수 없는 논쟁에 휘말렸다. 그러나 루쉰은 〈여름벌레 벼룩, 모기, 파리〉(1925)에서 파리를 옹호하기도 했다. "파리는 좋고 아름답고 깨끗한 것에 똥을 싸고는 득의에 차서 도리어 그것을 불결하다고 비웃는 짓은 하지 않는다. 어쨌든 다소 도덕적이라고 하겠다."

　그래도 파리보다는 여름 벌레로서는 벼룩이 낫다. "벼룩은 피를 빨아먹기에 밉기는 하지만 시원하게 아무 소리도 없이 직방 물어뜯는다. 그러나 모기는 그렇지 않다. 살갗에 침을 찌를 때는 물론 서슴없이 쑥 찔러 넣지만 찌르기 전에는 앵앵거리며 수다를 떠는데 얄밉기 짝이 없다. 만일 앵앵 하고 사람의 피로 나의 주린 배를 채워야겠다는 이유를 설명한다면 더 얄미울 것이다. 다행히 나는 알아들을 수 없다."

　만리장성이 중국의 상징임은 두 말할 필요도 없다. 그러나 루쉰은 〈만리장성〉에서 그것을 비판했다.

　위대한 장성이여!

　이 공정이 비록 지도에는 조그맣게 그려져 있으나 얼마간 지식이 있는 사람이라면 누구나 알고 있을 것이다.

기실 수많은 인부들이 고역에 시달려 죽었지만 언제 한번 외적을 막은 일은 없었다. 오늘날 장성은 그저 유적으로 남아 있을 뿐이다. 하지만 한동안은 없어지지 않을 것이고 보존해야 할 것이다.

나는 늘 주변에 장성이 둘러 있다는 느낌을 받는다. 이 장성은 옛날 벽돌과 새로 보수한 벽돌로 되어 있다. 이 옛것과 새것이 하나의 성벽을 이루어 사람들을 포위하고 있다.

언제 가야 장성에 새 벽돌을 더 보태지 않을 수 있을까?

위대하면서도 저주로운 장성이여!

루쉰은 〈지도자〉에서 지도자를 부정한다. "진보를 원하는 청년이라면 대체로 지도자를 찾으려고 한다. 하지만 나는 이들이 영원히 찾을 수 없다고 단언하고 싶다. 오히려 찾지 못하는 것이 행운이다."

루쉰은 〈이것과 저것〉(1925)에서 "중국인들은 자신을 불편하게 만들 조짐을 보이는 인물을 만나면 늘 두 가지 수법을 써왔다. 억눌러놓는 것과 떠받드는 방법이다."라고 했다.

억누르려고 하면 낡은 관습이나 낡은 도덕을 이용하거나 관리의 힘을 빈다. 때문에 고독한 정신을 가진 전사는 비록 민중을 위해 싸우지만 오히려 그 "행위" 때문에 멸망한다. 그들은 이렇게 되어야만 비로소 마음을 놓는다. 억누를 수 없을 때는 떠받든다. 높이 떠받들고 배불리 먹여야 자기한테 해가 되지 않아 마음을 놓을 수 있기 때문이다.

루쉰은 인간에 대한 고찰에서 자유롭고 평등하기를 요구한다. 내려 누르는 지배로서의 노예화는 물론 섬겨 받드는 존경으로서의 우상화에 철저히 반대하는 것이다. 나는 이러한 자유롭고 평등한 정신이야말로 루쉰

사상의 핵심이라고 생각한다.

또한 루쉰은 "중국인들은 싸움에서 앞장서지 않으려 하고 재난을 먼저 당하지 않으려 할 뿐만 아니라 심지어 복도 먼저 받으려 하지 않는다. 하기에 무슨 일이든 개혁하기가 쉽지 않다. 대부분 선구자가 되거나 총대를 메기 무서워하기 때문이다."라고 비판했다.

4.12사건

흔히 루쉰의 생애는 1927년 4.12사건을 경계로 하여 전후기로 구분된다고 한다. 루쉰이 1927년 이후 '진화론에서 마르크스주의로' 변모되었다고 보는 것이다. 그러나 나는 도리어 1926년의 3.18사건으로부터 그의 변모가 시작된다고 본다. 아니 어쩌면 앞에서 본 1925년의 5.30사건에서 비롯되었다고도 볼 수 있다.

여기서 4.12사건을 간단히 살펴볼 필요가 있다. 1926년 7월부터 장개석을 총사령으로 한 국공합작에 의한 북벌이 시작되었다. 그러나 1927년 1월 국민당 좌파와 공산당이 무한정부를 수립하자 국민당 우파와 장개석은 이에 대립했고, 같은 해 3월, 장개석은 상하이에 도착하여 4월 12일, 이른 새벽부터 노동자 조직을 습격하여 노동자와 공산당원 5천명을 학살하고, 동월 18일, 우파를 중심으로 한 난징 정부를 수립했다. 그후 공산당원 및 동조자에 대한 체포와 학살이 개시되었다.

국공합작의 붕괴에 따라 공산당은 지하에 숨어 농촌에서 근거지를 구하고, 국민당도 일시 좌우 양파로 분열되어 북벌은 중단됐다. 그러나 1927년, 장개석에 의해 북벌이 재개되어 6월에 베이징을 점령하고, 1928년 말에는 동북 군벌 장학량이 만주 전역을 이끌고 국민당 정부에 합류하여 신해혁명후의 분열은 통일로 해소됐다. 그 사이, 베이징에서는 장학량의 아버지인 장작림 군벌이 좌익과 자유주의파를 탄압하여 공산당 지도

자인 리 타차오 등이 처형됐다.

4.12사건이 루쉰의 생애에서 분기점이 됐다는 것은 그 5개월 뒤에 쓴 〈유항(有恒) 선생에게 드리는 답장〉이라는 글을 통해서 볼 수 있다고 한다. 『이이집』에 나오는 그 글에서 그는 '사상에 변화가 좀 생겼다'고 말한다.

> 우선 내가 갖고 있던 헛된 생각이 깨졌습니다. 오늘날까지 나는 낙관적인 생각을 갖고 있었습니다. 말하자면 청년을 억압하고 살육하는 자들은 대체로 늙은이들이며 이 늙은이들이 차차 죽어 가면 중국은 어쨌든 활기를 얻게 되리라는 생각이었습니다. 하지만 이제 그렇지 않다는 것을 알았습니다. 청년을 살육하는 자들은 대체로 청년들인 듯싶습니다.…
>
> 다음으로 나는 자신이 혼자임을 발견하였습니다. 이것이 뭘 말하는지, 적당한 이름이 얼른 떠오르지 않습니다. 나는 이런 말을 한 적이 있습니다. 중국은 옛날부터 인간을 잡아먹는 식인파티를 열고 있으며 이 연회에서는 잡아먹는 자가 있는가 하면 잡아먹히는 자도 있으며 잡아먹힌 사람도 전에는 사람을 잡아먹었고 지금 잡아먹고 있는 사람 역시 장차 잡아먹힐 것이라고 말입니다. 하지만 저는 지금 나도 이 연회를 돕고 있다는 것을 발견했습니다.

그러나 이러한 설명은 루쉰의 사상이 결정적으로 달라진 것을 보여주지 않는다. 그래서 나는 그를 사회주의자가 아니라 자유인으로 본다.

『이이집』

루쉰은 『이이집』의 첫 글 〈황화절의 잡감〉에서 "이른바 '혁명이 성공했다'는 이상적인 말은 잠시의 일을 말하는데 지나지 않고 기실 '혁명은 아직 성공하지 못하였다.'"고 했다.

혁명은 끝이 있을 수 없으며 세상에 정말 "완전무결한 경지"가 있다면 인간 세상은 굳어져 있을 것이다. 그렇지만 중국은 수많은 전사들의 정신과 유혈로 확실히 전에는 없었던 행복의 꽃과 열매를 싹틔웠고 점차 자라날 희망을 보여주고 있다. 만약 그런 꽃과 열매를 볼 수 없다면 꽃을 감상하고 꺾어서 열매를 따서 먹는 사람은 많지만 계속 그것을 가꾸려는 사람이 적기 때문일 것이다.

루쉰의 『이이집』에 실린 글 중에서 가장 중요한 글은 〈혁명시대의 문학〉이다. 사르트르는 '굶어죽는 아이 앞에서 문학은 유효한가?' 라고 물었다. 아도르노는 아우슈비츠 이후 문학은 없다고 선언했다. 그리고 그들보다 훨씬 빨리 루쉰은 3.18사건이후 문학은 유효한가라고 물었다. 루쉰은 혁명과 문학의 관련을 다음 세 단계로 나누어 검토한다. 즉 혁명 이전, 혁명 중, 그리고 혁명 이후이다. 첫째, 혁명 이전의 고통을 호소하거나 투덜대는 문학은 무력한 것이므로 혁명에 영향이 없으나, 노호의 문학, 분노의 문학이 나타나면 혁명에 영향을 미친다. 둘째, 혁명 중에는 모두 바빠져 문학은 없어진다. '문학은 빈궁할 때 생긴다'는 말은 거짓이다. 셋째, 혁명이 성공하면 생활에 여유가 생겨 문학이 탄생한다. 혁명이 진행되어도 보수세력은 여전히 존재하고 옛날이야기, 케케묵은 이야기를 하지만 이것도 혁명의 결과이다. 루쉰은 혁명의 결과 평민의 세계가 오고 평민문학이 등장한다고 말했다. 그러나 중국에도 세계에도 그것은 아직 없다고 했다.

지금 중국에는 물론 평민문학이 없습니다. 세계에도 아직 없지요. 노래와 시 모든 문학은 대체로 상류층을 위해 쓰고 있습니다. 그들은 배불리 먹고 나서는 긴 소파에 누워 이런 작품들을 읽습니다. 한 선비가 우연히 아리따운 아가씨를 만나 서로 사랑하게 되었는데 웬 못난이가 나타나 훼방을 놓는 바람에 풍파를 겪다가 마침내 단원을 이루는 것으로 끝을 맺습니다. 이 얼마나 편안한 글입니까? 또는 상류층의 생활은 재미있고 즐겁지만 하류층 사람들은 얼마나 우스꽝스럽게 살고 있는지를 이야기한 작품도 있습니다.…

지금 평민, 즉 노동자나 농민을 소재로 소설이나 시를 쓰는 사람들이 있는데 우리도 이것을 평민문학이라고 부릅니다. 기실 이것은 평민문학이 아닙니다. 왜냐 하면 평민들이 아직 입을 열지 않았기 때문입니다. 이것은 다른 계층의 사람이 곁에서 평민의 생활을 보고 나서 민중의 말투를 빌어서 쓴 것이지요. 문인들 중에도 좀 가난한 사람이 있긴 하지만 그래도 노동자나 농민보다야 풍족한 편입니다. 그래야 공부를 할 돈이 있고 글도 쓸 수 있겠지요. 그들이 쓴 작품은 언뜻 보기에는 평민이 하는 말 같지만 사실은 그렇지 않습니다. 이것은 진짜 평민소설이 아닙니다. 지금 평민이 산과 들에서 부르는 노래를 기록해 가지고는 백성이 부르는 노래기에 평민의 목소리라고 하는 사람들이 있습니다. 그러나 그들은 옛날 책의 간접적인 영향을 많이 받았고 수십만 평의 땅을 갖고 있는 시골 유지들이 부러워 죽을 지경이며 유지들의 사상을 자신의 사상으로 삼고 있지요. 오언시나 칠언시를 즐겨 짓는 유지를 본받아 이들이 부르는 산노래, 들노래도 태반이 오언시거나 칠언시입니다. 형식도 그렇지만 구사나 주제도 고리타분하기는 마찬가지입니다. 그러니 결코 진정한 민중문학이라고 할 수 없지요.

여기서 우리는 루쉰이 자신의 문학을 스스로 비판하고 있음을 본다. 동시에 루쉰은 당시 중국이 혁명 중인 사회임에도 여전히 낡은 문학이 많고 신문의 문장도 전부 구식임을 비판했다. 여기서 우리는 루쉰이 당시 사회의 혁명이라고 하는 것 자체에 의문을 가짐을 본다. 즉 노동조합의 데모조차 민중이 스스로 하지 않는 것에 대한 비판이었다.

다음 〈미움 죄〉에서 "법률상의 수많은 죄명들은 모두 그럴듯한 문구로 포장되어 있지만, 단 한 마디 '밉게 보인 죄'라는 죄목으로 모두 포괄할 수 있다고 생각한다"고 말했다.

루쉰은 〈문학과 땀〉(1927)에서 논적이라고 할 수 있는 어느 평론가가 문학은 영원히 변하지 않는 인간성을 그려야 한다고 말하며 셰익스피어를 그 보기로 들어 그는 인간성을 그렸기에 지금까지 전해지나 그렇지 못한 다른 사람의 작품은 사라졌다고 주장한 것에 대해 루쉰은 전해지지도 않는 다른 사람의 작품이 인간성을 그리지 않은 점을 어떻게 알 수 있는지 의문을 제기하며 다음과 같이 말했다.

전해 내려오면 좋은 문학이고 사라지면 나쁜 문학이다. 천하를 빼앗으면 왕이고 천하를 빼앗기면 도적이다. 이런 중국식의 역사론이 중국인의 문학론에도 통하는 것일까?

그리고 인간성이 영원히 변하지 않을까?…

영구불변의 인간성을 그리기란 그야말로 어려운 일이다.

땀을 예로 들어보자. 땀은 옛날 사람도 났고 지금 사람도 나며 앞으로도 얼마 동안은 날 터이니 그런대로 "영구불변의 인간성"이라 할 수 있을 것이다. 하지만 "바람에도 쓰러질 것 같은" 아가씨가 흘리는 땀은 향기롭고 "소처럼 우둔한" 노동자가 흘리는 땀은 역겹다. 그러면 세상에 오래 남을 글을 쓰거나 세상에 오래 이름을 남길 문학가가 되려면 향기로운 땀을 써야 할까, 아니면 역겨운 땀을 써야 할까? 먼저 이 문제를 해결하지 않는다면 장차 문학역사에서 차지할 지위가 그야말로 "아슬아슬 위태로워질" 것이다.…

중국에서는 도사에게서 도에 관한 이론을 듣거나 비평가에게서 글에 대한 이론을 듣노라면 땀구멍에 소름이 돋으면서 땀이 감히 나오질 못한다. 하지만 오히려 이것이야말로 중국의 "영원히 변하지 않는 인간성"일지도 모른다.

『삼한집』

루쉰은 1927년 9월 말, 쉬광핑과 함께 비밀리에 광저우를 탈출하여 10

월, 상하이에 도착해 1936년 10월에 죽을 때까지 꼭 9년을 살았다. 이 시기는 4.12사건이후 약 10년간 국민당의 공산당 토벌이 계속된 시기와 일치한다. 그리고 그 사이, 1931년 일본이 만주를 침략한 소위 '만주사변'이 터졌고, 루쉰이 죽은 뒤 1년도 채 안되어 중일전쟁이 터졌다. 그렇게 루쉰은 어두운 세월을 살다 갔다.

루쉰이 상하이로 간 이유로, 당시 그곳이 대부분 조계지로서 국민당 정부의 지배가 간접적이어서 어느 정도의 언론 출판의 자유가 보장되어 많은 문화인들, 특히 반체제적인 문화인들이 4.12 쿠데타 이후 자유를 찾아 모였던 탓으로 이해된다. 상하이에서 루쉰은 10권의 산문집과 한 권의 소설집을 발간했는데, 전자는 루쉰 잡문의 4분의 3에 이르는 양이다. 그러나 그 대부분은 논쟁으로서 우리에게 그다지 참고할 점이 많지 않아 유감이다. 1930년대 상하이 문단은 나날이 논쟁으로 해가 뜨고 졌다고 해도 과언이 아니었다.

『삼한집』의 첫 글 〈깡패의 변천〉(1930)에서 루쉰은 덕치주의를 주장한 공자에 반대하여 법치주의를 주장한 묵자로부터 지금의 깡패가 나왔다고 하는 독특한 설명을 했다. 이는 우리가 읽는 중국무협소설의 '사상적' 근본에 대한 흥미로운 논의이기도 하다. 게다가 그 모델인 『수호전』의 가치마저 루쉰은 부정한다. 그것은 노예라고.

공자나 묵자나 모두 살던 세상에 불만이 많아서 개혁을 하려고 하였다. 하지만 그 제일보는 임금을 설득하는 일이었고 임금을 굴복시키기 위한 도구는 모두 "하늘"이었다.

공자의 제자들은 선비였고 묵자의 제자들은 협자였다.… 그리고 나중에는 진짜로 성실한 자는 차츰 다 죽어버리고 교활한 협자만이 남았다.…

"협자"란 말은 점차 사라지고 도적이 생겨났다. 하지만 협자와 같은 부류로서 그들이 내건 깃발은 "하늘을 대신하여 도를 행하는" 것이었다. 그들은 천자가 아니라 간신배를 반대하였고 장수나 대감이 아니라 평민을 노략질하였다.…

만주인이 산해관을 넘어오면서 중국은 점차 굴복되었다.…

하지만 도적이 되면 관병에게 얻어맞고 도적을 잡더라도 강도에게 얻어맞는다. 그러니 아주 안전한 협객이 되려는 생각은 모두 타당하지 않다. 그래서 건달이 있게 된 것이다.

여기서 우리는 묵자를 잇는 협자, 즉 협객들에 대한 루쉰의 찬양과 그 뒤의 왜곡을 구별할 필요가 있다. 이어 〈소리 없는 중국〉에서는 "우리는 현대의 말을 해야 하며 자신의 말을 해야 합니다. 살아 있는 현대문으로 자기의 사상과 감정을 솔직하게 말해야 합니다."라고 주장했다.

루쉰은 〈통신〉(1928)에서 "여전히 자기의 주장을 내세우고 서로 배척하고 있지만 나 자신도 '혁명은 이미 성공했다'는 문학가인지, '혁명이 아직 성공하지 못했다'는 문학가인지를 분간할 수 없습니다."라고 했다.

『이심집』

루쉰은 교조적인 좌익주의자를 경계했다. 『이심집』에 나오는 〈비혁명적 급진 혁명론자〉(1930)라는 글도 그 하나였다. 루쉰은 어떤 반혁명주의의 잡지가 자기본위의 동기로 혁명에 참여한 것을 묘사한 소설을 비판했다. 이를 두고 루쉰은 그것을 데카당이라 부르고 다음과 같이 비판했다.

혁명 역시 이런 퇴폐적인 자들에게는 새로운 자극이다.… 혁명문학에 대해서도 철저하고도 완벽한 혁명문학이기를 바라면서 시대의 결함이 좀만 반영되어도 불쾌하여 눈살을 찌푸린다. 사실에 어긋나는 것은 괜찮아도 즐겁기만 하면 그만이다.…

또 한 부류는 아직 이름을 정하지 못하였다. 요컨대 자신은 뚜렷한 견해가 없

어도 세상에는 어느 하나 그르지 않은 것이 없고 자신은 그른 것이 하나도 없다
고 생각하는 사람으로서 결국 지금 이대로가 가장 좋다고 하는 사람들이다.

이어 루쉰은 〈습관과 개혁〉(1930)에서 음력을 사용하는 것이 '사소한 문제'이나 지식인들이 '그들과 전혀 관계도 없는 시골 농부나 어부를 생각해' 반대한다고 비판했다.

『남강북조집』

루쉰은 『남강북조집』의 〈경험〉(1933)이라는 글에서 『본초강목』을 이름 없는 사람들이 누대에 걸쳐 이루어 낸 지혜의 보고로 예찬한다. 의학만이 아니라 건축, 요리, 어로, 수렵, 농업, 공업 모두가 그렇다는 것이다. 그러면서도 부정적인 것도 있다고 비판한다. 예컨대 "남의 돌림병에 상관 말고 제 감기에나 신경 쓰라", "관청 문이 아무리 활짝 열려 있어도 돈 없으면 따지러 가지 마라"는 이기적인 속담 등이다.

또 〈"제3부류의 인간"을 논함〉은 루쉰이 1930년에 가입한 좌익작가연맹의 문학을 '예술의 배신자'라고 비판한 입장을 편들면서 스스로 제3부류 인간, 즉 제3의 길이라고 주장한 초우양(周揚, 1908~89)의 견해를 비판한 글이다.

기실 이 "제3부류의 인간"들이 "붓을 놓은" 원인은 좌익 논평이 엄혹해서가
아니다. 진정한 원인은 이런 "제3부류의 인간"으로는 될 수도 없고 또 되지 못
한다면 제3부류의 펜도 있을 수 없기 때문이다. 붓을 놓느냐 마느냐는 논의할
여지도 없다.
계급사회에 살면서도 계급을 초월한 작가로 되려 하거나 싸우는 시대에 살면
서도 싸움을 떠나서 독립하려 하고 현실에 살면서 미래의 작품을 쓰려는 사람

은 그야말로 마음이 만들어낸 환각일 뿐 현실에는 있을 수 없다. 이런 사람이 되려는 것은 제 손으로 머리를 잡아 당겨 땅에서 떨어져보려 하지만 떨어질 수 없어서 조급해하는 것과 같다. 하지만 누가 도리질을 한다고 해서 머리를 잡아 당기지 않을 수는 없다.

그러므로 "제3부류의 인간"이라고 할지라도 역시 계급을 초월할 수는 없다.

『위자유서』

루쉰은 1933년 『위자유서(僞自由書)』를 썼다. 그 중에 나오는 〈싸움구경〉에서 루쉰은 당시는 일본군의 침략으로 나라가 위기에 처했으나 장개석 정부는 '평화애호'란 미명하에 무저항정책을 취했고 군벌은 수수방관할 뿐이고 인민은 그것을 구경만 하는 처지였음을 비판했다.

『준풍월담』

루쉰은 야수를 광대로 변하게 하기 위해서는 신임이 필요하다고 하는 〈야수 훈련법〉(1933)에서 그것은 전통사회의 목민법과도 통한다고 말한다.

짐승을 훈련시키는 방법은 백성에 대한 통치와 통한다. 때문에 우리 조상들은 백성을 다스리는 큰 인물을 "목민관"이라 불렀다. 하지만 "놓아기르는" 대상은 소와 양으로서 야수보다 겁이 많다. 때문에 "믿음" 하나에만 의거할 필요가 없다. 주먹을 함께 써볼 수도 있는데 이것이 바로 듣기에 그럴듯한 "위신"이라는 것이다.

"위신"으로 다스려진 동물이라면 "뛰거나 일어서는 것"으로만은 부족하다. 결국 털이나 뿔, 또는 피나 고기를 바치지 않으면 안 된다. 적어도 매일 짜낼 젖은 있어야 한다. 이를테면 소젖이나 양젖을 말한다.

하지만 이것은 옛날 방법으로서 현대도 통한다고 생각하지 않는다.

『차개정 잡문』

　루쉰은 『차개정 잡문』의 〈'체면'을 말한다〉(1934)에서 중국인의 체면 중시를 중국인 민족성의 하나로 지적하고 비판했다. 중국인이 체면을 중시한다는 것은 지금도 통용되는 중국인 행동양식의 기본으로 이해되고 있다. 이러한 경향을 대인주의(對人主義, personalism)라는 말로 부를 수 있다. 예컨대 언제나 '미안하다'고 말하는 일본인에 비해 중국인은 자기주장이 강해 좀처럼 사과하지 않는다. 그 점에서 미국인이나 유럽인 또는 한국인과 유사하나 서양의 개인주의(individualism)와는 또 다르다.

　한국에서 전통적인 인사법인 '식사하셨습니까?'는 중국에서도 마찬가지이다. 그것은 식사가 사회적으로 매우 중요함을 뜻한다. 1989년 6.4천안문사건에서 민중들이 크게 호응한 것은 학생들이 단식이라고 하는 방식을 취했기 때문이었다. 그래서 중국이나 한국에서는 식사를 통한 인간관계가 매우 중요하다. 따라서 대접용 식사는 매우 화려하고 거창하다. 그래서 중국이나 한국에서는 식당의 식사를 간소하게 하라는 정부의 지시가 내려지기도 하는데 그것도 별로 소용이 없다. 식사 좌석의 배치도 중요하다. 초청자 곁에 주빈이 앉고 그 말석까지 대충 순서가 정해진다. 그리고 공식적인 경우에는 초청자의 환영사와 주객의 답사가 식사 전에 행해진다. 그리고 초청자가 따라주는 술은 반드시 마셔야 한다. 소위 대작(對酌) 문화이다. 그래서 한국에서는 술 상무라는 말까지 등장한다. 식사 값은 당연히 초청자가 내게끔 되어 있다. 만일 손님이 내고자 하면 초청자의 체면을 손상하는 것이 된다. '내 얼굴이 뭐가 됩니까?'라는 말이 값을 계산하는 경우에 흔히 나와서 서로 내고자 하는 장면을 쉽게 볼 수 있다.

그러나 중국이나 한국에서 나타나는 자기중심성은 강한 자기주장에 근거하나 그것이 자기책임과 연결되지는 않는다. 따라서 분쟁이 생기게 마련인데 여기서 중간자의 존재가 중요하게 된다. 이러한 자기중심은 당연히 응집이나 단결에 문제를 야기한다. 중국에는 각자는 용이나 셋만 모이면 돼지가 된다는 말이 있다. 중국혁명의 아버지인 쑨원은 단결하지 않는 중국인을 모래사장의 모래로 비유한 바 있다. 한국에서도 이런 이야기는 흔하다. 그러나 경우에 따라서는 쉽게 단결하기도 한다.

앞에서 중국이나 한국의 대인주의가 서양의 개인주의와는 다르다고 했다. 중국이나 한국에서는 '공'이 중시되나 공중도덕은 결여되어 있는데 서양의 공중도덕은 절대적인 '사'의 존재를 인정하는 것인 점에서 다르다. 서양의 개인주의란 기본적으로 집단주의와 대비되는 것으로 집단을 구성하는 개인이 자유롭고 독립된 자주성을 중시하는 가치관이다. 그러나 대인주의에는 그러한 집단과의 대항이라는 요소가 없고 개인 자체만이 중심으로서 존재한다. 물론 대인주의라는 것 자체가 주위의 타인이나 상황에 대응한 것이므로 타자 지향적이고 상황의존적인 성격이 나타난다. 즉 자존심이 강하다는 것과 상대나 형편에 따라 자기 행동을 바꾸는 것이 모순되지 않는다.

『차개정 잡문 2집』

루쉰은 『차개정 잡문 2집』의 〈현대 중국에서의 공자〉(1936)에서 현대 중국의 백성들이 공자를 믿지 않는다고 말한다.

중국의 보통 민중들, 더욱이 이른바 어리석은 백성들이 비록 공자를 성인이라고 말하지만 속으로는 성인이라고 생각지 않는다. 공자에 대해 존경은 하지만 친근하게 생각하지는 않는다. 하지만 중국의 어리석은 백성들처럼 공자를 잘 알고 있는 사람은 세상에 또 없다. 그렇다. 공자가 뛰어난 치국방법을 계획한 적이 있지만 그것은 모두 민중을 다스리기 위한 것으로 권력자를 위해 생각한 방법이고 민중을 위한 것이라고는 꼬물만치도 없다. 이것이 바로 "서민에게는 예를 차리지 않는다."이다. 권력자들의 성인이 되어 마침내 "문을 두드리는 벽돌"로 되었다면 억울한 일은 아니며 민중과 관계가 없다고는 말할 수 없다. 하지만 만일 전혀 친근하지 않다고 한다면 아마 제법 예의를 지켜 한 말이라고 나는 생각한다. 전혀 친밀하지 않은 성인을 가까이하지 않는 것은 당연한 일이다. 아무 때라도 헌 옷을 입고 맨발로 공자를 모신 대전에 가보라. 아마 상해의 고급 극장에 들어가거나 일등 전차를 탄 것과 마찬가지로 당장 쫓겨날 것이다. 이것은 어르신이나 나리들의 일이라는 것을 모르는 사람이 없다. 비록 "어리석은 백성"이라도 아직 이처럼 우둔하지는 않다.

『차개정 잡문 말편』

『차개정 잡문 말편』의 첫 글 〈나는 사람을 속이고 싶다〉(1936)는 루쉰이 죽은 해 일본어로 쓴 글로 일본 잡지에 발표되었다. 그 전 해에 상해사변을 일으킨 일본 해군이 상하이에서 암살되자 그곳 사람들이 대거 이사를 했다. 그러자 정부는 이사를 금지했고 신문은 이사하는 사람들을 '우민(愚民)'으로 비난했다.

루쉰은 상해사변의 전화가 미치지 않은 조계(租界)지구로 가서 영화를 보러 갔다가 수재의연금을 낸 적이 있음을 소개하고 그 돈이 제대로 쓰여지지 않으리라는 것을 알면서도 그것이 정말로 수재민의 손으로 가게 될 것이라고 믿는 사람처럼 행동했고 또한 가난한 물만두 장수에게 다소라도 벌이가 되게 하려고 만두를 사 먹었다고 했음을 말하면서 자기만족이나 자기배설을 비판한다. '자신에게 충실하다'고 하는 것은 자기모독이라고 부정하며 자신은 아무 것도 아니라고 하는 부정정신을 보여준다. 자신이 하는 선행은 남을 속이는 일에 불과하다. 그런 속이기에 고백이라는 것이 있다. 소위 진실이라고 하는 것을 남에게 틀어놓아 자신의 짐을 가볍게 한다는 위선이다.

고진감래(苦盡甘來)라는 말이 있다. 노력하면 노력한 만큼 보답이 돌아온다는 말도 있다. 그러나 과연 그러한가? 아무리 노력해도 안 되는 경우도 있다. 그런 과도한 기대와, 잘못 오해한 현실로부터 좌절이 생겨난다. 그 배경에는 자신에 대한 과신이나 과대평가가 숨어 있다. 루쉰은 그런 나르시시즘을 경계한다. 그는 자신이 아무 것도 아니라는 것을 분명히 보여준다. 따라서 그런 현실이기 때문에 끝없는 노력이 필요하다고 주장한다. 그런 경우에는 도리어 보복의 논리가 필요하다. 마찬가지로 문학에 대해서도 회의한다. 그는 문학이 어떤 대단한 것이기 때문에 하는 것이 아니라 그것밖에 할 수 없으므로 한다고 말한다. 따라서 자신이 하는 일은 정의를 세우기 위해 대단한 것이라고 주장하는 따위를 그는 거부한다.

그러나 이는 허무주의가 아니다. 그는 과대평가도 과소평가도 아닌 냉철한 현실인식에 서 있다. 루쉰은 자주 자신의 글이 필요하지 않는 시대가 오기를 희망했다. 그러나 그런 시대가 좀체 오지 않는 것을 루쉰은 알고 있다. 그래서 그는 절망한다.

루쉰은 죽기 한 달 전쯤 유서격인 〈죽음〉(1936)을 썼는데 그것이 『차개정 잡문 말편』의 마지막 글이자 생애 마지막 글이다.

첫째, 장례를 치르면서 그 누구에게나 돈 한 푼 받아서는 안 된다.─ 하지만 옛 친구는 예외이다.

둘째, 서둘러 수렴하여 묻고 끝내주기 바란다.

셋째, 그 어떤 형식으로든 기념행사를 하지 말라.

넷째, 나를 잊고 자기 생활에 전념하라.─ 그렇지 않다면 정말 바보일 것이다.

다섯째, 아이가 자라서 재능이 없으면 자그마한 일을 하면서 살아가길 바란다. 절대 허울뿐인 문학가나 미술가가 되지 말라.

여섯째, 남이 준다고 약속한 일과 물건에 대해 너무 기대를 가지지 말라.

일곱째, 남에게 해를 주면서 보복을 반대하고 관용을 주장하는 사람을 절대 가까이하지 말라.

루쉰의 시대 이상으로 이 땅에도 적은 많다. 관용이란 말이 유행하고 있다. 똘라랑스니 뭐니 하는 프랑스 말까지 동원된다. 중용이니 객관이니 하는 말도 유행하고 있다. 그러나 페어플레이는 아직도 이르다. 물에 빠진 개는 계속 두드려 패야 한다.

『들풀』

이 책의 제2부 '수필집'에 실린『들풀』은 1924년부터 1926년 사이에 쓴 산문시 23편을 중심으로 1927년에 간행한 책이다. 그 머리말은 장개석의 1927년의 4.12 쿠데타 2주 후에 쓴 것으로 매우 어둡다. 그 머리말에서 "땅속의 불은 땅 밑을 운행하다가 터져 나온다. 용암이 일단 분출하면 들풀과 나무를 남김없이 태워버릴 것이다."라고 한 것을 중국에서는 중국공산당과 마오쩌둥이 이끌던 중국혁명의 상징이라고 해석하는 견해도 있으나, 반드시 그렇게 볼 근거는 없다.

『들풀』처음에 나오는 〈가을밤〉은 고독 속에서 방황하는 영혼의 시라고 할 수 있는 산문시이다.

까악― 하는 소리와 함께 밤 까마귀가 지나갔다. 한밤중에 나는 갑자기 키득 키득 웃음소리를 듣는다. 남의 잠을 깨우고 싶지 않은 것 같았다. 하지만 주변 의 공기들은 모두 그 웃음소리에 맞장구친다. 한밤중이라 다른 사람은 아무도 없다. 나는 그 소리가 내 입에서 나온 것임을 금방 알 수 있었다. 나는 그 웃음소리에 쫓겨 나의 방으로 돌아왔다. 나는 등 심지를 높여놓았다.

〈복수〉는 난해한 작품으로 루쉰 초기작품의 에로티시즘을 보여주지만 기본적인 주제는 시인과 혁명가에 대한 민중의 무관심을 묘사한 것이다. 그는 예수를 학대하는 민중에 대해 폭정이 타인의 머리 위에 떨어지기만을 바라고 그것을 기뻐할 뿐만 아니라 잔혹함을 즐기고, 타인의 고통을 감상함으로써 안위를 삼았다고 비판했다.

『들풀』에는 〈주견〉처럼 그야말로 촌철살인(寸鐵殺人)의 단편, 아니 장편(掌篇)들이 많다. 그 중에서도 압권은 〈개의 반박〉이다. 짖는 개를 보고 권세에 아부하는 개새끼라고 꾸짖자 개가 사람에게 반박한다. 아직 동과 은, 무명과 명주, 관리와 백성, 주인과 종을 구별할 줄 모르니 사람에 미치지 못한다고. 여기서 제기되는 주인과 종의 구별이라고 하는 점은 루쉰이 평생토록 싸운 주제였다.

우리는 종이 아니라 주인이 되고자 한다. 쌍놈이 아니라 양반이 되고자 한다. 모두의 자유와 평등이 아니라 남에게 군림하고자 한다. 그것이 입신출세이다. 이러한 자신은 주인이 되고 남을 종으로 삼고자 하는 허위의식은 만인이 양반이라고 하는 허위의식으로 나타나는 점에서 중국인보다 한국인에게 더욱 심한지도 모른다.

〈이런 전사〉는 루쉰 자신의 자화상이라고 할 만한 작품이다. 이 글에서 루쉰은 중국사회를 눈에 보이지 않는 악령이 지배하는 곳이고, 그 악령이란 학자, 문인 등의 지식인들이며, 그 악령의 무기는 격식을 갖춘 인사이고, 그 인사라는 것이 적의 무기라고 비판했다. 그런 인사로 모든 것을 지배하는 악령들과 싸우는 전사는 패배한다. 그들은 혈연, 지연, 학연 등의 인간관계로 전사나 용사를 죽인다. 전사나 용사는 그런 봉건적인 인간관계로부터 떠나 있다. 그렇기에 그런 것들에 의해 죽어간다. 그런 인간관계만이 아니다. 학문, 도덕, 국수, 공론, 논리, 정의, 동방문명 … 등등의 온갖 미명의 이념들이 전사를 죽인다. 그러나 죽은 전사는 다시 투창을 치켜든다. 이는 루쉰 자신의 의지를, 그리고 모두 그렇게 살아야 함을 선언한 것이다. 그는 사막에 서 있다. 학문, 도덕, 국수, 공론, 논리, 정의, 동방문명 … 등등을 그는 부정한다.

『양지서』

1925년 3월부터 루쉰은 베이징 여자사범대학 학생인 쉬광핑과 편지 교환을 시작했다. 7월까지 이어지는 제1차 서한은 『양지서』의 제1권에 해당한다. 먼저 쉬광핑이 교육계에 매수가 범람함을 개탄한 제1신에 대해 루쉰은 제2신에서 동감을 표시하자 쉬광핑은 제3신에서 교육에 대해 묻고 루쉰은 제4신에서 다음과 같이 답한다.

오늘날 말하는 교육이란 세계 어느 나라를 막론하고 모두 환경에 적응할 수 있는 수많은 기계를 만들어내는 수단에 지나지 않소. 환경에 적응하면서도 저마다의 개성을 발전시킬 수 있는 시기는 아직 오지 않았고 장차 언제 그런 시기가 올지는 알 수 없는 일이오.…

세상에는 별의별 기괴한 일이 다 있소. 들여다보면 결국 "출세"를 위한 것이지만 학교에서 고서에 묻혀 졸업장이나 얻으려는 사람은 그런대로 괜찮은 편이오. 중국은 아마 너무 늙었나 보오. 사회에서 생기는 크고 작은 일 치고 열악하지 않은 것이라곤 없고 마치 검은 물감통과 같아서 그 어떤 새 물건이라도 그 안에 들어가기만 하면 모두 시커멓게 변해버리고 마오. 그러니 방도를 대어 개혁을 하는 외에 다른 길은 없다고 생각하오. 내 보기엔 이상에 젖은 사람이라면 누구나 못내 "과거"를 그리워하거나 "미래"에 희망을 걸고 있을 뿐 "현실"에서 부딪치는 문제 앞에서는 아무도 처방을 내지 못하고 백지를 내고 있소. 가장 훌륭한 처방이래야 이른바 "미래에 희망을 거는" 것이오.

『고사신편』

　루쉰 최후의 창작집은 『고사신편』(1936)에 실린 역사소설 8편을 담은 것이다. 그 작품들은 1922년부터 1935년까지 쓰여졌다. 즉 〈하늘을 메우다〉는 1922년, 〈달나라로 가다〉와 〈벼린 검〉은 1926년, 〈전쟁을 막다〉는 8년 뒤인 1934년, 이어 1935년에 마지막 작품들을 썼다.

　〈하늘을 메우다〉는 1922년에 쓴 초기 작품으로 중국신화를 소재로 한 것이고 상당히 에로틱하여 당시 '예술을 위한 예술' 파의 최대 걸작으로 칭송됐다. 1926년에 쓴 〈달나라로 가다〉에서도 초기 작품의 경향을 볼 수 있다. 반면 1935년작인 〈물을 다스리다〉에서는 민중의 지도자가 묘사되는 점에서 루쉰이 1925년을 전후하여 종래의 진화론에서 계급론으로 기울었음을 읽을 수 있다. 이는 그가 그토록 질타한 민중에 대한 신뢰를 말한 것이었다.

　1927년에 쓴 〈벼린 검〉은 미간척(眉間尺)이라는 남자가 칼 만들기로 천하제일인 명인 아버지의 원수를 갚는다는 이야기이다. 이 이야기에서 루쉰은 미간척의 죽음은 복수가 결코 아름답지 않은, 처참한 현실임을 말한다. 또한 검은 옷의 남자는 의협이나 동정은커녕 권력을 쟁취하는 것도 혁명의 목적이 아님을 말한다. 마지막 작품인 〈비공〉은 1934년에 쓴 것으로 춘추전국시기 사상가인 묵자의 평화주의사상을 소재로 한 작품으로서 루쉰이 묵자의 사상에 깊이 공감했음을 보여준다.

1

잡 문

魯迅

무덤(墳)

'눈을 똑바로 뜨고 보라'를 논함

허생선생이 쓴 시사단평 가운데 "우리는 반드시 눈을 똑바로 뜨고 여러 면을 보는 용기가 있어야 한다."(《맹진》19호)는 제목으로 된 글이 있다. 확실히 눈을 똑바로 뜨고 보는 용기가 있어야만 과감히 생각하고 과감히 말하고 과감히 행동하고 과감히 감당할 수 있을 것이다. 만약 눈을 똑바로 뜨고 볼 용기마저 없다면 뭘 해낼 수 있겠는가? 하지만 우리 중국 사람들에게 가장 부족한 것이 바로 이런 용기이다.

하지만 지금 내가 생각하는 것은 다른 면이다.—

중국의 문인들은 인생에 대하여, 적어도 사회현상에 대하여 언제 눈을 똑바로 뜨고 볼 용기를 가진 적이 없다. 우리의 성현들은 벌써 오래 전에 "예가 아니면 보지 말라"로 가르쳤다. 하지만 그 "예"가 어찌나 엄한지 "똑바로 보아야"지, "같은 눈높이"로 보거나 "비스듬히" 보아도 안 된다. 지금 청년들의 정신상태가 어떤지 잘 모르겠지만 체질을 보면 대부분 등이 구부정하고 눈을 공손하게 내리깔면서 이미 철이 든 자식이고 온순한 백성임을 보여준다. — 외부에 대해서는 굉장히 강한 힘을 갖고 있다는 얘기는 요즘 한 달 가까이에 새로 얻어 들은 말이고 도대체 어떤지는 아직 알 수 없다.

다시 "눈을 똑바로 뜨고 보는" 문제로 돌아와 보자. 처음에는 용기가 나지 않아 못 보고, 나중에는 용기가 없어 못 보고, 더 나중에는 자연히 보지 않고 보이지도 않는다. 자동차가 고장이 나서 길가에 서 있으면 숱한 사람들이 둘러싸고 멍청히 구경하는데 결국 얻은 것은 거무칙칙하고 번들번들한 물건을 보았을 따름이다. 하지만 자신한테 닥치는 갈등이나 사회의 결함으로 생기는 고통은 눈을 똑바로 뜨고 보지 않아도 몸으로 느낄 수 있다. 역시 문인은 민감한 사람이라 그들의 작품을 읽어보면 불만이 있은 지는 썩 오래되었음을 알 수 있다. 하지만 그 결함이 드러날 위기가 생기면 덴겁하여 연신 "그런 일이 없었다."고 말하면서 눈을 감아버린다. 눈을 감고 보면 모든 것이 다 훌륭하고 지금의 고통은 "하늘이 큰 책임을 이 사람에게 내리기로 하였으니 반드시 먼저 마음과 뜻을 괴롭히고 근골을 피로하게 하고 배를 굶기고 몸을 고달프게 하고 하는 일이 뜻대로 되지 않게 하는 것"일 뿐이라고 생각한다. 그러니 문제가 없고, 결함도 없고, 불편도 없으며 해결하고 개혁해야 할 일도 없고 반항할 생각도 없다. 무슨 일이나 "둥글둥글"하기만 바라기에 초조해하지 않고 마음 푹 놓고 차를 마시고는 편안히 잠을 자면 그만이다. 괜히 쓸데없는 말을 자꾸 해봤자 "때에 맞지 않는다."는 꾸지람이나 듣게 되고 대학 교수의 시정을 받아야 한다. 퇴!

실험해본 적은 없지만 나는 가끔 이런 생각을 해본다. 만약 오랫동안 고방에 칩거해있던 할아버지를 여름날 정오의 땡볕 아래에 내놓거나 규방을 나서보지 못한 천금 아가씨를 캄캄한 광야에 끌어낸다면 아마 눈을 감고 아직 남아 있는 옛 꿈을 이어갈 수밖에 없을 것이다. 비록 서로 완전히 다른 현실에 처해 있지만 어둠이나 빛을 만나지 않은 것을 다행으로 생각할 것이다. 중국의 문인도 마찬가지로 만사에 눈을 감고 스스로 자신을 속일 뿐만 아니라 남도 속인다. 그 방법은 속이고 속는 것이다.

중국의 혼인습관에 어떤 결함이 있는지를 재자가인 소설작가는 이미 몸으로 느낀 지 오래된다. 그래서 아무 재자가 벽에 시를 지으면 어느 가인이 와서 화답하면서 사모 – 지금은 연애라고 한다 – 하던 데로부터 연애를 하고 나중에는 "종신가약"을 맺게 된다. 하지만 어려움은 약속을 한 뒤에 따른다. 우리가 알다시피 "저희들끼리 혼약을 하는 것"은 시나 극, 소설에서는 미담이 되겠지만(물론 마침내 장원을 하는 남자와만 혼약을 하는 이야기로 그친다.) 사실상 이는 하늘이 용납하지 않는 일로서 결국에는 헤어지지 않을 수 없다. 그래서 명조 말년의 작가들은 아예 눈을 감고 재자가 급제를 하고 나면 임금의 성지에 따라 혼인을 하는 것으로 미흡한 부분을 미봉한다. "혼약은 부모의 명을 따른다."고 하지만 임금의 성지라는 큰 모자에 눌리고 보면 한 푼의 값어치도 없으며 전혀 문제가 되지 않는다. 과연 문제가 있다면 재자가 장원급제를 하느냐 마느냐에 달려 있지 절대 혼인제도의 좋고 나쁨에는 달려 있지 않다.

(요즘 어떤 사람들은 신인 시인이 시를 지어 발표하는 것은 이름을 날리고 이성을 끌기 위해서라고 하면서 신문, 잡지에서 함부로 실어준다고 노여워한다. 하지만 이들은 신문이 없더라도 담장은 "옛적부터 있어서" 이미 시를 발표하는 기관으로 되었다는 것을 모르고 있는가보다. 《봉신연의(封神演義)》에 따르면 주왕은 이미 여와묘의 담벼락에 시를 썼는데 그 기원은 그야말로 아득히 오래다. 신문에서 백화문을 실어주지 않고 시를 배척한다 해도 담벼락을 다 허물어버릴 수는 없기 때문에 부질없는 노릇이다. 만약 담벼락을 몽땅 검은 색으로 칠한다면 깨진 사기조각으로 그으면 역시 글을 쓸 수 있고 분필로도 얼마든지 쓸 수 있으니 역시 당해내지 못할 것이다. 시를 지어 목판에 새기는 것이 아니라 명산에 숨겨두고 아무 때든 발표하고 싶을 때 발표한다면 정말 못된 버릇이지만 완전히 두절해버리기는 어렵다.)

《홍루몽》가운데 나오는 작은 비극은 사회에서 흔히 볼 수 있는 일로서 작자 또한 과감히 사실대로 썼고 결말도 나쁘지 않다. 가씨네 가업이 제아무리 번창하고 자손들이 번성하지만 보옥은 결국 커다란 붉은 망토를 쓰고 중이 되고 만다. 중은 많지만 이처럼 멋진 망토를 걸친 중이 몇이 되랴. 보옥이 이미 "속세를 떠나 성인의 경지에 이른" 중임은 틀림이 없다. 다른 사람의 운명은 이미 책에 일일이 정해져 있기에 운명은 하나의 결말로 되는데 이것은 문제의 시작이 아니라 문제의 해결이다. 이에 독자들이 어딘가 불안을 느끼지만 어쩔 수 없는 일이다. 하지만 뒤를 이어 쓰거나 고쳐 쓰더라도 새 명분을 빌어 다른 형태로 부활하는 것이 아니라 저승에서 따로 짝을 지어주니 기어이 "남자와 여자를 금방 상봉시켜야" 마음을 놓으니 스스로 자신을 속이는 버릇이 아예 몸에·배어버렸다고 하겠다. 때문에 자그마한 기만책을 보고는 속에 내려가지 않아 반드시 눈을 감고 헛소리를 한바탕 하고나서야 마음을 놓는다. 하이데거의 말처럼 사람과 사람은 가끔 유인원과 원숭이보다 더 큰 차별을 보일 때가 있다. 우리가《홍루몽》의 뒤를 이어 쓴 결말과 원작을 비교해보면 이 말이 정확하다는 것을 인정하지 않을 수 없다.

"착하게 살면 좋은 일이 생긴다."는 옛 교훈을 육조(六朝)의 사람들은 이미 얼마간 의심하기 시작하였다. 그들은 묘지명에 "착한 일을 많이 하고도 보응을 받지 못한다면 결국 자신한테 속은 것이리라."라고 썼다. 하지만 후세의 어리석은 사람들은 또 다시 기만하기 시작하였다. 원류신이 세 살 나는 바보 아들을 화로에 넣으면서 복 받기를 바라는 이야기는《원전장(元典章)》에 나온다.《장백정이 아들을 불에 태워 어머니를 구하다》는 대본은 어머니의 목숨을 연장하는 이야기인데 어머니의 목숨도 연장하고 아들도 잃지 않는다. 고질병으로 앓는 남편의 병시중을 드는 여자의 이야기가 있는데《성세항언(醒世恒言)》에서는 끝내 함께 자살했다고 썼지만 나중에는 뱀이 약탕관에 떨어져 그 약을 먹은 남편이 병이 말끔히 낫는 걸로 고쳐졌다. 아무튼 결함이 있는 이야기를 작자의 손을 거치면 모양이 크게 달라져 이 황당한 속임에 든 독자들은 세상을 광명이 넘치는 것으로 보면서 불행은 그 사람이 스스로 자초했기 때문이라고 생각하게 만든다.

가끔 잘 알고 있는 역사 사실, 이를테면 관우나 악비가 피살된 사실처럼 속일 수 없는 것이면 따로 기만술을 쓴다. 기만술의 하나는 악비처럼 전세에 이미 인연이 있는 걸로 만들어놓는 것이고 다른 하나는 관우처럼 죽은 뒤에 신선이 되게 하는 것이다. 정해진 운명은 피할 길 없지만 좋은 업보를 받아 신선이 되는 것으로 하면 사람들이 더 만족을 느낀다. 하기에 살인자를 너무 탓할 것 없고 죽은 자도 너무 비감해할 것 없다. 저승에 이미 각기 설 자리가 정해져 있기에 다른 사람이 너무 애를 쓸 필요가 없다.

이렇게 여러 모로 일을 정시할 줄 모르는 중국 사람들이기에 기만술과 속임수로 도망갈 길을 만들어놓고는 스스로 바른 길이라고 생각하고 있다. 이런 길을 가는 중국 사람에게서 겁 많고 나약하고 나태하면서도 약삭빠른 국민성을 증명할 수 있다. 하루하루 기만하면서 하루하루 타락돼가고 있지만 날이 갈수록 영광스럽다고 생각한다. 사실상 망국을 한번 겪을 적마다 순직한 충신 몇이 늘어나지만 나중에는 옛것을 광복할 생각은 않고 그 몇몇 충신들만 찬미한다. 수탈을 한번 당할 적마다 열녀들이 수두룩이 생겨나는데 일이 지나고 나면 그 흉수를 징벌하고 스스로 지킬 생각은 않고 그 열녀들을 노래한다. 나라를 잃고 수탈을 당한 일이 중국 사람들에게는 오히려 "이승과 저승의 정기"를 발휘할 수 있는 기회가 되어 이참에 가치를 높여야 하므로 근심하고 슬퍼할 것이 아니라 죽 내버려두는 게 도리일 것 같다. 하기는 더 어쩔 도리가 없기도 하다. 우리가 이미 죽은 사람의 덕으로 최고의 영광을 누리고 있기 때문이다. 호한(滬漢) 열사 추도회에서 살아 있는 사람들이 높이 우러러 모셔야 할 위패아래에서 서로 욕설을 퍼부으면서 치고 박고 싸웠으니 역시 우리 조상들과 같은 길을 걷고 있는 것이다.

문예는 국민정신을 뿜어내는 빛발이며 국민정신의 앞길을 밝혀주는 등불이기도 하다. 양자는 서로 원인이 되고 결과로도 되는바, 마치 깨를 압착하여 짜낸 참기름이지만 그 참기름에 깨를 담그면 빛이 더욱 나는 것과 마찬가지다. 만약 빛이 나는 것이 제일이라고 생각한다면 더 말할 것도 없지만 그렇지 않을진대 물이나 재물처럼 다른 걸로 섞어야 할 것이다. 중국 사람들은 여태껏 인생을 똑바로 볼 용기가 없었기에 속이고 속으며 살 수밖에 없었다. 그래서 속이고 속는 문예가 생겨나게 된 것이다. 이런 문예는 중국 사람들을 기만과 속임의 수렁에 더욱 깊이 빠지게 만들며 심지어 스스로 깨닫지 못하게 만들어 버렸다. 세상이 하루 다르게 변하고 있는 마당에 우리의 작가들이 가면을 벗어버리고 성실하게, 깊이 있게, 대담하게 인생을 정시하고 취하여 자신의 피와 살로 글을 쓸 때가 되었다. 벌써 참신한 문예의 장이 있어야 했고 벌써 용감한 맹장 몇 사람이 나왔어야 했다.

요즘은 기상이 변하여 어디를 가도 꽃과 달을 노래하는 소리를 들을 수 없고 대신에 철과 피의 잔송가만 들린다. 하지만 만일 기만하는 마음과 기만하는 입을 가졌다면 A든 O든, 아니면 Y든 Z든 마찬가지로 거짓이다. 이전에 꽃과 달을 천시하던 이른바 비평가들의 입만 막아버리면 중국이 중흥하리라는 만족스러운 생각에 젖어 있다. 불쌍하게도 "애국"이라는 큰 모자 아래에서 그는 또 다시 눈을 감아버린다. 아니면 워낙 눈을 감고 있었는지도 모른다.

모든 전통사상과 수법을 짓부수는 맹장이 없다면 중국에는 참된 새로운 문예가 있을 수 없을 것이다.

1925년 7월 22일

천재가 있기 앞서

-1924년 1월 17일 북경사범대학 부속 중학교 학우회에서 한 연설

저의 연설이 여러분들에게 도움이 되거나 재미를 끌 수 있으리라고는 생각지 않습니다. 별로 아는 것이 없는 저로서는 자꾸 사양만 할 수도 없기에 여기 나와서 몇 마디 하지 않을 수 없습니다.

지금 사람들이 문예계에 대한 기대의 목소리가 높은데 그 가운데 천재가 나오기를 바라는 목소리도 매우 높은 편입니다. 이는 분명 두 가지 현실을 반증한다고 할 수 있습니다. 하나는 중국에 지금 천재가 없다는 것이고 다른 하나는 다들 현실의 예술에 염증을 느끼고 있다는 것입니다. 도대체 천재가 있을까요, 없을까요? 아마 있겠지요. 하지만 누구나 만나본 적이 없습니다. 보았거나 들은 것을 근거로 한다면 없다고 할 수도 있습니다. 천재뿐만 아니라 천재가 성장할 수 있는 민중도 없습니다.

천재란 깊은 숲속이나 거친 들판에 절로 나서 자라는 괴물이 아니라 천재가 생겨나고 자랄 수 있는 민중이 있어야 합니다. 때문에 이러한 민중 없이는 천재가 있을 수 없습니다. 나폴레옹이 알프스산을 넘으면서 말했습니다.

"내가 알프스산보다 더 높구나!"

이 얼마나 거룩합니까. 하지만 그 뒤에 수많은 병사들이 따른다는 것을 잊어서는 안 되지요. 만약 병사들이 없다면 그는 산 너머에 있는 적들에게 잡히거나 쫓겨날 거고 그의 행동이나 말은 모두 영웅의 계선을 벗어나 있는 미치광이 부류에 속할 것입니다. 때문에 나는 천재가 나오기를 바라기 전에 천재가 자랄 수 있는 민중이 있기를 바라야 한다고 생각합니다. 튼튼한 나무가 있기를 바라고 고운 꽃을 보기 원한다면 반드시 좋은 흙이 있어야지요. 흙이 없으면 꽃도 나무도 없습니다. 그러므로 꽃이나 나무보다 흙이 더 중요합니다. 나폴레옹에게 반드시 훌륭한 병사가 있어야 하듯이 꽃과 나무에는 좋은 흙이 있어야 합니다.

하지만 지금 사회의 여론이나 추세를 보면 천재가 나오기를 바라면서도 천재가 사라지기를 바라고 있으며 마련된 흙마저 쓸어버리고 있습니다. 몇 가지 예를 들이보겠습니다.

첫째는 "고대 문화를 정리하자"[1]는 주장입니다. 신사조가 중국에 들어온 뒤 그 힘이 별로 크지도 않은데 늙은이들과 또 젊은이들까지 혼비백산하여 고대문화부터 근심나나 봅니다. 그들은 "중국에 그처럼 많은 좋은 것이 있지만 정리하고 보존할 생각은 하지 않고 오히려 새로운 것을 추구한다니 그야말로 조상의 유산을 버리려는 것과 마찬가지로 불초한 일이다."고 말합니다. 조상을 들먹여 말한다면 이건 지극히 엄숙한 일이 아닐 수 없습니다. 하지만 낡은 마고자를 잘 씻어 개어놓기 전에는 새 마고자를 만들 수 없다고 한다면 말이 안 되지요. 지금 상황을 보면 누구나 자기 하고 싶은 일을 하고 있습니다. 늙은 선생들이 고전 문화를 정리하고 싶으면 창가에 앉아 죽은 글을 읽어도 무방합니다. 하지만 청년들에게는 살아 있는 학문과 새로운 예술이 있으므로 서로 하고 싶은 일을 해도 큰 방해가 되지 않겠지요. 그런데도 자기들의 주장만 내세우면서 그를 따르라고 한다면 그것은 중국이 세계와 영원히 담을 쌓기를 바라는 것입니다. 만약 고전만 붙들고 있어야 한다면 그건 더욱 황당한 일이지요! 골동품 상인과 대화를 나눈다면 상인은 물론 골동품이 좋다는 애기를 늘여놓기

---

[1] 1919년 호적은 잡지에 "고대문화를 정리하자"는 구호를 제기하면서 지식인과 청년학생들을 현실적인 혁명투쟁에서 이탈시키려고 유도하였다.

마련이지만 절대 화가나 농부, 장인들이 조상을 잊었다고 욕하지는 않습니다. 이들이 실은 많은 국학가(國學家)들보다 훨씬 총명합니다.

다른 하나는 "창작을 숭배하자"는 주장입니다. 겉보기에는 천재가 나오기를 바라는 기대와 일치한 것 같지만 실을 그렇지 않습니다. 그 바탕에는 외래사상과 이국정취를 배척하는 정서가 다분합니다. 때문에 역시 중국을 세계조류와 차단시키는 일입니다. 톨스토이, 투르게네프, 도스토예프스키의 이름을 너무 들어서 싫어하는 사람이 많습니다. 하지만 중국에 번역되어 들어온 그들의 저작이 있던가요? 눈을 한 나라 안에만 가두어놓고 페트로나 죤 얘기만 하면 염증을 내면서 반드시 장 아무개나 이 아무개여야 한다고 합니다. 그래서 창작하는 사람이 나오게 됩니다. 솔직히 말해서 좋은 작품이래야 외국 작품의 기술과 정서를 좀 따온 것으로서 문필은 멋질 수는 있지만 사상은 흔히 번역 작품을 따라가지 못하거나 심지어 전통사상을 얼마간 보태어 중국 사람의 구미에 맞춰놓은 것입니다. 그러면 독자는 이미 작품의 사상에 매이어 안계도 점점 좁아지고 옛 틀을 거의 벗어나지 못합니다. 작자와 독자는 서로 원인과 결과를 이룹니다. 외국문화를 배척하고 고전문화를 내세우고서야 어찌 천재가 생겨날 수 있겠습니까? 설사 생겨나더라도 살아갈 수 없을 것입니다.

이러한 생각을 갖고 있는 민중은 흙이 아니라 먼지입니다. 이런 곳에서는 좋은 꽃과 나무가 자랄 수 없습니다!

그리고 또 한 가지, 악의에 찬 비평이 있습니다. 여러분들이 오래전부터 비평가가 나오기를 기다렸지만 지금 많은 비평가가 나왔습니다. 그런데 유감스럽게도 그들 가운데는 비평가답지 않은 불평가가 적지 않습니다. 작품을 보고는 금방 먹을 힘주어 갈아놓고 고명한 결론을 내립니다.

"참, 유치하기 짝이 없군. 중국에는 천재가 나와야 해."

나중에는 비평가가 아닌 사람도 얻어 들은 말을 믿고 덩달아 호응합니다. 기실 천재라 할지라도 태어날 때는 울음을 터뜨립니다. 보통 어린이와 꼭 같은 울음이지 절대 훌륭한 시가 아닙니다. 여리기 때문에 머리에 손상을 입으면 역시 시들어 죽습니다. 나는 이 사람들의 욕을 먹고 몸서리를 치는 작가 몇을 보았습니다. 그 작가들이 물론 천재는 아니겠지만 설사 보통 사람이라 해도 그렇게 하지 말기를 바랍니다.

악의적인 비평가들에게는 여린 모가 자라고 있는 대지를 말 타고 달리는 것이 여간 통쾌하지 않겠지요. 하지만 해를 입는 어린 싹 가운데는 보통 싹도 있고 천재 싹도 있습니다. 어린이가 노인 앞에 부끄럽지 않듯이 유치함이 노련함에 치욕이 되지 않습니다. 작품도 마찬가지입니다. 처음에는 유치하겠지만 치욕이 아닙니다. 만약 손상을 입지 않는다면 자라고 여물고 노련해질 수 있기 때문입니다. 노쇠와 부패만이 치료할 길이 없습니다. 유치한 사람이나 노련한 사람이나 유치한 마음이 있으면 유치한 말을 하면서 하고 싶은 말을 해야지요. 말을 한 다음 인쇄되어 나오면 그의 일은 끝입니다. 무슨 깃발을 내걸고 비평하든 아랑곳할 것 없습니다.

이 자리에 계시는 여러분들도 십중팔구는 천재가 나오길 바라고 있을 것입니다. 하지만 천재가 나오기 매우 어려울 뿐만 아니라 천재를 길러낼 수 있는 흙이 되기도 어려운 것이 현실입니다. 천재는 거의 선천적이겠지만 유독 천재를 양성하는 흙만은 여러분들이 모두 될 수 있다고 생각합니다. 흙의 역할을 하는 것이 천재가 나오기를 바라는 것보다 더 절박합니다. 그렇지 않으면 수많은 천재가 나오더라도 흙이 없으면 발육하지 못하고 접시에 기르는 녹두 나물이 될 것입니다.

흙이 되려면 넓은 정신이 있어야 합니다. 새로운 사조를 받아들이고 낡은 틀에서 벗어나 수용할 줄 알아야 하며 장차 생겨날 천재를 이해할 수 있어야 합니다. 그리고 작은 일이라도 해야 합니다. 창작할 수 있으면 물론 창작을 해야 하고 그렇지 못하면 번역하거나, 소개하거나, 감상하거나, 읽고 보거나 심심풀이해도 모두 좋습니다. 문예로 심심풀이를 한다면 어딘가 우습지만 손상을 입히는 것보다는 낫지요.

천재에 비하면 흙은 물론 하찮습니다. 그러나 고생을 이겨내는 인내력이 없으면 흙이 되기도 쉬운 일은 아닙니다. 하지만 일이란 사람 하기 나름으로 허황하게 천재를 기다리기보다는 확실하지요. 흙의 위대한 점은 바로 여기에 있으며 거꾸로 말하면 큰 희망을 기대할 수 있는 점이라고 할 수 있습니다. 그리고 보답도 받을 것입니다. 이를테면 예쁜 꽃이 흙에서 피어났을 때 구경하는 사람은 물론, 흙 자신도 마음이 즐겁겠지요. 반드시 꽃이 되어야 마음이 즐거운 것은 아닙니다. 만약 흙도 영혼이 있다면 말입니다.

1924년 1월 17일

이런 저런 추억(雜憶)

1

　청년들이 지금 바이런|1|의 시를 즐겨 읽는다고 하는데 정말 그런 것 같
기도 하다. 나 자신도 그의 시를 읽고 열정에 들끓은 적이 있었다. 더욱이
꽃무늬 천을 머리에 동이고 그리스의 독립을 도우러 갈 때의 초상을 보면
서 더욱 흥분했다. 이 초상은 작년에 《소설월보》를 통해 중국에 들어왔는
데 아쉽게도 나는 영어를 몰라서 번역본을 보았다. 요즘 들어서는 시를
잘 번역한다 하더라도 별로 값이 나가지 않는다고 한다. 하지만 그때는
사람의 눈이 이처럼 높지 않아서 번역본을 보았지만 괜찮았다. 내가 영어
를 몰라서 하찮은 풀을 방초로 생각했을 지도 모른다.

　기실 바이런이 중국 사람들에게 꽤나 알려진 데는 다른 원인이 있었다.
그것은 바로 그리스의 독립을 도왔기 때문이다. 그때는 청조 말기였는데
일부 청년들의 마음속에서는 혁명열조가 한창 들끓고 있었고 복수와 반
항을 부르짖는 것이라면 쉽게 감응되곤 했다. 그때 내 기억에 남는 작가
로는 또 폴란드 복수시인 아담 미치케위치(Adam Mickiwicz), 헝가리 애국
시인 페테피 산도르(Petofi Sandor), 필리핀의 문인으로 스페인 정부에 의
해 피살된 리잘이 있다.

　일부 다른 사람들은 만주족의 폭행을 기록한 명조 말기 유민의 저작을
전문 수집하고 있었는데 도쿄나 다른 도서관에 죽치고 앉아서 베끼고 찍

|1| 바이런(G. Byron) 영국의 시인이다. 그는 이탈리아 자산계급 민주혁명 활동과 그리스 민족독립 운동에 참가하
였다.

어서 중국에 보냈다. 잊어버린 옛 원한을 되살리는 것으로 혁명에 도움을 주려고 하였던 것이다. 그래서 《양주의 열흘》[2], 《가정년 학살기록》[3]과 같은 저작을 찍어내기도 했다. 그밖에도 단행본으로 된 글 모음이 있었는데 지금은 기억이 나지 않는다. 또 이름을 만주족을 때려눕힌다는 뜻으로 "박만(撲滿)" 또는 "타청(打淸)"이라고 고친 사람도 있었는데 영웅으로 치부되었다. 이런 이름이 기실 혁명과는 별 상관이 없었지만 그때 광복에 대한 열망이 얼마나 뜨거웠는지를 말해준다.

영웅 식의 이름뿐만 아니라 비장한 시 역시 종이에 쓴 것에 지나지 않으며 나중에 있은 무창봉기와는 아무런 관계가 없었다. 만약 영향력으로 말하면 수천수만 마디의 말이라 해도 "혁명군의 병졸 추용"이 알기 쉽게 단도직입적으로 쓴 《혁명군》[4]을 따를 수 없다.

2

정작 혁명이 일어나자 복수 사상은 대체적으로 무디어졌다. 아마 사람들이 성공에 대한 희망에 들떠 있고 또 "문명"이란 약을 먹어서 한인의 체면을 생각하고 포악한 복수는 하지 않은 것 같다. 하지만 그때의 이른바 문명이란 중국의 국수가 아니라 분명 서양의 문명이었고 이른바 공화 역시 주소(周召)의 공화[5]가 아니라 미국이나 프랑스식의 공화였다. 혁명당인도 민족의 위신을 세우느라 병사들은 별로 약탈하지도 않았다. 남경의 마적 군대가 좀 약탈을 한 적이 있는데 황흥[6]이 그 말을 듣고 발끈 노하

---

[2] 청나라 왕수초(王秀楚)의 글로서 1645년 청나라 군사가 양주에 쳐들어왔을 때 중국인을 참살한 상황을 기록하였다.

[3] 청나라 주자소(朱子素)가 쓴 글로서 1645년 청나라 군사가 가정에 쳐들어왔을 때 중국인을 도살한 상황을 기록하였다.

[4] 청나라 말기 혁명가인 추용(鄒容)이 반청혁명을 선동하기 위하여 쓴 작품이다. 추용은 자신을 "혁명군의 병졸"로 자처하였다.

[5] 서주(西周) 시기에 역왕(歷王)이 무도하여 나라 사람들의 반대에 직면하자 도망을 갔고 이 시기에 소공(召公)과 주공(周公)이 번갈아 정사를 맡아보았는데 이를 두고 주소공화라고 부른다.

[6] 황흥(黃興, 1874~1916년) 호남성 장사 사람으로서 근대 민주혁명가이다.

여 몇을 총살해버렸다. 나중에 마적은 총살이나 효수를 두려워하지 않는 다는 것을 알고 시체에서 머리를 잘라내 새끼그물에 넣어 나무에 매달았다. 그 후로 다시는 변고가 생기지 않았다. 비록 내가 근무하던 곳에서 문을 나갈 때까지만 해도 총을 바로 잡으며 경례를 하던 병사가 창문으로 기어들어가 나의 옷을 훔쳐간 일이 있지만 수단은 많이 조용해지고 친절해졌다.

남경은 혁명정부 소재지로서 물론 더 문명하였다. 하지만 내가 전에 만주인들이 살던 곳에 가보았더니 폐허만 남고 방효유의 혈적석(血迹石)[7]이 있는 정자만 그대로 있었다. 여기는 원래 명나라의 고궁이있는데 내가 학생시절에 말을 타고 지난 일이 있었고 개구쟁이들이 욕을 하고는 돌을 던지곤 하던 곳이다. 지금은 옛 모습을 찾아볼 수 없고 남아 있는 주민도 별로 없었다. 남아 있는 헌 집 몇 채도 문도, 창문도 없었다.

그렇다면 성을 공략할 때 한인들이 대대적으로 복수를 했단 말인가? 그렇지 않았다. 그때 상황을 알고 있는 사람이 나에게 알려준데 따르면 전쟁을 하노라니 파괴가 따르기 마련이었고 혁명군이 성안으로 들어오자 기인(旗人)[8] 가운데 일부가 옛 법대로 집안에서 화약을 폭발하여 스스로 자살하였다고 한다. 마침 그곳을 지나가던 기병이 그 폭발에 맞아 죽어서 혁명군은 반항하느라 지뢰를 묻은 줄로만 알고 집에 불을 질렀지만 타지 않은 집도 적지 않았다. 그 뒤에 그곳에 살던 사람들이 집을 허물어 재목을 팔았고 먼저 자신의 집을 허물고 나중에 남의 집도 허물었는데 재목이 하나도 남지 않자 흩어지고 이렇게 폐허만 남겼다. 하지만 이것은 내가 얻어 들은 말이고 정말인지는 잘 모른다.

---

[7] 명나라 건문 4년(1402년) 명혜제(明惠帝)의 숙부 주체(朱棣)가 군사를 일으켜 남경을 점령하고 스스로 황제로 자처하였다. 그가 방효유(方孝孺)에게 조서를 기초하라고 명하였으나 방효유가 듣지 않자 그를 살해하고 가문을 멸족하였는데 죽은 사람이 870명에 이른다. 혈적석은 방효유가 고문을 받으면 흘린 피가 묻은 돌이라고 한다.

[8] 기인(旗人), 청나라에서 팔기(八旗)에 편입된 사람을 부르던 이름이다. 팔기는 만주족 군대의 조직 편성 이름이지만 나중에는 만주족을 모두 기인이라고 불렀다.

이런 상황을 보면 설사 《양주의 열흘》을 눈앞에 걸어놓아도 별로 분노하지는 않을 것이다. 내 느낌으로는 민국이 성립된 뒤 한인과 만주인 사이의 악감은 사라진 듯싶었고 각 성의 계선도 전보다 분명하지 않았다. 하지만 "지은 죄가 깊어서 죽어도 효도를 할 수 없는" 중국인들은 1년이 되지 않아 상황을 역전시켜버렸다. 종사당[9]의 활동과 유지들의 부질없는 행동으로 두 민족 간에 있었던 옛 원한은 다시 기억되었고 부풀려졌다.

3

내가 성질이 유달리 나빠서 그런지, 아니면 전에 살았던 환경의 영향 때문인지 나는 복수를 별로 나쁘게 생각하지 않는다. 비록 무저항주의자들을 인격이 없다고 비난하고 싶지도 않지만 말이다. 하지만 가끔 이런 생각이 든다. 복수에 대해 누가 그것을 심판하고 어떻게 해야 공정하다고 할 수 있을까? 이 물음에 나는 금방 스스로 대답을 한다.

자신이 심판하고 자신이 집행하며, 하느님의 관여가 없이 눈에 머리를 갚아도 좋고 머리에 눈을 갚아도 좋다고.

가끔은 관용이 미덕이라는 생각이 들기도 한다. 하지만 그러다가도 이 말을 보복할 배짱이 없는 어느 겁쟁이가 발명하지 않았나 하는 의문이 들기도 하고 아니면 남을 해치고 보복이 두려웠던 비겁한 나쁜 자가 너그럽다는 미명을 사취하기 위해 이런 말을 만들어내지 않았나 하는 생각도 한다.

하기에 나는 늘 청년들이 부러웠다. 비록 청조 말년에 태어나기는 했지만 대체로는 민국에서 자랐고 공화의 공기를 마셨으니 타민족의 통치를 받으며 생기는 불만과 그들의 정치와 제도에 억눌려 사는 슬픔은 없으리라고 생각했기 때문이다. 과연 대학교 교수마저도 왜 소설에서 하층사회를 묘사하는지를 이해하지 못하고 있다. 나를 현대인과 한 세기 떨어져

|9| 종사당(宗社黨), 청조의 귀족 양필(良弼), 육랑(毓朗) 등이 청조 왕실정권을 보전하기 위해 세운 조직으로서 여러 가지 복벽활동을 하였고 결국 모두 실패하고 말았다.

있다고 한다면 어딘가 맞는 것 같다. 비록 부끄럽기는 하지만 나는 씻어 버리고 싶지는 않다.

4

공자는 "자신보다 못한 사람과 사귀지 말라."고 하였다. 이처럼 이득에 밝은 사람은 세상에 너무 많다. 우리가 스스로 자기 나라의 꼴을 보면 별로 친구가 없으리라는 것을 알 수 있다. 친구가 없을 뿐만 아니라 대부분 척졌던 사람들일 것이다. 하지만 갑과 척졌을 때는 을이 나와서 말려주기를 바라고 을과 척졌을 때는 갑이 동정해주기를 바란다. 때문에 나누어 보면 전 세계가 모두 적이 아닌 것 같지만 적은 언제나 있다. 그래서 한두 해가 지나면 꼭 애국자가 나서서 적에 대한 원한과 분노를 부추긴다.

이 역시 지극히 일반적인 일로서 이 나라가 저 나라와 척졌을 때면 먼저 수단을 써서 그 나라에 대한 국민들의 적개심을 선동하여 한마음으로 방어하거나 공격하도록 한다. 하지만 여기에 필요조건 하나가 있으니 바로 국민이 용감해야 한다는 것이다. 용감해야 강한 적을 무찌르고 원한을 풀 수 있다. 만일 나약한 국민이라면 아무리 선동해도 강적과 맞설 배짱이 생기지 않을 것이다. 하지만 선동된 분노는 아직 사그라지지 않아서 터뜨릴 곳을 찾아야 한다. 그 터뜨릴 곳이 바로 동포든 이민족이든 그들보다 더 약해보이는 백성이다.

나는 중국인에게는 쌓이고 쌓인 원망과 분노가 너무 많다고 생각한다. 그 분노는 물론 강자의 유린을 받아 생긴 것이다. 하지만 그들은 절대 강자한테 반항하지 않는다. 반대로 약한 자한테 터뜨린다. 군대와 강도는 서로 싸우지 않지만 총 없는 백성은 군대와 강도한테 모두 당한다. 이것은 요즘 흔히 볼 수 있는 증거로서, 노골적으로 말해 이런 사람들의 비겁함을 증명하고 있다. 비겁한 사람이 불 같이 노했을 때 약한 풀을 내놓고 또 뭘 태우겠는가?

또 이렇게 말할 수도 있다. 우리는 지금 외적에게 적개심을 가지라고 하는 것이지 국민과는 아무 상관이 없고 또 아무 피해도 입지 않는다고. 비록 국민이라고 하지만 그들의 적개심을 분출시킬 필요가 있을 때는 마음대로 죽일 수 있도록 아무 특이한 이름을 붙인다. 이전에는 이단, 요사한 사람, 간사한 무리, 역적과 같은 이름이 있었고 지금은 나라도둑, 한간, 앞잡이, 노복이라는 이름이 있다. 경자년에 의화단이 길가는 사람을 잡아놓고는 멋대로 교도라고 모함했는데 그때 그들의 증거라면 자신들의 신통한 눈으로 그 사람의 이마에서 "十"자를 보았다는 것이다.

하지만 우리가 "자신보다 못한 사람과는 사귀지 않는" 세상에 살고 있으니 국민의 적개심에 불을 붙이는 외에 다른 무슨 좋은 방법이 있겠는가? 하지만 내가 말한 이상의 이유에 근거하여 불을 붙이고 있는 청년들에게 한 걸음 더 기대하는 것이 있다. 그것은 바로 대중들의 정의로운 적개심에 불을 붙이는 한편 더 무거운 용기를 갖고 감정을 고무하는 동시에 반드시 이성을 깨우치기에 힘써야 한다는 것이다. 그리고 용기와 이성에 힘을 실고 수많은 청년들을 훈련해나가야 한다. 이 목소리가 적을 무찌르는 함성보다는 크지 않겠지만 더욱 중요하고 어렵고 위대한 사업이라고 생각한다.

그렇지 않을진대 재앙을 입는 것은 적이 아니라 우리의 동포와 자손들이라는 것을 역사는 말해주고 있다. 그 결과 도리어 적을 위해 선구자로 되고 적이 이 나라의 이른바 강한 승리자로 되며 동시에 약자의 은인으로 되는 것이다. 품고 있던 원한을 자신들끼리 먼저 싸우고 죽이면서 모두 풀어버려서 세상이 태평한 성세로 되었기 때문이다.

요컨대 나는 국민이 지혜와 용기가 없이 이른바 "기백" 하나에 의거한다면 정말 너무 위험한 일이라고 생각한다. 지금은 한걸음 더 나아가 반드시 실속이 있는 일부터 착수해나가야 할 것이다.

1925년 6월 16일

페어플레이는 아직 이르다

1. 해제

어당[1] 선생은 《어사(語絲)》 57호에 쓴 글에서 "페어플레이(Fair play)[2]를 이야기하면서, 중국에는 이런 정신이 가장 부족하기에 적극 격려하는 수밖에 없다고 하였고 또한 "물에 빠진 개를 때리지 않는 것"이야말로 "페어플레이"의 의미를 충분히 보충할 수 있다고 말하였다. 영어를 모르는 나로서는 이 단어에 도대체 어떤 함의가 들어있는지 잘 모른다. 만약 "물에 빠진 개를 때리지 않는 것"이 바로 이런 정신이라고 한다면 논의해 보고 싶은 생각이 많다. 하지만 제목에 바로 "물에 빠진 개를 때린다."는 말을 쓰지 않은 것은 끔찍한 느낌을 주는 것을 피하려는 생각에서였다. 말하자면 머리에 억지로 "가짜 뿔"을 달 생각이 없었기 때문이다. 한마디로 "물에 빠진 개"를 때리지 말아야 하는 것이 아니라 반드시 때려야 한다고 말하고 싶을 따름이다.

|1| 어당, 이름은 임어당(林語堂)이다. 조기에 미국, 독일에 가서 유학하였고 북경대학, 북경 여자사범대학에서 교수로 있었다. 루쉰과 교제가 있었지만 나중에는 뜻이 달라 절교하였다.

|2| 페어플레이(Fair play) 스포츠 경기와 기타 경기에 쓰는 술어로서 부정당한 수단을 쓰지 말고 공명정대하게 경기를 해야 한다는 뜻이다. 영국의 자산계급은 이 정신을 사회생활과 당파투쟁에서도 쓸 것을 제창하면서 이것은 자산계급 신사라면 반드시 갖춰야 할 함양과 덕성이라고 인정하였고 영국을 페어플레이의 나라라고 스스로 생각하고 있었다.

2. "물에 빠진 개"는 세 가지가 있는데 대부분 때려야 할 부류들이다.

논자들은 흔히 "죽은 호랑이를 때리는 것"과 "물에 빠진 개를 때리는 것"을 함께 거론하면서 둘 다 비겁한 행동에 가깝다고 말하고 있다. 내 생각에는 죽은 호랑이를 때리는 것은 겁쟁이가 일부러 용감한 체하는, 꽤나 웃기는 일로서 비열한 혐의가 있긴 하지만 귀여운 면도 있다.

하지만 물에 빠진 개를 때리는 것은 그렇게 단순하지 않다. 그 개가 어떤 개인지, 어찌하여 물에 빠졌는지를 보아서 결정할 일이다. 개가 물에 빠질 수 있는 가능성은 대략 세 가지가 있다. 첫째는 발을 헛디뎌 절로 빠진 경우이고, 둘째는 남이 때려서 빠뜨린 경우이고, 셋째는 내가 직접 때려서 빠뜨린 경우이다. 만일 첫 번째와 두 번째 경우라면 남들이 때린다고 같이 때리면 이는 물론 너무 심심해서 하는 짓이거나 거의 비겁에 가까운 일이다. 하지만 개와 싸우면서 손수 물에 빠뜨렸고 또 물에 빠진 개를 계속 대나무로 때리더라도 심할 것은 없고 앞의 두 경우와 같은 이치로 논해서는 안 된다.

용감한 권투선수는 넘어진 상대를 절대 때리지 않는다고 한다. 이는 과연 본받을만한 일이다. 하지만 한 가지 덧붙여야 할 것은 적수도 용감한 투사여야 한다는 점이다. 패배한 뒤에 부끄러워하고 승복하면서 다시 덤벼들지 않거나 정정당당하게 복수하러 나온다면 안 될 것도 없다. 하지만 개는 이와 같은 경우에 적용하여 대등한 적수로 취급할 수 없다. 개는 아무리 짖어대도 "도의"라는 것을 모르기 때문이다. 더구나 개는 헤엄을 칠 줄 알기에 반드시 기어 올라와서는 몸을 부르르 털어 물을 사람한테 들씌우고는 꼬리를 사리며 달아날 것이다. 그런다고 그 성품이 변하는 건 아니다. 순진한 사람은 개가 물에 빠졌다면 그것은 세례를 받은 것이기에 반드시 참회했을 테고 다시는 사람을 물지 않을 것이라고 생각한다. 그러나 이것은 크게 잘못 생각하는 일이다. 요컨대 사람을 무는 개라면 땅에 있건 물에 있건 모조리 때려야 할 부류에 속한다고 생각한다.

3. 발바리는 더구나 물에 빠뜨려 넣고 때려야 한다.

발바리를 땅개라고도 하는데 남쪽에는 서양개라고도 한다. 그러나 실은 중국의 토종개로서 세계 개 품평회에서 금상을 탔다고도 한다. 《브리태니커 백과사전》에 나온 개 사진을 보면 중국 발바리가 여러 마리 나와 있다. 이 역시 중국의 영광이리라. 개와 고양이는 척진 사이라 하지 않은가? 발바리를 개라고는 하지만 고양이를 많이 닮았다. 절충하고 공정하고 조화롭고 반듯한 귀여운 모습으로, 남은 모두 과격한데가 있지만 자신만이 중용의 도를 터득한 듯 느긋한 표정을 짓고 있다. 때문에 부자나 관리, 마나님이나 아기씨들의 총애를 받으며 그 씨를 끊임없이 이어오고 있다. 발바리가 하는 일이란 깜찍한 외모로 귀인들의 사육을 받거나 목에 단 고리에 가는 줄을 달고서 중국 또는 외국 여인의 뒤를 졸졸 따라다니는 것뿐이다.

이런 발바리들은 먼저 물에 빠뜨려 넣고 때려야 한다. 만약 절로 물에 빠졌더라도 그냥 때려도 좋다. 발바리에게 모질 것 같으면 때리지 않아도 되지만 불쌍히 여길 필요는 없다. 발바리를 너그럽게 대할 수 있다면 다른 개도 때릴 필요가 없게 된다. 다른 개들이 비록 권세에 붙어살지만 그래도 늑대와 비슷해서 야성을 갖고 있고 발바리처럼 간에 붙었다 쓸개에 붙었다 하지는 않기 때문이다.

이상은 나온 김에 한 말로서 이 글의 주제와는 별로 관계가 없는 듯싶다.

4. "물에 빠진 개"를 때리지 않으면 해가 된다.

요컨대 물에 빠진 개를 때릴 것인지 말 것인지는 우선 그 개가 뭍에 올라온 뒤의 태도를 보아야 한다.

개의 본성은 좀처럼 변하지 않는다. 혹 만년 뒤라면 지금과 다를지 모르겠지만 내가 말하는 건 현재이다. 만일 물에 빠진 개가 불쌍하게 생각되면 사람을 해치는 동물 가운데 불쌍한 동물은 얼마든지 있다. 콜레라균만 보더라도 번식은 빠르지만 성미는 얼마나 성실한가? 그러나 의사는 콜 레라를 절대 내버려두지 않는다.

요즘 관료들과 시골신사, 서양식 신사들은 자신들 마음에 들지 않으면 모조리 빨갱이, 공산당으로 몰아버린다. 중화민국이 성립되기 이전에는 좀 사정이 달랐다. 처음에는 강유위|3| 당이라고 몰아붙이다가 나중에는 혁명당이라고 몰아붙이고 심지어 관청에 밀고하기도 하였다. 물론 자신의 존엄과 영예를 보존하기 위해 그러겠지만 "사람의 피로 벼슬을 높이려는" 생각도 없지 않았을 것이다.

그러나 혁명은 끝내 터지고야 말았다. 거드름을 피우던 신사 무리들은 주눅이 든 초상집 개처럼 늘어뜨리고 다니던 변발을 황급히 정수리에 틀어 올렸다. 그리고 혁명당은 새로운 기풍을 보여주었다. 예전에 신사들이 이를 갈며 증오하던 그 새로운 기풍으로서 너무 "문명"하여 "모두에게 유신할" 기회를 준다|4|고 하면서 우리는 물에 빠진 개를 때리지 않을 것이니 마음대로 기어 올라오라고 하였다. 이리하여 그들은 기어 올라왔고 민국 2년(1913년) 하반기에 2차 혁명|5|이 일어날 때에는 원세개를 도와 수많은 혁명가들을 물어 죽였다. 중국은 또다시 하루하루 암흑 속에 빠져 들어갔고 지금은 청조의 늙은 유신은 더 말할 것 없고 젊은 유신도 얼마나 많은지 모른다. 이것은 마음씨 좋은 우리 선열들이 요귀들에게 자비를 베풀어 그들을 번식시켰기 때문이다.

그러니 훗날 각성한 청년들이 암흑세력에 싸우려면 더 많은 힘을 들여야 하고 더 많은 목숨을 희생해야 한다는 것을 말해준다.

|3| 강유위(康有爲, 1858~1927년)당, 강유위가 발동한 유신변법에 참가했거나 옹호한 사람을 가리킨다. 강유위는 중국의 정치가, 사상가로서 무술변법이라는 개혁을 지도하였고 유신혁명이 실패하자 일본으로 망명하였다.
|4| 원래는 "악습의 영향을 받은 모든 사람들에게 옛것을 버리고 새것을 따를 기회를 준다."는 뜻을 갖고 있는데 여기서는 신해혁명시기 혁명파가 반동세력과 타협하고 이 기회에 지주관료들이 투기하는 현상을 가리킨다.
|5| 1913년 7월 손중산이 원세개를 토벌하기 위해 발동한 전쟁으로서 이미 신해혁명이 있었기에 2차혁명이라고 부른다. 원세개에 대한 토벌을 진행하기 전과 토벌이 실패한 뒤 원세개는 수많은 혁명자를 살해하였다.

추근[6] 여사가 바로 밀고로 죽었다. 혁명 후 한동안 "여걸"이라고 하더니 지금은 입에 올리는 사람도 거의 없다. 혁명이 일어나자 추근의 고향에 도독이 부임되어 왔는데 그는 추근의 동지였던 왕금발[7]이라는 사람이었다. 그는 추근을 살해한 주모자를 체포하고 밀고 서류를 수집하여 복수를 해주려고 하였다. 그러나 결국 그 주모자를 석방하였다. 이미 민국이 된 마당에 옛 원한을 새삼스레 들춰내서는 뭘 하랴는 마음에서였다. 하지만 2차 혁명이 실패한 뒤, 왕금발은 원세개의 앞잡이에게 총살당하였다. 여기에 힘을 쓴 자가 바로 그가 석방해주었던, 추근을 살해한 주모자였다.

그 자는 "살만큼 다 살고" 죽었다. 그러나 그곳에 여전히 세도를 부리며 출몰하고 있는 자들은 그런 부류의 인간들이다. 그래서 추근의 고향은 지금 여전히 그대로이고 달이 가고 해가 가도 털끝만한 진보도 없다. 이런 점에서 말하면 중국의 모범 유명도시에서 자란 양음유[8] 여사와 진서영[9] 선생은 그야말로 복이 터진 셈이다.

5. 실각한 정객을 "물에 빠진 개"와 동일시해서는 안 된다.

"건드려도 노하지 않는다."는 것은 관용의 도이고 "눈에는 눈, 이에는 이"로 갚는 것은 바름의 도이다. 그러나 중국에 가장 많은 것은 잘못된 도

|6| 추근(秋瑾, 1879?~1907년), 절강 소흥 사람으로서 1904년에 일본으로 유학을 갔고 일본에서 광복회, 동맹회에 가입하여 혁명 활동에 적극 참가하였다. 1906년 봄에 귀국한 뒤, 1907년 소흥에서 대동(大同)사범학당을 주최하면서 광복군을 조직하여 서석린(徐錫麟)과 함께 절강과 안휘 두 성에서 봉기를 일으킬 준비를 한다. 서석린이 봉기에서 실패한 후 추근은 같은 해 7월 13일에 청정부에 체포되어 15일 아침에 살해되었다.

|7| 왕금발(王金發, 1882~1915년), 절강 승현 사람으로서 광복회 회원이다. 신해혁명 후 소흥 군정 분부 도독으로 있었다. 2차혁명 뒤인 1915년 7월 원세개의 주구인 절강 도독 주서에게 살해당한다.

|8| 양음유(楊蔭楡), 1918년 미국으로 유학을 가서 콜롬비아대학에서 교육학 석사 학위를 받은 사람으로서 중국에서는 첫 여자대학교 학장이었다. 1924년 북경여자사범대학교 학장을 맡고 있는 기간에 북양군벌의 독재통치를 극구 수호하면서 학생들의 사상과 행동 자유를 제한하였고 권세를 이용하여 진보적인 교사들을 타격하고 배척하였다.

|9| 진서영(陳西瀅), 강소성 무석 사람으로서 1921년 영국 에딘버러 대학과 런던 대학에서 공부하였고 1922년 박사 학위를 얻고 귀국한 뒤 북경대학 외국어학부 교수를 지냈다. 1926년 "3.18 학살 사건"이 있은 뒤《현대평론》에 글을 실어 학생들의 정의로운 행동을 모욕하였다. 이 사건을 두고 루쉰과 치열한 설전을 벌였다.

로서 물에 빠진 개를 때리지 않아서 도로 개에게 물리는 일이다. 하지만 이것은 순진한 사람들의 자업자득이다.

속담에 "무던함은 무능의 별명"이라고 하였다. 너무 야박한 말 같지만 곰곰이 생각해보면 나쁜 짓을 하도록 부추기는 말이 아니라 수많은 쓰라린 경험으로 얻어낸 경구라고 생각한다. 두 가지 원인으로 이 경구가 생겨났을 것이다. 하나는 때릴 힘이 없었기 때문일 것이고 다른 하나는 제대로 가려내지 못했기 때문일 것이다. 전자는 잠시 접어두고 후자의 잘못에도 두 가지 원인이 있다. 첫째는 실각한 정객을 물에 빠진 개와 동일시한 점이고 둘째는 실각한 정객 중에도 좋은 사람이 있고 나쁜 사람이 있다는 것을 가리지 못한 점이다. 결과 도리어 악을 풀어준 격이 되었다.

현재는 정국이 불안하여 엎치락뒤치락 바퀴처럼 빙빙 돌아가고 있다. 나쁜 사람은 빙산을 믿고 거리낌 없이 악행을 저지르다가도 일단 실각하면 금방 가련한 상을 짓는다. 하지만 남이 물리는 것을 직접 보았거나 직접 물리기도 했던 순진한 사람도 갑자기 그들을 "물에 빠진 개"로 보면서 때리지 않을 뿐만 아니라 측은하게 생각한다. 그러면서 정의를 이미 폈으니 이제는 의로움을 보여줄 때라고 여긴다. 하지만 그들은 정말로 물에 빠진 것이 아니었다. 둥지는 이미 만들어 놓았고 먹을 것도 충분히 쌓아두었으며 모두 안전하게 대기하고 있는 것이다. 가끔 상하지 않고도 부상을 당한 것처럼 다리를 저는 시늉을 해보이면서 사람들의 측은한 마음을 얻어 태연하게 숨어있을 뿐이다. 그들이 다시 나오는 날에는 여전히 순진한 사람부터 물고 우물에 빠진 사람에게 돌을 던지면서 못하는 짓이 없다. 이렇게 된 까닭은 사람이 순진해빠져서 "물에 빠진 개"를 때리지 않았기 때문이다. 가혹하게 말하면 스스로 제 무덤을 판 것으로서 제 잘못이지 하늘을 원망하거나 누구를 탓할 것이 못된다.

6. 지금은 아직 "페어"만 할 수는 없다.

어진 사람들은 "그러면 우리가 '페어플레이'를 거부한다는 말이 아닌 가?"고 물을지도 모른다. 나는 즉각 대답할 수 있다. 물론 필요하다. 하지 만 아직은 이르다. 이것은 그들의 방식에 걸려드는 것이다. 어진 사람들 은 이 방법을 쓰지 않으려 할지 모르겠지만 나는 일리가 있다고 생각한 다. 시골신사들이나 서양신사들이 중국은 나라 실정이 특별해서 외국의 평등, 자유 같은 것을 적용할 수 없다고 하지 않는가? 나는 이 페어플레이 도 그 가운데 하나라고 본다. 그는 당신한테 "페어"를 하지도 않는데 당신 만 그에게 "페어"한다면 결국 당신이 늘 손해를 보게 될 것이고 그리되면 "페어"를 하려고 해도 할 수 없을 뿐만 아니라 "페어"를 하지 않으려 해도 안 할 수 없게 된다. 그러므로 "페어플레이"를 하려면 먼저 상대가 누군지 똑똑히 알고 나서 "페어"를 받아낼 수 없는 사람이라면 예의를 지킬 필요 가 없고 그도 "페어"를 한 다음 "페어"를 말해도 늦지 않다.

이는 이중도덕을 주장한다는 혐의를 받을 수도 있지만 어쩔 수 없는 일 이다. 이렇게 하지 않으면 중국에 더 좋은 길이 없기 때문이다. 지금 중국 에는 많은 이중도덕이 있다. 주인과 노비, 남자와 여자에게 모두 다른 도 덕이 적용되며 통일되어 있지 않다. 만일 "물에 빠진 개"와 "물에 빠진 사 람"만을 동일시한다면 이것은 너무 편파적이고 너무 이르다고 본다. 이것 은 신사들이 이른바 자유와 평등이 나쁘지는 않지만 중국에는 좀 이른 것 같다고 하는 것과 마찬가지이다.

그러므로 "페어플레이" 정신을 일반화하여 실시하려면 적어도 "물에 빠진 개"들이 인간다워지기를 기다려야 한다. 물론 지금은 절대로 안 된 다는 말이 아니라 앞에서 말한 것처럼 상대를 똑똑히 알고 해야 한다는 것이다. 그리고 차별을 두고 "페어"할 상대를 보아가며 어떻게 실시할지 를 결정해야 한다. 어떻게 물에 빠졌든 상대가 사람다우면 도와야 하고 개라면 내버려두어야 하며 나쁜 개라면 때려야 한다. 한마디로 "같은 편은 돕고 다른 편은 토벌"해야 하는 것이다.

속으로는 "제 궁리"를 하면서도 입으로는 "공정"한 체 하는 신사들의 명언은 잠시 거론하지 말기로 하자. 설사 진심을 가진 사람이 부르짖는 "정당한 도리"일지라도 지금 중국에서는 착한 사람을 구하기는커녕 오히려 악한 사람을 보호하고 있다. 왜냐하면 악한 사람이 득세하여 선량한 사람을 구박할 때는 공정한 도리를 부르짖어도 결코 들어주지 않을 것이며 외침은 그저 외침으로 그칠 뿐, 착한 사람들은 여전히 고통을 받기 때문이다. 어쩌다 착한 사람이 좀 득세하여 악한 사람이 물에 빠지는 것이 당연한 일이지만 마음 착한 사람들은 또 "보복하지 말라.", "너그럽게 용서하라.", "악에 악으로 응징하지 말라."고 외쳐댄다. 그러면 과연 공담이 되지 않고 효력이 생기어 착한 사람들은 그렇게 해야 한다고 생각하고 악한 사람은 구원된다.

하지만 악한 사람은 구원되고 나서 이득을 보았다고 생각할 뿐 회개하지는 않는다. 그리고 워낙 빠져나갈 구멍을 몇 개 만들어놓거나 눈치를 잘 보는 사람이기에 얼마 지나지 않아 득세하여 이전과 마찬가지로 악한 짓을 한다. 그렇게 되면 공정한 도리를 운운하는 자들이 다시 목소리를 높여보지만 이번에는 들어줄 리 만무하다.

평론가들은 "악에 대한 미움이 너무 했고" "너무 서둘렀다"는 점을 한나라의 청류|10|와 명나라의 동림당|11|의 실패한 원인으로 항상 비난한다. 하지만 그들이 "착한 것을 원수처럼 미워한" 일면이 있다는 점은 왜 모르고 있는가? 이 점에 대해서는 사람들이 말 한마디 없다. 만약 장차 광명과 암흑이 철저한 투쟁을 하지 않는다면 악을 놓아주는 것을 성실한 사람들은 관용으로 잘못 알 것이며 이대로 관용만 베풀다가는 오늘과 같은 혼돈 상황이 영원히 지속될 것이다.

|10| 청류(淸流), 환관들의 폭정에 항거하여 난을 시도한 집단.
|11| 동림당(東林堂), 명조 말기에 정치쇄신을 꾀하던 정치집단.

7. 그 사람의 도로써 그 사람의 몸을 다스려라

중국에는 중의를 믿는 사람도 있고 양의를 믿는 사람도 있다. 지금은 웬만한 도시라면 중의와 양의가 모두 있어서 원하는 대로 치료받을 수 있다. 나는 이것은 아주 좋은 일이라고 생각한다. 이 방법을 널리 확대하면 사람들의 원성이 훨씬 적어질 것이며 세상이 태평스러워질지도 모른다.

이를테면 중화민국에서는 허리 굽히는 것이 예절로 되고 있지만 이것이 옳지 않다고 생각하는 사람은 절을 하면 그만이다. 민국의 법률에는 태형이 없지만 태형이 좋다고 하는 사람에게는 그가 죄를 지었을 때 특별히 볼기를 치면 그만이다. 지금 사람들은 사발에 밥이나 반찬을 떠서 젓가락으로 먹지만 전설에 나오는 수인씨|12| 이전의 고대 사람이 되길 원하는 사람이 있다면 그에게는 날고기를 먹이면 되고, 또 요순을 흠모하는 고상한 선비들에게는 초가집 수천 간을 지어놓고 거기서 살게 하면 된다. 그리고 물질문명을 반대하는 사람들에게는 물론 싫다는 자동차를 타라고 강요할 필요가 없다. 이렇게 하면 그야말로 "인의를 원하는 사람이 인의를 얻었으니 어찌 원망이 있으리오."이니 우리의 귀도 훨씬 조용해질 것이다.

하지만 유감스럽게도 사람들은 이러질 않는다. 기어코 자신의 기준으로 남을 속박하려고 한다. 그래서 세상의 일이 번거로워진다. "페어플레이"는 더구나 폐단을 갖고 있으며 심지어 단점이 되어 악한 세력이 이득을 챙길 수 있다. 이를테면 《현대평론》에서 유백쇠|13|가 북경여자사범대학 학생들을 폭력으로 학교에서 끌어냈을 때는 방귀 한번 뀌지 않다가 북경여자사범대학이 다시 옛 건물로 복귀하고 진서영(陳西瀅)이 여자대학 학생들에게 학교건물을 차지하라고 선동하자 오히려 이번에는 "만약 그들

|12| 수인씨(燧人氏), 맨 처음 불을 얻었다는 전설적 인물.

|13| 유백쇠(劉百釗), 호남성 무강 사람으로서 북양군벌 정부 교육부 전문교육사(專門敎育司) 사장을 맡았다. 1925년 8월 장사쇠는 여자대학을 해산하고 따로 여자대학을 설립하면서 유백쇠에게 맡겨 실행하도록 하였다. 그때 유백쇠는 건달, 여자 거지들을 고용하여 여자사범대학 학생들을 구타하였고 학교에서 몰아냈다.

이 나가지 않겠다고 하면 어쩔 텐가? 당신들이 강제로 그들의 짐을 들어내기는 낯 뜨겁지 않겠는가?"라고 말한다.

유백쇠가 학생들을 때리며 끌어내고 강제로 짐을 들어낼 때는 낯이 뜨겁지 않다가 어쩌면 유독 이번만 낯이 뜨거워질 수 있단 말인가? 이것은 그가 북경 여자사범대학 쪽에서 풍겨오는 "페어"의 냄새를 좀 맡았기 때문일 것이다.

하지만 이 "페어"는 오히려 단점이 되어 장사쇠의 "남은 덕택"을 보호해주는데 이용되었다.

8. 결론

내가 위에서 한 말들이 새것과 낡은 것, 또는 어느 두 파벌간의 싸움을 일으켜 악한 감정이 더 깊어지거나 대립을 더 격화시키지 않을까 하는 의문을 가질 지도 모른다.

하지만 내가 단언하지만 개혁자에 대한 반개혁 세력의 악랄한 박해는 언제 한 번 늦춰진 적이 없었고 수단도 더할 나위 없이 지독해졌다. 오직 아직도 꿈을 꾸고 있는 개혁자들만 늘 손해를 보고 있다. 때문에 중국은 아직도 개혁을 이루지 못하고 있다. 앞으로는 이런 자세와 방법을 반드시 개변해야 할 것이다!

1925년 12월 29일

뇌봉탑이 무너짐을 다시 논함

　숭헌 선생의 서신(《경보 부간》 2월호에 발표됨)을 보고 알게 된 일이지만, 그가 기선을 타고 여행하는 도중 두 승객이 하는 이야기를 들었는데, 항주의 뇌봉탑이 무너질 수 있었던 것은 지방 사람들이 탑 아래의 벽돌장을 집에 가져다 두면 만사가 무사태평하고 액운을 면할 수 있다고 하여 너도나도 탑 아래를 파서 벽돌을 빼갔기 때문이라고 한다. 그리고 한 승객은 이젠 서호 10경 가운데 하나가 빠지고 말았다고 거듭 탄식하더라는 것이다.

　이 소식을 듣고 나는 오히려 속이 시원했다. 남의 불행을 고소하게 생각한다면 신사답지 못한 일이지만 워낙 신사가 아닌 나로서는 아닌 척할 수도 없는 일이다.

　우리 중국의 수많은 사람들 – 4억의 동포 전체를 포함시키지 않는다는 것을 정중히 성명한다. – 은 거개가 "10경병"에 걸려 있지 않으면 적어도 "8경병"에는 걸려 있다. 이 병이 가장 심했던 시기는 아마 청조 때였을 것이다. 아무 현지(縣誌)를 보면 그 현에는 흔히 10경 또는 8경이 있는바 "멀리 마을을 비추는 달"이나 "새벽에 울리는 절간의 종소리", 또는 "옛 못의 맑은 물"과 같은 것이다. 그리고 "10"자 모양의 병균이 혈관에 침입하여

|1| 당시 유행되던 해괴망측한 논조로서 1924년 4월 《심리》 잡지에 글을 발표하여 당시 신 시집에서 나오는 "!"를 통계하였는데 이 감탄부호를 "축소하면 세균 같고 확대하면 탄환 같다"고 하면서 현대어로 쓴 시를 "망국의 소리"라고 하였다.

전신에 퍼져 있으며 그 위력이 "!"의 망국병균[1]에 뒤지지 않는다. 그러기에 과자라면 열 가지, 요리라면 열 접시, 음악이라면 열 곡, 염라전이라면 열 채, 한약에는 십전대보탕, 술 게임에서는 "복 많은 열 손가락"라는 이름을 붙이는가 하면 사람의 악덕이나 죄장도 열 가지씩 만든다. 아홉 가지이면 아마 성차지 않나 보다. 그래서 지금은 "10경에서 하나 빠졌다"고 한탄이다.

"무릇 나라에는 9경[2]이 있기 마련이다."고 했으니 9경은 예로부터 있었지만 9경이 눈에 차지 않는 것은 10경병에 대한 경고라 하겠다. 적어도 환자를 평범하지 않다는 것을 느끼게 하고 자신의 정든 지병에서 갑자기 10분의 1이 사라졌음을 문득 알도록 만든다.

하지만 마음속에 슬픔은 여전히 남아 있다.

사실 오고야 말 파괴 역시 어쩔 수 없는 일이고 시원해하는 것은 부질없이 자신을 속이는데 지나지 않는다. 우아한 사람이나 신도, 또는 전통적인 대가들은 애써 교묘한 말을 꾸며 10경을 보충해놓고야 시름을 놓는다.

파괴가 없이는 새로운 건설이 있을 수 없다. 이것은 틀림이 없는 말이다. 그러나 파괴한다고 해서 반드시 새로운 건설이 따르는 것은 아니다. 룻소, 스치르넬, 니체, 톨스토이, 입센과 같은 사람에 대한 부란다스의 말을 빌면 그들은 "궤도 파괴자"들이다. 사실 그들은 파괴에만 그치지 않고 깨끗이 쓸어냈으며 용감히 전진하라고 부르짖었고 발에 걸리는 낡은 궤도라면 완전한 것이나 조각이나 모두 쓸어버렸다. 그들은 파철이나 벽돌 하나라도 얻어 집에 갖고 가서 고물상점에 팔아버릴 생각은 하지도 않았다. 중국에는 이런 사람이 아주 드물다. 설사 있다손 쳐도 대중들이 내뱉

|2| 구경(九經), 《중용》에 나오는 말로, "무릇 나라에는 9경이 있기 마련이다. 수양을 하고 현자를 숭상하고 혈육을 사랑하고 대신을 존경하고 신하를 아끼고 서민을 자식처럼 보살피고 여러 가지 일꾼을 부르고 먼 사람을 잘 대하고 제후들을 위로하는 것을 말한다." 뜻인즉 나라를 다스리려면 반드시 아홉 가지 일을 해야 한다는 말인데 여기서는 조리 "경(經)"자와 밝을 "경(景)"자가 음이 같기에 취한 것이다.

는 침에 빠져 죽고 말 것이다.

뇌봉탑의 벽돌장을 파간 사실은 극히 사소한 실례에 지나지 않는다. 용문의 석불도 대부분 사지가 온전한 것이 없으며 도서관에 있는 장서 삽화들도 찢어가지 못하도록 주의하지 않으면 안 된다. 옮겨가기 힘든 공공재물이나 주인 없는 물건은 온전한 것이 거의 없다. 파괴되는 원인을 보면 개혁에 뜻을 두고 낡은 것을 쓸어버리려는 것도 아니고 약탈을 목적으로 한 강도의 단순한 파괴도 아니다. 다만 눈앞의 자그마한 이득에 눈이 어두워 완전한 큰 물체에 몰래 상처를 낼 뿐이다. 이런 사람이 많으면 상처도 자연히 커지고 완전히 망가진 다음에는 도대체 누가 한 짓인지를 알 수 없게 된다. 바로 뇌봉탑이 무너진 뒤에도 우리는 그것이 시골사람들의 미신 때문이라는 것만 알고 있을 뿐이다. 공유하고 있던 탑은 사라지고 시골 사람들이 얻은 것이라곤 벽돌 한 장에 지나지 않는다. 그 벽돌을 장차 다른 이기적인 자가 소장할 것이고 결국에는 없어질 것이다. 만약 민중이 올바른 정신을 가지고 유족한 생활을 할 수 있을 때면 10경병이 다시 도지어 새로 노봉탑을 만들지도 모른다. 하지만 미래의 운명을 누가 미루어 알 수 있으랴? 만일 시골 사람들이 여전히 그 모양이라면 이런 일은 계속 되풀이될 것이다.

이런 노예 식의 파괴는 결국 건설과는 하등 관계가 없이 잿더미만 남길 뿐이다.

잿더미가 되었다고 하여 너무 슬퍼할 일은 아니지만 잿더미에 옛것을 복원하려 한다면 그것은 정말 슬픈 일이다. 우리에게는 혁신적인 파괴자가 필요하다. 그것은 그들의 마음속에 이상의 빛이 번뜩이고 있기 때문이다. 우리는 반드시 이들을 강도나 노복과 구별해야 하며 자신이 강도나 노복이 되지 않도록 명심해야 할 것이다. 구별이 너무 어려운 것은 아니다. 사람을 볼 줄 알고 자신을 반성할 줄 알면 된다. 그 사람의 말이나 사상 가운데 그 어떤 이유를 붙여 자신의 소유로 만들려는 경향이 있는 사람은 도둑이고 강도이며 눈앞의 작은 이득을 챙기려는 자는 노복이다. 그들이 아무리 허울 좋은 깃발을 들고 나오든 마찬가지이다.

1925년 2월 6일

노라는 집을 나간 뒤 어떻게 되었을까
– 1923년 12월 26일 북경 여자고등사범학교 문예회에서 한 강연

오늘 저는 "노라는 집을 나가 뒤 어떻게 되었을까?" 하는 주제로 이야
기하려고 합니다.

입센은 19세기 후반 노르웨이의 작가입니다. 그의 저작으로는 십여 편
의 시를 내놓고는 모두 희곡입니다. 그는 한시기 희곡에서 대체로 사회문
제를 많이 다루었기에 사람들은 그의 극을 사회극이라고 하기도 했습니
다. 그 극 가운데《노라》가 있습니다.

《노라》는 일명《Ein Puppenheim》이라고도 하는데 중국에서는《인형
의 집》이라고 번역하였지요. 그런데 Puppe란 주로 움직이는 인형일 뿐만
아니라 어린이들이 안고 노는 인형이란 뜻도 있습니다. 뜻을 더 넓히면
남의 꼭두각시라는 의미도 갖고 있지요.

노라는 처음에는 이른바 행복한 가정에서 만족스럽게 살고 있었습니
다. 하지만 노라는 깨닫게 되지요. 자기는 남편의 인형이고 아이들 또한
그녀의 인형이라는 사실을 말입니다. 이리하여 그녀는 집을 나갑니다. 문
닫는 소리와 함께 극은 막을 내립니다. 이것은 여러분들도 다 알고 있으
니 자세하게 말씀드리지 않겠습니다.

어떻게 하면 노라가 집을 나가지 않을 수 있을까요? 이에 대해 입센 자
신이 해답을 하였다고도 할 수 있는데 바로《바다의 여인(Diefrau Von
Meer)》이란 작품입니다. 중국에는 이를《해상 부인》이라 번역한 사람도 있

더군요. 작품에서 여인은 이미 결혼한 처지였습니다. 그런데 어느 날 바다 건너에 살고 있던 옛 애인이 갑자기 찾아와서 같이 떠나자고 합니다.

그러자 그 여인은 그 일을 남편에게 말하고 옛 애인을 만나보고 싶다고 합니다. 나중에 그녀의 남편이 말합니다.

"나는 지금 당신에게 완전한 자유를 주겠소. 떠나든 말든, 그건 당신 스스로 선택할 일이고 그 책임도 당신이 져야 하오."

이렇게 되자 사태는 완전히 변하여 그 여인은 가지 않게 됩니다. 여기서 알 수 있듯이 노라도 만일 이와 같은 자유를 얻었다면 집에 마음 붙이고 살지도 모릅니다.

하지만 노라는 결국 집을 나갔습니다. 집을 나간 뒤 어떻게 되었는지, 입센은 해답을 주지 않았고 그는 이미 죽고 없습니다. 설사 입센이 죽지 않았다 해도 해답할 책임은 없지요. 입센은 극을 썼을 뿐이지 사회를 위해 문제를 제기하고 또 사회를 대신해 그 문제의 해답을 주려는 것이 아니기 때문입니다. 이는 노래하는 꾀꼬리와 같지요. 꾀꼬리는 자기가 노래하고 싶어서 노래하는 것이지 사람들이 재미있어 하고 좋아한다고 노래하는 것은 아닙니다.

입센은 세상 물정에 밝지 않은 사람이었습니다. 전하는데 의하면 많은 여성들이 함께 그를 초대하는 연회를 차렸는데 연회에서 대표자가 일어서서 그를 보고 여성들의 각성과 해방에 새로운 계시를 준《인형의 집》을 써서 감사하다고 말하자 입센은 이렇게 말했다고 합니다.

"저는 그런 의미에서 그 작품을 쓴 것이 아니었습니다. 저는 그저 극을 썼을 뿐입니다."

노라는 집을 나간 뒤에 어떻게 되었을까요?

자신의 견해를 내놓은 사람들도 있습니다. 한 영국인은 희곡을 썼는데 극에서 집을 나간 한 신식 여성이 더는 갈 곳이 없어 마침내 타락하여 기생집으로 들어갑니다. 한 중국인은, 자기는 지금의 번역본과 다른《노라》

를 읽었는데 거기서는 노라가 나중에 집으로 돌아왔다고 하네요. 유감스럽게도 그 사람 말고는 그 대본을 보았다는 사람이 없으니 아마 입센이 직접 그 사람에게 부쳐줬나 봅니다. 실제로 이치를 따져보면 노라에게는 두 갈래 길 밖에 없을 것입니다. 하나는 타락의 길이고 다른 하나는 집으로 돌아오는 길이지요.

만일 새 한 마리에 비한다면 새장에서 살기가 물론 자유롭지 않지만 새장을 나가면 밖에는 매나 고양이가 있고 또 다른 뭐가 있을 것이기 때문입니다. 만약 오래 갇혀 있어서 날개가 굳어 날 수 없다면 역시 갈 길이 없을 것입니다. 이밖에 굶어 죽는 길이 더 있기는 합니다만 죽어서 생활에서 사라졌다면 아예 문제로 되지 않기에 길이라 할 수도 없지요.

인생에서 가장 고통스러운 일은 꿈에서 깨었지만 갈 길을 찾지 못하는 것입니다. 꿈을 꾸고 있는 사람은 그래도 행복합니다. 아직 갈 길을 발견하지 못했다면 그 사람을 깨우지 않는 것이 차라리 낫습니다.

당나라 때의 시인 이하(李賀)를 보십시오. 평생을 힘들게 산 사람이 아닙니까? 하지만 그는 죽을 무렵에 어머니한테 이렇게 말합니다.

"어머니, 옥황상제가 백옥루를 지어놓고 저더러 낙성식에 읊을 글을 지어달라고 하는군요."

이것은 분명 허황한 생각이고 꿈이 아니겠습니까? 하지만 젊은이와 늙은이, 하나는 죽을 사람이고 하나는 살아있는 사람이지만 죽을 사람은 기쁘게 죽고 산 사람은 마음 편히 살아갑니다. 허황한 생각과 꿈이지만 이때는 위대한 힘을 보여줍니다. 때문에 길을 찾지 못했을 때는 차라리 꿈이 필요하다고 나는 생각합니다.

그러나 미래에 대한 꿈은 절대 꾸지 말아야 합니다. 러시아의 소설가 아르찌바셔프는 그의 소설에서 미래의 황금세계를 꿈꾸는 이상가에게 질문을 던집니다. 그런 세계를 만들려면 먼저 수많은 사람들이 깨나서 고통을 받아야 하기에 던지는 질문이지요. 그가 말합니다.

"당신들은 황금세계를 그 사람들의 자손에게 약속합니다. 하지만 그 사람들한테는 뭘 줄 것입니까?"

줄 것이 있기는 하지요. 그것은 바로 미래에 대한 희망입니다. 하지만 그 대가는 너무 큽니다. 그 희망을 위해 사람들은 자신의 감각을 예민하게 갈고 닦아 더 깊고 절실한 고통을 맛보아야 하지요. 영혼을 불러다 썩어버린 자신의 시체를 보게 만드는 것입니다. 이때는 허황한 생각과 꿈만이 위대함을 보여줍니다. 그렇기 때문에 길을 찾지 못했을 때 우리에게는 꿈이 필요하지만 그 꿈은 미래에 대한 꿈이 아니라 현실에 대한 꿈이 필요할 뿐이라고 나는 생각합니다.

하지만 이미 깨어난 노라이기에 다시 꿈나라로 돌아가기는 어렵습니다. 그러므로 그녀는 집을 나갈 수밖에 없습니다. 그러나 집을 나간 뒤에는 타락하거나 돌아올 수밖에 없습니다. 그렇지 않다고 한다면 어디 물어봅시다.

"각성한 마음 이외에 노라는 또 무엇을 갖고 갔는가?"

만일 노라가 여러분이 갖고 있는 것과 같은 빨간 마후라를 갖고 갔다면 그 마후라가 두 자이건 석 자이건 아무 소용이 없습니다. 노라는 가진 게 더 있어야 합니다. 핸드백에 뭔가 들어 있어야지요. 단도직입적으로 말하면 돈이 있어야 합니다.

꿈은 좋습니다. 그렇지 않으면 돈이 중요합니다.

돈이란 말은 매우 귀에 거슬리지요. 고상한 군자들이 웃을지도 모릅니다. 하지만 사람의 생각이란 것은 어제가 다르고 오늘이 다를 뿐만 아니라 밥 먹기 전이 다르고 먹은 후가 다를 때가 많지요. 돈을 주어야 밥을 사 먹을 수 있다는 사실을 인정하면서도 돈 소리를 하면 천하다고 여기는 인간들은 위를 한번 눌러보세요. 아마 그 속에는 아직 소화되지 않은 고기와 생선이 남아 있을 것입니다. 이런 사람은 종일 굶기고 나서 뭐라 말하는지를 들어보는 것이 좋을 것입니다.

때문에 노라에게는 돈이, 고상한 말로는 경제가 가장 중요합니다. 물론 돈으로 자유를 살 수는 없지만 돈 때문에 팔 수는 있습니다. 인류는 큰 약점 하나를 갖고 세상에 태어났으니 늘 배가 고파지는 것입니다. 이 약점을 보완하기 위하여, 그리고 인형이 되지 않기 위해서는 지금 사회에서는 경제권이 가장 중요합니다. 첫째로, 가정에서 여자는 남자와 균등한 분배를 얻어야 합니다. 둘째로, 사회에서는 여자는 남자와 동등한 권리를 가져야 합니다.

하지만 저는 이런 권리를 어떻게 해야 얻을 수 있는지 알지 못합니다. 다만 싸워야 한다는 것밖에 모릅니다. 아마 그 싸움이 참정권을 얻는 것보다 더 치열할지도 모르지요.

물론 경제권을 요구하는 것은 아주 평범한 일이다. 그러나 고상한 참정권을 요구하거나 폭넓은 여성해방을 요구하는 것보다 더 속터지고 힘들지도 모릅니다. 세상에는 큰일보다 작은 일이 더 속터지고 어려울 때가 많습니다. 예를 들어 오늘처럼 추운 겨울에 나한테 솜옷 한 벌뿐인데 그 솜옷으로 당장 얼어 죽게 생긴 가난한 사람을 구해야 하거나, 보리수 밑에 앉아서 전 인류를 구원할 방법을 명상해야 한다고 가정해봅시다. 인류를 구원하는 일과 한 사람을 살리는 일을 비해보면 엄청 큰 차이가 나지요. 하지만 저를 보고 선택하라고 한다면 저는 주저 없이 보리수 밑에 가앉아 있겠습니다. 단벌뿐인 솜저고리를 벗어주고 자신이 얼어 죽는 일은 없을 테니까요. 하기에 집에서 참정권을 요구해서는 큰 반대를 받지 않겠지만 경제적으로 균등하게 분배할 것을 요구한다면 아마 금방 적이 생겨나서 치열한 싸움을 해야 할 것입니다.

싸우는 것은 좋은 일이 아닙니다. 그리고 우리는 누구에게나 전사가 되라고 할 수는 없습니다. 그렇다면 평화적인 방법이 중요하겠지요. 이것이 바로 장차 친권으로 자신의 자녀를 해방시켜주는 일입니다. 중국에서 친권은 절대적이지요. 그때 가서 재산을 균등하게 자식들에게 나누어주고 평화적으로 충돌 없이 동등한 경제권을 준 다음 애들이 그 돈을 공부하는데 쓰든, 장사하는데 쓰든, 또는 즐기는데 쓰든, 사회를 위해 일을 하든, 아니면 그냥 써버리든 저 알아서 하도록 하고 스스로 책임지게 하는 것입니다. 이것 역시 먼 꿈이기는 하지만 황금세계의 꿈보다는 많이 가깝지요.

하지만 이러려면 무엇보다 먼저 기억력이 필요합니다. 기억력이 나쁘면 자신에게는 이득이지만 자손들에게는 손해가 되지요. 사람들은 망각을 하기에 자기가 받았던 고통에서 점차 해탈할 수 있고 역시 이 망각 때문에 마찬가지로 앞사람들이 범했던 잘못을 다시 범하곤 합니다. 구박을 받으며 자란 며느리가 시어머니가 되면 마찬가지로 며느리를 구박합니다. 학생들을 미워하는 관리를 보면 그 역시 학생시절에는 관리를 욕하던 사람입니다. 지금 자녀를 억압하는 사람 가운데는 십 년 전에는 가정혁명을 부르짖던 사람도 있지요. 아마 이것은 연령이나 지위와도 관련이 있겠지만 기억력이 나쁜 것도 큰 원인입니다. 구제하는 방법으로는 누구나 노트를 한 권씩 사서 자신이 지금 갖고 있는 사상과 행동을 모조리 적어두었다가 연령과 지위가 변한 뒤에 참고로 삼는 것입니다. 만일 아이가 공원에 가자고 졸라서 귀찮을 때 노트를 꺼내들고 거기에 "나는 중앙공원에 가고 싶다."라는 구절이 적혀 있는 것을 보면 금방 마음이 누그러질 것입니다. 다른 일도 마찬가지지요.

세상에는 "망나니 정신"이라는 것이 있는데 망나니가 갖고 있는 끈기를 말하는 것입니다. "의화단의 난"이 있은 뒤 천진에서 청피(靑皮)라는 망나니들이 몹시 설쳤다고 합니다. 이를테면 그들이 2원을 받고 짐을 운반해주는데 짐이 작아도 2원을 내라고 하고, 길이 가깝다고 해도 2원을 내라고 합니다. 그래서 됐다고 하면 그래도 2원을 내라고 합니다. 이런 망나니들을 본받을 바는 아니지만, 그 끈기만은 정말 탄복하지 않을 수 없습니다. 경제권을 요구하는 것도 이와 마찬가지입니다. 너무 묵어빠진 일이 아니냐고 해도 경제권은 반드시 달라고 해야 합니다. 너무 비열하다고 해도 달라고 해야 하며, 경제제도가 곧 변할 테니 걱정 말라고 해도 역시 경제권을 달라고 해야 합니다.

기실 지금 노라 한사람이 집을 나가서는 별로 어려움을 느끼지 않을 것입니다. 노라는 특별한 사람이고 남다른 행동을 하기에 일부 사람들의 동정으로 생활에 도움을 받을 수 있겠지요. 하지만 남의 동정으로 산다는 자체가 이미 자유롭지 않지요. 그런데 백 명의 노라가 집을 나간다면 동정마저 적어질 것이고 천 명이나 만 명이 집을 나간다면 남의 미움을 살 것입니다. 그러므로 스스로 경제권을 얻는 것이 가장 든든합니다.

경제적으로 자유를 얻으면 인형이 아닐까요? 역시 인형입니다. 다만 남에게 좌우되는 일이 적을 수 있고 스스로 좌우할 수 있는 인형이 늘어날 뿐이지요. 왜냐 하면 오늘 사회에서는 흔히 여자가 남자의 인형으로 될 뿐만 아니라 남자와 남자, 여자와 여자 사이도 서로 인형이 되고 있기 때문입니다. 남자가 여자의 인형으로 되는 경우도 흔하지요. 일부 여성이 경제권을 얻었다고 해서 해결될 일이 아닙니다. 그렇다고 조용히 앉아서 굶으면서 이상적인 세상이 오기를 기다릴 수는 없습니다. 적어도 연명은 해야 하니까요. 말라가는 수레길 고인 물에 떨어진 물고기처럼 우선 물 한 홉이 급하지 않겠습니까? 먼저 절박한 경제권을 요구하고 나서 다음을 생각해야 합니다.

만일 경제제도가 개혁된다면 앞에서 한 말들은 쓸모없는 말이 되겠지요.

하지만 위에서 한 말들은 노라를 보통 인물로 간주하고 한 얘기입니다. 그녀가 만약 아주 특별한 인물이어서 스스로 뛰쳐나가 희생되기를 원했다면 별개의 문제입니다. 우리는 남에게 희생을 권유할 권리가 없거니와 남의 희생을 막을 권리도 없습니다. 하물며 이 세상에는 기꺼이 희생을 하고 달갑게 고통을 감수하는 사람이 많습니다.

유럽에는 이런 전설이 있습니다. 예수가 십자가에 못 박히러 갈 때, 아하슈바의 집 처마 밑에서 좀 쉬어가려 했답니다. 그러나 아하슈바는 이를 허락하지 않았습니다. 그리하여 그는 저주를 받아 최후의 심판 날까지 영원히 쉴 수가 없게 됩니다. 아하슈바는 이때부터 쉼 없이 걷고 또 걸어야 했고 지금도 걷고 있지요. 걷는 것은 고생스러운 일입니다. 편안히 쉬는 것이 즐겁지요. 그런데 그는 왜 편히 쉬지 않을까요? 비록 저주를 받긴 해도 아마 편안히 쉬기보다 걷는 편이 삶을 느끼게 한다고 생각되어 내내 걷기만 하는 것 같습니다.

다만 이런 희생은 스스로 마음이 내키어 하는 일로서 이른바 지사들이 말하는 사회를 위해서 하는 것과는 관계가 없습니다. 대중, 특히 중국의 대중은 영원히 연극의 구경꾼입니다. 희생하는 장면을 보면서 의롭고 강개해진다면 비장한 연극을 본 셈이고 만일 겁이 나서 부들부들 떤다면 희극을 구경한 셈일 뿐입니다. 북경의 양고기 정육점 앞에는 입을 헤 벌린 채 양가죽 벗기는 것을 구경하는 사람을 늘 볼 수 있습니다. 몹시 재미있어 하는 것 같습니다. 남의 희생에서 얻는 즐거움 역시 이와 마찬가지겠지요. 그리고 구경이 끝나고 몇 걸음 걷고 나면 그 작은 즐거움마저 사라지고 말지요.

이런 대중에 대해서는 어쩔 방법이 없습니다. 치료방법으로는 구경거리를 보여주지 않는 것이겠지요. 세상을 한번 놀라게 하는 희생보다 무겁고 끈기 있는 투쟁이 더 나을 것입니다.

유감스럽게도 중국에서는 무엇을 개변하려면 너무도 힘듭니다. 상 하나를 옮기거나 난로 하나를 바꾸려 해도 피를 흘려야 합니다. 또한 피를 흘려도 꼭 옮기거나 바꿀 수 있다는 보장은 없습니다. 아주 커다란 채찍으로 등을 후려치지 않는 한 중국은 스스로 움직이지 않을 것입니다. 이런 채찍이 언젠가는 있을 것입니다. 그것이 좋을지, 나쁠지는 다른 문제이지만 어쨌든 후려칠 것입니다. 하지만 그것이 어디서 오고 어떻게 올지는 저도 확실히 알 수 없습니다.

　그럼 강연은 이것으로 끝을 맺습니다.

1923년 12월 26일

등불 아래서의 만필

　민국 2년이었던지 3년이었던지, 한때 북경의 여러 국립은행에서 발행한 지폐가 날로 신용이 높아져서 그야말로 떠오르는 태양과도 같았다. 여태 은전만 알고 있던 시골 사람들까지도 지폐가 편리할 뿐만 아니라 믿음직하다고 믿고 기꺼이 환전해 쓰게 되었다. 세상 물정을 좀 아는 사람들은, "특수한 인테리 계층"이 아니라도 벌써부터 무거운 은전을 호주머니에 넣고 다니면서 괜한 고생을 하지 않았다. 은전에 대해 특별한 기호나 애착심을 가진 사람을 제외하고는 다들 지폐를 쓰게 되었고 그것도 제 나라의 지폐만 썼다. 그런데 유감스럽게도 나중에 갑자기 뜻하지 않던 큰 타격을 받게 되었다.

　바로 원세개|1|가 황제로 되고 싶어 하던 그해, 채송파|2| 선생이 북경을 몰래 빠져나가 운남에서 봉기를 일으켰기 때문이었다. 이곳에서 받은 영향의 하나로 중국 은행과 교통 은행에서 현금지불을 중지한 것이다. 비록 현금지불은 중지하였지만 정부에서는 상인들에게 계속 지폐를 유통시키

|1| 원세개(袁世凱, 1859~1916년). 북양군벌의 수령으로서 제국주의와 결탁하면서 막강한 군사력을 갖고 있었다. 신해혁명이 일어난 뒤 그는 혁명당의 타협을 이용하여 국가 정권을 탈취한다. 1912년 3월 중화민국 임시 대통령으로 취임하고 대지주, 매판계급을 대표하는 북양정부를 세운 뒤 이듬해 무력으로 의회를 포위하고 자신을 정식 대통령으로 선거하도록 한다. 하지만 여기서 만족하지 않고 1916년 1월에는 군주독재 체제를 회복하고 스스로 황제로 된다.

|2| 채송파(蔡松坡). 이름은 채악이고 자가 송파이다. 호남 소양 사람으로 신해혁명 시기에 운남 도독으로 있었다. 원세개가 황제 자리에 오르자 그는 군사를 일으켜 원세개에 대한 토벌에 나섰다.

라는 강제명령을 내렸다. 하지만 상인들도 그들로서의 묘한 방법이 있었으니 돈을 받지 않는 것이 아니라 돌려줄 잔돈이 없다고 했다. 수십 원이나 수백 원 어치 물건을 사는 경우라면 모르겠지만 붓 한 자루나 담배 한 갑을 사는 경우라면 그냥 1원을 주고 산단 말인가? 그러기도 싫지만 그렇게 많은 돈이 없었다. 그래서 좀 밑지더라도 동전과 바꾸려니 누구나 동전이 없다고 한다. 그래서 친척이나 친구를 찾아 현금을 빌려볼까 해보지만 그들인들 무슨 돈이 있으랴? 그러고 보니 격을 낮추어 애국이고 뭐고 외국은행의 지폐를 얻으려고 한다. 하지만 외국은행의 지폐 역시 이때 와서는 은전이나 다름이 없어서 지폐를 빌린다고 해도 은전을 빌린 것이나 다름이 없다.

그때 나에게는 교통은행권 삼사십 원이 있었지만 갑자기 가난뱅이로 되어 당장 굶을 형편이 되어 쩔쩔 매던 일이 지금도 기억난다. 러시아혁명 이후 루블 지폐를 감추어두고 있던 부자의 심정도 아마 이러했을 것이다. 기껏해야 정도가 더 심했을 뿐일 것이다. 나는 할 수 없이 좀 밑지더라도 지폐를 은전으로 바꿀 수 있는 곳을 수소문했다. 그러나 모두 거래하지 않는다고 하였다. 그러다가 다행히 몰래 거래하는 곳을 찾았는데 6할 좀 넘게 거래되고 있었다. 나는 너무 기뻐서 단번에 절반을 바꾸어버렸다. 나중에는 환율이 7할로 오르자 기쁜 김에 돈을 몽땅 바꿔버렸다. 묵직이 처진 은전을 품고 있으려니 마치 내 생명의 무게처럼 느껴졌다. 평소 같으면 가게에서 동전 한 푼만 적게 준다고 해도 나는 응낙하지 않았을 것이다.

하지만 묵직한 은화를 품에 넣고 마음이 느긋해져 즐거움에 싸여 있을 때 문득 다른 생각이 떠올랐다. 그것은 우리가 이처럼 쉽게 노예로 변할 수 있고 또 노예로 변하고 나서도 몹시 기뻐한다는 생각이었다.

만일 어떤 폭력이 "사람을 사람으로 보지 않을" 뿐만 아니라 소와 말보다도 못한 하찮은 존재로 취급한 나머지 사람이 오히려 소와 말이 부러워

"난리에는 사람이 태평세월의 개만도 못하다"고 탄식하게 만들어놓고 나서 그를 소나 말과 비슷한 대우를 해준다면, 마치 원나라가 남의 노예를 죽인 사람은 소 한 마리를 변상하면 된다는 법을 제정했을 때와 마찬가지로 백성들은 감지덕지하여 태평성대라고 칭송할 것이다. 왜 그럴까? 그것은 사람취급은 받지 못하더라도 필경 소와 말과는 평등해졌기 때문이다.

《흠정 24사(欽定二十四史)》|3|를 읽거나 연구실에 들어가 정신문명이 얼마나 고상한지를 살펴볼 필요가 없다. 애들이 보는 《감략(監略)》|4|을 뒤져보던지, 그것도 귀찮다면 《역대기원편(歷代紀元編)》|5|을 보아도 "3천여 년의 오랜 나라"인 중화가 역대로 해온 일이 고작 이따위 자그마한 장난에 지나지 않았다는 것을 알 수 있을 것이다. 하지만 요즘 새로 편찬한 이른바 "역사교과서"와 같은 책을 읽어서는 잘 알 수 없으니 그저 "우리는 옛적부터 아주 훌륭했다."고만 쓰고 있는 듯싶다.

그러나 사실상 중국 사람들은 언제 "사람"의 가치를 가져본 적이 없다. 기껏해야 노예에 지나지 않았고 오늘에 와서도 여전히 그러하다. 하지만 노예보다 못한 처지에 있을 때도 많았다. 중국의 백성들은 중립을 지키기 때문에 전쟁할 때는 자신도 어느 편인지 모르고 또 어느 편에나 모두 속하기도 한다. 강도가 오면 관리들 편이기에 약탈하고 죽이는 것은 당연한 일이고 또 관군이 오면 한편이겠는데도 죽이고 약탈하는데 마치 강도 편인 듯싶다. 이런 처지가 되면 백성들은 자신을 백성으로 살게 해주는 상전이 나타나기를 바란다. 그런데 언감생심, 백성은 말고 풀을 뜯어먹는 소나 말이 되어도 만족이며 황제가 어떻게 달려야 하는지만 알려주어도 고맙게 생각한다.

|3| 스물네 권으로 된 중국의 정사를 통틀어 이르는 말이다. 총 3249권으로 전설 속의 황제(黃帝)부터 명나라 숭정(崇禎) 17년(1644년)까지의 4천여 역사를 썼다.

|4| 감략(監略), 청나라 왕사운(王士雲)이 지은 역사독본이다. 위로 반고(盤古)에서 그 아래로 명나라 홍광(弘光)에 이르기까지의 역사를 다루었다.

|5| 청나라 이조락(李兆洛)이 지은 책으로 중국의 역대 간지연표(干支年表)이다.

만약 정말 누가 그들을 위해 노예법규 같은 것을 제정해준다면 당연히 "황은이 망극하옵니다."이다. 애석하게도 잠시라도 이런 법규를 제정하는 사람이 없었다. 큰 예를 들어 5호16국(五胡十六國)|6| 시기, 황소(黃巢)|7|의 난 시기, 오대(五代)|8| 시기, 송나라 말기나 원나라 말기에 모두 그러했다. 병역에 나가고 식량을 바치는 외에도 뜻밖의 재앙을 입어야 했다. 장헌충 |9|은 성미가 고약해서 병역에 나가지 않고 식량을 바치지 않아도 죽이고 병역에 나가고 식량을 바쳐도 죽였다. 대항해도 죽이고 항복을 해도 죽였다. 노예법칙을 아예 산산이 박살내버린 것이다. 이쯤 되면 백성들은 다른 상전이 나와서 자신들의 노예법칙에 관심을 돌려주기를 바란다. 낡은 것도 좋고 새것도 좋으니 노예답게라도 살 수 있게 해주면 된다.

"태양은 왜 죽지 않느냐? 나는 너와 함께 죽고 말리라!"

이것은 분이 치밀어 하는 말일 뿐이고 실행하는 사람은 많지 않다. 대체로 도적이 들끓어 세상이 극도로 어지러워진 뒤에야 좀 강하거나, 아니면 좀 총명하거나, 또는 좀 교활하거나, 혹은 다른 민족 인물이 나타나 천하를 수습해준다. 그리고 법규를 제정하고 복역은 어떻게 하고 납세는 어떻게 하며 절은 어떻게 하고 임금은 어떻게 칭송할지를 규정해준다. 이 법규는 또한 돌아서면 바뀌는 변덕스러운 것이 아니어서 "만백성이 기뻐서 환호를 한다." 성구로 말하면 "태평천하"이다.

겉치레를 좋아하는 학자들이 번지르르하게 늘여놓으면서 제아무리 "한족이 발상하는 시대"요, "한족이 번영하는 시대"요, "한족이 중흥하는 시대"요 그럴듯한 제목을 달아 역사를 꾸며놓지만 좋은 뜻은 감동스러우나

|6| 기원 304년부터 439년까지 사이에 중국의 흉노(匈奴), 갈(羯), 선비(鮮卑), 씨(氏), 강(羌) 등 다섯 개 소수민족이 선후하여 북방과 서촉(西蜀)에서 나라를 세웠는데 조(趙), 후조(後趙), 전연(前燕), 후연(後燕), 남연(南燕), 후량(後涼), 남량(南涼), 북량(北涼), 전진(前秦), 후진(後秦), 서진(西秦), 하(夏), 성한(成漢) 그리고 한족이 건립한 전량(前涼), 서량(西涼), 북연(北燕)까지 합쳐서 모두 16개 나라를 역사에서 "오호십륙국"이라고 부른다.

|7| 황소(黃巢), 당나라 말기 농민봉기 수령이다.

|8| 기원 907년부터 960까지에 있었던 양, 당, 진, 한, 주 다섯 개 조대를 말한다.

|9| 장헌충은 명조 말기의 농민봉기 수령으로서 이자성과 동등한 명성을 갖고 있었다.

말이 너무 수다스럽다. 더 직접적으로 표현하면 아래와 같다.

첫째, 노예로 되고 싶어도 될 수 없었던 시대.

둘째, 잠시나마 노예로 안착했던 시대.

이와 같은 순환을 "유학자"들은 "다스림과 난리가 번복된다(一治一亂)."고 일컬었다. 난을 일으킨 인물을 훗날 "백성"의 입장에서 보면 "상전"을 위해 길을 열어주었으니 "천자를 위해 구름을 헤쳐준 것이다." 지금이 어떤 세상인지는 나도 알 수 없다. 하지만 국학자가 국수를 숭상하고 문학가가 고유문명을 찬탄하고 도학가가 복고에 열을 올리는 걸 보면 현실에 만족하지 않고 있음을 알 수 있다. 하지만 우리는 지금 어느 길로 나아가고 있는가? 백성이 영문 모를 전쟁을 만나기만 하면 좀 돈 있는 사람은 조계지로 피난가고 부녀와 아이들은 교회당에 피신한다. 그곳들이 "안전"한 편이기 때문에 잠시나마 노예로 되고 싶어도 될 수 없다는 생각을 할 필요가 없다. 한마디로 말하면 복고주의자든 피난 온 자든, 무지한 자든 총명한 자든, 못난 자든 잘난 자든 누구나 300년 전의 태평성대, 즉 잠시나마 노예로 안착했던 시대를 지향하는 듯싶다.

하지만 우리도 옛 사람들처럼 "옛적부터 있었던 것"에 영원히 만족해야 할까? 아니면 복고주의자들처럼 현실에 만족하지 않고 300년 전의 태평성대를 동경하고 있을까?

물론 현실이 불만스럽지만 뒤를 돌아볼 필요는 없다. 길은 앞에 있기 때문이다. 중국 역사에 있어본 적이 없는 제3의 시대를 창조하는 것이야말로 지금 청년들의 사명이다!

1925년 4월 29일

열풍(熱風)

수감록 25

전에 어느 책에 발표한 엄우릉(嚴又陵)|1|의 비평의 글을 읽은 일이 있다. 책 이름과 원문은 잊어버렸으나 뜻은 대충 아래와 같다.

"북경 거리에서 차나 수레 사이를 질러 다니는 애들을 볼 때마다 개들이 차에 치여 죽을까봐 막 무서웠다. 그리고 개들이 장차 어떻게 될지를 생각하면 더욱 무섭다."

기실 다른 고장도 마찬가지이다. 다만 차와 수레가 많고 적을 따름이다. 지금 북경에 가 봐도 상황은 개변되지 않고 있다. 그래서 나도 가끔 같은 걱정이 생긴다. 그러면서 역시 헉슬리의 《천연론》|2|을 만든 엄우릉이라 남들과는 다른 데가 있고 19세기 말의 중국에서는 예민한 사람이라는 탄복을 하지 않을 수 없다.

가난한 애들은 검불 같은 머리에 꾀죄죄한 몰골로 거리를 싸다니고 부잣집 애들은 예쁘게 빼고 응석을 부리며 집에서 자란다. 이 애들이 커서 어른이 되면 사회에 적응하느라 정신없이 보내게 되는데 아버지와 같은 사람이 되거나 아버지보다 못하게 된다.

|1| 엄우릉(嚴又陵, 1858~1921년)의 이름은 복(復)이고 자가 우릉이다. 청조 말기의 계몽 사상가이다.

|2| 천연론(天演論)은 엄복이 헉슬리의 《진화론과 윤리학 및 기타 논문》을 번역한 책으로서 원문에 완전히 충실하지 못하였다.

열 살 또래의 애들을 보면 20년 뒤 중국의 상황을 알 수 있고 스무 살 넘은 청년들을 보면 -그들은 이미 자식이 있는 아버지로 되었다.- 그들의 아들이나 손자를 알 수 있고 50년 뒤, 70년 뒤의 중국이 어떨지를 알 수 있다.

중국에서는 자식이 좋든 굳든, 인재가 되든 말든 낳기만 하면 되고 많으면 그만이다. 아이를 낳은 사람은 자식의 교육을 책임지지 않는다. "우리나라는 인구가 많은 나라"라는 말을 늘 자랑삼아 입버릇처럼 하지만 이 많은 인구들이 먼지 속에서 헤매고 있으니 어려서는 사람대접을 받지 못하고 커서는 사람값을 못한다.

중국에서는 일찍이 장가드는 것이 복이고 아들이 많은 것도 복이다. 모든 자식은 부모에게는 복의 재료일 뿐이고 미래 "인간"의 싹은 아니다. 어차피 애들은 숫자와 재료의 자격으로 언제든 존재하기에 멋대로 싸다니든 관계하는 사람이 없다.

어쩌다 학당에 보낸다 해도 사회와 가정의 관습, 어른과 동료의 기질이 흔히 교육과는 배치되기에 여전히 새 시대와는 어울리지 못한다. 어른이 된 다음 운 좋게 생존하더라도 "이미 이렇게 길들여졌으니 어이 하리오"이니 마찬가지로 "인간"의 아버지가 아니라 아이를 만드는 도구로 된다. 그리고 그가 낳은 자식은 여전히 "인간"의 싹으로 되지 못한다.

여성을 가장 우습게보았던 오스트리아의 오토 와이닝거(Otto Weininger)|3|는 여성을 "어머니 형"과 "기생 형" 두 가지 부류로 나누었다. 지금 같은 방법으로 남성을 "아버지 형"과 "방탕 형"으로 나눌 수 있다. 여기서 "아버지 형"을 다시 "자식의 아버지"와 "인간의 아버지"로 나눌 수 있다. 낳을 줄만 알고 가르칠 줄은 모르는 "자식의 아버지"는 방탕아 기질이 좀 있다. 하지만 "인간의 아버지"는 자식을 낳은 다음 어떻게 교육

|3| 오토 와이닝거(Otto Weininger, 1880~1903년)는 오스트리아 사람으로서 여성주의를 적대시하였다.

을 해야 이 아이가 장차 완전한 인간으로 될 수 있을지를 생각한다.

청나라 말기 어느 성에서 처음으로 사범학당을 꾸렸을 때 한 노선생이 마뜩치 않아서 화를 내며 말했다고 한다.

"선생이 교육을 받아야 하다니? 그러면 아버지학당도 있어야지!"

그 노선생은 자식을 낳을 줄만 알면 아버지로서의 자격을 갖춘 것이라고 생각하는가보다. 자식을 낳는 일이야 저절로 알게 되는데 가르칠 필요가 있느냐는 뜻이다. 하지만 지금 중국에는 바로 아버지학당이 필요하다. 이 노선생은 반드시 초등 1학년에 들어가야 할 것이다.

그것은 중국에 흔한 것이 자식의 아버지여서 앞으로는 "인간의 아버지"가 필요하기 때문이다.

(1918년 9월 15일 북경《신청년》제5권 제3호에 발표되었다.)

수감록 40

　온종일 집안에 있노라니 창밖으로 누르께한 사각형 하늘만 참담하게 보일 뿐이니 무슨 느낌이 있겠는가? 몇 통뿐인 편지에도 "오랫동안 뵙지 못하여 그리움을 금할 수 없습니다."라는 식이고 찾아오는 손님도 "오늘 날씨가 정말 좋군요."라는 말 뿐이다. 조상 때부터 써내려온 틀에 박힌 말들이다. 쓰는 글이나 하는 말이나 마음을 담지 않으니 아무런 느낌도 주지 않는 것이다.

　안면이 없는 소년이 시 한 수를 보내왔는데 나에게는 의미가 있었다.

　　사랑
　　나는 불쌍한 중국사람
　　사랑이여, 나는 모르노라 그대가 뭔지를

　　나에겐 부모가 있어 키워주고 배워주고
　　잘 보살펴주었고
　　나도 그들을 잘 모시었어라.
　　나에게는 형제자매가 있어
　　어릴 때는 함께 놀고

커서는 함께 토론하면서
나를 잘 보살펴주었거늘
나도 그들을 잘 대해주었어라.
하지만 누구도 나를 "사랑"한 일은 없었고
나도 그 누구를 "사랑"한 적이 없다네.

내 나이 열아홉이 되어
부모가 색시를 얻어주었네.
이 몇 해 동안
우리는 그런대로 화목하지만
이 혼인은 남이 주장하고
남이 맺어주었어라.
그들이 어느 날 내뱉은 농담이
우리의 백년가약이 되었으니
마치 주인 말을 따른 두 짐승 같았네.
"자, 너희들 의좋게 잘 살아!"

사랑이여, 불쌍해라,
그대가 뭔지 나는 알 길 없구나.

시가 좋은지 여부와 뜻이 깊은지 여부는 잠시 논하지 말기로 하자. 하지만 나는 이 시에서 피가 증발되어 나오는 것 같고 깨어난 사람의 참된 목소리라고 생각한다.

사랑이란 무엇인지? 나도 모른다. 중국의 남녀들은 대체로 한 쌍 또는 한 떼 — 일부다처 — 가 되어 살지만 누가 사랑을 아는지는 알 수 없다.

하지만 여태껏 이를 고민하는 부르짖음을 들어본 적이 없다. 설사 고민이 있더라도 부르짖으면 잘못이라고 늙은이, 젊은이 할 것 없이 고개를 가로저으면서 욕설을 퍼붓는다.

그렇지만 사랑이 없이 맺어지는 결혼은 끊임없이 나쁜 결과만 낳고 있다. 형식적인 부부라 서로 남처럼 지내다 보니 젊은 놈은 나가서 오입질을 하고 늙은이는 첩을 사들인다. 양심을 마비시키는 방법도 각기 묘하다. 하기에 지금까지 문제가 되질 않았다. 그러나 "질투"라는 글자를 만들어 속을 태웠던 흔적을 좀이나마 보여주고 있다.

하지만 동녘이 밝아오면서 인류는 여러 민족에게 "인간"이 될 것을 요구하고 있다 – 물론 이것은 "인간의 자식"이다 – 우리는 모두 사람의 자식일 뿐이며 아들의 색시와 아들 색시의 남편이라는 식으로 인류 앞에 나설 수 없다.

하지만 마귀의 손으로는 빛을 가릴 수 없다. 빛은 반드시 새고야 말 것이다. 사람의 자식은 깨어났고 그는 인류와 인류 간에는 사랑이 있다는 것을 알고 있으며 과거의 젊은이와 늙은이들이 저지른 죄를 알고 있다. 그래서 고민하고 목청껏 외치기 시작한다.

하지만 여성에게는 본디 죄가 없으며 지금은 낡은 관습의 희생물로 되고 있다. 우리가 인류의 도덕을 갖고 있는 한 양심적으로 저들 젊은이와 늙은이들이 저지른 죄를 다시 저지를 수는 없으며 또한 여성을 나무랄 수도 없다. 다만 한 세대의 희생으로 4천 년의 묵은 장부를 끝낼 수밖에 없다.

한 세대를 희생한다는 것은 그야말로 무서운 일이다. 하지만 피는 결국 깨끗한 것이고 목소리는 깨어있는 만큼 참된 것이다.

우리가 크게 외칠 수 있는 것은 꾀꼬리는 꾀꼬리처럼 울고 솔개는 솔개처럼 울기 때문이다. 지금 막 매음굴에서 나와서는 "중국의 도덕이 으뜸"이라고 말하는 사람의 목소리를 낼 필요가 없다.

우리는 사랑이 없는 슬픔을 외쳐야 하고 사랑할 것이 없는 슬픔을 외쳐야 한다. …… 우리는 낡은 장부가 지워질 때까지 외쳐야 한다.

낡은 장부를 어떻게 지워버려야 하는가? 나는 말하고 싶다. "우리의 아이들을 완전히 해방하라!"

(1919년 1월 15일 《신청년》 제6권 제1호에 발표되었다.)

수감록 41

　한 익명편지에서 "돌조각이나 헤아리라"는 말을 보았다. 이 말은 강소에서 쓰는 격언으로서 대개 재주가 없으면 변혁을 부르짖지 말고 돌조각이나 헤아리는 게 좋으리라는 좋은 뜻에서 생긴 말이다. 이 말을 보며 "할일이 없으면 석탄이나 씻어라."는 사천 격언이 떠오른다. 다른 성의 사투리에도 이와 비슷한 말이 많을 것이고 이렇게 전문 사람을 김빠지게 하는 격언을 붙잡고 있는 사람도 많으리라 생각한다.

　중국에서는 말 한 마디, 일 하나를 해도 그것이 만약 전해 내려오는 묵은 관습에 맞아야지 좀이라도 저촉되는 경우, 반드시 단번에 성공을 이루어야 발붙이고 살아갈 자리가 생기고 뜨거운 공경을 받을 수 있고, 그렇지 못할 경우에는 이단을 주장한다는 죄를 뒤집어씌워 말도 못하게 하거나, 대역무도로 치부되어 천지에 용납 못할 처지에 떨어지고 만다. 옛날에는 이런 사람들의 9족을 멸하고 이웃까지 연루되었지만 지금은 그저 익명편지 몇 통을 보낼 뿐이다. 만일 의지가 좀 나약한 사람이라면 여기서 위축되어 자신도 모르게 "돌조각이나 헤아리는" 무리로 전락해버릴 것이다.

　이렇기 때문에 중국은 지금 사회적으로 티끌만한 개혁도 없고 학술적으로 아무런 발명이 없으며 미술에서도 창작품이 없다. 많은 사람들이 이어가는 연구나, 뒷사람이 앞사람을 이어가는 탐구는 더 말할 나위가 없다. 이 나라 사람들의 사업이란 대체로 시대의 흐름을 타는 성공과 경영이고 또 있다면 모든 것에 대한 냉소이다.

하지만 냉소를 하는 사람을 보면 비록 개혁을 반대하지만 그렇다고 수구를 할 수 있는 능력이 있는 것은 아니다. 이를테면 문자를 놓고 보더라도 현대문이 눈에 차지 않지만 고문을 잘 하는 것도 아니다. 그들의 학설에 따르면 마땅히 "돌조각이나 헤아려야" 할 터이지만 그러지는 않고 야릇하게 냉소만 보내고 있다.

중국인들은 아마도 이런 분위기 속에서 성공하고 이런 분위기 속에서 위축되고 썩어가면서 늙어 죽고 말 것이다.

인간은 원숭이와 하나의 조상이라는 학설은 조금도 의심할 바 없다고 생각한다. 하지만 나는 고대 원숭이들이 왜 사람이 되려고 노력하지 않고 오늘날 사람들 앞에서 재롱이나 부리며 사는 후손을 남겼는지 이해되지 않는다. 그때 일어서서 사람의 말을 배우려 했던 녀석이 하나도 없었는지, 아니면 몇 마리 있기는 했으나 원숭이 사회에서 괜히 잘난 체한다고 다른 원숭이들의 공격을 받고 모두 물려 죽는 바람에 결국 오늘까지 진화하지 못한 거나 아닌지?

니체식의 초인간은 너무 막연하기는 하지만 세계에 지금 살고 있는 인종의 실태를 보면 장차 더 고상하고 더 완벽한 인류가 나타나리라는 확신을 갖게 된다. 그때가 되면 유인원(類人猿) 위에 "유원인(類猿人)"이라는 명사가 더 생겨나지 않을지 모르겠다.

그러기에 나는 가끔 두려움을 느끼곤 한다. 나는 중국의 청년들이 누구나 싸늘한 분위기에서 해탈되어 김빠진 부류 사람들의 말을 듣지 말고 진보의 길로만 나아가기를 바란다. 일을 할 수 있는 사람은 일을 하고 소리를 낼 수 있는 사람은 소리를 내면서 열이 있는 만큼 빛을 내기를 바란다. 횃불이 나타나기를 기다리지 말고 반딧불처럼 어둠 속에서도 빛을 낼 수 있어야 한다.

앞으로 정말 횃불이 나타나지 않는다면 내가 유일한 빛으로 될 것이다. 만일 횃불이 나타나고 태양이 떠오른다면 우리는 기꺼이 사라질 것이다. 불평을 부리지 않을 뿐만 아니라 우리는 함께 횃불과 태양을 찬미할 것이다. 어차피 인류를 비추어주는 그 횃불과 태양의 빛을 나도 받을 것이기 때문이다.

다시한번 말하지만 중국의 청년들이 싸늘한 웃음과 몰래 날아오는 화살을 아랑곳하지 말고 오로지 진보의 길로 나가기를 바란다. 니체가 말했다.

> 참으로, 인간은 탁류이다. 이 탁류를 받아들여 깨끗하게 걸러줄 수 있는 것은 바다이다.
>
> 그렇다. 내가 너희들에게 인간을 초월하라고 했거늘 그것은 바로 바다니라. 그곳에서는 그들의 그 어떤 모독이라도 용납되리라.

– 《짜라투스트라는 이렇게 말했다.》〈서문〉

얕은 못의 물일지라도 바다를 본받을 수 있다. 다 같은 물이기에 서로 통할 수 있는 것이다. 그들이 뒤에서 돌멩이질 하든 구정물을 퍼붓든 내 버려 두라.

이것을 "큰 모독"이라 할 수도 없다. 왜냐하면 크게 모독하려면 담력이 있어야 하니까!

(1919년 1월 15일 《신청년》 제6권 제1호에 발표되었다.)

수감록 56 "왔다"

요즘 "과격주의가 왔다"는 말이 자주 들린다. 신문에도 "과격주의가 왔다."는 글이 많이 실린다.

그래서 돈이 좀 있는 사람들은 몹시 불쾌해한다. 관리들도 허둥대며 러시아에서 일하던 중국인 노동자들을 경계하고 러시아인들을 경계한다. 경찰청에서도 아래 부서에 "과격당의 기관설립 여부"를 엄격히 조사하라는 공문을 보냈다.

허둥대는 것도 이상한 것 없고 엄격히 조사하는 것도 이상하지 않다. 하지만 먼저 과격주의란 무엇인지 물어보고 싶다.

이에 대해 그들은 설명이 없었고 나도 알 길이 없다. 비록 나는 모르고 있지만 이 한 마디만은 말할 자신이 있다.

"과격주의"는 오지 않을 것이니 두려워할 필요가 없으며 다만 "올 것"은 반드시 오기에 그것을 두려워해야 한다고.

우리 중국 사람은 외국에서 오는 그 무슨 주의에 결코 동요하지 않을 것이며 그 주의를 소멸할 수 있는 힘을 갖고 있다. 군국민주의(軍國民主義)라면 우리는 언제 누구와 싸워본 일이 없고 무저항주의라면 우리는 싸움을 마다하지 않고 싸움에 참가하지 않았는가! 그리고 자유주의라면 우리는 사상을 발표해도 죄가 되기에 말 좀 하려 해도 눈치가 보이고 인도주의라면 우리는 아직도 사람을 팔고 사는 형편이다.

　하기에 그 어떤 주의이든 중국은 흔들리지 않을 것이다. 예로부터 그 무슨 주의 때문에 혼란이 일어났다는 말은 들어본 적이 없다. 요즘의 실례를 들어보자. 섬서 학계의 포고|1|나 호남 지방 수해 이재민의 포고|2|를 보면 얼마나 무서운가? 하지만 벨기에가 폭로한 독일군의 포악한 행위나 러시아의 반대당이 퍼뜨린 레닌 정부의 잔인함에 비하면 이들은 그야말로 태평세월을 보내고 있다. 독일은 군국주의이고 레닌은 두말할 것도 없는 과격주의가 아닌가!

　이것이 바로 "올 것"이 온 것이다. 만약 온 것이 주의라면, 주의는 오고 나면 그걸로 그만이다. 만일 "오기"만 하고, 그것이 어디가 끝이고, 얼마나 올지 모른다면 어떻게 될 것인지도 알 수 없다.

　중화민국이 성립될 때(1911년) 나는 작은 도시에서 살았는데 진작 백기를 내걸었다. 하루는 갑자기 수많은 남녀들이 분분히 도망가는 것이었다. 도시에서는 시골로 도망가고 시골에서는 도시로 도망왔다. 그들한테 무슨 일이 생겼느냐고 물었더니

　"사람들이 그러는데 온대요."라고 대답하는 것이었다.

　그러니 그들도 나처럼 "오는 것"만을 두려워하고 있는 것이다. 그때는 "다수주의"만 있고 "과격주의"는 없었는데도 말이다.

　(1919년 5월 《신청년》 제6권 제5호에 발표되었다.)

|1| 1919년 3월 섬서 여경(旅京)학생연합회에서는 섬서 군벌 진수번(陳樹藩)이 병사를 풀어 무고한 백성을 학살한 폭행을 공소하였다. 그 가운데 사용한 형벌로는 시체를 땡볕에 버려둔 것, 매달아놓은 것, 인육 팔찌를 끼게 한 것, 사람고기를 삶은 것 등이다.

|2| 1919년 1월 호남 백성들이 장경요(張敬堯)의 포악한 통치를 공소한 글 《호남 민중의 피눈물》을 발표하였는데 그 가운데 장경요가 병사를 풀어 간음하고 약탈하고 무고한 백성을 죽인 죄행을 열거하였다.

수감록 59 "성무"

전에 나는 "그 어떤 주의도 중국과는 인연이 없다"고 말한 적이 있다. 오늘은 문득 떠오르는 생각이 있어서 이렇게 적는다.

우리 중국은 원래 새로운 주의가 생겨날 수 있는 곳이 아니고 새로운 주의를 용납해주는 곳도 아니라고 나는 생각한다. 어쩌다 외래 사상이 좀 들어온다 해도 금방 그 색깔이 변해 버리며 이 점을 오히려 자랑으로 생각하고 있는 논자들이 많다. 번역서의 머리글이나 후기 그리고 외국의 사정에 관한 여러 가지 논평을 유심히 읽어보면 우리와 그들의 사상 사이에 분명 철벽이 겹겹이 가로막혀 있음을 알 수 있다. 그들은 가정문제를 말하고 있는데 우리는 싸움을 고취한다고 생각하며 그들은 사회의 결점을 말하고 있는데 우리는 도리어 우스개를 한다고 말하며 그들이 좋다고 하는 것을 우리는 나쁘다고 말한다.

만약 외국의 국민성이나 국민문학을 유심히 살펴보고 문인들의 평전을 읽어본다면 외국의 책에 쓴 성격이나 사실, 그리고 작자의 사상이 거의 모두가 중국에는 없는 것들임을 알 수 있다. 따라서 이해할 수 없고 동정을 하지도 않으며 마음을 울리지도 못한다. 심지어 시비와 애증에서조차도 서로 반대되는 결과를 얻지 않을 수 없다.

새로운 주의를 선동하는 사람이 방화자라 하더라도 남에게는 모름지기 정신적인 연료가 있어야 불이 댕길 수 있지 않겠는가! 그가 만약 연주자라고 하면 남의 마음에도 음악의 줄이 있어야만 소리가 날 것이고 그가 만약 발성기라고 하면 남도 반드시 소리를 낼 줄 알아야 공명이 생길 것이다. 하지만 중국 사람들은 아마 그렇지도 못한가 보다. 하기에 별 상관이 없는 것이다.

독자들 가운데는 화가 나서 이렇게 말할 사람이 있을지도 모른다.

"중국에는 자신의 주의를 위해 목숨을 던지는 사람이 늘 있었다. 중화민국 이후로도 주의를 위해 목숨을 내놓은 열사가 얼만데 당신이 어찌 한마디로 묵살해버릴 수 있겠는가?"

이 말도 분명히 맞다. 옛날에 있었던 외래 사상을 보아도 육조(六朝) 시대에는 몸을 불사른 스님들이 많았고 당 나라에는 팔을 잘라 부랑자에게 베풀어준 스님도 있었다. 요즘을 보더라도 물론 여러 사람을 들 수 있다. 하지만 이것은 중국의 역사와는 역시 상관이 없다. 왜냐 하면 역사는 수학처럼 소수점 아래 몇 자리 수까지 정확하게 계산하는 것이 아니라 데면데면한 사람들이 계산을 하듯 사사오입을 해서 정수까지만 계산해 써넣을 수밖에 없기 때문이다.

중국 역사의 정수 속에는 정말 그 무슨 사상도, 주의도 들어있지 않다. 이 정수에는 두 가지 물질만 들어 있으니 그것은 칼과 불이다. 그리고 "왔다"는 그 총칭이 된다.

불이 북쪽으로 오면 남으로 도망가고 칼이 앞에서 들어오면 뒤로 물러서는 방식으로 수없이 반복되어왔다. 만일 "왔다"라는 총칭이 그다지 정중하지 않고 칼과 불이 끔찍하다면 우리는 듣기 좋은 다른 이름을 삼가 바칠 수 있으니 성무(聖武)[1]라고 하면 한결 나을 것이다.

옛날에 진시황이 위세를 날리고 있을 때, 유방과 항우가 그것을 보고

---

[1] 성무(聖武), 황제를 이르거나 특히 무공이 있는 황제를 이른다.

유방은 "아, 대장부라면 저래야지!" 라고 하였고 항우는 "내가 저것을 빼앗아야지."라고 말했다. 항우는 무엇을 빼앗으려 했던가? 유방이 말한 "저래야지!"를 빼앗으려 했다. "저래야지"의 정도는 서로 다르겠지만 빼앗고 싶은 마음은 누구나 마찬가지이다. 빼앗기는 것은 "저것"이고 빼앗는 자는 "대장부"이다. 여기서 "나"와 "대장부"의 마음은 모두 "성무"를 생겨나게 하고 받아들일 수 있는 공간으로 된다.

"저래야지"는 무엇을 말하는가? 설명하자면 길지만 간단하게 말하면 순전히 동물적 욕망을 충족시키는 것으로서 위엄과 복을 누리고 아들딸을 낳고 호의호식하는 것에 지나지 않는다. 하지만 이 모든 것은 대장부, 소장부에게는 최고의 이상이라고 해야 할 것이다. 나는 지금 사람들도 이런 이상에 휘둘릴까 두렵다.

대장부들이 "그래야지"를 빼앗은 다음에도 욕망은 누그러들지 않지만 몸은 그만 쇠약해지고 만다. 그리고 모름지기 죽음이라는 검을 그림자가 다가오는 것을 느끼게 된다. 그리하여 어쩔 수 없이 신선의 힘을 빌어볼 수밖에 없다. 중국에서는 이 역시 최고의 이상이다. 나는 지금 사람들도 이런 이상에 휘둘릴까 두렵다.

한바탕 신선에게 빌어보아도 신선이 나타나지 않으니 더럭 의혹이 생기지 않을 수 없다. 그래서 무덤을 만들어 시체를 보존하려고 하는데 자신의 시체로 한 조각의 땅을 영원히 차지하고 싶은 것이다. 중국에서는 이것 역시 어쩔 도리가 없는 최고 이상이다. 나는 지금 사람들도 이런 이상에 휘둘릴까 두렵다.

오늘날의 외래 사상에는 자유 평등의 숨결과 상호 공존의 숨결이 풍기기 마련이다. 그러나 오직 "나" 하나만 있고 "그것을 빼앗아" 나 홀로 모든 공간과 시간의 술을 마셔버리려는 사상 수준이라면 설 자리가 없어진다.

그렇기 때문에 그 "오는 것을"을 막아내기만 하면 된다. 다른 나라를 보면 그 "오는 것에" 항거하는 주체는 주의를 가진 민중들이다. 그들은 자신이 믿고 있는 주의를 위해 모든 것을 희생하였고 자신의 뼈와 살로서 상대의 날카로운 칼날을 무디게 하였으며 피를 쏟아 불길을 꺼버렸다. 그 서슬 푸른 칼과 사위어가는 불길 속에서 동터오는 하늘을 보았으니 그것이 바로 새 세기의 서광이다.

서광이 위에 있어도 머리를 쳐들지 않는다면 영원히 물질이 뿜어내는 빛 밖에 볼 수 없을 것이다!

(1919년 5월 《신청년》 제6권 제5호에 발표되었다.)

수감록62 분해서 죽다

　예로부터 분에 못 이겨 죽은 사람이 여럿이 있었다. 그들은 "재능은 있어도 때를 잘못 만났고" "세상의 일이란 종잡을 수 없다"는 푸념을 늘여놓는 한편 돈 있는 사람은 오입질과 도박에 빠지고 돈 없는 사람은 술로 세월을 보내기 일쑤다. 그러다가 나중에는 그런 원인으로 분에 못 이겨 죽고 만다.

　우리는 그들이 살아있을 때 물어보아야 한다. 여보게들! 당신들은 북경이 곤륜산과 몇 리나 떨어져 있고 약수(弱水)|1|는 황하에서 얼마나 먼지를 알고 계시는가? 화약과 나침판으로 폭죽을 만들고 풍수를 보는 외에 또 어떤 용도로 쓰이는지 알고 계시는가? 목화는 붉은색인가, 아니면 흰색인가? 곡식은 나무에 열리는가, 아니면 풀에 열리는가? 뽕나무밭은 어떤 분위기이고 자유연애는 어떤 기분인지 알고 계시는가? 한밤중에 문득 부끄러움을 탔다가 새벽에는 좀 후회된 적은 있는가? 네 근 되는 짐을 당신은 질 수 있는가? 삼 리 길을 당신은 달릴 수 있는가?

　만일 그들이 곰곰이 생각해보고 천천히 뉘우친다면 그래도 희망은 좀 있다. 만일 생각하면 할수록 불만스러워 노여움을 터뜨린다면 어쩔 도리

|1| 약수는 감숙성 서북부에 있다.

가 없다. 그리하여 그들은 결국 분에 못 이겨 죽고 만다.

오늘날 중국 사람들 속에는 불평과 울분을 품은 사람이 너무도 많다. 불평은 변혁으로 가는 길이지만 반드시 자신을 개조하고 나서 사회를 개조해야 한다. 그저 불평만 품고 있어서는 절대 안 된다. 그리고 울분은 거의 쓸모가 없다.

울분은 분에 못 이겨 죽게 되는 원인이다. 옛사람들 가운데는 분에 못 이겨 죽은 사람이 많지만 우리는 그 뒤를 따르지 말아야 한다.

더욱이 "세상에 공정한 도리가 없고 인도주의란 없다."는 말을 핑계로 자신의 자포자기 행위를 감추려 해서는 안 된다. 스스로 "사람이 미워죽겠다."고 하면서 분에 못 이겨 죽을 시늉을 하는 사람은 사실 분을 못 이겨 죽는 일이 없다.

(1919년 11월 1일 《신청년》 제6권 제호에 발표되었다.)

수감록 65 폭군의 신하와 백성

전에 청나라 때의 몇 가지 중대한 사건에 대한 기록을 보았는데 신하에게 내린 죄가 너무 무거운 걸 보고 "성상"께서 자주 죄를 경하게 다스렸다는 내용이었다. 그때 나는 그 기록을 보고 아마 어진 마음이 두터운 임금이라는 명성을 얻으려고 수작을 피운 것이리라고 생각하였다. 하지만 나중에 곰곰이 생각해보니 꼭 그런 것만은 아니었다.

폭군의 폭정 아래에 살고 있는 관리와 백성은 폭군보다 더 포악하며 폭군의 포악한 정치가 그 아래 관리와 백성의 욕망을 채워주지 못하는 경우가 많다.

중국의 예는 그만두고 외국의 실례를 들어보자. 작은 사건으로는 고골리의 희곡《검찰관》을 들 수 있는데 많은 수하들이 그 연극을 금지시켰으나 차르는 도리어 공연을 허락하였다. 큰 사건으로는, 로마의 총독은 예수를 석방하려고 했으나 수하들이 도리어 십자가에 못 박아야 한다고 주장하였다.

폭군 아래의 관리와 백성들은 그 포악한 정치가 남의 머리에 떨어지기만 하면 그것을 즐거운 마음으로 바라본다. 그들은 그 "잔혹함"을 오락으로 삼으면서 남의 고통에 재미를 느끼고 위안을 얻는다.

자신은 그저 "요행 모면한" 재주만 있을 뿐이다.

그런데 "요행 모면한" 사람들 가운데서 또 희생양이 생겨나 피에 굶주린 폭군 치하의 관리와 백성의 욕망을 채워주지만 이는 누구도 모른다.

죽는 자는 "애고" 하고 살아있는 사람은 기뻐한다.

(1919년 11월 1일 《신청년》 제6권 제6호에 발표되었다.)

수감록66 생명의 길

　인류가 멸망한다고 하면 그것은 너무도 쓸쓸하고 슬픈 일이다. 하지만 어느 정도의 사람들이 멸망한다고 하면 그것이 슬픈 일은 아니다.

　생명의 길은 진보의 길로서 언제나 무한한 정신적 삼각형의 비탈길을 따라 올라가는 것이며 그 어떤 힘도 막을 수 없다.

　자연은 인간에게 조화롭지 못한 것을 많이 부여하였고 인간 또한 스스로 위축되고 타락하여 퇴보하는 일이 매우 많다. 하지만 생명은 그 때문에 되돌아서지는 않는다. 그 어떤 암흑이 그 흐름을 가로막는다 해도, 그 어떤 처절함이 사회를 습격한다 해도, 그 어떤 죄악이 인간의 도덕을 모독한다 해도 완벽함을 갈망하는 인간의 잠재력은 언제나 이 무쇠 가시덤불을 딛고 앞으로 나아갈 것이다.

　생명은 죽음을 두려워하지 않는다. 생명은 죽음 앞에서도 웃고 춤추면서 멸망을 넘어선 사람들은 앞으로 나아간다.

　길이란 무엇이던가? 길이 없던 곳을 밟아서 낸 것으로서 가시덤불뿐이던 곳을 개척한 것이다.

　길은 전에도 있었고 앞으로도 영원히 있을 것이다.

|1| 여기의 L과 아래에 나오는 L은 처음 발표할 때 모두 "루쉰"으로 되어 있었다.

인류는 언제나 쓸쓸하게 있지 않는다. 생명은 진보적이고 낙천적이기 때문이다.

어제 나는 친구 L[1]을 보고 말했다.

"사람이 죽으면 그 자신과 그의 가족들에게는 슬픈 일일 것이다. 하지만 마을이나 읍에 사는 사람들에게는 별일이 아니다. 어느 성, 어느 나라, 어느 종족에게는 ……"

L은 몹시 불쾌하여 대답했다.

"그것은 Natur(자연)이 하는 말이지 사람이 하는 말이 아니야. 자네 조심해야겠네."

나는 친구의 말도 틀리지 않는다고 생각되었다.

(1919년 11월 1일 《신청년》에 발표되었다.)

화개집(華蓋集)

문득 떠오르는 생각

아마 내 신경이 잘못된 것 같다. 그렇지 않다면 정말 몸서리치는 일일 것이다.

나는 이른바 중화민국이 마치 오랫동안 없었던 것처럼 느껴진다.

내가 혁명이전에는 노예였고 혁명이후 얼마 지나지 않아서는 노예의 사기를 당해 노예의 노예로 변한 것 같다.

나는 수많은 민국 국민이 민국의 적인 듯싶다.

많은 민국 국민은 마치 독일이나 프랑스에 살고 있는 유태인처럼 그들의 마음속에 또 다른 조국이 있는 듯싶다.

수많은 열사들이 흘린 피가 사람들에게 짓밟혔다고 생각된다. 비록 일부러 그런 건 아니지만!

나는 무엇이나 새롭게 해야 한다고 생각한다.

만 걸음 물러서서 말한다. 나는 누가 민국의 건국역사를 잘 써서 소년들에게 보여줬으면 좋겠다. 그것은 민국의 정통성이 이미 사라졌기 때문이다. 이제 겨우 14년밖에 지나지 않았는데!

2월 12일

전에 24사(二十四史)는 "서로 살육한 역사를 기록한 책"이며 "황제의 족보"에 지나지 않는다는 말을 듣고 정말 그러리라고 생각했다. 나중에 내가 직접 보고 나서 "그뿐이 아니라"는 것을 알았다.

역사에는 어디나 중국의 영혼이 씌어져 있고 미래의 운명을 가리켜주고 있다. 하지만 너무 두텁게 장식을 해서 쓸데없는 말이 너무 많다. 그래서 그 본질을 보아내기 쉽지 않다. 우거진 나뭇잎 사이로 비쳐 들어오는 달빛처럼 점점이 흩어진 그림자만 보일 뿐이다. 그러나 야사와 잡기(雜記)를 보면 오히려 역사를 더 똑똑히 알 수 있다. 역사학자의 틀거지가 없는 사람이 썼기 때문이다.

진나라와 한나라는 지금과는 너무 멀고 상황이 많이 다르기에 말할 필요가 없고 원나라 사람들은 저서가 별로 없다. 당나라, 송나라, 명나라에는 잡사(雜史) 따위들이 지금 많이 남아 있다. 오대(五代), 남송, 명조말기의 일에 대한 기록을 지금의 상황과 비교하면 너무나 비슷해서 놀라울 정도이다. 마치 시간의 흐름이 유독 우리 중국과만 관련이 없는 듯싶다. 지금의 중화민국을 보면 오대나 송조말기 또는 명나라와 같다.

명조 말기를 지금 중국의 상황에 비해보면 더 부패하고 썩었으며 더 포악하고 잔인하다. 지금은 아직 극에 이르지 않았다고 해야 할 것이다. 하지만 명조 말기의 부패도 극에 이르지는 못했으니 이자성, 장헌충이 반란을 일으켰기 때문이다. 그리고 장헌충과 이자성의 포악함도 극에 이르기 전에 만주군사들이 쳐들어왔다.

그래 국민성이란 정말 이렇게 개변하기 어렵단 말인가? 만약 그렇다면 미래의 운명을 대략 짐작할 수 있으니 역시 귀에 못 박히게 들어온 "옛적부터 있었다."는 말이다.

약삭빠른 사람은 정말 말릴 수 없다. 그들은 절대 옛사람을 공격하여 난처하게 만들지 않는다. 옛사람들이 한 일이라면 그 무엇이든 지금 사람들도 해낼 수 있다. 그리고 옛사람을 변호하는 것은 자신을 변호하는 것이다. 게다가 중국의 후손으로서 어찌 "조상의 뒤를 잇지" 않을 수 있겠는가?

다행히 국민성은 절대 개변되지 않는 것이라고 감히 단정해서 말하는 사람은 없다. 이처럼 "알 수 없는" 가운데에는 비록 파격적인 ─ 말하자면 그런 상황이 있어본 적이 없는 ─ 멸망의 공포가 있을 수 있지만 역시 파격적인 부활의 희망이 있을 수도 있다. 이것이 개혁자에게는 자그마한 위안이 될 수도 있을 것이다.

하지만 이 자그마한 위안마저도 옛 문명을 자처하는 그런 인간들의 붓끝에서 지워지고 새로운 문명을 헐뜯는 그런 인간들의 입에 묻혀 죽고 거짓으로 새로운 문명을 자처하는 그런 인간들의 언동에 박멸될 수도 있다. 이와 같은 실례 역시 "옛적에 이미 있었기" 때문이다.

기실 이런 부류의 사람들은 모두 꽤나 약삭빠른 사람들로서 중국이 망해버려도 자신들의 정신은 괴롭지 않으리라는 것을 알고 있다. 그것은 그들이 어떤 상황이든 적절한 태도로 변할 수 있기 때문이다. 만약 믿지 못하겠다면 청조의 한인들이 만청 정부의 무공을 칭송한 글을 보라. "대군"이요, "아군"이요 입에 침을 발라 칭송을 하고 있는데 그 "대군"과 "아군"한테 패배한 것이 한인들이라는 것을 어찌 모르고 있는가? 아마 한인이 군사를 거느리고 다른 아무 야만적이고 부패한 민족을 소멸한 줄로 알고 있는 모양이다.

하지만 이런 사람들은 영원히 승리자이며 아마 영원히 존재할 것이다. 중국은 이런 사람들이 생존하기에만 알맞은 땅이며 이런 사람들이 존재하는 한 중국은 예전의 운명을 영원히 되풀이하지 않을 수 없을 것이다.

"땅이 넓고 물산이 풍부하며 인구가 많아서" 이처럼 좋은 재료를 쓰고도 끊임없이 이따위 재주만 되풀이하고 있단 말인가?

2월 26일

아마 신문배달부가 바쁜가 보다. 어제 신문이 오늘에야 왔다. 그런데 이상하게도 두 군데를 베어냈다. 다행히 문화면은 완전했다. 문화면에 실린 무자군(武者君)의 《부드럽고 착함(溫良)》|1|이라는 글을 보고 확실히 이처럼 사탕 발린 독침을 내가 동창들에게 증정한 옛일이 생각났다. 지금 무자군 역시 맹수와 양이라는 두 물건을 발견한 것이다. 하지만 이것은 일부분만 발견한 것이지 세상은 이처럼 단순하지는 않다. 한마디 덧붙이자면 맹수와 같은 양이 있고 양 같은 맹수가 있다고 해야 할 것이다.

그들은 양이지만 맹수이기도 하다. 하지만 자신보다 더 흉악한 맹수를 만나면 양이 되고 자신보다 더 약한 양을 보면 맹수로 된다.

5.4이후, 경찰들은 그래도 사정 있게, 총개머리로만 맨손인 교원과 학생을 마구 패댔다. 그들은 마치 들판을 달리는 기마병과 같았고 놀라 부르짖으며 도망가는 학생들은 마치 호랑이와 늑대를 만난 양떼와 같았다. 하지만 큰 무리를 이룬 학생들이 자신의 적을 습격할 때 그들도 어린이를 보면 밀쳐버리지 않았던가? 학교에서 적의 아들에게 욕설을 퍼부으면서 집으로 쫓아버리지 않았던가? 이것이 고대에 멸족시키는 폭군의 뜻과 무엇이 다르단 말인가?

나는 중국의 여인들이 어떤 압제를 받으며 살았는지 알고 있다. 양보다 못할 때도 있었다. 지금 양키 학설의 복을 입어 해방된 듯싶다. 하지만 교장 자리와 같은 위엄을 부릴 수 있는 지위를 얻으면 "주먹이 가려운" 사내들을 고용하여 같은 여성학생들에게 으름장을 놓지 않았던가? 밖에서 학생운동이 일어난 기회를 이용하여 못된 무리들과 결탁하여 자신이 싫은 학생들을 제명하지 않았던가? 그리고 "남존여비"의 사회에서 자란 몇몇

|1| 무자군은 글에서 다음과 같이 썼다. "루쉰선생은 수업에서 부드러움과 착함을 우리에게 가르쳤고 …… 겉에 꿀을 바른 그 형용사를 우리는 안심하고 받아들였고 단 맛을 볼 수 있을 것만 같았다." "하지만 갑자기 의외의 일이 발생하여 우리의 마음은 가시에 찔리고 말았다." "나는 오가는 우리나라 민중들을 보면서 그들의 얼굴에서, 입은 옷에서, 동작에서 그리고 그들의 모든 면에서 두 가지 물건을 발견하였다. 그것은 바로 야수와 양의 모습과 짓밟는 자와 노예의 모습이다."

남성들은 자신의 밥줄을 쥔 이성 앞에서 양보다도 비굴하게 꼬리를 젓기도 했다. 확실히 양은 나약하다. 하지만 이처럼 비굴하지는 않다. 나는 내가 존경하는 양을 대신하여 말하는 것이다!

하지만 황금세상이 오기 전에는 사람이 이런 두 가지 성격을 지닐 수밖에 없을 것이다. 정작 일에 봉착하고 나면 용감해질 수도, 비굴해질 수도 있다. 하지만 중국 사람들은 양 앞에서만 맹수이고 맹수 앞에서는 양이다. 때문에 맹수처럼 보이더라도 역시 비겁한 국민이다. 이렇게 나가다가는 반드시 끝장이 날 것이다.

중국을 구원하려면 더 보탤 것도 없다. 청년들이 맹수 앞에서는 맹수가 되고 양 앞에서는 양이 되는 식으로 예로부터 내려오던 이 두 가지 수단을 거꾸로 이용하면 된다.

그러면 그 어떤 마귀든지 자신이 살던 지옥으로 돌아갈 수밖에 없다.

많은 청년들이 시골로 떠나고 있다.

요즘의 언론을 보면 구식 가정이 마치 청년의 새 생명을 삼켜버리는 무서운 요괴처럼 말하지만 기실 가정은 역시 그 어느 곳보다도 가고 싶고 정이 붙는 곳이다. 어렸을 때 소꿉놀이하던 하던 곳이 그리운 것은 당연하다. 더욱이 대도시와는 딴 세상인 시골이 반년나마 진보를 위해 노력하며 쌓였던 피로를 풀기에는 안성맞춤일 것이다.

더구나 이 역시 "민중 속으로 들어가는" 것임에랴!

그리고 이런 기회에 우리의 "민중들이" 어떤지를 알 수 있고 청년이 홀로 민중 속에서 생활하면서 자신이 갖고 있는 힘과 마음이 북경에서 여러 사람들과 함께 "민중 속으로"라는 구호를 외칠 때와 비교하면 어떻게 다른지를 알 수 있을 것이다.

이런 경력을 마음속에 단단히 새겨두었다가 장차 민중 속에서 다시 북경으로 돌아와 그 구호를 외칠 때 되새겨보면 자신이 참말을 하고 있는지 거짓말을 하고 있는지를 알게 된다.

그러면 아마 침묵할 사람들이 있을 것이고 침묵으로 고통스러울 것이다. 하지만 새 생명은 이와 같은 고통스러운 침묵 속에서 싹 틀 것이다.

(이상의 작품들은 1925년 1월 17일과 20일, 2월 14일과 20일에 네 번에 나누어 《경보 부간(京報副刊)》에 발표되었다.)

전사와 파리

쇼펜하우어는 이런 말을 한 적이 있다. "사람의 위대함을 평가하는데 있어서 정신적 크기와 체격의 크기를 재는 법칙은 정반대이다." 후자는 멀면 멀수록 작아 보이고 전자는 멀면 멀수록 커 보인다.

가까울수록 작게 보이기 때문에 단점과 상처가 더 눈에 뜨인다. 때문에 그는 우리와 마찬가지이며 신도 아니고 요귀도 아니고 짐승도 아니다. 역시 그는 사람이며 그럴 뿐이다. 하지만 그럴 뿐이기 때문에 그는 위대한 사람이다. 전사가 싸우다 죽으면 파리들에게 먼저 눈에 띄는 것은 그의 단점과 상처이다. 파리들은 단점과 상처를 빨면서 자기가 죽은 전사보다 더 영웅인 것처럼 웽웽거리며 득의양양해서 날아다닌다. 하지만 전사는 이미 죽었기에 파리를 쫓아버릴 수 없다. 그리하여 파리들은 더 신이 나서 웽웽거리고 그 소리가 영원하리라 생각한다. 파리는 자신이 전사들보다 훨씬 더 완벽하다고 생각하기 때문이다.

사실 확실히 누구도 파리의 단점과 상처를 발견하지 못했다.

하지만 아무리 단점 있는 전사라 하더라도 그는 역시 전사이며 아무리 완벽한 파리라 하더라도 그는 역시 파리이다.

보기 싫다, 파리들아! 비록 날개가 있고 또 웽웽거릴 수 있다 해도 결코 전사를 초월할 수 없으리라. 이 벌레들아!

1925년 3월 21일

잡생각(雜感)

　사람이 동물보다 진화한 것은 눈물이 있기 때문이었다. 하지만 이 눈물이 있어서 진화되지 못하기도 하였다. 마치 맹장이 있기에 조류보다 진화했지만 또한 맹장이 있기 때문에 진화가 불충분했던 것과 마찬가지이다. 이러한 것들은 군더더기일 뿐만 아니라 사람을 덧없이 죽음을 맞게도 한다.

　오늘날 사람들은 눈물로 뜻을 주고받으며 눈물을 최고의 선물로 삼는다. 왜냐하면 사람에게는 눈물 외엔 아무 것도 없기 때문이다. 눈물이 없는 사람은 피를 선사하기도 하지만 다른 사람의 피는 누구나 싫어한다.

　사람들은 흔히 사랑하는 사람의 눈물을 원하지 않는다. 그러나 임종을 맞을 때도 애인이 눈물을 흘리지 않기를 바랄 수 있을까? 눈물이 없는 사람은 그 어떤 경우에도 애인이 눈물 흘리기를 바라지 않으며 또한 피도 싫어한다. 그는 자신을 위한 그 어떤 울음도, 죽음도 거절한다.

　사람은 "쥐도 새도 모르게" 죽는 것보다 많은 사람들 앞에서 죽는 것이 더 낫다고 생각한다. 그들 가운데 혹 누군가가 눈물을 지을 것이라는 환상 때문이다. 그러나 눈물이 없는 사람은 어디서 죽든 마찬가지이다.

　눈물이 없는 사람은 죽여도 피 한 방울 나오지 않을 것이다. 사랑하는 사람도 그의 죽음이 참혹하다고 느끼지 않을 것이며 원수도 결국 죽인 즐거움을 느끼지 못할 것이다. 이것은 그의 은혜갚음이고 또한 복수이다.

적의 칼날에 죽는 것은 슬프지 않다. 어디서 날아왔는지도 모르는 무기에 죽었다면 그것이야말로 슬픈 일이다. 하지만 가장 슬픈 것은 자애로운 어머니나 사랑하는 사람이 모르고 넣은 독약, 또는 전우가 오발한 총알에 맞아 죽거나 악의 없이 들어온 병균 또는 죄 없이 사형을 받고 죽는 것이다.

옛날이 부러운 사람은 옛날로 돌아가라! 세상에 나가고 싶은 사람은 어서 나가라! 하늘에 올라가고 싶은 사람은 어서 올라가라! 영혼이 육체를 떠나고 싶은 사람은 어서 떠나라! 오늘날 우리가 살고 있는 땅에는 오늘을 사랑하고 지금의 삶을 사랑하는 사람들이 살아야 할 것이나!

그러나 이 세상을 싫어하는 사람들도 살고 있다. 이들이야말로 이 세상의 원수로서 그들이 살아 있는 한 세상은 구원될 수 없다.

전에 이 세상에 살고 싶어도 살 수 없는 사람들이 있었다. 그들은 침묵하였고 탄식하였으며 울기도 했고 애걸하기도 했다. 하지만 이 세상에서 살고 싶어도 여전히 살 수 없었다. 그들이 분노를 잊어버렸기 때문이다.

용감한 사람은 분노하면 칼을 빼들고 나보다 강한 자에게 달려들고 비겁한 사람은 칼을 빼들고 나보다 약한 자에게 달려든다.

희망이 없는 민족 가운데는 수많은 영웅들이 있으니 어린애들에게만 눈을 부라린다. 비겁한 놈들!

부라리는 눈총을 받으며 자란 아이들은 또 다른 애들한테 눈을 부라린다. 그러면서 생각한다. 그들은 평생을 분노 속에서 살고 있다. 분노라고 해봐야 이 정도니까 평생 분노하면서 살 것이다. 그리고 2세, 3세, 4세 말세까지 분노하리라.

무엇을 사랑하든 사랑하리라. 밥이든, 이성이든, 조국이든, 민족이든, 인류든…… 독사처럼 칭칭 감기고 억울한 귀신처럼 집요하리라. 밤이나 낮이나 끊임없이 노력하는 사람에게는 희망이 있다. 하지만 너무 지쳤다면 좀 쉬어도 좋다. 그러나 쉬고 나서는 다시 한번 더 해야 할 것이다. 그

리고 두 번 세 번…… 혈서, 규약, 청원, 강의, 울음, 전보, 집회, 추도대
런, 연설, 신경쇠약, 이런 것들은 죄다 쓸모없다.

혈서로 무얼 쟁취할 수 있단 말인가? 보기도 싫은 혈서일 뿐이다. 신경
쇠약에 대해서는 오히려 한번 걸렸다면 더는 보물로 여기지 말라. 나의
사랑스럽고도 미운 친구들이여!

신음이나 탄식, 울음이나 애걸 소리가 들려와도 놀라지 말라. 무거운
침묵이 보이면 조심하라. 독사와 같은 것이 시체들 사이를 기어 다니고
억울한 귀신처럼 컴컴한 어둠 속을 달린다면 더욱 조심해야 한다. 그것은
"진정한 분노"가 오리라는 것을 예고하고 있기 때문이다. 그때 가면 옛것
을 부러워하는 사람은 옛날로 돌아갈 것이고 세상에 나오고 싶은 사람은
세상에 나올 것이며 하늘에 오르고 싶은 사람은 하늘에 오를 것이고 영혼
이 육체를 떠나고 싶은 사람은 떠날 것이다! ……

1925년 5월 5일

이것과 저것

떠받들기와 파내기

중국인들은 자신을 불편하게 만들 조짐을 보이는 인물을 만나면 늘 두 가지 수법을 써왔다. 억눌러놓는 것과 떠받드는 방법이다.

억누르고 싶으면 낡은 관습과 낡은 도덕을 이용하거나 관리의 힘을 빈다. 때문에 고독한 정신을 가진 전사는 비록 민중을 위해 싸우지만 오히려 그 "행위" 때문에 멸망한다. 그들은 이렇게 되어야만 비로소 마음을 놓는다. 억누를 수 없을 때는 떠받든다. 높이 떠받들고 배불리 먹여야 자신에게 해가 되지 않아 마음을 놓을 수 있기 때문이다.

약삭빠른 사람들은 자신의 이득을 위해 떠받들기도 한다. 이를테면 부자나 배우, 총장과 같은 사람들이다. 그러나 "경서"를 읽어보지도 못한 막된 사람이라면 떠받드는 "동기"가 대개 해를 모면하기 위해서일 뿐이다. 이미 받들어 모시고 있는 신들을 보아도 거개가 흉악한 불의 신(火神)이나 온역의 신(疫神)임은 말할 것도 없고 재물의 신(財神)조차도 뱀이나 고슴도치 같은 끔찍한 짐승이다. 관세음보살은 사랑스러운 편이지만 그것은 인도에서 들여온 것이지 중국의 "국수"는 아니다. 요컨대 떠받들리는 자 치고 열에 아홉은 좋은 사람이 아니다.

열에 아홉이 좋은 사람이 아니라면 떠받들려도 그 결과가 떠받드는 사람의 기대와는 어긋나기 마련이다. 불안하게 할 뿐만 아니라 되게 불만스럽게 한다. 그것은 사람의 마음이 만족을 모르기 때문이다. 하지만 오늘까지도 사람들은 이것을 깨닫지 못하고 여전히 떠받들기를 마음 놓고 살 수 있는 방법으로 알고 있다.

우스운 이야기를 모은 책이 있는데 제목은 잊어버렸지만 아마 《소림광기(笑林廣記)》[1]인 듯싶다. 책에는 이런 이야기가 있다. 회갑을 맞은 어느 현감이 있었는데 자년(子年)생이니까 쥐띠였다. 그래서 수하 관리들이 돈을 모아 금으로 쥐를 주조하여 선물하였다. 선물을 받은 현감이 말했다.

"마침 내년은 안사람의 회갑이라네. 나보다 한 살 아래이니까 소띠지."

기실 현감에게 황금 쥐를 선물하지 않았더라면 결코 금송아지를 생각해내지 못했을 것이다.

그러나 일단 시작을 했으니 수습하기가 어렵게 되었다. 금송아지를 선물할 힘이 없는 것은 둘째 치고 설사 금송아지를 선물한다 해도 다음에는 그의 "첩"이 코끼리 띠가 될지 모를 일이다. 코끼리 띠는 열두 띠 안에 들지 않으니 말이 되진 않겠지만 내가 그 현감의 입장에서 생각해낸 방법일 뿐이다. 현감에게는 우리로서는 상상할 수도 없는 묘한 방법이 따로 있을지도 모른다.

신해혁명이 일어나던 해에 내가 있던 S시에 도독이 부임되어 온 적이 있다.[2] 그는 "경서를 읽은 적이 없는(?)" 녹림대학(綠林大學)을 나온 사람이지만 제법 국면 전반을 생각하고 여론에도 귀를 기울일 줄 알았다. 그러자 신사는 물론 서민에 이르기까지 대대로 이어온 추어올리기 방법을 써서 막 떠받들기 시작하였다. 오늘은 이 사람이 와서 뵙고 내일을 저 사람이 와서 아첨하고 오늘을 옷감을 보내오고 내일은 지느러미를 선물하는 바람에 그 자신도 자기가 누군지 알 수 없게 되었다. 결과 그 역시 점점 옛 관료를 닮아서 걸핏하면 백성들을 고혈을 짜냈다.

---

[1] 명나라 풍몽룡(馮夢龍)이 지은 《우스운 이야기 모음(廣笑府)》이 청나라에 이르러 금지되자 그 책을 《소림광기》로 개편하였다. 도합 12권으로 되어 있다.

[2] 신해혁명이 일어나던 해에 소흥에 부임되어 온 왕금발을 가리킨다.

가장 이상한 것은 북쪽의 여러 성에서 강바닥을 떠올리는 바람에 지붕보다 더 높아진 것이다.

애초에는 물론 둑이 터지지 않도록 하기 위해 흙을 좀 올렸을 뿐이지만 올릴수록 점점 높아져서 둑이 일단 터지기만 하면 그 피해가 얼마나 클지 모른다. 이리하여 둑을 긴급 보수한다, 둑을 보호한다, 둑이 터지지 않게 방지한다면서 일이 많아져 사람들만 고생이었다. 만약 애초에 물이 처음 넘쳤을 때 둑을 올리지 말고 강바닥을 팠더라면 이 지경이 되지는 않았을 것이다.

금송아지를 탐내는 사람에게는 황금 쥐커녕 죽은 쥐도 주지 말아야 한다. 그러면 생일잔치를 치르는 일도 없을 것이다. 회갑잔치만 치르지 않아도 시원한 일이다.

중국인들이 고생을 사서하는 근본원인은 떠받들기를 좋아하기 때문이다. 복이 저절로 굴러들어오게 하는 길은 떠받들기보다 파 내리는 것이다. 사실 힘은 어느 쪽이나 비슷하게 들지만 타성에 젖은 사람들은 떠받드는 쪽이 힘이 덜 든다고 생각하고 있다.

선두와 꼴찌

《한비자》에서 말하는 경마의 묘법은 "선두를 다투지 않으며 꼴찌를 부끄러워하지 않는"것이다.

우리 같은 문외한이 보아도 퍽 일리가 있어 보인다. 만약 처음부터 죽어라 달리다간 말이 힘 빠지기 쉽다. 그런데 "선두를 다투지 않는다."는 그 첫 마디 말이 경마에 적용되는 말이지만 불행하게도 중국 사람들은 처세의 명언으로 떠받들고 있다.

중국인들은 싸움에서 앞장서지 않으려 하고 재난을 먼저 당하지 않으려 할 뿐만 아니라 심지어 복도 먼저 받으려 하지 않는다.

하기에 무슨 일이든 개혁하기가 쉽지 않다. 대부분 선구자가 되거나 총대를 메기 무서워하기 때문이다.

인간의 본성이라는 것이 도가에서 말하듯 그렇게 초연할 수는 없는 일이다. 하지만 인간성이 어찌 도가의 말처럼 욕심이 없으면 얻는 것이 더 많을 수 있단 말인가! 버젓이 얻을 수 없다면 음모와 술수를 써서 얻을 수밖에 없지 않겠는가. 때문에 사람들도 갈수록 비겁해져서 "선두를 다투지 않으려니" 자연히 "꼴찌를 부끄러워하지 않을" 용기도 없어진다. 때문에 숱한 사람이 모여도 위험한 기미가 좀 보이면 "슬슬 흩어지고" 만다. 만약 어쩌다 물러서지 않고 맞서다가 해라도 입는 사람이 있으면 공론은 이구동성으로 그를 바보라고 한다. "끈기 있게 끝까지 해내는" 사람에 대해서도 마찬가지이다.

나는 가끔 학교 운동회를 구경한다. 운동회에서 하는 경쟁이란 서로 척지고 등진 두 적대국의 싸움은 아니지만 역시 경쟁이라 서로 욕하거나 심지어 손찌검까지 생긴다. 하지만 이런 일은 예외이다.

달리기를 보면 가장 빠른 서너 명이 먼저 결승점에 이르고 나면 나머지 사람들은 금방 맥을 놓는다. 예정된 코스를 다 돌 용기를 잃은 몇은 중도에서 관중들 속에 들어가 버리는가 하면 일부러 넘어져서 들것에 실려 나가기도 한다. 혹시 뒤떨어졌지만 있는 힘을 다하여 마지막까지 뛰는 사람이 있으면 모두들 그를 비웃는다. 아마 그가 총명하지 못하게 "꼴찌가 부끄러운 줄 모르기" 때문일 것이다.

때문에 중국에는 실패한 영웅이 드물고 끈질긴 반항이 드물며 홀몸으로 격전을 벌이는 용사가 드물고 변절자의 죽음을 애도할 용기를 가진 사람이 드물다. 승리할 조짐이 보이면 우르르 몰려들었다가도 조금 패배할 기미가 보이면 뿔뿔이 도망간다. 그래서 무기가 우리보다 정예한 유럽과 아메리카 사람은 물론, 무기가 우리보다 정예하지 못한 흉노, 몽골, 만주 사람마저도 무인지경을 들어오듯 쳐들어왔다. "와르르 무너진다."는 말은 그야말로 자기 자신을 잘 알고 쓰는 말이라 하겠다.

꼴찌를 부끄러워하지 않는 사람이 많은 민족이라면 무슨 일을 당해도 한꺼번에 "와르르 무너지는" 일은 없을 것이다. 운동회를 볼 때마다 나는 이런 생각을 한다.

우승자를 존경하는 것은 당연한 일이지만 뒤떨어졌으되 기어이 결승점까지 달려가는 선수와 그런 선수를 보고도 비웃지 않고 숙연해지는 관객이야말로 중국의 미래를 떠멜 대들보이리라.

(이 글은 1925년 12월 10일, 12일에 북경《국민신보 부간》에 발표되었다.)

지도자(導師)

요즘 청년이란 말이 많이 유행된다. 이래도 청년, 저래도 청년이다. 하지만 청년이라고 어찌 모두 같을 수 있겠는가? 깨어있는 자가 있는가 하면 잠들어 있는 자도 있고 어리벙벙한 자가 있는가 하면 누워있는 자도 있고 노는 자도 있다. 이 밖에도 많다. 하지만 진보하려는 자도 있기 마련이다.

진보를 원하는 청년이라면 대체로 지도자를 찾으려고 한다. 하지만 나는 이들이 영원히 찾을 수 없으리라고 단언하고 싶다. 오히려 찾지 못하는 것이 행운이다. 자신을 아는 사람은 자신의 부족함을 인정하지만 스스로 자부하는 사람이 과연 길을 알 수 있을까? 무릇 길을 알고 있다고 생각하는 사람이라면 보통 서른 살을 넘겼을 것이니 인습에 젖고 노련해져서 둥글둥글하게 살아가면서도 스스로는 길을 알고 있다는 착각에 빠져 있다. 정말 길을 알고 있는 사람이라면 벌써 자신의 목표를 이루었겠으니 남의 지도자로 되려고 할 리가 없다. 불법을 설교하는 스님이나 선단을 파는 도사나, 모두 언젠가는 저승에 가서 백골로 되기 마련인데 사람들은 그들한테서 극락세계로 가는 방법과 신선이 되는 비결을 구하고 있으니 어찌 웃기는 일이 아니겠는가!

하지만 내가 이들을 감히 말살하려는 것은 아니다. 그들과 스스럼없이 이야기를 나누어도 된다. 말을 잘하는 사람은 기껏해야 말을 할 뿐이고 글을 잘 쓰는 사람은 기껏해야 글을 쓸 뿐이다. 만약 누가 그를 보고 무술을 하라고 하면 그것은 누구의 잘못이다. 그가 무술을 알고 있었다면 벌써 무술을 했을 것이다. 하지만 정작 무술을 하면 남들은 아마 그가 공중제비하기를 바랄 것이다.

청년들 가운데 더러는 각오한 듯싶다. 《경보》 문화면에서 청년들에게 독서하기를 권장할 때 누군가 불평을 부리면서 마침내 "나 자신만 믿음직하다!"는 말을 했는데 여기서 나는 감히 "자기 자신도 꼭 믿을 바가 못 된다."고 김새는 소리를 하고 싶다.

우리는 모두 기억력이 못해진 것 같다. 하기야 인생은 고통스러운 일이 너무도 많고 중국은 더욱 심하다. 기억력이 좋은 사람은 깊고 무거운 고통에 눌려 죽었고 기억력이 나쁜 사람만 생존해서 즐겁게 살고 있다. 하지만 우리에게는 역시 조금이나마 기억력이 있어서 되돌아보니 "지금이 옛날보다 너무 못하고" 사람은 "겉과 속이 너무 다르고" "오늘의 내가 어제의 나와 싸우고" 있지 않은가!

막 배고파 죽을 지경인데 눈이 없는 곳에서 밥을 발견했거나, 가난해서 죽을 지경인데 보는 사람이 없는 곳에서 돈을 발견했거나, 성욕이 막 왕성할 때 이성을 발견한 지경에 이르지는 않은 우리로서는 아직은 괜찮다. 큰소리를 너무 일찍이 쳐서는 안 된다. 괜히 기억력이 있어서 장차 생각이 나면 얼굴이 붉어질 수도 있으니까.

그래도 자신도 믿기 어려운 줄을 아는 사람이 오히려 믿음직하다.

청년들이 금빛 간판이나 내걸고 있는 지도자를 찾아야 할 이유가 어디 있는가? 차라리 벗을 찾아 힘을 모아 이것이 바로 생존의 길이라고 생각되는 방향으로 함께 나아가는 것이 좋을 것이다. 그대들에게는 넘치는 활력이 있다. 밀림을 만나면 밀림을 개척하고 광야를 만나면 광야를 개간하고 사막을 만나면 사막에 우물을 파라. 이미 가시덤불로 막혀 있는 낡은 길을 찾아 무엇을 할 것이며 너절한 지도자를 찾아 무엇을 할 것인가!

1925년 5월 11일

만리장성

위대한 장성이여!

이 공정이 비록 지도에는 조그맣게 그려져 있으나 어느 정도 지식이 있는 사람이라면 누구나 알고 있을 것이다.

기실 수많은 인부들이 고역에 시달려 죽었지만 언제 한번 외적을 막은 일은 없었다. 오늘날 장성은 그저 유적으로 남아 있을 뿐이다. 하지만 한동안은 없어지지 않을 것이고 보존해야 할 것이다.

나는 늘 주변에 장성이 둘러 있다는 느낌을 받는다. 이 장성은 옛날 벽돌과 새로 보수한 벽돌로 되어 있다. 이 옛것과 새것이 하나의 성벽을 이루어 사람들을 포위하고 있다.

언제 가야 장성에 새 벽돌을 더 보태지 않을 수 있을까?

위대하면서도 저주로운 장성이여!

1925년 5월 11일

여름 벌레 세 가지

여름이 가까워졌으니 벼룩, 모기, 파리가 나타날 것이다.

누가 만약 나를 보고 이 세 벌레 가운데서, 좋아하는 것이 없다는 대답은 안 된다는 조건으로 어느 벌레를 제일 좋아하느냐고 묻는다고 치자. 나는 벼룩을 좋아한다고 대답할 수밖에 없다.

벼룩은 피를 빨아먹기에 밉기는 하지만 시원하게 아무 소리도 없이 직방 물어뜯는다. 그러나 모기는 그렇지 않다. 살갗에 침을 찌를 때는 물론 서슴없이 쑥 찔러 넣지만 찌르기 전에는 앵앵거리며 수다를 떠는데 얄밉기 짝이 없다. 만일 앵앵 하고 사람의 피로 주린 배를 채워야겠다는 이유를 설명한다면 더 얄미울 것이다. 다행히 나는 알아들을 수 없다.

산새나 사슴이 사람한테 잡히면 한시도 도망칠 생각을 버리지 않는다. 사실 산속에는 하늘을 나는 매가 있고 땅을 달리는 호랑이와 이리가 있으니 어찌 사람보다 안전하다고 하랴! 애초에 왜 인류에게로 도망쳐오지 않고 지금 오히려 매나 호랑이, 늑대에게로 도망친단 말인가? 어떻게 보면 벼룩이 사람과 사는 것이 나은 것처럼 매와 호랑이, 늑대들 속에 사는 것이 나을 지도 모른다. 배가 고프면 무슨 도리를 따지거나 잔꾀를 부릴 것도 없이 물어뜯으면 된다. 잡혀 먹히는 쪽도 먹히기 전에 먼저 자신은 잡아먹혀 마땅하기에 두말없이 승복한다고 인정할 필요가 없다.

인류도 앵앵거리기를 잘하는 편으로서 힘이 약한 것들을 취하여 해친다. 힘 약한 짐승들이 빨리 피하려고 하는 것은 그들이 너무 총명하기 때문이다.

파리는 한나절 윙윙거리다가 앉아서 기름이나 땀을 핥을 뿐이고 상처나 부스럼에 앉는다면 큰 이득을 본 셈이다. 아무리 좋고 예쁘고 깨끗한 물건이라도 가리지 않고 어디나 똥을 갈기기를 좋아한다. 하지만 땀이나 기름 같은 것을 좀 핥고 더러운 것이나 좀 핥을 뿐 아프지 않기에 감각이 무딘 사람들이 그대로 놓아 보내는 것이다. 중국 사람들은 파리가 병균을 옮기는 줄을 잘 모르기에 파리잡이 운동이 활발하게 전개되지 않을 것이다. 파리의 운명은 장구할 것이고 아직도 더 많이 번식할 것이다.

그러나 파리는 좋고 아름답고 깨끗한 것에 똥을 싸고는 득의에 차서 도리어 그것을 불결하다고 비웃는 짓은 하지 않는다. 어쨌든 다소 도덕적이라고 하겠다.

예나 지금이나 군자들은 사람을 욕할 때 짐승을 곧잘 곁들지만 곤충에게도 따라 배울 점이 아주 많다는 것을 아직 모르고 있다.

1925년 4월 4일

화개집 속편(華蓋集續編)

꽃 없는 장미

1

역시 쇼펜하우어 선생의 말이다.

"가시 없는 장미는 없다. 그러나 장미가 없는 가시는 많다."

제목을 좀 고쳤더니 보기 좋았다.

"꽃 없는 장미"라고 해도 보기가 좋다.

2

지난해, 웬 영문인지 우리나라 신사들이 갑자기 이 쇼펜하우어 선생에게 관심이 많아져서 그의 《여자를 논함》이 좀 화제에 오른 적이 있다. 나도 그 가운데 끼어서 몇 번 인용하였다. 하지만 장미는 별로 인용하지 않고 가시만 너무 많이 인용하여 분위기만 깨서 정말 신사들에게 미안하였다.

어렸을 때 연극을 본 기억이 나는데 이름은 잊어버렸다. 어느 집에서 결혼식을 하는데 어느새 왔는지 혼을 빼는 떠돌이귀신이 혼례식에 끼어 함께 절을 하고 함께 신방에 들어가 침대에 올랐다는 이야기였다.……

그야말로 분위기를 깨는 일인데 내가 이 정도는 아니기를 바란다.

3

나를 "몰래 화살을 쏘는 사람"이라고 말하는 사람이 있다.

"몰래 화살을 쏜다."는 말에 대한 나의 해석은 그들과 좀 틀려서 화살을 맞기는 했는데 어디서 날아왔는지 모르는 화살이라고 생각한다. 이른바 "풍문"을 나르는 사람이라면 어쩌면 가까이 있을 것이다. 하지만 나는 분명 다 보는 여기에 서 있다.

하지만 나는 과녁이 누군지를 밝히지 않고 쏘는 경우가 있다. 그것은 내가 애초에는 "여러 사람들과 함께 버릴" 마음이 없고 그 과녁을 혼자만 알고 있기에 구멍이 났다는 것만 알면 이상 더 얼굴을 붉히지 않고 그만두기 때문이었다.

4

예언자, 말하자면 선각자는 언제나 고국의 버림을 받으며 언제나 동시대인의 박해를 받는다. 큰 인물도 가끔 이런 경우가 많다. 사람들이 막 공경하고 예찬을 할 때 죽어버리거나 침묵하거나 남들 앞에 나서지 말아야 한다.

요컨대 무엇보다도 실증하기 어려워야 한다.

만일 공자나 석가, 예수, 그리스도가 아직도 살아 있다면 그의 신도들은 무서움을 느낄 것이다. 그들의 행위에 대해 교주 선생은 뭐라 개탄할지 정말 알 수 없다.

그러므로 만일 살아있다면 박해를 가할 수밖에 없다.

위대한 인물이 화석으로 되어 누구나 그를 위대하다고 칭찬할 때면 그는 이미 꼭두각시로 되어 버린다.

한 부류의 사람을 이른바 위대하다거나 보잘것없다고 평가하는 것은 그 인물이 자신에게 줄 수 있는 이용효과의 크고 작음을 말하는 것이다.

5

"꽃 없는 장미" 따위나 쓰고 있을 때는 이미 지났다.

설사 가시가 많은 글을 쓰더라도 얼마간 평화로운 마음을 가져야 한다.

지금, 북경 시내에서 대 살육이 자행되고 있다고 한다. 내가 이런 무료한 글을 쓰고 있는 지금 수많은 청년들이 총칼 앞에 쓰러지고 있다.

아아, 사람의 영혼은 서로 통하지 않는다.

6

중화민국 3월 18일, 단기서 정부는 국무원 앞에서 나라의 외교를 돕기 위해 맨손으로 청원하러 온 청년들을 둘러싸고 총과 칼로 수백 명을 학살하였다. 그리고는 그들을 "폭도"라고 모욕하였다!

이처럼 잔인하고 흉포한 행위는 짐승들에게도 찾아보기 힘들 뿐 아니라 인류에게도 극히 드물다. 러시아 황제 니콜라이 2세가 카자크 군대를 출동시켜 민중을 학살한 사건만이 좀 비슷하다고나 할까!

7

호랑이와 늑대가 마음대로 중국을 먹고 있지만 누구도 나서지 않는다. 나서는 사람은 몇몇 청년 학생들뿐이다. 본디 마음 놓고 공부나 해야 할 그들이지만 시국이 어지러워 도무지 마음을 놓을 수가 없다. 당국자들이 조금이라도 양심이 있다면 스스로 반성하고 자책하는 공정한 마음이라도 가져야 할 것이 아닌가?

하지만 그들은 학생들을 학살하였다!

8

만약 청년들에 대한 학살로 일이 끝난다 해도 도살자가 결코 승리자로 될 수 없음을 알아야 한다.

애국자가 멸망하면 중국도 따라서 멸망할 것이다. 도살자들은 모아둔 돈이 있어서 그나마 오랫동안 자손을 양육할 수 있겠지만 반드시 와야 할 결과는 오고야 말 것이다. "자손이 번창"한들 뭐가 즐거울까? 물론 멸망이 좀 지체되기는 하겠지만 그들은 가장 살기 힘든 불모의 땅에서 살게 될 것이고 가장 깊은 지하 막장의 광부가 될 것이며 가장 비천한 생업에 종사하게 될 것이다……

9

중국이 멸망하지만 않는다면 지난 역사 사실이 우리에게 알려주듯이 장차 생길 일은 도살자의 예상을 크게 벗어날 것이다.

이것으로 사건이 마무리되는 것이 아니라 시작되는 것이다.

먹으로 쓴 거짓말이 결코 피로 쓴 사실을 감출 수는 없다.

피의 빚은 반드시 같은 피로 갚아야 한다. 갚는 시간이 오랠수록 더 많은 이자를 내야 할 것이다!

10

이상은 모두 빈말이다. 붓으로 써봤자 무슨 소용이 있겠는가?

총에 맞은 청년은 피를 쏟았다. 피는 먹으로 쓴 거짓에 가려지지 않으며 먹으로 쓴 만가(輓歌)에 취하지 않는다. 제아무리 큰 힘도 피를 짓누를 수는 없다. 그것은 피를 속일 수도, 때려죽일 수도 없기 때문이다!

1926년 2월 27일

"죽음의 땅"

일반 사람들이 볼 바에는, 더욱이 오랜 세월을 두고 외래 민족과 그 앞잡이의 유린을 받아온 중국 사람들이 볼 바에는 살인자는 늘 승리자였고 피살자는 늘 패배자였다. 요즘의 사실도 마찬가지이다.

3월 18일 단기서|1| 정부가 맨 손을 청원하러 온 학생들을 참살한 사실은 우리를 더 할 말을 잃게 하며 우리가 사는 세상이 인간세상이 아니라는 느낌을 준다. 이 문제에 대해 북경의 언론계가 끝내 논평을 내놓았다. 글과 말로는 정부 앞에 쏟은 청년들의 피를 그들의 몸으로 되돌려 보내어 목숨을 살려낼 수는 없다. 입으로 외친 구호와 참살된 사실은 함께 점차 사라지리라.

그런데 일부 논평을 보면 총칼보다 더 사람의 마음을 섬뜩하게 한다. 그것은 학생들이 스스로 죽음의 땅을 찾아가 목숨을 잃지 말아야 했었다고 말하는 논객 몇이 있기 때문이다. 맨손으로 청원을 하는 것이 죽으러 가는 것이고 이 나라 정부의 문 앞이 죽음의 땅이라면 중국 사람으로서는 "죽을 때까지 불만이 없이" 고분고분 노복이 되지 않는 이상 정말 죽어도

|1| 단기서(段祺瑞, 1865~1936년), 환계(皖系) 군벌의 수령으로서 북양군벌 가운데 풍옥상, 왕사진과 함께 "북양 3걸"로 불렸다. 1916년 6월, 황제자리에 올랐던 원세개가 죽자 여원홍(黎元洪)이 대통령을 이어받고 단기서는 국무총리 겸 육군 총장을 맡고 북경의 실권을 장악하게 된다. 1926년 일본과 영국을 비롯한 8개 나라에서 중국의 주권을 침해하는 "최후통첩"을 낸 일로 북경의 학생, 노동자, 시민들이 정부에 몰려가 청원을 하자 아무 경고도 없이 발포하여 47명이 죽고 150여 명이 부상당하는 참사를 일으켰다.

묻힐 곳이 없을 것이다. 그렇지만 대다수 중국 사람들이 어떤 의견을 갖고 있는지 나는 아직 모른다. 만약 그렇다고 한다면 정부의 앞이 아니라 중국 어디나 죽음의 땅이 아닐 수 없다.

사람들의 고통은 서로 쉽게 통하지 않는다. 서로 쉽게 통하지 않기에 살인자는 살인을 유일하게 중요한 수단으로 삼고 있으며 심지어 즐거움으로 여기고 있다. 하지만 이렇게 서로 쉽게 통하지 않기에 살인자가 보여주는 "죽음의 공포" 역시 여전히 뒷사람들을 단속할 수 없고 민중을 영원히 소와 말로 만들지 못하고 있다. 역사에 기재된 변혁은 늘 뒷사람이 앞사람의 뜻을 이어 이루어지는데 그것은 물론 정의감을 갖고 있기 때문이다. 하지만 사람들이 "죽음의 공포"를 겪어보지 못했기에 "죽음의 공포"에 기겁하지 않은 것 역시 큰 원인이라고 나는 생각한다.

하지만 나는 "청원"을 하는 일이 더는 없기를 바란다. 만약 이처럼 많은 피를 흘려 이와 같은 각성과 결심을 바꾸어오고 영원히 기념하고 있다면 지불한 본전이 너무 크다고는 생각지 않는다.

물론 세계의 진보는 대체로 유혈로 얻어진다. 하지만 진보는 유혈의 양과는 관계가 없다. 세상에는 수많은 피를 흘리고도 민족이 점차 멸망한 실례가 많다. 만약 이번처럼 수많은 생명을 잃고도 겨우 "스스로 죽을 곳을 걸어갔다"는 비난을 얻는다면 어느 정도 인심의 조짐을 우리에게 보여준 것이며 중국에서는 대단히 넓은 지역이 죽음의 땅임을 알 수 있다.

지금 마침 로맨 롤랑의 《사랑과 죽음의 유희》[2]라는 책이 내 앞에 있다. 이 책에는 이런 말이 있다.

"가르는 인류의 진보를 위해 약간한 오점이 있어도 무방하며 어쩔 수 없는

---

[2] 로맨 롤랑이 1924년에 프랑스 혁명을 소재로 창작한 대본이다. 극에는 아래와 같은 이야기가 있다. 의원 쿠르부아지는 로베스피에르가 당통을 죽이는 것에 반대하여 의회에서 당통의 사형을 판결할 때 기권표를 던지고 중도에 회장을 나온다. 이와 때를 같이 하여 그의 아내도 집에서 수배 중인 지롱드파의 한 사람(연인)을 접대한 일로 고발당하였다. 이때 크르부아지의 친구인 가르가 그의 집에 와서 가짜 여권 두 개를 주면서 그들을 도망가라고 한다. 그리고 이 일은 로베스피에르의 묵허를 받았다고 알려준다. 루쉰이 여기서 인용한 예는 가르가 쿠르부아지를 보고 한 말이다.

경우에는 죄악을 좀 범할 수도 있다고 주장한다. 그럼에도 불구하고 그들은 쿠르부아지는 죽이려 하지 않았다. 왜냐 하면 공화국은 팔로 그의 시체를 들고 있기를 원치 않았으니 시체가 너무 무겁기 때문이었다."

시체가 무거워 들고 있기 싫어하는 민족에게는 선열의 "죽음"이 후세 사람들의 "삶"에 유일한 묘약으로 된다. 하지만 무거움을 느끼지 못하는 민족에게는 눌려서 함께 멸망하는 물질로 된다.

변혁에 뜻을 두고 있는 중국의 청년이라면 시체의 무게를 알고 있다. 때문에 "청원"을 하는 것이다. 그런데 시체가 무거운 줄 모르는 다른 사람들이 "시체가 무거운 줄을 아는" 마음까지 함께 도살할 줄은 생각지도 못하였다.

죽음의 땅은 분명 앞에 있다. 중국을 위하여 각오한 청년들은 목숨을 가볍게 버리지 말기를 바란다.

1926년 3월 25일.

약간한 비유 (一點比喩)

　우리 고향에서는 양고기를 별로 먹지 않는다. 시내에서 하루에 잡는 산양이 통틀어 몇 마리에 불과하다. 북경은 그야말로 사람의 바다여서 사정이 많이 다르다. 양고기점만 해도 어디 가나 볼 수 있다. 거리를 메우고 다니는 눈처럼 하얀 양떼들도 가끔 눈에 뜨인다. 하지만 그 양들은 모두 호양(胡羊)들로서 우리 고장에서는 면양이라고 부른다. 산양은 흔히 볼 수 있는 것이 아니어서 북경에서는 퍽 귀한 편이라고 한다. 산양은 호양보다 총명하여 양떼를 거느릴 수 있으며 말을 잘 듣는다고 한다. 그래서 목축민들은 가끔 산양 몇 마리를 길러 잡아먹지는 않고 호양들의 길잡이로만 쓴다고 한다.

　이런 산양을 나는 딱 한번 본 적이 있다. 과연 양떼들 앞에서 걷고 있었고 목에는 자그마한 방울을 달고 있었다. 지식계급의 휘장이었다. 보통 산양을 몰아가고 길을 잡는 사람은 양치기이다. 그 양치기의 뒤를 따라 길게 늘어선 호양들은 서로 밀치고 부비면서 너무나도 유순한 눈매를 하고 앞서거니 뒤서거니 도도하게 밀려간다. 이처럼 성실하면서도 성급한 산양들을 보면 나는 언제나 어리석은 질문을 하나 던지고 싶은 충동을 받는다.

　"어디로 가는 거니?"

　사람들 가운데도 이와 같은 산양이 있다. 대중들을 이끌고 서둘지 않고 조용히 가야 할 곳에 이른다. 원세개[1]도 이 도리를 좀 알긴 했으나 유감스럽게도 서툴렀다. 아마 책을 별로 읽지 않다 보니 그 오묘한 이치를 능란하게 이용할 줄 몰랐나보다. 그 뒤의 무인들은 더욱 우둔하였다. 저들끼리 서로 싸울 줄밖에 몰라서 세상이 어지러워지고 아우성이 진동하였다. 그 결과 백성들만 도탄에 빠지고 또한 학문을 하찮게 보고 교육을 쑥대밭으로 만들었다는 오명을 얻었다.

하지만 "일을 겪고 나면 지혜가 는다."고 20세기도 4분의 1을 넘긴 오늘날 목에 작은 방울을 단 총명한 사람에게 운이 트일 날이 언젠가는 올 것이다. 지금 겉보기에는 좀 좌절이 있지만 말이다.

그때가 되면 사람들은, 특히 청년들은 모두 규칙을 지키면서 방자하거나 들뜨지도 않고 한마음으로 "바른 길"을 따라 앞으로 나아갈 것이다. 누가 "어디로 가느냐?"고 묻지만 않는다면!

군자는 이렇게 말할 수도 있다.

"양은 어쨌든 양이다. 길게 줄을 지어 고분고분 따라가지 않으면 별 방법이 있겠는가? 그대는 돼지를 보지 못했는가? 늘어지고 도망가고 꿱꿱거리고 날뛰지만 결국은 잡혀가지 않으면 안 될 곳으로 가고 만다. 그러한 폭동은 공연히 힘만 뺄 뿐이다."

이 말은 죽어도 양처럼 죽어야 천하가 태평스럽고 서로 힘을 덜 것이라는 뜻이다.

이런 계획은 그야말로 지당하고 탄복할 만하다. 그러나 그대는 멧돼지를 보지 못했는가? 멧돼지에겐 이빨 두 개뿐이지만 노련한 사냥꾼은 물러

|1| 원세개(袁世凱, 1859~1916년), 중국 역사에 이름 있는 북양군벌의 시조로서 중화민국 대통령이었고 한 시대를 주름잡았던 인물이다. 1911년 신해혁명이 폭발하자 당황망조한 청정부는 원세개를 총리내각 대신으로 임용하고 군정을 주최하도록 한다. 청나라가 이미 기울고 더는 일어세울 수 없음을 알고 있는 원세개는 창끝을 돌려 혁명세력과 손잡고 청나라 황제를 폐위시키고 공화를 실시한다. 1912년 3월 공화를 추진하는데 공로를 세운 점을 인정하여 그를 중화민국 임시대통령으로 선거한다. 1915년 12월 그는 군주제를 회복하고 중화제국을 건립한 뒤 황제로 된다. 1916년 국내외의 강렬한 반대에 부딪쳐 군주제를 폐지하고 민국을 회복한다. 1916년 6월 6일 요독증으로 북경에서 사망하였다.

선다. 이런 이빨은 돼지가 우리를 뛰쳐나와 야산에 들어가기만 하면 금세 자라난다.

쇼펜하우어는 일찍이 신사를 호저에 비유하였다. 나는 이를 참으로 체통 없는 비유라고 생각하였다. 그러나 쇼펜하우어는 그저 비유했을 뿐이지 다른 악의는 없었다. 그의 수필집 《부업과 보충(Parerga und Paralipomenal)》에는 이런 재미있는 이야기가 있다.

호저들이 추운 겨울에 서로의 체온으로 추위를 막으려고 한데 모인다. 하지만 서로 가시에 찔린 그들은 아파서 떨어진다. 그러나 온기가 필요하여 다시 모여보지만 아픈 괴로움은 역시 마찬가지이다. 결국 추위와 아픔으로 고생하던 호저들은 서로 적당한 간격을 두고 이 거리를 유지하면 춥지도 찔리지도 않고 가장 편안하다는 것을 발견해내고야 만다. 사람들도 교제가 필요하기에 서로 모인다. 하지만 서로 싫어하는 성격을 갖고 있거나 난감한 결함들을 갖고 있기에 떨어지기도 한다. 그래서 그들도 결국 "거리"를 발견하게 되는데 함께 모였을 때 필요한 중용의 거리가 바로 "예절과 양보"이고 "상류사회의 풍습"이다.

이 거리를 지키지 않으면 영국에서는 이렇게 소리친다.

"Keep your distance!" [2]

그러나 이렇게 소리친다 해도 아마 호저들 사이에서나 효과가 있을 것이다. 그것은 호저들이 서로 간격을 두는 원인은 아파서이지 소리를 질러서가 아니기 때문이다.

호저들 가운데 가시가 없는 무엇이 끼어 있어도 호저들은 고함소리에 상관하지 않고 모여들 것이다. 공자는 "예절은 아래 서민에게는 적용되지 않는다."고 하였다. 지금의 상황을 보면 서민들을 호저에 접근하지 못하게 하는 것이 아니라 호저가 서민을 멋대로 찌르면서 온기를 얻고 있다.

---

[2] "너무 가까이 오지 말라."는 뜻이다.

그러면 상처를 입기 마련이지만 유독 그들에게만 가시가 없어서 적당한 거리를 지키지 않은 탓이라 해야 할 것이다.

공자는 또 "형벌은 사대부에게는 적용되지 않는다."고 하였다. 그러니 신사로 되고 싶어 하는 사람들의 탓도 아니다.

이 호저들도 물론 이빨이나 뿔 또는 몽둥이로 저항할 것이다. 하지만 적어도 호저사회가 제정해놓은 "상놈" 또는 "무례한 놈"이라는 죄를 뒤집어써야 할 것이다.

1926년 1월 25일

황제를 말한다

중국 사람이 귀신을 대처하는 방법을 보면, 역귀와 화신처럼 사나운 귀신은 받들어 모시고 토지신이나 부엌 신처럼 성실한 귀신은 업신여긴다. 황제를 대우하는데도 이와 비슷한 뜻을 갖고 있다. 황제와 백성은 워낙 같은 민족으로서 난세에는 "이기면 왕이 되고 패하면 도둑이 되고" 평소에는 관례대로 한사람이 황제를 하고 많은 사람들은 평민이 되는 것이다. 황제와 백성 사이에 사상에는 워낙 별 차이가 없다. 때문에 황제와 대신에게는 "어리석은 백성을 다스리는 정책(愚民政策)"이 있고 백성들에게도 "어리석은 황제를 대처하는 정책(愚君政策)"이 있다.

예전에 우리 집에 늙은 어멈이 있었는데 그가 자신이 알고 있고 또한 믿고 있는 황제를 대처하는 방법을 알려주었다.

"황제는 몹시 무서운 사람이에요. 용좌에 앉아 있다가 기분이 잡치면 사람을 잡아 죽이지요. 대처하기 쉽지 않아요. 그래서 음식도 되는 대로 줄 수 없어요. 만약 얻기 힘든 음식인데 먹고 또 달라고 하면 당장 얻어올 수도 없잖아요. 겨울에 오이를 내놓으라 하고 가을에 복숭아를 먹고 싶다고 하는데 얻어오지 못한다면 화가 나서 사람을 죽일게 아니에요. 지금은 일 년 내내 시금치를 대접하는데 달라고 하면 금방 얻을 수 있어서 전혀 어렵지 않지요. 하지만 시금치라는 것을 알려주면 안 돼요. 싸구려라고 화를 낼 게 아니에요. 그래서 사람들은 시금치라고 하지 않고 '앵무새주둥이'라는 다른 이름을 붙였지요."

우리 고향에서는 일 년 사시절 시금치를 먹을 수 있었고 빨간 뿌리는 마치 앵무새 입과 같았다.

이렇게 아낙네가 보기에도 아둔한 황제라 별로 필요하지 않은 것 같다. 하지만 그렇지 않다. 필요할 뿐만 아니라 권세를 부려야 한다고 생각한다. 쓸모를 말하면 마치 황제의 힘으로 자신보다 더 포악한 사람을 진압해야 하기 때문에 마음대로 사람을 죽이는 것은 반드시 필요한 중요한 조건으로 된다. 하지만 자신이 만나고 시중들어야 한다면 어쩔 것인가? 그건 좀 위험한 일이라고 생각한다. 때문에 황제를 바보로 만들어 해가 가도록 꾸준히 "앵무새주둥이"만 먹이는 수밖에 없다.

기실 황제의 지위를 이용하여 "천자를 끼고 제후를 호령하는" |1| 것은 생각과 방법이 모두 우리 집 어멈과 같다. 하지만 황제는 힘이 없으면서도 바보여야 한다. 유가가 "성군"의 힘을 빌어 도를 행하는 것 역시 이와 다름없다. "의지해야" 하기에 황제는 위엄이 있어야 하고 좌우지할 수 있어야 하기에 황제는 또 성실하고 말을 잘 들어야 한다.

황제가 만약 자신이 무상의 권위를 갖고 있다는 것을 알면 곤란하다. "하늘 아래 땅은 모두 황제의 것이기" |2| 때문에 제멋대로 난동을 부리면서 "내가 얻은 천하이니 내가 잃어버린다한들 무슨 한이 있겠느냐" |3|고 말할 수 있다. 그래서 성인의 제자들은 황제에게 "앵무새주둥이"를 대접하기 시작하는데 이것이 바로 이른바 "하늘"이다. 천자가 하는 일은 반드시 하늘의 뜻을 따라야지 말썽을 일으켜서는 안 되며 이 "하늘의 뜻"은 또 유가만 알고 있다고 한다.

이리하여 황제를 하려면 반드시 그들의 가르침을 받아야 한다고 규정

|1| 제갈량이 융중에서 유비와 함께 조조를 평론하면서 한 말이다.

|2| 《시경 · 소아 · 북산》에 나오는 말이다.

|3| 《양서(梁書) · 소릉왕륜전(邵陵王綸傳)》에서 나오는 말이다.

하고 있다.

그러나 본분을 모르는 황제가 또 난동을 부리고 있다. 당신이 그에게 "하늘"을 말하면 그는 도리어 "내 일생의 명은 하늘에 있는 게 아니더냐?"|4|라고 하면서 하늘의 뜻을 우러르지 않을 뿐만 아니라 하늘의 뜻을 거스르고 등지는가 하면 "하늘을 쏘면서"|5| 그야말로 나라를 말아먹으려고 한다. 그러니 하늘을 믿고 밥을 얻어먹는 성인군자로서는 울지도 웃지도 못할 일이 아닐 수 없다.

이리하여 그들은 저작을 써내어 황제를 한바탕 욕하고는 백년 뒤에 자신이 죽은 다음 세상에 큰 도움을 줄 것이라고 생각하면서 대단할 것이라고 여긴다.

하지만 그런 책에는 기껏해야 "우민정책"과 "우군(愚君)정책"을 기록하는데 그칠 것이고 모두 성공하지 못하고 있다.

1926년 2월 17일

|4| 《상서(尚書)·서북감려(西北戡黎)》에서 상주왕(商紂王)이 한 말이다.
|5| 《사기(史記)·은본기(殷本紀)》에서 나오는 말이다.

유화진 군을 기념하여

1

　중화민국 15년(1926년) 3월 25일, 바로 국립 북경여자사범대학에서 지난 18일 단기서 정부 청사 앞에서 살해된 유화진과 양덕군의 추도회를 열던 그날에 나는 혼자서 강당 밖을 배회하다가 정 군을 만났다. 정 군이 다가와서 물었다.

　"선생님, 유화진을 위해 뭘 좀 쓰셨어요?"

　내가 대답했다.

　"아니."

　"선생님, 짧은 글이라도 하나 쓰시지요. 유화진은 생전에 선생님 글을 너무 즐겨 읽었습니다."

　그건 나도 알고 있었다. 내가 편집하던 잡지들이 중도반단 하는 일이 많아 그랬던지 잘 나가지 않았다. 하지만 이처럼 어려운 가운데서도 《망원》[1]의 전년 분을 예약해준 사람이 바로 그녀였다. 나 역시 뭔가 써야겠다는 생각을 갖고 있던 참이었다. 죽은 사람에게는 아무 도움이 되지는 않겠지만 살아 있는 사람으로서는 대체로 이렇게 할 수밖에 없는 노릇이었다. 만일 내가 "하늘나라에 영혼"이 있다고 믿을 수 있다면 물론 더 큰 위안을 얻을 수 있을 것이다. 그러나 지금 할 수 있는 일은 이것뿐이다.

　하지만 나는 정말 할 말이 없다. 나는 내가 사는 곳이 인간세상이 아니

---

[1] 망원(莽原), 문예간행물로서 루쉰이 편집을 맡았다.

라는 느낌이 들뿐이다. 마흔 여 명 청년의 피가 주변에 흘러넘쳐 숨이 막히고 보기도 힘든 나에게 무슨 할 말이 있겠는가? 이 비분을 글로 쓴다 해도 그것은 아픔이 가라앉은 뒤라야 할 것이다. 그런데 그 사건 뒤에 이른바 학자, 문인이라는 사람들이 쓴 음흉한 글을 보면서 나는 더 슬펐다. 나의 슬픔은 이미 분노로 넘어서서 이 비인간적인 짙은 슬픔을 깊이 음미할 것이다. 나는 나의 더 없는 애통을 이 비인간적인 세상에 공개하여 그것으로 나의 고통을 위안할 것이며 이것을 죽은 자에 대한 약소한 제물로 삼아 영전에 삼가 바치리라.

2

참된 용사는 참담한 인생에 맞서 나갈 용기를 갖고 있으며 붉은 피를 직시할 용기를 갖고 있다.

이들은 얼마나 슬픈 사람이고 행복한 사람인가? 하지만 운명은 흔히 하찮은 인간의 손에서 설계되어 시간의 흐름으로 옛 흔적을 씻어버리고 빛바랜 핏자국과 시들어가는 슬픔만을 남긴다. 이 빛바랜 핏자국과 시들어가는 슬픔 속에서 사람들은 계속 구차한 목숨을 이어가고 비인간적인 세상을 지탱해나간다. 나는 이와 같은 세상이 어디가 끝인지 알 수 없다.

우리들은 여전히 이런 세상을 살고 있다. 나는 뭔가 좀 써야겠다는 생각을 가진지 오래다. 3월 18일도 벌써 두 주나 지나서 망각의 구세주가 막 올 것 같다. 나는 지금 막 쓸 필요를 느낀다.

3

살해된 마흔 여 명의 청년 가운데 유화진은 나의 학생이다. 그를 학생이라고 하는 것은 내가 지금껏 그렇게 생각해왔고 그렇게 불러왔기 때문이지만 지금은 망설여진다. 그녀에게 나는 나의 슬픔과 존경을 바쳐야 할 것이다. 그녀는 "지금까지 구차하게 살아온 나"의 학생이 아니라 중국을 위해 목숨을 바친 중국의 청년이다.

그녀의 이름을 처음 알게 된 것은 작년 초여름 양음유 여사가 북경 여자사범대학 학장이 되어 학생회 위원 여섯 명을 제적했을 때이다. 유화진은 그 가운데 한 사람이었다. 하지만 그때는 알지 못했고 나중에 아마 유백쇠란 자가 남녀 깡패들을 거느리고 와서 학생들을 강제로 교문 밖에 끌어낸 뒤에 누군가가 한 학생을 가리키며 알려주었다.

"저 학생이 바로 유화진입니다."

그제야 나는 이름과 사람을 연결시킬 수 있었고 속으로 놀라지 않을 수 없었다. 평소에 나는 세력에 굴복하지 않고 배경과 지지자를 널리 두고 있는 교장에게 반항을 할 수 있는 학생이라면 그래도 괄괄하고 모 나게 생겼을 것이라고 생각하고 있었다. 하지만 유화진은 얼굴에 늘 웃음을 띠고 있었고 태도도 무척 부드러웠다.

그 뒤 종모라는 골목에 집을 세내고 수업을 하게 되면서[2] 그녀는 내 강의를 듣기 시작하였다. 이렇게 서로 만나는 횟수가 좀 많아졌는데 그는 얼굴에 늘 웃음을 띠었고 태도도 몹시 부드러웠다. 나중에 학교가 옛 모습을 회복하고[3] 이전의 교직원들이 책임을 다했다고 생각되어 잇따라 물러날 때 그녀는 모교의 앞날을 걱정하며 침울해하다가 끝내 울음을 터뜨렸다. 그 뒤로는 아마 그녀를 보지 못한 것 같다.

요컨대 내 기억에는 그때가 영원한 이별이었다.

4

18일 아침에야 나는 오전에 민중들이 정부청사로 청원을 간다는 것을 알았다. 오후에 비보가 날아왔다. 호위병들의 발포로 수백 명의 사상자가

---

[2] 학생들이 학교에서 쫓겨난 뒤 일부 진보적 교사들이 종모골목에 집을 세내어 임시 교실로 삼아 글을 가르쳤는데 루쉰도 자진해서 글을 가르쳤다.
[3] 1년 남짓이 투쟁하면서 사회 진보세력의 성원을 받아 학교가 옛 자리로 이사하고 복교되었다.

났고 유화진도 그 가운데 한 사람이었다. 하지만 나는 이 소문을 의심하기까지 하였다.

나는 지금까지 가장 나쁜 악의를 가지고 중국인들을 짐작해왔지만 이처럼 잔인하리라고는 생각지도 못했고 믿지도 않았다. 더구나 언제나 웃음을 지으며 상냥하던 유화진이 까닭 없이 정부청사 앞에서 피를 흘릴 줄은 생각지도 못하였다! 하지만 소문은 그날로 입증되었다. 그녀의 시체가 그 증거였다. 또 다른 시체는 양덕군 군이었다. 그리고 이것은 살해일 뿐만 아니라 그야말로 학살이었다. 몸에 곤봉에 맞은 자국이 있었기 때문이다.

그러나 단기서 정부는 명령을 내려 그들을 "폭도"라 불렀다.

이어 그들이 남에게 이용되었다는 유언비어가 꼬리를 물었다.

차마 눈뜨고 볼 수 없는 참상이었고 차마 귀를 열고는 들을 수 없는 유언비어였다. 내가 더 이상 무슨 말을 해야 하는가? 멸망해가는 민족이 왜 침묵하는지 나는 그 까닭을 알 수 있었다. 침묵이여, 침묵이여! 만일 침묵 속에서 폭발하지 않는다면 침묵 속에서 멸망하라!

5

그러나 나는 아직 할 말이 있다.

내가 직접 보지는 못했지만 듣자니 유화진은 그때 기꺼이 앞장을 섰다고 한다. 물론 청원을 하려는 마음뿐이었다. 그러기에 조금이라도 인간의 마음을 가진 자라면 설마 그곳에 그런 그물이 쳐져 있으리라고는 짐작하지 못했을 것이다.

그러나 결국 정부 청사 앞에서 총을 맞았다. 총알이 등으로 들어와 비스듬히 심장을 꿰질렀으니 이미 치명상이었고 목숨이 당장 끊어지지 않았을 뿐이다. 같이 갔던 장정숙 군이 그녀를 부축하려다 총탄 네 발을 맞았다. 그중 한발은 권총 탄환이었고 그는 금방 꼬꾸러졌다. 이번에는 양덕군 군이 부축하려다가 역시 총을 맞았다. 총알은 그녀의 왼쪽 어깨로부터 가슴을 꿰뚫고 오른쪽으로 비스듬히 빠져나갔고 그 역시 쓰러졌다. 하지만 그녀는 일어나 앉을 수 있었다. 이때 병사 하나가 곤봉으로 그녀의 머리와 가슴을 두 번 내리쳤다. 그녀는 죽었다.

언제나 생글생글 웃음을 띠고 상냥하던 그녀가 죽었다. 이것은 사실이다. 그녀의 시신이 이를 증명한다. 침착하면서도 용감하고 우정이 넘치던 양덕군 군도 죽었다. 그녀의 시신이 이를 증명한다. 마찬가지로 침착하고 우정이 넘치던 장정숙 군은 병원에서 신음하고 있다. 문명인이 발명한 총탄이 빗발치는 가운데서도 침착하게 전전한 이 세 여성의 모습이야말로 그 얼마나 아슬아슬하면서도 위대했던가! 부녀와 아이를 살육한 중국 군인의 위대한 업적과 학생들을 징계한 8개국 연합군의 무훈은 불행하게도 이 핏줄기에 의해 완전히 말살되고 말았다.

하지만 얼굴이 피로 얼룩진 줄도 모른 채 나라 안팎의 살인자들은 지금도 고개를 쳐들고 다닌다.

6

시간은 그냥 흘러가고 거리는 다시 태평을 찾았다. 워낙 한계가 있는 몇 사람의 생명쯤은 중국에서 아무것도 아니다. 기껏해야 악의가 없는 한가한 사람들의 식후의 이야기꺼리로 되거나 악의를 가진 한가한 사람들이 "풍문"이나 만들어내는 종자로 될 뿐이다. 워낙 맨손으로 나갔던 청원이라 이외에 더 깊은 의미는 끌어낼 것이 없다.

피를 뿌리며 전진해야 했던 인류의 역사는 석탄이 만들어지는 것과 마찬가지로 수많은 목재가 결국은 자그마한 덩어리로 변할 뿐이다. 하지만 청원은 여기에 속하지도 않는다. 하물며 맨손임에랴.

그러나 피를 흘린 이상 영향이 넓어질 수밖에 없다. 적어도 가족의 마음이 아프고 스승과 벗들, 그리고 애인의 마음에 아픔이 스며들어갔을 것이다. 세월이 흐르고 붉게 씻길지라도 희미한 슬픔 속에는 웃음과 상냥한 모습이 영원히 남아 있으리라. 도연명은 이렇게 쓰고 있다.

> 가족들의 슬픔은 아직 남아 있거늘
> 남들은 벌써 노래를 부르네.
> 죽은 이가 무슨 말을 하랴
> 산에 묻힌 몸인데.

만일 이렇게만 되어도 그것으로 족하리라.

7

앞에서도 말했듯이 나는 지금까지 더 없는 악의를 가지고 중국인을 추측하여왔다. 하지만 이번만큼은 내 생각을 벗어난 몇 가지가 있었다. 하나는 당국자들이 이처럼 잔인할 줄을 몰랐고 다른 하나는 유언비어를 만들어내는 자들이 이처럼 비열할 줄을 몰랐고 또 하나는 중국의 여성들이 위험천만한 가운데서도 그처럼 침착할 줄을 몰랐다.

중국 여성들이 사회에 나와 일처리 하는 것을 처음 본 것은 지난해였다. 비록 적은 숫자였지만 깔끔하고 단호하고 불요불굴의 기개로 일처리를 하는 것을 보면서 거듭 탄복한 적이 있다. 이번에 우박처럼 쏟아지는 총탄 속에서도 자신의 생명은 마다하고 서로 도와준 사실은 중국 여성들의 용감성을 더욱 잘 보여주었고 수천 년 동안 음모와 억압을 받아오면서도 그 용감성을 끝내 잃지 않았다는 것을 입증해준다. 만약 이번 사건의 사상자들이 미래에 주는 의의를 찾는다면 바로 여기에 있다.

그럭저럭 살아가던 사람은 빛바랜 핏자국 속에서나마 가녀린 희망을 엿볼 수 있을 것이며 참된 용사는 더욱 분발할 것이다.

아아! 말이 나오지 않는다. 이것으로 유화진 군을 기념할 뿐이다.

1926년 4월 1일

빈말

1

나는 전부터 청원하는 일을 못마땅하다고 생각했다. 하지만 3월 18일과 같은 학살이 있을까 두려워 그러는 것은 결코 아니다. 그런 학살이 있을 줄은 정말 생각지도 못했다. 내가 비록 지금껏 "칼처럼 날카로운 붓을 쥔 문인"의 입장에서 우리 중국 사람들을 살펴왔지만 말이다. 나는 중국 사람들이 느낌이 무디고 양심이 없어 말이 통하지 않는 것으로만 알고 있었다. 그래서 청원해서 무슨 소용이 있으랴 했는데, 그것도 맨손으로 청원하러 간 사람에게 그처럼 포악하고 잔인할 줄은 뜻밖이었다. 미리 예상했던 사람은 아마 단기서, 가득요[1], 장사쇠[2]와 같은 인간들뿐일 것이다. 47명의 청년 남녀는 완전히 속아서 목숨을 잃었다. 그야말로 유인하여 학살한 것이다.

이 작자들은 – 그들을 무엇이라 불러야 할 지 생각나지 않는다.– 대중의 지도자들이 일부 도의적인 책임을 져야 한다고 말하고 있다. 이 작자들이 보기에는 "맨손"인 민중에게 발포한 것은 당연한 일이고 정부 청사 앞은 워낙 "죽음의 땅"이며 희생자들은 스스로 함정에 뛰어든 것이나 다름없다고 생각하는 모양이다.

그러나 단기서 일당과 마음이 맞아 서로 통해 있는 것도 아니고 언제

|1| 가득요(賈德耀), 북양정부 육군 총장으로서 "3.18학살사건"의 흉수의 한 사람이다.

|2| 장사쇠(章士釗), 당시 단기서 정부의 교육총장이었다.

연락한 일도 없는 민중의 지도자로서 어찌 그처럼 음험하고 악독한 짓을 하리라고 짐작인들 했으랴! 좀이라도 인간성을 갖고 있는 사람이라면 이처럼 잔인한 짓을 할 수 있으리라는 생각을 절대 못할 것이다.

내 생각에는 대중의 지도자들에게 죄를 뒤집어씌우려 한다면 단 두 가지 죄일 뿐으로 하나는 청원이 유용하리라고 생각했던 것과 다른 하나는 상대방을 너무 착하게 본 것이다.

2

이상은 역시 일이 지나간 뒤에 하는 말이다. 생각해보면 이 사건이 발생하기 전에는 이와 같은 참극이 벌어지리라고는 누구도 생각지 못했고 기껏해야 예전처럼 아무 성과도 없이 끝나리라고 여겼을 것이다. 오직 학문이 있는 총명한 사람만이 청원하러 가는 것은 죽으러 가는 것과 마찬가지라는 것을 짐작하고 있었다.

진원 교수는 《한담》이라는 글에서 이렇게 말하였다.

"내가 만약 여성 지사들에게 앞으로는 대중운동에 적게 참여하라고 권고한다면 그들은 틀림없이 내가 자기들을 얕본다고 할 것이다. 때문에 우리도 말을 더 하고 싶지 않다. 하지만 미성년 사내애들과 계집애들한테는 앞으로 그 어떤 운동에도 참가하지 말기를 바란다고 말하지 않을 수 없다."《현대평론》(68)

무엇 때문인가? 여러 가지 운동에 참가하면, 심지어 이번처럼 "쏟아지는 총탄을 무릅써야 하고 밟혀서 죽거나 상하는 고생을 해야 하기"때문이다.

이번에 47명의 목숨을 희생하면서 한 가지 교훈을 얻었다. 즉 이 나라 정부 앞은 "총탄이 쏟아지는" 곳으로서 그곳에 가서 죽으려면 어른이 되기를 기다려야 하며 스스로 원해야 한다는 것을!

나는 "여성 지사"와 "미성년 사내애들과 계집애들"이 학교의 운동회에 참가해서는 아마 큰 위험이 따르지 않을 것이라 생각한다. "총탄이 쏟아지는" 가운데 청원하는 일은 비록 어른이 된 남성 지사라 해도 앞으로는 그만두어야 한다는 것을 깊이 명기해야 할 것이다!

지금은 어떤가? 글 몇 편이 더 많아지고 화제가 더 많아졌을 뿐이다. 몇몇 명인들과 당국의 아무 책임자가 안장할 곳을 상담하고 있고 큰 청원이 작은 청원으로 바뀌었다. 매장하는 것은 가장 타당한 마무리이다. 하지만 너무도 이상한 것은 이 47명의 희생자들이 늙어서 묻힐 곳이 없을까 근심되어 관가의 땅을 좀 얻어 쓰기 위해 싸운 듯싶다. 만생원은 그처럼 가깝지만 4명의 열사[3] 무덤 가운데 세 사람의 비석에는 아직 한글자도 새겨 넣지 않았다. 그러니 저 외지고 먼 원명원이야 더 말할 게 있겠는가.

만약 죽은 사람이 산 사람의 마음속에 묻혀 남지 않는다면 그들은 진정으로 죽은 것이다.

3

개혁에는 유혈이 따르기 마련이다. 그러나 유혈이 바로 개혁은 아니다. 피는 돈을 쓰는 것과 같아서 인색해서는 절대 안 되지만 낭비하는 것도 큰 잘못이다.

나는 이번의 희생자들에게 말할 수 없는 슬픔을 느낀다.

나는 이러한 청원이 더 없기를 바랄 뿐이다.

청원은 어느 나라에서나 흔히 생기는 일이고 죽는 일까지는 생기지 않는다. 하지만 "쏟아지는 총탄"을 제거하지 않는 한 중국만은 예외임을 우리는 알았다. 정규적인 전법은 상대방도 영웅일 경우라야 적용된다. 한나라 말기라면 사람의 마음이 그래도 몹시 고풍스러웠을 때이리라. 소설에 나오는 이야기 하나를 들어보자.

---

[3] 신해혁명 시기 원세개에게 폭탄을 던져 죽이려 했던 양우창(楊禹昌), 장선배(張先培), 황지맹(黃之萌)과 팽가진(彭家珍)을 가리킨다. 그들을 안장할 때 장, 황, 팽 세 사람의 묘비에 한글자도 쓰지 않았다.

허저가 웃통을 벗고 싸우러 나갔다가 화살을 몇 개 맞는다. 이에 대해 김성탄은 "괜히 웃통을 벗고 나가 싸울 것이 뭔가?"라며 허저를 웃었다.

오늘처럼 무기가 발달된 시대에는 싸울 때 참호전을 많이 쓴다. 이것은 생명을 인색하게 아끼려는 것이 아니라 생명을 덧없이 버리지 않기 위해서이다. 그것은 전사의 생명이 귀중하기 때문이다. 전사가 부족한 곳에서는 생명이 더욱 귀중하다. 귀중하다고 말하는 의미는 생명을 "집에 깊이 감춰두려는" 것이 아니고 적은 원금으로 최대의 이자를 얻으려는 것이며 적어도 수지는 맞아야 할 것이다. 피를 홍수처럼 흘려 적 하나를 겨우 익사시키거나 동포의 시체로 구멍을 메운다는 것은 낡아빠진 얘기이다. 최신 전술의 견지에서 보면 얼마나 큰 손실인가!

이번에 희생자들이 뒷사람들에게 남겨준 공덕은, 인간의 탈을 쓴 수많은 물건들의 허울을 찢어버리고 상상할 수 없이 잔악한 마음을 보여줌으로써 뒤를 이어 싸울 전사들에게 다른 방법으로 싸워야 한다는 것을 가르쳐준 점이다.

1926년 4월 2일

담화기록

　루쉰선생은 이제 하문으로 가게 된다. 비록 그가 스스로 그쪽의 날씨 때문에 오래 머물 것 같지 않다고 하지만 아무튼 적어도 반년 또는 일 년을 북경에 있지 않을 것이다. 참으로 아쉬운 일이라고 생각한다. 8월 20일 여자사범대학 학생회에서 주최한 폐교 1주년 기념대회에 루쉰선생이 오셔서 연설을 하였는데 아마 북경에서 마지막으로 하는 공개 강연이 될 듯싶다. 그래서 그에 대한 나의 약소한 기념으로 연설 내용을 기록하였다. 루쉰선생이라 하면 좀 너무 냉정하고 묵시한다는 인상이 있을 수 있는데 기실 그는 뜨거운 희망을 품고 있지 않을 때가 없으며 감정을 넘쳐나게 드러낸다. 아래 담화 기록을 보면 그의 주장을 분명히 알 수 있다. 그럼 아래에 그 담화 내용을 기록하는 것으로 북경을 떠나는 그에 대한 기념으로 삼으려 하는데 아마 중대한 의의가 전혀 없다고 할 수는 없을 것이다. 일부 성실한 사람들에게 있을 수 있는 잡생각을 덜기 위해 반드시 성명하고픈 것이 있다. 즉 그날 회의에 나는 일반 사무원 자격으로 참가했다는 점이다.

배량[1]

|1| 이름은 향배량(向培良)으로서 현대작가이다. 대학에서 공부할 때 문학창작을 하는 한편 "광표사(狂飈社)"의 주요한 성원이었고 후에는 루쉰이 주관하는 "망원사(莽原社)"에 참가하였다. 나중에 국민당의 추종자로 전락한다.

어젯밤 《노동자 쉐비로프》를 재판하려고 교정을 보느라 늦게 잤더니 아직도 덜 깬 것 같군요. 교정을 보다가 갑자기 이런저런 일들이 떠오르면서 머리가 혼란스러웠는데 지금도 혼란하기는 마찬가지입니다. 그래서 오늘은 이야기를 길게 하지 못할 것 같습니다.

내가 《노동자 쉐비로프》를 번역하게 된 사연을 말하면 재미가 있지요. 12년 전에 유럽에서 전쟁이 터지고 우리 중국도 "독일에 선전포고"를 하고 전쟁에 참여하였습니다. 수만은 노동자를 유럽에 보내어 전쟁을 도왔고 나중에 "정의가 승리"하여 전쟁에서 이겼습니다. 중국도 물론 전리품을 나누어 가지게 되었지요.

그 전리품 가운데는 상해에 있는 독일 상인의 클럽에 있는 독일어 서적이 들어 있었는데 양이 많았습니다. 책 가운데 문학책이 많았고 모두 오문(午門)이라는 곳에 있는 층집에 두었습니다. 교육부에서는 그 책이 생기자 책들을 정리하여 분류하려고 했습니다. 기실 독일 사람들이 이미 분류를 해놓았지만 분류가 잘되지 않았다고 하는 사람이 있어서 다시 분류하려고 한 것입니다.

그때 많은 사람들이 파견되었는데 저도 그중 한 사람이었지요. 나중에 총장이 어떤 책들인지를 알고 싶어 했습니다. 그러면 무슨 방법으로 알 수 있을까요? 그는 우리를 보고 책 제목을 중국말로 번역해달라고 했습니다. 뜻을 번역할 수 있으면 뜻을 번역하고 뜻을 번역할 수 없는 것은 케사르요, 클레오파트라요, 다마스쿠스요 하는 식으로 음역을 하라고 했습니다. 그때는 행정비라는 것이 있어서 누구에게나 한 달에 10여 원 되는 교통요금을 지급했는데 저도 백여 원 탔지요. 이렇게 1년 남짓이 하면서 수천 원 썼습니다. 그러다가 독일과 강화조약이 체결되어 나중에 독일에서 돌려달라고 하자 모두 되돌리게 되었습니다. 아마 몇 권 적었을 겁니다. "클레오파트라"와 같은 책을 총장이 보았는지는 저도 모릅니다.

제가 알고 있는 것이라면 "독일과 전쟁을 치른" 결과 중국의 한 공원에는 "정의가 이긴다."고 쓴 기념비가 세워졌고 나에게는 이 《노동자 쉐비로프》가 남았습니다. 이 책의 원본은 그때 독일어 서적을 정리하다가 골라낸 것이기 때문입니다.

그런데 그 숱한 책 가운데서 하필이면 왜 이 책을 골랐을까요? 그때 어떤 생각에서였던지는 지금 잘 기억되지 않습니다. 아마 민국 전이나 그 후에 우리들 가운데도 수많은 개혁자가 있었는데 처지가 쉐비로프와 아주 비슷했지요. 그래서 남의 술 한 잔을 빈 겁니다. 하지만 어제 밤에 보니 어찌 그 당시뿐이라고만 하겠습니까? 개혁자가 억압을 받고 대표자가 고통을 받아야 하는 처지는 지금은 말할 나위 없고 수십 년 뒤에라도 마찬가지일 것이라고 생각했습니다.

그래서 재판하기로 마음먹었지요……

《노동자 쉐비로프》의 저자 아르찌바셔프는 러시아 사람입니다. 지금은 러시아란 말만 들어도 벌벌 떨지만 그럴 필요가 전혀 없습니다. 아르찌바셔프는 공산당도 아니고 그의 작품은 지금 소련에서 환영을 받지 못하고 있으니까요. 소문으로는 그가 지금 눈이 멀어 몹시 고생하고 있다고 합니다. 그러니 저에게 1루블이라도 보낼 리 없지요. 요컨대 소련과는 아무 상관이 없습니다. 그런데 이상한 것은 수많은 일들이 중국과 몹시 비슷하다는 점입니다. 이를테면 개혁가나 민중의 대표자들이 고생하는 것은 말할 것도 없고 분수에 맞게 살라고 타이르는 여인네 이야기도 우리 문인 학자들의 경우와 제법 비슷합니다.

어느 교사가 자신을 모욕하는 상전한테 대들었다가 해고당했는데 그 교사의 아낙은 뒤에서 남편을 "얄밉게 거만하다"고 나무랍니다.

"절 봐요, 전에 주인한테 뺨 두 대를 얻어맞은 적이 있었지만 꾹 참고 말 한마디 않았어요. 결국 나중에 제가 억울했다는 것이 밝혀지자 주인은 저에게 상으로 백 루블을 주었지 뭐에요."

물론 우리 문인 학자들은 이처럼 서툴게 직설적으로 쓰지는 않을 거고 문자도 더 멋지게 쓰겠지요.

하지만 작품의 마지막에 쉐비로프는 사상이 무섭게 변해버립니다. 처음에는 그가 사회를 위해 일을 하지만 사회는 오히려 그를 박해하고 심지어 죽이려고 했습니다. 그러자 그는 사회에 복수를 하지요. 눈에 보이는 것은 모두 원수이고 죄다 파괴해버립니다. 중국에는 이처럼 닥치는 대로 파괴하는 사람이 아직 없지만 앞으로도 없기를 바랍니다. 하지만 중국에는 색다른 파괴자가 있습니다. 우리가 파괴하지 않아도 늘 파괴되는 것이 있습니다. 우리는 파괴하는 한편 손질하면서 고생스럽게 살아가고 있습니다. 그래서 우리의 생활은 파괴되면 손질하고 또 파괴되면 또 손질하는 식이 되었습니다. 이 학교도 양음유[2]와 장사쇠[3]와 같은 사람에게 파괴당하고 난 뒤에 손질하고 정리하고는 계속 꾸려가고 있습니다.

러시아 아낙네를 닮은 문인 학자들은 아마 그 "거만함"이 얄미워서 벌을 주어야 한다고 말할 수 있습니다. 이 말이 물론 괜찮은 말 같기는 하지만 반드시 그런 것도 아닙니다. 우리 집에는 전쟁으로 집을 잃고 어쩔 수 없이 도시로 온 시골 아주머니가 한 분 계십니다. 그는 "거만하지"도 않고 양음유를 반대한 적도 없습니다. 그런데도 집을 잃었고 파괴를 당했습니다. 전쟁이 끝나면 그는 반드시 돌아갈 것입니다. 집이 무너지고 살림이 없어지고 밭도 황폐해졌지만 그는 살아나가야 합니다. 아마 남은 것들을 주워 모아 대충 손질하고 정리해서 다시 살아갈 것입니다.

중국의 문명은 이렇게 파괴되면 손질하고 파괴되면 또 손질해서 온통 상처투성이인 불쌍한 물건이 되었습니다. 하지만 그걸 자랑하는 사람이 많습니다. 심지어 파괴한 사람도 그걸 자랑하지요. 이 학교를 파괴한 사람마저도 만약 만국 부녀대회 같은데 참석하여 중국의 여성학에 대해 말해달라고 한다면 단정코 우리 중국에는 국립 북경여자사범대학이 있다고

---

[2] 양음유(楊蔭楡)는 당시 북경 여자사범대학 학장이었다.

[3] 장사쇠(章士釗)는 당시 임시정부의 사법 총장 겸 교육 총장이었다.

말할 것입니다.

정말 너무나 애석한 일입니다. 우리 중국 사람들은 자기 것이 아닌 물건이나 자기에게 차례지지 않을 물건이면 파괴해야 속이 시원해합니다. 양음유는 총장이 될 수 없다는 것을 알고 문화적인 일에는 문인이라는 식으로 깡패 계집의 손을 빌어 "계집"|4|들을 아주 박살내려고 했지요.

전에 장헌충|5|이 사천에서 양민들을 학살한 기록을 본 적이 있는데 학살동기를 알 수 없었습니다. 나중에 다른 책을 보고 나서야 알게 되었지요. 워낙 황제가 되고 싶었던 장헌충은 이자성이 먼저 북경에 들어가 황제로 되자 이자성의 황제자리를 파괴하고 싶었습니다. 무슨 방법으로 파괴할까요? 황제 노릇을 하려면 백성이 있어야겠지요. 그러면 백성을 모두 죽여 버리면 황제 노릇을 못할 게 아닙니까. 백성이 없으면 황제는 있으나마나 해서 이자성 혼자서 멋쩍게 망신만 할 게 아닙니까! 해산된 학교에 남은 교장과 마찬가지이지요. 이것이 우습기 짝이 없는 극단적인 예이긴 하지만 이런 생각을 갖고 있는 사람이 사실 장헌충 한 사람만이 아닙니다.

중국 사람인 우리로서는 어차피 중국의 일에 봉착하지 않을 수 없습니다. 하지만 우리는 중국식의 파괴자가 아니기 때문에 파괴되면 손질하고 또 파괴되면 또 손질하는 그런 생활을 해야 합니다. 우리의 수많은 생명은 이렇게 헛되이 소모되고 있습니다. 생각하고 또 생각해보아도 위안이 되는 것이라고는 역시 미래에 대한 희망입니다. 희망이란 존재에 바탕을 두고 있으며 존재가 있으면 희망이 있고 희망이 있으면 앞날은 밝습니다. 역사가들의 말이 헛소리가 아니라면, 세상의 사물이 어둠 속에서 영원히 존재했던 실례는 없습니다. 어둠은 멸망해가는 사물에 의존하므로 그 바탕이 사멸되면 어둠도 함께 사멸하고 영원히 사라질 것입니다. 하지만 미

|4| 여자사범대학생들을 모욕적으로 부른 말이다.

|5| 장헌충(張獻忠), 명나라 농민봉기군 수령으로서 사람을 마구 죽여 소문 높았다.

래는 영원히 존재하며 어차피 밝아지기 마련입니다. 어둠에 붙어살지 않고 광명을 위해 헌신한다면 우리에게는 영원한 미래가 있을 것이며 그 미래는 기필코 밝은 미래일 것입니다.

이 회의를 하고 나흘이 지나면 저는 북경을 떠납니다. 상해에서 신문을 보고 나서야 여자사범대학이 이미 여자학원의 사범부로 이름을 바꾸었고 교육 총장은 임가징(任可澄)이 스스로 맡고 사범부의 총장은 임소원(林素園)이 맡았다는 것을 알았습니다. 나중에 북경의 9월 5일자 석간을 보았더니 "오늘 1시 반에 임가징이 임소원과 함께 경찰청 보안대와 군 감찰처 병사 40명을 거느리고 여자사범대학에 들어가 무장접수를 하였다.……"는 기사가 실렸더군요. 겨우 1주년이 됐는데 또 군대를 씁니다. 내년의 오늘이 되면 또 군대를 이끌고 와서 개교 기념회를 열지 아니면 폐교 기념회를 열지 모르겠습니다. 지금 잠시 배량의 이 글을 여기에 전재하여 올해의 기념으로 삼읍시다.

1926년 10월 14일, 루쉰이 기록함

화개집 속편의 보충

《아큐정전》을 쓰게 된 원인

《아큐정전》을 쓰게 된 원인

《문학주보》 251호에서 서제[1] 선생은 소설집 《외침》에 대하여, 특히 《아Q정전》에 대하여 언급하였다. 그 글을 읽으면서 나는 지난 일들이 떠올라 이 기회에 좀 이야기하려고 한다. 이것이 투고하는 글로 되면서도 관심 있는 사람들이 읽게 할 수도 있다고 생각한다.

먼저 서제 선생의 글을 한 구절 인용하려고 한다.

"알고 보니 이 글이 이처럼 사람들의 주의를 끌 수 있은 데는 까닭이 있었다. 하지만 몇 가지 논의해야 할 부분이 있으니 이를테면 '대단원' 장면이다. 내가 [신보]에서 이 글을 처음 읽을 때도 수긍되지 않았지만 지금도 마찬가지이다. 작자는 아큐의 결말을 너무 급하게 맺은 것 같다. 계속 써 내려가기 싫어서 이와 같이 되는대로 '대단원'의 결말을 지은 것이다. 아큐 같은 사람이 마침내 혁명당이 되고 결국 그와 같은 대단원의 결말을 맺게 된 것은 작가 자신도 처음 시작할 때 예상하지 못했을 것이다. 적어도 인격적으로 두 사람인 것 같다."

아큐가 정말 혁명당이 되려고 했을까? 그리고 정말 혁명당이 되려고 했다 하더라도 두 가지 인격을 가진 사람인지, 아닌지는 지금 잠시 논하지 말기로 하자. 이 소설이 나오게 된 유래 하나만 이야기하려고 해도 굉장

|1| 정진탁(鄭振鐸, 1898~1958년)을 말하는데 현대 작가이며 문학가로서 《문학주보》 문예면을 맡고 있었다.

히 어려운 일이다.

　이미 말한 바와 같이 나의 글은 솟아나온 것이 아니라 짜낸 글이다. 이 말을 듣는 사람은 흔히 겸손한 말이라고 오해하고 있는데 사실 그렇지 않다.

　나에게는 할 말도 없고 쓸 것도 없다. 하지만 스스로 자신을 해치는 성깔이 있어서 가끔 몇 마디 부르짖어 분위기를 떠들썩하게 만든다. 이를테면 한 마리 지쳐빠진 소가 있다고 할 때 별로 쓸모없는 줄 뻔히 알고 있지만 폐물인들 이용할 수 없겠는가, 그래서 장 아무개가 땅 한마지기 갈아 달라고 하면 갈아줄 것이고 이 아무개가 연자방아를 돌려달라면 돌려줄 것이며 조 아무개가 나를 보고 등에 "우리 가게에는 살찐 소가 있으며 소독한 고급 우유를 팝니다."라는 광고판을 메고 집 앞에 한참 서있으라고 하면 따를 것이다.

　나는 내가 무척 여위었고 수컷이어서 젖이 없다는 것을 알고 있지만 그들이 장사를 위하여 하는 일이라면 양해할 수 있으며 그들이 파는 것이 독약이 아니라면 아무 말도 하지 않을 것이다. 하지만 너무 부려서는 안 된다. 나는 절로 풀을 뜯어 먹어야 하고 숨을 돌릴 시간이 필요하다. 나를 아무 집의 소라고 이름 찍어 그 집 우리에 가두어도 안 된다. 혹시 남의 집에 가서 연자방아를 돌려주어야 하기 때문이다. 만약 고기까지 팔려고 한다면 그것은 더욱 안 될 일이다. 이유는 자명한 일이기에 자세히 말할 필요도 없다.

　위에서 말한 세 가지가 안 된다면 나는 도망칠 것이다. 차라리 황산에 누워 있겠다. 이 때문에 심각한 것이 천박해진다거나 전사가 짐승으로 변한다거나 아니면 나를 강유위[2]라고 하든, 나를 양계초[3]에 비하든 대수

---

[2] 강유위(康有爲, 1858~1927년). 청조 말기 정치가로서 유신운동의 중심 지도자였다. 유신정변이 실패하자 일본으로 망명하였다.
[3] 양계초(梁啓超, 1873~1929년). 청조 말기 유신운동 지도자의 한 사람으로서 유신정변이 실패하자 일본으로 망명하였다.

로워하지 않을 것이다. 나는 가고 싶으면 가고 눕고 싶으면 누워 있으면서 절대 속지 않을 것이다. 그것은 내가 "세속"에 너무 절어 있기 때문이다.

근년에 《외침》을 읽는 사람이 꽤나 많은데 애초에는 생각지 못했던 일이다. 하지만 알고 지내는 사람들이 바라는 대로 글을 좀 쓰라고 하면 글을 좀 쓰기도 하였다. 그리고 사람들이 내가 루쉰이라는 것을 모르고 있었기 때문에 별로 바쁘지도 않았다.

내가 쓴 필명은 한두 개가 아니다. LS, 신비, 당이, 모생자, 설지, 풍성이라는 필명을 썼고 그 이전에는 자수, 색사, 영비, 신행도 있다. 루쉰은 신행이란 필명에 근거하여 지은 이름이다. 그 시기 《신청년》의 편집자들이 별명과 같은 서명을 싫어했기 때문이다.

지금 내가 무슨 수령 노릇을 하려 한다고 생각하는 사람이 있다. 정말 불쌍하게도 백여 번 정찰해보았지만 아직도 알아내지 못했다고 한다. 나는 루쉰이라는 이름을 내걸고 사람을 방문한 일이 없다.

"루쉰이란 바로 주수인"이라는 사실은 다른 사람이 알아낸 일이다. 이런 사람을 네 부류로 나눌 수 있는데 하나는 소설을 연구하기 위해 작자의 경력을 알 필요가 있는 사람이고 다른 하나는 단순한 호기심에서 알고 싶은 사람이고 또 다른 부류는 나도 단평을 쓰는 사람이기에 일부러 폭로하여 화를 입히려는 사람이고 마지막으로는 이용할 가치가 있어서 가까이하고 싶은 사람이다.

그때 나는 도시 서쪽 주변에 살고 있었는데 내가 루쉰임을 알고 있는 사람은 대개 《신청년》, 《신사조》 잡지사 사람들뿐이었다. 손복원|4|도 알고 있었다. 그는 《신보(晨報)》에서 문예 지면을 맡고 있었다. 누구의 생각이었던지 갑자기 "마음을 여는 말"이라는 원지를 일주일에 한번 씩 늘리기로 했는데 그는 나에게 원고를 써달라고 찾아왔다.

|4| 손복원(孫伏園, 1894~1966년) 루쉰과 한 고향 사람으로서 루쉰이 소흥사범학교 교장으로 있을 때 학생이었다. 나중에 루쉰과 같이 하문대학, 중산대학에서 교직을 맡기도 하였다.

내가 아큐의 형상을 마음속에 두고 있은 지는 확실히 여러 해 된다. 하지만 쓰고 싶은 생각은 아직 없었다. 이렇게 써달라는 청탁을 받자 갑자기 생각이 떠오르면서 밤에 좀 써보았다. 바로 제1장 머리말이다. "마음을 여는 말"이라는 제목에 맞추기 위해 실은 전반 소설과는 어울리지 않는 불필요한 익살맞은 말을 되는대로 지껄였다. 서명은 "파인"이라고 했는데 "하리파인"|5|에서 따온 것으로 고상하지 않다는 뜻으로 붙인 이름이었다. 그런데 이 서명이 또 화를 부르리라고는 생각지도 못했다. 나 자신은 이 일을 내내 모르고 있다가 올해 《현대평론》에서 함려(涵廬)|6|의 글 "한담"을 보고나서야 알게 되었는데 그 내용은 대략 아래와 같다.

"……《아큐정전》이 한 토막 한 토막씩 발표될 때마다 앞으로 욕이 자기한테 쏟아질까봐 수많은 사람들이 겁에 질려 벌벌 떨고 있었던 걸로 기억하고 있다. 한 친구는 나를 보고 어제 《아큐정전》의 아무 단락은 꼭 자기를 욕한 것 같다고 하면서 《아큐정전》을 아무개가 쓰지 않았나 의심된다고 하였다. 왜 그런가? 그것은 자기의 그 은밀한 일을 아는 사람은 아무개밖에 없기 때문이라는 것이다. ……그 뒤로 의심이 더 가중되어 그는 《아큐정전》에서 나오는 욕은 모두 자신의 개인적인 비밀을 알고 하는 말이며 《아큐정전》을 싣는 신문과 관계있는 투고인은 모두 《아큐정전》의 작가라고 의심하지 않을 수 없게 되었다! 그러다가 《아큐정전》을 쓴 작자의 이름을 알고 나서야 그는 자기와는 생면부지인 사람임을 알게 되었고 그제야 깨닫고 사람을 만나면 자신을 욕한 것이 아니라고 성명하였다."(제4권 제89호)

이 "아무개" 선생에게는 참으로 미안한 일이다. 나 때문에 오랫동안 혐의자로 의심을 받았던 것이다. 유감스럽게도 "파인"이라는 이름을 보고는

|5| "하리파인(下里巴人)"은 고대 초나라에서 부르던 통속적인 노래이다.
|6| 원명은 고일함(高一涵)으로서 북경대학에서 교수로 지냈고 《현대평론》의 투고자였다. 당시 그는 "한담"이라는 글을 써서 작가들이 "남을 욕하는 것으로 이름을 날리려 한다."고 질책하면서 루쉰의 《아큐 정전》을 예로 들었다.

작자가 사천 사람이라고 의심하거나 사천 사람이라고 단정했다고 한다. 이 소설이《외침》에 수록되었는데도 나를 보고 당신이 정말 욕하려 했던 사람은 누구와 누구였냐고 묻는 사람이 있었다. 나는 남에게 그처럼 비열하지 않다는 것을 보여주지 못했던 자신이 슬펐다.

제1장이 발표된 뒤 고생문이 열렸다. 일주일에 반드시 한편을 써야 했다. 그때 별로 바쁘지는 않았지만 집 없는 떠돌이로서 밤잠은 복도로 쓰는 방에서 자는 신세이고 집안에 뒷창문 하나밖에 없어서 글을 쓸 자리도 변변치 않은데 어찌 조용히 앉아서 생각을 할 수 있었겠는가. 복원은 그때 지금처럼 뚱뚱하지는 않았지만 히죽히죽 웃으면서 제법 원고독촉을 잘하였다. 일주일마다 한번 와서는 기회만 있으면

"선생님,《아큐정전》말인데요,…… 내일 인쇄에 넘겨야 하는데."라고 성화다.

그래서 쓰지 않을 수 없었고 쓰면서 속으로 푸념하였다.

"속담에 '거지는 개에게 물릴까 두려워하고 수재는 해마다 돌아오는 시험을 두려워한다.' 더니 나는 수재도 아니면서 주일마다 시험을 치러야 하니, 정말 고생이군.……"

그러면서도 마침내 또 한 장이 완성되는 것이다. 하지만 점차 신중해지는 것 같았고 복원도 "시원하지" 않다고 생각했던지 제2장부터는 "신문예" 난에 옮겨 실었다.

이렇게 일주일 일주일씩 써내려가다 보니 아큐가 혁명당이 되느냐 마느냐 하는 문제가 나서지 않을 수 없었다. 중국에 만약 혁명이 일어나지 않았다면 아큐가 혁명당이 되지 않았겠지만 혁명이 일어난 이상 되지 않을 수 없었다고 나는 생각했다. 나의 아큐의 운명은 이럴 수밖에 없었고 인격도 아마 두 가지 뿐만 아니었다. 민국 원년은 이미 지나가서 되돌릴 수 없지만 앞으로 만약 또 개혁이 있으면 아큐와 같은 혁명당이 또다시 나타날 것이라고 나는 생각한다. 나도 사람들의 말처럼 지금 이전이나 어

느 한 시기만 쓰고 싶다. 하지만 내가 본 것은 아마 현대의 이전이 아니라 현대의 앞날이며 20년, 30년 뒤일 것이다. 기실 이 역시 혁명당을 모욕한 것이라 할 수 없다. 어차피 아큐가 대나무 젓가락으로 변발을 감아 올렸으니 말이다. 앞으로 15년을 장홍|7|이 "출판계로 진출"하겠으니 이 역시 중국의 쉐비로프|8|가 되지 않겠는가?

《아큐정전》을 약 두 달 쓰고 나니 정말 마무리하고 싶었다. 하지만 복원이 찬성하지 않았던지 아니면 내가 마무리하려면 그가 와서 항의했던지 똑똑히 기억나지는 않지만 "대단원"은 속에 감추고 있었고 아큐는 이미 점차 죽음으로 향하고 있었다. 마지막 회에 이르러 복원이 있었더라면 아마 원고를 깔고 아큐를 몇 주일 더 살려두라고 했을 터이지만 때마침 복원이 일이 있어서 나가고 하작림|9|이 그를 대신하였다. 그는 아큐에 대해 사랑하는 마음도, 미운 마음도 가지고 있지 않았기에 내가 "대단원" 원고를 보내자 곧바로 발표하였다. 복원이 다시 북경에 돌아왔을 때는 아큐가 총살된 지 이미 한 달이 넘었다. 복원이 제아무리 원고독촉을 잘하고 히죽거리려도 이제는 "선생님, 《아큐정전》 말인데요,…… 내일 인쇄에 넘겨야 하는데."라는 말을 할 수 없게 되었다. 그리하여 나는 결국 한 가지 일을 마무리해버렸고 다른 일을 할 수 있게 되었다. 다른 일은 뭘 했던지 기억나지 않지만 아마 비슷한 일을 했을 것이다.

기실 "대단원"은 "멋대로" 지은 것이 아니다. 처음 쓸 때 벌써 예상하고 있었던 지도 사실 의문이다. 내 기억에는 예상을 하지 못하였다. 하지만 이 역시 어쩔 수 없는 일로서 시작하면서 "결말"이 어찌될지를 예상하는 사람이 어디 있겠는가? 아큐뿐 아니라 나 자신의 "결말"에 대해서도 도대체 어떻게 될지 예상할 수 없다. 결국에는 "학자"나 "교수"가 될지, 아니

|7| 장홍, 고장홍(高長虹)으로서 그가 주관하는 《광표(狂飈)》 주간에 "출판계에 진출하여"라는 비평 글을 발표하였다.
|8| 러시아 작가 알찌바쉐브의 소설 《노동자 쉐비로브》에 나오는 인물로서 무정부주의자이다.
|9| 하작림(何作霖), 광동성 동완 사람으로서 북경대학을 졸업하고 《신보》 편집원으로 일하였다.

면 "학계 비적(學匪)"이나 "학계 망나니"가 될지 모른다.

"관료"가 될지, 아니면 "문관"이 될지? "사상계의 권위"가 될지, 아니면 "사상계의 선구자"로 될지? 또 아니면 "세태에 절은 노인"이 될지? "예술가"가 될지? "전사"가 될지? 아니면 손님을 봐도 성가시게 생각지 않는 "아라쩨브"가 될지?……

아큐에게는 물론 여러 가지 다른 결과가 있을 수 있다. 하지만 이건 내가 알 수 있는 일이 아니다.

전에는 나의 글이 "너무 과격한" 부분이 있다는 느낌이 있었지만 요즘 들어서는 그렇게 생각하지 않는다. 중국의 지금 일을 사실대로 묘사한다고 하더라도 다른 나라 사람 또는 장차 중국의 훌륭한 사람들이 본다면 역시 황당하다고 생각할 것이다. 나는 늘 한 가지 일을 가상하고 있는데 스스로도 너무 괴상하다고 생각한다. 만약 그러다가도 비슷한 사실에 봉착하게 되면 도리어 더욱 이상스럽다. 이 일이 발생하기 전에는 나의 천박한 견식으로는 도저히 상상할 수도 없었다.

달포 전에 이곳에서 강도 한 사람을 총살했는데 짧은 옷을 입은 사람들이 저마다 권총으로 모두 일곱 발을 쏘았다. 총을 맞고도 죽지 않아서 쏘았는지 죽었는데도 계속 쏘았는지 아무튼 이렇게 여러 발을 쏜 것이다. 그 당시 나는 나의 소년 학생들에게, 이것은 민국 초기에 사형할 때에나 볼 수 있는 상황으로서 10년이 지난 오늘에는 좀 더 발전되어야지 죽은 사람에게 이처럼 많은 고통을 줄 필요가 있느냐고 감개하여 말하였다. 북경은 이렇지 않다. 죄인이 사형장에 이르기 전에 형리가 뒤통수에 대고 총 한 방을 쏘아 목숨을 끊어버린다. 그러니 본인은 의식할 겨를도 없이 죽는 것이다. 때문에 북경은 "모범구역"으로서 사형마저도 다른 지방보다 훨씬 낫다.

그러나 며칠 전 11월 23일자 북경《세계일보》를 보고는 내 말이 정확하지 않다는 것을 알았다. 신문 제6면에 "두쇼쏸즈가 작두로 처형되었다."

는 기사가 실렸는데 다섯 부분으로 나뉜 기사의 한 단락을 인용하면 아래와 같다.

　두쇼촨즈는 작두로 목을 자르고 다른 사람은 총살하였다. 이에 앞서 위수 사령부에서는 병사들의 요구를 받아들여 '효수형'을 하기로 결정했기 때문에 두씨가 오기 전에 사형장에 작두를 준비해놓았다. 작두는 길쭉하고 받침대는 나무로 되어 있으며 가운데는 두툼하고 날카로운 칼이 있고 칼끝에는 구멍이 있어 받침대 위에서 아래위로 움직일 수 있게 하였다. 두씨를 비롯한 네 사람이 사형장에 들어오자 압송하는 병사가 그들의 팔을 끼고 차에서 내리게 하고는 북쪽을 향해 형구를 마주하고 서게 하였다. …… 두쇼촨즈는 무릎을 꿇지 않았다. 그러자 순관이 그를 보고 부축해야지 않겠냐고 물었다. 두씨는 대답 없이 웃고는 스스로 작두 앞에 다가가서 칼 아래에 반듯이 누워 사형집행을 기다렸다. 사형을 집행하는 병사는 작두날을 쳐들고 두씨가 적당한 곳에 눕기를 기다려 날을 힘껏 내리 밟았다. 그러자 두씨의 머리가 몸에서 떨어져나가면서 피가 콸콸 쏟아졌다.

　곁에서 무릎을 꿇고 총살하기를 기다리던 송진산 등 세 사람도 힐끔 훔쳐보았다. 그들 가운데 조진은 몸을 벌벌 떨었다. 이윽고 소대장이 권총을 들고 죄수들 뒤에 다가가서는 먼저 송진산을 쏘고 나중에 이유삼과 조진을 쏘았는데 한사람에게 한방씩이었다. …… 현장을 보고 있던 피해자 정보치의 두 아들 충지, 충신은 대성통곡하다가 한 사람씩 사형이 집행되자 큰 소리로 외쳤다.

　"아버지! 어머니! 두 분의 원수는 이미 갚았습니다. 우리는 어떡하랍니까?"

　그 말을 들으며 가슴이 아프지 않은 사람이 없었고 나중에 가족들이 와서 그들을 데리고 돌아갔다.

　만일 어떤 천재가 과연 시대의 심장이 뛰는 맥박소리를 느끼고 11월 22일에 이런 장면을 소설로 써서 발표한다면 많은 독자들이 포룽도|10| 할아

버지 시대의 일을 말하는 줄로 알 것이다. 그 시대가 서기 11세기로서 우리와 900년이나 떨어졌지만 오늘과 별반 차이가 없다.

이 일을 어떻게 하면 좋단 말인가……

《아큐정전》의 번역본을 나는 두 종밖에 보지 못했다. 프랑스어로 《유럽》 8월호에 실린 것은 삭제되어 3분의 1밖에 되지 않았다. 영문은 아주 진지하게 번역한 것 같지만 나는 영어를 몰라서 뭐라고 말할 수 없다. 다만 상의하고 싶은 곳을 우연히 두 군데 발견했는데 하나는 "3백 대전|11| 92관"을 "3백 대전은 92문을 백으로 계산하였다."라고 번역해야 하는 것이고 다른 한 곳은 "시유당(柿油黨)"인데 시골사람들이 "즈유당(自由黨)"이라고 하면 모를까봐 알 수 있게 "스유당"으로 번역한 것인데 그냥 음역하기만 못하였다.

1926년 12월 3일 하문에서 씀.

|10| 포롱도(包龍圖), 송나라 때 감찰어사이다. 개봉 부윤을 지낸 사람으로서 이름은 포승(包拯)이다. 사건을 해명하여 백성의 억울한 사연을 풀어준 관리로 이름 높다. 민간에 그에 대한 전설이 많은데 그 가운데 작두로 처형한 이야기가 있다.
|11| 대전(大錢)은 청나라 함풍연간(咸豊年間)에 저질 동과 철로 주조한 화폐이다.

魯迅

이이집

황화절의 잡감

황화절[1]이 나오고 있다. 반드시 글을 좀 써야 한다. 하지만 나를 보고 이런 제목으로 글을 쓰라고 하면 마치 이전의 시험장에 들어가 "공담만 늘여놓는 것"이나 다름이 없다. 그것은 – 말하기도 부끄러운 일이지만 – 황화절이라는 뜻은 알고 있지만 황화강에서 전사한 전사들의 이름조차 모르고 있을 뿐만 아니라 몇이 죽었는지도 모르고 있기 때문이다.

자료를 찾아 글을 써내려가기 위해 《사원(辭源)》[2]을 뒤지는 수밖에 없었다. 책을 찾아보니 "황화강. 지명으로서 광동성 북문 밖의 백운산자락에 있다. 청조 선통 3년 3월 29일 수십 명의 혁명당인들이 관공서를 공격했지만 성공하지 못하고 전사하였고 이곳에 매장되었다."라고만 적혀 있는데 간단하기로 내가 알고 있는 것과 다름없어서 별 도움이 되지 않았다.

나는 17년 전의 3월 29일에 생겼던 일을 더 알고 싶었지만 일시 어디서 목격한 노인을 찾을 수 없었다. 다른 곳 – 이를테면 북경, 남경, 나의 고향 – 의 실례로 추측해보면 그 당시에 애통해하는 사람도 얼마간 있었을 테

---

[1] 황화절(黃花節), 1911년 4월 27일, 동맹회 지도 성원인 황흥(黃興), 조성(趙聲) 등이 광주에서 무장봉기를 발동하고 총독부를 습격하였으나 실패하였다. 그 뒤에 수습한 72명 열사의 유체를 광주 교외의 황화강이라는 곳에 묻었다. 민국이 성립된 후 3월 29일을 혁명열사 기념일로 정하였는데 보통 황화절이라고 부른다.

[2] 사원(辭源), 중국어의 뜻과 근원을 설명한 공구서로서 육이규(陸爾奎) 등이 편찬하였고 1915년 상무인서관에서 출판하였다.

고 시원해하는 사람도 있었을 테고 별 생각이 없는 사람도 있었을 테고 술 마시고 차를 마시며 한담거리로 삼은 사람도 있었을 것이다. 그러고 나서는 사람들에게 잊혀졌을 것이다. 압제를 오래 받다보면 압제 받을 때는 고통을 참는 수밖에 없고 다행히 해방된다면 즐거운 일만 기억하게 된다. 비장한 극은 오래 기억에 남아 있지 않는다.

하지만 3월 29일의 일은 특별했다. 당시는 실패했지만 뒤따라 10월에는 무창봉기가 일어났고 이듬해에 중화민국이 건립되었다. 그리하여 이들 실패한 전사들은 당시에 혁명의 성공을 이끈 선구자로 추대되어 비장한 극이 막 끝날 무렵에 대단원의 결말이 덧붙게 되었다. 우리에게는 이것이 정말 경사스러운 일로서 황화절을 기념할 때면 볼 수 있으리라 생각한다.

나는 북방에 오래 살았기에 아직 황화절을 어떻게 기념하는지를 보지는 못했다. 하지만 중산선생의 기념일에는 가보았다. 그날 밤 학교에 연극을 보러 온 사람이 어찌나 많았던지 의자마저 여러 개 망가졌고 그야말로 떠들썩하였다. 이런 실례로 추측해보면 황화절 역시 대단히 시끌벅적하리라 생각한다.

3월 12일 날 밤 나는 활기찬 장면을 보면서 혁명가의 위대함을 더욱 깊이 느꼈다. 사랑이 무르익어 갈 때 한 사람이 죽는다면 살아 있는 연인에게는 슬픔만 남긴다. 하지만 혁명이 성공할 무렵에 혁명가가 죽는다면 살아 있는 수많은 사람들에게 활력을 주며 심지어 즐거움을 주고 용기를 북돋아준다. 유독 혁명가만이 살든 죽든 사람들에게 행복을 안겨준다. 같은 사랑이지만 결과는 이처럼 다르다. 그러니 지금 많은 청년들이 연애와 혁명 사이에서 생기는 갈등으로 고민할 만도 하다.

이른바 "혁명이 성공했다"는 말은 잠시의 일을 말할 뿐 기실 "혁명은

|3| 이 말은 손중산이 유서에서 동지들에게 남긴 말이다.

아직 성공하지 못하였다."[3] 혁명은 끝이 있을 수 없으며 세상에 정말 "완전무결한 경지"가 있다면 인간세상은 정체되어 있을 것이다. 그렇지만 중국은 수많은 전사들의 정신과 유혈로 확실히 전에는 없었던 행복의 꽃과 열매가 자랐고 점차 생장할 수 있는 희망을 보여주고 있다. 만약 없을 것 같다면 그것은 꽃을 감상하고 꺾어서 열매를 따먹는 사람은 많지만 계속 그것을 가꾸는 사람이 적기 때문일 것이다.

　사람들이 매일 눈물콧물 흘리면서 울어야 한다는 말이 아니다. 1년에 한번 선열의 "정신"을 추모해도 된다고 나는 생각한다. 하지만 광동의 오늘을 보면 명절을 기념하는 방법을 좀 개량해야 하지 않나 싶다. 물론 황화절을 떠들썩하게 하루 기념하는 것도 좋다. 피로하면 돌아가 한숨 잘 자면 된다. 하지만 이튿날 원기가 회복되면 그날 자신이 해야 할 일을 해야 할 것이다. 물론 고생스럽겠지만 목숨을 무릅쓰고 총탄이 쏟아지는 곳을 질러가는 것보다 훨씬 나을 것이다. 게다가 이 역시 후세 사람을 위해 행복의 꽃과 열매를 가꾸는 일임에랴!

1927년 3월 24일 밤.

중국 사람의 얼굴을 논함

　사람들은 대개 눈에 별로 익지 않은 것을 보면 이상하게 여긴다. 처음 서양 사람을 보았을 때 나는 그들은 얼굴이 너무 희고 머리가 너무 노랗고 눈동자가 너무 연하고 코마루가 너무 높다고 생각했다. 이유를 뭐라 딱 찍어 말할 수는 없지만 한마디로 말해서 그렇게 생기지 말아야 한다고 느껴졌다. 중국 사람의 얼굴에 대해서는 전혀 다른 생각은 없고 잘생기고 못생긴 차이는 있지만 모두 괜찮은 것 같았다.

　우리의 옛 사람들은 오히려 중국 사람의 생김새를 소홀히 대하지 않았다. 주나라의 맹자는 동공을 보고 속이 바른지 여부를 판단하였고 한나라에 이르러서는 《관상》이라는 책이 24권이나 있었다. 나중에는 이런 장난을 하는 사람이 더 많아졌으니 대체로 두 부류로 나눌 수 있다. 하나는 얼굴을 보고 똑똑한지 우둔한지, 어진 사람인지 못된 사람인지를 가렸고 다른 하나는 얼굴에서 그 사람의 과거와 현재, 앞날의 길흉을 알아내는 것이다. 그리하여 천하가 어지러워지고 다사해졌으며 많은 사람들이 두려운 마음으로 자신의 얼굴을 연구하게 되었다. 거울의 발명이 이런 사람과 아가씨들에게는 큰 공로였을 것이라고 나는 생각한다. 하지만 요즘에 와서는 앞 부류는 별로 인기를 끌지 못하고 있으며 북경과 상해에서 농간하고 있는 것은 뒤 부류일 뿐이다.

　나는 늘 서양 사람만 주의 깊게 보아왔다. 결과 너무 거칠고 솜털 색깔처럼 흰 그들의 피부가 눈에 거슬렸고 얼굴빛이 너무 희어서 그런지 피부에 늘 붉은 반점이 있어서 우리 황인종보다 보기 흉하다고 생각하였다. 더 보기 흉한 것은 빨간 콧대였다. 때로는 그 콧대가 막 녹아 떨어지는 촛물 같아서 보기에 무서웠고 그래서 황인종의 은은한 코처럼 안전하지 않다고 느껴졌다. 한마디로 이렇게 생기지 말아야 한다고 생각되었다.

나중에 나는 서양 사람이 그려놓은 중국 사람을 보고나서야 비로소 그들도 우리의 생김새를 마음에 들어 하지 않는다는 걸 알게 되었다. 그 그림은 마치 《아라비안나이트》나 《안데르센 동화집》에 나오는 삽화 같았는데 지금은 똑똑히 기억나지 않는다. 머리에는 붉은 깃이 달린 모자를 쓰고 있었고 모자 밑으로는 땋은 머리가 날리고 있었으며 신바닥이 굉장히 두터운 신을 신은 그림이었다. 그러나 이런 그림은 모두 그들이 본 만주 사람을 미루어 우리를 그린 것이었다. 다만 두 눈을 치뜨고 이빨을 드러낸 채 입을 헤벌리고 있는 얼굴은 우리의 본래 모습이었다. 그러나 그때 나는 그 그림이 다 맞지는 않고 외국인들이 우리를 야유하느라 과도하게 형용해 그린 것이라고 생각했다.

하지만 나중에 나는 우리의 일부 사람들의 용모에 대해 점차 불만을 갖기 시작했다. 그 사람들은 자주 볼 수 없는 사건 또는 예쁜 여인을 보거나 귀맛 당기는 말을 들을 때면 언제나 아래턱이 천천히 처지면서 입이 벌쭉해지는 것이었다. 이것은 마치 정신 속 어딘가에 부속품이 부족하다는 느낌을 주면서 보기 거북하였다. 인체를 연구하는 학자들의 말을 따르면 상악골에 붙은 근육보다 하악골에 붙은 근육이 입을 다무는 힘을 훨씬 강하게 한다고 한다. 우리가 어려서 호도를 먹을 때 반드시 호도를 문턱에 놓고 깨곤 하였다. 그러나 어른이 된 뒤에는 호도를 이빨에 물고 근육에 힘을 주면 깰 수 있었다. 이처럼 강한 근육을 갖고도 때로는 무겁지도 않은 자신의 아래턱마저 다물지 못한다. 정신이 싹 팔려 뭘 구경할 때는 그럴 수도 있지만 어쨌든 체면은 깎이는 일이라고 늘 생각된다.

일본의 하세가와 뇨제깡은 풍자적인 글을 잘 쓰는 사람이다. 작년에 나는 그가 쓴《고양이, 개, 사람》이라는 글을 보았다. 그 가운데 중국 사람의 얼굴을 쓴 글이 있었는데 뜻은 대략 아래와 같다.

처음 중국을 만났을 때 일본 사람이나 서양 사람에 비하면 어쩐지 얼굴에 뭔가 부족하다는 느낌이 들었지만 오랫동안 자꾸 봐나면 어느새 이 정도면 뭐가 부족함이 없이 충분하다고 느껴지면서 오히려 서양 사람의 얼굴에 뭔가 좀 더 보태어진 것 같이 보이더라는 것이다. 그 보태진 것을 하세가와는 듣기는 좋지 않은 말로 표현했는데 바로 야수성이었다. 중국 사람의 얼굴에 야수성이 없기에 사람이고 그것이 보태어지면 아래와 같은 식이 이루어진다.

사람 + 야수성 = 서양인

그는 중국 사람을 찬양하는 기회에 서양 사람을 비난하고 일본 사람을 풍자하려는 목적을 이렇게 이루었다. 하기에 그런 야수성을 중국 사람의 얼굴에서 찾아볼 수 없는 까닭이 워낙 없었는지 아니면 있었지만 지금은 사라져서 없는지는 더 말할 필요가 없었다. 만약 나중에 사라졌다면 점차 야수성이 말끔히 사라져서 인간성만 남았을 거고 아니면 점차 온순하게 길들여졌을 뿐이다. 들소가 집에서 기르는 소가 되고 멧돼지가 집돼지로 되고 늑대가 개로 되어 야수성은 사라졌지만 그것은 기르는 사람에게만 좋을 뿐 짐승에게는 별로 이로운 점이 없다. 사람은 그저 사람일 뿐 다른 무엇이 더 덧붙지 않는다면 물론 좋은 것이다. 만약 어쩔 수 없는 일이라면 차라리 야수성을 갖는 것이 낫다고 생각한다. 만약 아래의 식에 맞는다면 별로 흥미는 없을 것이다.

사람 + 가축성 = 아무 부류의 인간

중국 사람의 얼굴에 정말 야수성의 기호가 있는지 없는지의 의문에 대해서는 잠시 접기로 한다. 나는 다만 중국 사람들이 이상적이라고 생각하는 고금 사람의 얼굴에서 발견한 두 가지 여분에 대해 말하려고 한다. 광주에 와 보니 하문보다 더 풍부한 것이 있다고 느꼈는데 그것이 바로 영화였다. 대부분 "국산" 영화였는데 고대 복장도 있고 현대 복장도 있었다. 영화는 "예술" 이기에 영화 예술가는 이 두 가지 쓸데없는 것을 보탰다.

고대 복장의 영화도 창극보다 못지않게 재미있었다. 적어도 꽹과리나 북으로 사람의 귀를 멍멍하게 만들지는 않았다. "영사막"에는 언제 어느 시대의 복장인지 모를 옷을 입은 인물이 어정어정 움직이는데 옛날 사람처럼 죽은 듯한 얼굴이었고 그 얼굴을 활기 있게 하기 위해 구식 연극쟁이의 멍청함을 보태는 수밖에 없었다.

신식 복장을 입은 인물의 얼굴은 청조 광서 연간에 상해 오우여[1]의 《화보》를 본 사람이라면 표정이 제법 닮았다는 것을 알 수 있다. 《화보》에 그려진 인물은 대개 사단을 일으켜 재물을 사취하는 건달이 아니면 질투심이 강한 기생이었기에 모두 교활한 얼굴들이었다. 그러한 정신은 지금도 변함이 없어서 작가가 국산 영화에 나오는 인물을 착하고 뛰어난 인물로 설정했지만 미간에는 언제나 상해 조계지식의 교활함이 띠어 있었다. 이런 교활함이 없으면 착한 사람으로도, 뛰어난 인물로도 될 수 없음을 말해준다.

듣자니 국산 영화가 많아진 까닭은 화교들이 좋아하고 이득을 많이 챙길 수 있기 때문이라고 한다. 새 영화가 상영되면 늙은이들은 어린 자식을 데리고 가서 함께 구경하면서 화면을 가리키며 "저 봐, 우리 중국 사람들은 저렇게 생겼단다." 라고 알려준다고 한다. 광주에서도 대단히 환영을

|1| 오우여(吳友如. ?~1893년) 이름은 유(猷)이고 자가 우여이다. 청조 말기 화가로서 인물과 인정세태 그림으로 유명하였다.

받는 것 같다. 하루에 네 번 돌리는데 번마다 빈자리가 없었다.

상해와 마찬가지로 광주에서도 지금 이렇게 자신의 취미를 수양하고 있다. 아쉽게도 영화가 시작되면 등불이 꺼지면서 사람들의 턱을 볼 수 없는 것이다.

1927년 4월 6일

혁명시대의 문학

– 4월 8일 황포군관학교[1]에 한 연설

오늘은 "혁명시대의 문학"이라는 제목으로 몇 마디 할까 합니다.

이 학교에서 전에도 저를 여러 번 초청해주셨지만 저는 늘 핑계를 대고 오지 않았지요. 제가 왜 오지 않았냐면, 여러분들이 제가 소설 몇 편을 썼기에 문학가라고 생각하고는 여기 와서 문학을 이야기해 달라는 것이리라 짐작했기 때문입니다.

사실 저는 문학가도 아니고 문학도 모릅니다. 제가 학교에서 바로 배운 것은 채굴 분야로서 저더러 석탄 채굴에 대해 얘기를 하라면 아마 문학보다 좀 더 잘할 수 있을 겁니다. 물론 취미로 문학책을 자주 들여다보긴 했지만 여러분에게 도움이 될 만한 이야기를 들려줄 정도로 체득이 있는 건 아닙니다. 더구나 이 몇 년 동안 북경에서 지내온 경험으로는 내가 알고 있던 선인들이 말하는 문학론에 점점 의혹이 들기 시작했습니다. 그때는 학생들을 총으로 쏘아 죽이던 시기[2]이고 글에 대한 단속도 엄해졌지요. 그래서 이런 생각이 들었어요.

문학, 문학이라는 것은 가장 쓸모없는 것으로서 힘없는 사람들이나 떠

|1| 손중산이 지도하던 국민당이 창립한 육군군관학교로서 광주의 황포라는 곳에 있었다.

|2| "3.18 학살 사건"을 말한다. 1926년 3월 18일, 일본이 영국, 미국과 함께 중국의 북양군벌 단기서 정부에 천진과 당고에 대한 방어를 해제할 데 대한 최후통첩을 제기하자 이에 격분한 북경시 총공회, 학생연합회 등 60여 개 단체와 80여 개 학교의 5천여 명 민중이 천안문 앞에서 성토 집회를 가진 다음 정부 청사로 청원하러 몰려가던 중 국무원 앞에 이르렀을 때 이미 매복해 있던 군경들이 그들에게 발포하여 47명이 죽고 150여 명이 다쳤다.

들어대는 짓이다. 실력이 있는 사람들은 말없이 사람을 죽이고 억압 받는 사람은 말 몇 마디하고 글 몇 줄 썼다고 목숨을 잃지 않는가. 운이 좋게 살아남아서 날마다 아우성치고 하소연하고 불평을 늘여놓지만 실력이 있는 사람들은 여전히 억압과 학살과 살육을 일삼고 있지 않은가. 그런데도 우리로서는 대처할 방법이 없으니 문학이 무슨 도움이 되겠는가?

자연계도 마찬가지입니다. 독수리가 참새를 채갈 때, 아무 소리도 없는 것은 독수리이고 찍찍 소리 지르는 것은 참새입니다. 마찬가지로 고양이가 쥐를 잡을 때도 고양이는 조용하지만 쥐는 찍찍 소리를 냅니다. 결국 소리를 지르는 쪽이 소리 없는 쪽에 먹히고 말지요. 문학가도 잘하면 글 몇 편으로 한 시기 이름을 날리거나 몇 년 동안 허명을 얻을 수 있습니다. 마치 열사의 추모회를 열고 난 뒤에는 열사의 업적에 대해서는 얘기하는 사람이 없고 애도 대련을 누가 잘 썼더라는 얘기에나 열중하는 것과 마찬가지로 그럴 만도 한 일이지요.

하지만 이 혁명적 지방에 살고 있는 문학가라면 문학이 혁명과 큰 관계가 있다고 말할 것입니다. 이를테면 문학으로 혁명을 선전하고 부추기고 선동하고 추진하여 혁명을 완수할 수 있다고 말입니다. 하지만 저는 그런 글들이 별로 힘이 없다고 생각합니다. 예로부터 훌륭한 문예작품은 남의 명령을 받거나 이해타산으로 쓰는 것이 아니라 마음속에서 자연히 우러나와 쓰는 글이기 때문입니다. 제목을 미리 정해놓고 글을 짓는다면 팔고문|3|과 다를 것이 없고 문학적으로 가치가 있을 수 없으며 남을 감동시킬 수는 더욱 없습니다.

혁명을 하려면 "혁명인"이 있어야지 "혁명문학"이 시급한 건 아닙니다. "혁명인"이 쓴 것이라야 혁명문학이지요. 그래서 저는 혁명이 오히려 글과 관계된다고 생각합니다. 혁명시대의 문학은 평화시대의 문학과 다릅

|3| 팔고문이란 명나라와 청나라 때 과거시험제도에 규정된 공식적인 문체로서 《사서》, 《오경》의 문구를 명제로 하여 규정된 격식에 따라 쓰는 글이다.

니다. 혁명이 일어나면 문학은 그 색깔이 변합니다. 하지만 대혁명만이 문학의 색깔을 변화시키는 것이지 소 혁명으로는 불가능합니다. 소 혁명은 혁명이라 할 수 없기 때문에 문학의 색깔을 변화시킬 수 없습니다. 이곳에서는 "혁명"이라는 말이 귀에 익지만 강소나 절강 지방에서는 혁명이란 말을 듣기만 해도 기겁을 하고 그런 말을 한 사람은 몹시 위험합니다.

따지고 보면 혁명이란 그렇게 희한한 일이 아닙니다. 혁명이 있어야 사회가 변혁하고 인류가 진보할 수 있으니 인류가 아메바에서 인류로, 야만에서 문명으로 진보해온 것도 여태껏 혁명이 한순간도 멈추지 않았기 때문입니다. 생물학자가 우리에게 말합니다. "인류와 원숭이는 별 차이가 없다. 인류와 원숭이는 고종사촌간이다."

그런데 무엇 때문에 인류는 사람으로 되었는데 원숭이는 그냥 원숭이로 남았을까요? 그것은 원숭이가 변하려고 하지 않고 그냥 네 발로 걷기를 좋아했기 때문입니다. 아마 원숭이들 가운데 서서 걸으려는 놈도 있었을 겁니다. 그러자 다른 원숭이들이 "우리 조상들은 죽 기어 다녔어. 일어서면 안 돼!"라고 하면서 그 원숭이를 물어 죽였을 겁니다. 그들은 일어서려고 하지 않았을 뿐만 아니라 말을 배우려고도 하지 않고 옛것만 고집하였습니다. 하지만 인류는 아니었지요. 인류는 마침내 일어서고 말을 하였으며 결국 인류가 승리하였습니다. 지금도 변혁은 끝나지 않고 있습니다. 그래서 혁명은 희한한 일이 아니라고 말하는 것입니다. 오늘날까지 멸망하지 않은 민족들은 날마다 혁명을 하려고 힘쓰고 있습니다. 비록 그 혁명이 작은 혁명에 지나지 않지만 말입니다.

대혁명은 문학에 어떤 영향을 미칠까요? 아래에 세 가지 시기로 나누어 말하겠습니다.

첫째. 대혁명이 일어나기 전에는 모든 문학이 대개 사회 상황이 불평스럽고 고통스러워 호소하고 불평을 토로하게 됩니다. 세계 문학사를 보면 이런 문학이 적지 않습니다. 그러나 단순히 고통을 호소하고 불평을 토로

하는 문학은 혁명에 그 어떤 영향도 미치지 못합니다. 고통을 호소하고 불평을 토로해서는 힘이 실리지 않기 때문에 당신을 억압하는 자들은 여전히 대수로워하지 않습니다. 쥐가 찍찍거리면서 제아무리 훌륭한 문학을 내놓는다 해도 고양이는 서슴없이 잡아먹지요. 그러므로 단순히 고통을 호소하고 불평을 토로하는 정도에 그치는 문학일 때는 그 민족에게는 희망이 없습니다. 예를 들어 재판에서 진 쪽이 억울하다는 글 따위나 돌린다면 적수는 그에게 이제는 더 소송을 할 힘이 없어지고 이로써 일이 끝났음을 알게 되지요.

때문에 고통을 호소하고 불평을 토로하는 문학은 넋두리를 늘여놓는 것이나 다름없다고 간주되어 억압자들은 오히려 마음을 놓게 됩니다. 어떤 민족은 고통을 호소해봤자 쓸모없으니 아예 호소도 하질 않습니다. 그러면 이 민족은 침묵하는 민족이 되어 점점 더 쇠퇴되어 갑니다. 이집트, 아랍, 페르시아, 인도와 같은 나라들에는 이미 소리가 없어졌습니다! 반항 정신이 많고 힘을 갖고 있는 민족은 고통을 호소해도 쓸모가 없자 바로 깨어나 슬픔에 젖은 목소리가 분노의 울부짖음으로 바뀝니다. 분노의 문학이 나오기만 하면 반항은 곧 들이닥칠 것입니다. 이미 굉장히 분노해 있는 터라 혁명이 폭발하는 시대와 가까운 문학은 분노의 목소리가 끊어지질 않습니다. 반항과 복수에 목마른 거지요. 러시아에 바야흐로 혁명이 일어날 무렵에 이런 문학이 나타났습니다. 하지만 예외도 있지요. 이를테면 폴란드에는 일찍부터 복수의 문학|4|이 있었지만 부흥은 유럽의 세계대전에 의거했습니다.

둘째, 대혁명 시대에는 문학이 없어지고 잠잠해집니다. 모두가 혁명의 물결에 휩쓸려 울부짖음이 행동으로 변하게 되고 혁명하느라 바쁘다 보니 한가로이 문학을 담론할 틈이 없기 때문입니다. 또 다른 원인은 그때

|4| 폴란드 애국시인 미츠케비치, 슬로바지치 등 사람의 작품을 가리킨다.

가 되면 살기가 어려워져 얻어먹기도 힘들 텐데 어디 문학을 담론한 마음
이 생기겠습니까? 보수주의자들도 사정은 마찬가지입니다. 혁명의 물결
에 타격을 입어 화가 치밀어 죽을 지경이니 더는 문학을 운운할 여유가
없지요.

"문학은 가난에 허덕일 때 하는 것"이라고 말하는 사람이 있습니다. 실
은 가난에 쫓길 때는 문학작품이 나올 리가 없습니다. 제가 북경에 살던
때만 해도 곤궁해지니까 사방으로 돈 빌러 다니느라 글은 한 줄도 쓸 수
없었습니다. 월급을 받게 된 다음에야 마음 놓고 앉아서 글을 쓸 수 있었
지요. 바쁠 때 역시 문학작품은 나오지 않습니다. 짐을 진 사람은 짐을 내
리고서야 글을 쓸 수 있고 인력거를 끄는 사람이라면 인력거를 놓고서야
글을 쓸 수 있습니다. 대혁명의 시대에는 다들 몹시 바쁘고 또 몹시 가난
한데다가 이 부류 사람과 저 부류 사람이 싸우면서 먼저 사회 현실을 개
변시켜야 하기에 글을 쓸 시간이나 마음의 여유가 있을 수 없습니다.

그러므로 대혁명시대에 문학은 잠잠할 수밖에 없습니다.

셋째, 대혁명이 성공하고 나면 사회 상황도 느슨해지고 생활도 여유가
생기게 되는데 이때면 다시 문학이 나타납니다. 이때의 문학에는 두 가지
가 있습니다.

하나는 혁명을 찬양하고 칭송하는 문학입니다. 진보적 문학가들은 변
혁되고 진보한 사회를 보면서 구사회가 붕괴되고 새 사회가 건설된데 대
해 의의가 있다고 생각하면서 낡은 사회제도의 붕괴를 기뻐하는 한편 새
로운 건설을 노래합니다.

다른 하나는 구 사회의 붕괴를 애도하는 만가로서 이 역시 혁명 후에
나타날 수 있는 문학입니다. 어떤 사람들은 이를 반혁명문학이라고 하지
만 저는 그처럼 어마어마한 죄명을 씌울 필요는 없다고 생각합니다. 혁명
이 진행 중이라고 하지만 사회에는 구사회의 인물이 여전히 많이 남아 있
지요. 그들이 금방 새로운 인물로 변할 수는 없습니다. 그들의 머리에는

낡은 사상과 낡은 물건이 가득하지요. 환경이 점차 변하면서 그들의 생활 구석구석에 영향을 끼치게 되자 옛날 편안했던 시절이 그리워서 구 사회에 대한 미련을 떨쳐버리지 못합니다. 그래서 옛날 일이나 묵은 이야기를 늘어놓으면서 이런 문학이 생겨나게 됩니다. 이러한 문학은 슬픈 정서를 띠는데 그들의 불편한 심기를 드러내는 거지요. 새로운 제도가 건립되고 낡은 제도가 멸망하는 것을 보면서 그들은 만가를 부르는 것입니다. 하지만 옛것을 그리고 만가를 부른다는 것은 혁명이 이미 성공했음을 말해주며 혁명이 성공하지 못하고 낡은 인물들이 세도를 부리고 있다면 만가를 부를 리 만무하지요.

하지만 중국에는 이 두 가지 문학이 없습니다. 구제도에 대한 만가도, 신제도에 대한 찬가도 없습니다. 그것은 중국혁명이 아직 성공하지 못하고 성공하느냐 마느냐 하는 보릿고개에서 한창 바쁜 진행 중에 있기 때문입니다. 그래서 구식 문학은 아직도 무척 많아서 신문의 글들은 거의 모두가 구식입니다. 이는 중국혁명이 사회에 큰 변화를 일으키지 못했고 보수주의자들에게 별 영향을 주지 못했다는 것을 말해주며 하기에 구식 인물들은 여전히 현실에서 초연히 살아가지요. 광동 신문에 실리는 문학은 모두 구식이며 새것은 극히 적습니다. 이 역시 광동사회가 혁명의 영향을 받지 않다는 것을 증명합니다. 새 사물에 대한 찬가도 없고 낡은 사물에 대한 만가도 없이 광동은 여전히 10년 전의 광동입니다. 뿐만 아니라 고통을 호소하거나 불평을 토로하지도 않습니다. 보이는 건 노동조합의 시위뿐인데 이는 억압에 대항해 나선 것이 아니라 정부에서 허용한 것으로 지령에 따라 하는 혁명이지요.

중국 사회가 변하지 않았기 때문에 과거를 그리워하는 슬픈 노래도 없고 새로운 행진곡도 없습니다. 다만 러시아에 이 두 가지 문학이 이미 나타났을 뿐입니다. 러시아의 옛 문학가들은 모두 외국으로 망명하여 쓰는 글 태반이 옛것을 추도하는 슬픈 노래이고 신문학은 바야흐로 힘차게 전진하고 있지요. 비록 위대한 작품은 아직 없지만 새로운 작품은 적지 않습니다. 그들은 이미 분노의 시기를 넘어 찬가의 시기에 들어섰습니다. 새로운 건설을 찬미하는 것은 혁명의 영향으로 생겨난 것이고 앞으로 더 나아가면 어떤 상황이 될지 아직 알 수 없습니다. 하지만 추측해보면 평민문학이 되겠지요. 그것은 혁명의 결과가 평민의 세상이기 때문입니다.

지금 중국에는 물론 평민문학이 없습니다. 세계에도 아직 없지요. 노래와 시 모든 문학은 대체로 상류층을 위해 쓰고 있습니다. 그들은 배불리 먹고는 긴 소파에 누워 이런 작품들을 읽습니다. 한 선비가 우연히 아리따운 아가씨를 만나 서로 사랑하게 되었는데 웬 못난이가 나타나 훼방을 놓는 바람에 풍파를 겪다가 마침내 단원을 이루는 것으로 끝을 맺습니다. 이 얼마나 편안한 글입니까? 또는 상류층의 생활은 재미있고 즐겁지만 하류층 사람들은 얼마나 우스꽝스럽게 살고 있는지를 이야기한 작품도 있습니다.

몇 해 전,《신청년》[5] 잡지에 추운 지방에서 살고 있는 죄수들의 생활을 묘사한 소설이 실렸는데 대학 교수들이 그 소설을 보고 몹시 불쾌해했습니다. 그들은 하층 인간들을 쓴 글을 싫어하기 때문이었습니다. 시에서 인력거꾼을 묘사했다면 그 시는 하류 시가이고 연극에서 범죄를 다루었다면 그것은 하류연극으로 되지요. 그들의 연극에 등장하는 인물은 모두 출중한 선비와 예쁜 여자들뿐입니다. 출중한 선비는 장원급제를 하고 아리따운 아가씨는 재상의 부인으로 출세합니다. 이런 이야기는 재자가인들이 좋아하지만 상류층들도 몹시 좋아하며 하류층들도 어쩔 수 없이 덩달아 좋아할 수밖에 없습니다.

지금 평민, 즉 노동자나 농민을 소재로 소설이나 시를 쓰는 사람들이 있는데 우리는 이것을 평민문학이라고 부릅니다. 기실 이것은 평민문학

---

[5] '5.4 신문화 운동 시기'에 창간된 혁명적인 잡지이다.

이 아닙니다. 왜냐 하면 평민들이 아직 입을 열지 않았기 때문입니다. 이 것은 다른 계층의 사람이 곁에서 평민의 생활을 보고 나서 민중의 말투를 빌어서 쓴 것이지요. 문인들 중에도 좀 가난한 사람이 있긴 하지만 그래도 노동자나 농민보다야 풍족한 편입니다. 그래야 공부를 할 돈이 있고 글도 쓸 수 있겠지요. 그들이 쓴 작품은 언뜻 보기에는 평민이 하는 말 같지만 사실은 그렇지 않습니다. 이것은 진짜 평민소설이 아닙니다. 지금 평민이 산과 들에서 부르는 노래를 기록해 가지고는 백성이 부르는 노래 기에 평민의 목소리라고 하는 사람들이 있습니다. 그러나 그들은 옛날 책의 간접적인 영향을 많이 받았고 수십만 평의 땅을 갖고 있는 시골 유지들이 부러워 죽을 지경이며 유지들의 사상을 자신의 사상으로 삼고 있지요. 오언시나 칠언시를 즐겨 짓는 유지를 본받아 이들이 부르는 산노래, 들노래도 태반이 오언시거나 칠언시입니다. 형식도 그렇지만 구사나 주제도 고리타분하기는 마찬가지입니다. 그러니 결코 진정한 민중문학이라고 할 수 없지요.

지금 중국의 소설과 시를 외국에 비하면 너무 떨어집니다. 어쩔 수 없이 문학이라고 부르긴 하지만 혁명시대의 문학이라고는 할 수도 없고 평민문학이라고는 더구나 말할 수 없습니다. 지금 문학을 하는 사람들은 모두 지식인입니다. 만약 노동자, 농민이 해방되지 않는 한 이른바 노동자, 농민의 사상이라고 하는 것은 여전히 지식인의 사상일 수밖에 없습니다. 반드시 노동자, 농민이 진정으로 해방된 뒤라야 비로소 참된 평민문학이 있을 수 있습니다. "중국에 이미 평민문학이 존재한다."고 말하는 사람이 있는데 기실 이는 틀린 말입니다.

여러분은 실제 전쟁에 참가하고 있는 혁명 전사들입니다. 그러니 지금은 문학에 관심을 갖지 않는 것이 좋다고 저는 생각합니다. 문학공부는 전쟁에 도움이 되지 않습니다. 기껏해야 군가를 짓거나 또는 잘 쓴 글을 전투 여가에 틈틈이 감상하면 재미는 있겠지요. 좀 더 근사하게 말하자면

마치 버드나무를 심는 것과 같아서 다 자란 버드나무가 햇볕을 가려주면 농사짓던 농부가 그 그늘 아래에서 점심을 먹거나 땀을 들일 수 있겠지요. 지금 중국의 현실을 보면 실지적 혁명전쟁이 있을 뿐 시 한수로는 손전방|6|을 몰아낼 수는 없지만 대포 한방으로는 손전방을 물리칠 수 있습니다. 물론 문학이 혁명에 큰 힘을 갖고 있다고 생각하는 사람도 있습니다. 그러나 저는 어디까지나 회의적입니다. 문학은 어차피 여유로움의 산물이며 한 민족의 문화를 보여준다고 하면 그것은 맞는 말이지요.

사람들은 자신이 지금 하고 있는 일에 만족을 느끼지 못하나 봅니다. 나는 지금까지 글 몇 편을 지었을 뿐이지만 글짓기도 이제는 싫증이 납니다. 그런데 총을 잡고 있는 여러분들은 오히려 문학 강의를 듣고 싶어 하지요.

저야 물론 대포소리가 듣고 싶지요. 대포소리가 문학의 소리보다 훨씬 듣기가 좋을 것 같습니다.

제가 하고 싶은 말은 이 정도입니다. 끝까지 들어주셔서 감사드립니다.

(이 연설은 1927년 6월 12일 광주 황포군관학교에서 출판한 《황포 생활》 주간 제4기에 실렸다.)

|6| 군벌 손전방(孫傳芳) 군대의 주력부대가 1926년 겨울 강서 남창, 구강 일대에서 북벌군에 의해 섬멸되었다.

유항 선생에게 드리는 답장(答有恒先生)

유항|1| 선생,

오늘 《북신(北新)》|2| 잡지에서 선생의 많은 견해를 보았습니다. 저에 대한 당신의 기대와 호의가 엿보였는데 감사를 드립니다. 여기에 몇 마디 간략히 회답을 드리고자 합니다. 그리고 저에 대해 당신과 비슷한 견해를 가진 여러 분들에게도 드리는 바입니다.

몹시 한가한 저로서는 절대 글을 쓸 시간이 없는 것이 아닙니다. 하지만 저는 의론을 발표한지 한참 되었습니다. 지난해에 이렇게 글을 쓰지 않기로 마음먹었고 침묵기한을 2년으로 예정하였습니다.

저는 시간은 그다지 중요하지 않다고 생각합니다. 가끔 장난으로 여길 때도 있지요.

하지만 제가 지금 침묵하는 원인은 앞에서 결정하였기 때문이 아닙니다. 하문을 떠날 때 이미 사상에 변화가 좀 생겼기 때문이지요. 그 변화의 과정을 말하려면 번거로워서 장차 발표할 기회가 있으리라 희망하면서

|1| 이름은 시유항(時有恒)으로 강소성 서주 사람이다. 그는 1927년 8월 16일 《북신(北新)》 주간 43호와 44호 합간에 "이 시절"이라는 잡감을 발표하였는데 그 글에 루쉰에 대해 이렇게 말하였다. "루쉰선생 등이 맹목적인 사상행위를 공격하는 글을 오랫동안 보지 못하였다.", "지금처럼 국민혁명이 들끓고 있을 때 루쉰선생이 창작한 글을 읽으면 우리에게 새로운 인식을 줄 것이다.", "우리는 루쉰선생이 나서기를 간절히 바란다.…… 그것은 아이들을 구하는 것이 중요하기 때문이다." 이 글은 여기에 대한 루쉰선생의 답장이다.
|2| 《북신(北新)》은 종합잡지로서 상해북신서국에서 발행하였다.

여기서는 줄입니다. 요즘 상황에는 침묵하는 큰 원인이 공포 때문입니다. 그리고 이 공포는 내가 일찍이 경험해보지 못했던 것이지요.

저는 아직도 이 "공포"에 대해 자세히 분석해보지는 않았습니다. 다만 제가 이미 분석해보고 깨달은 바를 한두 가지를 말씀드리겠습니다.

우선 제가 갖고 있던 헛된 생각이 깨졌습니다. 오늘날까지 저는 낙관적인 생각을 갖고 있었습니다. 말하자면 청년을 억압하고 살육하는 자들은 대체로 늙은이들이며 이 늙은이들이 차차 죽어 가면 중국은 어쨌든 활기를 얻게 되리라는 생각이었습니다. 하지만 이제 그렇지 않다는 것을 알았습니다. 청년을 살육하는 자들은 대체로 청년들인 듯싶습니다. 그리고 두 번 다시 있을 수 없는 생명과 청춘에 대해서는 더구나 소중해하지 않습니다. 설사 동물에게 그런 일을 저질러도 "극악무도"한 행위라 해야겠지요. 나를 더욱 몸서리치게 하는 것은 "도끼로 찍어 죽였다"느니, "창으로 마구 찔러 죽였다"느니 하는 승리자의 득의에 찬 표현이었습니다.

사실 저는 급진적인 개혁론자가 아니며 사형을 반대한 적도 없습니다. 그러나 능지처참이나 멸족시키는 짓에 대해서는 몹시 증오했고 슬픈 일이라 표명했고 20세기를 사는 사람들에게는 있어서 안 될 일이라고 생각했습니다. 도끼로 찍고 창으로 찔러 죽이는 것을 물론 능지처참이라 할 수는 없지요. 하지만 총알 한방으로 뒷머리를 쏘면 되지 않겠습니까? 마찬가지로 죽을게 아닙니까? 그러나 사실은 어디까지나 사실입니다. 피의 게임은 이미 시작되었고 주역은 또 청년이며 아주 흡족한 표정들입니다. 이 게임이 언제 막을 내릴지 나는 아직 알 수 없습니다.

다음으로 저는 자신이 혼자임을 발견했습니다. 이것이 뭘 말하는지, 적당한 이름이 얼른 떠오르지 않습니다.

저는 이런 말을 한 적이 있습니다. 중국은 옛날부터 인간을 잡아먹는 식인파티를 열고 있으며 이 연회에서는 잡아먹는 자가 있는가 하면 잡아먹히는 자도 있으며 잡아먹힌 사람도 전에는 사람을 잡아먹었고 지금 잡아먹고 있는 사람 역시 장차 잡아먹힐 것이라고 말입니다. 하지만 저는 지금 저도 이 연회를 돕고 있다는 것을 발견했습니다.

선생님, 선생님께서는 저의 작품을 읽어 보셨겠지만 한 가지 문제를 드리지요. 제 작품을 읽어보고 선생님께서는 그냥 아무 느낌도 없었는지, 아니면 뭘 깨달았는지요? 맥이 빠졌는지, 아니면 활기를 얻었는지요? 만약 후자라면 저의 판단이 반 이상 실증된 셈입니다.

중국의 연회석에는 "술 취한 새우(醉蝦)"|3|라는 요리가 오르는데 새우가 성성하게 살아 있을수록 먹는 사람은 더욱 즐겁고 후련해하지요. 제가 바로 그 취한 새우를 깨게 하는 도우미입니다. 성실하면서도 불행한 청년의 머리를 깨우치고 그들의 감각을 예민하게 만듦으로써 재난을 당할 때 곱절 더 심한 고통을 느끼게 만들고 그 청년들을 증오하는 자들은 그들이 예민하게 겪는 고통을 재미있게 보면서 즐거움을 느끼게 만들고 있습니다. 적군 토벌대든 혁명군 토벌대든 만약 유식한 적을 잡았다면, 이를테면 학생 부류를 잡았다면 아마 노동차나 다른 무식한 포로보다 더 지독한 형벌을 줄 것입니다. 왜 그럴까요? 그것은 더 예민하고 섬세한 고통의 표정을 볼 수 있어서 각별한 즐거움을 느낄 수 있기 때문입니다. 만일 이런 가설이 틀리지 않다면 저의 판단은 완전히 실증되었다고 할 수 있습니다.

이런 까닭에 저는 마침내 더 할 말이 없게 되었습니다.

만약 다시 진원 교수와 같은 사람과 우스개를 한다면 그것은 쉬운 일이지요. 저는 어제도 글을 좀 썼습니다. 하지만 그들은 문제가 되지 않아서 재미가 없습니다. 기실 그들은 기껏해야 새우 반개를 먹거나 또는 술 취한 새우를 빨아먹는 것을 질투하는 정도겠지요. 그리고 그들은 이미 가장 탄복하던 "고동 선생(孤桐先生- 장사쇠를 말함. 역자)"을 떠나 청천백일기|4| 아래로 혁명하러 갔다고 합니다.

|3| "술 취한 새우(醉蝦)"는 절강 일대에서 살아 있는 새우를 초, 술, 간장에 무치어 날 것으로 먹는 요리이다.
|4| 청천백일기(靑天白日旗)는 국민당의 당기이다.

제 생각으로는 청천백일 깃발을 멀리까지 꽂는다면 "고동 선생"도 혁명하러 올 것입니다. 문제가 없고 모두가 혁명을 한다면 호호탕탕해지겠지요.

문제는 제 자신이 낙오자가 될 수 있지 않느냐에 있습니다. 그리고 또 작은 문제가 있지요. 그 문제란 바로 제가 이전에 "붓을 칼로 삼았던" 벌을 지금 막 내리는 것 같습니다. 모란을 심으면 모란을 얻고 남가새를 심으면 가시를 얻게 됩니다. 이것은 마땅한 일이지요. 저는 아무 불평도 없습니다. 하지만 이 벌이 너무 중하지 않나 싶어서 불만입니다. 그리고 몇몇 동사자와 학생들이 연루되어 가슴이 아픕니다.

그들에게 무슨 죄가 있겠습니까? 늘 저와 내왕하고 저를 나쁘다고 하지 않았을 따름이지요. 지금은 "루쉰당(魯迅黨)" 또는 "어사파(語絲派)"라는 말을 듣게 되었습니다. 이것은 "연구계"|5|와 "현대파"의 선전이 이룬 대 성공입니다. 때문에 1년 가까이 루쉰은 "땅 끝으로 유배 보내야 할" 사람으로 되었습니다. 말하지 않으면 모르겠지만 제가 하문에 있을 때 나중에는 사방에 이웃이라곤 없는 큰 양옥에 살아야 했습니다. 저를 동무해주는 것은 책뿐이고 한밤중에는 또 야수의 울음소리까지 들려왔습니다. 하지만 저는 한적한 것이 무섭지 않았습니다. 게다가 가끔 학생들이 와서 이야기를 나누기도 했지요. 하지만 두 번째 타격이 들이닥쳤습니다. 아무 선생의 아들이 왔기에 의자 셋 가운데 두 개를 가져다가 그가 쓰도록 해야겠다는 것이었습니다. 그때 저는 너무 화가 나서, 만약 아무 선생의 손자가 온다면 나는 바닥에 앉아야 하느냐고 들어대면서 안 된다고 했지요. 그래서 가져가지는 않지만 세 번째 타격이 따랐습니다. 한 교수가 웃으면서 저를 보고 또 명사(名士)의 성질을 부린다는 것이었습니다. 하문의 법에는

|5| "연구계(研究系)"는 그들이 꾸리는 《시사신보(時事新報)》 문예판에 "북경 문예계의 파벌 분류"라는 글에서 " '현대파'와 필적한 것은 '어사파'이다.'라고 하였고 또 " '어사파'는 루쉰을 위주로 한다.'고 썼다. "현대파"란 현대평론파를 말한다. 그들은 루쉰을 "어사파" 수령이라고 하였다.

명사라야만이 걸상 몇 개를 갖고 있을 수 있나 봅니다. "또"라는 말을 쓴 것은 제가 늘 이런 성질을 부린다는 얘기인데 이것은 글자의 의미를 잘 가리지 않고 쓴 것이지요. 그리고 네 번째 타격이 왔습니다. 제가 하문을 떠나게 되자, 떠나는 원인의 하나는 마실 술이 없기 때문이고 다른 하나는 다른 사람이 가족을 데려오니 속이 좋지 않기 때문이라는 것이었습니다. 이 역시 지난 번 "명사의 성질"에 근거하여 하는 말입니다.

그냥 생각나서 말하는 작은 일이지만 이 이야기를 듣고 보면 제가 무서워 말을 못하는 마음을 이해할 수 있으리라 생각합니다. 당신은 제가 "술 취한 새우"가 되기를 원치 않을 것입니다. 제가 더 싸운다면 "몸과 마음에 모두 병이 날" 것입니다. 하지만 몸과 마음에 병이 나도 남들은 비웃을 것입니다. 물론 비웃는 것이 대수롭지는 않지요. 하지만 제가 왜 "취한 새우"로 되어야 한단 말입니까?

하지만 이번에 다행스러운 것은 공산당으로 몰리지 않은 것입니다. 언젠가 진독수[6]가 《신청년》을 꾸미고 저는 거기에 글을 썼기에 제가 공산당일 것이라고 증명하려는 청년이 있었습니다. 하지만 다른 청년이 부정해버렸지요. 그때는 진독수도 공산당을 모를 때라는 것을 그 청년이 알고 있었기 때문입니다. 한걸음 물러서서 "공산당 편"이라는 것을 증명하려 했지만 역시 실패하고 말았습니다. 제가 만약 중산대학을 나오자마자 광주를 떠났더라면 공산당으로 점찍었을 겁니다. 하지만 제가 가지 않았기에 신문에서는 "도망갔다"느니, "한구로 갔다"느니 떠들어대다가 결국은 잠잠해지고 말았지요. 세상은 아직 밝아서 제가 "분신술"을 썼다고 말하는 사람은 없습니다. 지금은 저에게 아무 직함도 없습니다. 하지만 "현대파"의 말에 따르면 저는 "어사파의 수령"입니다. 이것은 목숨과 직접 관련되는 일이 아니고 또 별로 중요하지도 않습니다. 그들이 또 다른 수단

|6| 진독수(陳獨秀, 1879~1942년)는 신문화운동의 창도자의 한 사람으로서 중국공산당의 창시며 초기의 6년을 지도했던 사람이다.

을 쓰지 않은 한 말입니다. 만약 주역을 담당한 당유임[7]처럼 또 "모스크바의 지령"을 받았다고 한다면 일이 상서롭지 않습니다.

이야기가 그만 딴 데로 흘렀군요. 이제는 앞에서 말한 "낙오자"에로 돌아갑시다. 선생은 아마 보았을 것입니다. 제가 언젠가 중국에는 감히 "변절자를 안고 우는 조문객"이 없다고 한탄한 적이 있습니다.[8] 하지만 지금 어떻습니까? 당신도 보았겠지만 이 반년을 제가 말 한마디 했던가요? 비록 제가 강당에서 저의 뜻을 공개적으로 밝힌 적이 있고, 비록 그때도 저는 글을 발표할 곳이 없었고, 비록 제가 말을 하지 않은지 오래지만 모두 저의 변명으로 되기에는 부족하였습니다. 요컨대 지금 만약 전처럼 "아이를 구하라"고 온당한 목소리를 낸다면 제가 듣기에도 텅 빈 소리 같을 겁니다.

그리고 제가 이전에 사회를 공격한 적도 있지만 사실 재미가 없습니다. 제가 사회를 공격하는 줄을 사회는 모르고 있고 만약 알게 되면 저는 죽어도 묻힐 곳이 없게 됩니다. 그리고 진원과 같은 사회의 어느 한 사람을 공격한들 어떻겠습니까? 4억이 되는 사람들이 있지 않습니까? 제가 그럭저럭 살아가고 있는 것은 민중들 대부분이 글을 모르기에 저의 말이 효력이 없어서 바다에 화살을 쏜 것이나 다름없기 때문입니다. 그렇지 않으면 잡감 몇 편으로 사람의 목숨을 빼앗을 수도 있지요. 죄에 벌을 주려는 민중의 마음은 군벌 못지않습니다. 요즘 좀 개혁 성격을 띤 주장이라도 사회에 별로 영향이 없어야 "쓸데없는 말"이 되어 그대로 내버려두지 만일 효과가 있으면 그 사람은 고초를 겪거나 죽임을 당할 것입니다.

말을 적지 않게 했군요. 마무리할 때가 된 듯싶습니다. 선생님께서는 전혀 냉소나 악의가 없었기에 저 역시 성실하게 답장을 드리는 겁니다.

---

[7] 당유임(唐有壬, 1893~1935년)은 호남성 류양(劉陽) 사람으로서 《현대평론》에 늘 글을 썼다. 나중에 왕정위에게 붙어 국민당 정부 외교부 차장을 지냈다. 이름난 친일파이다.

[8] 《화개집》에 수록된 "이것과 저것"의 제3절 "선두와 꼴찌"에서 나오는 말로서 여기서 말하는 "변절자"란 구제도에 대한 반역자를 말한다.

물론 반은 불평만 늘어놓았지요. 하지만 제가 성명하고 싶은 것은, 앞에서 한 말에는 겸손함이 없다는 것입니다. 저도 제 자신을 잘 알고 있습니다. 저는 제 자신을 해부할 때도 남을 해부할 때처럼 사정을 두지 않습니다. 악의로 가득 찬 이른바 비평가 몇이 애써 탐색했지만 저의 진정한 병증을 찾아내지는 못했습니다. 그래서 이번에 제가 좀 알려주는 바입니다. 물론 좀만 말하고 대부분은 감추었지요.

  이제 할 말은 다 한 것 같습니다. 공포가 가시면 뭐가 올지 저는 알 수 없습니다. 아마 좋은 것은 아니겠지요. 하지만 저는 늘 쓰던 방법대로 자신을 마비시키고 잊어버릴 것입니다. 이렇게 발악을 하면서도 저는 앞으로 얘기할 "담담한 핏자국 속에서" 뭘 좀 보고 종이에 옮길 생각입니다.

루쉰. 9월 4일

  (이 글은 1927년 10월 1일 상해《북신(北新)》주간 제49, 50 합본에 발표되었음.)

미움 죄

이것은 새로 생겨난 세상물정이다.

법률에서는 수많은 죄명들을 모두 그럴듯한 문구로 이름을 지었지만, 단 한마디로 포괄한다면 "미움 죄"라고 할 수 있다.

이를테면 누군가 미워서 골탕을 한 번 먹이고 싶으면 이와 같은 방법을 쓸 수 있다.

만일 광주라는 고장이고 또 "공산당을 숙청하기" 전이라면 슬그머니 그 사람을 무정부주의자라고 선전한다. 그러면 공산 청년들은 그를 "반혁명"이고 죄가 있다고 할 것이다. 만약 "공산당을 숙청한" 뒤라면 그를 CP[1]나 CY[2]분자라고 하면 되고 증거가 없으면 그를 "공산당 편"이라 지목하면 된다. 그렇게 되면 국민당 숙청위원회에서는 자연히 그를 "반혁명"이고, 유죄로 판정할 것이다.

정말 어쩔 방법이 없다면 다른 구실을 만들어 법에 걸면 된다. 하지만 이 방법은 좀 번거롭다.

전에 나는 죄를 졌기에 총살당하고 감옥에 갇히는 것이라고 생각했다. 그러나 지금 보니 그들 가운데 많은 사람들은 남의 "미움을 사서" 결국 죄

|1| 공산당(Communist Party)의 영어 약자이다.
|2| 공산주의청년단(Communist Youth League)의 약자이다.

를 뒤집어쓴 것이라는 것을 알게 되었다.

　죄인 가운데는 "미움 죄"를 진 사람이 많다고 해야 할 것이다.

1927년 9월 14일

느낌의 단편들(小雜感)

꿀벌은 침을 한번 사용하면 생명을 잃는다. 시니스트(Cinist: 견유주의자)는 침을 한번 사용하면 생명이 연장된다.

그들은 이처럼 다르다.

J. S 밀은 독재는 사람을 냉소자로 만든다고 했다.

하지만 공화제도 사람들을 침묵자로 만든다는 것을 그는 알지 못했다.

전쟁에 나가려면 군의관이 되는 게 좋고 혁명을 하려면 후방에서 일하는 게 좋고 살인을 하려면 하수인이 되는 게 좋다. 그래야 영웅이 되면서도 안전하다.

유명 학자와 이야기를 할 때는 그가 말하는 내용에 가끔 모를 곳이 있는 척해야 한다. 너무 모르면 업신여기게 되고 너무 잘 알면 미워한다. 가끔 모르는 곳이 있어야 서로에게 가장 적절하다.

세상 사람들은 지휘도가 무사들만 지휘하는 줄만 알고 있지 문인도 지휘할 수 있다는 것은 생각지도 못한다.

또 강연록이다. 또.

하지만 유감스럽게도 그가 왜 이전과는 많이 달라졌는지는 말하지 못하고 있다. 그리고 강연을 할 때 자신도 자신이 한 말을 다 믿지 않는다는 점도 바로 말하지 못하고 있다.

이전에 잘 살았던 사람들은 이전으로 돌아가려 하고 지금 잘 사는 사람은 지금이 유지되면 좋고 잘 살아본 적이 없던 사람은 혁신하려고 한다.

대체로 이러하다. 대체로!

그들이 말하는 복고란 그들이 기억하고 있는 몇 해 전으로 돌아가려는 것이지 결코 우, 하, 상, 주 시대로 돌아가려는 것이 아니다.

여자의 천성에는 어머니로서의 본성이 있고 딸로서의 본성을 갖고 있지만 아내로서의 본성은 갖고 있지 않다.

아내의 본성은 핍박에 의해 생긴 것으로서 어머니의 본성과 딸로서의 본성이 어우러진 것이다.

속지 말자.

스스로 도둑이라고 말하는 사람은 방비할 필요가 없다. 이들은 오히려 좋은 사람일 때가 많다. 스스로 정인군자라고 말하는 사람은 반드시 방비해야 한다. 이들은 오히려 도둑일 경우가 많다.

아래층에서는 한 사내가 병으로 죽어가고 있는데 그 옆집의 축음기에서는 노래가 흘러나오고 건너편 집에서는 아이를 달래고 있다. 위층에서는 두 사람의 미친 듯한 웃음소리가 들려오고 또 마작 노는 소리가 들려온다. 강 위의 배에서는 어머니의 죽음을 두고 딸이 통곡을 하고 있다.

인류의 슬픔과 기쁨은 서로 서로 통하지 않는다. 나에게는 그들이 소란스럽기만 할 뿐이다.

누더기를 걸친 사람이 지나가면 발바리가 컹컹 짖어댄다. 기실 이것이 꼭 주인이 시켜서 짖는 것은 아니다.

발바리는 종종 주인보다도 더 사납다.

아마 헌 옷을 입지 못하게 할 날이 올 것이다. 헌 옷을 입은 사람은 공산당이니까.

혁명하는 사람, 혁명을 반대하는 사람, 혁명을 하지 않는 사람.

혁명하는 사람은 혁명을 반대하는 사람에게 죽는다. 혁명을 반대하는 사람은 혁명하는 사람에게 죽는다. 혁명을 하지 않는 사람은 혁명하는 사람으로 몰려 혁명을 반대하는 사람에게 죽지 않으면 혁명을 반대하는 사람으로 몰려 혁명하는 사람에게 죽는다. 또는 이것도, 저것도 아니어서 혁명하는 사람에게 죽거나 혁명을 반대하는 사람에게 죽는다.

혁명, 혁명에 대한 혁명, 혁명에 대한 혁명의 혁명, 혁명에 대한 혁명의 혁명에 대한……

사람이 외로우면 창작을 하게 되고 마음이 비었을 때는 창작이 있을 수 없다. 아무 것도 사랑하지 않기 때문이다. 창작의 원천은 사랑이다.

양주[1]에게는 저서가 없다.

창작이 비록 자신의 마음을 토로한다지만 늘 남에게 보이고 싶어 한다.

창작은 사회성을 띠고 있다.

---

[1] 양주(楊朱)는 전국시대 사상가로서 세상에 남아 있는 저서가 없고 그의 언론은 《맹자》, 《장자》, 《한비자》와 같은 책에 흩어져 나온다.

하지만 친구나 애인 한사람만 보아도 만족스러울 때가 있다.

사람들은 흔히 중을 미워하고 비구니를 미워하고 회교도를 미워하고 기독교를 미워하지만 도사는 미워하지 않는다.
이 이치를 아는 사람이면 중국을 거의 다 안다고 할 수 있다.

무릇 당국에 의해 "처단"되는 사람은 모두 "죄"가 있다.

유방은 폭정에 반기를 들고 진나라를 멸망시키면서 백성에게 세 가지 법규[2]를 약속한다.
하지만 나중에는 진나라와 마찬가지로 여전히 구족을 멸하고 책을 금지하였다.
세 가지 약속이란 말마디에 지나지 않는다.

반팔을 보면 금방 하얀 위팔을 상상하면서 나체를 상상하고 성기를 상상하고 성교를 상상하고 난교를 상상하고 사생아를 상상한다.
중국인의 상상력은 이 점에서만큼은 이처럼 비약한다.

1927년 9월 24일

|2| "사람을 죽이면 목숨을 뺐고 사람을 상하게 하면 징벌하고 도적과 강도는 죄를 다스린다." 라는 내용이다.

문학과 땀

　상해의 어느 한 교수가 문학을 강의할 때, 문학은 영원히 변하지 않는 인간성을 묘사해야지 그렇잖으면 오래가지 못할 것이라고 말하였다.[1] 그러면서 영국의 셰익스피어와 그 밖의 몇몇 작가는 영구불변의 인간성을 그렸기 때문에 오늘날까지도 작품이 전해지지만 그렇지 못한 다른 사람의 작품은 모조리 사라졌다고 실례를 들었다.

　이거야말로 "네가 말하기 전에는 오히려 똑똑히 알고 있었는데 네 말을 들으면 들을수록 얼떨떨해진다."고 해야겠다. 영국에는 오늘날까지 전해 내려오지 않는 이전의 글들이 많을 줄로 나는 알고 있다. 하지만 그 글들이 영구불변의 인간성을 그리지 않아서 사라진 줄은 정말 아직 모르고 있었다. 그런데 오늘 이 일을 알고 나니 그 사라진 글들을 지금의 교수가 어디서 보았고 어떻게 그들이 누구도 영구불변의 인간성을 쓰지 않았다고 단정할 수 있는지를 이해할 수 없다.

　전해 내려오면 좋은 문학이고 사라지면 나쁜 문학이다. 천하를 빼앗으면 왕이고 천하를 빼앗기면 도적이다. 이런 중국식의 역사론이 중국인의

|1| 양실추를 가리킨다. 그는 1926년 10월 27일과 28일에 《신보부간(晨報副刊)》에 쓴 《문학비평을 말하노라》라는 글에서 "물질의 상태는 변동하고 인생의 태도는 서로 다르다. 하지만 인간성의 소질은 보편적이며 문학에 대한 이해는 고정되어 있다. 때문에 위대한 문학작품은 시대와 지역의 시련을 이겨낸다. 그것은 보편적인 인간성이 모든 위대한 작품의 토대로 되기 때문이다."라는 문예비평의 근본사상을 내놓았다.

문학론에도 통하는 것일까?

그리고 인간성이 영원히 변하지 않을까?

유인원, 유원인, 원시인, 고대인, 현대인, 미래인,…… 만약 생물이 정말 진화하는 것이라면 인간성도 영원히 변하지 않을 순 없다. 유원인은 그만두고라도 원시인의 성격이 도대체 어떠했는지를 우리가 짐작하기 몹시 어려울 것이다. 또한 우리의 성격을 미래인이 반드시 안다고 할 수는 없다. 영구불변의 인간성을 그리기란 그야말로 어려운 일이다.

땀을 예로 들어보자. 땀은 옛날 사람도 났고 지금 사람도 나며 앞으로도 얼마 동안은 날 터이니 그런대로 "영구불변의 인간성"이라 할 수 있을 것이다. 하지만 "바람에도 쓰러질 것 같은" 아가씨가 흘리는 땀은 향기롭고 "소처럼 우둔한" 노동자가 흘리는 땀은 역겹다. 그러면 세상에 오래 남을 글을 쓰거나 세상에 오래 이름을 남길 문학가가 되려면 향기로운 땀을 써야 할까, 아니면 역겨운 땀을 써야 할까? 먼저 이 문제를 해결하지 않는다면 장차 문학역사에서 차지할 지위가 그야말로 "아슬아슬 위태로워질" 것이다.|2|

듣는 말에 의하면 영국의 소설도 옛날에는 대체로 마님과 아가씨들이 보라고 썼다고 하니 물론 그 가운데는 향기로운 땀이 많았을 것이고 19세기 후반에 들어서 러시아문학의 영향을 받아 역겨운 땀을 꽤 많이 쓰기도 했다고 한다. 그런데 어느 것이 명이 더 길었는지는 지금 알 수 없다.

중국에서는 도사한테서 도에 관한 이론을 듣거나 비평가한테서 글에 대한 이론을 듣노라면 땀구멍에 소름이 돋으면서 땀이 감히 나오질 못한다.|3| 하지만 오히려 이것이야말로 중국의 "영원히 변하지 않는 인간성"일지도 모른다.

1927년 12월 23일

|2| "아슬아슬 위태롭다"는 말은 《맹자 · 만장》에 나오는 말로 "천하가 위태로워 아슬아슬하다."고 하였다.

|3| "땀이 감히 나오질 못한다."는 말은 《세설신어(世說新語) · 말》에 나오는 구절로서 "부들부들 떨려서 땀이 감히 나오질 못했다."고 하였다.

삼한집

깡패의 변천

공자나 묵자나 모두 살던 세상에 불만이 많아서 개혁을 하려고 하였다. 하지만 그 제일보는 임금을 설득하는 일이었고 임금을 굴복시키기 위한 도구는 모두 "하늘"이었다.

공자의 제자들은 선비였고 묵자[1]의 제자들은 협자였다. "선비(儒)는 부드러우니(柔)"[2] 물론 위험은 없다. 하지만 협자는 성실하기 때문에 묵자의 말류(末流)들은 "죽음"을 궁극적인 목표로 삼기에 이르렀다.[3] 그리고 나중에는 진짜로 성실한 자는 차츰 다 죽어버리고 교활한 협자만이 남았다. 한나라에 이르러 대 협자들은 위험에 대비하여 귀족이나 대관에게 뇌물을 바친다.

사마천은 "선비는 글로 법을 어지럽히고 협자는 무력으로써 금기를 범한다."고 하였다. "어지럽히는" 것과 "금기를 범하는" 것은 절대 "반란"이

|1| 묵자(墨子, 기원전 약 468~376년) 이름은 적(翟)이고 춘추전국시기 노나라 사람이며 묵가학파의 창시자이다. 제자들이 그의 언행을 모아 《묵자》라는 책에 수록하였다. 묵자의 제자들은 대부분 무예를 숭상한다. 묵자가 죽은 뒤 그의 학파는 분열이 생겨 송견(宋鈃), 허행(許行)을 대표로 정통파가 되었다. 진한(秦漢)시기에 이르러 떠돌이 협객으로 된다.

|2| "선비는 부드러우니", 《설문해자(說文解字)》에서 나오는 글로 "儒者, 柔也, 術士之稱." 이라고 해석하였다.

|3| "죽음" 이란 여기서는 떠돌이 협객들 가운데서 유행되는 이른바 "말을 했으면 신용을 지켜야 하며 행동은 반드시 결단성 있게 하며 이미 한 약속은 반드시 실행하여 성실함을 보여야 하며 목숨이라도 내놓아야 한다." 는 의협정신을 말한다. 이 협객들은 흔히 어느 권세가에 의해 양육되었고 "선비는 자신을 알아주는 사람을 위해 목숨 바친다." 는 도덕관념을 갖고 있다.

아니다. 하물며 "5후(五侯)"[4]와 같은 대감이 뒤에 있음에랴.

"협자"란 말은 점차 사라지고 도적이 생겨났다. 하지만 협자와 같은 부류로서 그들이 내건 기발은 "하늘을 대신하여 도를 행하는" 것이었다. 그들은 천자가 아니라 간신배를 반대하였고 장수나 대감이 아니라 평민을 노략질하였다. 이규가 사형장을 습격할 때 도끼를 휘둘러 손에 잡히는 대로 머리를 잘랐는데 목이 잘린 사람은 구경 나온 백성들이었다.《수호전》에서는 분명히 말했다. 천자를 반대하는 것이 아니기에 대군이 오자 귀순하였고 국가를 대신하여 다른 강도, "하늘을 대신하여 도를 행하지 않는" 도적을 치러 갔다. 따지고 보면 비굴한 노예이다.

만주인이 산해관을 넘어오면서 중국은 점차 굴복되었다. "협기(俠氣)"가 있는 사람마저도 감히 도적이 될 마음을 먹지 못했고 간신을 질책할 엄두나 천자를 위해 힘을 바칠 엄두를 내지 못하고 좋은 관리나 흠차대신을 따라다니며 경호를 하고 도적 잡으러 다녔다.《시공안(施公案)》[5]은 아주 분명하게 말해주고 있다. 그리고《팽공안(彭公案)》[6]이나《칠협오의(七俠五儀)》[7]와 같은 책이 지금까지도 없어지지 않고 있다. 그들은 출신이 깨끗하였고 과거에도 오점이 없었다. 비록 황제의 밑에 있긴 하지만 평민의 위에 있고 황제의 명을 받드는 한편 세도를 부릴 수 있었다. 안전이 그만큼 보장된 이상 비굴함도 그만큼 더해지게 된다.

하지만 도적이 되면 관병에게 얻어맞고 도적을 잡더라도 강도에게 얻어맞는다. 그러니 아주 안전한 협객이 되려는 생각은 모두 타당하지 않다. 그래서 깡패가 있게 된 것이다. 스님이 술을 마시면 그들이 나서서 두

---

[4] 한성제(漢成帝) 유오(劉驁)가 하평(河平) 2년(기원전 27년) 외척 왕담, 왕봉시, 왕근, 왕립, 왕상 다섯 형제를 같은 날 후(侯)로 봉하였는데 당시 "5후"라고 불렀다. 한서, 유협전의 기재에 따르면 "5후" 들은 많은 유협지사(儒俠之士)를 길렀다.

[5] 《시공안(施公案)》, 청조 공안소설로서 작자는 알 수 없다.

[6] 《팽공안(彭公案)》, 청나라 시기의 공안소설로서 작자는 서탐몽도인(署貪夢道人)이다.

[7] 《칠협오의(七俠五儀)》, 원명은 《삼협오의(三俠五義)》로서 청조 의협소설이다.

들겨 패고 남녀가 간통하면 그들이 나서서 붙잡고 사창이나 밀매자를 보면 그들이 나서서 모욕하는데 풍기를 잡기 위해서이다. 조계지의 법을 모르는 시골 사람을 그들이 나서서 업신여기는 것은 무지함을 깔보기 때문이고 머리를 자른 여인에게 욕설을 퍼붓고 사회개혁자를 증오하는 것은 질서를 보물처럼 사랑하기 때문이다. 하지만 그 뒤에는 전통이라는 뒷심이 있고 적수가 모두 세력이 큰 강적이 아니기에 그들에게 횡포한 짓을 할 수 있는 것이다. 지금 나온 소설에는 이와 같은 전형을 쓴 책이 없다. 유독《꼬리 아홉의 거북(九尾龜)》[8]에 나오는 장추곡(章秋谷)이라는 인물만이 자신이 기생을 괴롭히는 까닭은 기생이 사람들을 사취하기 때문에 징벌을 주는 것이라는 따위의 말을 하는데 좀 가깝기는 하다.

　지금보다 더 못해진다면 아마 이런 부류의 인물이 문예서적의 주역이 될 것이다. 나는 "혁명문학가" 장자평(張資平) "씨"가 근작을 써내기를 기다리고 있다.

　(1930년 1월 1일 상해《새싹 월간(萌芽月刊)》제1권 제1호에 발표되었다.)

|8| 《꼬리 아홉의 거북(九尾龜)》, 장춘범(張春范)이 지은 소설로서 기생들의 생활을 묘사하였다.

소리 없는 중국
- 2월16일 홍콩 청년회에서 한 강연

　별로 들을 만한 강연도 아닌데 큰 비까지 무릅쓰고 이처럼 많이 와 주
셔서 먼저 정중하게 감사를 드려야겠습니다.

　오늘 제가 강연하고자 하는 제목은 "소리 없는 중국"입니다.

　지금 절강, 섬서에서는 모두 싸움을 하고 있습니다.|1| 그곳 인민들이
눈물을 흘리는지 웃는지 우리는 모릅니다. 홍콩은 아주 태평스러운 것 같
습니다. 여기 사는 중국 사람들이 편안한지 아니면 별로 편안하지 않은
지, 다른 사람들도 모릅니다.

　자신의 사상과 감정을 발표하여 남에게 알리려면 문장을 써야 합니다.
하지만 보통 중국 사람들은 문장으로 뜻을 발표할 수 없습니다. 이건 누
구를 탓할 바도 못 되지요. 그 문자는 무엇보다 우리들의 조상이 물려준
무서운 유산이기 때문입니다. 사람들이 여러 해 공력을 들여 배워도 장악
하기 어렵습니다. 어렵기 때문에 많은 사람들은 아예 배우지 않습니다.
심지어 자신의 성씨마저도 장(張)씨라고 써야 할지 장(章)씨 라고 써야 할
지를 모르거나 또는 쓸 줄도 모릅니다. 또는 창(chang)씨라고 말하기도 합
니다. 비록 말할 수는 있지만 그것은 몇 사람밖에 들을 수 없고 멀리 있는

|1| 1926년 말부터 1927년 초까지 군벌 손전방(孫傳芳)이 절강에서 진의(陳儀), 주봉기(周鳳岐)의 군대를 공격한
전쟁과 1926년 12월 풍옥상(馮玉祥)의 국민군이 섬서에서 군벌 오패부(吳佩孚)를 공격한 전쟁을 말한다.

사람은 알 수 없습니다. 결국 소리 없는 것과 마찬가지지요. 또 어렵기 때문에 어떤 사람들은 보물로 여기면서 재주를 부리듯이 "지호자야(之乎者也)"하니까 몇 사람만 알아듣습니다. 기실은 정말 아는 건지 모르겠지만 대다수 사람들이 알아듣지 못하니 결국 역시 소리 없는 것이나 다름없습니다.

문명인과 야만인을 구별하는 표준의 하나로 문명인은 문자로 자기의 사상과 감정을 대중에게 전달하고 미래에 전달할 줄 아는 것입니다. 중국에는 비록 문자가 있지만 지금은 이미 사람들과 별 상관이 없습니다. 알기 어려운 고문을 쓰고 낡아빠진 옛 의미를 말하니 모든 소리가 다 지나간 얘기이고 모두 하나마나한 것입니다. 때문에 사람들은 서로 요해할 수 없어 마치 흩어진 모래와 같습니다.

글을 골동품으로 삼고 남이 알 수도, 배울 수 없는 것으로 만든다면 아마 재미있는 일일 수도 있지요. 하지만 결과는 어떻게 되겠습니까? 우리는 하고 싶은 말을 할 수 없게 될 것입니다. 해를 입거나 모욕을 당해도 해야 할 말을 하지 못하게 됩니다. 요즘 일어난 일을 실례로 들자면 중일전쟁|2|이나 의화단 사건|3|, 신해혁명|4|처럼 큰 사건이 있어났지만 이런 사건에 대해 지금까지 볼만한 저작 하나 써냈습니까? 민국이 성립되고 나서도 소리를 내는 사람이 없습니다. 오히려 외국에서 중국에 대한 말을 자주 하고 있습니다. 하지만 그것은 중국사람 자신의 목소리가 아니라 남의 목소리입니다.

말을 할 수 없는 이 결함이 명나라 때에는 지금처럼 심하지 않았습니다. 사람들은 그래도 하고 싶은 말을 나름대로 할 수 있었습니다. 그러다가 만주인이라는 다른 민족이 중국을 침략하면서부터 역사를 말하는 사

|2| 1894년 일본이 중국을 침략한 갑오중일 전쟁을 말한다.

|3| 1900년 제국주의 침략을 반대하여 중국 농민이 주체로 된 의화단을 성립하고 투쟁을 벌였다.

|4| 1911년 손중산의 영도 아래, 무창에서 무장봉기를 일으켜 만청정부를 뒤엎고 민국을 건립하였다.

람, 더욱이 송나라 말년의 일을 말하는 사람은 살해당하였고 시사를 말하는 사람도 피살되었습니다. 때문에 건륭 시대에는 인민대중이 감히 글로 말할 엄두도 내지 못했습니다. 이른바 글을 읽은 사람들은 숨어서 경서나 읽고 고서나 교정하고 현실과는 아무 관련이 없는 옛날 문장이나 쓰며 살았습니다. 새로운 의미가 좀 있어도 안 되었습니다. 한유|5|를 배우거나 소식|6|을 따라야 했습니다. 한유와 소식은 자신의 글에 당시 하고 싶었던 말을 하였으니 물론 좋지요. 하지만 우리는 당나라, 송나라 사람도 아닌데 왜 우리와 아무 상관이 없는 시대의 글을 써야 합니까? 설사 비슷하게 썼다 해도 그것은 당나라, 송나라 시대의 목소리이고 한유나 소식의 목소리이지 우리 현시대의 목소리가 아닙니다.

하지만 지금까지도 중국 사람들은 이따위 옛 재주나 부리고 있습니다. 사람은 살아있는데 소리가 없으면 쓸쓸하기 짝이 없겠지요. 사람이 목소리가 없을 리 있습니까? 없다면 그것은 죽은 것입니다. 좀 예의 있게 말한다면 이미 벙어리가 된 것입니다.

몇 년째 목소리를 내지 않는 중국을 부활시키려면 쉬운 일이 아닙니다. 이미 죽은 사람에게 "살아나라!"고 명령하는 것이나 다름없을 것입니다. 나는 비록 종교에 대해 모르지만 이것은 종교에서 말하는 이른바 "기적"이 일어나기를 바라는 것과 같습니다.

맨 먼저 이런 시도를 한 것은 "5.4운동" 전해에 호적지|7| 선생이 창도한 "문학혁명"입니다. "혁명"이라면 여기서는 무서워하지 않지만 어떤 곳에서는 듣기만 해도 겁을 먹습니다. 하지만 문학이라는 두 글자와 이어진 "혁명"은 프랑스에서 일어난 "혁명"처럼 그렇게 무섭지 않습니다. 이것은 혁신에 지나지 않으므로 우리는 글자 하나만 바꾸어 "문학혁신"이라고 부

|5| 한유(韓愈, 768~824년) 자는 퇴지(退之)이고 당나라 저명한 문학가이다.
|6| 소식(蘇軾, 1037~1101년) 자는 자첨(子瞻)이고 송나라의 저명한 문학가이다.
|7| 호적지(胡適之, 1891~1962년) 이름은 적(適)이고 자가 적지이다. "5.4" 시기 신문화운동의 대표 인물이다.

드럽게 부릅니다. 중국의 문자에는 이와 같은 양식이 아주 많습니다. 크게 말하는 의미도 무섭지 않아서, 애써서 죽은 고대 사람들의 말을 배워 쓰지 말고 살아 있는 현대 사람의 말을 하며 글을 골동품으로 보지 말고 알기 쉬운 보통말로 글은 쓰자고 말하고 싶습니다. 하지만 문학혁신만으로는 부족합니다. 부패한 사상은 고문으로 쓸 수 있고 현대문으로 쓸 수도 있기 때문입니다. 그래서 나중에 사상혁신을 제창하는 사람이 나타났습니다. 사상혁신은 사회혁신을 일으키는 결과를 가져옵니다. 이 운동이 발생하기만 하면 자연히 대립이 있게 되는데 그러면 싸움이 벌어지게 됩니다.……

하지만 중국에서는 금방 문학혁신을 제기하자 반동이 생겼습니다. 하지만 현대문은 별로 저애를 받지 않고 점차 파급되기 시작했습니다. 이게 어찌 된 일일까요? 그것은 당시 또 전현동 선생이 나서서 한자를 폐지하고 로마문자로 대체하자고 제창했기 때문입니다. 이 역시 문자혁신에 지나지 않는 보통 일이지만 개혁을 싫어하는 중국 사람들은 그 말에 그만 야단이 났습니다. 그래서 좀 온화한 문학혁명은 내버려두고 전현동만 기를 쓰고 반대한 것입니다. 이 기회에 현대문에는 많은 적이 줄어 오히려 반대세력이 없어지고 유행할 수 있게 된 것입니다.

중국 사람은 어울리고 절충하기를 좋아하는 성격입니다. 이를테면 이 방안이 너무 어두워 반드시 창문을 내자고 하면 사람들은 절대 허락하지 않을 겁니다. 하지만 이 지붕을 헐어버리자고 하면 사람들은 서로 기분이 상하지 않게 창문을 내자고 합니다. 만약 더 격렬한 주장이 없다면 온화한 개혁마저도 하려 하지 않을 것입니다. 그때 현대문이 순조롭게 보급될 수 있었던 것은 중국 문자를 폐지하고 로마문자를 쓰자는 여론이 있었기 때문입니다.

기실 고문과 현대문의 우열에 대한 논쟁은 벌써 끝나야 했습니다. 그러나 중국에서는 언제나 일을 빨리 해결하는 것을 좋아하지 않습니다. 지금까지도 무의미한 논의들이 계속되고 있지요. 이를테면 고문은 다른 여러 성에 있는 사람들이 다 알고 있지만 현대문은 각 지방마다 서로 달라서 오히려 서로 이해하지 못하고 있다고 말합니다. 하지만 교육이 보급되고 교통이 발달되면 이 문제는 해결될 것이고 그렇게 되면 누구나 다 알기 쉬운 현대문을 쓸 수 있게 될 것입니다. 고문을 다른 여러 성에 있는 사람들이 다 알고 있는 것이 아니라 한 성에서도 아는 사람이 많지 않습니다. 그리고 만약 모두 현대문을 쓴다면 고서를 볼 수 없게 되며 중국의 문화가 멸망할 것이라고 말하는 사람도 있습니다. 기실 지금 사람들은 전혀 고서를 볼 필요가 없습니다. 고서에 정말 좋은 것이 있다고 하더라도 번역하면 되기에 그렇게 벌벌 떨 필요가 없습니다. 또 이렇게 말하는 사람도 있습니다. 외국에서 중국의 책을 번역하고 있는 걸 보면 중국 문화가 좋다는 것을 충분히 알 수 있는데 어찌 우리 스스로가 보지 않을 수 있느냐고 말입니다. 하지만 외국인들은 이집트의 고서를 번역할 뿐만 아니라 아프리카 흑인의 신화도 번역하고 있는데 그들은 따로 필요해서 그러는 줄을 이들은 모르고 있습니다. 설사 번역한다 하더라도 자랑스러워 할 일이 아닙니다. 근년에 또 한 가지 논조가 있는데 사상혁신이 중요하고 문자개혁은 다음이기에 좀 쉬운 고문으로 새 사상이 담긴 글을 쓰면 심한 반대는 받지 않을 것이라는 주장입니다. 이 논조는 도리가 있는 듯 보입니다. 하지만 누구나 알고 있다시피 긴 손톱마저도 자르려 하지 않는 사람이 변발을 자를 리가 없지요.

우리는 사람들이 알아들을 수 없고 듣지도 않는 고대의 말을 하기 때문에 이미 모래처럼 흩어져 있고 아프든 가렵든 서로 관심이 없습니다. 우리가 생존해 나가려면 우선 청년들이 더는 공자, 맹자와 한유, 유종원[8]

---

[8] 유종원(柳宗元, 773~819), 자는 자후(子厚)이고 하동(지금의 산서성 운성현) 사람으로서 당나라 문학가이다. 저작으로는《유하동 문집(柳河東集)》등이 있다.

의 말을 하지 않도록 해야 합니다. 시대가 달라졌기에 상황도 같지 않습니다. 공자 시대의 홍콩은 이렇지 않았고 공자의 입에 맞는 "홍콩론"은 있지도 않으며 그가 "어허, 부유하도다, 홍콩이여."라고 했다면 정말 우스개에 지나지 않습니다.

우리는 현대의 말을 해야 하며 자신의 말을 해야 합니다. 살아 있는 현대문으로 자기의 사상과 감정을 솔직하게 말해야 합니다. 하지만 이 역시 선배 선생들의 비웃음을 살 것입니다. 그들은 현대문을 비천하고 가치가 없다고 합니다. 그들은 젊은이들의 작품은 유치하고 세상 사람들의 웃음 꺼리라고 말합니다. 우리 중국에 고문으로 글을 지을 수 있는 사람이 얼마나 되겠습니까? 나머지는 모두 현대어 밖에 할 줄 모릅니다. 그러면 이처럼 많은 중국 사람이 모두 비천하고 값이 없다는 겁니까? 유치하다면 그것은 부끄러운 일이 아닙니다. 노인 앞에서 어린애가 부끄러움을 타야 할 이유가 없지요. 유치한 것은 자라서 성숙합니다. 노쇠하고 부패해지지만 않으면 됩니다. 만약 제법 노련해진 뒤에야 행동할 수 있다고 말한다면 시골 아낙네도 그처럼 어리석지 않습니다. 자식이 걸음마를 배우다가 넘어졌다고 해서 애를 그냥 침대에 누워 있게 하다가 걸음을 다 배운 뒤에 바닥에 내려오라고 하지는 않을 것입니다.

청년들은 우선 중국을 소리 있는 중국으로 만들어야 합니다. 대담하게 말하고 용감하게 행동에 옮기며 그 어떤 이해에도 얽매이지 말고 옛 사람을 밀어버리고 참된 마음의 말을 해야 합니다. ‒ 참되기란 물론 쉽지 않습니다. 이를테면 참된 태도를 갖기란 쉽지 않지요. 강연을 할 때 나의 태도는 참된 태도가 아닙니다. 친구나 자식에게 말할 때는 이런 태도가 아니기 때문입니다. ‒ 하지만 그래도 좀 참된 말은 할 수 있고 좀 참된 목소리를 낼 수 있습니다. 참된 목소리만이 중국의 사람과 세계의 사람들을 감동시킬 수 있으며 참된 목소리가 있어야만 세계의 사람들과 이 세상을 함께 살아갈 수 있습니다.

지금 소리 없이 사는 민족이 얼마나 되는가 한번 생각해봅시다. 이집트 사람들의 목소리가 들리겠지요? 안남, 조선 사람들의 목소리가 들리겠지요? 인도는 타골|9|을 내놓고 다른 목소리가 있지 않습니까?

우리 앞에는 두 갈래 길 뿐입니다. 하나는 고문을 부둥켜안고 죽어버리는 것이고 다른 하나는 고문을 버리고 생존해나가는 길입니다.

(1927년 3월 23일 한구《중앙일보》문예면에 옮겨 실음)

|9| 타골(1861~1941년) 인도의 저명한 시인으로서 노벨 문학상을 받은 사람이다.

통신(Y의 편지를 함께)

　루쉰 선생님.

　정신도 육체도 이미 이 지경으로 지쳐 있는 ─ 아마 이 이상 더 지칠 수는 없고 뭐라 형용할 수도 없습니다.─ 저로서는 병든 몸을 겨우 지탱하면서 "어르신"에게 마지막으로 외치고 싶습니다. 아니, 구원을 청한다고 해도 되고 심지어 경고한다고 할 수도 있습니다.

　선생님 스스로도 알고 계시지만, 선생님은 술자리를 마련하고 "술에 취한 새우"요리를 만든 분이십니다. 저는 그 "술에 취한 새우" 가운데 한 사람이고요.

　저는 원래 소부르주아계급의 귀염둥이로서 온실의 꽃처럼 자란 사람입니다. 호의호식하면서 근심걱정 없이 살았지요. 꿈에도 그리던 "사각모자"만 얻는다면 더 부러운 게 없이 만족할 수 있었지요.

　《외침》이 출판되고 《어사》 잡지가 발간되고(아쉽게도 《신청년》시대에는 글을 이해할 수 없었습니다) 《수염을 논함》, 《사진을 찍는 따위의 일을 논함》과 같은 글을 하나하나 읽으면서 저의 신경은 끊임없는 자극을 받았습니다. 저는 그 당시 젊은이들 가운데서도 어린 편이었지만 그 글을 읽으면서 동료들이 천박하고 뭘 모른다고 느껴졌습니다.

　"혁명! 혁명!"하는 선동소리가 끊이지 않고 길에서는 구호가 넘치는 가운데 이른바 혁명세력을 따라 저의 마음도 울렁거렸습니다. 저는 분명 끝려 있었습니다. 물론 저는 천박한 청년들이 싫었고 나라는 생명이 나아가야 할 길을 찾고 싶었습니다. 그런데 인류의 기만성과 허위와 음험한 본성이 또한번 드러날 줄이야 어찌 알았겠습니까? 아니나 다를까 얼마 지나지 않아 군벌과 정객들은 얼굴에 썼던 탈을 벗어버리고 흉악한 본 모습을 드러냈습니다!

저는 "공산당 숙청"이라는 소리에 동조하여 뜨겁게 끓는 마음으로 숙청에 참가하였습니다. 그때는 이런 생각을 했지요. "항상 성실하고 소박한" 제4계급과 "세상을 등진" "거사"들은 그래도 벗으로 삼을 수 있으리라고 말입니다. 그런데 참, 제가 어찌 선생님께서 하신 "중국에 비록 계급이 있기는 하지만 하나같이 벼슬을 해서 돈을 벌려는 생각뿐이다."라는 말을 이해할 수 있었겠습니까! 그리고 돼지보다 더 우둔한 저의 언동을 생각하면(국수주의자들은 이것이 바로 국수라고 생각할지는 모르지만) 제가 기원전에 사는 사람이 아니었던가 하는 의심이 들 정도로 앞길이 막막하고 뭘 어쩌면 좋을지 모르겠습니다.

예리하기로 따지면 실망의 화살처럼 더 예리한 것은 없을 것입니다. 저는 실망했습니다. 실망의 화살이 저의 심장을 꿰뚫었고 저는 피를 쏟았습니다. 침대에서 뒤척이면서 밖을 나가지 않은지 벌써 몇 달째입니다.

그렇습니다. 희망을 잃은 인간은 죽어야 합니다. 하지만 저는 겨우 스물한 살밖에 안 되는 청년으로서 죽을 용기가 없습니다. 그리고 애인도 있습니다. 죽지 않으면 정신적으로나 육체적으로 매 시각마다 고통에 시달리며 살 것입니다. 애인도 생활고에 짓눌려 살고 있습니다. 저는 몇 푼 안 되는 유산마저도 혁명에 "혁명" 당했습니다. 그래서 서로 위로해주지 못하고 있을 뿐만 아니라 마주하면 서로 한숨만 내쉽니다.

아무 것도 몰랐던 때가 행복했습니다. 저의 고통은 알면서 생겨났습니다. 그런데 이 독약을 준 사람은 선생님이었습니다. 저는 완전히 선생님에 의해 만들어진 사람입니다. 선생님, 선생님께서 저를 이렇게 만들어놓

은 이상 아예 앞으로 가야할 최종의 길까지 가르쳐주십시오. 안 되면 저의 신경을 마비시켜 주십시오. 모르는 것이 행복하니까요. 다행히 선생님은 의학을 배우신 분이니 제 "머리를 되돌리기"는 어렵지 않으리라 생각합니다. 그래서 양우춘 선생을 말을 본 따서 "내 머리를 돌려다오!"|1| 하고 외쳐봅니다

끝으로 권고드릴 말이 있습니다. "어르신"께서는 이제 쉴 때가 됐습니다. 저와 같은 청년 몇을 보존하기 위해서라도 더 이상 군벌들에게 입맛을 돋우는 신선한 요리를 만들어 주지 마십시오. 먹고 살기 위해서라면 "옹호"한다거나 "타도"한다는 글을 더 쓰십시오. 선생님의 명성이라면 잘 먹고 잘 살기는 걱정 없을 터이고 "위원"이나 "주임" 자리도 쉽게 얻을 수 있겠지요.

어서요, 어서 가르쳐주십시오! "사람이 변변치 못하여 죄송하다"는 말은 말아주십시오.

《북신》이나《어사》에 답을 주셔도 좋습니다. 그리고 이 편지를 공개하지 말아 주십시오. 웃음을 사지 않도록.

글이 서툴지만 용서하십시오. 병중이라 피로하기 짝이 없습니다.

당신의 피해를 입은 청년 Y로부터

1928년 3월 13일 침상에서

|1| "내 머리를 돌려다오"라는 말은《삼국지》에서 관운장이 한 말로, 형주 싸움에서 패하고 오나라에 잡혀 죽은 뒤에도 "음혼이 흩어지지 않아" "내 머리를 돌려다오" 하고 외쳤다고 한다. 청년작가 양우춘은 이 이야기에 근거하여 《"내 머리를 돌려다오" 및 기타》라는 글을 썼다.

답장(回信)

Y선생께.

답장을 드리기 전에 먼저 사과부터 해야겠습니다. 편지를 공개하지 말라던 선생의 부탁을 지킬 수 없기 때문입니다. 보내주신 편지를 보면 내가 공개적으로 회답하기를 원하고 있는 듯싶은데 만약 선생의 편지 내용을 숨기면 내가 한 말들이 "무슨 감투 끈인지" 도통 알 수 없을 것입니다. 그리고 나는 선생의 편지가 웃음을 사리라 생각지 않습니다. 물론 중국에는 혁명을 위해 목숨 바친 사람도 많고 또 고생을 마다하고 혁명을 계속해나가는 사람도 많습니다. 하지만 혁명을 하면서 복을 누리는 사람도 있습니다. …… 혁명을 하고도 죽지 않았다면 철저하게 혁명을 했다고 할 수 없고 죽은 사람에게 미안할 것입니다. 하지만 살아 있는 사람들은 모두 이해할 것입니다. 운수 땜으로 살 수도 있는 것이고 교활하거나 약삭빨라서 살았을 수도 있겠지요. 그들이 정작 거울을 비춰본다면 아마 영웅의 몰골을 거두어들일 것입니다.

나도 이전에는 글로 밥 벌어 먹을 필요가 없었습니다. 친구의 요청으로 붓을 들게 된 거지요. 하지만 아마 속에 불만이 좀 있었기에 글을 쓰게 된 것 같고 쓰노라니 분노로 말이 과격해져 거의 청년을 선동하는 꼴이 되었지요. 단기서 정권 때, 유언비어를 퍼뜨리는 사람이 꽤나 있었지만 나는 떳떳이 말할 수 있습니다. 우리는 절대 어느 나라에서 주는 루블이나 부자가 주는 돈, 책방에서 주는 원고료를 받고 그 글을 쓰지 않았다고 말입니다. 나는 워낙 문학가로 되고 싶은 생각이 없었기에 동료 비평가들에게 좋은 글이라는 평을 써달라고 한 적도 없습니다. 나의 소설이 수만 부나 팔리리라고는 생각지도 못했습니다.

확실히 중국이 개혁되고 변화가 있기를 바라는 마음은 좀 있었습니다. 나를 전도가 없는 작가이고 "글이 지독한" 작가라고 꼬집는 사람이 있기는 했지만 나는 결코 모든 것들을 말살하지는 않았습니다. 나는 상류층보다는 하류층이 더 낫고 노인보다는 청년이 더 낫다고 생각했기에 내 붓끝의 피를 그들에게 뿌린 적은 없었습니다. 물론 이해관계에 들어서는 그들도 상류층이나 노인들과 별반 다르지 않다고 생각하지만 이와 같은 사회 구조 아래에서는 그럴 수밖에 없는 일임을 알고 있었습니다. 그러잖아도 그들을 공격하는 사람들이 많은데 나까지 돌을 던질 필요가 있겠습니까? 때문에 내가 폭로한 어두운 면은 어느 한 측면일 뿐이고 책을 읽는 청년들의 눈을 가릴 생각은 정말 없었습니다.

이상은 내가 북경에 있을 때 일로서 성방오(成仿吾)의 말처럼 "세상물정을 모르고" 소부르주아계급으로 살던 시절입니다. 하지만 역시 글이 조심스럽지 못하여 밥그릇이 깨지고 북경을 떠나지 않을 수 없었습니다. 이렇게 "폭탄이 아직 떨어지지 않을" 때 "혁명 발상지" 광동까지 가게 됐지요. 광주에서 두 달을 지내며 나는 놀랐습니다. 전에 들었던 소문들은 죄다 거짓이었고 그곳은 군인과 상인이 지배하는 땅이었습니다. 이어 숙청이 있었고 자세한 사실을 신문에서는 별로 보지 못하고 풍문으로만 들었을 뿐입니다. 나는 좀 신경과민이 있어서 그야말로 "모아놓고 죽여 버리는"

|1| "천박한 인도주의"는 정백기(鄭伯奇)가 1923년 말과 1924년 초에 《창조주보(創造周報)》 제33호부터 35호에 연재한 "국민문학론"라는 글에서 "5.4신문화운동"과 "평민문학"을 제창하는 사람들을 비평하면서 한 말로서 그는 "국민의식이 아직 각성되지 않고 국민감정이 아직 불붙지 않는 신 문학가들은 일반 국민의 생활에는 여전히 연구할 흥미를 느끼지 못하고 있다. 결과 천박한 인도주의 작품 몇 편이 나오는 것으로 신문학운동의 제1기는 폐막되었다." 라고 썼다.

꼴이어서 슬프기 짝이 없었습니다. 이런 마음이 "천박한 인도주의"[1]이고 2,3년 전에나 유행되던 생각임을 뻔히 알고 있었지만 소부르주아 근성이 남아 있어서 마음이 자꾸 슬퍼졌지요. 그때는 나도 이런 연회석을 차리고 있는 사람의 하나라는 생각이 들었고 그 생각을 유항 선생에게 드리는 답장에 몇 마디 썼습니다.

나의 이전의 언론은 실패한 것이 분명하고 이것은 내가 일을 밝게 짐작하지 못한 탓입니다. 그 원인을 따지면 아마 내가 여러 해를 "유리창 아래에 앉아서 술 취한 몽롱한 눈으로 인생을 바라본" 탓일 겁니다. 하지만 그처럼 변화무쌍했던 정세는 아마 세계적으로도 드물 것입니다. 이러한 변화를 내가 짐작하지 못하고 글로 묘사하지 못한걸 보면 나의 글이 "독하려면" 아직 멀었다는 걸 말하겠지요. 하지만 그 당시의 상황을 보면 아마 십자거리에 살고 민중 속에 몸을 담고 있었거나 관리로 있으면서 50년 앞을 내다보는 초시대적 혁명문학가일지라도 짐작할 수 없었을 것입니다. 그러기에 전혀 "이론투쟁"을 먼저 할 수 없었던 거지요. 그렇지 않았더라면 많은 사람을 구할 수 있었을 것입니다. 내가 여기서 혁명 문학가 이야기를 꺼내는 것은 사후약방 식으로 그들을 어리석다고 비웃기 위해서가 아닙니다. 내가 하고 싶은 말은 그런 변화가 생길 줄을 짐작하지 못했던 나 역시 독하지 못한 사람이며 그 때문에 생긴 잘못은 내가 누구와 꾸몄거나 내가 뭘 하려고 일부러 남을 속인 것이 아니라는 뜻입니다.

그러나 의도야 어찌 되었건 사실과는 상관이 없습니다. 고생한 사람들 가운데 나의 글을 보고 자극을 받아 혁명에 선뜻 뛰어든 청년도 있으리라 생각하니 가슴이 미어지는 것 같습니다. 이 역시 내가 타고난 혁명가가 아니기 때문일 것입니다. 만약 거물급 혁명가라면 이만한 희생을 문제로 삼지 않겠지요. 무엇보다 내가 살아있기에 영원히 혁명을 지도할 수 있고 나의 지도 없이는 혁명이 성공할 수 없다고 생각할 테니까요. 그러기에 혁명 문학가들은 모두 상해의 외국인 조계지 왼편에 살고 있지요. 정세가 좀만 변해도 서양 사람들이 쳐놓은 철조망이 반혁명문학을 하는 중국과의 사이를 차단해 버리지요. 그 조계지 안에서 연기 없는 화약 −10만량쯤 −을 던지면 꽝하는 소리와 함께 모든 유한계급이 죄다 "오프히벤(aufheben)"하지요.

이런 혁명가들은 대부분 올 들어 대량으로 생겨난 사람들입니다. 여전히 자기의 주장을 내세우고 서로 배척하고 있지만 스스로도 "혁명은 이미 성공했다"는 문학가인지, "혁명이 아직 성공하지 못했다"는 문학가인지를 분간하지 못하고 있습니다. 그러나 내가 《외침》 또는 《들풀》을 쓰고 《어사》를 간행했기에 혁명이 아직 성공하지 못하고 청년들이 혁명하기 싫어한다고 말하는 것 같습니다. 이런 말투는 사람들이 거의 일치합니다. 이것이 올해 혁명문학계의 여론입니다. 나는 이 여론에 화가 나기도 하고 우습기도 하지만 어딘가 기쁘기도 합니다. 혁명을 지체시켰다는 죄를 얻기는 했어도 청년들을 죽음으로 유인했다는 가책은 면할 수 있기 때문입니다. 그렇다면 죽었거나, 다쳤거나, 지금 고초를 겪고 있는 사람들은 모두 나와 상관이 없게 되지요. 전에는 정말 책임을 느끼고 있었습니다. 그래서 다시는 강연도 하지 않고 글도 가르치지 않고 논평도 하지 않고 나의 이름이 사회에서 사라지게 하는 것으로 속죄하려고 했습니다. 그러나 올 들어 마음이 가벼워지니 다시 활동하고 싶더군요. 그런데 뜻밖에 당신의 편지를 받고 그만 마음이 다시 무거워졌습니다.

하지만 지난해처럼 무겁지는 않습니다. 거의 반년 동안 여론을 지켜보고 경험에 비추어보면서 혁명의 여부는 그 사람에게 달려 있지 글에 있지 않다는 것을 알았습니다. 당신은 내가 당신을 중독 시켰다고 하지만 이곳의 비평가들은 내 글이 "비 혁명적"이라고 분명히 말하고 있습니다. 만약 문학이 사람을 움직일 수 있다면 그들은 내 글을 보고는 혁명문학을 하지 않으려고 해야 마땅할 것입니다. 그런데 내 글이 비 혁명적이라고 단정하면서도 마음을 돌리지 않고 혁명문학가가 되려고 한다니 그야말로 글이 사람에게 아무 영향을 미치지 않는다는 걸 알 수 있습니다. 유감스럽다면 혁명문학이라는 패방이 깨진 것이지요. 하지만 저와 생면부지인 선생이 절대 나를 모함하여 넘어뜨리려는 것이 아니리라고 생각되어 다른 원인으로 생각해보고자 합니다.

첫째, 당신은 담이 너무 큽니다. 다른 혁명 문학가들은 내가 어두운 면을 묘사하는 것을 보고 기겁해서 전도가 없다고 생각하기 때문에 돈은 내는 것만큼 이득을 챙기는 생명보험처럼 최종 승리를 따지려 합니다. 그런데 당신은 이를 아랑곳하지 않고 오히려 어둠을 공격했으니 이것이 고생하게 된 원인의 하나이지요. 이미 담이 커졌다면 둘째로 너무 진지한 게 탈입니다. 혁명도 여러 가지 방식이 있지요. 당신은 유산을 혁명 당했다지만 혁명으로 유산을 챙기기도 합니다. 하지만 목숨마저 혁명 당하는가 하면 봉급만 혁명당하기도 하고 원고료를 혁명당하고 혁명가라는 칭호를 헌납하는 사람도 있습니다. 이런 영웅들이 물론 진지한 건 있습니다. 그러나 원래보다 더 잃었다면 그것은 "지나쳤기" 때문이라고 생각합니다. 셋째로 당신은 여전히 미래를 지나치게 밝게 생각하기 때문에 좌절을 당하면 크게 실망합니다. 사전에 꼭 승리할 것이라고 기대하지 않았다면 실패하더라도 고통은 아마 훨씬 적을 것입니다.

솔직히 말하면 지금까지 한 말이 모두 빈말이었습니다. 선생의 개인 문제에 들어서는 정말 어쩔 수 없군요. 이것은 "전진하라, 죽여라, 청년들이여!"라는 활기찬 글로 해결될 일이 아닙니다. 실말은 공개하고 싶지 않습니다. 지금은 어딘가 말 따로 행동 따로 하는 편이 좋지요. 보낸 편지에 주소가 없다 보니 회답을 보낼 수 없어서 몇 마디 할 수밖에 없습니다.

우선 살길을 찾아야 합니다. 수단을 가리지 않는 것이 사는 방법입니다. 잠깐, 지금 어딘가 분명히 해야 할 것이 있습니다. "목적을 위해서는 수단을 가리지 않는다."는 말을 공산당이 입버릇처럼 하는 소리라고 하지만 크게 틀린 말입니다. 세상에 이렇게 하는 사람이 많지만 말만 감추고 있을 뿐이지요. 소련의 인민위원 루나찰스키[2]가 쓴 《해방된 돈키호테》에서 이 수단을 어느 공작이 쓰고 있는데 귀족도 버젓이 쓰는 것임을 알 수 있습니다.

다음으로 애인을 잘 보살펴주십시오. 여론대로라면 이런 말이 혁명의 도리와는 크게 어긋납니다. 하지만 괜찮습니다. 선생이 혁명적인 글 몇 편을 써서 혁명 청년은 연애를 하지 말아야 한다고 주장하면 됩니다. 다만 어느 권위자 또는 적이 와서 죄를 따진다면 역시 죄장으로 되고, 내 말을 쉽게 믿은 걸 후회할 수 있기 때문에 제가 먼저 성명해둡니다만 정말 죄를 씌우려 한다면 이런 구절이 없다 하더라도 그들은 다른 조목을 찾아낼 것입니다. 세상의 일이란 대개 먼저 죄를 정하고 나중에 죄장을 수집하지요.(보통 열 가지를 만듭니다.)

선생, 내가 이런 말을 적는 것은 나의 잘못을 좀 덮기 위해서입니다. 이 하나만으로도 나는 또 수많은 상처를 입을 수 있습니다. 무엇보다 혁명 문학가들이 "허무주의"요, "이 나쁜 놈 같으니"라고 욕할 것입니다. 아이고, 좀만 조심하지 않아도 또 새 영웅의 코에 분칠을 하게 되는군요. 이참에 몇 마디 해명하겠습니다. 이것은 수단을 가리지 않는 수단으로서 무슨 주의가 아니니 너무 놀라지 마십시오. 설사 주의라 하더라도 나는 감히 쓸 수 있고 쓸 것이며 나쁜 놈이라 할 수 없습니다. 내가 나빠진다면 그때는 이 보물들을 뱃속에 넣고 돈을 많이 모아 가지고 안전한 곳에 살면서 다른 사람이 반드시 희생해야 한다고 주장할 것입니다.

선생, 나도 선생을 잠시 쉬라고 권하고 싶습니다. 먹고 살만한 일을 얻

---

[2] 루나찰스키(1875~1933년)는 문학가로서 《예술과 혁명》, 《실증미학의 기초》와 대본 《해방된 돈키호테선생》 등을 썼다. 루쉰은 그의 《예술론》을 번역하여 1929년 상해 대강서점에서 출판하였다.

어 하면 되지요. 하지만 선생이 영원히 "몰락"되기는 바라지 않습니다. 크나 작으나 개혁할 만한 것은 개혁하십시오. 나도 분부대로 "쉴" 뿐만 아니라 놀기도 하겠습니다. 선생께서 경고하지 않았더라도 워낙 이런 생각을 갖고 있었습니다. 더 많은 재미를 찾고 여유를 얻을 것입니다. 설사 무엇을 언급한다 해도 그것은 문자의 소홀함이지 "동기"나 "양심"을 따지면 그렇지는 않습니다. 마지막 종이라 답신을 줄입니다. 그리고 건강을 회복하길 바랍니다.

아무쪼록 애인을 굶기지 마십시오.

루쉰 4월 10일

(이 글은 1828년 4월23일 《어사(語絲)》 제4권 제17호에 발표되었다.)

어떻게 쓸 것인가? – 밤에 쓰는 글 1

　무엇을 쓸 것인가 하는 것은 하나의 문제이며 어떻게 쓸 것인가 하는 것 역시 하나의 문제이다. 올해는 글을 별로 쓰지 않았고 그중에서도 《망원》[1]지에 보낸 글은 더욱 적다. 그 이유는 나 자신이 잘 알고 있다. 말하자면 우습기 짝이 없는 일이지만 종이가 너무 고급스럽기 때문이었다. 어쩌다가 잡감이 떠올라도 자세히 생각해 보면 별로 대단한 의미가 있는 것도 아니라 하얗고 깨끗한 종이를 더럽히기 아까워서 그만두고 만다. 그렇다고 좋은 글이 있어서도 아니다. 나의 머릿속은 그토록 황량하고 천박하고 공허하다.

　물론 이야기할 문제는 얼마든지 있다. 우주와 사회, 국가를 비롯해서 고상한 화제로는 문명이나 문예 같은 것도 있다. 예로부터 수많은 사람들이 이 문제에 대해 이야기해왔고 앞으로도 이야기할 사람이 수없이 많을 것이다. 하지만 나는 그 어느 문제도 이야기하고 싶지 않다. 지난해 하문도에 몸을 숨기고 있을 무렵이다. 남의 미움을 너무 사서 마침내 "귀신을 공경은 하되 멀리하는" 식의 대우를 받아 도서관 위층의 어느 한 방에 모

---

[1] 《망원》은 문예간행물로서 1925년 4월 24일 북경에서 창간되었다. 초기에는 주간지로 《경보》에 붙여 발행되었고 루쉰이 편집하였다. 1926년 1월에 반월간으로 개간하고 미명사에서 출판, 발행하였다. 같은 해 8월 루쉰이 북경을 떠나자 위소원이 편집을 맡았고 1927년 12월에 폐간되었다.

셔졌다. 낮에는 그래도 관원이나, 제본공이나, 열람하는 학생들이 있었지만 밤 아홉 시가 지나면 제각기 모두 돌아가 버리기에 거대한 양옥 속에 나를 내놓고는 아무도 없었다. 나는 정적 속으로 빠져버린다. 정적은 술처럼 진해서 사람을 취하게 만든다. 뒤편의 창문 너머를 바라보면 어지러운 산에 올망졸망 솟아 있는 하얀 점들이 눈에 띈다. 무덤들이다. 저기 한 점의 짙은 누른색 불빛은 남보타사의 유리등이다. 앞에는 하늘과 맞닿은 바다가 멀리 희미하게 펼쳐져 있고 어둠은 마치 검은 솜처럼 나의 가슴을 막 짓누르는 듯싶었다. 돌난간에 기대어 먼 곳을 바라보노라면 툭툭 심장 뛰는 소리가 들리고 주변 멀리에는 헤아릴 수 없는 슬픔과 고뇌, 그리고 영락과 사멸이 이 적막함과 뒤섞여 그것들을 약주로 바꾸고 빛깔과 맛과 향기를 더해주는 듯싶었다. 그럴 때 나는 무엇인가 쓰고 싶었지만 쓸 수 없었고 뭘 쓸지 몰랐다. 이것이 바로 이른바 "말없이 조용히 있을 때는 속이 알찬 것 같지만 정작 입을 열려고 하면 공허함을 느낀다."[2]는 것이다.

나는 가끔 이것이야말로 "세계적 고민"[3]이 좀 생긴 거나 아닐까 하는 생각이 들었다. 하지만 그런 것 같지는 않고 한낱 엷은 애수에 지나지 않으며 그 가운데는 어딘가 즐거움마저 담겨 있었다. 나는 거기에 다가가고 싶었다. 하지만 내가 다가갈수록 그것은 더 아득히 멀어져 마치 나 홀로 돌난간에 기대 있을 뿐, 그밖에는 아무것도 없음을 발견했다. 그러다가 다가가려는 노력을 잊어버리고 나서야 비로소 다시 담담한 애수에 젖어들게 되었다.

이런 상념은 결국 별로 좋지 않은 결과로 끝난다. 다리가 따끔해서 그냥 손바닥으로 철썩하고 아픈 곳을 쳤다. 보니 모기에게 물린 것뿐이었다. 그 무슨 애수니, 밤 장막이니, 모두 구천으로 날아가 버리고 내가 기

|2| 이것은 《들풀 · 머리말》에 썼던 말이다.

|3| "세계적 고민(Weltschmerz)"은 오스트리아 시인 날렘나우(NalLemnau, 1802~1850년)의 말로서 사람이 이 세상을 살아가는 데는 고민이라는 뜻이다. 나중에 일부 자산계급 예술인들이 이 말을 문예창작에 인용하게 되었는데 창작은 이런 고충에서 시작된다고 인정하고 있다.

대고 있던 돌난간마저 이제는 마음속에 없었다. 그리고 이것은 지금 하는 말이고 그때를 회상해보면 돌난간을 마음에 두지 않았던 일마저도 기억되지 않는다. 역시 생각할 겨를도 없이 방에 들어가 하나뿐인 반침의자 — 반듯하게는 누울 수 없는 등의자 — 에 앉아서 모기에 물린 자리를 어루만진다. 아픔이 가려움으로 바뀌면서 점차 자그마한 부스럼으로 부어오를 때까지 어루만진다. 어루만지다가 긁고 긁다가 너무 아프지 않을 정도로 꼬집기도 한다.

그 다음은 더욱 고명하지 않은 결과를 맞게 되는데 흔히 전등 아래 앉아서 유자를 먹는다.

한낱 모기에 물린 것에 지나지 않지만 자신의 몸에 일어난 일이라 역시 절실하다. 쓰지 않을 수 있다면 물론 마음이 더 즐거울 것이고 꼭 써야 한다면 이처럼 사소한 일을 쓸 수밖에 없지만 절대로 그날 몸소 겪은 것처럼 분명하고 절실하게 써서는 안 된다고 생각한다. 그리고 수없이 물리고 따끔따끔 아프던 느낌을 써낼 수는 없는 것이다.

니체는 피로 쓴 책을 읽기 좋아하였다.[4] 그렇지만 피로 쓴 글은 아마 없으리라고 나는 생각한다. 글은 어차피 먹으로 쓰는 것이고 피로 쓴 것은 핏자국에 지나지 않는다. 물론 피로 쓴 것이 먹으로 쓴 것보다 더욱 마음을 울리고 더욱 확실하고 분명하겠지만 쉽게 바래고 지워진다. 이 점에서는 문학이 자기의 기능을 뽐내고 있으니 마치 저기 무덤 속의 백골이 예로부터 그의 영원함으로 소녀의 볼에 피어오른 홍조를 거만하게 보는 것과 마찬가지이다.

쓰지 않아도 괜찮다면 물론 더 편하겠지만 꼭 써야 한다면 생각나는 대로 쓸 것이며 또 어차피 그렇게 할 수밖에 없다. 그것들은 시간과 더불어 사라질 것이고 핏자국보다 더 생신하다고 하더라도 그것은 문인이 행운

---

[4] 니체는 《짜라투스트라는 이렇게 말했다》에서 "모든 저작 가운데서 내가 오로지 사랑하는 것은 피로 쓴 저작일 뿐이다."라고 썼다.

아이고 점잖다는 것을 증명해줄 뿐이다. 하지만 정말로 피로 쓴 글이라면 이와는 다를 것이다.

　이렇게 생각하니 "무엇을 쓸 것인가"는 별로 문제로 되지 않을 것 같다.

　"어떻게 쓸 것인가" 하는 문제에 대해서는 나는 여태까지 생각해본 일이 없었다. 세상에 이런 문제가 존재한다는 걸 알게 된 것은 겨우 두 주일 전 일이다. 그날 어쩌다 거리에 나갔다가 우연히 서점에 들러 우연히《이렇게 하자》[5]라는 잡지 여러 권을 발견하고 한권을 골라 샀다. 잡지 표지에는 말을 탄 청년 병사의 그림이었다. 나는 여태껏 편견을 갖고 있었는데 이처럼 표지에 병사가 나오거나 삽을 들고 있는 농민, 노동자가 나오는 간행물을 보면 어쩐지 선전물로 의심되어 별로 사보는 일이 없었다. 자기의 생각을 토로하고 그 결과로 선동의 맛이 풍기는 입센과 같은 사람의 작품이 만들어진다면 읽어도 기분이 나쁘지 않다. 하지만 앞에 "선전"이란 큰 글자가 제목으로 되어 있고 그 뒤에 논의를 편 문예작품은 어쩐지 거부감이 생겨 마치 훈계문학을 곱씹어 읽을 때와 마찬가지로 그냥 읽어 내려갈 수 없었다. 그렇지만 이《이렇게 하자》는 특별한 데가 있었다. 그것은 나와 관련된다고 한 어느 신문의 보도가 기억나기 때문이었다. 자신과 관련되는 일이라면 각별히 관심을 갖게 되는 실례라 하겠다. 그래서 표지에 말 탄 영웅이 있건 말건 그 잡지를 샀다. 집에 돌아와서 옛 신문 스크랩을 찾아보니 역시 있었다. 날자는 3월 7일이었지만 유감스럽게도 신문 이름이 빠져 있었다. 하지만《민국일보》아니면《국민신문》[6]일 것이다. 그때 내가 구독한 신문은 이 두 가지밖에 없었다. 아래에 신문에 실린 글을 좀 인용한다.

---

[5]《이렇게 하자》는 반월간으로서 1927년 3월 27일 광주에서 창간되었다. 공성예(孔聖裔)가 주필이고 "혁명문학사"에서 편집, 발행하였다. "혁명문화를 선전하기에 힘쓴다."는 허울아래 국민당의 백색테러와 장단을 맞췄다.

[6]《민국일보》는 1923년 국민당이 광주에서 창간한 신문으로서 1937년에《중산일보》로 이름을 바꿨다.《국민신문》은 1925년 국민당 당원들이 광주에서 창간한 신문으로서 초기에는 혁명을 선전하였으나 "4.12 정변" 뒤로는 국민당의 통제를 받으며 반혁명 신문으로 전락하였다.

루쉰 선생이 남으로 온 뒤, 적막하던 광주의 문학을 대번에 개변하고 선후하
여《무엇을 할 것인가》와《이렇게 하자》라는 두 잡지를 창간하였다. 듣자니《이
렇게 하자》는 혁명문학사의 정기 간행물로서 내용은 혁명문예 및 그 당의 주의
를 선전하는데 중점을 둔다고 한다.……

　　처음 두 구절은 어딘가 애매한데가 있다. 내가 그 일을 들어서 안다고
해도 되고 내가 "남으로 오게 되어" 다른 사람이 창간했다고 해도 말이 된
다. 하지만 나는 전혀 모르는 일이다. 애초에 웬일인지 조사해보려고 신
문을 스크랩해두었는데 나중에 까먹고 그냥 내버려둔 것 같다. 그러고 보
니 생각나지만《무엇을 할 것인가》|7|가 발간된 뒤 나한테 다섯 책을 보내
온 일이 있었다. 내가 알기로는 이 단체는 공산청년이 주최하는 것 같았
다. 잡지 안에 서명되어 있는 "견여(堅如)", "삼석(三石)"은 아마 필뢰(畢
磊)|8|일 것이다. 통신주소 역시 그의 앞으로 되어 있었다. 그는 또《소년
선봉》|9|을 10여 권 나한테 보내주었는데 그 간행물의 내용은 분명히 공산
청년에서 만든 것이었다. 과연 필뢰 군은 공산당이 틀림없었던 것 같다.
그는 4월 18일에 중산대학에서 체포되었고 내 짐작에 이미 이 세상 사람
이 아닐 것이다. 그는 몹시 여위고 작은 몸매의 영리한 호남의 청년이었
다.……
　　《이렇게 하자》는 두 주일 전에야 비로소 볼 수 있었고 벌써 7, 8 합본까
지 나와 있었다. 제6호는 보지 못했는데 발행을 금지 당했거나 내지 않았
을 수도 있는데 어느 쪽인지는 알 수 없다. 나는 7, 8호 합본과 제5호를

|7| 《무엇을 할 것인가》는 주간으로서 중국 공산당 광동구위원회 학생운동위원회의 기관 간행물이었다. 1927년 2월
7일 창간되었고 필뢰가 주필을 맡았다.
|8| 필뢰(畢磊, 1902~1927년), 필명은 견여, 삼석으로 호남성 장사 사람이다. 당시 중산대학 영문학부의 학생이
었고 중국공산당 광동구 학생운동 위원회 부 서기였다. 광주 4.15 반혁명 사건에서 체포되어 희생되었다.
|9| 《소년선봉》 반월간은 중국공산주의청년단 광동구 위원회 기관 간행물로서 1926년 9월에 창간되었고 이위삼 등
이 선후로 주필을 맡았으며 광주 국광서점에서 발행하였다.

샀다. 신문기사로 알 수 있듯이 이 잡지는 《무엇을 할 것인가》와는 반대이거나 대립되는 관점을 갖고 있었다. 집에 갖고 와서 뒤로부터 거꾸로 보니 통신란에 이렇게 기재되어 있었다.

"일반 CP[10]들이 사기가 들끓어 있을 때……당신들은 오히려 각성하여 즉시 CP를 탈퇴하였고 그냥 탈퇴하는 데만 그친 것이 아니라 잇달아 공산당을 탈퇴하는 성명을 신문에 냄으로써 CP로 하여금 열 받게 만들었다.……" 그러면 과연 그런 맞았다.

여기서 또 하나의 문제가 나선다. 이처럼 대립되는 견해를 갖고 있는 두 가지 간행물이 어찌하여 모두 내가 "남하했기에" 선후로 창간될 수 있었을까? 나 자신으로서는 그 해답이 쉽다. 내가 갓 왔고 또 회색이기 때문이다. 하지만 이 일을 말하려고 하면 길어지기에 잠시 여기서 유보하고 적당한 기회가 되면 다시 말하기로 하자.

지금은 내가 《이렇게 하자》를 보던 얘기나 해보자. 통신란을 보고 나서는 뒤로부터 번지기가 귀찮아서 차례를 보았다. 문득 "욱달부 선생이여, 그만두시라"라는 제목이 눈에 띄어 호기심이 부쩍 동해 즉시 읽어 보았다. 이 역시 자신과 관련되는 일이라면 자질구레한 일일지라도 세상의 슬픔보다 관심을 더 갖는다는 실례로서 달부 선생은 내가 아는 사람이라 어째서 그를 "그만두시라"는지 어서 알고 싶었다. 만약 남의 일이거나 내가 전혀 모르는 위인의 일이라면, 솔직히 말해서 내가 이처럼 관심을 가질 리가 없다.

알고 보니 달부 선생이 《홍수》[11]지에 발표한 "방향을 돌리는 과정에서"라는 글에서, 이번 혁명은 계급투쟁 이론의 구현이지만 기자는 민족혁

|10| CP는 영어 Communistparty의 약자로서 공산당을 말한다.
|11| 《홍수》는 창조사 간행물로서 1924년 8월 20일 상해에서 창간되었다. 초기에는 주간으로 한 호만 내고 1925년 9월에 반월간으로 고쳤고 1927년 12월에 폐간되었다. 욱달부(郁達夫, 1896~1945년)는 절강성 부양 사람으로서 작가이며 창조사의 주요한 성원이었다.

명 이론의 구현으로 인정하고 있다고 지적했던 것이다. 그 밖에도 영웅주의는 오늘날 적합하지 않다는 견해 같은 것도 밝힌 듯싶은데 이 때문에 "중상을 하고" "이간을 도발했다."고 하면서 "그만두지 않으면 안 된다."는 것이었다.

나는 등불 아래에서 지난 일을 돌이켜보았다. 나는 달부 씨와 여러 번 만났고 이야기도 몇 번 나눈 적이 있다. 내 알기에 그는 점잖고 부드러운 인품을 가진 사람으로서 남의 미움을 살 사람이 아니며 나라의 미움을 살 사람은 더욱 아니었다. 그런데 그가 어찌하여 갑자기 이렇게 "과격"해졌을까? 나는 오히려 《홍수》를 읽어보고 싶었다.

이 잡지가 광서에서는 금지되었다지만 광동에는 아직 있었다. 나는 제3권의 제29호부터 제32호까지 얻을 수 있었다. 늘 하던 나쁜 버릇대로 32호부터 거꾸로 읽어 가다가 첫 문장인 "일기문학"을 펼쳤다. 이것도 달부 선생이 쓴 글이었다. 그래서 더는 "방향을 돌리는 과정에"를 찾지 않고 그 글을 읽기로 하였다. 나의 이와 같은 애매한 견해에 대해 자신도 틀린다는 것을 알고 있다. 하지만 "어떻게 쓸 것인가" 하는 문제가 뜻밖에 그 속에 나와 있었다.

필자의 의견은 대충 이러했다.

무릇 문학자의 작품이란 얼마간 자서전의 색채를 띠지 않을 수 없으니 3인칭으로 쓰더라도 흔히 1인칭으로 잘못되는 경우가 있다. 그리고 이 3인칭 주인공의 심리를 너무 상세하게 묘사하면 독자는 남의 심리를 작자가 어떻게 그처럼 자세하게 알 수 있을까 하고 이상하게 생각한다. 이렇게 되면 환멸감이 생기면서 문학의 진실성이 사라지게 된다. 때문에 산문 작품에서 가장 알맞은 형식은 일기체이고 다음은 서간체이다.

이 견해 역시 토론해볼만한 문제이다. 하지만 나는 표현 형식은 그다지 중요하지 않다고 생각한다. 위 글에서 지적해야 할 첫 번째 결함은 독자의 소홀함이다. 작품이라는 것은 대체로 작자가 남의 입을 빌어 자신을 서술하거나 자신을 근거로 남을 추측하는 것임을 안다면 환멸을 느끼지는 않았을 것이다. 설사 사실에 맞지 않는다 해도 진실하다고 할 수 있다. 그 진실은 3인칭을 쓰는 경우나 1인칭을 잘못 쓰는 경우에도 전혀 다르지 않다. 만약 독자가 표현 형식만 고집하면서 허점이 없기만 바란다면 신문 기사를 보는 것이 상책이지 문예작품에 대해서는 환멸이 생겨도 싸다. 하지만 그런 환멸이 생긴다 해도 아쉬워할 것 없다. 그것은 진짜 환멸이 아니기 때문이다. 마치 대관원의 유적을 찾아내지 못했다고 해서 《홍루몽》을 불만스러워하는 사람과 같다. 만약 작자가 이처럼 서술의 자유를 희생해야 한다면 아주 작은 부분일지라도 신에 맞추어 발을 깎는 것이나 다름없을 것이다.

두 번째 결함은 중국에서도 몹시 오래된 문제이다. 기효람|12|이 포류선|13|의 《요재지이》를 공격한 것도 바로 이 점이었다. 두 사람만의 밀어를 누설한 일이 없고 제3자도 모르고 있는데 작자가 어떻게 그걸 알 수 있느냐는 것이다. 하기에 기효람은 자신의 작품인 《미초당 필기를 읽고(閱薇草堂筆記)》에서는 애써 사실만을 쓰고 심리나 밀어는 피하고 있다. 그렇지만 때로는 스스로 판 함정에 빠지는 수가 있어서 그 때문에 《춘추좌씨전》의 "혼량부(渾良夫)가 꿈에 나타나 우는" 것으로 남의 조롱을 피할 수밖에 없었다. 이처럼 서툰 부분이 생긴 원인은 독자들이 자신이 쓴 모든 것이 사실임을 믿게 하려면 사실의 진실성에 바탕을 두어야 하는데 일단 사실과 조금만 틀려도 진실성은 따라서 없어져 버리기 때문이다. 만약 그가 이 모든 것이 창작임을 의식했다면 그 자신이 얼마간 지어내더라도 아무런 구애도 없었을 것이다.

|12| 기효람(紀曉嵐, 1724~1805년), 이름은 윤(昀)이고 자가 효람이다. 직예헌현(지금의 하북성) 사람으로서 청나라 문학가이다. 저작으로는 필기소설 《미초당 필기를 읽고》가 있다.
|13| 포류선(蒲留仙, 1640~1715년), 이름은 송령이고 자가 류선이다. 산동 치천(지금의 치박) 사람으로서 청나라 소설가이다. 《료재지이》는 그의 단편 소설집이다.

환멸로 생기는 일반적인 비애는 거짓에서 생기는 것이 아니라 거짓을 진실이라고 할 때 생긴다고 나는 생각한다. 어릴 때 나는 곡예를 매우 좋아했다. 원숭이가 양을 타고 돌멩이가 흰 비둘기로 바뀌더니 또 나중에는 어린이를 칼로 찔러 죽이고는 이불을 덮어놓고 강북 사투리를 하는 사나이가 관중을 향해 Huazaa! Huazaa! |14| 소리를 지르며 돈 던지는 시늉을 한다. 어린이는 정말 죽은 것이 아니고 뿜어 나온 피는 칼자루에 장치한 다목의 즙으로서 돈이 Huazaa 차기만 하면 어린이가 금방 일어난다는 것을 아마 누구나 알고 있을 것이다. 하지만 사람들은 황홀해서 구경한다. 분명 곡예임을 알고 있지만 완전히 그 속에 빠져든다. 만일 그 곡예를 진짜로 하면서 작은 관을 사다가 어린이를 넣고 울면서 나간다면 아무 재미도 없을 것이다. 그러면 곡예의 진실마저 사라지게 된다.

나는 《홍루몽》을 읽을지언정 새로 나온 《임대옥 일기》|15|는 보고 싶은 마음이 없다. 한 페이지를 읽어도 한나절이나 불쾌해질 것이다. 《판교 가서(板橋家書)》|16|도 나는 보고 싶지 않다. 차라리 그의 《도정(道情)》을 읽는 편이 낫다. 내가 거부감을 느끼는 까닭은 "가서"라는 두 글자를 제목으로 붙였기 때문이다. 왜 가서를 출판하여 많은 사람에게 보이려 하는가? 어딘가 꾸며 보이는 느낌이다. 환멸감이 생기는 원인은 거짓에서 진실을 보기보다 진실에서 거짓을 보기 때문이다. 일기체나 서간체는 쓰기가 많이 편하지만 자칫 환멸감이 생기기 쉽다. 그리고 처음에는 제법 진실처럼 꾸

|14| Huazaa!는 돈을 뿌리는 소리를 나타낸 라틴어의 의성어이다.

|15| 《임대옥 일기》는 유혈륜(喩血輪)이 쓴 소설로서 《홍루몽》 가운데 나오는 인물 임대옥의 말투로 쓴 일기체 소설이다. 내용이 저속하다.

|16| 《판교 가서(板橋家書)》, 청나라 정섭(鄭燮)이 쓴 글이다. 정섭(1693년-1765년)은 자가 극유(克柔)이고 호가 판교이다. 강소 흥화 사람으로서 문학가, 서화가이다.

|17| 《월만당 일기(越縵堂日記)》, 청나라 이자명이 쓴 책으로서 1920년 상무인서관에서 출판하였다.

|18| 하탁(1661~1722년), 자는 기담이고 강소 장주(지금의 오현) 사람이다. 청나라 교감가(校勘家)이다. 강희 때에 관직이 편수(編修)에 이르렀으나 어떤 일에 연루되어 감옥에 갇히고 소장하고 있던 책(자신의 저작까지)을 모두 몰수당하였다. 강희 황제는 그 책들을 손수 검사하였으나 죄증을 발견하지 못하자 사람을 풀어주었고 책도 돌려주었다.

떴기에 일단 환멸감이 생기기만 하면 굉장히 무섭다.

《월만당 일기(越縵堂日記)》|17|가 요즈음 크게 인기를 얻고 있지만 내가 읽어보니 어쩐지 번마다 불안한 느낌이 안겨온다. 왜 그럴까? 첫째는 조서를 베껴 썼기 때문이다. 하작(何焯)|18|의 이야기에서 영향을 받았으리라 생각하는데 언젠가는 "황제가 어람(御覽)"할까봐 경계하고 있다. 둘째는 먹칠한 곳이 많았다. 썼던 걸 이렇게 지웠다면 아마 쓰지 않은 내용이 더 많지 않을까? 셋째는 이미 남에게 보여준 것을 베껴 쓰고는 저작이라고 생각하기 때문이다. 나는 그 속에서 이자명(李慈銘)의 마음은 읽을 수 없었고 오히려 인위적으로 꾸며놓은 것을 보았기에 속은 기분이었다. 황당하고 천박하고 합리성이 떨어지는 소설을 볼 때에도 이런 느낌은 없었다.

호적지(胡適之) 선생도 일기를 쓰고 계시며 또한 남에게 돌려 보인다고 한다. 문학 진화의 이론에 따르면 반드시 뛰어날 것이다. 아무쪼록 예정보다 빨리 잇달아 출판되기를 바란다.

하지만 나는 산문의 표현 형식은 자유로워도 좋다고 생각한다. 허점이 있어도 상관이 없다. 꾸며 쓴 편지와 일기라면 아마 허점이 생기지 않을 수 없을 것이다. 그리고 일단 허점이 생기면 수습하기 어려울 지경으로 파멸될 것이다. 허점이 생기지 않으려고 조심하느니 차라리 허점을 잊어버리는 것이 낫다.

(이 글은 1927년 10월 10일 북경 《망원(莽原)》 반월간 제18, 19 합본에 발표되었다.)

"상갓 집"의 "무맥한 자본가 앞잡이"

"지식 노동자" 만세

비혁명적 급진 혁명론자

습관과 개혁

중국 프롤레타리아 혁명과 선구자의 피

"상갓집"의 "무맥한 자본가 앞잡이"

양실추 선생은 《개척자》지에서 자신이 "자본가의 앞잡이"[1]라고 지칭된 데 대하여 글을 써서 "나는 화를 내지 않는다."[2]고 말하였다. 먼저 《개척자》 제2호 672페이지에서 내린 정의[3]를 보면 "아무래도 내 자신이 프롤레타리아계급의 일원인 듯싶다."라고 쓴 다음, 아래에 "무릇 앞잡이라면 주인의 환심을 사는 것으로 약간의 보수를 챙기는 자"라고 규정을 하고 나서 또 의문을 던지고 있다.

《개척자》는 나를 자본가의 앞잡이라고 말하는데 그렇다면 내가 어느 한 자본가의 앞잡이인가, 아니면 모든 자본가의 앞잡이란 말인가? 나는 나의 주인이 누

|1| 《개척자》 제2호(1930년 2월)에 실린 풍내초(馮乃超)의 《문예이론강좌 · 계급사회의 예술》을 가리킨다. 글에서는 양실추의 《문학에 계급성이 있을까?》라는 글의 일부 견해를 반박하면서 다음과 같이 썼다.
"무산계급이 투쟁경험을 통해 자신이 하나의 계급으로 존재한다는 것을 깨달은 이상 한걸음 더 나아가 역사사명을 알고 있다. 하지만 양실추는 오히려 이른바 '정당한 생활투쟁수단'을 설교하면서 '장래성이 있는 무산자라면 고생을 마다하고 성실하게 한평생을 일한다면 반드시 그에 따르는 자산을 얻을 수 있을 것'이라고 말한다. 이렇게 된다면 자본가는 더욱 안전하게 착취수단을 다그칠 것이며 천하는 태평해질 것이다. 이따위 설교를 하는 사람을 두고 우리는 '자본가의 앞잡이'라는 칭호를 주고 싶다."
|2| 양실추가 '나는 성을 내지 않는다.'라는 말과 이 글에서 인용한 그의 말은 모두 1929년 11월 《신월(新月)》 제2권 제9호에 실린 《자본가의 앞잡이》에서 나온다.
|3| 여기서 말하는 정의란 풍내초가 《계급사회의 예술》이라는 글에서 무산계급에 대한 엥겔스의 정의를 말한다. 그 정의는 아래와 같다. "무산자 · 프롤레타리아트는 무엇인가? 프롤레타리아트란 노동을 팔지 않고서는 전혀 생계를 유지할 방법이 없는, 그 때문에 그 어떤 종류 자본의 이윤에도 의거하지 않는 사회계급을 말한다.…… 요컨대 프롤레타리아트, 프롤레타리아트 계급은 19세기(지금도 역시)의 노동계급을 말한다."

군지도 모르고 있다. 만약 내가 알고 있다면 꼭 잡지 몇 부를 갖고 그를 찾아가
서 공을 청할 것이다. 혹시 영국 금화나 루블 몇 푼을 받을 수 있을지 모르니까.
……나는 열심히 일하여 생계를 유지할 돈을 벌 줄만 알고 있을 뿐이지 어떻게
하면 앞잡이질 할 수 있고 어떻게 하면 자본가한테서 영국 금화를 타내올 수 있
고 어떻게 하면 ××당에 가서 루블은 탈 수 있는지, 이런 재주를 내가 어찌 알
수 있겠는가?……

이야말로 "자본가 앞잡이"의 참 모습이다. 앞잡이라고 하면 자본가 한
사람이 기르더라도 실은 모든 자본가에게 소속되어 있다. 때문에 부자라
면 누구에게나 온순하고 가난한 사람이라면 누구를 보나 짖어댄다. 누가
주인인지를 모르는 것은 바로 자본가라면 누구에게나 고분고분하기 때문
이며 모든 자본가에게 속한다는 증거이기도 하다. 설사 길러주는 주인이
없어서 겨릅대처럼 여위고 들개로 되었다고 하더라도 부자들에게는 얌전
하고 가난한 사람에게는 짖어댄다. 이렇게 되면 그는 누가 자신의 주인인
지를 더구나 모를 것이다.
　양선생은 스스로 자신이 고생스럽게 살고 있으며 "프롤레타리아 계급"
(양씨가 이전에 말한 이른바 '도태된 자')인 듯싶고 또 "주인이 누구인지 모른
다."고 하지만 뒤 부류에 속한다고 해야겠다. 확실하게 이름 짓자면 몇 글
자 보태서 "주인이 없는" "자본가의 앞잡이"이라고 하면 제격이다.
　그러나 이 이름도 좀 미흡한데가 있다. 양선생은 어디까지나 지식이 있
는 교수이기 때문에 보통 사람과는 다르다. 그는 결국 "문학에 계급성이
있는가?"라는 말을 더는 하지 않고 《루쉰선생에게 드리는 답장》[4]이라는
글에서 전봇대에 씌어 있는 "무력으로 소련을 옹호하자"라는 글과 신문사

---

[4] 《루쉰선생에게 드리는 답장》은 《신월》 제2권 제9호에 실린 글이다. 이 글에서 양실추는 다음과 같이 말하였다.
'나 보고 혁명을 하라고 하면 나는 마구잡이로 하지 않을 것이다. 전봇대에 '무장으로 소련을 보호하자'는 글을 쓰지
않을 것이고 신문사에 가서 한 장에 5, 6백 원씩 하는 유리를 부수어버리는 일을 하지 않을 것이다. 지금 내가 할 수
있는 일은 책을 보거나 글을 쓰는 일일 뿐이다.'

의 유리를 부수어버리자는 구절을 교묘하게 끼워 넣었고 위 글에서 인용한 그 단락에는 또 "××당에 가서 루블을 타온다."는 문구를 넣어 일부러두 ××를 숨겨 남들에게 "공산"이라는 두 글자임을 암시한다. 이렇게 그는 "문학에 계급성이 있다."고 주장하는 사람이나 양선생의 미움을 산 사람이라면 모두 "소련을 옹호"하거나 "루블을 타 쓰는" 짓거리를 한다는뜻을 내비친다. 이것은 단기서의 호위병들이 총으로 학생들을 쏴 죽였는데 |5| 《조간신문(晨報)》|6|에서는 오히려 학생들이 루블 몇 푼 때문에 목숨을 잃었다 하고 자유대동맹 |7|에 내 이름이 있는 것을 보고 《혁명일보》|8|의 통신에 "금빛이 번쩍거리는 루블에 매수되었다"고 말하는 것과 같은수단이다. 양 선생은 주인을 위해 비적(학술비적)|9|이 누군지 냄새를 맡아주는 것 역시 일종의 "비평"이라고 생각할지 모르겠지만 이 직업은 "회자수"보다 더 천하다.

　"국공합작"이 이루어지던 시기에는 통신이나 연설에서 소련을 찬미하는 것이 큰 유행이었다. 하지만 지금은 다르다. 신문에 게재된데 따르면전봇대에 글을 쓰는 사람, 또는 ××당을 잡느라 경찰서에서는 열을 올리고 있다고 한다. 그러니 자신의 논적을 "소련을 옹호한다."거나 "××당"이라고 손가락질하는 것이 유행을 타는 것은 자연스러운 일이다. 혹시 주인에게서 "작은 혜택"이나마 얻을 수 있을지도 모른다. 하지만 양 선생이

|5| 3.18 대규모 학살사건을 말한다. 1926년 3월 18일, 단기서는 중국의 주권을 짓밟은 일본 등 제국주의 국가에
항의하기 위하여 정부 청사 앞에 모여 청원활동을 벌리는 북경의 애국학생과 군중들을 향해 사격명령을 내려 200여
명이 죽이거나 부상을 입었다.

|6| 《조간신문》은 양계초, 탕화룡 등이 조직한 정치단체 연구계의 기관신문으로서 1918년 12월 북경에서 창간되었
고 1928년에 폐간되었다.

|7| 자유대동맹이란 중국 자유운동대동맹의 약칭이다. 중국공산당의 지지와 지도를 받는 혁명대중단체로서 1930년
상해에서 성립되었다. 언론, 출판, 집회, 결사 등 자유를 쟁취하고 국민당의 반동통치를 반대하는 것을 취지로 삼고
있다. 루쉰을 그 단체 발기인의 한 사람이다.

|8| 《혁명일보》란 국민당 내의 왕정위 개편파의 신문으로서 1929년 말 상해에서 창간되었다.

|9| "학술비적(學匪)", 1925년 12월 30일 국가주의파 간행물인 《국혼(國魂)》 반월간 제9호에 강화(姜華)는 《학술
비적과 학벌(學匪與學閥)》이라는 글을 실어 북경 여자사범대학에서 생긴 풍파 가운데 진보학생들을 지지하여 나선
루쉰, 마유조 등을 "학술비적"이라고 욕하였다. 당시의 현대평론파 역시 루쉰 등에 대해 비슷한 공격을 하였다.

"혜택"이나 "영국 금화"를 바라고 한 일이라고 한다면 억울할 것이다. 이런 일은 절대 있을 리 없고 이 기회에 남의 힘을 빌어서 바닥이 난 "문예비평"을 구제하고 싶었을 뿐이다. 때문에 "문예비평"의 견지에서 보면 "앞잡이"보다 한수 위에 있으므로 "무맥한"이라는 형용사 하나를 덧붙이고 싶다.

1930년 4월 19일

"지식노동자" 만세

　"노동자"라는 말이 "죄인"의 대명사로 된 지 벌써 4년 남짓하다. 억눌러도 말하는 사람이 없고 죽여도 말하는 사람이 없다. 문학에서 노동자라는 말을 하기만 하면 수많은 "문인학사"와 "정인군자"들이 나서서 웃고 욕한다. 이어 또 그들의 제자, 후배들도 따라 나서서 웃고 욕한다. 노동자여, 노동자여 정말 영원히 신세를 고칠 수 없단 말인가!

　그런데 누군가 노동자를 기억하고 있었다.

　뜻밖에 제국주의 나라들이 나서서 당국의 도살 속도가 느리다며 팔을 걷고 나서더니 아예 폭탄을 퍼부어댄다. "인민"을 "반동분자"라고 부르는 것은 당국의 특기인데 기막히게도 제국주의 나라들도 이런 재주가 있어서 고분고분 말만 잘 듣던 당국의 군관을 "비적"이라 하면서 대대적으로 "응징"하고 있다! 억울하도다, 이 아니 억울할소냐! 그야말로 "순종"과 "반역"도 가리지 못하니 옥이 돌과 함께 타버리는구나!

　이리하여 다시 노동자가 기억되었다.

　이리하여 오랫동안 들어보지 못했던 "친애하는 노동자여!"라는 친절한 목소리가 글에 보이고 오랫동안 볼 수 없던 "지식노동자"라는 기묘한 직함도 신문에 등장한다. 그리고 "연락할 필요를 느껴" "협회|1|를 조직하고 번

|1| "지식노동자협회"를 말한다. 당시 투기적인 문인이었던 번중운(樊仲云) 등이 조직한 단체로서 성원이 몹시 복잡하다. 1931년 12월 20일 상해에서 성립되었다.

중운|2|, 왕복천|3|과 같은 신임 "지식노동자" 선생들을 간사로 선출하였다.

"지식"이 무엇이고 노동이 무엇인지? "연락"해서는 뭘 할 건지? "필요"는 어디에 있는지? 이런 문제는 잠시 접어두고 "지식"이 없는 육체노동자로서는 상관할 수도 없는 것이다.

"친애하는 노동자들"이여! 이 고귀한 "지식노동자"들을 대신하여 그대들이 다시한번 나서서 해보시라! 그들이 예나 다름없이 방에 들어앉아서 그 고귀한 "지식"으로 "노동"하게 하라. 실패를 하더라도 "체력"만 실패할 뿐 "지식"은 여전히 남아있을 것이다!

"지식"노동자 만세!

(이 글은 1932년 1월 5일 《십자거리》 제3호에 발표되었다.)

|2| 번중운(樊仲雲), 절강 사람으로서 당시에는 상무인서관 편집원이었다. 항일전쟁시기에는 한간으로 전락했고 왕정위 정부에서 교육부 정무차장으로 있었다.

|3| 왕복천(汪馥泉, 1899~1959년), 절강 사람으로서 당시에는 복단대학 교수였고 항일전쟁시기에는 한간으로 전락하였다. 왕정위 정부에서 중일문화협회 강소분회 상임 이사 겸 간사로 있었다.

비혁명적인 급진 혁명론자

이렇게 말해보자. 만약 규모가 큰 혁명군이라고 한다면 반드시 모든 전사의 의식이 굉장히 정확하고 분명해야 하는바 이래야만이 참된 혁명군이라고 할 수 있으며 그렇지 못하면 전혀 만족할 만한 가치도 없다고. 이말이 얼핏 듣기에는 아주 합리적이고 철저하다고 여겨지지만, 사실은 불가능한 난제이고 헛된 고담준론에 지나지 않으며 혁명에 해를 주는 달콤한 약이다.

이를테면 제국주의의 지배 하에서는 "인류의 사랑"을 지닌 대중들이 서로 웃는 얼굴로 두 손을 맞잡고 공손하게 "대동세계(大同世界)"를 이루도록 내버려둘 리가 절대 없다. 마찬가지로 혁명자들이 반항하는 세력아래에서는 대다수 사람들이 모두 정확한 의식을 가질 수 있는 언론이나 행동을 절대 내버려두지는 않을 것이다. 때문에 들고일어난 혁명부대를 보면 어느 부대나 현 상황에 반항하려는 전사들의 뜻은 대체로 같지만 궁극적인 목적은 서로 많이 다르다. 사회를 위해서일 수도 있고 작은 그룹을 위해서일 수도 있으며 또 어느 애인을 위해서일 수도 있고 자신을 위해서일 수도 있다. 또는 그야말로 자살을 위해서일 수도 있다. 이렇게 서로 달라도 혁명군은 여전히 전진할 수 있다. 그것은 진군 도중에 적을 향해 발사하는 탄환이 개인주의자 것이든 집단주의자 것이든 마찬가지로 적을 쓰러뜨릴 수 있으며 그 어느 전사가 죽거나 상해도 부대의 전투력이 감소되기에 둘 다 똑같은 것이다. 하지만 서로 궁극적인 목적이 다르다 보니 진행 과정에 퇴역하는 자도 있고 도망치는 자도 있으며 의기소침해지는 자도 있고 변절하는 자도 있기 마련이다. 하지만 진군에 장애만 되지 않는다면 뒤로 가면 갈수록 대오도 더욱 순수해지고 정예해질 것이다.

이전에 내가 엽영진[1] 군의 《짧은 10년》에 쓴 서문에 이미 사회를 위해 힘을 기여하였다고 말한 것 역시 그런 의미에서이다. 어떻게 됐든 소설 속의 주인공이 전선으로 나갔고 보초도 섰으니(비록 총을 쏘는 방법도 배우지 못했지만) 무릎을 부둥켜안고 애탄하거나 글로만 분노하고 한탄하는 문호들에 견주면 얼마나 더 절실한지 모른다. 지금의 전사들 모두가 의식이 정확하고 철같이 굳셀 것을 바란다면 이것은 유토피아적인 공상일 뿐만 아니라 사리에 맞지 않는 각박한 요구일 것이다.

그런데 나중에 《신보》에서 더욱 가혹하고 더 철저한 비평을 보았다. 주인공의 종군동기가 자신을 위한 것이기 때문에 굉장히 불만스럽다는 것이다. 《신보》는 누구보다도 열심히 평화를 추구하면서도 혁명을 선동하는 데는 누구보다도 소극적인 신문이다. 어찌 보면 어울리지 않는 것 같지만 내가 여기서 지적하고 싶은 것은, 겉보기에는 철저한 혁명가로 나오는 사람이 기실은 혁명에는 가장 소극적이거나 혁명에 해를 끼치는 개인주의 논객들이다. 그러니 비평하는 그 영혼이 신문이라는 육체와 제법 잘 어울린다.

한 부류는 퇴폐한 자들이다. 이상이 없고 능력이 없다 보니 타락하여 일시적인 향락을 찾는다. 어느 정도 향락을 즐기고 나면 싫증이 나서 새로운 자극을 찾게 되고 그 자극이 굉장히 강해야 즐거움을 느낀다. 혁명

---

[1] 엽영진(葉永蓁, 1908~976년), 원명은 회서(會西)로서 절강 낙청 사람이며 군인, 작가이다. 1927년 황포군관 학교 제5기로 졸업하고 북벌전쟁에 참가한다. 나중에 국민당 군대에서 직책을 맡고 항일전쟁 시기에는 포병 연대장으로 지낸다. 1949년에 대만으로 가서 국군 54군 부 군단장을 맡으며 퇴역한 뒤에는 대만 "교통부" 전신국 고문을 지낸다. 일찍이 써낸 《짧은 10년》은 대혁명 시기의 생활을 반영한 장편소설로서 루쉰이 서언을 썼고 1929년 9월 상해 춘조서국에서 출판하였다. 다른 저작으로는 산문집 《덧없는 인생(浮生集)》 등이 있다.

역시 이런 퇴폐적인 자들에게는 새로운 자극이다. 마치 먹보가 기름진 음식에 질린 나머지 입맛이 떨어져서 이마에 땀이 좀 나도록 후추나 겨자를 넣어야 밥을 반 그릇이나마 먹을 수 있는 것과 같다. 혁명문학에 대해서도 철저하고도 완벽한 혁명문학이기를 바라면서 시대의 결함이 좀만 반영되어도 불쾌하여 눈살을 찌푸린다. 사실에 어긋나는 것은 괜찮아도 즐겁기만 하면 그만이다. 프랑스의 보들레르[2]가 퇴폐한 시인이라는 것을 누구나 잘 알고 있다. 혁명을 환영했던 그가 혁명이 그의 퇴폐한 생활에 방애가 되자 혁명을 증오한다. 이처럼 혁명 전야에 글로만 혁명을 부르짖는 혁명가, 그것도 가장 철저하고 가장 격렬한 혁명가가 정작 혁명이 눈앞에 닥치면 이전에 쓰고 있던 탈, 비자각적인 탈을 벗어버린다. 이러한 선례는 좀 좌절을 당했거나 자그마한 벼슬(또는 금전)이 생기면 동쪽으로 동경을 싸다니거나 서쪽으로 파리로 다니는 성방오(成仿吾)와 같은 "혁명문학가"에게서 찾아볼 수 있다.

또 한 부류는 아직 이름을 정하지 못했다. 요컨대 자신은 뚜렷한 견해가 없어도 세상에는 어느 하나 그르지 않은 것이 없고 자신은 그른 것이 하나도 없다고 생각하는 사람으로서 결국 지금 이대로가 가장 좋다고 하는 사람들이다. 이들은 비평가의 견지에서 말을 할 때는 상대방을 반박할 만한 것이라면 닥치는 대로 주워 쓴다. 서로돕기설[3]을 반박할 때는 생존경쟁설[4]을 써먹고 생존경쟁설을 반박할 때는 서로돕기설을 써먹는다. 평화론을 반박할 때는 계급투쟁론을 써먹고 투쟁을 반대할 때는 인류의 사랑을 주장한다. 논적이 관념론자일 때는 유물론자 입장에 서고 유물론자

|2| 보들레르(Charles Baudelaire, 1821-1867). 프랑스 시인, 산문가, 비평가이다. 시집으로는 《악의 꽃》, 《우울한 파리》 등이 있다.

|3| 서로돕기 설. 러시아의 무정부주의자인 크루포트킨이 제기한 사회개량학설로서 생물계 및 인류의 부동한 군체 또는 개체 사이의 의존관계를 강조하면서 서로 돕는 방법으로 사회갈등을 해결해야 한다고 인정하고 있다.

|4| 생존경쟁 설, 즉 다윈의 진화론이 진술한 생존경쟁 설을 말한다. 우수한 자가 승리하고 열등한 자는 패하며 적응하는 자가 살아남고 적응하지 못하는 자는 도태된다는 것은 생물진화의 기본법칙이라고 인정하고 있다.

와 논전할 때는 도리어 관념론자로 변한다. 요컨대 영국의 피트로 러시아의 거리를 재고 또 프랑스의 척도로 미터를 재면서 눈에 드는 사람이 하나도 없다. 다른 것은 하나도 마음에 들지 않으므로 자신만이 영원히 "공평하고 정확하며 균형을 이루고 있는"|5|것 같아 영원히 만족을 느낀다. 그런 사람들의 비평이나 지시를 따르려면 완전하지 않거나 결함이 있으면 안 된다. 하지만 사람이 하는 일 치고 그렇게 완벽하고 결함이 없는 것이 어디 있으랴! 흠을 전혀 잡히지 않으려면 가만히 움직이지 않을 수밖에 없을 것이다. 하지만 이렇게 가만히 움직이지 않는 것도 큰 잘못이다. 요컨대 사람이 세상을 살아가려면 어렵고도 힘든데 혁명자라면 더 말할 나위 없을 것이다.

《신보》의 비평가가 비록《짧은 10년》의 주인공에 대해 완전하고 혁명적인 주인공이기를 요구하고 있지만 사회과학의 번역에 대해선 악독하고 차가운 조소를 보내고 있다. 때문에 그의 영혼은 뒤에 말한 부류에 속하는바 일부 퇴폐한 자들은 인생이 너무 따분하여 입맛이 도는 고추를 먹고 싶어 하지 않나 싶기도 하다.

(이 글은 1930년 3월 1일《새싹 월간(萌芽月刊)》제1권 제3호에 발표되었음.)

|5|《상서(尙書)》·우서(虞書)·대우모(大禹謨)》에서 나오는 말로 "인심은 사납고 위험하며 도심은 정밀하고 심오한 바 심혈을 기울여 한마음으로 공정하게 중립을 지켜야 한다.(人心惟危, 道心惟微, 惟精惟 一, 允執厥中)"고 썼다.

습관과 개혁

체질과 정신이 이미 굳어버린 민중은 자그마한 개혁일지라도 막아 나서지 않는 것이 없다. 겉으로는 자신들이 불편할까봐 걱정하지만 사실 불리해질까 우려하고 있기 때문이다. 그러면서도 제법 공정하면서도 정당한 구실을 내놓는다.

올해부터 음력을 쓰지 않기로 한 조치|1|는 큰 흐름에는 지장이 없는 사소한 문제이다. 하지만 상인들의 아우성소리는 끊이지 않는다. 이뿐만 아니라 상해의 떠돌이 무직업자와 회사 직원들까지도 탄식소리가 높다. 이러면 농사를 짓는데 불편이 이만저만이 아니라고 하는가 하면 밀물과 썰물을 짐작하기도 어려워 배를 띄우기도 불편하다고 푸념이다. 난데없이 언제 관심 한번 가져본 적이 없던 시골 농부와 바다에 나갈 배 걱정을 해준다. 그야말로 대단한 박애정신이라 하겠다.

음력 12월 23일이 되자 탕탕하는 폭죽 터치는 소리가 사방에서 울려온다. 내가 한 점원에게 물었다.

"올해는 그냥 구정을 쇠고 내년부터 신정을 쇨까 보네요?"

"내년은 내년에 가봐야 알지요."

|1| 1929년 10월 7일 국민당 당국은 통령을 발표하여 "상인의 장부, 민간의 계약 및 모든 서명과 영수증은 19년(1930년)1월 1일부터 일률로 국가역서를 적용한다. 만약 음력을 쓴다면 법률적인 효과를 갖지 못한다."고 규정하였다.

그는 내년에 꼭 신정을 쓰리라고 믿지 않고 있었다. 하지만 달력에는 절기만 표시되어 있고 분명 음력은 빠져 있었다. 그런데 어느 신문에는 《120년 음력과 양력》|2|에 대한 광고가 실렸다. 120년이라면 그야말로 그들의 증손, 현손이 살 시대의 음력까지도 완벽하게 준비해놓고 있다.

양실추와 같은 선생들은 "다수"를 미워하지만 다수의 힘은 크고 중요하다. 개혁에 뜻을 두고 있는 사람이 만약 민중의 마음을 모른다면 제아무리 고담준론을 늘여놓고 낭만적인 고전으로 유도하고 개진해보아도 그들과는 아무 상관이 없으며 몇 사람이 서재에 모여앉아 저들끼리 감탄하고 감상하는 자아만족에 지나지 않을 것이다. 만약 정말 "호인정부(好人政府)"|3|가 있어서 개혁 법령을 내놓는다 하더라도 얼마 지나지 않으면 벌써 그들이 옛 궤도에 되돌려놓을 것이다.

진실한 혁명가는 남다른 견해를 갖고 있다. 이를테면 울리얀노프|4| 선생은 "풍속"과 "습관"을 모두 문화에 망라시켰고 풍속과 습관을 개혁하기는 굉장히 어렵다고 인정하고 있었다. 나는 이것들을 개혁하지 않는다면 혁명은 성공하지 못한 것과 마찬가지이며 모래 위에 세운 탑처럼 금방 무너질 것이다.

중국에서 최초에 있은 만주족 배척 혁명이 쉽게 호응을 얻었던 것은 "옛것을 광복하자"는 구호가 있었기 때문이다. "복고"는 보수적인 민중들의 동조를 쉽게 이끌어낼 수 있었다. 하지만 나중에 역사상에서 정례로 되어왔던 개국초기의 태평성세마저 없이 변발만 잃어버리자 사람들의 불

|2| 《120년 음력과 양력》은 《120년 음력과 양력 대조표》를 말하는데 중화 학예사(中華學藝社)에서 편찬하고 상해 화통서국에서 인쇄하였다.

|3| "호인정부"는 호적 등이 1922년 5월에 제기한 정치주장이다. 그는 《노력주보(努力週報)》제2호에 발표한 "우리의 정치주장"이라는 글에서 "정치를 담론하지 않으면 몰라도 만약 정치를 담론한다면 반드시 절실하고 명료하고 사람마다 알 수 있는 목표가 있어야 한다고 우리는 생각한다. 우리는 국내의 우수분자라면 그들이 마음속으로 어떤 이상적인 정치조직을 품고 있든…… 지금은 평범한 마음으로 격을 내리고 누구나 공인하는 '좋은 정부'를 세우는 것을 개혁 중인 중국 정치의 최저한도의 요구로 삼아야 한다고 생각한다."고 썼다.

|4| 울리얀노프는 레닌을 말한다.

만을 크게 샀던 것이다.

그 뒤의 새로운 개혁은 번번이 실패하였고 한말을 개혁하면 반동은 열 말로 돌아왔다. 이를테면 위에서 말한 것처럼 일 년 달력에 음력을 넣지 못하게 했더니 도리어 음력과 양력이 모두 있는 120년 역서가 나온 것이다.

음력, 양력이 다 있는 달력을 좋아할 사람은 꼭 많을 것이다. 이것은 풍속과 습관의 옹호를 받기 때문에 풍속과 습관이 그 뒷심이 되고 있는 것이다. 다른 일도 마찬가지이다. 인민대중 속으로 깊이 들어가서 그들의 풍속과 습관을 연구하고 해부하여 좋은 것과 나쁜 것을 가려내고 존폐의 표준을 세워 보존하든 폐지하든 신중하게 처리하지 않는다면 그 어떤 개혁이든 습관이라는 바윗돌에 눌려 으깨지거나 한시기 겉으로 빙빙 돌다가 사라질 것이다.

지금은 서재에서 책이나 펴들고 도고하게 종교와 법률, 문학과 미술 따위를 논할 시기가 아니다. 설사 꼭 담론해야 하더라도 반드시 먼저 습관과 풍속을 알아야 하며 그러한 암흑면을 똑바로 볼 수 있는 용기와 의지가 있어야 한다. 만약 똑똑히 보지 못한다면 개혁을 운운할 여지가 없다. 미래의 광명만 외쳐대는 것은 게으른 자신을 속이고 게으른 청중을 속이는 일이다.

(이 글은 1930년 3월 1일《새싹 월간(萌芽月刊)》제1권 제3호에 발표되었음.)

중국 프롤레타리아 혁명과 선구자의 피

중국의 프롤레타리아 혁명문학은 현시대에 발생하였고 모욕과 억압 속에서 성장하면서 마침내 어둠 속에서 동지들의 선혈로 첫 문장을 써냈다.

우리의 근로대중은 역사적으로 가장 혹독한 억압과 착취를 받아오면서 문자 교육의 혜택마저도 받을 수 없었고 묵묵히 살육과 멸망을 받아낼 수밖에 없었다. 어려운 상형문자는 또 그들에게서 자습할 수 있는 조건도 주지 않았다. 지식을 갖춘 청년들은 스스로 선구자로서의 사명을 인식하고 앞장에 나서서 맨 먼저 반항의 고함을 질렀다. 이 고함소리는 근로대중이 외치는 반항의 목소리와 마찬가지로 통치자들에게 공포감을 주었다. 그러자 그들의 앞잡이 문인들은 떼지어 공격을 하고 요언을 날조하고 몸소 정탐을 하기도 하였다. 그러나 이런 소행은 모두 이름을 감추고 남몰래 진행되었다. 이것은 그들 자신이 어둠의 동물임을 증명할 뿐이다.

지배자들도 자신들의 앞잡이 문인들이 프롤레타리아 혁명문학을 막아내지 못하리라는 것을 알고 신문 잡지를 금지하고 서점을 폐쇄하고 악질적인 출판법을 공포하고 작가들을 수배하는 한편 최후 수단으로 좌익작가들을 체포하고 구금하고 비밀리에 총살하였고 오늘까지도 그들의 이름을 숨기고 있다. 이것은 그들이 멸망해가고 있는 어둠의 동물임을 증명해주는 한편 또 중국 프롤레타리아 혁명문학 진영의 힘을 실증해주기도 한다. 왜냐하면 약전[1]이 보여주다시피 피살된 우리 몇몇 동지들의 연령과 용기, 더욱이 그들의 평소에 이루어낸 창작 성과들은 앞잡이들이 함부로 짖을 수 없게 하고도 남음이 있기 때문이다.

하지만 우리의 이 여러 동지들은 이미 암살되었다. 이것은 프롤레타리아 혁명문학의 손실이 아닐 수 없으며 우리에게는 큰 슬픔이 아닐 수 없다. 그렇다 해도 프롤레타리아 혁명문학은 여전히 발전하고 있다. 이것은 그 혁명문학이 광범한 혁명대중 자신의 것이며 대중이 존재하는 한, 대중이 성장하는 한 프롤레타리아 혁명문학도 성장하기 때문이다. 프롤레타리아 혁명문학은 혁명적 근로대중과 마찬가지로 억압과 학살을 당하고 있으며 함께 싸우고 같은 사명을 지닌 혁명적 노고대중의 문학임을 우리 동지들의 피가 이미 증명해주고 있다.

지금 군벌의 보고서에는 육순에 난 할머니까지도 "나쁜 사상"에 물들어 있다고 말하고 있으며 조계지의 순경들은 초등학교 어린이들마저도 검사하고 있다. 그들에게는 제국주의에게서 얻어온 총과 대포와 그리고 몇몇 앞잡이들을 내놓고는 아무 것도 없다. 청년들은 말할 것도 없고 모든 남녀노소들은 모두 그들의 적이다. 그리고 그들의 이 적은 모두가 우리 편인 것이다.

우리는 지금 깊은 애도와 추모의 마음으로 희생된 우리 동지들을 기념하고 있다. 우리는 중국 프롤레타리아 혁명문학 역사의 첫 페이지는 동지들의 선혈로 기록되어 있음을 명기할 것이다. 이 기록은 적들의 비열한 만행을 영원히 보여줄 것이며 우리를 끊임없는 투쟁에로 부를 것이다.

(이 글은 1931년 4월 25일 《초소(前哨)》 "전사자 기념특집"에 발표되었음)

|1| 당시 좌익작가연맹의 이위삼(李偉森), 유석(柔石), 호야빈(胡也頻), 풍갱(馮鏗), 은부(殷夫) 다섯 청년 작가의 약전을 말하는데 이들은 모두 1931년 2월 7일, 국민당에게 비밀리에 처형되었다.

남강북조집

여성 해방에 대하여

공자가 말하기를 "유독 여자와 소인은 돌보기 어렵다. 가까이하면 불손하고 멀리하면 원망한다."[1]고 하였다. 여자와 소인을 같은 부류에 싸잡아 말하는 공자가 자신의 어머니도 그 속에 넣고 말하는지는 알 수 없다. 그 뒤의 도학선생들은 어머니에 대하여 겉보기에는 그런대로 존경하고 있다. 그렇지만 중국의 어머니가 된 여성들은 자신의 아들 이외의 모든 남성들의 경멸을 당하고 있다.

신해혁명이후, 참정권쟁취를 위해 이름 높았던 심패정[2] 여사가 의회의 문을 지키는 수위를 발로 걷어찬 적이 있다. 만약 우리 남자가 발로 걷어찼더라면 수위가 반드시 몇 발 앙갚음했을 것이다. 이것은 여자가 득을 보는 부분이다. 그리고 지금 일부 마나님들이 부자 남편과 나란히 서서 부두나 회장에서 사진을 박거나 또는 윤선과 비행기를 띄우기 전에 앞에 나서서 술병을 깨기도 한다.(꼭 여자가 깨야 하는지는 나도 모른다) 이 역시 여자가 득을 보는 부분이다. 이밖에 또 여러 가지 새로운 직업이 생겨났는데 여자만 쓰고 있다. 여자에게는 월급을 적게 주는 것도 있지만 말을 잘 듣기에 공장주들이 즐겨 채용한다. 이밖에 여자라는 이유 때문에 "꽃병"

|1| 《논어 · 양화》에서 나오는 말이다.

|2| 심패정(沈佩貞)은 절강 항주 사람으로서 신해혁명 때에 "여자 북벌대"를 조직하였고 민국 초기에는 원세개 대통령 사무실 고문으로 있었다.

처럼 쓰이기도 하며 "모든 접대는 여자만 쓴다."는 영광스러운 광고도 볼 수 있다. 남자가 이와 같은 벼락출세를 하려면 고유한 남성으로만은 안 되기에 정말 적어도 개로 변하기라도 해야 할 것이다.

이것은 5.4운동 이후 부녀해방을 제창하면서 얻은 성과이다. 하지만 우리는 직업여성들의 고통스러운 신음소리와 더불어 신식 여성에 대한 논평가의 조소를 늘 듣게 된다. 여성들이 규방에서 나와 사회로 진출하자 이번에는 사람들의 새로운 우스개와 이야기 꺼리로 되고 있다.

이것은 여성들이 비록 사회에 나오기는 했지만 여전히 남의 신세로 "먹고 살아야" 하기 때문이다. "남의 신세로 먹고 살다보면" 그의 푸념을 들어야 하고 심하면 모욕까지 받아야 한다. 공자의 푸념을 들어보면 우리는 그가 "먹여 살리면서" "힘들기에" "가까이도 해보고" "멀리도 해보았지만" 모두 타당하지 않았다는 것을 알 수 있다. 이 역시 지금의 사내대장부들이 보편적으로 내뱉는 탄식이며 여자들의 보편적인 고통이기도 하다. 여자들이 "남의 신세로 먹고 살지" 않고 "스스로 먹고 살 수 있는" 날이 오지 않으면 이런 한숨과 고통이 영원히 사라지지 않을 것이다. 아직 개혁을 하지 않은 사회에서 그 어떤 단독적인 양식이라도 간판에 지나지 않으며 실은 이전과 다를 바 없다. 새를 조롱에 가두어놓고 앉을 수 있는 나뭇가지를 놓아 주면 마치 지위가 변한 것 같지만 기실 마찬가지로 남의 노리개일 뿐이며 남이 주는 대로 먹고 마셔야 한다. "남의 밥을 먹고 살면 시키는 대로 할 수밖에 없다."는 속담이 바로 이를 두고 하는 말이다. 하기에 그 어떤 여자든 만약 남자와 동등한 경제권을 얻지 못한다면 그 어떤 명분이든 모두 빈말이 된다고 나는 생각한다. 물론 남자와 여자는 생리와 심리적으로 서로 다르며 동성끼리도 서로 차이를 보인다. 하지만 지위는 반드시 서로 동등해야 한다. 지위가 동등해진 뒤에야 비로소 참된 여자와 남자가 있을 수 있으며 탄식과 고통이 사라질 것이다.

진정으로 해방되기 전에는 싸워야한다. 하지만 나는 여자들이 남자들처럼 총을 메야 한다는 말이 아니다. 자식에게 젖 한쪽만 물리고 나머지는 남자가 담당하라 할 수도 있다. 스스로 눈앞의 일시적인 지위에 만족하지 말고 끊임없이 사상을 해방하고 경제권을 얻기 위하여 싸우기를 바랄 뿐이다. 사회를 해방한다면 자기 자신을 해방시키는 것과 마찬가지이다. 하지만 지금 부녀들만 얽어매고 있는 질곡을 벗어버리기 위한 투쟁도 물론 필요하다.

여성문제를 연구해본 일이 없는 내가 만약 반드시 몇 마디 해야 한다면 이와 같은 빈말뿐이다.

10월 21일

(이 글은 최초에 어느 신문에 발표되었는지 알 수 없음.)

여성에 대하여

　나라가 수난을 당하면 여성들은 더구나 고통을 받는 것 같다. 하기는 여자들이 사치를 좋아해서 국산품은 거들떠보지도 않는다고 비난하는 정인군자들도 있다. 무용이든 육감적이든 무릇 여성과 관련된 것이라면 모두 죄가 된다. 마치 남자들은 모두 고행하는 스님이 되고 여자들은 모두 수도원에라도 들어가야 나라가 고난에서 구원될 것만 같다.

　사실 그것은 여성의 죄가 아니라 불쌍한 여성들의 처지 때문이다. 이 사회제도가 여성들을 이런저런 노예로 만들고 게다가 갖가지 죄명을 씌우고 있다. 한나라 말엽, 그 당시에는 여인들의 휘고 가는 눈썹이나 우는 모양까지도 망국의 조짐이라고 하였다. 기실 한나라가 망한 것이 어찌 여자들 때문이겠는가! 하지만 여자들의 치장이 불만스러워 나서서 탄식하는 사람이 있었다는 것만 보아도 그 당시 통치계급의 상황이 얼마나 상서롭지 않았는지를 알 수 있다.

　사치와 방탕은 사회가 부패해지고 무너지는 현상이지 결코 원인은 아니다. 사유제도 사회에서는 원래 여자를 사유재산으로 생각하고 상품으로 친다. 어느 국가, 어느 종교든 모두 해괴한 규칙들이 많은데 여자를 불길한 동물로 취급하면서 위협으로 노예처럼 복종시킨다. 그리고 여성들을 상류계급의 노리개로 만들고 있다. 요즘의 정인군자들이 여자들을 사치하다고 욕하고, 정색해서 사회기풍을 유지하려고 하지만 뒤에서는 몰래 여인의 육감적인 허벅지 문화를 감상하고 있다.

아랍의 옛 시인이 이런 말을 하였다.

"지상의 천당은 성인의 경전과 말 잔등, 그리고 여인의 가슴에 있다."|1|

그야말로 솔직한 고백이 아닐 수 없다.

물론 이런저런 매춘은 여성을 떠나서는 있을 수 없다. 하지만 사고파는 것은 쌍방의 일이다. 사는 오입쟁이가 없으면 파는 창녀가 있을 리 없지 않은가. 그러기에 문제는 여자를 사고파는 사회에 뿌리가 있다. 이 뿌리가 여전히 존재하는 한, 말하자면 사는 사람이 존재하는 한 이른바 여성의 사치와 방탕은 결코 소멸될 수 없다. 남자가 소유주일 때 여자 자신도 남자의 소유품에 지나지 않는다. 아마 이 때문에 여자가 남자에 비해 재산을 덜 아끼고 흔히 "몰락을 부르는 요정"으로 되는 건 아닌지 모르겠다. 게다가 지금은 매음의 기회가 너무도 많아 가정주부들마저 자신의 지위가 위험에 처해 있음을 직감하는 형편이다.

중화민국 초기에 벌써 나돌던 말이지만 상해에서는 최신식 유행이 기생부터 시작되어 첩들에게로 옮겨가고 첩들로부터 다시 부인과 아가씨들에게로 전해진다고 한다. 이들 여염집 사람들은 대부분 저도 모르게 기생들과 경쟁하는 꼴이 되어 자신의 몸을 남자의 마음을 온통 사로잡을 수 있도록 치장한다. 이러한 치장에는 대가가 톡톡히 지불되는바 물질적으로나 정신적으로 날마다 값이 뛴다.

미국의 한 백만장자가 말했다.

"우리는 공산비적(워낙 원문에 비적이라는 말이 없으나 명령에 따라 이렇게 번역한다)이 두렵지 않다. 노동자들이 와서 몰수하기 전에 우리 아내와 딸들이 우리를 파산시킬 것이다."

그러나 중국에서는 아마 노동자들에게 몰수될 수 있나 보다. 그래서 상

|1| 아랍 시인 무타나비(915~965년)가 만년에 쓴 서정시에서 나오는 구절이다.

류층 중국인 남녀들이 국산이건 아니건, 사회풍기가 어떻게 되든 이렇게 서둘러 낭비하고 향수하고 즐기는가 보다. 하지만 입으로는 반드시 풍기를 바로잡고 근검절약해야 한다고 부르짖고 있다.

1933년 4월 11일

경험

옛 사람들이 물려준 경험 가운데 더러는 그야말로 귀중하다. 수많은 목숨을 잃으며 얻은 것이라 후세 사람들에게는 큰 혜택이 되고 있다.

우연히 《본초강목》[1]을 뒤져보다가 저도 모르게 떠오르는 생각이 있었다. 이 책은 아주 평범한 책이지만 풍부한 보물이 담겨 있다. 물론 근거가 없는 기재도 있기는 하지만 대부분 약품의 효능은 오랜 경험을 바탕으로 얻은 것이기에 이 정도로 알 수 있는 것이다. 그리고 더 놀라운 것은 독약에 관한 기록이다. 우리는 예로부터 고대 성인을 받들어 모시는 풍습이 있어서 약초를 신농 황제라는 사람이 혼자 맛을 보며 얻은 것이라고 알고 있다. 어느 하루 신농씨는 72종이나 되는 독을 맛보았지만[2] 독을 푸는 방법을 알고 있었기에 중독되어 죽지 않았다고 한다. 오늘에 와서는 이러한 전설이 사람의 마음을 움직이지 못한다. 세상 문물은 모두 오랜 세월을 내려오며 이름 모를 사람들에 의해 점차 만들어졌다는 것을 대부분 사람들이 알고 있다. 건축을 하고 요리를 하고 고기를 잡고 사냥을 하고 농사를 짓는데 이르기까지 예외가 없고 의학도 마찬가지이다. 이렇게 생각

|1| 《본초강목》은 중국의 명나라 의약학자인 이시진이 32년을 거쳐 완성한 약물학 저작이다.
|2| 신농(神農) 씨는 중국 고대 전설에 나오는 제왕으로서 "백성들에게 오곡을 심는 방법을 가르쳐주었고⋯⋯ 백초를 먹어보면서 그 맛을 알아보고 샘물을 먹어보면서 달고 쓴 맛을 가리어 백성들에게 먹을 수 있는 것과 먹을 수 없는 것을 알려주었다. 그때 하루에 일흔 가지 독을 맛보기도 하였다."는 기재가 있다.

한다면 문제는 커진다. 옛 사람들은 아마 병에 걸렸을 때 처음에는 이것도 먹어보고 저것도 먹어볼 수밖에 없었을 것이다. 그러다가 독이 있는 것을 먹으면 죽고 병과 관계없는 것을 먹으면 별 효과를 보지 못했으며 병에 맞는 것을 먹으면 병이 나아서 그것이 아무 병을 치료하는 약임을 알게 된 것이다. 이렇게 경험을 쌓는 가운데 기록을 해두고 나중에는 방대한 책으로 만들어졌다. 이《본초강목》이 바로 좋은 실례이다. 그리고 본초강목에는 중국의 경험만 기록되어 있는 것이 아니라 아랍인들의 경험과 인도인들의 경험도 기록되어 있다. 그러니 그 앞에 얼마나 큰 희생이 따랐는지를 짐작할 수 있다.

하지만 수많은 사람들이 얻은 경험이지만 후세 사람들에게 나쁜 영향을 남긴 것도 있다. 이를테면 "남의 집 기와에 서리가 앉든 말든 상관 말고 제 문앞의 눈이나 쓸어라"는 속담이 그 가운데 하나이다. 남의 어려움을 도와주다가 조심하지 않다간 자칫 덤터기를 뒤집어쓰는 경우가 있다. 그래서 나쁜 경험에 의해 얻어진 결과로 "관청문은 활짝 열려 있어도 도리만 있고 돈이 없으면 들어가지 말라."는 속담도 생겨난 것이다. 이렇게 되어 사람들은 자신과 관계없는 일에는 되도록 참견하지 않고 멀리 피하는 것을 상책으로 여긴다. 사회에 살면서 사람들이 처음에는 지금처럼 서로 무관심하게 지내지 않았을 것이라고 나는 생각한다. 하지만 사는 세상이 무서워지고 많은 희생을 내게 되면서 나중에는 자연스럽게 이런 길을 걷게 된 것이다. 때문에 중국에서, 특히 도시에서는 급병에 걸려 길에 쓰러진 사람을 보거나 차가 뒤집혀 상한 사람을 보아도 행인들은 그저 둘러싸고 구경만 하고 있다. 심지어 즐기는 사람까지 별의별 사람이 다 있지만 도움의 손길을 내미는 사람은 극히 드물다. 이것이 바로 희생으로 바꾸어온 나쁜 결과이다.

요컨대 경험으로 얻은 결과는 좋든 나쁘든 모두 큰 희생이 따르기 마련이다. 비록 작은 일일지라도 놀라운 대가를 지불해야 한다. 이를테면 요즘 일부 신문 독자들은 선언이나 뉴스, 그리고 강연과 담화 같은 글이 제 아무리 멋지게 꾸며지고 거창하게 논술되어도 별로 관심을 갖지 않는다. 관심을 갖지 않을뿐더러 심지어 보고 나서는 웃음거리로 삼는 경우도 있다. 그야말로 "시초에 문자를 만들고 나서 옷을 입었다."[3]는 말이 무색할 지경이다. 하지만 이 자그마한 결과가 수많은 땅과 사람의 목숨과 재산을 희생하면서 얻어온 것임을 알아야 한다. 그 목숨은 물론 남의 목숨이고 어쩌다 자신이 목숨을 잃었다면 이런 경험을 얻을 수도 없을 것이다. 때문에 무슨 경험이든 산 사람이라야 얻을 수 있다. 만약 나의 목숨이라면 남이 나를 죽음을 두려워하는 겁쟁이라고 비웃는다 해도[4] 자살하거나 목숨을 내거는 일은 없을 것이다. 이 점을 반드시 밝히는 것은 바로 이 때문이다. 그리고 이 역시 자그마한 경험으로 얻은 결과이다.

1933년 6월 12일

---

[3] 이 말은 《천자문》에 나온다.
[4] 이 구절은 양실추가 《신월》 제2권 제11호에 발표한 《루쉰과 소》라는 글에서 "루쉰의 '목숨 내놓지 않기 주의(不賣肉主義)'는 오래전에 이미 분명히 밝혔다."고 노골적으로 한 풍자를 두고 한 말이다.

"제3부류의 인간"을 논함

　이 3년 동안 문예에 관한 논쟁은 잠잠해졌다. 지휘도의 비호 아래 "좌익"이라는 간판을 내걸고, 마르크스주의에서 문예 자유론을 발견하고 레닌주의에서 공산비적을 모조리 죽여야 한다는 설을 찾았다는 논객[1]들의 "이론"을 제외하고는 누구나 거의 입을 열 수가 없다. 하지만 만일 "문예를 위한 문예"를 하는 문예라면 오히려 "자유로울" 것이다. 그들에게는 절대로 루블을 받았다는 혐의가 있을 수 없기 때문이다. 하지만 "제3부류의 인간", 말하자면 "한사코 문학에 매달려 있는 사람"들은 그 어떤 고통을 예감하지 않을 수 없다. 왜냐하면 좌익 문단에서 그들을 "부르주아의 앞잡이"로 보려고 하기 때문이다.

　이 "제3부류의 인간"을 대표하여 불만을 터뜨린 것은 《현대》잡지 제3호와 제6호에 실린 소문[2] 선생의 글이다.(여기서 먼저 성명해둘 것이 있다. 나는 편리상 잠시 "대표", "제3부류의 인간"이라는 말을 쓰고 있는데 소문 선생을 비롯한 "작가군"들도 "혹은", "얼마쯤", "영향"과 같은 애매하고 정확하지 않은 말을 거절하는 것과 마찬가지로 나도 고정적인 명칭을 붙이고 싶지 않다. 일단 명칭을 고정시키면 자유롭지 않기 때문이다.)

|1| 여기서 논객은 호실추(胡實秋)와 일부 트로츠키 파를 가리킨다. 이들은 국민당 반동파와 결탁하여 중국노농홍군을 '비적'이라고 모욕하였다.

|2| 소문(蘇汶, 1906~1964년)은 당시 《현대》 월간 편집원이었다.

그는, 평론가들이 걸핏하면 작가를 "부르주아의 앞잡이"라 하고 심지어 중립을 지키는 사람마저 비 중립자로 여기고 있으며, 일단 비 중립자로 되면 "부르주아의 앞잡이"로 될 가능성이 크고 "좌익 작가"라는 사람들은 "좌익이지만 글을 쓰지 않고" "제3부류의 인간"들은 "글을 쓰고 싶어도 감히 쓸 수 없기에" 문단에는 아무 것도 없다고 하면서, 그러나 문예에는 적어도 장래를 위한 계급투쟁을 초월한 것이 일부분 있는바 그것은 "제3부류 인간"들이 그러안고 있는 참되고 영원한 문예이지만 애석하게도 쓰기도 전에 좌익 이론가들에게 욕먹을 예감이 들기에 감히 쓰지 못하고 있다고 여기고 있다.

나는 이런 예감이 들 수 있으며 "제3부류의 인간"으로 자처하는 작가라면 더 쉽게 생기라고 믿는다. 지금 이론을 잘 알지만 감정이 변하지 않는 작가들이 많다는 필자의 말도 믿는다. 그러나 감정이 변하지 않는 사람이라면 그가 알고 있는 이론의 깊이가 감정이 이미 변했거나 조금 변한 사람과는 좀 다를 것이며 견해 역시 이 때문에 서로 다를 것이다. 소문 선생의 견해가 내 보기에는 정확하지 않다.

물론 좌익문단이 있은 뒤로 이론들이 오류를 범한 적이 있고 작가들 가운데도 소문 선생의 말처럼 "좌익이기는 하지만 글을 쓰지를 않는" 사람이 있을 뿐만 아니라 좌익에서 우익으로 가는 사람도 있으며 심지어 민족주의문학의 졸개가 되고 책방 주인 또는 적의 밀정으로 전락해버린 사람도 있다. 이와 같이 좌익문단이 싫어서 등지고 가버린 작가도 있지만 좌익문단은 여전히 존재하고 있다. 존재하고 있을 뿐만 아니라 발전하고 있으며 자신의 단점을 극복하면서 문예라는 신성한 경지로 전진하고 있다. 소문 선생은 3년을 극복하고도 아직 다 극복하지 못했느냐고 묻는다. 나는 그렇다고 대답하고 싶다. 아직도 극복해야 하며 30년이 더 걸릴지도 모른다고 말하고 싶다. 하지만 극복하면서 전진하고 있으며 다 극복되기를 기다려 전진하는 그런 어리석은 일은 하지 않을 것이다.

하지만 소문 선생은 좌익작가들이 자본가한테서 원고료를 받고 있지 않으냐고 "우스개"를 하면서 이런 말을 하였다.

"지금 한마디 바른말을 하고 싶은데 좌익작가들은 아직도 봉건적인 자본주의사회 법률의 압박과 구금, 살육을 당하고 있다. 그래서 좌익 간행물은 죄다 폐쇄당하여 지금 살아남은 것이 몇이 안 되고 발표되는 비평 작품도 지극히 적다. 그런데 어쩌다 발표되는 작품마저도 걸핏하면 "자본가의 앞잡이"라고 지적하면서 "동행자"를 배척하고 있다. 좌익작가란 하늘에서 떨어진 신의 군대도 아니고 외국에서 쳐들어온 적도 아니다. 그들은 몇 걸음 같이 갈 "동행자"가 필요할 뿐만 아니라 길가에서 구경하는 구경꾼도 불러서 함께 전진해야 한다.

하지만 이렇게 묻고 싶다. 좌익문단이 지금 압제를 받고 있어서 논평을 많이 발표할 수 없는 처지이지만 만일 발표할 가능성이 있다고 하면 그렇다고 해서 툭하면 "제3부류의 인간"을 "부르주아계급의 앞잡이"라고 질책할까? 내 생각에는 만약 좌익 작가들이 욕하지 않겠다는 맹세를 하지 않았다면, 또 가장 나쁘게 생각하면 그럴 수도 있으며 이보다 더 나쁘게 생각할 수도 있다. 하지만 나는 이런 추측이 지구가 갈라지는 날이 올 것을 염려하여 먼저 자살하는 것과 같아서 정말 그럴 필요가 없는 일이라고 생각한다.

그런데 소문 선생의 "제3부류의 인간"들은 앞으로 닥쳐올 공포가 무서워서 "붓은 놓았다"고 한다. 몸소 겪어본 것이 아니라 마음에서 생긴 환각 때문에 붓을 놓는다면 "죽도록 문학을 그러안고 놓지 않으려는" 작자의 포용력이 얼마나 약한가? 사랑하는 두 사람이 장차 사회로부터 올 질책을 예방하기 위하여 서로 포용하지 않을 수 있을까?

기실 이 "제3부류의 인간"들이 "붓을 놓은" 원인은 좌익 논평이 엄혹해서가 아니다. 진정한 원인은 이런 "제3부류의 인간"으로는 될 수도 없고 또 되지 못한다면 제3부류의 펜도 있을 수 없기 때문이다. 붓을 놓느냐 마느냐는 논의할 여지도 없다.

계급사회에 살면서도 계급을 초월한 작가로 되려 하거나 싸우는 시대에 살면서도 싸움을 떠나서 독립하려 하고 현실에 살면서 미래의 작품을 쓰려는 사람은 그야말로 마음이 만들어낸 환각일 뿐 현실에는 있을 수 없다. 이런 사람이 되려는 것은 손으로 제 머리를 잡아 당겨 땅에서 떨어져 보려 하지만 떨어질 수 없어서 조급해하는 것과 같다. 하지만 누가 도리질을 한다고 해서 머리를 잡아당기지 않을 수는 없다.

그러므로 "제3부류의 인간"이라 할지라도 역시 계급을 초월할 수는 없다. 소문 선생은 계급적인 비판을 미리 예감하고 있었다. 작품이 계급의 이해관계를 벗어날 수 없으며 전투에서도 빠질 수 없다는 것을 알기에 소문 선생은 먼저 "제3부류의 인간"이라는 이름으로 항쟁을 제기한 것이다. 비록 "항쟁"이라는 단어를 작자가 접수하기 싫어하고 또 현실을 건너 뛸 수 없기 때문에 그는 계급을 초월한, 미래의 작품을 창작하기 전에 먼저 좌익에서 올 수 있는 비판을 염두에 두고 있는 것이다.

이것은 실로 어려운 상황이 아닐 수 없다. 그러나 이 어려운 상황은 환상이 현실로 될 수 없기 때문에 생기는 것이다. 설사 좌익 문단이 "방애"를 하지 않는다 해도 이 "제3부류의 인간"이란 있을 수 없으며 또 그러한 작품은 말할 여지도 없다. 하지만 소문 선생은 또 다시 마음속으로 횡포한 좌익문단의 환영을 만들어 가지고는 "제3부류의 인간"이란 환영이 나타날 수 없도록 만들고 그 때문에 미래를 위한 문예가 발생할 수 없는 죄까지 모두 좌익에 뒤집어씌우고 있다.

그림이야기, 창극, 가사집에나 눈길을 돌리고 있는 좌익 작가들은 확실히 고명하지는 못하다. 하지만 소문 선생이 단언한 것처럼 발전성이 없는 것은 아니다. 좌익도 톨스토이나 플로베르가 나오기를 기대한다. 하지만 "애써 미래에 속하는(그들은 현실을 요구하지 않는다) 작품을 창작하는" 톨스토이와 플로베르는 요구하지 않는다. 톨스토이와 플로베르는 모두 그들이 살았던 현재를 썼다. 미래는 현재의 미래이며 현재에 의의가 있는 것만이 미래에도 의의가 있을 수 있다. 특히 톨스토이가 그러하였다. 그는 간단한 이야기를 써서 농민들에게 보여주면서도 "제3부류의 인간"으로 자처하지 않았다. 당시 부르주아의의 모진 공격을 받으면서도 끝내 "붓을 놓지" 않았다. 좌익이 소문 선생의 말처럼 "그림이야기로는 톨스토이가 나올 수 없으며 플로베르가 나올 수 없다."는 것조차 모를 정도로 우매하지 않지만 미켈란젤로, 다빈치와 같은 그런 위대한 화가는 나올 수 있다고 생각한다. 뿐만 아니라 나는 창극, 가사나 강담(說書)를 써도 톨스토이와 플로베르를 낳을 수 있다고 믿고 있다. 지금 미켈란젤로들의 그림이라면 누구도 다른 말이 없지만, 사실상 그 그림들은 종교 선전화로서《구약》의 그림이야기가 아니고 무엇인가? 뿐만 아니라 그것은 그때의 "지금"이었다.

한마디로 말하여 "제3부류의 인간"들이 남을 기만하거나 작가인척 하기보다 오히려 창작에 노력을 기울이는 것이 나을 것이라고 한 소문 선생의 주장은 아주 훌륭하다.

"반드시 자신을 믿는 용기가 있어야만 사업을 할 수 있는 용기가 생긴다."는 이 말은 더구나 맞는 말이다.

그런데 소문 선생은 또 말한다. 크고 작은 수많은 "제3부류의 인간"들은 좌익 이론가에게서 올 수 있는 불길한 징조를 예감하였기 때문에 "붓을 놓았다"고!

"어쩌면 좋을까?"

1932년 10월 10일

"재난에 뛰어들기"와 "재난을 피하기"에 대하여

– 《파돗소리(濤聲)》편집에게 보내는 편지

편집선생,

늘 《파돗소리》를 보면서 항상 "통쾌하다"는 말을 합니다.

하지만 이번에 주목재 선생이 《남을 욕하기와 스스로 욕하기》[1]라는 글에서 북평의 대학생들이 "재난에 뛰어들 수 없다면 최저한도로 재난을 피하지는 말아야 한다!"라는 구절을 보고는 그야말로 "5.4운동" 시대의 그 날카롭던 예봉이 닳아 떨어진 것이 한탄스럽고 마치 목에 가시가 걸린 것 같아서 한마디 하지 않을 수 없습니다. 나는 주선생과 정반대 의견을 갖고 있는데 "재난에 뛰어들 수 없다면 재난을 피하기는 해야 한다"고 생각하고 있기에 "뺑소니당"에 속한다고 할 수 있습니다.

주선생은 글을 마무리하면서 "'북경'을 '북평'이라고 이름을 고쳐서 그렇지 않나 의심된다."고 썼는데 나는 절반은 그렇다고 생각합니다. 그 무렵의 북경은 아직 "공화"의 탈을 쓰고 있어서 학생이 들끓어도 일에 지장이 없었고 그 무렵의 집권자는 어제 "상해 각계에서 단공지(段公芝) 어른

|1| 주목재(周木齋, 1910~1941년)는 《남을 욕하기와 스스로 욕하기》라는 글에서 "요즘 일본군이 유관을 침범하자 북평의 대학생들이 앞당겨 방학을 하자는 요구를 제기하고 있다. 그 요구가 뜻대로 되지 않자 그들은 스스로 학교를 떠났다. 적이 아직 오지도 않았는데 풍문을 듣고 멀리 피하니 그야말로 불가사의한 일이 아닐 수 없다.…… 도리대로 말하면 일본군이 유관을 침략했기에…… 재난에 뛰어들 수 없다면 최저한도로 재난을 피하지는 말아야 한다."라고 하였으며 또 "여기까지 쓰고 나니 갑자기 '5.4운동' 시기 북경 학생들의 예리함이 생각났다. 어느새 학생들의 학풍과 민중의 풍기가 다 변해버렸는데 나는 '북경'을 '북평'이라고 이름을 고쳐서 그렇지 않나 의심된다."고 썼다.

을 환영하는 대회"|2|를 열었던 단기서 선생으로서 비록 그는 무인이었지만 아직《무쏠리니 전》을 읽지 못했습니다. 하지만 보십시오. 일을 내지 않았습니까! 청원을 하는 학생을 향해 탕탕탕 발포를 했지요. 병사들은 여성을 많이 조준하고 발포했다고 합니다. 정신분석학으로 해석하면 말이 됩니다. 더욱이 단발을 한 여학생이었으니 풍기를 정돈한다는 견지로 해석해도 말이 됩니다. 아무튼 "수많은 학생들이" 죽었습니다.

하지만 추도회를 열 수 있고 또 정부 앞에 가서 "단기서를 타도하자"를 외치면서 데모도 할 수 있었습니다. 무엇 때문이겠습니까? 이때는 아직도 "공화"의 탈을 썼기 때문입니다. 하지만 또 일이 났습니다. 당국의 대 교수인 진원 선생이《현대평론》잡지에 학생들을 애도하면서 그들이 루블 몇 푼을 위해 목숨을 잃었다고 썼습니다.|3|《어사(語絲)》에서 반박을 했더니 당국의 요인인 당유임 선생이《정보(晶報)》에 발표한 편지에서 그런 언동은 모스크바의 지령을 받았다고 썼습니다. 그야말로 벌써 북평의 냄새가 솔솔 풍깁니다.

나중에 북벌이 성공하여 북경이 당국에 귀속되고 학생들은 모두 연구실에 들어가는 시대가 되면 5.4의 양식이 틀렸다고 할 수 있습니다. 무엇 때문이겠습니까? "반동파"에게 이용되기 쉽기 때문입니다. 이와 같이 나쁘게 변할 성질을 바로잡기 위해 우리의 정부와 군인, 학생과 문호, 그리고 경찰과 탐정들은 그야말로 많이 애를 썼습니다. 통고도 하고 총칼도 쓰고 신문과 도서를 이용하는가 하면 단련시키고 체포하고 취조도 해보았습니다. 그러다가 지난해에 청원하러 갔다가 많은 사람들이 "스스로 실족하여 물에 빠져" 죽어서 추도회마저도 열 수 없기에 이르러서야 새 교육의 효과가 나타납니다.

|2| 1933년 1월 24일, 단기서가 상해로 갈 때 상해시 상회 등 18개 단체에서 2월 17일에 환영회를 열었다.
|3| "3. 18 학살사건"을 말한다.

아마 일본인들이 산해관을 넘어 공격해오지 않았다면 천하가 태평했을 거고 "먼저 내부를 안정시키고 나서 외적을 몰아내야"[4] 하겠지요. 하지만 애석하게도 외적이 너무 빨리 왔고 너무 번거로워졌습니다. 일본인들이 중국 벼슬아치들의 사정은 너무도 봐주지 않기 때문입니다. 그리고 이 때문에 주선생의 책망을 샀습니다.

주선생은 아마 가장 좋기는 "재난을 찾아가야 한다."고 주장하는 것 같습니다. 하지만 어려운 일이지요. 만약 벌써 조직되고 훈련을 거쳤다면 전선에 병력이 부족할 때 부사령관[5]이 소집명령을 내리면 당연히 가야겠지요. 하지만 지난해 일을 보면 차표를 사지 않고는 기차를 탈 수 없었고 매일 채권론, 터키 문학사, 최소공배수와 같은 것을 배우다 보니 일본과 싸워서는 이길 수 없습니다. 대학생들이야 전에 중국의 병사와 경찰들과 싸워 봤지요. 하지만 "스스로 실족하여 물에 빠졌습니다." 지금 중국의 군대와 경찰들도 저항해내지 못하는 적을 대학생을 보고 막으라고요? 뜨거운 피로 왜놈들의 총칼을 녹여 붙여놓아야 한다느니 하는 격앙되고 감개에 찬 시를 보기도 했습니다. 하지만 선생, 이것은 "시"란 말입니다! 사실은 이렇지 않습니다. 개미보다 못한 죽음을 당할 뿐만 아니라 총구멍을 막을 수 없고 칼과 총을 녹일 수도 없습니다. 공자는 "훈련을 거치지 않은 민중을 싸움에 보내는 것은 그들을 버리는 것이다."[6]라고 말했습니다. 나는 공자를 절대적으로 숭배하지는 않지만 이 말은 맞다고 생각합니다. 나 역시 대학생을 "재난에 내보내는 것"을 반대하는 사람입니다.

그렇다면 "재난을 피하지 않으면" 어떻습니까? 이 역시 전적으로 반대합니다. 물론 지금 "적이 아직 오지 않았습니다." 하지만 만약 적이 온다면 대학생들은 맨손으로 욕을 퍼붓다가 죽어야 합니까, 아니면 집에 숨어

|4| 장개석이 1931년 11월 30일 국민당 정부 외교부장 고유균(顧維鈞)의 취임식에서 한 말이다.

|5| 장학량(張學良)을 말한다.

|6| 《논어·자로》에서 나오는 말이다.

서 목숨을 살려야 합니까? 내 보기에는 욕설을 퍼붓다가 죽는 것이 떳떳합니다. 그러면 장차 열사 전기를 쓸 수 있겠지요. 하지만 전반 국면에는 아무런 도움이 되지 않습니다. 한 사람이든 10만이든 기껏해야 "국제연맹"에 보고서나 올릴 뿐이겠지요. 지난해 사람들이 19로군의 아무개가 적을 얼마나 용감히 무찔렀는지를 신나서 말하느라 전선을 뒤로 백리나 퇴각한 큰일은 잊어버렸고 사실 중국이 지고 말았지요. 하물며 대학생들에게는 무기도 없지 않습니까! 지금 중국의 신문들에서는 "만주국"[7]의 폭정을 크게 떠들어대면서 개인이 무기를 갖고 있지 못하게 한다고 질책하고 있지만 우리 대 중화민국 국민이 자신을 보호할 수 있는 무기를 갖게 해보십시오. 역시 망하고 말 것입니다. 선생, 이것이야말로 쉽게 "반동파에게 이용될 수 있는" 일입니다!

사자 식의 교육을 한다면 그들은 발톱을 쓸 수 있고 소나 양의 교육을 한다면 그들은 굉장히 위험해졌을 때 어설픈 뿔을 쓰겠지요. 하지만 우리는 무슨 교육을 실시하고 있습니까? 작은 뿔조차 있으면 안 됩니다. 그러니 위험이 닥치면 토끼처럼 도망가는 수밖에 없지요. 물론 도망간다고 해서 안전한 것은 아닙니다. 어디가 안전한지는 누구도 모릅니다. 어디가나 번식시킨 사냥개가 있기 때문입니다. 시경에서 "잘 뛰는 토끼도 사냥개를 만나면 잡히네."라고 한 말이 이를 가리킵니다. 그렇다면 36계에서 역시 줄행랑이 상수지요.

요컨대 내 의견은 우리가 대학생을 너무 높게 봐서는 안 되며 그들을 너무 심하게 책망해도 안 되며 중국은 대학생들에만 의거할 수 없다는 것입니다. 대학생이 도망치고 난 다음에는 반드시 앞으로는 어떻게 해야 이처럼 도망치지만 않고 시의 경지에서 벗어나 발을 땅에 튼튼히 붙일 수 있을지를 생각해야 합니다.

|7| 일본제국주의가 중국의 동북을 침략한 뒤 1932년 3월에 만든 괴뢰정권이다.

선생님께서는 어떻게 생각하는지요?《파돗소리(濤聲)》에 발표하여 일가 견임을 보여주는 것이 어떻습니까? 선생님에게 맡깁니다. 아울러 문안을 드립니다.

1월 28일 밤

추신, 열흘 전에 북평에서 50명 남짓한 학생들이 회의를 하다가 체포되었다는 소식을 들었습니다. 역시 도망치지 않은 사람이 있습니다. 하지만 죄명이 "항일이란 구실로 반동을 획책했다."는 것이니 비록 "적이 오지 않았지만" "재난을 피하는" 것이 상책임을 알 수 있습니다.

29일 보충.

(이 글은 1933년 2월 11일 상해 《파돗소리(濤聲)》 제2권 제5호에 발표되었음)

욕설과 위협은 절대로 전투가 아니다
－《문학월보》 편집부에게 보내는 편지

　기응[1] 형,

　그저께 《문학월보》 제4호를 받아 읽어보았습니다. 내 생각에는 이 잡지에 부족한 점이있다면 다른 잡지처럼 내용이 다양하지 못한 것이 아니라 이전보다 내용이 충실하지 못한 것입니다. 하지만 이번에 새로운 작가 몇을 등장시킨 것은 대단히 잘한 일이라고 생각합니다. 작품의 우열에 대해서는 잠시 언급하지 않겠지만 이 몇 년 동안 이름이 한 번도 활자로 찍혀보지 못한 작가라면 거의 작품을 발표해주지 않는 추세입니다. 이대로 나가다간 신인 작가는 작품을 발표할 기회가 없어지게 됩니다. 비록 한 집지의 한 호에서만 이 국면을 깼지만 침체된 분위기를 다소 해소할 수 있어서 좋은 일이라고 생각합니다. 하지만 운생(芸生) 선생의 시[2]는 정말 실망스러웠습니다.

　한눈에 알 수 있듯이 이 시는 그 전호에 실린 베드네이의 풍자시[3]를 모방하여 썼습니다. 하지만 두 시를 비교해보면, 베드네이가 스스로 자신의 시를 “악독”하다고 하지만 가장 심해야 웃으면서 하는 욕에 지나지 않습니다. 그런데 이 시는 어떻습니까? 욕설이 있는가 하면 위협도 있고 또

|1| 주양(周揚)을 말하는데 문예이론가로서 좌익연맹의 지도 성원이었다. 당시 《문학월보》 편집을 주관하고 있었다.

|2| 운생(芸生)의 원명은 구구여(邱九如)이다. 그는 “자유인”을 자칭하는 호추원(胡秋原)의 반동언론을 풍자하기 위해 시 “한간의 진술서”를 썼지만 이 글에서 루쉰이 지적한 엄중한 결함과 오류를 범하였다.

|3| 베드네이의 풍자시는 트로츠키를 풍자한 장시 《욕설을 퍼부을 겨를이 없네》를 말한다.

실없는 공격을 하기도 합니다. 기실 이것은 아무 필요도 없습니다.

이를테면 글의 시작에서 벌써 성씨에 대해 조롱하고 있습니다.|4| 한 작가가 쓰는 별명으로 그 작가의 사상을 들여다 볼 수는 있습니다. 이를테면 "철혈(鐵血)"이나 "병견(病鵑)" 같은 별명에는 좀 농을 걸어도 괜찮습니다. 하지만 성씨와 원적이라면 스스로 선택할 수 있는 것이 아니고 조상으로부터 물려받는 것이기에 절대 그 사람의 죄나 공적을 말해주지 않습니다. 내가 4년 전에도 이런 말을 한 적 있는데 당시 나를 "봉건 잔여세력"이라고 말한 사람이 있습니다. 실은 이런 꺼리를 붙잡고 스스로 뭘 이룬 것처럼 기뻐하는 것이 오히려 더 "봉건"이지요. 하긴 이런 기풍이 이 몇 년 사이에 드물어졌습니다. 그런데 뜻밖에도 지금 다시 부활했으니 그야말로 퇴보가 아닐 수 없습니다.

더욱 참을 수 없는 것은 결말에 한 욕설입니다. 요즘의 작품을 보면 필요한 것도 아닌데 일부러 대화에 욕지거리를 써넣습니다. 마치 욕설이 많으면 많을수록 무산자의 작품이고 그렇지 않으면 무산자 문학답지 않다고 생각하는 것 같습니다. 기실 훌륭한 노동자, 농민 가운데 걸핏하면 욕을 내뱉는 사람이 많지 않습니다. 작가는 상해의 건달들이나 하는 행위를 그들한테 뒤집어씌워서는 안 됩니다. 설사 욕지거리를 좋아하는 무산자가 있더라도 그것은 몹쓸 성격에 지나지 않습니다. 하기에 작자는 그런 욕설을 늘여놓을 것이 아니라 문예를 통해 바로잡아주어야지요. 그러지 않다가는 괜히 미래의 무산계급 사회를 말 한마디 거슬린다고 해서 조상까지 모욕하면서 큰 싸움을 벌이는 세상으로 만들어버릴 것입니다. 더구나 글로 하는 싸움일지라도 군사들의 싸움이나 복싱과 마찬가지로 상대방의 빈틈을 노리고 치명타를 안겨야지 만약 북치고 고함지른다면 그것은《삼국지》식의 전법이며 상욕을 퍼붓고는 돌아서서 제가 이겼다고 여긴

|4| 그의 시는 서두가 아래와 같다. "나는 지금 한간의 진술서를 쓰고 있다네. 그도 성이 호(胡)씨라지만 이름은 립부(立夫)라 부르지 않는다네." 여기서 호립부는 1923년 일본군이 상해를 점령했을 때 이름난 한간이었다.

다면 그것은 "아Q"식 전법입니다.

　다음은 시에서처럼 "수박처럼 쪼개 버리겠다."|5|는 식의 위협인데 이
역시 절대 잘못이라고 생각합니다. 무산자는 자신을 해방하고 계급을 소
멸하기 위해 혁명하는 것이지 사람을 죽이려고 혁명을 하지 않습니다. 설
사 공공의 적일지라도 전쟁터에서 죽지 않았다면 대중이 재판해야지 절
대 어느 시인이 붓으로 생사를 판정할 일이 아닙니다. 지금 "사람을 죽이
고 불을 지른다."는 풍문이 많이 들리지만 그것은 모함일 뿐입니다. 중국
의 신문에서는 진실을 알 수 없지만 외국의 실례를 보면 똑똑히 알 수 있
습니다. 독일의 무산계급 혁명(성공은 못했지만)|6|에서는 함부로 사람을 죽
이지 않았습니다. 러시아에서는 차르의 궁전에 불도 지르지 않았지요. 그
런데도 우리의 작가들은 혁명적인 노동자, 농민을 무시무시한 귀신으로
만듭니다. 제 보기에는 그야말로 경솔한 짓입니다.

　물론 중국 문단에는 여태껏 모함과 날조, 위협과 욕설이 끊이질 않았습
니다. 두툼한 역사책을 펴보면 이런 글을 지금도 많이 볼 수 있고 오늘도
사용되고 있으며 더 심해지고 있습니다. 하지만 이런 유산은 모두 발바리
문예가들이나 이어받으라 하고 우리까지 포기하려고 노력하지 않는다면
그들과 "한통속"이 될 것입니다.

　그러나 내가 적의 비위를 맞춰 웃는 얼굴을 보이거나 절을 하라고 주장
하는 것이 아닙니다. 내가 말하고자 하는 것은 전투적인 작가라면 "논쟁"
에 역점을 두라는 것입니다. 만약 시인이라면 감정을 억제하지 못하고 분
노하거나 비웃으며 욕해도 안 될 것 없습니다. 하지만 반드시 조소에 그
치고 호된 욕으로 그쳐야 하며 "장난하거나 노해도 모두 글이 되어"|7| 적

|5| "수박처럼 쪼개버리겠다."는 말이 나오는 구절은 아래와 같다. "조심하라, 너의 대가리를 단번에 수박처럼 쪼개
버리겠으니!"

|6| 독일의 무산계급혁명이란 독일의 11월 혁명을 가리킨다.

|7| 중국의 송나라 황정견(黃庭堅)이 쓴 《동파선생을 찬양하노라》에서 나오는 말이다.

에게 상처를 주거나 죽일 수 있지만 자신은 비열한 행위를 하지 않았고 보는 사람도 더럽다고 생각하지 않을 것입니다. 이것이야말로 전투적 작가의 재주라고 하겠습니다.

금방 이상과 같은 생각을 했기에 글로 적어 보냅니다. 편집하는데 참고가 되기를 바랍니다. 요컨대 앞으로《문학월보》에 그런 작품이 실리지 않기를 간절히 바랍니다.

이상입니다. 그리고 문안을 올립니다.

12월 10일 루쉰

(이 글은 1932년 12월 15일《문학월간》제1권 제5호, 6호 합본에 발표되었음)

모래

　요즘 학자들이 중국인은 흩어져 있는 모래알 같다고 자주 한탄하면서 잘못된 일은 모두 남에게 돌린다. 기실 이 말은 대부분의 중국인에게는 억울한 일이다. 별로 배운 것이 없는 서민들이어서 식견이 얕을 수는 있지만 자신의 이해관계가 걸려 있을 때는 어찌 뭉치지 않겠는가? 전에 향불을 들고 청원을 하였고|1| 민란을 일으키고 반란을 하기도 했다. 지금도 청원은 하고 있다. 그들이 이처럼 모래처럼 흩어진 것은 통치자가 성공적으로 "다스렸기" 때문인데 고대어로 말하자면 "치적(治績)"이라고 한다.

　그렇다면 중국에는 모래알이 없을까? 있기는 있다. 그러나 서민들이 아니라 대소 관직을 가진 통치자들이다.

　흔히 "벼슬을 하여 돈을 번다."고들 한다. 실은 이 두 가지가 병렬되는 것은 아니다. 벼슬을 하는 목적이 오로지 돈을 벌기 위해서이고 벼슬을 하는 것은 돈을 벌기 위한 수단에 지나지 않는다. 그래서 관료들은 조정에 몸을 두고는 있지만 조정에 충성하지는 않는다. 하급관리는 관청에 의지하고 살지만 관청을 사랑하지는 않으며 상전이 청렴하라고 명령을 내려도 졸개들은 절대 들어주지 않으며 "기만"하는 방법으로 대처한다. 그들은 모두 이기적인 모래들이며 잇속을 챙길 기회가 생기면 우선 챙기고

|1| 옛날에 억울한 일이 있는 가난한 백성들이 손에 향불을 들고 관청 앞이나 거리에 나가 관가에 "청원"을 하던 일종 방식이다.

본다. 그리고 모래알 하나하나가 모두 황제이고 존칭을 쓸 수 있는 기회가 되면 존칭을 쓴다. 러시아 황제를 "사황(沙皇)"이라고 번역하여 부르는 사람이 있는데 이 무리들에게 옮겨 쓰면 제법 적절한 존함이겠다. 재산은 어디서 오는가? 서민한테서 긁어모은 것이다. 서민이 만약 뭉친다면 재산을 긁어모으기 어려울 것이다. 그렇다면 자연히 무슨 방법을 대든 서민들을 모래처럼 흩어지게 해야 한다. 이처럼 모래 황제가 서민을 다스리니 중국 전체가 "모래"로 되지 않을 리 있겠는가!

하지만 흩어진 모래가 있지만 똘똘 뭉친 사람들도 있다.|2| 그들은 "무인지경을 지르듯" 밀려 들어왔다.

이것이 사막에서 생긴 대사변이다. 옛사람들은 그런 경우를 "군자는 원숭이와 두루미가 되고 소인은 벌레와 모래로 되었다."|3|고 제법 적절히 비유했다.

그 군자들은 흰 두루미처럼 하늘을 날아오른 것이 아니라 나무에 올라간 원숭이들처럼 "나무가 넘어지자 원숭이들은 뿔뿔이 흩어지고 말았다." 나무는 또 있으니 그들은 고생할 리가 없다. 땅에 남아 있는 것은 서민인 벌레와 모래로서 밟아 죽이든 도륙하든 상관이 없다. 모래 황제를 당할 수 없는 서민들이 어찌 모래 황제를 패배시킨 사람들을 대적할 수 있겠는가?

하지만 이런 상황에서도 붓을 휘두르고 혀를 나불거리며 서민들에게 준엄한 질문을 들이대는 사람이 있다.

"국민들이여, 그대들은 어떻게 처신할 셈인가?"

"국민들에게 묻노니, 장차 어떻게 마무리를 할 셈인가?"

갑자기 "국민"이라는 말이 생각났나보다. 다른 얘기는 전혀 하지도 않고 국민을 보고 손실을 메우라고 하니 이야말로 손발이 꽁꽁 묶인 사람더

|2| "똘똘 뭉친 사람"과 아래에 나오는 "모래 황제를 이긴 사람들"은 모두 일본제국주의를 가리킨다.

|3| 《포박자(抱朴子)》라는 책에서 나오는 말이다.

러 도둑을 잡아오라는 것이나 다름없지 않은가?

하지만 이것이 바로 모래 황제의 치적으로 되는 뒷심이고 크고 작은 지배자들의 마지막 절규이며 잇속만 챙긴 나머지 반드시 맞게 되는 말로이다.

1933년 7월12일

처세술 삼매경[1]

　인간세상은 참말로 살아가기 힘든 곳이다. 누구를 "처세술에 무디다."
고 하면 물론 좋은 말이 아니다. 하지만 "처세술에 역빠르다."고 한다면
역시 좋은 말이 아니다. "처세술"이란 마치 "혁명을 하면서 목숨을 뺐지
않을 수 없지만 또 너무 뺐어도 좋지 않은" 것과 마찬가지로 무디어도 나
쁘지만 너무 역빨라도 좋지 않다.

　하지만 내 경험으로는 "처세술에 역빠르다"는 나쁜 평가를 받았다면 그
사람은 역시 "처세술에 무디기" 때문이라고 할 수 있다.

　지금 내가 아래와 같은 말로 젊은이를 권유한다고 가설하자.

　"만약 자네가 사회에서 공평하지 않은 일에 봉착하더라도 절대 선뜻 나
서서 바른 말을 하지 말게. 그러지 않았단 오히려 자네가 덜미를 쓰게 될
거고 심하면 반동분자로 몰릴 수 있네. 만약 내 알기로는 분명 좋은 사람
인데 억울하게 모함을 당했더라도 앞장에 서서 해석해주거나 시비를 가
르려 해서는 절대 안 되네. 그러면 사람들이 자네를 그 사람의 친척이거
나 뇌물을 받았다고 할 거네. 만약 그 사람이 여자라면 자네는 그 여자의

|1| 삼매경이란 불교 용어로서 잡념을 떠나서 오직 하나의 대상에만 정신을 집중하는 경지를 말한다.

|2| "하등 관계가 없는 여사"란 김숙자(金淑姿)를 말한다. 1932년 정정흥(程鼎興)이 죽은 아내 김숙자를 위해 서신
집을 발간하였을 때 다른 사람을 통해 루쉰에게 머리말을 써달라고 하였다. 루쉰이 쓴 머리말은 《집외집(集外集)》에
"숙자의 편지"라는 제목으로 수록되었다.

연인으로 의심을 받게 될 거고 만약 좀 유명한 사람이라면 그 사람의 추종자라고 할 거네. 나의 경우를 봐도 나와 하등 관계가 없는 여사[2]의 서신집에 머리말을 썼더니 사람들은 그 여사를 나의 첩이라 했고 과학적인 문예이론을 좀 소개했더니 사람들은 또 나를 소련의 루블을 받았다고 하지 않겠나. 친척과 금전은 지금 중국에서 그림자처럼 떨어질 수 없는 관계로 되어 버렸네. 사실이 사람들에게 교훈을 주었고 너무 많이 보아왔기에 이 관계에서 벗어날 사람은 누구도 없다고 생각하고 있는데 사람들을 탓할 일도 아니네.

　"하지만 어떤 사람은 진짜라고 믿지 않으면서도 그냥 재미있어서 놀음삼아 말하기도 하지. 만약 그 헛소문 때문에 명나라 말기의 정만[3]처럼 되어도 자기와는 상관없는 일이라 그래도 재미있다고 생각한다네. 만약 자네가 나서서 시비를 바르게 가른다면 사람들은 흥이 깬다고 생각할 거고 그러면 역시 자네만 해를 보게 될 거네. 나 역시 그런 경험이 있다네. 십여 년 전에 내가 교육부에서 "관료"를 지낸 적이 있는데 동료가 늘 하는 말이 아무 여학교의 학생들은 불러내다가 재미를 볼 수 있다면서 번지와 번호까지 똑똑히 말해주지 않겠나. 한번은 내가 우연히 그 골목을 지나게 되었는데, 사람이 나쁜 일에는 왜 기억력이 그렇게 좋은지 그 주소가 기억나서 번지를 유심히 살펴보았지. 그런데 그곳은 자그마한 공터로 큰 우물이 하나가 있고 허름한 오두막이 있을 뿐이었네. 보니까 산동 사람 몇이 살면서 물을 파는 곳으로 쓰고 있는데 절대 따로 쓰이지는 않고 있었네. 그 뒤 동료들과 이야기를 나누다가 또 그 일이 화제로 떠오르기에 내가 그날 본 이야기를 했더니 사람들의 얼굴에서 금세 웃음이 사라지더니 불쾌해서 자리를 뜨더군. 그리고 나서는 나와는 두세 달 말도 안하질 않

|3| 정만(鄭鄤)은 명나라 천계(天啓)연간의 진사로서 숭정(崇禎) 황제 때에 그가 몽둥이로 어머니를 때렸다는 온체인(溫體仁)의 모함을 받고 능지처참을 당하였다.

겠나. 그 일을 겪고 나서야 나는 그들의 흥을 깨지 말았어야 했다는 걸 깨달았네.

" 때문에 자네는 시비곡직을 따지지 말고 그저 덩달아 남의 비위를 맞춰주는 것이 제일이네. 하지만 무엇보다 좋은 것은 입을 다물고 있는 것이고 더 좋은 것은 옳고 그른 속내를 얼굴에도 나타내지 않는 것이라네.……"

이것이 바로 처세술의 요점이다. 황하가 발을 적시지 않고 폭탄이 곁에 떨어지지 않는 한 이대로 하면 평생 좌절을 모르고 살 수 있다. 하지만 아마 젊은이들은 내 말이 맞는다고 생각하지 않을 것이다. 아아, 그렇다면 이 마음을 몰라주는 것이로다.

하지만 오늘의 중국을 요순시대의 태평성대라고 생각한다면 "세상물정에 젖어버렸다."고 하지 않을 수 없다. 눈으로 보고 귀로 들은 것은 그만두고라도 신문에 실리는 것만 보아도 사회에 얼마나 많은 불평이 있고 얼마나 많은 사람들이 억울하게 살고 있는지를 알 수 있다. 하지만 이런 일에 대해 동업자나 한 고향 사람, 친족들이 가끔 몇 마디 불평을 토로하는 외에는 이해관계가 없는 사람들의 의분에 찬 목소리는 별로 들을 수 없다. 다른 사람들이 목소리를 내지 않는 것은 그들이 자신과는 관계가 없다고 생각하거나 "자신과는 상관이 없다"는 생각마저도 없는 것이 분명하다. "처세술"이 너무 깊어서 자신이 "처세술에 깊다"는 것도 느끼지 못하는 것이야말로 진짜 "처세술이 깊은" 것이라고 하겠다. 이것이 중국 처세술에 있어서 요점의 요점이다.

그리고 내가 젊은이들을 권유하는 말을 보고 속으로 아니라고 생각한다면 나는 한번 역공하고 싶다. 그는 내가 교활하다고 생각할 것이다. 하지만 나의 말이 교활하고 무능함을 보여주기도 하지만 어두운 사회를 보여주기도 한다. 그가 한 사람만 나무란다면 가장 타당한 방법이겠지만 만일 사회까지 거들어서 나무란다면 나서서 싸워야 할 것이다. 사람을 나무라는 "처세술이 깊어서" "세상"에 대한 담론을 피해갔다면 이것은 "처세술이 더욱 깊은" 수단으로서 만약 스스로 그 깊이를 느끼지 못한다면 그것은 더더욱 깊어서 삼매의 경지와 멀지 않다.

하지만 일을 말하다 보면 그 의미에만 빠지게 되어 더는 삼매경을 얻을 수 없게 된다. 말하는 "처세술 삼매경"은 "처세술 삼매경"이 아니다. 삼매경의 참뜻은 말에 있는 것이 아니라 행동에 있으며 내가 지금 "실행하지만 말하지 않는다."고 한다면 오히려 그 참뜻을 잃게 되며 삼매경의 경지와는 더 멀어진다.

모든 선지식|4|은 마음으로 그 뜻을 헤아리면 된다.

1933년 10월 13일

|4| 불교의 용어로서 《법화문구(法華文句)》에서는 "이름을 들은 것을 지(知)라 하고 모양을 본 것을 식(識)이라고 하며 이 사람이 나의 깨달음의 길에 도움이 되면 선지식이라고 부른다."라고 해석하였다.

어찌하여 나는 소설을 쓰게 되었는가?

　나는 어찌하여 소설을 쓰게 되었는가? 그 이유는 이미 《외침》의 서문에서 대충 이야기하였다. 여기에 좀 보충을 하고 싶은 것은, 내가 문학에 관심을 갖게 되던 때는 상황이 지금과는 많이 달랐다는 점이다. 그때 중국에서는 소설을 문학으로 치지 않았고 소설 쓰는 사람을 문학가라고 하지도 않았다. 그래서 소설을 써서 출세하려는 사람은 한 사람도 없었다. 나도 "문학의 원지"에 발을 들여놓을 생각은 없이 다만 소설의 힘으로 사회를 개량하려고 했을 따름이다.

　나 자신은 창작할 생각이 없이 소개와 번역에 힘을 쏟았고 그 가운데서도 단편을 더욱 중시했으며 특히 피압박 민족 작가의 작품에 눈을 박았다. 당시 상황은 만주족을 배척하는 여론이 한창 열을 올릴 때였고 일부 청년들은 절규하고 반항하는 작가와 호흡이 통했다. 하기에 "소설을 쓰는 방법" 따위의 책은 읽어본 일이 없고 단편소설은 꽤나 많이 읽었다. 내가 단편소설을 좋아한 것도 있지만 주로는 소개할 재료를 찾기 위해서였다. 문학사나 비평도 읽었는데 작자의 인간됨됨과 그의 사상을 알아야 중국에 소개할지 말지를 결정할 수 있기 때문이었다. 학문 같은 것에는 전혀 관심이 없었다.

　찾는 작품이 절규와 반항을 담은 내용이므로, 아무래도 동유럽 쪽에 기울기 마련이었다. 그래서 러시아, 폴란드와 발칸의 작은 나라들의 작품

이 유난히 많았다. 인도나 이집트의 작품도 매우 열심히 찾아보았지만 입수할 수 없었다. 그 무렵 가장 애독한 작가는 분명히 러시아의 고골리와 폴란드의 센케비치|1|였다. 그리고 일본은 나쓰메 소세키와 모리 오가이|2|였다.

귀국한 뒤엔 학교 일에 관여하느라 더 이상 소설을 읽을 겨를이 없었다. 이렇게 5,6년이 지났다. 그러면 왜 다시 시작했는가? 그 이유도 《외침》의 서문에 밝혔기에 새삼스럽게 말할 필요는 없다. 아무튼 내가 스스로 소설 재능이 있다고 생각되어 소설을 쓰기 시작한 것은 아니고 다만 그 무렵 북경의 회관|3|에 살면서 논문을 쓰려니 참고서가 없고 번역을 하려니 원본이 없기 때문에 어쩔 수 없이 소설 비슷한 걸로 책임을 다하려 한 것뿐이다. 그래서 쓴 소설이 《미친 사람의 일기》이다. 소설을 쓸 수 있었던 것은 아마 전에 읽었던 백 편 남짓한 외국 작품과 약간한 의학 지식이 바탕이 된 것 같고 그 외에는 아무런 준비도 없었다.

하지만 《신청년》의 편집자가 뻔질나게 찾아와 원고독촉을 했고 몇 번 독촉하면 한 편씩 쓰곤 하였다. 여기서 반드시 진독수|4| 선생을 이름을 기억에 남기고 싶으니 내가 소설을 쓸 수 있었던 것은 그의 힘이 가장 컸다.

물론 소설을 쓰다 보면 주견이 좀 생기기 마련이다. 이를테면 "무엇 때문에" 소설을 쓰는지에 대하여 말하라고 한다면 나는 십 여 년 전부터 내내 "계몽주의"를 속에 품어왔고 소설은 반드시 "인생을 위한" 것이어야 하며 또한 이 인생을 개량해야 한다는 생각을 갖고 있었기 때문이라고 하고 싶다. 소설은 "한가할 때 읽는 책"이고 또한 "예술을 위한 예술"이며

|1| 센케비치(1846~1916년)는 폴란드의 작가로서 주로 농민의 고통과 외국 침략자를 항거하는 작품을 썼다. 저명한 역사소설 3부작으로는 《불과 검》, 《거센 파도》, 《월로디죠브스키 선생》을 들 수 있다.
|2| 나쓰메 소세키(1867~1916년) 일본의 소설가로서 장편소설 《나는 고양이》를 썼다. 모리 오가이(1862~1922년)는 일본 소설가, 문학평론가로서 소설 《무희》를 썼다.
|3| 회관이란 북경 선무문에 있는 "소흥회관"을 말한다. 1912년 5월부터 1919년 11월까지 루쉰은 이곳에서 살았다.
|4| 진독수(陳獨秀, 1879~1942년)는 신문화운동의 창도자의 한 사람으로서 중국공산당의 창시이며 초기의 6년을 지도했던 사람이다.

"심심풀이"의 신식 별명에 지나지 않는다고 생각하는데 대해 나는 큰 반감을 갖고 있었다. 하기에 나는 병태적인 사회에 사는 불행한 사람들의 삶은 많이 다루었다. 그들의 고통을 드러냄으로써 치료할 수 있는 방법을 찾으려 하였다. 하기에 나는 될수록 장황한 서술을 피했고 뜻이 충분히 남에게 전달되면 그것으로 만족했고 수식이나 군더더기는 필요 없었다. 중국의 옛 연극에는 배경이 없었고 설날에 아이들을 위해 만든 그림에는 주요한 인물 몇 명만 그려져 있다(요즘은 그림에 배경이 많이 그려져 있다). 나는 이것을 목적을 이루는 가장 적절한 방법이라고 생각하였다. 때문에 나는 풍월을 묘사하는 일이 없었고 대화도 길게 늘여놓지 않았다.

다 쓰고 나서는 늘 두 번쯤은 읽어 보았고 읽다가 걸리는 곳이 있으면 술술 읽어 내려갈 수 있도록 다듬어 놓고야 마음을 놓았다. 알맞은 현대문이 없을 때에는 차라리 고어를 인용하여 남들이 알아 볼 수 있기를 바랐다. 다만 나만이 이해한다든가 또는 자신도 분명히 뜻을 알 수 없는 단어는 쓰지 않았다. 이 점을 간파한 것은 많은 비평가 가운데 한 사람밖에 없었고 그는 나를 스타일리스트[5]라 하였다.

서술한 사실은 내가 목격하였거나 들은 것이었지만 사실 그대로 쓰지는 않고 일부를 취하거나 좀 고쳤고 또는 발전시켜 완전히 나의 의도를 표현할 수 있도록 하였다. 인물 모델도 마찬가지였다. 어느 한 사람을 그대로 쓰지 않고 말투는 절강에서 빌고 얼굴은 북경에서 따오고 옷맵시는 산서에서 얻어오는 식으로 끌어 모아 인물을 설정하였다. 어떤 사람은 나의 이 작품은 누구를 욕한 것이고 저 작품은 또 아무개를 욕한 것이라고 말하는데 근거 없는 허튼소리이다.

하지만 이런 방법으로 쓰다보면 펜을 놓을 수 없는 문제가 생긴다. 단숨에 써내려가야 차츰 인물이 살아나면서 그 역할을 다할 수 있었다. 그

|5| 여기서는 여금명(黎錦明)을 가리킨다. 그는 《장르 묘사와 중국의 신문예》라는 글에서 "루쉰, 엽소균과 같은 두세 사람의 작품에서 장르의 수양을 볼 수 있는 외에 나머지 대부분은 멋대로 글에 담는 것 같다."고 하였다.

러나 마음을 분산시키는 일이 있어서 한동안 붓을 놓았다가 다시 쓰려면 성격이 변해버릴 수 있고 상황도 예상했던 것과 달라지기도 한다. 이를테면 나의 《불주산》이 그러했다. 워낙은 성(性)이 발동되고 창조를 하다가 쇠망에 이르는 과정을 묘사할 생각이었는데 중도에 어느 도학 비평가가 사랑시를 공격한 글|6|을 보고는 그만 불만이 생겼다. 그래서 소설의 한 인물을 여와의 가랑이 사이로 들어가는 것으로 만들었는데 필요 없을 뿐만 아니라 거창하던 구조마저 망가지고 말았다. 하지만 이런 점을 나를 내놓고는 알 수 있는 사람이 없다. 우리의 대비평가인 성방오 선생은 이 작품을 가장 뛰어난 작품이라고 평했다.

만약 특정한 한 사람을 모델로 삼는다면 이런 폐단이 없겠지만 나는 아직 실험해본 일이 없다.

누가 한 말인지는 잊었지만 한 인물의 특징을 가장 간결하게 그리려면 그의 눈을 그리는 것이라고 하였다.|7| 지극히 맞는 말이라고 생각한다. 가령 두발 전부를 제아무리 미세하게 그리더라도 그건 무의미한 일이다. 나는 늘 이 방법을 터득하고 싶었지만 아쉽게도 뜻대로 되지 않았다.

생략할 수 있는 대목은 절대 보태지 않았고 글이 잘 내려가지 않을 때는 절대 억지로 쓰지 않았다. 하지만 그때는 원고료 아니라도 다른 수입으로 살 수 있었기에 그런 것이지 이를 관례로 삼을 수는 없다.

하나 더 말하고 싶은 것은, 글을 쓸 때마다 여러 가지 비평을 전부 묵살했다. 왜냐하면 그 무렵 중국은 물론 창작 분야도 유치했지만 비평계는 더욱 유치했다. 하늘 높이 추어올리는가 하면 땅 속에 구겨 넣기도 하는데 이런 평가에 신경을 쓰다보면 스스로 대단하다는 생각에 빠지거나 죄를 씻기 위해 자살하는 수밖에 없었다. 비평이라면 나쁜 부분을 나쁘다

|6| 호몽화(胡夢華)를 가리키는데 그는 일부 서정시들을 "타락하고 경박한" 작품으로서 "도덕을 벗어난 혐의를 받고 있다"고 하였다.

|7| 이 말은 동진의 화가 고개지(顧愷之)가 한 말이다.

하고 좋은 부분은 좋다고 해야 작자에게 도움이 된다.

그러면서도 나는 외국의 비평문장은 곧잘 읽었다. 나와는 별 관계가 없기 때문이었다. 비록 남의 작품을 비평한 글이지만 거울로 삼을 곳이 많았다. 물론 그 비평가가 어느 파벌에 속하는지는 나도 유념하고 있었다.

이상은 십년 전의 일이다. 그 후엔 작품도 내놓지 못했고 진보도 없었다. 편집 선생이 나를 보고 창작에 대해 좀 쓰라고 하니 별로 쓸 것이 없어서 어설프게나마 이 정도로 쓸 뿐이다.

3월 5일 등불 아래서

(이 글은 1933년 6월 상해 천마서점에서 출판한 도서 《창작경험》에 수록되었음)

풍자에서 유머에로

풍자가는 위험하다.

만일 그가 풍자한 상대가 글을 모르는 사람, 피살된 사람, 구금된 사람, 압박 받는 사람이라면 그건 아주 좋은 일이다. 그 글을 읽은 이른바 교육을 받은 지식인을 허허 웃음을 터뜨리게 할 수 있고 자신이 용감하고 총명한 사람임을 더욱 깊이 느끼게 만들기 때문이다. 그러나 오늘의 풍자가가 풍자가로 될 수 있는 원인은 바로 이른바 교육을 받은 지식인 계층을 풍자하고 있기 때문이다.

이러한 계층을 풍자했기 때문에 그 부류에 속한 사람들은 저마다 자신을 찌르는 것이라 생각하고 슬그머니 나서서 자신이 갖고 있는 풍자로 그 풍자가를 찔러 죽이려하고 있다.

처음에는 그가 매정하게 비웃었다고 하다가 점차 도가 높아져 너도나도 욕을 했다느니, 놀려댄다느니, 악독하다거니, 가증하다거니, 학계의 비적이라느니, 소홍의 막료라느니 하며 그를 몰아붙인다. 그러나 사회에 대한 풍자는 흔히 "놀랍게 오래 가기에" 설사 중을 지낸 서양 사람을 모셔오거나 전문 소형신문을 발간하여 타격한다 해도 효과가 없다. 그러니 이 어찌 기막혀 죽을 노릇이 아니겠는가!

문제의 관건은 여기에 있다. 그가 풍자한 것이 사회이고 그 사회가 변하지 않는 한 그 풍자도 따라서 존재하게 된다. 하지만 당신이 어느 개인을 풍자했다면 그의 풍자는 그냥 존재하지만 당신의 풍자는 헛수고로 되고 만다.

때문에 이처럼 가증스러운 풍자가를 타도하려면 사회를 개변시킬 수밖에 없다.

그러나 사회 풍자가한테는 위험이 따른다. 더욱이 일부 문학가들이 남몰래 "왕의 앞잡이"로 된 시대에는 더욱 그러하다. "문자옥(文字獄)" |1|의 주인공이 되고 싶은 사람이 어디 있으랴. 하지만 모조리 죽어버리지 않은 한 속에 불만이 없을 수 없고 웃음이라는 간판을 내걸고 통쾌하게 웃는 것으로 뱃속의 울분을 터뜨리기 마련이다. 웃어서 남의 미움을 사는 일은 없으며 지금 법률에도 국민이 반드시 울상을 해야 한다는 규정이 없기에 "비법"이 아님을 단언할 수 있다.

나는 작년부터 글에서 "유머"가 유행하게 된 원인이 바로 여기에 있다고 생각한다. 하지만 그 가운데는 단순히 "웃기 위한 웃음"도 물론 적지 않다.

하지만 이런 상황이 오래 지속되지는 않을 것이다. "유머"란 국산품이 아니고 "유머"가 중국 사람의 장점도 아니며 게다가 지금은 정말 유머를 주고받을 시기가 아니기 때문이다. 그러므로 비록 유머라고는 하지만 방식이 변할 수밖에 없으며 사회에 대한 풍자로 기울지 않는다면 곧 "우스개를 피우"거나 "이득만 챙기는" 전통적인 것으로 전락될 것이다.

1933년 3월 2일

|1| 문인이 쓴 글에 죄를 씌워 다른 생각을 갖고 있는 문인을 옥에 가두는 일을 말한다.

언론자유의 한계

《홍루몽》을 보면서 나는 가씨 가문은 언론이 몹시 자유롭지 못한 곳이라고 생각했다. 노복 신분인 초대가 술 취한 김에 주인부터 그 아래 노복에 이르기까지 모조리 싸잡아 욕하면서 돌사자 두 개만 깨끗하다고 하였다. 결과는 어떻게 되었는가? 주인은 너무 화가 나고 노복들은 너무 미워서 그의 입에 말똥을 틀어막았다.

기실 초대는 가씨 가문을 타도하기 위해서가 아니라 가씨 가문이 잘되기를 바라는 마음에서 욕을 한 것이다. 주인과 노복들이 지금 이지경이라면 가문이 기울 것이라는 말을 했을 따름이었다. 하지만 차례진 건 말똥뿐이었다. 그러므로 이 초대라는 사람은 사실 가씨 가문의 굴원이나 다름없다. 초대가 글 쓸 줄 안다면 역시 《이소(離騷)》[1]와 같은 작품을 썼을 것이다.

불행하게도 3년 전 신월사 군자들의 처지가 초대와 비슷했다. 그들은 경전을 근거로 삼으면서 당국에 가벼운 의견을 드렸다. 그들이 인용한 경전이 대체로 영국의 경전이고 당국에 불리한 악의는 털끝만치도 없었다. 기껏해야 "나리님, 남들은 옷을 얼마나 깨끗하게 입었습니까? 어르신의

|1| 중국 전국시대 초(楚)나라의 굴원(屈原)이 쓴 장편 서사시로서 초회왕(楚懷王)과의 충돌로 물러나야 했던 실망과 우국(憂國)의 심정을 서술하였다.

옷이 좀 어지러운데 빨아야지 않을까요?"라는 정도에 지나지 않는다.

그런데 당국은 그러한 "진정은 전혀 통찰하시지 못하고" 말똥으로 입만 틀어막았다. 또한 국내 신문들의 한결같은 성토를 받았고 지어는 《신월》 잡지까지 화를 입었다.

하지만 역시 신월사는 문인 학사들의 단체였다. 그들은 삼민주의를 수 많이 인용하면서 자기들의 심경을 밝히는 글을 올렸다. 그래서 지금은 좋 아져서 말똥을 토해 내고 달콤한 맛을 보았다. 고문이 되고 비서가 된 사 람이 있는가 하면 대학 학장이 된 사람도 있고 언론도 자유로워져서 《신 월》 역시 "문예를 위한 문예"의 글로 잡지를 채웠다.

이것이 바로 문인 학사는 결국 글 모르는 노복들보다 총명하고 당국 역 시 가씨 가문보다 고명하며 지금은 역시 건륭시기보다 광명하다는 것을 말해주니 삼명주의|2|라 하겠다.

그런데도 아직 언론 자유를 달라고 떠드는 사람이 있다. 세상에는 달콤 한 것이 그처럼 많지 않아서 스스로 알아차려야 한다고 나는 생각한다. 이런 오해는 아마 지금의 언론자유를 이해하지 못하고 있어서 생긴 것 같 은데, 주인이 넓은 아량으로 받아들일 수 있을 정도로 "나리님, 나리님의 의복이……"라는 정도까지만 하면 되는데 아마 더 말하고 싶은가보다.

이것은 절대로 안 될 일이다. 앞의 경우는 《신월》의 수난사대와는 다르 며 지금 이미 있지 않나 싶다. 비록 가끔 말똥을 들고 기웃거리는 영웅이 몇 명 있지만 이 《자유담》이 바로 그 증거이다. 분명하게 말하면 그것은 언론자유의 보장을 얼마든지 파괴할 수 있는 것이다. 지금이 예전보다는 광명하지만 또 예전보다 심해져서 생각대로 다 말했다가는 목숨마저 잃 을 수 있다. 언론자유를 법으로 규정했다고 해도 절대 조심해야 한다. 이 것은 내가 내 눈으로 여러 번 본 일로서 결코 "늙은 티"를 내는 것이 아니

|2| 삼명주의(三明主義), 즉 총명하고 고명하고 광명하다는 명(明)자를 따서 붙인 이름임.)

다. 노복이 되어가면서도 그것을 느끼지 못하는 군자들이 거듭 생각하고
굽어 살피기를 바란다.

1933년 4월 17일

준풍월담

"빈둥거리며 놀고먹기"
야수훈련법
밤의노래
지식의 과잉

"빈둥거리며 놀고먹기"

상해말로 이른바 "바이샹(白相)"이란 말은 북경말로는 "논다"는 뜻이다. "놀고먹는다."는 말을 "정당한 직업이 없이 빈둥거리며 놀고먹는 것"이라고 해석해놓으면 아마 타고장 사람들도 이해할 수 있을 것이다.

빈둥거리며 놀고먹는다면 정말 이상하기 짝이 없는 일이다. 하지만 상해에서 아무 남자에게 직업을 묻거나 아무 여자에게 남편의 직업을 물어보면 지극히 단도직입적으로 "놀고먹는다."는 대답을 듣는 경우가 있다.

이런 대답은 마치 "글을 가르친다."거나 "일을 한다."는 대답과 마찬가지로 듣는 사람도 괴이하게 생각지 않는다. 만약 "아무런 직업도 없습니다."라고 대답하면 오히려 좀 불안해 할 것이다.

상해에서는 "놀고먹는" 것이 떳떳한 직업이다.

우리가 상해 신문들에서 볼 수 있는 내용은 거의 모두가 이런 인물들의 공적이라 할 수 있다. 이들이 없으면 상해 신문은 절대로 인기를 끌지 못할 것이다. 비록 공적이 많다고는 하지만 귀납하면 세 가지에 지나지 않으니 다만 한 가지 일에만 치우치지 않기에 각양각색인 것처럼 보인다.

첫째는 남을 속이는 것이다. 욕심 많은 사람을 보면 유혹하고 홀로 화를 삭이지 못하는 사람을 보면 동정하는 척하고 불운한 사람을 보면 격앙된 척하고 그러다가도 격앙된 사람을 보면 슬픈 척한다. 결국 상대방의 물건을 휩쓸어낸다.

다음으로는 을러메고 기를 죽이는 것이다. 속임에 걸려들지 않거나 속임수가 드러나면 대뜸 태도를 뒤집고 을러메고 위협하면서 무례한 사람이라고 나무라거나 또는 바르지 않은 사람이라 무함하고 돈을 꾸고 갚지 않는다고 모함하거나 화내는 이유를 말하지 않는다. 이 역시 "도리를 설명하는" 것이며 역시 상대방의 물건을 휩쓸어낸다.

세번째는 꽁무니를 빼는 것이다. 위에서 말한 첫째 수단을 쓰거나 두 수단을 겸용하여 성공하면 곧 꽁무니를 빼는데 다시는 종적을 알 수 없다. 실패를 해도 어느새 꽁무니를 빼는데 역시 다시 찾을 수 없다. 일이 좀 커지면 상해를 떠났다가 잠잠해지면 다시 나타난다.

이러한 직업이 있다는 것을 누구나 알지만 사람들은 이상하게 생각지 않는다.

"놀고먹는 사람"이 먹을 밥이 있으면 일하는 사람이 자연히 배를 곯게 된다는 것을 누구나 알고 있지만 사람들은 이상하게 생각지 않는다.

하지만 "놀고먹는" 친구들도 존경할 만한 점이 있으니 솔직하게 자기는 "놀고먹는 사람"이라고 밝히는 것이다.

1933년 6월 26일

야수 훈련법

최근 아주 뜻 깊은 강연이 있었다. 한 외국 서커스단 지배인 스위트가 중화 학예사(學藝社) 3층에서 "동물을 어떻게 훈련시킬 것인가?"라는 강연을 한 것이다. 유감스럽게도 나는 복이 없어서 직접 가서 듣지는 못하고 신문에서 기록을 좀 보았을 뿐이다. 하지만 그 기록에도 투철한 말이 많았다.

"야수를 무력이나 주먹으로 길 들이고 압박을 가하면 된다고 생각하는 사람이 있는데 틀린 생각이다. 이런 방법은 이전에 야만인이 짐승을 다루던 방법으로서 지금은 그런 훈련방법을 쓰지 않는다."
"지금 우리가 쓰는 방법은 사랑의 힘으로 사람에 대한 야수의 신임을 얻는 것이며 사랑의 힘으로, 부드러운 마음으로 짐승에게 감동을 주는 것이다……"

이 말이 비록 게르만인의 입에서 나온 것이지만 중국 옛 성현들의 가르침과 제법 들어맞는다. 무력이나 주먹을 쓰는 것을 바로 패도라고 한다. 하지만 "무력으로 사람을 복종시키는 것은 마음을 복종시키는 것이 아니다." 때문에 문명인은 "왕도"로써 "믿음"을 얻는다. "백성이 지배자에 대한 신임이 없으면 나라도 서지 못한다."
하지만 신임을 얻고 나면 야수는 수단을 개변한다.

"조련사가 야수의 믿음을 얻고 나면 짐승에 대한 훈련에 들어갈 수 있다. 훈련의 첫걸음은 야수들에게 앉을 자리와 설 자리를 알도록 만드는 것이고 이어 뛰어넘기와 일어서기를 가르친다.……"

짐승을 훈련시키는 방법은 백성에 대한 통치와 통한다. 때문에 우리 조상들은 백성을 다스리는 큰 인물을 "목민관"이라 불렀다. 하지만 "놓아기르는" 대상은 소와 양으로서 야수보다 겁이 많다. 때문에 "믿음" 하나에만 의거할 필요가 없다. 주먹을 함께 써볼 수도 있는데 이것이 바로 듣기에 그럴듯한 "위신"이라는 것이다.

"위신"으로 다스려진 동물이라면 "뛰거나 일어서는 것"으로만은 부족하다. 결국 털이나 뿔, 또는 피나 고기를 바치지 않으면 안 된다. 적어도 매일 젖은 짜내야 한다. 이를테면 소젖이나 양젖을 말한다.

하지만 이것은 옛날 방법으로서 현대에도 통한다고 생각하지 않는다.

1933년 10월 27일

밤의 노래

　고독한 사람, 한가한 사람, 전투를 할 수 없는 사람, 빛을 두려워하는 사람들만이 밤을 사랑하는 것이 아니다.

　사람의 말과 행동은 낮과 밤, 태양 아래와 등불 아래에서 다른 경우가 많다. 밤은 조물주가 엮은 신비로운 하늘의 옷이다. 밤은 누구에게나 옷을 입히어 그들을 따뜻하고 편안하게 만든다. 사람들은 저도 모르게 스스로 사람이 만든 가면과 옷을 벗어버리고 알몸으로 광활한 어둠의 장막 속으로 들어가게 된다.

　밤이라도 짙고 옅음이 있다. 어둑어둑한 밤이 있고 컴컴한 밤이 있는가 하면 눈앞에 손가락도 보이지 않는 칠흑 같은 밤도 있다. 밤을 사랑하는 사람이라면 밤을 들을 수 있는 귀와 밤을 볼 수 있는 눈을 가져야 한다. 그래야 어둠 속에 있어도 모든 어둠을 볼 수 있다. 전등 아래 있던 군자는 어두운 방에 들어서면 기지개를 켜고 달빛 아래에 있던 연인들은 나무 그늘 속으로 들어서면 그만 눈빛이 달라진다. 밤이 오면 밝은 대낮에 눈부신 백지 위에 썼던 문인학자들의 초연함과 아리송함, 깨우침과 깨달음, 그리고 깨끗함이 묻어나는 글들은 빛을 바랜다. 대신 애걸하고 아첨하고 거짓말하고 사기치고 허풍을 떨고 모략을 꾸미는 밤의 기분만 남아 불교 그림에서나 볼 수 있는 찬란한 금빛 광환이 되어 학식이 비범한 그들의 머리에 씌워진다.

밤을 사랑하는 사람은 이렇게 밤이 주는 광명을 받게 된다.

하이힐을 신은 신식 아가씨가 길가의 가로등 밑을 또각또각 구두소리를 내며 신나게 걸어가지만 콧등에 반짝이는 땀을 보면 아직 풋내기임을 말해준다. 만약 밝은 햇빛 아래에 오래 서 있으면 아가씨는 "몰락"의 운명을 맞을 것이다. 죽 늘어선 문 닫은 가게를 지나며 어두운 덕분에 아가씨는 걸음을 늦추며 땀을 들일 수 있었다. 그제야 마음속까지 시원히 불어오는 밤의 선선한 바람을 느낀다.

밤을 사랑하는 사람과 신식 아가씨는 이렇게 밤이 주는 은혜를 함께 받게 된다.

밤이 지나면 사람들은 또다시 조심스럽게 일어나 밖으로 나온다. 부부의 얼굴은 대여섯 시간 전과는 완전히 다르다. 이제부터는 시끌벅적하고 떠들썩해진다. 하지만 높은 담장 안과 빌딩 속, 깊은 안방과 어두운 감옥, 그리고 여관과 비밀 기관에는 여전히 밤이나 다름없는 어둠이 감돌고 있다.

지금처럼 시끌벅적한 백주 대낮은 어둠의 장식이며 사람을 절인 항아리에 덮은 금빛 뚜껑이며 귀신 얼굴에 바른 크림이다. 오로지 밤만이 진실할 뿐이다. 나는 밤을 사랑하며 밤중에 《밤의 노래》를 쓴다.

1933년 6월 8일

지식의 과잉

　세계는 생산 과잉으로 인해 경제공황이 생겼다. 한편으로 수천만 노동
자가 굶고 있지만 식량과잉은 그래도 객관적 현실이다. 그렇지 않다면 미
국이 우리에게 밀가루를 원조해줄 리도 없고|1| 우리 역시 풍년이 도리어
재난으로 될 리도 없다.|2|

　지식도 과잉될 수 있다. 지식 과잉으로 야기되는 공황은 한층 심각하
다. 듣자니 지금 실시하고 있는 교육을 농촌에서 심화시킬수록 농촌의 파
산은 빨라질 것이라고 한다.|3| 지식의 풍년이 도리어 재난으로 되는 것이
다. 미국은 면화 값이 너무 싸서 면화 밭을 밀어버렸다. 중국은 지식을 솎
아내야만 한다. 이것은 서양에서 보내온 묘방이다.

　서양인들은 제법 재주가 좋다. 5, 6년 전, 독일은 대학생이 너무 많아서
시끄러웠다. 일부 정치가, 교육가들은 청년들에게 대학에 가지 말라고 떠
들썩하게 권했다. 현재 히틀러의 독일은 더 이상 그것을 권하지 않을 뿐
만 아니라 지식을 없애버리고 있다. 서적을 불태워버리고 작가에게 자신

|1| 1933년 5월 국민당 정부의 재정부장 송자문은 워싱턴에서 미국 부흥금융회사와 계약을 체결하고 5천만 달러를
빌렸다. 규정에 따르면 빌린 돈의 5분의 4로 미국의 면화를 사고 5분의 1로는 미국의 밀을 사기로 하였다.
|2| 1932년 양자강 유역의 여러 성에서 풍작을 거두었지만 제국주의와 국민당 정부 및 지주와 상인의 조종으로 곡
물가격이 폭락하는 바람에 풍작을 거둔 지역의 농민들에게는 재난으로 되었다.
|3| 1933년 7월 11일 상해시 시장 오철성은 신문에 담화내용을 실어 당시 농촌의 파산 원인을 황당하게 "현행 교육
제도가 농촌 환경의 수요에 적합하지 않기" 때문이라고 지적하였다.

들의 글을 다시 삼키라 하고 있다. 대학생들을 막사에 수용하고 일을 시키면서 이를 두고 실업문제를 해결했다고 하기도 한다. 중국에서도 문과, 법과 대학생이 넘친다고|4| 떠들지 않는가? 사실 이것은 문과, 법과에만 해당되는 것은 아니다. 고등학생 숫자 역시 너무 많은 것이다. "엄격한" 시험제도|5|를 실시하면 빗자루로 싹싹 쓸어내듯이 대다수 지식청년들을 시골로 보낼 수도 있을 것이다. 지식과잉이 왜 공황을 일으키는가? 중국은 아직도 팔구십 퍼센트 사람들이 문맹이다. 그러나 지식과잉은 이미 객관적 현실이기에 이로 인해 공황이 초래되는 것이고 이것이 바로 중국의 객관적 현실이다. 지식이 지나치게 많으면 마음이 쉽게 동요되거나 심약해지기 마련이다. 마음이 동요되면 이런저런 허튼 생각을 하기 쉬우며 심약해지면 악착같은 면이 없어진다. 그 결과 자신도 안정을 찾지 못하고 남의 안정도 방해한다. 이리하여 재난이 초래된다. 그래서 지식을 솎아내지 않으면 안 된다.

그러나 솎아내는 것만으로는 불충분하다. 반드시 실용적인 것을 가르쳐야 한다. 첫째는 명리학(命理學)이다. 본분을 지키며 운명이 비록 고통스러울지라도 그것을 즐겨야 한다. 둘째는 관상학이다. 관상을 볼 줄 알아야 근대 무기의 이로움과 해로움을 알 수 있다. 적어도 이 두 실용 학문만큼은 빨리 제창해야 한다. 제창하는 방법은 아주 간단하다. 고대의 한 철학자는 관념론을 반박하며 이렇게 말했다. 그대가 밥그릇에 담긴 밥이란 물질의 존재여부를 회의한다면 가장 좋은 방법은 그대가 먹어보고 배가 부른지 않은지를 보면 된다. 그것도 이와 같다. 전기를 이해시키려면 가장 좋은 방법은 전기를 한번 만져보고 쩌릿한지 어떤지를 보게 하면 된다. 비행기의 효용을 알게 하려면 그의 머리 위로 날아가다 폭탄을 던져

|4| 1933년 5월, 국민당 정부 교육부에서는 각 대학에 문과, 법과 대학생을 적게 모집하라는 명령을 내렸다.

|5| 국민당 정부는 1933년부터 시작하여 전국의 각 중등 초등학교 학생들이 졸업할 때 교내의 시험을 보는 외에 다른 학교의 졸업생들과 함께 교육행정기관에서 주최하는 시험에서 급제하여야 졸업할 수 있다고 규정하였다.

죽는지 사는지를 보게 하면 된다. 이런 실용교육이 존재한다면 지식은 과잉되지 않을 것이다. 아멘!

(이 글은 1933년 7월 16일《신보 -자유담(申報 -自由談)》에 발표되었음)

魯迅

화변문학

욕설

여자라고 반드시 거짓말을 더 하는 것은 아니다

물의 속성

욕설

평론가의 비평이 불만스러운 점이 또 한 가지 있으니 바로 비평가가 "욕하기"를 좋아하기에 그 글은 비평이 아니라는 것이다.

욕이란 뜻의 이 만매(漫罵)를 업신여길 만(慢)자를 쓰는 사람이 있는가 하면 게으름 만(慢)자를 쓰는 사람도 있고 어떤 사람은 속일 만(謾)을 쓰기도 한다. 이 글자들이 같은 뜻을 갖고 있는지는 나도 모른다. 그러나 이에 대해 더 논의하지 않아도 좋다. 지금 묻고 싶은 것은 무엇을 "욕"이라고 하는가 하는 문제이다.

만일 아무 여자를 보고 "저 여자는 화냥년이다."라고 말했다고 하자. 만약 그 여자가 양가집 사람이라면 그것은 욕설로 된다. 만일 그 여자가 웃음을 팔고 사는 여자라면 그 말은 욕이 아니라 오히려 사실을 말한 것이다. 돈을 주고 시인의 재주를 살수 없고 부자는 계산할 줄밖에 모른다고 한다면 이것은 사실이기 때문에 맞는 말이다. 설사 이것을 욕이라고 하더라도 시인의 재주를 돈으로는 살 수 없다. 이것은 환상이 현실 앞에 힘을 잃은 작은 실례이다.

돈이 있다고 하여 글재간이 있을 수는 없다. "자식이 많다."고 하여 반드시 아이들의 성질을 더 잘 안다고 할 수는 없다. "자식이 많다."는 것은 그들 부부가 아이를 잘 낳고 또 잘 기른다는 것을 증명할 뿐이며 아이들에 대하여 함부로 말할 권리가 있는 것은 아니다. 함부로 말한다면 그것은 부끄러운 줄을 모를 뿐이다. 이것이 욕 같기는 하나 욕은 아니다. 만약 욕이라 한다면 이 세상의 아동 심리학자들은 모두 가장 아이를 잘 낳는 부모라고 인정해야 할 것이다.

아이들은 적은 음식을 갖고도 싸운다고 한다면 그것은 아이들에게는 억울한 일로서 실은 욕이다. 아이들의 행동은 천성을 따르고 또 환경에 따라 변하므로 공융|1|은 배를 사양할 줄 알았다. 싸우는 것은 가정의 영향 때문이다. 어른도 재산 때문에 분쟁이 생기고 유산 싸움을 하지 않는가? 아이들은 어른을 본받는다.

욕은 확실히 많은 좋은 사람을 억울하게 만든다. 하지만 애매하게 "욕"을 없애버리는 것은 도리어 모든 악종들을 비호하게 된다.

1934년 1월 17일

|1| 공융(孔融, 153~208년)은 동한(東漢)시기 노나라 사람으로서 문학가이다. 어릴 때 형제들이 배를 나누어 먹을 때 제일 작은 배를 골라잡는 것을 보고 왜 작은 것으로 잡느냐고 묻자 제일 어리기에 제일 작은 배를 잡는 것이라고 대답했다고 한다.

여자라고 반드시 거짓말을 더 하는 것은 아니다

시항[1] 선생은 "거짓말을 논함"이라는 글에서 거짓말을 하는 원인의 하나가 약하기 때문이라고 하면서 "여자가 남자보다 거짓말을 더 많이 한다."는 것을 실례로 들었다.

이것을 반드시 거짓말이라고는 할 수는 없지만 사실이라고도 할 수도 없다. 우리는 확실히 여자가 남자보다 거짓말을 더 많이 한다고 하는 남자들의 말을 늘 들을 수 있다. 하지만 실증된 것도 없고 통계도 없다. 쇼펜하우어 선생은 여자들을 지독하게 욕했는데 그가 죽은 뒤 그의 책에서 매독을 치료하는 약 처방을 발견했다고 한다. 그리고 이름은 기억나지 않지만 오스트리아의 아무 청년 학자[2]가 거작을 썼는데 그 글에서 여자는 거짓말과 인연을 뗄래야 뗄 수 없는 사이라고 말하였다. 하지만 나중에 그는 자살하였다. 아마 그에게 정신병이 있었던 듯싶다.

"여자가 남자보다 거짓말을 더 많이 한다"기보다 "여자가 '남자보다 거짓말을 더 많이 한다'는 지적을 받는 경우가 얼마 더 많다"고 하는 편이 좋을 것이라고 나는 생각한다. 그러나 이 역시 숫자적인 통계는 없다.

이를테면 양귀비에 대하여 안록산의 난이 생긴 뒤에 문인들 모두가 현

---

[1] 한시항(韓侍桁)을 말한다. 그는 1934년 1월 8일 《신보-자유담》에 발표한 "거짓말을 논함"이라는 글에서 "거짓말을 하지 않으면 어려움을 넘지 못할 경우가 있는데 역시 약자가 이런 경우에 봉착할 때가 많다. 아마 이 때문에 여자들이 남자보다 거짓말을 더 많이 하는가보다."라고 썼다.

[2] 오스트리아 청년 학자란 웨이닝겔(Weininger, 1880~1860년)을 말하는데 여성주의를 적대시한 사람이다.

종에게는 아무 책임이 없다는 듯이 요란하게 거짓말을 퍼뜨리면서 나쁜 일은 모두 양귀비한테 덮어씌웠지만 감히 "하나라와 은나라가 망했던 그 상황에 이르지 않은 것은 포사와 달기처럼 총애했던 양귀비를 죽였기 때문"[3]이라고 말할 수 있는 사람이 몇이나 되는가! 포사나 달기라 하더라도 마찬가지 아니겠는가? 여자가 남자를 대신하여 누명을 쓰고 벌을 받은 역사는 그야말로 유구하다. 올해는 "여성의 국산품 해"[4]로서 국산품을 진흥시키는 일도 여자로부터 시작된다. 그러나 얼마 가지 않아 욕을 먹게 될 것이니 국산품이 이런 행사 때문에 꼭 좋아지리라고 기대할 수 없기 때문이다. 하지만 이렇게 제창하고 질책을 하고 나면 남자들은 자신의 책임을 다한 것으로 된다.

여자들의 이러한 처지에 불평을 품고 시를 남긴 사내가 있으니 그 시는 아래와 같다.

군왕의 성벽에는 항복의 기발이 걸려 있건만
깊은 궁중에 있는 첩이 어이 알리오?
20만 군사가 모두 갑옷을 벗었으니
사내다운 남자는 하나도 없구나![5]

통쾌하도다. 과연 통쾌한 시로다!

1934년 1월 8일

|3| 두보의 시 《북으로의 정벌(北征)》의 한 구절이다.
|4| 1933년 12월, 상해 상회와 단체에서 여러 분야의 사람들을 초청해놓고 1934년을 "여성의 국산품 해"로 정하고 여성들에게 "애국, 구국 관념"을 높여 국산품을 살 것을 요구하였다.
|5| 오대 후촉(五代後蜀)의 임금 맹창(孟昶)의 후궁 화예부인(花蕊夫人)이 지은 시이다.

물의 속성

20일 가까이 불볕더위가 이어지고 있다. 상해 신문에는 연일 강에서 미역을 감다 익사한 기사가 보도되고 있다. 이런 일은 물의 고장에서는 아주 드문 일이다.

물의 고장에는 물이 많다. 그래서 물에 대한 지식도 많이 알고 헤엄칠 줄 아는 사람도 많다. 만약 헤엄을 칠 줄 모르면 함부로 물에 들어가지 않는다. 이처럼 헤엄재주가 있는 사람을 "물의 속성을 안다"고 한다.

물의 속성을 안다는 의미를 자세히 말하자면 아래와 같다.

첫째, 불이 사람을 태워죽이듯이 물도 사람을 빠뜨려 죽일 수 있다. 하지만 물은 부드러워 쉽게 사귈 수 있기에 속기 쉽다는 것을 알고 있다.

둘째, 물이 사람을 빠뜨리기도 하지만 사람을 띄우는 속성도 갖고 있기에 물이 사람을 띄워주는 속성만 이용하면 된다.

셋째, 물의 속성을 이용하는 방법을 알고 능숙해지면 물의 속성을 완전히 알고 있다고 할 수 있다.

그러나 도회지 사람들은 헤엄칠 줄을 모를 뿐만 아니라 물에 빠지면 사람이 죽는다는 도리마저도 까먹고 있다. 평소에 아무런 준비도 없는데다가 물에 들어가기 전에 얼마나 깊은지 알아보지도 않고 더위를 견딜 수 없으니까 옷을 벗어버리고는 그냥 물에 뛰어든다. 만약 재수 없이 뛰어든 곳이 깊은 곳이라면 죽지 않을 수 없다. 그리고 내 보기에는 물에 빠진 사람을 구하는 방법을 알고 뛰어드는 사람도 시골보다 적은 것 같다.

하지만 도회지 사람이라면 구하기도 아마 어려울 것 같다. 구하는 사람
이 "물의 속성을 알아야" 할뿐만 아니라 물에 빠진 사람 역시 어지간히
"물의 속성을 알아야" 하기 때문이다. 물에 빠진 사람은 아예 힘을 놓고
구조자가 자신의 턱을 받들고 얕은 곳으로 헤엄쳐 가도록 그냥 내버려 두
어야 한다. 당황한 나머지 한사코 구조자의 몸에 매달린다면 웬만한 물
재주를 갖고 있지 않은 사람이라면 그마저 빠져버리고 말 것이다.

그러므로 강물에 들어가려면 먼저 헤엄치는 재간을 배워야 한다. 반드
시 공원의 수영장에 갈 것 없이 강에 나가면 된다. 하지만 반드시 물을 잘
아는 사람이 지도를 해주어야 한다. 만일 이러저러한 사정으로 헤엄을 배
울 수 없다면 먼저 장대로 물 깊이를 재어보고 얕은 곳에서 놀아도 좋다.
또는 강변에서 물을 길어다 끼얹으면 가장 안전하다.

무엇보다 중요한 것은 물은 헤엄칠 줄 모르는 사람을 잘 빠뜨려 죽이는
성질을 갖고 있다는 점을 알아야 하며 명심해두어야 할 바이다.

새삼스레 이런 상식을 선전하도록 주장하는 것이 미친 짓이거나 괜히
남의 관심을 끌려는 소행일지는 모르지만 사실은 절대 그렇지 않음을 증
명하고 있다. 괜히 진보적 비평가의 환심을 사려고 눈 감고 호언장담이나
해서는 안 될 일들이 많다.

1934년 7월 17일

나폴레옹과 제너

내가 알고 지내는 의사 한분 계시는데 무척 바쁘게 지내지만 늘 환자들에게 공격을 받는다. 한번은 그가 스스로 한스러운 소리를 했다.

"남의 칭찬을 받으려면 사람을 죽이는 게 제일 좋은 방법이 아닐까 싶네요. 나폴레옹과 제너(Edward Jenner:1749~1823)를 비교해 봐요……"

생각해보니 과연 그랬다. 나폴레옹의 전과가 우리와는 별 상관이 없지만 우리는 그를 영웅으로 존경하고 탄복해 마지않는다. 심지어 우리는 조상이 몽골인들의 노예로 살았지만 오히려 칭기즈칸을 받들어 모시고 있다. 그리고 나치의 눈에는 황인종이 열등 인종이지만 우리는 히틀러를 떠받들고 있다.

그것은 이 세 사람이 모두 사람을 죽이고도 눈 하나 깜짝하지 않고 재난을 들씌우는 자(災星)이기 때문이다.

우리는 대개 누구나 팔에 흉터 몇 개씩 갖고 있다. 우두를 맞은 자리로서 우리를 천연두라는 무서운 병에서 구해준 징표이다. 우두라는 면역 방법이 생겨난 뒤로 세상에서 얼마나 많은 어린이들이 목숨을 잃지 않았는지 모른다. 비록 커서 영웅들의 대포 밥으로 된 사람도 좀 있기는 하지만 그 누가 이 우두를 발명한 제너라는 사람의 이름을 기억하고 있는가?

살인자는 세계를 훼멸시키고 구원자는 세계를 보수한다. 하지만 대포 밥의 자격을 갖고 있는 여러분들은 오히려 살인자를 공경하고 있다.

이 견해를 개변하지 않으면 세상은 여전히 훼멸될 것이고 사람들도 고통을 받게 되리라 나는 생각한다.

1935년 11월 6일

"고기 맛을 모르다"와 "물맛을 모르다"

올해의 공자제|1|는 민국이 선 뒤 두 번째로 되는 성대한 행사로서 할 수 있는 데까지는 거의 다 해냈다. 상해의 중국인 거주지역이 비록 오랑캐 거주지(夷場)|2|와 가깝지만 그래도 옛날 공자가 "석 달 동안 고기 맛을 모르고" 들었다는 소악(韶樂)|3|을 들을 수 있었다. 8월 31일자《신보》|4|는 아래와 같이 보도하고 있다.

27일, 상해시의 각계는 공자묘에서 공자탄신기념회를 거행했고 당과 정부기관 및 각계 대표 천여 명이 참가하였다. 대동악회(大同樂會)에서 중화소악(中和韶樂) 2장을 연주하였는데 연주하는 악기의 음량을 높이기 위하여 고금의 구별 없이 중국 악기에 속하는 악기는 모두 연주에 참가시킴으로써 모두 40여 종에 이르렀다. 악보는 변경 없이 옛 관례를 따랐다. 장중하고 경건하고 뛰어난 연주는 사람들을 숙연한 분위기에 휩싸이게 하였고 마치 3대|5| 이전의 태평스러운 음

|1| 1934년 국민당 정부는 장개석의 제의로 1934년 7월, 공자 탄생일 8월 27일을 "국정기념일"로 공표하였다.
|2| 상해에 있는 외국인 조계지를 가리킨다.
|3| 소악(韶樂)이란 요순시대의 악곡이라고 전해 내려오고 있다. 《논어 · 술이》에는 "공자가 제나라에서 소악을 듣고 석 달을 고기 맛을 몰랐다."고 썼다.
|4| 《신보(申報)》중국에서 역사가 가장 길었던 자산계급 신문으로서 1872년 4월 30일 상해에서 창간되었다가 1949년 5월 26일 상해가 해방되면서 정간되었다.
|5| 하, 상, 주(夏商周) 세 시대를 가리킨다.

악을 접한 듯한 느낌이어서 우리나라 민족성이 얼마나 평화를 사랑하는지를 말해주는 것 같았다.……

고금의 구별 없이 모든 악기를 다 동원하여 주나라의 소악을 연주하였다고 하니 예사로운 일이 아니다. 하지만 "음량을 높이기 위하여"는 그렇게 할 수밖에 없었을 것이고 또 오늘 공자제의 정신과도 아주 장단이 맞는다. "공자는 성인 가운데 가장 시대에 알맞은 사람"|6|이고 "성인 가운데서도 모델"이니 석 달을 물고기 지느러미로 만든 제비둥지 맛을 모르고 살려면 아마 악기가 "마흔 가지에 이르지" 않으면 안 될 것이다. 더구나 그 시대는 중국이 외환을 겪고 있었지만 오랑캐들이 들어와 살지는 않았다.

하지만 이것으로 세상 형편이 좀 달라졌음을 알 수 있다. 설사 제아무리 "음량을 높인다." 하더라도 그 소리가 시골까지는 갈 리가 없다. 같은 날의 《중앙일보》에는 "태평스러운 음악, 말하자면 평화를 너무나도 사랑하는 우리나라 민족성을 보여주는" 체면을 구기는 기사가 실려 있으니 그 날자가 너무 공교롭게도 27일이다.

(영파통신) 여요현은 여름에 들어서면서부터 가뭄이 지속되면서 강물이 말라버린 탓에 주민들은 대부분 강가에 우물을 파고 물을 길어먹고 있다. 때문에 자리다툼으로 충돌이 자주 생기고 있다. 27일 오전, 여요에서 40리 떨어진 낭하진의 후방옥에서 주민 양후곤과 요사련이 우물 때문에 충돌이 생겨 서로 손찌검을 하게 되었는데 요사련이 후려치는 담뱃대에 머리를 얻어맞아 양후곤이 그 자리에 쓰러졌다. 이어 요사련은 또 몽둥이와 돌로 양사곤의 급소를 치는 바람에 그만 목숨을 잃고 말았다. 소식을 듣고 이웃 사람들이 달려왔지만 이미 숨진

|6| 《맹자 · 만장》에서 맹자가 공자를 칭찬하여 한 말이다.

뒤였다. 요사련은 자신이 용서받지 못할 화를 불렀음을 깨닫고 그만 도주해 버
렸다……

소악을 듣는 것이 하나의 세계이고 목이 마른 것도 하나의 세계이다.
고기를 먹고 맛을 모르는 것도 하나의 세계이고 목이 말라 물을 다투는
것 역시 하나의 세계이다. 물론 여기에는 군자의 몫과 소인의 몫이 크게
다르지만 "소인 치고 군자를 섬기지 않는 사람이 없다."[7]고 하였으니 제
멋대로 때려죽여도 안 되고 목말라 죽어도 안 될 일이다.

들자니 아랍의 일부 지방에는 물이 보물이어서 피와 바꾸어 마신다고
한다. "우리나라 민족성"은 "평화를 매우 사랑하기에" 이 지경이 되리라
고는 생각지 않는다. 그러나 여요현의 실례는 좀 겁이 나지 않을 수 없다.
때문에 우리는 육식자가 들으면 고기 맛을 잃게 하는 "소악"뿐만 아니라
물맛을 모르는 사람이 들으면 물을 먹고 싶지 않게 하는 "소악"도 있어야
한다.

1934년 8월 29일

|7| 《맹자 · 등문공》에서 나오는 말이다.

애에게 사진을 찍어 주면서 떠오른 생각

    나는 오랫동안 아이가 없었다. 그래서 사람이 못돼서 죄를 받아 대가 끊어지는 것이라고 말하는 사람도 있었다. 주인집 아주머니는 내가 미울 때면 자기 자식을 우리 집으로 놀러가지 못하게 하였다. "쓸쓸하게 만들고 쓸쓸해 죽게 만들겠다."는 심산이었다. 하지만 지금은 자식이 하나 생겼다. 비록 잘 키울지는 모르겠지만 지금은 자기의 의견을 말할 정도로 말도 잘하는 편이다.

    애가 가끔 나한테 불만이 있을 때가 있는데 언젠가는 대놓고 이런 말을 하는 것이었다.

    "나는 아빠가 되면 더 잘할 거야……"

    심지어 더 "반동"에 가까운 말로 나에게 호된 비평을 하였다.

    "아빠가 어쩌면, 이런 아빠가 어디 있어?"

    나는 애가 하는 말을 믿지 않는다. 어릴 적에는 장차 커서 훌륭한 아버지가 될 것이라고 믿었지만 정작 자식을 갖고 보니 그 선언을 깡그리 잊고 있었다. 비록 욕할 때도 있고 매를 들 때도 있지만 실은 애를 사랑하기 때문이다. 나는 내가 나쁜 아버지라고는 생각지 않고 있다. 때문에 애가 억눌려 기를 펴지 못하는 일이 없이 건강하고 활발하고 장난도 치면서 자라고 있다. 만약 내가 정말 "그런 아빠"라면 내 앞에서 그와 같은 반동선언을 할 수나 있겠는가?

하지만 그 건강하고 활발한 성격 때문에 욕을 볼 때가 있다. 9.18사변이 있은 뒤 동포들에게 일본 아이로 오인 받아 여러 번 욕을 먹기도 했고 심하지는 않았지만 매를 얻어맞은 일도 있다. 여기서 말하는 사람이나 듣는 사람 모두가 편안하지 않은 말 한마디를 덧붙이자면 요즘 1년 남짓한 동안에는 그런 일이 한 번도 생기지 않았다는 점이다. 그것은 국민당 정부가 일본과 비밀협정을 맺은 이후로 일본아이들이 욕을 당하지 않도록 항일운동을 철저히 단속하기 때문이다.

중국 아이나 일본 아이에게 양복을 입혀놓으면 보통 거의 분간하기 어렵다. 하지만 우리 고장에는 잘못된 속단을 하는 사람이 더러 있으니 얌전하고 웃음과 말이 적고 별로 떠들지 않는 애는 중국 애이고 튼튼하고 활발하고 낯을 가리지 않고 떠들고 장난이 심한 아이는 일본 애라고 생각한다.

그런데 이상하게도 내가 애를 데리고 일본인 사진관에 가서 사진을 찍은 일이 있는데 정말 일본 애처럼 장난이 심했다. 그 뒤에 중국인 사진관에 가서 사진을 찍었는데 어찌나 주눅이 들고 온순한지 영락없는 중국 아이였다.

이 일을 두고 나는 많이 생각하였다.

아이가 이처럼 큰 차이를 보인 것은 전적으로 사진사의 탓이었다. 서거나 앉는 포즈를 취하게 하는 것부터 두 나라 사진사는 크게 달랐다. 사진사는 아이를 세워놓고는 스스로 가장 훌륭하다는 순간을 포착하기 위해 눈을 부릅뜨고 렌즈를 들여다본다. 하지만 카메라 앞에 선 아이의 표정은 끊임없이 변한다. 활발하다가도 장난기가 동하는가 하면 얌전하다가도 주눅이 들거나 짜증을 내기도 하며 그러다가도 당혹스러워하는가 하면 전혀 두려움이 없거나 피곤해하기도 한다.…… 그러니 얌전하고 주눅이 든 순간을 찍으면 중국 아이 모습이 되고 활발하고 장난기가 발동한 순간을 찍으면 일본 아이 모습이 되는 것이다.

온순한 성격이 결코 나쁘다는 말은 아니다. 하지만 이런 성격이 발전하여 일에 봉착했을 때 온순하기만 하다면 이것은 미덕이 아니라 오히려 별 볼일 없는 놈이라고 해야 할 것이다. 물론 아이들은 "아빠"나 어른들의 말을 잘 들어야 한다. 하지만 일리가 있는 말을 들어야 한다. 만약 아이가 스스로 무슨 일에나 남만 못하다고 생각하면서 굽실거리거나 웃음을 떠올리면서도 속으로는 남을 해칠 꿍꿍이를 꾸민다면 차라리 내 앞에서 대놓고 "못난 놈!"이라고 욕을 먹는 편이 시원하다. 그리고 그가 못난 놈이기를 바란다.

하지만 중국의 일반 추세를 보면 온순한 부류인 "조용한" 쪽으로만 발전되어 눈을 내리깔고 고분고분해야 훌륭한 아이로 생각하면서 "재미있다"고 말한다. 활달하고 건강하고 가슴을 쭉 내밀고 머리를 쳐들고 다니는 "가만 있지를 못하는" 유형의 아이에 대해서는 고개를 설레설레 저으며 심지어 "서양식"이라고 말한다. 중국은 오랫동안 외국의 침략을 받아온 탓으로 이런 "서양식"을 원수로 알고 있다. 한걸음 더 나아가서 "서양식"과 일부러 엇선다. 그들이 움직이면 우리는 가만히 있고 그들이 과학을 말하면 우리는 일부러 점술을 부추기고 그들이 짧은 옷을 입으면 우리는 일부러 장삼을 입고 그들이 위생을 강조하면 우리는 일부러 파리를 먹고 그들이 튼튼하면 우리는 일부러 병에 걸린다.…… 이래야 비로소 중국의 고유문화를 보존하는 것이고 나라를 사랑하는 것이고 노예근성이 없는 것이라고 생각한다.

기실 내 보기에는 이른바 "서양 끼" 가운데는 장점이 많다. 그 장점은 우리 중국 사람들의 바탕이 되었던 성격이기도 하지만 역대 왕조의 억압을 받으며 그 장점이 위축되어 지금은 스스로도 이상하게 생각하면서 아예 모두 서양인의 것으로 만들어버렸다. 이 장점들을 반드시 되찾아 와야 하며 부활시켜야 한다. 그 과정에 물론 신중한 선택이 있어야 할 것이다.

설사 중국 사람이 고유하고 있던 것이 아니라 할지라도 장점이라면 따

라 배워야 마땅하다. 선생이 우리와 원수지간이라 할지라도 우리는 그에게 배워야 한다. 내가 지금 사람들이 싫어하는 일본에 대해 얘기해야겠다. 일본이 모방은 잘하지만 창의성이 적다고들 하면서 경멸하지만 출판물이나 공업제품만 보더라도 중국을 훨씬 앞지르고 있다. 모방할 줄만 안다고 해서 그것을 절대 나쁘다고 할 수는 없으며 우리로서는 그 "모방하는 재주"를 따라 배워야 할 바이다. "모방할 줄을 아는"데다가 창조까지 잘하면 더 좋지 않겠는가? 그렇지 않으면 "분에 못 이겨 죽을"|1| 수밖에 없을 것이다.

쓸데없는 말일지도 모르지만 여기서 한마디 덧붙이고 싶다. 나는 절대 "제국주의자들의 사주를 받고"|2| 중국인을 노예로 만들려고 유인하기 위해 이런 주장을 내놓는 것이 아니다. 말끝마다 애국을 부르짖고 온몸에 국수가 배어 있는 사람일지라도 실지로는 얼마든지 노예로 될 수 있다.

1934년 8월 7일

|1| 이 말은 분에 못 이겨 실제적인 개혁을 하지 않는 것을 꾸짖는 말로서 《열풍·수감록 62》에서 나오는 말이다.
|2| 1934년 7월 25일 루쉰은 《신보·자유담》에 쓴 "우스개는 그냥 우스개로"라는 글에서 유럽 식 문구를 반대한다는 구실로 현대문을 쓰는 사람들을 공격하는 것을 비판하였다. 8월 7일 문공직(文公直)은 같은 간행물에 공개편지를 발표하여 루쉰이 유럽 식 문구를 주장하는 것은 "제국주의 사주를 받았기 때문"이라고 썼다.

"체면"을 말한다

"체면"이란 말은 우리가 대화에서 늘 쓰는 말이다. 그런데 들으면 금방 알 수 있는 말이어서 그런지 깊이 생각하는 사람은 별로 많지 않다.

하지만 요즘 외국인들도 체면이라는 말을 많이 하는데 아마 연구하고 있지 않나 싶다. 그들은 이 일을 몹시 이해하기 어렵다고 생각하지만 중국 정신을 이해하는 데는 강령으로서 이 강령을 파악하기만 하면 24년 전에 변발을 잡는 것과 같이 몸 전체가 따라서 움직인다고 생각하고 있다. 전하는데 따르면 청조 때에 서양인들이 총리 관저에 찾아가 으름장을 놓으며 이권을 요구하자 관리들이 무서워서 대뜸 응낙했으면서도 그들이 돌아갈 때는 옆문으로 내보냈다고 한다. 정문으로 보내지 않는 것은 그들의 체면을 세워주지 않는 것으로서 외국인들의 체면을 깎는 것은 중국의 체면을 세우는 일과 같기에 역시 우리가 이겼다는 생각에서였다. 이런 일이 정말 있었는지는 잘 모르지만 이 이야기를 "중외인사"들은 아는 사람이 꽤 많다.

때문에 나는 그들이 우리에게 일부러 "체면"을 세워주려고 그러지 않나 하는 의심이 든다.

"체면"이란 도대체 무엇인가? 생각하지 않으면 그래도 알 듯싶은데 생각해보면 오히려 애매해진다. 체면이라면 여러 가지가 많은 듯싶고 신분마다 그에 따르는 체면이 따로 있는 것 같다. 말하자면 이른바 "얼굴"이라고 할 수 있는데 이 "얼굴"에는 기준선이 있어서 그 선을 내려가기만 하면 체면이 깎이는 일이 된다. 다시 말하면 "망신을 당하는" 것이다. "망신당하는" 것을 두려워하지 않으면 그것은 "체면이 없는" 것과 마찬가지이다. 하지만 만약 이 계선 위로 올라가는 일을 했다면 그것은 "체면이 있는" 일을 했거나 "체면을 세웠다"고 말할 수 있다. 그런데 "망신당하는" 방법은 사람마다 다르다. 이를테면 인력거꾼이 길가에 웃통을 벗고 앉아서 이를 잡는다면 그것은 망신스러운 일이 아니고 부잣집 도련님이 길가에 웃통을 벗고 이를 잡아야 "망신스러운" 일이 된다. 하지만 인력거꾼이라고 "체면"이 없는 것은 아니지만 이때는 "망신"이 아니고 마누라에게 얻어맞고 누워서 운다면 그것이야말로 "망신스러운" 일이다. 이처럼 "망신을 당하는" 경우는 고급인간에게도 적용된다. 이렇게 보면 "체면을 잃을" 기회가 고급인간한테 더 많은 편인 것 같지만 꼭 그런 건 아니다. 이를테면 인력거꾼이 남의 지갑을 훔치다가 발각되면 "체면이 깎이는" 일이지만 고급인간이 금은보화를 한몫 부당하게 챙겨도 그것은 별로 "체면이 깎이는" 일이 아니다. 또 "외국에 나가 고찰하는" 것으로[1] 체면을 바꾸는 좋은 방법이 있다.

누구나 "체면"을 지키려 하는데 물론 좋은 일이다. 하지만 "체면"이라는 물건은 참 이상하다. 9월 30일자 《신보》에 이런 기사가 실렸다.

"상해 서쪽에 나립홍이라고 부르는 목수청부업자가 있는데 어머니 장례를 지내기 위해 관혼상제 기물 임대업자인 왕수보 부부의 도움을 청하였다. 그런데 장례에 참가한 사람이 너무 많아 준비해두었던 상복이 모자라게 되었다. 장례에는 왕도재라는 사람도 있었는데 그는 남과 상복을 다투다가 얻어 입지 못하게 되자 체면이 깎였다고 생각되어 속으로 앙심을 품었다.…… 그는 권총을

---

[1] 이전에 군벌, 정객들은 권세를 잃거나 뜻대로 되지 않을 때 늘 "외국으로 고찰하러" 가는 것으로 잠시 은퇴하면서 재기의 수단으로 삼았다. 그 가운데는 체면을 세우기 위해 나가는 경우도 있었다.

가진 자까지 끼인 도당 수십 명을 모아가지고 쇠몽둥이를 들고 왕수보의 집 사람을 닥치는 대로 부수었다. 쌍방은 머리가 터지고 피를 흘리며 치열한 싸움을 벌였고 많은 사람이 중상을 입었다.……"

상복은 옷이 있는 친족이 입는다. "상복을 다투다가" 결국 "얻어 입지 못했다면" 친족이 아님을 알 수 있다. 그런데도 "체면이 깎였다"고 생각하고 이처럼 큰 싸움을 벌인 것이다. 이런 경우에는 마치 보통 사람과는 어디가 달라야 "체면이 선다."고 생각하면서 자신이 무슨 신분인지는 전혀 관계하지 않는다. 이런 성깔은 "명사와 상인"들도 보여주는 경우가 있다. 원세개가 황제자리에 오르려고 할 때 등극을 권한 사람의 명단에 자기 이름이 들어야 "체면이 선다"고 생각하는 사람이 있었고 아무 나라가 청도에서 철군[2]할 때 만민산(萬民傘)에 자기의 이름이 올라야 "체면이 선다"고 생각하는 사람도 있었다.

하기에 "체면을 세우는"일이 꼭 좋은 일이라고 말할 수는 없다 – 그렇다고 "체면이 없어야" 한다고 말하는 것은 아니다. 지금은 말을 하기가 어려운 세상이어서 "효도를 반대한다"고 주장하면 부모를 때리라 선동하는 것이라 하고 남녀평등을 주장하면 난교를 부르짖는다고 할 것이다.– 는 성명을 꼭 해야 할 필요가 있다.

그리고 "체면이 있는" 경우와 "체면이 없는" 경우를 정말 가리기 어려울 때가 있다. 우스운 이야기가 있지 않은가?

돈 있고 세력이 있는 신사가 있는데 넷째 어르신이라고 가정하자. 사람들은 누구나 그와 대화하는 것을 영광으로 생각한다. 제 자랑을 하기 좋아하는 부랑아가 어느 날 남에게 말했다.

"넷째 대인이 나와 말을 나누었어!"

|2| 1922년 12월 일본이 청도에서 군대를 철수한 것을 말한다.

그러자 누군가 물었다.

"무슨 말을 나눴는데?"

"내가 그 집 문 앞에 서있는데 넷째 대인이 나오더니 날 보고 '썩 꺼지지 못할까!' 했어."

물론 이것은 "체면을 모르는" 사람을 형용한 우스운 이야기이다. 하지만 그 사람은 "체면이 서는" 일이라고 생각한다. 이런 일을 체면이 서는 일이라고 생각하는 사람이 많아지면 그것은 정말 "체면이 서는" 일로 돼버린다. 넷째 어르신한테서 "썩 꺼지지 못할까!"라는 말도 듣지 못한 사람이 더 많을 것이 아닌가?

상해에서 "외국 햄을 먹는" 것이[3] 비록 "체면이 서는"일은 아니지만 "체면이 깎이는" 일도 아니다. 하지만 제나라 하등인간의 발에 차이는 일에 비하면 그래도 "체면이 서는" 일이다.

중국 사람들이 "체면"을 세우는 것은 좋은 일이다. 아쉽게도 이 "체면"라는 것이 "둥글둥글하게 사는 방법"으로 되어 비위에 맞춰 잘 변하기에 "뻔뻔함"과 뒤섞여 있다. 하세가와 뇨제깡[4]은 도천(盜泉)에 대해 "옛날 군자는 그 이름이 싫어서 마시지 않았고 오늘의 군자는 이름을 고치고 마신다."고 말했는데 "오늘의 군자"가 갖고 있는 "체면"의 비밀을 까밝혔다고 하겠다.

1934년 10월 4일

|3| "외국 햄을 먹는다."는 말은 옛날 상해의 속어로서 외국 사람한테 차였다는 의미로 쓰였다.

|4| 하세가와 뇨제깡(1875~1969년)은 일본의 평론가로서 저서로는 《현대사회비판》, 《일본의 성격》과 같은 것들이 있다.

운명

　어느 날 나는 우치야마 서점|1|에 앉아서 한담을 나누다가 - 나는 늘 우치야마 서점에 가서 한담을 나누었기에 나를 적대시하는 불쌍한 "문학가" 들은 이를 구실로 나에게 "한간"이라는 모자를 씌우려고|2| 애썼으나 지금은 손을 놓았다 - 일본에서 병오년 생으로서 금년에 스물아홉 살 나는 여성들은 아주 불행한 사람들이라는 것을 알게 되었다. 사람들은 병오년 생 여성들은 숙명적으로 남편을 해치게 되어 있는데 설사 재가하더라도 역시 남편이 죽게 된다는 것이다. 게다가 많으면 5, 6명까지 죽일 수 있으므로 시집가려면 몹시 힘들다고 한다. 물론 이것은 미신이지만 일본 사회에는 이런 미신이 적지 않다.

　내가 이런 숙명을 풀 방법은 없느냐고 물었더니 없다고 대답하는 것이었다.

　따라서 나는 중국을 생각했다.

　중국을 연구하는 많은 외국인 연구자들은 모두 중국 사람들은 숙명론자로서 정해진 운명은 어쩔 수 없다고 여긴다고 말한다. 중국인 평론가

|1| 우치야마 서점은 우치야마 간조(1885~1959년)가 상해에 꾸린 서점으로서 주로 일본어 서적을 팔았다.

|2| 1933년 7월, 증금가(曾今可)가 꾸리는 《문예 좌담》 제1권 제1호에 백우하(白羽遐)라는 이름으로 "우치야마 서점에 잠깐 앉아서"라는 글이 실렸는데 루쉰을 일본 간첩이라고 빗대어 썼다. 그리고 1934년 5월 《사회신문》 제7권 제12호에 "루쉰은 한간이 되려고 한다."라는 글에서 루쉰을 "일본 서국과 밀약을 체결하고…… 기꺼이 한간 노릇을 하고 있다."고 하였다.

가운데도 지금까지 이렇게 말하는 사람이 있다. 하지만 내가 알기로는 중국 여성들은 이처럼 풀 수 없는 운명을 지니고 있지 않다. "운명이 사납다"거나 "살이 세다"는 말은 있다. 그러나 방법은 있기 마련이다. 바로 "액운을 풀어달라고" 비는 것이다. 또는 상극의 운명을 두려워하지 않는 남자와 결혼하여 "사납고" "센" 여자의 운명을 억제하면 된다. 만약 대여섯 명의 남편을 잇달아 죽일 운명을 갖고 있는 여자가 있다면 벌써 도사와 같은 사람이 나타나 자신에게 묘한 방법이 있다고 하면서 복숭아나무에 대여섯 명 남자를 새기고 주술을 그린 다음 여자를 그들과 동시에 결혼식을 갖게 한다. 그리고는 태워서 땅에 묻어버린다. 그러면 진짜로 약혼한 남편은 일곱 번째로 되기에 전혀 위험하지 않게 된다.

중국 사람은 확실히 운명을 믿는다. 그러나 그 운명은 전이시키는 방법을 갖고 있다. 이른바 "어쩔 도리가 없다"는 말이 때로는 다른 방법, 운명을 전이시키는 방법으로도 된다. 이 "운명"은 정말 "어쩔 방법이 없다"는 것을 확신하게 된다면 사실상 앞길이 꽉 막혔거나 멸망의 변두리에 이른 것이다. 운명이란 중국 사람을 사전에 인도하는 것이 아니라 사후에 하는 걱정이 없는 해석이다.

우리 중국 사람은 물론 미신을 믿으며 또 "믿음"도 있다. 하지만 "굳게 믿는" 일은 아주 드물다. 지난날 우리는 황제를 가장 존중하였지만 한편 그를 놀리려는 생각도 갖고 있었고 왕후도 존경하였으나 한편으로는 꼬드겨 놀고 싶은 생각도 갖고 있다. 신을 두려워하면서도 뇌물로 지전을 태우며 호걸을 탄복은 하나 그를 위해 희생하려 하지는 않는다. 공자를 숭배하는 이름난 유학자도 부처에게 절을 하는가 하면 갑을 믿던 전사가 내일은 정을 믿기도 한다. 종교 전쟁이라고는 종래 있어본 적이 없고 북위(北魏)로부터 당나라 말년에 이르기까지 누가 황제의 귀에 감언이설을 불어넣느냐에 따라 따라 불교가 득세할 때도 있었고 도교가 득세할 때도 있었다. 풍수, 주문, 기도……그 어떤 "운명"이라도 돈을 좀 쓰거나 머리를 몇 번 조아리면 정해진 운명과는 판판 다르게 바뀐다. - 그러니 정해져 있는 것은 없다.

우리의 성현들도 "숙명"이라고 하는 것이 늘 이렇게 변하면 인심을 안정시킬 수 없음을 알고 있었다. 그래서 이렇게 말하고 있다.

"갖은 방법을 다 쓴 다음에 얻어진 결과가 바로 진짜 '숙명'이며 반드시 갖은 방법을 다 써야 하는 것도 명에 주어진 것이다."

하지만 일반 사람들을 보면 이렇게는 생각하고 있는 것 같지 않다.

사람으로서 굳은 믿음이 없이 늘 의심을 갖고 산다는 것은 좋은 일이 아니다. 이 역시 이른바 "독립적인 지조"를 갖고 있지 않다는 것을 뜻하기 때문이다. 하지만 나는 운명을 믿는 중국 사람이면서도 운명을 전이할 수 있다고 믿는 것은 낙관할 만한 일이라고 생각한다. 그렇지만 지금까지는 미신으로 다른 미신을 전이시켰기에 결국 같은 것이지만 앞으로는 정당한 도리와 실천, 즉 과학으로 이런 미신을 대체한다면 숙명론 사상이 중국 사람과 영원히 멀어질 것이다.

정말 이런 날이 온다면 중, 도사, 무당, 점쟁이, 풍수 선생들은 보좌를 모두 과학자들에게 내주어야 할 것이며 우리도 일 년 내내 귀신을 만나는 일이 없을 것이다.

1934년 10월 23일

중국의 두세 가지 일에 대하여

1. 중국의 불에 대하여

그리스인의 불은 프로메테우스가 하늘에서 훔쳐왔다고 한다. 하지만 중국의 불은 이와 다르다. 수인씨(燧人氏)|1|가 자신의 집에서 발견한 것을 갖고 발명했다고 할 수도 있다. 발명하였지 훔치지 않았기에 프로메테우스처럼 산에 묶여 독수리에게 간을 쪼이는 화를 면할 수 있었다. 그러나 프로메테우스처럼 그렇게 세상에 널리 알려지지도 않았고 존경을 받지도 못했다.

중국에도 화신|2|이 있다. 그러나 수인씨가 아니라 제멋대로 불을 지르는 정체 모를 물체이다.

수인씨가 불을 발견했거나 발명한 뒤로 사람들은 신선로를 먹을 수 있게 되었고 등불을 밝혀 밤에도 일을 할 수 있게 되었다. 하지만 성현의 말처럼 "이로운 점이 있으면 반드시 해로운 점이 있기 마련"이어서 화재도 생기기 시작하였고 일부러 불을 질러 유소씨|3|가 발명했다는 둥지를 태워 없애버리는 대단한 인물도 나타났다.

착한 수인씨는 반드시 잊혀져야 한다. 설사 음식이 상하더라도 이번에

|1| 중국의 전설에 제일 먼저 나무를 비벼 불을 일으켰다는 사람이다.

|2| 화신(火神)을 축용(祝融)이라는 설도 있고 회록(回祿)이라는 설도 있다.

|3| 중국의 전설에 나무에 둥지를 짓고 살았다는 사람이다.

|4| 중국의 전설에 농구를 발명하고 경작을 가르쳤다는 사람으로서 약초를 먹어보고 약재를 발견하여 병을 치료했다고도 한다.

는 신농씨[4]의 영역에 속하는 것이 되었기에 사람들은 지금까지도 신농씨를 기억하고 있다. 화재에 대해서는 비록 누가 발명했는지는 모르고 있지만 그 시조는 있을 것이기에 어쩔 수 없이 그냥 화신이라고 부르면서 무섭지만 공경하고 있다. 화신의 초상은 보면 붉은 얼굴에 붉은 수염을 하고 있다. 화신에게 제사를 지낼 때는 붉은 것을 모두 피하고 녹색으로 대체한다. 스페인의 소처럼 붉은색만 보면 흥분하여 무서운 행동을 할 수 있기 때문이다. 화신은 이렇게 받들어 모셔지고 있으며 중국에는 이와 같은 악한 신이 꽤나 많다.

하지만 세상은 오히려 이런 악의 신들이 있어서 활기를 띠는 듯싶다. 신을 기리는 행사에서도 수인씨는 없고 화신만 기린다. 화재가 나면 화재를 당한 사람이나 화재를 당하지 않은 이웃이나 다 같이 화신에게 제를 올리고 감사의 뜻을 표한다. 화재를 당하고도 감사의 뜻을 표한다면 생각 밖이겠지만 만약 제를 지내지 않으면 또다시 불이 날 수 있기 때문에 역시 감사를 드리는 편이 안전한 셈이다. 그런데 이런 제를 화신뿐만 아니라 사람에게도 지낸다고 하니 나는 아마 예의가 아닌가 생각한다.

사실 불을 지르면 굉장히 무서운 일이지만 밥 짓기보다는 퍽 재미있을지 모른다. 외국은 어떤지 잘 모르겠지만 중국에서는 역사책을 암만 뒤져 보아도 밥 짓고 등불을 켜는 사람의 전기는 찾을 수 없다. 사회에서 제아무리 밥을 잘 짓고 등불을 솜씨 있게 밝힌다 해도 명인이 될 가망은 전혀 없다.

그럼에도 불구하고 진시황은 책을 불살라 오늘까지 명인으로 남아 있고 히틀러가 책을 불사른 사건의 선례로 되었다. 만약 히틀러의 마누라가 능숙하게 등불을 켜거나 빵을 굽는다 치고 역사에서 그런 선례를 좀이라도 찾아보려면 힘들 것이다. 하지만 다행스럽게 그런 일로는 세상을 놀라게 할 수는 없다.

송나라 사람들의 기록에 따르면 몽골 사람들이 먼저 집에 불을 지르기 시작했는데 그들은 집에서 사는 것이 아니라 천막에서 살았기에 이르는 곳마다 불을 질러버렸다고 한다. 하지만 이것은 사실이 아니다. 단지 몽골인 가운데 한문을 아는 사람이 드물어 그 기록을 시정하지 않았기 때문일 것이다. 실은 진나라 말엽에 불을 놓아 이름난 항우라는 사람이 있었는데 아방궁을 불 태워 천하에 이름이 났다. 지금도 연극에 나오는데 일본에서도 이름이 높다. 그러나 불타기 전까지 아방궁에서 매일 등잔에 불을 붙이던 사람의 이름은 그 누가 알고 있는가?

지금은 폭탄이요, 소이탄이요 하는 것들이 생겨나고 비행기도 굉장히 발달되어 명인이 되려면 더 쉬워졌다. 그리고 불도 이전보다 더 크게 놓는다면 그 사람은 더욱 존경을 받을 것이다. 멀리서 보면 구세주처럼 보일 것이고 그 불빛을 광명이라고 여길 것이다.

2. 중국의 왕도에 관하여

재작년에 나카자토 카이잔|5| 씨의 대작《지나 및 지나 국민에게 드리는 글》을 배독한 일이 있다. 그 글 가운데 기억에 남는 것이란 주나라와 한나라는 모두 침략자의 기질을 지니고 있지만 지나인들은 모두 이들을 칭송하고 환영하고 있으며 그들의 침략이 국가를 안정시키는 힘이 있고 민생을 보호하는 실리를 챙기는 것이 지나의 인민이 갈망하는 왕도라고 지적하면서 지나인들의 몰상식한 점에 분개한다는 내용이다.

그 "편지"는 만주에서 출판된 잡지에 번역되어 실렸다. 하지만 중국에 수입된 일은 없었기에 답장 비슷한 것은 지금까지 한 편도 보지 못했다. 다만 지난해 상해의 신문에 호적|6| 박사의 담화가 실렸는데 거기에 "중국을 정복하는 방법은 오직 하나 밖에 없다. 즉 철저하게 침략을 중지하고 반대로 중국 민족의 마음을 정복하는 것이다."라고 쓰고 있었다. 물론 우

|5| 나카자토 카이잔(1885~1944년) 일본의 대중 소설가이다.
|6| 호적(胡適, 1891~1962년), 자는 적지(適之)이고 국민당 정부의 내외 정책을 적극적으로 지지한 문인이다.

연한 일에 지나지 않지만 그 편지에 대한 답장이 아닐까하는 생각이 든다.

중국 민족의 마음을 정복하는 것, 이것은 호적 박사가 중국의 이른바 왕도에 내린 정의이다. 하지만 나는 호적 박사도 자신의 말을 믿지 않으리라 생각한다. 중국에는 기실 철저한 왕도란 있어본 적이 없으며 "역사 고증과 고증에 인이 박힌" 호 박사가 그것을 모를 리가 없다.

하긴 중국에 원나라와 청나라를 칭송한 사람들도 있었다. 그러나 그것은 화신과 같은 신에게 감사드리는 것으로서 마음까지 정복되었다는 증거는 아니다. 칭송하지 않으면 더 학대받을 것이라는 암시를 준다면 어느 정도 학대를 해도 사람들은 칭송하게 돼있다. 4, 5년 전에 나는 자유를 추구하는 한 단체|7|에 가입하였다. 당시 상해의 교육 국장이었던 진덕정 씨가 삼민주의가 지배하고 있는 세상에 무슨 불만이 있는가 하며 발끈 화를 내면서 그렇다면 지금 허용하고 있는 얼마 안 되는 자유마저도 거두어가겠다고 했다고 한다. 그리고는 과연 거두어갔다. 전보다도 더 자유롭지 못함을 느낄 때마다 나는 왕도에 능통한 진씨의 학식에 감복하는 한편 정말 삼민주의를 칭송해야 하는 게 아닐까하는 생각마저 든다. 하지만 지금은 이미 늦었다.

중국의 왕도가 패도와 앙숙인 것 같지만 실은 형제간으로 왕도가 먼저 오든 나중에 오든 반드시 패도가 따랐다. 민중이 칭송하는 목적은 패도가 덜해지거나 더해지지 않기를 바랄 뿐이다. 역사학자의 말을 따르면 한고조|8|가 용종이라고 한다. 하지만 그는 부랑자출신이었고 침략자라고 하기에는 적절하지 않은 것 같다. 그런데 주나라의 무왕|9|은 폭군을 정벌한다는 이름으로 중국에 들어왔는데 은나라와는 민족마저 같지 않은 듯하여

|7| 중국 자유운동대동맹을 말하는데 중국공산당이 지지하고 지도한 혁명대중단체로서 1930년 2월 상해에서 설립되었다.

|8| 진시황의 통치에 대항하여 농민봉기를 일으킨 유방을 말한다.

|9| 주무왕으로서 이름은 희발(姬發)이며 은나라 말기 주족(周族)의 수령이었다. 기원전 11세기 서북과 서남에 사는 여러 민족과 연합하여 중원을 공격하여 은나라를 멸망시킨 뒤 주나라를 세웠다.

지금 말로 하면 침략자라고 할 수 있다. 하지만 그때 민중들의 목소리는 지금 남아 있지 않다. 공자와 맹자는 확실히 왕도를 대대적으로 선전한 적이 있지만 그 선생들은 주(周)나라의 신하였을 뿐만 아니라 주나라를 돌면서 활동을 하였는바 벼슬을 하고 싶었던 지도 모른다. "도를 행한다"고 하는 것은 듣기 좋게 하는 말이고 만약 벼슬을 했다면 도를 행하기 쉬웠을 것이고 벼슬을 하려면 주나라를 찬양하는 편이 좋았을 것이다. 그러나 다른 기록을 보면, 왕도의 원조이자 전문가였던 주나라마저도 은나라를 치려고 하자 백이와 숙제가 말을 잡고 한사코 말리는 바람에 밀쳐내지 않을 수 없었다. 주(紂)의 군대도 반항했기에 방망이가 피에 떠내려갈 정도로 사람을 죽이지 않으면 안 되었다. 이어 은(殷)나라 백성들이 또 반란을 일으켰다. 비록 특별히 "못된 백성"이라는 딱지를 붙여 왕도 천하의 민중에서 제외되었지만 어쨌든 결국 그 어떤 약점이 있었던 것 같다. 당당한 왕도였지만 못된 백성 앞에서만은 아무런 근거도 얻지 못하였다.

유사(儒士)와 방사(方士)는 중국의 특산 명물이다. 방사의 최고 이상은 신선의 도(仙道)이며 유사의 최고 이상은 바로 왕도이다. 하지만 아쉽게도 이 두 가지가 모두 중국에 없었다. 유구한 역사 사실이 증명하다시피 이전에 참된 왕도가 있었다는 것은 망언이며 지금도 있다고 한다면 그것은 새로운 약일 것이다. 맹자는 주나라 말기에 살았던 사람이기에 패도를 논하는 것을 수치로 생각했지만 만약 오늘에 태어났다면 인류의 지식범위가 넓어짐에 따라 아마 왕도를 논하는 것을 부끄러워했을 것이다.

3. 중국의 감옥에 관하여

인간은 확실히 사건에 의하여 새로운 깨달음을 얻고 사건은 또한 그 깨달음에 의하여 변화가 생기는 것이라고 생각한다. 송나라에서 청나라 말년까지 오랜 세월을 내려오면서 성현의 말로 논점을 세우는 "제예(制藝)|10|라는 방식으로 어려운 문장을 짓게 하여 인재를 선발했는데 프랑스

와의 전쟁에서 패배하자|11| 그제야 잘못을 깨닫게 되었다. 그래서 유학생을 서양에 파견하고 무기제조를 관할하는 부서를 설치함으로써 잘못을 시정하는 수단으로 삼았다. 이 정도로도 아직 부족하다는 것을 깨달은 것은 일본과의 전쟁에서 패한 뒤이며 이번에는 학교를 세우기 시작하였다. 그랬더니 학생들이 해마다 큰 소란을 피웠다. 청나라가 무너지고 국민당이 정권을 잡고 나서야 비로소 이 잘못을 새삼스럽게 깨달았는데 이를 시정하는 수단으로는 감옥을 많이 짓는 외에는 아무 것도 없었다.

중국에는 중국식의 감옥은 어디 가나 있다. 청조 말년에 이르러 서양식, 말하자면 이른바 문명하다는 감옥을 좀 지었다. 그것은 여행 오는 외국인들에게 보여주기 위해 지은 것으로서 외국인과의 우호적인 교제를 위해 일부러 유학생을 파견하여 문명한 예의를 배우게 한 것도 다 이런 맥락에 속한다. 그 덕택으로 죄수에 대한 대우도 좋아져 목욕도 시키고 밥도 규정된 양을 주기에 제법 행복한 곳으로 되었다. 그리고 바로 2, 3주 전에는 정부에서 어진 정치를 베풀기 위해 죄수의 식량을 떼먹는 일이 있어서는 안 된다는 명령을 발포하였다. 앞으로는 더 행복해질 것이다.

구식 감옥의 경우에는 불교의 지옥을 본받았는지 죄인을 가둘 뿐만 아니라 괴롭힐 책임도 있는 듯싶다. 금전을 짜내어 죄인의 가족을 아주 째지게 가난한 궁지에 빠뜨려야 할 책임도 겸하고 있는 것 같다. 하지만 사람들은 이것을 당연한 일이라고 생각한다. 만약 누가 반대한다면 그 죄인의 편을 드는 것과 같아서 악당(惡黨)|12|의 협의를 받게 된다. 하지만 문명은 놀랍게 진보했고 때문에 지난해에는 죄인을 한해 한 번씩 집으로 보내야 한다는 제의를 한 관리도 있었다. 죄인의 성욕을 해결할 기회를 주려

|10| 과거시험을 볼 때 규정되어 있는 문체로서 "사서" "오경"의 문구를 따다가 명제하고 주제를 세우는 팔고문을 말한다.

|11| 1884년부터 1885년에 중국과 프랑스 사이에 있던 전쟁을 말한다.

|12| 이것은 당시 국민당이 공산당을 '비적의 당(匪黨)'이라고 부른데 대한 반발이다.

는 것이니 과연 인도주의 맛이 다분한 관리라 하겠다. 기실 그 관리는 죄인의 성욕에 각별한 동정심을 갖고 있어서가 아니라 실시될 염려가 없는 제의임을 알고 있기에 한번 크게 떠들어서 관리로서의 자기의 존재를 알리고 싶었던 것이다. 그런데 여론은 꽤나 들끓었다. 어느 한 비평가는 그렇게 하면 사람들이 범죄를 두려워하지 않고 기꺼이 감옥에 갈 것이라면서 세상인심에 분개를 보냈다. 이른바 성현의 가르침을 오래 받았지만 아직 그 관리처럼 매끄럽지 않아 물론 믿음이 가기는 하지만 죄인은 학대해야 한다고 생각하는 마음을 읽을 수는 있었다.

다른 견지에서 보면 확실히 사람들이 감옥을 이상적인 "가장 안전한 곳"으로 생각하는 그런 면이 없지는 않다. 불이 날 염려가 있나, 도둑이 들 근심이 있나, 마적이 와서 강탈할 걱정은 더구나 없다. 전쟁을 해도 감옥을 폭격할 바보는 없다. 혁명이 일어나더라도 죄인을 석방한 실례는 있어도 도살한 일은 없다. 복건이 독립하던 시초에[13] 비록 죄수를 석방하기는 했지만 그들이 밖에 나간 뒤에 의견이 같지 않은 사람들이 오히려 행방불명이 됐다는 풍문이 있었다. 하지만 이런 실례가 전에는 없었다. 어떻게 됐든 감옥이 살기 나쁜 곳은 아닌 것 같다. 집식구들과 같이 살 수만 있다면 지금처럼 큰물이 지고 흉작이 들고 전쟁으로 공포에 휩싸여 있는 시기라면 들어가 살겠다는 사람이 없지는 않을 것이다. 그래서 학대가 반드시 필요한 것이라고 하겠다.

뉴우란[14] 부부는 적화 선전을 하여 남경 감옥에 수감된 사람이다. 그들이 서너 번 단식을 했지만 전혀 효과가 없었다. 이것은 그들이 중국의

|13| 1933년 11월 상해에서 일본군과 대항하여 항전을 벌였던 19로군이 장개석의 명령으로 복건에 가서 공산당과 싸우게 되자 일본과 타협하고 공산당과 싸우는 장개석의 정책을 반대하여 쿠데타를 일으켜 복건성에 "중화공화국 인민혁명정부"를 세웠다.
|14| 뉴우란(Naulen)의 본명은 파울 루에그(Paul Ruegg)로서 폴란드인이며 코민테른의 파견을 받고 중국에서 일하는 사람이었다. 당시 그는 "범태평양산업동맹" 상해 사무처 비서로 있었는데 1931년 6월 뉴우란 부부는 국민당정부에 체포되어 남경에 구금되었고 이듬해 "민국에 해를 준다"는 죄명으로 재판을 받았다. 이에 불복하여 그들은 감옥에서 단식투쟁을 벌였다.

감옥 정신을 모르기 때문이다. 어느 한 관원이 놀라며 한 말이 있다.

"아니, 저들이 먹지 않는다고 누가 가슴 아파합니까? 어진 정치와 하등 관계가 없을 뿐만 아니라 식량이 남으면 오히려 감옥에 이롭지요."

간디의 주장도 흥행장소를 고르지 않는다면 아무런 효과도 얻지 못할 것이다.

하지만 이처럼 완벽에 가까운 감옥에도 미흡한 점은 있으니 지금까지 사상에 관한 일에 대해서는 별로 관심이 없었다. 이 미흡한 점을 보완하기 위하여 요즈음 새로 "반성원"이라는 특종 감옥을 발명하여 교육을 실시하고 있다. 아직 그곳에 가서 반성해보지 못한 나로서는 자세한 상황을 잘 모르지만 요약해 말하면 삼민주의를 끊임없이 죄인들에게 주입시켜 자신의 잘못을 반성하도록 하는 것 같다. 듣는 말에 의하면 이밖에도 공산주의를 배격하는 논문을 써야 하는데 만약 쓰기 싫어하거나 쓸 수 없다면 평생토록 반성해야 하며 잘 쓰지 못해도 역시 죽을 때까지 반성해야 한다고 한다. 지금은 들어가는 사람도 있고 나오는 사람도 있다고 하는데 반성원을 더 짓는다고 하니 역시 들어가야 할 사람이 더 많은가보다. 가끔 시험을 보고 나온 양민을 만나는 경우도 있지만 대부분 기운을 차리지 못하는 걸 보면 아마 반성하고 졸업 논문을 쓰느라 진이 빠져버린 듯싶다. 그러니 이런 사람은 전도가 없다고 해야 할 것이다.

(이 글은 1934년 3월호 일본 《개조》 월간에 발표되었음)

중국 사람은 자신심을 잃어버렸는가

　공개적인 글에서 보면 2년 전 우리는 늘 "땅이 넓고 자원이 풍부하다"고 스스로 자랑해왔는데 이것은 사실이다. 그런데 얼마 지나지 않아 더 자랑하지 않고 국제연맹|1|에만 희망을 걸었던 것도 사실이다. 오늘에 와서는 자기 자랑도 하지 않고 국제연맹을 믿지도 않고 오로지 신과 부처를 믿으면서 옛날을 그리고 현실에 비애를 느끼고 있는데 이것 역시 사실이다.

　그래서 중국 사람은 자신심을 잃었다고 한탄하는 사람들이 있다.

　이 현상 하나만으로 말한다면 자신심을 잃은 지 벌써 오래되었다. 먼저는 "땅"을 믿다가 나중에는 "국제연맹"을 믿었으니 언제 자신을 믿어본 적은 없었다. 만일 이것도 역시 "믿음"이라고 한다면 중국 사람은 "남에 대한 믿음"만 갖고 있었다고 말할 수밖에 없다. 그러다가 국제연맹에 실망한 뒤부터는 "남에 대한 믿음"마저 잃어버리게 되었다.

　남에 대한 믿음을 잃자 의심이 생기면서 생각이 변하여 이번에는 자신을 믿을 수밖에 없다. 자신을 믿는 것이 오히려 새로 태어나는 길이지만 불행하게도 점차 허무해지기 시작한다. "땅"과 "자원"을 믿는 것은 그래도 실제적이지만 국제연맹은 막연했다. 그러나 얼마 지나지 않아 거기에 희

|1| 제1차 세계대전 후인 1920년에 성립한 정부 간의 국제조직으로서 "국제협력을 추진하고 국제평화와 안전을 유지하는" 것을 종지로 삼고 있다. 영국, 프랑스 등 제국주의 국가가 통제하고 있었고 그들의 침략정책을 이롭게 하는 도구에 지나지 않았으며 1946년 4월에 해산하였다.

망을 건다는 것은 믿음직하지 않음을 깨닫게 된다. 그리고 신을 믿고 부처에게 절을 하는 것은 허무하기 짝이 없는 일로서 해일지 득일지는 일시 분명한 결과를 알 수 없기 때문에 스스로 자신을 오랫동안 마취시킨다.

지금 중국 사람들은 "스스로 자신을 속이는 힘"을 기르고 있다.

"스스로 자신을 속이는" 것도 오늘 새로 생겨난 것이 아니고 오늘에 와서 더욱 분명해지고 모든 것을 덮어버렸을 뿐이다. 하지만 이렇게 덮어진 가운데도 자신심을 잃지 않은 중국 사람이 있다.

우리에게는 예로부터 열심히 일에 몰두하는 사람이 있었고 목숨을 내걸고 억세게 일하는 사람도 있었으며 백성의 이익을 위해 자신을 버리는 사람이 있었고 정의를 위해 한 목숨 내던지는 사람도 있었다.…… 비록 황제나 고관대작의 족보를 만든 것이나 다름없는 이른바 "정사(正史)"[2]도 이들의 남긴 빛발을 가리지는 못한다. 이들이야말로 중국의 중추이다.

이런 부류의 사람들은 지금도 적지 않다. 그들은 확신을 갖고 있고 자신을 속이지 않으며 앞사람이 쓰러지면 뒷사람이 이어주면서 계속 싸우고 있다. 다만 그들이 늘 피해를 입고 말살당하고 어둠 속에 묻혀버리기에 사람들에게 알려지지 않을 뿐이다. 중국 사람들이 자신심을 잃었다고 하는 말이 일부 사람들에게는 해당되지만 전체 중국 사람들을 두고 하는 말이라면 그야말로 모독이다.

중국 사람을 논하려면 반드시 스스로를 속이기 위해 겉에 발라놓은 분과 연지에 속지 말고 그들의 근골과 중견을 보아야 할 것이다. 자신심이 있는지 없는지는 장원, 재상의 글로는 근거로 삼을 수 없으며 스스로 자신이 서 있는 땅 밑을 보아야 할 것이다.

1934년 9월 25일

|2| 청 고종(건륭황제)은 《사기(史記)》부터 《명나라 역사(明史)》에 이르는 24부의 역사서를 정사라고 규정하였다. 양계초는 《중국 역사의 혁명안(中國史界革命案)》이라는 글에서 "24사는 역사가 아니다. 스물네 개 성씨의 족보에 지나지 않는다."고 말하였다.

중국 문단의 요괴

1

국민당이 공산당과의 협력을 포기하고 포위토벌로 방침을 바꾸자 이렇게 말하는 사람들이 있다. 국민당은 본디 공산당을 이용할 생각이었고 북벌전쟁이 성공할 무렵에 소멸해버리려고 계획하고 있었다는 것이다. 그러나 나는 이것이 사실이 아니라고 생각한다. 이를 입증할 만한 증거를 들자면 국민당 가운데 적지 않은 집권자들은 공산화(共産)를 원하고 있었고 그때는 너도나도 자식을 소련에 공부하러 보내기도 하였다. 중국의 부모에게는 자식보다 더 소중한 것이 없는데 장차 소멸될 감이 되라고 자녀들을 소련으로 유학 보냈을 리가 없다. 아마 권력자들이 뭔가 잘못 생각하고 있었던 것 같다. 그들은 중국에서 공산화를 하면 오히려 자신들의 권력은 더 커질 것이고 재산과 첩이 더 늘어나리라고 생각했을 것이다. 적어도 공산화를 하지 않을 때보다 못해지지는 않을 것이라고 생각했던 것 같다.

이런 전설이 있다. 약 2천 년 전, 유(劉) 씨 성을 가진 선생이 천신만고 끝에 마침내 신선이 되어 이제 부인과 함께 하늘에 올라가 살 수 있게 되었다. 그런데 마누라가 가지 않겠다고 잡아뗐다. 정든 집과 기르던 닭과

|1| 동진(東晋)의 갈홍(葛洪)이 쓴 《신선 전기(神仙傳)》 제4권에는 서한회남왕(西漢淮南王) 유안(劉安)이 약을 먹고 신선이 되었다는 기재가 있는데 "떠날 때 나머지 약을 뜰에 놓고 갔는데 개와 닭이 그 약을 먹고 모두 하늘로 올라갔다."고 썼다.

개를 버리기가 아쉽다는 것이다. 그러자 유 선생은 하느님께 집, 닭과 개도 다 같이 하늘에 올라가게 해달라고 빌지 않을 수 없었다. 이렇게 하고 나서야 하늘에 올라가 신선이 될 수 있었다.|1| 이것이 큰 변화 같지만 기실 아무 변화도 없는 것과 마찬가지이다. 만약 공산주의 나라에서 그 권력자들이 예전과 전혀 다름이 없거나 더 잘 살 수 있다면 그들은 반드시 찬성할 것이다. 하지만 그 뒤의 상황이 입증하다시피 공산주의가 하느님처럼 뛰어난 재주가 없다는 것을 알게 되자 공산당을 소멸해버릴 결심을 내린 것이다. 물론 자식이 가장 귀중한 사람이겠지만 결국 자신이 더 귀중한 것이다.

이리하여 수많은 청년들, 공산주의자와 그 혐의자들, 좌경분자와 그 혐의자들, 그리고 그 혐의자의 친구들은 도처에서 자신의 피로써 자신이 저지른 오류와 전에 권력자들이 저지른 오류를 씻지 않으면 안 되었다. 권력자들이 전에 저지른 오류라면 그들에게 속은 것이었다. 때문에 반드시 그들의 피로 깨끗이 씻어야 했다. 하지만 다른 수많은 청년들은 이런 내막도 모른 채, 소련에서 유학을 마치고 기쁜 마음으로 낙타를 타고 몽골을 거쳐 귀국하고 있었다. 한 외국인 관광객은 이 상황을 보고 가슴이 아파 말했다.

"지금은 조국에서 교수대가 자신들을 기다리고 있는 줄을 전혀 모르고 있네."

그렇다. 그들을 기다리고 있는 것은 교수대였다. 그러나 교수대는 그래도 나은 편이다. 단순하게 밧줄을 목에 맨다면 그래도 특별대우를 해준 것이라 하겠다. 그리고 누구나 교수대에 올라가는 것이 아니고 그들 가운데 일부는 다른 길을 걸어야 했으니 올가미에 목이 달린 친구의 발을 죽어라 당기는 일이다. 이것이 바로 마음으로 참회하고 참회할 줄 아는 사람의 정신은 지극히 숭고하다는 것을 행동으로 증명하는 일이다.

2

이리하여 참회할 줄 모르는 공산주의자들은 중국에서 죽여 마땅한 죄인으로 되었다. 하지만 이 죄인들은 다른 사람에게 무한한 편리를 주었다. 상품으로 되어 돈을 벌 수 있게 해주고 직종이 생겨나게 만들었다. 그리고 학교에서 분쟁이나 연애 분규가 생기면 꼭 한쪽이 공산당으로 지목되어 죄인으로 되는데 그러면 일을 쉽게 해결할 수 있었다. 만약 누가 돈 있는 시인과 논쟁이 생긴다면 그 시인은 결국 논쟁 상대가 공산당이라는 결론을 얻게 된다. 왜냐하면 공산당은 자산계급을 반대하며 그가 돈 있는 나를 반대하는 것은 공산당이기 때문이라는 것이다. 그러면 시인은 금으로 만든 탱크에 앉아 개선하는 것이다.

하지만 혁명청년들의 피는 혁명문학의 싹을 틔워주었고 문학 면에서는 오히려 이전보다 혁명성을 더 보태주었다. 정부에는 외국에서 공부하고 돌아왔거나 또는 국내에서 공부하여 많은 지식을 갖고 있는 청년들이 꽤나 많았고 그들은 자연히 이를 느끼고 있어서 맨 처음에는 아주 일반적인 수단을 썼다. 신문과 잡지를 금지하고 작자를 억압하다가 마침내는 작자를 죽이기에 이른다. 다섯 명의 좌익작가|2|는 이렇게 위엄을 보여주는 희생양으로 되었다. 하지만 이 사건을 공개하지 않은 것은 이런 일을 할 수는 있어도 말할 수 없다는 것을 잘 알고 있기 때문이다. 옛 사람들은 썩 전에 벌써 "말을 타고 천하를 얻을 수는 있지만 말을 타고 천하를 다스릴 수는 없다."|3|고 말했다. 때문에 혁명문학을 소멸하려면 역시 문학이라는 무기를 써야 했다.

이런 무기로 나타난 것이 이른바 "민족문학"|4|이다. 그들은 세계 여러 인종의 얼굴빛을 연구하고 나서 같은 빛깔을 가진 인종라면 일치하게 행

|2| 이위삼, 유석, 호야빈, 풍견과 백망(은부)을 말하는데 1931년 7월 국민당에게 비밀리에 살해되었다.

|3| 《사기 · 육가전(史記 · 陸賈傳)》에 나오는 말이다.

|4| 즉 "민족주의 문학"을 말한다. 1930년 6월 국민당 당국이 책동한 어용문학으로서 반공전(潘公展), 범쟁파(范爭波), 주응붕(朱應鵬), 부언장(傳彦長), 왕평륙(王平陸) 등이 발기하였다.

동해야 한다는 결론을 내리며 그렇기 때문에 황인종의 프롤레타리아는 황인종의 부르주아 계급과 투쟁할 것이 아니라 백인종 프롤레타리아 계급과 투쟁해야 한다고 주장하였다. 그들은 또 칭기즈칸을 이상적인 표본으로 삼고 그의 손자 버두한이 황색 민족을 거느리고 러시아로 쳐들어가 그들의 문화를 짓밟고 귀족과 평민을 모두 노예로 만든 과정을 묘사하였다.

중국인들이 몽골의 칸을 따라 싸웠다면 실은 중국 민족의 영광이 아니다. 하지만 러시아를 소멸하기 위해서는 이렇게 하지 않을 수 없었다. 우리의 권력자들이 옛날 러시아, 지금 소련의 주의가 절대 자신에게 권력이나 부, 그리고 첩을 보태줄 수 없다는 것을 이제는 알고 있기 때문이다. 그러면 지금의 버두한은 누구인가?

1931년 9월, 일본이 동북 3성을 점령한 것은 확실히 중국인들이 장차 남을 따라 소련을 훼손하는 서곡이 되었고 민족주의 문학가들이 만족할 만한 일이다. 하지만 일반 민중은 오히려 장차 소련을 훼손하는 일보다 지금 동북 3성을 잃은 것이 더욱 중요하다고 생각하고 있으며 격앙되어 있다. 하기에 민족주의 문학가도 바람을 보고 돛 다는 식으로 태도를 바꾸어 이 사건을 두고 울고불고 야단이다. 뜨거운 마음을 가진 수많은 청년들이 출병청원을 하려고 남경으로 가려고 했지만 이것은 어려운 시련을 겪어야 하는 일이었다. 기차를 타지 못하게 하여 며칠 노숙한 끝에야 겨우 남경으로 갈 수 있었고 많은 사람들은 걸어서 남경까지 가야 했다. 그런데 남경에 이르자 뜻밖에 이미 훈련을 받은 "민중"들이 몽둥이와 채찍과 권총을 들고 달려들어 치고 박는데 결국 얼굴과 몸이 상처투성이 되어 풀이 죽어 돌아왔다. 어떤 사람은 그 뒤로 종적을 감추었고 어떤 사람은 물에 빠져 죽기도 하였다. 신문에서는 그들이 저절로 물에 빠졌다고

|5| 1931년 "9.18사변" 후, 각지 학생들은 국민당의 부저항 정책에 분개하여 분분히 남경으로 청원하러 갔다. 12월 17일, 남경에서 합동 시위를 하던 그들은 군경의 진압으로 체포되고 학살되었는데 군경들은 칼에 찔린 학생들을 물에 던지기도 하였다. 이튿날 남경 위수 당국에서는 기자들에게 죽은 학생은 "발을 헛디뎌 물에 빠졌다."고 둘러댔다.

보도하였다.|5| 민족주의 문학가들도 이제 와서는 더는 울고불고하지 않고 어디론가 사라졌다. 장례식을 치르는 임무를 이미 완수했기 때문이다. 이 것은 상해의 장례식 행렬과 같아서 나갈 때는 악대가 요란히 연주하고 울음처럼 들리는 노래도 부르지만 그 목적은 슬픔을 묻어버리고 다시 기억하지 않기 위해서이다. 이 목적을 이루면 사람들은 흩어져 다시는 행렬을 이루지 않는다.

3

그러나 혁명문학은 동요 없이 더욱 발전했고 독자들도 더욱 믿어주었다.

이리하여 곁가지로 "제3부류의 사람"이 생겨났다. 이들은 좌익도, 우익도 아닌 좌우를 초월한 인물들이었다. 그들은 문학은 영원한 것이고 정치 현상은 일시적인 것이기 때문에 문학은 정치와 얽히지 말아야 하며 얽힌다면 영원성을 잃을 것이고 중국에 더는 위대한 작품이 없을 것이라고 인정하고 있었다. 하지만 그들, 문학에 충실한 "제3부류의 사람"들도 위대한 작품을 써내지 못하고 있다. 무엇 때문에? 문학을 모르는 좌익 비평가들이 나쁜 학설에 미혹되어 그들의 훌륭한 작품을 정확하지도 않은 엄혹한 비평을 가하기에 무서워서 써낼 수 없기 때문이라고 한다. 때문에 좌익 비평가는 중국 문학의 도살자라는 것이다. 정부에서 간행물을 금지하고 작가를 살해한데 대해서는 그들이 입을 다물고 있다. 이것은 정치이기 때문에 말을 하면 그들의 작품이 영원성을 잃기 때문이다. 그리고 억압하고 도살을 감행하고 있는 "중국 문학의 도살자"들은 오히려 "제3부류의 사람"들의 영원한 문학과 위대한 작품의 보호자로 되고 있다.

이처럼 미약하고 위선적인 성토라도 일종의 무기라고 할 수는 있지만 힘이 너무 작아서 혁명문학을 물리칠 수 없었다. "민족문학"은 스스로 멸망하였고 "제3부류의 사람"들은 또 몸을 추스르지 못하는 형편이라 이제는 다른 진짜 무기를 들 수밖에 없었다.

1933년 11월, 상해의 화예영화회사가 갑자기 한 무리 사람들의 습격을 받아 쑥대밭이 되어버렸다. 그들은 제법 조직적이었다. 호각을 불자 손을 썼고 또 한 번 불자 손을 떼고 다시 한 번 불자 흩어졌다. 가면서 전단지를 남겼는데 자기들이 습격한 까닭은 이 회사가 공산당에게 이용되고 있기 때문이라고 하였다. 그리고 타격은 이 영화회사에 그치지 않고 서점까지 넓힐 것이며 규모가 클 때는 한 무리가 가서 부셔버릴 것이고 규모가 작으면 어디서 날아왔는지 모를 돌멩이에 2백 원이나 하는 유리가 박산날 것이라고 으름장을 놓았다. 그 이유라면 물론 서점이 공산당한테 이용당했기 때문일 것이다. 그 비싼 유리가 깨지면 서점 주인의 가슴이 아프지 않을 리 없다. 며칠이 지나 "문학가"가 자신의 "훌륭한 작품"을 갖고 와서는 사달라고 한다. 서점 주인은 찍어보았자 보는 사람이 없는 줄을 알고 있지만 사지 않을 수 없다. 책을 찍어봤자 유리 한 장 값과 비슷할 것이기에 찍으면 두 번째 돌멩이가 날아올 염려도 없고 유리창을 수리하는 일을 덜 수 있기 때문이다.

4

서점을 압박하는 것은 그야말로 가장 훌륭한 전략이었다.

하지만 돌멩이 몇 개로는 성차지 않는다. 중앙 선전위원까지 나와서 숱한 책을 금지하였는데 149종이나 되었다. 잘 나가는 책은 거의 전부 들어 있었다. 중국 좌익 작가의 작품은 물론 대부분 금지되었고 또 번역본도 금지되었다. 금지된 작가를 말하면 고리끼, 루나찰스키, 페딘, 파제예브, 세라피모위치, 신크라이가 들어 있고 심지어 메티링크, 솔로구버, 스트린베르그도 있었다.[6] 정말 출판업자로서는 난처한 일이 아닐 수 없다. 그들 가운데는 책을 그 자리에서 바치거나 태워버리는 사람이 있는가 하면 손실을 줄이기 위해 관청과 상의하여 일부를 면제받은 사람도 있었다. 일이 이렇게 되자 앞으로 출판업자에게 생길 어려움을 고려하여 관원과 출판업자가 모여서 회의를 열었다. 회의에서 "제3부류의 사람" 몇이 훌륭한 문학과 출판업자의 자본을 보호하는 차원에서 잡지 편집자의 자격으로 제의를 했다. 즉 애매한 사람마저 좌익작가 작품의 연루를 받아 금지당하는 일이 없도록 일본에서 쓰는 방법을 채용하여 인쇄하기 전에 먼저 원고를 심사하여 삭제할 것은 삭제하거나 인쇄되는 즉시 금지함으로써 출판업자가 손해를 보지 않도록 하자는 것이었다. 비록 영광스러운 버두한의 옛 방법은 아니었지만 이 제의는 여러 분야의 사람들이 모두 만족했고 그 자리에서 채택되었다.

그리고 즉시 실행하기 시작하였다. 올 7월 상해에는 서적잡지 검사처가 설립되어[7] 많은 "문학가"의 실업문제가 해결되고 또 일부 회개한 혁명가들과 문학이 정치와 얽히는 것을 반대하는 "제3부류의 사람"들도 검사관의 의자에 앉게 되었다. 그들은 문단의 상황을 아주 잘 아는데다가 머리가 관료들처럼 아둔하지 않아서 풍자나 반어(反語)에 담긴 함의를 어느 정도 알고 있었다. 그리고 문학적으로 지우고 자르고 하기에 창작의 번거로움과 어려움은 없다. 그래서 성과가 아주 좋다고 한다.

하지만 그들이 일본을 본받은 것은 잘못된 일이다. 일본에서 계급투쟁을 말하지 못하게는 하지만 세상에 계급투쟁이 없다고는 말하지 않는다. 하지만 중국에서는 세상에는 기실 이른바 계급투쟁이 없으며 그것은 모두 마르크스가 지어낸 말로서 계급투쟁을 말하지 못하게 하는 것은 진리를 수호하기 위해서라고 말한다. 일본에서도 금지하고 있으며 서적과 잡지를 삭제하기도 한다. 하지만 삭제한 곳을 비워두기에 독자들이 보면 금

|6| 금지된 서적들로는 소련 고리끼(1868~1936년)의 《고리끼 문집》, 《나의 어린 시절》, 루나찰스키(1875~1933년)의 《문예와 비평》, 《파우스트와 성》, 페딘(1892~1977년)의 《사과밭》, 파제예브(1901~1056년)의 《괴멸》, 세라피모비치(1863~1949년)의 《철의 흐름》, 미국 신크레이(1878~1968년)의 《도살장》, 《석탄의 왕》, 벨기에 마테를링크(1862~1949)의 《펠레아스와 멜리상드》, 러시아 솔로구버(1863~1927년)의 《기아의 빛발》, 스웨덴 스트린베르그(1949~1912년)의 《결혼집》 등이다.
|7| 국민당 중앙 선전위원회 도서잡지 심사위원회를 말한다. 1934년 5월에 상해에서 건립되었다.

방 어느 곳을 삭제했는지를 알 수 있다. 하지만 중극에서는 공백도 비우지 않고 반드시 이어놓아야 한다. 그러니 독자가 보기에는 완전한 글 같고 작자가 뜻이 똑똑하지 않은 흐리멍덩한 말을 했을 따름이다. 이렇게 중국 독자들 앞에서 흐리멍덩한 말을 하기는 프리치|8|나 루나찰스키도 매일반이다.

이리하여 출판업자의 자본은 안전해지고 "제3부류의 사람"의 깃발이 보이지 않게 되었다. 그들도 몰래 교수대에 오른 동업자의 발을 잡아당기고 있지만 그들의 진면모를 묘사해낼 수 있는 간행물은 없다. 삭제할 수 있는 붓과 살생의 권력을 갖고 있는 사람은 그들이기 때문이다. 독자로서는 간행물이 소침해지고 작품은 쇠락해가는 것을 지켜볼 뿐이며 또 이름난 외국의 진보적인 작가마저도 올해에는 갑자기 저능아로 변해버렸음을 알게 된다.

하지만 실지는 문학계의 전선이 더욱 분명해졌다. 기만은 오래가지 못할 것이며 뒤따르는 것은 또 한 번의 피비린 전투일 것이다.

1934년 11월 21일

|8| 프리치(1870~1927년) 소련의 문예비평가로서 저서로는 《예술 사회학》, 《20세기 유럽문학》 등이 있다.

차개정 잡문 2집

"사람의 혀가 무섭다"를 논함

풍자를 논함

풍자란 무엇인가?
– 문학사의 물음에 대답함

현대 중국에서의 공자

"사람의 혀가 무섭다"를 논함

"사람의 혀가 무섭다."는 말은 영화배우 완영옥[1]이 자살한 뒤 그의 유서에서 발견된 말이다. 한때는 굉장히 떠들썩했던 사건이지만 한동안 입에 오르내리다가는 이제는 차츰 식어가고 있다. 지금 상연하고 있는 "완영옥의 죽음"이 끝나면 지난해 애하[2]의 자살사건과 마찬가지로 여론은 자취를 감출 것이다. 그녀들의 죽음은 끝없는 인간의 바다에 소금 몇 알을 뿌린 것처럼 지껄이기를 좋아하는 사람들의 입술에 맛이 좀 감돌게 하다가 얼마 후에는 입이 여전히 싱거워질 것이다.

처음에는 이 말이 약간 충격을 주었다. 완영옥의 자살은 신문이 그의 소송사건을 떠벌여 보도한데도 책임이 있다고 논평하는 사람도 있다. 그러자 얼마 후 한 신문기자가 공식적으로 반론을 제기했는데, 요즘 신문이나 여론의 힘은 정말 초라하기 짝이 없어서 누구의 운명을 좌우지할 힘이 없으며 더구나 기재된 내용은 대체로 관방에서 취재한 것으로 결코 날조한 것이 아니니 믿을 수 없으면 지난 신문을 찾아보라고 하였다. 완영옥의 죽음이 신문과는 아무 상관도 없다는 말이었다.

이 말이 사실일 수는 있지만 전부 그런 것은 아니다.

요즘 신문이 신문답지 않은 것은 사실이다. 속을 펴놓고 말을 하지 못

---

[1] 완영옥(阮英玉, 1910~1935년) 20세기 20년대, 30년대 중국에서 활약하던 영화배우로서 1935년 3월 혼인문제로 인한 소송이 어느 신문의 과장과 비방으로 자살하였다.

[2] 애하(艾霞), 당시 영화배우였고 1934년 2월에 자살하였다.

하는 논평이라 힘이 실리지 않는 것도 사실이다. 사리에 밝은 사람이라면 신문기자를 너무 나무라지는 않는다. 하지만 신문의 위력이 바닥에 떨어진 것은 아니다. 갑에게는 상처가 되지 않지만 을에게는 상처가 될 수 있고 강한 사람에게는 미약하지만 약한 사람에게는 강하다. 때문에 가끔 울분을 참고 찍소리 못하기도 하지만 때로는 위풍이 당당하다. 그리하여 완영옥과 같은 사람들이 그 위풍에 얻어맞는 좋은 상대가 되었다. 완영옥은 이름은 날렸지만 힘은 없었기 때문이다.

소시민들은 남의 스캔들을 얻어듣기 좋아하는데 잘 아는 사람의 스캔들이면 더욱 맛이 당긴다. 상해 거리와 골목에 살고 있는 짓궂은 여인들은 이웃에 사는 아무 아낙에 집에 낯선 사내가 드나든다는 말을 들으면 신나서 떠들어대지만 감숙의 아무개가 바람을 핀다거나 신강의 아무개가 재혼했다면 귀를 열지도 않는다. 완영옥은 스크린을 통해서 많은 사람들이 알고 있기 때문에 신문에서 화제 뿌리기에는 좋은 재료로 된다. 적어도 잘 팔리게 할 수는 있다. 그 기사를 보고 "나는 완영옥만한 미인은 아니지만 품행은 더 단정해."라고 생각하는 사람이 있는가 하면 "나에게 완영옥만한 재능은 없지만 출신은 더 고귀하지."라고 생각하는 사람도 있을 것이다. 자살한 뒤에도 "나에게 비록 완영옥의 재주는 없지만 자살하지 않았으니 용기는 더 있는 거야."라는 생각을 하게 만든다. 동전 몇 푼 쓰고 자신의 우수한 점을 발견했으니 물론 수지맞는 일일 것이다. 하지만 연기로 살아가는 배우로서는 사람들이 앞에 말한 두 가지 생각을 갖고 있다는 것을 알게 되면 막다른 골목에 몰리는 것이다. 때문에 우리는 자신도 잘 모르는 사회구조나 또는 의지가 약하다는 둥 떨어진 말을 하기 전에 먼저 그 사람의 처지에서 한번 생각해보아야 할 것이다. 그러면 아마 완영옥이 "사람의 혀가 무섭다"고 한 말이 과연 참말임을 알게 될 것이며 그의 자살이 신문기사와 관련된다는 점도 사실임을 알 수 있을 것이다.

하지만 신문기자의 변명처럼 대체로 관방에서 제공한 사실을 썼다는 말 역시 사실일 것이다. 상해에서 나오고 있는 일부 어중간한 신문에 실리는 사회뉴스는 거의 대부분 공안국이나 공부국(工部局)에 소송으로 걸려 있다. 이런 신문들은 고약한 버릇이 있으니 기어코 묘사를 덧붙여야 시름을 놓는다. 여성일 경우에는 더욱 묘사하기를 좋아한다. 이런 안건에는 높은 관리나 부자들은 들어 있지 않기에 더구나 마음 놓고 묘사할 수 있다. 안건의 남자에 대해서는 나이와 용모를 성실하게 쓰지만 여자라면 글 재주를 부린다. "나이는 좀 들었지만 미모는 여전하다."고 하지 않으면 "꽃 같은 나이에 깜찍하고 귀여운 미모를 지녔다."고 묘사하기도 한다. 만약 한 처녀애가 집을 나갔을 때는 아직 가출인지 유괴인지도 모르지만 재주를 부려 "처녀애가 홀로 지내려니 남자 없는 외로움이 몰려든다."고 단정하는데 그런 마음을 그들이 어찌 알 수 있단 말인가? 농촌의 부녀가 두세 번 재혼하는 것은 벽지에서는 희귀한 일도 아니지만 재주꾼의 붓끝에서는 "음란함이 측천무후의 뺨을 칠 정도"라는 커다란 제목이 붙는다. 당신이 그 음란한 정도를 어떻게 알 수 있단 말인가? 이런 경박한 문구가 만약 농촌 여자를 두고 쓰는 글이라면 별 영향이 없을 것이다. 시골 여자면 글도 모를 것이고 곁 사람들도 신문을 보지 않을 터이니 말이다. 하지만 상대가 지식인일 경우, 더욱이 사회 활동에 몸담고 있는 여성일 경우에는 받는 상처가 만만치 않다. 그리고 일부러 떠벌이고 각별히 효과를 강조한 문자라면 더 말할 것도 없다. 하지만 중국에서는 그런 구절을 별 생각 없이 써버리는 것이 관습으로 되었다. 이런 경우, 그 행위 자체가 여성을 우롱하는 것이며 자신이 민중의 대변자라는 것을 잊어버리고 있는 것이다. 그러나 어떻게 묘사하든 상대가 강자일 경우에는 별문제로 되지 않는다. 달랑 편지 하나로 정정 또는 사과하는 글을 실으면 그만이다. 하지만 힘없는 완령옥에게는 고생문이 열리는 계기로 되며 그 억울한 소문을 지워버릴 길이 없다. 싸워보려 해도 기관지가 없으니 무슨 수로 싸운단 말인가? 그리고 억울해도 소문의 임자를 모르고 근원을 모르니 누구와 싸운단 말인가? 만약 우리가 다시 한번 상대방의 처지에서 생각해본다면 "사람의 혀가 무섭다."는 말이 과연 참말이며 그녀의 자살이 신문기사와 관련이 있다는 말도 사실임을 알 수 있을 것이다.

그러나 앞에서 말했지만 요즈음 신문이 힘을 잃은 것도 사실이다. 하지만 기자 선생이 스스로 낮추어 말한 것처럼 아주 바닥에 떨어져 아무런 책임이 없는 지경에 이르지는 않았다고 생각한다. 그것은 완영옥처럼 나약한 부류에 한해서는 아직도 그의 운명을 좌우지할 수 있는 힘은 갖고 있기 때문이다. 말하자면 신문이 악한 일을 할 수 있을진대 마찬가지로 착한 일을 할 수도 있다고 생각한다. "들은 것을 그대로 적었다"거나, "그럴 능력이 없다"는 변명은 진취적이고 책임 있는 기자가 할 말이 아니다. 사실은 그런 것이 아니라 기자는 선택할 여지가 있고 힘이 미치게 할 수 있다.

완영옥의 자살에 대해 나는 그를 위해 변명할 생각은 없다. 나는 자살을 찬성하지 않으며 나 자신도 자살할 생각이 없다. 하지만 내가 자살할 생각이 없다는 것은 자살이 싫어서가 아니라 자신이 없기 때문이다. 지금 누가 자살하든 강직한 평론가의 질책을 받기 마련이다. 완영옥도 예외가 아니었다. 하지만 나는 자살이란 결코 쉬운 일은 아니며 우리처럼 자살할 생각이 없는 사람들이 경멸할 정도로 쉬운 일이 아닐 것이라고 생각한다. 만약 쉽다고 생각하는 사람이 있으면 어디 한번 시험해 봐도 좋다!

물론 시험해볼 용기를 가진 사람이 많으리라 믿는다. 하지만 그들은 사회에 대한 위대한 사명을 지닌 사람이기에 그럴 가치를 느끼지 않을 것이다. 그렇다면 더 좋은 일이다. 나는 사람들이 노트를 갖고 있다가 자신이 이룩한 위대한 사명을 적어놓았다가 장차 증손자가 생겼을 때 하나하나 짚어보기를 바란다.

1935년 5월 5일

풍자를 논함

　우리는 흔히 선입견을 갖고 풍자작품을 보는 경우가 있어서 풍자작품을 문학의 참된 길이 아니라고 생각할 때가 있다. 풍자는 미덕이 아니라는 생각이 이미 박혀 있기 때문이다. 그런데 교제장소에 가보면 우리가 흔히 볼 수 있는 장면이 있다. 뚱뚱한 두 선생이 허리를 구부리고 서로 손을 맞잡고 인사를 하고는 유들유들한 얼굴로 말을 나눈다.

　"당신의 성함은…?"

　"소인은 성이 전씨입니다."

　"아, 성함을 많이 들었습니다! 그런데 아직 존호를 모르고 있는데……

　"활정(闊亭)이라 부르지요."

　"우아한 이름이시군요. 어디에 사시는지……?"

　"바로 상해에 살고 있지요……

　"아, 참 좋습니다. 그야말로……"

　이를 누가 이상하게 생각하랴? 그러나 소설에 쓴다면 사람들이 다른 눈으로 보면서 풍자라고 할지도 모른다. 사실을 직설적으로 쓰는 작자 가운데 이렇게 "풍자가"— 좋다거나 나쁘다고 말하기 대단히 어렵지만— 라는 칭호를 얻는 사람이 많다. 이를테면 《금병매》[1]에서 겸손하고 공경한 채

|1| 《금병매(金瓶梅)》는 중국 명나라 때에 창작된, 민간전설이나 역사 사건에서 유래되지 않은 사회소설로서 《삼국지》, 《수호지》, 《서유기》와 함께 중국의 4대 기서로 손꼽히고 있다.

어사를 보고 서문경이 "저는 아마 왕안석보다 재질이 못할 것이지만 어르신은 왕우군의 높은 재질을 갖고 있지요."라고 말하는 경우나 또《유림외사》[2]에서 묘사한 것처럼 범거인이 상중이라 상아저가락을 쓰려 하지 않으면서도 밥을 먹을 때는 "제비집 반찬을 담은 사발에서 커다란 새우완자를 집어 입에 넣었다"는 장면을 중국에서는 지금도 볼 수 있는 일이다. 요즘 중국 독자들의 인기를 끌고 있는 고골리의 작품《외투》에 나오는 크고 작은 관리나,《코》[3]에서 나오는 신사, 의사, 한가한 사람들과 같은 전형은 외국에 있는 일이지만 오늘의 중국에서도 볼 수 있다. 이것은 분명한 사실로서 흔히 볼 수 있지만 우리는 모두 이를 풍자라고 부른다.

사람들은 대개 이름을 날리기를 바란다. 살아 있을 때는 자서전을 쓰고 죽어서는 부고를 알리고 일생의 사적을 기록하고 심지어는 국사에 이름이 남기를 바란다. 사람은 자신의 허물을 전혀 모르지는 않지만 고치려 하지는 않는다. 다만 시간이 흐르면서 흔적 없이 사라져 미덕만 남기를 바란다. 이를테면 흉년에 죽을 쑤어 이재민을 구했다는 일도 듣는 말과 완전히 같은 것은 아니다. "참, 우아합니다."라는 말을 하면서 어찌 낯이 뜨겁지 않으랴만 말을 한번 해버리면 그만이라는 점을 알고 있고 "전기"에는 기록되지 않기에 마음 놓고 입에 발린 말을 하는 것이다. 만약 누가 그 말을 기록해서 없애버리지 않는다면 꽤나 불쾌해할 것이다. 그래서 생각을 굴리고 굴리다가, 바로 이런 것을 풍자라고 한다며 반격하는 것이다. 작가의 얼굴에 먹칠을 하고 자신의 실체를 숨기는 것이다. 그런데 우리들도 곰곰이 생각해보지도 않고 따라서 "이런 것이 바로 풍자다!"라고 하는 경우가 있는데 그야말로 보기 좋게 속임수에 걸린 것이다.

같은 실례로 이른바 "욕"을 들 수 있다. 만일 당신이 거리에 나갔다가 어린 기생이 사람을 끌어당기는 것을 보고 큰소리로 "갈보가 손님을 끈

|2|《유림외사(儒林外史)》, 청나라 때 오경재(吳敬梓)가 쓴 장편소설로서 사실주의 풍자소설이다.
|3|《코》는 루쉰이 번역하여 허하(許遐)라는 이름으로 낸 중편소설이다.

다."고 외친다면 기생은 당신에게 "왜 사람을 욕하느냐"고 도로 욕설을 퍼부을 것이다. 남을 욕하는 것은 악덕이기에 당신은 우선 나쁜 사람으로 분류되고 당신이 나쁜 사람이라면 상대방은 좋은 사람일 것이다. 하지만 사실을 보면 확실히 "갈보가 사람을 끌고" 있었지만 그건 속으로 알고 말해서는 안 될 말이다. 꼭 말해야 할 형편이라면 "아가씨가 장사를 하고 있어요."라고만 하면 된다. 손을 맞잡고 허리를 구부려 인사를 나누던 사람을 글로 옮긴다면 "겸허하게 사람을 대한다."고 고쳐야 하는 것과 마찬가지이다. 그래야 욕설이 되지 않고 풍자가 되지 않는다.

　기실 지금의 이른바 풍자 작품들은 오히려 사실대로 쓰는 경우가 많다. 사실대로 쓰지 않으면 절대로 이른바 "풍자"로 될 수 없으며 사실대로 쓰지 않은 풍자는 설사 그런 일이 있다 하더라도 날조와 무함에 지나지 않는다.

1935년 3월 16일

풍자란 무엇인가?

− 문학사의 물음에 대답함

　어떤 작가가 세련된 필치로, 또는 좀 과장된 필치로 − 그러면서도 예술적으로 − 한 부류의 사람, 또는 사회 어느 단면의 진실을 썼다면 그 묘사 대상으로 된 사람들은 그 작품을 "풍자"라고 말하리라 나는 생각한다.

　"풍자"의 생명은 진실성에 있다. 꼭 있었던 사실이어야 할 필요는 없지만 반드시 생길 수 있는 일이어야 한다. 하기에 그것은 "날조"가 아니며 "모욕"도 아니다. "개인의 사생활을 까밝히는" 것도 아니며 끔찍한 소문만 전문 쓰는 이른바 "기문" 또는 "기괴한 현상"도 아니다. 그가 묘사한 사실은 누구나 다 잘 알고 있고 흔히 봉착할 수 있으며 평소에는 누구도 이상하게 여기지 않았고 자연히 누구도 눈 여겨 보지 않던 일이다. 하지만 그 당시에는 이미 상식에 어긋나고 우습고 비열하며 심지어 가증스러운 일이었다. 그런데 그런대로 지내다 보니 습관 되어 백주에 그런 일이 생긴다 해도 이상하게 생각하는 사람이 없지만 지금 특별히 부각되니 사람의 마음을 사로잡는 것이다. 이를테면 양복차림을 한 청년이 부처님에게 절을 하는 것이 오늘에 와서는 보통일로 되었고 도학선생이 화를 내는 일도 흔해빠졌지만 몇 분 뒤에는 금방 잊어진다. 하지만 "풍자"는 바로 그 순간을 찍은 사진이다. 청년은 궁둥이를 내밀고 있고 스님은 얼굴을 찡그리고 있는 장면이라면 남의 눈에는 체면이 떨어지는 일이고 자신이 보기에도 좀 흉하다. 그리고 널리 전해지면 뒷날 과학에 대한 강의를 하나, 수

양에 대한 강의를 하더라도 영향이 없을 수 없다. 찍은 사진이 진실하지 않다고 한다면 그것은 말이 되지 않는다. 그때 숱한 사람이 보았으니 없는 일이라고 믿을 사람이 없기 때문이다. 그러나 체면이 깎여서 사실이라고 인정하기가 달갑지 않다. 그래서 궁리를 거듭해서 지어낸 이름이 "풍자"이다. 뜻을 보면 하필이면 이런 일을 끄집어내다니 좋은 물건이 아니라는 의미를 담고 있다.

일부러 그런 일을 끄집어내고 또 세련되게 다듬고 과장하는 것은 확실히 "풍자"의 요령이다. 같은 사건일지라도 복잡한 비예술적인 기록이라면 풍자로 될 수 없으며 누구도 감동을 받지 않는다. 이를테면 올해 신문기사로 기억에 남아 있는 일이 두 가지 있으니 하나는 한 청년이 군관으로 가장하고 여기저기서 사기를 치다가 체포되었는데 그는 반성문에서 별다른 의도는 없이 생계를 위해 그런 방법을 썼을 뿐이라고 했다는 기사이고 다른 하나는 한 절도범이 학생을 유인하여 도둑질하는 법을 가르쳤는데 학부모가 알고 아들을 집에 가두었더니 도적이 집까지 찾아와서 행패를 부렸다는 기사이다. 좀 주의를 끄는 사건이라면 신문에서는 흔히 특별한 비평문장을 쓰기 마련이지만 이 두 기사에 대해서는 지금도 아무 말이 없다. 별로 신경을 쓸 필요가 없는 보통 일로 본다는 것을 알 수 있다. 하지만 이 재료가 스위프트나 고골리의 손에 들어갔다면 틀림없이 훌륭한 풍자 작품으로 되리라고 나는 생각한다. 어느 한 시기 사회에서 평범한 일일수록 일반화되어 있으며 또한 풍자하기에 알맞다.

풍자 작가는 보통 풍자 받은 사람의 미움을 사기 마련이다. 하지만 작가는 흔히 착한 의도를 갖고 있으며 사람들이 착해지기를 희망하는 마음에서 풍자하기 때문에 그들을 기어코 물속에 넣고 눌러버리려는 것이 아니다. 그러나 같은 무리에서 풍자 작가가 나왔을 때는 그 무리를 수습할 수 없게 되어 필묵으로는 구할 수 있는 일이 아니다. 때문에 그 노력은 대체로 효과가 없으며 또한 정반대의 결과로 나타나는데 이 부류 인간들의 결함과 악덕을 표현했을 뿐이지만 적대적인 다른 부류에게는 오히려 도움이 되고 만다. 다른 부류가 볼 바에는 감수가 풍자를 받은 그 부류와 같지 않아서 "풍자"보다 "폭로"가 더 많다고 느낄 것이라고 생각한다.

만약 풍자작품인 듯싶지만 추호의 선의가 없고 추호의 정열도 없다면 독자들에게 이 세상에 취할 만한 것이나, 해볼 수 있는 일이 하나도 없다는 느낌을 주게 되는데 그러면 그것은 풍자가 아니라 이른바 "싸늘한 조소"일 것이다.

1935년 5월 3일

현대 중국에서의 공자

 요즘 상해의 신문들은 일본의 유시마|1|에 공자의 사당이 낙성되어 호남성 주석인 하건|2| 장군이 소장하고 있던 공자의 화상을 기증한 기사를 싣고 있다. 솔직히 말하면 중국의 일반 백성들은 공자가 어떻게 생겼는지 거의 모르고 있다. 옛날부터 고을마다 반드시 문묘(文廟)라고 하는 공자사당이 있어야 하지만 사당에는 거지반 공자의 화상이 없다. 대체로 숭배하는 인물을 그림으로 그리거나 조각하는 경우, 흔히 보통사람보다 더 크게 그리는 것을 원칙으로 한다. 하지만 공자처럼 가장 숭배하는 성인일 경우에는 화상을 그리는 것조차 욕되다고 생각하기에 차라리 없는 것이 낫다고 생각한다. 이 역시 일리가 있는 생각이다. 공자는 사진을 남기지 않았기에 정말 어떻게 생겼는지를 모르는 것은 당연한 일이다. 문헌에 기재되어 있다고는 하지만 그것이 허튼소리인지를 알 수가 없다. 만약 새로 조각을 한다면 조각가의 상상에 맡기는 외에 다른 방법이 없으므로 더구나 마음을 놓을 수 없는 일이다. 그래서 유학자들도 결국은 "전부, 또는 전혀 없다."는 브란트|3| 식의 태도로 나오는 수밖에 없다.

|1| 유시마는 도쿄의 거리 이름으로서 일본에서 제일 큰 공자묘가 있다. 이 묘는 1923년에 불타 버리고 1935년 4월에 재건되어 낙성식을 할 때 국민당정부는 대표를 파견하였다.

|2| 하건(何鍵, 1887~1956년)은 국민당 군벌로서 당시 국민당 호남성 정부 주석을 맡고 있었다.

|3| 입센의 시극 《브란트》에서 나오는 인물이다. "전부, 또는 전혀 없다."라는 말은 그가 신봉하는 격언이었다.

하지만 공자의 화상을 가끔 볼 수는 있었다. 나도 세 번 보았다. 한번은 《공자가어(孔子家語)》|4|에 나오는 삽화를 보았고 다른 한번은 양계초|5| 씨가 일본에 망명했을 때 요코하마에서 출판한 《청의보(淸議報)》에 실은 머릿그림에서 보았는데 오히려 일본에서 중국으로 수출한 것이었다. 그리고 또 한 번은 한나라 비석에 새긴 공자가 노자를 만나는 그림에서 보았다. 이런 그림에서 본 공부자의 인상을 말하면 이 선생은 몹시 마른 늙은이였다. 소매가 너른 긴 두루마기를 입고 허리에 검을 찼거나 겨드랑이에 지팡이를 끼고 있었는데 위엄이 있는 모습이었고 웃는 일은 없었다. 만약 그를 모시고 곁에 앉아 있다면 반드시 허리를 곧게 펴야 할 것이며 두세 시간 서 있고나면 뼈 관절이 쑤셔나서 보통사람이라면 아마 도망칠 생각뿐일 것 같다.

나중에 산동에 가서 여행하면서 길이 울퉁불퉁하여 힘이 들 때면 갑자기 공자가 떠올랐다. 그처럼 의젓했던 군자가 옛날에 초라한 수레에 앉아 들추는 길로 정신없이 다녔다고 생각하니 웃음이 나왔다. 이런 불경스러운 생각이 물론 좋지는 않다. 공자의 제자라면 아마 절대 있을 수 없는 생각이었다. 하지만 그때는 나처럼 법도에 거부감을 갖고 있는 청년이 아주 많았다.

내가 태어났을 때는 청조 말기였고 공자는 이미 "대성지성문선왕(大成至聖文宣王)"|6|이라는 무섭게 귀한 존함을 갖고 있었다. 두말 할 것 없이 성인의 도가 전 중국을 지배하고 있었다. 정부에서는 학생들에게 사서와 오경|7|과 같은 규정된 책을 읽게 하였고 규정된 주석을 따르게 하였으며 이른바 "팔고문"|8|과 같은 규정된 문장을 쓰게 하였고 규정된 논의를 하게

|4| 《공자가어》는 원서가 27권으로 돼 있는데 잃어진지 오래고 지금 있는 책은 삼국시대의 위왕숙이 10권으로 모은 것이다. 내용은 공자의 언행에 대한 기록이며 대부분 《논어》,《좌전》,《국어》,《예기》와 같은 책에서 모은 것이다.
|5| 양계초(梁啓超-1873~1929년) 청조 말기 유신운동의 지도자로서 무술정변이 실패한 뒤 일본으로 망명하였다.
|6| 당나라 개원(開元) 27년(기원 739년)에 공자에게 "문선왕"이라는 시호를 추가하였다.
|7| 사서는 《대학》,《중용》,《논어》,《맹자》를 말하고 오경은 《시경》,《상서》,《예기》,《주역》,《춘추》를 말한다.

하였다. 하지만 이처럼 판에 박은 듯이 하나처럼 되어 있는 유학자들은 네모난 땅에 대해서는 알고 있는 것이 많았지만 둥근 지구에 대해서는 아무 것도 모르고 있었다. 하기에 사서에 없는 프랑스와 영국과 싸우자 패하지 않을 수 없었다. 공자를 섬기다가 죽기보다는 차라리 자신들을 보존해야 한다고 생각했던지, 아니면 무엇 때문이었던지 요컨대 이번에는 한사코 공자를 숭상하던 정부와 관료들이 동요하더니 관비로 양키들의 책을 번역하기 시작하였다. 과학 고전저작으로는 헉슬리의 《천문학》, 라이엘의 《지질학》, 다나의 《광물학》이 있었는데 오늘도 그 시대의 유물로 되어 가끔 헌책방에 꽂혀 있다.

하지만 반드시 반발이 따랐다. 청조 말기에 이르러 유학자로서는 가장 우수하고 대표자라고 할 수 있는 대학사 서동|9| 씨가 나타났다. 그는 수학마저 양키의 학문이라고 질책하였다. 그가 비록 세상에 프랑스와 영국이라는 나라가 있다는 것은 인정했지만 스페인과 포르투갈의 존재는 믿지 않았다. 그는 프랑스와 영국이 자주 중국에 와서 이득을 챙기려다 보니 스스로도 미안하여 되는 대로 꾸며낸 나라 이름이라고 주장하였다. 그는 또 1900년에 이름난 의화단을 배후에서 발동하고 지휘한 사람이었다. 하지만 의화단이 철저히 실패하자 서동씨도 자살하고 말았다. 정부에서는 또 외국의 정치, 법률과 학문, 기술이 꽤나 따라 배울 점이 많다고 생각하였다. 내가 일본유학을 갈망하던 때가 바로 이때였다. 목적을 이루고 입학하게 된 곳은 가노 선생이 설립한 도쿄의 고분학원(弘文學院)|10|이었다. 여기서 나는 미사와 리키다로에게서 물은 산소와 수소로 이루어졌다는 것을 배웠고 야마노우치 시게오 선생에게서 조개껍질 속의 아무 곳을 "외

|8| 명나라, 청나라 때 과거시험제도에 규정한 공식화된 문체이다.

|9| 서동(徐桐, 1819~1900년)은 한군(漢軍)의 정남기인(正藍旗人)으로서 청조 말기의 완고파 관료이다. 유신변법을 반대하였고 청조의 통치를 수호하기 위해 의화단 세력을 이용하여 외국 대사관을 공격하기도 하였다. 8개국 연합군이 북경에 쳐들어오자 목을 매 자살하였다.

|10| 고분학원은 전문 중국 유학생을 위해 설립한 예비학교로서 일어 기초과목을 가르쳤다.

투"라고 부른다는 것을 알았다.

하루는 이런 일이 있었다. 학감인 오쿠보 선생이 학생들을 모아놓고 말했다.

"너희들은 모두 공자의 제자이기 때문에 오늘은 오차노미즈|11|에 있는 공자 사당에 가서 예를 올려야겠다."

나는 그 말을 듣고 몹시 놀랐다. 지금도 기억하고 있지만 그때 공자와 그 제자에 대한 절망 때문에 일본으로 온 내가 여기 와서도 무슨 절을 해야 하나 하고 마음에 너무 괴상한 일이라고 생각되었다. 그리고 그런 느낌을 갖고 있었던 사람이 절대 나 하나 뿐이 아니었을 것이다.

하지만 공자가 중국에서 불우한 처지에 빠진 것은 20세기에 시작된 일이 아니다. 맹자는 공자를 "시대를 초월한 성인"|12|이라고 비평하였는데 현대어로 번역한다면 "모던 성인"이라는 말 내놓고는 정말 다른 단어가 없다. 이 존칭이 공자에게는 물론 위험이 없지만 썩 반가운 존함은 아니다. 실은 이런 존함이 사실과 다를지도 모른다. 공자가 "모던 성인"으로 된 것은 그가 죽은 뒤의 일로서 살아 있을 때는 꽤나 고생을 하였다. 여기저기 돌아다니던 중 노나라에서 경시총감|13|의 자리에까지 올랐지만 얼마 지나지 않아 내려 앉아 실업 당했고 관리들에게는 업신여김을 받고 평민들에게는 놀림까지 받은 사람이다. 심지어 폭도들에게 포위되어 굶기도 하였다. 제자는 3천이 되지만 쓸 만한 사람은 겨우 일흔둘이고 그 가운데서도 정말 믿을 수 있는 사람은 한 사람뿐이었다.

어느 날 공자가 분개하여 말했다.

"도를 널리 시행할 수 없다면 뗏목을 타고 바다로 나갈 터이니 그러면 중유는 나를 따르겠지?"|14|

|11| 오차노미즈는 일본 도쿄의 지명으로서 공자묘가 그 가까이에 있었다.

|12| 《맹자(孟子)·만장(万章)》에 나오는 말이다.

|13| 경찰의 일을 주관하는 일본의 장관 이름으로서 공자가 한 시기 노나라에서 이와 비슷한 벼슬을 한 적이 있다.

|14| 《논어(論語)·공야장(公冶長)》에 나오는 말이다.

이와 같은 소극적인 타산을 보아도 그때의 사정을 짐작할 수 있다. 하지만 이런 중유마저도 적들과 싸우다가 화살에 모자 끈이 끊어지자 중유답게 그때에도 공자의 가르침을 잊지 않고 "군자는 죽어도 모자는 벗지 않는다." [15]고 말하면서 모자 끈을 매다가 난도질에 죽었다. 하나 밖에 없던 믿음직한 제자마저 이렇게 죽다보니 공자의 슬픔은 이루 헤아릴 수 없었다. 이 소식을 듣자 공자는 주방에 가서 다진 고기를 다 내다 버리라고 했다고 한다. [16]

공자는 죽고 나서야 운수가 좀 좋아졌다고 나는 생각한다. 공자가 이제는 더 수다를 떨지 않아서 이런저런 권력자들이 여러 가지 하얀 분으로 그를 치장하기 시작하더니 소스라칠 정도로 높이 띄어 올렸다. 하지만 그 뒤에 수입된 석가모니에 비하면 불쌍하기 짝이 없다. 확실히 고을마다 문묘라고 하는 공자사당이 있지만 썰렁하기만 하고 보통 서민들은 그에게 절하러 가지 않고 부처를 모신 절이나 신묘로 간다. 만약 백성들에게 공자가 누구냐고 묻는다면 물론 성인이라고 대답하지만 이것은 권세를 가진 자들이 하는 말을 옮겼을 뿐이다. 백성들도 글을 존경한다. 하지만 글을 존경하지 않으면 벼락을 맞아 죽는다는 미신이 있기 때문이다. 남경에 있는 공자 사당이 물론 떠들썩한 곳이기는 하지만 그것은 다른 여러 가지 놀이와 차집이 있기 때문이다. 비록 공자가 《춘추》를 써서 나라를 어지럽히는 불충한 도적들이 벌벌 떨었다고 하지만 지금 사람들은 그 글로 어느 불충한 자가 죽었는지를 거의 모르고 있다. 나라를 어지럽히는 불충한 무리라면 대개 조조라고 생각하고 있지만 그것은 성인이 가르쳐준 것이 아니라 소설과 연극을 쓴 이름 모를 작가가 가르친 것이다.

요컨대 중국에서 공자를 띄어 올린 것은 권력자들이다. 그 권력자들 또는 권력자로 되고 싶은 자들의 성인이지 민중과는 하등 관계가 없다. 공

|15| 《좌전(左傳)》 노애공 애공(哀公)15년에 나오는 말이다.

|16| 《공자가어》에서 나오는 이야기이다.

자묘에 대해서도 권력자들이 한시기에만 잠깐 열을 올릴 뿐이다. 그것은 공자를 존경하는 그들의 목적이 다르기 때문에 목적을 이루면 그 도구들은 쓸모없을 것이고 만약 목적을 이루지 못하게 되면 더욱 쓸모가 없어진다. 3, 40년 전에는 권세를 얻으려는 자, 말하자면 벼슬을 하고 싶은 자들이 모두 "사서"와 "오경"을 읽었고 "팔고문"을 지었다. 다른 사람들은 이런 서적과 문장을 통틀어 "문을 두드리는 벽돌장"이라고 일컬었다. 문관 고사에 급제를 하고 나면 이런 물건들도 함께 잊어진다. 마치 문을 두드리고 난 벽돌장처럼 문이 열리면 벽돌장도 버리는 것이다. 공자라는 사람도 죽은 다음에는 기실 "문을 두드리는 벽돌"로 쓰이고 있는 셈이다.

요즘의 실례를 보면 더 똑똑히 알 수 있다. 20세기가 시작되고 나서 공자의 운수가 대단히 나빠졌다. 하지만 원세개 시대에 이르러 다시 기억되기 시작하였다. 제를 다시 올리기 시작했을 뿐만 아니라 이상한 제복을 만들어 제에 참가하는 사람들에게 입혔다. 이런 일이 생기면서 뒤따라 나타난 것이 바로 군주제도이다. 하지만 이 문은 결국 열리지 못하고 원씨는 문 밖에서 죽고 말았다. 그리고 남은 것이 북양군벌인데 말로가 다가온다고 느꼈을 때 역시 공자라는 벽돌로 다른 행복의 문을 두드렸다. 강소와 절강에 둥지를 틀고 있으면서 가는 곳마다 멋대로 백성을 죽이던 손전방 장군은 투호(投壺)의 예를 부활시켰고[17] 산동에 자리 잡고 스스로도 금전과 병사와 첩이 얼마 되는지 모르는 장종창[18] 장군은 《13경》을 다시 새겨놓았고 그리고 성인의 도를 육체관계로 전염될 수 있는 화류병과 같은 것으로 보면서 공자의 후예인 아무개를 사위로 삼았다. 하지만 행복의 문은 여전히 누구에게도 열리지 않았다.

---

[17] 손전방(孫傳芳)은 북양군벌로서 당시 동남의 다섯 개 성을 차지하고 있을 때 옛것을 부활하기 위해 1926년 8월 6일 남경에서 투호라는 옛 예의를 거행하였다. 투호는 고대 연회 때에 하던 놀이로서 손님과 주인이 각기 화살을 단지에 던져 지는 사람이 술을 마셨다.

[18] 장종창(張宗昌 , 1881~1932년), 북양군벌로서 1925년 산동성 독군(督軍)으로 있을 때 공자를 숭상하고 경서를 읽을 것을 제창하였다.

이 세 사람은 모두 공자를 벽돌로 썼다. 하지만 시대가 달라졌기에 모두 보기 좋게 실패하고 말았다. 자신이 실패했을 뿐만 아니라 공자까지도 더 비참한 경지에 빠뜨렸다. 그들은 모두 낫 놓고 기역자도 모르는 인물들이었지만 오히려《13경》따위를 떠벌여댔기에 사람들의 웃음만 사고 말았다. 말과 행동도 너무 동떨어져서 사람들은 더 알미워하였다. 중이 미우면 가사까지 밉다고 그 어떤 목적을 위한 도구로 이용되었던 공자 역시 그 진면모가 더 똑똑히 드러났다. 그리하여 타도하려는 욕망도 더욱더 왕성해진 것이다. 그렇기 때문에 공자를 더욱 존엄 있게 분장하면 반드시 그의 결함을 꼬집는 논문과 작품이 나타난다. 천하의 공자라도 결함이 있기 마련이고 평소에는 누구도 아랑곳하지 않는다. 성인 역시 사람이기에 본디는 이해할 수 있는 일이다. 하지만 만약 성인의 제자가 나서서 성인이 이렇고 저렇기에 당신은 반드시 이렇게 해야 한다고 떠벌이면 사람들은 웃음을 터뜨린다. 5, 6년 전에《공자가 남자(南子)를 만나다》[19]라는 연극을 공연하면서 문제를 일으킨 일이 있다. 이 연극에 공자가 등장하는데 성인으로 말하면 어딘가 진중하지 못하고 바보스러운 곳이 있었지만 사람으로 치면 오히려 사랑스러운 데가 있는 좋은 인물이었다. 하지만 공자의 후예들이 진노하여 문제를 관청에까지 들고 갔다. 마침 공연한 곳이 공자의 고향이라 그곳에는 공자의 후예들이 대단히 번식되어 석가모니나 소크라테스마저도 부끄러워할 정도로 특권계급을 이루고 있었다. 하지만 바로 공자의 후예가 아니었기에 그곳 청년들이 그 연극이 꼭 보고 싶었을지도 모른다.

중국의 보통 민중들, 더욱이 이른바 어리석은 백성들이 비록 공자를 성인이라고 말하지만 속으로는 성인이라고 생각지 않는다. 공자에 대해 존

|19| 임어당이 쓴 단막극으로서 공자가 예쁘고 매혹적이었던 위령공의 부인인 남자를 만나는 일을 소재로 하고 있는데 1929년 산동성 곡부 제2사범학교 학생들이 이 극을 공연하려고 할 때 공씨 가족 사람들이 "조상 공자를 공공연히 모욕하고 있다."는 이유로 국민당 정부에 연명으로 고발하였다. 결과 이 학교의 교장이 직무에서 해임되었다.

경은 하지만 친근하게 생각하지는 않는다. 하지만 중국의 어리석은 백성들처럼 공자를 잘 알고 있는 사람은 세상에 또 없다. 그렇다. 공자가 뛰어난 치국방법을 계획한 적이 있지만 그것은 모두 민중을 다스리기 위한 것으로 권력자를 위해 생각한 방법이지 민중을 위한 것이라고는 꼬물만치도 없다. 이것이 바로 "서민에게는 예를 차리지 않는다."이다. 권력자들의 성인이 되어 마침내 "문을 두드리는 벽돌"로 되었다면 사실 억울한 일은 아니다. 민중과 관계가 없다고는 말할 수 없지만 만일 전혀 친근한 곳이 없다고 한다면 아마 제법 사정을 봐서 한 말이라고 나는 생각한다. 전혀 친근한 곳이 없는 성인을 가까이하지 않는 것은 당연한 일이다. 아무 때라도 헌 옷을 입고 맨발로 공자를 모신 대전에 가보라. 아마 상해의 고급 극장에 들어가거나 일등 전차를 타는 것과 마찬가지로 당장 쫓겨날 것이다. 이것은 어르신이나 나리들의 일이라는 것을 모르는 사람이 없다. 비록 "어리석은 백성"이라도 아직 이처럼 우둔하지는 않다.

1935년 4월 29일

魯迅

차개정 잡문 말편

나는 사람을 속이고 싶다

깊은 밤에 적노라

죽음

나는 사람을 속이고 싶다

　지쳐서 어쩔 수 없을 때 우연히 현세에 초연했던 작가들에게 마음이 끌려 모방해보았다. 하지만 되지 않았다. 초연한 마음이란 조개류와 같아서 겉에 껍질이 없어서는 안 되며 또 맑은 물이 있어야 한다. 아사마야마(淺間山) 기슭에 틀림없이 여관이 있겠지만, 상아탑을 세우려 가는 사람은 없으리라 생각한다.

　잠시나마 편안한 마음을 얻기 위해 요즘 나는 궁여지책으로 다른 방법을 생각해냈다. 바로 사람을 속이는 일이다.

　작년 가을이었던지 겨울에 일본 해군 한 사람이 갑북에서 암살되었다. 그러자 수많은 사람들이 이사를 하였고 자동차 삯과 같은 것들이 몇 배나 뛰었다. 이사하는 사람은 물론 중국인들이었고 외국인들은 길가에 서서 재미있게 구경하고 있었다. 나도 가끔 구경하러 나갔다. 거리는 밤이 되면 쥐죽은 듯 조용해져 음식을 파는 행상인도 없고 이따금 멀리서 개 짖는 소리만 들려왔다. 하지만 2, 3일 지나 이사를 금지하는 듯싶었다. 순경은 이삿짐을 끌고 가는 마차꾼이나 인력거꾼을 기를 쓰고 때렸고 일본신문이나 중국신문은 이구동성으로 이사하는 사람들을 "미련한 사람"이라는 딱지를 붙였다. 말하자면, 천하는 태평한데 이런 "미련한 사람"들이 있기 때문에 조용한 세상이 어수선해진다는 것이다.

　나는 처음부터 끝까지 움직이지 않고 "미련한 사람"들 무리에 끼지 않

왔다. 그것은 총명해서가 아니라 게으르기 때문이었다. 5년 전 정월에 있었던 상해전쟁|1| ─ 일본 측에서는 "사변"이라 말하기 좋아하는 듯싶다 ─ 이 포화로 자유는 잃은 지 오래고|2| 그 자유를 빼앗은 권력자들은 그것을 가지고 공중으로 날아올라가 버렸으므로 어디를 가나 마찬가지였다. 중국 민중은 의심이 많다. 어느 외국 사람이나 모두 이것을 우스운 결함이라고 지적하고 있다. 그러나 의심하는 것은 결함이 아니다. 늘 의심만 하면서 결단을 내리지 못하면 그것이야말로 결함이다. 나는 중국인이기에 그 비밀을 알고 있다. 기실 결단은 내리고 있는데 그 결단이 역시 믿을 수 없기 때문이다. 하지만 나중에는 이 결단이 정확했다는 것이 사실로 증명되었다. 중국인은 자신이 의심 많다는 것을 의심하지 않는다. 내가 이사하지 않은 원인은 천하가 태평하다는 확신이 있어서가 아니라 어디를 가나 모두 위험하기 때문이었다. 5년 전에 신문을 펼쳐보면 죽은 아이들의 시체가 많다는 수자만 나와 있지 포로를 교환한 일은 실려 있지 않았다. 지금 생각해도 슬프기 짝이 없다.

이사하는 사람을 괴롭히고 마차꾼을 때리는 정도는 아무 것도 아니다. 중국의 백성들은 늘 자신의 피로 권력자의 손을 씻어주기에 권력자는 다시 깨끗한 사람으로 된다. 지금 이 정도로만 일이 끝난 것도 좋은 일이다.

하지만 남들이 막 이사를 갈 때 나는 길가에 서서 종일 구경하거나 집에 앉아서 세계문학사와 같은 책을 읽을 마음도 나지 않았다. 좀 멀리 떨어진 영화관에 가서 갑갑한 마음을 풀었다. 그곳에 가보니 그야말로 천하태평이었다. 그곳이 바로 사람들이 이사를 가서 살고 있는 곳이었다.|3| 입구에 들어서자 나는 열두세 살 먹은 계집애에게 잡혔다. 소학생으로서 수해를

|1| 1932년 "1.28" 전쟁을 말한다.

|2| 1930년 2월 루쉰이 중국 자유운동 대동맹 발기운동에 참가하자 국민당 절강성 당부에서 "타락문인 루쉰"에 대한 수배령을 내렸다.

|3| 당시 상해의 조계지를 말한다.

위한 의연금을 모집하고 있었는데 추워서 코까지 빨개져 있었다. 내가 잔돈이 없다 하자 그는 매우 실망하는 빛을 보였다. 미안한 생각이 들어 영화관 안으로 데리고 가서 입장권을 산 다음 일원을 줬더니 매우 기뻐하면서 "선생님은 좋은 분이시군요."하며 칭찬하면서 영수증을 써주었다. 그 영수증을 갖고 있으면 어디를 가나 더 의연금을 내지 않아도 된다. 이렇게 나는 "착한 사람"이 되어 개운한 마음으로 영화 보러 들어갔다.

무슨 영화를 보았던지 지금은 전혀 기억이 없다. 아무튼 어느 영국인이 조국을 위해 인도의 잔혹한 추장을 정복한 이야기 아니면 아무 미국인이 아프리카에 가서 부자가 되어 예쁜 여자와 결혼했다는 내용이었을 것이다. 그곳에서 시간을 보내고 저녁이 되어 집에 돌아와 다시 조용한 환경에 들어갔다. 먼 곳에서 개 짖는 소리가 들려왔다. 영화관에서 본 여자 아이의 만족스러운 표정이 다시 눈앞에 떠오르면서 좋은 일을 했다는 생각이 들었다. 하지만 마음이 비누를 씹는 듯 금방 언짢아지는 것이었다.

물론 2, 3년 전에 엄청 큰 수해를 입었다. 그런 홍수는 일본과는 달라서 몇 달 또는 반년이 지나도 물이 빠지지 않는다. 하지만 중국에는 수리국이라는 기관이 있어서 해마다 국민들로부터 세금을 거두어 일을 하고 있다는 것을 나는 알고 있다. 그런데도 오히려 이처럼 큰 홍수가난 것이다. 나는 또 어느 단체가 수재의연금을 모으려고 연극을 공연하였는데 결국 20만원 밖에 되지 않자 관청에서 화를 내면서 받지 않았다는 사실도 알고 있다. 그리고 수해 때문에 피해를 입은 백성들이 떼 지어 안전한 곳으로 오자 치안에 해롭다고 하면서 기관총을 갈겼다는 말도 들었다. 아마 모두 죽었을 것이다. 하지만 이런 일을 모르는 아이들은 죽은 사람들을 위해 생활비를 열심히 모금하고 있으며 모금이 안 되면 실망하고 돈을 내면 기뻐한다. 그러나 일원이라는 돈이 수리국 나리의 하루 담뱃값도 안 되는 것이다. 나는 그것을 뻔히 알고 있으면서도 마치 정말 돈이 수재민의 손으로 가는 듯이 일원을 냈다. 실은 이 천진난만한 아이의 기쁨을 산데 지나지 않는다. 나는 사람들의 실망하는 모습을 보기 싫었다.

만일 여든 살 되는 나의 어머니가 천국이 정말 있느냐고 묻는다면 나는 주저 없이 정말 있다고 대답할 것이다.

그러나 그날 뒤로는 기분은 언짢았다. 아이는 어른과 달라서 속이지 말았어야 했다는 생각 때문이었다. 공개편지를 써서 내 본심을 설명하고 오해를 풀고 싶었지만 발표할 곳도 없고 해서 그만두었다. 시간이 자정을 넘자 밖으로 나가보았다.

이미 사람의 그림자도 보이지 않았다. 다만 어느 집 처마 밑에 물만두 장수가 순경 두 사람과 이야기를 나누고 있었다. 평소에는 별로 볼 수 없었던 유달리 가난한 물만두 장수였는데 재료가 많이 남아 있는 것으로 보아 장사가 잘되지 않았나 보다. 20전을 내고 두 그릇을 사서 아내와 함께 먹었다. 좀이라도 벌게 하려는 마음에서였다.

장자가 말했다.

"말라가는 수레바퀴 자국에 괴어 있는 물에서 붕어는 서로 입에 침을 묻혀주며 습기를 나눈다."

그리고 또 말했다.

"차라리 강이나 호수에서 서로를 잊고 사는 것보다는 나을 것이다."

슬프게도 우리는 서로를 잊고 살 수 없다. 그런데 나는 한술 더 떠서 멋대로 사람을 속이고 있다. 만약 사람을 속이는 이 학문을 그만두거나 중지하지 않는다면 아마 좋은 글을 쓸 수 없을 것이다.

하지만 불행하게도 그만둘 수도 중지할 수도 없을 때 야마모토[4] 사장을 만났다. 뭔가를 써달라고 하기에 예의상 "쓰리다." 하고 대답하였다. 대답했으니 실망을 주기 않기 위해 써야 한다. 하지만 역시 사람을 속이는 글을 쓰고 말았다.

---

[4] 당시 일본의 《개조》 잡지사 사장을 말한다.

이런 글을 쓰면서 마음이 편안하지는 않았다. 하고 싶은 말은 매우 많지만 아직은 "중일친선"이 더 증진될 때를 기다려야 할 것이다. 머지않아서 그 "친선"의 정도가 중국에서 일본에 대한 배척 행위가 국적(國賊) ─ 공산당이 일본 배척이라는 구호를 이용하여 중국을 멸망시키려하기 때문이다 ─ 으로 치부되고 어디 가나 볼 수 있는 단두대에서 태양의 동그라미가 번쩍일|5| 때가 되어야 할 것이다. 하지만 설사 그런 시기가 오더라도 마음을 숨김없이 보일 수 있는 세월은 아닐 것이다.

내가 혼자 이런 근심을 하지나 않는지 모르겠다. 글이나 말로, 또는 종교가 말하는 이른바 눈물로 눈을 깨끗이 씻어내는 그런 쉬운 방법으로 서로의 진실한 마음을 볼 수 있고 요해할 수 있다면 더없이 좋은 일이다. 하지만 이처럼 쉬운 일은 아마 세상에 드물 것이다. 이것은 슬픈 일이다. 이렇게 두서없이 글을 쓰면서 열정적인 독자들에는 미안한 감이 든다.

글을 맺으면서 피로써 개인의 예감 몇 마디를 적어 답례로 삼는다.

1936년 2월 23일

|5| 일본 국기를 말한다.

깊은 밤에 적노라

1. 중국에 들어온 콜비츠 교수의 판화

중국의 들판에 종이를 태운 재가 남아 있거나 허름한 담벼락에 그림이 그려져 있어도 사람들은 별로 쳐다보지 않는다. 하지만 이 속에는 각기 어떤 의미가 담겨 있으니 사랑과 슬픔과 분노이다.……그리고 그 의미가 흔히 외치며 소리를 내는 것보다 더욱 강렬하다. 이 의미를 이해하는 사람은 몇이 되지 않는다.

1931년 – 어느 달인지 잊었다 – 창간한지 얼마 안 되어 폐간당한 잡지 《북두》[1]창간호에 목판화가 실린 적 있는데 어느 한 어머니가 슬픔에 찬 눈을 감고 자기 아들을 내밀고 있는 그림이었다. 그것은 콜비츠 교수 (Profkae-the kollwitz)의 목판 연속그림 《전쟁》의 첫 그림으로서 제목은 《희생》이고 중국에 소개된 그녀의 첫 판화이기도 하였다.

이 목판화는 내가 유석[2]의 희생을 기념하는 뜻으로 보낸 것이었다. 유석은 나의 제자이자 친구로서 함께 외국 문예를 소개한 사람이었다. 그는 특히 목판화를 좋아했는데 비록 인쇄 질은 좀 떨어졌지만 유럽과 미국 작가의 작품집 세 권을 낸 적이 있었다. 그런데 무슨 영문인지 갑자기 체포

---

[1] 문예 월간으로서 좌익연맹의 기관지였다. 1931년 9월 상해에서 창간하고 이듬해 7월 국민당 정부에 의해 폐간 되었다.

[2] 유석(柔石, 1902~1931년), 원명은 조평복(趙平復)으로서 공산당원이고 작가이다. 《어사(語絲)》의 편집으로 있었고 루쉰과 함께 "조화사(朝花社)"를 창립하였다. 작품으로는 중편소설 《2월》, 단편소설《노예로 된 어머니》 등이 있다. 1931년 2월 7일 상해에서 국민당 반동파에게 살해되었다.

되어 얼마 후에는 다른 청년작가 다섯 명과 함께 용화에서 총살당하였다. 당시 신문은 기사 한 줄도 싣지 않았다. 아마 감히 실을 배장이 없었거나 싣지 못하게 했을 것이다. 그렇지만 늘 있는 일이지만 그가 이미 이 세상 사람이 아님을 누구나 알고 있었다. 다만 두 눈이 먼 그의 어머니만은 아직도 사랑하는 아들이 상해에서 번역이나 교정 일을 하고 있으리라 생각하고 있을 것이다. 마침 우연하게 독일 서점의 목록에서 이 《희생》이란 그림을 보고 그것을 《북두》에 보냈다. 나의 말없는 기념으로 삼고 싶었다. 그러나 나중에 안 일이지만 그 그림에 담긴 뜻을 이해하고 있는 사람이 꽤 많았다. 사람들은 대부분 살해당한 사람 전체를 기념하는 걸로 이해하고 있었다.

그 무렵에 콜비츠 교수의 판화집은 유럽에서 중국으로 오는 길에 있었다. 하지만 판화가 상해에 이르렀을 때는 그 판화를 열심히 소개했던 사람은 땅 밑에 잠들어 있고 우리는 어디에 묻혔는지도 모르고 있었다. 그렇다. 나는 혼자서 판화를 보고 있다. 그림에는 빈궁과 질병과 기아와 죽음이 있었고……물론 저항과 투쟁도 있지만 적은 편이었다. 그것은 마치 작자의 자화상과 같아서 얼굴에 증오와 분노가 담겨 있지만 자애와 슬픔과 연민이 더 많았다. 그것은 "굴욕당하고 학대받는"|3| 모든 어머니의 마음을 새긴 그림이었다. 이런 어머니들은 아직까지 손톱을 빨갛게 칠할 줄 모르며 중국의 시골에 가면 흔히 볼 수 있다. 하지만 사람들은 그들을 별 볼일 없는 자식만 사랑하는 어머니라고 웃는다. 하지만 나는 그 어머니들은 별 볼일 있는 자식도 사랑한다고 생각한다. 다만 튼튼하고 재능이 있는 아들은 마음이 놓여 "굴욕당하고 학대받는" 자식에게 마음이 더 쏠릴 뿐이다.

복제한 그녀의 스물한 장의 그림이 그것을 증명한다. 그리고 중국의 젊

|3| 러시아 작가 도스토예프스키의 장편소설 제목이다. 여기서는 그 뜻을 인용하였다.

은 예술학도들에게 아래와 같은 이득을 준다.

첫째, 이 5년 사이에 목판화는 늘 억압을 받아왔지만 상당히 보급되었다. 그러나 그 밖의 판화로는 다소 정리된 것으로 쵸른(Anders zorn)[4]에 관한 책 한 권이 있을 뿐이다. 지금 소개된 것은 모두 동판화와 석판화이며 독자들이 보고 판화에 또 이런 작품도 있고 서양화보다 보급하기가 더 쉬우며 쵸른과는 완전히 다른 기법과 내용을 갖고 있음을 알 수 있다.

둘째, 외국에 다녀온 일이 없는 사람은 백인이라 하면 누구나 예수교를 설교하거나 상점을 운영하며 호의호식하면서 기분이 상하면 구둣발로 사람을 차는 사람이라고 곧잘 생각하기 쉽다. 하지만 이 화집을 보면 이 세상의 많은 곳에 "굴욕당하고 학대받는" 사람이 있고 그들은 우리와 같은 친구이며 또 이런 사람의 슬픔을 하소연하고 싸우는 예술가도 있다는 것을 알 수 있다.

셋째, 지금 중국의 신문들에서는 입을 활짝 벌리고 소리를 지르는 히틀러의 사진을 잘 싣는다. 찍을 때는 순간적이지만 사진에는 그것이 영원한 자세로 남기에 여러 번 보면 싫증이 난다. 지금 독일 예술가의 화집을 보면서 다른 부류의 인간을 볼 수 있다. 영웅은 아니지만 가깝게 느껴지고 정이 가며 보면 볼수록 예쁘고 마음이 끌린다.

넷째, 올해는 유석이 살해된 지 만 5년이 되는 해이며 작자의 목판화가 처음으로 중국에 모습을 보인지 꼭 5년이 되는 해이기도 하다. 그리고 작자는 중국 나이로 일흔이다. 이 역시 기념으로 삼을 만한 일이다. 비록 작자는 지금 침묵을 지킬 수밖에 없지만 수많은 그녀의 작품이 극동의 하늘 아래 얼굴을 보인 것이다. 그렇다. 인류를 위한 예술은 그 어떤 힘으로도 막을 수 없는 것이다.

|4| 쵸른(1860~1920년) 스웨덴 화가, 조각, 동판화가이다.

2. 누구도 모르는 죽음

요즘에야 깨달은 일이지만 누구도 모르는 죽음은 사람에게 있어서 너무나 비참한 일이다.

혁명 이전에는 중국에서 사형수가 처형되기 앞서 거리를 돌며 억울함을 호소하고 관리를 욕하기도 했고 영웅다운 기백을 보이면서 죽음이 두렵지 않다고 선언하기도 하였다. 그 사형수의 언행이 멋지어 구경하던 사람들이 연신 갈채를 보내고 나중에 입에 오르게 된다. 젊었을 때 나는 늘 이런 이야기를 들었고 그때마다 이런 일이 야만적이고 잔혹하다고 생각했다.

요즈음 임어당 박사가 편집하는 잡지 《우주풍(宇宙風)》에서 수당(銖堂)[5] 선생의 글을 보았는데 남다른 견해를 내놓고 있었다.

사형수에 대한 갈채는 실패한 영웅을 숭배하는 것으로 약자를 부축하는 뜻을 담고 있는바 "이상이 숭고하다고 하지 않을 수 없다. 그러나 많은 사람으로 구성된 조직에는 정말 있어서는 안 된다. 강자를 억제하고 약자를 부축하는 것은 강자가 영원히 없기를 바라기 때문이며 실패한 영웅을 숭배하는 것은 성공한 영웅을 인정하지 않기 때문"이므로 "예로부터 성공한 제왕이라면 모두 수백 년 동안의 위력을 유지하기 위하여 수만, 수십만의 무고한 사람을 죽여야 비로소 그 두려움에 대한 일시적인 복종을 얻을 수 있었다."는 것이다.

수만, 수십만의 사람을 죽여야 겨우 "일시적인 복종을 얻는" 것을 "성공한 제왕"이라고 가생한다면 그야말로 너무 슬픈 일로서 정말 어쩔 수 없는 일이다. 하지만 나는 여기서 그들을 위해 계책을 내려는 것이 아니다. 이 일로 내가 깨달은 바로는, 사형수가 처형 직전에 사람들 앞에서 말

---

[5] 수당의 원명은 구선영(瞿宣穎)으로서 북양정부의 관료로 있었고 항일전쟁시기에는 괴뢰정부의 번역관 관장을 지냈다. 그는 《우주풍》 제13호에 〈승패로 영웅을 논하지 않는다〉는 글을 발표하였다.

하도록 허용한다면 오히려 "성공한 제왕"으로서 베푸는 은혜가 되며 자신에게 아직도 힘이 있음을 보여주는 증거가 될 것이다. 하기에 제왕으로서 사형수에게 말 할 기회를 주어 사형수가 스스로 제 자랑에 도취되게 하는 배짱이 있으면 그 결말도 사람들이 알 수 있을 것이다. 내가 이전에 "잔혹"하다고만 생각했던 것은 판단이 정확하지 않기 때문이며 그 가운데는 약간의 은혜가 내포되어 있었다. 친구나 학생이 죽을 때마다 내가 만약 그들의 죽는 날자와 지점, 죽는 방법을 모른다면 이보다 더 슬프고 불안한 일이 없으리라 생각한다. 이로써 미루어 짐작해보면 암실에서 하수인들의 손에 죽는 것은 많은 사람들 앞에서 죽기보나 두말할 것 없이 더 쓸쓸할 것이다.

하지만 "성공한 제왕"은 사람을 몰래 죽이지 않는다. 다만 감추는 일이 하나 있으니 그것은 처첩들과 하는 짓거리일 뿐이다. 실패하면 또 한 가지 비밀이 더 생기는데 재산의 품목과 그것을 감춘 곳이다. 여기에 또 하나 더해야 세 가지가 되니 비밀리에 사람을 죽인 일이다. 이쯤 되면 수당선생의 말처럼 민중은 저마다 좋아하고 싫어하는 것이 다르기에 성공한 제왕이라고 하든, 실패한 제왕이라고 하든 무서울 게 없다고 생각한다.

때문에 세 번째 비밀수단은 비록 책사가 내놓은 것이 아니라 해도 언제든 채용할 수밖에 없으니 지금 채용하고 있는 곳이 있을지도 모른다. 비밀리에 죽이면 거리가 문명해지고 민중은 조용하겠지만 우리가 죽는 사람의 마음을 헤아려본 결과로는 공개적으로 죽는 것보다 틀림없이 더 비참하다. 나는 옛날에 단테의 《신곡》에서 《지옥편》을 읽으면서 작가의 상상이 이처럼 잔혹한 것을 보고 놀랐다. 하지만 지금 많은 일을 보고 겪고 나서야 비로소 단테가 인자하다는 것을 알 수 있었다. 단테는 오늘날에는 아주 흔히 볼 수 있는 잔혹함과 누구도 보지 못한 지옥을 상상해내지 못했다.

3. 어떤 동화

2월 17일의 《DZZ》|6|에서 하이네(H. Hei-ne)|7| 사후 80년을 기념하여 쓴 브레델(Willi Bredel)|8|의 《어떤 동화》를 보고 그 제목이 마음에 들어 나도 한편을 쓴다.

어떤 동화. 1

한 시기 이런 나라가 있었다.

권력자가 민중을 억압하고는 있지만 오히려 늘 민중이 강한 적처럼 느껴졌다. 외국문자는 기관총 같았고 목판화는 탱크로 보였다. 땅은 죄다 내 것이지만 규정된 정거장에서 내릴 수 없었다. 땅 위로도 나다닐 수 없어서 하늘을 날아다니는 수밖에 없었다. 그리고 피부의 저항력도 약해져서 무슨 중요한 일이 생기기만 하면 감기에 걸렸고 또 대신들에게까지 옮아서 함께 앓아야 했다.

출판된 두툼한 사전이 한 부만 아니지만 모두 실용적이 못돼서 실정을 제대로 알려면 반드시 아직 인쇄되지 않는 사전을 찾아야 했다. 그런데 그 사전에는 신기한 해석이 많았다. 이를테면 "해방"은 "총살"이라고 해석했고 "톨스토이주의"는 "도망가다"로 해석되었으며 "관리"라는 단어 아래에는 "큰 관리의 친척이나 친구, 노비"라는 해석이 달려 있었고 "성(城)"이라는 단어 아래에는 "학생의 출입을 막기 위한 높고 튼튼한 벽돌 담장"이라고 해석되어 있었다. "도덕"이라는 단어는 "여자들이 팔을 내놓지 못하게 하는 것"이라고 썼고 "혁명"이라는 단어는 "밭에 큰물을 대고 비행기로 폭탄을 날라 '비적' 머리 위에 던지는 것"이라고 해석하였다.

출판된 큰 법령집은 학자들을 각국에 파견하여 현행 법률을 취재한 뒤

|6| 독일어 DeutscheZentralZeitung(독일 중앙신문)의 약자로서 당시 소련에서 간행한 독일문 신문이다.

|7| 하이네(1797~1856년), 독일 시인이며 정론가이다. 작품으로 《독일-겨울동화》가 있다.

|8| 브레델(1901~1964년), 독일 작가이다. 작품으로 장편소설 《시련》 3부작과 《친척과 친구들》 등이 있다.

알맹이만 뽑아 엮은 만큼 이처럼 완벽하고 정밀한 법은 어느 나라에도 없었다. 하지만 첫 페이지는 백지였는데 아직 인쇄되지 않은 사전을 본 사람만이 백지에 적힌 글을 읽을 수 있었다. 거기에는 세 가지 조목이 있었으니 "첫째, 관대히 처분하거나 둘째, 엄중히 처분하거나 셋째, 가끔 전혀 적용하지 않을 수 있다."고 씌어 있었다.

물론 법원도 있었다. 하지만 백지에 씌어 있는 글을 읽은 사람이라면 결코 항변하지 않는다. 항변했다가는 "엄중하게 처분한다."는 것을 알기 때문이었다. 물론 고등법원도 있었다. 하지만 백지의 글을 읽은 사람이라면 절대 상소하지 않는다. 상소했다가는 "엄중하게 처분한다."는 것을 알기 때문이다.

어느 날 아침, 수많은 군인과 경찰들이 한 미술학교[9]를 둘러쌌다. 학교 안에서는 마고자 또는 양복차림을 한 사람들이 뛰고 뒤지며 뭘 찾고 있었다. 그 뒤를 따르는 사람도 경찰들이었는데 모두 권총을 들고 있었다. 이윽고 한 양복 입은 친구가 기숙사에서 열여덟 살 되는 학생의 어깨를 잡았다.

"정부에서 여기 와서 검사하라고 우리를 보냈으니 협조해주시죠……"

"검사하세요."

그 청년은 침대 밑에서 자기의 버드나무가지로 엮은 트렁크를 꺼냈다.

이곳 청년들은 여러 해 많이 경험했기에 꽤나 총명해져 별로 갖고 있는 것이 없었다. 그러나 아직 열여덟 살 밖에 안 되는 학생이라 마침내 서랍에서 편지 몇 통을 수색해냈다. 편지에 적혀 있는 것처럼 어머니가 어려운 생활을 하며 고생만 하다 돌아갔기 때문에 차마 편지를 태우지 못했던 것이다. 양복을 입은 친구는 편지를 한 글자 한 글자 자세히 뜯어 읽어 내려갔다. 그러다가

|9| 항주 국립예술전문학교를 가리킨다. 아래 "열여덟 살의 학생"은 조백(曹白)을 말한다.

"……세상은 사람이 사람을 잡아먹는 연회석이다. 당신의 어머니가 잡아 먹혔지만 천하의 수많은 어머니들도 잡아먹힐 것이다.……"

라는 대목에 이르자 미간을 찡그리며 연필을 꺼내 그곳에 줄을 그었다. 그리고는 물었다.

"이게 무슨 말이지?"

"……"

"누가 네 엄마를 잡아먹었다는 거야? 사람이 사람을 잡아먹는 세상? 우리가 네 엄마를 잡아먹었다 이거지? 좋아!" 그는 눈을 부릅떴다. 마치 눈알을 총알처럼 쏘기라고 할 것 같았다.

"아니요! ……거야……그런 게 아니라……"

청년은 허둥댔다.

그러나 양복차림 친구의 눈알은 총알이 되어 날아오지 않고 그저 편지만 접어 주머니에 넣었다. 그리고는 학생의 목판화와 조각칼, 그리고 탁본과 《강철은 어떻게 단련되었는가》, 《고요한 돈》|10|, 신문 스크랩들을 모아놓고 다른 경찰에게 말하였다.

"이걸 자네한테 맡기네."

"여기에 뭐가 있겠다고 갖고 가시게요?"

하지만 양복차람은 힐끔 쳐다보고는 다른 경찰을 불러 명령하였다.

"이걸 자네가 맡아."

경찰은 덥석 호랑이처럼 청년의 덜미를 잡고 숙사 밖으로 끌어냈다. 밖에도 같은 또래의 학생 둘이 역시 우악한 사내의 큼직한 손에 덜미를 잡혀 있었다.

주변에는 교원들과 학생들이 빙 에워싸고 있었다.

1936년

|10| 소련 작가 숄로호프의 장편소설로서 당시 하비(賀非)의 번역으로 된 중역본을 상해 신주국광사에서 출판하였다.

4. 또 하나의 동화.

그날 아침으로부터 스무하루 지나 유치장에서 심문이 시작되었다.

음침한 작은 방에 두 나리가 동쪽과 서쪽에 나누어 앉아 있었다. 동쪽 사내는 마고자를 입었고 서쪽은 양복차림이었다. 그들은 세상에 사람이 사람을 잡아먹는 일이 있다는 걸 믿지 않는 낙천주의자로서 문초를 하기 위해서였다. 순경이 호통을 치며 열여덟 살 내기 학생을 방으로 끌고 들어왔다. 학생은 얼굴이 해쓱해서 더럽혀진 옷을 입은 채 아래쪽에 섰다. 마고자 차림이 성명과 나이, 본적을 묻고 나서 말을 이었다.

"너 판화연구회|11| 회원이지?"

"맞습니다."

"회장은 누구야?"

"CH가 회장이고 H가 부회장입니다."

"그들은 지금 어데 있나?"

"모두 제적을 당해 어디 있는지 모릅니다."

"너 왜 휴교를 선동했어, 학교에서 말이야?"

"어!……"

청년은 깜짝 놀라 소리쳤다.

"흥!……"

마고자가 판화로 된 초상화 한 장을 내밀며 물었다.

"이걸 네가 팠겠지?"

"예."

"누구냐?"

"문학가입니다."

"이름은?"

|11| 1933년 봄 항주에서 성립되었고 발기인은 항주 예술전문학교의 학생이었던 조백(曺白), 학력군(郝力群) 등이었다.

"루나찰스키라고 부릅니다."

"문학가라고? 어느 나라 사람인데?"

"전 모릅니다."

청년은 살고 싶은 마음에 거짓말을 했다.

"모른다? 누굴 속이려고 그래! 러시아 사람이잖아? 러시아 홍군 장교 인줄 내가 모를 것 같아? 러시아 혁명사라는 책에서 사진을 본 적 있단 말이야! 그래도 잡아뗄 거야!"

"아니에요."

청년은 망치에 얻어맞기라도 한 듯 절망에 찬 소리를 질렀다.

"틀림없어. 너는 프롤레타리아 예술가니까 당연히 홍군 장교를 파겠지."

"그렇지 않아요……절대 아니에요……"

"변명은 그만 둬, 언제 봐도 깨닫지 못하는 자식! 구치소 생활이 힘든 줄 내가 잘 알아. 하지만 솔직히 실토해야 하루빨리 재판이라도 받게 해 줄 수 있지 않겠어? 여기보다 교도소가 훨씬 나아."

청년은 입을 다물었다. 실토를 하나 마나 결과는 마찬가지임을 너무도 잘 알고 있었다.

"말해봐."

마고자가 또 싸늘하게 웃으며 물었다.

"너는 CP야, 아니면 CY|12|야?"

"어디도 아닙니다. 전 그게 뭔지 모릅니다."

"홍군 장교를 조각하는 놈이 CP와 CY도 몰라? 어린놈이 제법 교활하고 고집불통이네. 끌어가!"

마고자가 손을 휙 젓자 약삭빠른 순경 하나가 익숙한 솜씨로 그 청년을 데리고 나갔다.

|12| CP는 영어Communist Party의 약자로서 공산당이라는 뜻이고 CY는 영어Communist Youth의 약자로서 공산주의 청년단을 말한다.

미안하지만 여기까지 쓰고 나니 어딘가 동화 같지 않다. 하지만 동화라고 하지 않으면 대순가? 특별하다면 내가 말하는 일이 발생한 연대는 1932년일 뿐이다.

5. 진실한 편지

경애하는 선생님,

선생님께서 제가 유치장을 나온 이후 상황을 물으셔서 아래에 대략 적어올립니다.

그해 마지막 달의 마지막 날, 우리들 세 사람은 ××성[13] 정부의 고등재판소에 압송되었습니다. 그리고 도착하자마자 심문을 받았습니다. 검찰관의 심문은 어찌나 유별난지 세 마디만 묻더군요.

첫 물음은 "이름이 뭐야?"였고

둘째 물음은 "올해 몇 살인가?"이고

셋째 물음은 "출생지는?"이었습니다.

이처럼 특이한 심문이 끝나자 우리는 법원에서 다시 군인감옥으로 압송되었습니다. 지배자의 지배예술의 전반을 보고자 하는 사람이 있다면 군인감옥으로 가보면 됩니다. 거기에서는 이단자 학살과 민중 도살을 잔혹하게 해야 시원해합니다. 시국이 긴장할 때마다 이른바 중대 정치범들을 끌어내다 총살하지요. 형기고 뭐고 없습니다. 이를테면 남창이 위태로워졌을 때[14]는 한 시간도 채 되지 않아서 스물두 명을 살해했습니다. 복건인민정부가 성립되었을 때도 많이 총살했습니다. 사형장은 감옥 안에 있는 다섯 무 정도의 채마밭입니다. 채마밭에 묻힌 죄수의 시체는 비료가 되고 그 위에 채소를 심는 셈입니다.

약 두 달 보름이 지나서 기소장이 도착하였습니다. 법관이 우리에게 세

|13| 절강성을 말한다.

|14| 1933년 4월 초 국민당이 제4차 포위토벌에 실패한 후 홍군이 남창 가까이 쳐들어왔을 때를 가리킨다.

마디만 물었는데 그걸로 어찌 기소장을 작성할 수 있을까 싶었는데 작성할 수 있나 봅니다. 비록 원문은 제게 없지만 저는 암기할 수 있지요. 다만 법률 조목은 잊어버렸습니다.

"…Ch…H…가 조직한 목판 연구회는 공산당의 지도 아래 프롤레타리아 예술을 연구하는 단체이다. 피고들은 모두 그 연구회의 회원이며…… 그들이 조각한 것은 모두 홍군 장교와 굶주림에 허덕이는 노동자로서 이로써 계급투쟁을 선동하고 무산계급이 독재를 펴는 날이 반드시 올 것임을 표현하고 있으며……"

그 뒤 이내 재판이 열렸습니다. 법정에는 나리 다섯이 일렬로 앉았는데 몹시 위엄이 있었습니다. 하지만 저는 별로 당황하지 않았습니다. 왜냐하면 그때 머릿속에 그림 한 폭이 떠올랐기 때문입니다. 그 그림은 도미에(Henri Daumier)의 《재판관》이었는데 그야말로 감탄스러웠습니다.

재판이 열린지 8일 만에 최종 재판이 열리고 판결이 나왔습니다. 판결문에 열거한 죄래야 기소장에 있는 그 몇 마디였고 마지막 단락에 아래와 같이 적혀 있었습니다.

> "심의 결과 민국 긴급 치죄법 제×조, 형법 제×백×십×조 제×항에 근거하여 피고들을 각기 유기도형 5년에 언도한다.…… 하지만 피고들이 나이가 어리어 길을 잘못 들어선 것이기에 불쌍한 점이 없지 않아서 특별히 ××법 제×천×백×십×조 제×항의 규정에 근거하여 유기도형 2년 6개월로 감형한다. 판결서 송달 후 10일 이내에 불복이면 상소할 수 있다.……"

내가 "상소"할 필요가 있겠습니까? 얼마든지 "승복"하지요. 어차피 그들의 법률이니까요.

요컨대 저는 체포되어서부터 석방될 때까지 인민을 학살하는 도살장 세 군데를 겪었습니다. 저는 지금 그들이 제 목을 치지 않아서 감격하고 있지만 별로 아는 것이 없는 저에게 수많은 것을 알게 해줘서 더 감격스럽습니다. 형벌 하나만 보아도 지금 중국이 얼마나 다양한지를 알게 되었습니다. 등나무로 후려치거나 다리를 묶고 그 밑에 벽돌을 받치는 두 가지는 가벼운 것이지요. 세 번째로 장대 밟기라는 취조가 있는데 죄인을 꿇어앉히고 그의 무릎안쪽에 쇠장대를 끼운 다음 장대 양 끝에 덩치 큰 사내가 올라섭니다. 처음에는 두 사람이 올라서다가 점차 여덟 사람까지 올라섭니다. 네 번째는 달군 사슬 위에 꿇어앉히기인데 빨갛게 달군 쇠사슬을 바닥에 놓고 그 위에 죄인을 꿇어앉게 합니다. 그리고 다섯 번째는 "부어넣기"가 있는데 콧구멍으로 고춧물, 석유, 초, 소주를 부어 넣지요. 여섯 번째는 죄인의 손을 뒤로 묶고 별도로 가는 삼끈으로 두 엄지손가락을 묶어서 높이 매달아놓고 때리는 것이 있는데 뭐라 부르던지 기억이 나지 않습니다.

가장 처참한 것은 같은 유치장에서 갇혔던 젊은 농민이었습니다. 나리들은 억지로 그를 홍군의 군단장이라고 했지만 그는 죽어라 승인하지 않았습니다. 그러자 아, 마침내 형벌이 시작되었습니다. 놈들은 그의 손가락 끝의 손톱과 살 사이에 바늘을 박기 시작했습니다. 하나를 박자 승인하지 않았고 둘을 박아도 승인하지 않았습니다. 이렇게 세 개를 박고…… 네 개를 박고…… 마침내 열 손가락에 모두 박았습니다. 지금도 그 청년의 해쓱한 얼굴과 쑥 꺼진 눈, 피투성이로 된 두 손이 눈앞에 삼삼합니다. 잊으려고 해도 잊을 수도 없고 고통스럽기 짝이 없습니다.……"

그런데 제가 체포된 이유에 대해서 저는 나온 뒤에 비로소 알아냈습니다. 화근은 우리 학생들이 학교에 불만이 있었고 특히 훈육주임에게 불만이 많았기 때문인데 그 훈육주임이 사실은 성당부의 정치정보원이었습니다. 학생 전체의 불만을 진압시키기 위해 겨우 세 명 남아 있던 목판연구회 회원을 붙잡아 위엄을 보여주는 희생양으로 삼았던 것입니다. 그리고 억지로 루나찰스키를 홍군 장교라고 우기던 마고자 나리는 그의 자형이었습니다. 얼마나 쉽겠습니까!

　대충 적고 고개를 들고 창밖에 떠오른 처량한 달빛을 보니 마음도 차츰 차가워집니다. 하지만 저는 제가 나약하지는 않다고 생각합니다. 그런데도 마음은 왜 차가워지는지⋯⋯

　선생님의 건강을 빕니다.

4월 4일 자정 인범(人凡)|15|

　부기 -《어느 동화》의 후반부부터 마지막까지는 모두 인범(人凡) 군의 편지와《감옥살이 기록(坐牢略記)》에 근거하였다. 4월 7일.

　(이 글은 1936년 5월 상해《꾀꼬리》월간 제1권 제3호에 발표되었음.)

|15| 인범(人凡)이란 조백(曹白)을 말한다. 원명은 유평약(劉平若)으로서 1933년 항주 국립예술전문학교를 졸업하였다. 후에 체포되어 감옥에 갇혔다가 1935년에 출옥하여 소학교에서 아이들을 가르쳤다.

죽음

케테 콜비츠(Kaeth Kollwitz)|1|가 창작한 판화선집을 간행할 때 스메들리(A.Smedley)|2| 여사에게 서문을 부탁했었다. 이 두 여사는 워낙 서로 알고 있는 사이라 나는 스메들리가 쓰는 것이 제격이라고 생각하였다. 얼마 후 완성된 서문을 보내왔고 이번에는 모순 선생에게 떠맡기다시피 번역을 부탁하여 선집에 실었다. 그 가운데 다음과 같은 구절이 있다.

오랜 세월을 살아오면서 케테 콜비츠는 - 그는 자신이 받은 직함과 칭호|3|를 한 번도 사용한 일이 없다 - 연필 또는 펜으로 그린 각종 스케치, 목판화, 동판화를 망라한 수많은 그림을 창작하였다. 이 그림들을 연구해보면 두 가지 큰 주제가 그를 지배하고 있음을 알 수 있다. 젊었을 때는 반항이 그의 주제였고 만년에는 모성애, 모성의 보장, 구제 및 죽음이 그의 주제였다. 그리고 작품 전체

|1| 케테 콜비츠(1867~1945년)는 독일의 표현주의 판화가, 조각가로서 20세기 독일의 가장 중요한 화가의 한 사람이다. 주요 작품으로는 《방직공의 반항》, 《봉기》, 《죽음의 신과 부녀》, 《전쟁》 등이 있다.
|2| 스메들레(1890~1950년) 미국 여 작가이며 기자이다. 1928년에 중국에 왔고 1929년 말부터 루쉰과 교제하기 시작하였다.
|3| 1918년 독일의 11월 혁명으로 공화국이 성립된 후 독일정부의 문화부와 교육부에서는 케테 콜비츠에게 교수 칭호를 수여하였고 프러시아예술학원에서는 그를 원사로 초빙하면서 "예술대사"라는 칭호를 수여하였고 종신연금을 받을 권리를 주었다.

를 관통하고 있는 주제는 수난과 비극, 그리고 피압박자를 보호하려는 깊은 정열을 담고 있는 의식이다.

언젠가 내가 그에게 물어보았다.

"전에 당신은 반항을 주제로 하고 있었는데 이제는 어쩐지 죽음이라는 관념을 버리지 못하는 것 같군요. 그 이유는 무엇입니까?"

그러자 그는 깊은 괴로움에 싸인 어조로 대답했다.

"내가 하루하루 늙어가고 있기 때문인가 보군요.……"

그때 나는 여기까지 읽고 나서 생각을 좀 해보았다. 헤아려 보면 그녀가 "죽음"을 소재로 할 때가 1910년경인데, 그때 그녀의 나이는 마흔 세 넷이었다. 내가 금년에 이렇게 "생각을 좀 해본" 것은 물론 나이와 관계된다. 10여 년 전에는 죽음에 대해 이처럼 심각하게 생각하지는 않았다. 아마 우리가 자신의 생사를 남들이 마음대로 처치하도록 내맡겨버리고 별로 중하게 생각하고 있지 않았기 때문에 나도 유럽 사람들처럼 진지하지 않고 대수롭지 않게 보고 있었던 것 같다. 어떤 외국인들은 중국 사람들이 죽음을 가장 두려워한다고 말한다. 그러나 이 말은 옳지 않다고 생각한다. - 물론 왜 죽는지도 모르고 죽어버리는 경우도 있다.

사람들이 믿고 있는 죽은 뒤의 상황이 죽음에 대해 더 무책임하게 만드는 것 같다. 우리 중국 사람들이 귀신(요즘에는 "혼령"이라고 한다.)의 존재를 믿는다는 것은 다 알고 있는 사실이다. 귀신이 존재하는 이상, 죽은 뒤에 비록 사람은 아니지만 귀신으로는 될 것이며 아무 것도 없지는 않을 것이다. 그러나 귀신으로 얼마나 오래 살 수 있느냐에 대해서는 그 사람이 생전에 가난했느냐와 부유했느냐에 따라 다르리라고 상상하고 있다. 가난한 사람은 대체로 죽어서 윤회하러 가는 것이라고 생각하는데 이것은 불교의 영향 때문이다. 불교에서 말하는 윤회는 절차가 까다로워서 이처럼 간단하지 않지만 공부를 못해본 가난한 사람들로서는 알 수 없는 일이다.

이것이 바로 사형수가 형장으로 끌려갈 때 "20년 후에는 다시 사내로 태어나리라."고 외치면서 전혀 두려운 기색을 보이지 않는 원인이다. 게다가 귀신이 입는 옷은 임종 때와 다르지 않기에 좋은 옷이 없는 가난한 사람은 귀신이 돼도 체면이 서지 않기에 차라리 알몸의 아기로 다시 태어나는 편이 훨씬 낫다고 생각한다. 우리가 언제 어머니 배안에서 거지 옷이나 수영복을 입고 태어나는 아기를 본 적이 있었던가? 본 적이 없다. 그렇다면 새로 태어나 보는 것이다. 하지만 이렇게 묻는 사람이 있을 지도 모른다. 윤회를 믿는다면 내세에 더 가난한 처지에 빠지거나 짐승으로 태어난다면 얼마나 무서운 일인가. 그러나 그들은 그렇게 생각하지 않을 것이다. 그들은 짐승으로 다시 태어날만한 죄를 짓지도 않았고 짐승으로 떨어질 수 있는 권세나 금전이 있어본 적이 없었다고 믿고 있다.

하지만 지위와 권세, 금전이 있는 사람도 짐승으로 환생하리라고는 생각하지 않는다. 그들은 거사로 변하여 부처가 될 준비를 하는 한편 경 읽고 복고를 주장하는 성현이 되려고도 한다. 그들은 살아 있을 때에 남을 초월했던 것처럼 죽은 뒤에도 초월된 윤회가 있기를 바란다. 그밖에 돈푼을 많이 갖고 있지 않은 사람들은 윤회를 해야겠다는 생각을 갖고 있지도 않지만 또 다른 큰 뜻을 품고 있는 것도 아니고 편안히 귀신이 되기만 준비하고 있다. 하기에 쉰 살 좌우가 된 사람들은 자신의 묘 자리를 봐두고 관 재료를 준비해놓고는 종이돈을 태운다. 먼저 저승에 저금을 해두었다가 자손을 낳으면 해마다 음식을 해 먹기 위해서이다. 이것은 정말 이승에서 살기보다 더 복을 누리는 일이다. 만약 내가 지금 이미 귀신이 되었고 이승에 훌륭한 자손이 있다면 따로 원고를 팔거나 북신서국에 가서 계산을 할 필요가 없다. 편안히 녹나무나 음침목(陰沈木-지층의 변동으로 오랫동안 땅에 묻혔던 나무-역주)으로 만든 관 속에 누워 해마다 명절이 되면 풍성한 음식과 돈이 생길 터이니 이 얼마나 기쁜 일인가!

대체적으로 말하면 저승의 법도와는 관계가 없는 부유층을 제외하고는 가난한 사람이라면 대부분 다시 태어나는 것이 낫고 중류층 사람들은 귀신으로 오래 있는 편이 낫다. 중류층 사람들이 기꺼이 귀신으로 되고 싶어 하는 것은 귀신의 생활(이 단어에 맞지는 않지만 적당한 단어가 생각나지 않는다.)이 바로 그들이 아직 싫증을 느끼지 못하고 있는 인간 생활의 연장이기 때문이다. 저승에도 물론 주재자가 있을 테고 굉장히 엄격하고 공평하겠지만 자신만은 융통성 있게 대해줄 것이고 인간세상의 좋은 관리와 마찬가지로 예물도 좀 받을 것이라고 생각한다.

어떤 사람들은 이에 마음을 쓰지 않고 임종에도 별로 생각지 않는다. 나도 줄곧 이처럼 무심한 무리 가운데 한 사람이었다. 30년 전에 의학을 배울 때는 영혼이 있는지 없는지를 연구해보았지만 결국 알 수 없었고 또 죽음이 고통인지 고통이 아닌지도 연구했지만 결과는 한결같지 않았다. 나중에는 더 연구를 하지 않다가 잊어버리고 말았다. 10년 가까이 가끔 친구의 죽음을 두고 글을 좀 쓰면서도 자신에 대해서는 생각하지 않은 것 같다. 요즘 2년 사이 각별히 병에 많이 걸렸고 앓는 시간도 길어지다 보니 그제야 자신의 나이를 생각하게 되었다. 물론 일부 작가들이 호의 또는 악의에서 끊임없이 보내는 지적을 위해서이기도 하다.

지난해부터 병을 앓고 난 뒤 등의자에 누워 요양할 때마다 체력이 회복되고 나면 반드시 해야 할 일들을 생각하곤 했다. 어떤 글을 쓰고 어떤 책을 번역하고 또 어떤 책을 간행할까 하는 일들이다. 이렇게 생각이 정해지면 "이렇게 하는 거야. 하지만 다그쳐야지."라고 말하곤 한다. 이처럼 "다그쳐야지." 하는 생각은 전에는 없었던 일이다. 저도 모르는 사이에 나이를 생각하게 된 것이다. 그러면서도 직접 "죽음"을 생각한 일은 없었다.

올해 큰 병을 치르면서 죽음에 대한 예감이 뚜렷해졌다. 처음에는 여느 때 병이 났을 때와 마찬가지로 일본인 S의사한테 치료를 맡겨버렸다. 그는 폐병 전문의는 아니지만 나이가 많고 경험도 풍부했으며 의학을 공부한 시기를 따지자면 나의 선배이고 게다가 친근한 사이로 말을 잘해주었다. 환자와 아무리 잘 아는 사이라 해도 의사는 환자의 병에 대해 말을 아끼는 법이다. 그럼에도 불구하고 그는 나에게 적어도 두세 번은 경고를 주었다. 하지만 나는 대수롭지 않게 생각했고 남에게 말하지도 않았다. 아마 병이 너무 오래가다보니 증상이 험악해졌겠지 하고 생각하였다. 친구 몇 사람은 몰래 상의하고 미국의 D의사를 모셔다 진찰을 받게 하였다. 그는 상해에서는 유일한 외국인 폐병전문의였다. 타진을 하고 청진을 해본 뒤 그는 질병에 대한 저항력이 가장 강한 중국인이라고 나를 칭찬했지만 역시 머지않아 죽을 것이라고 선포했다. 그리고는 만일 서양인 같으면 5년 전에 죽었을 것이라고 하였다. 이 판결에 다감한 친구들은 눈물을 흘렸다. 나도 그에게 처방을 요구하지 않았다. 왜냐하면 서양에서 의학을 배운 그로서는 5년 전에 죽었을 환자를 구할 수 있는 처방을 떼는 방법은 배우지 못했으리라고 생각했기 때문이다. 하지만 D의사의 진단은 그야말로 정확하였다. 나중에 엑스레이 사진을 찍어보니 흉부 상황은 그의 진단과 거의 같았다.

그의 선고를 나는 별로 마음에 두지 않았다. 하지만 영향은 어느 정도 받았다. 밤낮 누워 있어야 했고 말할 힘도, 책을 볼 힘도 없었다. 신문조차 들기 힘들었다. "마음이 전혀 흔들리지 않을" 정도의 수양을 쌓지 못한 나로서는 생각을 하지 않을 수 없었고 "죽음"에까지 생각이 미쳤다. 하지만 "20년 뒤에는 다시 사내로 태어난다."거나 녹나무로 짠 관에 오래 누워있는 생각을 한 것이 아니라 임종 전에 해야 할 여러 가지 일들이었다. 나는 이때에야 비로소 나라는 사람은 결국 귀신을 믿지 않는다는 것을 확신했다. 나는 유언장을 써야겠다는 생각을 하였다. 내가 만일 고관대작이거나 백만장자였다면 아들이나 사위, 그리고 다른 사람들이 벌써 유서를 써놓으라고 졸랐을 것이다. 하지만 지금은 누구도 유언 얘기를 꺼내지 않았다. 그러나 나로서는 어쨌든 한 장 남기고 싶었다. 그때는 이미 좀 생각해놓았던 것 같았는데 모두 가족에게 남기는 것이었다. 그 가운데는 아래와 같은 내용이 있었다.

첫째, 장례를 치르면서 그 누구에게나 돈 한 푼 받아서는 안 된다.- 하지만 옛 친구는 예외이다.

둘째, 서둘러 수렴하여 묻고 끝내주기 바란다.

셋째, 그 어떤 형식으로든 기념행사를 하지 말라.

넷째, 나를 잊고 자신의 생활에 전념하라.- 그렇지 않다면 정말 바보일 것이다.

다섯째, 아이가 자라서 재능이 없으면 자그마한 일을 하면서 살아가길 바란다. 절대 허울뿐인 문학가나 미술가가 되지 말라.

여섯째, 남이 준다고 약속한 일과 물건에 대해 너무 기대를 가지지 말라.

일곱째, 남에게 해를 주면서 보복을 반대하고 관용을 주장하는 사람을 절대 가까이하지 말라.

이밖에도 더 있었지만 이제는 잊어버렸다. 하지만 내가 열이 막 오를 때 떠올랐던 일이 지금도 기억된다. 그것은 유럽 사람들이 임종을 앞두고 흔히 남의 용서를 빌거나 남을 용서해주는 의식을 갖는 일이었다. 내게는 적이 꽤나 많다. 만일 신식 사람들이 나에게 당신은 어쩔 거냐고 묻는다면 뭐라 대답할지를 좀 생각해보고 나서 이렇게 결정하였다.

미워하고 싶으면 미워하라지. 나는 한 사람도 용서하지 않을 것이다.

하지만 이런 의식은 진행되지 않았고 유언도 쓰지 않았다. 말없이 누워 있노라니 가끔 더 절박한 생각이 떠오르는데 정말 이대로라면 죽는 것이 고통스럽지 않구나 하는 느낌이었다. 하지만 임종하는 그 시각에는 아마 이렇지 않을 것이다. 그렇지만 일생에 딱 한번만 당하는 일이니 견뎌낼 수 있겠지……. 그러다가 나중에는 차도를 보이다가 호전되었다. 지금 생각해보면 이런 것들이 아마 죽기 전의 상황은 아닐 것이다. 정말 죽는

다면 이런 생각조차도 떠오르지 않을지도 모른다. 그러나 도대체 어떨지
는 나도 모른다.

1936년 9월 5일

2 수필집

들풀(野草)

침묵하고 있을 때는 마음이 넘치지만 말을 하려고 하면 텅 빈 느낌이다.

가버린 생명은 이미 죽어버렸다. 나는 그 죽음을 너무나 기뻐한다. 그 죽음으로 하여 나는 그들이 이전에는 살아 있었다는 알 수 있기 때문이다. 죽은 생명은 벌써 부패해버렸다. 나는 이 부패를 너무나 기뻐한다. 그 부패로 하여 나는 그들이 아직 텅 비어 있지는 않다는 것을 알 수 있기 때문이다.

생명의 흙탕이 땅에 버려지면 나무는 자라지 않고 들풀만 자란다. 이것은 나의 죄이다.

들풀은 뿌리가 깊지 않고 꽃도 예쁘지 않다. 하지만 이슬을 맞고 물을 먹고 묵은 시체의 피와 살을 빨아 먹으면서 저마다 생존을 쟁취한다. 생존해 있을 때는 짓밟히고 잘리며 게다가 죽어서 썩기까지 한다.

하지만 나는 마음이 편하고 즐겁다. 나는 웃음을 터뜨리며 노래를 부를 것이다.

나는 나의 들풀을 사랑한다. 하지만 나는 이 들풀로 장식된 땅을 증오한다.

땅속의 불은 땅 밑을 운행하다가 터져 나온다. 용암이 일단 분출하면 들풀과 나무를 남김없이 태워버릴 것이다. 그러면 썩을 것도 없을 것이다.

하지만 나는 마음이 편하고 즐겁다. 나는 웃음을 터뜨리며 노래를 부를 것이다.

이처럼 조용한 천지에서 나는 웃음을 터뜨릴 수 없고 노래할 수 없다. 천지가 이처럼 조용하지 않아도 나는 하지 못할 것이다. 나는 이 들풀들로 밝음과 어둠, 삶과 죽음, 과거와 미래가 바뀔 즈음에 벗과 적에게 바칠 것이며 인간과 짐승, 사랑하는 자와 사랑하지 않는 자들에게 증명해보이리라.

나를 위하여, 벗과 적, 사람과 짐승, 사랑하는 자와 사랑하지 않는 자를 위하여 나는 이 들풀이 어서 죽어서 썩기를 바란다. 그렇지 않으면 내가 생존한 적도 없을 것이니 이것이야말로 죽어서 썩기보다도 더욱 불행한 일이다.

가라, 들풀이여, 나의 머리글과 함께!

1927년 4월 26일, 광주의 백운루에서 루쉰이 쓰노라.

가을밤

　뒤뜰에서 담 밖을 내다보면 나무 두 그루 있다. 하나는 대추나무이고 다른 나무 역시 대추나무이다.

　대추나무가 떠이고 있는 밤하늘은 이상하게 높다. 나는 살아오면서 아직 이처럼 이상하게 높은 하늘을 본 적이 없다. 마치 인간세상을 등지고 떠나고 싶어 더는 사람들에게 보이고 싶지 않으려는 듯싶다. 하지만 지금은 유달리 파랗고 수십 개의 별들이 차가운 눈을 깜빡이고 있다. 입귀로 흘리는 미소는 마치 깊은 뜻이라도 갖고 있는 듯이 나의 뜰 안에 있는 화초에 서리를 하얗게 뿌리고 있다.

　남들은 뭐라고 부르겠지만 나는 그 화초 이름들을 정말 모른다. 내 기억에는 그 가운데 굉장히 작은 분홍색 꽃이 있었는데 지금도 피고 있다. 하지만 꽃이 더욱 작아 보였다. 꽃은 싸늘한 밤공기 속에서 부들부들 떨면서 꿈을 꾸고 있다. 봄이 오는 꿈을 꾸고 있고 가을이 오는 꿈을 꾼다. 꿈에 여윈 시인이 자신의 눈물을 맨 끝에 있는 꽃잎에 문질러주면서 가을이 오고 겨울이 오지만 뒤에는 역시 봄이 따를 것이고 나비들이 훨훨 춤을 추고 꿀벌들이 붕붕 노래를 부를 것이라고 말한다. 그 말에 꽃은 방긋 웃는다. 너무 추워서 붉은 빛깔이 처량해 보이고 여전히 부들부들 떨고 있지만 웃는다.

　대추나무들은 잎사귀가 거의 다 떨어졌다. 전에는 그래도 치다 남은 대추를 따러 오는 조무래기 한둘이 오기도 했지만 지금은 하나도 남아 있지 않다. 잎사귀마저 다 떨어지고 없었다. 대추나무는 작은 분홍색 꽃의 꿈을 알고 있었다. 가을이 가면 봄이 오리라는 그 꿈을! 대추나무는 낙엽의 꿈도 알고 있었다. 봄이 간 뒤에는 또 가을이 오리라는 그 꿈을! 잎이 다 떨어진 대추나무는 줄기만 휑뎅그렁하니 남았다. 하지만 열매와 잎사귀에 눌려 구부정하던 몸을 죽 펴고 시원하게 뻗어 있다. 하지만 아직도 몸을 구부리고 있는 나뭇가지들이 있으니 대추를 따느라 후려치는 막대기에 껍질에 난 상처를 보호하기 위해서이다. 그런데 이상하게 높은 하늘을 말없이 찌르고 있는 가장 곧고 가장 긴, 쇠 같은 나뭇가지들이 있었다. 그 나뭇가지에 찔려 하늘은 눈을 슴뻑거렸고 둥근 달은 곤혹스러워 해쓱해 있었다.

눈을 슴뻑이는 하늘은 갈수록 깊어지면서 달만 남겨놓고 인간을 멀리하고 대추나무를 피하려는 듯이 불안해하는 듯싶었다. 그러나 달도 슬그머니 동녘으로 숨어버렸다. 그렇지만 앙상한 나뭇가지는 쇠처럼 여전히 말없이 이상하게 높은 하늘을 찌르고 있다. 하늘이 여러 가지 매혹적인 눈길을 보내든 말든 기어코 하늘을 죽이려는 것 같았다.

까악— 하는 소리와 함께 밤 까마귀가 지나갔다.

한밤중에 나는 갑자기 키득키득 웃음소리를 듣는다. 남의 잠을 깨우고 싶지 않은 것 같았다. 하지만 주변의 공기들은 모두 그 웃음소리에 맞장구친다. 한밤중이라 다른 사람은 아무도 없다. 나는 그 소리가 내 입에서 나온 것임을 금방 알 수 있었다. 나는 그 웃음소리에 쫓겨 나의 방으로 돌아왔다. 나는 등 심지를 높여놓았다.

뒤창문의 유리에서 탁탁 소리가 들려온다. 많은 작은 벌레들이 부딪치는 것이다. 얼마 후에는 몇 마리가 들어왔다. 째진 창호지 구멍으로 들어왔나 보다. 놈들이 들어오자 유리로 된 등갓에 부딪쳐 탁탁 소리가 났다. 한 마리는 위로 들어가 버렸다. 들어간 벌레는 불을 만났고 그 불은 진짜였다. 두세 마리는 종이로 된 등갓에 앉아 숨을 돌리고 있다. 그 등갓은 어제 밤에 금방 간 것이었고 새하얀 종이에는 구불구불 접힌 흔적이 보였다. 한쪽 귀에는 또 붉은 치자가 그려져 있었다.

붉은 치자가 꽃을 피우고 있을 때 대추나무는 또 작은 분홍색의 꿈을 꾸고 있었고 짙푸른 나뭇가지는 구부정하게 휘어졌다……. 나는 또 다시 야밤의 웃음소리를 듣는다. 나는 다급히 생각의 실마리를 끊어버리고 흰 종이 등갓에 앉은 작은 파랑벌레를 본다. 해바라기 씨처럼 머리가 크고 꼬리가 작은 벌레인데 밀알 절반밖에 되지 않고 온몸이 파아란 것이 귀엽고 불쌍했다.

나는 하품을 하고 나서 담배를 붙여 물었다. 나는 연기를 내뿜으면서 등불을 마주하고 이 파랗고 정교한 영웅들에게 경건한 마음으로 말없이 제를 올린다.

그림자의 고별

사람이 잠들어 아무 것도 모르면 그림자가 와서 고별하면서 말한다.−

내가 싫어하는 천당이라면 나는 가지 않을 거고 내가 싫어하는 지옥이라면 나는 가지 않을 것이야. 자네들이 꿈꾸는 미래의 황금세계가 내가 싫어하는 것이라면 나는 가지 않겠어.

하지만 자네가 바로 내가 싫어하는 사람이야.

친구, 자네를 따르고 싶지 않고 머물고 싶지 않네.

나는 싫어!

어이구, 나는 싫어서 무엇을 찾아 방황하기보다 못하이.

나는 그림자에 지나지 않고 자네를 떠나 어둠속에 묻히고 싶네. 하지만 어둠은 나를 삼켜버릴 것이고, 하지만 광명 또한 나를 사라지게 하겠지.

하지만 나는 어둠과 광명 사이를 방황하고 싶지 않네. 차라리 어둠속에 묻혀버리고 싶어.

하지만 나는 결국 어둠과 광명 사이를 방황하고 있고 황혼인지 여명인지를 알 수 없다네. 나는 그냥 검은 잿빛 나는 손에 술잔을 들고 마시는 척하고 있네. 어느 때인지 모를 때가 되면 나는 홀로 멀리 떠날 것이야.

어이구, 만약 황혼이라면 물론 어둠이 나를 묻어버릴 걸세. 그렇잖으면 내가 대낮에 사라져버릴 것이야. 만일 지금이 여명이라면 말이네.

친구, 때가 다 됐네.

나는 장차 어둠속에서 무엇을 찾아 방황할 거네.

자네가 아직도 나의 선물을 바라고 있구면. 내가 뭘 줄 수 있겠나? 없네. 어둠과 허무만 있을 뿐이지. 하지만 나는 어둠만 있기를 바라고 아니면 자네의 대낮 속에 사라지기를 바라네. 나는 허무이기를 바랄뿐이며 절대 자네의 마음을 차지하지 않을 것이네.

내 소원을 말하지. 친구―

홀로 멀리 떠나고 싶고 자네뿐 아니라 어둠속에 다른 그림자도 없기를 바라네. 나 홀로 어둠속에 매몰되면 그 세계가 몽땅 내 것이 될 거네.

― 1924년 9월 24일

이 작품은 1924년 12월 8일《어사》주간지 제4호에 실렸다. 1925년 3월 18일 루쉰은 허광평에게 보낸 편지에서 아래와 같이 말했다. "나의 작품은 너무 어둡소. 나는 항상 '실제로 존재'하는 것은 '암흑과 허무' 뿐이라고 생각하고 있고 오히려 이런 것에 대하여 절망적인 항전을 해보려 하기에 과격한 목소리가 많아지오. 사실 이것이 나이와 경력 때문인지는 모르겠고 반드시 정확한지도 모르겠소. 나로서는 실존하는 것이 어두움과 허무라는 것을 증명해낼 방법이 없기 때문이오."

걸인

　나는 퇴락한 높은 담벼락을 따라 걷고 있었다. 푸석푸석한 흙먼지를 밟으면서. 다른 몇 사람은 제 갈 길을 가고 있다. 가벼운 바람이 불면서 담벼락 어깨너머로 솟은 커다란 나무의 가지와 아직 마르지 않은 잎사귀들이 내 머리 위에서 설렌다.

　바람에 사방은 흙먼지로 뒤덮였다.

　웬 어린이가 나에게 구걸을 한다. 겹옷을 입었고 슬퍼 보이지도 않는 어린이다. 그런데도 길을 막고 머리를 조아리고 뒤따라오면서 통곡한다.

　나는 개의 목소리, 태도가 몹시 싫었다. 슬프지도 않으면서 슬픈 척 장난질 하는 개가 얄밉기만 하였다. 뒤따라오면서 통곡하는 개가 짜증이 났다.

　나는 그냥 길을 걸었다. 다른 몇 사람은 제 갈 길을 가고 있다. 바람에 사방은 흙먼지로 뒤덮였다.

　웬 어린이가 나에게 구걸한다. 겹옷도 입었고 슬퍼보이지도 않았다. 하지만 벙어리여서 손을 벌리고 손짓으로 말하는 것이었다.

　나는 개의 손짓이 얄밉다. 그리고 구걸하는 수단일 뿐 벙어리가 아닐 수 있다.

　나는 베풀지 않았고 베풀 마음도 없었다. 나는 베푸는 자를 넘어서서 싫증과 의심, 증오를 주었을 뿐이다.

나는 무너져가는 흙 담벼락을 따라 걸어가고 있었다. 끊어진 담벼락에는 쌓인 흙벽돌이 보이고 담벼락 안쪽에는 아무 것도 없었다. 산들바람이 불면서 나의 겹옷을 뚫고 가을 한기가 스며든다. 사방은 흙먼지로 뒤덮여 있다.

나는 장차 내가 무슨 방법으로 구걸하면 좋을지를 생각하고 있다. 말로 한다면 어떤 목소리로 하면 좋을까? 벙어리인 척한다면 어떤 손짓을 해야 할까?……

다른 몇 사람들은 제 갈 길을 가고 있다.

나에게는 장차 베풀어주는 사람이 없을 것이고 베풀고 싶은 마음이 생기는 사람도 없을 것이다. 장차 스스로 베푸는 자를 넘어섰다고 생각하는 자가 나에게 싫증과 의심, 증오를 줄 것이다.

장차 나는 할 일이 없을 것이며 말없이 구걸할 것이다.……

적어도 나는 허무를 얻을 수는 있을 것이다.

산들바람이 불면서 사방은 흙먼지로 뒤덮였다. 다른 몇 사람들은 제 갈 길을 가고 있다.

흙먼지, 흙먼지……

………………

흙먼지……

1924년 9월 24일

복수

　사람의 살갗은 두께가 반 푼이 되지 않을 것이다. 새빨간 뜨거운 피가 담벼락을 타고 기어오르는 자벌레보다 더 빽빽하게 혈관을 따라 살갗 안으로 흐르면서 뜨거운 열을 분산한다. 그리하여 사람은 이 뜨거운 열로 서로 현혹하고 선동하고 당기면서, 기를 쓰고 서로 붙안고 키스하고 포옹하면서 생명의 통쾌한 기쁨을 맛본다.

　만약 날카로운 칼로 슬쩍 찌르기만 해도 이 분홍빛 나는 얇은 살갗으로 새빨간 뜨거운 피가 쏜살같이 살육자한테 뿌려질 것이다. 그리고는 숨결을 싸늘하게 만들고 입술이 해쓱해지게 하고 인간성이 망연해지면서 생명이 고양되는 기쁨의 극치를 맛보게 하며 그들 자신은 생명이 고양되는 기쁨의 극치에 영원히 빠져버릴 것이다.

　이렇게 그들 둘은 알몸으로 날카로운 칼을 쥐고 광막한 들판에 마주 섰다.

　그들 둘은 이제 서로 포옹하거나 살육할 것이다.……

　길 가던 사람들이 사면팔방에서 모여들었다. 담벼락을 기어오르는 자벌레처럼, 물고기 머리를 이고 가는 개미들처럼 빽곡하게 모여들었다. 옷은 모두 반반하게 입고 있었지만 빈손들이었다. 하지만 사면팔방에서 모여들어 기를 쓰고 목을 빼들고 이 포옹 아니면 살육을 구경하려고 한다. 그들은 벌써 일이 벌어진 뒤에나 맛볼 수 있는 땀이나 피의 생신한 맛을

혀끝으로 느끼고 있었다.

하지만 그들 둘은 서로 마주 서있다. 쓸쓸한 허허벌판에 알몸으로 날카로운 칼을 들고. 하지만 포옹하지도, 살육하지도 않았고 포옹하거나 살육할 기미도 보이지 않았다.

그들은 이렇게 얼마 오래 서 있었는지 모른다. 풍만하고 윤택한 몸은 시들어 버렸지만 포옹하거나 살육할 기미는 전혀 보이지 않는다.

구경꾼들은 멋쩍어졌다. 무료함이 그들의 땀구멍으로 속속 스며드는 느낌이었고 그 무료함이 자신들의 마음속에서 땀구멍으로 나와 들판을 뒤덮고 다시 다른 사람들의 땀구멍으로 들어가는 듯싶었다. 이리하여 그들은 목구멍과 혀가 말라들고 목에도 기운이 빠지는 것 같았다. 나중에는 서로 쳐다보다가 슬슬 흩어졌고 심지어 너무도 멋쩍어 흥미를 잃어버렸다.

이리하여 광막한 허허벌판만 남았고 그들 둘은 그 한가운데에 알몸으로 날카로운 칼을 들고 멋쩍게 서 있었다. 그들은 죽은 사람의 눈빛으로 구경꾼들의 메마르고 피 없는 살육을 구경하였고 앙양된 생명이 맛볼 수 있는 기쁨의 극치에 영원히 빠졌다.

1924년 12월 20일

복수(2)

　스스로 이스라엘의 왕이라 생각하고 있었기에 그는 십자가에 못 박혔다.

　병사들은 그에게 자줏빛 두루마기를 입히고 가시 돋친 모자를 씌우고 그를 축하해주었다. 그리고 갈대로 그의 머리를 때리고 침을 뱉으며 무릎을 꿇고 그에게 절을 하였다. 이렇게 놀려주고 나서 그의 자줏빛 두루마기를 벗겨버리고 그냥 입던 옷을 입혔다.

　보라, 그들은 그의 머리를 때리고 침을 뱉고 그에게 절을 한다.……

　그는 몰약을 탄 술을 마시려 하지 않았다. 그는 이스라엘 사람들이 자신들의 신의 아들을 어떻게 취급하는지를 분명히 음미해보려 하였고 그들의 앞날을 오래도록 슬퍼하고 가엾어 하였다. 하지만 그들의 지금을 증오하고 있었다.

　사방천지는 적의뿐이었다. 슬프고 가엾고 저주스러웠다.

　탁탁, 소리가 울린다. 못 끝이 손바닥 가운데에 박히고 있었다. 그들은 자신들의 신의 아들을 못 박아 죽이려 하고 있었다. 불쌍한 인간들이여, 불쌍한 인간들로 하여 그의 아픔은 부드러워졌다. 탁탁, 소리가 울린다. 못 끝은 그의 발등에 박히면서 뼈를 부수었다. 아픔은 그의 마음속 깊이 찔렀다. 하지만 그들은 자신들의 신의 아들을 못 박아 죽이고 있었다. 저주로운 사람들이여, 저주로운 사람들로 하여 그는 아픔이 시원하였다.

십자가가 세워지고 그는 허공에 걸려 있었다.

그는 몰약을 탄 술을 마시지 않았다. 그는 이스라엘 사람들이 자신들의 신의 아들을 어떻게 취급하는지를 분명히 음미해보고 싶었고 그들의 앞 길을 오래도록 슬퍼하고 가엾어 하였다. 하지만 그들의 지금이 증오스러 웠다.

구경꾼들은 누구나 그에게 욕을 퍼부었다. 제사장과 문인들도 그를 조 롱하였고 함께 십자가에 못 박힌 두 강도마저 그를 비꼬았다.

보라, 그와 함께 못 박힌······사방천지는 모두 적의로 차있다. 슬프고 가엾고 저주로운 사람들이여.

손과 발이 아픈 가운데도 그는 이 가엾은 사람들이 신의 아들을 못 박 아 죽여야 하는 슬픔과 신의 아들을 못 박아 죽이려 하는 저주로운 사람 들을 음미하고 있었고 못 박혀 죽어야 하는 신의 아들의 즐거움을 음미하 고 있었다. 갑자기 뼈가 부스러지는 자지러진 아픔이 그의 마음을 찔렀 다. 더없는 즐거움과 더없는 슬픔이 그를 휩쌌다.

그의 배가 오르내린다. 슬픔과 저주의 아픔이 오르내리는 것이다.

대지는 캄캄해졌다.

"하느님이시여, 그대는 왜 저를 버리려 하십니까?!"

하느님은 그를 버렸다. 그는 결국 "사람의 아들"이었다. 하지만 이스라 엘 사람들은 "사람의 아들"마저 못 박아 죽였다.

"사람의 아들"을 못 박아 죽인 사람들의 몸은 "신의 아들"을 못 박아 죽 인 것보다 더 피칠갑이 되고 피비린내가 났다.

1924년 12월 20일

희망

나의 마음은 쓸쓸하기 그지없다.

하지만 마음은 아주 편안하다. 사랑도, 미움도 없고 슬픔도, 기쁨도 없다. 색깔과 소리마저도 없다.

아마 늙었나 보다. 머리가 희끗희끗해졌으니 분명 늙은 것이 아닌가? 손이 떨리고 있으니 분명한 일이 아닌가? 그렇다면 내 영혼의 손도 틀림없이 떨릴 것이고 머리도 희어졌을 것이다.

하지만 이것은 오래 전의 일이다.

그 전에는 나의 마음도 피 비린내 나는 노랫소리로 들끓었다. 그것은 피와 철, 불길과 독, 복구와 복수의 노래였다. 그런데 갑자기 이것들이 모두 사라졌다. 그렇지만 가끔은 일부러 어쩔 수 없이 희망을 채우며 자신을 속이기도 하였다. 희망, 희망, 이 희망이라는 방패로 밀려오는 허전한 어둠의 습격을 대항하였다. 비록 방패 뒤 역시 허전한 어둠이었지만. 하지만 이렇게 하더라도 나의 청춘은 끊임없이 닳아 떨어졌다.|1|

내 청춘이 벌써부터 사라져버린다는 것을 내 어찌 모르고 있으랴? 하

|1| 작자는 《남강북조집 · 〈자선집〉 스스로 쓰는 머리글(南腔北調集 · 〈自選集〉自序)》에서 아래와 같이 말했다. "신해혁명을 보았고 2차혁명을 보았으며 원세개가 황제 자리에 오르고 장훈이 복벽하는 것도 보았다. 보다보다 의심이 들지 않을 수 없었고 그래서 실망하고 몹시 쇠락해졌다. ……하지만 나는 또 나의 실망스러움을 의심하지 않을 수 없었다. 내가 보았던 사람들, 사건들은 한계가 있었기 때문이다. 이 생각으로 나는 글을 쓸 힘을 얻었다. 절망의 허무함은 곧바로 희망과 같았다."

지만 내 몸 밖의 청춘은 당연히 있을 줄로 알고 있었다. 별, 달빛, 죽어 떨어진 나비, 어둠속의 꽃, 올빼미의 불길한 말, 두견[2]의 애절한 울음, 막연한 웃음, 사랑의 춤……. 비록 슬프고 덧없는 청춘이지만 역시 청춘이었다.

그런데 지금은 왜 이다지 쓸쓸할까? 몸 밖에 있던 청춘마저도 사라지고 세상의 청년들도 대부분 늙어버렸단 말인가?

나는 나 홀로 이 허전한 어둠과 육박할 수밖에 없다. 나는 희망이란 방패를 놓고 페퇴피 샹돌(1823~1849년)[3]의 "희망"의 노래를 듣는다.

> 희망이란 무엇이더냐? 탕녀로다.
> 그녀는 아무에게나 웃음을 팔고 모든 것을 바친다.
> 그대가 고귀한 보물
> 그대의 청춘을 바쳤을 때 그녀는 그대를 버린다.

위대한 서정 시인이었던 이 헝가리의 애국자가 조국을 위하여 카자크[4] 병사의 창에 찔려 죽은 지 어느덧 75년이 된다. 슬픈 죽음이지만 더욱 슬픈 것은 그의 시가 지금도 죽지 않았다는 것이다.

하지만 비참한 삶이었다! 고집스럽고 용맹한 페퇴피도 결국 어둠 앞에서는 걸음을 멈추고 아득한 동쪽을 돌아보았다. 그는 말한다.

---

[2] 두견새의 울음을 말하는데 당나라 진장기(陳藏器)는 자기의 저작 《본초습유(本草拾遺)》에서 "두견새는 작기로 새매와 비슷하며 끊임없이 울어대다가 피가 나와서야 그친다."고 썼다.

[3] 페퇴피 샹돌은 헝가리 시인이며 혁명가이다. 1848년부터 1849년에 걸친 오스트리아의 침략에 항거하는 민족 혁명전쟁에 참가하였는데 전투에서 용감히 희생되었다. 주요한 작품으로는 《용감한 존》, 《민족의 노래》 등이 있다. 이 글에서 인용한 《희망》은 1845년에 지은 것이다.

[4] 카자크는 돌궐어로서 "자유로운 사람" 또는 "용감한 사람"이라는 뜻이다. 원래는 러시아에서 살던 농노와 도시 빈민이었는데 15세기 후반과 16세기 전반에 봉건압박을 견디지 못하고 러시아를 탈출하여 러시아 남부의 쿠반과 돈 강 일대에서 살았고 스스로 "카자크인"이라고 하였다. 이들은 싸움을 잘하였으며 차르시대에 군대에 가입한 사람이 많았다. 1849년 차르 러시아는 오스트리아를 지원하여 헝가리에 침입하여 혁명을 진압하였는데 러시아 군대에 카자크부대가 있었다.

절망의 허무함은 바로 희망과 마찬가지이다. |5|

만약 내가 아직도 밝지도, 어둡지도 않은 이 "허무함" 속에서 구차하게 살아야 한다면 여전히 그 사라져 가물가물해진 청춘을 찾을 것이다. 나의 몸 밖에서 찾아도 괜찮다. 그것은 내 몸 밖의 청춘이 소멸된다면 내 몸 속의 황혼도 시들고 말기 때문이다.

하지만 지금은 별도 없고 달빛도 없다. 죽어 떨어진 나비도 없고 막연한 웃음도, 사랑의 춤도 없다. 하지만 청년들은 몹시 편안하다.

나는 나 홀로 이 허전한 어둠과 육박할 수밖에 없다. 설사 몸 밖의 청춘을 찾지 못할지라도 스스로 내 몸에 있는 황혼을 던질 수 있다. 하지만 어둠은 또 어디에 있는가? 지금은 별이 없고 달빛도 없으며 막연한 웃음과 사랑의 춤도 없다. 청년들은 몹시 편안하다. 그런데 나의 앞에는 진실한 어둠마저도 없지 않은가.

절망의 허무함은 곧바로 희망과 마찬가지이다!

1925년 1월 1일

|5| "절망의 허무함은 바로 희망과 같다."는 페퇴피가 1847년 7월 17일 친구 케레니 프리제시에게 보낸 편지에 나오는 말로서 아래와 같다. "…… 이달 13일, 내가 바이레그사스에서 출발하였는데 그처럼 몹쓸 노마를 탈 줄이야. 내가 여행을 하면서 본적이 없었던 말이었지. 그 재수 없는 노마를 봤을 때 머리까지 주뼛하지 않겠나.…… 나는 절망으로 가득 찬 마음을 안고 차에 올랐네 …… 하지만 친구, 절망이 그처럼 사람을 속일 줄은 생각지 못했네. 바로 희망처럼 말이야. 그 여윈 말이 쏜살 같이 달리는데 귀리와 건초를 먹고 자란 귀족 나리의 멋진 말도 부러워할 지경이었네. 내가 자네들에게 하고 싶은 말은 겉만 보고 판단해서는 안 된다는 것이네. 그러다가는 진리를 얻을 수 없을 거야."

눈

　따뜻한 나라|1|의 비는 언제 차갑고 딱딱하고 눈부신 눈으로 변해본 적이 없다. 박식한 사람들은 눈을 단조롭다고 하는데 눈은 스스로도 불행하다고 생각할까? 강남의 눈은 촉촉하고 아름답기 그지없다. 눈은 은근한 청춘의 소식이고 건장한 처녀의 살갗이다. 눈 덮인 들판에 빨간빛 나는 보주산 차|2|와 흰빛 속에 은은한 푸른빛을 띤 홑잎 매화와 싯누런 경쇠입의 납매꽃|3|이 보인다. 눈 밑에는 또 차가운 푸른빛을 띤 잡초가 있다. 나비는 없는 듯싶다. 동백꽃과 매화의 꿀을 채집하러 꿀벌이 왔던지는 똑똑히 기억나지 않는다. 하지만 나는 하얀 눈이 뒤덮인 벌판에 피어난 겨울꽃으로 분주히 날아다니는 수많은 꿀벌들을 보는 듯싶고 웅웅 하는 소리를 듣는 듯싶었다.

　조무래기들은 얼어서 자아강(紫牙薑)|4|처럼 빨갛게 된 작은 손을 홀홀 불면서 일여덟이 함께 눈사람을 만들고 있다. 제대로 만들지 못하자 누군가의 아버지도 나와서 거들어준다. 위가 작고 아래가 크게 된 눈사람이

|1| "따뜻한 나라'란 중국 남방의 기후가 따뜻한 지역을 말한다.

|2| "보주산 차(寶珠山茶)"에 대해 《광군방보(廣群芳譜)》 41권에는 "보주산 차는 수많은 잎에 둘러싸여 몇 달을 두고 피는데 새빨갛고 가장 아름답다."고 쓰고 있다.

|3| "경구납매꽃(磬口臘梅花)"은 납매의 일종으로서 꽃잎이 둥글고 진한 노란빛에 속이 자줏빛을 띠고 향기가 짙다. 필 때 활짝 피는 것이 아니라 반쯤 피어 경쇠 아가리 같다고 해서 붙여진 이름이다.

|4| 생강으로서 뾰족한 끝이 자줏빛을 띠기에 지어진 이름이다.

조롱박 같기도 하고 눈사람 같기도 했지만 애들보다 훨씬 크게 만들어졌다. 하지만 하얗고 환한 눈사람은 촉촉하게 얼어붙어 전체가 눈부시게 번쩍거렸다. 조무래기들은 용안 열매를 박아 눈을 만들고 또 누군가 어머니 화장함 속에서 몰래 꺼내온 연지로 입술을 칠하였다. 그랬더니 이번에는 제법 눈사람이 되었다. 눈사람도 반짝이는 눈빛과 빨간 입술을 하고 눈 위에 앉아 있다.

이튿날 조무래기 몇이 눈사람을 보러 왔다. 눈사람을 보고 손뼉을 치고 고개를 갸우뚱하면서 놀려댔다. 하지만 눈사람은 그냥 홀로 앉아 있었다. 맑은 날씨는 눈사람의 피부를 녹였고 차가운 바람은 또 그것을 살짝 얼려 투명하지 않은 수정처럼 만들었다. 며칠 이어진 맑은 날씨 때문에 눈사람은 사람 모습을 잃었고 입에 연지도 희미해졌다.

하지만 북방의 눈은 언제나 가루처럼, 모래처럼 절대 서로 붙지 않고 지붕에 날리고 땅에 떨어지고 마른 풀 위에 내릴 뿐이다. 지붕의 눈은 벌써 녹아버렸다. 집안이 따뜻하기 때문이다. 다른 눈은 맑은 하늘 아래서 몰아치는 바람에 흩날리면서 햇빛에 반짝반짝 빛을 뿌린다. 마치 불을 감싼 짙은 안개처럼 돌면서 날아올라가 하늘을 자욱하게 만든다. 허공은 빙빙 돌면서 올라가는 눈으로 반짝반짝 빛난다.

끝없는 벌판에, 매서운 추위로 가득 찬 하늘 아래에 빙빙 돌면서 치솟는 것은 비의 넋을 담은 요정이다.……

그렇다. 그것은 외로운 눈이고 죽은 비이며 비의 넋을 담은 요정이다.

1925년 1월 18일

연

북경의 겨울은 땅에 그냥 눈이 쌓여 있고 검은 잿빛 나는 벌거숭이 나무의 나뭇가지들이 맑은 하늘을 가로지르고 있다. 멀리 흐느적거리는 한두 개의 연를 바라보는 나의 마음은 이상하게 슬프다.

고향에서는 이른 봄 2월이면 연을 날리곤 한다. 사륵사륵 팔랑개비 돌아가는 소리가 들려 고개를 쳐들고 보면 거무스름한 게 모양의 연이나 초록색 오공 모양의 연이 눈에 띈다. 그리고 아무 소리도 없이 나는 기와 모양의 연은 팔랑개비가 없이 몹시 낮게 날고 있는데 외로워서 꾀죄죄하고 불쌍해 보인다. 하지만 땅에는 이미 버들잎이 돋아나고 이른 산 복숭아도 대부분 꽃망울을 터치는 시절이라 애들이 날리는 하늘의 연은 서로 어울려 봄날의 따사로움을 더해준다. 그런데 나는 지금 어디에 있는가? 사방천지는 썰렁한 겨울이고 떠난 지 오랜 고향의 아득한 봄은 지금 하늘을 감돌고 있다.

그런데 나는 연날리기를 싫어하였다. 싫어만 한 것이 아니라 혐오하였다. 연날리기는 못난 애들이나 하는 놀이라고 생각하였기 때문이다. 하지만 동생은 나와 정반대였다. 그때 동생은 열 살쯤 되었는데 병이 많고 몹시 말랐다. 하지만 연을 가장 좋아하였다. 연을 살 돈은 없고 또 내가 날리지 못하게 하니까 입을 비쭉하고 멍하니 공중만 쳐다보는데 반나절을 이러고 있을 때도 있었다. 멀리 날던 게 모양 연이 갑자기 떨어지면 동생은 놀라 소리를 질렀고 엉켜 있던 기와 모양의 연이 풀어지면 기뻐서 퐁퐁 뛰었다. 나는 그런 동생의 거동이 우습고 야비해 보였다.

어느 날 나는 문득 요즘 동생이 별로 보이지 않는다는 느낌이 들었다. 그러다가 동생이 뒤뜰에서 마른 대나무가지를 줍던 일이 기억났다. 그제야 나는 모든 것을 깨닫고 별로 가지 않던 잡동사니들을 쌓아두는 오두막으로 달려갔다. 문을 열자 과연 온통 시뿌연 먼지로 뒤덮인 물건 속에서 동생을 발견하였다. 큰 걸상을 앞에 놓고 쪽걸상에 앉아 있었다. 나를 보자 동생은 당황해하면서 일어섰다. 얼굴이 질려서 몸을 움츠렸다. 큰 걸상 옆에는 아직 종이를 붙이지 않은 나비 연 틀이 기대어 있고 걸상 위에는 눈을 만들 작은 팔랑개비 한 쌍이 있었는데 붉은 종이로 장식하였고 다 되어가고 있었다. 비밀을 발견한 만족감을 느끼기도 했지만 나를 속이고 못난 애들이나 하는 놀이감을 고집스럽게 만들고 있는 동생에게 화가 치밀었다. 나는 대뜸 연 틀을 잡아채어 나비의 한쪽 날개를 꺾어버리고 팔랑개비도 바닥에 동댕이치고 밟아버렸다. 나는 동생보다 나이도 이상이고 힘도 셌기에 동생은 어쩌지 못하였다. 완승을 거둔 나는 절망에 휩싸여 있는 동생을 남겨둔 채 거만하게 오두막을 나왔다. 나중에 동생이 어떻게 됐는지 나는 몰랐고 관심도 없었다.

하지만 징벌은 마침내 나를 찾아왔다. 우리가 서로 헤어진 지 썩 오래되고 내가 이미 중년이 된 뒤의 일이다. 불행하게도 나는 우연히 어린이에 대해 논술한 외국 서적을 보게 되었는데 그 책을 보고 나서야 놀이는 어린이의 정당한 행위이고 놀이도구가 어린이에게는 천사라는 것을 알게 되었다. 그리하여 20년이 지나도록 언제 떠올린 적이 없었던, 어릴 때 정신적인 학살을 감행한 일이 갑자기 눈앞에 떠올랐다. 마음도 마치 납덩이로 변한 듯 나를 무겁게 눌렀다.

하지만 지지 눌리던 마음은 가벼워지지는 않고 그저 무겁게, 무겁게 누르고만 있을 뿐이었다.

나는 과실을 메울 방법을 알고 있었다. 동생에게 연을 보내주고 연날리기는 좋은 놀이이고 찬성하니까 연을 날리라 권하고 그와 함께 연을 날리는 것이다. 함께 소리를 지르고 달리고 웃으면서 연을 날리면 된다. – 하지만 동생은 이미 나처럼 수염이 난지 오랬다.

나의 잘못을 메울 수 있는 방법은 또 하나 있었다. 동생을 찾아가 용서를 구하는 방법이다. 동생이 날 보고 "난 형을 탓하지 않아."라고 말한다면 내 마음은 꼭 홀가분해질 것이며 이건 확실히 좋은 방법이다.

어느 한번 우리가 서로 만났을 때 동생의 얼굴에는 이미 많은 고단한 "삶"의 주름이 늘어 있었다. 나의 마음은 무겁기만 하였다. 우리의 얘기는 점차 어렸을 때의 옛일로 돌아갔고 나는 그 일을 다시 꺼내면서 어리석었던 어린 시절을 반성하였다.

"난 형을 탓하지 않아."

나는 동생이 이렇게 말하리라 믿었고 그러면 나는 용서를 받고 마음을 놓을 수 있었다.

"그런 일이 있었어?"

동생은 야릇하게 웃으면서 남의 얘기를 듣는 듯싶었다. 동생은 전혀 기억하지 못하고 있었다.

아예 싹 잊어버려 티끌만한 원망도 없으니 어찌 용서를 운운할 수 있겠는가? 원망이 없는 용서는 거짓에 지나지 않는다.

내가 뭘 바랄 수 있단 말인가? 나의 마음은 무겁기만 하였다.

지금 고향의 봄을 또 여기 타향의 하늘에서 보고 있다. 나에게 잊혀진 지 오랜 어린 시절의 추억을 떠올리게 하면서도 뭐라 할 수 없는 슬픔을 느끼게도 한다. 차라리 매서운 추위에 숨어버리는 것이 나을 것이다. – 하지만 사방천지는 분명 차가운 겨울이라 나는 매섭기 짝이 없는 위엄과 한기를 느낀다.

1925년 1월 24일

아름다운 이야기

등불이 갈수록 작아진다. 석유가 얼마 남지 않았음을 말해준다. 석유가 유명 브랜드가 아니라 등갓은 벌써 연기에 그을어 시커멓기 짝이 없다. 여기저기서 폭죽 터지는 소리가 요란하고 담배연기가 내 주변을 감돈다. 어두운 밤이다.

나는 눈을 감고 몸을 의자 등받이에 기대며 원고《막 배우기 시작하던 이야기》가 들려 있는 손을 무릎 위에 올려놓았다.

어렴풋한 가운데 나의 눈에는 아름다운 이야기가 안겨왔다.

너무 아름답고 우아하고 재미있는 이야기였다. 수많은 아름다운 사람과 아름다운 일은 하늘의 구름처럼 얼기설기 얽히고 유성처럼 날아가면서 끝없이 펼쳐지기도 한다.

나는 마치 자그마한 배를 타고 그늘 진 산길을 지나가고 있는 듯싶었다. 양안에는 아구나무, 새 곡식, 들꽃, 닭, 개, 수풀과 마른 나무, 오두막, 탑, 절, 농부와 아낙네, 시골 여자, 말리는 빨래, 스님, 도롱, 하늘, 구름, 대나무……들이 보이고 그것들은 저마다 맑고 푸른 강에 그림자를 드리우고 있었다. 노를 저을 때마다 물결이 노에 부딪치며 반짝이는 햇빛을 반사하였고 물속에서는 수초와 물고기 떼가 따라서 흐느적거렸다. 물에 그림자로 비낀 물체들은 흩어지지 않는 것이 없고 흔들리면서 늘어나고 서로 뒤섞이기도 한다. 또 금방 뒤섞였다가도 주춤 물러서면서 원 모양으로 되돌아가기도 한다. 가장자리는 여름날의 구름 테두리처럼 들쑥날쑥하고 그 테두리는 햇빛에 둘리어 수은 같은 빛발을 뿌리고 있다. 내가 지나온 강들은 모두 이러했다.

지금 내가 보고 있는 이야기도 마찬가지이다. 물속은 푸른 하늘이 바탕이 되어 모든 물체는 죄다 그 위에 하나로 뒤얽혀 영원처럼 생동하고 영원처럼 펼쳐져서 나는 그 그림의 끝을 볼 수 없었다.

강가의 죽은 버드나무 아래에는 시골 처녀들이 심었는지 접시꽃 몇 그루 서있다. 커다란 빨간 꽃송이와 빨간 점박이 꽃송이들이 모두 물속에 둥둥 떠다닌다. 갑자기 부서졌다가 길게 늘어나기도 하면서 물을 갈래갈래 연지 빛으로 수놓지만 빛 무리는 없다. 오두막, 개, 탑, 시골 아낙네, 구름……들도 둥둥 떠서 흐느적거린다. 송이마다 길쭉하게 늘어나던 큰 빨간 꽃들이 이때는 죽죽 찌를 듯이 치닫는 붉은 비단 띠로 늘어난다. 그 띠는 개와 뒤섞이고 개는 흰 구름 속으로 뒤섞여 들어가고 흰 구름은 시골 아낙과 뒤섞이기도 한다.…… 어느 순간 그것들은 또 움츠러든다. 하지만 점박이 빨간 꽃 그림자도 어느새 부서지고 늘어나면서 탑과 시골 아낙네와 개와 오두막과 구름 속에 뒤섞여 들어간다.

이제는 내가 본 이야기가 똑똑해진다. 아름답고 우아하고 재미있고 그리고 분명해진다. 푸른 하늘 위에서는 수많은 아름다운 사람들과 아름다운 일이 있고 나는 빠짐없이 보고 있고 모르는 것이 없다.

나는 그들을 지켜보고 싶다.……

그들을 한창 지켜보고 있을 때 갑자기 놀라 눈을 떠보니 구름송이가 일그러지고 뭉개져 있었다. 마치 누가 강물에 큰 돌을 던진 듯싶었다. 불시로 물결이 일면서 그림자들을 갈기갈기 찢어놓았다. 나는 무의식간에 덴접하여 바닥에 떨어지려는 《막 배우기 시작되던 이야기》를 잡았다. 눈앞에는 아직도 무지갯빛 그림자 조각들이 점점이 남아있었다.

나는 이 아름다운 이야기를 너무너무 좋아한다. 아직 흩어진 그림자가 남아 있을 때 그것들을 되찾아오고 그걸 완성시켜 간직하고 싶었다. 나는 책을 버리고 몸을 일으켜 붓을 들었다. 그 흩어진 그림자들이 언제 있었냐 싶게 등불은 어둑어둑하였고 나는 그 작은 배에 있지 않았다.

하지만 나는 그 아름다운 이야기를 언제나 기억하고 있다. 이 어두운 밤에……

1925년 2월 24일

나그네

시간: 어느 해질 무렵

장소: 아무 곳

인물: 노인 – 일흔 살 쯤 되고 머리와 수염은 하얗게 세고 검은 두루마기를
　　　입었다.

　　　계집애 – 열 살 쯤 되고 자줏빛 머리에 검은 눈동자이며 흰 바탕에 검은
　　　칸이 있는 긴 적삼을 입었다.

　　　나그네 – 삼사십 대로서 몹시 고달프고 강해 보이며 눈빛은 우울하고
　　　검은 수염에 머리는 헝클어져 있다. 검은 바지저고리는 모두 해지고 맨
　　　발에 해진 신을 신고 옆구리에는 주머니가 걸려 있고 키 높이의 대나무
　　　지팡이를 짚고 있다.

　동쪽에는 폐허인데 몇 그루 나무가 있고 서쪽은 쓸쓸하고 퇴락한 묘지
로서 묘지 사이로 길인 듯 길이 아닌듯한 흔적이 있다. 오두막 문이 그 흔
적을 향해 열려 있고 문 옆에는 마른 나무뿌리가 있다.

　　　　　(계집애가 나무뿌리에 앉아 있는 노인을 부축하고 있다.)

노인　　　애야. 애야, 아직도 일어나지 않고 뭘해?

계집애　　(동쪽을 바라보며) 누가 와요. 저기 봐요.

노인   볼 것 없어. 들어가게 날 부축해줘. 해가 진다.

계집애   저, - 어서 봐요.

노인   참, 애도! 날마다 하늘을 보고 땅을 보고 바람을 보는데 그래
         도 성차지 않아? 이것보다 더 보기 좋은 건 없지. 그런데도
         누굴 보려고. 해질 무렵에 나타나는 건 도움이 안 돼. ……
         어서 들어가자꾸나.

계집애   하지만 다 왔어요. 아아, 거지네요.

노인   거지? 설마.

         (나그네가 동쪽 나무 사이로 허둥지둥 걸어온다. 잠시 머뭇거리다가 천
         천히 노인한테로 다가온다.)

나그네   노인님, 안녕하십니까?

노인   어, 덕분에 안녕하네! 자넨 안녕한가?

나그네   노인님, 실례지만 여기서 물을 좀 얻어먹을 수 있을까요? 너
         무 목이 말라요. 이 곳에는 못도 없고 물웅덩이도 없네요.

노인   그럼. 되고말고. 앉아 숨을 돌리게. (계집애를 보며) 애야, 물을
         떠다 드려라. 컵을 깨끗이 씻어야 한다.

         (계집애가 오두막으로 들어간다.)

노인   여보게 어서 앉게. 자넨 이름이 뭔가?

나그네   이름이라? 모르겠습니다. 기억을 할 때부터 그저 사람이었지
         요. 원래 이름이 뭐였는지 모릅니다. 길을 걸으면서 남들은
         부르고 싶은 대로 여러 가지 이름을 멋대로 불렀는데 저도 똑
         똑히 몰라요. 그리고 같은 이름을 두 번 들어본 적이 없지요.

노인   아, 그러면 어디서 오는 길인가?

나그네   (약간 주저하면서) 모르겠습니다. 기억이 있을 때부터 이렇게
         걷기만 하였어요.

노인   그래. 그렇다면 자넨 어디로 가는지 물어도 되나?

나그네 물론 되지요. ─그런데 저도 모릅니다. 기억이 있을 때부터 이
        렇게 걷기만 했으니까요. 아무 곳으로 가고 있는데 그곳이 앞
        에 있어요. 그저 수많은 길을 걸어 지금 예까지 온 겁니다. 그
        리고 계속 저쪽으로 가고 있고요.(서쪽을 가리킨다.) 앞으로요!
        (계집애가 조심스럽게 나무 컵에 물을 들고 와서 건넨다.)
나그네 (컵을 받으며) 고마워. 처녀. (물을 두 입에 꿀꺽꿀꺽 마셔버리고 컵
        을 돌려준다.) 고마워. 처녀. 고맙기 이를 데 없네요. 어떻게 감
        사를 드리면 좋을지 모르겠습니다.
노인   그렇게까지 고마워할 것 없네. 그러면 자네에게 좋은 점이 없
        을 테니까.
나그네 그렇습니다. 좋은 점이 없지요. 하지만 지금 저는 원기를 찾
        았고 앞으로 가야겠습니다. 노인님께서는 이곳에 산지 오랜
        것 같은데 앞으로 가면 어떤 곳인지 아시는지요?
노인   앞? 앞은 무덤이지.
나그네 (놀라면서) 무덤이라니요?
계집애 아니에요. 앞에는 수많은 나리꽃, 장미꽃이 피어 있고 저는
        늘 그리로 꽃구경을 다녀요.
나그네 (서쪽을 보며 빙그레 웃는 듯싶다.) 그렇겠지. 그곳엔 수많은 나리
        꽃과 장미꽃이 있어서 나도 늘 놀러 가곤 했지. 하지만 그것
        은 무덤이야. (노인을 보며) 노인님, 저 무덤을 지나면 뭐가 있
        지요?
노인   무덤을 지나면? 그건 나도 몰라. 가보지 못했으니까.
나그네 모르신다고요?!
계집애 저도 몰라요.
노인   나는 남쪽만 알아. 북쪽과 동쪽 그리고 자네가 지나온 길 말일
        세. 내가 가장 익숙한 곳이지. 혹시 자네들에게는 가장 좋은

　　　곳일지도 모르겠네. 내가 잔소리 한다고 나무라지 말게. 내 보
　　　기에 자넨 너무 지쳤어. 되돌아가기보다 못할 것 같네. 자네가
　　　앞으로 간다 해도 끝까지 갈 수 있을지 모르니 말일세.

나그네　끝까지 갈 수 있을지 모른다고요?……(깊은 생각에 잠겼다가 갑
　　　자기 놀라며) 안 돼요! 저는 가야 합니다. 되돌아가봤자 명분 없
　　　는 곳이 없고 지주가 없는 곳이 없고 추방과 감옥이 없는 곳이
　　　없고 겉웃음이 없는 곳이 없고 거짓 눈물 흘리지 않는 곳이 없
　　　어요. 나는 그들이 저주스러워 되돌아가지 않을 겁니다.

노인　　꼭 그런 건 아니지. 자네도 맘속으로 흘리는 눈물을 볼 수 있
　　　을 걸세. 자네를 위한 슬픔말일세.

나그네　아니요. 저는 그들의 맘속의 눈물을 보고 싶지 않고 날 슬퍼
　　　해주는 것이 싫어요!

노인　　그럼 자넨(고개를 저으며) 갈 수밖에 없구먼.

나그네　그렇습니다. 가야 합니다. 그리고 늘 저를 재촉하고 부르는

소리가 앞에서 들려오기에 쉴 수 없습니다. 가증스러운 것은 제 발이 닳아 상처가 생기고 많은 피를 흘렸어요. (한쪽 발을 들어 노인에게 보인다.) 때문에 저에게 피가 얼마 남지않아 피를 먹어야 해요. 하지만 피가 어디 있습니까? 그런데 저는 누구의 피든 가리지 않고 먹을 생각은 없어요. 물을 마시고 피를 보충하는 수밖에 없지요. 가면서 물은 늘 있을 터이니 저로서는 부족한 느낌이 없습니다. 다만 힘이 부치는데 피에 물이 너무 많기 때문이지요. 오늘은 물웅덩이 하나도 만나지 못했는데 아마 길을 적게 걸었나 봐요.

노인   꼭 그렇지는 않네. 해가 지고 있으니 얼마간 쉬는 게 좋을 거야. 나처럼 말이야.

나그네   하지만 앞에서는 저를 오라고 부르는데요.

노인   나도 알고 있네.

나그네   아신다고요? 그 목소리를 알고 있어요?

노인   알고말고. 언제는 나를 부르기도 한 것 같네.

나그네   지금 저를 부르고 있는 그 목소리인가요?

노인   잘 몰라. 나를 몇 번 부른 적은 있네만 내가 아랑곳하지 않으니까 다시는 부르지 않더군. 나도 잘 기억이 나지 않아.

나그네   참, 아랑곳하지 않다니요.……(깊은 생각에 잠겼다가 갑자기 놀라면 귀를 기울인다.) 안돼요! 역시 가야겠어요. 이렇게 쉴 수 없어요. 가증스럽게도 발이 닳아 해졌어요.(길을 가려고 한다.)

계집애   이걸 받아요! (헝겊 한 조각을 준다.) 상처를 싸매요.

나그네   감사해,(천을 받는다.) 처녀. 정말……. 정말 이루 말할 수 없이 고마워. 싸매면 더 많이 걸을 수 있겠지. (벽돌 위에 앉아서 발을 싸매려고 한다.) 그렇지만 안 되지! (힘겹게 일어나서) 처녀, 도로 가져. 싸매지 않겠어. 신세를 너무 많이 져서 뭐라 감사해야 할지 모르겠구나.

노인 그렇게 고마워할 필요가 없네. 자네한테는 좋은 점이 없을 거
네.

나그네 그렇습니다. 저에게 좋은 점이 없지요. 하지만 저로서는 이
천이 가장 좋은 물건이군요. 보세요. 제 온몸에도 이런 건 없
지요.

노인 자네 진심으로 생각지 않으면 되네.

나그네 그래요. 하지만 저는 그럴 수 없어요. 누가 만약 저에게 베풀
어준다면 저는 솔개가 시체를 본 듯이 그 주변을 맴돌며 그가
바로 내 눈앞에서 멸망하기를 바라거나 그녀 이외의 모든 것
을 죄다 멸망하라고 저주할까봐 겁이 납니다. 저주를 받아야
할 저까지 망라되니까요. 하지만 저에게는 아직 그런 힘이 없
습니다. 그런 힘이 있다 하더라도 그녀가 그런 처지에 떨어지
기를 바라지 않아요. 그들은 아마 그런 처지에 떨어지기를 바
라지 않을 테니까요. 저는 가장 타당하다고 생각합니다. (계집
애를 보며) 처녀, 이 천이 정말 좋구려. 하지만 너무 작으니 그
냥 돌려주지.

계집애 (놀라며 물러선다.) 싫어요! 그냥 갖고 가세요!

나그네 (웃는 듯이) 저, ……내가 받았기 때문에?

계집애 (고개를 끄덕이며 호주머니를 가리킨다.) 호주머니에 넣고 놀아요.

나그네 (풀이 죽어 뒤로 물러선다.) 하지만 이걸 몸에 지고 어떻게 가나?

노인 자넨 쉬지 못할 거고 질 수도 없을 거네. – 좀 쉬면 아무 일도
없을 거네.

나그네 맞아요. 쉬어야죠. ……(잠자코 생각하다가 갑자기 정신을 차리고
귀를 기울인다.) 아니, 안 돼요! 저는 역시 가야 해요.

노인 자네 정말 쉬지 않을 작정인가?

나그네   쉬고 싶지요.

노인   그러면 얼마간 쉬면 되지 않나.

나그네   하지만 저는 안 됩니다······

노인   자넨 아무래도 그냥 가야 한다고 생각하나?

나그네   그래요. 역시 걸어야 해요.

노인   그러면 자네는 그냥 가는 것이 좋겠네.

나그네   (허리를 펴면서) 자, 이만 갑니다. 너무 감사합니다. (계집애를 보며) 처녀, 이걸 돌려주니 받아요.

        (계집애가 놀라며 손을 움츠리며 오두막에 들어가 버린다.)

노인   갖고 가게. 너무 무거우면 가다가 무덤에 버리게나.

계집애   (앞에 나서며) 아, 그러면 안 돼요!

나그네   아아, 그러면 안 되지요.

노인   그러면 나리꽃이나 장미꽃에 걸어두게나.

계집애   (손뼉을 치면서) 하하하! 좋아요!

나그네   저, 저······

        (아주 짧은 침묵이 흐른다.)

노인   그럼 잘 가게. 무사히 가기를 바라네. (일어서서 계집애를 보고) 애야, 들어가게 날 부축해다오. 해가 저문지 오래구나.(문을 향한다.)

나그네   감사합니다. 무사하기를 기원합니다.(서성이며 깊은 생각에 잠겼다가 갑자기 놀라며) 하지만 그럴 수 없지! 나는 가야 해. 역시 가야 한단 말이야······. (금방 고개를 번쩍 들고 힘 있게 서쪽으로 걸어간다.)

        (계집애는 노인을 부축하여 오두막으로 들어가 문을 닫는다. 나그네는 들판으로 허둥지둥 걸어가고 어둠만 뒤에 남는다.)

죽은 불

나는 꿈에 빙산 사이를 달리고 있었다.

높고 큰 빙산은 위로 얼어붙은 하늘과 맞닿아 있고 하늘에는 언 구름이 뭉게뭉게 물고기 비늘처럼 떠있었다. 산자락에는 차가운 나무들이 있고 잎과 가지는 모두 삼나무와 같았다. 뭐나 차갑기만 하고 모든 것이 회백색이었다.

그런데 나는 갑자기 골짜기에 떨어졌다.

아래위 어디를 보나 차갑고 회백색이 아닌 곳이 없다. 하지만 회백색 나는 얼음에는 무수한 붉은 그림자가 있었고 산호망처럼 얽혀 있었다. 발 아래를 내려다보니 불길이었다.

이것은 죽은 불이다. 보기에는 뜨겁게 타오르는 것 같지만 전혀 움직이질 않고 전체가 얼어붙어 산호가지처럼 보인다. 끝에는 또 굳어져 있는 검은 연기가 있는데 화택(火宅)에서 나와서 이렇게 마르지 않았나 하는 의심이 든다. 이렇게 네 벽은 얼음에 그림자가 비껴 있고 서로 비추면서 무수한 그림자로 변하여 이 얼음 골짜기를 붉은 산호빛으로 물들인다.

하하하!

나는 어려서 쾌속정에서 뿜겨 나오는 물보라가 용광로에서 뿜어 나오는 불빛 같아서 보기 좋아했다. 보기 좋아할 뿐만 아니라 똑똑히 보고 싶었다. 아쉽게도 그것들은 모두 변화무쌍하여 모양이 영원히 고정되어 있지 않았다. 여겨보고 또 여겨보아도 어느 때든 모양이 고정되는 일이 없었다.

죽은 불길이여, 지금 먼저 그대를 얻었구려!

내가 죽은 불을 주워들고 자세히 보려니까 찬 기운이 벌써 나의 손가락을 그을리고 있었다. 하지만 나는 참으면서 불을 호주머니에 넣었다. 얼음 골짜기 사면은 어느새 완전히 새하얗게 되었다. 나는 골짜기를 빠져나갈 궁리를 하였다.

내 몸에서 한줄기 검은 연기가 뿜어 나오더니 쇠줄로 된 뱀처럼 올라가는 것이었다. 골짜기 사면에 갑자기 빨간 불길이 흐르더니 큰 불덩이처럼 나를 둘러쌌다. 내가 아래를 바라보니 죽은 불이 타오르면서 나의 옷을 태우며 언 땅에 떨어져서 흘러가고 있었다.

"이보게, 친구! 자네의 온기가 나를 깨워주었네!"

불이 말했다.

나는 다급히 알은체하면서 그의 이름을 물었다.

"전에 사람들이 얼음 골짜기에 나를 버렸다네." 그는 묻지도 않는 대답을 하였다. "나를 버린 자는 벌써 오래전에 죽어버리고 사라졌네. 나도 추위에 얼어 거의 죽을 뻔했지. 만약 자네가 나에게 온기를 주어 다시 타오르게 하지 않았다면 나는 얼마 후 기필코 멸망했을 거네."

"자네가 깨어나니 나는 기쁘네. 나는 지금 이 골짜기를 빠져나갈 방도를 생각하는 중이네. 자네가 영원히 얼지 않고 영원히 타오를 수 있도록 내가 자네를 데리고 나가지."

"어이 참! 그럼 나는 다 타버릴 거네!"

"자네가 다 타버리면 애석한 일이지. 자네를 여기에 남겨둘 테니 여기에 있게."

"아이 참! 그럼 나는 얼어서 죽어버릴 거네!"

"그럼 어쩌면 좋단 말인가?"

"그런데 자네는 어쩔 셈인가?"

그가 되물었다.

"이 얼음 골짜기를 빠져나가겠다고 하지 않았나?"

"그러면 나는 다 타버리기만 못하지!"

그는 빨간 혜성처럼 벌떡 일어나 나와 함께 얼음 골짜기 어귀로 나왔다. 커다란 돌차가 굴러왔고 나는 끝내 바퀴에 깔려죽었다. 하지만 나는 그 차가 얼음골짜기에 굴러떨어지는 걸 볼 수 있었다.

"하하하! 자네들은 다시는 죽은 불을 볼 수 없을 거야!" 나는 마치 원래 이렇게 되어야 한다는 듯이 만족스럽게 웃으며 말했다.

1925년 4월 23일

개의 반박

　꿈에 나는 좁은 골목을 걷고 있었다. 옷이 해지고 신발이 너덜너덜해서 거지꼴이나 다름 없었다.

　개 한 마리가 뒤에서 짖어댔다.

　나는 화가 버럭 나서 거만하게 꾸짖었다.

　"이놈! 닥치지 못할까! 주인의 세력을 믿고 으르렁거리는 개새끼 같으니라고."

　"히히히"

　놈이 웃으며 대꾸했다.

　"제가 어찌 감히요! 사람보다야 못하겠지요."

　"뭐야!?"

　나는 화가 치밀었다. 굉장한 모욕을 느꼈다.

　"부끄럽습니다. 저야 동전과 은전을 가릴 줄 모르고 삼베와 비단도 가릴 줄 모르지요. 게다가 관리와 백성을 가리지 못하고 주인과 하인을 가릴 줄도 모릅니다. 그리고 또……"

　나는 개를 피해 도망을 쳤다.

　"잠깐만요. 할 얘기가 더 있는데요.……"

　개가 뒤에서 소리치며 만류했다.

　나는 듣는 체 만 체 도망치기만 했고 간신히 꿈에서 깨어나서야 벗어날 수 있었다. 잠을 깨보니 나는 침대에 누워 있었다.

1925년

잃어버린 멋진 지옥

나는 꿈에 침대에 누워 있었다. 지옥이 곁에 있는 쓸쓸하고 차가운 들 판이었다. 모든 망령들의 고함소리는 나직하였지만 질서가 있었고 불길이 울부짖는 소리, 기름이 끓어오르는 소리, 삼지창이 떨리는 소리와 서로 어울려 황홀한 음악이 되어 삼계[1]에 지하는 태평스럽다고 알려주고 있었다.

몸집이 거대한 사나이가 내 앞에 서 있었다. 멋지고 자비롭고 온몸은 빛으로 번쩍이고 있었다. 하지만 그가 마귀임을 나는 알고 있었다.

"죄다 끝났어. 죄다 끝났단 말이야! 불쌍한 망령들은 그처럼 멋졌던 지옥을 잃어버렸지!"

그는 비분에 싸여 말하면서 앉아서 나에게 자신이 알고 있는 이야기를 들려주었다.

"하늘과 땅이 아직 꿀빛일 때, 바로 마귀가 하늘의 신을 이기고 모든 것을 좌우지할 수 있는 대권을 틀어쥐었을 때였네. 그는 천국을 얻었고 인간세상을 얻었고 지옥마저도 얻었지. 그래서 그는 몸소 지옥에 가 한가운데 앉아서 번쩍번쩍 빛나는 몸으로 귀신들을 비추며 만나보았네.

"지옥은 이미 황폐해진지 오래지만 검나무[2] 가지는 빛을 뿌리고 있었

|1| 삼계(三界), 여기서는 천국, 인간 세상, 지옥을 말한다.
|2| 검나무, 불교에서 말하는 지옥의 형벌로서 지극히 혹독한 형벌을 형용하는 말이다.

네. 끓던 기름은 가장자리가 끓어오르지 않은지 오래고 불은 가끔 푸른 연기만 피어나고 있었네. 멀리서는 만다라 꽃[3]이 피어나고 있는데 꽃은 어찌나 작고 창백한지 불쌍했네. 이상할 것 없지. 대지를 불이 휩쓸고 갔으니 더는 비옥하지 않기 때문이네.

"식은 기름과 따뜻한 불 속에서 깨어난 귀신들은 마귀가 내는 빛을 빌어 지옥의 파리한 작은 꽃을 보았고 그 꽃에 현혹되어 갑자기 인간세상이 생각났다네. 가만히 생각해보면 지옥에 온지 몇 년이 되는지 모르고 지옥이 지겨워서 인간세상을 향하여 처절히 울부짖었네.

"그러자 인류는 그 울부짖음에 호응하여 정의를 위하여 마귀와 싸우기 시작했네. 싸우는 소리는 삼계를 메웠고 천둥소리를 훨씬 능가했지. 마침내 깊은 지모로 마귀를 큰 그물에 가두어놓고 마귀들을 지옥에서 나오지 않을 수 없게 만들었네. 결국 승리했고 지옥의 문에도 인류의 깃발을 꽂았네!

"망령들이 환성을 지르고 있을 때 인류가 질서를 정돈시키려 보낸 지옥 사자가 왔네. 지옥사자는 한가운데 앉아서 인류의 위엄으로 모든 귀신들을 꾸짖었네.

"망령들이 또다시 지옥을 반대하여 절규할 때는 이미 인류의 반역자가 되어 영원히 재난 속에 허덕이는 벌을 받아 검나무 숲 한가운데로 옮겨가게 되었네.

"이렇게 인류는 지옥을 지배할 수 있는 권위를 완전히 틀어쥐게 되었고 그 위엄이 마귀를 능가하게 되었네. 이리하여 인류는 황폐해진 지옥을 정돈하였네. 먼저 우수아방[4]에게 가장 좋은 풀을 녹으로 주고 장작을 보태

|3| 만다라꽃, 가지과에 속하는 식물로서 일년생은 독이 있다. 불경에서는 "만다라꽃은 흰빛이고 묘한 향기를 풍기며 꽃은 크고 꽃을 본 사람은 뜻을 이룰 수 있다."고 하였다.

|4| 우수아방(牛首阿旁), 우수아방은 불교전설에 나오는 쇠머리에 사람의 몸을 가진 졸개귀신이다. 동진(東晉) 욱무란(曇無蘭)이 번역한《오고장구경(五苦章句經)》에서는 "옥졸의 이름은 아방(阿傍)이고 쇠머리에 사람을 손을 가졌고 두 발은 쇠발이었다. 힘은 산을 옮길 정도로 셌고 삼지창을 들고 있었다."고 썼다.

어 불길을 더 세게 했으며 칼산을 더 갈고 닦아 지옥의 면모를 바꾸고 쇠락한 모습을 일신해버렸네.

"만다라는 금방 시들어 버렸네, 기름은 여전히 끓고 있고 칼은 여전히 날카롭고 불은 여전히 뜨겁고 귀신들은 여전히 신음하며 이리저리 떠돌면서 잃어버린 멋진 지옥을 기억할 틈이 없게 되었지.

"이것은 인류의 성공이고 망령들의 불행이지……

"친구, 나를 의심하고 있네그려. 그렇겠지. 자네는 사람이니까! 나는 가서 야수와 악귀를 찾아야겠네.……"

1925년 6월 16일

묘비명

나는 꿈에 묘비 앞에 서서 묘비에 새긴 글자를 읽고 있었다. 그 묘비는 사석(沙石)으로 만든 것 같았는데 많이 닳아 떨어졌고 또 이끼가 많이 돋아 문구가 별로 남아 있지 않았다.

　…… 열광적으로 목 놓아 노래를 부를 때 한기가 들고 하늘 위에서 깊은 못을 보았다. 모든 눈에서 아무 것도 없음을 보았고 희망이 없는 가운데 구원을 받는다.……

　…… 떠도는 망령 하나가 긴 뱀으로 변하고 입에는 독이 있다. 사람을 무는 것이 아니라 스스로 자신을 먹고 있으며 결국 죽고 말았다. ……

　……떠나라!……

나는 묘비를 돌아가서야 외로운 무덤을 보았다. 무덤에는 풀이 없고 이미 무너져 있었다. 터진 구멍으로 시체를 엿볼 수 있었고 시체는 가슴과 배가 해지고 심장과 간이 없었다. 하지만 얼굴에서는 전혀 슬픈 표정을 볼 수 없었고 자욱한 연기와 같았다.

나는 의구심에 차서 몸을 돌릴 겨를도 없었지만 묘비 뒷면에 남아 있는 문구를 보았다.

…… 스스로 먹기로 마음먹었고 본디의 맛을 알고 싶었다. 상처가 아프기 짝이 없으니 본디의 맛을 어찌 알 수 있으랴!……

…… 통증이 갈앉은 다음 천천히 먹어보았다. 하지만 심장은 이미 낡아 빠졌으니 원래의 맛을 어찌 알 수 있으랴?……

…… 대답하라. 그렇잖으면 떠나라!……

나는 떠나려고 하였다. 하지만 시체가 무덤 안에서 일어나 앉더니 입술을 움직이지 않고 말을 하였다 —

"내가 먼지로 되면 그대는 나의 미소를 볼 수 있으리라!"

나는 그가 뒤쫓아 올까봐 뒤를 돌아볼 염도 못하고 내달렸다.

1925년 6월 17일

퇴락한 줄의 떨림

꿈에 나는 꿈을 꾸고 있었다. 내가 있는 곳이 어디인지는 알 수 없었다. 하지만 한밤중이었고 문이 꼭 닫힌 오두막 안이 보였고 지붕 위에 자란 숲처럼 무성한 바위솔도 볼 수 있었다.

탁상의 등갓은 금방 닦아서 방안을 유난히 밝게 비추고 있었다. 환한 가운데 낡은 침대 위에 낯설고 머리를 풀어헤친 건장한 육체 아래에 마르고 작은 몸뚱이가 보였다. 그 몸뚱이는 굶주리고 고통스럽고 당황하고 부끄러운 기쁨으로 떨고 있었다. 늘어져 있지만 아직 풍만한 살갗은 매끄러워 보였고 해쓱한 두 볼은 납에 연지를 바른 듯 발그레했다.

등불도 놀랍고 무서워 움츠렸고 동녘은 벌써 희붐히 밝아오고 있었다.

하지만 방안에는 아직 굶주림과 고통과 놀라움과 부끄러움과 즐거움의 파도가 자욱하게 넘실거리고 있었다.

"엄마!"

두 살쯤 되어 보이는 계집애가 문을 여닫는 소리에 놀라 깨어나 멍석으로 두른 방구석 봉당에서 소리쳤다.

"아직 일러, 좀 더 자거라!"

그녀가 놀라 불안에 떨며 말했다.

"엄마! 배고파, 배가 아파. 오늘은 먹을 것이 있어?"

"오늘은 있어. 이따가 구운 떡 장수가 오면 엄마가 사줄게."

그녀는 기쁘고 마음이 놓여 손바닥에 쥔 작은 은전을 꼭 쥐었다. 나직한 소리는 슬프게 떨렸다. 그녀는 방구석에 다가가서 딸애를 보고는 멍석을 옮겨놓고 애를 안아서 해진 돗자리에 내려놓았다.

"아직 이르니 좀 더 자!"

그녀는 이렇게 말하며 조용히 허름한 지붕 위로 보이는 하늘을 쳐다보았다.

하늘에서 불시에 거센 물결이 일더니 앞 파도에 부딪쳐 빙빙 돌면서 소용돌이를 이루더니 나와 모든 것을 삼켜버렸다. 입과 코가 막혀 숨을 쉴수가 없었다.

내가 신음을 하면서 깨어나 보니 창밖은 온통 은빛 나는 달빛으로 차있었고 동틀 때는 아직 멀었다.

나는 내가 있는 곳이 어디인지는 알 수 없었다. 하지만 한밤중이었고 문이 꼭 닫힌 오두막 안이 보였다. 지금 나는 내가 꾸다 만 꿈을 계속 이어가고 있었다. 하지만 그 꿈을 꾼 시절부터 많은 세월이 흘러간 뒤였다. 집 안팎은 이미 잘 정돈되어 있었다. 집안에는 젊은 부부가 많은 아이들을 데리고 살고 있었다. 그런데 어른이나 아이들이나 모두 늙은 여인한테 원망과 멸시의 눈길을 던지고 있었다.

"어머니 때문에 우리는 낯을 들고 다닐 수가 없어요."

사내가 분개하며 말했다.

"어머니는 딸을 길러줬다고 생각하지만 실은 딸을 망쳤지요. 어릴 때 굶어죽는 게 차라리 나았어요!"

"엄마 때문에 나는 평생 괴롭게 살아야 했어요!"

여자가 말했다.

"게다가 나까지 욕보게 했지요!"

사내가 말했다.

"그리고 자식들까지 욕보게 만들었어요!"

여자가 아이들을 가리키며 말했다.

이때 마른 갈대 잎을 갖고 놀고 있던 막내가 갈대 잎을 칼처럼 허공에 휘두르며 외쳤다.

"죽여라!"

늙은 여인은 입귀를 실룩거리며 흠칫 놀라더니 금방 조용해졌다. 좀 지나 그는 침착하게 돌 조각상처럼 우뚝 일어섰다. 그는 차디찬 웃음과 독기 어린 웃음을 뒤에 두고는 문을 열고 어둠속으로 나갔다.

그는 어둠속을 걷기만 하다가 가없고 쓸쓸한 들판에 이르렀다. 들판은 황막하기만 하고 텅 빈 하늘에는 날아다니는 벌레나 새조차 없었다. 그는 알몸으로 돌 조각상처럼 거친 들판 한가운데 섰다. 흘러간 모든 일들이 순식간에 떠올랐다. 굶주림, 고통, 놀라움, 굴욕, 즐거움으로 몸이 떨렸다. 고생과 괴로움과 연루로 경련이 일었다. 죽임으로 조용해졌다.…… 그리고 또 순식간에 모든 일들이 하나로 합쳐졌다. 그리움과 단절, 애무와 복수, 양육과 제거, 축복과 저주……. 그녀는 두 손을 하늘 높이 쳐들고 입가에는 사람도 짐승도 아닌, 인간 세상에 없는 단어 없는 말을 내뱉었다.

단어 없는 말을 내뱉을 때 그녀는 돌 석고상처럼 거대하였다. 하지만 이미 황폐해지고 쇠잔해진 몸뚱이를 부르르 떨었다. 그 떨림은 하나하나가 물고기 비늘과 같았고 그 비늘 하나하나가 모두 뜨거운 불에 끓어오르는 물처럼 들끓었다. 이 시각 허공도 함께 떨었다. 마치 폭풍우 속에서 일렁이는 거친 바다의 파도처럼.

그녀는 눈을 들어 하늘을 쳐다보았지만 단어 없는 말도 바닥이 나서 침묵하였다. 오로지 떨림만이 햇빛처럼 사방에 흩어지며 허공의 파도를 빙글빙글 돌게 하였다. 마치 허리케인처럼 가없는 황야를 휩쓸며 세차게 일렁이었다.

나는 가위에 눌렸다. 하지만 손을 가슴에 올려놓고 잤기 때문임을 나는 알고 있었다. 나는 꿈에서 젖 먹던 힘을 다하여 굉장히 무거운 손을 옮겨 놓고 있었다.

1925년 6월 29일

논점 세우기

　꿈에 나는 소학교의 수업시간에 작문 쓸 준비를 하고 있었다. 나는 선생님에게 논점을 세우는 방법을 물었다.

　"어렵지!"

　선생님은 안경너머로 비스듬히 나를 보며 말씀하였다.

　"이야기를 하나 들려주지. 옛날 어떤 집에서 아들을 낳게 되어 집안에 온통 경사가 났단다. 만 한 달이 되는 날 주인이 애를 안고 나와 손님들에게 보여주었어. 물론 애에게 좋은 말을 해주기를 바라서였겠지.

　"한 사람이 애를 보더니 말했어.

　'이 애는 장차 부자가 될거요.'

　"그래서 그 사람은 아이 부모한테서 고맙다는 말을 들었지.

　"또 한 사람이 애를 보고는 말했어.

　'애는 장차 큰 벼슬을 할 사람이군요.'

　"그래서 그도 아이 부모에게서 좋은 말로 답례를 받았지.

　"또 한사람이 말했단다.

　'이 아이는 장차 죽을 겁니다.'

　"그래서 차례진 건 여러 사람의 물매였어.

　"죽는다고 한 것은 사실을 말한 거고 부귀해질 거라는 말은 터무니없는 말이라고 해야겠지. 하지만 거짓말을 한 사람은 좋은 보답을 받고 사실을 말한 사람은 매만 벌었단다. 그러니……"

"선생님, 저는 거짓말하기도 싫고 얻어맞기도 싫어요. 그러면 어떻게 말해야 하지요?"

"그러면 이렇게 말해야겠지, '와! 이 아일 봐요! 정말! 얼마나…… 참 과연! 하하! Hehe! he, hehehehe!'"

1925년

죽은 뒤

꿈에 나는 길에 죽어 있었다.

여기가 어디고 어떻게 이곳에 왔고 어떻게 죽었는지 나는 도통 알 수 없었다. 한마디로 내가 자신이 죽었다는 걸 알았을 때는 이미 그곳에 죽어 있었다.

까치 우는 소리가 들리고 이어 까마귀 떼가 울었다. 좀 흙냄새는 있었지만 공기는 아주 맑았다. 아마 새벽이 가까웠나 보다. 내가 눈을 뜨려고 했지만 눈까풀은 까딱 움직이지 않았다. 마치 남의 것 같았다. 그래서 손을 들려 했으나 마찬가지였다.

몸서리치는 날카로운 화살이 갑자기 나의 가슴을 찔렀다. 나는 살아 있을 때 장난삼아 이런 생각을 하였다. 만일 사람이 죽는다는 것이 운동신경만 망가져버리는 것이고 지각은 살아있다면 그것은 둘 다 죽기보다 더 무섭다고. 그런데 나의 예상이 정말 맞아떨어질 줄이야. 지금 내가 그 예상을 실증하고 있는 것이다.

걸음소리를 들으면 길을 가는 것이리라. 나의 머리맡으로 지나가는 일륜차는 무거운 짐을 실었나 보다. 삐걱삐걱하는 소리가 짜증이 나고 이빨이 좀 시다. 눈이 온통 벌겋게 충혈된 것은 틀림없이 태양이 떠올랐기 때문일 것이다. 그렇다면 나의 얼굴은 동쪽을 향하고 있었다. 하지만 그건 별 상관이 없다. 웅성웅성하는 사람들의 소리를 들으면 무슨 구경거리라도 있나 보다. 그들의 발길에서 이는 싯누런 먼지가 나의 콧구멍으로 날아들어 재채기가 나오려고 한다. 하지만 끝내 참고 재채기는 하지 않았다. 다만 하고 싶었을 뿐이다.

발걸음소리가 끊임없이 들려오더니 바로 곁에 와서는 모두 멈춰 섰다. 그리고 수군거리는 소리가 더 요란한 걸 보아 구경하러 오는 사람이 점점 많아지나 보다. 나는 갑자기 그들이 뭘 수군거리는지 듣고 싶었다. 그러나 생각해보니 내가 살아 있을 때 비평이 별 가치 없다고 말한 것은 아마 본심이 아니었나 보다. 죽은 지 얼마 되지도 않아 허점이 드러나고 말았다. 하지만 역시 들어야 한다. 그렇지만 결국 결론은 얻지 못했으니 귀납하면 아래와 같다.

"죽었나?……"

"음.─ 이건……"

"흥!……"

"쯧쯧.…… 참!……"

나는 몹시 기뻤다. 내내 귀 익은 목소리가 들리지 않았기 때문이다. 나를 알고 있다면 속상해하는 사람이 있을 거고 기뻐하는 사람도 있을 것이다. 그리고 밥을 먹고 나서 한담꺼리가 생겨나 귀중한 시간을 빼앗을 수 있다. 그러면 나는 너무나도 죄송스러울 것이다. 지금 누구도 보지 못하고 있으니 누구에게도 폐가 되지 않는다. 됐다. 드디어 남에게 미안하지 않게 되었다!

그런데 개미 한마리가 나의 등뼈 위를 기어 다녀서 간지러워 죽겠다. 나는 전혀 움직일 수 없고 개미를 치울 재간도 없었다. 평소 같으면 몸만 뒤채도 도망치게 만들었을 것이다. 그리고 허벅지에도 한 놈이 기어 다니고 있다! 너희들은 뭘 하는 놈들이냐? 버러지!?

일은 더 나빠졌다. 앵하는 소리와 함께 파리가 나의 광대뼈에 앉았다. 몇 걸음 가고는 다시 날아 금방 혀가 닿을 코끝에 앉았다. 나는 속상해서 생각했다. 족하, 나는 위인이 아니니 나에게 와서 말거리를 찾을 필요가 없네……. 하지만 말을 할 수 없었다. 파리는 코끝에서 내려와 차가운 혀로 나의 입술을 핥았다. 사랑을 표시하는지도 모른다. 그리고 몇 마리는 눈썹에 모여 건너뛰기만 하면 털이 흔들거렸다. 나는 짜증이 나서 견딜 수 없었다. 정말 견딜 수 없었다.

갑자기 바람이 휙 불면서 얼굴을 덮더니 파리들은 모두 날아가 버렸다. 날아갈 때는 또 말까지 하였다.—

"아쉽네!……"

나는 부아가 터져 기혼할 것만 같았다.

나무가 땅에 떨어지는 둔중한 소리와 함께 땅이 진동하면서 나는 갑자기 깨어났고 이마로 돗자리 무늬를 느낄 수 있었다. 하지만 그 돗자리는 금방 걷혀갔고 따가운 햇빛을 느낄 수 있었다. 그리고 사람들이 말소리가 들렸다.—

"왜 여기서 죽었을까?……"

말소리는 아주 가까이에서 들렸고 그 사람은 허리를 굽히고 있었다. 그런데 사람은 어디서 죽어야 한단 말인가? 나는 사람이 비록 땅 위에서 마음대로 살 권리는 없지만 생각대로 죽을 권리는 있으리라고 생각하고 있었다. 지금에야 비로소 그렇지 않으며 여러 사람들의 마음을 맞추기 힘들다는 것을 알았다. 아쉽게도 나에게는 오랫동안 필묵이 없었고 있다 하더라도 쓸 수 없으며 또한 써도 발표할 곳이 없었다. 이렇게 그만두는 수밖에 없었다.

누군지 모르겠지만 나를 들어가려고 한다. 칼집이 덜컥거리는 소리가 나는 걸 보아 순경도 있었다. 내가 "죽지 말아야 할 곳"에 와 있는 것이다. 나는 몇 번 돌리우고 나서 들렸다가 다시 내려졌다. 그리고 닫는 소리가 나더니 못을 박았다. 그런데 이상하게도 못 두 개만 박았다. 이곳에서는 관에 못을 두 개만 박는 모양이지?

나는 생각했다. 이번에는 여섯 면이 꽉 막혀 있는데다가 못까지 박는다. 정말 완전한 실패로 정말 죽어버린 것이다.……

"숨 막혀!……"

나는 또 생각했다.

하지만 사실 나는 이미 전보다 훨씬 편안해졌다. 비록 묻었는지는 똑똑히 알 수 없지만. 손등에 돗자리 무늬를 느끼면서 시체를 싼 이 이불이 나쁘지 않다고 생각했다. 다만 누가 나를 위해 돈을 썼는지 알 수 없었고 아까웠다! 하지만 수렴한 놈들이 괘씸하다! 등 뒤의 적삼이 구겨졌지만 펴주지 않아 지금 주름에 눌려 괴롭기만 하다. 당신들은 죽으면 뭘 모르는 줄 알고 이처럼 건성으로 하는가? 하하하!

내 몸은 살아 있을 때보다 훨씬 무거워진 것 같았다. 그래서 구겨진 옷 때문에 굉장히 불편했다. 하지만 좀 지나면 습관이 될 것이라고 생각했다. 또는 곧 썩을 터이니 더는 큰 불편이 없을 것이다. 지금은 잠자코 조용히 생각하기만 못하였다.

"안녕하세요? 당신은 죽었나요?"

꽤나 귀에 익은 목소리였다. 눈을 뜨고 보니 발고재(勃古齋) 책방의 심부름꾼 젊은이였다. 보지 않아도 스무 살쯤 되었을 텐데 늙은이 같았다. 나는 막혀 있는 여섯 면을 살펴보았다. 정말 너무 거칠어서 전혀 다듬은 것 같지 않았고 톱밥이 부스스하였다.

"그건 방애되지 않을 거야. 괜찮아."

그는 이렇게 말하며 검푸른 색 보따리를 펼쳐보였다.

"이것은 명나라 때 출판한 《공양전》[1] 가정흑구본[2]인데 가져왔습니다. 두고 보십시오. 이건……"

"이봐!" 나는 놀라서 그의 눈을 바라보며 말했다. "자넨 진짜 멍청한 것 아니야? 지금 내가 명나라 책을 볼 수 있는 처진가?……"

"볼 수 있을 겁니다. 괜찮아요."

나는 그가 얄미워서 금방 눈을 감아버렸다. 좀 지나 아무 기척도 없었다. 아마 가버린 모양이다. 그런데 개미 한 마리가 내 목으로 기어 다니는 듯싶다. 끝내는 내 얼굴에 기어 올라와 눈언저리에서만 빙빙 돈다.

종잡기 어려운 사람의 사상은 죽은 뒤에도 변하는 모양이다. 하지만 편안하던 나의 마음을 그 어떤 힘에 의해 부서졌고 아울러 수많은 꿈도 모두 죽어서 꾸었다. 친구 몇은 나의 안락을 빌었고 원수 몇은 나의 죽음을 축복하였다. 하지만 나는 안락하지도 않았고 죽지도 않은 채 죽음과 생존 사이에 살면서 어느 쪽의 기대도 받을 수 없었다. 지금은 또 그림자처럼 죽어버려 원수조차도 모르게 만들어 그들을 그냥 기쁘게 할 수 있는 혜택을 꼬물만치도 주지 않았다.……

나는 즐거워서 울고 싶었다. 이건 아마 내가 죽어서 처음 우는 울음일 것이다.

하지만 끝내 눈물은 흘리지 않았다. 마치 눈앞에서 불빛이 번쩍이는 것 같아서 나는 일어나 앉았다.

1925년 7월 12일

|1| 《공양전(公羊傳)》이란 《春秋公羊傳》이라고도 하는데 《춘추》를 해석한 책이다. 전하는데 의하면 주(周)나라 말기 제(齊)나라 사람 공양고(公羊高)가 지은 것으로서 여러 판본 가운데 명나라 판본이 가장 귀중하다고 한다.

|2| 가정흑구본(嘉靖黑口本)이란 중국의 선장본 책으로서 페이지와 페이지를 접은 모서리를 검은색으로 하거나 흰색으로 하는데 모서리 아래위에 검은 줄이 있는 걸 "흑구"라고 하고 검은 줄이 없는 것을 "백구(白口)"라고 한다. 가정(1522~1566년)은 명세종의 연호이다.

이런 전사

이런 전사가 있어야 한다.—

그는 번쩍이는 모제르[1]를 멘 우매한 아프리카의 토인도 아니고 또한 무맥하지만 모제르총으로 무장한 녹색 병영[2]의 중국인 병사도 아니다. 그는 쇠가죽과 녹 쓴 철로 만든 갑옷에 의지하려는 생각은 전혀 없다. 그는 홀몸이지만 야만인이 쓰는, 손으로 뿌리는 투창을 들고 있다.

그가 들어간 곳은 적이 보이지 않는 적진으로서 만나는 사람마다 그를 보고 고개를 끄덕여 인사를 한다. 그 인사야말로 적의 무기로서 사람을 죽여도 피가 보이지 않는 무기이며 수많은 전사들이 이 무기에 목숨을 잃었고 포탄과 같아서 용사로서는 힘을 쓸래야 쓸 수가 없었음을 그는 알고 있었다.

그들은 각양각색의 이름을 수놓은 여러 가지 깃발을 들고 있다. 자선가, 학자, 문인, 어르신, 청년, 고상한 사람, 군자……. 그리고 몸에는 여러 가지 모양새로 수놓은 각양각색의 허울을 두르고 있다. 학문, 도덕, 국수, 민의, 논리, 정의, 동방문명[3]…….

|1| 모제르는 기계사인 독일의 모제르 형제가 19세기 70연대에 설계한 단발 보총으로서 당시에는 선진적인 무기였다.
|2| "녹색 병영"을 "녹색 깃발"이라고도 부른다. 청나라 군사제도로서 정황(正黃), 정백(正白), 정홍(正紅), 정남(正藍), 양황(鑲黃), 양백(鑲白), 양홍(鑲紅), 양남(鑲藍)으로 "팔기병(八旗兵)"이라고 하였다. 뒤에 중국인으로 된 군대를 편성하고 깃발은 녹색을 썼기에 녹기병이라 불렀다.

그렇지만 그는 창을 쳐들었다.

그들은 한목소리로 맹세한다. 심장이 한쪽에 있는 인류와는 달리 우리의 심장은 가슴 한가운데 있다고. 우리는 모두 가슴 앞에 호심경[4]이 있으며 스스로도 심장이 가슴 한가운데 있다고 믿는 증거라고.

하지만 그는 창을 쳐들었다.

빙그레 웃으며 그가 약간 옆으로 던졌지만 그들의 심장을 명중하였다.

모든 것이 맥없이 쓰러졌다. 하지만 외투뿐이었고 속은 비어 있었다. 빈 속의 물건은 이미 빠져나갔고 승리하였다. 그것은 그가 자선가와 같은 사람들을 죽인 죄인이기 때문이었다.

하지만 그는 창을 쳐들었다.

그는 실체 없는 진영을 성큼성큼 걸어갔다. 그를 보고 또 고개를 끄덕이며 인사를 건넨다. 각양각색의 깃발들, 각양각색의 외투들……

하지만 그는 창을 쳐들었다.

그는 결국 실체 없는 진영에서 늙어갔고 생을 마감하였다. 그는 결국 전사가 아니었고 하지만 실체 없는 물체가 승리자였다.

이와 같은 상황에서는 누구도 함성을 듣지 못했고 태평스러웠다.

태평스럽다…….

하지만 그는 창을 쳐들었다!

1925년 12월 14일

---

[3] "5.4" 운동 전후에 봉건도덕과 봉건문화를 수호하고 근대 과학문명과 민주개혁을 반대하기 위해 제국주의자와 봉건 복고주의자가 고취한 반동구호의 하나이다.
[4] 고대 가슴을 보호하기 위해 갑옷 가슴 부위에 끼워 넣었던 둥근 금속조각을 말한다.

어진 사람과 어리석은 자, 그리고 노비

노비는 툭하면 남을 잡고 하소연을 한다. 그로서는 이렇게 할 수밖에 없었고 그래야만 했다. 하루는 그가 어진 사람을 만났다.

"선생님!"

그는 울먹였고 눈물이 눈귀로 쭈르르 흘러내렸다.

"아시다시피, 저는 사는 꼴이 말이 아닙니다. 하루에 밥 한 끼 먹을까 말까 한데다가 그것도 돼지나 개도 먹지 않는 수수깍정이에 지나지 않고 겨우 반 사발 정도지요……"

"참으로 안됐군요."

어진 사람이 몹시 애처로운 듯이 말하였다.

"그럼요!"

"하지만 일은요, 밤낮으로 쉴 새 없이 해요. 아침에는 물을 긷고 저녁에는 밥을 지어야 하고 낮에는 심부름하고 밤에는 방아를 찧어야 하고 갠 날에는 빨래하고 비 오면 우산을 들어주어야 하고 겨울이면 탄불 피우고 여름이면 부채 부쳐주어야지요, 밤에는 밤참 끓여 마작을 노시는 주인의 시중을 들어야 하는데 그런데도 땡전은 고사하고 매를 얻어맞을 때도 있으니……"

"저런……"

어진 사람은 한숨을 내쉬면서 눈시울을 붉혔고 눈물이 핑 돌았다.

"선생님, 저는 정말 이상 견디지 못하겠어요. 반드시 다른 방도를 찾아야 해요. 하지만 무슨 방도가 있지요?"

"내 보기엔 앞으로는 나아질 것 같은데요……"

"정말요? 그러면 얼마나 좋겠어요. 어쨌든 이렇게 선생님께 제 억울함을 하소연하고 선생님의 동정과 위안을 받으니 마음이 한결 풀리네요. 역시 하늘은 무심하지 않네요.……"

그러나 며칠 지나지 않아 그는 또 마음이 토라져서 여전히 사람을 붙잡고 하소연하였다.

"선생님!"

그는 눈물을 흘리며 말했다.

"아시다시피 저는 돼지 굴보다 못한 집에서 산답니다. 주인의 눈에는 제가 사람도 아니고 강아지를 저보다 수만 배 더 귀여워하지요."

"나쁜 놈!"

듣던 사람이 소리를 지르는 바람에 그는 깜짝 놀랐다. 그 사람은 어리석은 자였다.

"선생님, 저는 몹쓸 오두막에 살아요. 습하고 어둡고 빈대까지 우글거려 자면서 물려 죽을 지경이에요. 더러운 냄새가 코를 찌르고 창문 하나 없는데다……"

"주인에게 창문을 내달라고 해야지?"

"어찌 그럴 수 있어요?……"

"그럼 나와 같이 가보세!"

어리석은 자는 노비를 따라 집에 이르자 벽을 찍기 시작하였다.

"선생님, 지금 뭐하시는 겁니까?"

노비는 그만 깜짝 놀랐다.

"창문을 내고 있질 않나."

"안 돼요! 주인님이 화를 낼 거예요."

"내든 말든!"

그는 계속 벽을 찍었다.

"누구 없어요? 강도가 집을 부숴요. 어서 와요, 이러다간 집에 구멍이 뚫려요."

노비가 울고 소리치며 그 자리에서 맴돌았다.

노비들이 우르르 몰려와 어리석은 자를 쫓아냈다.

그 고함소리를 듣고 맨 나중에 느릿느릿 나타난 사람은 주인이었다.

"강도가 집을 부수려 했습죠. 제가 먼저 소리를 질러 저희들이 함께 몰아냈사옵니다."

노비는 공손하면서도 자랑스럽게 말했다.

"자네, 잘했어."

주인이 그를 칭찬해주었다.

그날, 여러 사람들이 찾아와 그를 위로해 주었고 그 가운데는 어진 사람도 있었다.

"선생님, 이번에 제가 공을 세워 주인님께서 칭찬해주셨어요. 지난번에 선생님께서 나아질 거라고 했잖아요. 과연 선견지명이 있으시군요.……"

희망에 부풀어 그는 기뻐서 말했다.

"암, 그렇고말고……"

어진 사람도 그의 일이 기쁜 듯이 대꾸하였다.

1925년

겨울 잎사귀

등불 아래에서 《안문집》[1]을 보다가 뜻밖에 갈피에 끼워놓았던 단풍나무 잎을 발견하였다.

나는 지난해 늦가을이 떠올랐다. 밤새 서리가 내리자 나뭇잎은 대부분 시들고 정원 앞에 있는 자그마한 단풍나무도 붉게 물들었다. 나는 단풍나무 주변을 돌며 그 빛깔을 눈여겨본 적이 있었다. 나뭇잎이 짙푸를 때는 이렇게 눈여겨보지 않았다. 단풍나무는 온통 붉게 물들어 있는 것은 아니었다. 엷은 붉은빛을 띤 잎사귀가 가장 많고 새빨간 잎사귀는 얼마 되지 않고 푸른빛을 띤 잎도 몇 군데 있었다. 벌레 먹어 자그마하게 구멍 뚫린 잎사귀가 보였다. 테두리 색깔이 까맣게 변한 구멍은 붉고 노랗고 푸른 잎사귀들과 어우러져 마치 밝은 눈동자마냥 사람을 지켜보고 있었다.

"병든 잎이로구나!"

나는 중얼거렸다.

나는 잎을 따서 금방 산 《안문집》에 끼워 넣었다. 벌레 먹었지만 빛깔 고운 잎사귀가 이제 다른 잎들처럼 떨어져 버리는 것이 아까워 잠시라도 보존하고 싶었던가 보다.

하지만 오늘밤 잎사귀는 누런 밀랍처럼 나의 눈앞에 누워 있다. 그 눈

|1| 《안문집(雁門集)》은 원나라 때 사두라(薩都剌, 1272~1340)가 지은 시집으로서 사씨가 산서 안문에 살고 있었기에 책 이름을 《안문집》이라 달았다.

동자도 지난해와는 달리 부리부리하지 않았다. 이제 몇 년 지나면 옛날의 빛깔은 나의 기억에서 사라져 버리고 나마저도 왜 이 책갈피에 들어가 있는지 알 수 없을 것이다. 곧 떨어질 병든 나뭇잎은 아마 지극히 짧은 시간 동안만 그 다채로움을 간직할 수 있을 뿐이니 푸르싱싱함은 더 말할 것도 없을 것이다. 창밖을 바라보니 추위에도 꽤 견디는 나무마저도 벌거숭이가 되었다. 그러니 단풍나무는 말할 나위도 없다. 가을이 깊어 가노라면 지난해와 같은 모양의 병든 잎사귀가 있을 것이다. 하지만 아쉽게도 올해에는 가을의 나무를 감상할 여가가 없다.

1925년 12월 26일

희미해진 핏자국 속에서

― 죽은 자와 살아 있는 자와 아직 태어나지 않은 자를 기념하여

지금의 조물주는 역시 겁쟁이이다.

그는 몰래 하늘과 땅을 변화시키지만 감히 이 지구를 훼멸시키지는 못한다. 몰래 생물들을 쇠망시키지만 모든 주검을 감히 오랫동안 보존하지는 못한다. 몰래 인류를 피 흘리게 하지만 감히 핏빛을 영원히 빨갛게 하지는 못한다. 몰래 인류를 고통 받게 하지만 감히 그 고통을 영원히 기억하게 하지는 못한다.

조물주는 자기와 같은 부류 ― 인류 가운데의 겁쟁이 ― 들만 생각해준다. 폐허와 무덤으로 호화로운 집을 돋보이게 하고 세월로 고통과 핏자국을 희미하게 만든다. 날마다 약간 단맛 나는 쓴 술을 너무 적지도 많지도 않게, 약간 취할 정도로 인간에 보내어 마신 사람으로 하여금 울게 하고 노래 부르게도 한다. 또 깬 듯 취한 듯 싶게도 하고 알 듯 말 듯하게도 하고 죽고 싶게 하는가 하면 살고 싶게도 만든다. 그는 반드시 모든 것을 살고 싶도록 만들어야 한다. 그는 아직 인류의 용기를 깡그리 소멸하지는 못하였다.

땅 위에 널려 있는 폐허 몇 군데와 쓸쓸한 무덤 몇이 희미한 핏자국을 비추고 있고 사람들은 모두 그 사이에서 내남의 고통과 핏자국을 씹고 있다. 하지만 그걸 뱉어내려고 하지 않고 결국은 공허보다 낫다고 생각한다. 누구나 스스로 "하늘의 죄인"이라고 생각하면서 내남의 막연하고 슬

픈 변명을 씹는다. 그리고 두근거리는 마음으로 숨을 쉬면서 슬픔과 고통이 오기를 조용히 기다린다. 새로운 슬픔과 고통을 그들은 두려워하면서도 부딪치기를 갈망한다.

이들은 모두 조물주의 양민이다. 그들은 이렇게 해야 하였다.

이를 반역한 용사가 인간 세상에 나타났다. 그는 꿋꿋하게 서서 이미 개변된 것과 남아 있는 폐허와 거친 무덤들을 죄다 꿰뚫어보고 있고 깊고 넓고 또 오래된 고통을 모두 기억하고 있으며 쌓이고 뭉쳐 있는 피를 빠짐없이 정시하고 있다. 그는 모든 것이 죽어버렸고 생겨나고 있으며 장차 생겨날 것이고 아직 생겨나지 않고 있다는 것을 깊이 알고 있다. 그는 운명의 농간을 간파하고 있으며 그는 일떠나 인류를 깨우칠 것이다. 아니면 인류를, 이 조물주의 양민들을 멸망시킬 것이다.

겁 많은 조물주는 부끄러워 숨어버렸다. 그리하여 용사의 눈에는 하늘과 땅이 다른 빛깔로 변하였다.

1926년 4월 8일

각성

폭탄을 떨어뜨리는 사명을 맡은 비행기는 학교에서 수업을 하듯이 매일 오전이면 북경 상공을 날아다닌다. 기계가 공기와 부딪치는 소리를 들을 때마다 나는 가벼운 긴장을 느끼면서 마치 엄습해오는 "죽음"을 보는 듯하다. 하지만 "삶"의 존재를 절실히 느끼기도 한다.

멀리 폭격소리가 한두 번 들려오고 난 뒤에는 비행기가 웅 웅 소리를 내면서 서서히 날아가 버린다. 아마 사람이 죽거나 상했을 성싶기도 하다. 그러나 세상은 더욱 태평스러운 것 같다. 햇빛 아래 창밖 백양나무의 여린 잎은 윤기가 반짝이고 풀또기도 어제보다 더 활짝 피었다. 침대에 어수선히 널려 있는 신문들을 치우고 밤새 책상 위에 얇게 내려앉은 시뿌연 먼지를 닦고 나니 작은 서재가 오늘도 여전히 "밝고 깨끗하다."

그 어떤 원인 때문에 나는 오랫동안 나에게 쌓여있던 청년 작자의 원고를 교정하고 있었다. 몽땅 정리해놓을 생각이었다. 나는 작품의 연월 순에 따라 보기 시작했다. 가식이 없는 청년들의 영혼이 하나하나 나의 눈 앞에 우뚝 서 있다. 그들은 탁월하고 순진하다. 아, 그러나 그들은 고민하고 신음하고 분노한다. 그러다가 마침내 우악스러워진다. 나의 사랑스러운 젊은이들이여!

영혼은 모래바람을 맞아 사나워졌다. 사람의 영혼이기 때문이다. 나는 이런 영혼을 사랑한다. 나는 모양도, 빛깔도 없는, 피가 낭자한 사나움에

키스해주고 싶다. 어슴푸레한 멋진 정원에 보기 드문 꽃들이 만발해 있고 미녀들이 할 일 없이 유유자적 즐기고 있는데 두루미의 울음소리에 흰 구름이 넘실거린다.……그야말로 동경해마지 않는 곳이다. 하지만 나는 내가 인간 세상에 살고 있음을 잊지 않는다.

갑자기 떠오르는 일이 있다. 2, 3년 전엔가 내가 북경대학 교사 예비실에 있는데 낯선 청년이 들어왔다. 그는 말없이 나에게 책가방을 건네고는 나가버렸다. 가방을 열어보니 《얕은 풀(淺草)》이었다. 그 말없는 가운데서 나는 많은 말을 알 수 있었다. 아, 얼마나 풍요로운 선물인가! 아쉽게도 그 《얕은 풀》은 더 출판되지 않고 《갈앉은 종(沉鐘)》의 전신으로 된 듯싶다. 그 《갈앉은 종》은 끝없는 모래바람을 맞으며 사람들 속에 깊이 묻혀 외롭게 울리고 있다.

우엉은 여러 번 끊어지면서 거의 죽을 뻔했지만 그래도 작은 꽃 한 송이를 피웠다. 톨스토이가 몹시 감동을 받은 것으로 기억된다. 그래서 소설 한 편을 써냈다. 하지만 초목은 메마른 사막에서 뿌리를 한껏 내리면서 땅속 깊이에 있는 샘물을 빨아들여 푸른 숲을 이룬다. 물론 자신의 "삶"을 위해서지만 피로하고 목마른 나그네들이 보면 잠시 땀 들일 곳을 만나 기뻐한다. 이 얼마나 감격스러운 일이고 또 슬퍼해야 할 일인가!?

《갈앉은 종》의 《무제(無題)》 - 공고를 대신하며 - 는 이렇게 썼다.

"우리 사회를 사막이라고 하는 사람이 있다. - 만일 정말 사막이라면 비록 좀 황량하지만 그런대로 조용하고 비록 좀 적막하지만 망망한 느낌을 줄 것이다. 어찌 이처럼 어지럽고 이처럼 음침하고 또 이처럼 황당하고 변덕스럽겠는가!"

그렇다. 청년들의 영혼은 우리 앞에 우뚝 서있다. 그들은 이미 사나워졌다. 혹은 사나워지려 하고 있다. 하지만 나는 이러한 유혈과 은은한 아픔을 가진 영혼을 사랑한다. 이들 때문에 사람이 사는 세상 같고 사람들 속에서 사는 것 같기 때문이다.

교정을 보노라니 석양이 서쪽에 기울고 등불이 빛을 이어주었다. 여러 가지 청춘들이 내 눈앞을 스쳐지나가고 몸 밖에는 황혼만 감돌고 있다. 피로한 나는 담배를 쥐고 알 수 없는 생각에 잡혀 조용히 눈을 감고 기나긴 꿈을 보았다. 하지만 불시에 깨어나 보니 몸밖에는 황혼이 감돌고 있고 타래진 담배연기는 움직이지 않는 공기 속을 올라가고 있는데 마치 작은 여름 구름처럼 서서히 뭐라 이름 지을 수 없는 모양을 이루고 있었다.

1926년 4월 10일

今天到你……中国主持定期节目……

重聚遂應邀，隨主持先生的「老生」還會得心之處。

我以為那到信就送之，大為言成理的程誠，任在文字外……

先看登這個二十来為寄……，感到是太多……私也甘多，

則们討論至甚與關係，但在列一方面，現了問題，已有……

從理进其理可以给故事来看……也為我醒他们的共生也不……

「是為中国人沒有討論的資格的左登」，已就是进些文章的價值之……

阿在～

武之帶太夕，说别使大和社会相通的，多家看进些由派主的反

字，可以于我实在是不為重孟的東西。例如「找我就底……

「主張變遷可以变迟」要小心任的老妥巴会责心不妥作」之类，肩想到其第……

有趣，令人肤，此烟、远，倘無额事討論，走一時不客易感到，不来

想到的，从果「星期试已，北军了进些名言为美唐也，豈不下嘴？

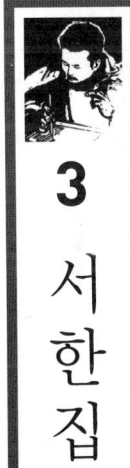

3

서
한
집

1919년 1월 16일 허수상에게 보낸 편지

계시|1| 군에게,

일전에 보낸 편지를 받아보았습니다. 앞서 보내준 《신청년》5권의 제3,
4호 두 책은 이미 왔습니다. 편지에서 어린이들의 학습에 대해 물었지만
정말 어떻게 말하기 힘듭니다. 중국의 고서는 페이지마다 사람을 해치고
새로 나온 책들도 분수없는 사람들이 지은 것이어서 전혀 배울 것이 없습
니다. 지금 상황에서는 이야기 같은 글은 보지 않는 것이 좋고 자연 사물
을 소개한 글을 읽을 수밖에 없다고 생각합니다. 자연 사물에 대한 서술
이 서툴 수는 있겠지만 이야기는 대체로 황당무계하지요. 서투른 것은 수
정하기 쉽지만 황당한 것은 치료하기 어렵습니다. 한문은 결국 폐지해야
하겠지요. 대체로 사람이 있으면 문자가 결국 폐지되겠지만 문자가 존재
하면 사람이 멸망하고 말 것입니다. 지금 시대에서는 요행이라도 살아남
을 길은 없습니다. 하지만 이 시대에 살고 있는 우리들은 반드시 이를 위
해 정력을 희생하더라도 아까울 게 없습니다. 군이 시영(詩英)|2|에게 글을

|1| 계시(季市)는 허수상의 자이다. 허수상(許壽裳, 1883~1948년)은 교육가로서 루쉰이 일본 고분학원에서 공부
할 때 동창생이다. 귀국한 뒤 절강 사범학당, 교육부, 북경 여자사범대학, 중산대학에서 루쉰과 여러 해 같이 일을 하
였다. 1948년 2월 18일 밤 대북에서 암살되었다.
|2| 시영이란 허시영으로서 허수상의 맏아들이다.

가르치고 있지만 시대의 흐름에 적응하는 사상을 가르치는 것이 가장 중요하다고 생각합니다. 문체는 그렇게 알심 들여 선택할 필요가 없고 지금의 문체를 배워봤자 장차 큰 쓸모가 있으리라 생각지 않습니다. 사상이 자유롭기만 하다면 앞으로 시대의 흐름이 제아무리 거창하더라도 어울릴 수 있을 것입니다. 소년시대에 읽을 만한 책은 중국에 아주 드물고 계몽교육에 대해서는 예로부터 중시해왔지만 해석한 의미가 짙어서 여유가 없고 재주가 없고 돈이 없으면 결국 성적을 낼 수 있는 사람이 아주 드물지요. 현대문을 주장하는 사람이 요즘 들어 날마다 늘어나는 것 같습니다. 하지만 반대하는 소리도 많아 사면팔방에서 공격해 와도 응원하는 사람이 아주 적습니다. 때문에 지금 해야 할 일은 아주 많지만 어느 하나 이루어내는 것이 없으니 인재가 부족함을 한탄하지 않을 수 없습니다. 대학의 《모범문선》|3|을 우리 학부에서 찍기로 했고 요즘 인쇄에 맡겼다고 합니다. 나오면 보내드릴 터이니 글을 잘 알아볼 수 없는 옛 인쇄본을 볼 필요가 없습니다. 대학에 학생이 2천 명이라지만 대체로 생기가 없이 너무 침체되어 있습니다. 채선생이 와서 좀 개혁을 했지만 별로 효과가 없습니다. 다만 요즘 새로 나온 《새 사조》|4|라는 잡지가 사람들의 마음을 확 끌고 있습니다. 스무 명쯤 되는 그룹의 합작으로 되어 있고 그 가운데 교사가 쓴 저작도 있다고 합니다. 제1권은 이미 출판되었는데 요즘 우편으로 보내드리겠습니다. 그 가운데 부사년|5|이 쓴 글이 가장 좋고 나가륜|6|의 글도 못하지 않습니다. 모두 학생들입니다. 저는 근년에 일에 허둥대다 보니 상황이 전혀 좋아진 것이 없지만 사상은 좀 변한 것 같습니다. 내년에 가족 사람들의 핍박으로 소흥에 있는 집을 팔지 않을 수 없어서 절강

|3| 당시 북경대학 예비학과에서 썼던 국문 교과서이다.

|4| 종합성 월간으로서 1919년 북경에서 창간되었고 제3권 2호를 내고 휴간하였다.

|5| 부사년(傅斯年, 1896년~1950년) 당시 북경대학 학생으로서 《새 사조》의 편집원이었다.

|6| 나가륜(羅家倫, 1897~1969년) 역시 북경대학 학생으로 《새 사조》의 편집원이었다.

에 안착할 생각을 버리고 가족과 함께 북경에 이사해야겠습니다. 요즘 소홍에 대한 감정도 날로 나빠졌는데 무슨 영문인지 모르겠습니다. 섭화(雙和)의 말을 들으면 이목재가 여자 관리|7|에게 책을 증여하였고 군의 흉을 여러 번 보았다고 하는데 섭화가 어디서 들었는지 모르겠군요. 에바|8|가 이런 요언을 날조했다고 할 수는 없지만 이것은 그의 장끼로서 라이프치히|9|에 대해서도 그렇게 한 적이 있지요. 한마디로 우리와 청나라 유신들은 워낙 같은 길을 걷는 사람이 아니기에 그런 헐뜯는 일이 없을 리 없으니 그저 웃어 버리고 마는 것이 좋을 것입니다. 지금 사무실에서 이 편지를 쓰고 있지만 책은 집에 있습니다. 때문에 답장에 하고픈 말을 다 할 수 없으니 양해하시기 바랍니다.

　이만 그칩니다. 안녕히!

　복 받기를 빕니다.

수인 돈수. 1월 16일

《새 사조》 제1책은 이미 부쳤습니다. 같은 날.

|7| "여자관리"란 부증상(傅增湘, 1872~1949년)으로서 장서가이며 1914년 원세개의 어용기관인 약법회(約法會) 의원이었고 1915년 숙정청(肅政廳) 숙정사를 담임하였다.

|8| 에바란 하증우(夏曾佑)를 가리키는데 당시 교육부 사회교육사 사장을 맡고 있었다. 루쉰은 그가 편찬한 《중국역사 교과서》를 몹시 높이 평가하였으나 관직을 맡은데 대해서는 좋지 않게 생각하였다.

|9| 라이프치히는 채원배를 말하는데 채원배가 독일의 라이프치히대학에서 공부했기 때문이다.

1920년 5월 4일 송숭의에게 보낸 편지

지방|1| 동학에게,

일전에 보낸 편지는 잘 받아보았고 여러 가지 상황을 잘 알았습니다.

내가 지난해 가족을 데리고 북경에 이사 온 뒤 절강에 간 일이 있으나 너무 바빠서 항주와 절강에 있는 여러 친구들을 만나지 못하고 왔는데 내내 아쉽게 생각하고 있습니다.

근년에 불안한 국내 사정으로 학계가 영향을 받아 일 년 내내 마음을 놓을 수가 없었습니다. 보수파들은 이 사실을 소란의 근원이라 하고 유신파들은 또 극구 찬양하고 있습니다. 전국의 학생들을 재난의 싹이라고 하는가 하면 지사(志士)라고 칭찬하기도 합니다. 하지만 내가 보기에는 일시적인 현상일 뿐이지 중국에 그 어떤 영향도 없으리라고 생각합니다. 지사라고 하는 것은 과분한 찬사겠지만 재난의 싹이라고 하는 것도 너무 억울한 말이지요.

남방 학교에서 생긴 현상은 여기에 비하면 기이한 것 같습니다. 교사를 네 등급으로 나눈 것은|2| 교육역사에서는 새로운 기원을 열었다고 할 수

|1| 지방(知方)이란 송숭의(宋崇義, ?~1942년)의 자이다. 송숭의는 절강 가흥 사람으로서 루쉰이 절강 사범학당에서 교직에 있을 때 글을 가르쳤던 학생이다. 나중에 그는 절강 태주중학, 항주 종문중학, 항주 예술전문학교에서 교직을 맡았다.

있습니다. 북경은 아직 그러지 않습니다. 다만 고등 공업학교에서만 교장을 몰아내려고 했는데|3| 좀 그와 비슷할 뿐입니다. 하지만 이것은 교장이 제창한 일이 아니기에 학생들도 일어나지 못하고 있습니다. 만약 강교장|4|의 방법대로 한다면 상황이 같을 것입니다. 세상의 논객들은 남과 북의 다른 점을 말하기 좋아하고 있는데 실은 모두 중국 사람으로서 성격은 별다른 점이 없습니다.

요즘 말하는 신사조란 외국에서는 이미 상당히 일반화되어 있지만 중국에 들어오자 사람들은 깜짝 놀라고 있습니다. 신사조를 제창하는 사람들의 사상이 철저하지 못하고 언행이 일치하지 않아 허물이 자꾸 생기지만 이것은 신사조에 문제가 있는 것이 아니기에 책임을 신사조에 떠넘길 수는 없다고 봅니다. 한마디로 말해서 중국의 옛 사물들은 어떻게 됐든 붕괴되기 마련입니다. 만약 새 관념으로 변화를 밀어준다면 개혁에 질서가 잡혀 그로 인한 재화가 그대로 무너지듯이 세차지 않을 것입니다. 하지만 사회는 옛것을 수호하려고 하고 신당은 또 멋대로 행동하니 흩어진 모래와 같아 모아지지 않습니다. 그러니 장차 어쩔 도리가 없고 수습할 길이 없겠지요.

지금의 여론은 또 러시아의 사조가 중국에 전염되어 혼란이 생길까봐 무서워하고 있지만 이 역시 사실과는 맞지 않는 말입니다. 혼란이 생길

|2| "5.4운동"이 있은 지 얼마 지나지 않아 절강 제1사범학교의 학생 시존통(施存統)이 《효도가 아니다(非孝)》라는 글을 발표하였다. 1919년 12월 절강성 의회 의원 65명이 연명으로 북양정부에 글을 올려 이 학교의 교장 경형이(經亨頤)가 "효도와 공자에 대한 숭배를 반대하고 공처공산를 제창한다."고 고발하면서 엄벌할 것을 요구하였다. 이듬해 절강성 교육청에서는 경형이의 교장 직을 해임하고 강기(姜琦)를 교장으로 임명하였다. 이 일로 학생과 교사들이 동맹휴업을 하게 된다. 강기는 취임하자 정돈 조치로 교사를 "반드시 남아야 할 사람", "남아도 되는 사람", "잠시 남아야 할 사람", "반드시 떠나야 할 사람"으로 나누었다.

|3| 1920년 2월 북경 공업전문학교의 학생 하수봉(夏秀峰)이 가두시위에 나가 강연을 하다가 체포되었다. 그러자 학생들은 교장 홍용(洪鎔)이 나서서 학생을 구출해달라고 요구하였다. 그러나 거절당하자 집회를 가지고 교장이 사임할 것을 요구하였고 학생운동으로 번졌다.

|4| 강교장이란 강기(姜琦)를 말한다. 강기는 자가 백한이고 절강 영가 사람이다. 일본 도쿄 고등사범학교를 졸업하고 당시 절강 제1사범학교 교장을 맡고 있었다.

수는 있겠지만 사상이 전염된다고는 할 수 없을 것입니다. 중국 사람은 잘 감염되지 않기에 타국의 사조가 들어오기는 실로 어렵습니다. 앞으로 혼란이 생기더라도 그것은 러시아식이 아니라 중국식의 혼란일 것입니다. 하지만 중국식의 혼란이 타국식의 혼란에 비해 나을지는 저의 소견으로는 추측하기 어렵습니다.

요컨대 옛 질서가 그냥 유지될 수 없는 것은 의심할 바 없습니다. 하지만 그 변화는 관리들이 바라는 현 상태가 아닐 뿐만 아니라 새 학설을 주장하는 사람들이 고취하는 신식도 아닐 것입니다. 뒤죽박죽이 될 뿐이겠지요.

중국이 공화제도를 배우고 있지만 공화제도란 그런 것이 아니며 논의하는 사람들은 대부분 중국에 맞지 않는다고 생각하고 있습니다. 사실 이전의 전제제도는 좋았습니까? 전제제도일 때도 충신은 없었고 강대국도 아니었습니다.

저의 생각으로는 뿌리가 없는 학문이나 애국과 같은 주장은 모두 공담일 뿐입니다. 지금 해야 할 일은 고심하게 학습하는 것뿐입니다. 이러기를 두려워하는 것은 또한 오늘의 학자로서는 듣기 좋은 일이 아니지요.

이만 그칩니다. 안녕히 계십시오.

복 많이 받으시기를!

수인 돈수 5월 4일

1920년12월 14일 아오기[1]에게 보낸 편지

　편지는 잘 받아보았고《중국학》[2]도 받았습니다. 감사합니다.

　전에 호적 군이 갖고 있는《중국학》에서 당신이 쓴 중국문학혁명에 관한 논문을 읽었습니다. 동정과 희망을 안고 공정한 평론을 한데 대해 충심으로 되는 감사를 드립니다.

　제가 쓴 소설은 유치하기 짝이 없습니다. 꽁꽁 얼어붙은 겨울처럼 노래도 없고 꽃도 없는 우리나라가 비감하여 이 쓸쓸함을 깨기 위해 쓰지 않을 수 없었습니다. 일본의 독서계에서는 별로 읽을 만한 가치가 없을 줄로 알고 있습니다. 앞으로 계속 글을 쓸 것입니다. 하지만 앞길이 암담하여 이런 처지에서는 풍자와 저주에 더욱 깊이 빠져 들어갈 것입니다.

　중국의 문학예술은 쓸쓸하기만 합니다. 창작된 새싹들이 얼굴을 내밀기는 했지만 성장할 수 있을지는 알 수 없습니다. 요즘《신청년》은 사회문제에 많이 치우치고 문학에 관한 글은 적어졌습니다.

　나는 지금 중국의 현대문을 연구한다는 것은 실로 어려운 일이라고 생

|1| 아오기 마사오(靑木正兒, 1887~1964년), 일본 중국문학 연구학자이다. 당시에는 일본 도시샤대학 문학부 교수로 있었고《중국학》잡지를 편집하였다.

|2|《중국학》의 원명은《지나학》으로서 이 잡지의 제1호부터 제3호에《호적을 중심으로 소용돌이에 빠진 문학혁명》이라는 글을 실었다.

각합니다. 금방 제창하고 있는 중이라 규칙도 없고 단어를 쓰거나 단어를 만드나 모두 제멋대로입니다. 전현동 군과 같은 사람들은 자전을 편찬해야 한다고 주장하고 있지만 아직 손을 대지 못하고 있습니다. 만약 편찬된다면 아주 편리하겠지요.

서투른 일어로 편지를 쓴데 대해 이해해주시기 바랍니다.

아오기 선생에게 삼가드립니다.

주수인으로부터

11(12)월 14일

1923년 6월 12일 손복원에게 보낸 편지

복원|1| 형,

오늘《부전(副鐫)》|2|에 애정의 법칙에 대한 토론|3|이 실렸는데 주제와는 관련이 없는 편지 두통이 실렸더군요. 종맹공선생의 충고를 받아들여 점차 마무리하려는 것이 아닌지요?

그 편지에서 비록 일리가 있는 제의를 했지만 변태적인 중국에서는 그에 따르지 말고 변태적인 방법으로 처리할 수 있다고 생각합니다.

그 전에 실은 20여 편의 글 가운데는 확실히 이상한 내용이 많아서 애정의 법칙에 관한 토론과는 전혀 무관하였습니다. 하지만 참고로 할 수는 있었고 또 뜻밖의 가치를 지닌 것들도 있었습니다. 이 글을 개혁가들이

|1| 손복원(孫伏園, 1894~1966년)의 원명은 복원으로서 절강 소흥 사람이다. 루쉰이 산회(山會)초급사범학교 교장으로 있을 때 학생이었다. 북경대학을 졸업하였고 신조사(新潮社) 성원으로서 북경의《신보(晨報)》특별란,《경보(京報)》특별란,《어사(語絲)》주간의 편집을 맡았다. 나중에 하문대학, 광주 중산대학에서 교직을 맡았고 저작으로는《루쉰선생의 몇가지 일》이 있다.

|2|《부전(副鐫)》은《신보》특별란을 말한다. 1921년 가을부터 1924년 겨울까지 손복원이 주필을 맡았다.

|3| 애정 법칙에 대한 토론은 1923년 4월 29일《신보》특별란에서 장경생의 글《애정의 법칙과 진숙군 여사의 일에 대한 연구》가 발표되면서 논쟁이 일어났다. 그러자 "애정법칙 토론"이라는 전문란을 두고 논쟁을 벌였고 6월 12일에는 진석주(陳錫疇)와 종맹공(鐘孟公)의 편지를 실었다. 전자는 "중립적인 태도"를 취하면서 기자는 "제3자의 지위"를 유지해야 한다고 주장하였고 후자는 "중국 사람은 토론할 자격이 없다는 충분한 증거로 될 뿐 아무 가치도 없다"고 이번 토론을 공격하면서 기자들에게 "청년들이 망신을 당하지 않도록" 날짜를 정하여 "토론을 중지해야 한다."고 "충고"를 하였다.

보면 그들이 꿈꾸고 있는 금빛 꿈에서 좀 깨어날 수 있을 뿐만 아니라 "중국 사람은 토론할 자격이 없다는 충분한 증거"로 되기도 합니다. 이 점이 바로 이 글이 지니고 있는 가치가 아니겠습니까.

나는 교제가 너무 적어서 사회와의 소통은 주로 흰 종이에 찍힌 글에 의지합니다. 때문에 저에게는 그야말로 유익하지 않을 수 없습니다. 이를테면 "교사라면 반드시 각별히 엄하게 처리해야 한다."거나 "애정이 변할 수 있다고 주장하고 있으니 당신의 아내도 마음이 변하여 당신을 더는 사랑하지 않을 수 있으니 조심하라."|4|는 말은 아주 재미가 있기는 하지만 사람들이 읽으면 망연해지겠지요. 만약 신문에 이런 토론이 없었다면 일시 얻어듣기 힘들고 생각하기도 힘들 것입니다. 만약 "아무 일자로 논쟁을 중지하여" 이런 명언의 발전할 수 있는 원지를 막아버린다면 애석한 일이 아니겠습니까?

종선생 역시 낡은 사상을 버리지 못하고 허물이 있으면 그걸 가리려고만 합니다. 이렇게 겉은 가릴 수 있지만 속은 썩고 있다는 것을 생각지 못하고 있는 것 같습니다. 차라리 좋든 나쁘든 헤쳐 보이는 것이 낫지요. 옛날에 주머니스님|5|이 커다란 주머니에 많은 자잘한 물건을 넣고 다니면서 사람을 만나기만 하면 땅에 쏟아놓고는 "이것 봐, 이것 봐!"라고 말했다고 합니다. 이런 소행이 비록 미친 사람의 짓 같지만 지금은 본받아야 할 방법입니다.

편지에서 괴상한 논조를 까밝히기만 하면 "청년들을 망신 줄 수 있다."고 했는데 걱정이 너무 많은 것 같습니다. 지금 상황을 보면 갑들이 허물이라고 하는 것이 을들이 보기에는 보물일 수도 있으니 모두가 하나같지 않아서 남의 일로 너무 걱정할 필요가 없다고 봅니다. 그리고 먼저 보낸

|4| 이 언론은 당시 토론에 참가했던 사람의 논조이다.

|5| 주머니스님이란 5대 시기의 고승으로서 아래의 사실은 송나라의 장계유가 지은 《계륵편》에 나온다.

편지에 이미 반증이 있지요.

　이상은 저의 의견입니다. 일자를 정해놓고 끊지 말기를 바라는 바입니다. 도대체 어떻게 해야 할지는 물론 당신이 정해야 할 일이지요. 저의 의견은 참고로 삼아주기를 바랍니다.

루쉰 6월 12일

1924년 9월 24일 이병중에게 보낸 편지

용천|1| 형,

집에 돌아와 편지를 보았습니다. 유어|2|선생에게 보낼 편지는 이미 써 놓았습니다. 지금도 나는 결과가 어떨지를 추측하기 어렵지만 다행히 이 것은 목숨이 오가는 일이 아니니까 될 대로 내버려두고 잠시 지켜볼 수밖에 없습니다.

이 방면에 대한 나의 추측이 맞는다고 할 수는 없지만 다 맞지 않는 건 아닙니다. 사실 제가 몇 번 도와주기는 했지만 만약 힘 있는 사람에게는 사소한 일이거나 사소한 일마저도 아닐 수 있지요. 지금 도와주는 듯이 보이는 것은 나에게 힘이 없기 때문입니다. 하기에 효과가 없는 횟수가 늘어나는 것입니다. 설사 효과가 있다 하더라도 별것이 아니므로 전혀 속에 담아두지 말기를 바랍니다.

나는 아마 손님을 만나기 싫어해서 이름나 있을 것입니다. 하지만 꼭 그런 것은 아닙니다. 내가 만나기 싫어하는 사람은 서로 잘 아는 사람이

|1| 용천이란 이병중(李秉中, ?~1940년)의 자이다. 당시에는 북경대학 학생이었고 1924년 겨울에 황포군관학교에 입학하였다. 1926년에는 소련에 유학을 갔고 이어 일본으로 유학을 가서 군사를 배웠다. 나중에 국민당 군관으로 된다.

|2| 유어(幼漁)란 마유조(馬裕藻, 1878~1945년)의 자로서 일본에서 유학을 하였고 귀국해서는 절강 교육사 시학(視學)과 북경대학 중문학부 학부장, 북경여자사범대학 교수 등 직을 맡았다.

아니라 얘기가 잘 통하지 않는 낯선 손님들입니다. 그것은 내가 손님을 맞는 태도를 꾸며 보일 필요가 없기 때문입니다. 나한테는 손님이 많지 않습니다. 나는 조용한 것을 좋아하지만 또 혐오하기도 합니다. 때문에 청년이 나를 찾아오면 몹시 반갑습니다. 하지만 솔직하게 말합니다. 당신도 아마 느꼈겠지만 찾아온 사람이 잘난 척하면 나는 금방 슬퍼집니다. 그 사람이 나와 같은 운명에 빠질까봐 걱정되지요. 한번 만나보고 나서 나와 같은 부류가 아니라면 다시 내왕하지 않습니다. 그가 나보다 희망이 있는 사람이라는 것을 알기에 마음을 놓지요.

기실 내가 언제 솔직했습니까? 나는 황련을 씹으면서도 이마를 찌푸리지 않을 수 있습니다. 나는 자신을 몹시 증오합니다. 내가 돈이 있고 이름이 있고 세도가 있기를 바라는 사람이 있는가 하면 내가 잘못되고 죽기를 바라는 사람도 있는데 나는 도리어 돈과 이름과 세도도 없을 뿐만 아니라 잘못되지도, 죽지도 않고 있습니다. 여러 방면의 성의에 아무런 보답도 못하고 이렇게 나이만 먹었고 앞으로 이대로 죽을 것 같습니다. 나도 가끔 자살할 생각이 나고 사람을 죽이고 싶기도 합니다. 하지만 나는 그러지를 못하고 있지요. 아마 나는 용사가 아니나 봅니다. 그래서 지금 여전히 내가 뜻을 이루기를 바라는 사람에게는 돈을 좀 얻어 보여주고 내가 죽기를 바라는 사람은 더는 계략을 꾸미지 못하도록 피할 수밖에 없습니다. 나는 남에게 실망을 주고 싶지 않습니다. 때문에 애인이나 원수나 모두 속이고 싶습니다. 말하자면 어루만져주고 싶습니다. 하지만 이런 일들을 여전히 잘해내지 못하고 있습니다.

나는 항상 나의 영혼에도 독기와 요사스러운 끼가 있다는 생각을 합니다. 나는 그것들이 혐오스러워서 버리려고 하지만 되질 않습니다. 내가 비록 될수록 감추고 있지만 남에게 전염될까봐 무섭습니다. 내가 가끔 자주 내왕하던 사람에게서 슬픔을 느끼는 것도 이 때문입니다.

하지만 이렇게 말한다고 해서 당신의 방문을 거절하는 것은 아닙니다.

갑자기 이런 생각이 나서 생각나는 대로 썼을 뿐입니다. 만약 당신 생각이 나와 다르다거나 같다고 해도 전염되지 않을 수 있거나 또는 전염돼도 무섭지 않다거나 전염될 리 없다고 믿는다면 찾아오십시오. 그리고 노크도 조심스럽게 할 필요가 없습니다.

수인 올림. 24일 밤

1925년 4월 11일 조기문에게 보낸 편지

×× |1| 형,

지난번에 보낸 편지에 쓴 몇 마디 말에 담긴 뜻을 지금 설명해드리겠습니다. 이른바 "자기"란 나를 말하는 것이 아니라 각자 스스로를 말하는 "자기"입니다. 감정이 풍부한 사람, 말하자면 쉽게 남에게 말려드는 사람이라면 초연하게 홀로 나갈 수 없다는 뜻으로 말한데 지나지 않습니다.

감격이란 두말할 것 없이 어떻게 말하든 미덕이라 해야겠지요. 하지만 나는 감격이 사람을 속박한다고 생각합니다. 이를테면 나는 가끔 모험하고 파괴하고 싶은 생각에 휩싸여 거의 억제할 수 없을 지경에 이를 때가 있습니다. 하지만 나에게는 어머니가 있습니다. 그는 나를 사랑하고 있으며 내가 평안하기를 바랍니다. 나는 그의 사랑에 감격하기 때문에 하고 싶은 일을 마음대로 하지 않고 북경에 직업을 얻어 생계를 유지하고 있으며 두루뭉술한 삶을 살고 있습니다. 남에게 감격하는 마음이 있기에 남을 위안하지 않으면 안 되고 자신을 희생하기도 합니다. ─ 적어도 일부분을 말입니다.

|1| "××"는 조기문(趙其文, 1903~1980년)을 말한다. 조기문은 북경미술전과학교 학생이었고 루쉰의 강의를 들었던 사람으로서 루쉰의 수필집 《들풀》을 보면서 생각되는 문제를 두고 루쉰에게 가르침을 받았다. 당시에는 창조사 북평분사 출판부 경리였다.

또 이를테면 우리가 서로 몇 번 편지를 주고받았기 때문에 우리는 서로 아는 사이가 되었습니다. 하지만 앞으로 우리 둘이 서로 대립되는 부대에 있으면서 싸우게 된다면 어떻게 될까요? 서로의 교제를 잊어버렸다면 싸우기 훨씬 자유로울 것입니다. 하지만 기억하고 있다면 포를 쏘려고 해도 내가 그 전선에 있다는 것을 생각하고 좀 주춤할 수 있지요. 그러면 실패하는 것입니다.

《나그네》[2]의 주제는 편지에서 말한 뜻과 같습니다. 말하자면 비록 앞으로 가면 무덤인 줄을 뻔히 알면서도 기어코 가려고 하는 것은 바로 절망에 대한 반항이지요. 절망을 안고 반항하기란 힘든 일이며 희망을 안고 싸우는 사람보다 더 용맹하고 더 비장하리라고 생각하기 때문입니다. 하지만 이런 반항이 "사랑" 앞에서 무너지는 경우가 많습니다. 감격의 감정도 마찬가지입니다. 때문에 그 나그네 소녀가 베풀어주는 헌 헝겊 한 조각을 받고도 거의 더는 앞으로 나가지 못하지요.

루쉰. 4월 11일

|2| 《나그네(過客)》는 루쉰의 수필집 《들풀》에 있는 단막극으로서 외롭고 절망적인 반항자의 형상을 묘사하였다. 나오는 인물은 나그네, 노인, 소녀 세 사람이다. 여기서 노인은 혁명을 하다가 중도에서 포기한 인물이고 소녀는 경력이 짧아 세상을 아름답게만 보는 단순한 인물이다. 길을 걸으며 발이 터진 과객을 보고 소녀는 상처를 싸매라고 헝겊을 준다.

1926년 6월 17일 이병중에게 보낸 편지

병중|1| 형,

당신의 편지를 받은 뒤 나는 너무너무 기뻤습니다. 일 년 동안 소식을 듣지 못하고 있었지만 나는 내내 잊지 못하고 있었습니다. 두 가지 추측을 할 수밖에 없었는데 하나는 강동|2|에서 부상당했거나 죽었을 거고 다른 하나는 당신이 이미 무사로 되어 다시는 글을 쓰지 않을 거라고 생각했습니다. 지난해 당신이 매현에서 보낸 편지에 이미 빈자리가 여러 군데 있었고 완전히 맺지 못한 곳이 있었습니다. 지금에야 당신이 그처럼 먼 곳에 가 있다는 걸 알게 되었습니다. 이럴 줄은 예상하지 못했고 어서 휴양실에서 나와 "몰래 맥주점에 가 앉아 있기만" 바랄 뿐입니다. 나는 별일 없을 거라고 생각하지만 맥주를 많이 먹으면 결국 좋지는 않을 것입니다. 지난해 여름 나는 어디 가나 일이 잘 풀리지 않아 술을 엄청 마셨지요. 결국 병만 얻고 말았습니다. 지금은 나았고 다시는 술을 마시지 않습니다.

|1| 이병중(李秉中)은 사천 사람으로서 원래는 북경대학 학생이었는데 후에 황포군관학교에 입학하였다. 1926년에 소련에 파견되어 모스크바 중산대학에 입학하였다가 이듬해에 일본으로 건너가 육군학교에 들어갔다. 1932년에 귀국한 후 남경의 국민당 군사기관에서 교관을 역임하였다.
|2| 동강은 주강의 지류로서 여기서는 매현 일대를 가리킨다. 1925년 10월 중순, 국민혁명군은 여기서 광동 군벌 진형명의 군대를 격파하였다. 황포군관학교 학생이었던 이병중은 이 전역에 참가하였다. 하지만 이때는 소련으로 유학을 간 뒤라 "그처럼 먼 곳에 가 있다는 걸 알게 되었습니다."라는 말을 한 것이다.

이것은 의사가 먹지 말라고 하기 때문입니다. 의사는 날 보고 담배도 끊으라고 하지만 이깃민은 따를 수 없습니다.

지난해부터 내가 신문에다 아무 거리낌 없이 논평을 발표하는 바람에 숱한 적이 생겨났지요. 장사쇠에게 물린 것은[3] 앙갚음을 더러 받은 것으로서 나선 사람은 장사쇠이지만 뒤에는 많은 사람들이 있습니다. 하지만 그들의 계획은 여전히 나에게 아무런 손상도 주지 못하고 있습니다. 나는 여전히 그대로 살고 있습니다. 지금 출판한 책에서 나오는 인세로 생활을 유지해나가기 때문입니다. 올봄에 또 한 무리 사람들이 모략을 꾸며 나를 해치려고 했지만 아무런 효과도 얻지 못하고 말았습니다. 다만 시시하게 느껴질 뿐입니다. 내가 비록 상류층을 별로 존경해오지 않았지만 그들이 이처럼 비열하고 음험할 줄은 생각지도 못했습니다.

당신의 꿈에 감사를 드립니다. 새 집이 별로 낡지는 않았지만 지금까지 손을 보지 않은 것은 사실입니다. 내가 아마 좀 늙었나 봅니다. 자연법칙이니까 어쩔 수 없이 "이대로 살 수 밖에" 없지요. 지금까지도 글은 여전히 씁니다. "글"이라기보다 "욕"이라 해야겠지요. 하지만 나는 너무 피곤합니다. 정말 쉬고 싶습니다. 올 가을 아마 자리를 옮겨야 할 것 같습니다. 어느 곳인지는 정하지 않았지만 남방일 것입니다. 목적의 하나는 글만 가르치고 다른 일은 상관하지 않는 것(하지만 그러기도 대단히 어려워 그래도 말을 해야 할지 모릅니다)이고 또 다른 목적은 돈을 벌어 식구들을 먹여 살려야지요. 인세만으로는 어쨌든 부족하기 때문입니다. 식구들은 두고 홀로 가게 되는데 기한은 적어 1년이고 길면 2년일 것입니다. 앞으로 나는 역시 북적거리는 곳에 가서 여전히 말썽을 피울 것입니다.

"청년을 지도한다."는 말은 신문사에서 나를 광고해준 것입니다. 기실 나 자신도 가야 할 길을 모르고 있는데 어찌 남을 지도할 수 있겠습니까!

|3| 장사쇠가 루쉰의 첨사(僉事) 직무를 파면한 일을 말한다.

이런 철학적인 일은 지금 별로 생각지 않고 있으며 요즘 하고 싶은 일은 여전히 아주 작아서 그냥 논평을 발표하고 문학에 관한 책을 내고 싶습니다. 술도 마시고 싶지만 마실 수 없습니다. 요즘 갑자기 더 살고 싶어졌기 때문입니다. 왜 살고 싶어졌을까요? 말하기가 좀 우습기는 하지만, 하나는 이 세상에 내가 살아 있기를 원하는 사람이 몇이 있고 다른 하나는 스스로도 논평을 더 발표하고 싶고 문학에 관한 책을 내고 싶기 때문입니다.

나는 여전히 《망원》을 내고 있으며 자신과 남이 번역했거나 창작한 글을 내고 있습니다. 애석하게 돈이 없어서 많이 내지 못하고 있습니다. 오늘 편지 따로 책 세 권을 부치는데 한 책은 번역 작품이고 다른 두 책은 나의 잡감집입니다. 하지만 별로 볼만한 책이 아닙니다.

나의 주소는 "서시, 궁문 앞, 서삼조골목, 21호"입니다. 당신이 쓴 주소가 크게 틀리지는 않고 다만 번지수가 다섯이 늘어났을 뿐입니다. 내가 북경을 떠났다고 해도 이 주소에 편지를 부치면 됩니다. 가족이 남아 있기에 나에게 전해줄 것입니다.

언제쯤 졸업하고 귀국할 수 있는지? 당신에게 선사할 수 있는 말이 없는 것을 유감스럽게 생각합니다. 하지만 정신적으로 타락되는 것은 좋지 않습니다. 자신을 고생시키기 때문입니다. 우선 쇠고기를 많이 먹고 몸이 건실해야 모든 일을 잘할 수 있지요. 근년에 나의 사상이 전보다 낙관적이어서 별로 쇠퇴되지 않았습니다. 시간이 있으면 늘 소식을 전해주기를 바랍니다.

신 6월 17일

1926년 10월 4일 위총무, 위소원, 이제야에게 보낸 편지

총무|1|, 소원|2|, 제야|3| 형,

전에 원고 한 편(《다시 꺼내는 옛일》 여섯 번째)을 보냈는데 이미 도착했으리라 생각합니다. 19일에 보낸 편지를 오늘 받았습니다. 다른 사람의 원고는 한 편도 보내지 않았군요.

나는 아무 일도 할 수 없습니다. 학교가 외따로 바닷가에 있어서 사회와 격리되었기 때문에 아무런 자극도 없는 것이 원인의 하나이고 다른 원인은 강의록을 엮느라 날마다 중국의 고서만 보기 때문에 아무런 사상도 없기 때문입니다. 그리고 여전히 옹근 시간을 낼 수 없기도 합니다.

처음 봤을 때는 경치가 재미있는 것 같았지만 기실 단조롭기 짝이 없습니다. 산은 영원히 그 산이고 바다는 영원히 그 바다입니다. 그리고 날씨도 영원히 이처럼 따뜻하고 나무와 화초들도 영원히 이렇게 피어나고 푸

|1| 위총무(韋叢蕪, 1905~1978년), 미명사 성원이고 도스토예프스키의 《가난한 사람》, 《죄와 벌》을 번역하였고 시집《군산(君山)》을 냈다.
|2| 위소원(韋素園, 1902~1932년), 1917년 러시아 10월 혁명이 있은 지 얼마 안 되어 소련에 유학을 갔고 1925년에는 이제야, 조정화와 함께 북경에서 미명사(未名社)를 주관하면서 반월간 《미명》을 출간하였다. 그는 러시아, 소련 문학을 번역, 소개하였고 "미명총서"와 "미명신서"를 출판하였다.
|3| 이제야(李霽野, 1904~1997년), 번역가로서 하북, 천진 여자사범대학에서 글을 가르쳤다. 번역 작품으로는《별을 가다》, 《검은 가면을 쓴 사람》 등이 있고 《루쉰선생을 회고하며》, 《루쉰선생과 미명사》라는 글을 쓰기도 하였다.

릅니다. 갓 왔을 때 입은 여름 적삼을 지금까지도 입고 있는데 그 옷을 벗으려면 아직도 두 주일이 지나야 한다고 합니다.

상해에서 장설촌을 만났을 때 그는 《미명총간(未名叢刊)》을 독점판매하고 싶다고 말했는데(아마 상해 쪽만 말할 것입니다.) 내가 다른 사람들과 상의해야 한다고 응낙하지 않았지요. 뒤로는 더 제기하지 않았습니다. 요즘 그가 편지를 보내지 않았는지요? 그의 서점은 그런대로 믿을만합니다. 하지만 그의 요구를 들어줄지에 대해서는 역시 북경 쪽에서 결정해야 할 것입니다.

신 10월 4일

1927년 9월 25일 대정농에게 보낸 편지

정농|1| 형,

9월 17일에 보낸 편지를 받았습니다. 반농선생에게 나와 중국을 위한 그의 호의에 감사드린다고 전해주십시오.|2| 그러나 죄송하지만 나는 그렇게 하고 싶지 않습니다.

노벨상을 받으려면 양계초|3|는 물론 저도 자격이 없습니다. 그 상금을 받기는 아직 노력이 부족합니다. 세계에는 나보다 훌륭한 작가가 많지만 그들도 아직 받지 못하고 있습니다. 내가 번역한 《꼬마 죤》을 보았겠지만 제가 어찌 그런 책을 써낼 수 있겠습니까! 하지만 그 작자는 받지 못했습니다.

아마 내가 중국 사람이고 "중국"이라는 이름의 덕을 입었겠지요. 그렇

|1| 대정농(臺靜農, 1903~1990년), 1925년 루쉰, 위소원, 위총무, 이제야 등과 함께 미명사(未名社)를 조직하였고 《미명》반월간과 미명총간(未名叢刊)을 출간하였다. 실속 있는 창작으로 미명사의 중견 작가로 활약하였다.

|2| 1927년 스웨덴의 한학자 베른하르드는 중국에 고찰을 왔던 지질학자 스웬하딘을 통하여 유반농에게 중국에서 노벨 문학상금 입후보자를 추천해달라고 위탁하였다. 당시 유반농은 양계초와 루쉰을 추천하였고 대정농에게 루쉰의 의견을 구하라고 부탁하였다.

|3| 양계초(梁啓超, 1873~1929년), 청조 말기 유신운동의 지도자 한 사람이다. 유신변법이 실패하자 일본으로 망명하여 군주입헌을 고취하면서 손중산이 영도하는 민주혁명운동을 반대하였다.

|4| 진환장(陳煥章, 1881~1933년), 광동 고요 사람으로서 미국에서 유학을 하였고 《공자 및 유가학파의 재무관리학설》이라는 책을 쓰고 박사학위를 받았다. 신해혁명 뒤에는 공자교육회를 조직하고 회장을 맡았다.

다면 진환장|4|이 미국에서 《공자 및 유가학파의 재무관리 학설》을 쓰고 박사학위를 얻은 것과 다를 바 없지요. 나로서도 우습습니다.

내가 보기에는 중국에 아직 노벨상을 받을 만한 사람이 없습니다. 스웨덴에서는 우리를 아예 상관하지 말고 누구에게도 주지 않는 것이 가장 좋습니다. 만약 황색 인종이라고 특별히 너그럽게 봐준다면 오히려 중국 사람들의 허영심을 길러주어 정말 외국의 대작가와 견줄 자격이 있다는 생각을 가질 수 있으므로 결과는 더욱 나쁠 것입니다.

나의 눈에 보이는 건 여전히 어둠입니다. 이 어둠에 피곤하고 쇠퇴해져서 앞으로 창작할 수 있을지 알 수 없습니다. 만약 이 일이 성사된 뒤에 더 글을 쓰지 못한다면 사람 보기 미안한 일이고 만약 계속 쓴다면 글이 한림(翰林)을 닮아 전혀 볼 멋이 없을 것입니다. 역시 예전처럼 이름 없이 가난하게 사는 것이 편합니다.

미명사에서 낸 책들이 여기서는 신용이 있습니다. 하지만 판매하는 곳이 많지 않은 것 같습니다. 글 읽은 사람은 대부분 형세를 봅니다. 지난해 곽말약의 책이 잘 팔렸고 올 상반기에는 나의 책이 잘 팔렸습니다. 지금은 대게도|5|의 강연록이 잘 팔리고 있습니다. (장개석의 것도 한동안 잘 팔렸지요.) 이곳에서는 작자가 몸소 와서 얼굴을 보이면 책이 더 잘 팔립니다. 마치 강호에서 고약 파는 사람이 호랑이 뼈를 갖고 다니듯이 말입니다.

신 올림. 9월 25일

|5| 대게도(戴季陶, 1890~1949년), 국민당 중앙 선전부장, 중앙집행위원회 상임위원, 국민당 정부 고시원 원장 등 직무를 맡았고 4.12 쿠데타 후에는 장개석의 "공산당 숙청"을 위해 대대적으로 여론조성을 하였다.

1929년 4월 7일 위소원에게 보낸 편지

소원[1] 형,

3월 30일자 편지는 어제 받아보았습니다. L의《예술론》은 1926년에 그 나라 예술가 협회에서 편집한 것인데 그 내용은《실증론적 미학의 기초》 및《예술과 혁명》으로부터 각기 몇 편씩 뽑아낸 것으로서 새로운 것이 아 닐뿐더러 체계도 없습니다. 원래는《실증론적 미학의 기초》만 번역하면 충분하리라고 생각했으나 그 책은 이름만 보아도 독자들이 뒤로 물러서 고 말 것 같아서 지금의 이 책을 선택하도록 했습니다.

창조사는 벌써 작년에 폐쇄 당했습니다.[2] 어떤 사람은 그들이 진 빚을 미루기 좋아해서 스스로 초래한 것이라고 말하고 있습니다. 나는 그렇게 생각하지 않습니다. 하지만 어떻게 됐든 빚을 갚지 못한 건 사실입니다. 왜냐하면 그들이 매달 지불하는 월급을 보면 작은 인물이 40원이고 큰 인 물은 200원입니다. 게다가 크고 작은 인물들이 늘 돈을 챙겨가지고 도망 치는가 하면 책을 별로 내지도 못하다 보니 남의 돈을 빌어서 쓸 수밖에

[1] 위소원(韋素園, 1902~1932년), 1917년 러시아 10월 혁명이 있은 지 얼마 안 되어 소련에 유학을 갔고 1925 년에는 이제야, 조정화와 함께 북경에서 미명사(未名社)를 주관하면서 반월간《미명》을 출간하였다. 그는 러시아, 소 련 문학을 번역, 소개하였고 "미명총서"와 "미명신서"를 출판하였다.

[2] 창조사는 1929년 2월 국민당에 의해 폐쇄 당하였다. 여기서 말하는 지난해란 음력을 말한다.

없지요.

작년에 상해에서는 혁명문학에 대해 한바탕 떠들어댔습니다. 내 보기에는 그 작품들은 기실 소부르주아지의 관념적 산물로서 어떤 것은 그야말로 군벌의 생각과 다름없습니다. 올해는 연애문학으로 바꾸어 떠들어 댈 것 같습니다. 이미 《오로지 사랑 총서》와 《사랑의 원리》가 출판된다고 예고되었고[3] 장경생의 "미의 서점"도 개업하였으니 아마 작은 싸닌[4]이 몇은 생겨날 것입니다. 하지만 역시 혁명가라는 간판을 내걸겠지요.

내 생각에는 이른바 연애라 하면 혁명을 떠난 연애 밖에 없을 것입니다. 혁명적인 사랑이란 대중과 이어져 있으며 남녀 간에 성을 대하는데 있어서도 음식과 마찬가지로 애틋한 정에만 매이지는 않을 것이지만 일시적인 선택은 있겠지요. 많은 독자들은 이런 것만 보기 좋아하고 다른 이론은 연구하기 싫어하는데 굉장히 좋지 않습니다. 역시 무료함을 달래는 소일꺼리에 지나지 않는 것 같습니다.

신 올림. 4월 7일

---

[3] 1929년 3월 24일 《신보(申報)》에 《오로지 사랑 총서(惟愛叢書)》 출판광고를 실어 이미 《여자(女子)》, 《키스의 예술(接吻的藝術)》, 《사랑의 조기출현(愛的初現)》, 《연애예술(戀愛術)》 등 20여 종을 출판하였다고 하였다.
[4] 싸닌(Sanin)은 러시아 작가 아르지바셔프의 장편소설 《싸닌》에 나오는 주인공으로서 도덕과 사회 이상을 부정하고 자신의 욕망을 충족해야 한다는 주장하는 인물이다.

1930년 3월 27일 장정겸에게 보낸 편지

모진|1| 형,

25일에 보내주신 편지를 오늘 받았습니다. 사닥다리에 관한 의론|2|은 지극히 맞는 말입니다. 그 대목에 대해 나도 깊이 생각해보았습니다. 만일 새롭게 성장한 사람들이 사닥다리를 밟고 더 높이 오를 수만 있다면 우리야 밟힌들 한이 없지요. 중국에서 사닥다리로 될 만한 사람은 나를 내놓고는 사실 몇이 없습니다. 그리하여 10년간 미명사, 광표사, 조화사 |3|를 도왔습니다. 하지만 실패하거나 기만을 당하지 않은 적이 없습니다. 그러면서도 중국에서 출중한 인재가 나타나기 바라는 마음만은 살아 있기 때문에 이번에도 젊은이들의 초청에 응하여 자유동맹 외에도 좌익작

|1| 모진(矛塵)은 장정겸(章廷謙)의 자이다. 장정겸은 절강 사람으로서 1919년 북경대학 철학 학부에서 공부하였다. 문학을 좋아했기에 늘 루쉰한테서 가르침을 받았다. 1922년에 졸업하고 학교에 교사로 남았고 늘 《신보(晨報)》에 투고하였다. 1924년에는 손복원, 루쉰과 함께 《어사(語絲)》 주간지를 꾸렸으며 루쉰과 아주 가깝게 지낸 사이이다.

|2| 당시 장정겸이 루쉰에게 편지를 보내어 사람들이 인신 자유가 없었던 루쉰이 중국 자유운동 대동맹 설립에 참여한다면 남들이 딛고 올라갈 사닥다리로 되기 십상이라는 말들을 하고 있다는 것을 알려준 일을 말한다.

|3| 미명사(未名社), 광표사(狂飈社), 조화사(朝花社)는 각기 1925년, 1926년, 1929년에 북경과 상해에서 설립된 문학단체로서 진보적인 내용을 담은 잡지, 도서를 출판하였고 러시아, 소련과 유럽의 문학과 미술 작품들을 번역 소개하기도 하였다.

|4| 좌익작가연맹은 중국공산당의 영도 아래에 있는 혁명문학단체이다. 1930년 3월 상해에서 설립되었고 지도성원으로는 루쉰, 하연, 풍설봉, 풍내초, 주양 등이었다. 1935년에 스스로 해산되었다.

가연맹|4|에 가입하였습니다. 그래서 상해에서 출중하다는 혁명작가들 모임에 나가 둘러보았지만 내 보기에는 모두 다 허울뿐입니다. 그러니 권세에 빌붙지 않으면서도 사닥다리로 되려는 위험을 감수하지만 그들이 사닥다리에 오를 만한 사람 같질 않습니다. 슬픈 일입니다!

아나나 다를까 몇몇 신문들에서는 또 나를 공격하기 시작했습니다. 물론 인신공격으로서 두해 전에 "혁명문학가"들이 나를 공격하던 방법과 꼭 같습니다. 하지만 이번은 "죄가 너무 무거워 화가 자식한테 미칠 것이"라고 합니다. 해영이가 태어난 지 반년밖에 안됐지만 남북의 신문들은 벌써 예닐곱 번이나 풍자와 욕설을 퍼부었습니다. 이런 적은 상대할 여지도 없기에 나는 여전히 번역을 하면서 지내고 있습니다. 1년을 더 할 작정입니다. 당신의 "겁이 많고 발전성이 없다"는 말을 나는 웃지 않습니다. 휴식하고 싶은 마음은 저도 자주 들지만 소용돌이에 가까이 갈수록 깊이 말려들거나 아예 중심에 빠져버립니다. 글을 쓴지도 10년인데 얻은 것이라고는 피로와 우스운 승리, 그리고 진보가 없는 것뿐입니다. 하지만 물러날 수 없으니 정말 한탄할 일입니다.

채선생|5|은 과연 옛 친구를 몹시 그리워하는 분입니다. 그분이 북행하게 되면 귀형께서 동행해도 좋겠지만 세상 일이 하도 변덕스러워 그분이 아마 가지 않게 될지도 모릅니다. 북경은 항주보다 자극받을 일이 많지 않을 것입니다. 내가 보기엔, 어제는 전사라고 하던 사람들이 지금은 음험하고 사악해졌거나 겨우 목숨을 부지하고 있고 심지어 하는 말이나 행동이 용속하고 우스워서 어울리기도 난감하고 어깨 겯고 싸울 수도 없습니다. 결국은 진흙구덩이에 빠져든 것 같습니다. 하지만 북방의 풍경은 매우 훌륭하고 아직은 날로 황량해가는 형편도 아니어서 살기 좋습니다.

|5| 채원배를 가리킨다.

|6| 서부인이란 중국 춘추전국시기 조나라 사람으로서 성이 서 씨이고 이름이 부인이다. 《사기 · 자객열전》에 "조나라 사람 서부인한테서 비수를 얻었다."는 기재가 있다.

서부인|6|은 나도 출처를 모르며 손에 찾아볼만한 책자도 없습니다. 뜻으로 짐작하면 남자가 여자의 이름을 쓴 것 같습니다. 사람의 이름 가운데 서부(徐負, 負=婦)라고 부르는 사람이 있을 수 있는데 있다면 아마 그 사람일 것입니다.

교봉|7|이 상해의 상황을 북경에 알렸는데 웬 일인지 나에게는 말하지 않았습니다. 늘 먹고 살기 어렵다고 한탄하면서 팔도만에 일이 많고 일이 있기만 하면 북으로 오라고 하는데 떠나기도 난처하고 그냥 가지 않기도 난처하여 잠이 오지 않는다고 합니다. 오늘 하는 행동을 봐서는 어디 결심이 있는 사람입니까? 요컨대 북경(특히 팔도만)과 상해는 상황이 많이 달라서 황제의 숨결이 가까운 곳에 살던 사람이니까 서양 물을 먹고 사는 주민들과 의좋게 지내기 어렵겠지요. 집 없이 떠도는 사람들을 목격하고 나면 태평성대가 오래 가리라는 생각이 점차 사라지면서 압박이 있기만 하면 이른바 "평안한" 사람을 헌신짝 같이 보기 쉽습니다.

이를테면 글을 팔아먹는 생활을 보면 상해의 사정이 많이 달라서 편안하게 주거하고 있는 사람들보다 유랑하는 무리들이 낫습니다. 이 역시 작년에 "혁명문학"이 흥성할 수 있었던 원인입니다. 뜻하지 않게 사닥다리가 되다 보니 지금은 집에 거주할 수 없게|8| 되었고(하지만 편지는 집으로 부치면 아직도 받을 수 있습니다.) 번역원고는 천자에 10원이지만 벌써 누가 예약하러 갔습니다. 이후의 흥망성쇠는 여전히 실력과 압박의 정도를 봐야 알겠습니다.

신 올림. 3월 27일 밤. 다락방|9|에서 씀

|7| 루쉰의 셋째 동생인 주건인을 말한다.
|8| 루쉰이 중국 자유운동 대 동맹을 조직하기 위한 발기인으로 나서자 국민당 절강성 당부에서는 "타락문인 루쉰 등"에 대한 수배령을 내렸다. 하여 3월 19일 루쉰은 집을 떠나 잠시 피신하였다가 4월 19일에 돌아왔다.
|9| 루쉰이 당시 피난처로 있던 우치야마 서점의 다락방을 말한다.

1930년 9월 20일 조정화에게 보낸 편지

정화|1| 형,

(앞부분은 잃어졌음)

번역 서적의 곽란증이 지금은 좀 나아졌습니다. 당국에서 좋든 나쁘든 불문하고 마구 압제하여 이런 책이 잘 팔리지 않게 되자 역자와 출판업자는 힘이 덜 들면서도 돈을 벌 수 있는 일을 찾기 시작하였습니다. 지금 당국에서는 자유운동의 발기인이자 "타락문인"인 루쉰 등 51명|2|에 대해 수사를 하고 있습니다. 들으니 번역한 원고(편지도 들어 있는 것 같습니다.)마저 우체국에서 몰래 억류하기에 어떤 사람들은 방향을 돌려 하루속히 떠나고 있습니다. 그래서 번역계도 조용해졌는데 기실 좋은 일이라 하겠습니다.

이곳의 신문예운동이 전에는 빈말만 하면서 성과가 없었지만 지금은 빈말마저 없어졌습니다. 새 문인들은 눈 깜짝할 새에 갑자기 프롤레타리아 문학가가 된 사람들로서 지금은 다시 소침해지고 있습니다. 내가 보기에 이들은 신 문학에 크게 해로운 사람들로서 그러한 명분을 내놓아 사람

|1| 조정화(曹靖華, 1897~1987년), 번역가이며 미명사 성원이다. 일찍이 소련에서 유학하고 일을 하다가 1922년에 귀국하였다. 대혁명이 실패하자 다시 소련으로 가서 모스크바 중산대학, 레닌그라드 동방학원과 레닌그라드 국립대학에서 교직을 맡았다. 루쉰에게 늘 소련의 신문잡지와 판화작품을 보내주었다.
|2| 자유운동이란 중국 자유운동 대 동맹을 가리키는데 국민당은 이 조직의 주요한 지도자들에게 수배령을 내렸다.

들의 주의를 끈 노력만은 말살할 수 없다고 생각합니다. 다른 면으로는 이 틈을 타서 지저분한 단체들이 생겨났는데 이태리식[3]도 있고 프랑스파[4]도 있습니다. 하지만 어느 파든 창작은 전혀 없고 유일하게 해놓은 일이라면 힘 있는 자들에게 아무개의 작품은 루블을 받고 쓴 것이라고 암시해준 것입니다. 나는 전에 문학가란 손과 머리로 일하는 사람이라고 생각했는데 더러는 코로 일한다는 것을 오늘에야 알았습니다.

당신 딸의 상황을 보면 서양의사의 진단을 받지 않고서는 치료하기 어려울 것 같습니다. 바보도 아니고 모자란 데도 없는 애가 대여섯 살 되도록 말을 못한다면 귀에 병이 있지 않나 싶습니다. 듣지 못하니까 따라할 수도 없지 않습니까. 걷지 못하는 것은 "구루병"일 수도 있습니다. 침을 맞아서는 아무 효과도 없을 거고 해삼이 중국에서는 보신제이지만 효력은 미미합니다.(물고기나 새우를 먹는 것과 비슷할 따름입니다.) 애기알약[5]이 좀 효험이 있지만 작은 병에만 그렇지요.

하지만 지금으로서는 별다른 방법이가 없기 때문에 오늘 알약 한 타스와 해삼 두 근을 사서 선시공사[6]에 부탁하여 부쳐달라고 했습니다.(이 공사에는 배달부가 있어서 모든 걸 대신 처리해주므로 매우 편리합니다.) 그런데 뜻밖에도 나산[7]에는 소포가 통하지 않은 지 반년이 된다고 하는데 이제 두 주일 뒤에는 통할 것이라고 해서(무슨 원인인지 알 수 없습니다.) 그냥 공사에 맡기고 왔습니다.

|3| 이태리 식이란 파쇼 단체를 말한다.

|4| 프랑스 식이란 신월파(新月派)를 말하는데 이들은 늘 프랑스 대혁명 시기에 제창했던 인권, 민주, 자유를 자랑하였다.

|5| 당시 약 이름이다.

|6| 선시공사(先施公司)는 당시 상해에 있던 백화공사를 말한다.

|7| 나산(羅山), 하남성 나산현으로서 조정화 부인의 고향이다. 1930년 5월부터 10월까지 장개석, 풍옥상, 염석산이 하남 일대에서 군벌전쟁을 하는 바람에 이곳에 우편 업무가 중단되었다.

|8| 9월 25일이 루쉰의 생일이었는데 1930년 9월 17일 상해의 혁명 문예계에서는 미국 우호인사 스메들리를 통하여 네덜란드 서양식당을 빌어 루쉰의 생일을 축하하였다.

두 주일 후에 다시 가서 확인해보겠습니다.

이곳은 날씨가 차가워지기 시작합니다. 나도 늙어가고 있으니까 며칠 전에는 친구 몇이 나의 쉰 살을 기념해주었습니다.|8| 쉰 해를 살았지만 뭘 해놓은 것은 없고 유일한 희망이라면 문예계에 새로운 청년들이 많이 일어서기를 기대하는 것입니다.

나중에 더 이야기합시다.

안녕히.

아우 주예재 올림. 9월 20일

연락처는 이전과 같습니다.

1931년 2월 2일 위소원에게 보낸 편지

소원 형,

어제 동생이 경송에게 전해준 편지를 보고 이번 헛소문이 북방에까지 퍼져[1] 형께서 몹시 근심했다는 걸 알았습니다. 근심해주신 그 마음이 얼마나 고마운지 모르겠습니다. 지난 달 17일에 상해에서 분명 수십 명이 체포당한 것 같은데 나는 자세한 상황을 모르고 있습니다. 이곳의 큰 신문들은 오늘까지도 보도하지 않고 있습니다. 나중에 작은 신문을 보고서야 나도 체포된 사람들 가운데 들었다는 것을 알았는데 이미 며칠 지난 뒤였습니다. 하지만 통신사에서는 이미 전국에 통고했으므로 나도 체포된 사람이 되고 말았습니다.

사실 상해에 온 뒤로 나는 공격을 받지 않을 때가 없었고 해마다 몇 번씩 나에 대한 헛소문이 나돌고 있습니다. 그런데 이번에는 헛소문이 크게 났는데 일부 사람들이 내가 그렇게 되기를 바라는 환상을 갖고 있기 때문이겠지요. 그런 사람들은 대체로 장홍과 같은 이른바 "문학가"들로서 "걸

|1| 1931년 1월 21일 천진 《대공보》에 "루쉰이 상해에서 체포되어 지금 구류소에 갇혀 있다."는 기사를 발표한 일을 말한다.

|2| "걸림돌"이란 고장홍(高長虹)이 《광표》 주간지 제10호(1926년 12월 12일)에 쓴 "출판계에 들어가 보니·사소한 일 두 가지"라는 글에서 루쉰이 "역사세력을 끼고 청년들의 발밑에 엎드려 걸림돌 식의 흐름을 거스르는 교활한 계략을 실행하고 있다."고 썼다.

림돌"[2]로 생각하는 나를 없애치우면 자신들의 글이 눈부신 빛을 뿌릴 수 있으리라고 믿기 때문입니다. 사실은 그렇지 않습니다. 문학의 역사에서 음모로 문학의 적수를 물리치고 문호가 된 사람은 없습니다.

하지만 중국에서는 헛소문으로 확실히 사람을 해칠 수 있습니다. 그래서 나는 요즘 딴 곳으로 자리를 옮겼습니다. 경송도 무사합니다. 그러나 아이를 돌보느라 바쁩니다. 내가 알리지 않은 것 같은데 우리에게는 남자애가 하나 있습니다. 이미 1년 넉 달이 됩니다. 애는 태어나서 두 달 되기 전에 벌써 "문학가"들에게 신문에서 두세 번 욕을 먹었습니다.[3] 다행히 그런 영향을 받지 않고 퍽 튼튼하게 자라고 있습니다.

최근에 나는 글라디꼬브(Gladkov)의 작품 《시멘트(Zement)》의 삽화[4] 열 폭을 찍었는데 머지않아 미명사에서 귀형에게 부쳐드릴 것입니다. 그리고 이미 번역을 끝낸 파제예브(Fadejev)[5]의 《괴멸(Razgram)》이 곧 인쇄에 들어갈 예정입니다. 중국에서는 사람 노릇하기가 어렵고 나에게는 적(음특한 사람)이 너무도 많지만 나는 내가 살아 있는 날까지 문예를 위해 힘을 다 쏟을 것입니다. 새 문예와 억압자들의 보호 아래에 있는 개똥문학 가운데 어느 것이 먼저 파멸되는지를 두고 봅시다. 귀형도 몸조리를 잘하시어 속히 완쾌되기를 바랍니다. 여하를 불문하고 미래는 우리의 것입니다.

신 올림. 2월 2일

경송이 안부를 전합니다.

---

[3] 1929년 12월 2일 북평의 《새 신보 특별란》에 "상공"이라는 이름으로 "다리 곁에서 우연히 쓰노라"라는 글을 발표하여 해영의 탄생을 빙자하여 루쉰을 헐뜯었다.
[4] 독일의 목각화가 메펠트(C.Meffert)가 글라디꼬브의 《시멘트》에 그린 삽화를 말한다. 루쉰은 자비로 Collotype으로 복제하여 1931년 2월에 "삼한서옥"의 이름으로 출판하였다.
[5] 파제예브(1901~1956년) 소련 작가이며 장편 소설 《괴멸》, 《청년근위대》 등을 창작하였다.

1931년 2월 4일 이병중에게 보낸 편지

병중 형,

요즈음 제 동생에게 온 편지를 보고 상해의 유언비어가 이미 일본에까지 퍼졌다는 것을 알았습니다. 형께서 너무 염려한 나머지 오시려고까지 하셨다니 감격과 서러운 마음이 뒤엉켜 이루 말로 형언할 수 없습니다.

저는 상해에 온 뒤 각별히 조심하고 있습니다. 사람들과 거의 교제를 끊다시피 하고 있으며 입도 꾹 닫아걸고 있습니다. 하지만 글로써 혁신을 꿈꾸던 저로서는 그 뿌리가 아직 죽지 않아서 여전히 좌익작가연맹의 일원으로 있습니다. 그런데 상해 문단의 망나니들은 기회를 엿보아 모함을 해야 속이 시원해 합니다. 썩 오래 전부터 그들은 유언비어를 날조하고 중상하지 못해서 설쳤습니다. 이처럼 무료한 일에 몰두하는 그들이 불쌍해서 그냥 웃어버렸습니다. 지난 달 중순에 여기서 수십 명의 청년들이 체포되었는데 그 가운데 나의 학생도[1] 한명 들어있습니다(또는 스스로 자기의 성이 노 씨라고 한 사람이 있다고 합니다). 날조에 이골이 튼 사람들은 벌써 내가 체포되었다고 소문을 퍼뜨리고 있습니다. 통신사 직원은 전국에 전문을 보내고 작은 신문의 기자들은 소문을 부풀려 퍼뜨리면서 나의 죄

---

[1] 나의 학생이란 유석(柔石)을 말한다.

장을 싣는가 하면 나의 주소를 알려주기도 합니다. 속뜻은 어서 나를 체포하라고 당국에 일러바치는 거지요. 기실 내가 집에 틀어박혀 살면서 뭘 바라는 것이 없다는 것을 그들도 잘 알고 있습니다. 그런데도 상해의 인심이란 사람이 화를 입는 것을 기뻐하고 잘못되기를 바라면서 그것을 화제로 삼기 좋아하지요. 처음에는 육씨와 황씨의 연애사건|2|을 떠들어대더니 이어 마진화가 물에 몸을 던진 사건을 떠벌이고|3| 그 다음에는 소여사가 강간당한 일을 입에 올리고|4| 이번에는 내가 체포된 사건이 화제에 올랐습니다. 문인들은 가볍게 붓을 놀리지만 나에게는 피해가 크지 않을 수 없습니다. 연로한 어머님께서 눈물 흘리고 벗들을 꿈틀 놀라게 만들지 않습니까! 10일 뒤로는 매일 편지를 띄워 헛소문을 정정해야 하니 슬픈 일이 아닐 수 없습니다. 다행히 무사하니 먼 곳에서도 염려를 놓으십시오. 하지만 헛소문도 세 번 듣고 보면 현명한 어머니도 북을 놓고 마음이 동요될 수밖에 없지요.|5| "뭇사람한테서 손가락질을 받으면 병이 없어도 죽을 수 있다."고 했습니다.|6| 이런 세상에서는 내일 무슨 일을 당할지 알 수 없습니다. 동쪽으로 부상|7|을 바라보며 감격과 슬픔이 번갈아 갈마듭니다.

　이만 줄입니다.

　안녕하시기를 빕니다.

　부인께도 안부를 전합니다.

신 올림. 2월 4일

|2| 1928년과 1929년 사이에 상해의 신문들이 크게 보도했던 황혜여와 육근영의 연애사건을 말한다. 이들은 주인과 하인 사이였다.

|3| 1928년 여름 마진화(馬振華)가 왕세창의 꼬임에 들어 물에 빠져 자살한 사건인데 당시 상해의 신문들이 이를 많이 보도하였다.

|4| 1930년 8월 남경의 여 교사 소신암(蕭信庵)이 남양 화교학교의 초빙을 받고 학교로 가던 도중 네덜란드 윤선에서 네덜란드 직원한테 강간당한 사건을 말한다.

|5| 《전국책(戰國策)·진책2(秦策二)》에 나오는 이야기이다. 증삼과 이름이 같은 사람이 살인한 일이 있었는데 누군가 증삼의 어머니를 보고 "증삼이 살인했다"고 알려주자 증삼의 어머니는 두 번까지 믿지 않다가 세 번째는 정말인 줄 알고 베를 짜던 북을 던지고 달아났다는 이야기이다.

|6| 《한서(漢書)·왕가전(王嘉傳)》에 나오는 속담이다.

|7| 부상(扶桑)이란 일본의 별칭이다.

1932년 6월 18일 대정농에게 보낸 편지

정농 형

6월 12일자 편지는 어제 받았고 오늘 《왕충각공 유집(王忠慤公遺集)》을 받았습니다. 얼마나 감사한지 모르겠습니다. 소설 두 가지[1]를 각각 두 권씩 이미 우찌야마 서점에 부탁하여 등기우편으로 부쳤습니다. 며칠 후 받을 수 있을 겁니다. 두 책은 모두 내가 교열하고 내가 찍었으나 역시 상점에 속아서 품값도 못 벌 것 같습니다. 상인들의 수작을 알고는 있지만 그네들과 옴니암니 따지기를 꺼리다보니 결국은 이번에도 실패하였습니다. 《철의 흐름》은 간혹 페이지가 바뀌긴 했지만 빠진 페이지는 없습니다. 부칠 때 미처 검사하지 못하였으니 귀형께서 한번 검사해보고 바뀐 것이 있으면 손수 고치기를 바랍니다. 만약 빠진 페이지가 있으면 알려주십시오. 따로 부쳐드리겠습니다. 나머지 몇 권은 주고 싶은 사람에게 주십시오. 네 권을 부치나 두 권을 부치나 우편료가 별로 차이가 없어서 여러 권 부쳤습니다.

북평에서 계약한 일은 전혀 모르고 있다가 나중에 강 군[2]이 편지로 알려주어서야 책장사꾼이 또 수작을 부린다는 것을 알았습니다. 하지만 어

|1| 《괴멸》과 《철의 흐름》을 가리킨다.
|2| 강군이란 강사군(康嗣群)을 말하는데 당시 문학청년이었다.

쩔 수 없는 일입니다. 제 돈으로 찍은 두 가지 책만 해도 돈을 천원 썼는데 지금까지 들어온 돈은 겨우 2백 원뿐이고 이제 삼한서국|3|도 이제는 문을 닫을 수밖에 없다고 합니다. 나중에 남는 자금이 있으면 《시멘트 삽화》|4|와 같은 미술을 찍어서 재판할 수 없도록 할 것입니다.

형이 소설을 쓴다면 아주 좋습니다. 나는 이 몇 년 사이에 수십 편의 잡감을 썼지만 대부분 다른 필명으로 발표했습니다. 요즘 1928년부터 1929년 사이에 쓴 글을 모아 《삼한집》이라는 이름으로 묶었는데 이미 북신에서 인쇄하기 시작하였습니다. 30년부터 31년 사이에 쓴 글은 《이심집》이라 했는데 그들이 인쇄하지 않겠다고 합니다.—물론 여러 가지 이유가 있으나 실은 조경심의 사위를 욕한 말|5|이 너무 많기 때문이라고 생각합니다. 《북두》|6|에 "장경"이라는 이름으로 나간 글은 기실 모두 내가 쓴 것입니다 — 아직은 출판할 곳을 정하지 못했습니다. 하지만 인세만 선뜻 포기한다면 출판은 아주 쉬울 것입니다.

1.28사건에 대해서는 하고 싶은 말이 좀 있기는 하지만 본 것이 너무적어 꼭 쓸지는 모르겠습니다. 가장 짜증나는 것은 들은 일들이 대부분믿을만하지 않다는 점입니다. 내가 조사한데 따르면 태반이 거짓말이고사람 찾는 광고마저도 자신의 이름을 날리기 위해 직접 찾아가서 냈다고합니다. 중국 사람들은 일처리를 연기하듯 뒤섞어 하지만 남들은 아주 실제적입니다. 오늘 《신보》의 "자유담"|7|에 "현대식 구국청년"이라는 기사가 실렸는데 그 가운데 한 단락을 인용하면 아래와 같습니다.

|3| 삼한서옥으로서 루쉰이 자비로 책을 출판할 때 쓰던 출판자 이름이다.

|4| 《메필트의 〈시멘트〉 목각 삽화》를 가리킨다.

|5| 조경심의 처 이회동은 이소봉의 여동생이다. 때문에 루쉰은 조경심을 "사위"라고 풍자하였다. 루쉰은《번역에 관한 통신》이라는 글에서 조경심의 오역에 대해 비평을 가하였다.

|6| 《북두》는 문예월간으로서 "좌익연맹"의 기관 간행물이었다.

|7| "자유담"은 상해 《신보(申報)》의 특별란으로서 1911년 8월 24일에 창간되었다. 1932년 여열문(黎烈文)이 주관한 뒤로 내용을 혁신하여 늘 진보적인 작가들이 쓴 잡문과 단평을 실었다.

장 여사는 국치를 기념하고자 일부러 금은방에 가서 은으로 "항일구국"이라 는 네 글자를 새긴 은단 함을 주문하였다 그는 은단을 즐겨 먹는데 하원이나 달밤을 거닐 때면……늘 항일구국의 은단 함에서 은단 몇 알을 꺼내어 천천히 녹인다. 그는 은단을 녹이면서 "여성 동포들이여, 명심하라! 9.18과 1.28을 잊 지 말고 항일 구국해야 한다!"고 말한다.

비록 이것이 너무 심한 말 같기는 하지만 1.28전까지만 해도 이런 사람 들이 적지 않았습니다. 하지만 1.28때 이런 글자가 새겨진 함을 갖고 있는 사람이라면 살아남기 어려웠습니다. "항일"은 경박하게 할 수 있어도 죽임 을 당하는 것은 확실한 일이라는 사실을 지금도 깨닫지 못하고 있는 사람 들이 많은 것 같습니다. 지금까지도 중국에서는 전사한 병사와 피살된 인 민의 숫자를 발표하지 않고 있는 걸 보면 연기도 하지 않고 있습니다.

내가 갑북에 있을 때는 날아온 포탄이 모두 중국 포탄이었는데 가까이 떨어진 것은 3미터 남짓하였습니다. 조준이 정확하다고 하지 않을 수는 없지만 불발탄이 많았습니다. 들자니 나중에는 위력이 센 포탄으로 바꾸 었다고 하지만 그때는 내가 이미 영국 조계지로 피신한 뒤입니다. 포화는 좀 멀어졌지만 종일 피난민들만 끊이지 않았고 피난하지 않은 사람들은 여전히 즐겁게 살고 있었습니다. 정말 저항도 없고 조직도 없는 양떼와 같았습니다. 지금 내 숙소 주변이 또다시 떠들썩해지기 시작했는데 아마 좀 지나면 흔적마저 찾아볼 수 없을 것입니다.

북평의 상황은 그야말로 아주 막혀버렸습니다. 가끔 유 박사[8]의 언론 과 행적을 신문에서 좀 알 수 있는데 너무 괴상합니다. 《신청년》을 꾸릴 때는 그가 이렇게 되리라고는 정말 예상하지 못했습니다. 출판물은《안양

|8| 유 박사란 유반농(劉半農, 1891~1934년)을 가리킨다. 작가, 언어학자로서 1925년 프랑스 파리대학에서 문학 박사 학위를 땄다.
|9| 북평 국립 중앙연구원 역사언어연구소에서 편찬한 책으로서 하남 안양의 은나라 유적 발굴에 관한 자료이다.

발굴보고서》|9|와 같은 책 몇 권 만 보았을 뿐인데 역시 알맹이는 적고 잡소리만 많았습니다. 상해의 상황도 별로 좋아진 것이 없습니다. 아무개들은 모두 글을 가르치고 있지만 여기에 발을 붙이지 못하고 북평에 나가서 한동안 교수 노릇을 한 사람도 있는데 역시 제각기라 하겠습니다.

　이만 그치면서 안녕하시를 바랍니다.

　　　　　　　　　　　　　　　　　신 올림. 6월 18일 밤

1933년 6월 20일 유화사에 보낸 편지

유화 예술사[1] 여러분에게,

11일자 편지와 《유화》 제1호를 오늘 받았습니다. 목각을 모집하기는 퍽 어려울 것 같습니다. 목판을 우편으로 부치려면 너무 번거롭기 때문입니다. 뿐만 아니라 이곳엔 백색공포가 기승을 부리고 있어서 단순히 민권을 보장하기 위해 나선 양행불[2] 선생이 며칠 전에 암살되었습니다. 소문에는 아직도 10여 명을 더 살해할 계획이랍니다. 나도 내놓고 다닐 수 있는 형편이 아니므로 다른 사람을 만나 일을 상의하기 무척 어렵습니다. 하지만 소품문을 쓰면 금방 부쳐드리겠습니다.

신문예는 태원에서 아직 개척시대에 처해 있으므로 치열한 작품보다 이해하기 쉬운 가벼운 작품이 좋을 듯싶습니다. 지금은 환경을 살펴보아야 할 때입니다. 상황을 모르는 곳에서는 이것도 저것도 아니라고 평가할

|1| 유화(榴花)예술사는 문학단체로서 1933년 봄에 태원에서 설립되었다. 주간지 《유화(榴花)》를 발간하였고 산서일보에 의탁하여 발행하였다. 7호까지 출간하고 금지되었다.

|2| 양행불(楊杏佛, 1883~1933년)은 일찍 동남대학 공학원 원장 및 중앙연구원 총간사로 있었다. 1932년에 송경령, 루쉰 등과 중국민권보장동맹을 조직하였고 동맹회 회장 겸 총간사로 있었는데 장개석의 통치를 반대한 연고로 1933년 6월 18일 상해에서 국민당 요원에게 암살되었다. 그때 그들은 여론을 퍼뜨려 암살자명단에는 아직 열 사람이 더 있다고 떠들어댔는데 루쉰도 그 속에 들어있었다. 그러나 루쉰은 그들의 위협과 공갈에도 아랑곳하지 않고 계속 싸웠으며 20일에는 친히 양행불 선생의 장례에 참가하였다.

수도 있겠지만 그냥 상관하지 않아도 좋습니다. 괜히 공연한 이름을 탐내다가 오히려 출판을 할 수 없게 돼서는 안 되지요. 싸움에서는 무엇보다 먼저 보루를 지켜야 합니다. 돌격에만 몰두하다가 되려 전멸된다면 그것은 무모한 용맹이지 진정한 용맹이 아닙니다.

　이상으로 답장을 마칩니다.

　안녕히 계십시오.

루쉰, 6월 20일

1933년 6월 25일 야마코도 하츠[1]에게 보낸 편지

　삼가 인사 올립니다. 사진을 받았습니다. 고맙습니다. 《아사히》제4호도 이미 받았습니다. 작자들은 여전히 예리하군요. 상해는 벌써 무더워져 모기들이 어찌나 많은지 늘 모기에게 뜯기고 있으며 지금도 뜯기고 있습니다. 가까이 계시는 우치야마 부인께서 보내주신 철쭉에 한창 꽃이 피고 있습니다. 고생 속에 낙이 있다는 말이 아마 이를 두고 하는 말인가 봅니다. 그런데 요즘 중국식의 파쇼가 유행하기 시작하더니 친구 가운데서 한 사람은 실종되고 한 사람은 암살되었습니다.[2] 그밖에도 더 많은 사람들이 암살될 듯싶습니다. 하지만 나는 아직 살아 있습니다. 목숨이 붙어 있는 한 나는 붓으로 그 자들의 권총에 반격을 가할 것입니다. 다만 우치야마 서점에 마음대로 다닐 수 없어서 흥이 깨집니다. 그래도 다니기는 하는데 하루건너 한번 씩 갈 뿐입니다. 앞으로는 아마 밤에만 가야 할 것 같습니다. 이 따위 백색공포가 대수롭지 않습니다. 어차피 사라지기 마련이지요. 이사한 후 아이는 잘 자라며 보다 명랑해지고 살갗도 감실감실해졌습니다. 이노우에 고바이 선생이 상해에 왔는데 술을 꽤나 마신 듯싶습니다.

　서둘러 편지를 그칩니다.

　야마모도 부인께서도 안녕히 계십시오.

루쉰 삼가 올림. 6월 25일 밤

|1| 야마모토 하츠(1889~1966년), 일본 시인으로서 중국 문학 애호자이다. 1931년 루쉰과 사귄 뒤로 일본 군국주의에 대한 불만과 루쉰에 대한 그리움을 토로한 시를 썼다.

|2| 정령이 체포되고 양행불이 암살된 것을 가리킨다.

1933년 10월 31일 조정화에게 보낸 편지

아단 형,

10월 28일자 편지는 잘 받았습니다. 내 보기에는 당신 맏딸의 병이 쉽게 나을 것 같지 않군요. 하지만 힘 자라는 데까지는 치료해 봐야지요.

나도 형이 북평에서 글을 가르치는 것이 좋을 듯싶습니다.|1| 학생들에게 강의할 때 당신의 벗이 한 말이 맞았습니다. 그들은 북경에 오래 살았기에 형편을 좀 알고 있고 경험도 있습니다. 젊은이들은 생각이 단순해서 환경이 험악한 줄을 모르고 일시 시원한 말을 듣고 시원한 말을 하기를 바라고 있지만 사실 잃는 것이 더 많습니다. 나는 이런 상황을 여러 번 몸소 겪었습니다. 사전에는 믿지 않다가 사후에는 믿어도 돌이킬 수 없지요. 그런데 열혈 청년이 억압을 당하고 나면 대뜸 염탐꾼이 되어버리는 경우도 있습니다. 내가 사는 이곳에도 몇이 있는데 그들을 만날까 늘 소심스럽습니다. 형도 열정에 휘둘리지 않는 것이 좋을 것입니다.

《안드룬》|2|은 나에게 있습니다. 요즘 서너 권 보내드릴 테니 형이 보는 외에 다른 사람에게도 주십시오.《마흔한 번째》의 후기|3|는 이전에《맹

|1| 당시 수신인은 북평대학 여자 문리(文理)학원, 중국대학 등 학교에서 강사로 있었다.

|2| 소련 작가 네비로브의 소설 "바른 길을 걷지 않는 안드룬"을 가리킨다. 이 책은 조정화가 번역하였다.

|3| 《마흔한 번째》후기, 조정화가 썼다.

아》에 실렸고 나에게 있었는데 이리저리 옮기다 보니 찾을 수 없습니다. 《철의 흐름》의 머리글|4|은 이미 받았으나 당분간 발표할 곳이 없습니다.

요즘에 또 "좌경서적"을 금지하기 시작했습니다. 항주의 개명분점이 폐쇄되자 상해의 서점들은 겁을 먹고 분분히 책들을 감추느라 야단입니다. 이 새로운 정책|5|으로 내가 경제적으로 억압을 받을지도 모르겠습니다. 하지만 어쨌든 반년쯤은 버틸 준비가 되어 있기에 그때 가서 다시 봐야지요. 지금 자금을 모아 《해방된 돈키호테》를 출판하고 있는데 이렇게 되면 또 밑질 것입니다.

판화|6|를 어서 보내주었으면 합니다. 동생도 빨리 보고 싶군요. 백지를 몇 장 사서 잘라 판화를 그 속에 끼워 넣고 신문이나 책 표지 같은 두터운 종이로 든든하게 말아서(두터운 종이는 《안드룬》을 부칠 때 함께 보냈으며 《양지서》 한권도 형께 보냈습니다.) 등기우편으로 서점에 부쳐 저한테 전하라고 하면 틀림이 없을 것입니다. 작가에 관한 자료|7|는 짬짬이 번역해주기를 바랍니다. 어떻게 됐든 판화는 반드시 인쇄할 것입니다. 중국이나 일본에서는 이런 판화를 보기 드뭅니다.

회답을 마칩니다. 안녕히 계십시오.

부인께도 안부를 전합니다.

아우 예 돈수. 10월 31일 밤

|4| 《철의 흐름》 머리글, 조정화가 번역하였다.
|5| 1933년 10월 국민당 정부 행정원에서 발포한 비밀 명령으로서 프롤레타리아트 문학을 전면적으로 금지한 데 대한 내용이다.
|6| 루쉰에 조정화에게 부탁하여 소련에서 수집한 판화작품을 말한다.
|7| 소련 판화가들의 약전을 말한다.

1933년 11월 5일 요극에게 보낸 편지

Y, K|1|

어제 10월 30일자 편지를 받았습니다. 문의한 일과 평전|2|에 대한 의견은 별지에 써서 함께 보내오니 받아보기 바랍니다.

평전의 번역문은 아마 실을 곳이 없을 것 같고 그 책에 대한 평론도 역시 마찬가지입니다. 하지만 짬이 나는 대로 번역하여 우리에게 보여줄 수 있다면 대단히 환영합니다. 며칠 전에 이곳 관리, 출판업자와 서점 편집인들이 모임을 가졌습니다. 관리가 먼저 출판하지 말아야 할 반동 서적에 대한 훈시를 하고 다음으로 시칩존|3|이 신문 검열을 본 따 먼저 잡지에 실을 원고를 검열하자고 했습니다. 이어 조경심이 일본의 방법을 배워 삭제, 수정하거나 ×× 표로 대체하는 것이 어떠냐고 보충하였습니다. 좌경 간행물을 완전히 없애버리면 서점이 문을 닫을 수밖에 없다는 것을 그들도 잘 알고 있기에 좌익작가의 작품을 내주기는 하되 뼈를 빼버린다면 저들은 중간에서 이득을 챙길 수 있다는 계산이었습니다. 일부 관리들은 원래 서점의 주주이므로 이런 올가미

|1| Y, K는 요극(姚克)을 가르킨다. 일찍 임어당과 영문 잡지 월간 《천하》를 꾸렸으며 명성영화촬영공사의 편극위원회 부주임으로 있었다.

|2| 에드가 스노우가 쓴 《루쉰 평전》을 말한다.

|3| 시칩존(施蟄存)은 강소성 송강 사람으로 《현대》의 주필이었다. 그 스스로를 "제3부류의 사람"이라고 하여 논쟁을 불러일으키기도 하였다.

를 늘여놓는 거지요. 내 보기에는 이 방법을 실시할 것 같습니다. 그러면 앞으로 출판물이 어떻게 될지 짐작해볼 수 있습니다. 시칩존과 조경심은 아마 이밖에도 이른바 제3부류의 사람|4|들과 손잡고 출판물 검열을 반대하는 선언을 발표할 것입니다. 자신들이 계략을 내놓았다는 것을 독자들에게 비밀로 숨기기 위한 수작이지요.

나와 시칩존 사이의 필묵송사|5|는 실로 무료하기 짝이 없습니다. 5.4운동 때에나 했던 그 따위 논쟁을 지금에 와서 또 하고 있으니 어찌 퇴보라 하지 않겠습니까. 내 보기엔 시칩존 군도《문선》|6|을 진짜로 연구하지는 않았고 다만 이로써 권력자들의 호감을 사려는데 지나지 않는 것 같습니다. 만약 그가 정말로 연구했다면 젊은이들을 보고 그 속에서 새로운 어휘를 찾으라고 권고할 리가 없습니다. 이 사람들은 모두 상인가정에서 태어나서 어쩌다 고서를 보기만 하면 마치 보물이나 얻은 것처럼 생각하는데 벼락부자가 선비 틀거지를 내는 것과 같습니다. 그가 쓴 글을 보면 어디《장자》나《문선》의 냄새가 풍깁니까?

번역 명사를 통일하는 것은 당연한 급선무입니다. 그리고 새로운 기구의 이름 역시 입말에서 따와야 할 것입니다. 이를테면 전등가설을 묘사하는데도 신 문학가들은 피복선, 플러그, 스위치와 같은 숱한 명사가 있지만 쓰지를 못합니다. 언젠가 내가 이발하러 가서 보았지만 이름을 모르는 기구가 여러 가지였습니다. 하지만 시칩존 군은 궁전 같은 것을 묘사하려면《문선》이 필요하다고 하면서|7| 난데없이 한(漢)나라와 진(晉)나라의 궁전을 묘사할 생각을 하고 있으니 실로 "몸은 강호에 있으나 마음은 조정

|4| 1931년부터 1932년에 이르기까지 좌익문예계에서 "민족주의 문학"을 비판할 때 호추원(胡秋原), 소문(蘇汶)은 자신들을 "자유인", "제3부류의 사람"이라고 자칭하면서 "문예자유론"을 주장하였다. 그러면서 좌익문예운동이 문단을 "독점"하고 "창작자유"를 저해한다고 질책하였다.

|5| 루쉰과 시칩존 사이에 있던《장자》와《문선》문제에 대한 논쟁을 말한다.

|6| 남조(南朝) 양(梁)나라 소명태자 소통(蕭統)이 엮은 문집으로서 진한(秦漢)부터 제량(齊梁) 사이의 시문 도합 30편이 들어있다. 중국에서 가장 일찍이 나온 시문 총집이다.

|7| 시칩존이 1933년 10월 30일《신보 · 자유담》에《포위를 뚫고》의 다섯 번째라는 글에서 "자연경물, 개인감정, 궁전 건축……과 같은 묘사는《문선》과 같은 글에서 찾아 쓸 수 있다."고 썼다.

에 가 있는"|8| 격입니다.

고서에서 활용할 수 있는 단어를 찾는다는 것은 사실 사람을 속이는 말이지요. 예를 들어 우리가 《문선》을 펼쳐놓았을 때 무슨 방법으로 그 글자가 활용할 수 있는 글자인지, 죽은 글자인지를 정한단 말입니까? 이른바 "활용할 수 있는" 글자란 내가 봐서 금방 알 수 있는 글자에 지나지 않습니다. 하지만 척 보면 알 수 있는 글자가 무엇이겠습니까? 반드시 다른 곳에서 보았거나 얻어 들은 것으로서 이미 듣고 보았기 때문에 이와 같은 글자가 아무 곳에 있다는 것을 아는 거지요. 그러니 《문선》이 무슨 필요가 있겠습니까?

우리는 여느 때와 마찬가지로 《자유담》에 투고를 하지만 필명을 자주 바꾸지 않을 수 없습니다. 인쇄하면 또 책 한권이 되겠지만 아마 출판할 곳이 없을 것입니다. 만약 삭제하고 수정해야 한다면 그러고 싶지 않으니 그대로 놓아둘 수밖에 없습니다. 새 소설을 쓸 수가 없습니다. 시간이 없어서 쓰지 못하는 것이 아니라 재주가 없기 때문입니다. 여러 해 동안 사회와 동떨어져 있고 또 자신이 소용돌이 속에 있지 않다 보니 감수가 옅거나 뜰 수밖에 없으므로 써낸다 해도 훌륭할 리 없습니다.

지금 신인 작가들 가운데도 주목할 만한 작품들이 있습니다. 짬이 나면 한 작가의 작품을 한편씩 골라 책 한권을 만들어 소개한다면 자못 의의 있는 일이라고 생각합니다.

상해도 추워지면 늘 비가 내립니다. 문단도 온통 난장판이라 "날씨"와 비슷합니다. 적(適) 형이 만일 계신다면 부인께서 편지를 받았을 테지만 자세한 상황은 잘 모르고 있습니다.

S군 부부|9|를 만나면 문안을 전해주십시오.

평안하시기를 바라면서 회답을 마칩니다.

예 돈수. 11월 5일

|8| 《장자 · 양왕》에 나오는 말로 비록 은거하여 청빈한 생활을 하는 듯 하지만 마음은 내내 조정의 부귀영화를 그리고 있다는 뜻이다.

|9| S군 부부란 에드가 스노우 부부를 말한다.

1934년 4월 24일 양제운에게 보낸 편지

제운|1| 선생

혜찰을 받아보았습니다. 말씀하신 세 부류의 청년들 가운데서 첫째 부류는 더 말할 나위 없이 사람들의 존경과 흠모를 받습니다. 셋째 부류는 용서할 만하거나 잠시 휴식하고 있을 따름입니다. 그러나 둘째 부류만은 투기한다는 말 내놓고는 달리 해석할 수 없습니다. 대계도|2|와 같은 자들을 두고 보더라도 그 수효가 매우 많습니다. 그는 충성을 다할 것을 가르치거나 효성을 운운하며 부처님께 참회하거나 성묘를 하기도 합니다. 그렇게 함이 지난 일을 참회하거나 그렇게 함으로써 양심의 가책을 회피하려는 것이라고들 말하지만, 내 생각에는 나름대로의 화장술로서, 그가 자신을 책망할 필요도 없다고 봅니다. 그 자신이 절개를 지키지 않는 것은 변화하는 환경조건에 맞춰가는 것일 뿐, "부끄러움을 느낄" 필요도 없을 것입니다.

|1| 양제운(楊霽雲, 1910~1996년)은 강소 상주 사람으로서 상해 복단중학, 정풍문학원에서 교직을 맡았다. 1934년 루쉰의 단행본에 실리지 못하고 빠진 글들을 수집, 정리하여 《집외집》으로 출판하였다.

|2| 대계도(戴季陶), 중화민국 국민정부 관원으로서 일찍이 일본에서 유학하였고 동맹회에 참가하였다. 신해혁명 후 손중산을 따라 제2차 혁명과 호법(護法)운동에 참가하였다. 1924년 국민당 제1차 전국대표대회에서 중앙 집행위원으로 당선되었고 중앙 선전부장을 맡았으며 후에는 황포군관학교 정치부장 직을 맡았다. 1927년 장개석을 협조하여 "4.12쿠데타"을 일으켰고 남경 국민정부가 성립된 뒤에는 국민정부 위원, 고시원 원장, 국민당 중앙 선전 부장 등 직을 역임하였다. 오랫동안 장개석의 책사로 활동하였다. 1949년 2월 광주에서 자살한다. 대계도는 오흥에 공자묘를 세우는데 헌금하였고 "인애"와 "충효"를 제창하였다.

문의한 것이 너무 큰 문제여서 저로서는 답변할 수 없습니다. 지금까지 내 몸 하나 희생시키지 못한 자신이 어찌 부끄럼 모르고 큰소리를 치겠습니까. 그러나 어쨌든 전선으로 직접 나가지 못하더라도 모든 일에서 조금이라도 여러 사람들을 위하고 미래를 위한다면 길을 잘못 든 것은 아닐 것입니다.

이상 답장을 보냅니다. 안녕히 계십시오.

신 올림. 4월 24일

1934년 5월 6일 양제운에게 보낸 편지

제운 선생

4일자 편지는 잘 받아 보았습니다. 요즘 소품문이 유행[1]되는데 대하여 나는 오히려 가슴이 아프지 않습니다. 혁신이나 유학에 의해 명예와 지위를 얻고 생계가 점차 넉넉해진 사람이라면 그 길에 들어서기 십상이지요. 전에 미혹된 원인이 환경의 압박에 못 이겨 새것을 따르지 않을 수 없었던 것이지만 일단 뜻을 이루고 나니 옛 병이 도져 점차 고전에 눈을 돌리게 된 겁니다. 노자, 장자를 처음 보고는 그 깊고 박식함에 놀라고 《문선》을 보고는 우아하고 화려한 문장에 놀라고 불경을 보고는 그 넓음에 감복하고 송나라 사람들의 어록[1]을 보고는 그 평범하면서도 초연함에 탄복하면서 놀라고 탄복한 나머지 경솔하게 떠받들며 선양했는데 사실 이 역시 애초에 명예를 얻기 위해 쓰던 옛 수법입니다. 일부 청년들이 피해를 좀 입기는 하겠지만 역시 본디 성격이 비슷해서 그런 거니까 대세에는 별 관계가 없을 것입니다. 이를테면 《인간세상》이 출판된 뒤 결국 불만스러워하는

---

[1] 송나라 시기 연수를 받고 학설을 전해 받을 때의 기록으로서 말하는 대로 받아 적으며 수식이 별로 없는 문체를 말한다.

[2] 《인간세상》의 편집자는 창간호(1934년 4월 5일) 발간사에서 "소품문은 자신을 중심으로 하며 한적함을 풍격으로 한다."고 말하였다.

사람이 많았고 제3호에는 수감록을 실어 따뜻한 말을 많이 했지만 이미 편집자가 주장하는 "한적함"|2|과는 모순이 됩니다. 앞으로 아마 변화가 있겠지만 단지 세상일에 초연한 것만으로는 오래가지 못할 것입니다.

기고자의 명단|3|을 보면 중국에는 사실상 확실히 작가들이 많습니다. 지금 모두가 《인간세상》에 망라되어 있기에 그것을 통해 그들의 글과 사상을 살펴보는 것도 그리 쓸모없는 일이 아닙니다. 그런데 제3호만 보아도 이른바 명작가란 대체로 이름뿐이고 속은 텅 비어 있음을 알 수 있습니다. 그들의 작품은 무명소졸이 쓴 작품보다 못합니다. 이를테면 《신보》 특별판이나 "업여주간"|4|의 작자들이 그러합니다. 주작인의 시는 현실에 대한 불평을 담고 있기는 하나 너무 감추고 알아보기 어려워 일반 독자들은 이해하지 못하고 있습니다. 게다가 지나치게 허풍을 떨고 비위를 맞추다 보니 사람들이 싫증을 내고 있습니다.

나의 글은 단행본에 수록되지 않은 것이 별로 많지 않을 것입니다. 그 가운데 빠뜨린 것도 있지만 더러는 일부러 빼버렸습니다. 글이 쓸 만하지 않다고 생각되었기 때문입니다. 《절강의 사조(浙江潮)》|5|에 어떤 필명을 썼던지 나도 잊어버렸습니다. 쓴 글만 기억하고 있는데 하나는 《라듐을 말한다.》(후에 뇌정雷錠이라고 번역되었습니다.)이고 다른 하나는 《스파르타의 넋》(?)입니다. 이밖에도 《땅의 여행》이라는 글이 있는데 역시 내가 번역한 것입니다. 번역이라고는 하지만 실은 개작한 것이며 필명은 "색자(索子)"가 아니면 "색사(索士)"였을 것입니다. 하지만 아마 끝내지는 못한 걸로 알고 있습니다.

30년 전만 해도 문학을 하는 사람이 극히 적어서 친구라곤 없었습니다. 때문에 어떤 일들은 나 혼자밖에 모릅니다. 모두들 나의 첫 소설이 《광인

|3| 《인간세상》 창간호에 열거한 49명 "특별기고인"의 명단을 말한다.
|4| 《신보 · 특별판》에서 증설한 전문란이다.
|5| 《절강사조》는 종합성 월간지로서 손익중(孫翼中), 허수상 등이 편집하였다. 광서 29년(1903년) 2월 도쿄에서 창간되었고 20호를 내고 폐간되었다.

일기》라고들 하지만 실은 맨 처음 활자로 찍혀 나온 글은 고문으로 쓴 단편소설로서 |6| 《소설림(小說林)》(?)에 실렸습니다. 그때가 혁명전이었던 깃 같은데 제목과 필명은 모두 생각나지 않습니다. 소설 내용은 서당에서 벌어진 일로서 뒤에 운철초 |7| 의 평어가 있고 또 상으로 소설책 몇 권을 받았습니다. 그때에 또 《달나라 여행》이라는 책이 있었는데 역시 내가 편역하고 다른 사람의 이름으로 고쳐서 30원에 팔았습니다. 그리고 천 자에 50전씩 받고 세계역사를 번역했는데 출판되었는지는 지금까지도 모르고 있습니다. 장자평 식의 글 장사꾼들은 오늘 새로 생긴 것이 아니라 사실 30년 전에도 있었습니다. 나를 공격하고 있는 양춘인(楊邨人)과 같은 사람은 늘 있었습니다. 그가 쓴 글은 금방 잊혀지기에 지금 발바리들은 옛날 발바리보다 못하다는 느낌을 주는데 내 보기에도 그런 것 같습니다.

누여영 군과 나는 아마 서로 모르는 사이일 것입니다. 내가 고향을 떠난 지도 30년이 넘었는데 그는 스물 살쯤 되었겠으니 서로 만나볼 기회가 있을 수 없지요. 일전에 그가 나에게 편지를 보내왔습니다. 아마 선생한테 물어보고 나서 보냈으리라고 생각되는데 편지에서 몇 가지 질문을 제기하여 즉시 답복을 보냈지만 그 뒤로는 소식이 없습니다.

"동강났다" |8| 는 말은 일종의 불평입니다. 그렇지만 그때 나는 정말 열정적으로 다른 사람들의 원고를 고쳐주고 소개해주고 교정해주었습니다. 지금은 많이 게을러졌습니다. 그래서 이렇게 답장 몇 글자 적을 시간은 있습니다.

이만 회답을 그치면서 잘 지내기를 바랍니다.

루쉰. 5월 6일 밤

|6| 옛날을 그리며》를 말한다. 이 소설은 《소설림》이 아니라 《소설월보》 제4권 제1호에 발표되었다.

|7| 운철초(惲鐵樵, 1878~1935년), 강소 무진 사람으로서 민국 초기에 《소설월보》 편집을 주관하다가 후에는 의사로 된다.

|8| 워낙은 "생명이 동강났다."는 말이었는데 남의 원고를 심사하고 수정하고 교정하는 일에 인용된 것을 말한다.

1934년 6월 3일 양제운에게 보낸 편지

　제운 선생,

　2일자 편지를 잘 받았습니다. 발바리들이 수없이 많다는 염려는 이론상으로 보면 맞습니다. 사람이 입을 벌리고 소리를 내면 공기가 진동되는데 멀리 갈수록 점차 약해지지만 공기가 있는 곳이면 어쨌든 진동이 있기 마련이라는 것과 마찬가지입니다. 그렇지만 결국에는 멀어지면서 미약해지지요. 중국문단에는 본디 인간 나부랭이들이 많습니다. 근 10년 동안을 보면 일부 청년들이 과학이 싫으면 문학을 배우고 글짓기를 모르면 미술을 배우고 그림을 그리기 싫으면 머리를 길게 기르고 큰 나비넥타이나 매면 되는 줄 알고 있으니 정말 한심하기 짝이 없습니다. 만일 중국에 온통 이런 사람들뿐이라면 실로 온전히 살아갈 수 없지요. 하지만 사회에는 아직도 다른 측면이 있어서 다른 면으로 문단에 영향을 주고 있습니다. 사회의 형편을 보면 이미 험해져서 살아가기 막막해지니까 발바리들도 따라서 살아가기 막막하게 되었습니다. 개 노릇도 충실하게 하지 못하는 그들에게 어디 눈곱만한 자부심이나마 있을 수 있겠습니까. 일단 변화가 생기면 그들은 얼굴을 바꿉니다. 하지만 그때는 지금보다 더 험해져서 그들이 기필코 치열해질 것입니다. 그렇지만 나서서 싸울 사람이 꼭 있을 것인바 그자들의 일을 뻔히 알고 있기 때문입니다. 어떻게 알게 되느냐면 지금의 경험에 근거할 수 있기 때문입니다. 하기에 지금의 상황이 미래에 결코 나쁘지만은 않을 것입니다. 많은 희생을 내는 것은 면하기 어렵지만 희생이 적으면 적을수록 좋지요. 내가 줄곧 "참호전"을 주장하는 것도 바로 이 때문입니다.

청조 말년에도 마찬가지로 발바리들이 있었다고 기억되는데 재주는 지금보다 못했습니다. 그러나 혁명가의 재주는 늘었습니다. 그때 혁명에 대해 말하는 것은 그야말로 애들 놀음과도 같았습니다.

반월간《신사회》[1] 몇 호를 읽어봤는데 "평범하고 속된 것"이 결함입니다. 읽고 나서도 남는 것이 없으니 사람들의 주의를 끌지 못하는 것은 당연한 일입니다. 편지에서 말씀한 방침[2]이 될 수 있다고 생각합니다. 일어서려면 그럴 수밖에 없지요. 하지만 근심스러운 것은 흔히 발바리들보다 영민하지 못한 독자들의 감각입니다. 발바리들은 벌써 알고 있지만 독자들이 아직 모르며 심지어는 풍자, 반어조차도 모르고 있습니다. 지금 청년들은 대체로 관심을 갖고 있는 범위가 너무 협소한데 문단에 발바리들이 많은 것보다도 더 염려스럽습니다. 하지만 언제 이런 것들을 일일이 돌볼 겨를이 없기에 이미 정한 대로 해나갈 수밖에 없습니다. 난관에 부딪쳐서 쉬거나 하는 것은 당연한 일이며 또한 필요하기도 합니다.

꾸리게 되면 나도 투고할 수 있습니다. 하지만 매호마다 투고할 수 있을지는 모르겠습니다. 나의 이름도 바꾸는 것이 좋겠습니다. 그렇지 않으며 글의 내용 어떻든 반드시 일이 생길 것이니 간행물에 도움이 되지 않을 것입니다.

《인옥집(引玉集)》은 결코 편지에서 추측한 것처럼 그렇게 유행되지는 않을 것입니다. 이런 책이 필요한 사람은 대부분 가난한 학생인데 어찌 250

|1| 종합성 잡지로서 유송화(俞頌華) 등이 편찬하였다. 1931년 7월 상해에서 창간되고 1935년 6월에 폐간되었다.
|2| "편지에서 말씀한 방침"이란 수신인의 기억에 따르면 그가《신사회》의 내용에 불만을 느끼고 혁신하려는 계획을 말하는데 나중에 이루지 못하였다.

명이나 되겠습니까. 게다가 제가 일부 사람들에게는 보내주었지요. 돈 있는 청년들은 이런 책이 필요하지도 않을 겁니다. 그러나 독일 판화집은 또 출판할 계획인데 죄다 폭이 넓은 것들이어서 찍으면 책이 커질 것이고 페이지 수도 늘어날 것입니다. 그러므로 자금을 몇 배 더 보태야 하는데 지금 망설이고 있는 것은 그 때문입니다.

나는 늘 우치야마 서점에 가는데 그곳에 앉아서 중국 사람들이 책을 사는 것을 보면 한탄스러운 일이 많습니다. 이를테면 숱한 일본에 관한 책 (일본사람이 쓴 것)을 사가고 나면 얼마 지나지 않아《일본연구》니 하는 따위 책들이 출판됩니다. 요즘은 파시즘에 관한 책을 찾는 청년들이 많이 오고 있습니다. 제조업자들이 와서 찾는 책을 보면 비결을 적은 소책자가 많은데 그런 책이 어디 있겠습니까. 화가들은 연구를 거쳐 소화를 하고 나서야 응용할 수 있는 좋은 책들은 대체로 거들떠보지도 않고 그대로 모방할 수 있는 그림이나 도안, 광고그림 그리고 한 권으로 된 "집대성" 같은 것을 가장 좋아합니다. 그러나 책 한권으로 "집대성"할 수 있을지에 대해서는 생각하지 않습니다. 더 심한 사람은 책을 대충 펼쳐본 뒤 책은 사지 않고 책안의 채색그림을 몇 장을 찢어갑니다.

지금 나는 중국 청년 작가의 목각을 수집하고 있는데 스무 폭을 모아 《목각이 걸어온 길(木刻紀程)》[3]이라는 이름으로 책 한 권을 내서 남겨뒀다가 내년에는 작품이 얼마나 더 좋아졌는지를 볼 예정입니다. 이번에도 백 부만 찍겠습니다. 필요한 사람도 대략 이 정도일 것입니다.

이만 줄이며 내내 평안하시기를 빕니다.

신 돈수. 6월 3일

1934년 10월 13일 합중서점[1]에 보낸 편지

보내온 편지는 받았습니다. 삭제하고 난 《이심집》을 다른 이름으로 고쳐 출판하는데[2] 대해 저작권을 팔아버린 작가로서 다른 의견은 없습니다. 다만 첫 페이지에 이 책은 중앙 도서 심사위원회[3]의 심사를 거쳐 삭제하고 난 나머지라는 점을 성명하기를 요구합니다. 그리고 광고를 싣는다 하더라도 역시 《이심집》의 일부분이라는 점을 밝히기를 바랍니다. 그렇지 않으면 독자들을 속인 책임을 출판자와 작자가 지지 않을 수 없으므로 나는 스스로 밝히고 싶습니다.

이에 양해를 바랍니다.

합중서점 앞으로.

루쉰. 10월13일

|1| 합중서점은 방가룡(方家龍)이 1932년 상해에서 설립하였다.

|2| 《이심집》은 1932년 10월에 상해 합중서점에서 출판한지 얼마 지나지 않아 국민당 당국에 의해 금지되었다. 나중에 이 서점에서는 삭제된 나머지 16편을 《습령집(拾靈集)》이라는 이름으로 1934년 10월에 출판하였다.

|3| 중앙 도서 심사위원회란 국민당의 중앙선전위원회 도서잡지 심사위원회로서 진보적인 서적과 간행물에 대하여 문화통제를 가하는 기구이다. 1934년 6월 6일 상해에서 설립되었고 1935년 7월 8일 이 위원회의 검사관 항덕언(項德言) 등 일곱 사람이 《신생》사건'으로 면직된 뒤 저절로 해체되었다.

1934년 12월 6일 소군, 소홍에게 보낸 편지

유, 음[1] 선생

두 통의 편지를 다 받았습니다. 우리가 서로 만나게 되면 당신들이 서글픔을 금할 수 없으리라는 것을 나는 알고 있습니다. 나의 글만 보아온 당신들로서는 내가 이처럼 노쇠했으리라고는 뜻밖일 것이라 생각합니다. 하지만 이것은 자연의 법칙이니 어찌할 수 없습니다. 사실 나의 몸은 그다지 나쁜 편이 아닙니다. 열예닐곱 살부터 집을 떠나 홀몸으로 30년을 떠돌아다니다 보니 정력이 많이 소모됐지요. 하지만 큰 병에 걸리거나 수십 일씩 앓아누운 일은 없습니다. 그러나 역시 정력이 전보다 떨어지는 것을 느끼지 않을 수 없습니다. 사람이 쉰 살을 먹으면 아무래도 이럴 수밖에 없겠지요.

중국은 오랜 역사를 가진 나라라 양식이 많고 상황이 복잡하여 처신하기가 각별히 어렵습니다. 다른 나라에서는 그래도 처세 방법이 단순하여 누구나 일을 해나갈 여가가 있습니다. 중국에서는 살아가는 데만 생명의 거의 전부를 소모해야 합니다. 더욱이 사람을 모함하는 방법이 그야말로

---

[1] "유, 음 선생"은 소군(蕭軍)과 소홍(蕭紅) 부부를 말한다. 소군(1907~1988년)은 작가로서 일본제국주의가 중국 동북 3성을 침략했을 때 상해에서 방랑하면서 문학창작을 하였다. 대표작으로는 《8월의 향촌》 등이 있다. 소홍(1911~1942년)은 원명이 장내영(張迺瑩)으로서 역시 작가이다. 당시 소군과 함께 상해에서 방랑하면서 문학창작을 하였다. 대표작으로는 중편소설 《삶과 죽음의 마당(生死場)》 등이 있다.

기발합니다. 이를테면 나에 대한 수많은 유언비어들은 사실 대부분을 이른바 작가라는 사람들이 날조해낸 것입니다. 무슨 원수질 일이 있겠습니까? 기껏해야 글에서 생긴 충돌이고 일부는 아무 상관도 없지만 재미로 날조하는 것이지요. 지난해에는 나를 "한간"이라고까지 하면서 일본정부의 스파이라고[2] 했습니다. 내가 그들을 욕했더니 이번에는 또 나를 옹졸하다고 합니다.

이런 무의미한 일로 수많은 정력을 빼앗기게 됩니다. 그러나 적은 무섭지 않습니다. 가장 무서운 것은 한 진영 내에 있는 좀벌레로서 많은 일들이 죄다 그들의 손에서 망쳐집니다. 그래서 나는 외로움을 느낄 때가 많습니다. 하지만 나는 여전히 전처럼 일을 하려고 합니다. 비록 지금은 정력이 전보다 딸리고 학문도 한계가 있어서 청년들의 갈망을 위로해줄 수는 없지만 물러설 생각은 전혀 없습니다.

《양지서》가 이른바 "연애편지" 같지는 않습니다. 우선 우리가 서신왕래를 하던 초기에는 정말 앞날에 대한 예상이 없었고 다음으로는 그때 우리 나이나 경력을 보면 모두 차분해질 때였기에 절대 열렬해본 적이 없었습니다. 냉정한 것이 두 사람에게는 결함으로 되었겠지만 장난기가 동했다 해도 흠이 되었을 것입니다. 하지만 두 사람이 금방 서로 이해할 수 있다면 괜찮습니다. 자식에 대해서는 어쩌다 볼 때는 귀엽고 재미있지만 하루 종일 함께 있으라고 하면 여간 성가시지 않습니다.

당신들은 지금 일을 할 수 없기에 생활이 안정되지 않고 있는데 고향을 떠나 낯선 곳에 가서 아직 그곳 사람들과 관계를 맺지 못했다면 그 땅에 뿌리를 내리지 못했다는 것을 말하며 그런 처지에 봉착할 수 있습니다. 고국을 떠난 작가가 영영 글을 쓰지 못하는 경우는 늘 있는 일입니다. 나는

---

[2] 상해 《사회신문》 제7권 제12호(1934년 5월 6일)에 "사(思)"라는 이름으로 《루쉰은 한간이 되기를 원한다》는 글을 실었는데 글에서 루쉰이 "일년동안 정부를 헐뜯은 글을 수집하여 《남강북조집》을 엮어서 오랜 친구 우치야마 하츠에게 일본정부에 소개해달라고 구걸하였다. 과연 뜻이 이루어져 루쉰은 수만 원의 원고료를 탔고…… 즐겁게 한간이 되기를 원했다."고 썼다.

상해로 온 뒤로는 소설을 쓰지 못하고 있습니다. 그런데 상해란 곳은 참말 정이 붙지 않는 곳입니다. 당신들의 지금과 같은 그런 초조한 심정이 절대 발전되어서는 안 됩니다. 자주 밖에 나가 돌아다니면서 사회 형편을 살피고 여러 부류 사람들의 얼굴을 보는 것이 무엇보다 좋을 것입니다.

아래에 물음에 답변을 드리겠습니다.

첫째. 우리 애 이름은 해영이라고 부르는데 이제 크면 절로 이름을 고칠 것입니다. 걔 애비는 성마저 갈지 않았습니까. 아보는 나의 셋째 동생의 딸입니다.

둘째. 회의는 많은 품을 들인 끝에 열었습니다.|3| 각종 소식을 신문에서 실어주지 않아 중국에는 알고 있는 사람이 매우 적습니다. 결과는 나쁜 편이 아닙니다. 여러 대표들이 귀국해서 누구나 보고했기 때문에 세계는 중국의 실정을 더욱 잘 알수 있을 것입니다. 나는 가입했습니다.

셋째. 《군산(君山)》은 나에게 없습니다.

넷째. 《어머니》|4|도 없습니다. 이 책은 금지되었지만 다른 사람에게 부탁하여 구해볼 수 있습니다. 《몰락》|5|은 보지 못했습니다.

다섯째. 《양지서》는 북신서국에서 부치고 있으니 동북에는 있을 것입니다.

여섯째. 사실 술을 마시지 않습니다. 피로하거나 분할 때 가끔 조금씩 마시긴 했지만 지금은 떼버렸습니다. 그렇지만 손님이 왔을 때는 예외입니다. 내가 술을 좋아한다는 말 역시 "문학가"들이 지어낸 유언비어입니다.

일곱째. 뇌막염에 관한 유언비어는 썩 오래된 일이니 시정할 필요가 없다고 생각합니다.

|3| 세계 제국주의 전쟁 반대 위원회에서 조직하여 개최한 원동 전쟁반대회의를 말한다. 1933년 9월 30일 상해에서 비밀리에 열렸고 일본제국주의의 중국 침략을 반대하는 것이 주제였다. 회의에는 영국, 프랑스, 벨기에 등 국가 대표들이 참석하였고 루쉰은 회의에 참석하지 않았지만 대회주석단 명예주석의 한 사람으로 추대되었다.

|4| 고리끼의 장편소설이다.

|5| 《몰락》이란 고리끼의 《아르따모노브 일가의 사업》을 말한다.

아이가 생긴 뒤로 경송은 거의 절필했습니다. 그더러 원고를 고치라면 감히 맡을 것 같지 않습니다. 하지만 만일 출판할 수 있다면 오자나 타당하지 못한 곳은 내가 책임지고 고치겠습니다.

당신은 문학단체들이 모두 침체상태, 말하자면 무정부상태에 처해 있다고 했는데 아주 맞는 말입니다. 논의는 하지만 대체로 고담준론을 늘어놓습니다. 기실 고담준론을 늘어놓는 것이 바로 관료주의지요. 나는 늘 초조하고 답답한 감을 느끼지만 할 수 있는 일은 합니다. 그러면서도 늘 "홀로 분투하는" 비애를 느끼곤 합니다. 그런데도 뜻밖으로 일부 벗들은 나를 게을러 일하지 않는다고 질책합니다. 그들은 머리를 잔뜩 쳐들고 논평을 해놓고는 어디론가 사라집니다.

편지에 나한테서 가져간 돈을 쓸 때는 가슴이 아프다고 했는데 불필요한 생각입니다. 물론 내가 러시아의 루블이나 일본의 금원을 받는 건 아닙니다만 출판계에서 자격이 있는 사람이기에 아무튼 청년작가들보다 쉽게 원고료를 벌 수 있습니다. 청년작가들처럼 진땀을 흘리지 않아도 되니까 마음 놓고 쓰십시오. 그리고 이런 작은 일은 절대 마음에 담아두어서는 안 됩니다. 그렇잖으면 신경쇠약에 걸려 우울증에 빠질 것입니다.

편지에서 또 나를 박해하는 그자들에게 분노하고 있더군요. 이상할 것이 없는 일입니다. 이런 일 내놓고 그자들이 또 무슨 일을 할 수 있겠습니까? 나는 어차피 계속 말을 할 것입니다. 백성들은 소리 없이 피와 땀을 내놓고도 헐벗고 굶주리며 살고 있는데 그들은 또 백성들을 보고 목숨까지 내놓으라는 것이 아닙니까?

이로써 답변을 마칩니다.

두 분의 안녕을 빕니다.

신 올림. 12월 6일

《분홍색 구름》과 《꼬마 존》은 내가 10년 전에 번역한 것으로 지금 재판했습니다. 두 분께서 보시겠는지요? 알려주시기 바랍니다.

1934년 12월 10일 소군, 소홍에게 보낸 편지

유, 음 선생

8일 저녁에 보낸 편지는 잘 받았습니다. 내 병세는 좋아지기 시작했습니다. 입맛이 돌기 시작했으니 아마 점차 회복될 것입니다. 동화 두 권은 이미 서점에 부탁하여 부쳐 보냈습니다. 안에 《역문》|1|두 권은 함께 넣어 보냈는데 두 분도 아직 보지 못했을 것입니다. 《하프》|2|의 머리말은 나중에 검열관에게 삭제 당했지만 이것은 초판이므로 그냥 있습니다. 보십시오. 그자들은 이런 말 몇 마디조차 못하게 합니다.

만일 그쪽에 관청의 힘이 미치지 못하는 신문이 있다면 "뇌막염"에 대한 말을 《문예통신》의 형식으로 설명하는 것도 좋겠습니다. 이 유언비어 때문에 나는 정정하는 편지를 수십 통이나 썼고 우편료가 2원 이상 들었습니다.

중화서국에서 세계 문학을 번역한다던 일은 실행되지 못하고 지나간 일이 되고 말았습니다. 기실 그들은 본디 실행할 생각이 없었고 설사 첫 몇 권을 번역한다 하더라도 역시 안으로 누구누구에게 맡기기로 정해놓

|1| 《하프》와 《하루의 사업》을 말한다.
|2| 서문은 《하프》의 머리말을 말하며 나중에 《남강북조집》에 수록되었다.
|3| 장광자(蔣光慈)를 말한다.

았겠으니 모르는 사람한테는 차례질 리 없습니다. 지금 장|3|이 죽고 없으니까 원래는 그에게 번역을 맡기려 했다고 하지만 정작 살아있다 해도 결코 그에게 맡기지 않을 것입니다. 그한테 맡겨서 정말 번역해냈다면 크게 잘못되지 않았겠습니까? 그때 나를 찾아와 정화의 연락처를 물으면서 그에게 번역을 맡기겠다고 했지만 나는 수작을 부리는데 불과하다는 것을 알고 있었으므로 거절했습니다. 이제 와서는 이른바 《세계문학명작》은 아예 입도 뻥긋하지 않습니다.

유명인, 부자, 상인들은 흔히 그런 수작을 잘합니다. 큼직한 제목을 내걸고 한바탕 떠들어대면서 저들의 열성을 보여주려고 하지요. 세상물정을 잘 모르는 청년들은 내막을 모르고 흔히 꼬임에 빠집니다. 좌절당하는 것쯤은 대수롭지 않은 일이고 때로는 그야말로 목숨을 잃기도 합니다. 나는 이처럼 피를 팔아먹는 명사들의 이름을 적지 않게 알고 있습니다. 내가 지금 제법 세상물정을 잘 아는 듯이 말하고 있지만 역시 근년에 신주국광사의 꼬임에 빠진 적이 있습니다. 그들이 나와 계약을 맺고 소련 명작을 번역하겠으니 각기 한 책씩 번역할 수 있도록 열두 사람을 물색해달라고 부탁해서 시작했더니 몇 권을 내고는 그만두었습니다. 계약이 있어도 쓸모없었습니다. 그래서 내가 하는 수 없이 하나하나 찾아다니면서 손을 삭삭 비비며 사정해서 마무리 지을 수밖에 없었습니다. 정화는 멀리 살다보니 미처 소식을 듣지 못하고 이미 번역을 끝내버렸습니다. 어쩔 수 없이 내가 인세를 물고 인쇄하려고 했는데 그것이 바로 《철의 흐름》입니다. 그런데 이 책의 인쇄본 대부분과 지형을 또 다른 서점|4|에서 속여서 가로챘습니다.

그때의 회의|5|는 배에서 열린 것이 아니라 육지에서 열렸고 2, 30명쯤 출석하였습니다. 회의가 끝나자 사람들은 하나도 남지 않고 몽땅 떠나갔

|4| 다른 서점이란 광화서국(光華書局)을 말한다.

|5| 원동 반전(反戰)회의를 말한다.

습니다. 하지만 그 뒤에 잡혀간 사람이 있는 듯싶습니다. 요즘에는 비밀리에 체포하고 죽이는 일이 많아 남은 모르고 있습니다. 아루센코는 죽지 않았고 번역을 하고 있다고 합니다만 편지를 보내도 답장이 없다고 합니다.

의용군[6]에 대한 기사를 보았습니다. 이런 사람들이야말로 전사라고 부를 수 있으며 나처럼 붓대를 놀리는 사람들을 부끄럽게 만듭니다. 나는 문인들의 성질이 몹시 좋지 않다고 생각합니다. 그들은 복잡한 지식과 사상을 갖고 있는 편이어서 이쪽에 붙을 수도 있고 저쪽에 붙을 수도 있기에 확고한 사람이 많지 않습니다. 지금 문단의 무정부 상태는 말이 아니고 이보다 더 나빠질 수도 있겠지만 이런 상태가 오래 갈 것 같지는 않습니다. 분열하고 고담준론이나 펴고 일부러 흥분하는 등등의 현상들은 4, 5년 전에도 있었지만 좌익작가연맹이 일어서면서 눌러버렸습니다. 하지만 그 뿌리는 다 제거되지 않았고 또 새로운 분자들까지 생겨나서 지금 고질이 재발하고 있습니다. 하지만 공담과 같은 것은 오래 이야기할 수도 없고 아무런 결과도 나오지 않기에 결국 사실이라는 거울 앞에서는 정체가 드러나고 꼬리를 보이기 마련입니다. 물론 글로 싸운다면 더욱 좋겠지만 이런 간행물은 출판할 수 없으니 천천히 사실로 이길 수밖에 없습니다.

사실 좌익작가연맹은 시작할 때 토대가 그리 튼튼하지 못했습니다. 그때는 지금과 같은 억압이 없었기 때문에 어떤 사람들은 가입만 하면 큰 위험이 없이 전진하리라고 여겼습니다. 그런데 뜻밖에 억압을 받게 되자 한 무리는 도망을 갔습니다. 이 정도는 그래도 괜찮은 편이고 어떤 자는 심지어 내부 정보를 팔아먹기까지 했습니다. 바탕이 좋으면 사람이 적은 것은 별문제지만 지금은 그마저도 되지 않고 있습니다. 훌륭한 사람은 언제나 있지만 경험이 부족하지 않으면 건강이 좋지 않아서(대부분 생활이 어렵기 때문이지요.) 싸움에 지장이 됩니다. 그러나 억압당할 때는 대체로 이

|6| 동북 항일의용군을 말한다.

런 상황이 있기 마련이므로 비관할 것은 못됩니다.

　매음에 대해 들은 바는 없지만 생각해보면 있을 것입니다. 여성을 다루는 데는 아마 북방의 관리보다 남방의 관리들이 잔혹하여 피 빚을 얼마 더 졌을 겁니다.

　이상 줄이면서 안녕하시기를 바랍니다.

신 올림. 12월 10일

1934년 12월 16일 양제운에게 보낸 편지

제운[1] 선생

14일과 15일에 보낸 편지 두 통은 오늘 동시에 받았습니다. 북평에서 도합 다섯 번 강연했는데 기록이 남아 있는 것은 두 편밖에 없고[2] 그나마 기록이 정확하지 않아 쓸 수 없습니다. 지금 부쳐드리니 한번 보십시오. 그밖에 두 번은 기차에 오르기 전에 말한 것으로 하나는 《문예와 무력》[3] 이고 다른 하나는 제목을 잊어버렸습니다.[4] 그때는 관원들이 나를 몹시 미워했던 터라 아마 신문에서 강연내용을 간략하게나마도 싣지 않았을 것입니다.

식객문학은 그야말로 중요한 연구과제입니다. 그때는 바빠서 상해에 돌아가 다시 쓰려고 했는데 돌아온 뒤에도 뜻대로 되지 않아 내내 쓰지 못했습니다. 지금 상황에서는 마음도 변하여 쓸 생각도 나지 않습니다.

|1| 양제운(楊霽雲, 1910~1996년), 1934년에 문집에서 빠진 루쉰의 글을 수집, 정리하여 《집외집》으로 출간하였다.

|2| 두 편의 글이란 《바쁜 사람을 위한 문학과 한가한 사람을 위한 문학》과 《혁명문학과 명을 따르기 문학》을 말한다.

|3| 1932년 11월 28일 루쉰이 북평 중국대학에서 한 강연을 말한다.

|4| 1932년 11월 27일 북경 사범대학에서 한 강연으로서 제목은 《"제3부류의 사람"을 다시 논함》이다.

|5| 《다섯 번의 강연과 세 번의 코웃음》이란 루쉰이 쓰려고 준비했던 잡문집을 말한다. "다섯 번의 강연"이란 북경에서 한 다섯 차례의 강연을 말하고 "세 번의 코웃음"이란 양촌인, 양실추, 장약곡 등 문단의 세 어릿광대를 질책한 글을 말한다. 루쉰은 《남강북조집》의 "양촌인 선생의 공개편지에 화답하는 공개편지"에서 이 일을 언급하였다.

하기에 그《다섯 번의 강연과 세 번의 코웃음》|5|은 아마 영원히 제목으로만 남아 있을 것 같습니다.

편지에서 제기한 인쇄 방법과 종이에 관한 일은 모두 동의합니다. 원고는 새로 보탠 것만 나에게 보여주면 되고 앞에서 본 원고는 부치지 마십시오. 만약 인세가 있다면 나에게 절반을 주어도 좋습니다. 만약 내가 그 절반을 받지 않으면 선생도 그냥 내버려두지 않을 것입니다. 내가 수고많았다는데 대해서는 별로 마음이 쓰이는 일이 아니라 사람을 피곤하게 만들지도 않습니다. 요즘은 오히려 며칠 쉬기도 했습니다. 하루에 4, 5천 자쯤밖에 쓰지 않았고 스스로도 정신적으로나 체력적으로 전보다 많이 못해졌음을 느낍니다. 정말 시골에 내려가 신문도 보지 않고 한 일 년쯤 놀면 좋겠습니다. 하지만 요즘 새로 국민 부역조례|6|가 나왔는데 만약 길닦기에 나가라고 한다면 글쓰기보다 훨씬 힘들겠지요. 그야말로 무섭고 불안해서 마음 놓고 살수 없는 세상입니다.

지난 번 편지에《야루셴꼬 동화집》의 서언에 대해 말한 일이 있는데 나중에 생각해 보니 넣지 않는 것이 좋겠습니다. 그 동화도 거의 다 내가 번역한 것이나 다름없기 때문입니다.

동북의 문풍을 보면 정말 공경과 순종, 아부의 냄새가 풍깁니다. 듣자니 신문에 실리는 논문을 봐도 열에 아홉은 "왕도정치"|7|로 결말을 맺고 있다고 합니다. 게다가 관가에서 편집자에게 보낸 통고서에도 빈부의 차이를 꼬집고 투쟁을 논술한 글들은 죄다 "왕도"에 어긋나는 것이니 앞으로는 그런 글을 검열에 넘기지도 말라고 했다고 합니다. 하지만 관가의

|6| 1934년 12월 2일, 장개석이 "노동습관을 양성하여 건설 사업을 추진하며 봉공관념을 분발시키자"는 이름으로 전국에 내보낸 전보문으로서 "부역에 나가야 할 사람으로 정해진 사람은 기피함이 없이 반드시 직접 징용에 응해야 한다."는 내용이 있다.

|7| 1931년 3월 8일, 만주국 "집정" 부의는 장춘에서《집정선언》을 발표하여 "도덕인애를 위주로 왕도 낙토"를 이루겠다고 하였으며 1934년 3월 1일에는《즉위조서》에서 "왕도정치를 영원히 존중하며 절대 변경하지 않겠다."고 하였다.

기염이 오히려 우리 이곳의 포악한 정치보다는 살벌하지 않습니다. 그러나 우리 여기 지식인들이 똑똑히 알고 있는 일이 한 가지 있으니 낙관할 만한 일입니다. 즉 언론자유에 대한 통고문|8|에 대하여 호적을 빼고는 누구도 맞장구치거나 보충하는 사람이 없습니다. 이야말로 묘하고도 묘한 일입니다.

   건강을 빌면서 여기서 그칩니다.

   여행이 즐겁기를 빕니다.

신 돈수. 12월 16일

|8| 1934년 11월 27일, 장개석이 전국에 내보낸 《공개 전보문》에는 "인민과 사회단체는 법에 따라 언론, 결사 자유를 향수하며 무력이나 폭동을 배경으로 하지 않는다면 정부는 그 자유를 보장하며 제지하지 않을 것이다."라는 구절이 있다. 이에 호적은 천진 《대공보》에 글을 발표하여 "우리는 이 원칙에 대해 물론 두 손 들어 찬성한다."고 하였다.

1934년 12월 18일 양제운에게 보낸 편지

제운 선생

17일자 편지를 받았습니다. 그 두 편의 강연원고는 실제와 너무 어긋나기 때문에 버리기로 작정했습니다. 아마 기자가 나의 말을 이해하지 못한 것 같고 생각도 서로 달라서 나는 중요하다고 생각하지만 기자는 기록하지 않았거나 우스개 삼아 버린 것 같습니다. "혁명문학 ······"[1] 가운데 몇 마디는 그야말로 내 의도와는 정반대여서 더구나 안 됩니다. 이 두 가지 제목은 확실히 중요한 것이므로 제가 다시 손을 봐야 할 것 같습니다.

《붉은 웃음에 관하여》는 나에게 있으므로 이제 부쳐드릴 테니까 다시 베낄 필요가 없습니다. 있는 인쇄견본 그대로 인쇄를 하면 됩니다. 이와 같은 말다툼은 그렇게 품을 들일 필요가 없습니다. 하지만 이번에 다시 보니 이 학서[2] 선생이라는 사람이 너무도 정정당당하지 못한 것 같습니다.

발바리 따위는 별로 무섭지 않습니다. 가장 무서운 것은 겉 다르고 속 다른 이른바 "전우"들인데 미처 방비해낼 틈이 없습니다. 이를테면 소백

---

[1] 《혁명문학…》은 《혁명문학과 명을 따르기 문학》으로서 루쉰이 1932년 11월 24일에 북경여자문리학원에서 한 연설이다.

[2] 학서(鶴西)란 정간성(程侃聲, 1907~1999년)을 말한다. 그는 1929년 4월 15일과 19일에 북경 《화북일보》문예판에 《붉은 웃음에 대하여》라는 글을 발표하여 매천(梅川)의 번역한 《붉은 웃음》은 자기가 번역한 글을 베꼈다고 힐난하였다.

|3|과 같은 부류에 대해 나는 지금까지도 그들의 생각을 알 수 없습니다. 뒤를 방어하기 위해서는 정면으로 마주 설 수 없어서 모로 서 있을 수밖에 없습니다. 이렇게 앞뒤를 살피자니 힘이 곱으로 드는군요. 몸이 좋지 않은 건 나이 탓이지 그들과는 하등 관계가 없습니다. 하지만 가끔 정말 사람을 부아나게 하니까 정력이 쓸데없는 곳에 허비되는 것 같고 그 정력을 바른 일에 쓴다면 더 많은 성과가 있지 않을까 하는 생각을 해봅니다.

중국의 시골이나 작은 도시는 갈만한 곳이 있는 것 같지 않습니다. 그래도 북경이 좋습니다. 도서관만 해도 나에게 얼마나 많은 편의를 주는지 모릅니다. 하지만 이건 꿈에 지나지 않고 성실하게 본분을 지키며 살고 있는 풍우란|4|과 같은 사람마저 체포되었으니 다른 일은 어떨지 짐작할 수 있을 것입니다. 때문에 잠시는 어디든 가지 말아야 할 것 같습니다.

선생은 지난 편지에서 집에 좀 늦게 돌아갈 것 같다고 하셨으니 서언은 24일 이전에 부칠 생각입니다. 늦지 않겠지요.

이상 소견을 올립니다. 여행이 평안하시기를 바랍니다.

신 올림. 12월 18일

|3| 이것은 전한(田漢)이 소백이라는 이름으로 쓴 《조화(調和)》라는 글을 말한다.
|4| 풍우란(馮友蘭, 1895~1990년)은 당시 청화대학 문학원 원장 겸 철학학부 주임으로 있었다. 1934년 11월 28일 그는 《소련에서 받은 인상》이라는 제목으로 강연을 하였는데 국민당 보정(保定) 군사위원회 야전사령부에 체포되어 심문을 받고 이튿날 풀려났다.

1934년 12월 25일 조가벽에게 보낸 편지

가벽|1| 선생

아침에 보낸 편지를 이미 보셨으리라 생각합니다. 나는 내년에 《문학》 제1호에 내려고 6천자 가량 되는 수필 한 편|2|을 썼습니다. 내용은 명조 말기의 이야기로서 고서들을 인용하였는데 그 가운데에는 개탄의 내용들도 들어있습니다. 그런데 오늘 저녁에야 검열관에게 4분의 3이나 삭제되었고 첫머리의 천자 정도 밖에 남지 않았다는 사실을 알았습니다. 이로부터 알 수 있는 바 내가 만약 반고 때의 천지개벽의 신화를 이야기한다 해도 그자들을 만족시킬 수 없다는 것입니다. 그리고 나는 확실히 그자들을 만족시킬 만한 글을 쓸 수 없는 것 같습니다.

나는 여기에서 《중국신문학대계》|3|을 연상하게 됩니다. 검열받을 소설들이 누가 선택한 것인지 모르기 때문에 절대 문제가 없으리라 보지만, 서언을 검열 받으러 보낼 때에는 문제가 생길 것입니다. 5.4시대가 명조 말기보다 가까운데다가, 나 또한 배포 너그럽게 "오늘 날씨가 하하하"따

|1| 조가벽(趙家壁)은 강소성 송강 사람으로 당시 상해 양우도서공사의 편집인으로 있었다.

|2| 나중에 《차개정 잡문》에 수록된 "병후잡담"을 말한다. 원문은 모두 네 단락인데 《문학》 제4권 제2호에 실릴 때에는 제1단만 실리고 나머지는 모두 국민당에 의해 삭제되었다.

|3| 《중국신문학대계》는 조가벽의 주관으로 1917년부터 1926년까지 10년 동안의 신 문학 창작과 이론 성과를 모은 선집으로서 양우도서공사에서 출판하였다. 그 가운데의 《소설 2집》은 루쉰이 선택하고 편집한 것이다.

위와 같은 내용으로 만여 자나 되는 글을 늘여놓을 수 없습니다. 따라서 정말로 여러 관리들과 의견이 달라서 그때에는 기필코 분규가 생길 것이라고 생각합니다. 나는 그들의 의견에 따라 글을 고치거나 또는 다른 글을 쓸 줄 모릅니다. 그렇다고 소설은 내가 골라놓고 이제 와서 다른 사람에게 서언을 쓰게 한다면 의견이 일치될 수 없으니 꼴불견이 되고 말 것입니다. 결국 출판사에서 비용을 크게 들이거나 내가 시간을 허비하게 되거나 양자 간에 하나는 손해를 보게 될 것입니다. 그러므로 나는 이 일을 절대 하지 않겠습니다. 아예 시작부터 그자들에게 미움을 받지 않을 사람을 내세우는 것이 온당하리라 봅니다. 검열관들은 어느 작가든지 불문하고 내용만 본다고 발표하지만 사실 속마음과 말이 같은 군자들이 그리 흔한 것 같지 않으며 설사 있다 하더라도 검열관들 가운데는 없을 것입니다. 그들이 농을 조금 하는 것쯤은 아주 쉬운 일입니다. 나는 그들이 계책에 넘어가지 않고 여전히 그들과 당당하게 맞서려 합니다.

이것은 절대 허튼 소리가 아니며 실정을 잘 살펴보면 결코 기우가 아닙니다. 이에 선생께서 많이 고려하시기 바랍니다. 이밖에도 또 편집자 몇이 있는데 그들의 서언도 통과될 수 있을지 고려해야 할 것 같습니다.

이상 아뢰며 창작에도 성과가 있으시길 바랍니다.

신 올림. 12월 25일 밤

1934년 12월 26일 소군, 소홍에게 보낸 편지

유, 음 선생

24일자 편지를 받았고 20일자 편지도 받았습니다. 내가 병이 생긴 것이 아니라 이 며칠을 좀 바빠서 답장을 드리지 못한 것뿐입니다.

주 여사[1] 그들이 꾸리고 있는 연극 팀에 대해서 내막을 모르기는 하지만 내 보기에는 별것이 없으므로 괜찮을 것입니다. 하지만 앞으로 만나는 사람이 많게 되면 누구나 서로 진상을 알 수 없기에 말을 조심하는 것이 좋을 듯싶습니다. 남의 말을 많이 듣고 자신은 적게 말하며 말을 해야 하면 한담을 많이 하는 것이 가장 좋을 것 같습니다.

《준풍월담》은 아직 공개적으로 팔지 않고 있고 이제 공개하지도 않을 것이며 책은 반드시 금서가 될 것입니다. 상해의 문학가들 가운데는 정말 무서운 사람들이 있습니다. 그들은 하찮은 이득 때문에 남의 목숨을 뺏기도 합니다. 그러나 본래 시시껄렁한 자들이라 무서울 게 없는 사람이 많지만 밉살스럽기 짝이 없습니다. 마치 이나 벼룩 같아서 물려 뾰루지가 몇 개 생겨도 별일은 아니지만 어쩔 수 없이 긁어야 하지요. 이런 인물들은 모르고 지내는 것이 좋습니다. 나는 강남의 덕과 재능을 겸비했다는 자들

|1| 주 여사란 주영(周穎, 1909~1991년)으로서 섭감노(聶紺弩)의 부인이다. 연극조란 당시 좌익 연극가 연맹의 연극 공급사를 말하며 전문 연극에 필요한 복장과 도구를 제공하였다.

이 가장 밉습니다. 꾸물꾸물하는 꼴이 사람 맛이라곤 나지 않지요. 지금은 대개 양복으로 갈아 입었지만 속이 달라진 것은 아닙니다. 사실 상해 토박이들은 나쁘지 않습니다. 다만 여기저기 살고 있는 망종들이 많이 몰려와서 악한 짓들을 하기 때문에 상해가 저속한 곳으로 되어버렸지요.

《어머니》는 금지당한지 오랜데 이 책은 서점 점원에게 부탁하여 구한 겁니다. 그가 어떻게 이 책을 찾았는지 모르겠습니다. 며칠 전에 수필 한 편을 써서 문학사에 가져다 팔았는데 검열관이 4분의 3이나 삭제해버리고 나니 7천 자짜리가 머리만 남고 값이 나가지 않습니다. 소음 여사의 소설은 이렇게까지 삭제당하지 않을 것이라 생각합니다. 만약 몇 단락 삭제한다면 삭제하라고 하지요. 먼저 출간하는 것이 중요합니다.

이 며칠은 정말 좀 답답합니다. 검열관 나리들은 공개적으로 자기들은 내용만 보지 작자가 누구든지 상관하지 않는다고 말하고 있습니다. 말하자면 어느 개별적인 사람을 어렵게 하지는 않는다는 뜻이겠지요. 일부 출판업자들은 이 말을 듣고 정말 "공평"해진 줄로 알고 나더러 옛 이름으로 글을 쓰라고 하는데 도무지 거절할 수 없습니다. 기실 이것은 그자들의 음모로서 내 글을 제멋대로 삭제하여 볼품없이 만들어 버리면 책으로 나온 뒤에 내막을 모르는 독자로서는 나를 얼빠졌다고 믿게 하려는 것이지요. 따끔하지도 않은 말만 늘여놓는다면 통과될 수는 있겠지만 무슨 의미가 있겠습니까?

올해는 더 편지하지 않겠습니다. 이사한 뒤에 새 주소를 알려드리겠습니다.

이만 줄입니다.

두 분의 건강을 빕니다.

예 올림. 12월 26일 밤

1934년 12월 31일 유위명에게 보낸 편지

위명[1] 선생

12일자 편지는 받은 지 오랩니다. 《성주일보》[2]도 한 부 받았는데 내용이 상해의 신문에 비하여 손색이 없습니다. 감사합니다. 《이심집》은 끝내한 권 구했습니다. 항주의 서점에서 팔다 남은 것인데 오후에 새로 찍은나의 단편집[3] 한권과 함께 서점에 부탁하여 등기우편으로 부쳤습니다.받을 수 있을는지 근심되네요. 이런 책은 절대 책값을 보내지 마십시오.나는 작자의 신분으로 돈을 내지 않고 얻을 수 있습니다.

중국의 일이란 실로 한마디로 이루 다 말하기 어렵습니다. 내년부터 나는 다시는 간행물에 투고하지 않을 것입니다. 상반기에는 《자유담》(《신보》)에 글을 썼는데 그 후 편집자가 바뀌어 더는 투고하지 않고 《동향》(《중화일보》)에 보냈지만 이 문예면이 내년 1월 1일부터 폐간됩니다. 아마개혁을 주장하는 글은 거의 발표할 수 없고 간행물에 누가 되나 봅니다.때문에 나는 신문에는 글을 발표할 곳이 없게 되었습니다. 정기 간행물로

|1| 유위명(劉煒明)의 원명은 유시애(劉始愛)이며 당시 싱가포르에서 장사를 하고 있었는데 루쉰 작품의 독자였다.

|2| 싱가포르에서 출판한 중국어 신문으로서 1929년 창간되었다.

|3| 《준풍월담(准風月談)》을 말한다.

|4| 종합성 반월간지로서 이공박(李公朴) 등이 편찬하였다. 1934년 11월에 창간되고 1936년 11월에 폐간되었다.

|5| 전문 만화와 잡문을 싣는 월간지이다. 1934년 9월에 창간되고 1935년 9월에 폐간되었다.

는《문학》,《태백》,《독서생활》|4|,《만화생활》|5|과 같은 곳에 글을 쓰고 있는데 진짜 이름을 쓰기도 하고 공한(公汗)이라는 필명을 쓰기도 합니다. 그러나 이런 간행물들은 늘 압력을 받고 있어서 몇 호까지나 낼 수 있을지 모르겠습니다. 이미 출판된 그 몇 권도 대부분 볼품없이 삭제해버렸습니다.

금년에 설치된 도서잡지 검열부서에는 "문학가"들이 꽤 많이 벼슬을 하고 있습니다. 그자들은 글 쓸 줄은 몰라도 글을 금지할 줄은 잘 알아서 그야말로 할 말이 없게 만듭니다. 지금 내가 진짜 이름을 써도 그것은 중요하지 않습니다. 글을 뼈도 추스르지 못하게 삭제해버리면 그만인데요. 요즘 내년도《문학》에 7, 8천자 가량 되는 수필을 썼는데 그자들이 천자 정도만 남기고 모두 삭제해버려 쓸 수 없게 되었습니다. 그리고 그자들은 일처리도 서로 일치하지 않습니다. 이를테면 그《습령집(拾零集)》을 중앙에서는 삭제하고 난 나머지를 출판하도록 허락했지만 항주에 보냈더니 아예 몰수해버립니다. 그자들은 여기서는 특별히 금지한다는 이유를 붙였습니다.

어찌나 어두운지 이치를 말할 곳이 없습니다. 살아오면서 처음 당하는 일입니다. 하지만 나는 그래도 저항할 것입니다. 내년부터는 공을 더 들여 아예 책으로 만들 작정입니다. 물론 억압과 금지는 여전히 따르겠지만 삭제되지는 않을 것입니다.

오늘 이만 줄입니다. 잘 지내시기를 바랍니다.

신 올림. 12월 31일 밤

1935년 1월 4일 소군, 소홍에게 보낸 편지

유, 음 선생

2일자 편지를 4일에 받았습니다. 이미 이사를 했다니 정말 기쁜 일입니다. 그런데 이리 이사하고 저리 이사해도 납도로(拉都路)를 벗어나지 못하는군요. 내가 늘 북사천로에서 맴도는 것과 마찬가지입니다. 큰 초지를 볼 수 있다는 것은 상해에서 새해를 맞으며 누릴 수 있는 복이라 해야겠습니다. 시골에서 태어나고 북경에서 살면서 탁 트인 대지를 보면서 자란 나로서는 상해에 갓 왔을 때는 정말 조롱에 갇힌 비둘기처럼 답답했습니다. 2, 3년이 지나서야 겨우 적응되었습니다. 새해에 3일 동안에 6천자 되는 동화[1]를 번역했는데 어렵지 않은 글자로 알기 쉽게 쓰려 했더니 고문으로 쓰기보다 더 어려울 줄은 몰랐습니다. 매일 한밤중까지 번역하고 잠이 들면 어지러운 꿈이 몰려드는데 언제 어머님이 그리워 북경으로 달려갈 생각이 나겠습니까?

글을 삭제하고 고치는 것은 반드시 발표하기 위해 하는 일이지만 그렇다고 아연판을 만들 것까지는 없습니다. 그들은 추악한 짓을 수없이 하고

|1| 소련 작가 반드레예프가 쓴 중편동화 《시계》를 말한다. 루쉰이 번역하였고 1935년 7월 생활서점에서 단행본으로 출판하였다.

서도 전혀 부끄러운 줄 모르는 인간들입니다. 부끄럽다면 그런 짓을 하지도 않았겠지요. 그들은 스스로도 자신을 사람으로 보지 않습니다.

소음 여사는 역시 부인네라 우리 남정들처럼 정확하고 자세하게 관찰하지 못하는군요. 적게 말하거나 한담을 많이 하는 것을 어찌 쥐가 고양이를 피하는 방법이라고 할 수 있겠습니까? 나는 고양이가 봄이나 어느 한 시기를 제외하고는 종일 야옹야옹 우는 것을 보지 못했습니다. 고양이는 쥐보다 말이 더욱 적습니다. 봄에는 다른 목적으로 울기에 따로 봐야지요. 평소에는 늘 조용히 동정을 듣다가 시기가 되면 갑자기 덮칩니다. 이것은 맹수의 방법입니다. 물론 고양이가 쥐와 한담을 할 리가 없고 쥐 역시 고양이와 한담을 하지 않습니다.

당신이 만난 사람들은 내가 얼마나 나쁘다는 말을 하지 않을 것이고 나를 적대시하거나 모욕할 생각도 없으리라 나는 알고 있습니다. 하지만 "사정을 너무나 보지 않는다."는 비판은 절대 교훈으로 삼을 수 없습니다. 사정을 봐주려면 무엇 때문에 필전을 벌였겠습니까? 사정을 봐주는 것은 중국 문인들이 갖고 있는 가장 큰 흠입니다. 글에서 사정을 봐주면 앞으로 실패했을 경우에 원수들도 사정을 봐주리라고 믿기 때문입니다. 그때에 가면 절대 사정을 봐주지 않는다는 것을 그는 모르고 있습니다. 따끔하지도 않은 글을 몇 구절 쓸 바엔 아예 쓰지 말아야지요.

그리고 지금의 비평가들은 "욕"이란 말을 아주 모호하게 쓰고 있습니다. 나는 양가집 여자를 화냥년이라고 한다면 욕이겠지만 화냥질하는 여자를 화냥년이라고 하는 것은 욕이 아니지요. 내가 일부 사람들을 화냥년이나 발바리라고 진면모를 까밝혔지만 그들이 정말 화냥년이고 발바리이기에 절대 "욕"이 아닙니다. 그런데 평론가들이 하나같이 이것을 "욕"이라고 하니 어찌 슬프지 않겠습니까.

검열관들이 지금 이 따위 재주를 부리는 것은 이상할 것 없습니다. 그들에게는 그런 재주밖에 없으니까요. 하지만 이른바 문학가라고 하면 글 쓸 줄을 알아야 하는데 오히려 남의 글을 금지할 줄밖에 모르니 정말 우습기 짝이 없습니다. 지금은 나라를 구하는 사람이 영웅이 아니라 나라를 팔아먹는 자가 영웅인 시대가 아닙니까?

상해를 한번 둘러보는 것도 아주 좋은 일입니다. 내가 적합한 동반자를 추천해줄 수 없으니 혼자서 구경하는 것도 좋습니다. 아마 한두 군데쯤 다니는 것은 괜찮을 것입니다. 하지만 노동자들이 사는 구역으로 가는 것은 좋지 않습니다. 그곳에는 개들이 많아서 낯선 사람이 나타나면 주목할 것입니다.

근래에는 단속이 어찌나 엄한지 짧은 글을 발표할 곳마저 거의 없습니다. 지난해에 쓴 글들을 보니 단평과 잡문을 한 권씩|2| 낼 수 있는데 올해 안으로 찍어내고 새로운 글은 다시 쓰지 않을 생각입니다. 이 몇 해는 정말 힘겨웠습니다. 한 동안은 고서나 읽어보면서 이 나쁜 놈의 조상들의 무덤을 파헤치는 책이나 써볼까 합니다.

해를 넘겨 애가 한 살 더 먹었습니다. 하지만 나도 한 살 더 먹었으니 이렇게 지내다가는 아마 내가 애를 이길 것 같지 않습니다. 혁명이 닥쳐오고 있습니다. 정말 이를 어찌 해야 할지 모르겠습니다.

이만 그칩니다. 건강을 빕니다.

부인에게 문안을 전합니다.

신 올림. 1월 4일

|2| 《화변문학(花邊文學)》과 《차개정 잡문(且介亭雜文)》을 말한다.

1935년 2월 7일 조정화에게 보낸 편지

　여진 형,

　2월 1일자 편지를 받았습니다. 그 간행물은 원래 우리가 출판한 것으로 《문학생활》이라고 합니다. 원래는 사람마다 한권씩 증정했는데 이번에는 다 증정하지 않았습니다. 서점에서는 물론 팔지 않았고 저도 얻지 못했습니다. 내 보기에는 이제 더 찍지 않을 것입니다. 어떤 사람은 글로 그 비판에 항의하고 있는데 만일 계속 낸다면 그 항의를 싣지 않을 수 없으므로 더 출판하지 않는 것이 유일한 방법입니다. 어디 가나 수단을 쓰고 있습니다.

　《준풍월담》은 영인한 것이 틀림없습니다. 틀린 글자만 많지 않다면 유통하는 것도 괜찮으리라 생각합니다. 《남강북조집》도 재판이 있습니다. 하지만 나는 이 책을 볼 생각이 없으니 보내지 마십시오. 금년에 나는 또 잡문집 두 권을 찍으려 하는데 모두 지난해에 쓴 글들입니다. 올해에는 아마도 그렇게 많이 쓸 것 같지 않습니다. 극히 평범한 글까지도 늘 빼버리거나 삭제해버리니 불쾌해서 미치겠습니다. 게다가 암전까지 쏘니 이처럼 속상할 수가 없습니다.

　《도시와 일년》의 줄거리는 내용(책에 서술된 사적)을 설명하는 것으로서 목각 앞에 넣어 독자들로 하여금 목각삽화에 대하여 더욱 깊은 이해를 가지도록 하려는 것입니다. 판화[1]는 4, 5월 사이에 인쇄하려고 하니 5월 이전에 쓰면 됩니다.

정농 형이 자신의 자리가 그대로 있다면 무엇 때문에 돌아가 글을 가르치지 않겠습니까? 지난해의 일[2]은 오늘 와서 마무리된 셈이니 앞으로는 다른 문제가 생기지 않으리라 생각합니다.(비록 상세한 상황을 모르지만) 만일 딴 일자리를 구한다면, 즉 환경이 새로 바뀐다면 밥통을 빼앗으려는 다른 사람들을 만나게 될 터이니 더욱 시끄럽지 않겠습니까? 비첩(碑帖) 목록은 남겨놓은 것에만 동그라미로 표시했는데 열 가지입니다. 지금 원래 목록은 부쳐드립니다. 또 재형에게서도 탁본을 보내왔는데 한 가지를 남겨두었습니다. 즉《한화상잔석(漢畵象殘石)》네 폭인데 값은 4원이고 이 목록에는 없습니다.

이곳의 출판은 뒤죽박죽입니다. 일부 "문학가"들이 검열관 노릇을 하면서 그야말로 무모하게 놉니다. 지난 해 말에 친구 하나가 이전에 쓴 내 글을 수집했는데 이미 출판된 책에서 빠졌거나 삭제한 글을 모아 한권으로 엮어《집외집》이라는 이름을 달아 검열에 보냈습니다. 그 결과 10편이 허가를 받지 못했습니다. 그런데 가장 이해할 수 없는 것은 그 가운데 몇 편은 10년 전에 쓴 서신으로서 그때는 지금의 "국민정부"가 없었을 뿐만 아니라 글이 정치와 전혀 관련 없는데도 허가가 나지 않은 일입니다. 하지만 내용이 상당히 격렬한 옛시 몇 수는 오히려 삭제하지 않았습니다.

지금은 번역문마저도 곧잘 뭉청 빼거나 삭제해버리며 심지어 삽화마저 빼버리기가 일쑤입니다. 그리고 지금의 히틀러나 19세기의 스페인 정부조차 욕해서는 안 되며 욕만 하면 삭제해버립니다.

지난해부터 이른바 "제3부류의 사람"이라고 자처하는 자들이 정체를 드러내기 시작했습니다. 그들은 자기 상전을 도와주는 것으로써 우리를

|1| 《도시와 일년》은 소련 작가 페이딩 쓴 장편소설로서 알렉세브가 28폭의 목각 삽화를 그렸다.
|2| 대정농(戴靜農)이 체포된 일을 말한다.

억압합니다. 하지만 그들 가운데 몇 사람은 내가 그들을 지나치게 공격했기 때문에 그들이 그렇게 하지 않을 수 없었다고 말하고 있습니다. 지난해 봄에 《대만보(大晩報)》에 글을 써서 나의 단평들이 매판의식을 갖고 있다고 논평한 사람[3]이 있습니다. 나중에 알고 보니 실은 친구가 쓴 글이었습니다. 그에게 질문이 쏟아지자 그는 이미 편지로 나에게 해명했다고 대답했는데 나는 아직까지도 그런 편지를 받지 못하였습니다. 가을이 되자 누군가 나의 편지[4]를 《사회월보》[5]에 발표하였고 같은 신문에 또 양촌인의 글이 실렸습니다. 그러자 또 한 친구(전군[6]인데 형도 보았습니다)가 소백이라고 이름을 고쳐가지고 나를 양촌인과 손잡은 조화파라고 지적하였습니다. 이에 다른 사람들이 힐책하자 그는 자기가 쓴 글이 아니라고 발뺌하는 것이었습니다. 하지만 내가 공개적으로 질책하자 그는 자신이 썼다는 것을 인정하지 않을 수 없었습니다. 그러면서도 그는 그것은 나를 억울하게 만들기 위해 일부러 쓴 글로서 그렇게 하면 내가 화나서 양촌인을 공격할 줄 알았는데 오히려 자신이 공격받을 줄은 정말 뜻밖이라느니 뭐니 변명했습니다. 그런 전술은 정말 나도 뜻밖이었습니다. 등 뒤에서 나를 한번 후려갈겨 나를 화나게 만듦으로써 내가 다른 사람을 치게 하려는 것인데 지금은 채찍을 나한테 빼앗겨버렸으니 "뜻밖"이라는 것입니다. 지난해 하반기부터 어쩐지 "제3부류의 사람"과 단짝이 되어 악의적으로 나를 우롱하는 사람이 있구나 하는 느낌이 들었습니다.

지금 와서는 나도 까닭을 알 수 없기에 올해부터는 피할 생각입니다.

---

[3] 요말사(廖沫沙, 1907~1990년)를 말한다. 요말사는 "좌익작가연맹" 성원으로서 "림묵(林默)"이라는 이름으로 글을 써서 루쉰의 "단평은 매판의식"이라고 하였다.

[4] 《조취인 선생에게 보내는 답장》을 말한다. 《차개정 잡문》에 수록되었다.

[5] 《사회월보》는 종합성 간행물로서 진령서(陳靈犀)가 편집을 맡았다. 1934년 6월에 창간되고 1935년 9월에 폐간되었다.

[6] 전군(田君)이란 전한(田漢)을 말한다. 전한은 루쉰이 《《극》 주간지 편자에게 보내는 답장》을 발표한 뒤인 1935년 1월 29일에 루쉰에게 보내는 편지에서 《조화(調和)》가 "비록 나와 관련되지만 농담도 아니고 악의적으로 중상하는 것도 아니고 일부러 선생을 '억울하게' 만들어 선생이 나서서 항의를 하도록 하려는 것이다."라고 말하였다.

정말 이상 더 참을 수 없습니다. 이밖에도 괴상한 일들은 많고 많습니다. 지금 나는 한 서점의 청탁을 받고 다른 사람들의 소설집을 만들고 있는데 먹는 문제를 해결하기 위한 일입니다. 3일 안에 끝낼 수 있을 것 같습니다. 문학과 미술을 소개하는 일은 전과 마찬가지로 진행할 것입니다.

그러나 단평은 아마 쓰지 않을 것입니다. 비록 단평이 중요하다는 것을 알고 있고 내가 쓰지 않으면 쓸 사람이 없을 것 같기도 하지만 쓸 수 없을 것 같습니다. 검열이 심하여 발표하기 힘든 것도 있지만 숨어서 나를 중상하는 자들이 가증스러워 휴식하면서 그들이 매판이 아닌 전투를 어떻게 하나 구경하고 싶습니다.

우리는 모두 무사히 지내고들 있습니다.

여기서 줄입니다.

봄철 무사히 지내기 바랍니다.

아우 예 올림. 2월 7일

1935년 2월 9일 소군, 소홍에게 보낸 편지

유군, 소음 선생

보낸 편지는 받은 지 오래됩니다. 소설 원고를 보았습니다. 인사치례로 하는 말이 아니지만 모두 잘 되었습니다. 열정이 넘치거나 기교를 부린 이른바 "작가"라는 사람들의 작품과는 완전히 다릅니다. 오늘 소음 부인이 쓴 그 글 가운데 한편을《태백》[1]에 보냈습니다. 나머지 두 편도 적당한 곳을 생각해보겠습니다. 문학사에는 먼저 보낸 두 편[2]도 답신이 없으므로 잠시 보내지 말까 합니다.

당신이《횃불》에 보내려고 하는 그 글은 틀림없이 실어주지 않을 터이니 보낼 필요가 없을 것 같습니다. 잠시 내가 갖고 있으면서 어디 발표할 곳이 있는지 살펴보는 게 나을 것입니다. 설사 그때 발표된다 하더라도 아마 중국 사람들은 보기가 굉장히 어려울겁니다. 비록 가운데 벽 하나가 가로막혀 있다지만 상황은 서로 다르지 않습니다. 며칠 전 사람들이 설을 쇠고 있을 때 신문들이 폐간되었습니다. 원세개 때부터 설 쇠는 기간에 나라를 팔아먹은 것은 상례로 되었던 바 이 방법이 지금까지 이어져오고 있습니다. 내 보기에는 관내도 폭죽소리 속에서 망해가는 듯싶습니다. 지

|1|《여섯째(小六)》를 말한다. 나중에《태백》제1권 제12기(1935년 3월)에 실렸다.
|2| 소군의《직업》과《벚꽃》을 말한다.

난 해 여러 신문들에서 《원수인가, 벗인가?》라는 글을 실었던 일을 기억하고 있겠지요? 집필자는 서수쟁의 아들[3]로서 현대 부호들의 대변인입니다. 그는 일본이 벗인지, 원수인지마저도 의심하였고 의심하던 끝에 결국은 "벗"이라는 결론을 얻었습니다. 어쩌면 앞으로 "벗이냐, 상전이냐?"라는 글을 실을 지도 모르겠습니다. 금년에는 "1.28"과 "9.18" 기념을 취소할 작정인데 신문에 학교의 방학기간을 단축한다고 낸 것이 바로 이 뜻을 말하고 있지만 그들이 얼굴을 바꾸어 말해서 사람들이 알아채지 못하고 있습니다. "벗"의 적이라면 나의 적이므로 벗을 대신해서 토벌해야 하겠지요. 때문에 내 보기에는 앞으로는 중국의 신문들이 일본에 대해 뭐라 말하지 못하게 할 것 같습니다.

중국의 역사를 보면 한 정권이 망할 때가 되면 언제나 스스로 손을 써서 나라 안의 훌륭하다 싶은 사람과 물건들을 깨끗이 쓸어버려 새로운 주인이 식은 죽 먹기로 들어올 수 있게 만들어줍니다. 지금 역시 마찬가지입니다. 외국의 개보다 중국의 개들이 나라 상황을 더 똑똑히 알고 있기에 수단도 더 교묘합니다.

보낸 편지에서 요즘 외롭다고 했는데 그럴 만도 합니다. 상해가 아직 낯 설어 뿌리를 내리지 못한 까닭이겠지요. 하지만 그들과 함께 썩어가지 않고서야 이런 사회에서 어떻게 뿌리를 내릴 수 있단 말입니까? 만일 뜻이 맞는 친구와 같이 지내고 있다면 그 친구들 역시 외로운 사람들이고 손발이 묶여 있는 사람들이 아니겠습니까. 문화계도 군부와 마찬가지로 부패합니다. 당신이 만약 상해, 북경의 상황에 대해 어느 정도 익게 된다면 멋진 간판을 내건 구더기들이 어떻게 권력자들을 도와 청년들의 마음

---

[3] 《원수인가, 벗인가?》란 《원수인가, 벗인가?- 중일관계를 검토한다》라는 글로서 1935년 1월 26일부터 30일까지 《신보》에 서도린(徐道鄰)이라는 이름으로 연재되었다. 서도린은 국민당정부 행정원 정무처 처장으로 있었고 이 글은 기실 장개석이 구술하고 진포뢰가 필기하여 정리한 것이다. 서수쟁(徐樹錚,1880~1925년)은 북양군벌 장령이었고 단기서 정부에서 육군부 차장, 국무원 사무총장, 서북 변방군 총사령관 직을 맡았다. 나중에 풍옥상 군대에 포로되어 살해된다.

을 갉아먹고 있고 중국은 그들의 손에서 냄새도, 흔적도 없이 썩고 있다는 것을 알게 될 것입니다.

나도 가끔 외로울 때면 문학이고 뭐고 다 때려치우고 상해를 훌쩍 떠나고 싶습니다. 하지만 그것은 욱하는 노여움일 뿐 정말 때려치우지 않으면 안 될 때까지는 그냥 이렇게 살아가야 할 것 같습니다.

해영이는 잘 자라는데 장난이 여간 심하지 않습니다. 요새는 전문 전쟁놀이를 하는데 세상이 아직은 평화로워질 것 같지 않습니다. 손님을 청하는 일에 대해서는 아직 자신이 서지 않습니다. 청한 바엔 잘 대접해야지 그렇지 않으면 청하지 않기만 못하지요. 이 점이 바로 내가 소음 여사와 주장이 다른 점입니다. 그러나 때를 잡아 청할 것입니다.

오늘 이만 줄입니다. 두 분의 안녕을 빕니다.

예 올림. 2월 9일

추기 : 그 두 편의 소설에 서명한 이름을 고쳐야겠습니다.|4| 러시아에 소삼이라는 사람이 있는데 문학 분야에서 매우 활약하고 있습니다. 비록 "낭(郎)"이라는 글자가 하나 더 있기는 하지만 개들은 금방 그라는 것을 알 것입니다. 무엇이라고 고칠지 편지가 오는 대로 따를 것입니다.

|4| 소군의 소설 《직업》과 《볏꽃》은 워낙 "소삼랑(蕭三郎)"이라고 이름을 달았지만 발표될 때는 "삼랑"으로 고쳤다.

1935년 4월 23일 소군, 소홍에게 보낸 편지

유군, 소음 형

16일자 편지는 받은 지 오랩니다. 금년에 북사천로에는 유행성 감기가 돌아 지난주부터 우리 집에 병에 걸리지 않은 사람은 허광평뿐입니다. 그러나 그도 오늘은 맥이 없다고 합니다. 나는 맨 먼저 병에 걸렸지만 낫기도 제일 먼저 나았고 오늘은 건강할 때와 다름없습니다.

친구를 도와주다가 나중에는 저 혼자만 바빠지는 경우가 흔히 있습니다. 당신의 벗이 대학으로 들어갔다면 틀림없이 지식인일 테고 반드시 도리가 있을 것입니다. 이를테면 "체면 설"과 같은 것입니다. 나의 경험에 따르면 나한테 도움이 필요할 때는 "상부상조 설"을 들고 나오지만 도움이 필요 없거나 나를 공격할 때는 또 "진화론의 생존경쟁 설"을 씁니다. 빌려간 나의 옷을 돌려달라고 하면 그는 나를 "개인주의"라느니, 이기적이라느니, 인색하기 짝이 없다느니 하고 욕을 합니다. 전후의 태도를 대조해보면 정말 우습지만 그는 제법 정색해서 전혀 부끄럼을 모르고 말합니다.

내 보기에는 중국의 많은 지식인들이 입으로는 여러 가지 학설과 도리로 자신의 행위를 치장하지만 따지고 보면 저만 편하고 안락하기를 바랍니다. 마치 흰개미와 같아서 눈에 보이는 것은 죄다 생활에 필요한 재료로 삼고 보이는 족족 끌어다 먹어버리지만 남기는 것은 배설해낸 똥뿐입니다. 사회에 이런 자들이 많아지면 사회는 난장판이 될 것입니다.

나의 글 가운데 아마 《이심집》에 실린 글들이 날카로운 편일 것입니다. 나중에는 새로운 경험이 생기면서 쓰기 싫어졌습니다. 적은 별로 무섭지 않았습니다. 가장 아프고 실망스러웠던 것은 뒤에서 날아오는 우군의 화살이었고 그 화살을 맞고 부상 입은 나에게 흡족한 웃음을 웃는 같은 진영 사람들의 얼굴이었습니다. 때문에 상처를 입으면 깊은 숲속에 숨어서 누구도 모르게 스스로 상처를 깨끗이 핥아서 잘 싸매곤 하였습니다. 이런 처지라면 그야말로 무시무시하다고 생각합니다. 나는 별로 낙심하지 않습니다. 대체로 좀 휴식하고 나서는 일어섭니다. 하지만 역시 영향이 없을 수 없어서 글에서 나타날 뿐만 아니라 스스로도 요즘 "싸늘한" 느낌이 올 때가 많아졌습니다.

《벚꽃》이 이미 검사관 나리의 검열을 통과했다니 서명을 고칠 수 없게 되었군요. 그저께 《태백》에서 두 편[1]을 함께 발표한다는 광고를 보았는데 원고료를 받았는지요?

《집외집》은 아직 출판되지 않은 것 같습니다.

총망히 회신을 마치면서,

두 분의 안녕을 빕니다.

예 올림. 4월 23일

요즘 북사천로 우체국에 나의 필적을 아는 사람이 있어서 내 필체로 된 책 봉투를 보면 반드시 뜯어봐서 어지럽기 짝이 없습니다. 하지만 편지까지는 아직 그러지 않나 봅니다. 아, 인간의 탈을 쓴 개가 왜 이다지도 많습니까? 한마디 보탭니다.

|1| 소군의 《살기 위하여》와 《어린 양》을 말한다. 두 편이 모두 《태백》 제2권 제3호(1935년 4월 20일)에 실렸다.

1935년 6월 29일 뇌소기에게 보낸 편지

소기[1] 선생

5월 28일자 편지는 오래 전에 받았습니다. 원고와 목각 일곱 점도 그 뒤에 받았습니다.

너무나 위대한 변혁을 표현하기에는 버거울 듯싶습니다. 하지만 비관할 필요는 없습니다. 우리가 그 전체를 표현할 수는 없다 하더라도 우리는 일각은 표현할 수 있을 것입니다. 거대한 건축물도 하나하나의 목재와 석재로 쌓여지기 마련인데 우리가 그 목재나 석재가 될 수는 있겠지요? 내가 평소에 자질구레한 일을 하는 것도 바로 이 때문입니다.

《그림이야기》는 확실히 대중에게 유익하지만 우선 어떤 그림을 그렸는지를 보아야 합니다. 말하자면 이 그림을 어떤 사람에게 보여주기 위해 그렸는지를 봐야 하는데 이에 따라 그림의 구도와 파는 방법도 달라질 것입니다. 지금의 목각은 여전히 지식인들을 대상으로 하여 창작되는 것이 많아서 만일 그런 방법으로 "그림이야기"를 만든다면 일반 대중은 역시 이해할 수 없을 것입니다.

그림을 이해하는 데도 훈련이 있어야 합니다. 19세기 말의 화파들은 더

---

[1] 뇌소기(賴少麒), 미술가로서 당시 광주 미술 전과학교 학생이었고 현대 판화창작연구회 회원이었다.

말할 것도 없고 지극히 평범한 동식물 그림이라도 내가 그림을 본 적이 없는 시골사람들에게 보여준 적이 있는데 그들은 이해하지 못했습니다. 입체적인 사물이 평면으로 표현된데 대하여 그들은 도저히 있을 수 없는 일이라고 생각합니다. 하기에 나는 그림이야기는 옛날 방법을 많이 쓸 것을 주장합니다.

글을 어떻게 써야 할지에 대해서는 뭐라 말할 수 없습니다. 내가 글을 쓸 수 있었던 것은 많이 보고 많이 연습한 외에 다른 체득이나 방법은 없었기 때문입니다.

《담배 써는 노동자》|2|라는 글은 괜찮습니다. 너무 비애에 젖어 있는 듯한 느낌은 있지만 이것은 실제로 있는 사실이니 어쩔 수 없습니다. 며칠 안으로 작품을 양우공사의 《신소설》에 보낼까 하는데 요즘 상해 관가의 검열이 너무 심해서 실어줄 지는 잘 모르겠습니다. 그리고 《실연》과 《아Q정전》|3|의 목각은 한 폭씩 《문학》에 보냈습니다. 만일 검열관이 잉크병 위의 그림이 나의 얼굴이라는 것을 알아내지 못한다면 실릴 것입니다.

이것으로 답장을 드리며 내내 편안할 것을 기원합니다.

신 올림. 6월 29일

추신: 당영위 선생의 편지를 동봉합니다. 그의 연락처를 잃어버렸기 때문에 대신 전해주시면 감사하겠습니다.

|2| 단편소설로서 뒤에 《신소설》 잡지가 폐간되면서 발표되지 못하였다.
|3| 《실연》과 《아Q정전》의 판화 그림은 모두 《문학》지 제5권 제1호에 실렸다.

1935년 10월 4일 소군에게 보낸 편지

유형,

1일자 편지를 받은 지 이틀이 됩니다. 《역문》이 폐간당한데 대하여 당신은 몹시 흥분한 것 같은데 나는 대수롭지 않게 생각합니다. 살면서 이런 일을 너무도 많이 당하고 보니 아둔해진 것 같습니다. 그리고 이번 일은 그래도 작은 편이지요. 하지만 싸워야 하느냐고요? 물론 싸워야지요. 상대가 누구든 간에 말입니다.

황선생께서는 물론 출국하지 않는 것이 좋다고 생각하고 있지만 나로서는 말리기 어렵습니다. 그가 어떻게 살아왔는지를 내가 자세히 모르는 것도 있지만 그가 더 큰 뜻을 품고 있을 수도 있으며 그리고 또 내가 보기에는 그가 좀 신경질적인 것 같습니다. 잇따른 긴장감으로 몸에 병이 날 수 있지요(요즘 좀 여위었더군요). 며칠 휴식하면서 부인을 만나보는 것도 좋을 것입니다.

물론 총서와 월간을 계속 출판해야 합니다. 총서를 출판할 곳은 이미 협의해놓았습니다. 월간은 다른 곳에서 출판하기를 바라기 때문에 아직 두서를 잡지 못하고 있습니다. 만약 총서와 월간을 다 한 곳에서 출판하

|1| "밀집공격"은 프로시아의 황제 필립이 전쟁에서 운용했던 전술이다.

게 되면 자본이 적은 서점은 이것 때문에 활동을 할 수 없게 되어 우리나 서점이 모두 손해지요. 독일 필립대제의 "밀집공격"[1]이 그 당시에는 승전할 수 있었지만 지금은 맞는 전술이 아닙니다. 그러므로 나는 산병전, 참호전, 지구전의 전술을 쓰고 싶습니다. 하지만 나는 보병이기에 당신의 포병 전술과는 맞지 않을 수 있습니다.

《죽은 넋》은 지난달 말에 제1장 번역원고를 넘겼으니 제1부는 끝난 셈입니다. 나는 이 책을 《세계 문고》에 연재하는 것을 중단하고 싶지 않습니다. 이것은 독자들에 대한 도덕 때문입니다. 하지만 이렇게 하면 물론 남의 우롱을 당하겠지요. 그러나 세상일이란 전체를 봐야 한다고 생각합니다. 앞으로 총화 지을 때 그가 나를 우롱했는지, 아니면 스스로 자신을 우롱했는지 결과는 모를 일입니다. 제2부(원고 번역이 끝나지 않았음)를 계속 거기에 연재할 것이지는 아직 결정하지 못했습니다.

지금 이 책의 부록과 서문 번역을 다그치느라 목이 뻣뻣해서 놀리기조차 힘듭니다. 20일 전후쯤이면 완성될 것 입니다. 지금 본문을 찍는 중인데 내달 초에는 출판될 것 같습니다. 이것이 아마 총서의 첫 번째 책이 될 것입니다.

내가 이전에 남의 우롱당한 것은 사실입니다. 하지만 그게 처음이 아니지요. 그들이 아직 정체를 드러내지 않았지만 그들이 하는 일이 아직도 중국에 유익하다고 하면 나는 힘을 낼 것입니다. 이것이 여태껏 일해 오면서 지켜온 나의 입장으로서 근본은 전체적인 문제에 있습니다. 설사 처음에 속았고 두 번째에도 속을 가능성이 있더라도 나는 계속할 것입니다. 한번 도적을 맞았다 하여 세상 사람을 모두 도적으로 의심할 수 없기에 그냥 일을 할 수밖에 없습니다. 그러나 장물과 증거를 얻은 뒤에는 다른 문제지요.

|2| 1935년 9월 17일 밤, 생활서점의 주최로 신아호텔에서 루쉰 등 여러 사람을 초청하여 회의를 열었다. 회의에서 《번역문》의 편집자 황원(黃原)을 다른 사람으로 바꾸자는 제의를 하였으나 루쉰이 거절하였다.

그날 밤에 그들이 회의를 열려고 나를 찾아왔습니다.[2] 황 선생을 대처하기 위해서였습니다. 나는 그제야 비로소 자본가와 그 식객들의 정체를 보아낼 수 있었습니다. 어찌나 포악하고 비열하고 옹졸한지 너무나도 상상 밖이었습니다. 나를 의심이 많고 냉혹하다고 말하는 사람이 많지만 오늘 보니 사실 나는 사람을 너무 좋은 쪽으로 짐작하고 있었습니다. 정작 그들을 보니 짐작보다 훨씬 나빴습니다.

아래에 내 집일이나 얘기하렵니다.

아이가 유치원에 다니기는 합니다만 걔가 강소 말을 배울까봐 걱정입니다. 강소 말은 말을 맺을 때 N음을 적게 쓰기 때문에 "석 삼(三)"을 See로 발음하거나 "앞 남(南)"을 Nee로 발음하는데 정말 귀에 거슬립니다. 애가 한 번 가기 시작하더니 계속 가겠다고 하다가도 일요일을 하루 쉬고 나서는 또 가기 싫어합니다. 애써 노력을 할 사람은 아닌 것 같습니다.

우리는 모두 잘 지내고 있습니다. 나에게 한가한 틈이 나지 않아서 불평을 부릴 때가 있지요. 그리고 생활서점 사건은 괜찮습니다. 입에 올릴 필요도 없는 사람들이니 우리는 자신의 일이나 하면 됩니다.

어제는 파리대극장에 가서 《황금의 호수》[3]를 보았는데 참 좋았습니다. 당신들은 보았는지요? 다음에는 로맨틱한 《폭군의 사랑》[4]이라는 영화를 하는데 괜찮을 것 같습니다. 부자 되어 결혼하는 따위의 미국식 영화를 보느니 차라리 "아라비안나이트"와 같은 괴벽한 영화를 보는 것이 훨씬 낫습니다.

이상 회답을 마칩니다.

두 분의 안녕을 빕니다.

예 올림. 10월 4일

---

[3] 《황금의 호수》는 소련 영화이다.
[4] 《폭군의 사랑》은 프랑스 영화이다.

1936년 3월 26일 조백에게 보낸 편지

조백|1| 선생,

23일자 편지와 판화 한 점|2|을 모두 받았습니다. 중국의 판화전람회|3|는 잘 열렸지만 그 후에 너무 잠잠해서 마치 전람회를 위해 목각을 판 듯합니다. 기실 이 전람회를 계기로 어떤 단체가 생겨나 매달 또는 매 분기마다 작품들을 모집하고 정선한 다음 간행물에 실어 여러 사람들이 서로보고 배워야 진보를 가져올 수 있는 것입니다.

나의 생활은 사실 그리 어렵지 않습니다. 얼굴색이 좋지 않은 것은 스무 살 때 위장병에 걸렸는데 그때 돈이 없어서 치료를 받지 못해 그만 만성이 되었기 때문입니다. 그 뒤에 더 나빠졌지요.

소련의 판화|4|는 확실히 볼만합니다. 하지만 유명한 작가 몇이 작품을 내놓지 않았기에 아직 완전하지는 못합니다. 요즘 작품을 출판하겠다는 서점이 있다고 하는데|5| 만약 인쇄가 잘된다면 중국에 많은 도움이 될 것

|1| 조백(曹白), 원명은 유평약(劉苹若)으로서 1933년 10월 항주 국립예술전문학교에서 공부할 때 소련의 정치 활동가 루나찰스키의 초상을 판화로 그렸다가 국민당 당국에 체포되었다가 이듬해 말에 출옥한다. 루쉰의 "깊은 밤에 쓰노라"에 조백의 체포경과와 루쉰에게 보낸 편지가 서술되어 있다.

|2| 조백의 《루쉰이 샹린아주머니를 만나다》를 말한다.

|3| 제1회 전국 판화 연합전람회를 말한다.

|4| 소련 판화전람회에 전시된 작품을 말한다.

|5| 양우(良友)도서인쇄공사를 말한다.

입니다.

선생이 요구하는 두 가지 책|6|은 서점에서 지형(紙型)을 관가에 보내어 태워버렸기에 살 수 없습니다. 있다 하더라도 비쌀 것이니 고생스럽게 일해 모은 돈으로 그것을 살 필요가 없습니다. 나에게 아직 있으니 선사할 수 있습니다. 책은 서점에 놓아둘 테고 쪽지를 써 보낼 테니 아무 때고 쪽지를 갖고 오면 서점에서 줄 것입니다.(하지만 일요일은 오후 1시부터 6시까지만 영업합니다.) 꾸러미 속에 또 새로 나온 소설 한권이 들어 있을 겁니다.|7| 그리고 《인옥집(引玉集)》 한권이 있는데 역시 소련의 판화입니다. 그 가운데 여러 점은 역시 이번에 전람할 것입니다. 이 책은 일본에서 인쇄해 보낸 것인데 인쇄가 잘 되었습니다. 편지를 보니 선생이 아직 그것을 본 것 같지 않으므로 함께 선사합니다(만약 선생에게 있다면 다른 사람에게 주어도 좋으니 나한테 돌려보내지는 마십시오). 재판이 다 팔리면 3쇄는 찍지 않겠습니다. 지금 목각 한권을 더 찍으려 계획하고 있는데 역시 소련의 것입니다. 60점 쯤 실어서 《념화집(拈花集)》|8|이라고 이름을 달겠습니다.

지금 삶을 살아가기가 정말 고통스럽습니다. 하지만 우리는 어쨌든 싸워서 광명을 찾아야 합니다. 설사 자신은 그것을 볼 수 없더라도 후세들에게 남겨줄 수 있습니다. 우리 이렇게 살아갑시다.

그런데 선생께서는 마음으로 너무 미안해하시는 듯싶습니다. 그래서 제가 특별히 밝힙니다만 저는 지금 경제적으로 어렵지 않기에 책 몇 권을 보내는 것쯤은 전혀 문제가 되지 않습니다. 그러니 저에게 폐가 된다고는 절대 염려하지 마십시오.

이만 줄이면서 내내 건강하실 것을 빕니다.

신 올림. 3월 26일 밤

|6| 수신인의 회억에 따르면 《이심집》과 《위자유서》를 말한다.

|7| 《고사신편》을 말한다.

|8| 《념화집》은 나중에 출판되지 않았다.

1936년 4월 1일 조백에게 보낸 편지

조백 선생

3월 30일에 보낸 편지와 목각은 다 받았고 28일에 보낸 것도 받았습니다. 5.4의 장식화[1]는 그런대로 괜찮습니다. 나는 문외한이라 나에게서 정확한 비평을 바라기는 어려울 것입니다. 하지만 내 보기에는 지금 중국의 목각 화가들이 가장 못 그리는 것이 인물입니다. 그 원인은 기본 기능이 부족하기 때문이지요. 목각도 결국 회화이기에 우선 소묘를 잘 배워야 합니다. 그밖에 원근법이 중요하다는 것은 말할 필요도 없고 또 명암법도 아주 중요합니다. 목각은 흰색과 검은색 두 가지 색깔뿐인데 광선이 잘못되면 엉망이 되지요. 지금 매세릴[2]을 따라 배우는 사람들이 많은데 당신도 보다시피 매세릴의 작품은 얼마나 명암이 분명합니까.

목각이 문학에 접근하는데 대해 글을 쓰는 나로서는 매우 좋은 일이라고 생각합니다. 만약 내가 아는 것이 있다면 물으면 싫증을 내지 않고 대답할 수 있습니다. 하지만 미리 성명하고 싶은 것은, 가끔 오랫동안 회답

---

[1] 조백이 '5.4운동 17주년을 기념하기 위해 창작한 장식화로서 장서지(張瑞志)가 쓴 《5.4운동의 역사》 단행본의 표지로 되었다.
[2] 매세릴(F.Masereel, 1889~1972년) 벨기에 화가, 판화가이다. 1933년 9월 상해 양우도서인쇄공사에서 그의 판화 그림책 네 가지를 발행하였다. 그 가운데 《어느 사람의 수난》에 루쉰이 머리말을 썼다.

을 하지 않은 경우가 있는데 그것은 기일이 약정된 원고가 너무 바빠서 그랬거나 병이 나서 글을 쓸 수 없었기 때문입니다.

《죽은 넋 삽화 100폭》은 이달 중순에 출판할 수 있지만(이미 출판되었을 수도 있는데 저는 잘 모릅니다.) 더 좋은 종이로 찍을 다른 판본은 늦어질 수도 있습니다. 이것은 종이가 희고 두꺼울 뿐 판형과 인쇄 방법은 같습니다. 당신은 서둘러 사실 필요가 없습니다. 그때 가면 나한테 수십 권이 들어오기에 한 책 보내드리지요. 그런데 그것은 아주 오래된 목각입니다. 화가가 그린 것을 판화가가 가늘고 촘촘한 원화를 표현해낸 것으로 "창작한 목각"이라 할 수 없습니다. 지금은 별로 배울 것이 없습니다.

권력자들은 나를 죽이기 위해 애를 태우고 있습니다. 그리고 그들에게는 발바리가 있어서 북양군벌보다 더 빈틈없고 더 사납습니다. 하지만 힘은 별로 크게 내지 않나 봅니다. 한 무리 발바리들이 지금 저절로 꼬리를 드러내고 사라졌습니다.

문학가의 초상 하나 때문에 이와 같은 죄를 쓰게 되었으니 그야말로 어둡기 짝이 없고 우습기 짝이 없습니다. 짧은 글 한편을 써서 외국에 발표하려 합니다. 그러니 당신이 체포된 원인과 연월, 재판 상황, 도형 연한(2년 4개월인지?)을 알려주십시오. 대략이라도 좋습니다.

이에 회답을 드리며 건강을 빕니다.

신 올림. 4월 1일

1936년 4월 5일 왕야추에게 보낸 편지

야추[1] 형

3월 30일자 편지는 이미 받았습니다. 앞서 보낸 편지 두 통도 잘 받았습니다. 곧바로 회답을 하지 못한 까닭은 몹시 바빴기 때문입니다. 일부 영웅들은 여기서 나를 일하지 않는다고 질책하고 있습니다. 하지만 나는 매일 같이 번역에 쫓겨 삶의 낙을 거의 모르고 살고 있습니다. 그런데도 자꾸 공연히 나무람을 받으니 정말 화가 치밀어 아예 일을 하지 않으면 책망도 없지 않을까 하는 생각도 합니다. 3월 초에는 피로가 몰려오고 감기까지 걸려 갑자기 숨이 차는 것이었습니다. 당장 죽는 줄 알고 차라리 그러면 마음이 편하겠다는 생각을 했습니다만 의사가 주사를 놔줘서 점차 안정을 찾았고 며칠 누워 있었더니 나아지기 시작했습니다. 그러면서도 조금씩 번역을 해야 했습니다. 지금은 거의 완쾌된 셈이지만 일을 좀 하면 금방 피곤해집니다. 이 병이 또 재발되지 않을지도 모르겠습니다.

우리의 ×××[2]에서 실제로 일을 하는 사람은 적고 감독하는 사람이 너무 많아서 저마다 "십장"노릇을 하려 하기 때문에 일꾼은 더욱 고생입

―――――――――――
[1] 왕야추(王冶秋, 1909~1987년), 문화인으로서 당시에는 천진에 무직업으로 있었다. 저서로는 《신해혁명 전의 루쉰선생》이 있다.
[2] 세 글자는 수신인이 지워버렸다. 수신인의 기억에 따르면 "이 일익(這一翼)"으로서 "좌익작가연맹"을 가리킨다.

니다. 저쪽은 해산되고 그 무슨 협회 따위를 조직하는 모양인데 나는 들어가지 않기로 결정했습니다. 그러나 내가 해오던 일을 여전히 계속하렵니다.

생물학을 연구하는 그 학생의 일에 대해 물어보기는 했지만 이곳에서는 뾰족한 방법이 없습니다. 상무관에서 표본을 팔기는 하지만 그것은 사들여온 것입니다. 일을 맡아 하는 사람이 있기는 하지만 오리가 필요하다고 했다가도 부엉이가 필요하다고 하는데 힘들고 돈벌이가 되지 않아서 아우성입니다.

서문과 발문을 당신이 모은다면 출판할 곳[3]은 있을 것입니다. 하지만 적지 않은 글들, 이를테면 외국어로 썼거나[4] 남이 써주기는 했지만 결국 출판되지 않은 글들은 그 원고가 나에게만 있으니 앞으로 보태야 할 겁니다. 그리고 사륙문(四六文)으로 된 《숙자의 서한》 서문은 초판을 이미 다 팔았고 이제는 화련서점에서 출판한다고 들었습니다. 하지만 나는 아직 신판을 보지 못했으니 당신에게 이 책이 없다면 내가 보내드릴 수 있습니다.

《문학대계》의 서문을 복제할 수 없다고 한 것은 따로 찍는 경우를 두고 한 말이고 《서문과 발문집》에 넣는 것은 문제없다고 생각합니다. 그들이 나하고 예약할 때는 따로 찍지 않는다고 말했지만 정작 원고료를 지불할 때에 와서는 그들이 먼저 약속을 지키지 않습니다.

성성[5] 선생의 프랑스어도 별로 대단하지 않다고 합니다.

나의 글은 사회경력이 없는 사람이라면 정말 이해하기 힘들 것입니다. 그런데 중국에서 글을 좀 읽었다 하는 사람들은 세상일에 관심이 없는 사람이 많습니다. 하기에 어쩔 수 없는 일이지요. 요즘 나오는 여러 간행물

|3| 당시 왕야추가 《루쉰 서문집》을 편집하고 있었는데 출판되지 못하였다.

|4| 루쉰이 일어로 쓴 《우치야마 하츠가 쓴 〈산 중국의 자태〉의 머리글》과 《〈중국 소설사 개략〉 일본어 번역본 머리글》을 말한다.

|5| 성성(盛成, 1899~1996년). 프랑스에서 여러 해 살았고 프랑스어로 《나의 어머니》라는 책을 썼고 이밖에 여러 권의 시집을 냈다.

을 보면 얼토당토않은 말들이 어찌나 많은지 10년 전과 꼭 같습니다. 하지만 독자들의 안목이 진보했기에 그따위 얼토당토않은 소리나 하는 간행물들은 오래가지 못할 것입니다. 그리고 사람을 속일 수 있는 것은 영웅다운 말들입니다.

최근에 나는 《고사신편》을 출판했는데 아직 보지 못했다면 조만간 부쳐보내겠습니다.

이만 줄이면서 건강을 빕니다.

수 올림. 4월 5일

1936년 4월 15일 안여민에게 보내는 편지

안여민[1] 군에게,

어제 10일자 편지를 받았습니다. 책들을 잘 받았다니 마음을 놓습니다. 군은 나의 책만 즐겨본다고 하는데 아마 내가 늘 시사를 말하고 있기 때문이겠지요. 하지만 한 사람의 저작만 읽는다면 결과가 좋지 않을 것입니다. 여러 방면의 장점을 섭취할 수 없으니까요. 꿀벌처럼 많은 꽃을 채집해야 꿀을 만들어낼 수 있습니다. 한 꽃에만 머물러 있다면 한계가 있고 무미건조할 것입니다.

문학서적만 보는 것도 좋지 않습니다. 이전의 문학청년들은 흔히 수학이나 물리, 화학, 역사, 지리, 생물학에 싫증을 느끼면서 그런 것들을 중요하지 않다고 생각했기에 나중에는 상식마저 없어서 문학을 연구하기에는 물론 지식이 부족했고 글을 쓰려 해도 모를 것이 많았습니다. 그러므로 당신들은 과학을 내버리고 문학만 파고드는 편향에 빠지지 말기를 바랍니다. 예를 들어 말해봅시다. 옛날 사람들이 달이 이지러지고 꽃이 시드는 것을 보고 슬퍼서 눈물을 흘렸다면 그건 이해할 수 있습니다. 그때

---

[1] 안여민(顏黎民, 1913~1947년), 원명은 방정(邦定)이며 사천 양평 사람이다. 1934년에 북평 굉달중학교를 다녔고 1936년 4월 루쉰의 두 번째 편지를 받은 뒤 얼마 되지 않아 "공산혐의"로 체포되었다가 반년 뒤에 출옥한다.

에는 자연과학이 발달하지 못해서 그것이 자연현상임을 몰랐지요. 하지만 지금 사람도 그걸 보고 눈물을 흘린다면 정말 멍청입니다. 그렇지만 나는 이제까지 어린이문학 도서에는 관심을 갖지 않았기 때문에 아직은 어떤 책들이 적합할지 말하기 어렵습니다. 개명서점에서 출판한 통속 과학 서적들 가운데 몇 가지 있을지도 모르니 알아본 다음에 다시 알려드리겠습니다.

다음으로 세계여행기를 볼 필요가 있습니다. 이런 책을 통해 여러 곳의 인정, 풍습과 물산을 알 수 있습니다. 당신들이 영화를 보는지 모르겠지만 나는 봅니다. 하지만 "미인을 아내로 삼았다"거나 "보물을 얻었다"는 내용의 영화가 아니라 아프리카나 남북극에 관한 영화는 보기 좋아합니다. 아프리카나 남극, 북극 같은 곳은 직접 가볼 수 없기에 영화에서나마 얼마간의 식견을 얻으려는 것입니다.

복숭아꽃에 대하여 말하자면 나는 상해에서도 보았습니다. 군은 상해에 와 본적이 있습니까? 북경의 집들은 평평하고 뜰이 크지만 상해에는 층집이 많고 흙이라곤 찾아보기 힘듭니다. 그런데 우리 집 문밖에서 넉자너비의 땅이 있어서 작년에 복숭아나무 한그루를 심었더니 뜻밖에 올해 벌써 꽃이 피었습니다. 아주 적기는 하지만 하여간 복숭아꽃은 볼 수 있었습니다. 사실 복숭아꽃으로 유명한 곳은 용화인데 사형장이기도 하지요. 그곳에서 나의 젊은 친구 몇이 죽었기에 |2| 나는 거기에 가지 않습니다.

나의 편지를 발표하고 싶거나 발표할 곳이 있다면 좋습니다. 우리가 남에게 알리지 못할 말을 한 것도 없지 않습니까? 설사 있다 하더라도 말했다면 발표해도 무서울 게 없습니다.

마지막으로 군이 소홀했던 점을 한 가지 알려드리겠습니다. 편지에 자

|2| 국민당 상해 용화 경비사령부에서 비밀리에 살해된 청년작가 이위삼, 유석, 호야빈, 풍견, 은부를 말한다.

|3| 《어린이에 대하여》는 수필로서 고리끼의 작품이며 진절(구추백)이 번역하였다.

신의 이름을 지우고 고쳐 썼더군요. 자신의 이름을 틀리게 쓰는 경우는 극히 드물기에 이것은 군이 가짜 이름을 썼다는 것을 말해줍니다. 또 한 가지는 군이 《부녀생활》에 실린 "어린이에 대하여"[3]란 글을 읽어본 것 같은데 그렇지 않습니까?

그럼 이만 그칩니다. 당신의 건강을 축원합니다.

루쉰. 4월 15일 밤

1936년 4월 23일 조정화에게 보낸 편지

여진 형

삽화를 넣은 책《마흔한 번째》를 받았습니다. 출판하게 되면 꼭 끼워 넣겠습니다.

셋째 형에게 온 편지를 오늘 전해드립니다. 제야가 귀국했는데 어제 만났습니다. 하지만 그는 고향에 한번 가보고 싶다고 했습니다.

여기서는 작가협회를 꾸리고 있는데 이전의 벗과 적들이 모두 한 진영에 모여 있습니다. 그 내막은 아직 알 수 없지만 지도자는 모(모순)와 정(정진탁)이라고도 하는데 그들은 "문학"을 구하기 위해 적극적으로 나선 것 같습니다. 이전에 입은 상처를 생각해서 나는 가입하지 않을 생각입니다. 하지만 가입하지 않으면 또 하나의 큰 죄장이 되겠지만 흘려들으면 되겠지요.

근 10년 동안 문예를 위한 일에 적지 않은 정력을 쏟았지만 결국 상처만 입었습니다. 좀 진지하거나 신용이 있으면 모두가 타격을 줍니다. 지난해 전한이 나를 조화파라는 글을 썼기에 따지고 물었더니 그는 내가 명망이 높기에 함부로 말해도 해가 되지 않는다는 답장을 보내왔습니다. 그가 이렇게 변했는데도 나중에 우리의 "전우" 한 사람은 오히려 전한이 큰 계획을 갖고 있으니 지금은 판단을 내릴 수 없다고 하면서 변호하고 나섰습니다. 정말 중국에서는 웬만히 약은 사람이 아니면 살아나가기 힘들 것 같습니다.

우리는 모두 잘 있습니다. 나는 몸이 회복되었습니다만 여전히 바삐 보내고 있습니다. 어제 책 두 묶음을 부쳤습니다. 그 속에 요즘 출판한《작가》|1| 한 권이 들어 있습니다.

올해 여러 간행물에서 저마다 고리끼의 초상을 싣고 있는데 고리끼가 올해 들어서 갑자기 좋은 것과 나쁜 것을 모두 엄호해주는 깃발로 되었습니다.

《문학도보》는 내용이 텅 비었습니다. 그런데도 이렇게 크니 보려면 목을 빼들어도 힘들 것 같습니다.

내가 방법을 대어《죽은 넋 삽화 100폭》|2|을 찍었습니다. 아긴(Agin)이 그린 그림으로서 형이 보내준 12폭도 뒤에 첨부하였습니다. 두꺼운 종이로 인쇄한 책은 장정이 끝나지 않았으니 다 되면 부쳐드리겠습니다.

이것으로 오늘 편지를 그칩니다.

건강을 빕니다.

아우 예 올림. 4월 23일

|1| 문학 월간지로서 맹십환(孟十還)이 편집을 맡았다. 1936년 4월에 상해에서 창간되어 총 여덟 호를 내고 같은 해 11월에 폐간되었다.

|2| 러시아의 아긴, 페르나르트스키가 그린《죽은 넋》의 삽화이다. 루쉰이 1936년에 삼한서옥의 이름으로 출판하였다.

1936년 5월 8일 이제야에게 보낸 편지

제야|1| 형

5월 5일자 편지와 돈은 모두 받았습니다.

나는 자서전을 쓰지 않을 것이며 남들이 써주는 것도 반갑지 않습니다.|2| 나는 일생을 너무 평범하게 살아온 사람이기에 이런 사람도 전기를 쓸 수 있다면 중국에서는 한꺼번에 4억 권이나 되는 전기를 쓸 수 있으니 그러면 도서관이 차고 넘칠 것입니다. 내가 살면서 내놓은 많은 생각과 말들이 자주 바람 따라 사라지고 있어서 아까운 것 같지만 실은 자그마한 일에 지나지 않습니다.

최근에 《죽은 넋 100폭》을 인쇄하였는데 서점에 부탁하여 부쳐달라고 하였으니 요즘 받아볼 수 있을 것입니다. 이런 책이 중국에서는 처음으로 출판되지만 아쉽게도 인쇄가 좋지 않습니다.

이만 줄입니다.

늘 안녕하시기를 빕니다.

신 올림. 5월 8일

|1| 이제야(李霽野, 1904~1997년), 번역가로서 하북, 천진 여자사범대학에서 글을 가르쳤다. 번역 작품으로는 《별을 가다》, 《검은 가면을 쓴 사람》 등이 있고 《루쉰선생을 회고하며》, 《루쉰선생과 미명사》라는 글을 쓰기도 하였다.
|2| 수신인의 회고에 따르면 당시 수신인이 루쉰에게 자신이 자서전을 쓰거나 허광평이 쓰도록 협조해주라고 건의했다고 한다.

1936년 8월 28일 양제운에게 보낸 편지

제운 선생,

24일자 편지는 받아보았습니다. 내가 이번에 앓은 병은 확실히 폐병이 며 그것도 사람들이 무서워하는 폐결핵입니다. 우리가 사귄지 적어도 20 년은 되었고 그 사이에도 네댓 차례나 재발되었지만 내가 워낙 병이 있어 도 내색하기 싫어하고 생명을 담담하게 대하면서 태연하게 살고 있었기 에 거의 아는 사람이 없습니다. 이번에는 나이 탓으로 전처럼 그렇게 쉽 게 억제되고 회복되지 않은데다가 또 늑막염까지 생겨서 석 달 남짓이 고 생하였습니다. 아직도 약을 끊지 못하고 있습니다. 하지만 금방 끊어도 될 듯싶습니다.

확실히 글 쓰는 일이 이 병에는 가장 좋지 않습니다. 올해는 스스로도 몸이 허약해진 것을 느끼고 글을 아주 적게 썼습니다. 모든 일에서 벗어 나 한동안 휴식하면서 번역으로 입에 풀칠을 할까 생각했습니다. 그런데 도 뜻밖으로 병은 여전히 재발했고 또 협회[1]에 가입하지 않은 일로 뭇 신 선들이 제법 포위 토벌할 태세를 갖추었습니다. 바로 얼마 전까지도 병으 로 죽을 지경에 이르렀음을 알지만 서무용은 앞장에서 기세등등하게 공

|1| 협회란 중국 문예가협회를 말한다.

격해왔습니다.

그의 변화는 전혀 이상하지 않습니다. 전에는 그가 큰 좌절을 당하고 있는 때여서 내가 "인격이 좋다"고 생각했으나 지금은 문예가협회의 이사이자 《문학계》|2|의 편집이고 또 "일을 실제적으로 해결할" 수 있는 힘까지|3| 있으며 손에 못까지 쥐고 있기에 남의 관에 못을 박을 수 있다고 생각하나 봅니다. 환경과 지위가 변하니 이제는 기질까지 변하여|4| 지금은 내가 "틀리고" "우습고" "악렬한 성향을 키워주며" "우상인 체 한다"고 생각하는 것도 이상할 것 없습니다.

기실 이 편지는 그가 혼자 썼지만 어느 한 무리를 대표하고 있습니다. 자세히 읽어보면 그 말투에서 벌써 훤히 들여다볼 수 있습니다. 그래서 나는 더구나 공개적으로 회답할 필요가 있다고 느꼈습니다. 만약 우리 두 사람 사이에 생긴 일이고 대세와 관련이 없다면 이처럼 간행물에서 설전할 필요가 없겠지요. 선생께서 이 일로 "정력만 허비"할까봐 걱정하고 계시지만 꼭 그런 것은 아닙니다. 이제 빛을 한 번 비추기만 하면 그 커다란 꽁지 아래에 숨어 있던 마귀들의 낯짝이 남김없이 드러나고 말 것입니다. 요즘 상해의 작은 신문들에 여지없이 드러냈던 진면모가 어떤 것인지 사람들 앞에 공개될 것입니다.

《판화집》|5|은 병을 앓는 사이에 인쇄되었기에 일일이 살피지 못하였고 찍은 부수도 적어서 며칠 지나지 않아 매진되다 보니 서점에도 없습니다. 부쳐드리지 못하여 대단히 미안합니다.

이것으로 줄입니다.

|2| 《문학계》는 월간으로서 주연(周淵)의 편집으로 되어 있지만 실은 대평만(戴平萬)이 주관하고 있었다. 1936년 6월에 창간되어 같은 해 9월까지 제4호를 내고 폐간되었다.

|3| 이 말과 다른 단락에서 인용한 말은 모두 서무용이 1936년 8월 1일 루쉰에게 보낸 편지에서 한 말이다.

|4| 《맹자 · 진심》에서 나오는 말이다.

|5| 즉 《케테 콜비츠 판화선집》을 말한다. 1936년 5월 루쉰이 삼한서옥의 이름으로 인쇄, 발행하였다.

여름내 안녕하시기 바랍니다.

루쉰. 8월 28일

　의사는 나를 손님을 만나거나 말을 오래하지 말라고 합니다. 이제 병이
좀 나으면 다른 곳에 옮겨가서 몇 주일 요양할 예정입니다. 그러므로 10
월 이전에는 서로 만날 수 없을 것 같으니 아쉽습니다.

1936년 9월 15일 왕야추에게 보낸 편지

야추 형

8월 26일자 편지는 벌써 받았습니다. 아름다운 그림을 보내주어 매우 감사합니다. 아마 두 달 전엔가 간단하게 몇 글자 적어서 보냈는데 지금 편지를 보니 받아보지 못했나 봅니다.

내가 지금까지 상해를 떠나지 못하는 것은 다름 아니라 병이 나았다가도 재발하군 하기에 의사를 떠날 수 없기 때문입니다. 요즘도 늘 열이 나는데 언제나 뚝 떨어질지, 아니면 이러다 잘못될지 잘 모르겠습니다. 나는 북방에서 살기를 몹시 바라지만 건조하고 추운 겨울 기후가 폐에 좋지 않기 때문에 갈 수가 없습니다. 그리고는 다른 적당한 곳은 생각나지 않습니다. 출국하기는 여러 가지로 어렵고 국내는 어디가나 가시덤불입니다.

상해는 날씨가 좋지 않을 뿐만 아니라 문단의 분위기도 말이 아닙니다. 내가 그 글[1]에서 열거한 것은 아주 적은 일부분에 지나지 않습니다. 이곳의 아무 부류의 문학가는 기실 천진에서 말하는 불량배와 같습니다. 그들은 날조하고 공갈하는 데만 정신을 팔면서 술수를 써서 내막을 모르는 문학청년들을 이용하여 자신들의 지위를 굳히는데 열중하고 있습니다. 하

|1| 《서무용 선생에게 드리는 답장과 함께 항일통일전선 문제에 대하여》를 말한다.

지만 써내는 작품은 없습니다. 그야말로 입을 나불거리는 재주밖에 없는 자들입니다. 이를테면 서무용은 제정신이 아닐 지경으로 횡포해져 "실제적으로 해결하겠다."는 식으로 나를 공갈협박하고 있으니 다른 청년들을 어떻게 대할는지 짐작할 수 있을 것입니다. 그들은 짝패가 되고 서로 결탁하여 나쁜 짓을 해가면서 문학계를 장악하고는 온통 난장판으로 만들어놓았습니다. 내가 병이 좀 나을 수 있다면 여전히 까밝히려고 합니다. 그러면 중국 문예의 장래가 얼마간이라도 구원될 수 있을 것입니다. 지금 그들이 "작은 신문"을 이용하여 나를 헐뜯고 있는데 이것만 봐도 그들은 앞길이 막힌 자들임을 알 수 있습니다.

콜비츠의 화집은 백 권만 찍었습니다. 병으로 앓으면서 완성했는데 얼마 안 가서 다 팔렸습니다. 그러므로 지금 보내드릴 수가 없습니다. 요즘 문화생활출판사에 있는 방 씨가 동판으로 복제하는 중인데 올해 안으로 책을 낼 것입니다.[2] 그때 가서 보내드리기로 하겠습니다.

정농이 여름에 집으로 가면서 상해에 들렀는데 그 뒤로는 소식이 없군요. 형께서 혹 그의 요즘 상황을 아시는지요?

이만 줄입니다. 안녕하시기를 빕니다.

수 올림. 9월 15일

|2| 《케테 콜비츠 판화선집》 개판 재판본은 1936년 10월에 출판되었는데 《신문예총서》의 첫 번째 종류이다.

1936년 10월 15일 대정농에게 보낸 편지

백간|1| 형

9월 30일자 편지는 벌써 받았으나 고달프기도 하고 바쁘기도 하여 회답이 늦어졌습니다. 워낙은 여름 동안 피서를 가려 했으나 병이 몸에서 떠나지 않아 의사를 떨어질 수 없어서 상해를 떠나지 못하고 말았습니다. 그럭저럭 어느덧 늦가을이 되었습니다. 지금도 약만 끊으면 여전히 열이 납니다. 위가 든든하면 폐병도 다 나았을 터인데 지금은 위마저 약해져 병이 물러가질 않습니다. 하지만 물러가지 않을 뿐이고 생명에는 지장이 없겠지요. 지금 여전히 의사한테 다니고 있지만 한마디로 말해 여름보다 좋지는 않습니다. 이제는 세상일에 노련해져 쓸데없는 일은 상관 않고 번역만 하면서 먹고 살려는 생각에 올해는 글도 별로 쓰지 않았습니다. 그런데 큰 병이 물러가지 않고 이렇게 몇 달씩 누워있게 되니 전에 화가 미칠까 두려워 숨어버렸던 어릿광대들이 풍조를 타고 나타나더니 내가 위급한 틈을 타서 대거 공격하는 것입니다. 그래서 나도 베개에 기대어 몇

|1| 백간(伯簡)은 대정농의 자이다.
|2| 루쉰이 쓴 《현재 우리의 문학운동》, 《서무용에게 보내는 답장과 함께 항일통일전선문제 대하여》과 같은 글을 말한다.
|3| 루쉰, 정진탁, 진망도, 호유지, 엽성도 등을 말한다. 이들이 자금을 모아 《해상술림(海上述林)》을 출판하였다.

대 반격을 가했습니다.|2| 이 무리들은 야비한 인간들로서 사람의 마음에 상처를 줍니다. 형께서는 아직 상해의 문단풍조를 체험하지 못했겠지만 몇 년 동안 더는 인간다운 맛이라곤 나지 않았습니다. 올해 몇 사람이|3| 자금을 모아 고인이 된 벗을 기념하기 위해 유작을 찍었습니다. 이미 전편이 나왔으니 서점에 부탁하여 부쳐드리겠습니다. 받아보십시오. 후편도 이미 교열이 끝나 금년 내로 책이 나올 것입니다.

이만 그치면서 건강하시기 바랍니다.

수 머리 숙여 아룀. 10월 15일 밤

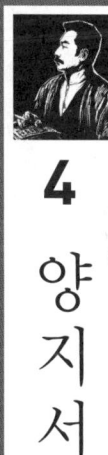

4 양지서

魯迅

| 머리말 |

이 책이 만들어진 경위는 아래와 같다.

1932년 8월 5일 나는 제야[1], 정농[2], 총무[3] 세 사람이 서명한 편지를 받았다. 소원[4]이 8월 1일 아침 다섯 시 반에 병으로 북평의 동인병원에서 돌아갔다는 내용이었는데 몇 사람이 함께 그의 유작을 모아 기념문집을 내려고 하니 나에게 그의 편지가 없느냐고 물었다. 나는 정말 마음이 막 오그라드는 것 같았다. 우선 그의 병이 나을 가망이 적기는 했지만 그래도 완쾌하기를 바라는 마음이었고 다음으로는 나을 가망이 없음을 알고는 있지만 이럴 줄은 생각지도 못했다. 침대에 엎드려 한 글자 한 글자 또박또박 쓴 그의 편지를 아마 몽땅 태워버렸을 것이다.

나에게는 일반 편지는 보고 나서 금방 없애버리는 습관이 있다. 하지만 편지에서 논의를 좀 했거나 이야기라도 있으면 보관해두곤 하였다. 그러다가 이 3년 사이에 나는 두 번 대량의 편지를 태워버린 적 있다.

|1| 제야란 이제야(李霽野, 1904~1997년)를 말한다. 번역가, 교수이며 루쉰과 함께 문학단체인 미명사(未名社)를 꾸렸다.

|2| 정농이란 대정농(臺靜農, 1903~1990년)을 말한다. 일찍이 문학창작을 하다가 뒤에는 교육에 몸 담고 교수를 지냈다. 루쉰과 함께 미명사를 꾸렸다.

|3| 총무란 위총무(韋叢蕪, 1905~1978년)를 말한다. 번역가로서 루쉰과 함께 미명사를 꾸렸다.

|4| 소원이란 위소원(韋素園, 1902~1932년)을 말한다. 번역가로서 루쉰과 함께 미명사를 꾸렸다. 1925년 이제야, 조정화와 함께 북경에서 미명사의 일을 주관하였고 《망원(莽原)》 잡지를 출판하였다. 1926년 루쉰이 북경을 떠난 뒤에는 《망원》을 맡았다.

5년 전, 국민당의 숙청이 있을 무렵 나는 광주에 있었는데 갑을 체포하면서 을의 편지가 발견되어 을이 체포되고 또 을의 집에서 병의 편지가 나와 병도 체포되어 모두 행방불명이 되었다는 소문을 많이 들었다. 옛날에 덩굴을 더듬어 줄줄이 걸려나오게 하는 수색 수법을 나는 알고 있었다. 하지만 나는 그것은 옛날에나 있을 일이라고 생각하고 있다가 정말 그런 일이 생겼다는 사실을 알고 나서야 지금 사람도 옛 사람과 마찬가지로 어려움을 겪는다는 것을 확실하게 깨닫게 되었다. 그럼에도 나는 여전히 마음이 소홀해서 별로 염두에 두지 않고 살았다. 그러다가 1930년 자유대동맹|5|에 서명을 한 일로 절강성 당부에서 중앙에 요청하여 "타락한 문인 루쉰 등"|6|을 체포할 데 대한 수배령을 내렸다. 그때 나는 막 피신하려다가 갑자기 친구들의 편지가 생각나서 그 편지를 꺼내 모두 태워버렸다. "불순한 마음을 갖고 있은" 흔적을 없애버리기 위해서라기보다 그 편지 때문에 남이 연루된다면 너무 재미가 없는 일이었다. 그리고 중국에서 관청과 얽힌다는 것이 얼마나 무서운 일인지를 누구나 잘 알고 있기 때문이었다. 나중에 그 고비를 넘기고 이사를 하고 나서 편지를 다시 모으기 시작하였고 또 전처럼 별로 염두에 두지 않았다. 그런데 뜻밖에 1931년 유석|7|이 체포되고 그의 호주머니에서 내 이름이 적혀 있는 물건이 나오는 바람에 나를 찾는다는 소문이 나돌았다. 다시 집을 버리고 피신을 한 것은 당연한 일이었다. 하지만 이번에는 추호의 소홀함이 없이 있는 편지를 몽땅 태워버렸다.

이 같은 일을 두 번 겪고 났기에 북평에서 보낸 편지를 받고 나서 소원

|5| 자유대동맹이란 중국 자유운동 대 동맹을 말한다. 중국 공산당의 지지로 조직된 단체로서 루쉰이 발기인이었다. 1930년 2월 상해에서 설립되었고 언론, 출판, 결사, 집회와 같은 자유를 쟁취하고 국민당의 파쇼독재통치를 반대하는 것이 목적이었다.

|6| 루쉰의 발기로 자유대동맹이 설립되자 국민당 절강성 당부에서는 국민당 중앙 당부의 인준을 받아 "타락문인 루쉰 등"에게 수배령을 내렸다. 1930년 루쉰은 "집을 떠나" 상해 북사천로에 있는 우치야마의 집에 피신하였다.

|7| 유석(柔石)은 필명이고 이름은 조평복(趙平復, 1902~1931년)이다. "좌익연맹 다섯 열사"의 한 사람으로서 루쉰과 함께 조화사(朝花社)를 꾸렸고 루쉰을 대신하여 《어사(語絲)》 편집을 맡았다.

의 편지를 남겨두었던지 걱정되었다. 그렇지만 그냥 박스와 궤짝을 뒤지며 찾아보았지만 역시 그림자도 보이지 않았다. 친구에게서 받은 편지는 한통도 없고 우리 편지만 나왔다. 우리의 편지라고 보물처럼 각별히 아껴서 모아둔 것이 아니라 그때는 시간이 촉박하여 자신의 편지는 기껏해야 자신을 연루할 뿐이라는 생각에 그냥 둬둔 것이다. 그 뒤로 이 편지들은 또 총탄과 포탄이 쏟아지는 싸움터|8|에서 2, 30일 동안 방치되어 있으면서도 한통도 잃어지지 않았다. 좀 없어진 것이 있기는 하지만 그것은 난리에 없어진 것이 아니라 아마 내가 조심하지 않아 그 전에 이미 잃어버렸을 것이다.

평생 풍파를 겪어보지 못한 사람이라면 남들은 그를 평범하게만 볼 것이다. 하지만 감옥에 갇혔거나, 전쟁에 나갔던 사람이라면 아무리 평범할지라도 사람들은 어딘가 특별하게 본다. 우리에게는 이 편지도 마찬가지였다. 전에는 박스 안에 그냥 처박아두었지만 언젠가는 소송에 걸릴 뻔하였고 포화의 세례를 받았다고 생각하니 유다른 것 같고 귀중해보였다. 여름밤은 모기가 많아 조용히 글을 쓸 수 없기에 우리는 연월에 따라 정리하여 지역에 따라 세 권으로 엮어 이름을 《양지서(兩地書)》라고 달았다.

그러니까 이 책이 우리에게는 그 시기의 의미를 담고 있다고 말할 수 있다. 하지만 남에게는 그렇지 않다. 편지에는 죽자 살자 하는 정열도 없고 꽃이요, 달이요 하는 낭만적인 구절도 없다. "편지 범문"이나 "편지 쓰는 방법" 같은 걸 연구해본 적이 없는 우리로서는 생각나는 대로 썼고 문맥이 어설퍼서 "문장 병원"|9|에 보낼 구절이 적지 않았다. 주고받은 얘기래야 학교에서 일어난 풍파나 자신이 살고 있는 형편이었고 음식 맛이나

|8| 1932년 1월 28일, 일본제국주의가 상해를 침공하자 국민당 19로군이 일떠나 저항하고 전국의 민심이 들끓었다. 당시 루쉰은 사천북로에 살고 있었는데 전선과 가까웠다.
|9| "문장병원"이란 상해 개명서점에서 출판한 《중학생》 잡지에서 1932년 3월부터 개설한 "문장병원" 특별란을 말한다. 독자에게 글 수정에 대한 지식과 기교를 가르쳤다.

날씨를 논했을 따름이다. 그리고 가장 나쁜 것은 당시 어지럽고 흑백을 알 수 없는 세상을 살다보니 자신의 일은 그런대로 괜찮지만 세상의 큰일을 추측하는 데는 어리석었고 또 신나고 즐거운 심정을 적은 구절도 있지만 지금 보면 대부분 잠꼬대로 되어버렸다. 굳이 이 책의 특징을 자랑하라고 한다면 평범함이라고 해야 할까. 아마 다른 사람들의 생활은 이처럼 평범하지는 않을 것이고 설사 평범하더라도 남겨두지 않았을 것이지만 우리는 그렇지 않았다. 이 역시 하나의 특징이라고 할 수밖에 없다.

그런데 이상하게도 이 편지를 책으로 내겠다는 서점이 있었다. 내겠다면 내라고 하면 그만이고 그냥 따르면 될 일이지만 정작 독자들과 대면해야 한다면 오해가 생기지 않도록 하기 위해 두 가지 해두고 싶은 말이 있다. 내가 지금 좌익작가연맹|10|의 일원이지만, 요즘 책 광고를 보면 작가가 일단 좌측으로 향했다 하면 이전의 작품도 함께 청운을 타고 어릴 적의 울음소리마저도 혁명문학의 기백이 있다고 하는데 우리 책은 그렇지 못하여 혁명의 숨결이 없다. 이것이 하나이고 다른 하나는 서신은 가장 감추는 것 없이 가장 진솔한 얼굴을 보여주는 글이라고들 하지만 나는 그렇지 않다는 점이다. 누구에게 편지를 쓰든 나는 처음에는 형식적으로 대충 마음에 없는 말을 하곤 한다. 이 책에 가끔 중요한 대목이 있기는 하지

|10| 좌익작가연맹은 중국 공산당이 영도하는 문학단체로서 1930년 3월 상해에서 설립되었다. 1936년 초 루쉰의 반대와 타협에도 불구하고 해산을 선포하였다.

|11| 1927년 5월 11일, 한구 《중앙일보》 특별란 제48호에 손복원(孫伏園)이 쓴 "루쉰선생이 광동 중산대학을 떠났다."는 글이 실렸다. 글에서 편자에게 보낸 루쉰의 편지내용을 인용하였는데 루쉰과 함께 하문대학에서 지냈던 고힐강(顧頡剛)이 언급되었다. 7월 24일, 고힐강은 항주에서 루쉰에게 편지를 보내어 "9월 중으로 광동에 돌아가 소송을 제기하겠으니 법률로 해결하기 바란다."고 하면서 "선생께서는 반드시 광동을 떠나지 말고 재판을 기다리라."고 하였다.

루쉰은 답장에 아래와 같이 썼다. "선생은 항주에서 아마 내가 8월 중으로 반드시 광동을 떠난다는 소식을 듣고 묘책이 떠올라 난제를 주고 있는 것 같습니다.…… 하지만 나는 이미 결심했으니 8월 중으로 떠날 것이고 9월에는 상해에 있을 것입니다. 그곳 역시 당국이 지배하는 곳이라 법률이 광동과 다르지 않을 것이므로 선생께서 아직 떠나지 않았다면 일부러 편지를 보내어 재판을 기다리라고 할 것 없이 가까운 절강에서 기소하는 것이 좋겠지요. 그때면 제가 반드시 항주에 이를 것이니 책임져야할 책임은 지도록 하겠습니다." 그 뒤에 이 일은 흐지부지하게 되었다.

만 뒤에 가서는 일부러 애매모호하게 쓰기 일쑤였다. 왜냐하면 우리가 사는 곳이 "당지의 관리"나 우체국, 또는 교장…… 같은 사람마저도 멋대로 편지를 검사할 수 있는 세상이었기 때문이다. 하지만 물론 뜻이 분명한 말도 적지는 않다.

그리고 또 한 가지는 편지에 나오는 몇 사람의 이름을 내가 고쳐버렸다. 좋은 뜻으로 고친 것도 있고 나쁜 뜻에서 고친 것도 있는데 다 같지 않다. 여기에 별다른 뜻이 있는 건 아니고 우리 편지에 누구의 이름이 있으면 그가 불편해할 수 있고 또 무슨 "재판을 기다리라"[11]는 따위의 번거로움이 생길 수도 있어서 그것을 덜기 위해서였다.

지나온 6, 7년을 돌아보면 우리를 둘러싸고 생긴 풍파도 적지 않았다. 끊임없이 발버둥치는 가운데 도와주는 사람도 있고 돌을 던지는 사람도 있었으며 비웃고 모욕하는 사람도 있었다. 하지만 우리는 이를 악물고 몸부림을 치면서 6, 7년을 살아왔다. 그 가운데 암암리에 모함을 하던 사람은 점차 더 어두운 곳으로 들어가 버렸고 마음 좋은 친구도 두 사람이 벌써 저세상으로 가버렸으니 바로 소원과 유석이다. 이 책을 우리 자신을 위한 기념으로 삼는 한편 고운 마음을 가진 친구들에게 감사를 드리는 바이다. 아울러 장차 우리 애에게는 부모가 살아온 경력을 여실히 알 수 있는 책이 되기를 바란다. 실은 대체로 이런 뜻을 갖고 있다.

1932년 12월 16일. 루쉰

제1집

북경(1925년 3월부터 7월까지)

루쉰 선생님에게,

　지금 선생님에게 편지를 쓰는 사람은 선생님의 강의를 2년 가까이 들어
왔고 매주 선생님의《소설사략》을 귀담아 들으면서 늘 당돌하면서도 솔직
하게, 또 그에 맞먹는 강건한 목소리로 발언하기를 좋아하던 소학생[1]입
니다. 그는 속에 오랫동안 묻어두었던 울분을 더는 억누를 길 없어서 이
렇게 선생님께 하소연합니다.

　어떤 사람들은 학교가 도시의 소란함과 정치 풍조의 영향과 멀리 떨어
져 있을수록 교육의 효과가 더 좋을 것이라고 하지요. 일리가 있는 말일
까요? 중학교시절, 그때도 교사를 공격하거나 교장을 반대하는 일이 없지
는 않았어요. 하지만 옹호하는 쪽이나 반대하는 쪽이나 "이해"를 떠나서
"사람"을 평가하여 좋고 나쁨을 가렸지 "이해"에 매어 옹호하거나 반대하
는 일은 없었어요. 선생님, 이것을 도시나 정치풍조의 영향을 받았다고
해야 할까요, 아니면 늘어나는 연세가 그를 해쳤다고 해야 할까요? 선생
님도 보셨겠지만 지금 북경의 학계에서 교장을 쫓아내는 일이 생기기만
하면 반대하는 의견과 찬성하는 의견이 금방 서로 엇갈려 자신의 주장을

|1| 저자는 1922년에 국립 북경여자고등사범학교에 입학하여 국문학을 공부하였다. 루쉰은 1923년 7월에 이 학교
의 초빙을 받아 "국문학부 소설사 겸임 교원"을 맡았고 10월 13일부터 수업을 시작하여 매주 한 시간씩 강의하였는
데 루쉰이 강의할 때 작자는 "맨 앞줄에 앉았다." 그래서 "소학생"이라고 한 것이다.

내세우고 있고 학교에서는 "유학을 보낸다."거나 "학교에 남겨 교사로 쓴다."는 좋은 일자리를 미끼로 학생들에게 이해득실에 매어 취사선택을 하게 합니다. 오늘 한 사람 매수하고…… 내일 한 사람 매수하고……오늘 한 사람이 매수되고……내일 한 사람이 매수되고 합니다. 더구나 분하고 얄미운 것은 수많은 독균이 섞인 공기가 이른바 고등교육을 받았다고 하는 여성학계|2|에도 만연되어 있는 것입니다. 여자교장으로서 정말 재주와 탁월한 견해가 있고 성과가 있다면 공개적으로 말해도 괜찮겠지만 "몰래 빌붙으면서 갖은 가련한 추태를 다 보여 사람들의 질타를 받고 있지요." 이것도 주변의 여러 관계 때문에 그가 이렇게 하지 않을 수 없었다고 해야 할까요? 그리고 학생들은 왜 이런 일을 보고도 그렇게 연약한지 모르겠어요. 오늘은 모임에 나와 버젓이 반대 조건을 내놓다가도 돌아서면 언제 그랬냐는 듯이 벙어리가 되는데 생각이 바뀌었다는 것을 명시하는 행동일까요? 하루하루 악화되고 있는 상황을 보면 5.4 이후의 청년들은 그야말로 슬프기 짝이 없고 울어주고 싶어요! 이처럼 구제불능의 거센 기염을 보면서도 선생님께서는 책보를 놓고 시비와는 멀리하고 순결을 지킨다면 물론 "금방 부처님으로 되겠지요." 하지만 선생님께서 고개를 쳐들고 구수하게 담배를 태우실 때 전갈들 속에서 벗어나려고 발버둥치고 있는 사람들을 생각하는지요? 그는 자신을 강직한 사람이라고 믿으며 선생님은 그보다 열두 곱으로 더 강직한 사람이라고 믿고 있어요. 이와 같은 작은 공통점을 믿고 그는 선생님께 될수록 직언을 드리는 겁니다. 선생님께서 언제 어디서든 가르침을 주시기를 바라마지 않습니다. 선생님, 허락하실 건가요?

고민의 열매처럼 삼키기 힘든 것은 없어요. 비록 씹은 뒤에 약간 단맛

|2| 국립 북경여자고등사범학교는 당시 중국의 여성 교육으로는 최고 학부였다. 이 학교의 전신은 광서 34년에 설립된 경사여자사범학당이며 신해혁명 후 북경 여자사범학교로 이름을 고쳤다.

이 있습니다만 쓴맛이 너무 진해서 단맛은 그냥 지워지기 쉽지요. 쓴 차나 약을 먹고 자세히 그 맛을 음미해보면 좀 달거나 고소한 맛을 느낄 수 있지만 그런 차나 약을 더 먹고 싶어 할 사람은 없어요. 병에 몰려 억지로 먹는 것이지 까닭 없이 쓴 차를 찾아 마실 사람은 절대 없을 거예요. 질병을 툭 털어버릴 수 없듯이 고민도 훌훌 털어버릴 수는 없지요. 평생 병을 안고 살면 모르겠지만 질병이 시시각각 사람을 괴롭히는 것은 아니에요. 하지만 고민은 언제나 싫어도 오고 오면 떨어지지 않으며 애인보다 바싹 가까이 붙어 다니지요. 선생님, 이 쓴 약에 설탕을 좀 넣어 쓴맛을 덜 수 있는 방법이 없을까요? 그리고 설탕을 좀 넣으면 과연 전혀 쓰지 않을까요? 선생님, 선생님께서는 《부녀 잡지》에서 한 장석침 선생의 해답처럼 두루뭉술하지 말고 참되고 절실하고 분명한 가르침을 주실 수 없는지요? 하고 싶은 말은 이상입니다. 경의를 표합니다.

안녕히 계셔요!

가르침을 받고 있는 소학생 허광평[3]으로부터
11월 3일 14년(서기 25년)

사람들은 학생이라는 신분 앞에 "여"자를 보태야 한다고 생각하지만 그는 스스로 아가씨로 자처할 엄두를 내지 못하고 있어요. 선생님께서 어르신으로 자처하지 않는 것과 마찬가지로 말이에요. 그는 정말 아가씨라는 신분이나 지위에 어울리지 않아서 그러는 것이니 선생님께서 의심하거나 웃지 말아 주세요.

---

[3] 허광평(許廣平, 1889~1968년) 일명 경송(景宋)이라고 하며 광동성 번우 사람이다. 당시에는 국립 북경여자사범대학 학생이었고 학생자치회 간사였다. 1926년 이 학교를 졸업한 뒤 허광평은 루쉰과 함께 북경을 떠난다. 루쉰은 하문대학에서 교직을 맡고 허광평은 광주에 가서 광동 여자사범학교 훈육주임을 맡는다. 그러다가 1927년 1월 루쉰이 중산대학 교수, 교무주임을 맡았을 때 허광평은 루쉰의 조교를 지낸다. 1927년 4월 21일 루쉰이 중산대학의 모든 직무를 사직하자 허광평도 사직하고 루쉰과 함께 광주에 머물러 있다가 9월 27일 광주를 떠나 상해로 간다.

광평 형,

보낸 편지를 오늘 받았소. 내가 대답하기에는 어려운 문제들이 더러 있지만 우선 쓰면서 얘기해봅시다.

학습풍기가 어떠한지는 정치 형세 및 사회 상황과 관련된다고 나는 생각하오. 교직원만 훌륭하다면 도시보다는 시골이 좀 더 낫다고 생각되는 구면. 하지만 정치가 어둡고 교직원이 훌륭한 사람으로 되어있지 않다면 학생들이 학교에서 나쁜 소식을 좀 덜 들을 수 있을 뿐이지 교문을 나와 사회와 접촉하게 되면 늦고 이른 차이는 있겠지만 역시 고통스럽고 역시 타락할 것이오. 하기에 나는 차라리 도시에 살면서 타락될 사람은 빨리 타락해버리고 고통스러울 사람은 빨리 고통을 겪는 편이 낫다고 생각하오. 그렇지 않고 좀 조용한 곳에 있다가 갑자기 번잡한 곳으로 나오면 그 놀라움과 고통이 너무 뜻밖이지 않겠소. 그러면 그 고통의 크기는 워낙 도시에서 살던 사람과 다르지 않을 것이오.

학교의 상황은 예로부터 마찬가지였소. 하지만 10년 전이나 20년 전이 지금보다 나아보였던 것은 그때는 학교를 꾸릴 만한 자격을 충분히 갖춘 사람이 그리 많지 않아서 경쟁이 지금보다 심하지 않았기 때문이오. 지금은 많아져서 경쟁도 심해져서 나쁜 모습도 남김없이 드러나는 거요. 교육계가 깨끗하고 고상하다고 보는 것은 기실 겉만 보고 하는 말이지 실은 다른 분야와 다를 게 없다고 보오. 사람의 기질이란 쉽게 변하지 않소. 대학을 몇 해 다녔다고 해서 크게 달라지지는 않을 거요. 혈액이 나빠지면 인체 어느 부분도 홀로 건강할 수 없듯이 오늘과 같은 민국에서는 교육계라고 특별히 청렴할 리는 없지 않겠소.

학교가 별로 청렴하지 않게 된 데는 실은 깊은 유래가 있소. 게다가 금전이 굉장한 마력을 갖고 있고 중국 또한 예로부터 금전으로 유혹하는 술법이 잘 통하는 곳이라 자연스럽게 이런 상황이 이루어지게 된 거요. 듣자니 지금은 중학교도 이 꼴이라고 하오. 간혹 예외가 있기는 하지만 그것은 아마 나이가 어려서 경제적 어려움이나 돈의 필요성을 아직 느끼지 못한 까닭일 것이요. 여자학교에 영향이 미친 것은 아마 요즘의 일일 것이오. 여성들이 스스로 경제적으로 독립할 필요성을 느낀 것이 그 계기가 된 것 같소. 독립을 얻는 방법은 힘으로 쟁취하는 것과 슬기롭게 쟁취하는 두 가지가 있소. 하지만 앞의 방법은 너무 힘들기에 뒤의 방법을 취하게 되오. 좀 깨달은 듯싶더니 다시 혼수상태에 빠졌다고 할 수 있소. 하지만 이런 현상은 여성들만 아니라 남자들도 대체로 마찬가지인데 다르다면 슬기로운 방법 외에도 강탈하는 방법이 더 있을 뿐이오.

사실 내가 어찌 "돌아서면 금방 부처님이 될 수" 있겠소. 피우고 있는 담배는 마취약에 지나지 않고 연기 속에도 극락세계는 보이지 않았소. 만일 나에게 정말 청년을 지도할 수 있는 재주가 있다면 ― 바르게 지도하든, 그르게 지도하든 ― 나는 절대 감추지 않을 것이오. 유감스럽게도 나 자신도 방향을 몰라 이렇게 이리저리 헤매고 있다오. 만약 마구 헤매다가 나락에 떨어진다면 스스로 책임질 일이지만 남까지 끌고 떨어져서야 되겠소? 내가 교단에 올라가 빈말하기 두려워하는 까닭도 바로 이 때문이오.

목사를 공격한 소설을 읽은 적이 있소. 어느 시골 아낙이 목사에게 반평생 고생하며 살아온 신세를 하소연하면서 도와달라고 빌었소. 그랬더니 목사가 하는 말이 "참고 견디십시오. 생전에 고생이 많았던 그대에게

하느님께서는 죽은 뒤에 반드시 복을 내려주실 것입니다."라고 했다오.|1|
사실 고금의 성현이나 철인학자들도 이보다 더 고명하게 말할 수는 없을
거요. 그들이 말하는 "미래"란 목사가 말하는 "죽은 뒤"가 아니겠소! 내가
알고 있는 말도 모두 비슷하지만 나는 믿지 않소. 그렇다고 내가 더 훌륭
한 해석을 할 수 있는 것은 아니요. 장석침 선생이 하는 해답은 반드시 두
루뭉술할 것이오. 듣자니 그도 책가게에서 점원 노릇을 할 때는 늘 고생
스럽다고 아우성이었다고 하더구면.

　고통이란 삶의 동반자라고 생각하오. 하지만 곁을 잠시 떠날 때가 있으
니 그것은 잠을 잘 때일 것이요. 깨어 있을 때 고통을 좀 덜 수 있는 방법
으로는 중국의 전통적인 방법인 "자만"하거나 "세상을 우습게 보는" 것이
오. 나에게도 이런 흠이 있는데 좋은 버릇은 아니오. 쓴 차에 설탕을 넣으
면 그 쓴맛의 양은 변함이 없지만 설탕이 없을 때보다 좀 먹기 나을 뿐이
요. 하지만 그 설탕을 얻기 쉽지 않고 나도 어디에 있는지 몰라 알려줄 수
없소.

　앞에 말을 많이 했지만 역시 장석침의 말과 별반 다르지 않을 거요. 그
럼 아래에 내가 이 세상을 살아가는 방법을 얘기할 테니 참고로 삼기 바
라오.

　첫째. 긴 "인생"을 살아가는데 쉽게 봉착하는 어려움 두 가지가 있소.
그 하나가 "기로"이요. 전하는데 의하면 묵적(墨翟)|2| 선생은 샛길에서 통

|1| 이 이야기는 센케비치의 소설 《탄필화》의 제6장 "민녀가 하소연하다"에서 목사한테 고통을 말하며 도움을 청하
는 농촌 아낙의 말이다. 그 말은 아래와 같다. "목사가 따뜻하게 말해주었다. '그대의 말이 지당하오. 내가 한마디 증
언하고 싶은 것은 참고 신의 명을 따르라는 것이오!……그리고 신이 생전에 벌을 내렸다면 반드시 죽은 뒤에 용서해
줄 것이오.'"
|2| 묵적(기원전 468~기원전 376년)은 춘추전국시대의 사상가로서 묵가의 창시자이다. 지금 남아 있는 《묵자》는
53편이다. 《여씨춘추 · 신행론(呂氏春秋 · 愼行論)》에서 "사람을 곤혹스럽게 하는 것은 반드시 사물이 서로 비슷하
기 때문일 것이다. 옥을 가진 사람의 근심은 돌이 옥과 비슷한 것이고 검을 고르는 사람의 근심은 검이 오나라 명검과
비슷하기 때문이고 현명한 임금의 근심은 남의 말을 많이 듣다보면 서로 옳은 것 같아 가려내기 어려운 것이다. 망한
나라의 임금은 지혜로운 것 같고 망한 나라의 신하는 충신 같다. 비슷한 사물에 대해 어리석은 사람은 곤혹스러워하
지만 성인은 생각을 한다. 때문에 묵자는 기로를 보고 울었다."라고 썼다.

곡하고는 되돌아섰다고 하오. 하지만 나는 울지도 않고 돌아서지도 않을 것이요. 우선 샛길에 앉아 한숨을 쉬거나 한숨 자고나서 갈만하다고 생각되는 길을 찾아 계속 갈 것이요. 만약 성실한 사람을 만난다면 그의 음식을 빼앗아 요기할 수 있지만 길은 묻지 않겠소. 그 사람도 모를 테니까. 만약 호랑이를 만난다면 나무에 올라갈 것이요. 호랑이가 기다리다 못해 배고파 가버린 뒤 내려오면 되겠지. 그런데 그놈이 끝내 가지 않으면 나무 위에서 굶어죽을 수밖에 없소. 그 경우에는 죽기 전에 몸을 나무에 비끄러매놓고 시체도 못 먹게 할 거요. 하지만 나무가 없으면 어떻게 할까? 별수 없이 잡아먹혀야지. 하지만 호랑이를 한입 물어뜯고 죽을 것이요. 다른 하나는 "막다른 길"이요. 듣자니 완적(阮籍)|3| 선생도 한바탕 울고 되돌아섰다고 하오. 하지만 나는 기로에 들어섰을 때처럼 계속 앞으로 나아가겠소. 가시덤불 속을 그냥 걸어 갈 것이요. 나는 아직까지 사람이 아예 지나갈 수 없는 가시덤불을 본 적이 없소. 세상에 정말 이른바 막다른 길이 있을지 모르겠지만 다행스럽게 나는 아직 보지 못했소.

둘째. 나는 사회에서 일어나는 싸움에 선뜻 나서지는 않을 것이요. 남에게 자신을 희생하라고 권하지 않는 까닭 역시 이 때문이오. 유럽전쟁에서 "참호전"을 가장 중시했다고 하오. 병사들은 참호에 엎드려서 담배 피우고 노래 불렀는가 하면 트럼프를 치고 술도 마셨다고 하오. 또 참호에서 미술전도 열었는데 이러면서도 가끔 적에게 총을 몇 방 쏘았다고 하오. 중국에서는 몰래 쏘는 화살이 많아서 선뜻 나서는 용사는 목숨을 잃기 십상이므로 참호전이 필요하다고 생각하오. 하지만 백병전을 하지 않을 수 없는 경우가 있는데 그러면 어쩔 수 없이 백병전을 해야지.

요컨대 고민을 대처하는 나의 방법을 말하자면 밀려오는 고통을 교란

|3| 원적은 삼국시대 위나라 문학가로서 "죽림칠현(竹林七賢)"의 한 사람이다. 《진서(晉書)》에는 "저 홀로 멋대로 가면서 바른 길을 따라 가지 않다가 수레 자국이 사라지자 울면서 돌아섰다."고 씌어 있다.

시켜 무뢰한의 수단으로 승리하고는 능글맞게 개선가를 부르면서 재미를 느낄 것이오. 이것이 아마 설탕이 아닐까 생각하오. 그렇지만 결국에는 "방법이 없다"는 데로 귀결되지만 정말 신통한 방법이 없소!

　이상으로 나의 방법을 얘기했는데 이 정도에 지나지 않소. 어쩌면 놀음에 가깝고 걸음걸음이 인생의 바른 길(인생에 바른 길이 있기는 하겠지만 나는 모르고 있소.) 같지는 않소. 이 글이 광평이에게 별 도움이 되지는 않겠지만 나로서는 이 정도밖에 쓸 수 없다오.

　　　　　　　　　　　　　　　　　　　　　　　　　루쉰. 3월 11일

루쉰 선생님에게,

선생님께서 보내신 편지를 13일에 받았어요. 같은 경성 안에서 편지 오는데 어찌 사흘씩이나 걸릴 수 있어요? 그런데 편지를 보니 머리의 제 이름 뒤에 "형"이라고 쓰셨더군요. 선생님, 어리석고 아둔한 제가 양해를 바라지만 저를 "형"이라니 어디 될 말인가요? 아니지요. 아닙니다. 저로서는 그럴 용기와 담도 없어요. 선생님께서 무슨 뜻으로 쓰셨는지? 제자로서는 알 길 없네요. "동학"도 아니고 "동생"도 아닌 "형"이라고 하니 혹 장난이 아닌지 모르겠어요.

저는 교육이 사람에게 주는 효과가 얼마나 큰지 잘 모르겠어요. 세계 여러 나라에서 실시하고 있는 교육의 인재육성 목적은 어디에 있는지? 국가주의, 사회주의……를 말하는 사람들이 환경의 지배를 받아 이런 저런 교육을 만들어내고 있지만 교육이란 도대체 무엇인가요? 환경에 적응하는 사람을 육성하기 위해 개성을 훼손시키기를 서슴지 말아야 하는지, 아니면 개개인의 개성을 보존해야 하는지요? 이 모든 것은 반드시 주의를 일으켜야 할 일이지만 오늘날 교육을 하는 자나 교육을 받은 자나 모두 소홀히 하고 있어요. 목전 교육계의 불합리한 현상은 이러한 문제점과 관련이 없지 않지요.

더욱 마음 아픈 것은 "쉽게 변하지 않는 사람의 기질" 때문에 수많은 사람들이 지금까지도 관중들의 환심을 사기 위해(환심을 살 수 없을지도 모르지만) 매일 열심히 무대 화장을 하는 외에 다른 일에는 관심이 없어요. 시험에 좋은 점수를 따내지 못할까봐 겁을 내면 학문에 충실하지 못하게 되지요. 과목은 좀 덜 복습하더라도 시험문제를 쉽게 내기를 바라는 마음이에요. 더욱이 선생님이 얼마간 암시해주기 바라는 것은 결국 우수한 졸업장을 얻기 위해서겠지요. 우수한 졸업장을 얻으려는 것은 자신의 활동을 위해서고요…… 학교에서 그들은 "이해"라는 두 글자를 내놓고 다른 것은 모두 별 의미가 없나 봐요. 때문에 일에 대한 "옳고 그름"을 떠나서 "이해관계" 때문에 목숨 걸고 쟁취하는데 여러 사람을 위해서가 아니라 자신을 위해서이지요. 이것이 제가 본 그들의 모습, 또는 그들 가운데 일부분의 모습일까요? 그렇지 않습니다. 그들 가운데는 죽어라 고서에만 매달려 종일 베껴 쓰기만 하면서 갈수록 등허리가 휘고 패기가 없고 무기력해져 지금의 신문이나 잡지를 거들떠보지도 않는 사람이 있어요. 그들은 이 사회의 구성원이 되고픈 생각이 없나 봅니다. 그리고 또 다른 한 부류는 현실 사회의 주역이 되고픈 마음이 간절한 사람이지요. 하기에 기괴한 현상이 꼬리 물고 일어나고 있으니 정말 이대로는 참고 살기 힘들어요. 선생님께서 차라리 "마적"이 되고 싶다고 한 말도 과연 일리가 있다고 생각해요.

"목사에게 반평생의 고통을 하소연하고 도움을 청한" 시골 여인의 이야기에서, 그 여인은 아마 물질적인 도움을 받고 싶었겠지요. 그래서 목사가 그렇게 응수할 수밖에 없었고요. 만약 정신적인 도움이라면 이런 문제에 대해서는 목사가 깊은 연구를 갖고 있기 때문에 반드시 만족스러운 해답을 주었으리라 생각해요. 선생님, 저의 추측이 틀렸을까요? 현철이 말하는 이른바 "미래"란 목사가 말하는 "죽은 뒤"와 다르지 않을 거예요. 하지만 "나그네"가 묻습니다.

"어르신님, 아마 이곳에 오래 살아 아시겠지만 저 앞은 어떤 곳인가요?"

비록 노인은 그곳을 "무덤"이라고 알려주지만 계집애는 "나리꽃과 들장미가 만발한 곳"이라고 알려주지요. 이처럼 두 사람의 말이 크게 어긋나지만 정작 "나그네"가 가보면 무덤도, 꽃도 아닌 다른 무엇이 있을 수도 있겠지요.— 그러니 "나그네"가 한번은 물어볼 수 있고 또 물어봐야지요.[1]

깨어 있을 때 고통을 덜려면 "교만"해지거나 "세상을 불손하게 사는" 것도 물론 방법이겠지요. 하지만 저는 소학교를 다니면서부터 지금까지 "교만하고" "불손하다"는 욕을 달고 살았어요. 이렇게 사는 것이 "처세의 길"이 아니라는 지각이 들 때도 있지만(사실 스스로도 교만할 것이 없다고 생각하지만) 어지러운 세상에 물젖지 않으려고 하다 보면 언제나 당장은 손해를 보게 되지요. 그러나 남의 난도질을 당할 준비가 되어 있는 자로[2]를 보고 "참호전"을 하라면 그런 참을성은 없지요. 어쩔 수 없이 나서야 하고 그것이 "좋지는 않지만" 선생님, 다른 방법이 없지 않아요?

서둘러 예까지 쓰고 보니 꾸밈없이 너무 직설적이지 않나 하는 생각이 들어요. 게다가 저는 만년필로 쓰지만 또박또박 붓으로 쓰면서 자세하면서도 성근한 교시를 주고 계시는 선생님과 비하면 감사하고 부끄럽기만 해요.

안녕히 계셔요.

소학생 허광평 올림. 3월 15일

|1| 루쉰의 수필 《나그네》에서 나오는 인물로서 1925년 3월 9일 《어사(語絲)》 주간지 제17호에 실렸다. 이 편지를 쓰기 엿새 전이고 나중에 《들풀(野草)》에 수록되었다.
|2| 자로(子路)는 공자의 학생인 중유(仲由)의 자이다.

광평 형,

이번에는 먼저 "형"이라고 쓴 의미에 대해 설명해야겠소. 이것은 내 마음이 그러고 싶어서 써내려오던 버릇이라오. 오래전이나 근간에 사귄 친구들, 지금까지 거래하고 있는 옛 동창들, 그리고 직접 내 강의를 들은 학생들에게 편지 쓸 때는 모두 "형"이라고 했소. 이밖에 선배나 좀 낮이 설어서 예의를 지켜야 할 사람한테는 선생, 나리, 마님, 도련님, 아가씨, 어르신이라고 했다오. 한마디로 내가 쓰는 "형"자의 의미는 직접 이름을 부르기보다 조금 정중할 따름이지 허숙중|1| 선생이 말하는 그런 "형님"의 뜻을 갖고 있지는 않소. 그런데 이런 이유는 나만 알고 있기에 광평이도 몹시 놀라 의미를 알려고 했는데 당연한 일이오. 지금 설명했으니 조금도 이상하게 생각하지 말기를 바라오.

오늘날 말하는 교육이란 세계 어느 나라를 막론하고 모두 환경에 적응할 수 있는 수많은 기계를 만들어내는 수단에 지나지 않소. 환경에 적응하면서도 저마다의 개성을 발전시킬 수 있는 시기는 아직 오지 않았고 장차 언제 그런 시기가 올지는 알 수 없는 일이오. 앞으로 황금세계에서도 변절자는 사형할 것이고 사람들도 황금세계에서는 있을 수 있는 일이라

|1| 허숙중(許叔重)은 동한시기 사람으로서 중국 최초의 자전인 《설문해자》를 쓴 사람이다. 《설문해자》에서 "형(兄) 이란 바로 장(長)이다."라고 하였다.

고 믿을 것이오. 이런 병폐가 생기는 것은 사람이란 찍어낸 책처럼 하나같이 않고 저마다 다르기 때문이라고 믿고 있소. 이런 대세를 완전히 깨버린다면 "개인적인 무정부주의자"로 변해버리기 쉽소. 이를테면《노동자 수와로프》[2]에서 묘사된 수와로프가 바로 그런 사람이오. 이러한 인물의 운명을 보면 지금은—혹은 미래에도 그럴지 모르지만—대중을 위하다가도 예상 외로 대중의 버림을 받고 마침내 외톨이가 된다면 격분한 나머지 세상 사람들을 모두 원수로 생각하고 누구에게나 총부리를 돌려대다가 결국은 자신도 파멸되고 마오.

세상에는 별의별 기괴한 일이 다 있소. 들여다보면 결국 "출세"를 위한 것이지만 학교에서 고서에 묻혀 졸업장이나 얻으려는 사람은 그런대로 괜찮은 편이오. 중국은 아마 너무 늙었나 보오. 사회에서 생기는 크고 작은 일 치고 열악하지 않은 것이라곤 없고 마치 검은 물감통과 같아서 그 어떤 새 물건이라도 그 안에 들어가면 모두 시커멓게 변해버리고 마오. 그러니 방도를 대어 개혁을 하는 외에 다른 길은 없다고 생각하오. 내 보기엔 이상에 젖은 사람이라면 누구나 못내 "과거"를 그리워하고 "미래"에 희망을 걸고 있을 뿐 "현실"에서 부딪치는 문제 앞에서는 아무도 처방을 내지 못하고 백지를 내고 있소. 가장 훌륭한 처방이래야 이른바 "미래에 희망을 거는" 것이오.

어떤 상황일지는 모르지만 "미래"란 반드시 있을 것이고 반드시 올 것이오. 그걸 바라는 사람에게는 미래가 오면 그때가 "현재"가 되는 것이오. 하지만 사람들이 너무 비관할 필요는 없다고 생각하오. "그때의 현재"가 "오늘의 현재"보다 좀이라도 낫다면 매우 훌륭한 일이고 바로 진보라고 생각하오.

이런 공상은 이것이 반드시 공상이라고 증명할 방법이 없소. 그래서 신자들이 하느님을 믿듯이 삶에 위안이 되는 게 아니겠소. 광평이는 자주 나

---

[2] 러시아 작가 아르치바셰프가 쓴 중편소설로서 루쉰이 중국어로 번역하였다.

의 작품을 읽는 모양인데 나의 작품은 너무 어둡소. 나는 늘 "실존"해 있는 것은 "암흑과 허무"뿐이라고 생각하고 있고 오히려 이런 것에 대하여 질망적인 항전을 해보려 하기에 과격한 목소리가 많아지는 것이오. 사실 이것이 나이와 경력 때문인지는 모르겠고 반드시 정확한지도 모르겠소. 나로서는 실존하는 것이 어둠과 허무라는 것을 증명해낼 방법이 없기 때문이오. 하기에 나는 청년이라면 모름지기 불평은 하되 비관은 하지 말며 항쟁은 하되 스스로 지킬 줄도 알아야 한다고 생각하고 있소. 꼭 밟고 가야 할 가시덤불이라면 물론 헤쳐 나가야겠지만 밟지 않아도 된다면 밟을 필요가 없다고 생각하오. 이것이 바로 내가 "참호전"을 주장하는 원인이요. 사실 다문 전사 몇이라도 더 살려내어 더 큰 승리를 얻기 위해서이오.

자로 선생은 확실히 용사라 할 수 있소. 그러나 그는 "군자는 죽어도 모자를 벗지 말라 하더라."[3]는 믿음 때문에 "관끈을 매고 죽지" 않았겠소. 아무리 생각해도 좀 미련한 짓 같구먼. 모자가 떨어진들 뭐라오. 그런데도 그렇게 진지하게 생각하고 있으니 실로 중니[4] 선생에게 크게 속았나 보오. 중니 선생은 "진나라와 채나라에서 곤궁에 빠졌어도" 굶어죽지 않았으니 정말 교활하기 짝이 없는 사람이요. 자로 선생이 만일 그의 허튼소리를 믿지 않고 머리채를 풀어헤친 채 싸웠더라면 죽지 않았을 지도 모르지. 그런데 이렇게 머리채를 풀어헤치고 싸우는 방법이 바로 내가 말하는 "참호전"에 속하오.

밤도 깊고 해서 이만 그치겠소.

루쉰, 3월 18일

|3| 《좌전》 59권의 기재에 따르면 애공(哀公) 15년 "석흘, 맹염과 싸우던 자로는 창에 찔려 갓끈이 끊어졌다. 그러자 자로는 '군자는 죽어도 갓을 벗지 않는다.'고 외치면서 갓끈을 매고 죽었다."고 썼다.
|4| 중니(仲尼)는 공자의 자이다. 공자는 춘추말기 노나라 곡부 추읍(陬邑-지금의 산동성 곡부)에서 태어났고 사상가, 교육가이며 유교 창시자이다. 자로는 그의 학생이다.

루쉰 선생님께,

어제, 25일 오전에 선생님의 편지를 받았어요. 오후에는 철학학부에 가서 공연회를 도와주다보니 이제야 붓을 들어 하고 싶던 말을 적어요.

듣자니 어제 선생님은 《사랑과 원수》 공연이 끝나기 전인 9시가 좀 지나서 갔다고 하는데 누가 가자고 해서 갔나요? 어찌 보면 먼저 가기를 잘했어요. 공연이 좀 별로였고 공연자들의 출연도 자주 엇박자가 생겼어요. 많이 연습한 사람도 있지만 어떤 사람은 한두 번밖에 연습하지 못했다고 해요. 그런데 비평하는 사람은 사전에 대본을 별로 연구해보지도 않았고 공연 자체에 대해서도 잘 알지 못하나 봐요. 동학들도 깊은 연구가 없어서 연극의 줄거리나 당시 풍속, 습관과 옷차림에 대해 별로 아는 것이 없네요. 게다가 배우는 각 반에서 초청하여 숫자를 채우다 보니 함께 연습할 수 있는 시간이 부족하여 실패할 수밖에 없었다고 생각해요. 예상한 바지요. 한마디로 말하자면 한 무리 어린애들이 공지에서 숨바꼭질을 해서 돈 몇 푼 벌려고 했으니 구경하는 사람도 적고 목적을 이루기도 어려웠다고 봐요. 그야말로 망신을 한 꼴이 되었으니 우습기 짝이 없어요.

요즘 학교일 때문에 불평이 한가슴을 가득 차있어요. 방학과 그 이전에

|1| 양음유(楊蔭楡, 1884~1938년), 당시 북경여자사범대학 학장이었다.

저는 교장의 거류를 주장하는 사람들이라면 모두 복잡한 배경이 있기 마련이라고 생각되어 구경만 하고 있었지요. 개학한 뒤, 양음유[1]를 옹호하는 사람들과 양음유 본인의 소행을 보면서 화가 상투밑까지 치밀어 총공격을 가하지 않을 수 없었어요. 비록 양음유를 반대하는 이유에 절대적으로 다른 색채가 없다고 할 수는 없지만 나 홀로라도 양음유 축출 운동[2]을 벌일 거예요. 때문에 지난 호 《부녀주간》[3]에 "지평"이라는 이름으로 《북경 여성계의 일부 문제》라는 글을 보냈어요. 그리고 《현대평론》[4] 15호에 "한 여성 독자"라는 이름으로 실린 《여자사범대학의 풍파》라는 글을 보니 글을 쓴 사람이 학교 관리인 듯싶더군요. 하지만 그가 스스로 "방외인"이라고 했기에 저는 "그 사람의 창으로 그 사람을 찌르는" 식으로 그의 견해를 한바탕 톡톡히 반박해주었어요. 필명은 "정언(正言)"이라고 달았어요.(저는 여태껏 하나의 필명으로만 투고하기 싫어해요. 글이 천박해서 싣느냐 마느냐는 편집자에 맡기고 환심을 사기 위해 아무 여사라고 쓰는 일은 절대 없었어요.…… 때문에 저의 글은 채용되지 않고 헛고생으로 돌아가는 일이 많았지요. 그런데도 자꾸 서명을 바꾸는 흠집을 고치지 못하고 있어요.) 글을 다 쓰고 나서 스스로도 이렇게 쓰는 글은 "참호전"이 아니라고 생각되었지만 치미는 분노를 억누를 길이 없었어요. 투고하기 전에 선생님께 보내어 가르침을 받고 싶었으나 그러면 때를 놓쳐 시든 꽃이 될까봐 부랴부랴 우체국에 가서 부치

[2] 당시 북경여자사범대학 학생들이 양음유를 학장으로 인정하지 않고 다른 사람으로 대체해줄 것을 교육부에 청원하면서 벌인 구축운동을 말한다. 1924년 봄에 교장으로 임명된 양음유는 그해 4월 학교 입법기관인 평의회를 무시하고 러시아 배상금으로 배당받은 경비를 규약에 따라 분배하지 않은 일로 열다섯 명의 교사가 항의하고 사직하는 사건을 초래하였다. 그 뒤에도 비법으로 학생을 모집하고 망나니를 채용하면서 반대파를 배척하고 학생단체를 탄압하여 불만을 많이 샀다. 그러다가 11월에 무리하게 3명의 학생을 제명한 일로 더 참을 수 없이 분노한 학생들은 긴급회의를 열고 양음유를 더는 교장으로 인정하지 않는다는 결의를 채택하였다. 이 일로 2년 남짓이 "여자사범대학" 풍파가 지속되었다.

[3] 《부녀주간》은 북경여자사범대학 장미사(薔薇社)에서 편집하고 《경보(京報)》에 부설된 세 번째 부류의 주간지로서 1924년 12월 10일에 창간되어 매주 수요일에 출간되다가 "1주년 기념특간"을 내고 간행을 중지하였다.

[4] 《현대평론》은 1924년 12월 13일 북경에서 창간되고 1927년 7월 상해로 옮겨 출간한 주간지로서 왕세걸이 주필을 맡고 호적, 진서영, 서지마, 고일함, 당유임 등 동인들이 함께 꾸렸다. 1928년 12월 29일에 폐간되었다.

고 말았어요. 목에 걸렸던 뼈가 내려간 것 같아 속이 시원했지만 실제에는 무슨 도움이 되겠어요!

학생은 세상살이는 오래 해보지 못했지만 만나본 남과 북의 인사들은 적지 않아요. 하지만 머리가 명석하고 대세를 아는 사람을 별로 없었고 모이면 옷차림이나 연회, 연극구경에 대한 이야기를 많이 했지요. 열심히 일하는 사람들을 보면 대부분 학문은 별로였고 또 학문이 깊은 사람들은 몸이 마치 메마른 나무와 같고 마음은 죽어서 걷어차도 움쩍하지를 않지요. 일이 있어 모임을 갖고 토론을 하게 되면 핑계를 대고 멀리 피하지 않으면 손을 드는 사람이 많은 쪽을 따라 손을 들지 찬성하든 반대하든 뚜렷한 주견을 갖고 있지는 않았어요. 또는 일을 성취하면 성과는 자기한테 돌리고 잘못은 남에게 돌리지요. 과연 마음이 죽은 것보다 더 슬픈 일은 없을 거예요. 이런 사람들에게 무얼 기대하겠어요?

학생이 소학교를 졸업할 즈음에 마침 광복을 맞았어요. 큰 오빠는 책을 지고 남경에 가서 열심히 민족 사상을 고취한 사람이기에 우리는 어렸지만 늘 대의를 담론하였고 아직 어려서 나라를 위해 힘을 보태지 못한 채 시기를 놓치는 일이 한스러웠어요. 글을 좀 깨우친 뒤로는 민당(民黨)이 꾸리는 《평민신문》에 매혹돼 있었어요. 새 책을 너무 읽고 싶어서 저는 동생과 함께 십여 리를 걸어 성안에 책 사러 가곤 했지요. 그러다가 책을 사지 못하면 어찌나 아쉽고 속상하던지. 게다가 천성이 호방하고 올곧아서 학생은 좀 사나운 데가 있었어요. 그리고 지붕과 담벼락을 타고 다니면서 약한 자를 돕는 무협 이야기를 좋아해서 검술을 배워 천하의 불평을 모두 없애버리려는 꿈도 가진 적이 있고요. 그러다가 나라를 도둑맞은 사건[5]이 생기자 나라를 위해 몸을 바칠 수 있는 기회라 생각하고 몰래 여성 혁명가인 장군(庄君)에게 편지를 썼지요. 그런데 그만 조심하지 않는 바람에

|5| 원세개(袁世凱)가 1916년 1월 군주제도를 복벽하고 스스로 황제로 된 사건을 말한다.

어른한테 들켜 집에 갇혀 지냈고 지금까지 허송세월하면서 의기소침해 살았어요. 근년에 나이가 늘어남에 따라 세상물정을 좀 알게 되었는데 동년배들은 대부분 허위적이 아니면 기계적이어서 함께 시원히 논의하고 일을 꾸미기가 쉽지 않아요. 선생님께서 "파괴를 준비하고 있는 사람도 있는 것 같다."고 하셨는데 정말인가요? 그들은 어떤 사람들이고 어떻게 하면 만날 수 있을까요? 선생님께서 늘 말씀하신 "마적이 되려는" 사람들인가요? 재주 없고 학식이 얕은 저로서는 그들과 큰일을 논의할 수는 없으나 죽어도 뜻을 굽히지 않는 "심부름꾼"이 되고 싶어요. 심부름꾼이 큰 쓸모는 없지만 그들을 위해 깃발을 흔드는 일은 할 수 있다고 생각해요. 건설에 힘쓰는 일은 학생이 존경해마지 않는 선생님의 몫이라고 봐요. 선생님께서 그의 마음을 이해하실 수 있는지요?

선생님께서 제가 드리는 편지마다 답장을 주시니 "꼬맹이"로서는 정말 우란절[6]에 맛 나는 음식을 배불리 먹은 것처럼 너무너무 기뻐요. "다함 없는 가르침"에 감사드립니다.

학생 허광평. 3월 26일 밤

|6| 우란절(盂蘭節), 우란분절이라고도 하는데 음력 7월 15일에 망령을 제도하기 위해 거행하는 불사(佛事)이다.

광평형

이제야 틈이 나서 회답을 하오.

지난 번 연극을 보다가 왜 먼저 자리를 떴냐면 사실 연극이 싫어서는 아니었소. 나는 워낙 사람 많은 곳에 오래 있질 못하오. 그날 관중이 적지 않았으니 모금의 목적은 어느 정도 이루었을 거요. 다행히 중국에는 지금 평론가나 감상가라고 할 만한 사람이 없어서 그런 연극을 보여준 것만으로도 충분하다고 생각하오. 엄격하게 말하면 그날 관중들 가운데는 아무것도 모르면서 법석을 떤 자들이 몹시 많았소. 모두 모깃불을 확 피워서 쫓아버려야 할 녀석들이오.

요즘 생긴 사건들은 내용이 복잡한데 사실 학교만 그런 것이 아니요. 내 보기에는 여학생들은 그래도 좀 나은 편이오. 외부 사회와 별로 접촉하지 않은 까닭인지 옷차림이나 연회에 대한 이야기를 많이 하고 있소. 다른 곳에서는 기괴한 일들이 꼬리를 물고 일어나고 있소. 동남대학에서 생긴 사건|1|도 그 가운데 하나라오. 자세히 분석해보면 정말 중국의 장래가 한없이 슬프게 느껴지오. 작은 일이지만 역시 마찬가지요.《현대평론》에 실린 "한 여성독자"의 글을 보면 문맥에서 어투에 이르기까지 어쩐지

|1| 동남대학은 당시 남경에 있었다. 1925년 1월 교육부에서 곽병문(郭秉文)의 학장 직무를 해임하고 호돈복(胡敦復)을 학장으로 임명하자 학교에서는 곽을 옹호하는 파와 호를 옹호하는 파로 갈라져 갈등이 일어났다.

남자가 쓰지 않았나 하는 의심이 드는구먼. 그러니 광평이의 추측이 틀릴지도 모르오. 세상에는 요괴가 많고도 많다우.

민국 원년[2]의 일들을 회고해보면 그때는 정말 앞길이 밝았소. 나는 그 당시 남경 교육부에 있었는데 중국의 앞날에 희망이 많다고 생각하였소. 물론 그때도 악랄한 분자들이 있기는 했지만 늘 기가 꺾여 있었소. 그러다가 민국 2년에 있은 2차 혁명[3]이 실패한 뒤부터 점점 나빠지기 시작하면서 내내 내리막길을 걷더니 오늘의 이 지경에 이르고 말았소. 기실 이것은 어쩌다가 더 못해진 것이 아니라 새로 먹였던 칠이 죄다 떨어지고 다시 옛 모습으로 되돌아 왔을 뿐이오. 살림을 종놈에게 맡겼으니 잘될 리가 없지요. 시작할 때는 혁명의 목적이 만주족을 배척하는 일이라 쉽게 진행되었지만 뒤따른 개혁이 국민 자신의 나쁜 근성을 버려야 하는 일이었기에 거부감이 생긴 거요. 때문에 앞으로는 국민성을 개혁하는 일이 가장 중요하다고 생각하오. 국민성을 개혁하지 않고서는 전제제도든 공화제도든, 그 무엇이든 간에 간판을 바꿔도 바탕은 옛 모양 그대로이니 잘 될 리가 없소.

그러나 이런 개혁을 정작 시행하려고 하면 정말 "어디서부터 시작해야 할지" 갈피를 잡을 수 없구먼. 개혁은 고사하고 오늘의 "정치상황"을 좀 개선해보려 해도 여간 힘들지 않소. 중국에는 지금 두 가지 "주의자"들이 활동하고 있는데 겉모양은 모두 새롭게 꾸미고 있소. 하지만 내가 그들의 정신을 연구해보았더니 역시 낡아 빠지기 이를 데 없더구먼. 하기에 나는 지금 어디에도 소속되어 있지 않소. 그들 스스로가 깨닫고 자진해서 고치

[2] 민국 원년은 중화민국 원년을 말한다. 1911년 10월 10일 무창봉기로 청정부가 해체되고 12월 17개 성 대표들이 모여 손중산을 임시 대통령으로 추대하였다. 1912년 1월 1일 남경에서 중화민국 임시정부가 수립되고 1911년을 중화민국 원년으로 제정하였다. 2월 12일 청정부가 물러나면서 전제통치는 막을 내리게 된다.
[3] 손중산이 신해혁명에 이어 원세개의 독재를 반대하여 일으킨 전쟁을 말한다. 1913년 3월 원세개가 졸개를 시켜 국민당 대리 이사장인 송교인을 암살하고 4월에는 위법으로 협정을 체결하고 자금을 모아 내전을 준비하고 있었다. 손중산은 원세개를 토벌할 것을 주장했지만 당내 의견이 서로 맞지 않아 뒤늦게 6월에야 군사를 일으키게 된다. 하지만 결국 실패하여 국민당은 원세개에 의해 해산되고 손중산은 다시 일본으로 망명한다.

기를 바랄 따름이오. 이를테면 같은 세계주의자이면서도 동지들끼리 서로 싸우고 있고 무정부주의자들의 신문사를 호위병이 지키고 있는데 도대체 무슨 판국인지 알 수 없소. 마적도 안 되오. 하남성의 마적은 불 지르고 강탈만 일삼고 있고 동북 3성의 마적은 점점 아편을 보호하는 골로 빠지고 있소. 결국 돈을 벌어보자는 "주의"가 많소. 부잣집을 털어서 "가난한 사람"을 구제하던 양산박의 일은 이미 책 속의 옛이야기로 되고 말았소. 군대도 사정이 좋지 않소. 배척하는 기풍이 아주 성행하면서 용맹하고 사욕이 없는 사람은 고립되기 마련이고 틈을 타 적이 공격해 와도 동료들이 구해주지 않아 결국 죽고 마는 형편이오. 반대로 교활하게 중립을 지키면서 기회를 엿보다가 지반만 넓히는 자들이 도리어 득을 보고 있소. 나의 학생도 몇이 군대에 가 있는데 그들과 동화되지 않으면 결국 세력을 얻지 못할 거고 그렇다고 동화되어 지반을 얻었다한들 장차 무엇에 쓰겠소. 한 학생은 혜주를 공략하는 전투에 참가했고|4| 이미 승전했다는 소식은 들었으나 편지가 없어서 속만 태우고 있다오.

재주도 힘도 없는 나로서는 정말 속수무책이오. 손에 쥔 것은 필묵뿐이라 별 도움이 안 되는 이런 편지나 쓰고 있소. 하지만 나는 깊이 뿌리내린 이른바 낡은 문명을 공격하여 뿌리째 흔들어놓는 한편 만에 하나라도 미래에 희망을 걸고 싶소. 그리고 살펴보면 과연 성패를 불문하고 투쟁에 나서려는 사람이 몇이 있소. 비록 나와 생각이 꼭 같지는 않지만 몇 년 전까지만 해도 없던 일이요. 내가 "지금 막 파괴하려고 서두는 사람이 있는 듯싶다."고 한 것은 바로 이들을 두고 한 말이오. 연합전선을 결성하려면 아직은 먼 훗날의 일이오.

내가 뭘 좀 하기를 바라는 사람들도 몇이 있지만 나는 스스로 안 된다

|4| 루쉰이 북경대학에서 글을 가르칠 때 학생이었던 이병중(李秉中)을 말한다. 이병중은 광주에 가서 황포군관학교를 졸업하고 1925년 2월부터 3월까지 광동정부 혁명군이 혜주를 공략하는 전투에 참가하였다.

는 걸 잘 알고 있소. 지도자가 되려면 우선 용맹해야 하는데 나는 일을 너무 세심하게 생각하오. 세심하다 보면 걱정이 많이 생겨 일을 믿고 나가지 못하게 되오. 다음으로는 희생을 두려워하지 말아야 하지만 나는 무엇보다 남의 희생을 가장 싫어하기 때문에(사실 이것은 혁명 이전에 여러 가지 일에서 자극을 받았기 때문이오.) 큰일을 할 수 없소. 그러므로 그저 공론으로 불평이나 늘여놓고 책과 잡지를 찍어내고 있을 뿐이오. 광평이도 불평을 토로하고 싶으면 우릴 도와주오. "말 앞의 병졸"이 되고자 한다면 그것은 나에게 과분하오. 말도 없는 나로서는 인력거를 타는 것만으로도 이미 부자처럼 산다고 생각하고 있소.

신문사에 투고했다면 운수를 바라야지. 우선 편집 선생이 좀 어리벙벙해야 할 것이고 다음으로는 투고한 원고가 많아야 하오. 원고가 많으면 정말 정신을 차릴 수 없소. 요즘 늘 원고를 봐주느라 틈이 없을 뿐만 아니라 사람도 몹시 피곤하오. 그래서 앞으로는 친숙한 사람 몇을 내놓고는 남의 원고를 봐주지 않으려 하오. 광평이는 투고할 때 "여사"라고 쓰지도 않고 나 역시 편지에서 "형"이라고 고쳐 부르기는 하지만 광평이의 글을 보면 꼭 여성다운 면이 있구먼. 비록 내가 자세히 연구해보지는 않았지만 대체로 "여사"들은 대화 구절을 배열하는 방법이 "남자"와 다르오. 하기에 글로 써놓으면 금방 알아낼 수 있소.

북경에서 나오는 간행물이 전보다는 많지만 좋은 것은 적소. 《맹진》|5| 은 몹시 용맹하지만 일시적인 정치 현상을 논하는 글이 너무 많고 《현대평론》의 작자들은 물론 대부분 명인들이지만 아주 애매해 보이오. 《어사》 |6|는 늘 반항 정신을 나타내려고 노력하지만 가끔 피로한 빛이 역력한데 아마 중국의 내부 상황을 너무 똑똑히 알고 있어서 실망스러워서 그런 것

|5| 《맹진(猛進)》은 종합주간지로서 1925년 3월 6일에 북경에서 창간되었고 1926년 3월 19일에 폐간되었다.
|6| 《어사(語絲)》는 당시 진보적인 경향을 가진 정론 잡지였다.

같소. 그러니 상황에 너무 밝으면 일을 처리하는 데 용기를 잃게 된다는 걸 알 수 있소. 장자가 "못 속의 물고기를 똑똑히 살펴보는 자는 상서롭지 못하다."[7]고 한 말은 단지 남의 꺼림을 받는다는 뜻을 갖고 있을 뿐만 아니라 자신의 진보에 큰 방해가 된다는 의미도 갖고 있나 보오. 그래도 나는 지금 활력 넘치는 전사와 파괴를 많이 하려는 사람을 찾고 있다오.

루쉰. 3월 31일

|7| 지혜로 숨은 자를 알아내면 재앙을 만난다는 뜻을 담고 있다.

루쉰 선생님께,

1일에 보낸 편지를 받았지만 오늘에야 필을 들어 오래 묻어두고 하고 싶었던 말을 합니다.

얼마 전, 학교에 일이 생겼어요. 사건의 도화선은 시찰을 온 교육부 사람들 앞에서 설선생[1]이 바보처럼 유치하게 놀았기 때문이었어요. 나중에 그는 사리에 맞지 않는다고 생각되었던지 죄진 놈이 매 드는 격으로 학생 몇 사람에게도 죄를 뒤집어씌우려고 했으니 우습기 짝이 없어요! 이처럼 비열한 심리와 복잡한 문제를 우리처럼 단순한 학생의 마음으로 어찌 교활하고 악독한 무리들의 악랄한 수단을 당해낼 수 있겠어요? 양쪽의 편지[2]를 선생님께서도 보셨겠지만 우리 다섯 학생이 쓴 편지에는 티끌만한 거짓도 없어요. 상대방이 이번에는 무슨 수단으로 우리를 대할지 모르겠네요. 선생님, 이제는 "날카롭게 맞서 싸울" 때가 되었어요! 성실한 사람은 반드시 손해 보기 마련입니다. 용감한 사람은 싸움터에서 물러서지 않으며 지혜로운 사람은 무의미한 희생을 하지 않지요. 중용의 방법은 무슨

|1| 설선생이란 당시 여자사범대학 교무주임이었던 설배원(薛培元)을 말한다. 1925년 4월 3일, 설배원이 시찰나온 교육부 관리들과 함께 학교를 시찰하다가 학생들이 붙인 표어를 보자 손수 찢어버렸는데 그때 "학생들과 교육부 관리들 사이에서 찢은 종이를 두 손에 움켜쥐고 있는" 상황이 나타났다.

|2| 양쪽의 편지란 하나는 여자사범대학 교무주임인 설배원이 학생들에게 당시 상황을 해명하여 쓴 편지이고 다른 하나는 유화진, 양백제, 허광평 등 다섯 사람이 설배원의 글을 반박한 편지이다.

의미가 있겠어요? 우리 젊은이들보다 세상물정에 더 밝은 선생님께서 가르침을 주실 수 없는지요?

그날 공연을 하고 사람마다 20여 원씩 나누어 가졌다고 해요. 일본으로 유람가기에는 부족하고 남방의 여러 곳을 견학하려 해도 부족할 것 같아요. 한바탕 떠들어보았지만 헛수고로 되었으니 정말 어쩔 수 없어요. 중국의 극장은 관객들이 소란을 피우는 일이 관습처럼 되었어요. 더욱이 여성이 나서서 공연하게 되면 정말 연극을 보려고 오는 사람은 극히 드물지요. 그렇기 때문에 "모깃불로 연기를 쏘여 망나니들을 쫓아버려야" 합니다. 하지만 그 망나니들이 정말 "연기에 쏘여 쫓겨난다면" 연극도 공연할 수 없게 되겠지요. 이것이 바로 목전 중국 사회가 서로 얽혀 있는 괴상한 현실입니다. 한스러워요!

학교의 일은 갈수록 꼬여가고 있어요. 동남대학의 뒤를 밟을 학교는 아마 여자사범대학일 거예요. 이와 같은 공기 속에서는 폐병에 걸릴 것 같아요. 이상 더 참고 볼 수 없는 사람은 일어나서 반항을 하고 반항하면 당장은 손해를 입기 마련이지요. 하지만 반항을 하지 않으면, 반항을 하지 않는다면 영원히 물앉아버리고 말 거예요. 학교 일, 나라 일…… 모두가 마찬가지입니다. 삶이란, 삶이란 죽어가는 사람이 인삼탕을 마시고는 살 수도, 죽을 수도 없는 미칠 것만 같은 반 마비 상태로 얼마나 짜증나요! "한 여성 독자"라는 이름으로 쓴 글에 대해 선생님께서는 그 글을 어느 남자가 썼으리라고 의심하고 계시지만 다른 사람들도 그런 생각을 갖고 있더군요. 저도《현대평론》에 글을 쓰는 사람들이 대부분 교장 일파로서 애써 교장의 편을 든다는 것을 알고 있어요. 하지만 학교에는 확실히 "한 여성 독자"처럼 얼토당토않은 일리를 가진 사람이 더러 있어요. 때문에 정곡을 맞히지 못했다 하더라도 눈먼 활을 쏜 것은 아니라고 생각해요.

민국 원년에 완고파는 완고하기만 했고 개혁파는 개혁하기에만 급급했지요. 이 대립된 두 파벌 가운데 어느 일파든 우세를 점하면 성공할 수 있었어요. 당시 개혁을 주장하던 사람들은 누구나 만주족을 소멸하지 않고서는 가정이란 운운할 여지가 없으며 가정이나 자신보다 먼저 나라를 위하려는 기백으로 자신과 가정을 모두 버리려는 들뜬 권리 사상을 갖고 있었어요. 때문에 사람들의 마음은 호소에 쉽게 움직일 수 있었고 기치도 선명하였지요. 지금은 혁명분자와 완고파가 서로 어울려 서로 떨어지지 못하고 "작용"을 하면서 남을 해쳐서라도 제 이익을 챙기는 풍조가 일면서 악랄한 자들도 많아졌어요. 지금 중국 사람들은 살림이 어려워져 벼슬을 해서 돈을 벌지 않을 수 없게 되었고 그래서 매국적도 생겨나기 시작하였어요. 매국적은 사회에 충성하지 않고 나라에도 충성하지 않지만 가정에는 충성합니다. 나라와 가정의 이해관계가 서로 모순될 때 나라를 희생하든 가정을 희생하든 하나를 택해야 하지요. 하지만 나라와의 관계보다 가정과의 관계가 보다 직접적어서 국민성이 타락되지요. 이런 타락이 깊으면 깊을수록 처리하기가 더욱 힘들어요. 이런 인물들이 어찌 존재가치가 있겠어요. 결국 망국의 길을 걸을 수밖에 없지요. 비록 최신의 무국경주의를 부르짖는 사람들이 있지만 유럽이나 미국과 같은 선진국에서 대동의 마음으로 이런 인민들은 대해줄까요? 이것은 국경이 없어진다 해도 해결할 수 없는 문제입니다.

선생님께서는 편지에 "중국에서는 두 가지 '주의자'들이 활동하고 있는데……나는 아무 주의에도 소속되어 있지 않다."고 썼지요. 학생은 "아무 주의에도 소속되어 있지 않더라도" 뭘 해낼 수 있다고 생각해요. 우리는 순수하지도, 철저하지도 않은 단체에 그 어떤 희망을 가져서는 절대 안 되지요. 여성들이 조직한 "참정" "국민추진" "여권운동"과 같은 단체에 있는 인재들의 소행을 보면 저는 그런 단체에 가입할 엄두도 낼 수 없어요. 단체의 근본적인 사업을 보면 건설적인 것은 하나도 없고 결국 "영웅과 미인" 양성소로 되고 말지요. 생각하면 정말 몸이 오싹해나요. 그들

가운데 그런대로 괜찮은 사람은 추근|3|뿐이고 나머지 당군영, 심패정, 석숙경, 만박|4|과 같은 사람들은 모두 모깃불로 쫓아내야 할 사람들이에요. 지금 그들은 서로 협력이 잘되지 않고 있으니 홀몸으로는 무슨 힘을 낼 수 있겠어요? 그래서 결국 저는 스승님께 기대를 갖는 것입니다. 마적 역시 "돈벌이주의"이지만 "큰 말로 돈을 나누어도" 공평하게만 나눈다면 맛이 간 군대에 있기보다 훨씬 낫지요. 군대도 "돈벌이주의"니까, 반드시 자기 지반을 챙기는 거지요. 그들은 입만 번지르르하지 자기들의 목적을 관철해나가는 마적보다 못하고 유명무실해요.

저는 매일 오전부터 오후까지 서너 시간 수업을 받고 시간이 끝나면 하덕문 동쪽에 가서 "남의 근심꺼리"로 되다가 밤 아홉 시에 학교로 돌아와 작은 식당에서 복습을 하고 자정이 되면 잠을 자요. 이와 같이 판에 박은 듯한 일상은 나의 몸과 마음을 모두 편하게 해요. 이것이 바로 《어사》에서 말한 것처럼 반드시 현실을 자각하고 "자신만을 믿어라."는 것이지요. 그리고 우리가 일을 하는 기점 역시 "자신만을 믿는" 사람들의 힘을 모아 끝이 보이지 않는 "연합전선"을 이루는데 있어요. 선생님께서는 정말 "재주도 힘도 없어서" "될 수 없는 줄을 뻔히 알기에 하지 않으려고" 하는 건가요? 손중산이 비록 별로 신성한 사람은 아니었지만 "재주도, 힘도 없이" 수십 년을 분투했어요. 승패와 득실은 서로 다른 문제라고 생각해요.

일하는 사람 가운데는 "용맹한" 사람이 많아요. 하지만 용맹한 사람은 혈기에 의한 용맹에만 의거하는 경우가 많지요. 하기에 용맹하기만 하고

|3| 추근(秋瑾, 1875~1907년), 절강 사람으로서 1904년에 일본에서 유학하였고 광복회, 동맹회 성원이었다. 1907년 소흥에서 대통학당을 주관하였고 서석린(徐錫麟)은 안휘에서, 추근은 절강에서 같은 시간에 봉기를 일으켰다. 그러나 봉기가 실패하여 서석린은 체포되어 희생되고 추근도 소흥에서 체포되어 살해되었다.
|4| 당군영(唐群英)은 동맹회 회원으로서 무창봉기 후 상해에서 여자 북벌대를 조직하였고 1912년 4월에는 남경에서 여자 참정동맹회를 조직하고 회장으로 추대되었다. 심패정(沈佩貞)은 무창봉기 후 상해 여자 북벌대에 참가하였고 민국 초기에는 원세개 총통부 고문으로 있으면서 임시 참의회에 여자의 참정권을 요구하는 글을 올렸다. 석숙경(石淑卿)은 당시 북경 정법학교 학생이었다. 만박(万璞)은 당시 중국대학 학생이었다.

꾀가 없으면 실패하기 쉬워요. 그러니 이들은 영도하는 사람이 반드시 "자세히" 관찰하여 경거망동하지 않도록 시정하고 조절해주어야 해요. 이런 "용맹"은 성공하는데 큰 도움이 되지요. 그렇다면 첫 번째 "안 된다"는 걱정을 할 필요가 없겠지요. 두 번째 "희생"은 말이 희생이지 그 속에는 "건설"이 포함되어 있다고 봐요. "나"로서는 물론 "남의 희생을 바라지 않지만" "저쪽"은 희생이 값진 것일 수 있어요. 더구나 "참호전"을 채용한 뒤라면 얻은 대가가 희생한 전체수량을 초과할 수도 있기에 걱정할 필요가 없어요. "불평"이야 없을 수 없겠지요. 하지만 탁상공론을 해서는 선비의 견해를 벗어나지 못할 거고 게다가 이처럼 어두운 세상에 만약 솔직하게 말한다면 역시 희생이 따르지 않을 수 없어요. 집에 들어박혀 한숨만 풀풀 쉬는 것은 숨이 찬 일이지요. 선생님께서는 제가 답답해 죽을까봐 불평을 부린다고 하지만 그 불평을 어떻게 해야 모조리 쏟아낼 수 있겠어요. 그리고 저에게는 있는 소원을 다 토해낼 만한 그처럼 큰 입심도 없어요. 데면데면한 사람은 섬세한 일을 할 수 없어요. 하기에 "말 앞에 선 병졸"이 되겠다고 한 것입니다. 지금 선생님께서 말이 아니라 차를 타고 있다면 저는 열 살 내기 꼬마들처럼 차 뒤를 따라다니며 밀어줄 거예요. 적은 힘이나마 있는 대로 보태고 싶어요.

말은 속내를 알려주는 부호입니다. 글로 쓰거나 입으로 말했다면 그 사람의 개성이 묻어나기 마련이지요. 하지만 환경의 영향을 받고 보고 듣는 것이 달라서 "여사"와 "남성"이 따르는 "말의 질서"가 자연히 다르게 되어요. 저는 말을 맺고 끊는 방식에는 큰 관련이 없다고 생각해요. 다만 눈을 크게 뜨고 마을 활짝 열어젖히고 "여사 식" 말법에서 벗어나고 싶을 따름입니다. 이 점에서도 선생님께서 가르쳐주시기 바라요. 그리고 "여사" 식의 글에는 수다가 섞인 문구가 많이 쓰이는지 아니면 시에 쓰이는 문법 색채가 짙고 뚜렷한 주제가 없는 것인지? 앞으로 고칠 수 있도록 선생님께서 지적해주시기 바랍니다.

《맹진》은 도서관에도 없었어요. 저로서는 이런 신문이 있는 지도 모르고 있는데 어디서 출판하는지 알려 주시기 바랍니다. 그리고 마비를 치료할 수 있는 다른 서적은 어떤 것이 있는지 아무 때건 저에게 알려주시기 바랍니다!

학생 허광평. 4월 6일

광평 형,

나는 앞서 다섯 사람이 서명한 인쇄물을 받고 나서야 학교에 또 일이 생겼다는 것을 알게 되었소. 하지만 설 선생의 선언은 받지 못했고 다만 학생 측에서 보내오는 편지를 보고 대충 추측할 따름이요. 나에게는 겉에 드러난 현상을 믿지 않는 좋지 않은 습성이 있다오. 그래서 벌써부터 사직할 생각을 품고 있던 설 선생이 이번 일을 빙자하여 나가면 체면이 설 것이라고 생각하고 있지 않나 의심하고 있소. 사실 "노기등등했다"는 죄상은 너무 적절하지 않은 것 같고 설사 죄상이 되더라도 사직할 필요까지는 없소. 만일 스스로 사직하면서 여러 학생까지 연루시킨다면 그 수법이 좀 악랄하다고 생각하오. 그러나 나는 어디가지나 내막을 잘 모르고 있소. 한마디로 "음모를 꾸미고" "죽은 척한데" 지나지 않았다는 것이 일반 생각이겠지만 그래도 학생들로서는 대응하기 어려울 것이오. 이제는 중용으로 해결할 방법은 없는 거고, 만약 그의 죄상이 "노기등등한데" 그쳤다면 결코 사경까지는 몰고 갈 수 없는 일이고, 저번에 반박 편지를 보낸 것만으로도 족하다 생각하오. 앞으로는 마음을 눅잦히고 어떻게 되는지를 보아가면서 아무 때건 직방으로 대질해도 되리라 보오.

이번 공연으로 한 사람이 20여 원씩 나누어 가졌다니 결과가 나쁘지 않구먼. 재작년에 세계어학교에서 모금공연을 했다가 오히려 수십 원 밑지고 말았소. 하지만 그 돈 몇 푼으로는 겨우 천진까지나 갈 수 있으니 여행할 수는 없겠지. 사실 지금 상황에 무슨 여행을 한단 말이요. 강소과 절강의 교육이 겉보기에는 발전된 것 같지만 내부사정이 좋았던 적은 없었소. 모교의 상황만 보아도 다른 모든 일을 짐작할 수 있지 않소? 그러니 그 돈으로 과자나 사서 하루에 일 원어치씩 먹는 편이 오히려 나을 거요.

대동 세계는 언제 올지 모를 일이고 설사 온다 해도 중국의 오늘과 같은 처지에 있는 민족으로는 대동세계의 겉에서나 돌겠지. 그러므로 어쨌든 개혁을 하지 않으면 안 된다고 생각하오. 그런데 가장 빨리 개혁할 수 있는 수단은 화약과 칼이오. 손중산이 한평생 동분서주했지만 중국이 그냥 이 모양 이 꼴을 벗어나지 못한 가장 큰 원인은 그의 당에 군대가 없었기 때문이오. 하기에 무력이 있는 사람의 눈치를 보지 않을 수 없었소. 근년에 와서 그들도 이 도리를 깨달았는지 군관학교[1]를 꾸리기 시작했는데 애석하게도 너무 늦었구먼. 중국의 국민성이 타락된 것은 사람들이 가정을 보살피느라 그리된 것이라고 나는 생각하지 않소. 그들은 언제 "가정"을 염두에 둔 적도 없었소. 가장 큰 병집은 멀리 보지 못한데다가 "비겁"하고 "탐욕스러웠기" 때문이라고 보오. 하지만 이것은 오랜 역사를 거쳐 양성된 고질로서 빠른 시일에 쉽게 고칠 수 있는 일이 아니오. 뿌리를 뽑아버리는 이 사업은 할 일이 너무 많아 지금은 손을 놓을 수 없소. 하지만 먼 훗날에야 효과가 나타날 일이기에 아마 내 자신은 볼 수 없을 것이오. 내 생각에는 ─이유를 말할 수는 없지만 이렇게 느낄 뿐이오.─ 눈앞의 압제와 어둠이 앞으로 더 가중될 테지만 이로 인하여 더 격렬한 반항이 생기고 새로 불평을 품는 사람이 생겨 장차 새로운 변화를 일으킬 싹이 될 것 같소.

|1| 군관학교란 황포 "육군군관학교"를 말한다. 광주 황포(黃埔)에 있는 장주도(長洲島)에 학교가 있었기에 흔히 황포군관학교라고 부른다. 손중산이 러시아, 공산당, 노농과 손잡는 정책을 실시하면서 국민당을 개편한 뒤에 세운 학교이다. 1924년 6월 16일에 개학하였고 1927년 "4.12쿠데타"가 일어난 뒤에는 국민당의 군관학교로 되었다.

물론 "집에 틀어박혀 한탄하는" 것은 갑갑한 일이오. 지금 나는 우선 사상과 습관을 공개적으로 공격하고 싶소. 전에는 낡은 당파만 공격했지만 지금은 청년에게도 공격을 퍼붓고 싶다오. 하지만 정부에서는 벌써 언론 탄압의 그물을 늘이고 있지 않나싶소. 그렇다면 "그물을 뚫을" 방법을 마련해야겠지. 이것은 개혁을 고취하는 사람들이라면 어느 나라에서든지 봉착하는 문제이오. 나는 지금 여전히 반항하고 공격하는 글을 쓸 수 있는 사람을 찾고 있소. 몇 사람만 더 있으면 "한번 시험해볼 만한" 일이요. 하지만 그 효과는 여전히 미지수이고 스스로 자신을 위안하는데 지나지 않을지 모르겠소. 하기에 무료함을 느끼는 한편 내가 좀 늙지 않았나 하는 생각이 들 때도 있소. 젊고 패기가 있는 "꼬맹이"에게 더 훌륭하고 의미 있는 방도가 없을까?

내가 "여성"적인 글이라고 한 것은 그저 "아유, 아이참……"과 같은 문자가 많아서가 아니라 서정문에서 미사여구를 많이 쓰고 경치를 많이 묘사하며 가정을 많이 생각하고 가을꽃을 보면 한숨을 짓고 밝은 달을 보면 눈물을 흘리는 일을 두고 한 말이오. 논쟁하는 글에서는 더 뚜렷하게 보아낼 수 있소. 즉 상대방의 말을 열거하면서 처음부터 끝까지 하나하나 모두 반박하는데 날카롭기는 하나 무게가 없소. 그리고 "논적"의 숨통에 일격을 가하여 치명상을 입히는 글이 적소. 총체적으로 독이 좀 있기는 하지만 치명적이지 못하고 긴 글을 쓰기 좋아하지만 짧은 글은 잘 쓰지 못하오.

어제 잡지 《맹진》 제5호를 보냈는데 이미 받았으리라 믿소. 나에게 여러 부 있으니 앞으로 폐간되지 않는다면 계속 보내주겠소.

루쉰. 4월 8일

|2| 카라칸(Leo Karakhan, 1889~1937년), 1904년에 러시아 사회민주당에 가입하고 1917년에 볼셰비키 당에 가입하였다. 1923년 9월 소련 외교대표단을 거느리고 중국에 와서 북양정부와 《중소 현안해결협정》을 체결하고 두 나라 관계를 정상화하였다. 그리고 이듬해에 제1임 주중 소련대사로 취임한다. 1926에 귀국하여 다시 외교인민위원 차관으로 취임하며 나중에 "반혁명 숙청" 때에 사형 당하였다.

만복 여사의 행실이 별로 좋지 않은 것 같구먼. 듣자니 신문잡지를 꾸릴 때 그 여사가 카라칸[2]에게 모금하러 가서 돈을 주지 않으면 러시아를 욕하겠다고 했다는구먼.

루쉰 선생님께,

　선생님의 편지는 어제 저녁에 받았습니다. 그저께는 보내온 《맹진》 다섯 부를 받아 헤쳐 보니 북경대학에서 출판했더군요. 제가 이처럼 소식이 막혀 있었던가 싶어서 웃음이 나왔어요. 그래서 그 자리로 접수처에 가서 한 부 주문했지요. 그런데 편지를 받아보니 "앞으로 만일 폐간되지 않는다면 계속 부쳐주겠다."고 썼더군요. 이와 같은 배려가 너무 고맙습니다만 다망하신 선생님께 어찌 이와 같은 사소한 일로 걱정을 끼쳐 드릴 수 있겠어요? 너무 미안한 일이에요. 이미 주문하여 선생님의 걱정을 덜어드릴 수 있어서 다행입니다.

　그날 설 선생이 그 자리에서 표어를 찢어 두 손에 들고 있었는데 앞에는 학생들이 있고 뒤에는 교육부 관리들이 보고 있었어요. 그 사이에서 진퇴양난의 궁지에 몰린 꼴을 보며 얼마나 시원한지 몰랐어요. 학생들의 질문에 그는 궁색스러운 변명을 하였고 잘못을 인정하면서도 체면을 세우려고 애썼어요. 그리고 저를 교무처로 불러 따지고 협박하는데 제가 꿋꿋이 맞서 대답을 하자 어쩔 수 없이 마지막 독한 수단을 썼어요. 공격으로 방어를 대체하면서 선손을 쓰는데 과연 "도적이 매를 드는" 격이었지요. 책임을 모두 학생들에게 들씌우려는 수작을 부렸으니 사람들의 반감을 사지 않을 수 없었어요. 그가 사직 편지를 각 반에 돌릴 때 우리는 이것은 전문 학생에게 보이기 위한 사직서이고 교사들에게는 다른 내용일 것이라고 생각하고 있어요. 무슨 꿍꿍이를 꾸미는지 정말 모르겠네요. 하지만 정말 학교를 떠난다면 비록 우습게 떠나는 것이지만 가지 않기보다는 시원한 일이지요. 이렇게 되면 이번에 희생이 적을 터이니 괜찮은 일 같아요. 교무처 앞에 붙은 그를 욕하는 쪽지 내용이 너무 지나친 면은 있지만 그의 소행이 부른 것이 아니겠어요! 글을 쓴 사람이 너무 유머감이 없이 쓴 것은 사실이지만 대중들이 하는 일이라 막아낼 수도 없고 신중하지 못한 일이 생기는 것을 어쩔 수 없어요. 기실 양심적으로 말하면 그를 "꺼지라!"고 욕한 것쯤은 너무한 일도 아니지요. 당당한 "국민의 어머니의 어머니"[1]라고 마음대로 욕해도 된다는 "도리가 어디 있어요?" 위에서 그 짓거리 하면 아래에서는 더 심해지기 마련이니 부당하다고 생각할 것 없지요. 선생님 그렇지 않아요?

지금 가장 근심스러운 것은 풍파가 일어난 지 몇 달째 되지만 해결될 기미가 전혀 보이지 않는다는 거예요. 여자가 학장이 되어야 한다는 케케묵은 관점을 고집하면서 아직도 "너희들은 대다수가 반대하는 거냐?"고 묻는 사람이 교육을 영도하고 있으니 말이에요. 이런 사람[2]한테 훌륭한 교장을 보내주기를 기대할 수 있겠어요? 보내주는 놈을 보면 점점 못한 놈이니 이익은 고사하고 손해만 보지요. 질질 끌면서 결단을 내리지 못할수록 자리를 고수하려는 사람의 수단이 완벽해질 것이고 학생들 가운데는 누그러들고 소극적으로 변하는 사람이 점점 늘어나요. 결국 일이 두루뭉술하게 끝나버리고 공연히 소란을 피운 것으로 된다면 애초에 들고 일어나지도 말았어야지요. 어디 가나 고민, 고민, 고민, 고민, 고민, 고민이

---

[1] "국민의 어머니의 어머니"는 양음유(楊蔭楡)를 가리킨다. 양음유는 "건교 16주년에 즈음하여 여러 면에 대한 희망"이라는 글에서 "여성에 대한 교육은 국민의 어머니를 양성하는 것이므로 우리 학교는 국민의 어머니의 어머니이며 그야말로 중대한 일입니다."라고 말하였다.

[2] "이런 사람"들이란 당시 교육 총장이었던 왕구령(王九齡)을 말한다. 1924년 11월 그는 교육총장으로 임명되어 이듬해 3월에 취임하였고 4월 13일에 사직하였다.

에요.……

　지금의 "병집"을 공격하는데 가장 "빠르고" "효과적이고" "질질 끌지 않을 수 있는" 유일한 방법은 불본 선생님의 말씀처럼 "불과 칼"이지요. 2차 혁명이 있고 손중산이 외국에 망명했을 때 벌써 이 점을 감안하고 당의 군대를 조직하기에 힘써야 했어요. 하지만 아직도 큰 진전이 없어요. 게다가 한시도 미루지 말고 지금 당장 해결해야 할 문제가 수두룩한데 준비에 시간이 들고 진행에 시간이 들고 효과를 보는데 또 시간이 필요하니 어찌 보면 나라 정신은 어물전에 매달아놓은 죽은 고기나 다름없어요. 그야말로 괜한 걱정이지요. 민의를 저버리는 이 불충한 부리들을 검으로 베어 버리거나 자살해버리게 한다면 몇 사람의 희생으로 도적들의 간담을 서늘하게 만들어 다시는 경거망동하지 못하리라 생각해요. 이런 희생은 대담한 사람이 할 수 있는 일이고 학식이 있는 사람이 할 수 있는 일은 아니라고 생각해요. 큰 재목으로 쓸 사람을 이처럼 작은 일에 쓸 필요가 없어요. 맺고 끊기를 바라는 마음은 노인들보다 청년들이 더 강해요. 청년들은 앞 사람을 이어가야 할 다리로서 국가 흥망성쇠의 책임을 그들이 짊어지고 있기 때문이지요. 하지만 그들은 과연 어느 정도로 각성되어 있을까요? 더 말하고 싶지도 않아요! "개혁을 고취하는" 그들로서는 당연히 나라의 인재를 근본 대책으로 생각하겠지만 만일 서두르지 않고 거북의 걸음을 한다면 껍질이 없는데 털이 어디에 붙을까요? 이 역시 하늘이 무너질까 두려워하는 공연한 근심이지요. 하기에 이 꼬맹이는 이런 방법을 부차적이라 생각하지만 위에서 말한 방법과 병행할 수도 있다고 봐요.

　"고시는 우둔하고 증삼은 미련하다"|3|고 교육자가 이미 점찍고 있는 마당에 만일 "각자 자기의 뜻을 말하라"고 한다면 꼬맹이는 방자하나마 "숨김없이 말할" 수밖에 없어요.

|3| 이 말은 《논어·선진》에서 나오는 말이다. 공자가 네 제자를 평가한 말로서 "고시(高柴)는 우둔하고 증삼(曾參)은 어리석고 손전사(孫顓師)는 과격하고 중유(仲由)는 덤벙댄다."고 하였다.

풍경을 이야기하는 것은 끼 있는 신사의 특기이고 꽃과 달을 보고도 슬픔에 잠기는 것은 여자의 병적인 감상이라고 생각해요. 세상에 뜻을 두고 산다면 그처럼 많은 근심을 할 필요가 없지요. 지금 "어머니의 품이요.……요람 속이요" 하며 많은 근심을 하고 있지만 말은 이렇게 하지만 뜻은 딴데 있다고 생각해요. "미사여구"로 도배한 서정문은 확실히 지금 이른바 여성문학가의 장끼예요. 다행히 저는 문학가의 자격과 꿈을 갖추지 못하여 이런 글은 한 글자도 써낼 수 없어요. 하지만 논쟁의 글은 "특별"한 데가 있어서 정말 저도 모르게 약점을 다 드러내고 말았어요. 스스로 조심하지 않아 그만 선생님한테 들키고 말았으니 정말 부끄럽기 이를 데 없네요. 하지만 "처음부터 끝까지" 일일이 반박한 것은 이렇게 하지 않으면 적에게 중상을 입히지 못할 것 같고 저로서도 내키지 않았기 때문이에요. 이것은 아마 맹자와 동파한테서 받은 여독이 몸에 배어 저도 모르게 병으로 도진 것 같아요. "적의 숨통을 면박로 겨냥하는 일이 드물고", "글을 길게 쓰기 좋아하고 짧은 글은 잘 쓰지 못한다."고 지적했지만 여성은 워낙 논리적 판단에 약하고 논리학에 대한 훈련을 잘 받지 못했고 또 오랜 유전으로 극복하기 어렵기 때문입니다. 앞으로 반드시 고치도록 하겠어요. "짧은 글을 잘 쓰지 못하는" 것은 앞에서 말한 원인 외에도 수준 때문일 거예요. 대체로 글을 쓸 때 뜻이 충분히 전달되지 못할까 근심되지요. 뜻을 충분히 전달하려니 쓸데없이 길어지는데 더 노력하면 간결해지겠지요. 이것은 아마 나이나 학력과도 관련되는 것 같아요. 앞으로 명심하고 고치겠습니다. 하지만 거울이 있어야 제 모양을 비춰볼 수 있듯이 스스로 노력하는 외에 제때에 시정해주어야 하지요. 선생님께서 만일 가끔씩 가르쳐주신다면 행운으로 알겠습니다!

생각나는 대로 쓰다 보니 편지가 편지답지 않게 되었어요. 정말 태워버려야 할까 봅니다. 하지만 반대로 요즘 가장 새로운 일파가 쓴 글이라고 생각해주세요. 재주가 없어 호랑이를 그린다는 것이 개가 되었으니 선생님께서 빨간 연필로 동그라미를 쳐주십시오! — 선생님의 빨간 연필은 벌써 휴지통에 버려졌을지도 모르겠군요. 그러면 어쩌지요?!

(루쉰선생께서 인정해주신 이름인) 꼬맹이 허광평. 4월 10일 밤

광평 형,

워낙은 그날 직접 광평이에게 대답할 수 있는 말이었으나 내가 사는 곳에는 아침부터 저녁까지 언제나 이런 저런 손님들이 있어서 잡담을 할 수밖에 없었소. 비록 늘 하는 얘기지만 우연히 말마디만 들으면 괴이쩍게 생각하기 쉽소. 그래서 유언비어로 번질 수 있으므로 역시 편지를 쓰오.

학교의 일은 당분간 이럴 수도, 저럴 수도 없는 형편이오. 어제 소문을 들으니 장부인|1|은 오지 않겠다고 하면서 다른 두 사람을 추천했다고 하오. 그 중 한 사람 역시 오기 싫어하고 다른 한 사람은 초청하지 않기로 하였소. 그리고 ○부인은 해볼 생각이 간절하나 당국에서 감히 초청할 엄두를 내지 못하는 듯하오. 들리는 말에 따르면 평의회|2|에서 만류하는 것쯤은 대수롭지 않지만 사람들의 마음을 얻지 못하는 것이 문제라고 하오. 당국이 기어코 "여자들" 가운데서 선택하려 하는 것도 물론 너무 고집스러운 일이지만 일시 다른 사람은 구하기도 어렵나 보오. 이것이 바로 이럴 수도, 저럴 수도 없는 근본 원인일 것이오. 앞으로 어떻게 될지는 두고

|1| 장 부인이란 장사쇠(章士釗)의 부인 오약남(吳弱男)을 말한다. 루쉰이 이 편지를 쓰던 날 왕구령이 교육청장을 사직하고 그날로 사법총장 장사쇠가 교육총장을 겸하게 된다. 오약남은 동맹회 회원이었다.

|2| 여자사범대학의 평의회를 말한다. 《국립 북경 여자사범대학 조직 강령》 제14조에서는 "평의회는 새 학기가 시작되어 한 달 안에 전체 교수들이 얼마간의 평의원을 선거한다. 그 인원수는 전체 교수의 3분의 1을 기준으로 하며 임기는 1년으로 하고 연임할 수 있다."고 규정하였고 제15조에서는 "평의회 의장은 교장이 담임한다."고 규정하였다.

봐야 할 것 같소.

보내온 편지에서 말한 의견을 틀렸다고는 생각지 않으나 찬성하지는 않소. 하나는 전반 국면을 고려해서이고 다른 하나는 나 자신의 편견 때문이오.

첫째로 그것은 적은 사람이 해낼 수 있는 일이 아니고 또 지금은 그런 사람이 많지 않소. 설사 있다면 더구나 경솔히 써서는 안 될 일이오. 그리고 그와 같은 사건이 한두 번 생기더라도 무감각한 국민들을 격동시키기에는 역부족이오. 그 나쁜 자들이야 경비를 삼엄하게 할 것이고 마음을 바꾸려고 하지도 않을 것이오. 그리고 이 일로 나쁜 영향이 생기기 쉽소. 이를테면 민국 2년에 원세개도 같은 방법을 썼는데 혁명가들은 청년을 많이 이용하지만 그는 돈으로 용역을 고용하였소. 서로 겨루어보니 역시 이쪽에서 해를 입었소. 하지만 그때 혁명가들 사이에서도 용역을 고용하여 서로 참살한 일이 있는데 더욱 타락된 방법이라 할 수 있소. 이제 그런 방법을 부활시킨다면 일시 통쾌할 수는 있겠지만 큰 국면에는 도움이 안 된다고 나는 생각하오.

둘째로 나의 성격을 보면 자신이 해보지 않은 일에 대해서는 별로 찬동하지 않소. 나도 가끔 글을 매섭게 논평하고 또 청년들을 모험하라고 선동도 했지만 아는 사람이면 그가 모험이라도 할까봐 그의 글을 논평할 수 없었소. 이러는 것이 서로 모순되는 일이고 무슨 일을 해낼 수 없는 폐단임을 뻔히 알고 있지만 고칠 수 없구먼. 어쩔 도리가 없으니 될 대로 내버려두는 수밖에 없소.

"어디 가나 고민입니다. 고민(아래에 네 군데 고민과……을 찍었더군.)"이라고 했는데 나는 광평이가 "고민"에 빠진 원인이 "성급"한데 있지 않나 생각하오. 진취적인 국민이 성급한 것은 좋은 일오. 하지만 중국처럼 무감각한 곳에서는 자칫 손해 보기 쉽소. 설사 희생되었다 해도 자신을 훼멸시킬 뿐이지 국가에는 별 영향을 주지 못할 것이오. 내가 언젠가 학교에서 연설할 때[3] 이런 말을 한 적 있소. 마비되어 무감각한 이 나라를 구하려면 단 한 가지 방법밖에 없으니 그것은 바로 "인내"하는 것이오. 말하자면 "끈질기게 끝까지 노력하는" 것이지. 손을 놓지 않고 꾸준히 조금씩 해나가면서 "닫는 말에 채찍질"하기보다 못하지는 않을 것이오. 하지만 그렇게 하려면 자연히 "거듭되는 고민, 고민(아래에 또 네 개 있고 또······ 이 있소.)이 따르겠지만 그 "고민······"과 싸우는 수밖에 없지 않소. 어찌 보면 참을성 있게 노예로 되라는 것이나 다름없지만 어차피 점차 효과를 볼 수 있는 일을 해야 하지 않겠소.

나는 가끔 "선동"이 부질없는 일이라고 생각될 때가 있소. 자세히 생각해보면 뭐나 그런 것도 아니요. 혁명이 일어나기 전에 맨 먼저 희생한 사람은 사견여[4]라고 기억되는데 지금은 사람들이 그를 기억하지 못하고 있소. 그러나 광동에는 그를 기억하고 있는 사람이 틀림없이 많을 거요. 그 뒤로도 몇 사람이 더 희생되었지만 일은 호북에서 터졌소. 이 모든 것은 역시 선동의 힘이요. 그 당시 원세개와 타협하면서 후환을 남기기는 했지만 따지고 보면 혁명당인의 실력이 탄탄하지 못했기 때문이오. 그러므로 지난 일을 거울삼아 앞으로는 실력을 키우는 것이 가장 요긴한 일이 아니겠소. 그 밖의 여러 가지 언행들은 보조적인 역할을 할 수 있을 뿐이오.

글을 보는 견해도 사람에 따라 다르다고 보오. 나는 글을 짧게 쓰기 좋아하고 반어를 쓰기 좋아하며 논쟁을 하면 다짜고짜 맞받아치기에 나의

---

[3] 1923년 12월 26일 북경 여자고등사범학교 문예회에서 한 연설 《노라는 집을 나간 뒤 어떻게 되었을까?》를 말한다.

[4] 사견여(史堅如, 1879~1900년), 광동 번우 사람으로서 1900년 혜주봉기를 지원하기 위하여 광주에 있는 총독부에 몰래 잠입하여 폭탄으로 20여 명을 폭사시키고 체포되어 살해되었다.

[5] 전현동(錢玄同, 1887~1939)을 말한다. 전현동은 절강 오흥 사람으로서 언어문자 학자이다. 1908년 일본에서 유학할 때 루쉰, 허수상(許壽裳), 주작인(周作人), 전균보(錢鈞甫), 공미생(孔未生), 주봉선(朱蓬仙), 주희조(朱希祖) 여덟 사람과 가까이 지냈고 함께 장태염을 초청하여 문자학 수업을 받았다. '5.4'시기에는 《신청년》의 편자였고 북경대학, 북경 사범대학 교수로 있었다.

방법이 남에게는 결함으로 생각되기 십상이오. 일부러 줄일 필요가 없는 (지루하면 물론 줄여야지만) 것과 마찬가지로 사실은 거침없는 표현 역시 그로서의 장점이 있소. 이를테면 현동[5]의 글은 넘쳐나서 함축된 맛은 없지만 독자들이 읽어보고는 뜻을 쉽게 이해하고 의혹이 생기지 않소. 때문에 서로 의견을 나누기 좋고 효력도 곱으로 커지오. 나의 글은 늘 오해를 부르고 가끔 그 오해가 생각 밖으로 클 때도 있소. 그러니 간결하게 쓰려고 하다가 좀 주의하지 않으면 뜻을 이해하기 어렵게 되기에 그 폐단은 이루 헤아릴 수 없다오.(이루 헤아릴 수 없다는 말은 어폐가 있지만 일시 적당한 단어가 생각나지 않아서 그냥 고치지 않는데 "그 폐단이 몹시 많다."는 뜻으로 알고 있으면 되오.)

그저께 《맹진》을 끝내 주문하지 못했다는 말을 들은 듯싶은데 그만 다른 사람이 끼어드는 바람에 말을 더하지 못했소. 주문하지 못했다면 곧 알려주오. 부쳐 보내겠소. 나는 늘 바쁘다고 말하지만 사실은 입버릇에 지나지 않고 날마다 한가히 앉아서 공담할 시간은 있다오. 그러므로 편지 한 장 쓰는 것쯤은 어려운 일도 아니오.

루쉰. 4월 14일

루쉰 선생님께,

이 한가슴 가득 찬 의문을 이제는 뭐라 하소연할 수도 없습니다. 선생님의 《짜놓고 쓰는 글》을 읽어보고 어쩐지 하고 싶은 말 몇 마디가 떠올라 |1| 바쁜 가운데서도 쓰고 있어요. 선생님께서 "감격스러워 울먹이면서" 읽지 않을지 모르겠네요.

대중의 마음은 들떠 있고 성급해요. 인내하지 못하고 적이 강하여 우리가 당해내지 못하는 시일이 길어지면 자연히 흔들리게 되고 갈수록 수습

|1| 루쉰이 1925년 5월 15일에 발표한 《짜놓고 나서 쓰는 글(編完寫起)》은 세 부분으로 나뉜다. 첫 부분은 나중에 《화개집》에 수록된 《지도자(導師)》라는 글에서 루쉰은 아래와 같이 말하였다.
"청년들이 금빛 간판이나 내걸고 있는 지도자를 찾아야 할 이유가 어디 있는가? 차라리 벗을 찾아 힘을 모아 이것이 생존의 길이라고 생각되는 그 방향으로 함께 나아가는 것이 나을 것이다."
두 번째 부분은 《만리장성》이라는 이름으로 역시 《화개집》에 수록되었으며 다음과 같은 말이 있다. "언제 가야 장성에 새 벽돌을 더 보태지 않을 수 있을까? 위대하면서도 저주로운 장성이여!"
세 번째 부분은 같은 제목으로 《집외집》에 수록되었고 허광평은 이 글을 보고 경송이라는 이름으로 《망원》 제5호에 "의문"이라는 글을 발표하였다. 글에서 그는 아래와 같이 썼다. "청년들이 '벗을 찾아 힘을 모은 뒤 이것이 생존의 길이라고 생각되는 방향으로 나아갈 수' 있을까? 모두 바보 같아서 주제파악을 못하고 달걀로 바위를 치는 격으로 '찍고' '베고' '파기'도 하였다. 총명한 사람이 보았다면? 보지 못했다면? 총칼아래 피가 터지고 살이 찢길 때 그들은 나라의 치욕을 씻기 위해 피를 흘렸다. 하지만 같은 때 도련님들은 오락 장소에서 유유자적 즐겼고 아가씨들은 예쁜 꽃무늬가 있는 일본 천으로 지은 옷을 입고 한가롭게 보냈다. 감옥은 바보라야 가는 곳이고 제적은 바보들만 당한다. 총명한 사람들은 사회와 국가가 개량되고 나서야 점잔을 빼면서 일어나 자신의 거창한 이론을 도도하게 거침없이 토로한다. 학교가 개혁되면 그들은 행복한 공부를 몇 년 즐길 수 있다."
여기서 말하는 "몇 마디 말"이란 이 구절을 가리킨다.

할 수 없게 되지요. 그러니 고립무원하고 머리가 단순한 학생들로서는 금전의 힘을 당해낼 수 없고 뒤에 든든한 힘을 업은 "맹수 같은 양"[2]을 어찌 대적해낼 수 있겠어요! 여섯 사람이 제학당한 것은 그렇게 아쉬운 일이 아니지만 장차 학교의 앞날이 어떻게 될는지요?!

이번에 저는 대중을 지나치게 믿어서는 안 되며 총명한 사람이 너무 많았고 또 정당한 도리도 결국 강권을 이길 수는 없다는 교훈을 얻었어요. "끈질기게 끝까지 노력하는" 비결을 오히려 "맹수 같은 양"들이 효과적으로 썼지요.

희생은 그 누구에게나 권할 수 있는 것이 아니에요. "맹수 같은 양"을 두고 쫓아버리지 않았으니 혈기가 있다한들 어찌 당해내겠어요!

하지만 정말 쫓아냈을까요? 아마 공연한 희생만 따랐겠지요!

저 자신을 저주합니다!

이 극악한 환경을 저주합니다!

꼬맹이 허광평. 5월 17일 5시

---

[2] 루쉰은 1925년 5월 12일에 발표한 《문득 떠오른 생각》이라는 글에서 "맹수와 같은 양이 있고 양 같은 맹수가 있다."고 지적하면서 "그들은 양이지만 맹수이기도 하다. 하지만 자신보다 더 흉악한 맹수를 만나면 양이 되고 자신보다 더 약한 양을 보면 맹수로 된다."고 하였다.

광평 형,

편지 두 통을 모두 받았소. 한통에는 원고가 있어서 물론 "감격으로 울먹이면서" 읽었다오. 꼬맹이는 "말을 맺지 않고 중도에 끊는 것이 가장 두렵다."고 했는데 말을 다하지 않고 중도에 끝내는 버릇이 나에게도 있으니 정말 어쩔 수 없는 일이구만. 워낙은 "주희론(朱老夫子論)"을 자세하게 써서 비평과 정정을 받으려고 했으나 마음이 산란하고 시간이 없었소. 한마디로 말한다면 그는 종래로 가장 안전한 길을 걸으려 했고 자그마한 모험이라도 하려 하지 않았기에 우연히 한 말에 책임을 지지 않으며 남이 그 때문에 화를 입게 되면 모르는 체한다고 할 수 있소.

대중이 그 정도에 지나지 않게 된 데는 유래가 깊고 앞으로도 그 정도에 지나지 않을 것이오. 정당한 도리도 일의 성패와는 상관이 없다고 생각하오. 하지만 여자 사범대학의 교사들이 너무 불쌍하구먼. 몰래 귀신처럼 활동하는 사람이 있어도 나서서 말하는 사람이 없으니 말이요. 요즘 나는 어쩐지 여선생|1|이 서산에 간 일이 의심스럽소. 그러나 공교로운 일일 수도 있으니 의심하는 내가 오히려 신경이 예민한게 아닌지 모르겠소.

|1| 여(黎)선생이란 여금희(黎錦熙, 1889~1978년)를 말한다. 언어학자로서 당시 북경여자사범대학 국문학부 대리주임으로 있었다.

지금 나는 갈수록 말하고 글 쓰는 사람들은 별 볼일 없다는 생각이 드오. 아무리 말을 잘하고 글이 사람을 감동시키더라도 아무 효과도 없으니 말이오. 그들은 아무리 무리해도 승리에 승리를 거듭하는구먼. 하지만 세상이 정말 이 정도에 지나지 않을까? 나는 그래도 반항할 것이고 한번 해보고 싶소.

희생이라는 말이 나오니 2, 3년 전에 북경대학에서 제명당한 풍성삼(馮省三) 생각이 나오. 그는 강의노트 풍파를 일으킨 사람으로서 결국 강의료가 취소되었지만 그의 이름을 제기하는 사람은 다시 없었소. 나는 그때 《신보》 문화면에 잡감|2|을 썼는데 대중의 복지를 위해 희생하였지만 대중들은 신에게 제를 지내고 나서는 그 희생된 사람의 고기를 나누어 가지고 흩어진다는 뜻이었소.

학교 당국에서 학생 가족에게 전화를 건 것은 악랄하기 그지없는 수단이라고 생각하오. 다문 몇 사람이 나서더라도 교사들이 선언서를 내어 사건의 진상을 규명해야 한다고 생각하오. 만일 요만한 책임(서명)마저도 지려는 사람이 없다면 교장이 물러나고 학적을 회복한다 해도 학교를 그만두기보다 못하오. 학교에 사람이 없으면 뭘 배우겠소?

루쉰. 5월 18일

|2| 여기서 말하는 잡감이란 《작은 것에서 큰 것을 본다》를 말하는데 1922년 11월 18일 《신보》 문화면에 발표되었고 나중에 《열풍》에 수록되었다.

루쉰 선생님께,

5월 19일에 보낸 편지를 벌써 읽었어요. 만났을 때 이미 받은 줄을 알고 있었기에 오늘 까지 두고 있다가 지금 다시 정리하고 몇 마디 적어요.

오늘(27일) 신문에 발표된 선언서[1]를 보고 나서 이미 "나서서 말하는 사람이 있고" 또 일곱 명이나 된다는 것을 알았어요. 목이 쉬도록 소리를 지르면 화력이 보태지고 힘을 더했다고 할 수 있겠지요. 하지만 전선이 길어지고 -《신보》는 이렇게 보고 있어요.- 장기전으로 가게 되면 열성적인 선생님에게 또 부담꺼리가 생길 테니 생각하면 기쁘기도 하고 근심스럽기도 해요.

오늘 일곱 번째 수업은 형의학[2] 시간이었어요. 심겸사 선생님의 출석

|1| 1925년 5월 27일《경보(京報)》에 발표된 "북경 여자사범대학 풍파에 관한 선언서"를 말한다. 마유조(馬裕藻), 심윤묵(沈尹默), 주수인(周樹人), 이태분(李泰棻), 전현동(錢玄同), 심겸사(沈兼士), 주작인(周作人) 일곱 사람이 서명하였다. 마유조는 북경대학 교수 겸 여자사범대학 국문학부 주임이고 심윤묵은 북경대학 교수 겸 여자사범대학 국문학부 강사이며 이태분은 북경대학 교수 겸 여자사범대학 국문학부 역사, 지리 학부 주임이고 전현동은 북경대학 교수 겸 여자사범대학 국문학부 강사이며 심겸사는 북경대학 연구소 국학문 주임 겸 여자사범대학 문학학부 강사이고 주작인은 북경대학 교수 겸 여자사범대학 문학학부 강사이다. 선언에서는 "학업이 모두 훌륭하고 품행이 단정하며 평소에 불량한 행위가 전혀 없으며 …… 학생들이 선거로 당선된 자치회 성원 여섯 사람이 교장을 반대한 소행이 …… 만약 학생들의 뜻을 어겼다면 어찌 학교 전체가 떠들썩할 수 있겠는가? …… 사전에 일이 커지기 전에 이미 두 주임이 사직한 것으로 보아 인심이 어떠한지를 알 수 있으며 시비곡직이 왜곡되었음을 알 수 있다. ……"고 지적하였다.

|2| 형의학(形儀學)이란 한자의 모양과 뜻을 해석하는 교과목이다.

부에 있는 저의 이름이 먹으로 지워진 것을 보고 많은 동학들이 불평했지만 적지 않은 양음유의 편에 선 아가씨들은 흡족해하는 것 같았어요. 3년 동안 동장으로 쌓은 감정이 하루아침에 무너져 서로 척지는 사이가 되었으니 이 어찌 애동한 일이 아니겠어요! 책임을 맡은 학생 두 사람이 설 씨에게 따졌지만 설 씨는 교장 사무실의 지시라고 대답하는 것이었어요. 사무실은 이미 폐쇄되었는데 어디서 온 지시인지 묻지 않아도 그자의 성지 태평호 호텔에서 보낸 거겠지요. 시어머니 행세를 하고 있는 양음유로서는 그 몇몇 학생이 학교에 남아 있는 것이 싫어서 양쪽이 다 피해를 입는 것이 속 시원하겠지요. 아마 며칠 안에 이 일로 풍파가 있을 것 같아요.

"세상이 정말 이 정도밖에 되지 않을까?……"라고 하셨는데 저처럼 혈기가 넘치는 청년들이 보면 차가운 화로에 불을 지핀 듯이 금방 활활 타오르게 만드네요. 그런데 그 말씀은 이 꼬맹이한테만 하신 건가요? 아마 선생님께서도 같은 감정을 갖고 계시겠지요. 하지만 한편으로는 언제나 "나에게는 보이지 않는다."거나 "천수를 다하고 죽었다."는 따위의 세상을 다 산 듯한 말을 듣기 십상이지요. 꼬맹이는 정말 이런 말이 듣기 싫어요. 제가 겪었던 일을 말씀드리자면, 제가 어릴 적에 서른 살 난 오빠가 죽었을 때, 거리에서 비슷한 나이를 먹은 사람들을 보면 저 사람들은 살아 있는데 왜 오빠만 죽었느냐는 생각에 그들이 막 미워났어요. 그리고 예순에 나는 아버지가 돌아가셨을 때 거리에서 밥을 빌어먹는 백발이 성성한 사람을 보면 돌아간 아버지가 불쌍해서 그들이 증오스러웠고요. 이밖에도 저와 관련된 사람이 죽으면 저와 관련이 없는 사람들마저 미워나는 거예요. 그들의 죽음으로 하여 세상이 너무나도 쓸쓸했고 모든 것이 덧없이 느껴졌지요. 여자사범대학에 입학한 첫해 저는 성홍열에 걸려 죽을 뻔 했어요. 하지만 자신의 위험과 죽음의 공허감으로 저는 한 가지 생각을 갖게 되었어요. 바로 늙은이나 어린이나 모두 어느 때든 죽을 수 있지만 죽음에 이르지 않았을 때는 뭐가 어떻게 됐든 자신을 폐물로 알고 이용할 수 있는 데까지 이용해야 한다는 생각이었어요. 그러니 보았든 말 았든, 천수를 다 했든 못 했든 따질 것이 뭐겠어요? 정 따지려면 근본을 다스리는 방법이 있으니 의사의 분부대로 첫째 술을 많이 마시지 말고 둘째 담배를 적게 피워야지요.

저는《망원》에 격정이 넘치고 읽으면 속이 시원한 글이 많이 실리면 좋겠어요. 요즘에 들어서는 어쩐지 솜 신을 신고 두터운 안경을 건 듯싶어요. 이 역시 간절한 기대 때문에 저도 모르게 책망이 너무 심하지 않나 싶어요. 이번 호에 원고 보내려고 했지만 역시 눈물을 펑펑 쏟게 할 만한 글을 써내지 못했어요. 원래는 이번 호에 원고를 써 보내려고 했지만 선생님을 밥 먹을 시간도 없이 바쁘게 만들고 싶지 않았어요. 하지만 사심은 늘 떨쳐버릴 수가 없고 다른 일 때문에 결국 붓을 놓게 되었지요. 선생님, 제가 매를 맞아야지 않을까요?

꼬맹이 허광평. 5월 27일 밤

광평 형,

점심에 돌아와 남긴 글을 보았소. 지금은 많은 방면이 모두 어둠에 휩싸여 있는 형편이요. 때문에 이런 상황에서는 근본은 말할 것도 없고 지엽적인 것도 다스릴 방법이 없기에 뒤로 미루는 수밖에 없다고 생각하오. 《경보》의 일은 진 아가씨 한 사람뿐 아니라 많은 사람이 움직였다고 들었소. 결과 양쪽 신문에서 다 싣지 않기로 결정했다고 하오. 하지만 시간이 오래가면 오히려 그들을 돕는 것으로 될 것이오. 신문을 꾸리는 사람들이란 워낙 이런 작자들이라오. 기실 신문의 선전은 실제에도 별 관련이 없는 것이오.

오늘 《현대평론》을 보니 서영[1]이라는 자가 우리의 선언서를 두고 뭐라고 했더구면. 마치 아무런 관련이 없는 사람인척 하는데 정말 잔꾀를 제법 쓰는구면. 나도 《경보》 특별란에 글을 써서 면박을 주었소.[2] 그런데 복원의 밥통이 위험하지 않을지 모르겠소. 입으로는 인의를 부르짖지만 그들은 못하는 짓이 없고 하는 짓거리가 무엇보다도 못하오. 글이 별 쓸

|1| 서영(西瀅)은 진원(陳原, 1896~1970년)의 필명이다. 당시 북경대학 영문과 주임이었고 "현대평론파"의 주요 성원이었다. 1925년 5월 30일 그는 《현대평론》에 "한담"이라는 글을 발표하여 "북경여자사범대학의 풍파는 북경 교육계에서 가장 큰 세력을 갖고 있는 아무 적, 아무 학부 사람이 선동한 것"이라고 썼다.

|2| 루쉰이 1925년 6월 1일에 발표한 "한담이 아니다."라는 글을 말한다.

모가 없는 줄을 알면서도 나에게는 이것밖에 없구먼. 이것뿐이지만 또 도깨비귀신들에게는 해가 되지 않겠소. 그래도 발표할 수만 있다면 나는 붓을 놓지 않을 것이오. 《망원》이 독립해야 하는지는 알 수 없는 일이오. 독립해도 좋고 때려치워도 좋소. 한마디로 붓과 혀가 살아 있는 한 써먹기 마련이고 서영이든 뭐든 상관하지 않을 것이요.

서영이가 "유언비어"을 빙자하여 이번 풍파는 "아무 학부의 아무 적을 가진 교사가 선동한" 것이라고 했는데 분명히 "국문학부 절강 적을 가진 교사"를 말하고 있소. 다른 사람은 모르겠지만 나는 이번 풍파가 있고 나서 양음유를 욕했는데 "양씨네 패거리"들이 생사람을 잡고 있으니 비열하기 짝이 없구먼. 하지만 절강 적도 좋고 오랑캐 적도 좋으니 이미 욕을 시작한 이상 욕을 계속 해야겠소. 양음유에게 혀를 자를 권한은 없으니 자신도 욕을 먹지 않을 수 없지.

지금 솔직하게 말하지만 "세상이 정말 이 정도밖에 되지 않을까?……"라고 한 말은 확실히 "꼬맹이에게만 한 말이오." 나는 늘 생각과 어긋난 말을 할 때가 있는데 이렇게 된 것은 이미 《고함》의 머리글에서 말한바와 같이 나의 사상을 남에게 전염시키기 싫지 않기 때문이오. 왜 전염시키고 싶지 않냐 하면 나의 사상이 너무 어둡고 나 자신도 그 사상이 정확한지 여부를 알 수 없기 때문이오. "반항을 멈추지 않겠다."는 것만은 사실이지만 "반항하는 원인"은 꼬맹이와 완전히 다르오. 광평이의 반항은 밝은 앞날이 오기를 바라기 때문이 아니겠소? 나는 반드시 그럴 것이라고 생각하오. 하지만 나의 반항은 기어코 이 어둠을 말썽거리로 만들기 위해서이요. 나의 생각을 아마 꼬맹이로서는 좀 이해할 수 없는 부분이 있으리라 생각하오. 이것은 나이, 경력, 환경이 서로 달라 그런 것이기에 이상할 것 없소. 이를테면 나는 "인간세상의 괴로움"을 저주하지만 "죽음"은 혐오하지 않소. "괴로움"은 방법을 대서 덜 수 있지만 "죽음"은 필연적인 일이기 때문이오. 설사 "막바지"에 이르렀다고 해도 슬퍼할 것 없다고 생각하오.

하지만 광평이는 이런 말을 듣기 싫어하지 않소. — 그런데 왜 살아 있는 멀쩡히 사람을 "폐물"이라고 생각하는 거요? 이 점은 "눈물을 펑펑 쏟게 할 만한 글"을 쓰지 못한 것보다 더 "매"를 맞아야 할 일이오! 그리고 편지에서 "저와 관련된 사람이 죽으면 저와 관련이 없는 사람들마저 미워난다……"고 했는데 나는 정반대라오. 나와 관련되어 있는 삶은 오히려 마음이 놓이지 않지만 죽으면 마음이 놓이오. 이 뜻은《나그네(過客)》에서도 말했고 꼬맹이와는 같지 않소. 사실 나의 생각에는 워낙 갈등이 많아서 뜻을 이해하기 쉽지 않소. 날 보고 원인을 말하라 하면 인도주의 사상과 개인주의 사상이 서로 우세를 점할 때가 있어서 그럴 거요. 그래서 사람을 사랑하기도 하고 사람을 미워하기도 하오. 남을 위해 일을 할 때도 있지만 때로는 자신을 위해 놀기도 하고 그런가 하면 생명을 빨리 소모하기 위해 일부러 목숨 걸고 할 때도 있다오. 이밖에도 무슨 이유가 있겠지만 나도 잘 모르고 있소. 하지만 나는 남과 말을 할 때는 늘 밝은 말만 골라 하오. 그러다가 부주의로 염라대왕은 싫어하지 않지만 "꼬맹이"가 싫어하는 말이 불쑥 나갈 때가 있소. 한마디로 나는 남을 나 자신처럼 생각하지 않소. 왜냐하면 나의 사상이 너무 어둡고 도대체 정확한지 여부 또한 알 수 없기 때문이오. 그래서 나에게 시험을 할 수밖에 없고 남이 껴들게 할 엄두를 내지 못하고 있소. 사실 꼬맹이가 어른들이 오래 살기를 바라면서도 자신을 "폐물"로 생각하면서 과감히 "민중을 위해 분투하는" 것도 대부분 이와 마찬가지일 거요.

《망원》은 정말 솜 신을 신었나 보오. 하지만 시원한 글이 없는 것도 정말 어쩔 수 없는 일이오. 그리고 나는 또 어렵고 애매한 글을 쓰는데 습관되다 보니 일시 고치기 힘들구면. 시작을 할 때는 분명하고 솔직하게 쓰려고 하지만 쓰다보면 어렵고 애매하게 마무리되는데 정말 화나는 일이

|3| 925년 5월 9일 여자사범대학에서 허광평을 비롯한 여섯 명의 학생을 제명하는 포고문에 나오는 말로서 나중에 루쉰은 늘 우스개로 허광평을 "해로운 말(害馬)"이라고 불렀다.

요! 지금《경보》배달을 맡은 외에 천오백 부를 소매하고 있는데 보는 사람이 적지 않은 편이오. "풍파"가 좀 마무리되기를 기다려 "해로운 말"|3|광평이가 많이 의견을 발표해주기 바라오.

루쉰. 5월 30일

루쉰 선생님께,

31일에 보낸 편지를 받아 뜯어보기도 전에 기분이 잡쳤어요. 편지가 검열 당한 거예요! 전에도 이런 일이 두 번 있었지만 이번에는 함께 받은 두 통의 편지 뒷면 아래를 뜯었다가 다시 붙인 흔적이 눈에 띄었어요. 이 일을 추궁해봤자 무슨 소용이 있겠어요!? 인편에 보낸다면 혹시 이런 일을 당하지는 않겠지요. 하지만 볼 테면 봐라 하는 생각도 들어요. 어차피 편지에 한바탕 욕을 했으니 보는 것도 좋지요. 하지만 무슨 연고로 우리 선생님까지 연루돼야 하나요? 전에는 9족을 멸했고 죄가 처와 자식들에게까지 미쳤지만 지금 다시 되살아서 그 스승에게 죄를 묻는 것입니까? 가증하기 짝이 없어요!

어제(일요일) 서영의 《한담》을 읽어보고 《여섯 학생은 죽어야 한다》라는 글을 썼어요. 워낙은 죽어야 할 여러 방면의 이유를 통쾌하게 진술하려고 했지만 쓰고 나니 머리가 너무 무거워 누워버렸어요. 오늘 아침 이 글로 《부녀주간》에서 청탁한 빚을 갚으려 했으나 오지 않았어요. 이제 선생님께서 읽어보시고 만약 복원 선생이 무서워하지 않고 원고가 괜찮다면 《경보·특별란》에 보내는 게 좋지 않을까요? 하지만 글 가운데 많은 도리는 선인들이 거듭 했던 말이어서 잘 된 글이라고 보기 어려울 것 같아요.

저는 세상이 이 정도에 지나지 않는다는 것을 벌써 알고 있었어요. 그래서 늘 고민스러웠고 자신을 폐물이라고 생각하고 있었어요. 그래서 마치 의학 해부용으로 시체를 제공하듯이 이용하면 세상에 자그마한 도움이라도 되리라는 생각을 했어요. 솔직히 말해서 저는 이처럼 크면서 밝은 앞날을 본 적이 없어요. 나 한 사람만 생각한다면 밖에서 "근심꺼리"로 되기보다 길들여지는 것이 편안할 것이고 반항하기보다 반항하지 않는 것이 안전하겠지요. 하지만 나 밖의 사람들을 생각하면 절대 그렇게 할 수 없어요. 그래서 부처님께서는 고해에 빠진 중생을 가엾게 생각하였고 선비들은 살 같은 세월의 흐름에 박차를 가하여 삶을 덧없이 보내지 않으려고 하는 것이니 마찬가지로 속세를 벗어나지 못한 거지요. 이 꼬맹이도 속세의 사람이라 낡은 관념에서 벗어나지 못했고 우연히 선생님과 사상이 맞을 때가 있지만 돌아서면 변할 때도 있어요. 폐물을 이용하는 것 역시 "생명을 소모"하는 방법이겠지요. 하지만 "술에 빠져 있는"것보다는 좀 낫다고 생각해요. 물론 선생님의 견해는 저보다 높기에 여러 모로 "다르다"고 생각해요. 하지만 "어둠을 말썽거리로 만들려고" 한 이상 방도를 대어 오래 살아 남아야지요. 자리 밑에 서슬 푸른 칼을 두고 있다면 그것으로 적을 제압하거나 몸을 지키는데 쓰는 건 좋지요. 하지만 ……에 쓴다면……꼬맹이는 싫어요!

꼬맹이 허광평. 6월 1일

광평 형,

편지를 뜯어본 일은 괜히 남을 탓한 것 같소. 31일에 보낸 편지는 아마 내가 뜯은 것 같구려. 그때 날이 저물고 편지를 여러 통 쓰다 보니 좀 헷갈렸다오. 어느 편지인지 하나를 뜯어(아래를) 첫 장에 글을 좀 덧붙였는데 광평이가 받은 편지 첫 장에 덧붙인 글이 있다면 내가 뜯은 편지일거요.

다른 편지에 대해서는 변호할 수 없소. 기실 개인의 편지를 뜯어보는 것은 본디 중국의 관습이라 벌써 짐작하고 있었소. 하지만 이따위 짓거리는 졸렬한 생각일 뿐이오. 명나라의 방효유[1]는 영락황제에게 10족이 살해당했는데 9족 외의 일족은 "스승"이었소. 제동야어[2]에서 본 것 같은데 진위는 아직 고증해보지는 못하였소. 서영의 글을 봐서는 이런 무리들이 득세한다면 멸족할 뿐만 아니라 관련된 "학부"와 같은 "적(籍)"을 가진 사람들까지 죽일 것이오.

학생을 제명하고도 포고문에는 "학교를 내보냈다."고 썼으니 그걸 보면

|1| 방효유(方孝孺, 1357~1402년)는 송혜제 때에 시강학사(侍講學士)를 지낸 사람이다. 혜제의 숙부인 연왕(燕王) 주체(朱棣)가 군사를 일으켜 경성을 점령하고 황제를 자칭하면서 방효유를 보고 등극조서를 꾸미라고 하자 방효유는 "죽으면 말지 조서는 꾸미지 못하겠다."고 하면서 따르지 않았다. 그러자 주체가 "네가 죽고 9족을 멸해도 좋으냐?"고 하자 방효유는 "10족을 멸한들 어쩌겠느냐!"고 하였다. 하여 9족을 멸한 다음 그의 친구와 문하생들을 일족으로 삼아 모두 800여 명을 죽였다고 한다.

|2| 근거가 없고 믿을 수 없는 말을 가리켜 제동야어(齊東野語)라고 한다.

서 교묘한 중국의 문자에 감탄을 했다오. 오늘 상해에서 인도 순경이 학생을 사살[3]한 기사를 로이터통신은 "중국인이 인사불성이 되었다."고 썼는데 제법 닮았다고 생각했소. 하지만 이것은 중국 신문에서 번역한 문자로서 원문이 어떤지는 알 수 없소.

기실 나는 별로 술을 좋아하지 않는다오. 술의 해로움은 내가 잘 알기 때문이오. 지금도 누가 권하지만 않는다면 별로 술을 마시는 일이 없소. 더 오래 살아남아야 하는 건 당연한 일이요. 비수는 내가 확실히 갖고 있소. 하지만 그것은 밤에 도적을 방비하기 위한 것이고 어쩌다 본 사람이 이상하게 생각하고 "터무니없는 소문"을 퍼뜨렸겠지만 그걸 다 믿지 말기를 바라오.

왕무조 선생의 선언서[4]가 발표되었더구먼. 그런데 "아무 여사"의 말을 몹시 중히 여긴 것 같은데 정말 우스운 일이오. 이 사람들은 "아무개"라는 말을 잘 쓰는데 왜 그러는지 모르겠소. 그 뜻을 살펴보면 "아무 적, 아무 학부"를 말하는 것이고 학교를 해체하려는 심산 같은데 역시 기담이라 하지 않을 수 없소. 뒤에 숨어 있던 사람의 얼굴이 차츰 나타나기 시작하는데 참 볼만하오. 아쉽게도 그는 "남쪽으로 돌아간다."고 하오. 나타날 듯 말듯, 사람을 피하는데 그래서 "뒤에 숨어 있는 사람"이라 하겠지!? 하하하!

신. 6월 2일

---

[3] 1925년 5월 15일 상해의 일본 방적공장 자본가가 노동자 고정홍(顧正紅)을 총살하고 노동자 10여 명에게 부상을 입힌 사건을 말한다.
[4] 왕무조(汪懋祖)는 당시 여자사범대학 철학문(哲學門) 학부에서 대리 주임으로 있었는데 선언서를 발표하여 양음유를 지지하였다.

이 세상을 그럭저럭 살아갈 수 있는 방법:

(여기서 베껴 쓴 "첫째. 긴 "인생"을 살아가는데……"부터 "정말 다른 방법이 없소!"까지 세 단락은 루쉰이 3월 11일에 보낸 편지의 구절이기에 중복하지 않는다.)

루쉰선생님께,

위에 인용한 글은 전에 저에게 보낸 편지에 쓴 구절인데 "혼자서 먹는 음식은 살이 찌지 않으니 역시 같이 먹으라."는 광동 속담처럼 여럿이 공유하는 것이 좋다고 생각해요. 지금 상해에서 일이 생겼는데 불요불굴의 정신이 있어야 하지요. 때문에 저는 위의 말을 공개할 필요를 느끼고 이렇게 베껴 보내니 《망원》의 신세를 졌으면 해요. 표제는 선생님의 원문대로 쓰고 서명은 두말 할 것 없이 저의 권한이라고 생각합니다. 하지만 발표할지 여부는 여전히 작자에게 속하고 이 꼬맹이가 결정할 수 있는 일이 아니기에 이렇게 상의 드리는 거예요.(저의 어리석은 마음으로는 허락해주시면 영광으로 알겠습니다.)

양음유는 신평로 11호에 사무실을 세내고 학생모집을 서두르고 있어요. 학생들 쪽에서 여러 선생들과 교섭한 결과 북경에 계시는 주임 네 분이 직접 교육부에 찾아가서 어서 빨리 학교 문제를 해결해달라고 촉구하는 한편 정부에 공문을 보내어 하루속히 교육부에 책임자를 파견하여 학교의 일을 해결해달라고 했어요. 북경에 계시는 네 분 선생님께서 나서서 이 일을 해내기란 정말 쉽지 않을 거예요. 학교에 가서 상황을 유지하는데 대해서는 양음유의 반대에 부딪칠 수 있기에 반드시 나설 것이라고 할 수는 없어요. 이런 일에 나서서 말하고 해결하려 하면 애를 써도 환심 사기는 어렵고 오히려 욕을 먹게 되지요. 앞서 선언서를 발표한 일곱 명의 선생님들이 바로 실례로 되잖아요. 그 뒤로는 감히 나서는 사람이 없는 건 당연한 일이고 결과 여자사범대학 일에 관여하는 사람이 없어졌어요.

하지만 주임 선생님의 말로는 관여하기 싫은 것이 아니라 실은 책임지려는 사람이 나섰기에 다른 사람이 관여할 수 없다는 거예요. 이 역시 관여하지 않는 원인의 하나지요. 그리고 책임지려는 사람이 요즘에는 꽤나 우쭐거리고 있는데 원인은 상전과 한통속이 되어 아첨하는데 성공하였기 때문이라고들 해요. 듣자니 아무개가 하는 말이 내가 집권하면 자네는 학교에 돌아갈 수 있을 거고 내가 집권할 수 있은 것은 천진에서 뒷심이 돼줬기 때문이라고 했다더군요. 10만이 되는 맹수들에게는 나약한 학생들이 양떼나 다름없지요! 게다가 원세개까지 껴들어 훼방을 놓고 있어요. 이 일이 성사된다면 소학생은 살아남지 못할 거예요. 정말 이 세상에 있는 모든 "진리"라는 활자는 아예 없애버려야 할까 봐요. 그래야 애들이 더는 속지 않을게 아니에요! 지금 학교에는 군대들이 널려있고 문과와 이과를 해산하고 18명의 학생들을(12명이라고도 해요) 더 제명한다는 소문이 나돌고 있어요. 그리고 아무개가 단오절 전날 부에 부임하기로 했고 반대한 사람에게는 봉급을 지급하지 않기로 해서 문제없을 거라고 해요. 그쪽에서 학교에 대한 최저요구는 누가 옳든 그르든 상관없이 학생 여섯 명과 양음유는 모두 희생양이 돼야 한다는 거예요. 그러니 이들은 마음먹고 교육을 파괴하려 한다는 것을 알 수 있지요. 하지만 학교에 도움이 된다면 죽어도 원이 없을 것이고 여섯 사람은 아쉬울 것이 없어요. 근심스러운 것은 여섯 사람이 떠났다고 해도 학교에는 여전히 도움이 되지 않는 거예요.

꼬마 허광평. 6월 19일 밤

(이 사이에 두세 통쯤 되는 편지가 잃어지고 없다.)

광평 형,

멋진 동트는 아침이 오기 전에 대작을 한번 다시 보았소. 내 보기에는 발표하지 않는 것이 좋겠구먼. 이런 제목의 글은 지금 상황에서는 나만이 쓸 수 있는 글이고 대체로 공격을 받기 마련이오. 하지만 나라면 괜찮소. 나에게는 반격할 방법이 있고 또 이제는 거의 기계로 되어버린 "문학가"가 싫어져서 "문단"에서 떨어져 나오고 싶기 때문이오. 광평이와 같은 여자들은 아직 "만만한" 부류에 속하기에 글 하나 때문에 공격을 받거나 오해를 사지는 않을 거고 기껏해야 "눈물이 옷섶을 적실" 것이오.

글 앞부분의 내용이 소설이나 회고록이라면 이상할 것 없지만 논문의 내용이라면 지금 중국의 독자들에게는 너무 내놓고 하는 말일 것이오. 뒷부분은 너무 융통성이 없구먼. 내가 그 글에서 이와 같은 욕은 "비열"하다고 했는데 광평이는 억지로 내가 "영광으로 생각한다."고 모함했으니 정말 얄밉기 짝이 없소.

기실 머리에 전통사상으로 가득 찬 사람들이라면 얼마든지 그렇게 욕할 수 있다고 생각하오. 지금 일부 비평문장을 보면 겉보기에는 아무렇지 않지만 뼈 속에는 "제밀할"이라고 욕하고 싶은 사상이 푹 배어 있소. 이런 비평에 대해서는 차라리 시원하게 욕설을 퍼붓기만 못하오. 이것이 바로 "그 사람의 방법으로 그 사람을 공격하는" 것으로 누구에나 모두 적절하오. 나는 중국 사람을 다스림에 있어서 새사람은 새로운 방법으로 다스리고 옛 사람은 여전히 옛 방법으로 다스려야지 않나 하는 생각을 늘 하고 있소. 이를테면 "청조의 유신"이 죄를 지으면 청조의 방법대로 볼기를 쳐야 한다고 생각하오. 청조 유신들은 이런 방법에 탄복하고 있기 때문이오. 민원혁명 때 혁명당은 누구에게나 관대했지만(그때는 "문명"이라고 했지.) 2차 혁명이 실패했을 때는 많은 보수 당파들이 혁명당을 "문명"하게 대한 것이 아니라 죽여 버렸소. 만일 그때(민원 때) 혁명당이 "문명"하지 않았다면 수많은 사물들이 진작 사멸되었을 것이고 다시 그들의 보복을 받는 일이 없었을 것이요. 지금 조상의 신주를 배반하고도 자랑으로 생각하는 사람들을 "제밀할"이라고 욕한다 한들 어찌 과분하다고 할 수 있겠소?

다른 글 한 편은 오늘 부쳐 보냈소. 하지만 두 단락을 하나로 합쳐 《5분과 반년》이라는 제목으로 달았소. 얼마나 멋지오!

하늘에서는 비가 끝없이 내리는데 꽃을 수놓은 적삼이 어찌 되었는지 모르겠구먼? 날이 개면 빨리 말리기를 바라오. 부디 당부하오!

신. 7월 29일, 또는 30일, 내키는 대로

魯迅

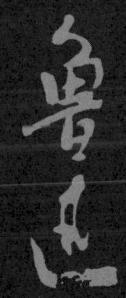

제2집

하문 ~ 광주(1926년부터 1927년 1월까지)

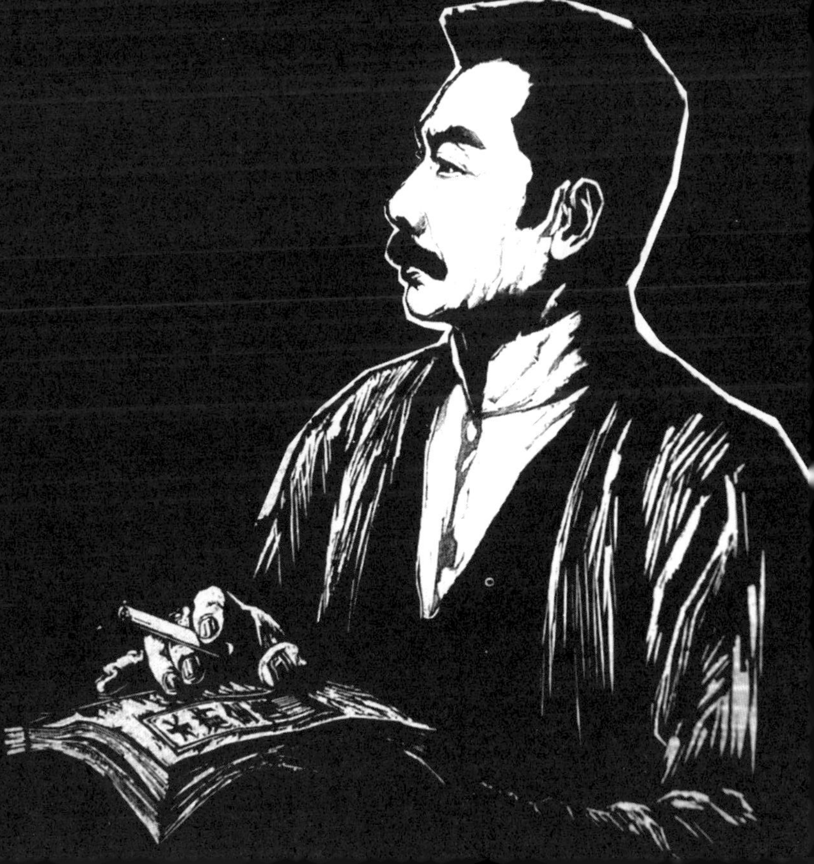

광평 형,

9월 1일 밤에 배를 탔는데 이튿날 아침 7시에야 배가 떠났고 4일 오후 1시에 하문에 도착하였소. 오는 길에 내내 바람이 없어서 편안했다오. 여기 사람들이 하는 말을 나는 한 마디도 알아들을 수 없구먼. 잠시 여인숙에 짐을 풀고 임어당[1]에게 전화를 걸었더니 그가 와서 맞아주었소. 그날 밤에는 학교[2]에서 잠을 잤소.

배를 타고 오면서 나는 뒤에 윤선 한 척이 따라오는 걸 보았소. 멀지도, 가깝지도 않은 거리를 유지하며 따라오는데 "광대"호가 아닐까 하는 의심이 들었소. 당신이 그 배를 탔는지 모르겠지만 앞에 가는 배를 보지는 못했는지? 만약 보았다면 나의 짐작이 틀림없다는 걸 말해주오.

이곳은 산을 등지고 바다가 바라보이는 곳으로 경치가 그야말로 아름답소. 낮에는 비록 따뜻하지만 ─ 약 87도나 88도쯤 되고 ─ 밤에는 선선하다오. 주변에는 거의 인가가 없고 도시와는 10리쯤 떨어져 있어서 마음 편히 정양하기엔 제격이요. 여기서는 일상용품도 사 쓰기 쉽지 않소. 사환은 어찌 게으른지 일을 할 줄도 모를 뿐만 아니라 하려고 하지도 않소.

|1| 임어당(林語堂, 1895~1976년), 복건 용계 사람으로서 작가이다. 《어사(語絲)》에 늘 원고를 썼다. 당시에는 하문대학 문과주임 겸 국학원 비서였다.
|2| 학교란 하문대학을 말한다.

배달부 역시 게으르기 짝이 없어서 토요일 오후와 일요일에는 사무를 보지 않는다오.

교사 숙사를 아직 다 짓지 못했기에(한 달 뒤에 완공된다고 하지만 꼭 될지 모르겠소.) 나는 잠시 커다란 3층에 들어 있소. 오르내리기가 불편하지만 멀리 구경하기에는 그야말로 멋지오. 20일에 개학하기에 아직 많이 일러서 심심하오.

이 편지를 쓸 때쯤이면 당신은 아직 배에 있겠구면. 하지만 나는 편지를 내일 부쳐야 하기에 당신이 학교에 이르면 편지도 도착할거요. 학교에 도착하면 바로 알려주오. 그때 다시 상황을 자세히 적어 보내겠소. 나는 갓 와서 모든 것이 생소하기만 하오.

루쉰. 5월 4일 밤

선생님,

6일에 편지 한통을 부쳤는데 배에서 시간 나는 대로 여러 번 쓴 것이었어요. 광동에 도착한 뒤 여관 사람에게 부쳐달라고 부탁했는데 받으셨는지요?

배는 이날 오전 9시에 광주에 도착하였고 호문과 황포를 지나 오후 2시에 도시와 멀리 떨어져 있는 차왜포대(車歪炮臺) 밖에 정박하였어요. 그리고 6시까지 기다리자 처음에는 일부러 말썽을 부리더니 뒤늦게야 해관의 외국인[1]이 와서 위생검역을 했어요. 그리고는 사람들을 작은 배로 이동시켰어요. 거의 뭍에 이르렀을 때 뱃사공의 부주의로 배가 갑자기 소용돌이에 들어갔어요. 배에 앉은 사람이 많은데다가(30여명) 짐이 무거워(100여 건) 미처 파도를 피하지 못하고 선체가 기울면서 바닷물이 배에 들어오고 뱃사공이 물에 떨어졌지 뭐에요. 다행히 배를 탄 사람들이 당황하지 않고 진정하고 있었기에 배가 평온해지고 물에 떨어진 뱃사공도 간신히 구했어요. 이렇게 위험을 모면하였고 수상경찰이 왔을 때는 만사가 태평한 뒤였어요.

|1| 아편전쟁 이후로 중국은 관세 자주권, 세관 행정 관리권, 관세 수입 지출권을 박탈당했기에 세관에는 외국인들이 많았다.

|2| 진씨 성의 사촌 숙부란 진연흔(陳延炘)을 말하는데 당시 중산대학 이학원 지질학부 강사로 있었다.

뭍에 올라온 뒤 대안여관에 들었지만 쓰는 화폐가 다르고 길을 몰라서 어쩔 수 없이 저를 초청한 사촌 숙부|2| 진씨에게 여관에 와서 저를 찾아달라는 편지를 써서 인편에 보냈어요. 그래서 7일 오전에 숙부네 집에 짐을 옮겼고 지금 이 편지는 숙부의 집에서 쓰고 있어요. 여자사범학교|3|에서는 이미 정식으로 수업을 시작했고 오늘(8일) 오후 네 시쯤에 학교로 짐을 옮기기로 했어요. 다른 일도 아주 많았어요. 여자사범학교는 몹시 복잡하다고들 해요. 제가 맡는 분야는 도덕교양이고 이밖에 여덟 시간 수업을 해야 하는데 한반에 한 시간씩 하게 돼 있어요. 지금 최선을 다하겠으나 얼마나 오래 갈지 상황을 봐야겠어요.

이곳 민중의 사기는 격앙되어 있고 북벌이 순조롭게 진행되고 있다는 소식만 들려와요. 그래서 이에 달갑지 않은 영국 사람들이 파괴를 하면서 여러 모로 도발을 하고 있어요. 이를테면 후방을 교란하기 위해 무장군함이 주강, 사면 등지에서 시위를 하는 것과 같은 일이에요. 복건에는 어떤 뉴스들이 있는지요? 그 성에서 생긴 일이나 외성의 뉴스를 알려주세요.

이야기는 나중으로 미뤄요.

안녕히 계셔요.

선생님의 H. M.|4| 9월 8일

|3| 여자사범학교란 광동성립 여자사범학교를 말한다. 1874년에 설립되었고 당시에는 광주시 연당로(蓮塘路-오늘의 교육남로)에 있었다.

|4| "H. M"는 "해로운 말"이라는 한자병음 "haima(害馬)"에서 "해"의 자음 "H"와 "마"의 자음 "M"을 딴 것이다. 루쉰이 늘 농으로 허광평을 "해마"라고 불렀기에 루쉰에게 보내는 편지에 아예 이름으로 썼다.

루쉰 선생님께,

7일과 9일에 편지를 한통씩 부쳤는데 받아보셨는지요? 그 편지는 광주로 가면서 보고들은 일들을 적었어요.

선생님께서 5일에 부친 편지를 10일에 받았어요. 편지는 제가 학교에 도착하자마자 받은 것이 아니고 학교에 온 뒤에 왔어요.

8일에 학교에 짐을 옮겼고 오후 4시 경에는 오랫동안 헤어져 있던 여동생과 아주머니가 저를 기다리고 있었어요. 짐을 받은 뒤 그들과 함께 고향에 갔는데 문에 들어서 보니 집은 퇴락하고 사람도 몰라볼 지경이었어요. 이런 고향을 보면서 슬프기 짝이 없었어요. 밤에는 모기와 벌레가 설쳐서 온밤 잠을 이룰 수 없었어요. 이튿날 아침은 어머니의 기일이어서 제사를 지낸 뒤 10시에 학교로 돌아왔어요. 침실은 낡은 학교의 층집에 있는데 옛날에는 재봉실이었어요. 지금 세 칸으로 나누었는데 앞과 뒤에 있는 두 칸은 창문이 있어서 광선이 충족하지만 벌써 사람이 들었더군요. 중간 칸은 좁고 어둡고 창문이 없는 "사면이 벽"인데 내가 들어 있는 방이에요.

학교는 8일에 정식으로 개학을 했고 교장은 특별히 절 보고 며칠 쉬라고 하였어요. 그래서 내일(13일, 월요일)에야 첫 수업을 하고 사무를 볼 수 있어요. 요 며칠은 학교에서 수업준비를 하거나 휴식하면서 가끔 친지들을 방문하기도 했어요. 하지만 번마다 누가 안내를 해주어야 갈 수 있었어요.

이 학교의 학생들은 몹시 완고하고 또 경솔하게 행동하고 소동을 잘 일으킵니다. 앞으로 나를 반대할 수도 있기에 지금은 조심하고 있어요.

오면서 고생스럽지는 않았어요. 온 뒤에는 정신도 좋고요. 학교에는 예전부터 면목을 알고 있는 사람이 적지 않아요. 하지만 저는 늘 방안에서 책읽는 것이 좋아요.

선생님의 자세한 편지는 아마 오는 중인지, 아니면 아직 부치지 않았는지? 이시 받고 싶어요.

내일 수업이 두 시간 있어서 서둘러 준비해야겠어요. 자세한 이야기는 다음에 나눠요.

YOUR H. M. 9월 12일 밤 6시 35분

나의 직무(생략함.)

광평 형,

광평이의 편지가 이미 왔으리라 생각했는데 아직 오지 않았구먼. 아마 복건과 광동 사이의 우송 상황이 좋지 않나 보오. 매일 배가 있는 것도 아니니까. 이곳에는 우체국 대리점 한곳뿐이고 토요일 오후와 일요일에는 사무를 보지 않소. 때문에 오늘은 일요일이기 때문에 편지가 없고 내일로 미루는 수밖에 없소.

나는 하문에 도착해서 편지 한통을 부쳤으니(5일) 벌써 도착했을 거요. 지금은 여기 머문 지 열흘이 가까워오는데 점점 습관이 되고 있소. 하지만 말은 그냥 알아들을 수 없고 물건 구입은 여전히 불편하오. 20일에 개학을 하는데 나는 여섯 시간을 강의해야 하니 바삐 보내야 할 것 같소. 하지만 개학하기 전에는 너무 한가하고 심심해서 어서 개학하기를 바라고 계약기한|1|이 어서 되기를 바라는 마음이오.

|1| "계약기한"이란 루쉰이 하문대학 국문학부 교수 겸 국학원 연구 교수직을 맡기로 한 임기 2년을 말한다. 루쉰과 허광평은 북경을 떠날 때 "2년 동안 일을 하고 다시 만나기로" 약속하였다.

|2| 계불(季黻)은 허수상(許壽裳)의 자이다. 허수상은 루쉰이 일본에서 유학할 때 고분학원에서 함께 공부한 동창생으로서 신해혁명 이후 같이 교육부에서 근무하였다. 1922년 여름 그는 국립 여자고등사범학교 교장으로 임명되었고 이듬해 루쉰을 이 학교 강사로 초청하였다. 1924년 교장 직을 사직하고 교육부에 돌아가 일하다가 1925년 교육총장 장사쇠(章士釗)가 비법으로 루쉰을 파면하자 다른 사람과 함께 "교육총장 장사쇠를 반대하는 선언서"를 발표하였고 그 일로 파면 당하였다. 1926년 1월 여자사범대학이 복교되자 교수 겸 교무장으로 초빙되었고 3월 6일에 교무장 직을 사임하였다. "3.18" 학살사건이 있은 후 루쉰과 함께 58명의 검은 명단에 올라 함께 독일병원에 피신하였다.

학교의 건물은 아직 다 짓지 못했기 때문에 나는 잠시 국학원의 비어 있는 진열실에 들어 있소. 3층인데 풍경을 바라보기는 제격이오. 계불[2]의 일은 결과가 없어서 속이 몹시 불안하오. 하지만 어쩔 수 없구면.

10일 밤에 광풍이 불었는데 굉장히 무서웠소. 임어당의 집은 지붕이 날아가고 문도 망가졌소. 연필만큼 굵은 쇠 빗장까지 구부러지고 물건이 적지 않게 파손되었다는구면. 내가 들어 있는 방은 바깥에 있는 블라인드만 못쓰게 되고 다른 손실은 없소. 오늘 학교 옆에 있는 바닷가에 많은 물건들이 떠내려 왔는데 책상도 있고 베개도 있고 또 시체도 있었소. 그러니 다른 곳에서는 배가 뒤집혀졌거나 집이 물에 떠내려갔다는 걸 알 수 있소.

이곳은 사방에 인가가 없고 도서관에는 책도 별로 많지 않소. 한곳에서 자주 만나는 사람은 "얼굴은 웃지만 마음은 웃지 않아서" 서로 할 말도 별로 없고 해서 무료하기 짝이 없소. 바다가 가까워 해수욕은 편하게 할 수 있지만 나는 헤엄을 쳐본지가 오래오. 그리고 만일 광평이가 이곳에 있다면 내가 물에 들어가는 걸 찬성하지 않을 거라고 생각하오. 그래서 들어가지도 않았고 앞으로도 씻으러 가지 않을 거요. 학교에 목욕실이 있소. 밤에 불을 켜면 벌레가 어찌 모여드는지 도무지 일을 할 수가 없소. 앞으로 일이 많아지면 아마 일찍 자고 아침 일찍 일어나 해야 할 것 같소.

9월 12일 밤. 신

오늘(14일) 오전에 우편 대리점에 가보았더니 광평이가 6일과 8일에 부친 편지가 왔더구면. 너무너무 기뻤소. 이곳 대리점은 어찌나 게으른지 편지를 카운터에 올려놓기만 하고 보내주질 않소. 앞으로 편지하면 하문 대학 아래에 "국학원"이라고 덧붙여주오. 그러면 배달부가 배달하기 쉬울

테니 어쩌나 두고 보겠소. 이 며칠은 매일 대리점에 다니오. 어제는 광평이의 편지가 없기에 영국 놈들이 광주에서 무모하게 설치는 바람에 들어오는 배가 영향을 받지 않았을까 하는 근심에 마음이 몹시 불안하였소. 이제는 마음이 놓이오. 상해의 신문을 보니 북경은 계엄을 하고 있는데 무슨 영문인지 모르겠소. 여자사범대학이 여자학원에 합병되고 사범부(師範部) 주임은 임소원(소 연구학부)|3|이며 4일에 무력으로 접수되었다고 하오. 정말 분개할 일이오. 하지만 지금은 껴들 시간도 없고 껴들 수도 없구먼. 잠시 상관하지 말고 지켜볼 수밖에 없소.

그러면 아래에 내가 여기로 이동하던 이야기를 하리다. 나와 한방에 있는 사람은 쉰 살 남짓한 광동사람인데 성이 위(魏)씨 인지 위(韋)씨인지 똑똑히 물어보지는 않았소. 민당(民黨)에 속하는 사람 같은데 말이 통했고 아마 예전엔 동맹회 회원이었던 듯싶소. 하지만 우리는 정치 얘기는 하지 않소. 서로 내막을 잘 모르니까. 그에게 하문에서 광주로 가는 방법을 물어보았더니 하문에서 산두(汕頭)로 갔다가 다시 광주로 가는 것이 가장 좋다고 하였소. 광평이가 여관에서 들은 말과 같았소. 배의 음식과 끼니 수는 "광대"호와 같았고 죽도 주었소. 배는 평온하게 항해했고 예수교 신도는 없어서 광평이보다 편하게 왔소. 작은 배가 뒤집힐 뻔했다면 정말 위험한 일이었소. 다행히 "말(馬)"이 마침내 등륙했다니 마음이 놓이오. 내가 하문에 도착했을 때도 작은 배로 학교에 이동했고 파도도 작지 않았지만 나는 어려서부터 작은 배를 많이 탔기에 아무 일도 없었소.

내가 앞에 보낸 편지에서 여기 배달부가 별로라는 얘기를 한 것 같은데 지금 익숙해지고 보니 누구나 그런 것은 아니었소. 아마 말을 고분고분 잘 듣는 북경의 배달부가 몸에 배어서 남방 사람들은 강하고 고집이 세다고 생각됐나 보오. 기실 남방은 계층관념이 북방보다 깊지 않아서 사환꾼

|3| 소 연구학부란 "헌법연구회"를 말한다. 1916년 원세개가 죽은 뒤 여원홍(黎元洪)이 대통령직을 이어받고 국회를 회복하으며 원 진보당 당수 양계초, 탕원화 등이 헌법연구회를 조직하고 한 개 정치파벌을 이루었다.

이라도 언행이 평등하오. 나는 지금 그들과 사이가 좋아져서 미운 생각이 사라졌소. 하지만 더운물 먹기가 불편하여 지금 차를 적게 마시고 있는데 차라리 잘 된 일이기도 하오. 담배도 전보다 적게 피우는 듯싶소.

내가 떠날 때 건인[4]이 나를 배웅했고 또 여관 심부름꾼도 같이 있었소. 배에 오르기 전에 우린 많은 말을 나누었는데 그때에야 비로소 나에 대한 일들을 알게 되었소. 복원이가 좀 과장해가며 요란하게 선전했기에 상해의 일부 사람들은 우리가 같은 차를 타고 오는 것을 보고 복원의 말을 완전히 믿었나 보오. 하지만 이상한 일도 아니오.

나는 이젠 술을 마시지 않고 밥은 끼니마다 한 사발(굽이 네모난 사발인데 굽이 뾰족한 사발보다 곱절 많이 담기오.) 먹는다오. 하지만 이곳 반찬이 싱겁고 맛이 없어서(학교 안에서 주는 음식은 먹을 수 없어서 우리 여럿이 함께 요리사를 고용하였소. 달마다 품삯 10원에 식비로 10원씩 드는데 그런데도 맛이 없구먼.) 고춧가루로 입맛을 돋울 수밖에 없소. 하지만 내가 고쳐나가면서 점차 끊을 생각이오.

나는 일주일에 여섯 시간쯤 강의해야 할 것 같소. 어당이가 좀 더 강의하기를 바라는데 거절할 수 없구먼. 그 가운데 두 시간은 소설사로서 준비할 필요가 없고 또 두 시간은 전문서적 연구인데 준비가 있어야 하고 나머지 중국 문학사 두 시간은 반드시 강의노트를 써야 하오. 전에 쓰던 강의노트가 있어서 그걸 보면서 자유롭게 강의해도 얼마든지 되지만 더 착실하게, 더 좋은 문학사를 엮어볼 생각이오. 광평이는 강의노트를 준비하느라 품이 꽤나 들겠구먼. 하지만 학급마다 한 시간씩이고 여덟 시간이 같은 내용이어서 품이 많이 들지는 않겠지. 이곳에도 북벌이 순조롭게 진행되고 있다는 소식이 넘쳐나서 마음이 얼마나 즐거운지 모르오. 신문에서는 또 복건과 광동이 서로 긴장하고 있다고 하지만 이곳에서는 느낄 수

|4| '건인'이란 주건인(周建人)으로서 루쉰의 셋째 동생이다.

없소. 하지만 고랑서(鼓浪嶼)에 벌써 숱한 거주민이 몰려와서 빈 방이 아주 드물다고 하는구먼. 그 섬은 바로 학교 건너편에 있는데 배로 10분, 20분이면 이를 수 있소.

신. 9월 14일

루쉰 선생님께,

　7일, 9일, 12일에 편지 한통씩 부쳤고 5일에 부친 편지 한통만 받았을 뿐이에요. 선생님 쪽의 소식은 전혀 알 수 없어 속으로만 추측할 따름이에요. 도대체 어떻게 지내고 있어요? 오면서 감기에 걸리지나 않았는지요? 지금 잘 휴양하고 있는지? 꼭 알려주시기 바랍니다.

　저는 거리에 나가는 일은 별로 없어요. 어디를 가나 옛날 생각이 떠오르기 때문이에요. 그리고 학교에 늦게 도착했기 때문에 게으름 피우기 미안하여 매일 아침 8시에 출근하여 저녁 5시가 되어야 숙소에 돌아와요. 퇴근해서는 목욕을 하고 수업준비를 하지요.…… 시간은 늘 부족해요. 여러 면에 아직 익숙하지 않아서 종일 서투른 바보같이 지내요.

　이 학교는 3할의 학생들이 완고하고 대다수는 맹종하는 편이고 하나 같이 자기 주견을 갖고 있지 않는 사람들이에요. 오늘은 16일로서 목요일이니 편지를 부치면 배달부가 휴식하지 않는 날에 가기에 선생님께서는 더 일찍이 보실 수 있겠네요. 선생님께서는 수업준비로 바쁘시겠지요? 나중에 다시 편지 드릴게요.

　새로운 환경에서 추석을 쇠면서 그들의 즐거움을 감상하시기를 바랍니다.

선생님의 H. M. 9월 17일

광평 형,

17일에 보낸 편지를 오늘 받아보았소. 5일에 편지를 보낸 뒤로 13일에 엽서 한 장 보내고 14일에 편지 한 통을 보냈소. 그 사이가 너무 길어서 내가 감기에 걸리지나 않았나 하는 추측을 하게 했구먼. 정말 어떻게 사과하면 좋을지 모르겠소. 그때를 생각해보면 어딘가 바보 같았소. 내가 이곳에 도착한 뒤 영국인들이 광주에서 사단을 일으킨다는[1] 소문을 들었기에 광평이가 탄 배도 그들이 막고 보내주지 않은 것이 아닐까 하는 의심에 편지가 오기만을 기다리면서 편지 부치는 일마저 미루고 말았다오. 그래서 광평이가 오랫동안 내 편지를 받지 못하게 된 것이오.

14일 편지가 지금은 도착했겠지. 그 편지를 부치고 나서 같은 날 나는 또 《신여성》 한 책을 보냈고 18일에는 《방황》과 《열두 번째》를 보내고 20일에는 편지 한 통을 보냈소.(봉투에는 그만 21일이라고 적었소.) 모두 이 편지 앞서 도착했으리라고 생각하오.

이곳에 살면서 불편한 점은 있지만 몸은 아주 좋소. 여기는 인력거가

|1| 1926년 9월 초, 영국 상선이 사천성 만현에서 어민의 배 10여 척과 충돌하여 침몰시킨 사건으로 상선은 지방 당국에 억류되었다. 그러자 의창과 중경에 정박해 있던 군함이 명령을 받고 만현으로 출발하여 5일에는 만현을 폭격하였다. 폭격으로 4천여 명의 백성이 죽게 되자 격분한 민중들은 영국을 반대하는 운동을 일으켰다. 이와 동시에 9월 4일에는 광주 성항부두를 점령하고 있던 영국 군함이 주강을 올라가면서 화물선을 가로막았고 노동자 규찰대를 향해 사격을 가하였다.

없기 때문에 배를 타거나 걸어 다녀야 하오. 지금은 단련되어 백 개 남짓한 층계를 쉽게 올라갈 수 있소. 밥도 잘 먹고 잠도 잘 자며 매일 밤 근게 납상 한 알 먹고 다른 약은 하나도 먹지 않고 있소. 어제는 거리에 나가 맥아엑스 어간유 한 병을 샀는데 요즘 먹을 작정이오. 이곳에서는 더운물을 얻어먹으려면 꽤나 힘들어 산나투진[2]을 먹을 수 없구먼. 하지만 열흘 안으로 옛 교사 기숙사로 옮기기에 상황이 여기와는 달라서 뜨거운 물을 쉽게 얻을 수 있을지도 모르오.(교사 기숙사는 두 군데 있는데 한군데는 독신들이 사는 곳으로 박사건물이라고 부르고 한 곳은 부인과 함께 있는 곳으로 겸애兼愛건물이라고 부르는데 누가 이름을 졌는지 참 재미있소.)

수업도 바쁜 편은 아니어서 나는 여섯 시간만 수업하면 되오. 개학하고 보니 두 시간으로 되어 있는 전문저작연구 과목은 신청하는 사람이 없어서 문학사와 소설사만 두 시간씩 가르치고 있소. 이 둘 가운데 문학사만 강의노트를 써야 하는데 일주일에 4, 5천자를 준비하면 되오. 누가 잘한다고 하든 말든 나는 옛날 강의록은 버리고 새로 잘 쓸 생각이오.

이 학교는 운영에 돈이 많이 들지 않는 편이고 기금이 없고 계획도 없소. 그리고 산만하기 이를 데 없어서 내 보기에는 잘 꾸려나갈 것 같지 않소.

어제는 추석이어서 보름달이 떴고 어당이가 월병 한 광주리 보내줘서 여럿이 나누어 먹었소. 나는 월병을 먹고 나서 곧바로 잠을 잤소. 요즘은 일찍이 자는 편이오.

신. 9월 22일 오후.

---

[2] "산나투진"은 뇌를 보하고 위를 튼튼히 해주는 약으로 독일에서 제조되었다.

MY DEAR TEACHER,

선생님께서는 일주일에 겨우 편지 한통을 보내주시네요. 저는 며칠 동안 애타게 편지를 기다리다가 좀 위안을 얻었습니다. 비록 엽서 한 장이지만.

그런데 정말 이해할 수 없어요. 7일, 9일, 12일, 17일에 각기 한통씩 편지 네 통을 보냈고 이 편지는 다섯 번째인데 모두 받지 못했다고 하니 그 이유를 알 수 없네요.

첫 번째 편지는 광주에 도착한 이튿날 아침에 대안여인숙 심부름꾼에게 부탁하여 부치게 하였는데 그가 신용을 지키지 않았을까요? 아쉽게도 그 편지에는 상해에서 광동까지 오면서 생긴 일들이 상세하게 적혀 있어요.

두 번째 편지는 네 곳에 부쳤는데 선생님 외에도 상해의 삼촌, 천진의 아주머니, 동성에 있는 사 씨에게 보냈어요. 학교의 여공(나의 일을 해주는 사람이지요.)이 꼼수를 썼을까요?

지금 받은 엽서에 대한 답장은 제가 직접 우체국에 가서 부치겠는데 어떨지 한번 봐야겠어요.

5일에 보낸 편지를 10일에 받았고 13일에 보낸 엽서는 18일에 받았으니 엿새씩 걸렸군요. 제가 보낸 편지가 잃어지지 않는다면 선생님은 12일, 14일, 18일, 22일, 24일에 잇달아 받을 거예요. 만약 여관 심부름꾼이

나 여공의 잘못이 아니라면 학교 수위실에 가서 물어보세요. 받는 사람이 주수인, 예재, 루쉰으로 되어 있고 보내는 곳이나 사람 이름이 광주 또는 광동의 셩, 송, 허라고 쓴 것이면 모두 제가 보낸 편지예요. 일부러 장난을 좀 쳤더니 이렇게 잃어질 줄이야 어찌 알았겠어요. 정말 속상하군요.

　저는 13일부터 강의를 하고 일을 보기 시작했어요. 강의는 그런대로 괜찮은 것 같아요.(반응을 살펴보면) 훈육은 정말 괴롭고 해나가기 힘들어요. 학감, 사감의 일을 망라하여 아침 여덟 시부터 오후 다섯 시까지 사무실과 교실을 검사해야 하고 저녁을 먹은 뒤에는 또 학생들의 자습과 숙식까지 검사해야 해요.…… 한마디로 나 자신의 시간은 없어요. 게다가 과외에 회의가 있고 여러 가지 일을 지도하고 자신의 수업준비까지 하노라면 진이 다 빠지고 눈코 뜰 새 없지요. 내일은 일요일인데 오후 한시에 또 훈육회의를 한다고 해요. 돌이켜보면 역시 학생시절이 즐거웠어요.

　사람들은 모두 잠들었고 시계는 서버려 몇 시가 되었는지도 모르겠어요. 서둘러 예까지 씁니다. 두서없이 썼으니 용서하세요.

　늘 즐겁기를 바랍니다. 감히 술을 끊으라고 권하지는 못하지만 스스로 알아서 마시면 좋겠어요.

선생님의 H. M, 9월 18일 밤

　광풍에 나무가 뿌리 뽑혔다는데 왜 임선생한테 집을 옮기고 싶다고 하지 않는지요?

광평 형,

18일에 보낸 편지를 어제 받았소. 13일에 보낸 엽서를 받았다고 하니 14일에 보낸 편지도 받을 수 있기만 바라오. 내가 보낸 편지 몇 통을 광평이가 모두 받았다고 하니 그것으로 위안이 되는구먼. 광평이가 7일, 9일, 12일, 17일에 보낸 편지는 모두 받았소. 대체로 나나 손복원이 우체국 대리점에 가서 찾아오곤 하오. 우체국은 혼란하기 짝이 없소. 편지를 보내주기도 하고 그냥 내버려두기도 하니 그야말로 난장판이라오. 가서 편지를 몇 통 가지러 왔다고 하면 그냥 내주는 거요. 그런데도 남의 편지를 채가는 일은 아직 없는 듯싶소. 나와 복원이는 매일 가보군 한다오.

하문대학 국학원의 꼴을 보니 갈수록 말이 아니오. 고힐강[1]은 스스로 호적과 진원 두 사람 내놓고는 누구도 탄복하는 사람이 없다 하고 반가순[2], 진만리[3], 황견 세 사람은 모두 고힐강이 추천해서 온 사람들이오. 황견(강서 사람임)은 말썽 부리기를 좋아하는데 여자사범대학에서 직원으로 있었다는데 광평이는 알고 있는지? 지금 그는 어당의 조수를 맡고 있고 다른 일도 겸직하고 있소. 아래 직원에게는 기염이 대단하고 반지르르한

|1| 고힐강(顧頡剛)은 역사학가로서 당시 하문대학 국학원 교수 겸 문과국학 학부 명예강사였다.

|2| 반가순(潘家洵)은 당시 하문대학 국학원 영어 편집 겸 외국 언어문학 학부 강사였다.

|3| 진만리(陳萬里)는 당시 국학원 고고 지도교수 겸 조형부 간부였고 문과국학 학부 명예강사를 겸하고 있었다.

말만 하는 사람이라오. 나는 그가 어당이에게 "아무개가 어떻더라." 하는 식으로 남의 흉을 보는 말을 직접 들은 적이 있어서 곱게 보지 않소. 그저께 그를 호되게 꾸짖은 일이 있는데 어제는 다른 구실로 보복을 하기에 또 한번 혼을 내주었소. 그리고 나는 국학원의 겸직을 내놓았소. 나는 이런 무리들과 일을 같이 하지 않을 것이오. 이런 사람들과 일하러 내가 하문에 온 건 아니니까.

내가 들어 있던 방에 물건을 진열해야 하기에 나는 이사해야 하오. 그런데 학교가 참 사람을 웃기고 있소. 옮겨갈 곳도 없이 우릴 보고 어서 이사하라고 하니 말이오. 교사 기숙사는 벌써 사람이 찼고 가까이에는 여관도 없으니 정말 답답하기만 하오. 나중에 방 하나를 마련해주기는 했지만 살림기구 하나 없는 텅 빈 방이라 그들을 보고 달라고 했더니 황견은 일부러 나를 괴롭히는 거요.(어떻게 돼먹은 인간인지 남을 난처하게 만들기 좋아하는 성격인가 보오.) 날 보고 필요한 기구 이름을 적은 다음 사인을 하고 가져가라고 하기에 화를 버럭 내며 꾸짖고 말았소. 그랬더니 기구들을 내주고 침대식 의자를 더 내주는 거요. 그리고 총무장이 손수 기구운반을 감독하였다오. 어당의 초청으로 이 학교에 왔기에 일을 잘하려고 했으나 지금 상황으로는 곤란하고 1년을 넘기기도 힘들 것 같소. 그래서 사업 범위를 좁히고 짧은 시간 안에 작은 성과라도 내야 하겠소. 그래야 남의 돈을 공뜬어 먹은 걸로 되지 않을 거요.

이 학교에서 쓰는 돈을 보니 별로 절약하지 않고 꽤나 헤프게 쓰는 편인데 인색할 때가 어찌나 많은지 사람을 짜증나게 하고 있소. 오늘 내가 이사하면서 그런 일을 당했다오. 방에 전등이 두 개 있는데 나는 당연히 하나만 쓰지. 그런데 전기공을 보내 기어코 전등 하나를 빼 가겠다고 하는 거요. 말려도 듣지 않더구먼. 교원한테 나가는 봉급만도 엄청난데 전등 하나가 뭐라고 그처럼 야박하게 노는지 모르겠소.

오늘 이사한 방은 전에 살던 방보다 훨씬 조용하오. 방도 널찍한 층집

이라오. 앞서 보낸 엽서에 사진이 있었지? 가운데에 모두 다섯 채 있는데 하나는 도서관이고 나는 그 위층에 들어 있소. 곁칸에는 손복원과 장이 |4|(오늘 이사를 왔는데 북경대학 교사였소.)가 들어 있소. 저쪽은 워낙 제본실로서 지금은 사람이 없소. 내 방에는 창문 두 개가 있어서 산을 바라볼 수도 있다오. 오늘 밤은 마음이 얼마나 차분한지 모르겠소. 무엇보다 그 너절한 사람들이 곁에 없고 같이 밥을 먹거나 시시한 말을 들을 필요가 없으니 편안하기만 하오. 오늘 저녁은 작은 매점에서 빵과 쇠고기 통조림을 사서 먹었고 내일은 아마 요리사를 불러 시킬 거요. 내가 심부름꾼을 고용했는데 식비까지 해서 12원을 주면 되오. 표준어를 좀 알긴 하지만 게으른 것 같소. 만일 다른 시끄러운 일이 없으면《중국문학사략(中國文學史略)》편찬을 시작할까 하오. 나의 강의를 들으러 오는 학생은 모두 23명(그 가운데 여학생이 2명이오.)인데 국문학부 전체가 올 뿐만 아니라 영어, 교육학부의 학생도 들으러 온다오. 이곳의 동물학부는 전 반에 학생이 한사람뿐이오. 날마다 선생과 둘이 마주앉아 수업을 받고 있소.

그런데 나는 아마 또 이사를 해야 할 것 같소. 지금은 도서관 주임이 휴가 중이고 어당이가 대리하고 있어서 그에게 권력이 있지만 일단 본인이 오면 다른 변동이 있을 수도 있기 때문이오. 황무지에 학교를 지어놓고 기구도 없고 교사가 머물 방도 없으니 정말 웃기는 일이오. 어디로 이사 갈지는 지금 짐작할 수 없소.

지금 들어 있는 방이 한 가지 좋은 점이 있는데 바로 층계가 24개뿐으로 전에 비해 72개나 적소. 하지만 "이로움이 있으면 폐단도 있기 마련"이라고 폐단은 바다를 볼 수 없는 것이오. 윤선의 굴뚝만 보일 뿐이오.

어제 밤에는 달빛이 아주 좋았소. 밖에 나가 좀 거닐다가 바람이 불기에 들어왔는데 벌써 11시가 되었더구먼. 내가 14일에 보낸 편지는 20일이

|4| 장이(張頤)는 그때 하문대학 문과철학 학부 교수로 있다가 나중에 부 교장으로 임명된다.

698 한 권으로 읽는 루쉰 문학 선집

나 21일, 또는 22일에는 받을 수 있을 거요. 아마 모레(27일)는 편지가 올 거요. 이미 써놓은 편지 두 장은 28일에 부치겠소.

　22일에 편시 한 통을 보냈는데 이미 도착했으리라 생각하오.

신. 25일 밤

MY DEAR TEACHER,

선생님께서 14일에 보내신 편지와 다른 편지봉투에 넣어 보낸 12일자 편지를 22일에 받아보았어요. 하고 싶은 말씀이 많다는 것을 알았어요. 비록 유머적으로 쓰긴 했지만 제 마음으로 짐작해보면 이해할 수 있어요. 편지가 하루 이틀 지체된다면 물론 괜찮지만 사흘나흘 지체되면 너무 답답하고 대엿새, 일여덟 날 지체된다면 정말 억이 막히겠지요. 그런데 이보다 더 지체되는 일도 있잖아요?

제가 정식으로 일을 하고 수업을 한지 벌써 일주일 하고도 나흘이 되었어요. 한마디로 바쁘기만 합니다.…… 아침 여덟 시에 사무실로 출근하여 사무를 보거나 강의를 하고 이밖에 교실을 돌아보며 학생들의 규율을 검사해야 하고 다섯 시에는 돌아와 밥을 먹고 일곱 시에는 또 학생들의 자습검사를 해야 하지요. 훈육이란 직무는 학감, 사감이 해야 할 일을 겸하고 있는 외에도(하지만 따로 교무처와 사무처가 있어요.) 반드시 학습기강을 살피고 당의 주장을 선전해야 하는데 교무 및 총무와 함께 교장이 직접 관할하고 있어요. 광동에서만 올 여름방학 뒤로 이런 방법을 실시하고 있어요. 저는 금방 졸업한 사람으로 경험도 없고 참고로 할 만한 모델도 없이(다른 학교에서는 아직 훈육처를 설립하지 않았어요.) 이런 일을 맡아 하자니 정말 소경이 눈 먼 말을 탄 것처럼 아예 앞이 보이지 않아요. 더구나 학생들은 낡은 세력에 의해 좌우지되는데다가 전 성 학생연합회(광동은 학생가운데 완고파가 많은데 정말 뜻밖이에요.)의 지원이 있고 게다가 북경과 상해 수구파의 도움으로 세력이 점점 커지고 있으니 정말 뭘 도모해보려면 어려워요. 앞으로 개혁을 할 수 있다면 다행이겠지만 그렇지 못하면 저는 줄행랑을 놓을 수밖에 없어요. 하지만 대체로는 배척당할 가능성이 많아요. 제가 오기 전에 학생연합회에서는 성립 제1, 제2 중학교를 적화 교장이 학교를 엉터리로 꾸려나가고 있다는 조목을 만들어 사납게 공격했고 심지어 교육청에서는 학생을 제명하고 있어요. 이어 광동대학(중산대학) 법과에서는 진계수[1]를 주임으로 등용하는 것을 반대하고 있는데 제1, 제2 중학과 같은 맥락이지요. 여자사범학교는 그들이 세 번째로 풍파를 일으킬 학교로 예정되어 있기 때문에 학생들이 지금 막 벼르고 있어요. 지금 여러 면으로 나에 대해 알아보고 있는데 단기서 정부에 반항하던 사람이면 당국에는 역시 죄인이나 다름없나 봐요. 여자는 워낙 뛰어난 견해를 갖고 있지 못한데다가 외부의 유혹에 약하고 고집스러워서 저마다 양음유의 기풍을 갖고 있으니 정말 한숨이 나와요. 다만 나 자신만 노력한다면 실패하지 않을 수 있고 설사 실패하더라도 지금의 광동은 여자의 지위가 남자와 동등해서 다른 곳에 갈 수도 있어서 다행이에요. 이곳은 다른 곳과 틀려서 공격을 받았다 해서 사회에 발붙이기 어려운 처지가 되지는 않아요.

MY DEAR TEACHER! 선생님께서는 왜 "계약기간이 어서 되기"를 바란다고 하는지요? 여러 가지로 불편한데다 말까지 통하지 않고 잠자리와 음식이 맞지 않아서 그래요? 만약 확실히 몸에 좋지 않고 심지어 건강에 해롭다면 차라리 사직하는 편이 낫지요. 하지만 선생님께서는 "사업하러 가지" 않았어요? 그처럼 불안하고서야 어찌 마음 편히 일을 할 수 있겠어

---

[1] 진계수(陳啓修)는 루쉰의 북경여자사범대학 동료이다. 1926년 광주로 가서 중산대학 교수로 있었다. 나중에 《국민일보》 사장이 된다.

요? 해결할 수 있는 더 좋은 방법은 없을까요? 만약 의복과 음식이 불편하거나 베껴 쓰는 일처럼 제가 도울 수 있는 일이 있으면 알려주세요. 멀리 생각하고 상의하면 좋겠어요.

추석날 휴식했겠지요? 모처럼 복건에 여행을 갔는데 하루 묵으면서 휴일을 헛되이 보내지 말고 즐겁게 놀면서 맛있는 음식을 사 먹어야지요. 학교 요리사가 하는 음식이 입에 맞지 않고 고랑서까지는 5분이면 간다고 하지 않았어요? 그쪽에 가면 꼭 음식 맛이 좋은 곳이 있을 거고 놀만한 곳도 있을 거예요. 사 군의 형님이 그곳에 살고 있는데 상냥한 사람들이라 한번 놀러 가보시지요? 오늘 사 군의 편지를 받았는데 고향에 돌아가 일을 좀 하고 싶다고 하더군요. 하지만 선생님의 지금 형편으로는 허선생을 추천하기도 어렵겠네요. 다른 것은 더 말할 필요가 없군요.

저는 추석날 오전에 교장을 따라 주집신[2] 서거 6주년 기념회에 갔어요. 많은 사람들이 회의에 참석하였는데 우수덕[3] 선생의 강연을 들으니 북방의 무던한 풍이 여전하더군요. 나중에 또 열사 묘에 가서 조문하고 학교에 돌아오니 오후 1시가 되었어요. 명절의 반날은 이렇게 지나갔어요. 지난해의 오늘에는 멀리서 월병 네 박스를 들고 달려와서 술을 먹던 일이 자꾸 떠올라요. 그때 그 상황을 오늘에는 기대할 수도 없네요! 그리고 훈육처에서 계획서를 써서 추석 다음 날에 열 회의에 제출하라고 해서 추석 전날에 밤새워 쓰고 추석날에도 이어 겨우 써냈는데 합격될는지 모르겠어요. 추석날 오후에는 집 생각이 간절해서 가보았는데 아주머니와 동생이 썰렁하게 살고 있지 않겠어요. 광동을 떠나기 전에 그들과 함께 지내던 생각이 나면서 마음이 쓸쓸해서 나가 채소를 사가지고 와서 같이

|2| 주집신(朱執信, 1885~1920년) 혁명가로서 황화강 봉기에 참가하였다. 1920년 광동에 가서 계계(桂系)군벌의 귀순을 책동하였고 9월 21일에 호문에서 살해되었다.

|3| 우수덕(于樹德)은 당시 국민당 중앙위원, 정치위원회 북경 분회 위원으로 있었다. 기념회에서 그는 "3.18학살 사건"과 북경의 혁명운동 상황에 대해 강연하였다.

음식을 해먹었어요. 밥을 먹고 나서 거리를 한 바퀴 돌았고 올 때는 초롱을 사서 애들에게 주고 과일을 사서 함께 먹었어요. 약 열 시쯤 돼서 잠을 잤는데 보름달이 어딘지도 보지 않았어요.

북경 여자사범대학의 일은 제가 학생선언서|4|를 두 번 받은 적 있는데 교육부에서는 학생을 도와준 선생들을 자신의 밥통을 위해서 그랬다고 중상했고 기명|5|과 조정|6| 두 선생은 임소원에게 불려가 적화|7|를 한다고 모욕당하고 또 당장 잘못을 인정하고 취소하라고 호통을 쳤다니 정말 불운한 일이에요. 북벌이 순조로운가 봐요. 이곳 신문들은 하나같이 보도하지만 도대체 어떤 사정인지는 잘 모르겠고 복선에서는 진상을 더 잘 알 수 있지 않을까 생각해요.

우체국 대리점이 학교에서 얼마나 먼지요? 매일 다니기가 힘들지 않아요?

복원이 선전하는 말을 자세히 들었는가요?

밤이 깊어 졸립니다. 다음에 더 이야기하기로 해요. 즐겁기를 바랍니다!

선생님의 H.M. 9월 23일 밤

|4| 1926년 9월 3일 북경여자사범대학 학생들은 여자사범대학 취소를 반대하는 첫 선언서를 발표했고 두 번째 선언서는 1926년 9월 4일 임가징(任可澄), 임소원(林素園)이 군경과 함께 여자사범대학은 접수한 뒤인 9월 8일에 그들의 폭행을 폭로하고 전국 각 계층의 지지를 호소하면서 발표하였다.

|5| 기명(丰明)은 루쉰의 둘째 동생 주작인의 필명이다. 당시 그는 북경대학과 북경 여자사범대학의 교수였다.

|6| 조정이란 서조정(徐祖正)으로서 당시 북경대학과 북경여자사범대학 교수였다.

|7| 사실은 임소원이 적화를 한다고 중상한 사람은 서조정이고 주작인과는 아무 상관이 없는 일이었다.

광평 형,

오늘 오후에 24일에 보낸 편지를 받았소. 내 짐작이 틀리지 않았구먼. 광동 학생들의 상황이 그렇다면 정말 내가 "본 바와는 다르고" 북경은 아직 이 지경에 이르지는 않았을 것이요. 편지에 썼듯이 광평이는 물론 그대로 할 수밖에 없겠지만 그 직무가 그렇게 전혀 틈을 낼 수 없을 정도로 바쁘단 말이요? 일은 당연히 해야 하지만 죽기 살기로 할 필요는 없다고 생각하오. 이곳에서는 외부의 일을 잘 알 수 없소. 오늘 신문을 보니 상해에서 온 전문을 실었는데(이 전문이 무슨 경로로 왔는지 똑똑하지 않소.) 한마디로 말하면 무창은 투항하지 않기에 아마 공격할 것 같고 남창은 여러 번 쳤으나 공략하지는 못했고 손전방[1]은 이미 출병했고 오패부[2]는 정주에서 봉천방면과 보정에 대한 영향력을 두고 은근히 싸우는 것 같소.

내가 계약기간이 빨리 되기를 바라는 것은 어서 세월이 빨리 가서 민국 17년이 되기를 바라기 때문이오. 애석하게도 이곳에 온지 한 달도 되지 않는데 마치 1년이나 지난 것 같구먼. 사실 여기는 나의 건강에 좋은 고장

|1| 손전방(孫傳芳, 1885~1935년), 직계군벌 오패부 수하의 장령으로서 당시 그의 주요한 병력은 강서 남창, 구강, 남심로 등 요충지에 있었다. 11월 2일, 북벌군이 남심로에서 총공격을 발동하여 4일에는 구강을 공략하고 8일에는 남창을 공략하였다. 싸움에서 패배한 손전방은 남경으로 도망쳤다.

|2| 오패부(吳佩孚, 1873~1939년), 북양 직계군벌 수령으로서 1926년 9월 6일 북벌군이 한구, 한양을 공략하자 정주로 도망갔다.

인 듯싶소. 밥맛이 좋고 잠을 잘 잘 수 있는 것이 그 증거인데 좀 뚱뚱해지지나 않았는지 모르겠소. 하지만 심심하고 불쾌할 때가 많아 편안한 마음으로 글을 가르칠 수 없을 것 같소. 하지만 나도 반년, 일 년이란 세월도 후딱 지나가니까 스스로 불안감을 해소하거나 강의노트를 쓰는 일로 지낼까 하오. 그래서 잘 먹고 잘 자고 있는 거요. 이곳 사정은 이러하니까 도움은 필요 없고 광평이는 학교의 일을 잘하면 되오.

추석을 어떻게 보냈는지는 지난 편지에서 이미 말하였소. 사 군|3|의 일은 어당에게 말해두었는데 아직 소식이 없소. 이곳에서는 "외지사람"을 채용하기 좋아한다고 하오. 이유는 나중에 서로 갈등이 생기더라도 외지 사람은 짐을 싸들고 가면 그만이지만 본지 사람은 오래 곁에 있기에 척지기 쉽기 때문이라고 하오. 이 역시 특이한 철학이라 하겠소. 사군의 형님은 잠시 방문하지 않는 게 좋을 듯싶소. 그가 나를 찾아 접대하고 보면 나도 보답을 해야 하니 오히려 교제가 늘어날 뿐이오.

복원이가 오늘 맹여|4|의 전보를 받았는데 그를 보고 광동에 와서 함께 신문을 꾸리자고 했다는구먼. 갈지 말지는 아직 결정하지 않았다고 하오. 그 전보는 23일에 보냈는데 일주일 지나서야 받았다고 하는데 전보가 편지처럼 늦다니 정말 이상한 일이요. 그가 선전한 내용을 보면 대략 이러하오. L의 집에 남학생들이 자주 올 뿐만 아니라 여학생도 늘 오는데 그들 가운데 L이 사랑하는 사람은 키가 큰 사람으로서 가장 재주가 있기 때문이라고 하오. 복원이라는 사람처럼 평범하기 이를 데 없구만.

이곳에서 초청한 교수는 나와 겸사를 내놓고 또 고힐강이 있소. 이 사람은 진원과 같은 부류인데 나는 벌써 알고 있었소. 지금 알아봤더니 그

|3| 사 군(謝君)이란 사덕남(謝德南)을 말한다. 사덕남은 허광평이 하북성 제1여자사범대학을 다닐 때 동창생, 친구였던 상서린(常瑞麟)의 남편 사돈남(謝敦南)의 형님이다. 사덕남은 당시 집에서 놀고 있었는데 상서린과 사돈남 부부는 허광평에게 편지를 써서 루쉰을 보고 하문에서 직업을 소개해달라고 부탁하였다.
|4| 맹여(孟餘)는 고조웅(顧兆熊, 1888~1972년)의 자이다. "3.18 학살사건"이 발생한 뒤 북양정부가 "공산당의 학설을 빌어 대중을 선동하여 사단을 일으킨" 죄명으로 수배를 한 다섯 사람 가운데 한 사람으로서 북경대학 교수, 교무장을 맡았다. 당시는 국민당 중앙위원이고 선전부장이었다.

가 자신의 세력으로 받아들인 사람이 일곱이나 되더구먼. 전에 바깥일은 관계하지 않고 책만 보고 있다는 소문을 낸 것은 모두 남을 속이기 위한 것이었소. 그는 지금 나를 배척하기 시작하였소. 나를 "자유방종한 지식인"이라고 하니 정말 웃기는 일이오. 하지만 이곳에서 제왕의 만세위업을 쟁탈하려는 생각이 없는 나로서는 멋대로 내버려두고 있소.

우체국 대리점에 가려면 여든 걸음쯤 걸으면 되고 다시 여든 걸음을 걸어야 변소가 있소. 나는 소변을 봐야 하기에 하루에 서너 번은 다녀와야 하오. 우체국은 중도에 있어서 한번 들여다 보면 되기에 전혀 불편하지 않소. 날이 저물면 그곳으로 가지 않고 집 아래 풀밭에서 해결하오. 이곳의 생활방식이 이처럼 해이하리라고는 정말 몰랐던 일이요. 며칠 더 살다 보니 차츰 습관이 되었고 또 다툼질해서 일부 기구들을 얻어왔고 더러는 사왔소. 그리고 일꾼 한 사람을 고용했기에 많이 편해졌소. 요즘 새로 온 교사들은 차가운 방에 들어 있는데 목이 말라도 먹을 물이 없고 소변을 보려 해도 한참 가야하니 과연 "떠돌이 개" 신세라 할까.

수업 받으러 오는 학생은 점점 많아지고 있는데 아마 다른 학과 학생들도 오는 듯싶소. 그 가운데 여학생 다섯이 끼어 있소. 나는 그들에게 곁눈질하지 않기로 결심했고 하문을 떠나는 날까지 영원히 그럴 것이요. 먹을거리도 함부로 먹지 않고 바나나를 몇 번 사먹었을 뿐이오. 물론 북경보다 질 좋고 값도 싸오. 이곳에 작은 상점이 있어서 내가 바나나 사러 가면 뚱뚱한 주인 할머니가 다섯 개 사면 10전을 받고 열 개를 사면 20전을 받는데 도대체 이 값이 맞는지, 아니면 내가 외지 사람이라고 속이는 건지 아직도 알 수 없소. 다행이 내가 버는 돈도 하문에서 사기쳐서 버는 것이라 10전을 내든 20전을 내든 하문 사람들에게 돌아갈 테니 괜찮소.

나는 수업을 다섯 시간 맡고 있는데 두 시간 강의내용만 엮으면 되오. 하지만 문학사 범위가 너무 넓어서 꽤나 품이 드오. 이곳에 온 뒤로 나는 상해에서 또 책을 백 원 어치 샀소. 건인에게서 편지를 받았는데 그는 이사를 해서 성이 손 씨인 무석 사람과 함께 있다고 하오. 내 보기에는 좋은 일 같지 않소. 바보가 아닌 그가 사기당하는 일이야 없겠지.

이젠 자야겠소. 벌써 12시가 됐구먼. 나중에 또 이야기를 나눕시다.

9월 30일 밤. 신

MY DEAR TEACHER,

오늘은 또 목요일이어서 편지를 쓸 틈이 있게 되었어요. 그리고 내일은 중양절이어서 따분한 사무도 접어놓고 휴식을 해야지요. 학생시절에는 방학하기를 고대했는데 선생이 되고 보니 그 생각이 더 심하고 수업이 제일 많은 날에는 더욱 간절해져요. 그런데 내일은 제가 수업이 없는 날이라 휴식하는 것이 물론 출근하기보다는 낫겠지만 저는 참 아쉬운 느낌이 들어요. 만일 토요일이나 월요일이라면 하루에 두세 시간씩 하는 수업준비를 하지 않아도 되니 그러면 얼마나 좋아요!

남방은 중양절이면 등산을 하기에 북방보다 더 떠들썩하게 쇠는데 하문은 어떤지 모르겠네요. 광동에서는 이날에 산으로 유람 가는 사람이 아주 많아요. 저는 내일 사촌동생과 겨울옷을 지을 천 사러 가기로 약속했기에 놀러 갈 수 없어요. 겨울옷에 대한 말이 나왔으니 하는 말이지만 며칠 전 이곳에는 비가 오고 몹시 추웠는데 북경도 이맘때면 이처럼 춥지 않았을걸요.(그 정도는 아닌 걸 너무 심하게 말하지 않았는지 몰라요.) 저의 옷은 말리느라 집에 보낸 뒤로 다시 보내오지도 않고 저도 가지러 갈 틈이 없어 그냥 홑옷 몇 벌 껴입고 있었는데 그만 감기에 걸렸어요. 9일과 10일에 연극을 할 때 학생들과 함께 접대를 하고 여러 가지 춤을 추고는 이틀 모두 자정이 되어 돌아왔더니 바람을 맞았나 봐요. 다행히 비방을 알려주는 사람이 있어서 돼지 간에 구기자를 넣고 끓여서 두 번 먹었더니 정말 나았어요. 지금은 더 좋아요.

모두들 이 철에 광동이 이처럼 추워보기는 처음이라고 해요. 하문에서 는 사람이 몸을 가눌 수 없는 큰 바람이 불어도 춥지는 않았다고 하는데 지금도 여름옷을 입고 있나요? 그렇다면 광동보다 따뜻하네요.

지난 편지(10일에 쓴 편지)에 선생님께서 1일에 보낸 편지와 책을 모두 못 받았다고 했잖아요? 그런데 1일자 편지는 12일에 받았고 책은 다른 선 생이 학교의 인쇄물 더미 속에서 찾아서 저에게 주었어요. 아마 온지 며 칠 되는 것 같은데 어느 날에 왔는지는 모르겠어요. 아무튼 책과 편지를 모두 받았어요. 그 편지를 보니 너무 "어린애" 같아요. 제가 받기 다행이 지요. "곁눈질"한들 뭐래요? 곁눈질하는 건 별로 보지 못했고 느닷없이 눈을 부릅뜨고 보지나 않는지요!

장경생[1]과 같은 부류가 내놓은 위대한 이론이 있잖아요. 누구나 수준 을 높여서 모든 것을 아름다운 꽃이나 그림으로 생각하고 그것을 감상하 고 남에게 보여주고 싶은 마음이 생긴다면 자연히 사념은 없어질 것이라 고 했는데 선생님께서도 한번 체험보시지요?

제가 비록 열심히 일하지만 능력으로는 따라가지 못할 일들이 있음을 느껴요. 훈육 주임으로서 훈육회 규약 초안을 작성하려고 보니 마치 의회 헌법과 같아서 참고할 만한 것은 있지만 맞춰내기는 어렵네요. 그래서 돌 아와서 지금까지 십여 명을 소집하여 세 번 회의를 열었지만 작성한 규약 이 변변하지 못하다 보니 아직도 마무리하지 못하고 있어요. 지금 또 다 른 사람 넷을 초안 작성 위원으로 모셨는데 이 점만 보아도 저의 능력이

|1| 장경생(張競生), 광동 사람으로서 북경대학 교수로 있었고 저작으로는 《아름다운 인생관》 등이 있다.
|2| 풍옥상(馮玉祥, 1882~1948년), 군사 장령으로서 1926년 9월 국민혁명군의 북벌이 승리를 거듭하며 무한에 이르자 군 전체가 중국 국민당에 가입한다고 선포한다. 국민정부는 그를 국민정부 위원, 군사위원회 위원 겸 국민혁 명군 당 대표로 위임하였다.

약하다는 것을 알 수 있어요. 이 학교에서는 발전하기 어렵고 여러 가지로 불편을 느끼고 있어요. 잘 해보려고 하니 하문대학에 계시는 선생님의 형편과 다름없어요.

요즘 신문기사를 보면 북벌군이 쌍십절에 무창, 구강, 남창을 공략하면 호북과 강서를 모두 평정하고 다시 예번(豫樊)과 연합하여 북방의 국민혁명군과 하나의 세력을 이룬다면 나라의 앞날이 창창하리라고 하는데 확실히 그렇다고 봐요. 풍옥상[2]은 정식으로 국민정부에 편입하여 총리의 유언을 따르고 삼민주의를 실행할 것이라고 고륜(庫倫)에서 공개발표를 하였어요. 듣는 바로는 복건의 싸움도 몹시 순조롭다고 하는데 사실인지요? 진계수(陳啓修) 선생이 얼마 후면 정치부 선전주임으로 간다는 소문이 있는데 고 씨가 손 씨를 초청하는 것은 진 씨의 빈자리를 메우려는 것이 아닌지 모르겠어요. 하지만 진 씨는 사론을 쓰는 사람으로서 손 씨가 그를 대체한다면 역시 정론을 많이 내야 하겠으니 그러면 부간(副刊)이 예전처럼 문예를 위주로 할 수 있을까요?

광동에서는 작은 은화로 좋은 바나나 열다섯 개(때로는 열여섯 개)를 살 수 있어요. 10전에 다섯 개를 살 수 있는 셈이고 검은 점이 수두룩한 바나나는 동전 반 잎으로도 살 수 있어요. 여기 바나나는 생신하고 맛있어서 저는 늘 사먹지만 북경까지 운반해가면 많이 떨어지지요. 복건 사람들은 육송(肉松 - 고기를 실처럼 찢어서 만든 요리 - 역자)을 잘 만든다고 하는데 선생님께서도 사서 해보시는 게 어때요.

학생들과의 감정이 좋으면 흥이 나기 마련이고 어디 가나 좋은 싹을 키워 대중들에게 보내주고 대중을 부조할 수 있다면 스스로도 정신적으로 즐겁고 교사로서의 보람을 느낄 수 있지요. 남방 사람들 속에 선생님과 같은 북방사람이 살고 있지만 차별하지 않고 특별대우를 해주니 이야말로 "기뻐서 잠을 못 이룰" 일이에요. 비록 말은 이렇게 하지만 그렇다고 목숨 걸고 일하지는 말아요. 스스로 자신을 아껴야 남을 아낄 수 있지요.

《신여성》에 글을 쓰고는 싶지만 지금은 환경과 시간이 모두 허용하지 않아요. 아무 때나 쓰면 보내드리겠어요.

선생님께서 "따분하시지 않기를" 바라요.

YOUR H. M. 10월 14일 밤

광평 형,

1일에 편지와 함께 《망원》 두 책을 보냈는데 이미 받았으리라 생각하오. 오늘 9월 29일에 보낸 편지를 받았소. 10전짜리 우표 때문에 감개무량해하는데 정말 어린애로구먼. 10전을 더 내고 편지를 잃어버리지 않을 수 있다면 훨씬 좋지 않소? 전에 광동 중학생들의 상황을 듣고 "보기와 다르다"고 생각했는데 오늘 교사들의 상황을 알고 보니 또 "보기와 다르다"는 느낌이요. 이전에 광동의 학술계는 다른 곳보다 많이 좋으리라고 늘 생각하고 있었는데 지금 보면 환상에 지나지 않는 것 같구먼. 처음 일에 참가한 사람이라 열심히 일하는 건 뭐라 할 수 없지만 몸도 돌보며 해야지 않겠소. "목숨을 다하는" 일은 없어야지. 글쓰기에 대해 내가 어떻게 고무하고 인도하면 좋을까? 대담하게 써서 나에게 부쳐 보내면 되지 않소? 글이 어떤지는 내가 먼저 보면 알거고 설사 잘 쓰지 못했다 해도 별로 손바닥을 때리고 싶어도 멀어서 때릴 수는 없으니 그냥 빚으로 해둘 수밖에. 그러니 대담하게 써보오. 물러설 수 없는 마당에 어쩌겠다는 말이요?

편지를 보면서 광평이의 거처를 짐작해보았소. 나의 거처보다 너른 것 같구먼. 나는 가구래야 여섯 개밖에 되지 않고 모두 싸워서 얻어온 것이라오. 하지만 알코올램프를 산 뒤로는 나도 좀 바삐 보내고 있소. 마시는 물은 모두 끓여서 먹고 있소. 바쁘다 보니 덜 심심하구먼. 간장은 이미 샀고 늘 소고기 통조림을 사서 먹다 보니 돈을 절약할 수 없소!!! 소시지는 북경에서 이미 질려서 먹고 싶지 않소. 상해에 있을 때는 나와 건인이 별로 먹지 않았기에 볶음밥 한 그릇을 시켜 먹곤 했는데 뜻밖에 문제가 생기고 말았소. 선시회사(先施公司)에서 물건을 많이 사지 않았더니 애들처럼 신경이 예민해지는데 정말 생각 밖이었소. 서로 멀리 떨어져 있어서 어쩔 수 없기에 그냥 장부에 외상으로 적어 놓았소.

나는 여기서 바나나, 유자를 자주 사먹곤 하는데 모두 훌륭하오. 키위는 보지도 못했고 뭘 말하는지도 모르기에 살 수도 없었소. 고랑서에는 있을지 모르나 그곳 역시 다른 곳에 있는 조계지와 비슷할 거니 별로 가보고 싶은 마음도 없어서 끝내 가보지 않았소. 이곳은 비가 적게 오고 바람만 많이 부는데다가 아직은 더워서 연잎마저 말라버렸구먼. 꽃에 대해서 나는 아는 것이 거의 없고 면양은 검정색이구먼. 개미를 막아보려고 사면에 물 두르는 방법을 썼더니 다행이 설탕은 안전하게 되었소. 하지만 책상에는 밤이나 낮이나 10여 마리씩 기어 다니는데 쓸어내면 또 오곤 하니 어쩔 도리가 없소.

지금 나는 폐쇄주의만 취하고 있소. 교직원은 누구든 적게 내왕하고 말도 적게 하고 있소. 이곳의 학생들은 그래도 좋아서 아침이면 운동을 하고 저녁에도 늘 같이 있고 열람실에 가도 늘 만날 수 있소. 나 역시 그들한테 감정이 좋아 모두 올해는 문과가 생기를 띠고 있다고들 하는데 나는 게을렀던 자신이 부끄러워 반성하고 있소. 소설사는 이미 책으로 나와 있기 때문에 문학사편찬을 건성으로 하고 싶지 않소. 지금 두개 장절을 인쇄에 교부했는데 애석하게 이 학교에는 장서가 많지 않아 편찬하기 몹시 불편하오.

북경에서 온 편지는 이미 받았고 집안은 모두 무사하며 20원 주고 석탄 한 톤을 이미 사놓았다고 하오. 학교에서는 아직 개학을 하지 않았고 북경대학 학생들이 가서 학비를 내도 당국에서는 받지 않고 있다고 하니 그야말로 체면을 차리는 것인데 그렇다면 개학을 할 자신이 전혀 없다는 걸 말해주는 거요. 여자사범대학의 일은 들은바 없고 교사를 몽땅 남자사범대학의 교사로 갈았다는 것만 알고 있소. 아마 잠시 연구학부의 세력으로 채운 것 같소. 한마디로 환경이 이러하니 여자사범대학의 일을 단독으로 잘 처리할 수는 없을 거요.

계불은 가족을 남쪽에 보내려 하고 있고 자신은 아직 갈 곳을 정하지 못하고 있소. 내가 이 일로 천진대학에 편지를 써서 방법을 대달라고 했지만 아무 효과가 없을 듯싶소. 그도 광동으로 가고 싶어 하지만 소개해주는 사람이 없구먼. 어당도 제 뜻대로 할 수 있는 형편이 아니어서 이곳에서는 방법이 없소. 교장|1|이 여러 사람들의 초빙증서를 깔고 앉아 있다가 한동안 지난 뒤에야 발급하고 있소. 교장은 공자를 숭배하는 사람으로서 나와 겸사는 문제없지만 많은 돈을 쓴 형편이라 어서 성과가 나기만을 바라고 있소. 좋은 풀을 소에게 먹였으니 어서 젖이 나오기를 바라는 마음이 아니겠소. 이런 마음을 어당도 읽고 있기에 며칠 안으로 전람회를 열려 하고 있소. 학교에서 돈을 들여 흙 사람(옛 무덤에서 파낸 인형)을 구입하는 외에 나의 비석 탁본을 내놓으려 하고 있소. 기실 이런 골동품은 이곳 사람들이 별로 보고 싶어 할 리 없지만 그냥 알지도 못하면서 설칠 따름이오.

이곳은 자극이 적은지 나는 잠을 아주 잘 자고 있소. 하지만 글을 쓸 수 없어서 북경의 독촉은 그냥 모르는 체 지내는 수밖에 없소. 개명서점|2|에서 나의 책을 출판하고 싶어 하지만 아직 출판할 만한 책이 없구먼. 시간이 없어서 북신에 아직 《화개집 속편》을 정리해 보내지 못하고 있소. 장홍

|1| 교장이란 임문경(林文慶)을 말한다. 그는 교장 직무 외에도 국학원 원장을 맡고 있었다.

|2| 개명서점은 1926년 8월 장석침(章錫琛), 장석산(章錫珊)이 상해에서 설립한 서점으로서 당시 문학작품과 청년들이 읽을 도서를 주로 출판하였다.

|3| 침종사(沉鐘社)는 문학단체로서 1925년 가을 북경에서 설립되었고 《침종》이라는 주간지를 출판하였다.

은 돈 때문에 이 두 서점과 분쟁이 생겼고 침종사|3|와 창조사|4|와도 틀어졌소. 지금은 글로 서로 싸우고 있는데 창조사 내부도 분쟁이 생겨 가중평|5|을 내쫓았는데 무슨 원인인지 나는 모르고 있소.

신. 10월 4일 밤

|4| 창조사는 곽말약, 욱달부, 성방오의 발기로 1920년에서 1921년 사이에 설립된 문학단체로서 선후로 《창조》,
《창조월보》, 《창조일》과 같은 간행물을 출판하였다.
|5| 가중평(柯仲平, 1902~1964년), 시인으로서 광표사에 참가한 적이 있고 후기에는 창조사 성원이 되었다.

MY DEAR TEACHER,

이른 아침부터 고대하던 선생님의 편지를 받고(10일에 보낸 것임) 즐거운 마음으로 읽고 있어요. 선생님의 마음도 어느 정도 안정된 것 같군요. 하지만 마음이 싫어하는 곳에 억지로 살면서 저를 안심시키느라 그렇게 말씀하신 건 아닌지 모르겠네요.

겸사와 복원 선생은 광동으로 출발했는지요? 만약 번역할 일이 있으면 제가 의무를 다하도록 하겠습니다.

광주의 국경절은 역시 북방과 다르네요. 그날 저도 편지 한통을 부쳤는데 받았으리라 생각해요.

중산대학에서는 한 학기 휴교하고 정돈하고 나서 개학을 하기로 했어요. 문과 주임 곽 씨는 관리로 발탁되고 앞으로 누가 그의 교수 자리를 메울지 아직 결정되지 않았어요. 선생님께서 오실 뜻이 있으시다면 이곳에 아는 사람도 많고 지금이 기회라고 생각해요. 선생님께서 지금 하시는 일이 정말 힘든 경우라면 말입니다.

어제 일요일 오전과 저녁, 그리고 오늘 밤에 짬을 타서 글 한편 써서 보냈어요.|1| 글이 괜찮다면 상해에 보내고 그렇지 않으면 버려도 좋아요.

|1| 한편의 글이란 《새로운 광동의 새 여성》으로 장석침의 청탁으로 쓴 것이며 1927년 1월 상해의 《신여성》 제12호에 실렸다.

우리 학교 사감은 사직을 하고 정부에 서기관을 하러 갔어요. 일시 다른 사람이 없어서 제가 의무적으로 대신하고 있어요. 내일 부임하는 날인데 잠시 그냥 이곳에서 돕다가 사람이 초빙되어 오면 가기로 했다는데 정말인지 모르겠어요.

저는 이곳이 좋은지 나쁜지 모르겠어요. 여러 담임들은 서로 틀어져서 훈육은 별 진전이 없어요. 그리고 틈이 나지 않아서 몹시 짜증이 나는데 기회만 있다면 이 일을 그만두고 싶어요.

몹시 피곤하네요. 더 하고 싶은 얘기는 다음에 할게요.

YOUR H.M. 10월 18일 밤

광평 형

19일의 편지와 원고는 모두 받았소. 내 보기에 원고가 쓸 만한 것 같구면. 하지만 문구가 적절하지 못한 부분이 있는데 이것은 아가씨들이 흔히 범하는 병으로서 병집은 소홀히 한데 있다고 보오. 글을 쓰고 나서 아마 다시 한 번 안 보지 않았나 싶구면. 한두 날 지난 뒤 수정해서 보내겠소.

겸사[1]는 27일에 상해로 떠날 예정이고 광주에는 가지 않을 것이오. 복원[2]은 벌써 떠났고 진성농한테 물어보면 그의 주소를 알 수 있을 거요. 그러나 나는 그가 번역할 필요는 없다고 생각하오. 그는 진지한가 하면 진지하지도 않고 능글맞은가 하면 능글맞지도 않소. 흐리멍덩해서 여기 저기 쏘다니기 좋아하는 사람으로 그에게는 영원히 "어려운 일"이 없을 거요. 하지만 무얼 하든 뒤끝이 깨끗하지 않아 늘 남에게 길고 좀 성가신 일을 남겨 남이 설거지를 하지 않을 수 없게 한다오. 내가 지금 일꾼 한 사람 두고 있지 않소? 그런데 그가 그 일꾼의 친구를 보고 "진원이네" 음식을 도맡도록 소개해주겠다고 했다는구면. 그래서 내가 쓸데없는 일에 참견하지 말라고 말했지만 소귀에 경 읽기요. 지금 "진원이네"는 마치 내

|1| 겸사란, 심겸사(沈兼士)를 말한다. 당시 하문대학 국학원 주임을 맡고 있었다.
|2| 복원은 손복원(孫伏園)을 말하는데 루쉰이 소흥사범학교 교장으로 있을 때 학생이었고 당시는 하문대학 국학원에서 편집부 간사로 있었다.

가 주방장이기라도 한 듯이 나한테 밥과 반찬 투정을 부리오. 내가 고용한 일꾼은 자기의 친구를 돕느라 나의 일은 건성으로 하고 있소. 결국 내가 12원을 들여 그들에게 주방장 조수를 하나 구해주었지만 그래도 원망을 듣는 형편이오. 오늘 그들이 이제는 일을 더 도맡지 않기로 했다니 정말 감사한 일이오.

계불[3]의 일은 그 망할 놈의 복원이더러 만나서 알려주라고 부탁했고 어제 또 겸사와 함께 편지 한통을 써서 맹여[4]에게 보냈소. 이제는 해야 할 일을 다 했으니 어떻게 될지는 두고 보기로 합시다. 나의 다른 거처에 대해서는 천천히 의논하는 게 좋겠소. 비록 여기에 오래 머물 생각은 없지만 그렇다고 지금 반드시 떠나야 할 형편은 아니기에 서두르지 않아도 되오. "득실이 걸린" 염려할 일이 없으니 마음이 편안한 것은 당연한 일이오. 절대 "안심시키기 위해 하는 말"이 아니니 잘 헤아려주기를 바라오.

요즘 이과(理科)의 여러 선생들이 국학원을 공격하기 시작했다오. 국학원의 사무실이 완공되지 않아 생물학원의 집을 빌려 쓰고 있는 형편이라 그들은 먼저 집을 돌려달라고 하면서 공격을 들이대고 있소. 이 일은 우리와 아무 상관이 없으므로 곁에서 지켜보면서 웃어주고만 있소. 노천에서 비바람을 맞고 있는 한 무더기 진흙 사람을 보는 것도 재미있는 일이요. 이 학교는 남개[5]와 너무도 비슷한데 교장의 비위를 맞추어 다른 과에서 뭘 좀 하려는 교수가 있으면 곁에서 질투하고 허물을 꼬집으면서 못하는 짓이 없소. 과연 본댁과 첩의 싸움 같소. 북경이 어지러워 하문으로 왔는데 지금 보면 허무한 생각이었소. 윗물이 맑지 않은데 아랫물이 맑을 리 있겠소? 북경보다 나은 점이라면 봉급을 미루지 않는 것뿐이오. 하지만 "학교의 주인"이 한번 노하면 당장 문을 닫을 수도 있는 상황이라오.

|3| 계불(季黻)은 허수상을 말하며 루쉰에게 일자리를 소개해달라고 청탁한 일이 있었다.

|4| 고맹여(顧孟餘)는 당시 광주 중산대학 교무위원으로 있었다.

|5| 남개란 천진 남개대학을 말한다.

내가 거처하고 있는 이 큼직한 양옥에 밤이면 세 사람뿐이오. 장이 교수와 복원, 그리고 나요. 장씨는 불편하다며 친구에게로 가버리고 복원도 떠나버렸으니 지금은 나 혼자 뿐이오. 하지만 조용히 책을 읽고 생각할 수 있어서 정신적으로 외로운 줄은 모르고 있소. 휴가철이 가까워오면서 전보다 더욱 조용해졌소. 헤어보니 여기 온 지 겨우 50일 밖에 되지 않는데 마치 반년이나 지난 듯싶소. 나만 이런 것이 아니라 겸사도 같은 말을 하니 생활이 얼마나 단조로운지를 짐작할 수 있을 거요.

내가 요즘 이 학교를 형용할 수 있는 말 한 마디를 생각해냈는데 "쓸쓸한 섬의 바닷가에 어이없이 지어놓은 양옥"이라고 했소. 하지만 이와 같은 곳에도 별의별 인물이 다 있구먼. 마치 물 한 방울도 현미경으로 보면 하나의 큰 세계를 이루는 것과 마찬가지요. 그들 사이에 생긴 "본댁과 첩"의 싸움에 대해서는 이미 앞에서 이야기했고 이밖에 또 여 교사의 사랑을 얻기 위해 한 통에 9원인 사탕을 사서 선사한 늙은 외국 교수가 있는가 하면, 유명한 미인과 결혼했다가 석 달 후에 이혼한 청년 교수도 있다오. 그리고 이성을 노리개로 생각하면서 해마다 꼭 한사람씩 교제하다가 여자가 마음을 주면 결국 차 버리는 미스선생이 있는가 하면 누구한테 사탕이 있으면 그걸 염탐해서는 몰려가서 먹어버리는 염치없는 인간도 있소……. 세상은 어디가나 비슷하구먼. 번화한 곳이나 외진 곳이나, 사람이 많은 곳이나 적은 곳이나 모두 마찬가지이요.

절강이 독립한 것은 확실하오. 오늘 듣자니 진의의 군대가 이미 노영상 |6|과 싸움이 붙었다고 하오. 그렇다면 결국 진의도 서주에서 독립했다는 말인데 확실한지는 알 수 없소. 오히려 복건의 소식은 별로 들을 수 없소. 주음인|7|은 반드시 무너질 것이고 민군은 벌써 장주에 이르렀다고 하오.

|6| 노영상(盧永祥)은 북양 환계(晥系)군벌이다.
|7| 주음인(周蔭人)은 당시 복건성 독판(督辦)으로 있었는데 1926년 10월 국민혁명군(민군) 북벌부대가 세 갈래로 나누어 복건으로 진격하자 12월 패잔병을 거느리고 복건에서 물러났다.

장훙이 또 위소원|8|과 다투었소. 상해에서 출판한 《광표》|9|에 글을 실어 욕설을 퍼붓고는 또 나에게 보내는 글을 싣고 글에 날 보고 몇 마디 하라고 하는 거요. 그야말로 먹고는 할 일이 없나 보구면. 하지만 나는 끼어들고 싶지 않소. 이 몇 해 동안 생명을 많이 허비했고 이제는 싫증이 나서 아예 관여하지 않기로 마음먹었소. 게다가 다툼의 내막을 들여다보니 《망원》에서 향배량의 대본을 실어주지 않은 일로 위소원과 북경에서 갈등이 생겼는데 상해에 있는 장훙을 보고 욕설을 퍼부으라 하고는 하문에 있는 나까지 껴들라고 하니 참 이상한 사람들이오. 그들 사이에 생긴 우여곡절을 내가 어찌 알 수 있겠소.

이곳은 날씨가 쌀쌀해서 겹옷을 입고 있소. 내일은 일요일인데 밤에 영화 보러 갈 것 같구면. 링컨의 생애에 대한 이야기라고 하오. 여럿이 돈을 모아 주문한 영화인데 60원이 들었소. 나는 1원을 냈으니까 특별석에 앉을 수 있을 거요. 링컨의 이야기 같은 것은 별로 볼 생각이 없지만 여기는 볼만한 영화가 없지 않소? 누구나 다 알고 있는 재미있다는 영화래야 링컨의 일생에 지나지 않소.

편지는 내일 부치겠소. 개학 후로는 우체국 대리점에서 일요일에도 반날 일을 보고 있소.

L.S. 10월 23일 등불 아래서

|8| 위소원(韋素園), 작가이고 미명사 회원이었다. 1926년 8월 루쉰이 북경을 떠난 뒤 《망원》을 맡아 꾸렸다.

|9| 《광표(狂飈)》는 주간지로서 고장훙(高長虹)이 주필을 맡고 있었다.

MY DEAR TEACHER,

어제 밤에 편지 한 통을 써놓고 나니 선생님의 편지가 기다려지네요. 오늘은 편지를 받을 수 있지 않을까 하는 생각을 하면서 아침에 사무실에 출근해보니 과연 책상에 선생님의 편지가 있었어요. 정말 반갑게 읽었어요. 지금은 오후 다섯 시 좀 지났는데 밥이 아직 되지 않아 선생님의 편지를 펼쳐놓고 하고 싶던 말을 적어 올립니다.

맡은 일이 골치 아프지만 열심히 하고 있어요. 초빙증서에 한학기라고 했으니 싫어도 할 수 밖에 없지요. 그리고 제가 맡은 훈육은 중요한 일인데 성과 없다면 말이 되지 않지요. 그래서 할 수 밖에 없고 잘하지 못하더라도 그건 나중의 일이지요. 오늘 학교에 잠시 사감 직무를 대신할 사람이 왔어요. 그의 사명은 당 사업이고 사감의 일은 별로 관여하지 않아요. 수요일과 목요일은 학교에 오지도 않고요. 길어 한학기고 적으면 한두 달 맡아하게 되는데 단기 계약이에요. 그러니 저는 그냥 바쁠 것이지만 지금은 좀 괜찮아요. 하지만 그는 11월 초에야 학교에 오기 때문에 지금은 저 혼자서 맡고 있어요. 매일 밤 10시 지나서야 수업준비를 할 수 있고 저의 일을 볼 수 있어요. 요즘 또 새 일이 늘었어요. 서겸[1]이 남녀평등에 대한 법적 개량을 제의한 뒤 광주의 각계 부녀연합회에서 우리 학교 교장을 대

|1| 서겸(徐謙)은 당시 국민당 중앙집행위원, 광주 국민정부 위원 겸 사법부장, 중산대학 위원회 위원이었다.

표로 추천하고 여덟 개 단체로 법률수정위원회를 구성하였는데 우리 학교도 들어 있어요. 저는 공공사업을 책임지고 있어서 내일 회의에 참석해야 해요. 그리고 모레에도 회의가 있는데 아마 제가 가야 할 것 같아요. 그러면 일요일에도 틈을 낼 수 없어요. 하지만 어쩌겠어요, 훈육 주임인 저로서는 요술 부릴 줄 알거나 손오공처럼 눈 깜짝할 새에 일흔둘로 변하는 재주가 있어야 대처할 수 있을 거예요.

돈은 물론 들어오는 액수를 봐서 쓰지요. 모자라지는 않고 제가 뭐라 하지도 않았으니 남의 도련님 타이르는 방식으로 저를 대하지 않았으면 좋겠어요. 돈을 넉넉히 쓰면 쓸수록 환경에 대처하기 더욱 어려워져요. 아시겠어요? 저는 산두에 가서 글을 가르치지 않고 여기로 온 일이 얼마나 후회되는지 몰라요. 그곳에 갔더라면 훨씬 조용히 살 수 있을 거예요.

복원이가 이곳에 온 뒤 제가 접대해야 한다면 그들에게 알려주세요. 하지만 제가 바빠 보내고 있다는 것도 알려주고요.

중산대학(이전의 광동대학)은 휴학을 하면서 개혁을 하고 있어요. 위원장은 대계도이고 부 위원장은 고맹여이며 이밖에 서겸, 주가화, 정유분이 있어요. 내막은 제가 알 수 없고 개혁을 한 뒤에 희망이 있을지에 대해서는 지금 어떻다 말할 수 없어요. 만약 선생님을 초청하는 사람이 있으면 한번 시험해보는 것도 좋으리라고 생각해요. 새로 개혁한다면 좋아질 수도 있지요. 제 보기에 선생님께서는 그곳에 마지못해 있는 것 같아요.

어제 밤에 쓴 편지에서는 불평만 늘어놓았어요. 부치지 않으려 하다가 역시 잠깐이나마 생긴 마음이니 그냥 보여주는 거예요. 하지만 지금은 몹시 즐거워요. 이제는 사감이 오기로 했고 11월 1일에 오는데 손잡고 학교를 잘 정돈해나갈 수 있었으면 좋겠어요. 그리고 나서 떠나도 이 학교에 왔던 보람이 있는 셈이지요. 이제는 밥을 먹어야 해요. 이 편지는 두 번 나누어 썼어요. 이제 자습검사를 가야하고 수업준비를 해야 하니(내일 두 시간이 있어요.) 다음에 말하지요.

YOUR H.M. 10월 22일 오후 여섯 시

광평 형,

23일에 19일에 보낸 편지와 원고를 받았고 14일에 편지 한 통을 보냈는데 받았으리라 생각하오. 22일에 부친 편지는 어제 받았소. 복건과 광동을 오가는 배는 많지만 우편물은 어느 한 회사가 독점한 것 같구먼. 그 배로만 편지를 운송하니까 일주일에 겨우 두 번밖에 받을 수 없는 거요. 상해도 마찬가지이오. 나는 그 회사가 태고|1|가 아닌지 의심되누먼.

나는 동의할 수 없는 일이지만 남의 도련님 타이르는 방식을 쓰지 않을 테니 마음을 놓소. 하지만 내 보기에 스스로는 절대 입을 열지 않을 테니까 정말 어쩔 수 없소. 그렇게 적게 먹고 일을 많이 하는 생활을 얼마나 견뎌낼 수 있겠소? 하지만 한 학기만 하고 또 도울 사람이 온다면 그러는 것도 괜찮겠지. 하지만 절대 필사적으로 해서는 안 되오. 사람이 물론 "공공"의 일을 해야지만 그건 여러 사람이 같이 하는 거고 만약 남은 게으름을 피우고 몇 사람만 기를 쓰고 일한다면 너무 "불공평"한 일이오. 적당히 일하면서 길을 좀 적게 걷고 일을 좀 덜 하는 것이 좋을 거요. 자신도 국민의 한 사람이니 반드시 소중히 여겨야 하지 않겠소. 몇 사람만 죽을 고생을 하면서 일하라고 요구할 권리는 누구에게도 없소.

|1| "태고"란 구 중국의 항해업을 조종했던 영국의 독점자본인 태고양행(太古洋行)을 말한다.

이 몇 년 동안 나는 늘 남에게 힘을 보태주고 싶었고 그래서 북경에 있을 때 죽을 둥 살 둥 모르고 일했다오. 끼니를 거르고 잠을 적게 자고 약을 먹으면서 편집을 하고 교정을 보고 글을 썼소. 그런데 결과 쓴 열매를 거둘 줄은 정말 뜻밖이었소. 나를 광고로 하여 제 이득을 챙긴 일은 더 말할 것도 없고 자그마한 《망원》조차도 내가 떠나자 다툼질이 시작되질 않겠소. 장홍은 잡지사에서 원고를 깔아두었다고(깔아두었을 뿐인데) 나와 시비를 걸고 잡지사에서는 가끔 원고가 없으면 날 보고 글을 써내라고 독촉이오. 나는 너무 화가 치밀어 24호까지 내고 《망원》을 폐간할 생각이요. 간행물이 없으면 뭘 갖고 다투는지 한번 보고 싶소.

광평이가 이번에 나가 일을 하게 되면 적지 않은 이상야릇한 방문객이 있으리라 짐작은 하고 있었소. 혁명가, 문학가를 자칭하는 사람들이 방문할 뿐만 아니라 도움을 청할 수도 있을 것이라 생각하였소. 나는 광평이가 그들을 도와주리라 생각하고 있었소. 하지만 그들은 도움을 받고도 만족하지 않고 광평이를 원망할 거요. 그들은 돈을 벌고 있는 광평이로서는 이만한 도움은 부담도 되지 않을 것이라고 믿을 거고 광평이가 있는 힘껏 도왔다고 한다면 그들은 인색해서 거짓말을 한다고 할 거요. 앞으로 혹 실패라도 하면 뿔뿔이 흩어져 모르는 체하고 심지어 돌을 던지는 사람도 있을 것이고 방문했을 때 본 광평이의 태도나 옷차림, 거처 같은 것들은 공격의 밑천으로 되어 전에 인색했던 벌이라고 할 거요. 이런 상황을 내가 일일이 겪어봤지만 지금은 광평이가 그 맛을 보는 것 같구면. 고민스럽고 불평스럽지만 맛보는 것도 좋은 일이오. 세상을 알게 되면 더욱 총명해지기 때문이오. 하지만 이런 상황이 오래 지속돼서는 안 되오. 얼마간 경험하고 나서는 깨달음이 있어야 하고 그들을 단호하게 내쳐야 할 것이오. 그러지 않으면 자신의 모든 것을 희생하더라도 그들은 만족하지 않을 것이고 여전히 구해낼 수 없을 것이오. 기실 광평이가 만난 이른바 "부녀자와 어린이"도 아마 예외가 아닐 것이오.

이상은 밥을 먹기 전에 쓴 것이오. 지금은 4시니까 오늘은 일이 없소. 겸사는 어제 떠났고 아침에 작별인사를 왔었소. 복원이의 편지를 받았는데 배 멀미로 왕창 토했다고 하오.(배에 오르기 전에 술을 마셨으니 쌤통이요!) 지금 장제(長堤)에 있는 광태래 여관에 머물고 있는데 아마 내 편지를 받았을 때는 이미 떠난 뒤일 거요. 절강의 독립은 실패하였소. 그때 외부에서는 요란했지만 절강 지방의 신문을 보면 독립 초기에 벌써 심상치 않았는지 말을 얼버무리는데 밖에서 나도는 소문처럼 기세가 높지 않았소. 복건의 일도 진상을 알 수 없고 신문에서는 주음인이 토호 무장에 의해 살해되었다고 하나 확실하지는 않소.

이곳에서는 겹옷을 입어야하고 밤에는 조끼를 입어야 하는데 요즘은 괜찮소. 오늘 비가 왔지만 별로 싸늘하지는 않구먼. 내가 일꾼을 둔 뒤로는 많이 쉬워졌소. 일은 그렇게 많지 않아 짬은 얼마든지 있소. 하지만 무슨 일을 할 수가 없구먼. 심심풀이로 책을 읽을 때가 많고 강의노트를 서너 시간 짜도 수면에 지장을 주어 잠이 잘 오지 않소. 그래서 강의노트를 천천히 짜고 있다오. 그리고 가끔 원고재촉이 오더라도 대부분 모르는체 하고 상반기처럼 일을 급하게 서두르지 않고 있소. 이것은 퇴보한 것 같지만 어떻게 보면 진보라고 해야 할지도 모르오.

건물 아래 뒤편에 가시철망으로 두른 화단이 있다오. 그 가시철망이 사람을 막을 수 있는지를 알려고 내가 며칠 전에 뛰어 넘어보았소. 넘어는 갔지만 그 가시가 과연 효과가 있었소. 두 군데 상했는데 한곳은 엉덩이이고 다른 한곳은 무릎 옆으로 많이는 아니고 조금 상했을 뿐이오. 이건 오후에 있은 일이고 저녁이 되니까 다 아물어서 아무 일도 없다오. 이 일이 교훈으로 될 거요. 별 위험이 없으리라 생각하고 시험해본 건데 위험이 있을 줄 알았다면 조심했을 거요. 이를테면 이곳에는 자그마한 뱀들이 엄청 많아 맞아 죽은 뱀이 늘 눈에 띄오. 턱이 부풀지 않은 걸로 보아 대체로 독은 없는 것 같지만 그래도 날이 저물면 풀밭을 거닐지 않소. 소변도 건물 아래로 내려가 보지 않고 요강에 담았다가 밤에 사람이 없을 때 창문으로 쏟아버리오. 막된 소행이기는 하지만 학교시설이 이 지경이니 어쩔 수 없는 일이오.

어당은 이미 병이 나았고 황건은 북경에 가족을 데리러 갔소. 그는 아마 이곳에 발을 붙이려나 보오. 나는 몸이 튼튼하오. 술을 마시지 않으니 밥맛도 좋고 마음도 전보다 안정되어 있소.

신. 10월 28일

MY DEAR TEACHER,

19일, 22일과 23일의 속달 편지를 모두 받으셨겠지요?

오늘 아침(27일) 사무소에 가서 선생님께서 보낸 편지와 10월 6일에 책한 묶음을 받았어요. 안에 제3, 4호《갈앉은 종(沉鐘)》[1]한 책과《가시나무(荊棘)》[2]한 책이 있었어요. 이 책을 스무날 만에야 받았다니 정말 이상한 일이예요.

일요일인 24일에는 진선생의 집에 가서 이지량을 방문했는데 수염을 길게 기른 복원도 왔더군요. 23일에 이곳에 왔다고 하는데 선생님은 편지에 27일에야 도착한다고 했지요. 하지만 18일 편지에서는 "복원이와 같은 배를 타고 광동에 도착한다."고 했고 그 편지는 23일에 받았어요. 저는 그날로 회답을 보냈는데 선생님께서 중산대학에 와서 일을 돕는 것이 어떠냐고 했어요. 지금 잇달아 들리는 소식에 따르면 이번의 개혁은 정말 혁신을 목적으로 하고 있어서 수구파들은 벌써 원망을 늘여놓고 있어요. 당국에서는 새 교수들을 많이 초빙하려고 계획하고 있는데 이런 상황에서 저는 선생님들이 오시기를 희망해요. 그러지 않고 곽말약이 벼슬하러 가고 선생님들도 오지 않는다면 이곳에서는 사람을 골라 쓸 형편이 못되

|1| 《갈앉은 종》은 주간지로서 1926년 8월에 제1호를 낸 뒤고 모두 12호를 내고 중단되었다.

|2| 《가시나무》는 단편소설집으로서 1926년 8월 개명서국에서 출판하였다.

기에 문과에서는 어떤 인물을 초청할지 몰라요. "현대"파에 대해서는 이곳 사람들은 별로 주의를 돌리지 않고 있으며 국가주의를 공격할 줄 밖에 모르는 주간지인 《깨어난 사자(醒獅)》만을 알고 있지만 융통성이 없는 《깨어난 사자》는 어디나 널려 있어요.

어당 선생은 그로서의 어려움이 있을 거예요. 자신이 새로 꾸린 국학원 내부가 그 지경이 돼버렸고 또 교장 쪽에서는 그에게 듣기 괴로운 말을 할지도 모르니 결단을 내리기 어렵겠지요. 돈을 따지는 것은 아마 보편적인 현상으로서 제가 이곳에서 매달 받는 월급은 겨우 수십 원이지만 사람들은 겉에 씌어 있는 액수를 기억하고 있기에 일을 좀만 덜해도 꾸중을 받아요.

선생님께서 저에게 "자질구레한 책과 잡지" 한 꾸러미를 보내셨다고 하는데 지금까지 받은 것은 세 책 뿐이에요. 한 꾸러미 또 있을 거라고 생각되지만 아직 도착하지 않았어요. 잃어지지는 않겠지만 받으면 알려드리지요.

어제(26일) 한국 독립|3|과 만현 학살사건|4|을 지원하기 위하여 학교에서는 하루 휴학하고 중산대학에 가서 집회를 가졌어요. 중산대학 광장에 연단 두 개를 만들었고 10여만 명이 참가했어요. 오후 3시에는 거리행진하고 학교에 돌아와 편지를 쓰려고 했으나 너무 피곤하여 쓰지 못했어요.

중산대학과 하문대학을 비교하면 중산대학이 발전성이 있고 희망이 있어요. 교통이 편리하고 민중의 사기가 드높은데다가 정부도 한마음이고 여러 성에서 중시하고 있는 새 학교이기 때문이지요. 선생님께서 만일 다음 학기에 하문대학에 있기 싫고 이곳에서 성의 있게 초청한다면 와 보시는 게 좋을 것 같아요. 하지만 봉급은 하문대학보다 많지 않을 거고 생활과 교제에 드는 돈이 더 많을 거예요. 하지만 여행 삼아 글을 가르치는 한

|3| 1926년 6월 10일 민족독립을 위해 일으킨 반일 대 시위를 말한다.
|4| 1926년 9월 5일 영국 군함이 만현(萬縣)을 포격하여 4천명을 학살한 사건이다.

편 유람을 한다면 안 될 것 없다고 생각해요.

지금은 오후 1시예요. 침실에서 예까지 쓰고 사무실에 가야 해요. 다음에 자세히 말해드릴게요.

YOUR H.M. 10월 27일 오후 1시

광평 형,

10월 27일에 보낸 편지를 오늘 받았고 19일, 22일, 23일 편지도 모두 받았소. 나는 24일, 29일, 30일에 각기 편지 한통씩 보냈는데 받았으리라 생각하오. 일기를 보니 간행물은 21일과 20일에 부쳤는데 무슨 책인지는 잊어버렸고 그 안에 《외국 소설집》이 있는 것만 기억하고 있소. 10월 6일의 간행물은 일기에도 없는데 적지 않았는지 아니면 21일에 보낸 걸 날짜를 잘못 적었는지 알 수 없구먼. 광평이가 받은 꾸러미가 21일에 보낸 것인지를 보면 알 수 있을 거요. 만약 없다면 내가 잘못 적었을 것이고. 하지만 내가 6일에 보낸 꾸러미는 다른 꾸러미 같기도 하고 꾸러미가 아니라 평소에 잡지를 부치던 것처럼 책 세 권을 겹쳐놓은 듯싶기도 하오.

복원이 보낸 편지를 받았는데 계불의 일은 희망이 크다고 했고 학교의 다른 일에 대해서는 말이 없었소. 얼마 뒤에 아마 학교로 돌아올 거요. 그는 상황을 좀 알고 있는데 만약 중산대학에서 나를 초청하고 내가 학교에 도움이 된다면 개학을 하기 전에 그곳에 가보겠소. 이곳은 문제로 될 것이 없지만 어당이에게 미안하구먼. 하지만 어당이도 멍청하오.(아니면 너무 정직한지) 지금까지도 "협조"하면 잘되리라 미신하고 있는데 잘못될 것이 분명하지만 돌릴 방법이 없소. 고힐강은 여전히 인선추천에 열중하고 있고 도서관에 한 사람이 부족하다고 하니까 또 사람을 추천할 타산을 하고 있소. 호적지는 서기 노릇을 하는데 이번에는 아마 잘되지 않나 보오. 학교 측에서는 요즘 마인초를 접대하느라 한창 열을 올리고 있소. 어제 절강 학생들이 환영회를 열었는데 기어코 함께 사진을 찍자고 잡아끄는 걸 겨우 거절하였소. 정말 이상한 사람들이요. 나도 은행이 돈을 잘 버는 줄을 알고 있지만 "가는 길이 다른데 함께 꾀할 일"이 뭐가 있겠소. 내일은 교장이 연회를 베풀기로 했는데 배석명단에 또 내가 들어 있소. 그들이 나를 은행가와 가까이 하게 하려고 갖은 애를 쓰고 있는데 정말 난감하오. 하지만 나는 초대장에 "알았다."고만 썼는데 가지 않으면 알게 될 것이오.

복원이 편지에서 한 말에 따르면 특별란을 12월부터 시작한다고 하는데 그러면 그가 하문에 갔다가 두세 주일 지나 또 가야 할 테니 잘된 일이기도 하오.

11월 1일 오후

하지만 나는 앞으로 어떻게 해야 할지 정말 갈피를 잡을 수 없구먼. 글을 써야 할지, 아니면 글을 가르쳐야 할지? 이 두 가지 일은 절대 한사람이 동시에 할 수 있는 일이 아니기 때문이오. 글을 쓰려면 열정이 있어야 하지만 글을 가르치려면 냉정해야 하오. 두 가지 일을 겸하여 할 경우 만약 착실하게 하지 않으면 양쪽 다 겉돌 수 있고 착실하게 한다면 정열에 끓어올랐던 마음을 또 눅잦혀야 하니까 정신적으로 피곤할 것이오. 결과적으로 두 일을 모두 잘할 수 없을 것이오. 외국의 경우를 보아도 교수로 있는 사람이 문학가로 되는 일은 아주 드무오. 내가 글을 쓰면 아마 중국에 도움이 될 터이니 쓰지 않으면 아쉬운 일이고 만약 내가 중국문학에 관한 일을 연구한다면 역시 남들과는 다른 견해를 내놓을 수 있으니 버리기도 아깝구면. 하지만 연구는 여가시간에 하고 차라리 현실에 도움이 되는 글을 쓰는 편이 좋으리라는 생각을 갖고 있지만 교제가 많아지면 그 일도 종지고 말 것이요.

요즘 날씨가 몹시 추워졌소. 겹옷을 입어야 하고 밤에는 솜으로 지은 조끼를 입어야 하오. 나는 잘 지내고 있소. 밥은 여전히 잘 먹지만 반찬은 역시 입에 맞지 않는구려. 여기서는 정말 상상할 수도 없는 일이오. 강의록은 지금까지 다섯 편을 만들었소. 내일부터는 간행물에 글을 쓸 것이오. 이곳을 떠나기 전에 간행물에 글 한편을 쓰고 학술강연회에서 강연을 한번 하겠소. 사실 강연은 별로 듣는 사람도 없소.

신. 11월 1일 등불아래에서

MY DEAR TEACHER,

요 며칠 학교에 일이 생겼고 또 일이 있으면 글을 써내려가지 못하는 저의 결함 때문에 5일 날 선생님의 29일과 30일 편지를 받고 몇 번이고 답장을 쓰려다가 붓을 놓았어요.

이상은 어제 밤에 쓴 글로서 더 써내려갈 수 없어서 오늘 아침(일요일)에 이어가고 있어요.

5일에 보낸 편지에서 제가 학교에 풍파가 생겼다고 말했는데 지금도 계속되고 있어요. 하지만 그렇게 치열하지는 않아요. 중산대학에서 개혁을 중지한 뒤 수적파[1]의 근거지가 제거되었기에 학생회를 장악하고 있던 이 파벌 사람들도 찬밥신세가 되었어요. 하지만 제 생각에는 여성들은 늘 어둠과 보수 쪽에 치우치기에 학생들 가운데서 중립을 지키는 일부, 혁명하려는 일부, 반동으로 가는 일부를 내놓고 가장 세력이 큰 것 같아요. 기실 중립을 지키는 사람들이 별 행동은 없지만 그것은 학교의 단속 때문이고 마음으로는 제명당한 사람들을 동정하고 있으며 학교에서 너무 모질었다고 말하고 있어요. 학교에서는 일체 집회를 금지하고 있기에 그들은 회의를 열고 해결하자는 전단지를 붙이고 있어요. 두 학생의 학적을 회복하되

|1| 수적파(樹的派)란 국민당 우파인 "손문주의학회"가 조종하는 학생조직으로서 이탈리아 파쇼 조직Fascisti(棒喝團)을 본 받아 몽둥이로 좌파학생을 구타하였다.

그렇지 않으면 두 번째 방법(수업거부)을 실행할 것이고 그래도 안 되면 세 번째 방법(12개의 B팀이 서명하는 것으로서 12발 모제르총으로 대하는 방법)을 실시할 것이라고 해요. 그리고 교장에게 영어로 쓴 편지를 보냈는데 속에 칼과 총을 그려 넣고 그를 보고 선택하라고 했대요. 이렇게 허장성세로 위협하는 걸로 보아 실력이 약함을 알 수 있는데 아마 풍파가 오래잖아 끝을 볼 것 같아요. 하지만 풍파가 일어난 뒤로 일부 학생들은 내가 한쪽을 두둔한다고 여기거나 주관한다고 생각하고 있어요. 또 훈육 주임인 제가 직접 그들을 처벌했기에 이미 그들의 공격 대상이 되고 있어요. 전에는 저를 예의 있게 대히면서 반가워하던 사람들도 지금은 마지못해 인사를 하거나 못 본 체해요. 더 심한 사람은 노려보기도 하지요. 한마디로 서로 감정이 파열되어 유지하기 어려운 형편이고 이 풍파가 끝나지 않는 한 저는 억지로 버티기 힘들어요. 풍파가 갈앉으면 저는 당장 학교를 떠날 거예요. 지금 산두에서 교사가 부족하기에 산두에 가지 않으면 다른 일을 찾아 할 생각이에요.

어제 10월 봉급을 받았는데 은화 45원이고 이밖에 채권과 공채표가 있어요. 요즘 현금으로 바꾸어주는 채권 20원을 더하면 65원이 되는데 부족하지 않을 것 같아요. 관계없는 사람은 방조할 필요가 없고요. 선생님이 편지에서 말씀하신 것처럼 홀로 난 아주머니와 어린 조카가 불쌍하고 애처로워서 도와주려고 애쓰지 않을 수 없지만 지금 상황으로서는 예외로 볼 수밖에 없어요.

북벌은 새로운 소식이 없어요. 다만 어제 신문에 구강을 공략했다고 보도했더군요. 오늘은 소련의 10월 혁명 기념일어서 노동자, 농민의 여러 조직들에서 모두 기념회를 가졌어요. 9일은 광주 광복기념일이라서 하루 휴식해요. 12일은 손중산 선생의 생일기념일로서 이곳에서는 큰 경축행사가 있기에 또 바삐 보내야 할 것 같아요.

선생님께서 "상반기처럼 일을 급하게 서두르지 않고 있다."고 하였는데 진보했다고 할 수 있어요. 하지만 상반기에는 왜 서둘렀나요? 누가 선생님을 귀찮게 했나요? 남을 중심으로 살지 말고 스스로 결정하시면 좋겠어요.

선생님께서 잠시 광동으로 오시지 않겠다고 하는데 그래도 좋을 것 같아요. 제가 선생님을 오시라고 선동하지는 않을 테니까요. 하지만 하문의 상황을 들어보니 선생님께서 참지 못할까봐 걱정이고 홀로 속만 태우고 곁에 달래주는 사람이 없어서 마음이 놓이지 않네요. 철조망을 뛰어 넘은 데 대해서도 뭐라고 훈계하지 않을게요. 제가 배운 교육학에 따르면 가만 있질 못하는 천성을 억제하는 것은 교육 원리와는 원래 어긋나지요.

선생님께서 29일과 30일에 보낸 편지는 함께 받았어요. 그리고 10월 24일에 보낸《어사》한 묶음도 받았어요. 모두 네 개 호였어요.

저는 건강해요. 밥도 전처럼 잘 먹고 있으니 마음을 놓으세요. 지금 밖에서 둥둥 북치는 소리가 나는데 러시아혁명 기념일을 경축하면서 노총에서 시위행진을 하는가 봐요. 오후에는 아마 시간을 내어 방문하러 가야 할 것 같아요.

하고 싶은 말은 다 했어요.

YOUR H.M. 11월 7일 아침 10시 반

광평형,

10일에 편지를 부치고 나서 이튿날 7일에 쓴 편지를 받았는데 게으르다보니 오늘에야 회답을 하게 되었소.

조카를 도와주지 않을 수 없다는 당신의 말이 맞구려. 나는 분김에 격한 말을 할 때가 많다 보니 가끔 "내가 남을 버릴지언정 남의 버림을 받지 않는다."는 뜻으로 비치는 경우가 있다오. 스스로도 너무 지나치다고 느낄 때가 있지만 정작 일에 봉착하면 말이 마음과 엇박자로 나가는 경우도 있소. 남을 나쁘게만 보아서는 안 되며 도와줄 만하면 역시 도와주어야 한다고 생각하오. 하지만 자신의 힘에 알맞게 해야지 죽을 둥 살 둥 모르고 하는 것은 반대요.

"일을 급하게 서둘렀다."는 말은 뭘 두고 했던지 생각이 잘 나지 않는구면. 말뜻을 보면 "일에 관여"하는 걸 두고 한 말 같은데 상반기에 일을 관여하지 않을 수 없었던 것은 결코 누가 귀찮게 굴어서가 아니라 북경에 살다 보니 그렇게 하지 않을 수 없었소. 이를테면 사람을 비집고 무대 앞까지 나갔다가 구경하기 싫어 되돌아 나오려 해도 쉽지 않은 것과 마찬가지이요. 남을 중심으로 하지 말아야 한다는 것도 쉬운 일은 아니요. 왜냐 하면 사람이 늘 자신을 중심으로 살 수 있는 게 아니고 가끔은 남을 중심으로 살 때도 있기 때문이오. 그래서 남을 위한다고 하지만 실상은 자신을 위한 것이기도 하오. 때문에 "스스로 결단할 수 없는" 일이 종종 있다오.

이전에 북경에서 문학청년들의 뒷바라지를 해주느라 많은 시간을 소모했다는 것을 나 자신도 알고 있소. 여기에 와보니 또 몇몇 학생들이《파정》[1]이라는 월간지를 꾸리고 있기에 이전과 같이 그들의 일을 도와주고 있소. 이것도 역시 위에서 말한 것처럼 나쁜 사람 몇을 만났다고 하여 남을 모두 나쁜 사람으로 보고 싶지 않기 때문이요. 하지만 전에 나를 이용하던 사람들이 이제는 내가 손 씻고 바닷가에 숨어 살고 있어서 더 이용할 길이 없게 되자 나는 공격하기 시작한 것이요. 장홍은《광표》제5호에서 기를 쓰고 나를 공격하였는데 적어도 나를 백 번 이상은 만났기에 손금 보듯 잘 알고 있다고 하면서 숱한 대화를 날조하였소.(이를테면 내가 곽말약을 욕했다는 말들이요.)[2] 그가《망원》을 쓰러뜨리고《광표》의 판로를 넓히려는 의도라면 역시 나를 이용하는 것인데 방법이 다를 뿐이요. 그들이 그때 나를 여러 모로 이용했다는 것을 나도 알고 있소. 하지만 그가 살아 있는 나에게 더는 피를 빨아먹을 수 없으니까 이제는 죽여서 삶아 먹으려고 할 정도로 악독하리라고는 생각지 못했소. 지금 나는 손을 놓고 그가 재주를 어디까지 부리는지를 두고 볼 작정이요. 한마디로 "적어도 백 번"은 나를 만났다는 그의 가면을 벗겨놓았으니 이제 어쩌나 자세히 봐야겠소.

학교의 일은 어떻게 돼가고 있소? 많이 바쁘다면 몇 마디 간단하게 알려줘도 좋소. 나는 이미 중산대학의 초빙증서를 받았는데 월급은 280원이고 임기는 정하지 않았소. 아마 그들은 교수에게 학교 운영을 맡길 계획인가 보오. 그래서 군벌을 돕는 식객이 아니고 연구만 하는 사람이 아

|1|《파정(波艇)》은 하문대학 학생 문예단체에서 편집을 맡고 있는 문예월간지로서 루쉰이 원고를 심사하고 수정해주었고 북신서국과 관계를 맺어주기도 하였다. 1926년 12월에 창간되어 두 호를 내고 루쉰이 하문을 떠나는 바람에 폐간되었다.

|2| 고장홍(高長虹)은 1926년 11월《광표》제5호에 "1925년 북경 출판계 형세 지도"라는 글을 발표하였는데 글에서 그는 자신이 "루쉰을 적어도 백번 이상은 만나보았다."고 하면서 "루쉰이 늘 곽말약을 너무 거만하다고 하기에 내가 태도와 재능은 오히려 곽말약이 훌륭하다고 말했다."고 터무니없는 날조를 하였다.

니면 기한을 정하지 않는 것 같소. 그러나 나는 아직 행선지를 선뜻 결정할 수 없구먼. 공기가 열악한 이곳에 오래 머물고 싶지 않지만 광주도 마음에 들지 않는 점이 몇 가지가 있소. 첫째, 나는 행정 방면에는 위낙 관심이 없었기에 학교 운영은 나의 장점이 아닌 것 같고 둘째, 듣건대 정부가 무창으로 옮겨간다는데 그러면 친숙한 사람들이 반드시 광주를 떠날 것이므로 나 홀로 "타지방 사람"으로 학교에 남아있는다면 재미가 없을 것 같고 셋째, 나의 친구 하나가|3| 산두로 가서 살지도 모르는데 그러면 내가 광주에 간다 한들 하문에 있는 것과 다를 게 뭐겠소. 그러므로 어떻게 할 것인지는 형편을 보아가면서 다시 결정하고 싶소. 다행히 개학이 내년 3월 초라 고려해볼 여지가 많소.

고즈넉한 밤에 지나온 경력을 생각해보면, 지금은 대체로 이용할 수 있을 때는 단물을 다 빨아먹고 내쳐야 할 때는 아예 짓밟아 뭉개버리는 세상이 되었소. 내가 북경에 있을 때는 문턱에 불이 일 지경으로 손님이 많고 바빴지만 일단 단기서와 장사쇠의 압제|4|을 받게 되자 금방 나를 찾아와 머리글을 맡기지 못하겠다면서 원고를 찾아가는 사람들도 있었소. 더욱 심한 사람은 우물에 빠진 사람에게 돌 던지는 격으로 밥을 사준 일마저도 자기를 끌어당기기 위한 죄로 몰았소. 또 차를 대접한 것도 죄가 되고 사치한 증거로 되었소. 잘 나갈 때와 어려울 때에 주변 사람들의 태도가 어떻게 변하는지를 보는 것도 유익하고 재미있는 일이오. 하지만 내가 수양이 부족한 탓으로 가끔 분통을 터뜨릴 때도 있고 그래서 장차 가야 할 길에 대해 망설일 때가 있소. 첫째는 모든 것을 단념하고 돈을 얼마간 모아 앞으로 아무 일도 하지 않고 홀로 고생스럽게 살아가는 길이고 둘째

|3| '나의 친구'란 허광평을 말한다.

|4| 당시 북양군벌 두령이었던 단기서는 북양정부의 군정대권을 틀어쥐고 있었는데 진보적 학생 운동을 진압하면서 1926년에 "3.18 학살사건"을 빚어냈고 나중에는 루쉰 등에게 수배령을 내렸다. 당시 장사쇠는 북양정부의 교육총장 직을 맡고 있었는데 북경여자사범대학에서 풍파가 일어났을 때 독단적으로 교육부 직원이었던 루쉰을 해직하였다.

는 아예 자신을 버리고 장차 굶든 말든, 욕을 먹든 말든 남을 위해 일하는 길이고 세 번째는 일을 좀 더 하되 만약 "동인"이라는 사람들마저 뒤에서 나에게 총을 쏜다면 생존과 보복을 위해서는 무슨 일이든 과감히 해낼 것이지만 친구는 잃지 않는 길이요. 두 번째 길은 이미 이태동안 실행해봤는데 결국 내가 너무 어리석다는 것을 깨달았고 첫 번째 길은 자본가에게 빌붙어 비호를 받아야 하니까 견디어내지 못할 것 같소. 세 번째는 꽤나 위험한 길이고 확신이 없으며(생활에 한해서) 또 차마 그렇게 할 수는 없을 것 같소. 그래서 종내 결심을 내리지 못하고 있는데 이렇게 친구에게 편지를 써서 상의하는 것이니 밝혀주기 바라오.

　여기는 어제와 오늘 비가 내려 날씨가 좀 싸늘하오. 나는 여전히 잘 있으며 별로 바쁘지도 않소.

신. 11월 15일 등불 아래에서

MY DEAR TEACHER,

오늘(16일) 점심을 먹고 나서 사무실에 와보니 선생님께서 10일에 보낸 편지가 있더군요. 기쁘기도 했지만 무슨 일이 있을 것 같은 느낌이 들어 편지를 뜯어보았더니 이런 일이었군요.

학교의 일은 겉보기에는 아무렇지 않은 것 같지만 문제는 그 속에 숨어 있지요. 수구파 학생들은 공갈이 아무런 효과가 없자 지금 수업거부에 들어갈 작정이에요. 오늘 전체 회의를 열겠다는 요구를 제기했는데 저는 교장이 없어서 비준할 수 없다는 핑계로 거절했어요. 하지만 일단 회의를 열면 학교에서는 간섭할 수 없고 대중은 맹종하기에 또 사단을 일으킬 것 같아요. 봉급이 적어 생활해나갈 수 없게 된 교사 대여섯은 벌써 사직을 했는데 며칠 지나면 더 많아질 거예요. 그때에야 유지해보려고 한들 중도에 어찌 그 많은 교사를 얻어올 수 있겠어요? 경비를 해결하려고 해도 북벌이 한창 진행 중이니 얻어오기 쉽지 않지요. 결국 교장도 이달 30일에 사직을 내고 사라질 것이니 그때면 우리도 흩어져야겠지요. MY DEAR TEACHER, 이 기회에 제가 하문에 한번 가보는 게 어떨까요? 사제 간에 우선 만나서 이야기를 나눠 봐요. 요즘 선생님의 심정을 보면 몹시 외로운 것 같아요. 선생님께서 결정하시고 저에게 알려주세요.

《사랑하는 임을 남쪽에 보내면서》를 보면서 사랑이 정말 극진하구나 하는 생각이 들었어요. 작자의 열정일까요, 아니면 사랑을 너무 잘 표현할 걸까요? 저는 모르겠어요. 하지만 이를 보면서 선생님의 결함이 생각나네요. 선생님께서는 일부 사람들과는 같은 하늘을 떠이고 살 수 없을 정도로 뼈에 사무치게 미워하지만 어떤 사람에게는 기대가 너무 간곡하여 자신의 안위마저 내버리다가 기대에 어긋나면 슬픔에 잠겨버려요. 이것은 선생님께서 너무 민감하고 너무 열정적이기 때문이지요. 사실 선생님께서 증오하거나 기대를 갖고 있는 이 세상 사람들을 십자거리에 내놓으면 모두 마찬가지 아니겠어요? 그런데 선생님께서는 기어코 구별하려 하고 사랑하지 않으면 증오하니 결국 선생님만 고통스럽지요. 이것은 소설가가 재료를 잘못 고른 실책이라고 하지 않을 수 없어요. 만약 소설을 쓰는 재료가 모두 공중누각이라는 걸 안다면 마음이 편안하겠지요. 저도 이와 같은 어수룩한 마음이 있어서 벽에 많이 부딪쳤어요. 나중에 저를 보고 너무 "진지"하게 살지 말라고 권하는 사람이 있었어요. 생각해보니 정말 너무 진지했던 게 흠이었어요. 지금 그 사람이 죽었지만 그 말이 이따금씩 떠오르고 벼랑 끝에서 "말"을 멈출 때마다 늘 떠올리곤 하지요.

선생님께서 외딴섬에 도망가는 기회에 총으로 선생님을 쏘는 사람들이 있으면 그대로 목숨을 버릴 건가요? 선생님께서는 전반을 보지 않고 그 몇 사람에게 휘둘릴 생각이세요? 오랫동안 드리고 싶었던 말이 있는데 만나서 하고 싶어요. 탄탄대로를 앞에 두고 사람이 어찌 자그마한 애로 때문에 걸음을 멈출 수가 있어요? 저를 봐도 광동에 돌아온 뒤 편지에서는 늘 선생님께 어려움만 하소연했지만 이 두 달 사이에 결국 두 가지 일을 개혁해놓았으니 헛고생은 하지 않은 셈이에요. 선생님께서는 하문에서 저보다 더 고생하고 계시지만 학생들의 환영을 받고 있으니 저보다 만 배 낫지요. 장차 학생들의 곁을 떠나더라도 선생님의 가르침을 받았던 학생들은 사회에 어느 정도 영향을 주겠지요. 선생님의 장래에 대해서는 참, 어떻게 말씀드릴까요? 제가 앞에서 말한 것처럼 너무 진지하시지 말기를 바라요. 그리고 선생님께서는 이 세상에 자신과 영원히 같은 길을 갈 사람이 한 사람도 없다고 감히 말할 수 있어요? 한사람만 있어도 스스로 위안을 얻을 수 있고 그 한 사람이 두세 사람으로 늘어나고 두세 사람이 무한히 늘어난다면 슬퍼하실 필요가 뭐 있겠어요? 만약 그 한 사람마저도 "생각과는 다르다면"…… 그것이 정말일까요? 한마디로 지금 누군가가 선생님을 격려하고 있으니 선생님께서 그 뜻을 받아들이시기를 바라요.

할 말은 다 했어요. 제가 학교를 떠났다는 통지를 받기 전에는 그냥 이 주소에 편지를 쓰세요. 제가 떠난다 해도 다른 사람을 보고 전해달라고 할 거예요.

답답한 마음은 속에 담아두시지 말고 저한테 한껏 털어놓으세요.

YOUR H. M. 11월 16일 밤 10시 반

광평 형,

19일에 편지 한통 부치고 오늘 13일과 6일, 7일에 보낸 편지를 함께 받았소. 광주에는 그래도 할 일이 많아 광평이는 그렇게 바빠 보내고 있는데 여기는 분위기가 너무 침울하오. 개혁할 수도 없고 학생들도 너무 조용하구먼. 몇 해 전에 한번 풍파가 있었지만 격정이 있는 사람은 모두 나가 상해에서 대하대학(大夏大學)이란 다른 학교를 세웠소. 나는 늦어 이 학기 말(양력 정월 말)에 여기를 떠나 중산대학에 갈 것이오.

중산대학에서 받을 봉급은 채권을 붙이지 않고 280원으로 하였소. 주류선은 복원이를 보고 내가 지금 받는 봉급 액수를 채우려면 다른 일을 겸해도 된다고 말했다는구먼. 하지만 나는 개의치 않소. 실지 백 원 남짓이 받아도 아마 생활에는 문제 없을 거고 이처럼 활기가 전혀 없는 곳에서 살지 않기만 바라오. 나는 내가 이런 분위기 속에 그냥 묻혀버리리라고는 생각지 않소. 중산대학에 가면 정력을 허비하지 않고도 학교나 사회에 유익한 일을 찾아 할 수 있겠지. 하문대학에서는 사실 나를 초청할 필요가 없었소. 내가 비록 의기소침하기는 하지만 그들은 나보다 더 의기소침하니 말이오.

어당은 예산을 축소하는 일 때문에 오늘 사직하였소. 하지만 국학원의 비서직만 내놓고 문과 주임 직은 내놓지 않았소. 내가 복원이를 통해 이곳에서 썩지 말라는 의견을 그에게 전달했으나 아직 답복은 없소. 나는 그를 찾아 직접 말하려 하오. 내 보기에는 그가 사직서를 내도 허가할 것 같지 잃소.

어제부터 나는 몹시 냉정해졌소. 광동에 가기로 결정한 것도 있지만 장홍과 같은 사람들에게 매서운 맛을 보여주기로 결정했기 때문이오. 광평이의 말은 대체로 맞소. 하지만 나는 그들이 나에게 실망을 주어서 분한 것이 아니라 전에는 날마다 내 피를 빨아먹다가 이제는 빨아먹을 수 없게 되자 단매에 때려죽여서 고기로 통조림을 만들어 이득을 챙기려 하기 때문이오. 이번에 장홍은 장사쇠와의 싸움에서 실패한 나를 비웃으면서 "그래서 종이로 만든 '사상계의 권위자' 라는 가짜 감투를 쓰고 몸과 마음에 모두 병이 들어 있다."[1]고 말하고 있소. 그런데 그는 8월에 《신여성》에 광고를 실을 때는 남의 인심을 얻기 위해 오히려 "사상계의 선구자인 루쉰과 함께 《망원》을 꾸렸다."고 하면서 "가짜 감투"를 씌워주고도 남이 "가짜 감투"를 씌워주면 욕설을 퍼붓는 거요. 정말 비열하고 경박한 무리로 사람 같지도 않구먼. 청년들이 나를 공격하고 비웃어도 나는 언제 한 번 반격한 일이 없었소. 그들이 아직 취약하고 나 역시 그만한 공격은 견뎌낼 수 있기 때문이었소. 그런데 그는 갈수록 기승을 부리면서 욕설을 그치지 않고 있소. 설사 내가 관에 피신하더라도 주검에 칼질할 기세라오. 그래서 나는 어제 청년이든 말든 사정을 두지 않기로 결정했소. 먼저 공고[2]를 내어 그가 나의 이름을 멋대로 이용했으면서도 남이 나의 이름을 이용하면 웃고 욕한 일들을 폭로할 작정이요. 그의 잔사설 같이 긴 글보다 더 지독하게 써서 《어사》,《망원》,《신여성》,《북신》 네 간행물에 실을 거요. 이제는 더 방황하지 않고 주먹에는 주먹, 칼에는 칼로 맞서리라

[1] 이 말은 고장홍이 1926년 10월 28일에 쓴 《손금 보듯 한 1925년 북경 출판계의 형세(1925, 北京出版界形勢指掌圖)》라는 글에서 나온다.

[2] 공고의 제목은 《이른바 "사상계의 선구자" 루쉰의 공고》로서 400자 밖에 되지 않는다. 나중에 《화개집 속편》에 수록되었다.

결심했고 그랬더니 마음이 한결 가볍구만.

나는 아마 자그마한 애로를 만났다고 갈 길을 가지 않는 사람은 아닌 것 같소. 하지만 신경이 좋지 않다보니 분하면 화풀이 말이 불쑥불쑥 잘 나가나 보오. 작은 애로에 넘어졌다면 아마 내가 하문을 떠나는 일이 없을 거요. 나도 평탄한 길을 걷고 싶지만 지금은 안 되오. 내가 싫어서가 아니라 힘이 없소. 광평이가 하문에 오겠다고 하는데 그럴 필요는 없다고 생각하오. 사람이 지치고 돈을 허비할 뿐 도움이 안 되오. 그리고 나는 "외롭다"고 생각지 않고 "슬프지도" 않다오.

광평이는 내가 학생들의 환영을 받으면 스스로 위안이 될 거라고 생각하오? 아니오. 나는 그들에게 큰 기대를 걸고 싶지도 않소. 내 보기에는 그들 가운데 특출한 사람이 아주 적거나 아예 없는 것 같소. 하지만 나는 일은 그냥 할 거고 모든 희망을 아직 보지 못한 사람들에게 걸 거요. 또는 광평이가 말한 것처럼 너무 "진지하게 살지 않을 거요."

기실 나는 조금도 게으르지 않소. 불평을 부리면서도《화개집 속편》을 엮어냈고《다시 말하는 옛일(舊事重提)》을 완성했으며《자유를 위해 싸우는 파도(爭自由的波浪)》|3|(둥추방이 번역한 소설임)를 엮었고《도꼬마리(卷葹)》|4|를 다 읽었소. 그리고 이 원고들을 하나씩 모두 부쳐 보냈소. 나와 한길을 가는 사람이 있다면 물론 위안이 될 거고 나에게는 힘이 될 거요. 하지만 나는 그가 나를 위해 희생하는 것이라는 생각을 떨쳐버릴 수 없구먼. 그리고 "그 한 사람이 두세 사람으로 늘어나고 두세 사람이 무한히 늘어나는" 일은 내가 할 수 있는 일이 아니오. 정말 그렇게 많을 수 있을까? 오히려 나는 그렇게 많이 필요하지 않고 한사람만 있으면 만족이오.

|3|《자유를 위해 싸우는 파도(爭自由的波浪)》는 러시아 소설, 수필집으로서 루쉰이 "머리말"을 썼고 1927년 북신서국에서 출판하였다.

|4|《도꼬마리(卷葹)》는 감여사(淦女士)가 쓴 소설집이다. 감여사는 풍원군(馮沅君, 1900~1974년)의 필명으로서 문학사 학자이며 일찍이 문학창작을 하였다.

《도꼬마리》말이 나오니 한 가지 일이 떠오르는구먼. 이 작품은 왕품청|5|이 보내온 것이오. 감 여사가 쓴 것으로 모두 4편이며 《창조》|6|에 발표되었던 작품들이오. 이번에 보내온 목적은 《오합총서(烏合叢書)》|7|에 넣으려는 건데 내 보기에는 창조사에서 저자의 동의도 얻지 않고 총서로 찍어서 팔려하기에 이쪽에서는 그걸 막으려고 출판하는 것 같소. 모두 그쪽에서 발표했던 작품뿐이라 내가 새 작품을 몇 편 보태달라고 했더니 품청이는 안 된다는구먼. 속 좁고 의심이 많은 창조사에서는 틀림없이 내가 방해를 노는 줄 알고 결국 성방오|8|가 다른 일을 빌미로 나에게 한바탕 욕을 퍼부었소. 하지만 니는 새 작품이 있든 없든 책을 펴내기로 했으니 욕하겠으면 하라지.

내일 일요일이 지나면 나는 다시 강의를 엮을 거요. 여가가 있으면 놀면서 내년에 분위기가 바뀌면 다시 일을 잘 해볼 생각이오. 오늘은 손님이 어찌 많은지 편지 쓸 틈도 없었소. 이 두 장을 쓰고 나니 벌써 밤 열두시 반이구먼.

이 편지와 함께 잡지 한 묶음 보내는데 그 속에 《어사》97과 98이 들어 있소. 지난번에도 보냈지만 그것은 잘라 없어진 것이기 때문에 이번에는 자르지 않은 걸로 두 권 보내오. 광평이는 이런 걸 상관하지 않겠지만 나는 성미가 이렇다 보니 그냥 부치는 거요.

신. 11월 20일

|5| 왕품청(王品靑)의 이름은 귀진(貴軫)이며 북경대학을 졸업했고 《어사》의 기고자였다.

|6| 《창조》는 계간으로서 창조사에서 꾸리는 간행물이었다. 욱달부, 곽말약, 성방오가 번갈아 주필을 맡았고 1922년 5월 1일 상해에서 창간되고 1924년 2월에 폐간되었다.

|7| 《오합총서(烏合叢書)》는 루쉰이 편집을 맡은 "돈 없는 저자의 작품만 찍은" 총서로서 1926년 초 북신서국에서 출판하였다.

|8| 성방오(成仿吾, 1897~1984년) 이름은 호(灝)이고 자가 방오이다. 작가이고 교육가이며 창조사의 발기인이다.

루쉰 선생님께,

도장 하나를 털 조끼 안에 넣어 보내요. 하지만 겉에는 그냥 목도리라고 썼어요. 도장은 바닥에 떨어지면 부서지기 쉬우니 헤쳐볼 때 조심하세요. 오늘 아침 편지 한통을 부쳤는데 요즘 보낸 편지보다 더욱 상세해요. 금방 아침을 먹었고 강의하러 가야 하니 다음에 얘기 나누도록 해요.

사족이라고 생각되는 편지지만 이 편지는 받고 나서 우체국에 가서 소포를 찾으라고 쓰는 거예요. 소포는 길이가 일곱 치, 너비가 다섯 치, 높이가 네 치가량 돼요.

H M 11월 17일

광평 형,

21일에 편지 한통을 보냈는데 받았으리라 생각하오. 17일에 보낸 간략한 편지는 22일에 받았소. 소포는 아직 오지 않았구면. 소포나 책 따위는 보통편지보다 늦은 것이 상례라 내일에는 도착하리라 생각하고 또 편지가 있을지 모르니 기다리겠소. 나는 또 상해에서 좋은 인주를 사서 내가 하문에 온 뒤에 얻은 책에 찍으려 하오.

요즘 교장이 국학원의 예산을 삭감하려고 해서 어당은 노발대발하여 주임 직을 사직하려고 하고 있소. 내가 그를 보고 이곳을 떠나라고 권했는데 그는 아주 동감이오. 오늘 교장과 담화를 나눴는데 나는 그 자리에서 강하게 항의를 제기했고 거류로 승부를 걸었소. 생각 밖으로 교장이 앞에 한 협의를 취소해서 다른 사람들이 만족스러워한 건 물론이고 어당도 마음이 누그러들었나 보오. 오히려 마음이 돌아서 나를 보고 교사를 중도에 청해오기 어려우니 적어도 1년은 있어달라고 말하는 게 아니겠소. 그리고 이곳 신문들이 광주의 신문에서 베껴냈는지 내가 중산대학에 간다는 소식을 실어서 학생들도 1년을 더 가르쳐달라고 간청하고 있소. 이렇게 되면 내가 연말에 가지 못할 것 같구면. 비록 교장이 예산을 유지하겠다고는 말하지만 십상팔구는 오래잖아 또 취소할 거요. 문제가 한두 가지가 아니오.

나는 어서 이곳을 떠나고 싶지만 언제 갈 수 있을 지는 아직 알 수 없소. H M는 나를 상관 말고 스스로 알맞다고 생각되는 곳으로 가기를 바라오. 그렇잖으면 이 때문에 발목이 잡히면 하기 싫은 일을 계속 해야 하고 지금보다 일이 더 재미없을 거요. 여기서 반년쯤 버티는 것은 나로서는 별문제요. 앞으로의 타산은 물론 지금 어떻다 말하기 어렵소.

오늘 이곳 신문들이 훌륭한 소식들을 실었구먼. 천주는 이미 얻었고 절강에서는 진의(陳儀)가 또 독립했고 상진[1]은 창끝을 돌려 장가구를 공격하고 국민1군[2]이 동관에 곧 이른다고 하오. 이곳 신문들은 대개 민당 색채가 짙어서 소식이 선동성이 강하오. 하지만 내 생각으로는 적어도 천주를 공략했다는 소식은 확실한 것 같소. 이 학교 학생 가운데 민당이 30명쯤 되고 대부분 새로 가입한 사람들이오. 어제 밤에 회의를 열었는데 모두들 아직 경력이 없어서 신중하지도 못하고 자신들의 일에 유용하도록 학생회를 끌어들여야 한다는 도리도 모르고 있으니 정말 어쩔 도리가 없구먼. 회의를 하면서 법석만 떠니 당사자들의 주의를 끌지 못하고 있소. 그날 밤 민당을 반대하는 직원들은 문밖에서 엿듣고 있었소.

신. 25일 밤, 큰 바람이 불 때

|1| 상진(商震, 1887~1978년)은 절강성 소흥 사람이다. 염석산 부대의 제1사단 사단장이었는데 귀순한 뒤에는 국민군 제3집단군 제1군단 총지휘관으로 임명되었다.
|2| 국민1군이란 풍옥상 부대를 말한다. 12월 초에 동관을 나와 하남 경내에 진격했다.

MY DEAR TEACHER,

지금은 일요일 오후 2시예요. 저는 집에 갔다가 지금 학교에 돌아왔어요. 11월 16일까지 선생님의 불평 담긴 편지를 연속 받았고 그 뒤로는 편지가 없네요. 불평 없어졌는지, 아니면 참고 터놓지 않는지? 이틀째 저는 편지를 기다리고 있는데 늦어 내일에는 오겠지요. 저는 지금 편지를 먼저 써놓고 내일 선생님의 편지를 받고 나서 부칠 생각이에요.

17일에 편지와 도장, 조끼를 보냈는데 이제는 받았겠지요. 하지만 이날 학교에 또 일이 생겼어요. 앞서 편지에 말했듯이 교장은 원래 이달 30일까지 자리를 지킬 생각이었지만 뜻밖에 17일 아침에 결연히 학교를 떠났어요. 편지 한통 남겨 교무, 총무, 훈육을 맡은 세 사람에게 대행해달라고 하고는 교육청에 사직서를 제출했어요. 이 일로 우리 세 사람만 난감하게 되었어요. 어떻게 책임을 진단 말이에요? 학교에는 지금 할 일이 밀려 있는 시기라 우리는 교육청을 찾아가서 이 책임을 거절했어요. 교육청장은 경비를 늘일 거라고 하면서 교장을 찾아오라고 했어요. 19일에는 공문을 보내어 교장을 만류하는 한편 예산대로 경비를 지급하겠다고 응낙하였어요. 하지만 교장은 말로만 하는 혜택에 지나지 않는다면서 그냥 학교로 오지 않고 있어요. 지금 학교에는 돈이 없어 총무 일을 할 수 없고 교사가 없어 교무 일을 할 수 없고 풍파가 가라앉지 않아 훈육 일을 해나갈 수 없어요. 그래서 우리는 어제 또 편지를 보내어 교육청에서 속히 교장을 찾아오거나 임시 대행을 파견하여 일이 밀리지 않도록 해달라고 요구했어요. 하지만 일시 결과가 있을 것 같지 않아요.

지금 저로서는 제일 심심한 때에요. 교장이 있으면 사직이라도 하겠지만 지금은 일을 할 수도 없고 빠져나올 수도 없어요. 정말 무료하기 짝이 없네요.

신문에서는 선생님께서 중산대학에 오기로 응낙했다고 했는데 정말인가요? 많은 사람들이 저를 보고 여자사범학교를 떠나라고 권하면서 그냥 광주에서 일을 하되 멀리는 가지 말라고 해요. 만약 광주에 할 일이 있으면 물론 여기 남아 있지요.

어제 우안(遇安)의 편지를 받았는데 틈이 나지 않아 올 수 없다고 하면서 저에게 옛 학교 주소를 물었어요. 나중에 오겠다고는 하지만 제 보기에는 볼일이 있는 것 같지는 않아요. 그래서 답장도 보내지 않겠어요.

YOUR H. M. 11월 21일 오후 2시

광평 형,

지난달 29일에 편지를 보냈는데 받았으리라 생각하오. 27일에 보낸 편지를 오늘 받았소. 이와 함께 복원이도 진성농의 편지를 받았는데 정부가 곧 무창으로 옮긴다는 걸 알게 되었소. 그와 맹여는 이제 출발할거고 신문도 이름을 《중앙일보》라고 고치고 이사 간다고 하오. 12월 하순에는 반드시 출판해야 하기에 복원이더러 직접 그리로 가라고 하는구먼. 그래서 복원이는 아마 광주에 가지 않을 듯싶소. 광주의 상황은 아마 전보다 뜨겁지 않을 거요.

나는 학기 말까지는 이곳에 있다가 광주 중산대학으로 가려고 생각하오. 반 년 더 글을 가르치고 다시 봅시다. 분위기도 바꾸고 풍경도 구경하고 또⋯⋯. 글을 가르칠 수 없으면 내년 여름에 다시 가도 되고 만약 있기 편하면 더 가르칠 수도 있소. 하지만 "지도원"에 관한 일은 미리 알아보는 사람이 없구먼.

기실 광평이의 일을 놓고 말하면 몇 시간이라도 글을 가르치는 편이 좋을 것 같소. 준비가 충분해야 하고 시간은 많지 않은 것이 좋소. 행정사무와 글 가르치는 일이 지금은 모두 귀찮은 일로 되었지만 우리로서는 이를 내놓고 할 일이 없지 않소. 글을 가르치는 일을 다른 일과 병행한다는 것은 말이 되지 않는다고 나는 생각하오. 학교에 풍파가 일어나지 않았다

해도 이 일에 매달리게 되면 저 일은 소홀해지기 마련이오. 앞으로 광평이한테 글을 가르칠 기회가 생기겠는지 모르겠지만(국문 같은 과목 말이오.) 생긴다면 많이도 말고 몇 시간쯤 가르치는 것이 좋소. 매일 평균 서너 시간씩 내어 책을 보면 준비가 될 거고 자신에게도 즐거운 일로 되니 좋은 일이지. 잠시나마 하나의 직업이라고 생각하면 되오. 광평이는 나처럼 세상물정을 깊이 알지 못하기에 생각이 단순한 편이지만 오히려 시원시원하고 뭘 연구해도 어려움이 없을 거요. 하지만 데면데면한 결함은 시정해야 하오. 그리고 해가 되는 미흡한 점이 있으니 외국 책을 보지 않는 거요. 내 보기에는 일본어를 배우는 것이 그런대로 좋을 것 같소. 내년부터 내가 배우라고 명령할 거고 항거하면 손을 때릴 것이오.

중앙정부가 옮겨가지만 따라가지 않고 광주로 가는데 대해 나는 개의치 않소. 내가 정부를 따라다니는 사람도 아니고 많은 사람들이 정부를 따라가고 나면 나는 오히려 한가해질 수 있소. 글 빚을 지지 않고 살 수 있게 됐으니 나는 누가 뭐래도 중산대학으로 갈 거요.

소포는 이미 받아왔소. 조끼를 적삼 위에 입었더니 아주 따뜻하구먼. 이러면 솜두루마기가 없이도 겨울을 날 수 있을 것 같소. 도장도 너무 훌륭하오. 도장 재료는 아마 유리가 아니라 "금성석"일 거요. 나는 벌써 상해에 편지를 써서 인주를 주문하였소. 쓰던 인주는 기름이 너무 많아 책에 찍기 적합하지 않소.

내가 이곳에 온지 겨우 두 달 밖에 되지 않소. 그 사이 강의를 엮고 물을 끓이기도 하면서 그럭저럭 지냈소. 요리사가 하는 반찬이 또 입에 맞지 않아 밥만 사고 복원이가 국을 끓이면 통조림을 사서 먹고 있소. 복원이는 15일 쯤에 갈 거요. 반찬을 하나도 할 줄 모르는 나로서는 그가 가면 남의 손을 빌 수밖에 없소. 하지만 방학이 이제 40여 일밖에 남지 않아서 다행이오.

신문을 보니 북경 여자사범대학에 불이 났구먼. 많이 타지는 않았는데 학생들이 절로 반찬을 끓이다가 불이 붙는 바람에 두 사람이 타 죽었다고 하오. 양립간(楊立侃)과 요민(廖敏)이라고 하는데 이름이 낯선 걸 보면 신입생 같구먼. 혹 광평이는 알고 있는 사람이오? 그들은 나중에 모두 죽고 말았소.

이상은 오후 4시에 쓴 거고 사소한 일이 있어서 펜을 놓고 있다가 밥을 먹고 손님을 접대하고 나니 벌써 밤 9시가 되었구먼. 돈에 매여 숨을 쉬려니 정말 괴롭소. 괴로운 건 참을 수 있더라도 수모는 정말 참기 힘드오. 아마 중국에서는 가까운 수십 년 안에 해당한 보수를 마음 편히 받으며 할 수 있는 일이 있을 것 같지 않소.(손님이 와서 여기까지 쓰고 또 펜을 놓아야 겠구먼. 이곳은 숨을 곳이 전혀 없어서 사람이 오면 곧장 들어온다오. 이와 같은 곳에서 어찌 열심히 뭘 할 수 있겠소.) 종종 쓸모없는데 신경을 써야 하고 공연히 수모를 당해야 하는데 무얼 하나 이 꼴이요. 앞으로 생활비를 벌 수 있으면서도 뜻밖의 수모를 받지 않고 또 스스로 즐길 수 있는 여가가 좀 있는 일을 할 수 있다면 너무 행복하겠소.

나는 지금 글을 쓰고 있는 청년들에 대해 좀 실망하고 있소. 희망이 있어 보이는 청년은 대체로 전쟁에 나갔고 먹물을 만지는 청년 치고 정말 얼마라도 사회를 위하려는 자는 아직 만나지 못했소. 그들은 대부분 새 간판을 내걸고 있는 이기주의자들이었소. 그런데도 그들은 나보다 1, 20년은 앞섰다고 생각하고 있으니 과연 주제파악을 못하는 것 같고 이 역시 그들이 "작게" 보이는 부분이요.

오후에 간행물 한 묶음을 부쳤는데 《어사》와 《북신》이 두 책씩이고 《망원》은 한 책이오. 《어사》에는 나의 글이 실렸는데 지난 편지에 말한 불평을 늘여놓았다는 그 글이 아니오. 그 글은 아직 실리지 않았고 아마 108호에 발표될 것이오.

신. 12월 2일 밤중

MY DEAR TEACHER,

오늘은 경비문제로 학교에서 휴강한지 이틀이 되는 날이에요. 봉급은 내주었어요. 액수는 8.5할인데 절반이 공채고 절반이 현금이에요. 저는 78원을 받았어요. 그런데 80여명의 학생들은 줄지어 성 정부와 교육청, 재정청에 가서 학교의 문제는 경비 때문이 아니라 교장 때문이므로 송경령[1]만 학교를 주관한다면 모든 것이 죄다 해결될 것이라고 말했다고 해요. 오늘 교육청에서는 또 세 주임과 부속학교 주임에게 오후 4시 전에 만나 담화하자고 약속했대요. 아직은 시간이 되지 않았지만 우리는 반드시 경비문제가 깨끗이 해결된 다음에야 일을 할 거에요.

오늘 아침에 편지 한통을 부쳤는데 선생님의 11월 29일 편지에 대한 답장이에요. 지금 또 12월 3일 편지를 받았어요. 도장 재료는 "금성석"이지만 저는 모르면서도 유리라고 했네요. 일본 물건이 아닌지 모르겠어요. 도장을 새기면서 하나가 못쓰게 됐는데 새기는 사람의 잘못이라 저와는 상관이 없었어요. 이처럼 쉽게 부서지는 걸 보고 저는 땅에 떨어지면 틀림없이 깨지리라 여기고 손상 없이 받을 수 있기만 바랐어요. 조끼를 입고도 추우면 솜옷이나 솜두루마기를 더 입어야 해요. "그러면 겨울을 날

|1| 송경령(宋慶齡, 1893~1981년), 정치가이며 손중산의 부인이다. 당시는 국민당 중앙위원, 중앙정부 위원이었다.

수" 있겠지요? 바보! 새로 도장이 생겼다고 일부러 상해에 인주까지 주문할 게 있나요? 정말 일을 만들고 있네요.

요즘 경비문제가 해결되지 않아 그냥 휴강을 고집하고 있고 경비문제가 해결되면 혁신이 있을 테니 혁신을 한 다음 떠나는 것도 개운한 일이지요. 어제 반대파 학생들이 대표 세 사람을 보내어 총무주임을 보고 24시간 안으로 재정회의를 소집하여 경비상황을 통고해달라고 요구했고 또 저를 보고는 이틀 안으로 혁신학생회동맹회를 해산해달라고 했어요. 우리는 못 들은 척했어요. 아마 얼마 후면 우리를 공격하는 선언을 발표할 거예요.

하고 싶은 말은 다 했어요. 다음에 봐요.

YOUR H. M. 12월 7일 오후 3시

광평 형,

19일 편지는 오늘 받았소. 16일 편지는 못 받았는데 아마 잃어진 듯싶소. 그래서 편지를 어디로 부쳤던지 도무지 알 수 없구먼. 이 편지도 받을 수 있을지? 나는 12일 오전에 편지 한통 부쳤고 이밖에 아직 16일과 21일에 쓴 편지가 있는데 모두 학교로 부쳤소.

얼마 전 욱달부(郁達夫)와 우안(遇安)의 편지를 받았소. 14일에 보낸 편지였소. 그들은 중산대학이 불만스러워 모두 가버렸구먼. 이튿날에는 또 중산대학위원회에서 15일에 보낸 편지를 받았소. "정교수"는 나 한사람뿐이라고 못 박으면서 어서 오라고 재촉하는 거요. 그렇다면 주임이라는 말이겠지. 하지만 나는 이번 학기를 마무리하고 가려 하오. 그래서 편지로 설명하려 했지만 복원이가 나 대신 말을 한 것 같소. 나로서는 주임을 하고 싶지 않고 글만 가르치면 만족이오.

여기서는 1월 15일부터 시험을 보는데 25일쯤이면 채점이 끝날 거고 또 봉급이 나오기를 기다려야 하기에 일러야 1월 28일쯤에야 출발 할 수 있을 것 같소. 먼저 여관에 머무를 생각인데 그 뒤로 어쩔지는 상황을 보아 다시 결정해야 하니 지금은 예약할 필요가 없소.

전등이 못쓰게 됐구먼. 양초는 몇 대 남지 않아서 잠을 잘 수밖에 없소.

이 편지를 받을 수 있으면 나에게 더 상세하고 확실한 주소를 알려주오.

신. 12월 23일 밤

(이 편지가 잃어질 수 있기에 따로 또 한통 써서 학교에 부치겠소.)

MY DEAR TEACHER,

아침 7시와 점심 12시에 편지 한통씩 부쳤어요. 아마 이 편지 앞서 받을 거예요. 이 편지에서는 선생님께 불평을 털어놓을 거예요. 실컷 불평을 털어놓을 수 있는 사람은 선생님뿐이니 말이에요. 하지만 불평을 털어놓을 수 있다는 것은 노기가 상투밑까지 치밀지 않았다는 걸 말하는 거고 그러니 연극내용을 알려드리는 것과 마찬가지예요.

어제 학교의 총무주임이 사직했어요. 오늘 아침 제가 새 학교에 사무 보러 나가 신문을 읽다가 서무원이 하는 말을 듣고 나서야 교무주임도 중산대학에 비서로 간다는 것을 알게 됐어요. 더는 이곳에 마음이 없는 거지요. 그 서무원이 저에게 농으로 하는 말이 이제는 제가 교장과 세 주임 직까지 혼자 도맡고 있다는 거예요! 그제야 저는 정신이 들어 바보였음을 깨달았어요. 사람들은 좋은 일을 찾아 줄행랑을 놓는데 저는 인계를 한 뒤에야 가려고 했으니 장차 사람들이 다 나가고 교장도 돌아오지 않으면 저 혼자 학생들의 시달림을 받아야 하고 교직원의 독촉을 받을게 아니에요? 저는 다급히 교장을 찾아가 직접 사직의 뜻을 밝히고 학교 상황을 이야기했어요. 한창 말을 하고 있는데 그 교무주임이 왔어요. 그는 다만 바쁜 일이 있어서 학교에 오지 못했을 뿐이지 자신이 사직한 일은 없고 내일에는 학교에 갈 거라는 거예요. 정말인지 저로서는 알 수 없었어요.

학생들 사이에 생긴 갈등은 오늘(15일) 중앙, 성, 시, 학생부에서 사람이 와서 두 파 학생회의 활동을 동시에 중지한다고 선포하고 따로 새 학생회 간부를 선출한다고 했어요. 결과 구파(舊派)가 우세를 점하게 되었지요. 한마디로 교활한 나쁜 학생들은 멋대로 날뛰게 되었고 성실하고 좋은 학생들은 위축되어 속에 불만이 있어도 말을 할 수 없게 되었으니 정말 어쩔 도리가 없지요. 교직원들도 한 마음이 아니고 세 주임 가운데 두 사람은 가버리고 교장도 돌아오지 않고 있어 결단을 내리지 못하고 있어요. 내일 학생선거위원회를 내와야 하는데 저도 이제는 바보로 있지는 않을 거예요. 환난을 같이 하려고 해도 같이 할 사람이 없는데 제가 왜 바보스럽게 앞장을 선단 말이에요? 지금 이미 편지 두 통을 써놓았어요. 한통은 교장에게 보내는 편지로서 준비회에 가지 않겠다는 내용이고 다른 한통은 교무주임에게 보내는 편지인데 아파서 내일 집으로 돌아가 쉴 생각이며 일체를 상관하지 않겠다는 내용이에요. 집에 가서 며칠 조용히 지낸 뒤 다시 학교에 가서 짐을 챙길 생각이에요. 앞으로 편지를 보낼 때 "광주 고제가중약(高第街中約)"이라고 쓰면 돼요. 만약 변동이 있으면 다시 알려드릴게요.

저는 건강히 잘 있어요. 학교 일을 일찍이 그만뒀더라면 벌써 마음이 편했을 텐데. 안녕히.

YOUR H. M. 12월 15일

광평 형,

12월 23일과 24일에 19일과 6일 편지를 받은 뒤로 오랫동안 편지를 받지 못했소. 애를 태우다가 오늘(1월 2일) 오전에 마침내 12월 24일 편지를 받았소. 복원이를 이미 만나 보았겠지. 그가 광동에 가서 물어본 일에 대해 내가 이미 30일 편지에 그의 편지를 함께 넣어 보냈는데 받았는지? 잡지는 11월 21일 뒤로 두 번 부쳐 보냈소. 하나는 12월 3일에 보냈으니 아마 잃어진 것 같고 다른 하나는 14일에 보냈는데 등기우편으로 보냈으리 받을 수 있을 거요. 학교 수위실에서 공공기물마저 슬쩍해가니 정말 한심하오. 그러기에 노동자의 지위가 올라가고 있을 때 반드시 교육도 따라가야 한다고 생각하오.

그저께, 12월 31일에 나는 정식으로 사직서를 제출했소. 그날까지 모든 직무를 내놓았소. 이 일로 학교 당국에는 좀 고민하는 듯싶소. 허명을 생각하면 날 남기고 싶겠지만 조용하고 말썽을 덜려면 보내고 싶겠으니 난처하겠지. 하지만 나와 하문대학의 근본적인 갈등은 조화할 수 없기 때문에 어차피 후자로 마무리해야 할 거요. 오늘 학생회에서도 대표를 보내어 나를 만류하였소. 물론 형식에 지나지 않았소. 이어 아마 송별회가 있을 거고 발라맞추거나 분개한 연설이 따를 거요. 학생들이 학교에 불만은 있지만 풍파는 생기지 않으리라 생각하오. 4년 전에 한번 실패한 적이 있으니까.

　지난달 봉급은 모레 내준다고 하오. 나는 지금 시험지를 채점하고 있는데 2, 3일이년 끝낼 수 있소. 끝나면 곧 짐을 챙기고 늦어도 14일이나 15일 이전에 하문을 떠날 거요. 하지만 그때가 되면 이미 전학하려 맘먹은 학생들이 있어서 함께 가려 할 테니 반드시 타일러서 안착시켜야 하겠소. 하기에 이 편지를 받고 나서는 편지를 더 보내지 마오. 이미 보낸 편지는 대신 받아줄 사람이 있으니 염려할 필요 없소. 기구는 몇 가지 알루미늄 그릇과 알코올 화로 내놓고는 아무 것도 없소. 갖고 갈 것이니 삼가 살펴 보시기 바라오.

　20일 전에는 반드시 광주에 이를 것 같소. 간 뒤에는 광평이가 일하는 곳에서 방도를 대겠지. 한 학교에 함께 있어도 괜찮소. 누가 뭐라 하든 기어코 한 학교에 같이 있을 거요.

　오늘 사진을 찍었소. 풀밭에서 찍었는데 콘크리트로 된 무덤의 제물상 위에 앉아서 찍었는데 잘 됐는지는 두고 봐야 알 것이오.

신. 1월 2일 오후

광평 형,

복원이를 이미 만나봤으리라 생각하오. 12월 29일 그가 나에게 보낸 편지 한통을 지금 함께 넣어 보내는데 괜찮을지? 조교는 하기 어렵지 않은 일이요. 강의할 필요도 없고 또 나의 조교라면 더욱 쉬울 거요. 적어도 나는 교수 틀을 덜 차릴 테니까.

요즘 "명인" 노릇을 하기가 정말 고생스럽구먼. 송별회에 가서는 번마다 연설을 해야 하고 사진을 찍어야 하니 말이요. 나는 원래 이곳이 고요한 물인 줄 알았더니 뜻밖에 이번에 내가 가는 일로 좀 술렁이었소. 많은 학생들이 이 때문에 분개했고 어떤 사람은 화가 치밀어 이번 일을 빌미로 학교와 일부 사람에게 공격을 퍼부었소. 그리고 공격당하는 사람은 해를 덜 입으려고 애써 나를 더욱 나쁘게 말하고 있소. 그래서 요즘 유언비어가 꽤나 많이 나도는데 나는 팔짱 끼고 재미있게 구경만 하고 있소. 그러나 이런 일이 학교에는 전혀 이롭지 않을 거요. 이 학교는 왕창 개혁하지 않고는 다른 방법이 있을 수 없소.

학교를 떠나려는 학생이 적어도 스물은 되는 것 같소. 나는 정말 가지 않을 수 없소. 내가 여기에 있기에 하남 중주대학에서 전학해온 학생까지 있는데 학교의 실제상황이 이러하니 계속 남아서 전학을 오게 만든다면 학생만 해 입을 게 아니겠소? 그래서 나는 《통신》이라는 글을 써서 《어사》에 실어 내가 이미 하문을 떠났다고 알렸소. 내가 이미 우상으로 되어 버렸나 보오. 앞서 학생 몇이 《광표(狂飆)》를 들고 나를 찾아와 장훙의 욕설에 반격하라고 권하면서 "선생님은 이미 선생님에게만 속하는 것이 아닙니다! 수많은 청년들이 선생님의 말을 기다리고 있습니다."라고 하는 게 아니겠소? 나는 그만 깜짝 놀라서 내란 사람이 공인이 됐구나 하는 생각이 들면서 그러면 큰일이기에 싫었소. 차라리 거꾸러지는 것이 훨씬 편안할 거요.

지금 상황에서는 아직도 한동안 억지로라도 "명인"으로 있어야 사람들이 성차할 거요. 하지만 큰 뜻을 가진 것은 아니고 중산대학의 문과만 잘 꾸려나가면 목적을 이룬 셈이오. 그밖에 일은 죄다 상관하지 않을 것이오. 요즘 나는 좀 태도를 개변했소. 이해를 따지지 않고 무슨 일이나 쉽게 대처해나가고 있소. 너무 진지하게 살지 않으니 일을 해나가기가 쉽고 피곤하지도 않구먼.

이 편지를 보내고 나서는 하문에서 더는 편지를 쓰지 않을 거요.

신. 1월 5일 오후

MY DEAR TEACHER,

어제 26일에 학교로 가서 짐을 꾸려가지고 고제가(高第街)로 돌아왔어요. 원래는 선생님께서 고제가로 보낸 편지를 받고 나서 짐을 챙기려 했지만 그저께 신문에 교장의 사직서를 실었는데 대행으로 이씨 성을 가진 사람과 저를 추천했더군요. 저는 반대파들이 제가 휴가를 맡고 교장이 되기를 기다린다고 생각할까봐 이를 방비하기 위해 급히 학교를 나와 거절의 뜻을 밝혔어요. 그리고 수위실 아저씨에게 편지를 보관해주면 제가 와서 찾아가거나 성이 엽씨인 이종동생이 찾아 전해줄 것이라고 설명하고 손총리의 유상 한 폭(중앙은행의 돈으로 1원 해요.)을 증정하겠다고 했더니 무조건 응낙하는데 신용을 지키겠지요.

저는 지금 아주머니네 집에 있어요. 아주머니는 사리 밝고 저를 잘 대해줘요. 다만 애들이 너무 떠들어서 뭘 할 수가 없네요. 하지만 한 가지 좋은 점이 있으니 제가 16일에 집에 돌아와 26일까지 열흘 밖에 있지 않았는데 어제 학교로 갔더니 보는 사람마다 저를 보고 살이 찌고 정신상태도 많이 좋아졌다고들 하는 거예요. 살찌든 말든 저는 상관하지 않지만 보기 좋으려면 좀 살이 있는 것이 좋지요. 잠도 많아서 밤 9시에 누우면 아침 10시에 일어나니 10시간 남짓이 자지요. 제가 이렇게 게을러져서 어쩌면 좋지요?

24일 아침 저는 광태래 여관에 손복원을 찾아갔어요. 9시에 도착했더니 그는 금방 일어났더군요. 어제 술을 마시고 하루 종일 자고 동짓날 밤에 광동에 왔대요. 여관의 노동자들은 지금 임금인상 요구를 제기하고는 파업하고 있는 중이어서 길안내도 해주지 않고 도리어 복원이를 보고 어서 다른 데로 가라고 한대요. 그들은 사정을 보지 않는 사람들이라 저는 미리 대책을 세우라고 했어요. 좀 앉았다가 우리는 해주공원에 가서 구경하고 함께 거리에 나가 식당에서 간단하게 음식을 먹었어요. 손복원의 말을 들어보면 광주에서 한동안 지내다가 동행할 사람이 있으면 육로로 무한에 갈 생각인가 봐요. 하지만 제 생각에는 그가 금방 왔지만 벌써 이곳의 당파 간에 분규가 있음을 느꼈고 또 갈피를 잡을 수 없기에 결단을 내리지 못하고 며칠 더 머물면서 똑똑히 알고 나서 가려고 하는 것 같아요.

사실 이곳의 파벌 간에 얼기설기 얽힌 알력은 북경에서 오래 살고 머리가 단순한 사람으로서는 상상도 할 수 없어요. 제가 여자 사범대학에서 어두운 학교 실정을 보고 개혁하고 싶은 마음이 생겼는데 마침 같은 생각을 가진 사람들이 있어서 함께 하려고 했지요. 학생 두 명을 제명한 일이 원인이 되었지만 결국 동료들은 흩어지고 교장은 사직하고 저 혼자 남아서 공연히 며칠 학교를 지키다가 욕만 먹었지요. 늘 혁신파 학생들을 위해 책략을 세워주던 사람도 오히려 저를 공산당이라고 해요. 그 사람이 하는 말이, 자신들이 공산당에 끌려 같은 주장을 했지만 지금은 틀렸음을 깨달았고 내가 공산당임을 알았기에 지금은 협력하지 않는다고 하는 거예요. 얼마나 무서운가 보세요. 손잡고 함께 일하던 사람이 어찌 이렇게 말할 수 있어요! 제가 공산당이 아님은 선생님께서도 잘 알고 있고 국민당에 대해서도 혁신하려는 뜻을 갖고 있기에 힘을 좀 보태려는 것뿐이지 이처럼 은밀한 정도는 아니지요. 그들이 이렇게 말하는 것은 실패하니까 남에게 죄를 뒤집어씌우려는 것도 있겠지만 자신의 전향에 구실을 만들려는 거지요. 하지만 이처럼 음험할 줄은 몰랐고 교훈이 어찌나 심각한지 일을 할 용기마저 잃었어요. 그래서 지금 저는 마음이 차분해지고 격정이 갈앉아 버렸어요. 몇 시간 글이나 가르치고 매달 봉급 몇 십 원을 받는 외에 내 하고 싶은 일을 몇 시간 할 수 있으면 대단히 행복하겠어요.

지난번 편지에 선생님의 12일 편지를 받지 못했다고 하지 않았어요? 오늘 학교에 갔다가 사무실 서랍에서 발견했어요. 틀림없이 제가 휴가를 낸 사이에 누군가 넣었을 거예요. 선생님께서는 편지를 고대하신다고 했는데 지금 연이어 받았겠으니 문제가 없네요.

지금은 점심 12시 30분이예요. 거리에 가야 하니 다음에 봐요.

YOUR H. M. 12월 27일

MY DEAR TEACHER,

어제 29일에 이종누이동생이 선생님의 21일자 편지를 갖고 학교에 왔어요. 한참 지체된 것 같은데 잃어지지 않았으니 만족이에요.

어제 복원이의 편지를 받았는데 편지에 이렇게 썼더군요.

"광평이가 여자 사범학교 직무를 사직한 뒤의 일에 대해 내가 떠날 때 루쉰선생이 유선(騮先)에게 물어보라고 하더구먼. 내가 이미 말을 나눴는데 광평이에게 루쉰선생의 조교를 맡기기로 했소. 루쉰선생이 오시면 곧바로 초빙증서를 보낼 거요. 루쉰선생에게는 내가 이미 편지를 써서 알려주었소. 지금 일부러 광평이한테 알려주는 거요."

선생님의 조교로 된다니 복원이가 저를 놀리는 게 아니에요? 선생님과 함께 연구를 한다면 물론 좋은 일이지요. 하지만 교수는 주로 강의를 엮고 조교가 수업을 한다더군요. 제가 선생님보다 더 잘할 수 있을까요? 근심되는 부분이에요. 그리고 복원이의 말로는 초빙증서를 선생님께서 오신 다음에 보낸다고 했는데 그러다가 중도에 변하지나 않을까요? 지금 외부에서는 중산대학을 좌경이라는 소문이 있는데 여자사범학교 풍파가 있은 뒤로 반대파들은 저를 좌파, 또는 공산당이라고 꾸짖고 있어요. 비록 저는 무소속이지만 사직하고 나서 금방 "좌"적인 학교에 들어간다면 그들에게는 내가 좌파라는 증거가 되고 공산당으로 볼 거예요. 선생님께서 저를 동사자로 쓴다면 연루될 수도 있지요. 앞서 어느 중학교에 직원을 쓴다는 말을 들었는데 이번에 물어볼 생각이에요. 만약 갈 수 있다면 그곳에 가는 게 좋을 것 같아요.

반찬이 입에 맞지 않으면 다른 좋은 음식을 사 드시기 바라요. 겨울에는 개미가 없기에 케이크와 같은 과자를 사먹어도 좋지요.

제가 머물고 있는 곳은 비좁아서(조용한 마음으로 책을 읽을 수 없는 곳이라는 뜻이에요.) 책을 마음대로 볼 수 없어요. 저는 떠드는 것을 싫어하는 성격인데 이곳은 정반대네요. 아침에 일어나 신문을 보고 집안의 자질구레한 일을 돕고 나면 오전이 다 가요. 오후 이맘때(2시)가 되면 조용한 편이지만 조카들이 방과하면 또 떠들썩해지지요. 지금 저는 밖에 나가 살 생각이에요. 반드시 나가야 해요. 그래야 규칙적으로 뭘 열심히 할 수 있어요.

어제 밤 저는 중산대학에 가서 강습소의 강의를 했어요. 강의가 끝나면 일 없지요. 복원이를 보러 갔더니 문이 잠겨 있어서 만나지 못했어요.

"다행스럽게 30일만 남았네요." 책은 아직 받지 못했어요. 앞으로는 보내지 마세요. 잃어질 테니까요.

MY DEAR TEACHER
12월 30일 오후 2시

광평 형,

　5일에 편지를 보냈는데 받았으리라 생각하오. 오늘 12월 30일에 보낸 편지를 받고 나서 몇 마디 하려고 하오.

　중산대학에서 광평이를 조교로 받으려한다는 말은 복원이가 일부러 꾸미거나 광평이와 농을 한 게 아니요. 내가 앞서 편지에 동봉한 두 통의 편지를 보면 알 수 있듯이 그건 원래 이우안(李遇安)의 자리였는데 지금은 비어 있소. 북경대학과 하문대학의 조교는 평소에 대리 수업을 하지 않소. 하문대학에서는 교수가 반년 또는 몇 달 휴가를 냈을 때, 혹간 조교가 대신 수업을 한다고 규정하고 있소. 하지만 이런 일은 아주 드무오. 나는 중산대학이라고 특별하리라 생각하지 않소. 그리고 교수가 강의를 엮고 조교가 수업한다는 것은 사리에도 맞지 않고 광평이가 들은 소문은 헛소문인가 보오. 헛소문이 아니더라도 방법이 있을 터이니 예민하게 생각할 바가 아니오. 초빙증서를 보내기 전이라 해도 중도에 변하는 일은 없을 거고 계불에게도 마찬가지요. 내 생각에는 광평이가 중학교 교사로 갈 필요는 없고 설사 중도에 변동이 생기더라도 내가 유선이에게 다른 방법을 생각하라고 부탁할 거요.

　동사자로 채용하는 일에 대해 헛소문 때문에 자신이 연루될까봐 겁이 난다고 하는데 정말 이상하오. 광평이가 한번 좌절을 당해서 신경이 예민

해졌는지 아니면 광주의 사정이 정말 그런지 알 수 없구면. 만약 후자라면 광주가 북경보다 살아나가기 더 어려울 것 같소. 하지만 나는 이런 걸 아예 염두에 두지 않소. 오랫동안 각양각색의 인물들로부터 별의별 애로를 다 겪어왔던 나로서는 뭐라고 해도 상관이 없소. 이곳에도 갖가지 헛소문이 나돌지만 나는 전혀 아랑곳하지 않고 있소. 서대총통|1|의 철학을 빌면 순리를 따르고 싶소.

지난달 봉급을 아직 받지 못했기에 10일 전에는 떠날 수 없고 며칠 더 기다려야 할 것 같소. 하지만 어떻게 되든 15일 이전에는 떠나야겠소. 이것은 그들이 내가 이곳을 일찍이 떠나지 못하고 멋없이 며칠 눌러있게 하려는 꿍꿍이 같소. 하지만 이런 꿍꿍이가 오히려 실책으로 되지 않을지 모르겠소. 학교에서 한창 풍파가 무르익어가고 있는데 아마 2, 3일 사이에 폭발할 것 같구면. 나를 만류하려는 운동이 학교의 개혁을 촉구하는 운동으로 번져가고 있소. 나와는 상관이 없는 일이지만 내가 좀 일찍이 간다면 학생들에게는 자극이 덜하거나 행동으로 변하지 않겠지만 이대로 가다간 안 될 것 같소. 그때 가면 그 죄를 나에게 돌리면서 나를 "방화범"이라고 단죄할 수 있지만 역시 "순리를 따르는" 수밖에 없고 방화범이라 하면 방화범이 될 수밖에.

요 며칠은 회의에 참가하고 송별회에 참가하여 말을 나누고 술을 마시는 일뿐이오. 아마 이삼 일은 더 지속될 것 같소. 내가 여기 있으면 싫어하는 사람이 아주 많은데 가려고 하니까 오히려 누구나 큰 인물이라고 떠받드는구면. 중국의 관습은 누구든 일단 죽기만 하면 애도 대련에 살아 있을 때 그처럼 훌륭했던 사람이 떠나서 더없이 애석하다고 쓰지 않소? 그래서 황견마저도 나를 "저의 스승님"이라고 하면서 남을 보고 "저는 루

|1| 서대통령이란 서세창(徐世昌)을 말한다. 서세창은 청나라 말기 원세개(袁世凱)를 도와 북양군벌을 창립한 사람이며 1918년 단기서(段其瑞)의 "안복국회(安福國會)"에서 대통령으로 선거되었다.

쉰선생님의 제자라 감정이 깊은 건 당연한 일이지요."라고 하더구먼. 그가 오늘 나에게 송별술자리를 마련하겠다고 하니 그 술이 얼마나 넘기기 힘들겠소.

이곳의 태만한 기풍은 4, 5년을 두고 이루어졌소. 지금 일부 학생들이 내가 4개월 근무한 마력을 빌어 깨보려고 하는데 내 보기에는 환상에 지나지 않소.

신. 1월 6일 등불 아래서

MY DEAR TEACHER,

어제 5일 날에 12월 30일에 보낸 등기우편을 받았어요. 오늘은 7일인데 아침에 섭씨네 이종누이동생이 선생님께서 12월 2일과 12일에 보낸 인쇄물 두 묶음을 가져다주더군요. 하나는 한 달 뒤에, 하나는 20일 뒤에 받았으니 우편물이 한심하게 지체되네요.

간행물들을 제가 대충 훑어보았어요. 《망원》의 "사소한 일들"과 "아버지의 병환"은 보지 않았지만 "계급과 루쉰"은 별로 재미가 없고 "하문 통신"은 잘 쓰지 못한 것 같아요. 차라리 "광주통신"이 더 끌려요. 하지만 《무덤》의 "머리말"은 정말 방자하게 썼네요. 선생님께서 북경에 계실 때라면 "나의 애인을 위해서라기보다 어쩌면 나의 적을 위해서였다."라는 말을 쓰지 않았을 거예요. 한번은 글에 아마 "……는 사람"이라고 썼다가 끝내는 고쳐서 보낸 걸로 기억돼요. 이번에 아주 멋대로 썼어요. 하지만 함축적인 곳도 있었어요. 이를테면 "멀지 않은 곳은 평지로 밟아버릴 것이다.……"라는 구절들이예요. 《무덤〉 후기》에 쓴 "인생은 고생스럽지만 사람들은 아주 쉽게 위안을 얻는다. 그러니 외로움의 슬픔을 더 맛볼 수 있도록 필묵을 아끼지 말아야지 않겠는가."라고 했는데 그 말속에 "후배에게 좀이나마 기쁨을 주고 싶다."는 본뜻을 담은 건가요? 선생님께서는 "후배"들이 홀로 뭘 얻기보다 많은 사람에게 베풀기를 바라는 마음을 갖고 있기 때문이겠지요? 마지막 구절은 정말 쓸쓸하네요. 선생님께서는 무대에서 떨어지기 위해서 무대를 만들고 있는가요? 저는 선생님께서 떨어졌다면 틀림없이 누가 뒤에서 밀었으리라고 생각해요. 선생님을 떨어뜨리는 사람은 절대 "친구"가 아니라 선생님의 적수, 말하자면 "요괴와 사악한 무리"들이겠지요. 그들을 조심하고 방비하시기 바랍니다. 그놈들도 선생님이 상할 줄을 뻔히 알지만 적이기 때문에 이 적수를 포기할 수 없는 거지요. 한마디로 이 글 뒷부분에 스스로 자신의 속내를 드러내는 말이 많은데 이것은 스스로 참호에서 나오는 것이라고 생각해요. 저는 일종의 위기를 보았어요. 막 폭발할 것만 같은 위기를 말이에요. 모두 반항적인 기질이라 공격을 받지 않아도 반항할 텐데 공격을 받으면 더 강하게 반항하겠지요.

30일 편지에서 "북경에서 풍문이 도는 것 같더라."고 했는데 아마 삼선생이 알려주었겠지요? 그리고 같은 날에 등기우편으로 보낸 편지에서 시험은 상관하지 않고 중산대학으로 가겠다고 했는데 중산대학에서는 그렇게 서두르는 것 같지 않아요. 사정은 알 수 없고요. 다른 원인이 없다면 그렇게 빨리 올 필요가 없을 것 같아요.

요 며칠 부득이한 일이 아니면 밖에 나가고 싶은 생각이 별로 없어요. 특별한 소식이 있을지도 모르지요.

YOUR H.M. 1월 7일 오후 6시

광평형,

5일과 7일에 보낸 두 통의 편지는 오늘(11일) 오전에 함께 받았소. 이 편지를 등기우편으로 보낸 이유는 중요한 일이어서가 아니라 만일 논의한 내용이 잃어지면 아쉬운 일이라 신중한 것이 좋다 싶어서였소.

이곳에서 생긴 풍파[1]는 여전히 확대되고 있지만 결과가 결코 좋을 리 만무하오. 이 기회에 높이 오르거나 학생들에게 잘 보이고 싶거나 또는 교장의 환심을 얻으려는 사람들이 있으니 정말 한심하오. 나의 일은 대체로 마무리되어 떠날 수 있지만 오늘 떠나는 배는 시간이 안 되고 다음 배는 토요일에 있기 때문에 15일에야 출발할 수 있소. 아마 이 편지는 나와 같은 배를 타고 광동으로 갈 것 같소. 그래도 먼저 부치는 거요. 나는 15일 쯤에 배에 오르지만 배가 16일에 떠날 지도 모르니 19일이나 20일에 광주에 도착할 것이오. 나는 먼저 광태래 여관에 묵다가 학교와 교섭이 된 다음 잠시 학교로 옮겨갈 생각이요. 머물 집은 대종루라고 하는데 복원이 편지에서 자신이 머물고 있는 방 한 칸을 나에게 내주겠다고 하였소.

조교 문제는 복원이가 힘을 쓰고 중산대학에서 초청한 것인데 내가 어찌 감히 "내가 얻어준 것"이라 말하겠소?[2] 나머지 문제들은 저절로 "폭

---

[1] 루쉰이 하문대학에서 사직을 하자 일부 진보적인 학생들은 루쉰에게 하문대학을 떠나지 말기를 권유하면서 학교 당국의 복고주의 조치를 비판하였고 얼마 후에는 학교 개혁을 촉구하는 운동을 일으켰다.

발"하든지 폭발을 시키든지 다 좋으니 나는 이대로 할 것이요. 아무리 조심해도 첩첩이 들이닥치는 핍박은 여전하니 마치 지은 죄가 너무 무거운 듯싶구먼. 이제는 나 스스로 자백하고 갑옷을 벗을 작정인데 그들이 두 번째 주먹을 어떻게 날릴지 두고 볼 판이요. "후배"에 대해 애초에는 사람들에게 널리 배려하려는 마음이었지만 이제는 아니오. 누구에게도 의지하지 않고 나 홀로 추구하고 싶은 마음이요.(이 단락은 내가 원뜻을 오해하였을 수도 있는데 이미 써 놓은 이상 고치지 않겠소.) 그것이 원수든 적수든 또 요괴든 상관이 없소. 나를 밀친다면 기꺼이 떨어지겠소. 내가 언제 높이 나서기를 좋아한 적이 있었소? 나는 명성도 지위도 다 싫소. 요귀만 있으면 되오. 나는 그들을 "벗"이라고 부른다오. 무슨 방법이 있겠소? 그러나 지금 한정된 소식만(!) 전하는 것은 무엇보다 어차피 생계문제를 걱정해야 하기에 우선 자신을 위해서이고 그 다음 남을 위해서인데 내가 갖고 있는 지위를 빌어 개혁운동을 벌려야 하기 때문이오. 하지만 날 보고 이 두 가지 일에만 열중하고 희생을 하라고 한다면 나는 사양하겠소. 내가 많은 희생을 하였지만 누리는 자들은 그래도 부족하여 생명의 전부를 달라고 하는구먼. 나는 그러기 싫소. 나는 적수를 사랑하며 그들에 반항할 것이요.

이 3, 4년 동안 구면이든 초면이든 내가 문학청년들을 어떻게 대했는지를 광평이도 알고 있을 거요. 내가 할 수 있는 일이라면 힘을 아끼지 않았고 결코 나쁜 마음을 품은 적이 없었소. 그런데 남자들은 어떠했소? 질투심을 누르지 못하고 끝내는 싸우기 시작하였소. 만족을 못 느끼고 나를 타살하려 했는데 어느 쪽의 도움도 얻지 못했소. 내 곁에 여학생이 앉아 있는 것을 보기만 하면 그들은 헛소문을 만들어내곤 하였소. 내가 여자들을 만나지 않으면 몰라도 일이 있든 없든 그들은 헛소문을 만들어낼 것이

|2| 중산대학에서 허광평을 루쉰의 조교로 초청한 일을 말한다.

요. 그들은 대체로 새 사상을 가진 사람인 척하지만 속내는 폭군이고 포악한 관리이고 밀정이고 소인배들이요. 만일 내가 계속 참고 물러선다면 그들은 걸음걸음 끝없이 몰아붙일 것이요. 나는 이들을 너절하게 보고 있소. 이전에는 어쩌다가 사랑의 감정이 생기기라도 하면 나는 막 부끄러웠고 스스로 사랑할 자격이 없는 사람이라고 생각해왔소. 그래서 누구를 사랑할 엄두를 내지도 못했소. 그러나 그자들의 언행과 사상에 감춰진 속내를 알게 된 뒤로는 나라는 사람이 절대 스스로 깔보아왔던 그런 사람이 아님을 알게 되었고 나도 사랑을 할 수 있다는 걸 믿게 되었소.

그 유언비어는 작년 11월에 위소원의 편지를 보고 처음 알았소. 그는 침종사|3|에서 얻어들었다고 하면서 장홍이 기를 쓰고 나를 공격한 것은 아무 여성 때문이었다고 하였소. 그가 《광표》에 시 한수를 발표했는데 자신을 태양에 비하고 밤은 나, 달은 그 여자에 비했다는구면. 소원이는 이 일이 정말인가고 물으면서 자세히 알고 싶다고 하였소. 그제야 나는 장홍이 "상사병"에 걸렸고 그가 문턱에 불이 나도록 나를 찾아왔던 까닭은 결코 《망원》을 위해서가 아니라 달을 만나기 위해서였음을 알았소. 하지만 나에게는 적의를 드러낸 적은 전혀 없었고 내가 하문에 온 뒤에야 배후에서 나를 욕하기 시작했는데 나는 그가 왜 그러는지 영문을 알 수 없었소. 비겁하기 짝이 없는 놈이요. 내가 밤이면 달이 있기 마련인데 시를 쓸 것까지야 있겠소. 한심한 저능아로구면. 그때 나는 그를 가볍게 골려준 소설을 써서|4| 미명사에 보냈소.

나는 편지로 고령(孤靈)에게 물어보고 나서야 비로소 그런 유언비어가 오래 전부터 있었다는 걸 알았소. 그 유언비어를 퍼뜨린 사람은 품청, 복원, 해천, 미풍, 연태라고 하는구면. 또 내가 그 여자를 데리고 하문으로

|3| 침종사(沉鐘社)는 문학단체로서 1925년 가을 북경에서 설립되었고 《침종》이라는 주간지를 출판하였다.
|4| 루쉰의 소설 《달나라로(奔月)》를 말한다. 《망원》 제2권 제2호에 실렸고 나중에 《고사신편》에 수록되었다.

갔다고 말하는 사람들도 있다고 하는데 아마 복원은 그 속에 들어 있지 않을 거요. 나를 역에 바래다준 사람들이 그런 소문을 퍼뜨린 듯싶소. 황견[5]이 북경에 있는 가족을 하문에 데려오면서 그 소문을 달고 왔을 거요. 나를 공격할 목적으로 그는 고힐강과 함께 내가 하문에 있기 싫어하는 원인은 이곳에 달이 없기 때문이라는 소문을 퍼뜨렸다는구먼. 송별회에서 진만리[6]는 나에게 상처를 주기 위해 일부러 많은 사람들 앞에서 소문을 공개하였소. 하지만 뜻밖에 아무런 효과도 없고 풍파가 좀처럼 가라앉지 않는 거요. 이번에 풍파가 일어난 원인은 나 한사람 때문이 아니고 뿌리가 몹시 깊은데도 이와 같은 졸렬한 재주를 부리니 과연 "죽어도 깨닫지 못한다."고 해야겠구먼.

밤 두시가 됐소. 학교는 등불이 꺼져 캄캄하오. 방학 공고는 붙이자마자 금방 학생들에게 발각되어 찢겨졌소. 앞으로 풍파가 더 커질 듯싶소.

말은 늘 각박하게 하면서도 사람을 너무 무던하게 대하는 나 자신이 정말 우습소. 의평[7] 따위가 염탐할 목적으로 날 찾아왔지만 나는 의심을 가져본 일이 없었소. 쥐처럼 눈을 굴리면서 여기저기 뒤지는 꼴을 괘씸하게 생각하면서도 말이오. 그리고 오늘에야 알게 된 일이지만 전에 내가 그들을 객실에 안내한 일이 있는데 그들은 내가 안방에 달을 감춰놓고 들킬까봐 일부러 객실에 안내한 거라고 불쾌하게 생각했다는구먼. 정말 시중들기 까다로운 어르신이고 선생들이요. 언젠가 내가 동생에게 버드나무 몇 그루 사달라고 부탁하여 뒤뜰에 심으면서 옥수수 몇 그루를 뽑아버린 일이 있는데 그때 어머님께서는 그것이 아까워 조금 노여워하셨소. 그런데 둘째 마님[8]은 내가 학생을 부추겨 어머님을 구박했다고 소문을 퍼뜨리지 않았겠소. 조용히 지내려 하면 오히려 번거로운 일이 더 생기는구

|5| 황견(黃堅)은 당시 하문대학 국학원 고고학 교사로 있었는데 여러 차례 루쉰을 공격하고 중상하였다.
|6| 진만리(陳萬里)는 당시 하문대학 국학원 고고학 교사였고 역시 루쉰을 공격하고 중상하였다.
|7| 장의평(章衣萍)을 말하는데 작가이고 《어사》의 기고자였다.
|8| 루쉰의 둘째 동생 주작인의 일본인 부인 하네다 노부꼬를 말한다.

면. 전에 내가 이러다가는 살아서 고향에 돌아갈 수 있으려나 하고 말한 적이 있는데 그것은 절대로 신경이 예민해서 한 말이 아니라오.

하지만 이 모든 걸 될 대로 내버리고 나는 내 길을 걸을 거요. 이번 하문 대학의 풍파가 있은 뒤로 나를 따라 광주로 가겠다는 학생도 있고 무창으로 전학하겠다는 학생도 있소. 그들을 위해서라도 앞으로 한 1년쯤은 잠시나마 몸에 철갑 몇 조각을 남겨야지 않나 하는 생각이 들지만 지금 당장은 결정할 수 없으니 만나서 의논할 수밖에 없소. 하지만 조교로 되는 것마저 두려워 동사자들을 피할 필요는 없소. 만약 그런다면 정말 유언비어의 죄수가 되고 유언비어를 날조한 자들의 간계에 말려들게 될 거요.

신. 27년 1월 11일

魯迅

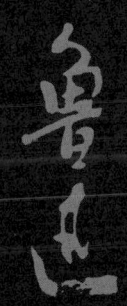

제3집

북평 ~ 상해(1929년 5월부터 6월까지)

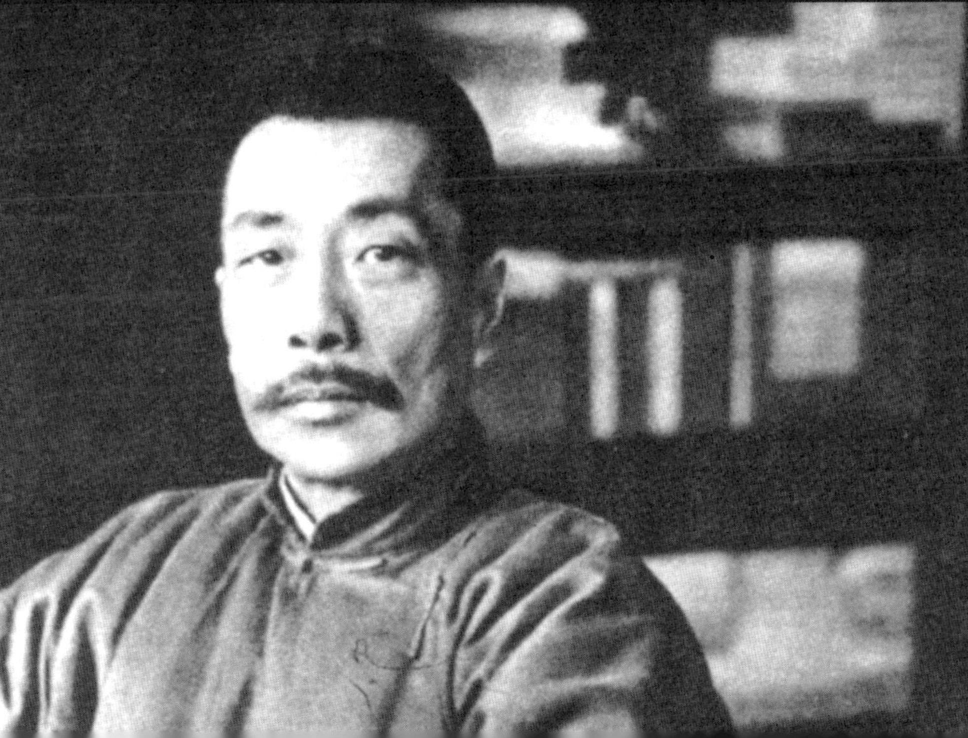

B. EL.[1]

오늘은 우리가 상해에 온 뒤로 당신이 처음 출장 간 날이에요. 지금은 오후 6시 반인데 철로 시간표를 보면 당신을 태운 기차가 포구를 떠난 지 반시간쯤 되더군요. 홀로 기차에서 독일문 책을 종일 볼 수는 없을 거고 책을 보지 않을 때는 무슨 생각을 하시나요? 여러 가지 생각을 많이 하겠지만 무엇보다 제가 어떻게 지내고 있는지 궁금하시겠지요. 환상에 맡기기보다 제가 사실대로 말씀 드리지요.

헤어진 뒤 저는 집에 와서 동녘의 햇빛이 비쳐 들어오는 침대 식 의자에 앉아서 해바라기 씨를 까면서 《꼬마 페트로》[2]를 읽었어요. 절대 눈물을 흘리지는 않았고요. 저는 저의 패기로 저항하였고 승리했어요. 그리고는 좀 자고 깨어나니 점심때가 되었더군요. 배달부가 책을 보내왔는데 미명사에서 등기우편으로 보낸 위충무의 《얼음덩이》[3] 다섯 권이었어요. 오

---

[1] B. EL, 편지 원본에서는 "꼬마 흰 코끼리"라고 썼다. 허광평은 《기쁘면서도 위안이 되는 기념 · 루쉰선생과 해영이》라는 글에서 아래와 같이 말하였다. "임어당 선생은 아무 글에서 중국에서 루쉰선생이 지니고 있는 위대한 의의를 '흰 코끼리'에 비유하였다. 코끼리는 모두 잿빛이기 때문에 일부 국가에서는 흰 코끼리를 진귀한 보물로 보고 있기 때문이었다. 나는 늘 이 전고를 빌어 루쉰을 '꼬마 흰 코끼리'라고 불렀다." B. EL은 대개 영어의 Brother(형제)와 Elephant(코끼리)를 합하여 이루어진 단어 "코끼리형제"의 약어일 것이다.

[2] 《꼬마 페트로》는 독일 여 작가 헤르미니아 줄 뮐렌이 창작한 동화집으로서 당시 루쉰은 일어로 된 이 책으로 허광평에게 일본어를 배워주고 있었다.

[3] 《얼음덩이》는 시집으로서 위충무(韋叢蕪)가 창작하였고 1929년 북경 미명사에서 출판하였다.

후에는 집안 청소를 하고 나서 책을 좀 보았어요. 그리고 이웃과 수다도 떨고 또 친구에게 보내는 편지를 썼어요. 오후에는 거리에 나가 신책하고 과일을 좀 사서 여럿이 함께 먹었고요. 먹고 나서는 지금 이 편지를 쓰고 있는데 날이 막 저무네요. 아직 저녁은 먹지 않았고 또 무슨 일이 있으면 더 쓸게요.

13, 6시 50분.

B. EL,

지금은 14일 오후 6시 20분이예요. 당신은 이미 고산(고山)을 지나 곧 제남에 도착하겠군요. 기차가 그처럼 빨리 달리지만 저는 당신이 어서 북경에 도착하시기를 바라요. 그러면 가면서 제 근심을 하는 일이 없겠지요. 오늘 들으니 북경과 한구 구간이 원활하지 않다고 하는데 천진과 포구 구간은 그렇지 않겠지요. 돌아올 때는 교통이 원활하지 않다고 하면 절대 모험하지 말기를 바라요. 당신이 무사해야 저도 마음을 놓을 수 있지요.

어젯밤에는 책을 좀 보다가 9시에 누웠어요. 언제나 위층에서 자야 마음이 편안해요. 오늘 6시 반에 잠에서 깼는데 9시가 되어야 일어났어요. 마찬가지로 책을 보고 한담을 하면서 지냈어요. 오후 3시에는 점심 잠을 잤고 당신의 당부대로 충분히 휴식하고 있으니 마음을 놓으세요. 다만 저는 너무 편안히 지내는데 당신은 기차에서 고생이 많군요. 고난을 함께 겪던 사람이라도 이렇게 처지가 서로 다를 때도 있으니 어쩌겠어요!

오늘 은씨 성을 가진 사람[4]이 보낸 《세찬 흐름(奔流)》에 보내는 시를 받았어요. 원고가 두터웠어요. 우선 책꽂이에 놓아두었으니 당신이 돌아와서 보세요.

무사하기를 바라요.

H. M. 5월 14일 오후 6시 30분

|4| "은씨 성을 가진 사람"이란 은부(殷夫, 1909~1931년)를 말한다. 은부는 작가로서 "좌익연맹 다섯 열사" 가운데 한 사람이다.

EL. DEAR,

어제 저녁(14일) 밥을 먹고 나서 우체국에 가서 편지를 부쳤어요. 돌아와서 책을 보다가 10시 좀 지나 자리에 누웠어요. 아침에 잠에서 깰 즈음 당신은 이미 천진에 도착했을 거라고 생각했고 점심에는 북경에 이르렀으리라 짐작했어요. 오랜만에 만나 모두들 너무 기뻤을 거고 당신도 많이 즐거웠을 거예요.

오늘《동방》[1]제2호를 받았고 김명약[2]이 보낸 등기우편도 받았어요. 원고 같아서 책꽂이에 그냥 꽂아 두었어요.

요즘은 할 일이 별로 없어서 잠을 많이 자고 많이 먹기도 해요. 돌아와 보면 제가 뚱뚱해졌을 거예요. 오후에 왕 할머니와 아래위 사람 대여섯이 신아에 가서 차를 마셨어요. 처음이라 모두들 몹시 기뻐했고 집에 돌아오니 다섯 시가 다 되더군요. 그리고《동방》을 대충 보고 나니 하루가 훌쩍 지나갔어요. 저는 당신의 말씀을 명심하고 있기에 혼자지만 외롭지 않아요. 그런데 요즘 동틀 무렵이면 잠을 깨요. 이때는 당신이 막 주무시려고 할 무렵이라 깨어나서도 마치 당신이 곁에서 잠을 청하고 있는 듯이 느껴져요. 당신이 이미 떠나고 없는데도 이처럼 이상한 마음이 생기니 이를

---

[1] 《동방(東方)》은 종합성 잡지로서 1904년 3월 상해에서 창간되었고 1948년 12월에 폐간되었다.
[2] 김명약(金溟若)은 《세찬 흐름(奔流)》의 기고자였다.

뭐라 형용하면 좋을까요? 다행히 날은 금방 밝고 저는 좀 있다가 일어났어요.

15일 오후 5시 반에 씀.

EL. DEAR,

어제(15일) 저녁을 먹은 뒤 저는 위층에 가서 탁보 문양을 그리고 또 책을 보다가 11시가 되어 자리에 누웠어요. 하지만 역시 4시가 되자 전처럼 잠에서 깼는데 다시는 깊은 잠에 들 수 없었어요. 오늘 오전 아래층에서 옷을 깁고 신문을 보다가 당신의 전보를 받았어요. 사람이 그리우면 전보도 빨리 오네요. 전보를 보낸 시간을 보니 13, 40분이라고 썼는데 15일 오후 1시 40분에 보낸 것 같아요. 전보를 읽고 얼마나 기쁜지 몰랐어요. 꼭 오리라는 것을 알고 있었지만 그럴수록 더욱 기다리게 되네요. 정말 이상해요.

당신이 떠난 날, 저녁 무렵에 아보[3]가 불러 밥 먹으러 내려갔더니 당신은 왜 오지 않느냐고 떼를 쓰는데 곁에서 암만 구슬려도 말을 듣지 않는 거예요. 걔 엄마가 당신을 거리에 나갔다고 해서야 그쳤는데 정말 재미있는 애예요. 상해는 이미 장마철이 되어 늘 흐리터분하고 비가 내리다가도 그치고 그쳤다가도 내리곤 해요. 정말 짜증나는 날씨예요. 북평에서 친지들을 모두 만났겠지요? 큰 사모님[4]네는 모두 무사한가요? 저를 대신해서 문안을 전해주세요.

잠도 잘 주무시고 음식도 잘 드시기를 바라요.

H. M. 5월 16일 오후 2시 15분

|3| 아보(阿菩)는 주근(周瑾)의 아명으로서 루쉰의 셋째 동생 주건인과 왕온여의 둘째 딸이다.
|4| 큰 사모님이란 루쉰의 어머니 노서(魯瑞, 1858~1943년)를 말한다. 1919년 12월 루쉰은 어머니를 북경에 모셔갔다.

H.M.D![1]

호녕[2] 열차에서는 겨우 자리를 얻었고 강을 건너 평포[3] 열차에 오르니 침대석이 있어서 좋았소. 저녁을 먹고 11시에 잠이 들었는데 이튿날 12시까지 죽 잠을 잤소. 깨어나니 벌써 강소 경내를 지났을 뿐만 아니라 안휘 경내에 있는 방부를 지나 산동에 이르고 있었소. 당신은 이렇게 늘어지게 잘 수 있을지 모르지만 나는 그럴 수 없구먼.

기차와 강을 건너는 배에서 잘 아는 사람 여럿을 만났소. 이를테면 유어[4]의 조카, 수산[5]의 친구, 미명사의 사람들이요. 이밖에 부자 몇 사람도 만났는데 나의 학생이라고 하지만 나는 잘 기억나지 않았소.

오늘 오후 전문(前門) 역에 이르러 보니 대체로 옛날과 다름이 없었고 마침 묘봉산 장날이어서 썰렁하지는 않았소. 바람이 어찌나 크게 부는지 3

|1| 편지 원본에는 "착한 아낙! 꼬마 고슴도치!"라고 썼는데 D는 영어의 Dear의 약자이고 H, M은 "해로운 말"이라는 한자어 "해마(害馬)"의 병음 약자일 것이다.

|2| "호녕(滬寧)"은 상해와 남경을 말한다.

|3| 평포(平浦)는 북평과 포구를 말한다.

|4| 유어란 마유어(馬幼漁)를 말하는데 마유조(馬裕藻, 1878~1945년)의 자이다. 마유조는 1926년 북경 여자사범대학에서 풍파가 생겼을 때 국문학부 주임이었는데 앞장서서 《북경 여자사범대학 풍파에 관한 선언서》를 발표하였다.

|5| 수산이란 제수산(齊壽山)을 말하며 제종이(齊宗頤, 1881~1965년)의 자이다. 루쉰이 교육부에서 근무할 때의 동료로서 1925년 루쉰이 교육총장 장사쇠의 불법 해임을 당했을 때 허수상과 함께 《교육총장 장사쇠를 반대하는 선언서》를 발표하였다.

년 먹어보지 못한 먼지를 실컷 먹었다오. 오후에는 전보 한통을 보냈는데 속달이라 16일에는 상해에 도착할 것이오.

집은 변함이 전혀 없고 어머니는 정신상태가 3년 전과 같았소. 하지만 관심을 갖는 범위가 많이 줄어들었고 하는 얘기도 나와는 상관이 없는 이웃에 관한 자질구레한 일들이었소. 전에 자주 손님들이 늘 다녀간 것 같고 서너 달은 되는 것 같은데 내 일기책마저 뒤졌구면. 정말 밉살스럽소. 아마 차 씨[6]가 한 짓일 테고 내가 밖에서 죽고 돌아오지 않으리라 생각했던가 보오.

이런 일에 화가 나는건 아니지만 물론 기분은 좋지 않소. 오래전부터 집에 다녀와야겠다는 생각을 하고 있었는데 지금 이렇게 와서 소원을 풀었으니 좋은 일이요. 지금은 밤 12시라 상해와는 많이 달라서 조용하오. 내 생각에 당신은 아마 잠자리에 들지 않은 것 같고 내가 지금 3년 동안 살아 온 일들을 늘여놓고 있는 줄로 알고 있을 것이오. 기실 그러지는 않고 지금 이 편지를 쓰고 있다오.

오늘은 여기까지 쓰고 다음에 봅시다.

E L. 5월 15일 밤

|6| 차(車) 씨란 차경남(車耕男)을 말하는데 루쉰의 둘째 이모의 사위이며 당시 북평에서 일하였다.

H.D,

어제 편지를 보냈는데 받았으리라 생각하오. 오늘 오후에 미명사를 방문하고 또 유어를 찾아갔더니 아직 돌아오지 않았고 마각[1]은 병으로 입원한지 며칠 되는구먼. 거리를 다니며 보면 별로 쓸쓸하지는 않았고 아마 적어진 것은 남방 태생의 관료들뿐인 듯싶소.

우리의 일은 남북이 합친 뒤에 갑자기 이곳에서 소문이 무성해져 연구하는 사람도 꽤나 많지만 대체로 똑똑히 알고 있는 사람은 적소. 소문이 이렇게 많이 퍼진 원인을 생각해보니 상해에 살던 육정청(陸晶靑)이 북경으로 오면서 그리되지 않았나 싶소. 그저께 집에 오자 어머님이 왜 당신은 같이 오지 않았냐고 물었는데 그때 한창 인력거 삯전을 주고 있을 때라 바쁜 김에 그냥 몸이 좀 편치 않다고만 대답했었소. 그러다가 어제에야 기차에서 흔들리면 애한테 좋지 않을 것 같아 같이 오지 않았다고 말씀드렸더니 몹시 기뻐하시면서 이제는 있겠다 싶었다고 하면서 이 집안에는 벌써 뛰노는 애가 있어야 했다고 하는 거요. 이와 같은 "……어야 한다."는 이유가 비록 우리 생각과는 다르지만 어쨌든 몹시 기뻐했다오.

|1| 마각(馬珏)은 마유어의 딸이다.

|2| 서욱생(徐旭生, 1888~1976년)은 1925년부터 1926년까지 북경대학 철학학부 교수 겸 북경여자사범대학 강사, 《맹진》의 편집을 맡았다.

여기는 홑옷을 입을 정도로 따뜻하오. 내일 서욱생|2|을 방문하고 또 몇 사람 더 만날 예정이오. 다른 일은 별로 없소. 윤묵|3|, 봉거|4|는 이미 정치에 마음이 쏠린 것 같고 윤묵의 승용차가 어젯밤 전차와 부딪쳐 그도 상해서 팔이 퉁퉁 부었더구먼. 내일 그를 방문할 작정이고 초모자도 돌려주어야겠소. 정농이는 친구를 위해 전신부호를 찾느라 눈코 뜰 새 없고 임탁봉|5|은 서산병원에서 위병을 치료하고 있다고 하오.

편지 한 장을 더 써 보내니 조공|6|에게 전해주오. 그리고 셋째에게 내가 요즘 책 한 묶음(네댓 책)을 보내겠다더라고 알려주오. 실은 그가 받아서 조공한테 줄 책이니 받자마자 넘거주라고 이르오.

나는 건강하오. 상해에 있을 때와 같으니 근심하지 마오. 하지만 당신도 몸을 잘 보양해야 내가 시름을 놓지 않겠소. 당신이 그러리라 나는 믿소.

신, 5월 17일 밤

|3| 심윤묵(沈尹黙, 1883~1971년)을 말한다. 심윤묵은 1918년부터 1919년까지 《신청년》 편집으로 있었고 1925년부터 1926년까지 북경여자사범대학 강사로 있었으며 루쉰과 연명으로 《북경여자사범대학 풍파에 관한 선언서》를 발표하였다. 당시 하북성 교육청 청장이었다.

|4| 장봉거(張鳳擧,1895~   )를 말한다. 장봉거는 1925년부터 1926년까지 북경대학, 중법대학 교수 겸 북경 여자사범대학 강사를 맡고 있었다.

|5| 임탁봉(林卓鳳)은 허광평의 북경여자사범대학 동창생이다.

|6| 조공이란 보평복(趙平福, 1902~1931년)을 말한다. 필명은 유석이고 작가이며 "좌익작가연맹 다섯 열사" 가운데 한 사람이다. 1928년 말에 루쉰과 함께 조화사(朝花社)를 꾸리면서 《조화(朝花)》와 《예원조화(藝園朝花)》를 출판하였고 1929년 초 루쉰의 추천으로 루쉰이 편집하던 주간지 《어사(語絲)》를 넘겨받았다.

D. EL,

이틀째 편지를 기다리면서 오늘은 오리라고 생각했는데 과연 당신의 17일 밤에 쓴 편지를 받았어요. 만약 15일 밤에 쓴 편지처럼 빨랐다면 이처럼 기다리느라 애를 태우지 않았을 거예요. 지난 편지는 닷새 만에 도착해서 정말 기뻤는데 이번에는 이레나 걸려서 우체국 탓이 아닐까 해서 속이 상했어요. 앞으로는 참고 기다려야겠어요. 그런데 당신은 밤잠도 주무시지 않고 편지를 썼더군요.

내일은 토요일이니 당신 간 지 두주일 되네요. 시간이 너무 빨리 가는 것 같기도 하고 또 느린 것 같기도 해요.

북평이 썰렁하지 않다고 하니 좋아요. 저도 북평을 고향처럼 생각하고 있거든요. 어떤 때는 정말 고향보다 더 정답고 그리워요. 북평에는 내가 간직하고 싶은 경력이 많고 많아요.

상해도 좋아요. 하지만 너무 시끌벅적해요. 요 며칠은 날씨가 맑아서 몹시 더워요. 여름이나 다름없어서 모기가 어찌나 많은지 모인 자리에서 사람들에게 마구 달려들어요. 어제 밤 여덟시 좀 지나서 갑자기 폭죽 터치는 소리가 요란한데 그믐날 같고 총을 쏘는 듯했어요. 처음에는 무슨 일이 생긴 줄로 알았지만 그냥 태평스러운 이웃들과 꼬리 물고 다니는 음식 장사꾼들을 보고는 별일이 없음을 알았어요. 오늘 신문을 보고 나서야 월식임을 사회에 알리느라 그랬다는 걸 알았어요.

　저는 잠도 잘 자고 밥도 잘 먹고 있어요. 낮에는 여전히 옷을 짓고 있어요.. 조공이 《기이한 섬 그리고 다른 것》|1| 열 책을 보내왔고 편지는 이미 전했어요. 월요일에는 장공과 정공이 법정놀음을 한다고 해요.|2|

H. M. 5월 24일 밤 9시 30분

|1| 《기이한 검 그리고 다른 것(奇劍及其他)》은 《근대 세계 단편소설집》의 제1권으로서 루쉰, 매천, 진오, 유석이 번역하였다.

|2| 장공이란 장의평(章衣萍)을 말하고 정공은 정연생(程演生)을 말한다. 정연생은 당시 안휘대학 문학원 원장이었는데 안휘대학에서 장의평을 교사로 초빙하는 계약을 맺은 뒤에 일방적으로 계약을 파기하였기에 법정 놀음을 하게 되었다.

D. H,

지금은 29일 밤 열두 시요. 워낙은 당신의 편지가 왔을 줄로 생각하였소. 당신이 21일에 편지를 보낸 뒤 어제 아니면 오늘쯤은 받을 수 있는 편지를 보내리라 짐작했지만 없구먼. 틀림없이 봉안(奉安) 열차가 지연되었기 때문일 거요. 월요일에 통한다더니 아직도 오지 않았소.

오늘 오전에 손님 한 사람이 찾아왔고 오후에는 미명사를 방문하고 그들이 저녁을 초청해서 함께 동안시장 삼륭식당(森隆飯店)에 가서 식사를 하였소. 7시에는 북경대학 제2학원에 가서 한 시간 강연을 했는데 들으러 온 사람이 천여 명 되었소. 아마 북평이 잠잠해 있은 시간이 너무 오래어 학생들이 이런 일을 새롭게 생각하는 것 같소. 8시에는 윤묵이와 봉거 등이 송별연회를 차렸는데 역시 삼륭이었소. 가지 않을 수 없어서 아주 적게 먹고 11시에야 집에 돌아왔소. 지금 소화제 세 알을 먹고 이 편지를 쓰고 있다오. 이젠 자야겠소. 내일 아침 서산에 위소원을 보러 가야 하기 때문이요.

오늘 편지를 받지 못해서 섭섭하지만 지연된 원인을 알았기 때문에 잠은 잘 수 있을 거요. 당신도 상해에서 편안히 자기를 바라오.

29일 밤. L.

30일 오후 두시에 서산에 가서 위소원을 방문하고 돌아왔더니 과연 당신이 23일과 25일에 보낸 편지가 왔더구먼. 모두 우체국에서 지체해서 생긴 일이라 정말 화가 나오. 하지만 당신이 나의 편지를 받았으니 저으기 마음이 놓이고 어느 정도 위안이 되는구먼.

　　오늘 아침 8시에 산으로 갔는데 제야를 비롯하여 네 사람이 함께 오토바이에 앉아 갔소. 소원이는 일어나 앉으면 안 되는 형편이었고 일광욕을 해서 얼굴이 까맣게 탄데다 몹시 말라 있었소. 하지만 정신 상태는 좋았고 반가워서 말을 많이 나누었소. 병실 벽에는 도스토예프스키의 초상이 걸려 있었는데 독자들을 정신적인 고역을 받게 하는 이 명인[1]의 얼굴을 보면서 나는 누군가 소원이와 사귀던 애인이 병이 나을 가망이 보이지 않자 남과 결혼했다고 하던 말이 생각났소. 이어 소원이가 결국에는 죽을 거라는 — 이것은 중국의 손실이요. — 생각을 하니 심장이 막 오그라드는 것 같아 한동안 말을 할 수 없더구먼. 하지만 금방 웃는 얼굴을 보였소. 이 잠깐을 내놓고는 우리의 모임은 몹시 즐거웠소.

　　그도 우리의 일에 대해 물었고 나는 얼마간 알려주었소. 아마 풍문을 적지 않게 들은 듯싶소. 하지만 말하기 싫어하는 눈치였고 나도 캐어묻지는 않았소. 내 짐작으로는 틀림없이 그 몇몇 교수가 소문을 퍼뜨린 것 같은데 내가 밥통을 빼앗을까봐 겁이 났나 보오. 하지만 3년을 떠돌아다니던 내가 갑자기 나타나서 그들의 밥통을 빼앗을 리가 있겠소? 그들이 너무 속이 좁다고 생각되오.

　　오늘 소봉(小峰)의 편지를 받았는데 전쟁 때문에 서점의 경기가 좋지 않

|1| 루쉰은 《도스토예프스키의 몇 가지 일》이라는 글에서 다음과 같이 썼다.

"그가 24살 때 쓴 〈가난한 사람〉을 읽어보면서 그의 노인다운 외로움에 놀라움을 금할 수 없었다. 그 뒤에 도스토예프스키는 무거운 죄를 지은 죄인이면서도 또한 가혹한 고문관으로 나타난다. 그는 소설에 나오는 남녀들을 그야말로 견디기 어려운 경지에 몰아넣고 갖은 시련을 다 겪게 함으로써 겉에 드러나 있는 결백을 벗겨버릴 뿐만 아니라 속에 깊이 묻혀 있던 죄악을 고문해내었고 또한 그 죄악 속에 숨겨진 진정한 결백마저도 고문해내는 것이다.…… 도스토예프스키가 마치 죄인과 함께 고뇌하고 고문관과 함께 기뻐하고 있는 듯싶었다."

다고 하면서도 분점에서 2백 원 가져다 나에게 주겠다고 하였소. 하지만 현금은 아직 받지 못하였소.

　당신의 25일 편지를 받고 보니 교통이 원활해졌음을 알 수 있소. 하지만 4, 5일 지나면 또 어떨지 모르지. 3일에 출발할 수 있으면 지체 없이 출발할 거고 아니면 바다로 갈 거요. 그러면 상해에는 10일 뒤에야 도착하겠구먼. 한마디로 가장 안전한 방법을 선택할 거고 절대 모험은 하지 않을 터이니 안심하오.

L. 5월 30일 오후 5시

D. L. ET D. H. M,

지금은 30일 밤 한 시로서 막 자려던 참이었소. 오후에 편지를 보내고 또 하고 싶은 말이 있어서 몇 마디 쓰려 하오.

며칠 전, 동추방[1]이 편지를 주면서 자신의 이전의 일을 조사하여 감찰해달라고 하였소. 그의 일을 왜서 내가 "조사하고 감찰해야" 한단 말이요? 나는 응낙하지 않았소. 오후에 서산에서 돌아와 보니 그가 객실에서 기다리고 있더구면. 나는 그가 전에 어머니의 방에 난입하여 행패를 부리는 바람에 식구들이 무서워 벌벌 떨고 혼줄 났던 일을 알고 있기에 그에게 막 욕설을 퍼부었소. 그런데 그는 전혀 변명하지 않을뿐더러 아주 달갑게 욕을 먹겠다고 하더군. 나는 거참 뱃장도 없는 놈이구나 하고 생각했는데 그가 자신은 비록 용사이지만 나한테만은 대들지 않는다고 하질 않겠소. 그래서 내가 나는 나한테 대들만한 배짱이 있거나 맞갖지 않으면 화끈하게 돌아설 수 있는 사람을 원한다고 했더니 바로 그렇기 때문에 나에게 탄복하며 더구나 대들지 못하겠다고 하는 게 아니겠소. 나는 그냥 웃을 수밖에 없었고 그를 대문 밖에 바래주었소. 아마 앞으로는 더 시끄럽게 굴지 않을 거요.

---

[1] 동추방(董秋芳, 1897~1977년) 번역 작가로서 1926년 11월 14일 그가 번역한 《자유를 쟁취하기 위한 물결》을 위해 루쉰이 머리말을 썼다.

저녁에 손님 둘이 찾아왔는데 한 사람은 전신부호를 번역하느라 바삐 보내고 있는 대정농이고 다른 사람은 나를 도와 《당송전기집(唐宋傳記集)》을 교열해주고 있는 위건공[2]이었소. 함께 식사를 하고 즐겁게 이야기를 나누었소. 화제는 오전에 서산에 갔던 일을 비롯해서 요즘에 있었던 즐거운 일이었소. 그들은 북평의 학술계 상황에 대해 별로 말하지 않았고 나도 애써 그 화제를 피하였소. 기실 이곳에 온지 얼마 되지 않아 느낄 수 있었던 일인데 남북이 통일된 뒤 "정인군자"들은 제각기 흩어져 북평을 떠났지만 의발(衣鉢)은 그냥 두고 가서 전에 그들과 싸우던 일부 사람들이 그것을 주워간 거요. 내 보기엔 본색을 그냥 변하지 않고 사는 사람은 아마 유어와 겸사뿐인 듯싶소. 그래서 내가 너무 진솔하고 세상물정을 잘 몰라서 전에 "정인군자"들과 앙숙으로 지냈구나 하는 생각이 들더구면. 때문에 지금은 아주 자유롭고 별 볼일 없는 관료들의 언행에 무관심하게 지내고 있소. 오후에 동추방에게 욕설을 퍼부은 일도 이제 생각해보니 괜한 일이라고 생각되누면. 이처럼 쓸쓸한 세상에서 과연 적수가 될 만한 원수를 만나기도 쉽지 않아 한스러울 뿐이오.

요 두 주일째 나는 소침하게 지낸 일이 전혀 없었소. 하지만 당신이 천을 사다가 미리 애 옷을 짓는 걸 생각하면 정말 마음이 쓰리오. 이를 어떻게 하면 좋을까? 어서 상해에 돌아가서 못하게 해야지.

30일 밤 1시 반.

---

[2] 위건공(魏建功, 1901~1980년), 언어학자로서 루쉰이 북경대학에 있을 때 학생이었다.

D. H,

31일 아침 어머니가 나를 깨우는 바람에 잠이 좀 부족하였소. 그래서 저녁에는 9시에 누워버렸소. 잠에서 깨어나니 3시가 됐더군. 차를 한 컵 타가지고 책상에 앉아서 H. M는 아마 잠을 자고 있겠지 하는 생각을 하면서도 자고 있을지, 아니면 깨어 있을지 모르겠더구먼. 5월 31일 이날은 아무 일도 없었고 오후 3시에 일본인[3] 셋이 와서 내가 수집해놓은 불교 비석 탁본을 구경하였소. 꽤나 많이 모은 것을 보고 날 보고 목록을 만들라고 권하더군. 목록 만드는 것은 어려운 일도 아니고 학술적으로도 좀 쓸모가 있지만 지금은 생각이 없소. 저녁에 자패(紫佩)가 와서 기차표를 전해주었소. 3일 오후 2시 출발인데 신문사에서 알아보니 자리는 있을 거고 기껏해야 좀 연착될 뿐이라고 하더군. 그래서 나는 3일에 떠나기로 했으니 일주일 뒤면 만나볼 수 있게 되었소. 이 편지를 보내고 나서 더는 편지를 보내지 않을 거요. 만약 도중에 계불(季黻)을 방문하게 된다면 그곳에서 다시 편지를 쓰겠소.

(6월 1일 새벽 3시.) E L

---

[3] 루쉰은 1929년 5월 31일 일기에 "오후에 김구경(金九經)이 즈카모토 젠류우(冢本善隆), 미즈노 세이이치(水野清一), 구라이시 다케시로(倉石武四郎)를 데리고 탁본을 보러 왔다."고 썼는데 즈카모토 젠류우는 교토대학 인문과학 연구소 교수였고 미즈노 세이이치는 당시 북경대학에서 고고학 연구를 하고 있었으며 구라이시 다케시로는 교토대학 문학 교수로서 당시 북경에서 유학하고 있었다.

D. S,

앞에 편지를 쓴 뒤에 다른 사람한테 보내는 편지 몇 통을 쓰고 나니 날이 밝았구면. 아직 강연기록을 수정해야 하오.|4| 이젠 잠을 잘 수 없어서 이렇게 몇 글자 적는 거요.

여기 온 뒤 여러 가지 느낌을 종합해보니 이곳에 감도는 분위기는 여전히 "존중하면서도 멀리하는" 것과 모함이었소. 심지어 "정인군자" 시대보다 더 분명하였소. 물론 일부 학생과 친구들은 예외요. 그리고 생각해보면 내가 창작하거나 엮어낸 글이 출판되기만 하면 반드시 공격하고 비웃는 무리가 있었소. 만약 나의 작품이 그들의 말처럼 용속하고 초라하다면 공격을 받아야겠지. 하지만 그들의 작품을 보면 나의 작품보다 훨씬 못하더구면. 소설사 하나를 봐도 나의 책이 출판된 뒤로 여러 책이 나왔지만 더 혼란하고 오류가 많고 나빴소. 이런 상황 때문에 나는 더욱 대담하게 나아갈 수 있었고 이들을 얕잡아보게 되었지만 결국 한 우물을 파지 못하고 이루어낸 성과가 없게 되었소. 그리고 당신이 근심을 놓을 수 없게 만들었고 "눈물을 속으로 삼키게" 만들었소. 때문에 나도 자신의 이 나쁜 성격 때문에 마음이 아플 때가 많고 고치려고 애를 쓰고 있소. 이제는 잠자코 있으면서 《중국 글자체 변화 역사》 또는 《중국 문학사》를 쓰고 싶소. 하지만 어디로 가면 좋을까? 상해는 창조사의 누군가가 나를 돈 많고 술을 좋아한다는 소문을 퍼뜨리고 있고 또 《도쿄 통신》에 내가 청년들을 도륙해야 한다는 주장을 하고 있다고 모함하고 있는데 정말 내 숨통을 조이는 것과 같아서 살 생각이 없고 북경은 살만한 곳으로 도서관에 책도 많지만 역사적인 관계로 나에게 밥통을 줄 사람이 있겠지만 밥통을 빼앗으

|4| 루쉰은 북경에 있는 기간에 연경대학, 북경대학 제2원, 제2사범학원(원 여자사범대학임), 제1사범학원에서 네 번 강연을 했는데 어느 강연원고를 말하는지 알 수 없다.

러 오지 않았나 의심하는 사람도 있소. 참외밭에서는 신 끈을 매지 않는 것이 좋지만 멀리 떨어져 있지 않는 한 영원히 신 끈을 매지 않으리리는 믿음을 주기는 어렵소. D. H, 당신 생각에는 우리가 어디로 가면 좋겠소? 이름을 숨기고 아무 시골에 가서 일도 하지 말고 놀아나 줍시다.

D. H. M. ET D. L, 내가 여기서 가끔 이런 얼빠진 생각에 빠져 있다고 생각지는 마오. 그런 것이 아니라 이번에는 잠을 실컷 잔데다 다른 할 일이 없기 때문에 생각나는 대로 말했을 뿐이라오. 점심을 먹은 뒤 잠을 좀 자야 겠소. 이젠 떠날 준비를 해야 하니 좀 바쁠 거요. 좁쌀(H. 먹을 것), 옥수수 가루(위와 마찬가지임), 설탕에 재워 말린 과일 등은 어제 모두 사놓았소.

이 편지 아래 끝은 내가 두 장 보태느라 뜯었소.

L. 6월 1일 아침 5시

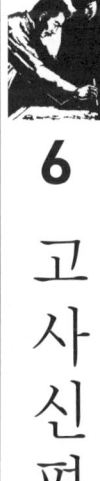

6

고
사
신
편

아주 작은 이 책자는 쓰기 시작하여 책으로 묶기까지 13년은 넉넉히 걸렸으니 정말 긴 세월이라고 해야겠다.

첫 편인 《하늘을 메우다》(원 제목은 《불주산》이었음)은 1922년 겨울에 완성하였다. 그때는 고대부터 현대에 이르기까지 모든 소재로 다 단편소설을 써볼 생각이었고 "여와가 돌을 구워 하늘을 메우다"라는 신화를 《불주산》의 소재로 삼아 첫 소설을 쓰기 시작하였다. 프로이트 학설로 창조(인간과 문학)의 기원을 해석하려고 했을 뿐이지만 나로서는 정말 진지하였다. 무슨 사정이었던지 중도에 붓을 놓고 신문을 보게 되었는데 불행하게도 누군가(이름은 잊어버렸음)가 왕정지 군이 쓴 《혜의 바람》을 비평한 글을 보게 되었다. 필자는 눈물을 머금고 젊은이한테 이런 글을 다시는 쓰지 말라고 애걸하고 있었다. 불쌍하면서도 음험한 그 마음을 읽으며 우스꽝스럽게 생각되었다. 그래서 이어서 소설을 쓸 때는 고대 의관을 갖춘 꼬마 사나이를 여와의 두 다리 사이에 나타나게 하고 싶은 충동을 걷잡을 수 없었다. 이것이 바로 진지하던 내가 능글스럽게 된 시작이었다. 능글맞은 것은 창작의 큰 적이다. 나는 스스로 자신이 불만스러웠다.

내가 이런 소설을 쓰지 않으려고 마음먹은 것은 《외침(吶喊)》을 찍을 때였는데 그 글을 맨 뒤에 둠으로써 시작이자 마무리로 할 생각이었다.

이 무렵 우리의 비평가이신 성방오(成仿吾) 선생은 창조사 문 앞에 있는

"영혼의 모험"이라고 쓴 깃발 아래에서 한창 도끼를 휘두르고 있었다. 그는 "용속하다"는 죄명으로 《외침》을 툭툭 찍어버리고는 《불주산》 하나만 가작이라고 추천하였다(물론 부족한 점이 있기는 하지만). 솔직히 말해서 나는 이 때문에 승복하지 않을 뿐만 아니라 이 용사를 경시하게 된 원인이기도 하다. 나는 "용속한" 것을 나쁘게 생각한 것이 아니라 "용속해지고" 싶었다. 풍부한 문헌과 폭 넓은 고증을 바탕으로 하여 반드시 근거가 있어야 하는 역사소설을 "교수문학"이라고 비웃기도 하지만 사실 쓰기는 대단히 어려운 작품이다. 자그마한 사실 근거를 멋대로 꾸미어 소설을 만드는 것은 오히려 큰 재주가 없어도 되는 것이다. 그리고 "물을 먹고 사는 물고기는 물이 차고 더움을 스스로 알고" 있다. 용속하게 말하면 "제 병은 제가 알고 있는" 것이다. 《불주산》의 뒷부분은 대충 썼기에 절대 가작이라고 할 수 없다. 만약 독자들이 이 모험가의 말을 믿었다가는 스스로 오류에 빠지는 것이며 나 역시 남을 오류에 빠뜨리는 것으로 된다. 그래서 《외침》을 재판할 때는 이 소설을 빼버려 이 "영혼"한테 호된 매를 안겼다. 그러니 나의 소설집에는 "용속한" 작품만 남아서 설치게 되었다.

1926년 가을 나는 홀로 하문에 있는 돌집에 머물러 살게 되었다. 바다를 앞에 두고 외롭게 고서를 읽는 나로서는 주변에서 전혀 사람의 기운을 느낄 수 없었고 마음은 텅텅 비어만 갔다. 이즈음에 북경의 미명사에서는 끊임없이 편지를 보내어 잡지에 실을 원고를 독촉하였다. 이때는 눈앞의 처지를 생각하고 싶지 않았다. 하여 추억이 마음속에서 되살아나 열편으로 된《아침 꽃을 저녁에 줍다》를 썼고 여전히 고대의 전설 같은 것을 주워서 일곱 편으로 된《고사신편》을 만들려고 하였다. 하지만《달나라로 올라가다》와《벼린 검》을 완성하자마자(발표할 때는《미간척》이라고 이름을 달았다.) 나는 광주로 갔고 이 일은 또 중단되고 말았다. 나중에 어쩌다 소재를 좀 얻으면 한 단락 스케치해버리기는 했지만 그냥 정리하지는 않았다.

이제 와서야 겨우 한 책으로 묶을 수 있게 되었다. 그 가운데는 여전히 스케치가 많았고 "문학개론"에서 말하는 이른바 소설이라고 말하기는 어렵다. 사건에 대한 서술도 옛 책의 근거들이 더러 있고 또 어떤 부분은 생각나는 대로 지껄였을 따름이다. 그리고 내가 지금 사람들처럼 옛 사람을 존경하지 않았기에 능글맞게 대한 점이 없지 않다. 그래서 13년이 지나도록 아무런 발전이 없고 읽어보면 정말 "《불주산》 수준에 지나지 않는다." 하지만 옛 사람들이 아직 존재해야 할 여지가 있을 것 같아서 아예 죽은 사람으로 쓰지는 않았다.

1935년 12월 26일, 루쉰

하늘을 메우다

1

　여와[1]는 갑자기 삼에서 깨어났다.

　그는 마치 꿈결에 놀라 깨난 듯싶었으나 무슨 꿈인지는 기억나지 않는다. 뭔가 모자라는 듯싶어 불안하기 짝이 없었다. 그러면서도 뭔가 남는 듯싶고 또 뭔가 너무 많은 것 같기도 하였다. 불어오는 따스한 바람에 포근한 감을 느끼며 여와는 기운이 바람에 실려 우주에 가득 넘치는 것 같았다.

　여와는 눈을 비벼보았다.

　분홍빛 하늘에는 구불구불 수많은 푸른빛 구름이 떠다니고 뭇별들은 그 뒤에서 깜박깜박 명멸하고 있었다. 하늘가의 핏빛 구름 속에서는 태양이 눈부신 빛을 뿌리고 있는데 마치 용암에 휩싸여 굴러가고 있는 태고의 금빛 공 같았다. 저쪽에는 녹이 쓴 차갑고 하얀 달이 있었다. 하지만 여와는 누가 지고 누가 뜨고 있는지에 관심이 없었다.

　대지는 온통 연옥빛이었고 잎사귀 색깔을 별로 바꾸지 않는 소나무마저 유달리 여려 보였다. 분홍색과 청백색 나는 커다란 꽃들은 가까이에서는 그런대로 뚜렷하게 보이지만 멀리서는 오색찬란한 안개 빛 같았다.

　"아, 오늘따라 왜 이다지 심심하지!"

　|1| 여와는 중국 고대 신화에 나오는 인류시조이다. 그가 황토로 사람을 만들었다는 것은 중국의 인류기원을 말하는 신화이다.

여와는 이런 생각을 하면서 벌떡 일어섰다. 그는 유달리 통통하고 힘에 넘치는 팔을 쳐들고 하늘을 향해 죽 뻗었다. 그러자 하늘이 갑자기 빛을 잃더니 이상한 살빛으로 변하면서 그가 어디에 있는지를 잠시나마 알 수 없었다.

여와는 그 살빛 나는 하늘과 땅 사이를 걸어 바닷가에 이르렀다. 온몸의 곡선이 연한 장밋빛을 띤 바다에 사라져 버리고 몸 한가운데만 짙은 하얀빛을 띠었다. 이에 놀란 물결은 질서 있게 넘실거리면서 그의 몸에 물방울을 튕겼다. 바닷물 속에서 흔들거리는 그 새하얀 그림자는 몸 전체가 사면팔방으로 좍 흩어지는 것만 같았다. 하지만 여와 자신은 이를 볼 수 없었고 다만 한쪽 다리를 구부리고 물이 뚝뚝 떨어지는 부드러운 모래를 쥐고 몇 번 주무를 뿐이었다. 그랬더니 손에 자신과 비슷하게 생긴 작은 녀석이 잡히는 것이었다.

"아, 아!"

자신이 주물러 만든 녀석인 줄을 알면서도 흰 고구마처럼 땅에 박혀 있었던 것이 아닌가 싶어서 놀랍기만 하였다.

하지만 그 놀라움은 여와에게 기쁨을 안겨주었고 전에 없던 의욕이 생겨 즐겁게 일을 계속하게 만들었다. 그는 헐떡헐떡 땀을 흘리면서 흙을 이겼다.……

"웅아! 웅아!"

그 작은 녀석들이 소리를 치는 것이었다.

"아, 아!"

여와는 또 한번 놀라마지 않았고 온몸의 땀구멍으로부터 뭔가 흩어져 나오는 것만 같았다. 그러더니 땅에는 젖빛 나는 안개가 좍 깔렸다. 여와는 그제야 정신이 들었고 그 작은 녀석들도 입을 다물었다.

"아콘, 아곤!"

그 작은 녀석들이 여와에게 말을 걸었다.

"아, 귀여운 것들!"

여와는 그들은 바라보면서 모래가 묻은 손가락으로 포동포동하고 하얀 얼굴을 만졌다.

"우부 아하하!"

그들이 웃었다. 이것은 여와가 처음 하늘과 땅 사이에서 들어보는 웃음 소리였다. 하여 여와도 입을 다물지 못하고 처음 웃음을 터뜨렸다.

여와는 녀석들을 어루만지며 계속 만들었다. 만들어진 작은 녀석들은 여와의 주변을 맴돌았다. 하지만 많아지면서 점점 멀어졌고 끊임없이 주절대는데 뭐라 말하는지 알 수 없었다. 웅얼웅얼하는 소리에 귀가 멍멍해질 지경이었고 머리가 어지러웠다.

오래도록 흥분에 휩싸여 있었지만 벌써 지쳐 있었다. 숨이 차고 땀까지 너무 흘려서 머리가 어지럽고 두 눈마저 희미해졌고 볼도 차츰 화끈해났다. 자신도 싫증나서 짜증이 났다. 하지만 여와는 여전히 멈추지 않고 본능적으로 손을 놀리고 있었다.

마침내 허리와 다리가 쑤시고 아파서 몸을 일으켰다. 밋밋한 높은 산에 기대어 하늘을 쳐다보니 물고기비늘 같은 흰 구름이 깔려 있고 그 아래는 거무칙칙한 짙은 녹음이 펼쳐져 있었다. 어찌된 영문인지 여와는 몸이 말을 들어주지 않는 것 같았다. 그래서 그는 조급한 마음에 손을 내밀었다. 그는 손에 잡히는 대로 산에서 하늘까지 뻗어 올라온 자줏빛 넝쿨을 잡았다. 넝쿨에는 믿기 어렵게도 자줏빛 꽃들이 떨기떨기 피어나고 있었다. 여와가 그 넝쿨을 홱 채서 던지자 넝쿨들은 땅에 드리워지면서 자줏빛과 흰빛의 꽃들이 흩어졌다.

뒤미처 여와가 손을 흔들었다. 그러자 자줏빛 넝쿨이 흙과 물속에서 몸을 뒤채더니 물 묻은 흙이 튕겨 올라오면서 땅에 떨어졌다. 그랬더니 땅에는 전에 만들었던 것과 같은 작은 물건들이 생겨났다. 하지만 그것들은 대부분 멍청하고 꾀죄죄한 얼굴들이어서 보기 싫었다. 그러나 거기에 신경 쓸 여가가 없었다. 다만 재미나면서도 불안하여 짓궂게 손을 휘둘러댔다. 점점 더 빠르게 휘두르자 넝쿨은 마치 끓는 물에 덴 붉은 뱀처럼 흙물을 튕기면서 땅에서 몸을 뒤챘다. 그러자 흙덩이들이 폭우처럼 넝쿨에서 떨어지면서 땅에 떨어지기 전에 응아응아 울어대는 작은 물건으로 변했고 땅에 떨어져서는 산지사방으로 기어 다녔다.

여와는 미친 듯이 흔들어댔다. 하지만 이번에는 허리와 다리가 아니라 두 팔까지 힘이 빠졌다. 여와는 저도 모르게 몸을 쪼크리고 높은 산에 기대 앉았다. 까만 머리는 산꼭대기에서 아래로 축 늘어졌다. 한동안 숨을 몰아쉬고 나서 한숨을 쉬고는 눈을 감았다. 여와의 손에서 빠져나간 자줏빛 넝쿨도 지친 듯이 곁에 축 늘어졌다.

2

꽈르릉!

하늘이 무너지고 땅이 꺼지는 듯한 소리에 여와는 소스라쳐 깨어났고 따라서 동남쪽으로 미끄러져 내려갔다. 발로 버티려고 했으나 아무것도 걸리지 않다.[2] 그는 다급히 팔을 뻗어 산봉우리를 잡았다. 그제야 더는 아래로 미끄러져 내려가지 않게 되었다.

그러나 이번에는 등 뒤로부터 물과 모래가 머리와 몸으로 막 쏟아져 내리는 것 같았다. 고개를 좀 돌리자 입과 귀 안으로 물이 들어왔다. 여와는 다급히 고개를 숙였다. 그랬더니 발아래가 또 끊임없이 흔들리는 것이었다. 다행히 그 흔들림도 조용해져 여와는 몸을 뒤로 움직여 바로 앉을 수 있었다. 그제야 그는 손으로 이마와 눈가에 묻은 물을 닦고 어찌된 영문인지 살필 수 있었다.

---

[2] 이것은 공공(共工)이 분노하여 불주산을 받았다는 신화이다. 《회남자·천문훈(淮南子·天文訓)》에는 "옛날 공공이 전욱(顓頊)과 황제 자리를 다투다가 분노하여 불주산을 들이받아 하늘을 받치던 기둥이 부러지고 땅을 비끄러맸던 밧줄이 끊어졌다."고 썼다. 공공과 전욱은 모두 중국 고대신화에 나오는 인물이다.

형편은 어떤지 잘 알 수 없었지만 어디나 물들이 폭포처럼 흘러내리고 있었다. 바다 속인지 여러 군데에서 사나운 파도가 밀려오고 있었다. 여와는 그냥 기다리는 수밖에 없었다.

마침내 주변이 조용해졌다. 큰 파도래야 예전의 산만큼 높았고 땅 위에는 울퉁불퉁한 바위가 드러나 있었다. 바다를 바라보니 산 몇 채가 떠내려 오면서 파도 속에서 빙빙 돌고 있었다. 여와는 그 산들이 자신의 발에 부딪칠 것 같아 손을 내밀어 산들을 잡았다. 저기 산골짜기를 바라보니 여태 보지 못했던 무엇이 엎드려 있었다.

그는 손으로 산을 앞으로 당겨 자세히 보았다. 그것들 옆에는 토해낸 물건들이 어지럽게 널려 있었는데 금과 옥 부스러기 같았고|3| 그 부스러기 속에는 소나무 잎과 물고기 살들이 뒤섞여 있었다. 그것들도 천천히 잇달아 고개를 쳐들었다. 여와는 눈을 둥그렇게 뜨고 보고 나서야 그것들은 얼마 전 자신이 만든 작은 녀석들임을 알 수 있었다. 다만 몸을 무엇으로 감싸 괴상해 보였고 몇 놈은 얼굴 아래에 새하얀 털이 자라 있었는데 바닷물에 달라붙어 마치 끝이 뾰족한 백양 잎 같아 보였다.

"어구머니나!"

여와는 이상하면서도 무서워서 소리를 질렀다. 살갗은 마치 송충이에게 쏘인 듯 뽀루지가 돋아났다.

"상진|4|님, 살려주세요.……"

아래턱에 흰 털이 난 놈이 고개를 쳐들고 입으로 뭘 토해내면서 더듬더듬 말했다.

"살려주세요.……저희들은……상진님을 따라 배우고 있었나이다. 그런데 난리가 나면서 하늘과 땅이 무너지지 않겠습니까!……지금……상

|3| 금과 옥 부스러기는 도사들이 먹는다는 단사, 금옥과 같은 물건을 말한다. 도사는 이것을 먹으면 장생불사한다고 믿는다.
|4| 상진은 일종 존칭으로서 상진도교에서 수련으로 득도한 사람을 진인(眞人)이라고 한다.

진님을 만나서 다행입니다.…… 선약을 하사하시어…… 이 개미들의 목숨을 살려주시기……바라마지 않나이다."

놈은 머리를 들었다 놓았다 하며 이상한 거동을 보였다.

"뭐라고?"

여와는 어쩔 줄 몰라 다시 물어보는 수밖에 없었다.

녀석들 가운데 많은 놈들도 입을 열고 말하면서 역시 뭔가 토해내고 있었다. 그러면서 "신선님, 신선님."하고 고아대면서 이상한 거동들을 해보이고 있었다. 여와는 귀찮게 구는 그들이 짜증났다. 괜히 산을 끌어당겨 알 수 없는 화를 부른 것이 못내 후회되었다. 여와가 속수무책으로 사방을 둘러보았더니 거대한 거북5들이 바다 위를 헤면서 놀고 있었다. 여와는 너무 기뻐서 그 산들을 모두 거북의 등에 올려놓고는 당부하였다.

"애들을 조용한 곳으로 데려다 줘!"

거북들은 알았다는 듯이 고개를 끄덕이고는 산들을 짊어지고 줄을 지어 멀리 사라졌다. 그런데 산을 잡아당길 때 너무 힘주어 잡아챘던지 산에서 흰 털이 난 놈 하나가 굴러 떨어져 있었다. 동료들을 따라가지 못한 데다가 헤엄도 칠 줄 모르는 놈은 바닷가에 엎드려 제 뺨을 후려치고 있었다. 여와는 놈이 불쌍했지만 상관하지 않았다. 지금은 정말 그런 일에 관여할 겨를이 없었다.

여와는 마음이 가벼워져서 후우 하고 숨을 돌렸다. 다시 자기 주변을 둘러보니 물은 많이 쪄있고 여기 저기 넓은 땅과 돌들이 드러나 있었다. 돌 틈에는 뭔가 많이 끼어 있는데 죽 뻐드러진 놈이 있는가 하면 살아 움직이는 놈도 있었다. 여와가 얼핏 보니 한 놈이 눈을 치뜨고 멍하니 자기

|5| "거대한 거북"이란 《열자 · 탕문(列子 · 湯問)》에 나오는 이야기로 "발해 동쪽에 있는 다섯 개 산이…… 뿌리박을 곳이 없어서 늘 파도에 휩쓸려 갈았왔기도 하고 뜨기도 하면서 잠시라도 고정되지 않았다.…… 황제는 서쪽으로 흘러가 여러 성인들이 머물 곳이 없을까 염려되어 우구(禺□)에게 명하여 거대한 거북 열다섯 마리에게 실어가게 하였다.……" 라고 썼다. 우구는 사람 얼굴에 새의 몸을 가진 북해에 사는 신이다.

를 바라보고 있었다. 몸을 쇳조각으로 감싼 놈이었는데 얼굴 표정이 실망과 두려움에 차있는 것 같았다.

"무슨 일이 있었어?"

"어이쿠, 하늘이 벌을 내리셨어요."

그 놈은 애처롭게 말했다.

"전욱(顓頊)이 무도하여 우리 임금님을 대항하자 임금께서 몸소 하늘을 대신하여 토벌에 나서 벌에서 싸웠지만 하늘이 덕을 돕지 않아 오히려 우리 군사가 패하고 말았다오.|6|……"

"뭐라고?"

이런 이야기를 들어본 적이 없는 여와는 몹시 이상하게 생각하였다.

"군사가 패하자 임금님은 머리로 불주산을 받아|7| 하늘을 받치고 있던 기둥이 부러지고 땅을 묶었던 밧줄이 끊어져 임금님도 돌아가시고 말았습니다. 어이구, 이 일을 어쩌면……

"됐어. 그만 해. 무슨 말인지 모르겠어."

여와는 고개를 돌리자 이번에는 즐겁고 자랑스러워하는 얼굴이 보였다. 그도 쇳조각을 온몸에 두르고 있었다.

"무슨 일이 있었어?"

여와는 그제야 이 꼬맹이들이 이처럼 다양한 얼굴로 변할 수 있다는 것을 알았다. 그래서 알아들을 수 있는 대답을 듣고 싶었다.

"인심이 옛날 같지 않아서 욕심 많은 강회(康回-고대 전설속의 인물)가 천자의 자리를 넘보는지라 우리 임금님께서 하늘을 대신하여 토벌하게 되었습니다. 그래서 벌에서 맞붙었으나 하늘이 덕을 보호하사 우리 군사들

|6| 이것은 공공과 전욱의 싸움에 대한 공공 쪽의 말이다. 임금님이란 공공을 말한다.

|7| 불주(不周)의 산은 《산해경·서산경(山海經·西山經)》에 대한 진(晉)나라 곽박(郭璞)의 "이 산은 둥글지 않고 패어 있어서 붙여진 이름이다."라는 주석을 따른 것이다.

|8| 이것은 전욱 쪽에서 하는 말이다. 강회는 공공의 이름이고 여기서 말하는 임금님은 전욱을 말한다.

이 무적의 용맹으로 적을 무찔러 강회를 불주의 산에서 죽여 버렸습니다.|8|······"

"뭐라고?"

여와는 여전히 무슨 말인지 알 수 없었다.

"인심이 옛날 같지 않아서······"

"됐어, 됐어. 또 그 소리야!"

여와는 화가 나서 귀밑까지 빨갛게 달아올랐다. 그는 얼른 고개를 돌려 다른 곳을 찾아보았다. 이번에는 몸에 쇳조각을 두르지 않은 자를 겨우 찾아낼 수 있었다. 놈은 알몸이었는데 상처에서는 여전히 피가 흘렀고 허리에만 누더기를 두르고 있었다. 놈은 뻗어버린 다른 놈의 허리에서 누더기를 풀어서 다급히 자기의 허리에 매는데 표정은 오히려 평온하였다.

쇳조각을 두른 자와는 다른 부류일 것이며 뭘 좀 알아낼 수 있으리라고 생각한 여와는 그에게 물었다.

"무슨 일이 있었더냐?"

"그런 일이 있었지요."

놈은 고개를 약간 쳐들며 말했다.

"그럼 금방 일이 생겼단 말이지?······"

"금방 생긴 일 말입니까?"

"싸움을 하지 않았더냐?"

여와는 스스로 추측하는 수밖에 없었다.

"싸움 말인가요?"

놈은 오히려 되물었다.

여와는 어이가 없어서 하늘을 쳐다보았다. 하늘은 길고 무척 깊으면서

|9| 여와가 돌을 녹여 하늘을 메웠다는 신화는 《회남자 · 남명훈(淮南子 · 覽冥訓)》에 나오는 "먼 옛날에 하늘과 땅을 지탱해주던 기둥이 무너져 땅이 갈라졌다. 하늘은 만물을 덮어주지 못하고 땅은 만물을 실어주지 못하게 되어······ 여와가 오색석을 녹여 하늘을 메웠다.······"는 기재에 근거한 것이다.

도 넓게 죽 갈라져 있었다. 여와가 몸을 일으켜 손톱으로 튕겨 보았더니 맑은 소리가 나는 것이 아니라 깨진 사람에게서 나는 소리와 다름없었다. 여와는 미간을 찌푸리며 수변을 둘러보았다. 그는 뭔가 좀 생각하고 나서 머리에 묻은 물을 짜버리고 좌우 어깨에 늘어뜨리고는 기운을 차리고 여기저기서 갈대를 뽑기 시작하였다. 여와는 "보수를 해놓고 다시 보리라."고 마음먹었다. |9|

그때부터 여와는 밤낮으로 갈대를 쌓아 올렸다. 갈대가 높아짐에 따라 여와도 따라서 여위어 갔고 몸이 전보다 많이 못해졌다. 위를 바라보면 기울고 찢어진 하늘이고 아래를 보면 엉망진창이 된 땅이라 마음을 즐겁게 해줄만한 것이라곤 없었다.

갈대가 찢어진 틈에 닿을 무렵에야 여와는 푸른 돌을 찾기 시작하였다. 원래는 하늘과 같은 색깔인 푸른 돌을 찾으려 하였으나 땅에는 그처럼 많은 돌이 없었고 큰 산을 허물기는 아까웠다. 가끔 사람이 떠들썩한 곳에 가서 작은 돌을 모아봤지만 그를 보고는 비웃거나 욕설을 퍼붓거나 또는 돌을 앗아가기도 했으며 심지어 여와의 손을 물어놓기까지 했다. 여와는 하는 수 없이 흰 돌을 섞기도 하고 그래도 모자라면 좀 붉고 누르무레한 돌과 거무스레한 돌을 쓰기도 했다. 나중에 그런대로 갈라진 곳을 메웠고 이제 불로 녹이기만 하면 일은 끝나는 셈이다. 하지만 여와는 너무 지쳐서 눈이 어지럽고 귀에서 윙윙 소리가 나면서 몸을 지탱할 수 없었다.

"아, 이처럼 허무해본 적은 없었지."

그는 산꼭대기에 앉아서 두 손에 머리를 고이고 가쁜 숨을 몰아쉬며 말했다.

이즈음 곤륜산에 있는 원시삼림의 불은|10| 아직 꺼지지 않았고 서쪽 하

|10| 이것은 《산해경 · 대황서경(山海經 · 大荒西經)》의 "큰 산이 있었으니 곤륜의 언덕이라고 불렸고…… 산 밖에 불타는 산이 있어 물건을 던지면 금방 타버렸다."는 기재를 따른 것이다.

늘을 온통 빨갛게 태우고 있었다. 여와는 그쪽을 힐끗 보고는 그곳에서 불타고 있는 큰 나무 하나를 가져다 갈대더미에 불을 붙이려고 마음먹었다. 막 잡으려고 손을 내밀려고 하는데 발가락이 뭔가에 찔린 듯 따끔 아파났다.

여와가 내려다보니 역시 전에 빚어 만든 꼬맹이 녀석이었다. 하지만 전보다 더 이상해보였다. 무슨 천과 같은 물건을 몸에 주렁주렁 가득 달았고 허리에는 또 여남은 개의 기다란 천 조각이 달려 있었다. 머리에는 뭔지 모를 새까만 작은 네모난 판자|11|를 쓰고 있었고 손에는 뭘 쥐고 있는데 금방 그것으로 여와의 발가락을 찌른 것이다.

머리에 네모난 판자를 쓴 놈은 여와의 가랑이 사이에 서서 처다보는 것이었다. 여와가 그를 내려다보자 놈은 다급히 그 작은 판자를 주는 것이었다. 여와가 받아 보니 매끈매끈한 대나무 조각이었다. 대나무 조각 위에는 검은 색의 점들이 두 줄로 박혀 있는데 떡갈나무 잎에 난 반점보다도 훨씬 작았다. 여와는 그 섬세한 솜씨가 몹시 탄복되었다.

"이건 뭐냐?"

여와는 호기심이 동해 물었다.

네모난 판자를 쓴 놈이 대나무 조각을 가리키며 외우듯이 술술 말했다.

"벌거벗고 음탕한 놀음을 즐기는 것은 덕을 잃고 예의를 경멸하고 법을 망치는 짐승의 소행이다. 나라에는 엄연한 법이 있어 이를 금지하고 있다."

여와는 놈을 바라보며 눈을 크게 떴다. 속으로 터무니없는 것을 물어본 자신이 우스웠다. 이놈들과는 뭘 이야기해봤자 통하지 않으리라는 것을 벌써 알고 있었다. 하여 그는 더 말을 하지 않고 대나무 조각을 그놈 머리에 있는 네모 판자 위에 올려놓았다. 그리고는 불길에 휩싸인 원시림에서

|11| 네모 판자는 고대 제왕과 제후들이 예관(禮冠) 꼭대기를 장식하던 판자를 말한다.

불타고 있는 큰 나무 하나를 빼내어 갈대더미에 불을 붙였다.

갑자기 엉엉 웅웅 하는 소리가 들려왔다. 여태껏 들어본 적이 없는 소리였다. 여와가 아래로 잠깐 내려다보니 네모난 판자를 아래의 작은 눈에 겨자씨보다도 더 작은 눈물이 맺혀 있었다. 전에 들었던 웅아웅아 하는 울음소리와는 다른 소리였기에 이 역시 울음소리일 줄은 생각지 못했다.

여와는 여기저기 여러 군데에 불을 놓았다.

갈대가 바싹 마르지 않아서 불길은 세지 않았다. 하지만 탁탁 불붙는 소리가 들려왔다.

오래오래 지나서야 불길은 마침내 수많은 혀를 날름거리며 타오르기 시작하였고 또 오랜 시간이 지나서야 불길은 불덩이가 되고 기둥을 이루면서 거센 곤륜산의 불빛을 압도해버렸다. 갑자기 바람이 일면서 불길은 빙빙 돌며 울부짖었다. 푸른 돌과 잡색 돌들이 온통 새빨갛게 달아오르더니 엿처럼 녹아서 갈라진 틈새 사이로 흘러내렸다. 마치 지칠 줄 모르는 번개와 같았다.

여와의 머리카락은 바람과 불기운에 휩쓸려 소용돌이치면서 사방으로 흩날렸고 땀은 폭포수처럼 쏟아졌다. 불빛에 여와의 몸매가 돋보이면서 우주 사이를 마지막 붉은 살색으로 장식하였다.

불기둥은 점차 위로 올라가고 한 무더기 재만 남았다. 하늘이 새파란 일색으로 변하고 나서야 여와는 손으로 만져보았다. 아직은 들쑥날쑥한 느낌이었다.

"기운이 돌아선 다음에 또 해야지.……

이렇게 생각한 여와는 몸을 굽혀 재를 한 움큼 또 한 움큼 쥐어 땅에 있는 큰물에 던졌다. 재가 아직 채 식지 않았기에 물이 부지직부지직 소리를 내면서 끓어 번졌고 재 섞인 물이 여와의 온몸에 들씌웠다. 바람에 계속 불어오는데다가 재까지 뒤섞여 여와는 온통 재를 뒤집어쓰고 말았다.

"어휘!……

여와는 마지막 숨을 몰아쉬었다.

하늘의 핏빛 구름 속에 있는 찬란한 태양은 마치 태고의 용암에 휩싸여 굴러가는 금빛 공과 같았다. 이쪽은 무쇠처럼 차고 흰 달이 있었다. 하지만 어느 것이 뜨고 있고 어느 것이 지고 있는지는 알 수 없었다. 이때 있는 힘을 모두 써버리고 여와는 껍데기만 남아 해와 달 사이에 누워 있었다. 이제는 숨을 쉬지 못하였다.

삼라만상은 죽은 듯이 고요하였다.

3

몹시 추운 어느 날 시끌벅적한 소리가 들여왔다. 마침내 금위군이 몰려온 것이다. 불빛과 먼지가 사라지기를 기다리다 보니 늦어진 것이다. 왼쪽 군대는 노란 도끼를 들고 오른쪽 군대는 검은 도끼를 들었고 뒤에는 커다란 의장기가 들려 있었다. 그들이 조심조심 여와의 시체 곁까지 공격해왔으나 아무 동정도 없었다. 그들은 죽은 시체의 배 위에 영채를 세웠다. 이곳은 비계가 가장 두터운 곳이었기에 영리한 선택이었다. 그런데 갑자기 그들이 말을 바꾸어 여와의 직계는 자기들뿐이라고 소문을 퍼뜨렸다. 이와 함께 의장기에 쓴 올챙이 모양의 글을 "여와 씨의 장"[12]이라고 고쳐 썼다.

바다 건너에 떨어져 살고 있는 늙은 도사도 오랜 세월을 살았다. 이제 숨이 넘어가게 되었을 때에야 도사는 이 선산이 거북의 등에 실려 바다로 왔다는 중요한 사실을 제자들에게 알려주었고 제자는 또 그 사실을 후세

|12| "여와 씨의 장"에 대한 신화는 《산해경·대황서경(山海經·大荒西經)》의 "서북의 바다 밖과 큰 들판의 귀퉁이에 산이 있지만 합치지 못하여 이름을 불주 부자(負子)라 불렀고…… 숙사(淑士)라는 나라가 있으니 전욱의 아들이었다. 신 열 명이 있어 이름을 여와지장이라고 하였는데 신으로 변하여 넓은 곡식밭에서 살고 있었다."는 기재에 따른 것이다.

|13| 진시황이 선산을 찾은 이야기는 《사기·진시황본기(史記·秦始皇本紀)》의 기재를 따른 것이다.

|14| 한무제가 선산을 찾은 이야기는 《사기·봉선서(史記·封禪書)》의 기재를 따른 것이다.

에 전해주었다. 나중에 어떤 방사가 환심을 얻기 위해 이 일을 진시황에게 상소하였다. 진시황은 방사에게 그 산을 찾게 하였다.[13]

방사가 선산을 찾기도 전에 진시황은 죽어버리고 말았다. 한무제가 또 선산을 찾으라고 했으나 그림자도 보이지 않았다.[14]

어쩌면 큰 거북들이 여와의 말을 알아듣지 못하고 우연히 그냥 고개를 끄덕였을지도 모른다. 어리둥절해서 한 동안 산을 지고 가던 거북들이 서로 흩어져 잠을 잤고 선산은 그대로 갈앉았을 것이다. 그래서 지금까지 선산의 반쪽도 본 사람이 없었고 다만 황폐한 섬만 몇 개 보았을 뿐이다.

1922년 11월 씀

달나라로 가다

1

집짐승은 영리해서 확실히 사람의 마음을 헤아린다. 저기 집 대문이 보이자 말은 벌써 걸음을 늦춘다. 그리고는 등에 앉은 주인과 마찬가지로 푹 숙인 고개를 방아 찧듯이 움직이며 걷는다.

땅거미가 큰 저택에 깃을 내리기 시작하였고 이웃집 굴뚝에서는 밥 짓는 연기가 무럭무럭 피어오른다. 저녁때이다. 하인들이 벌써 말발굽소리를 알아듣고 마중을 나와 문 앞에서 죽 늘어서 있다. 예[1]가 쓰레기 더미 곁에 말을 세우고 맥없이 말에서 내리자 하인들은 고삐와 채찍을 받았다. 대문에 들어서면서 허리에 찬 화살 통에 가득 담겨 있는 새 화살과 그물에 넣은 까마귀 세 마리와 화살에 맞아 엉망이 된 참새 한 마리를 보고는 주저심이 들었다. 하지만 내키지 않는 대로 성큼성큼 걸어 들어갔다. 화살 통에서 절그럭 절그럭 화살 흔들리는 소리가 났다.

안방 마당에 들어서자 둥근 창문으로 머리를 내밀고 밖을 내다보는 상아[2]가 보였다. 눈치 빠른 상아가 벌써 그 까마귀들을 봤을 것이라고 생

|1| 예(羿)는 이예(夷羿)라고도 부른다. 중국 고대 전설에 나오는 영웅으로서 활을 잘 쏘아 이름이 높다. 고서의 기재에 따르면 제구(帝嚳) 시기에 예라는 사람이 있었고 요(堯)와 하(夏)나라 태강(太康) 시기에도 예라는 사람이 있었는데 모두 활을 잘 쏘았다고 한다. 이들의 사적은 늘 뒤섞여 한사람의 것으로 될 때가 많다.

|2| 상아(嫦娥)는 고대 신화에 나오는 인물이다. 상아가 달나라로 올라갔다는 신화는 《회남자 · 남명훈(淮南子 · 覽冥訓)》에 대한 고유(高誘)의 "상아는 예의 처이다. 예는 서왕모한테서 불사약을 얻었는데 그가 먹기 전에 상아가 훔쳐 먹고 신선이 되어 달로 올라갔다."는 주석을 따른 것이다.

각한 예는 속이 꿈틀해났다. 그는 멈칫 걸음을 멈추었으나 들어가지 않을 수 없었다. 하녀들이 달려 나와 그의 활과 화살 통을 끌러주고 그물을 풀어주었다. 예의 눈에는 하녀들이 쓴 웃음을 짓고 있는 것 같았다.

"여보……"

손과 얼굴을 닦고 난 예는 안방으로 들어가면서 불렀다.

둥근 창문 밖으로 저녁하늘을 바라보고 있던 상아가 천천히 고개를 돌렸다. 그는 남 보듯 예를 힐끗 보고는 아무런 대답도 하지 않았다.

예는 이런 태도에 이미 습관이 되어 있었다. 적어도 1년 남짓이 이렇게 살고 있었다. 그러든 말든 예는 가까이 다가가서 맞은편의 털이 빠진 낡은 표범 가죽이 깔려 있는 걸상에 앉았다. 그는 머리를 긁적이면서 떠듬떠듬 말문을 열었다.

"오늘도 운이 나쁘구먼. 그냥 까마귀 몇 마리밖에……"

"흥!"

상아는 버들잎 눈썹을 치켜세우며 홀쩍 일어서더니 바람처럼 밖으로 걸어 나가면서 입으로 종알댔다.

"오늘도 까마귀 짜장면, 내일도 까마귀 짜장면이네요! 어디 나가 물어보세요. 1년 내내 까마귀 짜장면만 먹으며 사는 집이 어디 있냐고 말이에요. 무슨 기막힌 팔자가 돼서 이런 집에 시집와서 허구한 날 짜장면만 먹고 사는지 모르겠어."

"여보,"

예는 다급히 일어서서 뒤따라가면서 기죽은 목소리로 말했다.

"하지만 오늘은 그런대로 참새 한 마리를 잡아서 당신에게 반찬을 해주게 되었구먼. 여신|3|아!"

예는 큰소리로 하녀를 불렀다.

|3| 여기에 나오는 여신(女辛)과 여을(女乙), 여경(女庚)은 모두 허구한 이름이다.

"그 참새를 가져다 마나님께 보여줘라!"

새는 벌써 주방에 가 있었다. 하녀는 주방에 달려가 참새를 찾아 들고 와서 상아에게 보여주었다.

"흥!"

상아는 힐끗 보면서 손가락으로 눌러보더니 언짢아서 말했다.

"엉망이군! 죄다 짓뭉개졌잖아? 살점이라곤 보이지 않네?"

"그렇게 됐소."

예가 당황하여 쩔쩔 맸다.

"화살에 짓뭉개졌는데 활이 너무 센데다 활촉이 굵어서 그만."

"활촉이 작은 걸로 쏘면 되잖아요?"

"나에겐 작은 활촉이 없다오. 내가 멧돼지나 큰 뱀을|4| 잡은 뒤부터 는……"

"이게 멧돼지나 큰 뱀이에요?"

상아는 이렇게 말하면서 여신을 보고 말했다.

"국이나 끓여라."

그리고는 안방으로 들어갔다.

예만 원채에 남아서 우두커니 서있었다. 그는 벽에 기대앉아서 주방에서 들려오는 장작 타는 소리에 귀를 기울였다. 그는 예전에 사냥하던 일을 기억에 떠올렸다. 그때는 멧돼지가 굉장히 커서 멀리 보면 마치 작은 언덕 같았다. 그때 죽이지 않고 지금까지 살려뒀더라면 반년은 먹을 수 있어서 지금처럼 날마다 먹을 걱정을 하지 않아도 될 것이다. 그리고 큰 뱀은 국을 끓여 먹으면 제격이지.……

여을(女乙)이 불 켜러 왔다. 맞은편 벽에 걸려있는 붉은 활 붉은 화살, 검은 활 검은 화살, 그리고 석궁과 긴 검, 단검들이 어둠속에서 모습을 드

|4| 예가 멧돼지와 큰 뱀을 잡은 이야기는 《회남자 · 본경훈(淮南子 · 本經訓)》의 "요는 예를 시켜…… 큰 뱀을 동정(洞庭)에서 동강내고 멧돼지를 뽕나무 밭에서 죽였다."는 기재를 따른 것이다.

러냈다. 그걸 바라보면서 예는 고개를 떨어뜨리며 한숨을 쉬었다. 이때 여신이 들어와 저녁을 가운데 탁자에 차려놓았다. 왼쪽에는 대접에 남은 국수 다섯 그릇이고 오른쪽에는 두 그릇에 국 한 대접이고 가운데는 까마귀고기로 만든 짜장이었다.

짜장면을 먹어보니 예도 맛이 없었다. 슬쩍 상아를 곁눈질해 보니 짜장은 거들떠보지도 않고 국에 국수를 넣어 반 사발쯤 먹고는 술을 놓는 것이었다. 상아의 얼굴이 전보다 좀 여윈 것 같았다. 그는 상아가 앓기라도 할까봐 겁이 덜컥 났다.

이경이 되자 상아는 좀 기분이 풀린 듯싶었다. 말없이 침대 맡에 앉아서 물을 마시고 있었다. 예는 곁에 있는 의자에 앉아서 털이 빠진 표범 가죽을 매만졌다.

"여보,"

예가 부드럽게 말했다.

"이 표범은 우리가 결혼하기 전에 내가 서산에서 활을 쏘아 잡은 거요. 그때는 온몸이 황금빛으로 빛났는데 정말 멋졌지."

그러면서 전에 먹던 음식물들을 회상하였다. 곰은 잡아서 발바닥 네 개만 먹었고 낙타는 혹만 남겨두고 나머지는 모두 하녀와 하인들에게 나누어주었다. 나중에 큰 동물을 다 잡고 나서는 멧돼지, 토끼와 꿩을 잡아먹었다. 그때는 활 솜씨가 뛰어나 잡고 싶은 대로 잡을 수 있었다.

"어휴."

예는 저도 모르게 한숨이 나왔다.

"내 활 솜씨는 정말 기막혔지. 모조리 잡아 죽였으니 말이야. 그때는 반찬감으로 이렇게 까마귀만 남으리라고는 생각지도 못했지.……"

"참!"

상아가 약간 웃어보였다.

"오늘은 그런대로 운이 좋은 편이였소."

예도 흥이 났다.

"참새를 잡았으니 말이요. 30리를 돌아다니고 나서야 겨우 잡았다오."

"좀 더 멀리 가보지 그랬어요?!"

"옳은 말이요. 여보, 나도 그렇게 생각하오. 내일은 아침 일찍이 출발해야겠소. 당신이 먼저 일어나면 날 깨워주오. 50리를 더 가면 노루나 토끼가 있을지도 모르오.…… 하지만 없을 수도 있소. 옛날에 멧돼지와 큰 뱀을 잡을 때는 짐승이 그렇게 많았는데. 당신도 기억하고 있겠지. 장모님의 집 앞으로 늘 곰이 지나다녀서 나를 불러 몇 마리 잡은 일이 있잖소.……"

"그런 일도 있었어요?"

상아는 거의 기억하지 못하는 것 같았다.

"지금은 이렇게 한 마리도 남지 않으리라고는 어찌 알았겠소. 장차 살아갈 일이 걱정이요. 나는 괜찮지. 그 도사가 보내준 금단을 먹으면 금방 하늘로 날아갈 수 있으니까. 하지만 무엇보다 당신이 걱정이요.……그래서 내일은 좀 더 멀리 가볼 생각이요…… "

"음."

물을 다 마신 상아는 천천히 누워서 눈을 감아버렸다.

거의 타버리는 등불이 남은 화장을 비추었다. 분은 좀 지워졌고 눈언저리는 누르스름 해보이고 눈썹에 칠한 검은 색도 양쪽이 서로 틀려보였다. 하지만 입술은 여전히 불타는 듯 붉었다. 웃지는 않지만 볼에는 여전히 보조개가 살짝 지어져 있었다.

"어이구, 이런 아내에게 허구한 날 짜장면만 먹이다니……"

예는 너무 부끄러워 볼이 화끈해났다.

2

하루가 지나고 새날이 밝았다.

예가 눈을 떠보니 햇빛이 서쪽 벽을 비스듬히 비추고 있었다. 이르지는 않았다. 상아를 보니 활개를 펴고 깊은 잠에 빠져 있었다. 그는 살그머니 옷을 주어입고 표범가죽 침상에서 내려와 살금살금 원채로 나왔다. 그는 세수를 하면서 여경(女庚)을 보고 왕승에게 말을 준비시키라고 분부하였다.

일이 바빠서 그는 아침밥을 먹지 않은지 오래 되었다.|5| 여을이 찐빵 다섯 개, 파 다섯 뿌리와 고추장 한 봉지를 그물에 넣고 나서 활과 화살을 그의 허리춤에 매주었다. 예는 허리띠를 조이고는 가볍게 원채를 나섰다. 그는 마주 들어오고 있는 여경에게 말했다.

"오늘 내가 멀리 사냥하러 갈 텐데 좀 늦게 돌아올지도 모르겠다. 마나님이 깨어나서 아침을 먹고 기분이 좋지 않아 보이면 정말 미안하지만 저녁밥은 기다려 달라 하더라고 일러라. 알아들었겠지? '정말 미안하지만'이라고 말해야 한다."

그는 재빨리 문을 나서서 말에 올랐다. 배웅하는 하인들을 뒤에 두고 금방 마을을 빠져나갔다. 앞은 날마다 눈 익게 걸어온 수수밭이었다. 아무 것도 없다는 것을 잘 알고 있는 그는 전혀 눈길을 돌리지 않았다. 말에 채찍질을 하면서 나는 듯이 달려 단숨에 60리 길을 달려왔다. 앞에 무성한 숲이 보일 무렵 말도 헐떡거리면서 온몸에 땀을 죽 흘렸고 걸음이 느려졌다. 또 10리쯤 가서야 숲 가까이에 이르렀다. 하지만 보이는 것은 벌과 나비와 개미, 메뚜기들일 뿐 짐승은 그림자도 보이지 않았다. 처음 오는 이 숲을 바라보면서 여우나 토끼쯤은 잡을 수 있으리라 생각했지만 이제는 그것이 한낱 꿈이었음을 알았다. 숲을 에돌아 뒤로 가보니 또 푸른 수수밭이었고 멀리 자그마한 오두막 몇 채 보일 뿐이었다. 바람 한 점 없이 맑고 따뜻한 날씨였고 새소리도 없었다.

|5| "아침밥을 먹지 않은지 오래 되었다."는 말은 루쉰이 사람들이 "건강하게 오래 살기 위해" 아침밥을 먹지 말 것을 제창한 일을 빗대고 쓴 것이다.

"재수 없군!"

그는 화가 잔뜩 나서 있는 힘을 다해 소리 질렀다.

다시 앞으로 여남은 걸음 나아가자 예는 가슴이 터질 듯 기뻤다. 멀리 오두막 가까이에 있는 평지에 틀림없는 날짐승이 앉아 있었다. 걸으면서 뭘 쪼아 먹는 품을 보니 비둘기 같았다. 그는 서둘러 활에 화살을 먹여 시위를 한껏 당겼다 놓았다. 화살은 유성처럼 씽 하고 날아갔다.

여태 백발백중이었으니 더 주저할 필요가 없었다. 이제 말을 달려 화살이 날아간 곳으로 가서 사냥감을 줍는 일만 남았다. 그런데 그곳에 이르러 보니 웬 노파가 살을 맞은 비둘기를 주워들고 말머리에 삿대질하며 고아대고 있었다.

"어디서 굴러온 놈이냐? 집에서 애지중지하던 검정 닭을 죽이다니? 넌 그렇게도 할 일이 없느냐?……"

예는 그만 속이 덜컹해서 다급히 고삐를 챘다.

"허참! 닭이었나요? 비둘긴 줄 알았더니."

"눈이 멀었어? 마흔 살은 먹었겠지?"

"그래요. 할머니. 지난해에 마흔 다섯이었지요.[6]"

"나이를 헛먹었군 그래! 암탉을 비둘기로 보다니! 넌 도대체 누구냐?"

"이예(夷羿)라고 부르는 사람입니다."

이렇게 말하면서 암탉을 보니 화살이 심장을 맞고 죽어 있었다. 그는 자기 이름자는 기어들어가는 목소리로 말하면서 말에서 내렸다.

"이예라?…… 들어보지 못한 이름이군!"

노파는 예의 얼굴을 물끄러미 바라보며 말했다.

---

[6] 마흔다섯 살에 대한 말과 아래 몇 구절은 모두 당시 고장홍(高長虹)이 루쉰을 "마흔다섯 살 밖에 먹지 않고 노인으로 자처한다."는 비난을 빗대고 쓴 것이다. 고장홍은 원래 허무주의 사상과 무정부주의 색채가 짙었던 청년작가로서 1924년 루쉰을 알게 된 뒤에 많은 지도와 도움을 받았다. 하지만 1926년 하반기에 이르러 루쉰이 하문대학에 가서 교직을 맡고 위소원(韋素園)이 《망원》을 맡은 뒤 향배량(向培良)의 원고를 내주지 않은 일로 위소원과 루쉰에게 불만을 품게 되었고 한편 루쉰의 이름을 빌어 자기를 치올리기도 하면서 갖은 비난을 퍼부었다.

"남들은 잘 아는 이름이지요. 요 임금이 계실 때에 벌써 멧돼지와 뱀을 여러 마리 잡았어요.……"

"하하하, 허풍쟁이로군! 그건 봉몽[7]이라는 어른이 여러 사람을 데리고 함께 잡은 거라네. 자네도 그 가운데 끼어 있었는지 모르겠지만 자기가 잡은 것처럼 말하니 정말 부끄러운 줄도 모르는군!"

"아니에요, 할머니. 봉몽은 이 몇 년 사이에 제가 사는 곳으로 다니곤 했지 그와 손잡고 사냥한 일은 없습니다. 아무 관계도 없는 사람이지요."

"미친 소리는 그만 둬! 그따위 소리는 내가 하루에도 네댓 번 듣는 말이야."

"그건 그렇다 칩시다. 이 닭 얘기나 합시다. 이 닭을 어쩔 거예요?"

"물어내야지. 매일 알을 낳는 제일 귀한 암탉이야. 나에게 호미 두 자루와 방추 세 개는 줘야겠네."

"할머니, 농사를 짓지 않고 물레를 돌리지 않는 저를 보고 호미와 방추를 달라면 말이 안 되지요. 나한테는 돈도 없고 찐빵 다섯 개가 있는데 밀가루로 만든 것이에요. 이걸로 배상할게요. 그리고 파 다섯 뿌리와 고추장 한 봉지까지 더 드리지요. 어때요?……"

예는 그물에 넣은 찐빵을 꺼내면서 닭은 잡으려고 하였다.

노파는 새하얀 찐빵을 보더니 마음이 동한 것 같았다. 하지만 열다섯 개를 내라고 잡아뗐다. 흥정한 결과 겨우 열 개로 내리고 늦어서 내일 점심때까지는 보내오기로 하였다. 그리고 닭을 명중한 그 화살을 저당 잡히기로 하였다. 그제야 예는 마음을 놓고 닭은 그물에 집어넣고 말에 올라 집으로 발걸음을 돌렸다. 비록 배가 고프기는 했지만 마음은 즐거웠다. 그들이 닭고기 탕을 먹어본지 1년도 더 되었다.

숲을 에돌아 빠져나오니 벌써 오후였다. 그는 박차를 가해 집으로 향했

---

[7] 봉몽(逢蒙)은 중국 고대에 활을 잘 쏘아 이름난 사람이다. 전하는데 의하면 그는 예의 제자라고 한다.

다. 그런데 말이 지쳐서 수없이 지나다닌 수수밭에 이르렀을 때는 이미 땅거미가 질 무렵이었다. 그런데 멀리서 사람 그림자가 언뜻 하더니 난데없는 화살이 쌩 하고 날아왔다.

예는 그냥 말을 달리며 활에 화살을 메워 획 쏘았다. 그러자 챙 하는 소리와 함께 화살 끝이 서로 맞부딪치면서 불꽃이 튕겼다. 두 화살은 "인(八)"자 모양으로 꺾였다가 땅에 떨어졌다. 첫 번째 화살이 부딪치는 순간 두 번째 화살이 날아왔다. 그러나 역시 예가 쏜 화살을 맞고 허공에서 떨어졌다. 이렇게 아홉 개를 쏘고 나니 예는 화살이 그만 동이 났다. 하지만 어느새 봉몽이 길을 가로 막고 서서 활로 예의 목을 겨냥하고 있었다.

"어허, 저 자식이 바닷가에 가서 고기 잡는 줄 알았더니 여기서 이따위 짓거리를 하고 있었군. 그래서 노파가 그런 말을 했구나.……"

눈 깜짝할 새에 만월처럼 당겼던 화살이 쌩 하고 예의 목을 향해 날아왔다.|8| 그런데 좀 빗나가면서 예의 입을 명중하였다. 예는 곤두박질하며 말에서 굴러 떨어졌고 말도 걸음을 뚝 멈췄다.

봉몽은 예가 이미 죽은 것을 보고는 조심조심 다가왔다. 그는 눈을 감고 있는 예의 얼굴을 바라보면서 승리의 술이나 마신 것처럼 빙그레 웃었다.

봉몽이 죽음을 확인하려고 똑바로 보려고 하는데 예가 눈을 뜨면서 일어나 앉았다.

"넌 정말 백번 남아 헛걸음 했구나!"

예는 화살을 뱉어내면서 웃으며 말했다.

"나에게 '이빨로 화살 잡는' 재주|9|가 있는 줄을 아직도 모른단 말이냐? 그러면 안 되지. 너의 이따위 잔재주를 갖고는 어림도 없어. 몰래 배운 주먹질로는 나를 죽일 수 없으니 공들여 연마해야지.……"

|8| 봉몽이 예에게 활을 쏜 이야기는 《맹자·이루(孟子·離婁)》에 나오는 기재를 따른 것이다.

|9| "이빨로 화살 잡는' 재주'는 《태평어람(太平御覽)》 350권에서 인용한 《열자(列子)》의 '비위(飛衛)가 감창(甘蠅)한테서 활을 배웠는데 다른 재주는 모두 배워주었지만 이빨로 화살을 잡는 재주만은 배워주지 않았다'는 기재를 따른 것이다.

"자네의 방식으로 자네를 해버리려고 한건데……"

승자가 기어드는 목소리로 말했다.

"하하하!"

예는 웃음을 터뜨리며 일어섰다.

"말은 그럴듯하네만 마누라나 속일 수 있지 내 앞에서 무슨 수작이야? 나는 여태 사냥을 일삼아 왔지 너처럼 잔꾀는 부리지 않았어.……"

이렇게 말하며 그물에 있는 닭을 보니 못쓰게 되지 않은 것을 보고 예는 말에 올라 길을 재촉하였다.

"…… 어서 뒈지기나 해!……"

멀리 욕하는 소리가 들려왔다.

"정말 몹쓸 놈이로군! 새파란 놈이 저주나 배우다니. 그러니 노파가 믿을 만도 하지."

예는 말에서 어이없어 고개를 절레절레 저었다.

3

아직 수수밭을 벗어나지 못했는데 벌써 날이 어두워졌다. 하늘에는 별들이 반짝이었고 태백성은 유난히 빛이 났다. 밭길을 따라 달리는 말은 지친지 오래 되었고 걸음도 느렸다. 다행히 하늘가에 점차 은백색 나는 달이 얼굴을 내밀었다.

"제길!"

뱃속에서 나는 꾸륵 꾸륵 하는 소리를 들으며 예는 마음이 초조해났다.

"먹고 살기 힘드니 이런 쓸데없는 일이 더 생기네. 괜히 시간만 빼앗겼군!"

그는 두발로 말의 배를 차면서 길을 다그쳤다. 하지만 말은 몸을 움찔하기만 할뿐 걸음은 그냥 느렸다.

"상아가 화를 내겠구나. 오늘따라 많이 늦는군." 예가 속으로 생각하였다. "오늘은 봉변을 당할 만도 하지만 다행히 닭을 잡았으니 흡족해하겠군. '여보, 오늘 왕복 2백 리를 달리고서야 겨우 잡은 거라오.'라고 해야지. 아니, 그러면 안 되지. 뽐낸다고 할 거야."

앞에 불빛이 눈에 안겨오자 그는 더는 생각을 하지 않았다. 말도 박차를 가하지 않았지만 절로 빠르게 달렸다. 눈처럼 하얗고 둥근 달이 길을 환하게 비추고 선선한 바람이 얼굴을 어루만져주어 사냥을 많이 하고 돌아올 때보다 기분은 더 개운했다.

말은 저절로 쓰레기더미 곁에 멈춰 섰다. 집을 바라보면서 어딘가 이상한 느낌이 들었다. 어쩐지 어수선한 분위기였다. 마중을 나오는 사람은 조부(趙富)뿐이었다.

"어찌 된 일이냐, 왕승은?"

예가 이상해서 물었다.

"왕승은 요씨 댁으로 마나님 찾으러 갔습니다."

"뭐라고? 마나님이 요씨 댁으로 갔어?"

예는 그냥 말에 앉은 채 멍청해서 물었다.

"네.……"

조부는 대답하면서 말고삐와 채찍을 받았다.

그제야 예는 말에서 내렸다. 그는 생각에 잠긴 채 집에 들어서면서 고개를 돌려 물었다.

"기다리다 못해 혼자 음식점에 간 건 아니겠지?"

"아무렴요. 음식점 세 곳에 다 가서 물어봤지만 없었어요."

예는 그냥 생각에 잠겨 고개를 숙이고 들어갔다. 하녀 셋이 어쩔 줄 몰라 하며 본채에서 기다리고 있었다. 그는 더구나 이상해서 큰소리로 물었다.

"모두 집에 있지 않느냐? 마나님이 혼자 요씨 댁으로 가는 일은 없지 않았더냐?"

하녀들은 서로 얼굴을 쳐다볼 뿐 대답은 없었다. 그들은 활집과 화살 통을 끌러주고 닭이 들어있는 그물을 풀어주었다. 갑자기 예는 속이 꿈틀 해났다. 상아가 화난 김에 죽으러 가기라도 한 것 같았다. 그는 다급히 여경을 보고 조부를 불러오라고 하고는 뒤뜰의 못에 가보라고 시켰다. 하지만 방에 들어서자 그런 추측이 틀렸음을 알아차렸다. 방은 뒤죽박죽이고 옷궤는 열려 있는데 침대를 보니 무엇보다 장신구함이 없었다. 예는 마치 냉수를 뒤집어쓴 것 같았다. 금이나 보석 따위는 별문제지만 도사가 준 선단이 그 함 속에 들어 있었던 것이다.

예는 방안을 빙빙 돼 바퀴 돌고 나서야 문밖에 서있는 왕승이 눈에 띄었다.

"나리님," 왕승이 말했다. "마나님께서 요 씨네 댁으로 가시지 않았습니다. 오늘 마작을 노는 날이 아니랍니다."

예는 그를 힐끗 보고는 입을 열지 않았다. 그러자 왕승이 물러갔다.

"나리님께서 부르셨습니까?……"

조부가 와서 물었다. 예는 고개를 저으며 나가라고 손을 저었다.

예는 다시 방안을 돌다가 원채에 나가 앉았다. 건너편 벽에 걸려 있는 붉은활과 붉은 화살, 검은 활과 검은 화살, 석궁과 긴 검, 단검을 바라보면서 또 한참 상념에 빠졌다. 그리고 나서야 우두커니 서있는 하녀들에게 물었다.

"마나님께서는 언제부터 보이지 않았느냐?"

"등불을 켤 무렵부터 보이지 않았사옵니다." 여을이 대답하였다. "하지만 나가시는 건 아무도 보지 못했어요."

"저 함안에 있는 약을 먹는 걸 보지 못했느냐?"

"보지 못했사옵니다. 그러나 오후에 물을 달라고 해서 가져다드렸어요."

"뭔가 하늘로 날아 올라가지는 않더냐?"

"그렇지!" 여신이 생각하더니 알았다는 듯이 말했다. "등불을 켜고 나갈 때 확실히 검은 그림자가 이쪽으로 날아가는 걸 보았어요. 하지만 설마 마나님이리라고는……"

여신은 얼굴이 해쓱해졌다.

"그러면 틀림없어!"

예는 무릎을 치며 벌떡 일어섰다. 그는 밖으로 나가면서 고개를 돌려 여신에서 물었다.

"어느 쪽이더냐?"

여신이 손가락으로 가리키며 예를 따라 나가 보았더니 하얀 보름달이 저편에 걸려 있었다. 그 달에는 집과 나무들이 은은하게 보였다. 어릴 때 할머니가 들려주던 달나라 궁전의 아름다운 경치가 어렴풋이 기억났다. 푸른 바다를 흘러가는 듯한 달을 보면서 그는 몸이 점점 무거워지는 것 같았다.

갑자기 그는 화가 났다. 노여움은 살기를 불러 그는 눈을 부릅뜨고 하녀들에게 버럭 소리 질렀다.

"해를 쏘던 활을 가져와라! 그리고 화살 세 개도!"

여을과 여신이 원채 한가운데 걸려 있는 활을 가져다 먼지를 털고 화살 세 개와 함께 건네주었다.

그는 한손에 활을 집어 들고 다른 손으로 화살을 만지작거리다가 세 개를 모두 메웠다. 그리고 활시위를 힘껏 당겨 달을 겨누었다. 바위처럼 우뚝 선 그의 두 눈은 번갯불과 같은 푸른 불빛이 이글거렸으며 흩날리는 수염과 머리는 마치 검은 불길과 같았다. 순간 젊었을 때 해를 쏘아 떨어뜨리던|10| 예의 늠름한 모습을 보는 듯싶었다.

씽 하고 소리는 한번 났지만 화살은 세 개가 연발되었다. 번개같이 화

|10| 예가 태양을 쏜 이야기는 《회남자 · 본경훈(淮南子 · 本經訓)》에 "요가 임금이었던 시기, 열 개의 해가 함께 떠올라 곡식과 초목이 타죽어 백성들이 먹을 것이 없었다. 요는 예를 보고 열 개의 해를 쏘게 하였다."에서 딴 것이다.

살을 메워 눈 깜짝할 새에 쏘는데 귀로도 그 소리를 분간할 수 없었다. 본디는 털끝만한 차이도 없이 잇달아 날아가는 화살이라 모두 한곳에 모여야 하지만 반드시 명중해야겠다는 생각 때문인지 손이 약간 떨리면서 화살이 각기 세 곳을 맞혀 상처를 세 군데 냈다.

이를 보던 하녀들이 소리를 질렀다. 달이 갸우뚱하면서 금방 떨어질 것만 같았기 때문이다. 하지만 달은 아무 일도 없다는 듯이 그냥 하늘에 걸려 부드러우면서도 더 밝은 빛발을 뿌리고 있었다.

"이런!"

예가 하늘을 우러러 소리 지르면서 쳐다보았으나 달은 보는 체도 하지 않았다. 예가 세 발 걸어 나가자 달은 세 걸음 물러섰다. 예가 세 걸음 물러서니 달 역시 세 걸음 다가왔다.

그들은 아무 말도 없이 서로 얼굴을 마주 보았다.

예는 기운이 빠진 듯 활을 원채에 기대놓고 방안으로 들어갔다. 하녀들도 따라서 들어왔다.

"어휴," 예가 털썩 주저앉으면서 한숨을 길게 내쉬었다. "이제는 너희들 마나님께서는 영원히 홀로 즐겁게 살게 됐구나. 어찌 날 버리고 혼자 하늘에 올라갈 수 있단 말이냐? 내가 늙어서 싫기라도 하다는 거냐? 하지만 지난달에도 난 늙지 않았고 만약 늙은이라고 생각한다면 그것은 사상이 타락한 것이라고 하지 않았더냐!"

"그럴 리가 없어요." 여을이 말했다. "나리님을 용사라고 하던데요 뭘."

"어떤 때 보면 나리는 그야말로 예술가 같아요."

여신이 한마디 꼈겼다.

"허튼소리! 까마귀 짜장면이 맛없는 거야 두말 할 것 없지. 그러니 참지 못하고……"

"표범가죽 요의 털 빠진 곳을 아래쪽 가죽으로 기워야지 그러면 멋질 거야.!"

여신이 이렇게 말하며 방으로 들어갔다.

"잠깐," 예가 하녀를 불러 세우고 나서 좀 생각하고는 말을 이었다. "그 건 아직 내버려두어라. 나 배고파 죽겠으니 어서 닭을 맵게 볶고 찐빵을 다섯 근 부쳐라. 먹고 잠이나 푹 자야겠다. 내일은 그 도사를 찾아 선단을 얻어먹고 나도 따라가야지. 여경아, 왕승에게 흰콩 여덟 근을 불려서 말 에게 먹이라고 일러라!"

1926년 12월 씀

물을 다스리다

1

때는 "도도한 홍수에 산이 포위되고 언덕이 잠긴" 시대였다. 순 임금|1|의 백성들은 모두 물에 잠기지 않은 산꼭대기에 올라가 빼곡히 있는 것이 아니라 나무에 올라가거나 뗏목을 타기도 했고 어떤 사람은 뗏목에 자그마한 집을 지어놓기도 하였다. 뭍에서 이런 광경을 보노라면 어딘가 시적인 정취가 다분했다.

먼 곳의 소식은 뗏목에서 전해주었다. 곤(鯀) 대인이 9년 동안이나 물을 다스렸지만 별 효과를 거두지 못하자 임금님이 진노하여 그를 우산에 유배를 보냈고|2| 아명을 아우(阿禹)|3|라고 부르는 그의 아들 문명(文命) 도련님이 그 뒤를 잇기로 한 것 같다는 소식도 끝내는 그들한테서 얻어 들을 수 있었다.

재해가 오래 지속되자 대학은 문을 닫은 지 오래고 유치원마저 문 여는 곳이 없어서 백성들은 모두 무지몽매해지는 듯싶었다. 오직 문화산|4|에만 수많은 학자들이 모여 있었다. 그들이 먹을 식량은 기굉국(奇肱國)|5|에

|1| 순(舜)은 중국 고대 전설에 나오는 황제로서 호는 우씨(虞氏)이다. 이 이름은 벌레(蟲) 우순(虞舜)과 통한다. 전설에 따르면 요(堯) 임금 때 홍수가 범람하였는데 순은 요의 명령을 받고 물을 다스려 홍수를 잠재웠다.

|2| 곤이 물을 다스린 이야기는 《사기 · 하본기(史記 · 夏本紀)》의 "요 임금 때에 도도한 홍수에 언덕이 잠기고 산이 포위되어 하민들이 곤경에 빠졌다.…… 순은 곤에게 물을 다스리게 하였으나 9년이 지나도록 물이 지지 않아 뜻을 이루지 못하였다."는 기재를 근거로 한 것이다.

|3| 우는 중국 고대의 치수 영웅으로서 하나라를 창립한 사람이다.

서 날수레로 날라주었기에 배곯을 염려가 없었고 하기에 마음 놓고 학문을 연구할 수 있었다. 하지만 그들은 대체로 우임금을 반대하거나 이 세상에 우임금이라는 사람이 있다는 것을 애당초 믿으려 하지 않았다.

달마다 한 번씩 하늘에서 쉬익 하는 소리가 났고 소리가 커질수록 날수레가 더 똑똑히 보였다. 수레에는 기발이 꽂혀 있고 기발에는 희미한 빛을 뿌리는 노란 동그라미가 그려져 있었다. 땅에서 다섯 자쯤 떨어졌을 때 광주리 몇 개를 내려 보내는데 뭐가 담겼는지 사람들은 알 수 없었다. 다만 아래위에서 주고받는 말소리가 들려왔다.

"굳 모닝!"

"하우 두 유 두!"

"오케이!"

날수레는 기굉국으로 날아갔다. 하늘에는 작은 소리도 없었고 학자들도 조용하였다. 모두 밥을 먹고 있었다. 유독 산을 빙 둘러싸고 있는 물결만 바위에 부딪치며 철썩철썩 소리를 내고 있었다. 점심 잠을 자고 나니 기운이 넘쳐나서 학문토론이 파도소리를 눌렀다.

"우가 만일 곤의 아들이라면 물을 다스려봤자 성공하지 못할 겁니다!"

지팡이를 든 학자가 말했다.

|4| 여기서 서술된 학자들의 "문화산"에서의 활동은 1932년 10월 북평의 문화교육계의 강한(江瀚), 유복(劉復), 서병창(徐炳昶), 마형(馬衡) 등 30여 명이 국민당 정부에 북평을 "문화구역"으로 확정하자는 건의를 제기한 일에 대한 풍자이다. 당시 일본제국주의가 중국의 동북을 강점하여 화북이 위험에 처해 있었지만 투항주의 정책을 실시하고 있던 국민당 정부는 동북을 버리고 화북에서 철수할 준비를 하면서 고대 문물을 북평에서 남경으로 옮길 준비를 하고 있었다. 당시 강한 등은 정치적으로나 군사적으로 북평이 중요하지 않다는 이유로 국민당 정부에 북평의 군사 방어시설을 철거하고 무방비 문화구역으로 만들자는 황당한 제의를 하였다. 이 단락에서 루쉰은 그들의 황당한 언론을 여지없이 풍자하였는바 당시 대표성을 띤 몇몇 문화계 인물을 모델로 하였다. 이를테면 "지팡이를 든 학자"는 "우생학자" 번광단(潘光旦)을 암시한다. 번광단은 당시 일부 관료지주 가족의 족보로 유전을 해석하였다. 그리고 조두(鳥頭) 선생은 고고학자인 고힐강(高頡剛)을 암시하는데 그는 《설문해자(說文解字)》의 곤(鯀)"자와 우(禹)"자에 대한 해석에 근거하여 곤은 물고기이고 우는 도마뱀 유의 벌레라고 주장하였다. 조두라는 이름도 그의 성씨인 "고(顧)"에서 따온 것으로 "고(雇)"는 새의 이름이고 혈(頁)은 머리라는 뜻이다.

|5| 기굉국은《산해경·해외서경(山海經·海外西經)》에서 나오는 나라 이름이다.

"내가 왕공대신과 부자들의 족보를 적잖게 모은 적이 있는데 꽤나 품을 들여 연구한 결과 결론을 얻었지요. 즉 부자의 자손은 모두 부자이고 나쁜 자의 자손은 모두 나쁜 사람이라는 결론입니다. 이것을 '유전'이라고 하지요. 때문에 곤이 성공하지 못한 일을 그 아들 우도 성공할 리 없습니다. 왜냐하면 바보 아비가 총명한 자식을 낳을 수 없기 때문입니다."

"오케이!"

지팡이를 들지 않은 학자가 말했다.

"하지만 우리 태상황|6| 생각도 하셔야지요."

지팡이를 들지 않은 또 다른 학자가 말했다.

"그가 전에는 좀 '짓궂었지만' 지금은 나아지지 않았습니까. 만약 우둔한 사람이었다면 영원히 나아질 수 없겠지요."

"오케이!"

"그, 그, 그런 생각은 모두 쓸데없는 말이에요."

또 한 학자가 더듬으며 말했다. 그는 금방 코끝이 빨개졌다.

"당신들은 헛소문에 넘어갔습니다. 사실 이른바 우라는 사람이 없어요. '우'라면 벌레를 말하는 것인데 버, 버, 벌레가 어떻게 물을 다스려요? 나는 곤이라는 사람도 없다고 봐요. '곤'은 물고기인데 무, 무, 물고기가 무, 무, 물을 다스릴 수 있나요?"

예까지 말하고 그는 힘차게 발을 굴렀다.

"하지만 곤은 확실히 있었소. 7년 전에 내가 곤륜산 기슭에 매화구경을 온 그를 직접 본 일이 있으니까."

"그렇다면 이름이 틀린 거요. 아마 '곤'이 아닐 것이고 반드시 '인(人)'이라고 불러야 할 거요. 우는 틀림없이 벌레이고 그런 인물이 존재하지 않는다는 증거가 나한테 얼마든지 있소. 그러니 여러 사람이 평가해주기

|6| 태상황은 순의 아버지 고수(瞽叟)를 말한다.

를 ……"

그는 벌떡 일어서더니 칼을 꺼내들고 소나무 다섯 그루를 찾아 껍질을 벗겼다. 그는 먹다 남은 빵 부스러기에 물을 두고 풀을 만든 다음 거기에 숯가루를 넣어 골고루 섞었다. 그리고는 그것으로 소나무 줄기에 작은 올챙이문자로 우가 없다는 고증을 쓰기 시작하였다. 그는 고증을 쓰는데 꼬박 스무이레나 걸렸다. 하지만 그 고증을 보려면 느릅나무 새잎을 열 잎 내야 했고 만약 뗏목 위에서 지내고 싶은 사람은 조개껍질과 신선한 이끼를 내면 되었다.

어디 가나 물뿐이어서 사냥할 수도 없고 농사지을 수도 없었다. 살아있는 사람에게는 남아도는 것이 시간이어서 그 고증을 구경 오는 사람도 많았다. 소나무 아래에 사흘 동안 사람들이 빼곡히 모여 고증을 보는데 감탄하는 소리가 끊이지 않았고 탄복하는 사람도 있었지만 피로해하는 사람도 있었다. 하지만 나흘째 되는 점심에 한 시골사람이 마침내 입을 열었다. 이때 그 학자는 구운 떡을 먹고 있었다.

"사람가운데 우라고 부르는 사람이 있어요."

시골사람이 말했다.

"그리고 '우'는 벌레가 아닙니다. 이것은 우리 시골사람들이 간체자로 쓴 것이고 어르신들이 누구나 쓰는 '우(禹)'는 큰 원숭이를 말하지요. ……"

"이름을 큰 원숭이라고 부르는 사람도 있나?……"

학자가 벌떡 일어서면서 소리쳤다. 씹던 구운 떡을 꿀꺽 넘긴 그의 코는 빨갛다 못해 자줏빛으로 변했다.

"있고말고요. 강아지, 고양이라는 이름도 있는 걸요."

"조두(鳥頭) 선생, 그만 두시오."

지팡이를 들고 있는 학자가 빵을 내려놓고 참견했다.

"시골사람은 모두 바보들인데 무슨 논쟁이요? 자네 족보를 가져와보게.……" 그는 고개를 돌려 시골사람에게 큰 소리로 말했다. "너희 조상이 바보였음을 내가 반드시 보여주고 말겠다.……"

"우리에겐 족보 같은 거 없어요.……"

"퇴. 너희 같은 놈들 때문에 내가 연구를 정밀하게 할 수 없구나!"

"하지만 여기에 족보가 필요하지 않지요. 나의 학설이 틀릴 리 없습니다." 조두선생은 더욱 화가 나서 말했다. "전에 나의 학설이 정확하다고 편지를 보내오는 학자가 많았습니다. 그 편지를 내가 모두 갖고 왔지요.……"

"아니, 아니. 그래도 족보는 봐야지요.……"

"하지만 나에겐 정말 족보가 없어요."

그 "바보"가 말했다.

"지금 이처럼 세상이 어수선하고 교통이 불편한데 선생님의 친구들이 찬성 편지를 보내오기를 가다려 증거로 삼는다면 정말 소라 껍데기 속에 훈련장을 만드는 것보다 어렵겠군요. 증거가 바로 앞에 있잖아요. 당신을 조두선생이라고 하는데 정말 사람이 아니고 새머리인가요?"

"이놈!"

조두선생은 화가 치밀어 귀뿌리까지 빨개졌다.

"날 모욕해도 분수가 있지. 날 사람이 아니라고 하다니! 너와 함께 고도(皐陶)[7] 대감한테로 가서 법으로 해결해야겠다. 내가 정말 사람이 아니라면 달갑게 사형을 받을 것이다. 알겠느냐? 그렇지 않을 때는 네가 옥살이를 해야 할 것이다. 꼼짝 말고 기다려. 구운 떡을 다 먹고 보자!"

"선생님."

시골사람이 무감각하면서도 조용히 대답했다.

"선생님은 학자이시니 벌써 오후가 된 지금 다른 사람도 배가 고프리라

|7| 고도(皐陶)는 순(舜)의 신하라고 전해오고 있다.

는 것을 알 테지요. 밉살스럽게도 바보도 총명한 사람과 마찬가지로 배가 고프답니다. 정말 미안하지만 저는 이끼 건지러 가야겠습니다. 선생님께서 소송장을 제기한 다음 저도 법정에 가겠습니다."

시골사람은 뗏목에 올라 그물을 들고 수초를 건지러 멀리 사라졌다. 구경꾼들도 하나둘 떠나갔다. 조두선생은 귀뿌리와 코끝이 빨갛게 상기된 채 구운 떡을 먹고 있고 지팡이를 든 학자는 고개만 젓고 있었다.

하지만 "우"가 도대체 벌레인지 사람인지는 여전히 의문이었다.

2

우는 벌레인 듯싶었다.

반년 남짓이 지나는 동안데 기굉국의 날수레는 여덟 번 오갔고 소나무에 써놓은 문자를 본 뗏목 주민 가운데 열에 아홉이 무좀에 걸렸지만 치수를 맡은 새 관리에 대한 소식은 감감하였다. 날수레가 열 번째로 오고 나서야 새 소식을 들을 수 있었는데 확실히 우라는 사람이 있으며 곤의 아들이 틀림없다고 하였다. 그리고 수리대신으로 임명되어 3년 전에 이미 기주를 떠나 오래잖아 이곳에 도착할 것이라고 하였다.

사람들은 좀 흥분되면서도 냉담해져서 별로 믿지 않았다. 이처럼 믿을 수 없는 소식을 이미 귀에 못 박히게 들어온 그들이었다.

하지만 이번에는 정말이었다. 열흘 뒤에는 거의 모두가 대신이 확실히 왔다고 말하였다. 부초를 건지러 갔다가 직접 눈으로 관가의 배를 본 사람이 있었던 것이다. 그는 머리에 생긴 검푸른 혹을 가리키면서 지나가는 관가의 배에 길을 내주면서 동작이 너무 느린 탓에 관병이 날리는 돌에 얻어맞은 거라고 하면서 이것이 바로 대신이 왔다는 증거라고 하였다. 그 사람은 이때부터 유명인사가 되어 몹시 바빠졌다. 머리에 생긴 혹을 보러 너도나도 몰려드는 통에 뗏목이 갈앉을 지경이었다. 나중에 학자들이 그를 불러다 자세히 연구한 결과 그 혹은 진짜 혹이라고 판정하였다. 그리하여 조두 선생도 더는 자기 학설을 고집하지 않고 고증학을 남한테 넘겨버리고 자신은 민요수집에 나섰다.

커다란 통나무배들이 들이닥친 것은 머리에 혹이 난 지 20일 남짓이 되던 날이었다. 배마다 관병 스무 명이 노를 젓고 30명의 관병이 창을 들고 있었으며 배 앞뒤에는 깃발들이 즐비하였다. 산꼭대기에 이르자 신사들과 학자들이 벌써 공손하게 줄을 서서 기다리고 있었다. 반나절 지나서야 가장 큰 배에서 나이가 지긋하고 뚱뚱한 대감 둘이 나타났다. 그들은 호랑이 껍질을 두른 무사들의 호위를 받으며 영접을 나온 사람들과 함께 산꼭대기에 있는 돌집에 들어갔다.

사람들은 물과 뭍에서 여기저기 탐문해서야 두 대감은 시찰을 온 관리로서 우는 아니라는 것을 알 수 있었다.

대감들은 돌집 한가운데 앉아서 빵으로 요기한 다음 고찰하기 시작하였다.

"재해 상황은 생각처럼 심각하지 않고 식량도 그럭저럭 이어나갈 수 있습니다."

학자 대표인 묘족 언어전문가가 말했다.

"빵은 매일 공중투하로 보내오고 물고기도 좀 흠내는 나지만 살이 찌고 부족함이 없습니다. 저 백성들은 느릅나무 잎과 물이끼가 많아서 '배부르게 먹을 수 있고 근심 없이 살고 있습니다.' 이런 먹을거리가 있는 이상 그들을 걱정할 것 없습니다. 우리도 먹어봤는데 맛이 괜찮았습니다. 독특한 맛이 제법……"

"게다가,"

《신농본초》|8|를 연구하는 다른 학자가 앞질러 말했다. "느릅나무 잎에

|8| 《신농본초》는 중국의 약물을 기록한 최초의 전문 저작이다.

|9| 나력병(瘰癧病)은 연주창을 말하는데 나력이 아니고 영력(廮瘤)이다. 여기서는 모르면서 떠벌여대는 일부 학자들을 풍자하기 위해 일부러 이렇게 쓴 것이다.

는 비타민 W가 들어 있지요. 미역에는 요오드가 들어 있어서 나력(瘰
癧)[9]을 치료할 수 있고요. 그러니 둘 다 위생에도 굉장히 알맞습니다."

"오케이!"

또 다른 학자가 께끼었다. 대감들은 그에게 눈을 흘겼다.

"음료수는요,"《신농본초》학자가 말을 이었다. "얼마든지 있습니다.
만대를 내리 마셔도 다 못 마실 겁니다. 애석한 것은 황토가 섞여 마시기
전에 한번 증류해야 하지요. 그래서 소인이 여러 번 가르치기도 했지만
워낙 고집스럽고 미련한 백성이라 시키는 대로 하려고 하지 않아서 병에
걸린 사람이 기수부지입니다.……"

"이렇게 물난리가 난 것도 그들 때문이 아니겠습니까?"

긴 수염에 간장 빛 두루마기를 입은 신사가 또 앞질러 말했다. "게으른
백성들이 물이 아직 지지 않았을 때는 흙으로 메우지 않고 물이 졌을 때
는 또 퍼내려 하지 않으니……"

"이를 가리켜 정신이 무디었다고 하지요." 맨 뒤에 앉아 있던 팔자수염
의 복희(伏羲)시대 소품 문학가[10]가 웃으며 말했다. "나는 일찍 파미르
고원에 올라간 적이 있는데 하늘 바람이 거창하여 매화가 만발했고 흰 구
름이 흐르고 금값이 올리 뛰고 쥐가 잠을 자는데 한 소년이 시가를 입에
물고 얼굴에는 치우씨의 안개가 비꼈더군요.…… 하하하! 어쩔 수 없지
요.……"

"오케이!"

이렇게 반나절이나 이야기를 나누었다. 대감들은 모두 진지하게 들었
다. 나중에 그들을 보고 공문을 작성해달라고 하면서 가장 좋기는 조리
있게 진술하고 뒤처리가 잘 될 수 있는 방법을 내놓으라고 하였다.

---

[10] "복희(伏羲)시대 소품 문학가"란 당시 어록체(語錄體) 소품을 모방할 것을 제창한 임어당(林語堂) 일파를 두
고 하는 말이다.
치우는 중국 고대 전설에 나오는 구려족(九黎族)의 수령으로서 전하는데 따르면 황제(黃帝)와 싸울 때 안개를 끼게
했다고 한다. 나중에 황제에게 잡혀 죽는데 민족적 선입견으로 옛 역사서에서는 그를 흉악한 괴물로 묘사하였다.

그리고는 대감들은 배로 내려갔다. 이튿날 여로로 피곤하여 사무를 보지 않으며 손님도 만나지 않는다고 하였다. 사흗날에는 학자들의 공식적인 초청으로 가장 높은 봉우리에 올라가 백년 묵은 소나무를 감상하고 오후에는 산 뒤에 가서 날이 저물 때까지 장어를 낚았다. 나흘이 되는 날에는 고찰하느라 지쳐서 사무를 보지 않고 손님도 접대하지 않는다고 하였다. 닷새째 오후에는 서민 대표를 만난다고 공표하였다.

서민 대표는 나흘 전부터 선출하기 시작하였으나 누구도 가려고 하지 않았다. 관가 사람은 대면한 적이 없다는 핑계를 댔다. 이러다가 결국 대다수 사람들이 전에 관리를 만나본 적이 있는 그 머리에 혹이 난 사람을 추천하였다. 그러자 이미 갈앉았던 혹이 갑자기 찌르는 듯이 아파나는 것이었다. 그는 울면서 대표로 될 바에는 차라리 죽어버리겠다고 잡아뗐다. 사람들은 그를 에워싸고 밤에 낮을 이어 대의에 어긋나는 일이라고 꾸짖으면서 공익을 외면하는 이기주의자로 된다면 나라에서 용납하지 않을 것이라고 말하였다. 좀 과격한 사람은 주먹을 그의 코앞에 내흔들면서 이번 물난리에 책임을 지라고 하였다. 그는 목이 마르고 잠이 쏟아져 죽을 지경이었다. 그래서 뗏목에서 죽기보다 차라리 공익을 위해 자신을 희생하는 편이 좋을 것 같았다. 그래서 큰 결심을 내리고 나흘이 되는 날 응낙하고 말았다.

사람들이 모두 그를 칭찬했지만 용사 몇은 오히려 질투를 했다.

닷새째 되는 날 아침, 사람들은 그를 잡아끌고 기슭에 가서 부름을 기다리게 하였다. 드디어 대감이 그를 불렀다. 그 부름에 금방 다리가 와들와들 떨렸지만 그는 굳게 마음을 다잡았다. 그는 긴 하품 두 번 하고 나서 눈언저리가 부은 채 발이 땅에 닿지 않고 둥둥 떠가는 기분으로 관선으로 걸어갔다.

이상하게도 창을 든 관병과 호랑이 가죽을 두른 무사들은 누구나 그를 욕하거나 때리지 않아 곧장 선실로 들어갈 수 있었다. 선실 안 바닥에는 곰 가죽과 표범가죽이 깔려 있고 벽에는 활과 화살이 걸려 있었으며 병과 통들이 즐비하게 놓여 있는데 정신이 혼미할 지경이었다. 정신을 가다듬고 나서야 앞에 높직이 앉아 있는 뚱뚱한 두 대감이 보였다. 어떻게 생겼는지는 똑바로 볼 수 없어서 알지 못하였다.

"자네가 서민 대표인가?"

대감 가운데 한 사람이 물었다.

"사람들이 저를 가라고 해서 왔습죠."

그는 바닥에 깔려 있는 표범가죽에 난 쑥 잎 비슷한 무늬를 보면서 대답하였다.

"자네들은 어떤가?"

"……"

그는 무슨 뜻인지 몰라 대답하지 못하였다.

"지내기가 어떤가?"

"어르신들의 덕분에 괜찮게 지내고 있는뎁죠……"

그는 좀 생각하고 나서 기어들어가는 소리로 중얼거렸다.

"그런대로……대충……"

"먹는 건 어떤가?"

"나뭇잎도 먹고 물이끼도 먹습죠.……"

"먹을 만은 한가?"

"먹을 만 하고말고요. 우리는 뭐나 가리는 게 없어서 먹을 만 해요. 인심이 사나워져서 불평을 부리는 놈팽이가 몇이 있긴 한데, 제길 패주면 됩니다."

대감들은 껄껄 웃었다.

"착한 놈이로구먼."

한 대감이 다른 대감에게 말했다.

그는 칭찬을 듣고 몹시 기뻐서 간담도 좀 커져 거침없이 늘여놓기 시작하였다.

"우리는 늘 방법을 생각해내지요. 물이끼로는 걸쭉한 비취빛 국을 끓여 먹으면 세일이고 느릅나무 잎으로는 아침에 죽을 쑤어 먹으면 맛이 죽여줍니다. 나무껍질은 몽땅 벗기지 않고 한줄 죽 내놓고 벗기면 내년에 가지에 잎이 자라 먹을 게 생기지요. 대감님들의 덕분에 장어를 잡을 수 있다면……"

하지만 대감들은 그런 말을 귀찮아하는 것 같았다. 한 대감은 연속 긴 하품을 하더니 말허리를 잘랐다. "자네들이 공동으로 진정서를 만들어 주는 것이 좋겠네. 가장 좋기는 뒤처리를 잘할 데 대한 의견도 넣고 말이야."

"그런데 글 쓸 줄 모르는 우리로서는……"

그는 두려움에 싸여 말했다.

"글을 모르다니? 정말 진취심이 꽝이로군! 할 수 없지. 그렇다면 자네들이 먹는 음식을 한몫 갖고 와봐!"

그는 두려움과 기쁨에 휩싸여 물러 나왔다. 그는 혹을 만지면서 즉시 대감들의 분부를 언덕과 나무와 뗏목에 사는 서민들에게 전하였다. 그리고는 큰 소리로 당부하였다.

"이건 위에 올려 보낼 것이니 체면이 서게 깨끗하고 먹음직하게 만들어야 한단 말이오."

주민들은 너도 나도 나서서 서두르기 시작하였다. 잎을 씻고 나무껍질을 자르고 이끼를 건지느라 법석을 떨었다. 그는 음식을 담을 함을 만들기 위해 널판자를 잘랐다. 그는 빤빤하게 다듬은 널판자 두 개를 가지고 밤도와 산꼭대기에 찾아가 학자를 보고 글을 써달라고 하였다. 밥 담을 함 뚜껑에는 "산처럼 오래 살고 바다처럼 큰 복을 받으소서."라고 쓰고 뗏목에 달 액자로 쓸 널판자에는 자랑으로 생각하는 의미로 "성실하게 살리라."라고 써달라고 하였다. 하지만 학자는 "산처럼 오래 살고 바다처럼 큰 복을 받으소서."라는 글만 써주었다.

3

두 대감이 도성에 돌아오자 다른 시찰관들도 뒤따라 연이어 돌아왔다. 다만 우만 돌아오지 않았다. 그들은 집에서 며칠 휴식했고 수리국의 동료들은 국에서 환영연회를 베풀었다. 배당 몫으로 복, 녹, 수 세 가지가 있었는데 적어도 큰 조개껍질|11| 50개는 내야 하였다. 이날은 그야말로 차들이 쉴 새 없이 드나들었고 날 저물 무렵에는 손님과 주인이 모두 왔다. 뜰에는 벌써 불을 밝혔고 솥 안의 소고기 냄새는 문밖에 서 있는 호위병들의 코를 간질여 연신 군침을 꿀꺽꿀꺽 삼키게 만들었다. 술이 세 순배 돌자 대감들은 물진 고장의 풍경들을 이야기하였다. 눈처럼 하얀 갈꽃, 금빛 나는 흙물, 살찐 장어, 매끄러운 이끼…… 술이 좀 거나하게 되자 사람들은 선물로 받아온 서민 음식을 꺼내놓았다. 모두 정교한 나무함에 담았는데 뚜껑에는 문자가 씌어져 있었다. 복희팔괘체|12|가 있는가 하면 창힐귀곡체|13|도 있었는데 서로 앞 다투어 그 글자를 감상하였다. 거의 싸움이 생길 정도로 논쟁한 끝에 "평화로운 나라, 안정된 생활"이라고 쓴 함을 으뜸으로 결정하였다. 그 함은 문자가 질박하고 알아보기 어려울 뿐만 아니라 위에 상고시대의 순박한 기풍이 담겨 있고 또 뜻도 잘 표현되어서 국사관에 소장할 만하다고 의견이 모아졌다.

중국의 특유한 예술에 대한 판정으로 문화 문제는 일단락 마무리하고 뒤따라 함안의 내용을 고찰할 차례였다. 사람들은 누구나 정교한 떡의 모양에 대해 칭찬을 아끼지 않았다. 하지만 술을 좀 마신 탓인지 의견이 제각기였다. 어떤 사람은 소나무껍질 떡을 먹어보고는 그 향기를 극찬하면

|11| 옛날에는 조개껍질을 화폐로 썼다.
|12| 복희 팔괘체의 복희(伏羲)는 중국 고대 전설에 나오는 제왕으로서 그가 팔괘를 그렸다고 전해오고 있다.
|13| 창힐 귀곡체의 창힐(倉頡)은 황제(黃帝)의 사관(史官)으로서 최초에 문자를 창조한 사람으로 알려지고 있다. "옛날에 창힐이 글을 쓰면 밤에 우박이 쏟아지고 귀신이 울었다."는 기재가 있다.

서 내일 벼슬을 버리고 이와 같은 복을 누리리라고 하였고 측백나무 잎으로 만든 떡을 먹어본 사람은 거칠고 써서 허가 상한다면서 이런 음식을 같이 나누며 서민과 동고동락하는 임금도 어렵지만 신하도 힘들다고 하였다. 그러자 몇 사람이 달려들더니 그들이 씹는 떡을 뺏으려 하였다. 그 떡을 전람회에 내놓고 모금을 해야겠는데 너무 씹으면 보기 싫다는 것이었다.

수리국 밖에서도 소동이 일어났다. 거지인 듯싶은 기골이 장대하고 얼굴이 거무칙칙하고 너덜너덜한 옷을 걸친 사나이들이 교통 차단선을 넘어 수리국으로 쳐들어왔다. 호위병들이 소리를 지르며 서슬 푸른 창을 빼들고 길을 막았다.

"뭐야? 똑바로 보지 못할까!"

앞장 선 여위고 키 큰 사내가 마구 들어오다가 주춤하면서 소리쳤다.

호위병들은 어스름한 황혼 빛 속에서 찬찬히 보더니 금방 차렷 자세를 취하며 창을 거두고 들여보냈다. 그리고는 헐떡거리며 쫓아온 진한 남색 두루마기를 입고 어린애를 안은 아낙네만을 막아섰다.

"왜 이래? 날 알아보지 못하는 거야?"

아낙은 주먹으로 이마의 땀을 훔치며 놀라운 듯 물었다.

"우 부인, 우리가 어찌 부인을 알아보지 못하겠습니까?"

"그러면 왜 날 들여보내지 않나?"

"우부인, 요즘 세상이 어수선하여 오늘부터 풍속과 인심을 바로잡기 위해 남녀 부동석하기로 했습니다. 지금 어느 관청에도 아낙네를 들여보내지 않는데 여기 뿐 아니고 부인만 막는 것이 아니지요. 위의 명령이라 어쩔 수 없습니다."

우 부인은 한참 멍하니 서있더니 눈썹을 치켜 올리면서 고아댔다.

|14| 우가 집앞을 지나면서도 들어가 보지 않은 사실은 《맹자 · 등문공(孟子 · 滕文公)》의 "우는 8년을 밖에서 지내면서 세 번 집앞을 지나면서 들어가지 않았다."는 기재에 근거한 것이다.

"죽여도 시원치 않을 사람 같으니! 뉘가 죽었다고 그렇게 허둥거려! 집 문 앞을 지나가면서도 들어와 보지 않다니!|14| 정말 죽어도 그처럼 허둥 대지는 않겠다. 벼슬, 벼슬, 벼슬이 뭐가 그렇게 좋아서? 아버지를 닮아 정배를 갔다가 물에 빠져 큰 자라가 되지 않나 봐!|15| 양심 버린 나쁜 놈!……"

이때 수리국 안의 대청에서도 소란이 일어났다. 무시무시한 사나이들 이 들이닥치는 것을 보자 너도나도 숨을 곳을 찾아 헤맸다. 하지만 번쩍 이는 무기가 보이지 않자 용기를 내어 지켜 보았다. 가까워지는 사나이를 보니 얼굴은 여위고 검었지만 안색을 보니 바로 우였다. 나머지는 물론 수행원들이었다.

이 소동에 놀란 사람들은 그만 술기운이 확 날아갔다. 옷이 끌리는 소 리가 어지럽게 나면서 그들은 모두 아래에 내려섰다. 우는 성큼 자리에 다가가서 윗자리에 앉았지만 위엄을 보이기 위해서인지 관절염 때문인지 무릎을 굽히지 않고 두 다리를 관원들 쪽으로 죽 폈다. 양말을 신지 않은 그의 발바닥은 온통 밤알 같은 굳은살이 뒤덮여 있었다. 수행원들도 좌우 에 나누어 앉았다.

"대인께서는 오늘 도성에 도착하셨는지요?"

담이 큰 관리 하나가 무릎걸음으로 나아가서 공경하게 물었다.

"다들 가까이 오시게."

우는 묻는 말에는 대답하지 않고 여러 사람들을 보고 말했다.

"시찰해보니 어떻던가?"

대관들은 무릎걸음으로 다가가면서 서로 얼굴을 쳐다보았다. 그들은 어지러워진 연회상 아래에 앉아서 먹다 남은 소나무껍질 떡과 씹다 버린 소뼈를 바라보았다. 보기에 민망했지만 하인을 불러 치우라고 할 수도 없

|15| 전설에 따르면 곤은 죽은 뒤 세발 가진 자라로 변했다고 한다.

는 일이었다.

"어르신께 아뢰옵니다."

대감 하나가 마침내 입을 열었다.

"그런대로 괜찮아서 인상이 좋았습니다. 소나무껍질과 수초는 많았고 음료는 대단히 풍부했습니다. 백성들은 습관처럼 살아온 대로 성실했습니다. 어르신님, 그들은 모두 고생을 잘 이겨내기로 세계에 이름난 사람들이지요."

"소인은 이미 모금계획을 작성해놓았습니다."

또 다른 관원이 말했다.

"기이한 식품 전시회를 열고 따로 여외(女隈) 아가씨를 초빙해서 패션쇼를 벌리는 것입니다. 표를 팔기만 하고 전시회에서 따로 모금하지 않는다고 성명을 내보내면 구경 오는 사람이 좀 많을 것입니다."

"좋은 생각이구면."

우는 이렇게 말하면서 그를 향해 몸을 굽혀 보였다.

"하지만 무엇보다 시급한 것은 하루빨리 뗏목들을 파견하여 학자들을 고원에 데려오는 것이라고 생각합니다."

또 한 관원이 세 번째로 말했다.

"사람을 파견하여 우리가 문화를 숭상한다는 것을 기굉국에서 알도록 해야 하며 구제도 달마다 여기로 해달라는 것이 좋을듯합니다. 학자들이 보내온 보고서가 여기 있는데 재미있게 썼습니다. 문화는 일국의 명맥이고 학자는 문화의 영혼으로서 문화가 존재하기만 하면 중국은 존재할 것이며 다른 것들은 다 버금가는 문제라고들 생각하고 있습니다.……"

"그들은 중국의 인구가 너무 많다고 보고 있지요."

처음 말을 뗐던 관원이 말했다.

"좀 줄이는 것도˚ 세상을 태평하게 만드는 길이라 생각하고 있습니다. 게다가 그들은 모두 우매한 백성들로서 희로애락 역시 배운 사람처럼 섬세하지 못합니다. 사람을 알고 일을 논함에 있어서 첫째는 주관에 의거해야 하지요 이를테면 셰익스피어는⋯⋯"

"제길, 허튼소리를 하는군!"

우는 속으로 이렇게 생각하면서 큰소리로 말했다.

"내가 조사한데 따르면 이전에 쓰던 '메우기' 방법은 확실히 잘못됐다는 걸 깨달았네. 앞으로는 '에우는' 방법을 써야 한다고 생각하는데 여러분들은 어떻게 생각하는지 알고 싶구면."

집안은 무덤처럼 조용했다. 관원들의 얼굴은 모두 사색이 되어 자신이 병에 걸린 줄로만 알고 내일 병결이라도 내야겠다고 생각하는 사람이 많았다.

"이건 치우의 방법이야!"

용감한 한 청년관원이 속으로 슬그머니 분개했다.

"비천한 소인의 소견으로는 어르신께서 반드시 이미 내린 명령을 거두어들여야 할 줄로 압니다."

머리와 수염이 새하얀 대관이 천하의 흥망이 자신의 입에 달려 있다고 생각하면서 마음을 다잡아먹고 죽을 각오를 하고 단호히 항의하였다.

"메우기는 선친의 방법입니다. '아버지의 도를 3년 따르는 것이 효도'라고 했는데 선친이 승천하신지 아직 3년이 되지 않았지요."

우는 한마디 말이 없었다.

"게다가 선친께서 수많은 심혈을 쏟아 부은 일입니다. 상제(上帝)의 식양(息壤)|16|을 빌어 홍수를 메워서 상제의 노여움을 사기는 했지만 홍수의 깊이가 얕아졌지요. 홍수는 아마 이 방법대로 다스려야 할 것 같습니다."

수염과 머리가 새하얀 다른 관원이 말했다. 그는 우의 외삼촌의 수양아들이었다.

|16| 식양(息壤)은 전설에 나오는 스스로 생겨나고 영원히 소모되지 않는 토양을 말한다.

우는 한마디 말이 없었다.

"내 보기에는 어르신께서는 그냥 아버지의 뒤를 따르는 것이 좋을 듯싶습니다."

우가 그냥 말없는 것을 보고 한 뚱뚱한 관원은 그가 납득되어 그러는 줄로만 알고 경박스러운 말투로 크게 말했다. 그러면서도 얼굴에서는 땀이 흘러내렸다.

"집안의 법도대로 하여 집안의 명예를 되찾아야 합니다. 어르신께서는 아마 사람들이 선친을 어떻게 말하고 있는지 아시지 못하는 것 같군요. ……"

"한마디로 '메우기' 방법은 세계적으로 정평이 있는 좋은 방법입니다."

수염과 머리가 하얀 관원은 뚱뚱보의 말이 빗나가기라도 할까봐 앞질러 말했다.

"이른바 '현대식' 방법도 여러 가지 있지만 옛적에 치우는 그 점에서 잘못된 거지요."

우가 빙그레 웃으며 말했다.

"내가 모를 리 없지요. 아버지가 노란 곰으로 변했다는 말도 있고 세발자라로 변했다는 사람도 있지요. 그리고 내가 명성과 실리를 챙긴다고 말하는 사람도 있습니다. 마음대로 말하라고 하지요. 내가 말하고 싶은 것은 내가 산과 물의 지형을 조사하고 백성들의 의견도 들어서 이미 실정을 환하게 알고 있기에 생각을 굳혔다는 것입니다. 뭐라고 하든 '에우기'를 할 것입니다. 나와 함께 한 사람들도 모두 같은 생각입니다."

우는 손가락으로 좌우 양쪽을 가리켰다. 머리가 새하얀 관원도, 반백이 된 관원도, 꽃미남 관원도, 그리고 뚱뚱해서 기름땀을 흘리는 관원도, 뚱뚱하지만 기름땀은 흘리지 않는 관원도 모두 그의 손길을 따라가 보았다. 거기에는 거무칙칙하고 여윈 거지같은 사람들이 있었는데 움직이지도, 말하지도, 웃지도 않는 품이 마치 철을 부어 만든 것 같았다.

4

우대감이 떠난 뒤 세월은 살같이 흘러 어느새 도성의 풍경이 하루 새롭게 번성해갔다. 우선 부자들 가운데 비단옷을 입은 사람이 생겨났고 뒤로는 큰 과일가게에서 귤과 유자를 팔기 시작했으며 큰 비단상점에는 무늬 있는 비단이 내걸렸다. 부자들의 연회석에는 좋은 간장, 물고기지 느러미 조림, 해삼잡채와 같은 요리가 올랐고 그 뒤에는 곰 가죽으로 만든 요에 여우가죽 저고리가 나오고 부인들은 금 귀걸이와 은팔찌까지 하게 되었다.

대문 앞에 서 있기만 해도 언제나 새로운 물건들을 볼 수 있었다. 오늘은 대 화살 한 수레 오는가 하면 내일은 소나무 널판자가 오기도 했다. 그런가 하면 가산을 만들 괴석을 메 오기도 하고 기르기 위한 산 물고기를 들고 오는 사람도 있었다. 또 어떤 사람은 한자 두 치나 되는 거북들을 담은 대광주리를 수레에 싣고 황성 쪽으로 가기도 했다.

"엄마, 저 거북이 엄청 크다!"

애들은 거북을 보자 떠들면서 달려가 수레를 둘러쌌다.

"이놈들, 어서 비키지 못할까! 임금님께 드릴 보물이니 조심해. 목이 잘릴라!"

하지만 우대감에 대한 소문도 도성에 들어오는 보물처럼 많았다. 백성들은 처마 밑에서, 길가에서 누구나 그에 대한 이야기를 하고 있었다. 입에 가장 많이 오르는 화제는 그가 밤에 누런 곰으로 변해서[17] 입과 발톱으로 헤집어 강 아홉 개를 소통했고 또 하늘에서 군사를 빌어 소란을 일으키는 무지기(無支祈)를 잡아[18] 궤산 기슭에 가두어버렸다는 이야기였다. 순 임금에 대해서는 아무도 이야기하지 않았고 기껏해야 단주태자(丹

|17| 우가 곰으로 변했다는 전설은 청나라 마숙(馬驌)의 《역사(繹史)》에 나온다.
|18| 우가 무지기를 잡은 전설은 이공좌(李公佐)의 《고악독경(古岳瀆經)》에 나온다.
|19| 단주태자는 요임금의 아들로서 고서에는 그가 "(성품이)아버지를 닮지 않았고" 그래서 요가 나라를 순에게 물려주었다고 썼다.

朱太子)가[19] 무능하다는 얘기를 할 뿐이었다.

우가 도성에 돌아온다는 소문은 벌써 퍼진지 오래고 매일 한 무리 사람들이 길목에 나서서 그의 의장대가 오기를 기다렸다. 하지만 오지는 않았고 소문만 날로 무성해져 정말 같기도 하였다. 어느 약간 흐린 날 오전, 우는 마침내 수많은 백성들 속에 둘러싸여 기주(冀州)의 도성에 들어섰다. 의장대는 없고 거지처럼 보이는 수원들이 따를 뿐이었다. 맨 뒤에는 손발이 거칠고 시커먼 얼굴에 누런 수염이 나고 다리가 구부정한 사내가 순임금이 하사한 끝이 뾰족하고 까만 돌로 된 "현규"[20]를 받들고 있었다. 그는 연신 "길을 내주시우, 길을. 비켜 주시우, 좀 비켜 주시우."하면서 사람들을 헤치고 황궁에 들어갔다.

궁 밖에서 환호하고 웅성대는 백성들의 소리가 마치 파돗소리처럼 우렁찼다.

용좌에 앉아 있는 순 임금은 원래 나이가 많아서 좀 피로했지만 그 소리에 좀 놀라는 것 같았다. 우가 이르자 그는 다급히 일어서서 맞았다. 예를 나눈 뒤 고도 선생이 몇 마디 인사말을 하고 나서야 순이 입을 열었다.

"대감께서도 덕담 몇 마디 해주시죠."

"제가 뭐라고 하겠습니까!" 우가 잘라 말했다. "저는 매일 열심히 살기만 바랄 뿐입니다."

"열심히 사신다면?"

고도가 물었다.

"홍수가 도도하여 산이 포위되고 언덕이 잠겨 백성들은 물속에서 지내고 있었습니다. 나는 육로를 갈 때는 수레를 타고 수로를 갈 때는 배를 타고 진흙길을 갈 때는 썰매를 타고 산길을 갈 때는 가마를 탔습니다. 산에 이르면 나무를 찍어 익과 둘이서 사람들에게 밥을 먹이고 고기를 먹였습니다. 밭의 물은 강으로 빼고 강의 물은 바다에 빼버리면서 직과 둘이서

---

[20] 현규(玄圭)의 규(圭)는 고대 제후들이 난장이나 제사를 지낼 때 잡고 있는 긴 옥그릇이다.

사람들에게 얻기 힘든 것을 먹였지요. 먹을 것이 모자라면 여유 있는 곳에서 얻어 부족한 사람들에게 보충하면서 이사를 시켰지요. 그제야 사람들은 안정되어 여러 지방이 정상적인 모습을 찾게 되었지요."

"그렇지요. 정말 맞는 말입니다."

고도가 칭찬하였다.

"아!" 우가 말을 이었다. "임금님이라면 신중하고 침착해야 합니다. 하늘에 양심을 지켜야 하늘도 여전히 그에게 이로움을 줄 것입니다."

순은 한숨을 푹 내쉬고는 우를 보고 나라의 큰일을 맡아달라고 부탁하면서 불만이 있으면 뒤에서 욕하지 말고 앞에서 대고 말해달라고 하였다. 우가 응낙하는 것을 보자 그는 또 한숨을 쉬고는 말했다.

"단주가 이처럼 말은 듣지 않고 놀음에만 탐하여 어이없는 일만 하면서 말썽을 부리니 정말 아니꼬와서 못 살겠네!"

그러자 우가 말했다.

"나는 장가가서 나흘 만에 집을 떠났고 아계를 낳았지만 귀여워하지 않았습니다. 그래서 물을 다스릴 수 있었지요. 죽 바다까지 열두 개 주로 이루어진 5천리 땅을 다섯 개 구역으로 나누고 두령 다섯을 세웠는데 모두 훌륭합니다. 다만 유묘(有苗)만 안되니 명심해주십시오."

"자네 공로로 나의 천하가 바로 잡혔구려."

순 임금도 칭찬해마지 않았다.

이리하여 고도도 순 임금처럼 숙연한 마음으로 고개를 숙였다. 조정에서 물러나자 고도는 백성들에게 특별명령을 내려 반드시 우를 본받아야 하며 그렇지 않을 때는 곧 범법으로 볼 것이라고 하였다.

이 명령에 누구보다 먼저 두려워난 것은 상인들이었다. 하지만 다행히도 우대감이 도성에서 돌아온 후 태도가 다소 변하였다. 먹는 것은 별로 가리지 않았으나 제사나 법사에 들어서는 풍성하게 차렸고 옷은 편하게 입었으나 조회를 가거나 손님을 맞을 때는 제법 멋지게 입었다. 때문에

시장은 여전히 큰 영향을 받지 않았다. 얼마 후 상인들은 우대감의 행동
은 정말 본받을만하다고 하면서 고도대감의 법령도 훌륭하다고 하였다.
이리하여 드디어 온갖 짐승들이 춤추는 태평성대를 맞아 봉황까지도 날
아와 함께 즐겼다.

1935년 11월

벼린검

1

　미간척[1]이 어머니와 함께 금방 잠자리에 들었는데 쥐가 나와서 솥뚜껑을 갉아먹기 시작하는데 여간 짜증나지 않았다. 가볍게 으름장을 놓으니 처음에는 좀 효과가 있었지만 나중에는 아예 무시하고 그냥 스륵스륵 갉아댔다. 낮에 일에 지쳐서 저녁에 눕자마자 잠이 드는 어머니가 깨날까 봐 큰소리를 칠 수도 없었다.

　한동안 지나 조용해지자 그는 잠을 청하였다. 갑자기 풍덩 하는 소리에 그는 놀라 눈을 번쩍 떴다. 동시에 바스락바스락하고 쥐가 발톱으로 질그릇을 잡는 소리가 들려왔다.

　"잘 됐군! 죽일 놈!"

　미간척은 이렇게 생각하면서 슬그머니 몸을 일으켜 앉았다.

　그는 침대에서 내려 달빛을 빌어 문 뒤로 걸어가 부싯돌을 더듬어 관솔에 불을 달고 물독 안을 비추었다. 아나나 다를까 커다란 쥐가 독안에 빠져 있었다. 하지만 남아 있는 물이 많지 않아 기어 나올 수 없었던 것이다. 그저 물독 안벽을 긁으면서 뱅뱅 맴돌고 있을 뿐이었다.

　"쌤통!"

　밤마다 가구를 갉아먹으면서 밤잠을 설치게 하던 쥐를 생각하니 속이

|1| 미간척이 복수한 전설에 대해서는 위(魏)나라 조비(曹丕)가 쓴 《열이전(列異傳)》에 나오는 기재에 근거하였다고 한다.

시원하였다. 그는 관솔불을 벽에 낸 작은 구멍에 꽂고는 구경하기 시작하였다. 하지만 자그마한 동그란 쥐 눈을 보니 그만 밉살스럽기 짝이 없어 마른 갈대를 뽑아들고 물밑에 지그시 눌렀다. 한참 지나 손을 놓았더니 쥐도 따라서 떠올랐다. 여전히 독안의 벽을 타고 빙빙 돌고 있었다. 다만 처음보다 힘이 빠져 눈까지 물에 잠기고 뾰족하고 빨간 코만 내놓고 할딱할딱 숨을 몰아쉬고 있었다.

요즘 그는 코가 빨간 사람이 싫었다. 하지만 그 뾰족한 빨간 코를 보니 측은한 생각이 들어 갈대를 쥐의 배 밑에 들이밀었다. 그러자 쥐는 갈대를 잡고 숨을 돌리더니 갈대를 타고 올라오는 것이었다. 흠뻑 젖은 검은 털과 커다란 배와 지렁이 같은 꼬리가 드러나면서 전신이 보이자 또다시 징그럽고 밉살스러워 다급히 갈대를 흔들었다. 첨벙하고 쥐는 다시 물독에 빠졌다. 미간척은 갈대로 쥐의 머리를 몇 번 찔러 물속에 가라앉혀버렸다.

관솔불을 여섯 번 간 뒤에는 쥐가 더 움직이지 않았다. 하지만 물 가운데 떠 있으면서 가끔 수면으로 좀씩 솟구치곤 했다. 미간척은 또다시 불쌍한 생각이 들어 갈대를 분질러 겨우 쥐를 집어서 바닥에 놓았다. 꼼짝하지 못하던 쥐는 나중에 간신히 숨을 몰아쉬었고 한참 지나서는 네 발을 움씰거리더니 몸을 뒤채며 일어서서 도망치려고 하였다. 미간척은 그만 놀라서 본능적으로 왼발을 들어 밟아버렸다. 찍하는 소리가 들려 쪼크리고 앉아 보니 입귀로 피가 좀 흐르고 있었다. 아마 죽은 듯싶었다.

그는 또 불쌍해났다. 마치 자신이 큰 죄라도 지은 듯 마음이 괴로웠다. 그는 쪼크리고 앉아서 멍하니 바라볼 뿐 일어설 염하지 않았다.

"척아, 너 뭘 하느냐?"

어느새 잠에서 깬 어머니가 침대에서 물었다.

"쥐가 ……"

미간척은 다급히 일어서 몸을 돌리며 말을 더 잇지 못했다.

"그래, 쥐 때문에 그러는 줄은 나도 안다. 하지만 죽이는 거야, 살리는 거냐? 도대체 뭘 하는 거냐?"

미간척은 대답을 하지 않았다. 관솔불이 다 타자 그는 어둠속에서 점차 밝아오는 달을 바라보고 있었다.

"어이구!" 어머니가 한숨을 쉬며 말했다.

"이제 자정이 지나면 열여섯 살 먹을 애가 성격이 전혀 변함이 없이 저렇게 우유부단하고야 뭣에 쓰겠냐! 네 애비 원수를 갚아줄 사람이 없구나."

어머니는 희부연 달빛 아래에 앉아서 몸을 떨고 있는 듯싶었다. 애처로움에 젖은 어머니의 나지막한 소리를 들으며 미간척은 몸이 오싹해났다. 하지만 금방 온몸에 피가 막 끓어 번지는 것 같았다.

"아버지 원수라니요? 아버지에게 무슨 원수가 있었나요?"

그는 몇 걸음 다가서면서 놀라움에 휩싸여 다그쳐 물었다.

"있고말고. 그 원수는 네가 갚아야 한다. 벌써 너한테 말해주고 싶었지만 네가 너무 어려서 말하지 않았다. 이제는 어른이 되었는데도 그런 성질이니 내가 어쩌란 말이냐? 네 같은 성격으로는 무슨 큰일을 해낼 수 있겠니?"

"할 수 있어요. 말해주세요, 어머니. 제가 성격을 고치겠습니다.……"

"그래야지. 나도 반드시 고쳐야 한다고 말할 수밖에 없구나.……그럼 이리 오너라."

미간척은 어머니한테로 다가갔다. 희미한 달빛 아래 침대 맡에 단정히 앉은 어머니의 눈은 타는 듯 번쩍였다.

"들어라!" 어머니는 엄숙하게 말했다. "네 아버지는 원래 검을 벼리는

|2| 왕비가 쇳덩이를 낳았다는 이야기는 청나라 진원룡(陳元龍)이 쓴 《격치경원(格致鏡原)》 34권 《열사전(烈士傳)》에 나오는 "초(楚)나라 왕의 부인이 여름에 땀을 들이면서 쇠기둥을 안았는데 이상한 느낌을 받고 임신을 하였고 나중에 쇳덩이를 낳았다. 왕은 모야(莫邪)에게 명령하여 쌍검을 벼리도록 하였다."는 기재에 근거하였다.

천하제일의 명공이었느니라. 아버지가 쓰던 연장은 내가 가난에 쪼들려 팔아버린 지 오래 되어 아무 흔적도 남아 있지 않지만 그는 세상에 둘도 없는 명공이었다. 20년 전 왕비가 쇳덩이를 낳은 일이 있었다.[2] 쇠기둥을 안고 나서 애를 뱄다고 하는데 그 무쇠는 푸르른 투명한 쇳덩이였다고 한다. 왕은 그 쇳덩이가 기이한 보물임을 알고 그것으로 검을 벼리려고 했지. 그 검으로 나라를 보호하고 적을 무찌르고 자신을 지키려 했단다. 불행하게도 너의 아버지가 그 일을 맡게 되어 쇳덩이를 안고 집에 왔더구나. 아버지는 밤낮 벼려 옹근 3년이란 정성을 들여 검 두 개를 벼려냈단다.

"맨 마지막으로 불에서 검을 꺼내던 날 그야말로 놀라운 일이 벌어졌지. 휘익 하고 흰 김이 솟구치는데 땅마저 움씰하는 듯싶더구나. 그 흰 김이 반공중에 올라가서는 흰 구름으로 변하여 이곳을 뒤덮어 버리더니 점점 붉은색으로 변하여 뭐나 모두 복숭아 빛으로 물들여 버리는 게 아니냐! 우리 집 시커먼 화로 안에는 새빨간 검 두 자루가 누워 있었다. 네 아버지가 정화수[3]를 천천히 떨어뜨리자 검에서 뿌직뿌직 소리가 나면서 천천히 푸른빛을 띠기 시작하더구나. 이렇게 밤낮으로 꼬박 일주일 지나자 검은 보이지 않는 거야. 하지만 자세히 보면 화로 안에 그냥 있는데 마치 얼음처럼 투명한 푸른빛을 띠고 있었다.

"네 아버지의 눈은 벅찬 기쁨으로 번쩍였고 그 빛발이 사방에 넘쳤다. 그는 검을 끄집어내어 닦고 또 닦았다. 하지만 그이의 양미간과 입가에 생긴 주름에는 슬픔이 비껴 있었다. 네 아버지는 검을 상자 두 개에 따로 넣었다.

'여보, 요즘의 상황을 보면 검을 이미 다 벼렸음을 모르는 사람이 없을 것이요.'

"아버지가 나를 보고 몰래 말하더구나.

---

[3] 정화수(井華水)는 이른 아침 맨 먼저 길은 우물을 말한다.

'내일 나는 이 검을 반드시 왕에게 바쳐야 하오. 하지만 검을 바치는 날은 곧 내 목숨이 끝나는 날이 될 거요. 아마 우리는 이제 영영 못 볼 것 같구먼.'

'여보……'

"나는 너무 놀라서 네 아버지가 무슨 말을 하는지 알 수 없었고 나는 또 뭐라 해야 할지 모르겠더구나. 그래서

'이번에 당신이 이처럼 큰 공을 세웠는데……'라고 말할 수밖에 없었다.

'아, 당신은 모를 거요.' 아버지가 말했다. '왕은 의심이 많고 잔인하기 짝이 없는 사람이라오. 이번에 내가 세상에 둘도 없는 검을 벼려주었으니 반드시 나를 죽일 것이오. 내가 다른 사람에게 또 검을 벼려준다면 적수가 생길 것이고 또 자신을 능가할 수도 있기에 그걸 막기 위해서란 말이오.'

"나는 눈물만 흘리고 있었단다.

'서러워 마오. 이것은 피할 수 없는 일이오. 눈물로는 결코 운명을 씻어버릴 수는 없다오. 그러나 나는 벌써 여기 준비해두었소!'

"아버지 눈에서 갑자기 번개 같은 빛이 스치더니 검을 넣은 상자 하나를 내 무릎에 놓는 것이었다.

'이것은 웅검(雄劍)인데 당신이 잘 간수해두오. 나는 내일 이 자검(雌劍)만 왕에게 바칠 것이오. 만일 내가 돌아오지 않으면 이 세상 사람이 아닌 줄로 알고 있소. 당신은 임신한지 대여섯 달 되지 않소? 서러워말고 애가 태어나거든 잘 길러 큰 다음에 이 웅검을 물려주오. 이 검으로 왕의 목을 베어 내 원수를 갚으라고 하오.' 아버지의 말이었다."

"그날 아버지는 돌아왔어요?"

미간척은 다급히 물었다.

"돌아오지 못했지!"

어머니는 냉정하게 말하였다.

"사처에 수소문해보았지만 감감 무소식이었다. 나중에 들은 소문에는 자신이 벼린 검에 처음으로 피를 먹인 사람이 바로 네 아버지였다는구나. 그리고 죽은 혼백이 행패 부릴까봐 아버지의 몸과 머리를 앞문과 뒤뜰에 따로 묻었다고 한다!"

미간척은 별안간 몸이 활활 타오르는 것 같았고 머리카락마다에서 불꽃이 튕기는 듯하였다. 불끈 쥔 두 주먹은 어둠속에서 뿌드득 뿌드득 소리를 냈다.

어머니는 일어나더니 침대 맡 널판자를 들어내고는 관솔불을 켜고 문 뒤에 가서 괭이를 가져다가 미간척에게 주면서 말했다.

"파거라!"

미간척은 가슴이 막 뛰었으나 침착하게 한 괭이 한 괭이 파 내려갔다. 파낸 것은 모두 황토였다. 다섯 자 가량 팠을 때 흙빛이 약간 달라지더니 썩은 재목이 나왔다.

"잘 살펴 조심해 파!" 어머니가 말했다.

미간척은 파헤친 구덩이 옆에 엎드려 조심스럽게 썩은 나무를 헤쳤다. 손끝이 섬뜩 얼음에 닿은 듯한 느낌이 들었을 때 그 파랗고 투명한 검이 나타났다. 그는 자루를 가려잡고 검을 끄집어냈다.

창밖의 달과 별도, 방안의 관솔불도 갑자기 빛을 잃고 다만 푸른빛만 방안을 가득 채웠다. 검은 그 푸른빛에 녹아 아무 것도 없는 듯이 보였다. 미간척이 정신을 가다듬고 자세히 보아서야 비로소 다섯 자 남짓한 검이 보이는 듯싶었다. 하지만 검은 별로 날카로워 보이지 않았고 칼끝은 좀 둥글게 무딘 부추 잎처럼 보였다.

"지금부터 너는 우유부단한 성품을 고치고 이 검으로 원수를 갚아야 한다!"

어머니가 말했다.

"이제는 우유부단한 성품이 아니에요. 이 검을 갖고 원수 갚을 겁니다."

"그래야지. 네가 푸른 옷을 입고 이 검을 등에 지면 옷과 검이 같은 빛이어서 누구도 분간하지 못할 거다. 옷은 벌써 마련해두었다. 내일 길을 떠나거라. 내 걱정은 말고!"

어머니는 침상 뒤에 있는 낡은 옷장을 가리키면서 말하였다.

미간척이 새 옷을 꺼내 입어보니 몸에 꼭 맞았다. 그는 옷을 다시 잘 접어놓고 검을 싸서 머리맡에 놓고 조용히 자리에 누웠다. 그는 이미 우유부단한 자신의 성미가 고쳐진 듯싶었다. 그는 아무 일도 없었던 것처럼 하리라 마음먹고는 눈을 감고 잠을 청했다. 아침에 일어나면 여느 때와 마찬가지로 태연하게 불구대천의 원수를 찾아 가리라 마음먹었다. 그러나 정신이 말똥말똥하여 뒤척거리면서 잠을 이루지 못하고 자꾸 일어나 앉고 싶었다. 실망스러운 듯한 어머니의 가벼운 한숨소리가 들려왔다. 첫닭이 우는 소리가 들리자 그는 이미 자정이 지나 열여섯 살을 먹었음을 알았다.

2

미간척은 눈언저리가 부은 채 뒤도 돌아보지 않고 집을 나섰다. 푸른 옷을 입고 푸른 검을 진 그가 성큼성큼 성안으로 뛰어갈 즈음 동녘에는 아직 해가 떠오르지 않았다. 삼송나무는 잎사귀마다 끝에 이슬이 매달려 있었고 이슬 속에는 밤기운이 스며 있었다. 하지만 숲 저편에 이르렀을 때는 이슬이 여러 가지 빛깔이 반짝이더니 점차 아침노을로 변하였다. 멀리 앞을 바라보니 잿빛 나는 성벽과 성가퀴가 희미하게 보였다.

채소장수들 속에 끼어 성안에 들어가 보니 거리는 벌써 흥성거렸다. 사내들은 우두커니 줄지어 서 있고 아낙들도 가끔 문으로 머리를 내밀고 기웃거렸다. 아낙들은 대부분 부석부석한 눈언저리에 머리도 헝클어져 있었고 분 바를 겨를도 없었는지 얼굴이 누르께했다.

미간척은 큰 변이 닥치리라는 예감이 들었다. 사람들은 모두 초조하지만 참고 그 변을 기다리고 있는 듯싶었다.

미간척은 그냥 앞으로 걸어갔다. 웬 아이가 불쑥 뛰어나오더니 등에 지고 있는 칼을 다칠 뻔하였다. 그는 오싹 소름이 끼쳤다. 북쪽으로 돌아 왕궁에서 멀지 않은 곳에 이르니 사람들은 빼곡히 모여 있는데 모두 목을 빼들고 바라보고 있었다. 사람들 속에서는 여자와 아이들의 울부짖는 소리가 들려왔다. 미간척은 보이지 않는 웅검에 사람이 상할까봐 사람들 속에 끼지 못하였다. 하지만 사람들이 그의 등 뒤로 밀려들었다. 그는 조심스레 빠져나오는 수밖에 없었다. 앞에는 사람들의 잔등과 길게 뺀 목이 보일 뿐이었다.

갑자기 앞사람들이 모두 꿇어앉는 것이었다. 멀리서 말 두 필이 나란히 달려오고 있었다. 그 뒤로는 곤봉, 창, 칼, 활, 깃발을 든 무사들이 따르는데 먼지가 뽀얗게 일어났다. 이어 말 네 필이 끄는 큰 수레가 따랐고 수레에는 사람들이 타고 있었다. 어떤 사람은 종을 치고 북을 두드렸고 어떤 사람은 이름 모를 악기를 불고 있었다. 그 뒤로 또 수레가 따랐다. 수레에 탄 사람들은 모두 알락달락한 옷을 입은 늙은이와 땅딸보들이었고 저마다 땀으로 얼굴이 번지르르 하였다. 뒤미처 또 칼과 창을 든 기사들이 뒤를 이었다. 꿇어앉았던 사람들은 모두 엎드렸다. 이때 미간척은 누런 덮개가 있는 큰 수레가 오는 것을 보았다. 한가운데는 꽃 천으로 지은 옷을 입은 뚱뚱보가 앉아 있었다. 수염이 하얗고 머리는 작았는데 허리에서는 그가 지고 있는 검과 같은 푸른 검이 알릴락 말락 보였다.

미간척은 자기도 모르게 몸이 오싹해났다. 하지만 거센 불이 몸을 달구는 듯 금방 더워났다. 그는 어깨너머로 칼자루를 매만지며 엎드린 사람들의 목 사이에 난 틈을 밟으며 사뿐사뿐 걸어 나갔다.

하지만 대여섯 걸음을 나가고는 그만 넘어지고 말았다. 누가 갑자기 그의 발을 잡았던 것이다. 그는 공교롭게도 말라깽이 얼굴 소년의 몸에 엎어졌다. 칼끝에 소년이 상했을까봐 일어서서 당황하여 보려고 할 때 겨드랑이 아래를 두 대 호되게 얻어맞았다. 누구한테 맞았는지를 따질 겨를도 없이 다시 길을 바라보니 누런 덮개의 수레는 이미 지나갔고 호위하는 기사들도 지나간 지 한참 되었다.

길가에 엎드렸던 사람들도 모두 일어났다. 말라깽이 얼굴 소년은 미간척의 먹살을 틀어잡고 놓지 않았다. 그는 귀중한 단전[4]이 눌려 위험해졌는데 만일 여든 살까지 살지 못하고 죽는다면 목숨을 물어내야 한다고 하였다. 하릴없는 사람들이 금방 모여들더니 둘러싸고 구경을 하였다. 그들은 멍청히 서서 구경만 할뿐 누구의 편도 들지 않았다. 그러다가 나중에 누군가 웃으며 욕을 하더니 모두 말라깽이 얼굴 소년의 편을 들었다. 터무니없이 생긴 적을 두고 미간척은 화를 낼 수도 없고 웃을 수도 없었다. 부질없이 느껴졌지만 몸을 뺄 수가 없었다. 이렇게 조밥 한 솥을 끓여낼 만한 시간이 지나자 미간척은 초조한 나머지 몸이 달아올랐다. 하지만 구경꾼들은 전혀 줄지 않고 그냥 깨 고소한 듯 보고만 있었다.

앞 사람들이 술렁이더니 거무칙칙한 사나이가 비집고 들어왔다. 검은 수염에 까만 눈을 가진 그 사람은 겨릅대처럼 말라 있었다. 그는 아무 말 없이 미간척을 보고 차디찬 웃음을 던지고 나서 손을 쳐들어 가볍게 소년의 아래턱을 돌리더니 똑바로 들여다보는 것이었다. 그 소년도 그 사나이를 한참 보더니 손에 힘이 풀려 먹살을 놓더니 뺑소니치고 말았다. 구경꾼들도 멋쩍어 흩어져갔다. 다만 몇 사람이 다가와서 미간척에게 나이며 집 주소며 형제자매가 있는지를 물었다. 미간척은 아무 대꾸도 하지 않았다.

미간척은 남쪽으로 걸으면서 번잡한 성안에서는 사람이 상할 수 있기에 넓고 사람이 적어 손을 쓰기 편한 남문 밖에서 기다리다가 아버지 원

---

[4] 단전(丹田). 도가에서는 배꼽 아래 세 치 되는 곳을 단전이라고 하며 이곳에 상처를 입으면 죽을 수도 있다고 한다.

수를 갚으리라 생각하였다. 성안에 사는 사람들은 누구나 국왕에 대한 이야기로 뜨거웠다. 산놀이하는 국왕과 위엄스러웠던 의장대, 그리고 국왕을 본 영광에 대해 이야기했고 납작 엎드렸던 자신이 국민의 귀감으로 되어야 한다는 것과 벌떼처럼 모여들었던 사람들에 대해 이야기했다. 남문에 거의 이르러서야 점차 조용해졌다.

미간척은 성 밖을 나와 큰 뽕나무 아래에 앉아 찐빵 두 개를 꺼내 요기했다. 찐빵을 먹으면서 그는 어머니 생각이 나서 코가 시큰해났지만 금방 마음이 가라앉았다. 사위는 점차 조용해져서 자신의 숨소리마저 똑똑히 들려왔다.

땅거미가 지자 그의 마음은 더욱 불안해났다. 멀리 앞을 바라보았으나 국왕은 그림자도 보이지 않았다. 채소 팔러 성안에 들어갔던 사람들은 하나 둘 빈 광주리를 메고 돌아갔다.

인적이 끊어진지 한참 지나자 갑자기 성안에서 그 거무칙칙한 사람이 달려왔다.

"미간척아, 어서 피해! 국왕이 널 잡으려 하고 있어!"

그의 목소리는 마치 올빼미를 방불케 하였다.

미간척은 몸을 부르르 떨더니 귀신에 홀린 듯 그를 따라갔다. 그러다가 나는 듯이 내뛰다가 숨이 차서 서서 숨을 돌릴 때에야 비로소 삼나무 숲가에 이르렀음을 깨달았다. 뒤편 먼 곳에서 은백색 빛줄기가 보였다. 달이 그쪽에서 뜨는 것이다. 앞에는 도깨비 불 같은 거무칙칙한 사람의 눈빛이 보일 뿐이다.

"당신이 날 어떻게 알고 있어요?……"

미간척은 너무 놀라워서 물었다.

"하하하! 널 오래 전부터 알고 있지." 그 사람의 말이었다. "네가 잔등에 응검을 지고 네 애비 원수를 갚으려 가는 것도 알고 있고 그 원수를 갚을 수 없다는 것도 알고 있지. 원수를 갚을 수 없을 뿐만 아니라 벌써 너를 밀고한 사람이 있어서 국왕은 이미 동문을 빠져 궁으로 돌아갔고 너를 잡으라는 명령을 내린 것도 알고 있다."

미간척은 그만 속이 상했다.

"아, 어머니의 한숨에는 까닭이 있었구나."

그는 나직이 말했다.

"하지만 네 어머니는 절반만 알고 있지. 내가 너 대신 원수를 갚아줄 것이라는 건 네 어머니는 몰라."

"뭐라고요? 아저씨가 나를 대신해 원수를 갚아요? 협객님이?"

"협객이라고 부르면 내가 억울하니 부르지 말아."

"그렇다면 어머니와 저를 동정하는 겁니까?⋯⋯"

"그처럼 모욕적인 말을 써서는 안 된다." 사나이가 싸늘하게 말했다. "의협심이나 동정 따위가 전에는 깨끗하기도 했지만 지금은 빚을 놓는 본전[5]이 돼 버렸어. 내 마음 속에는 네가 말한 그따위는 없다. 나는 너의 원수를 갚아주고 싶을 뿐이야!"

"좋아요. 그럼 어떻게 나 대신 원수를 갚죠?"

"나한테 두 가지 물건만 주면 된다." 도깨비불 밑에 있는 입에서 들려오는 말이었다. "그 두 가지 물건이란 뭐냐면, 너의 검과 너의 목이야!"

미간척은 이상하고 의심스러웠지만 놀라지는 않았다. 그는 뭐라 했으면 좋을지 몰랐다.

"내가 너를 속여 목숨과 보물을 뺏으려 한다고 생각지는 말아." 어둠 속에서 여전히 싸늘한 목소리가 들려왔다. "이 일은 너에게 달려 있다. 네가 날 믿으면 나는 갈 것이고 믿지 못하면 그만둘 것이야."

"하지만 나대신 원수를 갚아주려는 까닭이 뭐죠? 제 아버지를 알아요?"

|5| '빚을 놓는 본전'이라는 말은 루쉰은 몇 달 뒤에 쓴 《새 시대의 빚 놓기 수단》이라는 잡감에서 "정신적인 자본가들은" '동정'이라는 듣기 좋은 말을 '빚을 놓는' '본전'으로 삼아 '갚아주기를' 바란다고 하였다.

"네 아버지를 잘 알고 있지. 너를 잘 알고 있듯이 말이다. 하지만 내가 원수를 갚으려는 것은 이 때문이 아니야. 너는 총명하니까 알려주지. 넌 아직 내가 얼마나 복수를 잘하는지 모를 거다. 너의 원수면 나의 원수이고 남의 원수 역시 나의 원수란다. 나의 영혼에는 이처럼 나 자신과 남에게 받은 상처가 많아. 나는 나 자신을 증오한다!"

어둠 속에서 들려오던 목소리가 금방 멎자 미간척은 잔등에 지닌 푸른 검을 뽑아 자기의 뒷덜미 우묵한 곳을 내리쳤다. 머리가 땅에 있는 이끼 위에 떨어졌고 이와 함께 검을 거무칙칙한 사나이에게 넘겨주었다.

"아, 아!"

사나이는 검을 받으며 다른 손으로 머리카락을 쥐고 미간척의 머리를 쳐들었다. 그는 죽었지만 아직 따뜻한 입술에 두 번 입을 맞추고 싸늘하면서도 날카로운 웃음을 웃었다.

웃음소리는 금방 삼나무 숲에 울려 퍼지자 깊숙한 곳에서는 도깨비 불 같은 불꽃들이 번쩍이더니 어느새 가까이 다가와서는 씨근대며 굶은 늑대처럼 가쁜 숨을 몰아쉬었다. 놈은 단입에 미간척의 옷을 찢어버리고는 게 눈 감추듯 몸뚱이를 먹어버렸다. 피도 깨끗이 핥아먹었고 뼈를 씹는 소리만 가볍게 들려왔다.

앞장 선 큰 늑대가 사나이에게 달려들었다. 사나이가 푸른 검을 번쩍이자 늑대는 이끼 위에 나가 떨어졌다. 다른 늑대들이 첫입에 껍질을 찢어버리고 몸뚱이를 순식간에 먹어버렸다. 피도 깨끗이 핥아먹고 뼈 씹는 소리만 가볍게 들렸다.

사나이는 푸른 옷을 주워 미간척의 머리를 싸서 푸른 검과 함께 등에 지고는 몸을 돌려 어둠을 헤치고 성안을 바라보고 성큼성큼 걸어갔다.

늑대들은 우두커니 서서 고개를 쳐들고 혀를 빼들고는 씩씩거리면서 눈에서 푸른 빛을 흘리며 사나이가 걸어가는 모습을 바랐다.

사나이는 어둠 속을 걸으면서 날카로운 목소리로 노래를 불렀다.

하하, 사랑, 사랑, 사랑이여!

푸른 검을 사랑하노니, 원수 하나가 스스로 목숨 끊었네.

검을 사랑하는 사나이여, 그대는 홀로가 아니어라

두 사람이 서로 죽이려 하나니, 머리와 머리가 바뀌네.

한 사람은 사라지니, 오호라 사랑이여!

사랑이여, 오호라, 오호라!

오호라, 오호라, 어이구 오호라! |6|

3

산놀이를 해도 국왕은 흥이 나지 않았다. 게다가 길에 자객이 있다는 밀고를 듣고는 아예 기분이 잡쳐버렸다. 그날 밤 그는 화가 나서 아홉 번째 왕비의 머리가 어제보다 검지 않아 보기 싫다고 트집을 잡았다. 다행히 왕비가 국왕의 무릎에 앉아 일흔 번이나 몸을 비틀며 애교를 부리는 바람에 양미간의 주름이 점점 펴졌다.

오후에 몸을 일으키자 국왕은 또 기분이 언짢았고 점심을 먹고 나서는 얼굴에 노기가 서려 있었다.

"아아! 심심하구나!"

국왕은 입이 찢어지게 하품을 하면서 큰 소리로 말했다. 위로는 왕비, 아래로는 대신에 이르기까지 노기를 띤 국왕을 보고는 모두 어쩔 줄 몰랐다. 백발의 늙은 신하의 도에 대한 강의도, 뚱뚱보 난쟁이의 우스개도 이미 질리게 들은 국왕이었다. 요즘에는 줄타기, 장대 오르기, 투환, 물구나무서기, 칼 삼키기, 불 토하기와 같은 묘기놀음도 전혀 재미를 못 느꼈

|6| 이 노래는 뜻이 똑똑하지 않다. 작자는 1936년 3월 28일 일본에 있는 벗에게 보낸 편지에서 《벼린검》이 이해하기 어려운 곳은 없으리라 생각합니다. 하지만 거기에 나오는 노래는 뜻이 모두 똑똑하지 않습니다. 괴상한 사람과 머리가 부르는 노래이기 때문에 보통사람으로서는 이해하기 힘들겠지요."라고 썼다.

다. 걸핏하면 화를 냈고 화를 내기만 하면 청검을 잡고 자그마한 트집을 잡아 몇 사람을 죽였다.

몰래 궁밖에 나가 놀던 내관 두 사람이 돌아왔다. 궁 안의 사람들이 모두 수심에 잠겨 있는 것을 본 두 내관은 또 화가 떨어지리라는 것을 알았다. 겁에 질려 얼굴빛이 흙빛으로 변한 한 내관과는 달리 다른 내관이 자신이 있는 듯이 서둘지 않고 국왕에게 달려가서 엎드려 말했다.

"소인이 금방 희한한 사람을 만났는데 기이한 재주를 갖고 있었나이다. 폐하의 심심함을 풀어줄 수 있을 것 같아 이렇게 여쭈옵니다."

"뭐라고?"

국왕이 물었다. 국왕은 언제나 말을 짧게 했다.

"마르고 얼굴이 검은 거지같은 사내놈인데 푸른 옷을 입고 등에는 둥그런 푸른 보따리를 짊어졌고 입으로는 멋대로 지은 노래를 부르고 있었나이다. 사람들과 하는 말이 누구도 본 적이 없는 세상에 없는 기막힌 재주를 부릴 줄 아는데 보기만 하면 고민이 사라지고 천하가 태평해질 것이라고 하더이다. 그런데 곁에서 재주를 부려보라고 하니 안 된다고 하면서 반드시 금룡이 있고 또 금 솥이 있어야 할 수 있다고 합니다."

"금룡이라? 그건 나일 거고 금 솥이라면? 나한테 있지."

"소인도 그렇게 생각하고 있나이다.……"

"대령하라!"

말이 떨어지기 바쁘게 무사 넷이 그 내관을 따라 바람같이 달려갔다. 왕비로부터 신하에 이르기까지 기뻐하지 않는 사람이 없었다. 누구나 그 놀음으로 고민을 풀고 천하가 태평해지기를 바랐다. 설사 놀음을 놀지 못하더라도 그 마르고 얼굴이 검은 거지가 화를 당할 거고 그들은 기다리기만 하면 되었다.

얼마 지나지 않아 여섯 사람이 금 계단을 향해 걸어오는 것이 보였다. 앞장 선 사람은 내관이고 뒤에 무사 넷이 따르고 중간에 검은 사내가 끼어 있었다. 가까이 온 뒤에 보니 그 사내는 푸른 옷을 입고 수염이나 머리나 모두 검었고 너무 여위어 광대뼈, 눈언저리 뼈, 미간 뼈가 높이 튀어나와 있었다. 사내가 공손하게 무릎을 꿇고 엎드릴 때 보니 과연 등에는 둥그런 보따리를 짊어졌고 푸른 천에 검붉은 무늬가 그려져 있었다.

"아뢰어라!"

국왕이 사납게 말하였다. 사내가 갖고 온 물건이 단순한 것을 보고 별로 재미있는 놀이 같지 않다고 생각하였기 때문이었다.

"신은 이름을 연지오자[7]라고 부르고 문문향[8]에서 태어나고 자랐나이다. 젊어서는 직업 없이 살다가 나이 들어서야 밝은 스승을 만나 재주를 배웠는데 어린애 머리로 노는 재주입니다. 이 놀음은 혼자는 놀 수 없고 반드시 금룡의 앞에 금 솥을 놓고 맑은 물을 채우고 수탄[9]으로 끓여야 하나이다. 그 물에 어린애의 머리를 넣으면 물이 끓을 때 머리가 물결을 따라 오르내리며 갖가지 춤을 추면서 기묘한 소리로 즐겁게 노래를 부를 것입니다. 이 노래와 춤을 한사람이 보면 수심이 사라지고 만민이 보면 천하가 태평스러워질 것입니다."

"놀아보아라!"

국왕이 큰 소리로 명령하였다.

좀 지나 소를 삶을 만한 큰 금 솥을 궁전 밖에 벌여놓고 물을 가득 채운 다음 아래에 수탄을 쌓아놓고 불을 붙였다. 그 검은 사나이는 곁에서 목탄이 벌겋게 피어오르기를 기다려 보따리를 끌러 헤치고는 어린이의 머리를 꺼내어 두 손으로 높이 쳐들었다. 멋진 눈썹과 긴 눈, 하얀 이빨과 빨간 입술을 가진, 얼굴엔 웃음을 띠고 머리는 푸른 연기처럼 흐트러진

|7| 연지오자(宴之敖者)란 루쉰이 지어낸 이름으로서 1924년 9월《이당전문잡집(俟堂磚文雜集)》을 낼 때 머리말에서 필명으로 썼고 그 뒤로는 쓰는 일이 없다.

|8| 문문향(汶汶鄕) 역시 작가가 지어낸 지명으로서 '문문'은 어둡다는 뜻이다.

|9| 수탄(獸炭), 옛날 중국의 부잣집들에서 때던 여러 가지 짐승모양으로 만든 목탄을 말한다.

머리였다. 검은 사나이는 머리를 쳐들고 사방을 한 바퀴 빙 돌고는 팔을 더 쳐들어 머리를 솥 위까지 올리고 뭐라 알아들을 수 없는 밀로 중얼거리고 나서 손을 놓았다. "첨벙"하는 소리와 함께 머리가 물속에 떨어지면서 물방울이 다섯 자 높이나 튕겨 올랐고 그 뒤로는 잠잠하였다.

한참 지나도록 아무 동정도 없었다. 먼저 국왕이 짜증을 냈고 이어 왕비와 후궁, 대신, 내시들도 초조해하였다. 뚱뚱보 난쟁이들은 냉소를 보내기 시작하였다. 난쟁이들이 냉소하는 것을 본 국왕은 자신이 조롱을 당했다고 생각되어 고개를 돌려 무사들에게 임금을 속인 발칙한 놈을 솥에 처넣어 삶아죽이라고 명령하려고 하였다.

하지만 이와 동시에 부글부글 물 끓는 소리가 나고 목탄이 벌겋게 타오르면서 검은 사나이의 얼굴을 달군 쇠처럼 검붉게 물들였다. 국왕이 다시 얼굴을 돌려 바라보니 그 사나이는 이미 두 손을 하늘로 쳐들고 허공을 바라보면서 춤을 추고 있었다. 갑자기 사나이가 날카로운 소리로 노래를 부르기 시작하였다.

아, 아, 사랑이여, 사랑이여!

사랑이여, 피여, 누구인들 없으랴.

백성은 어둠속을 걷고 있고 한 사람은 웃고 있도다.

그는 백개, 천개, 만개의 머리를 쓸 수 있는 사람!

나는 머리 하나만 있지만 만 사람에게는 없도다.

사랑하는 머리 하나여, 피여, 오호!

피여, 오호라, 오호라, 오호라,

아, 오호라, 오호라, 오호라!

노랫소리에 따라 물은 솥 안에서 솟구쳐 오르는데 위가 뾰족하고 아래는 작은 산처럼 넓었다. 하지만 물은 뾰족한 끝에서 솥 밑까지 끊임없이 돌고 돌면서 운동하고 있었다. 그 머리는 물결을 따라 아래위로 빙글빙글 돌면서 저절로 곤두박질을 하였다. 사람들은 어렴풋이 그 머리가 즐거워서 웃는 모습을 보는 듯싶었다. 좀 지나 갑자기 물을 거슬러 헤엄을 치더니 빙빙 돌면서 실북처럼 물속을 나드는 바람에 물이 사방으로 튕기면서 정원에 뜨거운 비를 쏟았다. 난쟁이 하나가 새된 소리를 지르면서 자기의 코를 움켜쥐었다. 불행하게도 코가 물에 데어 너무 아파서 소리를 지른 것이다.

검은 얼굴의 사나이가 노래를 멈추자 그 머리도 물 한가운데 멈춰버렸다. 얼굴은 궁전을 향하고 근엄한 빛을 띠고 있었다. 이렇게 움직이지 않고 한동안 멈춰 있다가 비로소 천천히 움직이기 시작하였다. 떨면서 점차 빨리 움직이던 머리는 물결 따라 헤엄을 쳤다. 하지만 너무 빠르지는 않았고 얼굴빛이 부드러워졌다. 기슭을 따라 오르내리며 세 번 헤엄치던 머리는 갑자기 눈을 둥그렇게 뜨는데 검은 눈망울은 유난히 반짝였다. 그러더니 머리가 노래를 부르기 시작하였다.

국왕의 은혜 흐르고 흘러 널리 퍼지니
원수를 이기고 원수를 제압한 그 업적 길이 빛나리!
우주는 끝이 있으되 만수하고 무강하도다.
다행히 내가 왔노라, 푸른빛을 뿌리며!
푸른빛을 뿌리니 영원히 잊지 못하리!
이곳은 어드메냐, 화려하고 웅장하고나!
화려하고 장엄함이어, 아, 아, 아
돌아왔노라, 돌아와 동반하노니 푸른빛이여!

머리는 갑자기 물 꼭대기에서 멈춰 섰다. 몇 번 곤두박질한 뒤에 아래위로 오르내리기 시작하면서 눈알을 좌우로 굴리며 훑어보는데 그야말로 어여뻤다. 그러나 입으론 그냥 노래를 불렀다.

> 아, 어허, 어허, 어허,
> 사랑이여, 어허, 어허,
> 머리 하나를 피로 물들였어라,
> 사랑이여, 어허!
> 나는 머리 하나를 쓰고 있으니 만 사람은 없도다!
> 그대는 머리를 백개, 천개를 쓰나니……

예까지 노래를 부르고 머리는 갈앉아 버렸고 다시는 떠오르지 않았다. 가사도 알아들을 수 없었다. 출렁이는 물도 노랫소리와 함께 낮아지더니 썰물처럼 점점 잦아들어 솥 위로는 올라오지 않고 멀리서는 아무것도 보이지 않았다.

"어쩐 일이냐?"

좀 기다리던 국왕이 짜증을 내며 물었다.

"폐하," 검은 얼굴의 사나이가 반쯤 꿇어앉으며 말했다. "그는 지금 솥 밑에서 가장 신기한 마무리춤을 추고 있기에 가까이 가지 않으면 볼 수 없나이다. 마무리춤은 반드시 솥 밑에서 춰야 하기에 신도 올라오게 할 수 있는 술법이 없나이다."

국왕은 몸을 일으켜 금계단을 내려가 뜨거운 열기를 무릅쓰고 솥 가까이 가서 들여다보았다. 물은 거울처럼 잔잔하였고 그 머리는 물속에 누워 두 눈으로 국왕의 얼굴을 쳐다보고 있었다. 국왕이 눈길을 머리에 돌리자 머리가 방긋 웃어보였다. 국왕은 그 웃음이 언제 어디서 본 것 같았지만 누군지 생각나지 않았다. 막 놀라움과 의혹에 싸여 있을 때 검은 사나이가 등에서 푸른 검을 빼더니 번쩍 하고 번개같이 뒷덜미를 내리쳤다. 풍덩하고 국왕의 머리가 솥 안에 떨어졌다.

원수끼리 만나면 눈에 불이 달리는 법인데 하물며 외나무다리에서 만났음이랴! 국왕의 머리가 수면에 떨어지기 바쁘게 미간척의 머리가 올라오면서 그의 귀를 사납게 물었다. 솥의 물은 금방 요란하게 끓어 번지기 시작하였고 두 머리는 물 안에서 결사전을 벌였다. 20합쯤 싸우고 나자 왕은 머리에 다섯 군데 상처를 입었고 미간척도 일곱 군데 상하였다. 교활한 국왕은 언제나 적수의 뒤로 돌아 습격하였다. 미간척이 어쩌다 틈을 준 사이 마침내 국왕에게 뒷덜미가 물려 돌아설 수 없었다. 국왕은 물고 늘어져 한사코 놓아주지 않았고 미간척은 차츰 먹히기 시작하였다. 솥 밖에서도 어린이의 아우성소리가 들리는 듯싶었다.

무서워 표정이 굳어있던 왕비와 신하들도 그 소리에 움직이기 시작하였다. 처절한 비명소리에 피부에 소름이 돋는 듯하였다. 하지만 몰래 좋아하는 소리가 뒤섞어 들려오자 눈을 휘둥그렇게 뜨고 뭘 기다리는 듯싶었다.

검은 사나이도 꽤나 놀란 눈치였으나 안색은 변함이 없었다. 보이지 않는 푸른 검을 쥔 팔을 마른 나뭇가지처럼 내민 채 태연스럽게 목을 빼들고 솥 밑을 찬찬히 들여다보던 그는 갑자기 팔을 구부려 푸른 검으로 자신의 목을 내리쳤다. 검이 목에 닿기 바쁘게 머리가 솥 안에 떨어지면서 풍덩하는 소리와 함께 물방울을 사방에 튕겼다.

물에 떨어지기 바쁘게 곧장 국왕의 머리를 향해 달려간 그의 머리는 국왕의 코를 죽어라 물어뜯었다. 국왕은 아픔을 참지 못하고 "어이쿠!" 하고 소리 지르며 입을 벌렸다. 그 서슬에 미간척은 물린 목덜미를 빼냈고 금방 돌아서서 국왕의 턱을 물고 늘어졌다. 그들은 있는 힘을 다하여 국왕을 물어뜯었고 국왕은 다시는 입을 다물 수 없게 되었다. 그렇게 되자 그들은 닭이 모이를 쪼아 먹듯이 마구 물어댔고 국왕은 물려서 눈코가 비뚤어지고 상처투성이가 되었다. 처음에는 솥 안에서 여기저기 뒹굴었지만 나중에는 누워서 신음소리만 냈고 결국 신음도 없어지고 숨을 몰아쉬기만

하였다.

검은 사나이와 미간척의 머리도 천천히 입에서 힘을 풀고 국왕에게서 물러나 솥의 벽을 따라 헤엄을 치면서 국왕 정말 죽었는지, 죽은척하는지 살펴보았다. 국왕이 정말 숨이 끊겼음을 확인하고 나서야 서로 마주보면서 빙그레 웃었다. 그리고는 눈을 감고 하늘을 보며 물밑에 갈앉았다.

4

불이 꺼지고 물결도 조용해졌다. 너무나도 조용한 분위기에 궁전 아래위의 사람들이 제정신이 들었다. 그들 가운데 한 사람이 먼저 소리를 지르자 사람들도 따라서 새된 소리를 질렀다. 한 사람이 금 솥으로 달려가자 다른 사람들도 앞 다투어 몰려갔다. 뒤에 떨어진 사람은 남의 목 틈으로 훔쳐보는 수밖에 없었다.

열기에 사람들은 아직도 얼굴이 뜨거워났다. 솥 안의 물은 거울처럼 고요하였고 떠다니는 기름 위로 사람들의 얼굴이 비쳤다. 왕비, 후궁, 무사, 늙은 신하, 난쟁이, 내관……

"이런! 우리 국왕님의 머리가 저기 있네요. 어이구!"

여섯 번째 후궁이 갑자기 미친 듯이 울며 고아댔다.

왕비부터 대신에 이르기까지 모두 소스라치게 놀라 덴겁한 나머지 너도나도 어쩔 줄 몰라 하며 뱅뱅 돌았다. 모략이 가장 뛰어난 늙은 신하 하나가 앞에 나서더니 손을 내밀어 솥 가장자리를 만져보았다. 하지만 몸을 움씰 떨며 금방 움츠리더니 손가락 두 개를 입에 대고 연방 후후 불어대는 것이었다.

사람들은 정신을 가다듬고 궁문 밖에서 머리를 건져낼 방법을 의논하였다. 좁쌀 세 솥을 끓여낼 만한 시간이 지나서야 방법을 생각해냈으니 큰 주방에 가서 철사로 만든 조리를 가져다 무사들이 힘을 모아 건지도록 명령하는 것이었다.

얼마 후 기구를 모두 준비하였다. 철사 국자, 조리, 금 소반, 행주들을 모두 금 솥 곁에 놓았다. 무사들은 팔을 걷어붙이고 철사국자와 조리를 들고 함께 건지기 시작하였다. 조리가 맞부딪치는 소리, 조리로 금 솥 바닥을 긁는 소리가 들려왔고 조리의 움직임에 따라 물결이 빙빙 돌았다. 좀 지나 한 무사의 얼굴이 갑자기 숙연해졌다. 그는 조심스럽게 조리를 들어 올렸고 물방울이 조리 구멍으로 구슬처럼 떨어졌다. 조리에는 새하얀 두골이 나타났다. 그러자 사람들이 놀라 소리 질렀고 무사는 두골을 금 소반에 담았다.

"어이구, 국왕님!"

왕비, 후궁, 늙은 산하와 내관에 이르기까지 모두 목 놓아 울었다. 하지만 좀 지나 울음을 그쳤다. 무사가 또 같은 두골을 건져냈기 때문이었다.

그들은 눈물범벅이 되어 서로 마주 보았다. 무사들은 아직도 땀을 뻘뻘 흘리며 건지고 있었다. 이어 건져낸 것은 뒤엉켜 있는 흰 머리, 검은머리 뭉치였다. 그리고 짧은 것들이 있었는데 흰 수염과 검은 수염 같았다. 나중에 또 두골 하나를 건져냈고 그 다음에는 비녀 세 개가 나왔다.

"우리 대왕님의 머리는 하나일 텐데 어느 머리가 대왕님의 것일까요?"

아홉 번째 후궁이 참지 못하고 물었다.

"글쎄요.……"

늙은 신하들은 서로 얼굴을 쳐다보았다.

"살과 거죽이 익어 문드러지지 않았어도 쉽게 알아낼 수 있을 텐데."

난쟁이 하나가 꿇어 앉아 말했다.

사람들은 마음을 눅잦히고 자세히 두골을 살펴보는 수밖에 없었다. 하지만 빛깔이나 크기가 서로 비슷해서 어린이 머리조차도 분간해내기 어려웠다. 왕비가 국왕의 오른쪽 이마에 상처가 있는데 세자일 때 넘어져 상한 것으로 뼈에도 흔적이 있을 것이라고 하였다. 아나나 다를까 난쟁이가 한 두골에서 상처자국을 발견하였다. 모두들 기뻐마지않고 있는데 다른 난쟁이가 좀 누르무레한 두골의 오른쪽 이마에서 비슷한 상처자국을 발견하였다.

"저에게 방법이 있어요."

세 번째 후궁이 득의에 차 말했다. "우리 대왕님은 용준[10]이 몹시 높아요."

내관들은 즉각 코뼈를 연구하기 시작하였다. 그 가운데 코가 높은 두골 하나가 있기는 하지만 다른 것과 큰 차이는 없었고 가장 애석한 것은 오른쪽 이마에 넘어져 상한 자국이 없었다.

"그리고" 늙은 신하가 내관을 보고 말했다. "국왕님의 침골이 이처럼 뾰족했더냐?"

"소인은 국왕님의 침골을 주의해본 적이 없나이다.……"

왕비와 후궁들도 각기 되새겨보는데 뾰족하다는 사람도 있고 편평하다는 사람도 있었다. 머리를 빗어주는 내관한테 물었더니 한마디도 말하지 않았다.

그날 밤으로 어느 것이 국왕의 머리인지를 결정하려고 왕공 대신 회의를 소집하였다. 하지만 결과는 낮과 다름없었다. 그리고 머리와 수염도 문제가 생겼다. 흰 것은 물론 왕의 머리겠지만 반백이다 보니 검은 머리를 어떻게 해야 할지 난처하였다. 한밤중까지 토론해서야 겨우 붉은 수염 몇 오리를 골라냈다. 그러자 아홉째 후궁이 항의하였다. 그는 국왕한테 노란 수염 몇 오리가 있은 것은 확실하지만 그렇다고 어찌 붉은 수염이 한 오리도 없다고 할 수 있느냐는 것이었다. 그래서 여전히 의문으로 남겨두고 다시 합쳐두는 수밖에 없었다.

자정이 지나도록 아무런 결과도 없었다. 사람들은 하품을 해대며 토론을 계속하였다. 새벽닭이 두 번 울 무렵에야 가장 신중하고 타당하다는

|10| 용준(龍准)이란 임금의 코를 말한다.

방법으로 결정했으니 세 두골을 모두 왕의 몸과 함께 금관에 넣어 매장하는 것이었다.

이레가 지나 장례식을 치르는 날이 되었다. 성안이 온통 떠들썩하였다. 성안에 있는 사람은 물론 멀리 사는 사람들까지 모두 국왕의 국장을 구경하러 왔다. 날이 밝자 거리에는 벌써 남녀들로 메워졌고 중간에 많은 제사상이 차려져 있었다. 오전이 되어 길을 정리하는 기사들이 천천히 나타났고 또 한참 지나서야 깃발, 곤봉, 창, 활, 도끼를 든 의장대가 보였다. 그 뒤로 악대가 탄 수레 네 대가 따랐고 또 뒤로는 울퉁불퉁한 길을 따라 들쑥날쑥 다가오는 황개(黃蓋)가 있었다. 그들이 점점 가까워지자 영구차가 나타났다. 영구차에는 금관이 실려 있고 관 안에는 머리 세 개와 몸 하나가 들어 있었다.

백성들은 모두 무릎을 꿇었고 제사상들이 그들 사이로 줄지어 나타났다. 충성심 강한 몇몇 의로운 백성은 눈물을 흘렸다. 대역죄인 둘이 이 시각 국왕과 함께 제례를 받는 것 같아서 분통이 터졌지만 어쩔 수 없는 일이었다.

그 뒤로 왕비와 수많은 후궁을 태운 차가 지나갔다. 백성들은 그들을 보았고 그들도 백성을 보았다. 하지만 모두 울고 있었다. 다음은 대신, 내관, 난쟁이들이었다. 그들은 모두 슬픈 표정을 짓고 있었다. 그러나 백성들은 그들은 보는 체 하지도 않았고 행렬도 뒤죽박죽 엉망이 되었다.

1926년 10월 지음

비공|1|

1

　자하|2|의 제자 공손고|3|는 벌써 여러 번 묵자|4|를 찾아왔으나 집에 있지 않아 번마다 헛걸음하였다. 네 번째인가 다섯 번째로 찾아왔을 때 마침 문어귀에서 만났다. 공손고가 도착하자 묵자도 때마침 들어왔던 것이다. 그들은 함께 방안으로 들어갔다.

　인사를 나누고 나서 공손고는 방석에 뚫려 있는 구멍을 보면서 부드럽게 물었다.

　"선생님께서는 싸우지 말 것을 주장하십니까?"

　"그렇소!" 묵자가 대답하였다.

　"그럼 군자는 싸우지 않습니까?"

　"물론이지." 묵자의 대답이다.

　"개돼지도 싸우는데 하물며 사람이……"

　"아아, 당신네 유학자들은 입으로는 요순을 칭찬하지만 행동은 개돼지

|1| 이 글은 단행본에 수록되기 전에는 발표되지 않았다.

|2| 자하(子夏)의 이름은 복상(卜商)으로서 춘추시기 위나라 사람이며 공자의 제자이다.

|3| 공손고(公孫高)는 옛 기재에 찾아볼 수 없는 사람으로 작자가 허구해낸 인물일 것이다.

|4| 묵자(墨子, 약 기원전 468~376년)는 이름이 적(翟)이다. 춘추전국시기 노나라 사람으로서 송나라 대부(大夫-고대의 관직이름)를 지냈다. 중국의 고대 사상가이며 묵가학파 창시자로서 전쟁을 반대하고 겸애(兼愛)를 주장하였다. 맹자는 묵자를 "천하에 이롭다면 머리가 닳고 발이 문드러져도 하리라."는 정신을 갖고 있다고 평가하였다. 지금까지 전해오는 그의 저작으로는 《묵자》 53편이고 대부분 제자들이 기술한 것이다. 이 소설은 《묵자 · 공수(墨子 · 公輸)》에 나오는 내용을 근거로 하고 있다.

를 본받으려 하니 정말 가련하구먼!|5|"

이렇게 대꾸하며 묵자는 일어서서 총총히 부엌으로 나가며 한마디 덧붙였다.

"당신은 나의 뜻을 모르고 있소.……"

그는 부엌을 지나 뒷문 밖에 있는 우물가에 가서 물을 반 두레박 길어여남은 모금 마신 다음 두레박을 놓고 입을 씻었다. 그는 갑자기 뜰 한구석을 바라보면서 소리쳤다.

"아렴|6|아! 왜 돌아왔느냐?"

아렴도 벌써 묵자를 보고 달려오고 있었다. 눈앞에 오자 단정하게 서서손을 내리며 "선생님" 하고 인사를 한 뒤 다소 성이 난 듯이 말을 이었다.

"전 그만 두겠습니다. 그들은 언행이 일치하지 않습니다. 좁쌀 천 대야를 주겠다고 약속해놓고 500대야밖에 주지 않습니다. 그만두는 수밖에 없었습니다."

"만일 천 대야를 더 주어도 그만둘 테냐?"

"아니요."

아렴이 대답하였다.

"그렇다면 언행이 일치하지 않아서가 아니라 적게 주기 때문이로구나!"

묵자는 이렇게 말하면서 다시 부엌으로 들어가 소리쳤다.

"경주자|7|! 옥수수가루를 반죽해다오!"

경주자는 때마침 마루방에서 나오고 있었다. 그는 생기발랄한 청년이었다.

"선생님, 열흘 남짓이 잡수실 음식을 만들까요?"

|5| 묵자와 자하가 나눈 대화에서 《묵자·경주(墨子·耕柱)》에 나오는 내용이다.

|6| 아렴은 작자가 허구한 인물이다.

|7| 경주자(耕柱子)와 아래에 나오는 조공자(曹公子), 관금오(管黔敖), 금활(禽滑厘)은 모두 묵자의 제자이다.

경주자가 물었다.

"그래." 묵자가 대답했다. "공손고는 갔느냐?"

"갔습니다." 경주자가 웃으며 대답했다. "그는 몹시 성을 내면서 겸애 (兼愛)는 아버지를 무시하는 것으로 우리를 부모도 모르는 금수와 같다고 했습니다.[8]"

묵자도 웃었다.

"선생은 초나라로 가십니까?"

"그렇다. 너도 알고 있느냐?"

묵자는 경주자에게 옥수수가루를 물에 반죽하게 하고 자신은 부싯돌과 쑥을 꺼내어 불을 일구어 마른 나뭇가지에 불을 지피고 물을 끓이기 시작하였다. 그는 불꽃을 보면서 천천히 말했다.

"나의 고향 친구인 공수반은 자기의 잔재주를 믿고 자꾸만 사단을 일으키고 있어. 구거[9]를 만들어 초나라 왕을 월나라 사람과 싸우게 하더니 그것도 모자라 이번에는 무슨 운제라는 걸 만들어놓고 초나라 왕에게 송나라를 치라고 부추기고 있구나. 작은 송나라가 그 공격을 당해내겠어? 내가 가서 말려야지."

그는 경주자가 옥수수떡을 시루에 올리는 것을 보고 방으로 들어가 벽장에서 소금에 재운 명아주 한줌을 꺼내고 또 낡은 구리칼을 꺼냈다. 그리고는 헌 보자기를 찾아 명아주와 칼을 경주자가 갖고 들어온 익은 옥수수떡과 함께 쌌다. 의복도 따로 챙기지 않고 세수수건도 챙기지 않았다. 혁대만 졸라매고는 마루에 나가 짚신을 신고 보따리를 둘러메더니 돌아보지도 않고 떠났다. 보따리에서는 뜨거운 김이 문문 솟아올랐다.

"선생님, 언제쯤 돌아오셔요?"

|8| 이 말은 맹자가 묵가를 공격한 말로서 《맹자 · 등문공(孟子 · 滕文公)》에 나온다.

|9| 구거(鉤拒)는 무기로서 "구"로는 물러나는 적의 배를 걸 수 있고 "거"로는 전진하는 적의 배를 막을 수 있다고 한다.

경주자가 뒤에서 소리쳤다.

"20일쯤이야 걸리겠지."

이렇게 대답하면서 묵자는 걸음만 재촉하였다.

2

묵자가 송나라 국경에 들어설 무렵에는 짚신 끈이 벌써 서너 번은 끊어졌다. 발바닥이 화끈거려 걸음을 멈추고 들여다보니 신바닥이 닳아 큰 구멍이 뚫려 있고 발바닥은 알집이 생기고 물집이 생기기도 했다. 그러나 그는 조금도 개의치 않고 계속 걸었다. 가면서 주변 상황을 보니 인구는 적지 않았다. 오랜 세월을 겪어온 수재와 병란의 흔적은 어디 가나 남아 있었지만 백성들의 변화보다는 심하지 않았다. 사흘을 가도 큰 집이라고는 한 채도 보이지 않았고 큰 나무 한그루 볼 수 없었으며 생기 있는 사람도, 기름진 땅 한 뙈기도 보지 못하였다. 이렇게 도성에 이르렀다.

성벽도 몹시 낡았지만 몇 군데 새 돌로 쌓은 곳이 있었다. 해자 가에 버려져 있는 더러운 진흙더미는 누군가 쳐낸 것 같았고 해자기슭에는 한가로이 낚시를 하는 사람이 몇이 보였다.

"이 사람들도 아마 소문을 들은 모양이군."

이렇게 생각하며 낚시하는 사람들을 자세히 보니 그 속에 자기의 제자는 없었다.

그는 성안을 질러가려고 북관 가까이 가서 중앙에 난 거리를 따라 남쪽으로 걸었다. 성안도 쓸쓸하기 이를 데 없었지만 매우 조용했다. 상점에는 모두 싸구려 광고가 나붙어 있었으나 사는 사람은 보이지 않았다. 하지만 상점 안에도 쓸 만한 물건이 보이지 않았다. 거리에는 보드랍고 끈적끈적한 황토가 가득 널려 있었다.

"이 꼴이 되었는데도 치겠다고 하다니!"

묵자는 생각하였다.

큰 거리를 거닐며 보니 가난하고 나약해질 대로 나약해진 것 외에는 아무 것도 없었다. 초나라가 공격해온다는 소식을 이미 들은 것 같았다. 그러나 공격 받는데 습관 된 탓인지 예사롭게 생각하는 것 같았다. 그리고 누구나 남은 것이라고는 목숨뿐이라 입을 것도, 먹을 것도 없어서 피난 갈 궁리를 하지도 않았다. 남관의 성루가 가까워지자 길모퉁이에 십여 명이 모여서 누군가 들려주는 이야기를 듣고 있는 것 같았다.

묵자가 가까이 갔을 때 그 사람이 허공에 손을 저으며 큰 소리로 외치는 것이었다.

"우리는 놈들에게 송나라 백성들의 기개를 보여줘야 합니다. 우리 모두 목숨을 걸어봅시다! |10"

묵자는 그가 자기의 학생 조공자의 목소리라는 것을 알았다.

그러나 그는 사람들 속에 들어가 알은체 하려 하지 않고 총총히 남관을 지나 갈 길을 재촉했다. 또다시 하루 낮, 하루 밤을 걸어서 어느 농가의 처마 밑에서 새벽까지 자고 일어나 또 걸었다. 짚신은 너덜너덜하게 해져서 이제는 신을 수 없게 되었다. 보자기에는 아직 옥수수떡이 있기 때문에 쓸 수 없어서 옷자락을 찢어서 발을 싸맸다.

하지만 천이 얇아서 울퉁불퉁한 시골길에 발바닥이 찔려 걷기가 더욱 어려웠다. 오후가 되자 그는 자그마한 느티나무 밑에 앉아 보자기를 풀어 점심을 먹으면서 숨을 돌렸다. 멀리서 웬 덩치 큰 사내가 되게 무거워 보이는 수레를 밀고 이쪽으로 오는 것이 보였다. 그 사람은 가까이 오자 수레를 세우고 묵자 앞에 오더니 "선생님!" 하고 인사를 하는 것이었다. 그리고는 옷자락으로 얼굴의 땀을 훔치면서 숨을 헐떡였다.

"그건 모랜가?"

그가 제자 관검오라는 것을 알고 묵자가 물었다.

|10| 조공자의 이 연설은 국민당 정부에 대한 풍자의 뜻을 담고 있다. 1931년 일본제국주의가 중국의 동북 3성을 침략한 뒤 국민당정부는 부저항주의 정책을 실시하면서도 겉으로는 의분에 넘친 공론을 발표하여 백성들을 기만하였다.

"그렇습니다. 운제를 막아보려고요."

"다른 준비는 어찌 됐나?"

"삼, 재, 철 따위를 좀 모으고 있습니다. 하지만 있는 사람은 내놓으려 하지 않고 내놓고 싶은 사람은 가진 것이 없어서 굉장히 힘이 듭니다. 역시 빈 소리만 늘어놓는 사람이 많습니다.……"

"어제 성안에서 조공자가 하는 강연을 들었는데 또 무슨 '기개'니, '죽음'이니 하고 떠들고 있더군. 자네가 가서 일깨워주게. 허황한 생각은 그만두라고. 죽는 것이 나쁘지는 않지만 몹시 어려운 일이고 또한 백성을 위한 죽음이어야 한다고."

"그와 말하기 몹시 어렵습니다." 관검오는 안타까운 듯 대답하였다. "이곳에서 몇 년 동안 관직에 있더니 우리와는 별로 말을 나누려 하지 않습니다.……"

"금활리는?"

"그는 매우 바쁩니다. 막 연노[11] 실험을 마쳤는데 지금은 아마 서관 밖에서 지세를 살피고 있을 것입니다. 그래서 선생을 만나지 못했겠지요. 선생님께서는 공수반을 찾아 초나라에 가시는 겁니까?"

"그렇네." 묵자가 말하였다. "그런데 내 말을 들을지 말지 모르겠네. 자네들은 그냥 준비하고 있게. 혀끝으로만 성공하기를 바라지 말고."

관검오는 고개를 끄덕였다. 그는 길을 떠나는 묵자를 한동안 바라보고는 삐거덕거리는 수레를 밀고 성안으로 들어갔다.

3

초나라의 영성[12]은 송나라와는 견줄 수도 없었다. 넓이 길에 집들도 즐비하게 들어섰고 큰 점포들에는 백설 같은 베천, 새빨간 고추, 얼룩덜

|11| 연노(連弩)란 한 번에 여러 번 쏠 수 있는 연노거(連弩車)를 말한다.
|12| 영성(郢城)은 초나라의 도읍으로서 호북성 강릉현에 있다.

룩한 사슴가죽, 통통한 연실과 같은 수많은 좋은 물건들이 진열되어 있었다. 길가는 사람들은 북방 사람들보다 야간 작기는 하나 생기 있고 야무져보였고 의복도 매우 깨끗했다. 이곳 사람들에 비하면 다 해진 옷을 걸치고 천으로 발을 싸매고 있는 묵자는 짜장 거지나 다름없었다.

또다시 중앙으로 걸어가니 큰 광장이 있었다. 광장에는 많은 난전들이 있고 사람들로 붐비었다. 이것은 장터였고 네거리였다. 묵자는 선비처럼 보이는 노인에게 공수반의 집이 어디 있느냐고 물었다. 애석하게도 말이 통하지 않아서 뭐라 해도 알아듣지를 못하였다. 그래서 막 손바닥에 글을 써 보이려는데 와아 하더니 사람들이 노래를 부르기 시작하는 것이었다. 알고 보니 유명한 새상령(賽湘靈)이 "하리파인"[13]이란 노래를 부르자 전국의 수많은 사람들이 따라 부르는 것이었다. 이윽고 그 늙은 선비까지도 콧노래를 흥얼거리기 시작했다. 묵자는 그가 손바닥의 글을 볼 리 없음을 알고 공(公)자를 쓰다 말고 다시 걸음을 옮겼다. 그러나 가는 곳마다 노래를 부르고 있어서 틈을 얻을 수가 없었다. 한참 지나서야 저편에서 노래가 그쳤고 그제야 조용해졌다. 그는 목공소에 가서 공수반의 주소를 물었다.

"그 구거를 만든 산동 노인 공수 선생 말입니까?"

주인은 누런 얼굴에 검은 수염을 기른 뚱뚱보였는데 과연 잘 알고 있었다.

"멀지 않습니다. 되돌아서 네거리를 지나 오른 편 두 번째 골목에 들어서서 동쪽으로 가다가 남으로 꺾어들고 다시 북쪽으로 접어들어 세 번째 집이 바로 그의 집입니다."

묵자는 잘못 듣지나 않았는지 손바닥에 글을 써서 보여주고 틀림없다는 것을 확인하고 나서야 주인에게 인사하고 그가 가리켜준 쪽으로 성큼성큼 걸어갔다. 과연 그의 말대로 세 번째 집 대문에 정교하게 조각한 녹나무 문패가 붙어있었고 그 위에 "노나라 공수반의 집"이라고 쓴 큰 전서

|13| 하리파인(下里巴人)은 초나라의 가곡 이름이다.

체가 보였다.

묵자는 적동색 수환|14|을 몇 번 두드렸다. 그런데 뜻밖에 나온 것은 눈을 부라리는 문지기였다. 그는 묵자를 보자 큰 소리로 외쳤다.

"선생은 손님을 만나지 않소. 당신처럼 한 고향임을 빙자하여 돈 뜯어내러 오는 사람들이 너무 많단 말이오!"

묵자가 그를 쳐다보기 바쁘게 문은 닫혀버렸고 다시 두드렸지만 아무런 기척도 없었다. 그러나 묵자의 눈길이 그 문지기를 찔렀던지 그는 어쩐지 속이 불안하여 안으로 들어가서 주인에게 아뢰었다. 공수반은 한창 기역자를 쥐고 운제의 모형을 재고 있었다.

"선생님, 한 고향 사람이 또 도움받으러 왔는데요,……그런데 좀 이상한 사람이라……"

문지기가 나직이 말했다.

"성이 뭐라더냐?"

"그건 묻지 않았는데요.……"

문지기가 황공하여 대꾸했다.

"어떻게 생겼더냐?"

"거지같았습니다. 서른 살쯤 되었는데 키가 후리후리하고 얼굴은 새까맣고……"

"아참, 그럼 틀림없이 묵적이로구나!"

공수반은 깜짝 놀라 소리를 지르며 운제의 모형과 기역자를 놓고 층계를 뛰어 내려갔다. 문지기도 놀라서 앞질러 뛰어가 문을 열었다. 묵자와 공수반은 뜰에서 서로 만났다.

"과연 선생님이셨네요."

공수반은 기뻐하면서 그를 안채로 안내했다.

"그간 잘 지내셨습니까? 여전히 바쁘신지요?"

|14| 수환(獸環)이란 대문에 달아놓은 구리 고리로서 짐승머리로 된 입에 물려 있기에 수환이라고 부른다.

"그렇습니다. 늘 이 모양이지요.……

"무슨 가르침이 계서서 이처럼 먼 길을 오셨는시요?"

"북방에 나를 모욕한 사람이 있어서 이렇게 찾아왔습니다." 묵자는 자못 조용히 말했다. "당신이 그 사람을 죽여줄 수 없을까 해서……"

공수반은 그만 불쾌해났다.

"10원을 드리리다!"

묵자가 말을 이었다.

그 말에 주인은 화를 더 억누를 수 없었다. 그는 언짢은 기색으로 쌀쌀하게 대꾸했다.

"저는 의를 지키는 사람으로 남을 죽이는 일은 없습니다."

"참으로 훌륭하십니다!"

묵자는 몹시 감동되어 몸을 일으켜 두 번 절을 하고 나서 제법 조용히 말했다.

"그러나 드릴 말씀이 좀 있습니다. 북방에서 듣자니 당신이 운제를 만들어 송나라를 치려 한다더군요. 송나라가 무슨 죄를 졌습니까? 초나라엔 남아도는 것이 땅이고 부족한 것이 백성이 아닙니까! 지금 나한테 부족한 백성을 죽이고 남아도는 땅을 얻고자 한다면 총명하다고 할 수 없고 송나라에 죄가 없음에도 치려고 한다면 어질다고 할 수 없으며 이 도리를 알면서도 바로잡으려 하지 않는다면 충직하다고 할 수 없고 바로잡으려 하지만 목적을 이루지 못한다면 군세다고 할 수 없으며 적은 것을 죽여도 이치에 어긋난다는 도의를 알고 있으면서도 더 많은 사람을 죽이려 하니 사리를 안다고 말할 수 없지요. 선생은 어떻게 생각하시오?……"

"그건 말이지요,……" 공수반이 좀 생각하고 나서 말했다. "참으로 지당한 말씀입니다."

"그렇다면 그만둘 수 있겠지요?"

"그만둘 수는 없습니다." 공수반이 아쉬운 듯 말했다. "이미 국왕께 아뢰었습니다."

"그럼 날 국왕을 만나게 해주시오."

"좋습니다. 시간이 늦었으니 진지를 드시고 가십시다."

하지만 묵자는 듣지 않고 몸을 일으켜 서려 하였다. 그는 가만히 앉아 있질 못하는 성미였다. 공수반은 말릴 수 없음을 알고 함께 국왕을 만나러 가리라 응낙했다. 그는 자기의 방에 들어가 옷과 신을 갖고 나와 진심으로 말했다.

"하지만 옷을 갈아입으셔야겠습니다. 이곳은 우리 고향과 달라 뭐든 화려합니다. 아무래도 갈아입으시는 게 편할 겁니다.……"

"좋습니다. 갈아입지요." 묵자도 진심으로 따랐다. "실은 저도 해진 옷이 싫지요.…… 다만 갈아입을 틈이 없어서……"

4

묵적이 북방의 성현임을 진작 알고 있는 초나라 왕은 공수반이 소개하자 곧 접견하였고 만남은 쉽게 이루어졌다.

묵자가 입은 옷은 너무 짧아서 다리가 긴 해오라기를 방불케 했다. 그는 공수반을 따라 편전으로 들어가 초나라 왕에게 인사를 하고 나서 서둘지 않고 입을 열었다.

"지금 누군가 좋은 가마수레를 마다하고 남의 헌 수레를 훔치려 하고 비단을 마다하고 남의 오래 입은 무명 저고리를 훔치려 하며 쌀과 고기를 마다하고 남의 겨밥을 훔치려 하는데 이 사람을 뭐라 해야 할까요?"

"도둑질이 고질병처럼 된 사람이군요."

초나라 왕은 솔직하게 말했다.

"초나라는 땅이 ……" 묵자가 말을 이었다. "사방 5천 리 되지만 송나라는 5백 리밖에 안 됩니다. 그러니 가마수레를 가진 사람과 헌 수레를 가진 사람에 비할 수 있겠지요. 초나라 산과 들에는 물소, 코뿔소, 노루, 사습들이 가득하고 강과 호수에는 물고기, 거북, 자라, 악어들이 많아 부러우 나라가 없지만 송나라에는 꿩, 토끼는 물론 붕어조차 없습니다. 그러니 쌀, 고기를 먹는 사람과 겨밥을 먹는 사람에 비할 수 있겠지요. 초나라에는 소나무, 가래나무, 들메나무, 녹나무들이 있지만 송나라에는 큰 나무라곤 없습니다. 그러니 비단옷을 입은 사람과 오랜 무명저고리를 입은 사람에 비할 수 있겠지요. 하기에 소인은 국왕께서 송나라를 치는 것은 이와 같은 이치라고 생각하옵니다."

"과연 그렇구려." 초나라 왕은 고개를 끄덕였다. "하지만 공수반이 이미 운제를 만들었으니 치지 않을 수 없네."

"하지만 누가 이길지는 아직 모르지요." 묵자가 대답하였다. "나무 조각만 있으면 지금 시험해 보일 수 있습니다."

워낙 신기한 것을 좋아하는 초나라 왕이라 몹시 기뻐하면서 신하들에게 나무 조각을 가져오라고 명령하였다. 묵자는 자기의 가죽 띠를 풀어 활처럼 구부려 성벽으로 삼고 공수반 쪽을 향하게 하였다. 그리고는 수십 개의 나무 조각을 갈라 두 몫으로 나누어 더러는 남기고 더러는 공수반에게 건넸다. 공격과 수비를 위한 도구로 삼았다.

이어 두 사람은 나무 조각을 가지고 장기를 두 듯이 싸우기 시작하였다. 공격하는 나무 조각이 전진하면 수비하는 나무 조각이 이를 막고 이쪽에서 후퇴하면 저쪽이 나오는데 국왕과 신하들은 통 갈피를 잡을 수 없었다.

이렇게 일진일퇴를 아홉 번 되풀이하면서 공격과 수비 방식을 아홉 가지로 변해보였다. 여기까지 하고는 공수반이 손을 놓았다. 그러자 묵자는 이번에는 활 모양으로 된 가죽 띠의 방향을 자기 쪽으로 돌려놓았다. 공수반을 공격하라는 뜻인 듯싶었다. 역시 공격하면 물러서면서 싸우더니 세 번 만에는 묵자의 나무 조각이 가죽 띠의 활 모양의 선 안에 들어갔다.

초나라 왕과 신하들은 이상야릇해하였으나 공수반이 먼저 나무 조각을 내던지고 흥이 깨어진 안색을 보이자 그가 공격과 수비에 모두 실패하였음을 알았다.

초나라 왕도 어지간히 흥이 깨어졌다.

"어떻게 해야 선생을 이길 수 있을지를 나는 알고 있습니다." 잠시 후에 공수반이 계면쩍은 듯이 말하였다. "하지만 말하지 않겠습니다."

"나도 당신이 어떻게 날 이겼는지를 알고 있습니다.." 묵자가 차분하게 대꾸하였다. "그러나 말하지 않겠습니다."

"당신들은 뭘 말하는 건가?"

초나라 왕은 의아하여 물었다.

"공수반의 생각은 ……" 묵자가 몸을 돌리며 대답하였다. "저를 죽이려는 것뿐이옵니다. 저를 죽이면 송나라에는 수비할 수 있는 사람이 없어질 거고 그러면 칠 수 있다고 생각하는 거지요. 하지만 저의 학생 금활리를 비롯한 삼백 명이 이미 소인의 수비 기구들을 가지고 송나라 성 위에서 초나라에서 오는 적을 기다리고 있습니다. 저를 죽이더라도 공략할 수 없는 것은 마찬가지입니다."

"과연 좋은 방법이군!" 초나라 왕이 감동되어 말했다. "그러면 송나라를 치지 않겠네."

5

묵자는 원래 송나라를 치지 않겠다는 말을 듣고는 바로 노나라로 돌아가려 했다. 하지만 공수반에게 빌린 옷을 돌려줘야 했기에 다시 그의 집으로 가지 않을 수 없었다. 때는 벌써 오후가 되어 손님과 주인은 모두 출출했다. 공수반이 묵자를 잡고 기어코 점심 — 어쩌면 이제는 저녁 — 을 먹고 가라고 만류한 것은 당연한 일이었고 또 하룻밤 묵고 내일 가라고 권했다.

"오늘 반드시 떠나야 합니다." 묵자가 말했다. "내년에 또 오겠으니 그

때 제가 지은 책을 가지고 와서 국왕께 보여드릴까 합니다."

"역시 의를 행해야 한다는 주장이겠지요?" 공수반이 말을 받았다. "몸과 마음을 다하여 위험에 처한 사람을 구하는 것은 천한 사람들이 하는 일이지 높은 어르신들은 별로 관심이 없습니다. 고향 친구, 그가 군주임을 잊지 말아야 합니다!"

"반드시 그렇지는 않지요. 비단과 식량 같은 건 모두 천한 사람이 만들어내지만 대인들은 그것을 마다하지 않습니다. 그러니 의를 행하는 것이야 더 말할 것 없지요.|15|"

"그건 맞습니다." 공수반이 기뻐하면서 말했다. "선생을 만나기 전까지는 송나라를 얻으려 했지만 선생을 만나고 나서는 송나라를 거저 준대도 그것이 불의라면 마다하겠습니다.……"

"그렇다면 정말 송나라를 바치리다." 묵자도 기뻐서 말했다. "만일 선생이 일심으로 의를 행한다면 내가 천하를 바치리다.|16|"

주인과 손님이 즐겁게 말을 주고받는 사이에 점심상이 마련되었다. 생선도 있고 고기와 술도 있었다. 묵자는 술을 마시지 않고 또 물고기도 먹지 않았다. 고기만 좀 먹었을 뿐이었다. 혼자 술을 마시면서 손님이 음식을 별로 먹지 않는 것을 보고 공수반은 미안한 생각이 들어 고추를 권하는 수밖에 없었다.

"자, 이걸 드시지요." 그는 고추장과 떡을 가리키면서 간곡하게 말했다. "드셔보십시오. 이것은 맛이 괜찮습니다. 파는 우리 고장 것처럼 좋지는 않지만."

공수반은 술을 몇 잔 마시고 나서 기분이 더 좋아졌다.

"배를 타고 싸우는 수전에 저는 구거를 씁니다. 선생의 의에도 구거가

|15| 의를 행할 데 대한 묵자와 공수반의 말은 《묵자·귀의(墨子·貴義)》에 나오는 내용으로서 원래는 목하(穆賀)의 물음에 대답한 말이었으나 여기서 공수반과의 대화로 고쳤다.

|16| "천하를 바친다."는 말은 공수반과 나눈 대화에 나오는 내용으로서 《묵자·노문(墨子·魯問)》에 나온다.

있는지요?"

공수반이 물었다.

"저의 의라는 구거는 선생이 수전에 쓰는 구거보다 더 좋습니다." 묵자는 단호하게 말했다. "저는 사랑으로써 끌어당기고 공경으로 막아냅니다. 사랑으로 끌어당기지 않으면 서로 가까워지지 않을 것이고 공경으로 막지 않으면 진심이 아닐 것입니다. 서로 가깝지 않고 진심이 아니라면 금방 흩어지고 말 것입니다. 그러므로 서로 사랑하고 서로 공경한다면 서로 이롭지요. 지금 당신이 구(鉤)로 남을 걸어 당긴다면 남도 당신을 구로 걸어 당길 것이고 당신이 거(拒)로 남을 막는다면 남도 거로 당신을 막을 것입니다. 이렇게 서로 걸어 당기고 막는다면 모두 해를 입게 되지요. 그렇기 때문에 저의 이 의로운 구거가 선생의 그 수전에 쓰는 구거보다 더 훌륭합니다."

"하지만 고향 친구여! 선생께서 의를 행하기만 하면 아마 나의 밥그릇이 깨질 것입니다." 면박에 말문이 막힌 공수반은 말투가 달라졌다. 하지만 술기운이 때문일지도 모른다. 실은 술을 잘 마시지 못하는 공수반이었다.

"그러나 송나라의 밥그릇을 몽땅 부숴버리는 것보다는 낫지요."

"그러면 나는 앞으로 애들 장난감을 만들 수밖에 없습니다. 친구, 잠깐 보여줄 물건이 있으니 기다려주시오."

그는 말하면서 벌떡 일어나 안방으로 달려갔다. 궤짝을 뒤지는 모양이었다. 이윽고 그는 나무와 참대로 만든 까치를 들고 나와 묵자에게 건네면서 말하였다.

"한번 날리기만 하면 사흘은 날 수 있습니다. 이건 아주 솜씨 있게 만든 물건이지요."

"하지만 목수가 만든 수레바퀴보다 못하겠지요."

묵자가 두루 보고 나서 자리에 놓으며 말했다.

"목수는 세 치 나무를 깎아 쉰 석의 짐을 실을 수 있게 만듭니다. 사람에게 이로운 것이어야 솜씨 있는 것이고 좋은 것입니다. 사람에게 이롭시 않다면 그것은 서툰 것이고 나쁜 것이지요."

"아참, 제가 깜빡했습니다."

다시한번 면박을 당하고서야 공수반은 정신을 차렸다.

"선생이 그렇게 말하리라는 걸 벌써 알아야 했는데."

"그러니까 일심전력으로 의를 행하기 바라는 거지요." 묵자는 그의 눈을 들여다보면서 간절하게 말하였다. "그러면 솜씨를 보일 수 있을 뿐만 아니라 천하도 얻을 수 있을 것입니다. 너무 오래 폐를 끼쳤습니다. 내년에 또 만납시다."

묵자는 작은 보자기를 집어들고 주인에게 작별인사를 하였다. 묵자를 더 만류할 수 없음을 알고 있는 공수반은 그냥 보내는 수밖에 없었다. 묵자를 대문 밖까지 배웅하고 방에 돌아온 공수반은 뭔가 생각해보고 나서 운제 모형과 나무까치를 함께 고방 궤짝에 넣었다.

돌아오는 길에 묵자는 좀 천천히 걸었다. 지친 것도 있지만 발이 아팠고 또 식량이 떨어진데다가 일이 잘 풀려 급히 서두를 필요가 없었기 때문이었다. 그런데 올 때보다 기분은 더 잡쳤다. 송나라에 들어서기 바쁘게 두 번이나 수색을 당했고 도성에 거의 이를 무렵에는 또 의연금을 모집하는 구국대[17]에 잡혀 누더기나 다름없는 보자기를 기부해야 했고 남문 밖에서는 큰 비를 만나 비를 피하려 성문 밑에 갔다가 창을 쥔 두 순찰병에게 쫓겨서 온몸이 흠뻑 젖어버렸다. 그 바람에 열흘 넘도록 코가 막혔던 것이다.

1934년 8월 씀

|17| 투항주의정책을 실시하면서도 "구국"의 명의로 민중단체에 강박적으로 모금한 국민당 정부의 기만행위를 비난한 대목이다.

루쉰 연보

1881 1901 1904
1886 1898 1903
1906 1907 1908 1912 1913 1915
1918 1923
1920 1924
1927 1933
1934 1935 ······ 1936

1881년 1살

9월 25일 절강 소흥(紹興) 성내의 동창방구(東昌坊口) 주(周)씨 집에서 태어났다. 이름을 장수(樟壽)라 지었고 자는 예산(豫山)이다. 할아버지 주복청(周福淸)은 한림원 서길사(庶吉士)이고 강서(江西) 금욕현(金欲縣) 지사를 지낸 적 있었다. 당시는 북경에서 내각중서(內閣中書)를 맡고 있었다. 아버지 주백의(周伯宜)는 수재이고 집에서 한가하게 보내고 있었으며 사상이 개화된 사람이었다. 어머니 노(魯)씨는 환관 가정에서 태어났고 글을 배우지 못했지만 자학으로 책을 볼 수 있었다.

1886년 6살

작은 할아버지 주옥전(周玉田)에게서 계몽을 받았고 주 씨 집에서 세운 사숙에 들어가 글을 배운다. 주로《감략(鑒略)》을 읽었다.

루쉰의 자 예산(豫山)의 발음이 우산(雨傘)과 같기에 예정(豫亭)으로 바꿨다가 나중에 예재(豫才)로 고친다.

1886년 8살

11월 누이동생이 태어난 지 10개월이 되었을 때 죽고 말았다. 누이동생의 병이 위독할 때 방구석에서 몰래 울고 있는 루쉰을 어머니가 보고 왜 우느냐 묻자 "누이동생 때문에 운다."고 대답하였다.

그해 어느 날 일가 어른들이 모여서 퇴패구(堆牌九-32장의 패로 노는 놀음으로서 도박놀이이다.)를 놀았는데 아버지 백의(伯宜)도 끼어 있었다. 루쉰이 말없이 곁에서 구경하고 있을 때 당숙 위농(慰農) 선생이 그를 보고 "너는 누가 돈 따기를 바라느냐?" 라고 묻자 루쉰은 "누구나 고루 따기를 바라요." 라고 대답하였다.

1892년 12살

2월에 소흥 시내에서 가장 엄하다는 삼미서옥(三味書屋)에 가서 수경오(壽鏡吾) 선생을 스승으로 모시고 공부한다.

경서와 사서를 배우는 여가에 그림 그리기를 좋아했고 그림을 수집하였다. 루쉰의 외 갓집은 교외의 안교두(安橋頭)라는 곳에 있었는데 루쉰은 늘 어머니를 따라 외가에 놀러 갔고 시골과 대자연을 접촉하는 가운데 큰 영향을 받았다. 《촌극(社戲)- 옛날 중국 농촌에서 지신제(地神祭) 때 하던 연극》에서 묘사된 것들은 모두 안교두 일대의 풍경들인데 루쉰이 열 한두 살 적에 본 것들이었다. 나중에 외가는 황보장(皇甫莊), 소고보(小皐步) 등지로 이사 갔다.

12월 30일 증조모 대태군(戴太君)이 79세 일기로 세상을 떴다.

1893년 13살

3월에 할아버지 개부공(介孚公)이 정우(丁憂-조정의 관원이 부모나 가까운 친척이 죽으면 관직을 떠나 고향에 돌아와 27개월 동안 오락과 교제를 끊고 지내는 제도)로 북경에서 돌아온다.

가을 할아버지가 과거시험에 부정을 저지른 일로 체포되어 항주부 감옥에 갇힌다. 연루되는 것을 피하기 위해 동생 주작인과 함께 친척집에 가서 피난한다.

1894년 14살

4월에 피난에서 돌아와 여전히 "삼미서옥"에서 공부한다. 겨울 아버지가 피를 토하고 병으로 눕자 장자인 루쉰이 가정생활의 중임을 떠멘다. 공부를 하는 외에 전당포와 약방을 드나들어야 했고 수모와 냉대를 받아야 했다.

1896년 16살

10월 12일 아버지가 37세의 나이로 세상을 뜬다. 아버지가 돌아가신 뒤 집안형편은 급격히 몰락되고 가족과 친척들의 업신여김을 받는다.

1898년 18살

5월 남경에 가서 강남수사학당(江南水師學堂)에 입학하였고 이름을 수인(樹人)으로 고친다.

11월 강남수사학당의 어둡고 혼란한 환경이 불만스러워 퇴학하고 집으로 돌아온다.

12월 18일 회계현(會稽縣)에서 시험을 보아 500명 가운데 136등의 성적을 따낸다.

1899년 19살

1월에 다시 남경에 가서 광로학당(礦路學堂)에 들어가 공부를 하게 된다. 여가에는 번역본이나 신 서적을 읽었고 소설을 특별히 좋아하였다. 가끔 기마하러 다니기도 하였다.

1901년 21살

광로학당에서 공부를 하면서 학당의 열람실에 가서 《시무보(時務報)》와 같은 새 사상을 선양하는 신문을 읽었고 엄복(嚴複)이 번역한 《천연론(天演論)》, 그리고 임섬(林纖)이 번역한 외국소설을 탐독한다.

1902년 22살

1월 일등 세 번째의 성적으로 광로학당을 졸업한다. 3월 소흥을 떠나 일본으로 유학을 가며 고분학원에 입학하여 일어를 배운다. 여가에 철학과 문예 서적 읽기를 좋아했고 인성과 국민성 문제에 유달리 관심을 보인다.

1903년 23살

이해 《절강의 물결(浙江潮)》잡지에 글을 쓰기 시작한다. 가을 《월계여행(月界旅行)》번역을 끝낸다.

1904년 24살

6월 초하룻날 할아버지 개부공이 68세의 나이로 세상을 뜬다.
8월에 일본 센타이로 가서 의학전문학교에 들어가 의학공부를 한다.

1906년 26살

6월에 집에 돌아와 주안 여사와 결혼한다. 같은 달 다시 일본으로 돌아가 도쿄에서 의학공부를 중지하고 문예를 연구한다.

1907년 27살

이해 여름 문예잡지 《신생(新生)》을 꾸리기로 했으나 자금부족으로 책을 내지는 못하고 나중에 《하남(河南)》이라는 잡지에 글을 쓴다.

1908년 28살

이해 장태염(章太炎)을 스승으로 모시고 늘 그의 강의를 들었고 "광복회" 회원이 된다. 그리고 동생 주작인과 함께 외국소설을 번역한다.

1909년 29살

이해《외국소설집(域外小說集)》두 권을 출판한다. 6월에 귀국하여 절강 사범학당에서 생리학, 화학 교사를 맡는다.

1910년 30살

4월 초닷샛날 할머니 장태군(蔣太君)이 69세 나이로 돌아간다.

8월 소흥 중학당에서 교원 겸 감학(監學)을 담임한다.

1911년 31살

9월 소흥이 광복되고 소흥 사범학교 교장 직을 맡는다.

겨울 첫 소설 《옛일을 회상하여(懷舊)》을 완성하며 이듬해에 《소설월보(小說月報)》제4권 제1호에 발표된다.

1912년 32살

1월 1일 임시정부가 남경에서 성립되고 교육총장 채원배(蔡元培)의 초빙에 응하여 교육부 직원이 된다.

5월 배를 타고 북경에 도착하여 선무문외(宣武門外) 남반절 골목(南半截胡同)에 있는 소흥회관 등화관(藤花館)에 머물며 교육부 사회교육사 제1과 과장을 맡는다.

8월에 교육부 첨사(僉事)로 임명된다. 이달 공무 여가에 사승(謝承)의 《후한서(後漢書)》를 편집한다.

1913년 33살

6월 휴가를 내고 진포로(津浦路)를 통채 집에 돌아와 어머니를 뵙는다.

8월에 바닷길로 북경에 돌아온다.

10월 공무 여가에 《혜강집(嵇康集)》을 교열한다.

1914년 34살

불경을 연구한다.

1915년 35살

1월에 《회계군고서잡집(會稽郡故書雜集)》 1책을 편집하여 동생 주작인의 이름으로 출판한다. 같은 달 《백유경(百喩經)》의 판각을 완성한다. 금석탁본을 수집하고 연구하기를 즐겼다.

1916년 36살

5월 회관의 보수서옥(補樹書屋)으로 이사한다.

12월 휴가를 내고 진포로(津浦路)로 어머니 뵈러 간다.

여전히 조상(造象) 및 묘비 탁본을 수집하고 연구하기를 즐긴다.

1917년 37살

1월 초 북경에 돌아온다.

7월 초 장훈(張勳)이 복벽으로 난을 일으키자 분연히 사직한다. 같은 달 난이 평정되자 교육부로 돌아온다.

1918년 38살

4월부터 소설 창작을 시작하였고 그 뒤로 작품을 끊임없이 써낸다. 첫 소설은 《광인일기》로서 루쉰이라는 필명으로 《신청년(新青年)》 제4권 제5호에 실린다. 루쉰은 소설에서 가족제도와 예교(禮敎)의 폐단을 규탄함으로써 문학혁명사상의 급선봉으로 된다.

1919년 39살

1월에《수감록 40》이라는 제목으로 애정에 대한 견해를 발표하여《신청년》제6권 제1호에 발표하며 나중에 잡문집《열풍(熱風)》에 수록된다.

8월 팔도만(八道灣)에 집을 장만한다.

10월에《우리는 지금 어떻게 아버지 노릇을 해야 할까?》라는 제목으로 가정과 자녀 해방을 개혁할 데 대한 의견을 발표하여《신청년》제6권 제6호에 발표한다. 나중에 잡문집《무덤》에 수록된다.

11월 동생 주작인과 함께 수선을 마친 새집에 이사한다.

12월 휴가를 내고 진포로로 고향에 돌아가 어머니와 셋째 동생 주건인을 데리고 북경에 온다.

1920년 40살

1월 일본 작가 무샤노코지 사네아쓰의 희곡《한 청년의 꿈》의 번역을 완성한다.

10월 러시아 작가 아르찌바셔프의 소설《노동자 수호로프》의 번역을 완성한다.

가을부터 북경대학 및 북경 고등사범학교 강사를 겸임한다.

1921년 41살

2월과 3월에《혜강집》을 다시 교정한다. 여전히 북경대학, 북경 고등사범학교 강사를 겸임하고 있었다.

1922년 42살

2월과 8월에《혜강집》을 또다시 교열한다.

5월에 러시아 작가 에로센코의 동화극《핑크빛 구름》의 번역을 완성한다. 여전히 북경대학, 북경 고등사범학교 강사를 맡고 있었다.

1923년 43살

8월에 전탑골목(磚塔胡同) 61호에 이사한다.

9월에 첫 소설집《외침(吶喊)》을 출판한다.

12월 부성문내(阜成門內) 서삼조골목(西三條胡同) 21호의 집을 산다. 같은 달《중국소설 사략(中國小說史略)》상권이 출판된다.

이해 가을부터 북경대학, 북경사범대학, 북경여자고등사범학교 및 세계어전문학교 강 사를 겸임한다.

1924년 44살

5월 서삼조(西三條)골목 새집에 이사한다.

6월《중국소설사략》하권이 출판된다. 같은 달 다시《혜강집》을 교정하고 혜강집 교정 에 관한 머리말을 쓴다.

7월에 서안으로 강연을 간다.

8월에 북경에 돌아온다.

10월에 일본 작가 구리야가와 하쿠손의 논문《번민의 상징》의 번역을 완성한다.

여전히 북경대학, 북경사범대학, 북경여자고등사범학교 및 세계어전문학교 강사를 겸 임하고 있었다.

이해 겨울에《어사(語絲)》주간지에 글을 쓴다.

1925년 45살

8월 교육총장 장사쇠가 불법으로 북경여자사범대학을 해산한 일로 루쉰은 대다수의 교직원과 함께 교무유지회(校務維持會)를 조직하며 이 때문에 장사쇠에게 해직을 당한다. 뒤에 루쉰은 행정소송을 전문 관할하는 평정원(平政院)에 소송을 제출하여 직권을 남용한 장사쇠를 고발한다.

11월 첫 잡문집《열풍(熱風)》이 출판된다.

12월 일본 작가 구리야가와 하쿠손이 쓴《상아탑을 나오다》의 번역을 완성한다.

여전히 《어사》에 글을 쓰면서 《국민신보(國民新報)》 특별란 및 《망원(莽原)》 잡지를 편집한다.

이해 가을부터 북경대학, 북경여자사범대학, 중국대학 강사, 여명중학교 교사를 겸임한다.

1926년 46살

1월 신임 교육총장 역배기(易培基)가 루쉰에 대한 과거의 면직 처벌을 취소하고 교육부 참사 직을 회복하며 교육부에 와서 임직하도록 한다.

2월 평정원에서 회의를 열고 루쉰에 대한 장사쇠의 처벌을 취소하고 루쉰이 승소한 것으로 판결한다.

3월 "3.18" 학살사건이 있은 후 야마모토병원, 독일병원, 프랑스병원 등 여러 곳에 피난하며 5월에야 집으로 돌아온다.

7월부터 매일 중앙공원에 가서 제종이(齊宗頤)와 함께 《꼬마 존》을 번역한다.

8월 말 북경을 떠나 하문에 가서 하문대학 문과 교수를 맡는다.

9월 《방황》을 출판한다.

12월 학교에 대한 불만으로 사직한다.

1927년 47살

1월 광주에 가서 중산대학 문학학부 주임 겸 교무주임을 맡는다.

2월 홍콩에 가서 《소리 없는 중국》이라는 제목으로 연설을 발표하며 이튿날에는 《묵은 노래는 이미 다 불렀다.》라는 제목의 강연을 한다.

3월 황화절(黃花節)에 영남대학(嶺南大學)에 가서 강연을 하고 같은 날 백운루(白雲樓)에 이사한다.

4월에 황포정치학교에 가서 강연을 한다. 15일 중산대학의 주임들을 소집하여 긴급회의를 열고 체포된 학생들을 구하려고 노력했으나 효과를 보지 못하자 사직한다.

7월 지용중학(知用中學)과 시 교육국에서 주최하는 "학술강연회"에 가서 《독서잡담》,

《위진 풍모 및 문장과 약 그리고 술과의 관계(魏晉風度及文章與藥及酒之關係)》라는 제목으로 강연을 한다.

8월부터 《당송전기집(唐宋傳奇集)》을 편찬하기 시작한다. 같은 달 《야초(野草)》가 출판된다. 8일 경운리(景雲里) 23호에 이사하고 허광평(許廣平) 여사와 동거한다.

10월 상해에 간다. 상해 학계의 노동대학(勞動大學), 입달대학(立達大學), 복단대학(復旦大學), 기남대학(暨南大學), 대하대학(大夏大學), 중화대학(中華大學), 광화대학(光華大學)들에서는 루쉰 선생이 왔다는 말을 듣고 다투어 학교에 와 강연해줄 것을 요청하였다.

12월 대학원 원장인 채원배의 초청으로 객원저작원(特約著作員)을 맡는다. 같은 달 《당송전기집》 상권이 출판된다.

1928년 48살

2월 《꼬마 죤》이 출판된다. 같은 달 《북신월간(北新月刊)》에 《근대 미술사조론(近代美術潮論)》을 번역하며, 《어사》의 편집을 한다. 《당송전기집》 하권이 출판된다.

5월 강만실험중학(江灣實驗中學)에 가서 《늙어도 죽지 않음을 논함》이라는 강연을 한다.

6월에 《사상, 산수, 인물》의 번역본이 출판된다. 《분류(奔流)》 창간호를 출판한다.

11월 단평 《이이집(而已集)》이 출판된다.

1929년 49살

1월에 왕방인(王方仁), 최진오(崔眞吾), 유석(柔石)과 함께 자금을 모아 문예서적과 목판화 《예원조화(藝苑朝花)》를 출판하며 조화사(朝花社)라고 부른다.

5월에 《벽하역총(壁下譯叢)》을 출판하였다. 같은 달 13일 북상하여 어머니를 뵙는다. 그리고 연경대학, 북경대학, 제2사범학원, 제1사법학원의 요청으로 강연을 하였다.

6월 5일 상해로 돌아온다. 같은 달 루나찰스키의 저작 《예술론》을 번역하여 출판한다.

9월 27일 아침 허광평이 아들을 낳는다.

10월 1일 아들의 이름을 해영(周海嬰)이라고 짓는다. 같은 달 유석의 중편소설 《2월》을 교정한다. 같은 달 루나찰스키 저서 《문예와 비평》 번역본이 출판된다.

12월 기남대학에 가서 강연을 한다.

1930년 50살

1월 조화사가 종결된다. 같은 달 친구와 합작하여 《새싹(萌芽)》 월간지를 출간한다. 《괴멸》을 번역하기 시작한다.

2월 "자유대동맹" 설립대회가 열린다.

3월 2일 "좌익작가연맹" 설립회에 참가한다. 이 시기 절강성 당부에서는 "반동 문인 루쉰"을 수배하고 있었다. "자유대동맹"은 심한 탄압을 받았고 루쉰은 집을 떠나 피신한다. 이때 이빨이 붓고 아파서 뽑아버리고 의치로 갈아 넣는다.

4월에 집으로 돌아온다. 신주국광사(神州國光社)와 《현대문예총서》를 편집 번역할 데 대한 계약을 맺는다.

5월 12일 사천북로(四川北路)의 층집으로 이사한다.

8월 "여름철 문예강습회"에 가서 강연을 한다. 같은 달 야꼬브레프의 장편소설 《10월》의 번역을 끝낸다.

9월 하비(賀非)가 번역한 《고요한 돈》의 교정을 끝낸다. 과로로 열이 난다.

같은 달 17일 네덜란드 양식점에 가서 친우들이 마련한 50세 생일 기념회에 참가한다.

10월 4일과 5일 우치야마 간조와 함께 북사천로에서 "판화전"을 연다. 같은 달 《약용식물》을 번역한다.

11월 《중국소설사략》을 수정한다.

1931년 51살

1월 20일 유석이 체포되고 루쉰은 집을 나와 피신한다.

2월 칼 메페르의 《시멘트의 삽화》가 출판된다.

같은 달 28일 집으로 돌아온다.

3월 "좌익작가연맹"의 기관지 잡지 《전초(前哨)》의 출판을 주최한다.

4월 동문서원(同文書院)에 가서 《건달과 문학》이라는 제목으로 강연을 한다.

6월 일본인들의 "부녀지우회(婦女之友會)"에 가서 강연을 한다.

7월 마스다 와다루에게 《중국소설사략》 강연을 전부 끝낸다. 같은 달 "사회과학연구회"에 가서 《상해문예 일별(上海文藝之一瞥)》이라는 제목으로 강연을 한다.

8월 17일 우치야먀 요시키치를 청하여 학생들에게 목각 기법을 강의하게 하고 루쉰이 직접 번역해주면서 22일에 끝낸다.

11월 함분루(涵芬樓-도서관 이름) 송나라 판본 영인본 《혜강집》을 교열한다. 같은 달 《괴멸》이 제본된다.

12월 친구와 합작하여 《십자거리(十字街頭)》 순간(旬刊)지를 출판한다.

1932년 52살

1월 29일 상해에서 전란이 일어난다. 이튿날 우치야마 서점에 피신한다.

2월 6일 우치야마 서점의 벗이 루쉰을 영국 조계지에 있는 우치야마 지점(支店)에 잠시 피신시킨다.

4월 1928년에서 1929년 사이에 쓴 단평들을 정리하여 《삼한집(三閑集)》으로 묶고 1930년부터 1931년 사이의 잡문을 정리하여 《이심집(二心集)》을 묶는다.

5월 스스로 번역저서 목록을 만든다.

9월 신인 러시아 소설가 20인 작품집 상권에 대한 번역 편집을 끝내고 《하프》라는 제목을 붙인다. 하권에 대한 번역 편집을 끝내고 《하루의 공작》이라고 제목을 단다.

10월 《양지서》가 제판 인쇄에 들어간다.

11월 9일 어머니가 병에 걸려 북평으로 문안간다. 같은 달 22일부터 북경대학, 보인대학(輔仁大學), 북평대학(北平大學), 여자문리학원(女子文理學院), 사범대학, 중국대학에 가서 강연을 한다.

1933년 53살

1월 4일 채원배의 서신요청으로 "민권보장동맹회"에 가입하며 집행위원으로 추대된다.

2월 17일 채원배의 서신요청으로 송경령의 저택에 가서 버나드 쇼를 환영한다.

3월 천마서점(天馬書店)에서 《루쉰 자선집(魯迅自選集)》을 출판한다. 같은 달 27일 서적들을 적사위로(狄思威路)에 옮겨 세옥(稅屋)에 보관한다.

4월 11일 대륙신촌 9호에 이사한다.

5월 13일 독일 영사관에 가서 "파쇼" 폭행에 대한 항의서를 건넨다.

6월 20일 양전(楊銓)이 피살되어 만국 장례식장에 가서 장례에 참가한다. 당시 루쉰선생도 피격을 면치 못하리라는 소문이 있었기에 장례식에 가지 말라고 말렸으나 루쉰은 아랑곳하지 않고 열쇠를 갖고 가지 않음으로써 결연한 의지를 보인다.

7월 《문학》 월간지가 출판되었고 루쉰은 동인의 한 사람이었다.

10월 루쉰이 머리말을 쓴 《한 사람의 수난》의 판화그림이야기가 출판된다. 같은 달 "판화 전람회"를 연다. 또 단평집 《위자유서(僞自由書)》가 출판된다.

1934년 54살

1월 《북평전보(北平箋譜)》가 출판된다.

3월 잡문집 《남강북조집(南腔北調集)》 교정을 보고 같은 달에 출판된다.

5월 루쉰이 머리말을 쓴 《인옥집(引玉集)》이 출판된다.

8월 《역문(譯文)》 창간호를 편집한다. 같은 달 23일 가까운 사람의 체포로 집을 나와 피신한다.

10월 《목각 기행(木刻紀行)》이 출판된다.

12월 14일 밤 근육에 통증이 일고 식은땀을 흘린다. 병을 앓고는 크게 여위고 의치와 잇몸이 맞지 않는다. 같은 달 단평집 《준풍월담(准風月談)》이 출판된다.

1935년 55살

1월 소련 작가 반다레프의 《시계》의 번역을 끝낸다.

2월 고골리의 《죽은 넋》을 번역하기 시작한다.

4월 《십죽재전보(十竹齋箋譜)》 제1책이 출판된다.

6월 《신문학대계(新文學大系)》 소설 2집을 선별 편집하고 머리말을 완성하며 출판된다.

9월 고리키 작《러시아의 동화》번역본이 출판된다.

12월 구추백(瞿秋白)의 유작《해상술림(海上述林)》상권을 편집한다.

11월《고사신편(故事新編)》창작을 이어나간다.

12월《죽은 넋 백도(死魂靈百圖)》목각본을 정리하고 머리말을 쓴다.

1936년 56살

1월 어깨와 옆구리 모두에 통증이 심해진다.《고사신편》을 교정하고 금방 출판된다.

2월《죽은 넋》제2부를 계속 번역한다.

3월 2일 오후 갑자기 숨쉬기 힘들어한다.

4월 7일 양우공사(良友公司)에 가서 그들을 위해《소련 판화》를 선정한다. 같은 달《해상술림 (海上述林)》하권을 편집한다.

5월 15일 다시 병이 도지고 의사는 위병이라고 한다. 그 뒤로 열이 내려가지 않는다. 31일 스메들레 여사가 미국 의사를 청해 진단해본 결과 병이 위중했다.

6월 병고에서 점차 호전되어 일어나 앉아서 책을 읽을 수 있게 되고 얼마간 글을 쓸 수도 있게 된다. 같은 달 병석에서 방문자의 물음에 대답한 내용이《지금 우리의 문학운동을 논함》이라는 제목으로 발표되고《화변문학(花邊文學)》이 출판된다.

7월 루쉰이 편찬한《케테 콜비츠 판화선집》이 출판된다.

8월 앓는 가운데 피를 토한다.《중류(中流)》창간호에 짧은 글을 쓴다.

10월 체중이 88파운드로 늘어나 8월 1일에 비해 2파운드 쯤 불었다. 체호프 작《나쁜 어린이와 다른 기문(壞孩子和別的奇聞)》번역본이 출판된다. 우연히 영화 보러 가거나 방문 온 벗들과 잠깐 앉아 있을 수 있게 된다.

8일 청년회에 가서 제2회 "전국 판화 순회 전람회"를 관람한다.

17일 가지와타루(鹿地亘)와 우치야마 간조를 방문한다.

18일 새벽에 병이 발작하면서 가쁜 호흡이 멈추지 않는다. 편지 한통을 써서 우치야마 간조에게 의사를 청해달라고 부탁한다. 이것이 마지막 글이 된다.

19일 오전 5신 25분에 서거한다.

■■■■ 옮긴이_ 송춘남

1952년 중국 옌볜 룽징에서 조선족으로 태어났다. 문화대혁명을 겪었고 농촌
과 공장을 전전하면서 10년 동안 학업이 중단되었다. 그 가운데 탄탄한 중국의
실력을 바탕으로 일찍이 루쉰에 관심을 갖고 작품들을 읽으면서 깊은 요해를
갖고 있었다. 1982년 베이징 민족 대학을 졸업하고, 〈연변일보〉와 잡지 〈연변
여성〉에서 기자, 옌볜교육출판사에서 편집자, 편집장을 지냈다. 지금은, 한국
으로 건너와 민족의학연구원에서 연구원, 편집위원으로 일하고 있다. 《대장
정-세상을 뒤흔든 368일》《소설 대장정》을 우리말로 옮겼다.

■■■■ 루쉰문학선집 해설_ 박홍규

오사카 시립대학에서 법학 박사학위를 받았으며, 하버드 대학 로스쿨 객원교
수를 지낸 바 있다. 노동법을 전공한 법학자로서 영남대학교 교수로 일하며,
여러 분야의 책을 쓰고 옮기고 있다.
그동안 지은 책은, 『자유인 루쉰』『디오게네스와 아리스토텔레스』『그리스 귀
신 죽이기』『윌리엄 모리스의 생애와 사상』『베토벤 평전: 갈등의 삶, 초원의
예술』『비바 오페라』『내 친구 빈센트』『꽃으로도 아이를 때리지 마라』가 있다.
1997년 『법은 무죄인가』로 백상출판문화대상 저작상을 수상했다.
옮긴 책은『오리엔탈리즘』『간디 자서전』『문화와 제국주의』『학교 없는 사회』
『그림자 노동』『행복은 자전거를 타고 온다』『병원이 병을 만든다』『감시와 처
벌』이 있다.